"福建优秀文学70年精选"丛书编委会

（按姓氏笔画排序）

王光明（首都师范大学教授、博士生导师）

石华鹏（《福建文学》副主编）

伍明春（福建师范大学教授、硕士生导师）

刘小新（福建社会科学院副院长、研究员）

刘晓闽（《中篇小说选刊》编辑部主任）

孙绍振（福建师范大学教授、博士生导师）

李朝全（中国作协创作研究部副主任、研究员）

陈晓明（北京大学中文系主任、教授、博士生导师）

陈毅达（福建省文联党组成员、书记处书记、副主席，福建省作协主席）

林　彬（海峡出版发行集团党委委员、副总经理）

林　滨（海峡文艺出版社副社长、副总编辑）

林玉平（海峡文艺出版社社长、总编辑）

南　帆（全国政协社会和法制委员会副主任、福建社会科学院院长、福建省文联主席）

袁勇麟（福建师范大学教授、博士生导师）

黄发有（山东大学教授、博士生导师）

谢　冕（北京大学教授、博士生导师）

谢有顺（中山大学教授、博士生导师）

福建优秀文学70年精选

文学评论卷

"福建优秀文学70年精选"丛书编委会 编

刘小新　陈舒劼　选编

图书在版编目(CIP)数据

福建优秀文学 70 年精选. 文学评论卷/"福建优秀文学 70 年精选"丛书编委会编;刘小新,陈舒劼选编. 一福州:海峡文艺出版社,2020.1(2021.3 重印)
ISBN 978-7-5550-2178-0

Ⅰ.①福… Ⅱ.①福…②刘…③陈… Ⅲ.①中国文学－当代文学－作品综合集②中国文学－当代文学－文学评论－文集 Ⅳ.①I217.1

中国版本图书馆 CIP 数据核字(2020)第 017556 号

福建优秀文学 70 年精选·文学评论卷

"福建优秀文学 70 年精选"丛书编委会　编

刘小新　陈舒劼　选编

责任编辑	朱墨山
出版发行	海峡文艺出版社
经　　销	福建新华发行(集团)有限责任公司
社　　址	福州市东水路 76 号 14 层
发 行 部	0591－87536797
印　　刷	福建新华联合印务集团有限公司
厂　　址	福州市晋安区后屿路 6 号
开　　本	720 毫米×1020 毫米　1/16
字　　数	824 千字
印　　张	43
版　　次	2020 年 1 月第 1 版
印　　次	2021 年 3 月第 2 次印刷
书　　号	ISBN 978-7-5550-2178-0
定　　价	152.00 元

如发现印装质量问题,请寄承印厂调换

出版说明

为庆祝中华人民共和国成立70周年，集中展示福建文学发展70年的丰硕成果，我社特组织编辑出版"福建优秀文学70年精选"丛书。

福建人杰地灵，70年来名家名作不断涌现。丛书包括中篇小说卷、短篇小说卷、诗歌卷、散文卷、文学评论卷五种，汇集不同代际作家的优秀作品；入选作品弘扬主旋律，体现多样化，思想性、艺术性俱佳。

文艺是一代代薪火相传的事业，需要不断积累总结。丛书借鉴我社已出版的"福建文学40年"丛书、"福建文学创作50年选"丛书、"福建文艺创作60年选"丛书等选本，兼顾各历史阶段选本的延续性，特别注意突出展现广大文艺工作者记录新时代、书写新时代、讴歌新时代的优秀作品。各卷的编选原则和特点在当卷的编选后记中加以说明。

希望本丛书能全面、客观反映福建文学创作的面貌与水平，成为社会各界读者了解和认识福建文学发展的一扇窗口，成为留存后人的一份精神财富。

海峡文艺出版社
2019年12月

目 录

1	从王国维到俞平伯	郑朝宗
14	英雄人物为文学艺术创作开辟了最宽广的道路	蔡师仁
20	鲁迅创作中现实和理想初探	郑松生
43	关于阿Q典型性问题	
	——对于李希凡同志《关于"阿Q正传"》	
	一文的商榷	徐元度
50	论鲁迅自日本回国后十年间的思想发展	俞元桂
59	论外国短篇小说对鲁迅的影响	李万钧
67	王国维的文学论的剖析及其历史评价	卢善庆
80	在新的崛起面前	谢　冕
83	新的美学原则在崛起	孙绍振
89	《在延安文艺座谈会上的讲话》与茅盾革命	
	现实主义的嬗变	庄钟庆
98	茅盾的新文学作家论	杨健民
115	美的本质论辩	
	——评"人的本质力量对象化"说	李联明
130	论文学艺术的魅力	林兴宅
156	会唱歌的鸢尾花	
	——论舒婷	刘登翰
169	从文化视角看林语堂	万平近
179	论"五四"散文抒情体式的变革与创新	汪文顶
195	从林语堂到汤婷婷：中心与边缘的文化叙事	陈旋波
206	论巴金"建国"前的散文创作	姚春树
220	中国女性文化：从传统到现代化	林丹娅
229	巴金文学观新探	辜也平

237	《故事新编》：文本的叙事分析与寓意的文化解读	郑家建
252	文学理论：从主体性到主体间性	杨春时
263	关于世界华文文学史料学的再思考	袁勇麟
273	现代性与文学研究的新视野	陈晓明
291	诗学阐释：文体风格与叙述策略——《呼兰河传》新论	王金城
301	安妮宝贝、"小资"文化与文学场域的变化	郑国庆
309	中国现代随笔艺术的观念建构与审美表现	黄科安
320	中国现代文学中古典主义思潮的历史定位	俞兆平
332	自由诗与中国新诗	王光明
348	漫游·时间寓言·语言乌托邦——解读《海东青》的多重方法	朱立立
360	文化研究的激进与暧昧——评李陀主编的"大众文化批评丛书"	刘小新
369	中国小说问题白皮书——关于对话、故事、人物与结构	傅翔
378	新时期之初的"男子汉"话语——一个性别政治视角的考察	王宇
387	文学研究会与初期革命文学的倡导	王烨
398	鲁迅与中国文化的文化品格	许怀中
406	当前中国文学的时尚化倾向	管宁
415	论赵树理与"十七年"现实主义文学之关系	席扬
430	从现实"症结"介入现实——以王安忆、毕飞宇、阎连科近年创作为例	朱水涌
443	文类研究：百年散文研究的新思路	吕若涵 吕若淮
454	"非虚构写作"：作秀般的喧哗与骚动	石华鹏
458	日本殖民时期台湾医生作家的疾病叙事研究	张羽
475	"现代中国文学"：学理依据与学科定位	贺昌盛

487	张力：现代汉语诗学的"轴心"	陈仲义
503	重构中国小说的叙事伦理	谢有顺
537	从电子文学、网络文学到数码诗学：理论创新的呼唤	黄鸣奋
548	进化论、后现代主义与圈子批评 ——20世纪80年代先锋小说批评的话语脉络及存在形态	谢 刚
558	现象批评、文本细读和理论概括 ——论孙绍振的新诗研究的三个向度	伍明春
567	想象的折叠与界限 ——20世纪90年代以来的中国科幻小说	陈舒劼
579	传统的启示 ——"福建百折传统折子戏展演"省思	白勇华
584	文艺批评空间重塑"四步走"	黄育聪
588	论伊格尔顿的革命批评	王 伟
598	论"诊断审美" ——现代小说的阐释性话语与日常生活审美	余岱宗
615	语言与台湾民众的"国族认同"	朱双一
630	写在《冰心年谱长编》出版之际	王炳根
636	IP电影："各态历经"的建构 ——第五个反思的样本	颜纯钧
647	文学批评中的"历史"概念	南 帆
666	文化研究对中国当代文论话语体系的挑战与重构	颜桂堤
681	编选后记	

从王国维到俞平伯

郑朝宗

一

　　五十年前，王国维写了一篇《红楼梦评论》[①]。这是中国学术界以资产阶级美学观点来研究《红楼梦》的第一篇论文。在最近举行过的有关《红楼梦》研究问题的全国性讨论中，除个别同志外，大家都不提起这篇东西。这样做是对的，因为这次讨论的主要目的是在批判胡适派资产阶级唯心论，王国维的著作既不属于这一派，自可存而不论。但是，有些同志却因此而认为王国维的《红楼梦评论》是没有问题的，甚至还有人相信这篇五十年前的"杰作"具有很大的进步意义，这种看法是极端错误的。为了彻底地清除资产阶级文艺思想在古典文学研究上的遗毒，我觉得有必要来揭露一下《红楼梦评论》的反动面目。自然，在进行这项工作时，我们不能把眼光固定在王国维一个人身上，我们必须时常拿他来跟俞平伯先生作比较。我可以在这里预告：王国维《红楼梦评论》中的基本论点，实质上是跟俞平伯的许多被人指责的论点完全一致的。俞平伯在《红楼梦》研究上的"特殊贡献"，撇开可以肯定的成绩不谈，就是增添了一些王国维所没有或所反对的错误见解与做法。我们由此可看出五十年来资产阶级学者走的是什么样的道路！

　　在开始分析《红楼梦评论》之前，我想声明一下：我并没有忘记王国维在写作此文时所处的历史环境。跟大家一样，我认为在五十年前的中国学术界

[①] 王国维在《静庵文集》"自序"中说：此文作于光绪三十年，即 1904 年之夏。

里，敢于提倡西方资产阶级的观点方法，这就是一种革新精神，值得我们钦佩的。王国维的这篇论文，跟他别的关于文学的著作一样，在这一点上是可取的。它至少会给当时发了霉的学术界注射一点新的血液；它会扩大围困在封建堡垒里的学究们的眼界，使他们除了时文八股之外，还知道有小说和戏曲，除了司马迁、韩愈和杜甫之外，还知道有荷马、莎士比亚和歌德。这些对于推倒根深蒂固的封建堡垒是会起一定的先驱作用的，我们不应也不会忘记王国维的这一汗马功劳。但是，问题的焦点是在于王国维所提倡的是什么样的资产阶级学术观点，这一观点对于当时的中国是否合适。谁都知道，这一时期是中国资产阶级民主革命进入高潮的时期，中国所需要的如果不是欧洲文艺复兴时期那种生气蓬勃的学术文化，至少也应该是像严复所介绍的那种比较键全、比较能令人向上的东西。不管中国的资产阶级是怎样软弱不济，我们总不能说在这一时期中他们已经完全丧失了自信心，已经颓废到需要用灰色哲学来麻醉自己的程度了吧？而这恰恰就是王国维应该接受严厉的批判之点。王国维一方面给中国学术界输入了一点新鲜的东西，因而在摧毁旧文化上多少也尽了一些责任，像前面所说的；但另一方面他所输入的（单就《红楼梦评论》一文来说）却又是非常糟糕的东西——叔本华的悲观哲学。这种哲学对于正在趋向没落之途的西方资产阶级来说是十分相宜的，但对于当时的中国资产阶级（更不用说人民大众）却并不合适。我们必须把这一点交代清楚了，才好进入本题。

二

　　从形式上来看，《红楼梦评论》可算是一篇颇为严密而有系统的学术论文。作者王国维的治学态度一般是严肃的，他的思考很缜密细致，同时也具有一定的深度。因此，我们倘若拿他这篇东西来跟俞平伯先生的那一大堆零碎散漫、矛盾百出的文章对照一下，就会觉得王国维的确是比俞平伯高出一头的。我们这样说并不是想肯定《红楼梦评论》，相反地我们只是要加强大家对于这篇充满了毒素的漂亮文章的反感。正如毛主席所说："内容愈反动的作品而又愈带艺术性，就愈能毒害人民，就愈应该排斥。"[①] 过去被这篇东西迷惑过的人实在不少，我自己就是其中之一！

　　这篇论文共分五章。王国维在开宗明义章（"人生及美术之概观"）里，大谈他对于宇宙人生的看法和他的美学观点。他是怎样理解宇宙和人生的呢？开天辟地他引了两位道家大师的话："老子曰：'人之大患，在我自身。'庄子

---

① "在延安文艺座谈会上的讲话"。

曰：'大块载我以形，劳我以生。'"接着他就大放厥词地搬出了全部的叔本华悲观哲学，把人生干脆归纳为三个东西——欲、生活和苦痛。请看下面这一段：

> 生活之本质何？欲而已矣。欲之为性无厌，而其原生于不足。不足之状态，苦痛是也。既偿一欲，则此欲以终。然欲之被偿者一，而不偿者什佰。一欲既终，他欲随之；故究竟之慰藉终不可得也。即使吾人之欲悉偿而更无所欲之对象，倦厌之情即起而乘之，于是吾人自己之生活若负之而不胜其重。故人生者，如钟表之摆，实往复于苦痛于倦厌之间者也。夫倦厌固可视为苦痛之一种。有能除去此二者，吾人谓之曰快乐。然当共求快乐也，吾人于固有之苦痛外，又不得不加以努力，而努力亦苦痛之一也。且快乐之后，其感苦痛也弥深。故：若痛而无同复之快乐者有之矣，未有快乐而不先之或继之以苦庙者也。又此苦痛与世界之文化俱增，而不由之而减。何则？文化愈进，其知识弥广，其所欲弥多，又其感苦痛亦弥甚故也。然则人生之所欲既无以逾于生活，而生活之性质又不外乎苦痛，故欲与生活与苦痛三者一而已矣！

请问这样的人生哲学难道是辛亥革命前夕的中国资产阶级所乐于接受的吗？又难道是中国人民在任何时期中所需要的吗？王国维远不仅这样地否定了人生，在后面一章里还有说得比这更痛快的：

> 呜呼！宇宙一生活之欲而已，而此生活之欲之罪过，即以生活之苦痛罚之，此即宇宙之永远的正义也！

这里，索性连宇宙也给否定了。王国维为什么会有这样的看法呢？原来他崇奉西洋宗教里最反动的"原始罪恶"的歪论。他大声疾呼：

> 然吾人从各方面观之，则世界人生之所以存在，实由吾人类之祖先一时之误谬，诗人之所悲歌，哲学者之所瞑想，与夫古代谮国民之传说，若出一揆。

总之，宇宙是不值一钱的大脓包，人生乃我们始祖造孽的结果，这就是王国维的全部宇宙观和人生观。王国维是当真相信这种谬说呢，或者只不过是别有用心地套用了一下叔本华的哲学，① 这点值得追究。我们可以确信的，王国维一直到死为止，思想上总是布满了悲哀和怀疑的色彩，这有他的诗词作品为证。为什么这样呢？国内学者早已指出：这是由于"他的世界观和方法论之间

---

① 王国维在此文第四章之末及在《静庵文集》"自序"中，都表示对于叔本华学说的怀疑。

的矛盾①的缘故"。说得明显一点,"他的错误的世界观,是在暴风雨时代(北伐)和他的科学态度,发生了巨烈的冲激。"② 这里得补充一句:王国维自沉于昆明湖,固然是他矛盾达到了白热化时的表现,但"巨烈的冲激"并不止发生于北伐时代,早在清末就已存在了,《红楼梦评论》本身就是一个好证据。王国维企图用西洋资产阶级的形式逻辑的治学方法来分析《红楼梦》,这代表了他的进步的一面;而另一方面,他又想利用叔本华的学说来散布没落的封建统治阶级的消极情绪,还就确实"明白地表示着他的思想的落后"③。正由于他有此落后的思想,正由于他始终把深切的同情寄托在垂死甚至已死了的阶级的身上,于是尽管他曾"受了相当严格的科学训练"④,尽管他"富于理性,养成了科学的头脑"⑤,而他却不能不以极不科学的眼光来探讨宇宙和人生,不能不给宇宙和人生涂上了一层荒诞灰点的颜色。这个活生生的教训是值得我们反复思索,引为鉴戒的。

俞平伯先生不会在他的有关"红楼学"的文章里,高谈自己的宇宙观和人生观。到了他的时代,资产阶级悲观主义哲学已经失去市场了(这就是说已被实用主义所替代了),因此他似乎也没有再来贩卖叔本华学说的可能。但这并不是说他的世界观中就没有一点和王国维共同的地方。多年以前,我曾读过他的集子,如《杂拌儿》《古槐梦遇记》之类,我觉得其中类似前面所引的妙文的东西委实不少!俞平伯先生的头脑中装满了佛老的思想,那是可以肯定的。他出身于古老的封建家庭,对于这个家庭他非常留恋,因此他一直没有摆脱掉那发了霉的封建思想感情。在这点上,他跟王国维是很相像的。我们必须把握这一点,才好理解他对于《红楼梦》的基本看法。

现在让我们回头来看看王国维的美学观点。这跟他的宇宙观和人生观是有联系的。他既然否定了世界人生,既然承认整个宇宙只是欲望和苦痛的贮藏所,那么,惟一有意义的事自然只是想法子求"解脱"。怎样才能"解脱"呢?王国维告诉我们:欣赏美术是一种有效的办法。他说:

  美术(按:即我们今天所说的文艺)之务,在描写人生之苦痛与其解脱之道,而使吾济冯生之徒,于此桎梏之世界中,离此生活之欲之争斗,而得其暂时之平和:此一切美术之目的也。

---

① 郭沫若引侯外庐的话,见《屈原研究》中的"屈原思想"一章。
② 屈原思想底秘密//侯外庐.中国古代思想学说史.
③ 屈原研究//郭沫若.屈原研究.
④⑤ 鲁迅与王国维//郭沫若.历史人物.

美术为什么会有此特殊的功效呢？这是因为美术并非一种"实物"，所以它能"使吾人超然于利害之外，而忘物与我之关系。"对于美术的这个特点，王国维强调得很厉害：

> 是故观物无方，因人而变。濠上之鱼，庄惠之所乐也，而渔父袭之以网罟；舞雩之木，孔会之所憩也，而樵者继之以斧斤。若物非有形，心无所住，则殉财之夫，贵私之子，宁有对曹霸韩干之马而计驰骋之乐，见毕宏韦偃之松而思栋梁之用，求好逑于雅典之偶，思税架于金字之塔者哉？故美术之为物，欲者不观，观者不欲，而艺术之美所以优于自然之美者，全存于使人易忘物我之关系也。

这个"潇洒出尘""脱尽人间烟火气"的美学观点，应该说，对于我们并不是陌生的，三十年后的朱光潜在"文艺心理学"中所提倡的几乎全是这套老调。这真是老牌的资产阶级美学观，它的实质是在教人脱离人生，逃避争斗。王国维坚决反对把文学跟政治拉在一起，他非常菲薄政治，他说："生百政治家，不如生一大文学家。"① 其理由是：政治家只予人以一时的利益，而文学家则惠人以永久的利益。他相信："天下有最神圣最尊贵而无与于当世之用者，哲学与美术是也"②；因为"哲学与美术之所志者真理也；真理者，天下万世之真理，而非一时之真理也。"③ 于是他大力提倡"纯粹之美术"，而对于有政治抱负的诗人，如杜甫、韩愈、陆游等，则颇有微辞。他不胜感慨地说：

> 呜呼！美术之无独立之价值也久矣！此无怪历代诗人多托于忠君爱国、劝善惩恶之意以自难免，而纯粹美术上之著述，往往受世之迫害，而无人为之昭雪者也！④

假使我们认为这些只不过是一个不懂世务的书呆子的迂阔之谈，只不过是一个关在书房里长大的人的天真想头，我们就不免要上当了。应该认识：任何一种谬论的后面都隐藏着一个可耻的政治动机（不管是有意识的或无意识的），王国维的也不例外。王国维为什么这样地热心于纯粹的美术，这样地厌恶政治呢？原因非常清楚，他一直对于当时正在进行着的"排满反封建革命运动"，采取敌视的态度；他把"满清"末年的几位大革命家洪、杨、孙、陈唤作"不逞之徒"⑤。这就可以说明一切了。关于美术，王国维所发的谬论还不止上面这些，他还贩卖过其他的西洋资产阶级唯心派美学理论，如席勒的游戏说，但

---

① 教育偶感//王国维.静庵文集.
②③④ 论哲学家与美术家之天职//王国维.静庵文集.
⑤ 奏定经毕科大学文学科大学章程书后//王国维.静庵文集.

为了节省篇幅，我们不必多谈。

俞平伯先生，在《红楼梦》研究上，也并没有明显地捧出哪一位大师的美学理论作为自己立论的根据，这是事实。但我们细细玩味他的全部有关的著作，觉得其中所贯串着的观点，实质上是跟王国维的主张一模一样的。王国维提倡"纯粹之美术"，俞先生（如大家所揭发的）也坚持着纯美术观。王国维反对把文学跟政治拉在一起，俞先生直到1954年也还在说《红楼梦》"虽亦牵涉种族政治社会一些问题，但主要的对象还是家庭，行将崩溃的封建地主家庭"①。王国维希望通过美术欣赏来求"解脱"，俞先生也一直抱着借研究文艺来混过日子的消极思想。所不同的是，王国维还一本正经地想向古典文学中求其所谓"真理"，而俞先生则除了"趣味"之外，什么也看不见，他只一味地"闹着玩"。这点分歧是不足惊异的，因为这正是资产阶级唯心派学者发展过程中的必然趋势。关于这，我们在后面还要作比较详细的分析。

三

以上把王国维对于世界人生和美术的看法作了解剖，这是有必要的。因为，如他自己所说，他是拿这作"标准"来衡量"我国之美术"，特别是拿这来衡量《红楼梦》。我们认识了这个"标准"的内容实质，再来看他如何处理《红楼梦》，便不致被他那怪诞的言论弄得头目昏花了。

在估计《红楼梦》的价值一事上，王国维是比俞平伯稍见高明的。俞平伯说了不少贬斥《红楼梦》的话，如"在世界文学中的位置是不很高的"②、"不得入于近代文学之林"③等等。王国维却不断称赞此书，称它作"绝大著作""宇宙之大著述""我国美术上之唯一大著述"等等。但他是怎样理解和赏鉴这部"宇宙之大著述"呢？首先，他告诉我们：《红楼梦》是一部扮演"自犯罪、自加罚、自忏悔、自解脱"的戏剧之书。说得详细一点，就是：

《红楼梦》一书，实示此生活此苦痛之由于自造，又示其解脱之道不可不由自己求之者也。

为什么这样说呢？原来他认为衔在贾宝玉嘴里下娘胎的那块五彩晶莹的玉就是"欲"的化身。"所谓玉者，不过生活之欲之代表而已矣。"一部《红楼梦》悲剧之所以产生，全由于青埂峰下那块顽石无端动了凡心，用王国维自己的话来说：

---

① 俞平伯.红楼梦简论.
②③ 俞平伯.红楼梦辨.

> 夫顽钝者既不幸而为此石矣，又幸而不见用，则何不游于广莫之野、无何有之乡以自适其适，而必欲人此忧患劳苦之世界，不可谓非此石之大误也。由此一念之误，而遂造出十九年之历史，与百二十回之事实。

这说的是"自犯罪、自加罚"的情形，那么要如何"忏悔"，如何"解脱"呢？"解脱之道存于出世"，"出世者拒绝一切生活之欲者也"。于是，衔玉而生的哥儿最后也只有把玉还了和尚，才获得大自在。

这就是王国维心目中的"红楼梦之精神"。王国维把《红楼梦》跟歌德的《浮士德》并列，认为这两部作品的伟大之点，都在于描写主人公的"苦痛及其解脱之途径最为精切"。贾宝玉的苦痛是由于有了强烈的"男女之欲"，其解脱的过程是这样的：

> 彼于缠陷最深之中而已伏解脱之种子，故听《寄生草》之曲而悟立足之境，读《胠箧》之篇而作焚花散麝之想。所以未能者，则以黛玉尚在耳，至黛玉死而其志渐决。然尚屡失于宝钗，几败于五儿，屡蹶屡振，而终获最优之胜利。

这种看法还不是跟俞平伯先生的一样吗？俞先生说"红楼梦是情场忏悔而作的"，又说《红楼梦》的主要观念为"色""空"，这些话无论从内容或形式方面来看，都跟上面所引的王国维的话极相像。我们不想重蹈俞先生的覆辙，讲究什么形式上的"传统性"，说俞先生深受王国维的影响，或者干脆怀疑他抄袭王国维的文章。事实上，立场观点相同的人，对于同一事物，往往会说出同样的话。正由于两位先生都具有极浓厚的封建思想感情，他们才会不约而同地抓住《红楼梦》作者主观思想里的一点消极的东西来概括全书。我们已经严正地批评过俞平伯的错误了，难道能另眼看待王国维，说他的看法是没有问题的吗？显然是不能的，即使在五十年前，王国维这种严重歪曲古典文学的行径，也会发生极坏的影响，必须加以反对。

王国维对于《红楼梦》还有一个主要的观念，就是说此书乃"彻头彻尾之悲剧"，亦即所谓"第三种之悲剧"。什么叫作"第三种之悲剧"呢？他根据叔本华的意见作了一番说明：

> 悲剧之中又有三种之别：第一种之悲剧，由极恶之人，极其所有之能力以交构之者；第二种由于盲目的运命者；第三种之悲剧，由于剧中之人物之位置及关系而不得不然者，非必有蛇蝎之性质与意外之变故也，但由普通之人物、普通之境遇逼之不得不如是。彼等明知其害，交施之而交受之，各加以力而各不任其咎。此种悲剧，其感人贤于前二者远甚。何则？彼示人生最大之不幸非例外之事，而人生之所固有故也。若前二种之悲

剧，吾人对蛇蝎之人物与盲目之命运，未尝不悚然战栗，然以其罕见之故，犹幸吾生之可以免，而不求息肩之地也。但在第三种，则见此非常之势力，足以破坏人生之福祉者，无时而不可坠于吾前。且此等惨酷之行，不但时时可受诸己，而或可以加诸人，躬丁其酷，而无不平之可鸣，此可谓天下之至惨也！

这些话的大意该是这样："第三种之悲剧"跟一般的悲剧不同。一般的悲剧之所以发生，或由于命运作祟，或由于（引用曹雪芹的说法）"一小人拨乱其间"，这些虽然可怕，但并非"人生之所固有"，而是"例外之事"，所以犹可伸冤。至于"第三种之悲剧"，那是什么人也逃不掉的，你或者害死别人，或者被别人害死了，这些都是"不得不然"的事，任何人都没有责任，真所谓"各加以力而各不任其咎"，因此被害死的根本"无不平之可鸣"，这才叫作"天下之至惨"！但是，制造这种惨剧的"非常之势力"是什么呢？关于这，王国维（叔本华也在内）并无交代。敏感的读者或许要疑心他是在这里暗示着不合理的社会制度。这却是太高看了王国维了，他不会有这个意思的。其实，他早已在高谈着宇宙观和人生观时把这指明了，所谓"非常之势力"便是"宇宙之永远的正义"。这个正义之所以能"无往而不逞其权力"，又正由于"生活之欲"在魔祟着每一个圆颅方趾的动物。这样，世间根本就无所谓不对的人或不对的事，芸芸众生都只是这"生活之欲"的牺牲者，都只是在演唱着"自犯罪、自加罚"的闹剧罢了。① 王国维就是用这样的眼光来看《红楼梦》的，他指出："除主人公不计外，凡此书中之人，有与生活之欲相关系者，无不与苦痛相终始。"这就是说，《红楼梦》里面，没有一个人物（包括贾赦、贾珍、凤姐等）不值得同情，因为他同样是被"生活之欲"所玩弄着的啊，关于宝玉和黛玉的恋爱悲剧，王国维发过这样的议论：

兹就宝玉黛玉之事言之：贾母爱宝钗之婉嫕，而惩黛玉之孤僻，又信金玉之邪说，而思厌宝玉之病；王夫人固亲于薛氏；凤姐以持家之故，忌黛玉之才，而虞其不便于己也；袭人惩尤二姐香菱之事，闻黛玉"不是东风压西风，就是西风压东风"之语（第八十一回），惧祸之及而自同于凤姐，亦自然之势也；宝玉之于黛玉，信誓旦旦，而不能言之于最爱之祖母，则普通之道德使然；况黛玉一女子哉？由此种种原因，而金玉以之合，木石以之离，又岂有蛇蝎之人物，非常之变故，行于其间哉？不过通

---

① 王国维甚至认为"金钏之坠井""司棋之触槽""尤三姐潘又安之自刎"，都只是由于"求偿其欲而不得"，而并不能怪罪残酷的封建制度。

常之道德、通常之人情、通常之境遇为之而已！

有了这最后三句话，我们绝无理由疑心王国维脑里也有"不合理的社会制度"这个观念。把一对有真挚的爱情和叛逆的思想的青年男女，在腐朽透了顶的封建社会制度下，被一群残酷的凶手和帮凶弄得一死一出家的悲惨事实，说是"不过通常之道德、通常之人情、通常之境遇为之而已"，可见此老心目中根本无所谓不合理的社会制度，世间一切令人痛恨的社会现象，依他看来，都只是万古如斯，"不得不然"的。

然而，这种看法也并不太稀奇，在五十年后的现在，俞平伯先生的著作中不是也可发现同样的看法吗？著名的钗黛合一论便应归入此类。此外，如《红楼梦》无褒贬说、"红楼梦中人格都是平凡"① 说等等，全都围绕着这个中心思想在打转。所不同的，俞平伯不会像王国维那样"天真"地搬出什么"生活之欲"的理论来，他只是很巧妙地把这看法推到曹雪芹身上去。这里，我们又看到资产阶级学者发展的一个趋势：在分析文学作品时，从敢于提出自己的看法发展到把自己的看法推给作者。

关于《红楼梦》，王国维还有一个很重要的观念：这书"大背于吾国人之精神"。什么是"吾国人之精神"呢？王国维说：

> 吾国人之精神，世间的也，乐天的也。故代表其精神之戏曲小说，无往而不著此乐天之色彩：始于悲者终于欢，始于离者终于合，始于困者终于亨。非是，而欲餍阅者之心难矣，若《牡丹亭》之返魂、《长生殿》之重圆，其最著之一例也。《西厢记》之以"惊梦"终也，未成之作也。此书若成，吾乌知其不为《续西厢》之浅陋也？

因此，王国维不特不满于"吾国人之精神"，连代表"吾国人之精神"的一般古典文学作品也一并看不入眼。他一再在自己的文章②中贬斥中国文学，说它幼稚、拙劣，比不上西洋文学。他认为满意的只有《红楼梦》和《桃花扇》，因为这两部作品都"具厌世解脱之精神"。但对《桃花扇》，他还有一点不满之处，便是作者孔尚任"但借侯李之事，以写故国之戚，而非以描写人生为事"，因此他认为这书只是"政治的也，国民的也，历史的也"。只有《红楼梦》才是"彻头彻尾之悲剧"，专以描写人生为事，因此也只有它才可算得"哲学的也，宇宙的也，文学的也"。前面说过，王国维是反对把文学跟政治拉在一起的，这里对于《桃花扇》和《红楼梦》的评价就是一个活生生的例子。

---

① 红楼梦底风格//俞平伯.红楼梦研究。
② 《静庵文集》中《自序二》《教育偶感》《文学小言》等篇均有言及。

我们觉得可笑的,他看得见《桃花扇》的政治内容,却完全无睹于红楼梦的社会意义。也许并非看不见,只是故意如此罢了!

俞平伯先生也是极端反对"吾国人之精神"的一个人,同时也主张《红楼梦》的好处是在于敢"开罪社会心理"(因为它是"一部极严重的悲剧"①)。他痛斥"中国自来底小说",认为这些"大都是俳优文学","只知道讨看客底欢喜"。他还说过这样的话:

  我们文学底传统有些过重团圆,悲剧因此不易发达,无论那种戏剧小说,莫不以大团圆为全篇精采之处,否则就将讨读者底厌,束之高阁了。若《红楼梦》作者则不然,他自发牢骚,自感身世,自忏情孽,于是不能自己的发为文章,他底动机根本和那些俳优文士已不同了。②

拿这些话跟王国维的对照一下,调子虽然低一点,含意却是丝毫没有差别的。这里,我们尽管不赞成所谓"传统性"的说法,却不能不疑心俞平伯确实是在模仿王国维的议论了。这个议论的实质有两点:第一是说只有"彻头彻尾之悲剧",像《红楼梦》那样,才可算得好的文学作品;第二是说中国的传统文学都带有"乐天之色彩",只希望"餍阅者之心"(即所谓"讨看客的欢喜"),所以是"俳优文学",应加排斥。为了节省篇幅,我们不想详细批驳这些极端错误的论点(事实上也无须这样做,因为这错误是显而易见的),八个字的评语已经够了:笼统武断,无的放矢!

以上说的是王国维和俞平伯在《红楼梦》研究上的共同之点,现在让我们来看着他们中间的分歧。这首先表现在对于考证的看法上。王国维在史学研究上虽是一个大考证学家,但对文学却不赞成用考证的方法来进行研究。他比胡适和俞平伯更早地反对《红楼梦》研究中的索隐派,他说:

  自我朝考证之学盛行,而读小说者亦以考证之眼读之,于是评《红楼梦》者,纷然索此书之主人公之为谁:此又甚不可解者也!

另外,他大概也不赞成俞平伯的那种钻牛角尖式的烦琐考据,他自己就没有这样做过。对于《红楼梦》,他只注意其中的"精神"以及此书在美学上和伦理学上的价值,而没有涉及其他。虽然他的见解都是错误的,但我们不能不承认,在研究"方法"和努力的"方向"上,他是比俞平伯高出一头的。他一再地指出:唯一需要考证的是"作者之姓名与其著书之年月"(这工作已由胡适和俞平伯代做了),这看法也是比较正确的。

其次,王国维坚决反对"红楼梦是作者的自传"的说法,他指出:

---

①② 红楼梦底风格//俞平伯.红楼梦研究.

> 夫美术之所写者，非个人之性质，而人类全体之性质也。惟美术之特质贵具体，而不贵抽象。于是举人类全体之性质，置诸个人之名字之下。譬诸副墨之子，洛诵之孙，亦随吾人之所好，名之而已。善于观物者，能就个人之事实，而发见人类全体之性质。今对人类之全体，而必规规焉求个人以实之，人之知力相越岂不远哉？故《红楼梦》之主人公，谓之贾宝玉可，谓之予虚乌有先生可，即谓之纳兰容若，谓之曹雪芹，亦无不可也。

这段议论，除了"人类全体之性质"一句话出了岔子外，其余真可说是精辟之至。我们查遍俞先生的著作，的确找不出这样鞭辟入里的议论（俞先生是最爱发议论的），我们不免要替他惭愧了，但主要的不是俞先生的过错，而应该由实用主义来负责。这一点，后面还会提起。

最后还有一点，王国维似乎也不会赞成俞先生的那个"传统性"的说法。在驳斥索隐派的一个牵强附会的谬说——贾宝玉即纳兰性德——王国维先指出：纳兰诗词中时有"红楼"字样，又所作"金缕曲"首三句为"此恨何时已？滴空阶，寒更雨歇，葬花天气"，然后下结论云：

> "葬花"二字，始出于此。然则《饮水集》与《红楼梦》之间稍有文字之关系，世人以宝玉为即纳兰侍卫者，殆由于此。然诗人与小说家之用语，其偶合者固不少，苟执此例以求《红楼梦》之主人公，吾恐其可以傅合者，断不止容若一人而已！

这见解也是极通达可取的，虽所驳斥的并不就是俞先生的那个"传统性"，但也大可供俞先生的参考。至少，王国维不会因某一作家采用了另一作家的一些东西，或者因他们作品中有偶然相似之处，便武断地认为谁是受了谁的影响，或继承谁的传统。这种不随意附会的精神是值得我们（特别是俞先生）效法的。

四

从王国维的《红楼梦评论》到俞平伯的《红楼梦简论》，其间经历了五十年。这五十年间，资产阶级学者对于这一现实主义巨著的看法，像前面所分析，基本上是一致的。王国维和俞平伯，在《红楼梦》研究上所犯的错误，大略相同，而招致这些错误的原因又是一样的。他们的错误，借用何其芳同志的话来说明，就是"离开社会历史条件，离开阶级社会里的阶级的存在这一基本事实,而孤立地去研究文学作品"①。表现在王国维方面,这就是强调《红楼梦》主题——人类之苦痛与解脱的永久性,和它的人物的"人类全体"性(即不代表任何阶级)。表现在俞平伯方面,这就是"色""空"观念说、钗黛合一论等等。他们犯错误的原因,又都由于思想落后,感情上跟已死的阶级始终不能割断联系。王国维直到民国十六年还拖着一条辫子,俞平伯先生也一直到了解放后五年还未割断从娘胎里牵出的封建脐带!

然而,五十年来,资产阶级学者也是有发展的。他们虽走着同一道路,而这条路径却随着阶级本身的没落而不断倾斜,日益狭隘。五十年前,当一个学者尝试用资产阶级观点去解释《红楼梦》时,他还有魄力高谈哲学,高谈"真理";到了今天,这一阶级的"权威"学者,却只能向这部巨著中去追求"趣味"了。五十年前的资产阶级学者还能谈一谈这部作品的"典型"意义,而今天的资产阶级学者则只能用鸡毛蒜皮来证明此书的"自传"的性质了。这个每况愈下的可怜趋势还不够令人发深省吗?

自然,这中间还夹入一个胡适。胡适在中国学术界上的唯一"贡献",就是从世界上铜臭气最浓厚的国度里,运来了最庸俗的东西——实用主义。应该指出:资产阶级学术思想在中国大规模走上庸俗化的道路是从胡适开始的,而实用主义就是产生庸俗化状态的直接原因。在本文中,我们很少提起胡适这个名字。这并不暗示着我们对他有任何姑息之意;相反地,这只表示我们不忍把王国维和俞平伯两位先生跟胡适拉在一起。关于俞先生,许多同志已经说过,他在政治上是跟我们一致的,我们只是要批判他的错误观点而不是要打倒他这个人。王国维虽然在政治上一直效忠"满清",甚至为它而投水自杀,但这种堂吉诃德式的愚蠢行径也只能引起我们的怜悯,而不会使我们愤怒,因为这对中国人民的危害性还不算大。胡适这个人却完全是另一回事。这个把身体和灵魂都出卖给美帝国主义的买办资产阶级"学者",今天已被中国人民唾弃了!多年以来,他给予中国学术界的毒害,其范围之广与程度之深,实在是无法估计的。我们对他只有满腔的仇恨,而绝不会有任何的姑息。有些同志,因为不曾在胡适的著作里发现像"色""空"观念说那样的糊涂思想,便认为胡适至少要比俞平伯高明一点。其实,这正是胡适的可恶和可鄙之点。胡适不像俞平伯那样"天真",他不会把错误的观点毫无掩饰地给端出来,他是最善于伪装的!再说,胡适的头脑中那会有"色""空"思想?这个利欲熏心的文化市侩,一辈子仆仆风尘,专向权门打情骂俏,他劲头足得很呢,哪会消极?对于他,

---

① "没有批评,就不能前进。"《人民日报》

我们应该"另案办理",不能拿来和王、俞二先生相提并论。

在本文中,我们严厉地批判了王国维的《红楼梦评论》,因为我们认为这是一篇具有很大毒素的文章。但应该指出,我们并不想抹杀王国维在中国学术史上的地位。他在史学研究上的成绩,这是有目共睹的。对于他的其他有关文学的论著,如《人间词话》等,我们应该运用马克思列宁主义文学理论,细心地加以研究,给予正确的评价。我相信,即便在今天,还可从那些著作上,吸收一些可取的东西的。

检查了这五十年来有关《红楼梦》的研究作品,我们深深地感觉到资产阶级学术思想的末日已经到来了。从王国维的荒诞无稽发展到俞平伯的烦琐无聊,这证明了资产阶级唯心论的陨落确实是无可挽救的。为了使古典文学的研究工作能重放异彩,为了使新中国的学术文化园地能迅速地开出灿烂的花朵,我们必须彻底地、干脆地把这溃烂了的毒瘤从我们身上割除出去,我们必须全心全意地投入马克思列宁主义文艺理论的学习中去。这样的学习是会产生奇迹的,李希凡、蓝翎两位同志的成就便是一个好证据。我们试想想:五十年来,由许多"权威"学者辛苦经营起来的一座唯心派《红楼梦》研究大楼,居然被这两位文学青年第一枪就打垮了,这还不是奇迹吗?当然,拆楼容易筑楼难,我们要在资产阶级唯心论的废墟上建起一座崭新的马克思列宁主义的《红楼梦》研究大楼,这并不是一件容易的事,马克思列宁主义的理论武器决不能用任何廉价的办法取得的,我们应该努力。

[原载《厦门大学学报》(社会科学版)1955年]

作者简介

郑朝宗,1912年生,福建福州人。1936年毕业于清华大学外文系。历任北平师大教务处秘书,中学教师,厦门大学助教、讲师、副教授,厦门大学中文系教授、系主任,福建省文联副主任,厦门市文联主任。著有《小说新论》《护花小集》等,主编《〈管锥编〉研究论文集》,编译《德莱登戏剧论文选》等。《〈管锥编〉研究论文集》是第一本"钱学"研究专著。

英雄人物为文学艺术创作开辟了最宽广的道路

蔡师仁

邵荃麟同志反对写英雄人物,鼓吹写"中间人物"的一个借口是:英雄人物"单纯化","尽管写的职务不同,偏性格相似,都是红胎",缺乏"深度"和"复杂性";"中间人物"身上有"旧的东西",有几千年来的"精神负担",有"苦难的历程"写起来有"深度"和"复杂性"。因此,他认为创造无产阶级革命时代英雄人物的完美形象就是"一个阶级一个典型","人家就不爱看了","路子就窄了";只有写"中间人物"才会"激动人心",路子才会"宽广起来"。我们的看法和他恰恰相反。我们认为,正是无数的英雄人物,为社会主义文学艺术的创作开辟了最宽广的道路。本文试从现实生活和文艺作品中英雄人物的真实面貌和实际情况,来驳斥邵荃麟同志的这个荒谬论调。

无产阶级革命时代是英雄辈出的时代。无产阶级革命英雄人物是新生活的支柱、新时代的主流。他们受着伟大的共产主义理想的鼓舞,在各个革命历史阶段,在各条不同战线上,创造出许许多多可歌可泣的英雄业绩。过去,在严峻的革命年代里,有为了无产阶级解放事业而献身的张思德、董存瑞、罗盛教、黄继光……今天,在人民群众"精神振奋,斗志昂扬,意气风发"的社会主义革命和社会主义建设时期,火热的斗争生活,更为培养人们丰富的精神面貌提供了广阔的天地。恩格斯在一百多年前曾预言:这样的革命时期"需要一种全新的人,并将创造出这种新人来"①。如今,这个预言已被证实,走在生活最前面、推动时代前进的新英雄人物大批大批地涌现出来了。这些"全新的

---

① 恩格斯.共产主义原理//马克思恩格斯全集·第四卷.北京:人民出版社,1958:370.

人",为了给社会主义祖国写最新最美的文字,画最新最美的图画,献出了自己的全部力量,甚至于生命。我们有活着是为了"把有限的生命,投入到无限的'为人民服务'之中去","为了使别人过得更美好"的毛主席好战士雷锋;有为共产主义理想牺牲时"脸不变色心不跳"的舍身救列车的欧阳海;有把青春献给社会主义新农村的邢燕子;有"身居茅屋,眼看全球,脚踩污泥,心怀天下"的董加耕;还有南京路上的好八连,大寨、大庆的英雄们……这一系列英雄人物体现了我们时代的精神,反映了我们时代的面貌。在无产阶级看来,他们的精神世界最崇高,胸襟最开阔,内心生活最健康、最丰富,他们的感情是人类最高尚、最伟大、最纯洁的感情。因为他们从来是把党的、阶级的利益置于个人利益之上;因为他们从事的是人类历史上空前伟大而艰巨的共产主义事业,他们所创造的是人类历史上最美好的、最进步的社会。他们这种伟大的胸怀和气魄,是人类过去历史上任何阶级的英雄豪杰所不可能有的。生活的光彩,正是由于他们光辉的精神品质的照耀。

现实生活中英雄人物这种精神面貌的美和内心世界的丰富,已经鼓舞和激励了许多优秀的革命文艺家,使他们产生了讴歌英雄人物,塑造丰满、高大的英雄形象的强烈愿望,使他们的创作找到了无限丰富的源泉。李准同志在谈李双双形象的塑造时就说,由于在现实生活中,看到了新人物、英雄人物的崇高品质"是普遍存在的,而且是在成长、壮大着的","新的人的成长,新的品质和性格的形成",在他"面前打开了一个崭新的精神世界",使他"激动得不能平静",使他"产生创造新人物的强烈冲动",并"起了个志愿:一定要用文学形式来歌颂这一种新的人,新的英雄"①。李双双这一艺术形象,就是他对社会主义新农村中,无数妇女英雄崇高的精神品质和丰富的心灵世界不断探索的产物。我们还有许许多多优秀的文艺家也都深深地体会到,正是现实生活中大量存在,并在日益成长的英雄人物高贵的思想品质和丰满的内心世界,激发了他们的创作热情,为他们提供了取之不尽、用之不竭的创作源泉,为他们的作品注入了新的血液,补充了新的养料,使他们的创作找到了更新的主题和更新的表现对象。现实生活中的英雄人物就是这样,为我们革命文艺家发挥自己的才能和创造性,开辟了无限宽广的道路。邵荃麟同志之所以会叫嚷写英雄人物"路子就窄了",显然是因为他远离广大人民火热的斗争生活,对我们时代的新英雄人物缺乏无产阶级的阶级感情。

从文艺作品的实际看,我们也已经有许多优秀的文艺家,用他们饱蘸革命

---

① 李准.情节性格和语言.郑州:河南人民出版社,1963:78、98、106、108.

激情的笔，为我们英雄的时代塑造了无数光彩夺目的英雄形象。尽管这还远远不能反映出整个时代的面貌，但是，他们笔下的英雄人物绝不像邵荃麟同志说的那样"单纯化""简单化""概念化"，"一个阶级一个典型"。相反，这些英雄人物的精神面貌最深刻丰富，最绚丽多彩。由于他们每个人的出身、经历、修养，以及战斗的岗位和所处的历史环境的不同，由于他们每个人为革命事业作出贡献时所采取的方式方法和所走的具体道路不同，他们都有各自不同的个性特征，他们都是活生生的、有血有肉的艺术形象，都给广大读者留下了极其深刻的印象。《红旗谱》中的朱老忠是我国30年代革命农民的英雄典型，但他不同于过去一般鲁莽的农民英雄，也不同于其他作品中的革命农民形象。他倔强，但又浑厚、稳重，对阶级弟兄充满深挚的阶级同情心；他勇敢，但又善于保存自己的力量，对阶级敌人有刻骨的仇恨，又把仇恨的烈火深深地埋在心里，耐心等待为被压迫阶级复仇的时日到来。难道像朱老忠这样的英雄形象还太"单纯化""简单化""概念化"？

在反映革命斗争的文艺作品中，还有许许多多性格深厚、内心丰满的英雄人物，这些英雄人物高尚的革命情操和伟大的英雄行为，深深地扣动了我们的心弦。我们永远记得临死之前还充满信心地高呼"让革命骑着马前进"的李有国（陈其通：《万水千山》）；在敌人面前凛然不可侵犯、临刑时还同敌人进行一场震撼人心的舌战的许云峰（罗广斌、杨益言：《红岩》）。我们也永远记得在敌人铡刀面前怒斥敌人"禽兽"、坚贞不屈的刘胡兰（西北战斗剧社：《刘胡兰》）；临上刑场之前还从容不迫地梳理头发、整好衣服，泰然自若地走出牢房的江姐（罗广斌、杨益言：《红岩》）……凭什么说这些英雄人物性格缺乏"深度"、心灵太"单纯化"？凭什么说描写这样的英雄人物不能"激动人心"？当然，如果人物"激动人心"的力量以及性格的"深度"和所谓"复杂性"，指的是邵荃麟等同志所梦寐以求的那种"动摇""阴暗心理""内心分裂"，那么，在这些英雄人物身上是永远找不到的！

邵荃麟同志还说我们的英雄人物"尽管写的职务不同，但性格相似，都是红脸"，这也是对社会主义文艺的肆意污蔑和歪曲。我们且不说不同作品中"职务不同"的英雄人物性格是多么不同，我们只要看一看同一部作品中，经历相似或职务相同的英雄人物，他们的性格面貌是何等的丰富多彩，就可以揭穿邵荃麟同志这种论调的荒谬性。话剧《霓虹灯下的哨兵》中的连长鲁大成和战士赵大大同样都是来自农村、身经百战的英雄，但是鲁大成热情、爽直，甚至有点儿急躁。我们不会忘记他因为陈喜的错误而焦虑万状，也不会忘记他拿出洗净了的陈喜那双布袜时说的语重心长的话语："希望你的检讨就从这上面找找思想根源吧!"我们更不会忘记他批评赵大大时那句充满阶级感情的口头禅:"我说你跟我一样嘛!脑子里少根弦!"赵大大则朴实、憨厚,但遇到敌情时又机智、勇敢。他"粗中有细,憨而不傻"。小说《新结识的伙伴》中的张腊月和吴淑兰,同是"大跃进年代"农村中坚定、刚强的妇女生产队长,她们都是志在四方、敢想敢干、天不怕、地不怕的妇女英雄。然而,张腊儿却是个大胆、赤诚,"象狮子一般泼辣"的有名的"闯将"。她有个"火炮性子",但她领导的生产队在竞赛中一直"牢牢地把红旗抓在自己手里"。吴淑兰却外表娴静、温和,经常不露声色,她不声不吭地领导着自己的生产队和张腊月展开竞赛,并最后赶上了张腊月。鲁大成和赵大大经历相似,张腊月和吴淑兰职务相同,但他们的面貌就那样迥异,性格就那样相殊,更何况经历或职务不同的英雄人物!在其他反映社会主义建设生活的优秀作品中,同样的,不管英雄人物经历、职务相似或不相似,相同或不相同,他们的性格也是十分丰富多样的,他们都有鲜明、独特的个性特征。就以新近出现的话剧来说,我们谁也不会把在暴风雪中抢救流产马群的"山鹰"沙特克(武笑玉:《远方青年》),和冒着寒风烈日、不分昼夜为祖国寻找矿藏,摔伤了腿而毫不退却的建设时期的"游击队员"萧继业(陈耘、章力挥、徐景贺:《年青的一代》)混同起来;也不会把职业革命家林坚(陈耘、章力挥、徐景买:《年青的一代》)和老工人丁海宽(丛深:《千万不要忘记》),赵五婶(蓝澄:《丰收之后》)和李双双(邵力改编:《李双双》)混同起来。因为他们各不相同的个性特征,都给我们留下了深刻的印象。

  上面这些生动的艺术形象,都有力地证明了,革命文艺作品中的英雄人物精神世界和性格面貌是何等的宽阔浩瀚,何等的丰富多彩!社会主义文艺塑造英雄人物有着何等宽广的天地!邵荃麟同志鄙薄我们塑造的英雄人物是"一个阶级一个典型","人家就不爱看了",显然是对社会主义文艺的恶毒攻击和诽谤。当然,正如前面所说的,我们时代的英雄人物,尽管个性特征各不相同,但都受着一个崇高的革命理想所鼓舞,都有着共同的共产主义品质,都是"毫无自私自利之心的高尚的人,纯粹的人,脱离低级趣味的人"[①]。因为这样,他们才能永远闪烁着耀眼的光辉。如果因此说英雄人物都是"红脸",那么,广大劳动人民正是因为这样,才更加喜爱他们,从他们身上得到劳动和斗争的鼓舞力量。

  柯庆施同志说:"只有用贵族老爷的眼光来看,才会觉得工农兵……缺乏

---

① 毛泽东.纪念白求恩//毛泽东选集·第二卷.北京:人民出版社,1952.630.

所谓'细致复杂'的感情",只有站在资产阶级、小资产阶级立场上,才会在这样崇高的英雄人物面前,反说"题材狭窄""简单枯燥""没有味道"①。"写中间人物"的倡导者们之所以叫嚷写英雄人物"都是红脸",太"单纯化""概念化""简单化","路子就窄了","人家就不爱看了"等等,就是因为他们用资产阶级贵族老爷的眼光来看我们时代的英雄,他们在英雄人物身上找不到他们所热衷的所谓"精神负担""苦难的历程"和"内心的复杂性";他们卑劣的灵魂无法理解英雄人物丰富的内心生活和高贵的精神品质;他们狭隘的心地容不下英雄人物开阔的胸怀;他们在英雄人物思想光辉的照耀下睁不开眼睛。他们只能把生活中那些"浑浑噩噩""中不溜儿的芸芸众生",看成使自己摆脱"束缚"和"苦闷"的唯一救星,并因此竭力吹嘘这种人物最"丰富""复杂",写这种人物就有"深度",就会使路子"宽广起来"。现在,我们且不去说这种动摇彷徨、自私渺小的灰色"小人物",几百年来早被资产阶级作家写烂了,也不去说这种人物并不像他们污蔑的那样,占我们社会主义社会的"大多数",我们只要从这些人物本身,来看看究竟是否像他们所吹捧的那样。

　　在无产阶级看来,剥削阶级的感情是最最粗野低级,最最腐朽野蛮的。这些"浑浑噩噩"的所谓"中间人物",作为剥削阶级的残余势力,他们的精神状态也是最最卑劣、低下,内心生活也有最最空虚、贫乏,思想感情也是最最腐朽、脆弱。他们终日在自私自利狭窄的小圈子里打转。他们都是极端的利己主义者,一生追求的是渺小、庸俗的个人利益,看到的只是自己鼻子尖上的一点点小东西。被邵荃麟等同志宠爱的赖大嫂(西戎:《赖大嫂》)其实就是这种卑琐灵魂的化身。她是那种"利欲熏心""无利不起早,见利盼鸡啼""老做那些不能见人的事"的庸俗人物。她三次养猪,没有一次不是从自己狭隘的利害得失出发,就像她丈夫说的:"事事只顾自己,除了自己,仿佛世界上再没有可以叫她关心的事情了。"难道这种卑琐"小人物"的内心世界会比"站在家门口看到天安门,站在天安门看到全世界"的龙江畔的英雄们(江文、陈曙、丁叶、芗人:《龙江颂》)更为"丰富"?他们的思想性格会比这些"丢卒保车"、具有高度共产主义风格的"全新的人"更有"深度"?何况,像赖大嫂这类"小人物"代表的又是生活中衰老的、走向坟墓的东西。他们和社会主义制度水火不相容,终归要被强大的社会主义力量所消灭。面对着这样的社会现实,如果我们的文艺家们不着力讴歌时代的英雄,赞美新生的事物,不从他们

---

① 柯庆施.大力发展社会主义戏剧,更好地为社会主义的经济基础服务//文化战线上的一个大革命.北京:人民出版社,1964:39.

身上吮取丰富的创作源泉，而像抓住一根"救命稻草"那样，死死抱住那些"中不溜儿的芸芸众生"，用全部力量去精心雕琢那些患有"恶性贫血症"的"小人物"，到他们空虚、腐朽的灵魂里探索所谓性格的"深度"和"复杂性"，那么，我们文学艺术的创作道路，就不仅仅是越走越窄的问题了，而是根本走上邪道，走进资产阶级的死胡同！

如何看待现实生活和文艺作品中的英雄人物，如何认识社会主义文学艺术创作的任务和道路，这是一个关系到文艺家根本立场的问题。毛主席说："你是资产阶级文艺家，你就不歌颂无产阶级而歌颂资产阶级；你是无产阶级文艺家，你就不歌颂资产阶级而歌颂无产阶级和劳动人民，两者必居其一"①。只有站住无产阶级立场上，才能体验到英雄人物的高尚理想和革命感情，才能理解他们崇高的精神面貌和丰富的内心世界，才能满怀激情地为他们讴歌，为我们英雄的时代塑造出光辉的英雄形象，也才能从英雄人物身上看到无限宽广的创作道路。相反，站在资产阶级立场上的人，"他们对于人民的事业并无热情，对于无产阶级及其先锋队的战斗和胜利，抱着冷眼旁观的态度，他们所感到兴趣而要不疲倦地歌颂的只有他自己，或者加上他所经营的小集团的几个角色"。

这样的人"当然不愿意歌颂革命人民的功德，鼓舞革命人民的斗争勇气和胜利信心。这样的人不过是革命队伍中的蠹虫，革命人民实在不需要这样的'歌者'"②。邵荃麟同志等"写中间人物"的鼓吹者们，站在资产阶级立场上，恶毒污蔑英雄人物，万般赞美"中间人物"，叫嚷写英雄人物"路子就窄了"，写"中间人物"路子才会"宽广起来"，他们的真正目的就是为了替资产阶级文艺家阴暗心灵的自我表露找到一条出路，为了同社会主义文艺创造英雄人物这一根本任务相对抗，妄图把社会主义文学艺术事业引上资产阶级的道路，这是我们坚决不容许的。

[原载《厦门大学学报》（哲学社会科学版）1955年]

作者简介

蔡师仁，1936年生，福建厦门人。1960年毕业于厦门大学中文系。曾任厦门大学台联会会长、海外教育学院教授、东南亚华文文学研究中心研究员。长期从事海外华文教育和东南亚华文文学研究工作。在海内外发表三十多万字论文。著有《文学与戏剧》等。

① 毛泽东.在延安文艺座谈会上的讲话//毛泽东选集·第三卷.北京：人民出版社，1953：894.
② 毛泽东.在延安文艺座谈会上的讲话//毛泽东选集·第三卷.北京：人民出版社，1953：895.

鲁迅创作中现实和理想初探

郑松生

本文准备先谈鲁迅的社会理想和他对文艺创作原则的主张，进而探讨鲁迅创作中现实和理想的结合，以说明鲁迅一开始正式创作就是沿着革命现实主义和革命浪漫主义相结合的方向发展。

解决这个问题，不仅有助于全面地认识和评价鲁迅创作的价值及其在中国现代革命文学发展过程中的地位，而且也将有助于在文艺领域中揭露和批判现代修正主义者诋毁革命理想的反动实质。

这个研究的任务是重大而艰巨的，决非笔者现有的学力所能胜任，错误之处，希批评指正。

一

鲁迅所生活的时代，是中国社会民族矛盾和阶级矛盾极为激烈的时代，也是中国人民反帝反封建斗争，由旧民主主义革命向新民主主义革命转变的时代。在时代的革命激流冲击下，鲁迅深刻体验了人民沉重的苦难生活和不屈的反抗要求，摆脱了老一套的生活方式，叛变了出身的绅士阶级，把自己的一生，献给于中国的革命事业。正如高尔基所说的："一个人追求的目标越高，他的才力发展得越快，对社会就越有益。"① 鲁迅的创作才能之所以能得到光辉卓绝的发展，正是因为他在这个时代里所刻意追求的不是属于个人的东西，而是中国社会加人民的彻底解放。崇高的目标，鼓舞鲁迅在战斗中不断前进，从

---

① 高尔基文学论文选:303.

进化论跨进阶级论，从革命民主主义者跃为共产主义战士，成为一个"在文化战线上，代表全民族的大多数向着敌人冲锋陷阵的最正确、最勇敢、最坚决、最忠实、最热忱的空前的民族英雄"①。

作为伟大的革命家、思想家和文学家，鲁迅是把客观生活看作在矛盾冲突中发展的、新生的、革命的事物终会战胜旧的、反动的事物的。他以为，"自然赋与人们的不调和还很多，人们自己萎缩堕落退步的也还很多，然而生命决不因此回头"②。尽管"维持现状说是任何时候都有的，赞成者也不会少，然而在任何时候都没有效"③，因为"历史决不倒退"，所以"无须悲观"④。从这样辩证法的观点出发，鲁迅一直坚信："魔鬼的手上，总有漏光的处所，掩不住光明"⑤；黑暗"附丽于渐就灭亡的事物"，"它不永久"⑥，只要"敢说，敢笑，敢怒，敢骂，敢打"⑦，"无论如何，将来总归是我们的"⑧。为革命理想所激励，鲁迅在同帝国主义、封建势力、国民党反动派、土豪劣绅、反动文人及一切卑鄙无耻之徒的斗争中，不论遇到什么困难和障碍，总是那么坚韧英勇，精神奋发，意气昂扬，充满信心；即使处于"两间余一卒，荷戟独彷徨"⑨的苦闷时期，也仍然孤军奋战，上下求索，寻找新战友，怀着将来的希望，跟悲观颓废主义相绝缘。

鲁迅前期是革命民主主义者，对于将来的理想是革命民主主义的理想。"五四"前，"进化论和个性主义还是他的基本"⑩。他主张彻底改造"国民性"，变"沙聚之邦"的旧中国为"举一切伪饰陋习，悉与涤荡"的"人国"⑪。这种理想固然空泛，但由于当时无产阶级尚未登上政治舞台，由于鲁迅是面对人民大众做思想启蒙的工作，旨在唤醒他们起来担负改造社会的任务，因而客观上还有相当的现实意义。1917年后的十年间，鲁迅从十月革命的胜利中看到"新世纪的曙光"⑫，经历了中国无产阶级领导的"五四"革命运动，总结了辛亥革

---

① 毛泽东论文艺：14.
② 生命的路//热风.
③ 从'别字'说开去//且介亭杂文二集.
④ 中国文坛的悲现//准风月谈.
⑤ 随感录四十//热风.
⑥ 记谈话//华盖集续编.
⑦ 忽然想到五至六//华盖集.
⑧ 1931年给韦素园信//鲁迅书简.
⑨ 题"彷徨"//集外集.
⑩ "鲁迅杂感集"序言//瞿秋白论文学.
⑪ 文化偏至论//坟.
⑫ 圣武//热风.

命的失败教训，否定了中国建立资本主义社会的可能性，知道了"这新的社会的创造者是无产阶级"，然而又由于"资本主义各国的反宣传"，使他对无产阶级"还有些冷淡，并且怀疑"①。他号召人民进行韧性的战斗，指出："我们目下的当务之急，是：一要生存，二要温饱，三要发展。苟有阻碍这前途者，无论是古是今，是人是鬼，是《三坟》《五典》，百宋千元，天球河图，金人玉佛，祖传丸散，秘制膏丹，全都踏倒他。"② 在这段时间内，鲁迅思想虽然有了某些社会主义的因素，但基本上没有超越进化论和个性主义的界限，其理想也没有跳出革命民主主义的范畴。直到后期，1927年大革命失败以后，鲁迅经过再一次血的事实教训，看到国民党反动派大批屠杀共产党人和革命群众，看到同是青年，有的革命，有的堕落为反革命，这个时候才找到马克思主义的真理，彻底克服进化论和个性主义的思想残余，扫除对无产阶级的怀疑情绪。鲁迅后期终其一生，是为人类最崇高的共产主义理想而战斗。他抱着"惟新兴的无产者才有将来"③ 的坚定信念，"确切的相信无阶级社会一定要出现"。④ "中国一定要走向共产主义，通过社会主义来拯救中国，此外没有别的道路可走。"⑤

十分清楚，鲁迅前后期的理想是迥然不同的。但是，应该注意的是，他的前期的革命民主主义理想尽管带有空想的色彩，看不到或没有明确看到无产阶级在改造社会过程中的历史作用，但由于他在前期，特别是前期的后几年，都是把这种理想同启发人民大众的思想觉悟，从事改造现实的斗争紧密联系起来，所以，仍然是热烈的、崇高的、革命的。

由此可以看出，在这个时代里，鲁迅是一贯站在中国民主革命的不同历史时期的先进思想水平上，努力去把握时代的革命精神，一边不屈不挠地进行坚韧的战斗，一边坚定不移地追求中国人民翻身做主的新社会。脚踏实地，执着现实的严酷战斗，憧憬未来，追求人民的幸福生活，是构成伟大鲁迅的一个最突出、最鲜明的特点。

这个特点体现在鲁迅对文艺创作的看法上，就是主张现实和理想的结合，而这个主张也开拓了鲁迅自己整个创作的广阔道路。

在鲁迅看来，文艺不是茶余饭后的消闲品，而是革命的战斗武器。因此，

---

① 答国际文学社团//且介亭杂文.
② 忽然想到五至六//华盖集.
③ 序言//二心集.
④ 答国际文学社团//且介亭杂文.
⑤ 在上海"花园庄"我认识了鲁迅//回忆伟大的鲁迅.

真正的作家不但要敢于直面惨淡的人生，正视淋漓的鲜血，揭露生活的矛盾斗争，而且也要敢于发掘生活中的美好因素，透示生活的发展，表现人民的愿望要求，把现实和理想熔铸为一，创造崭新的文艺来，以达到"转移性情，改造社会"①，深化革命的目的。

前期，他坚决反对"瞒和骗的文艺"，要求作家一定要"冲破一切传统思想和手法"，"取下假面，真诚地、深入地、大胆地看人生，并且写出他的血和肉来"②，同时，在真实描写生活的过程中，还要"遵奉革命的前驱者的命令"，"与前驱者取同一的步调"，"删削些黑暗，装点些欢容，使作品比较的显出若干亮色"③。这就是说，进步作家应当站在时代的前面，不为过去一切旧的文艺观点和旧的文艺手法所束缚，做到既忠实地描绘生活，又听从革命前驱者的指挥，表现出对于将来的理想，即所谓"忠于现世，望彼将来"④。当然，这些意见并不是马列主义的，但鲁迅提倡现实和理想的结合必须作为新文艺的战斗方向，这一点则是明确的。

随着思想的质的发展，鲁迅后期反对那些资产阶级新月派、第三种人等的文学主张和作品，也反对那些小资产阶级作家关于概念化、公式化的文学主张，和把革命写歪或在作品后头添加光明尾巴的作品。并且指出："仅仅攻击旧社会的作品，倘知不清缺点，看不透病根，也就于革命有害"⑤。此外还指出过去时代进步作品的局限性："或且憎恶旧社会，而只是憎恶，更没有对于将来的理想，或者也大呼改造社会，而问他要怎样的社会，却是不能实现的乌托邦"⑥。这时，他要求作家多看看，不看到一点就写，"选材要严，开掘要深"⑦，要"以过去和现在的铁铸一般的事实来测将来"⑧，也就是要严格依据"社会上的存在"，加以缀合、抒写和推断，"使之发展下去"，"好象是预言"，后来"也确如所写"⑨。为此，鲁迅热烈希望作家深入实际的生活斗争，不要关在玻璃窗里写文章，克服脱离现实的幻想，"至少是必须和革命共同着生命，或深切地感受着革命的脉搏的"。因为只有全心全意地参加火热的革命斗争，同革

---

① "域外小说集"序//鲁迅全集补遗续编.
② 论睁了眼看//坟.
③ "自选集"自序//南腔北调集.
④ 给《莽原》周刊拟的出版预告.
⑤ 上海文艺之一瞥//二心集.
⑥ 现今的新文学的概观//三闲集.
⑦ 关于小说题材的通讯//二心集.
⑧ "守常全集"题记//南腔北调集.
⑨ 1938年给徐懋的信//鲁迅书简.

命共呼吸、共命运，成为真正的革命者，才能"明白旧的，看到新的，了解过去，推断未来"①，用马克思主义的观点指导创作，透过生活的表象，剖析生活的实质，使自己的作品达到客观现实的精确描写和共产主义理想的深刻表现的和谐结合，更好地教育人民，推动人民走向团结和斗争。

鲁迅的全部创作，卓越地实践了这一主张。他的创作，"志在革新"。② 一开始，鲁迅就自豪地说他的作品是听革命前驱者命令的"遵命文学"，首先是为了慰藉在寂寞里奔驰的反封建猛士，为了"将旧社会的病根暴露出来，催人留心，设法加以疗治的希望"③。后来，作为伟大的无产阶级作家，鲁迅就更自觉地用创作来配合革命斗争，为无产阶级的革命事业服务。

鲁迅的全部创作，采取各种各样的生活题材，通过各种各样的文学样式，广阔地反映了辛亥革命前后一直到第二次国内革命时期的中国社会面貌，彻底否定了中国半封建半殖民的社会制度，深刻表现了中国人民的苦难和斗争，理想和愿望。前期创作，是对现实的清醒态度和批判精神与革命民主主义理想结合，客观上是符合无产阶级革命斗争的利益，后期创作，是对现实更为彻底的革命批判和彻底否定，与高瞻远瞩的共产主义理想结合，完全可以说是无产阶级文学的典范性作品。

现在我们不妨对鲁迅创作中这种现实和理想的结合，进行具体的探讨。

二

翻开鲁迅的创作，我们会感到，作为伟大的革命作家，鲁迅的敏锐观察力是放在这个时代发生的重大事变上，他极力去了解和反映中国革命发展的历史进程。这就是：一面愤慨地"暴露旧社会的坏处"④，深刻地挖掘旧社会的病根，辛辣地批判半封建半殖民地的社会制度，一面热情地表现黑暗现实中的新生的、革命的事物，衷心地赞颂中国人民反帝反封建的顽强斗争，忠实地揭示中国人民的力量以及他们的未来道路。这种对旧社会的揭露和批判，对人民革命斗争的歌颂和肯定，对生活未来的向往和信念，典型而集中地体现在他那些描写富有理想和斗争精神的、正面人物的作品里。这些作品再现了现实生活中不可调和的社会矛盾，而又渗透看强烈的革命理想主义的精神，现实和理想得到水乳交融的结合。

---

① 上海文艺之一瞥//二心集.
② 1931年给李秉中信//鲁迅书简.
③ 自"自选集"自序//南腔北调集.
④ 答国际文学社问//且介亭杂文.

鲁迅清楚地知道，正面人物是反抗邪恶、缔造光明、推动社会前进的主要革命力量。他曾经说过："我们要革新的破坏者，因为他内心有理想的光"①。对于将生命献给革命事业的革命者，更是认识他们的伟大，认为"无论生或死，都能给大家以幸福"②。以后又说："我们自古以来，就有埋头苦干的人，有拼命硬干的人，有为民请命的人，有舍身求法的人……虽是等于为帝王将相作家谱的所谓'正史'，也往往掩不住他们的光耀，这就是中国的脊梁。这一类的人们，就是现在也何尝少呢？他们有确信，不自欺；他们在前仆后继的战斗"，这就是中国人的"自信力"③。这些看法，都可以作为说明鲁迅创作中之所以重视正面人物描写的极好注脚。

鲁迅创作中的正面人物，主要是属于积极的革命的新人物形象。鲁迅善于把他们安排在中国革命的历史背景上，在跟黑暗势力的对立斗争中，通过他们各不同的独特生活和命运，突出刻构或抒写他们强有力的性格特征——善良纯洁、酷爱自由、斗争精神、自我牺牲、崇高理想、胜利信心等等，以反映出中国民主革命不同阶段的斗争及其发展的前景。

在前期的创作中，例如《呐喊》中的《狂人日记》《药》和《彷徨》里的《长明灯》这三篇小说，都是描写辛亥革命前民主主义革命者的斗争生活。《狂人日记》里的狂人，是现代文学史上第一次出现的反封建的民主主义战士形象。他从封建统治阶级当中叛离出来，具有彻底的革命精神，敢于蹯踏古代先生的陈年流水簿子，戳穿封建家族制度和封建礼教的弊害，控诉封建统治者的吃人罪恶："历史没有年代，歪歪斜斜的每页上都写着'仁义道德'几个字。我横竖睡不着，仔细看了半夜，才从字缝里看出字来，满本都写着两个字是'吃人'！"同时，他也不断地反省自己，解剖自己的弱点，表示了自己最大的革命决心。

清醒、勇敢、坚强、机智是狂人叛逆性格的主要特征。他在"黑漆漆的，不知是日是夜"的环境中，在那些青面獠牙、满口人血的人的包围中，在那些冷漠无知、麻木不仁的落后群众的歧视中，深受种种非人的迫害，还是毫不妥协地进行战斗。在战斗中，他看透敌人——大哥、老头子、赵贵翁、医生等的反动本质，是"狮子似的凶心，兔子似的怯弱，狐狸似的狡猾"，因此，深信自己不可战胜的正义力量：

　　……他们这群人，又想吃人，又是鬼鬼祟祟，想法子遮掩，不敢直接下手，真是令我笑死。我忍不住，便放声大笑起来，十分快活。自己晓得

---

① 再论雷峰塔的倒掉//坟.
② 黄花节的杂感//而已集.
③ 中国人失掉自信力吗//且介亭杂文.

这笑声里面,有的是义气和正气。老头子和大哥,都失了色,被我这勇气正气镇压住了。

正因此,狂人虽然在强大的黑暗势力面前战败了,但并不悲观失望,而是充满信心,怀着希望:"将来容不得吃人的人"。"这些吃人的人,会给真的人除灭了,同猎人打完狼子一样。"并且最后还发出"救救孩子"的战斗号召。

就这样,鲁迅成功地创造了狂人这一正面的英雄形象,通过他和整个社会环境的对立,鞭挞了封建制度,令人信服地揭示了时代的发展趋向。批判现实的深刻和革命理想的强烈,使这篇小说成为中国现代文学的一块奠基石,一篇反封建的宣言书。

在《药》里,主人公夏瑜作为反清复汉的民主主义革命者,和狂人有着不同的性格和命运。他的革命目标更明确了,他不像狂人那样对统治者还存在着幻想——劝转"吃人的人",他要打倒的是以清朝为代表的整个封建社会。夏瑜热爱真理,对革命无限忠诚,当他被坏蛋出卖、投入监狱时,也没有丧失革命的信心,在监狱继续进行革命的宣传,劝"牢头造反",说"大清天下是我们大家的"。最后,牺牲了,鲜血还被愚昧落后的群众拿去蘸着馒头当"药"治痨病。鲁迅通过这样为人民革命事业而牺牲的革命者的悲剧,揭露封建势力貌似强大而实质虚弱无力,指出对群众进行思想启蒙教育的重要性,赞颂夏瑜忠贞不渝的革命意志和大无畏的牺牲精神。这些描写及夏瑜死后在孤坟上无名人呈献的花圈的插笔,有力地批判这个罪恶的世界,也有力地显示革命者强大的精神力量,人们在他的感召下将会觉醒过来,继续革命,取得光明的前途。

《长明灯》里的疯子,跟狂人和夏瑜所不同的是,把斗争的锋芒对准封建制度的另一支柱——迷信。为了人民大众的幸福,疯子宁愿担受各种残酷的迫害,也要吹熄社庙里神前从"梁武帝点起的,一直传下来,没有熄过"的长明灯,不怕三头六臂的神祇,忤逆的罪名,恫吓威胁,打断骨头。他被害发疯之后,受到封建反动势力进一步的摧残和折磨,受到无知群众的嘲骂,和天真无邪而又深受长辈影响的孩子们的取笑,仍然认定吹熄了灯,"便再不会有蝗虫和病痛","不会有猪嘴瘟……"当他达不到这个目的时,就要"放火",烧掉这座带给人民灾难和瘟疫的社庙,使封建统治牢固的吉光屯,"紧张起来,凡有感得这紧张的人们都很不安,仿佛自己就要变成泥鳅,天下从此毁灭"。这样,鲁迅打击了封建宗法社会的僵尸统治,赞颂了这个革命者冲破封建社会的层层罗网,反对迷信,摧毁偶像的彻底斗争精神,表现了对未来的乐观信心。

和这三篇小说一样,鲁迅的前期杂文和散文,也是有意识地描写民主主义革命者的。在这些作品中,虽然不似小说那样充分刻画、塑造典型性格,但鲁迅善于抓住生活中革命者的某些特征，进行艺术的概括、具体的描绘、形象化的议论，因此还是写出革命者的高大形象及他们与反动势力不妥协斗争的英勇事迹，尖锐地抨击了帝国主义和封建势力，强烈地反映了革命的理想。例如《华盖集续编》里的《纪念刘和珍君》，对封建军阀屠杀爱国青年学生的暴行表示无比的愤懑，抒写了刘和珍等烈士的英勇战斗姿态，使"苟活者在淡红的血色中，会依稀看见微茫的希望，真的猛士，将奋然而前行"。这里不仅批判了现实，而且还指出人民群众将因烈士的牺牲而觉醒，活着的革命者也将因此坚持战斗下去，使苦难的祖国获得新生。《野草》里的《过客》，写一个不妥协的战士，他在与反动势力斗争的过程中，满身创伤、孤独、劳顿、疲乏，但始终是倔强的，憎恶着这个吃人的社会："没一处没有名目，没一处没有地主，没一处没有驱逐和牢笼，没一处没有皮面的笑容，没一处没有眶外的眼泪。"什么困难和痛苦也吓不倒他，一听到前面声音的催促、叫唤，不顾一切险阻，昂然前进，继续探索、战斗，追求理想的社会。另一篇《淡淡的血痕中》，也写着一个叛逆的革命者出于人间，他能够洞见过去和现在的黑暗，记得人民深广和久远的苦痛，正视一切先烈的凝血，深知一切死亡、方生、将生和未生。他看透"目前的造物主，还是一个怯弱者"。因此，他要起来战斗，叱咤风云，使天地变色，使人类得到苏生。在这些作品中，鲁迅反映了"五四"以后到第二次国内革命时期封建势力的浓厚，表现了对暴风雨般的革命的期待。革命的理想是在现实的抒写中得到有机的体现。

值得注意的是，鲁迅固然在现实生活中寻找缔造光明的革命者，创造和叙写理想的正面英雄人物，树立战斗的"标兵"，向人民宣传民主革命的思想，以启发人民的思想觉悟，但也重视中国历史的丰富斗争经验，因此还从古代神话、历史和传说中汲取题材，寻找那些为人民所喜爱，而又对当前斗争有启发作用的神鬼和人物，用革命的思想照射他们，发掘他们通达人情、藐视权贵、疾恶如仇、敢于斗争和不惜自我牺牲的伟大精神品质，结合批判当时的社会，寄托他的理想。例如，《朝花夕拾》里的《活无常》，通过对绍兴迎神赛会的描述，歌颂了在民间广泛传诵的活无常，刚正不阿，恩怨分明，"那怕你，铜墙铁壁，那怕你，皇亲国戚"的精神，寓托着对丑恶现实的厌恶、讽刺及对生活的愿望。《故事新编》里的《补天》，塑造了神话中女娲的形象，有着无穷的创造力量和自我牺牲的精神，鞭挞那些卫道者，表现了乐观的自信。《铸剑》里的眉间尺为了报父仇，献出自己的头颅，而黑色人宴之敖为了打抱不平，伸张正义，自愿替眉间尺复仇雪恨，同暴君同归于尽，揭露统治阶级的残酷凶狠，讴歌这种反抗邪恶的精神。

不必讳言，鲁迅笔下的这些正面人物，都还不能明确告诉人们反抗现存制度的出路是什么。鲁迅仅仅把这些正面人物的精神道德力量，作为美好事物的代表来歌颂，并把它们和丑恶现实及其代表反面人物作了鲜明的对比，来照出统治阶级的没落衰亡，显出中国的希望。这种希望在当时鲁迅的心目中是朦胧的，往往还和鲁迅的痛苦与忧郁的情绪交错在一起，这应该说是他革命民主主义理想的局限性的表现。

鲁迅后期对现实的认识加深了，克服了前期描写正面人物的作品中所存在的局限性，这时用马列主义的观点，从工人阶级的革命斗争中看到光辉的前途，于是着重描写工人阶级的革命家，打击国民党反动派的血腥统治，表现共产主义的理想。在这里，鲁迅把对工人阶级革命斗争的正确认识，和对中国一切反动势力的本质的进一步理解，把对现实的严峻斗争和对光明的热烈向往，高度地统一起来。鲁迅后期主要的创作——杂文，就有不少这样的杰出作品。

例如，《为了忘却的纪念》是写柔石等五位革命青年作家的死难。他们为了建设中国无产阶级文学，反对国民党反动派的法西斯统治，牺牲于敌人的屠刀下。鲁迅悲愤地揭露敌人的残暴和罪恶，热烈地颂扬烈士们的坚韧不屈的革命品质和英雄气概，指出革命斗争虽然长期、曲折、艰巨，但烈士们流血牺牲的战斗精神，将会启迪人们前进，取得革命胜利："夜正长，路也正长"，"但我知道，即使不是我，将来总会有记起他们，再说他们的时候的。"《"守常全集"题记》记述了李大钊烈士壮烈牺牲的经过，从事革命斗争的光辉业绩，通过对这个革命先驱者的描述和歌颂，指出他虽然不幸牺牲了，但其理想火炬，却永远照耀人们前进，"因为这是先驱者的遗产，革命史上的丰碑"。《答托洛斯基派的信》揭露了抗战前夕托派分子反对统一战线的卑鄙阴谋，描述和歌颂了以我们伟大领袖毛泽东同志为首的中国共产党人，"切切实实，足踏在地上，为着中国人的生存而流血奋斗"，指出在他们身上"寄托着人类和中国的将来"①。

在后期的创作中，鲁迅也通过历史上伟大人物的事迹，"写出中国的灵魂，指示着将来的运命"②。例如《故事新编》里《非攻》和《理水》这两篇小说，就是如此。

《非攻》写的是墨子反对强暴的楚国企图侵略弱小的宋国，维护人类正义，挺身而出，不计个人利害，不辞劳苦，不畏艰险，只身跑到楚国拦阻楚王攻宋。他并不完全希望"口舌的成功"，要他弟子管黔敖准备好守城的器械在宋

---

① 鲁迅给毛主席、朱总司令的电报//文艺报，1956(19).
② 忽然想到一至四//华盖集.

国作好守卫的工作,到楚国后,也不怕公输般阴谋杀害的威胁,准备"死得于民有利"。最后,正义终于战胜邪恶,公理终于战胜强权。鲁迅在历史事实的基础上,塑造了墨子的伟大形象,赞美了墨子"摩顶放踵"利天下的崇高的精神品质,表现了邪恶的东西总会被美好的东西所战胜的革命信念。同时,也针对当时罪恶的现实进行了揶揄和讽刺。

《理水》描写大禹治水,以人民的疾苦为疾苦,为了早日治好泛滥成灾的洪水,使人民能够安居乐业。"讨过老婆四天就走,生了阿启,也不把他当儿子看。"崇高的目的和抱负,使大禹对于不管来自何方的反对和诬蔑,都置之不理,坚持"查了山泽的情形,征了百姓的意见",抱定主意,"非导不可",终于治了水,大功告成。在这些描写中,鲁迅不仅赞颂了大禹的大公无私、为民求福、踏踏实实、埋头苦干的伟大精神,附带挖苦了现实中"正人君子"的丑态,而且还体现了发扬这种精神,运用于新的斗争实际的热烈愿望。

毫无疑问,这两篇小说在反映现实这一点上说,鲁迅绝没有违背历史实际,把墨子、大禹写成共产主义者,他在表现理想时,主要的在于突出和扩大墨子、大禹为人民服务、不计得失、不畏邪恶、坚持真理等崇高伟大的精神面貌和道德品质,在于通过墨子和大禹,暗示人们在新与旧、进步和反动的斗争中,胜利必然属于代表人民利益的新的、进步的事物这一方面。这种崇高伟大的精神面貌和道德品质以及对新事物必然胜利的暗示,正是当时处在国民党反动派围剿中的工人阶级革命斗争所迫切需要的。

总体来说,鲁迅前后期创作中塑造和叙写各种不同的积极的正面人物的作品,尽管体裁不同,有小说、杂文、散文,取材不同,有取自现实生活,有取自神话、历史、传说,概括不同,有塑造典型性格,有勾勒某些性格特征,加以抒情、议论、发表自己的见解,但都分明地反映了不同历史时期的社会本质的某些方面,渗透了鲁迅不同时期的革命理想。我们可以看到:鲁迅没有因社会的浓重黑暗而发出悲观绝望的呻吟,他在广泛而深刻地暴露旧社会的时候,描写这些理想化的正面人物形象,说明他在黑暗中窥见了光明,对祖国和人民的前途是满怀信心的。

三

鲁迅创作中现实和理想的结合,不但体现在描写气势磅礴、淬砺奋发的正面人物的作品里,而且也在反映中国人民被侮辱、被损害的生活的作品里鲜明地体现出来。通过广大人民被压迫生活的真实写照,鲁迅严厉谴责腐朽的社会制度,同情他们的苦难,剖析他们的思想弱点,发掘他们的美德和反抗性,指示他们应该走的生活道路。对人民无限深沉的爱与由衷的信赖，和对敌人毫不妥协的痛恨与无情的批判，在鲁迅创作中是紧密地结合起来的。

用革命的观点来表现中国人民的苦难生活和革命力量，这是由鲁迅开始的。鲁迅始终和人民群众相联系，能够深刻了解人民，在前期虽曾产生过某些怀疑的情绪，但这只是暂时的。鲁迅知道，发动群众，教育群众，依靠群众，才有中国的美好未来。他放弃学医，改治文学，要搞启蒙运动，改造"国民性"，提高人民的觉悟，就是由此出发。后期明确地说："多数的力量是伟大，要紧的，有志于改革者倘不深知民众的心，设法利导、改进，则无论怎样的高文宏议，浪漫古典，都和他们无干，仅止于几个人在书居中互相叹赏，得些自己的满足。"① 鲁迅看到，在风雨如磐的时代里，"专制制度长期独占统治地位，使人民中间积累了可以说是历史上空前未有的巨大的革命的力量"②，只要对他们进行有效的教育，激发他们的仇恨，促使他们觉悟过来，这种力量会像火山似的爆发出来，冲毁反动的统治基础。

在鲁迅的前期创作中描写人民的生活，首先是描写占中国人口中最大多数的劳动人民，主要是农民的生活遭遇。鲁迅对农民是很熟悉的。他自己说过："我母亲的母家是农村，使我能够间或和许多农民相亲近，逐渐知道他们是毕生受着压迫"③。鲁迅真实写出旧中国的农民，不但在物质上受到统治阶级的剥削和压迫，而且在精神上也受到统治阶级的封建礼教道德的残害。这是对反动的封建势力的无情暴露和致命的打击。同时，鲁迅也有意识地写出由于农民的贫穷困苦而又屈辱的生活，由于他们受压迫之惨重，因而革命的反抗性是强烈的、可以信赖的，又给生活涂上"亮色"。例如《呐喊》里的《阿Q正传》《故乡》《明天》和《彷徨》里的《祝福》等篇都深刻地表明这一点。

《阿Q正传》是旧中国农民被压迫的奴隶生活的写照。在这篇杰出的小说里，鲁迅有力揭露了辛亥革命前后农村的阶级矛盾的尖锐对立。赵太爷、赵秀才、假洋鬼子等封建势力代表者压在阿Q头上。阿Q是个贫苦的农民，上无片瓦，下无寸地，靠着打短工过活。自从在赵家闹出"恋爱悲剧"后，更被赵太爷剥得精光，只剩下一件破夹袄和一条裤子了。接着发生"生计问题"，"从中兴到末路"，向往"革命"，又"不准革命"，最后被当作替罪的羔羊，送上"大团圆"的死路。这一生，是旧中国一般落后农民的生活缩影。鲁迅按照生活的本来面貌反映它，狠狠地鞭挞封建地主阶级残酷剥削和压迫农民的罪恶。

① 习惯和改革//二心集.
② 列宁全集·第八集:416.
③ 英译本"短篇小说选集"自序//集外集拾遗.

鲁迅同情阿Q，也无情地剖析阿Q的自欺欺人、健忘麻木、精神胜利等弱点。不过鲁迅没有停留在这一点上，他还以最大的热情细致而曲折地发掘阿Q复杂性格的另一面，潜在阿Q灵魂深处的革命要求和觉醒，用他的理想照耀农民的道路。

阿Q在"恋爱悲剧"之后，被赶出赵家，震动未庄，谁也不雇他了，面临着"生计问题"，打破了他乐天安命的思想，开始积极地谋求生活的出路。首先他出门求食，但"求的是什么东西，他自己不知道"，平常所熟悉的馒头和酒店都走过了，这说明阿Q已经在认真考虑生活问题了，朦胧地追求使他脱离生活绝境的东西了。紧接着，走投无路，只好铤而走险——"偷窃"，不顾这是触犯什么礼教道德。再接着，渴望参加"革命"，以为"革命"可以根本改变他痛苦无告的现状，可以使他报仇雪恨，发财，要个女人，这无异是要否定整个封建秩序。因此，当辛亥革命的浪潮席卷未庄的，阿Q表现了最先、最大的欢迎：

> 造反？有趣……来了一阵白盔白甲的革命党，都拿着板刀、钢鞭、炸弹、洋炮、三尖两刃刀、钩镰枪，走过土谷祠，叫道："阿Q！同去同去！"于是一同去……
>
> 这时未庄的一伙鸟男女才好笑哩，跪下叫道："阿Q，饶命！"谁听他！第一个该死的是小D和赵太爷，还有假洋鬼子……留几条么？王胡本来还可留，但也不要了……

这里，鲁迅写出阿Q绝不是真正革命者，他的革命要求仅仅是盲目自发的，然而透过阿Q要求革命的歪曲的外壳，却跳跃着农民内心的革命火花，表现着农民的内在革命性。

辛亥革命失败了，而阿Q也因赵家遭抢，无辜地被扣上抢劫犯的罪名。在他将要被砍头而游街示众的时候，"无师自通"地说了"过了二十年又是一个……"以及"看见从来没有见过的更可怕的眼睛"，"连成一气，已经咬他的灵魂"，意识到马上有生命的危险，要喊出"救命"。这些描写，进一步批判了辛亥革命的妥协性，也进一步地透出了农民和统治阶级是势不两立的，只要教育他们，去掉他们的落后性，发扬他们的革命性，一定能够走上革命的道路。

鲁迅自己说过，写这篇作品，目的在于要画出"沉默的国民的魂灵"，但又相信"在将来，围在高墙里面的一切人众，该会自己觉醒，走出，都来开口的罢"[①]。以后，回答阿Q会不会做革命党这个问题时，又说："中国倘不革

[①] 俄文译本"阿Q正传"序及自传//集外集.

命，阿Q便不做，既然革命，就会做的。"① 也可见作品中出现现实描写和理想表现是紧密结合着的。

《故乡》也是一幅农民的悲惨生活图画。作品的主人公闰土的命运虽然和阿Q不同，但饥荒加上"兵、匪、官、绅"等封建势力的层层盘剥，闰土的生活同样充满着辛酸和悲痛，"苦得他象一个木偶人"。少年时代的聪明英俊、天真烂漫、活泼可爱的闰土，在苦难的生活折磨下，变成了一个"眼睛周围肿得通红"，"身上只一件极薄的棉衣，浑身瑟缩着"两手裂开像"松树皮"，口里"叫道老爷"的迟钝衰老、萎靡不振的闰土了。鲁迅通过闰土的遭遇，抨击了造成农村急遽破产、农民陷入生活绝境的帝国主义和封建主义势力。

作品的成就还在于，鲁迅从闰土的麻木生活及悲痛的自白中，揭示他对生活的深沉愤懑，这种愤懑虽然并未化为反抗现实的革命力量，其中甚至掺杂有崇拜偶像的宿命论思想，但总是可贵的觉醒火种。鲁迅从这里看出希望，所以，不仅希望后一代宏儿和水生，不再像"我的辛苦辗转而生活"，"别人的辛苦恣睢而生活"，"闰土的辛苦麻木而生活"，应该有"新的生活"，而且也把希望寄托在闰土这一代农民身上，指出"希望是本无所谓有，无所谓无的。这正如地上的路，其实地上本没有路，走的人多了，也便成了路"。所谓"走的人多了"，其中自然包括闰土，鲁迅相信他们在苦难中会取得教训，觉醒过来，从荆棘中开辟出新的生路。

《明天》里写的是年轻守寡的农村劳动妇女单四嫂子，日夜纺纱，勤苦生活，来养活自己和唯一依靠的三岁儿子。不幸，儿子突然生病，求神求医无效死掉了。在这里，鲁迅对那些乘人之危，凌辱她的流氓，以及欺骗她钱财、杀人不见血的庸医何小仙，进行了深刻的批判，对单四嫂子寄予无限的同情，也解剖了她的迷信无知的弱点。

然而就在描写单四嫂子的穷苦生活和深沉悲哀中，鲁迅突出了她的精神力量和对生活的执着要求。宝儿在世，"纱出的棉纱"，"寸寸都有意思，寸寸都活着"。宝儿死后，仍然在空虚绝望中挣扎："宝儿，你该还在这里，你给我梦里见见罢。"希望梦里见她的宝儿，说明单四嫂子并不屈服于现实的黑暗力量，她有一种坚定的生活信念，使她在空虚绝望中又产生新的希望。鲁迅说："在《明天》里也不叙单四嫂子竟没有做到看见儿子的梦"。② 其意思就是相信单四嫂子这样的劳动妇女，决不至于为黑暗社会所吞没，会以自己力量求得渐的

---

① 阿Q正传的成因//华盖集编续.
② 《"呐喊"自序》.

生存。

《祝福》里的祥林嫂的一生比单四嫂子更为悲惨。嫁了两次，都死了丈夫，在鲁家做工，连过年祝福都不让沾手，据说死后还要锯成两片分给死鬼丈夫。主人的冷酷苛虐，周围的讥讽嘲笑，阴间的可怕罪罚，把她折磨得痴痴呆呆，终于被鲁四老爷赶出去，凄惨地死于大年的风天雪地里。鲁迅就这样通过祥林嫂的一生，控诉了封建社会的吃人罪恶，否定了封建道德制度，打击了鲁四老爷为代表的封建卫道者。

关键在于：鲁迅没有单纯鞭挞封建势力，同情祥林嫂，或且批判她的落后精神状态，而是也揭示她的反抗性。祥林嫂惨死之前，大胆地提出对灵魂和地狱的怀疑："一个人死了之后，究竟有没有魂灵的？"这个怀疑，表明祥林嫂尽管愚昧，但这时对别人为她安排的运命已经有所认识和反抗了，表明几千年来封建统治阶级的精神镣铐开始粉碎，预示了劳动人民终有一天冲出封建礼教的樊篱，动摇封建反动的统治，过着一种从来没有的新的合理生活。

根据这四篇作品的分析，完全可以看出，鲁迅从彻底否定封建制度的立场出发，用革命民主主义的观点，完整地揭示了特定历史时期的中国农民的内心世界，写出他们深受封建思想的毒害，因而变得盲目、落后、顺从和忍受这一阴暗面，也写出他们的善良、勤劳，以及渴望改变痛苦现状的精神成长的另一光明面。这正是鲁迅批判现实深刻性和革命理想丰富性的表现，正是鲁迅超过过去时代甚至同时代的描写农民生活的进步作家的地方。

鲁迅除了探索和肯定劳动农民的革命性外，同时还关注着"五四"前后新兴的小资产阶级知识分子这一广大的阶层。在旧中国，小资产阶级知识分子同样受着反动阶级的压迫和剥削，由于他们接受了西方资产阶级民主思想的教育，对于时代的感应灵敏，能够最先觉悟起来反抗现实。但是，正如毛主席听说，他们"在其未和民众的革命斗争中打成一片，在其未下决心为民众利益服务并与群众相结合的时候，往往带有主观主义和个人主义的倾向，他们的思想往往是空虚的，他们的行动往往是动摇的"。① 鲁迅看到了他们的革命力量，也看到了他们的思想弱点，对他们抱有热烈的希望，也给以善意的鞭答，把他们和中国革命时代联系起来，从而探求他们的本质和解放的道路。这在《彷徨》里的《在酒楼上》《孤独者》和《伤逝》等三篇小说里得到最明显的反映。

《在酒楼上》的主人公吕纬甫和《孤独者》的主人公魏连殳，年轻的时候都曾经闪烁着民主革命的思想光芒，心怀大志，勇气勃勃地向封建制度宣战。

---

① 毛泽东选集·二卷：612.

吕纬甫到城隍庙擦过神像的胡子，日日议论改革中国的方法，魏连殳蔑视封建礼教道德，憎恨旧制度，被目为异类，曾几何时，他们由于失败而失望消沉、悲观颓唐了。吕纬甫像蜂子或蝇子一样，"停留一个地方，给什么来一吓，即刻飞去了，但是飞了一个小圈子，便又回来停留原地点"，去做无聊的事情，"敷敷衍衍，模模胡胡"的在别人家里教过去所厌恶的"子曰诗云"，来维持自己的生活。魏连殳在生活的逼迫下，磨尽了锐气，跟他先前所憎恶的现实妥协了，作了官僚军阀的幕客，"躬行先前的憎恶，所反对的一切"，拒绝"先前所崇仰，所主张的一切了"。通过他们的一生，鲁迅深刻地写出小资产阶级知识分子的革命性及其软弱、动摇，透彻地指出个人反抗必然导致失败，只有克服个人的弱点，摸索新的斗争道路，才能有自己的前途。

在《伤逝》里鲁迅描写了和吕纬甫、魏连殳不一样命运的"五四"以后青年知识分子涓生和子君的婚姻悲剧，进一步肯定和表现小资产阶级知识分子的革命性。子君开头很勇敢坚决，冲出封建家庭和周围环境的障碍，取得了婚姻自由的胜利。婚后满足了，"只为了爱——盲目的爱——而将别的人生的要义全盘疏忽了"。结果由于涓生失业，只好回到旧家庭，默默地为封建势力所吞噬掉。鲁迅沉痛地描写小资产阶级知识分子受苦受难的生活状况，道出了他们必须为远大理想而战斗，否则将会失败。

鲁迅集中描写涓生的觉悟和追求新的生活的坚决。涓生开始没有子君勇敢，失业后清醒了，懂得"第一，便是生活"。人必须生活着，"爱才有所附丽"，认识到"向着这求生的道路，是必须携手同行，或奋身孤往了，倘使只知道随着一个人的衣角，那便是虽战士也难于战斗，只得一同灭亡"。因此，当子君离开他时，在苦恼悲伤中表示决心寻找新的生路，要"跨进去"。前途如何虽然不明确，但"仍然要战斗"。这时，我们在他的身上已经看不到失败后的颓唐、动摇，而看到的是反对现状和积极追求的反抗精神，对旧制度的憎恶和对新生活的渴望。

鲁迅这种对中国人民各种的革命力量的肯定和探索，我们在他的杂文集里还可以看到。例如《坟》的《春末闲谈》，正确指出封建思想意识形态对于人民的严重毒害的作用，但是统治阶级却无法依靠这种精神统治来巩固他们的反动制度，因为人民不甘心做奴隶，所以"无法禁止人们的思想"。鲁迅清楚地知道，"治人者虽然尽力施行过各种麻痹术"，但不能"奏效"，人民有"猛志"，能够用自己力量推翻"阔人的天下"。《热风》的《生命之路》，指出反动统治决不久长，"无论什么黑暗来防范思潮，什么悲惨来袭击社会，什么罪恶来亵渎人道"，人民"渴望完全的潜力"，即要求变革社会、建立合理生活的潜存的革命力量,"总是沿着这些铁蒺藜向前进"。这些杂文直接剖示人民的落后是由统治阶级造成的,指出统治阶级从精神上加紧压迫人民必然破产,写出人民的革命力量。

诚然,在以上这些作品里,鲁迅虽然肯定人民群众的革命力量,宣传人民群众斗争,特别是农民革命斗争的思想,但他当时对于无产阶级是中国革命的最基本力量,农民是无产阶级的坚固的同盟军,只有在无产阶级的领导下,才能彻底解放自己,至于小资产阶级知识分子也只有与工农相结合,改造自己,投向无产阶级的斗争,才有自己的出路,这些问题是没有明确认识的。因此,在探讨人民革命的力量,表现理想时,有时却不免对青年寄予更大的希望。例如在《坟》里的《灯下漫笔》一文中认为,我们"自然,也不满于现世的,但是,无须反顾,因为前面还有道路在。而创造这中国历史上未曾有过的第三样时代,则是现在的青年的使命"。这当然是由于前期进化论——青年必胜于老年——的思想限制所致的。

鲁迅确立了阶级论的思想体系,认清中国革命的性质和动力后,在他的创作中就明确解决了上述的那些问题。这时他把自己的活动和中国人民斗争中的领导力量——中国共产党联结在一起,在他的别作里,人民群众,其中特别是无产阶级和农民,是被作为一种决定历史命运的社会发展力量来描绘的。所以他曾说:"中国的大众的灵魂,现在是反映在我的杂文里了。"[①] 例如,在《二心集》的《序言》里,揭穿社会对立的实质,画出各阶级的没落和上升,指出"惟新兴的无产者才有将来"。《三闲集》的《"醉眼"中的蒙胧》一文,明确写出工农大众是中国革命的基本动力,小资产阶级的知识分子只有转变立场,皈依他们,才有生活的前途:

……现在则已是大时代,动摇的时代,转换的时代,中国以外,阶级的对立大抵已经十分锐利化,农工大众日日显得着重,倘要将自己从没落救出,当然应该向他们去了。何况"呜呼!小资产阶级原有两个灵魂……"虽然也可以向资产阶级去,但能够向无产阶级去的呢。

对于其他阶层人民的力量,鲁迅同样给以明确的表现。例如在《且介亭杂文二集》里的《"题未定"草(六—九)》一文中,就写出在封建时代里,"老百姓虽然不读诗书,不明史法",但他们"能从大概上看,明黑白,辨是非,往往有决非清高通达的士大夫所可几及之处的"。而在现在,像北平学生游行——"一二九"爱国运动,反对国民党反动派的卖国政策,被"警察水龙喷

[①] 后记//准风月谈.

射,棍击刀砍,一部分则闭于城外,使受冻馁",马上得到其他学校学生及附近居民的全力支持,指出中国人民"被愚弄诓骗压迫到现在,还明白如此",可见"石在,火种是不会绝的"。

如果说,在后期杂文创作中,鲁迅进一步表现了中国人民的革命力量,那么在其他创作中也能看到。例如,上面说过的,《故事新编》里的《理水》塑造了大禹的光辉灿烂的形象,鲁迅突出了大禹治水之所取得成功,就在于他跟人民群众保持血肉的联系,他"征了百姓的意见",改"湮"为"导",才驯服了滚滚滔滔的洪水,这里正是表现了人民群众的正确和力量。又如,《集外集拾遗》里的《无题》:"万家墨面没蒿莱,敢有歌吟动地哀。心事浩茫连广宇,于无声处听惊雷。"这首诗既写出中国人民在国民党反动派统治下的水深火热的生活,也写出了正在全国酝酿的人民革命斗争,表现了作者对革命力量的赞颂,和由此而产生的对革命胜利的自信。

基于以上对鲁迅前后期创作中描写被压迫人民生活的作品的分析,我们完全可以说:鲁迅在描写人民苦难和解剖他们的弱点时,不单单是和憎恨一切腐朽的事物结合着,而且也是和相信他们的觉醒和力量结合着,因此,使人们看到人民群众的作用、烛照了未来。这就是鲁迅这些作品中现实和理想相结合的力量,强烈的思想和艺术的力量。

四

在鲁迅的创作中,现实和理想的结合还表现在通过对生活中邪恶的消极的事物的突出刻画和彻底抨击,侧面透露出革命的理想,或通过对自然现象和个人往事的描写,否定当前的现实,直接抒发和表达对未来世界的热烈向往。这些作品的共同特点是,没有进攻的积极正面人物,也没有人民革命力量的表现,但却或隐或现地体现着人民变革现实的要求、意志和愿望。

对于自然现象和个人往事的描写,主要在鲁迅前期散文创作《野草》和《朝花夕拾》里。这两本散文集有很多篇章,虽是描写自然现象和个人往事,但实际上通过它们抒发胸臆,吐露战斗的激情,憧憬美好的生活。在《野草》中《好的故事》是通过梦的幻影,追求一个"有无数美的人和美的事"的生活,用以对照黑暗的社会现实,表现对反动制度的憎恨,向往着美好的未来。《秋夜》描写小粉红花、小青虫们,在冷清寒冽的夜中,等待着"春"的来临;"火"的焕发,反映了作者憎恶黑暗、渴望光明的热情。《雪》热烈赞颂雪的清白、明艳、纯洁、顽强,透露黑暗即将过去,光明即将到来。在《朝花夕拾》中,《狗、猫、鼠》固然写作者过去生活的回忆,但通过对猫的凶残、狡猾、媚态的描写，揭露现实斗争中那些"正人君子"之流的丑恶本质："虫蛆也许是不干净的，但它们并没有自鸣清高，鸷禽猛兽以较弱的动物为饵，不妨说是凶残的罢，但它们从来就没有竖过'公理''正义'的旗子。"这些"正人君子"连禽兽也不如。在同情被残害的隐鼠飞兔的儿女们中，则联系到现实中的牺牲者，渗透着诅咒现实、追求将来的热情。《二十四孝图》也是通过自己的往事，批判虚伪的封建"孝道"，抨击反对白话的封建复古者，寄托了反对旧礼教，建立新的社会道德的理想。《藤野先生》则是描述作者求学日本时的老师藤野先生平凡而伟大的事迹，怀着感激和眷恋的心情，描绘了他的形象，表现了作者正视现实，为人民而解放的战斗愿望。

尽管，《野草》中的那些作品要比《朝花夕拾》那几篇多一些淡淡的哀愁和忧郁，但因为现实和理想取得很好的结合，所以一样地散发着战斗的火星，体现着乐观的精神。

在鲁迅的小说和杂文里，则有不少描写邪恶的消极的事物的。这些作品极其尖锐地揭露和批判这些事物的本质，通过扩大现实的黑暗面和虚弱性，使人产生新事物在政治上和道德上必然战胜的优越感，从侧面表现了革命的理想。正如鲁迅自己所说的：只有这样"扫荡废物"，才能"造成一个使新生命得能诞生的机运"①。这说明鲁迅这些作品中的任何一种对反动事物的否定，都是为了理想而作的，都是和理想相结合的。

例如前期小说《彷徨》里的《肥皂》和《高老夫子》两篇小说就是很突出的例子。《肥皂》写一个彻头彻尾的伪道者四铭，他满口"国粹""忠孝节义""道德"，极力反对办学堂、女子念书，可是一看到十八九岁的讨饭姑娘，就动了邪心恶意，马上想到给她买块肥皂洗一洗，一定还是个好货色。《高老夫子》也是写一个所谓国粹代表者高干亭。他慕什么高尔基之大名，改名为高尔础，愚蠢无知，卑鄙庸俗，下流无耻。他攻击新文化，大谈其国粹，然而到女校教书，却为的是看看漂亮的女学生，回到家又是一个赌棍，想的是怎样骗人的钱。这两篇作品通过这些深刻的讽刺性的描写，生动地画出这些国粹代表们的嘴脸，突出和强调了他们身上的反动特征，揭露了封建势力的虚弱性和荒谬性，从这里表达了对于生活的理想，侧面肯定了生活中的光明力量。

鲁迅前期杂文对旧社会的攻击要比小说广泛，从打拳扶乱、国粹到封建军阀、帝国主义和御用文人，无不加以扫荡批判。例如《热风》里的《随感录四十二》，把半封建半殖民地社会的野蛮状态集中一起，触目惊心地排在我们的面前：

---

① 后记//出了象牙之塔.

试看中国的社会里，吃人，劫掠，残杀，人身买卖，生殖器崇拜，灵学，一夫多妻，凡有所谓国粹，没一件不与蛮人的文化恰合。拖大辫，吸鸦片，也正与土人的奇形怪状的编发及吃印度麻一样。至于缠足，更要算在土人的装饰法中，第一等的新发明了。

　　这里，尖锐地揭露了封建制度的腐朽性，给封建反动势力以狠狠的鞭挞。在这彻底的否定中，隐存着对理想生活的热烈追求和生活中新事物的进攻力量。

　　又如，《华盖集》里的《忽然想到之三》写出辛亥革命的失败，扩大了这个革命的不彻底性："我觉得仿佛没有所谓中华民国。我觉得革命以前，我是做奴隶了。我觉得有许多烈士的血都被人们踏灭了，然而又不是故意的。我觉得什么都要重新做起。"这使人感到封建统治者仍然骑在人民头上，现实黑暗可怕，阴森逼人，必须"重新做起"——继续革命。这里透露了鲁迅没有失掉对将来的信心。《坟》里的《论"费厄泼赖"应该缓行》，形象地说明了打"落水狗"的主张，认为打狗应当打到底，中途而止，结果仍会被咬。他揭穿"现代评论派"的陈西滢们的虚伪假面，把他们比之为一种最坏的叭儿狗，"虽然是狗，又很象猫，折中，公允，调和，平正之状可掬，悠悠然摆出别个无不偏激，唯独自己得了'中庸之道'似的脸来"，指出必须向他们继续打击。这里，通过对统治阶级御用文人反动本质的突出刻画和夸张扩大，既表现了鲁迅坚决的反自由主义精神，也反映了鲁迅对真正革命战斗的希望。鲁迅在《坟》的后记中曾说过："最末的《论'费厄泼赖'应该缓行》这一篇……虽然不是我的血所写，却是见了我的同辈和比我年幼的青年们的血而写的。"可见这篇作品的理想，是非常热烈的。

　　鲁迅对当时社会生活中邪恶的反面事物的斗争，在后期的创作中，表现得更为彻底、更为有力。这时期的小说，特别是杂文，主要的是要把阻碍无产阶级革命运动的一切错误的反动的东西一扫而光，让人民阔步前进。

　　例如《故事新编》里的《采薇》《出关》《起死》等三篇小说，是从历史中撷取材料，在批判朽腐的名教和僵硬的传统的同时，来显现作者的革命理想的。

　　《采薇》写的是伯夷、叔齐兄弟生在人世间，却耽于幻想，逃避现实，超然政治，最终落个所谓"不食周粟"，饿死在首阳山上的悲惨结局。鲁迅写这篇小说的现实中，国民党反动派日益嚣张地推行所谓"攘外必先安内"的卖国政策，民族矛盾和阶级矛盾已经十分尖锐，可是有不少知识分子不明大局，不敢正视血淋淋的现实，投身于斗争，企图置身事外，明哲自保，然而又做不到，结果被现实碰到头破血流。这篇小说，在再现历史生活的基础上，曲折反映了当时的某些知识分子在剧烈斗争中的动态，批判了他们的超现实、超政治的思想。同时也透露了这样的愿望：生活固然一片黑暗，但要是人们能重视政治，参加人民的革命斗争行列，那是会有自己所追求的自由生活的。

《出关》和《起死》是对老庄思想的彻底批判。《出关》通过老子这个人物，批判了道家那样不务实际，"'无为而无不为'的一事不做、徒作大言的空谈家"①，也附带批判儒家的追求名利的行为。通过这些历史人物，鲁迅结合批判了当时现实中知识分子的清净无为的思想和夸夸其谈的作风，揭露了这些思想的反动性，侧面显示了踏踏实实地苦干，不为己利，引导人民参加积极的斗争，革命是会胜利的。《起死》描写庄子是那么虚伪圆滑，随便通融，是非不分，生死不明，可是一关涉自己的切身利害，就露出本相来。鲁迅抨击了庄子所主张的"此亦一是非，彼亦一是非"的反动思想，有意识地批判当时现实中一些知识分子混淆是非、骂倒一切的行为，透露了这个希望：在斗争的年代里，只要有明确的是非、强烈的爱憎，一定会获得光明的生活。

鲁迅后期许多杂文更注意"对于有害的事物，立刻给以反响或抗争，是感应的神经，攻守的手足"②。它的内容从前期的广泛社会批判集中到深刻揭露帝国主义和国民党反动派及其走狗的罪恶，如文化的围剿、残酷的镇压、安内攘外的阴谋、卖国求荣的丑态等等。在这些杂文中，鲁迅非常清醒地用愤怒的火焰去烧毁它们，表现了"沉着稳定坚毅的进军"和"通过一切阻难妨害而必将到达的前途的信心"③。自不管评论的是什么事情，揭露的是什么罪恶，他都能看穿这些事物的本质，预见到社会的进程，洋溢着革命的热情，透出理想的光辉。例如《且介亭杂文末集》里的《写于深夜里》，是揭露国民党反动派残酷屠杀革命者和中国人民的血腥罪恶的一篇杂文，其中有这么一段叙写：

> 开完了这样特别的庭，我们又被法院解到军人监狱。有谁要看统治者的统治艺术的全般的么？那只要到军人监狱里去。他的虐杀异己，屠戮人民，不残酷是不快意的。时局一紧张，就拉出一批所谓重要的政治犯来枪毙，无所谓刑期不刑期的。例如南昌陷于危急的时候，曾在三刻钟之内，打死了二十二个，福建人民政府成立时也枪毙了不少。刑场就是狱里的五亩大的菜园，囚犯的尸体，就靠泥埋在菜园里，上面栽起菜来，当作肥料用。

这画出了国民党法西斯统治下的人间活地狱。接着，作者又指出反动派看到，"拼音字好象机关枪，木刻好象坦克车"，"一有要紧的事情，就伤风，同时还传染给大臣们，一齐生病"。这又揭穿了反动派的衰朽无能，透示了统治

---

① "出关"的关//且介亭杂文末编.
② 序言//且介亭杂文.
③ 胡绳.鲁迅思想发展的道路.

阶级的残酷统治也挽救不了他们注定灭亡的命运，革命的熊熊烈火无法扑灭。

再以，《伪自由书》里的《止哭文学》和《以夷制夷》为例。在《止哭文学》中，鲁迅指出日本帝国主义的侵略野心，先将中国征服变为奴才，再去进攻苏联，剖示了国民党反动派的卖国政策，这里包含着对国民党反动派的强烈抗议，表明了他渴望人民认识苟且偷安思想的危害，奋起迎敌，争取民族的解放。在《以夷制夷》中，指出英美帝国主义和日本帝国主义是一丘之貉，它们支持日本帝国主义侵略中国，还帮助国民党反动派屠戮中国共产党人和革命人民，实行"以华制华"，而"自己倒不做恶人"。这里深刻揭示了帝国主义的本质——都是豺狼，都是中国人民的敌人，不可依靠，也表达了作者对民族解放斗争的向往和对斗争前途的信心。

以这三篇杂文来说，鲁迅都是突出国民党反动派和帝国主义的本质特征，通过精辟透彻的分析，直接加以评论和抨击，以表达他的革命理想，所以贯穿在作品中的情调是那么乐观、坚定。

鲁迅不是单纯抒写自然现象和个人往事，或揭露一切旧事物，而是把这些充满激情的抒写、否定的揭露与不同的革命理想结合起来，因此即使没有对光明的直接描绘和礼赞，但也看不到悲观绝望的阴影。对未来的革命信念和对新生活的积极追求，不同程度地渗透在这些作品的艺术形象和结构中。这就是鲁迅这一部分作品有强烈的战斗性的原因。从这里，我们也可以说明这么一个问题：如果作家是一个革命者，一个脚踏实地战斗的革命理想主义者，那么"无论写的是什么事件，用的什么材料"，"从喷泉里出来的都是水，从血管里出来的都是血"①。鲁迅即便描写的是一般的、细小的生活题材，由于革命思想的光照，也能创造出生命来，揭示具有时代的内容，使自己的作品达到现实和思想的结合，发挥它的战斗作用。

五

综上所述，鲁迅忠实地遵循现实和理想相结合的创作原则，他的创作在革命现实生活的基础上，在革命民主主义理想，或社会主义、共产主义理想的指导下，反映时代重大的崭新的主题，做到比实际生活更集中、更强烈、更理想、更典型，成为革命的教科书，取得高度的成就。现在我们再简单地总结一下鲁迅创作中现实和理想相结合的表现，有以下三个方面：

第一，鲁迅在积极的革命的正面人物身上，看到中国人民的希望。他站在

---

① 革命文学//而已集.

不同历史时期的理想高度,通过不同历史时期的革命者或神话、历史、传说中富有斗争精神和高贵品质的神、鬼、人物,来表达他对旧社会及一切腐朽事物的憎恨和鞭挞,以及对生活的革命信心。

第二,鲁迅看到人民的力量,随着中国革命的发展,逐步而深刻地认识到他们的历史作用。他通过对中国人民的苦难生活及其落后的精神状态的描写和剖析,狠狠打击反动社会制度和反动势力,挖掘和表现被压迫人民的革命性,以展望未来。

第三,鲁迅懂得一切黑暗的、反动的事物是必然要衰亡的,因此,他依据不同的革命观点,或通过对自然现象的抒写,或通过个人往事的描绘,或通过对旧的、腐朽的事物的讽刺和揭露,否定当前吃人的旧社会,显示出对新生活的坚定追求和向往。

总之,鲁迅创作中现实和理想的结合是丰富多彩的。它不是体现自生活的美好结局,或者积极的正面人物对反面人物的斗争胜利,或者人民的完全觉醒和对反动势力的绝对优势,或者幸福生活的明确前景,而是体现在以最大的憎恶去批判旧社会的同时,写出正面人物的进攻力量、人民的革命性和出路,写出对将来的渴望。它是艺术真实的东西,符合于中国革命不同历史的要求,有着社会的、历史的、民族的深厚内容的。

认识了这一点,就不难说明鲁迅的创作从一开始就是向着革命现实主义和革命浪漫主义相结合的方向发展。革命浪漫主义的核心是革命理想主义。周扬同志说:"我们所说的革命浪漫主义,其基本精神就是革命的理想主义,是革命的理想主义在艺术方法上的表现。"① 这句话阐明了毛主席提出的革命现实主义和革命浪漫主义相结合的精神实质的一方面,给予我们以很大的启发。鲁迅在当时由于时代条件的限制,由于革命文学实践经验的限制,对创作原则的主张不能够而且也不可能像毛主席在 1958 年提出革命现实主义和革命浪漫主义相结合那样明确、那样完整,但从内容上说,前期是比较接近而后期则是一致的,他的创作是他自己提出创作原则的实践,因此可以说向着革命现实主义和革命浪漫主义相结合的方向发展。因为前期作品,如上面说过的,是现实的批判和革命民主主义理想的结合,客观上符合无产阶级的革命要求的,在这个意义上说,具有了革命现实主义和革命浪漫主义相结合的因素。后期作品,是对现实的革命批判和共产主义理想的结合,说它是革命现实主义和革命浪漫主义相结合的作品,这大概不至于有人怀疑吧。

---

① 周扬.我国社会主义文学艺术的道路.

认识了这一点，也就不难理解毛主席提出革命现实主义和革命浪漫主义相结合的伟大意义。革命现实主义和革命浪漫主义相结合，是对全部文学历史的经验的科学概括，开辟了社会主义文学艺术发展的最宽广的道路。而这里就包括了对"五四"以来革命文学，其中特别是鲁迅创作中现实和理想结合的经验概括。在今天，对于革命文学创作来说，革命理想极为重要，因为"革命理想，永远是我们社会主义文学艺术的灵魂，抽去了这个灵魂，文学艺术就会苍白，不再成为革命的文艺了。我们今天的最高理想就是共产主义，这是能够实现和正在实现的理想。我们的理想，不但不排斥，而且正在建筑在求实的基础之上的。因此，在艺术方法上，我们提倡革命现实主义和革命浪漫主义的结合"①。鲁迅创作的革命性和战斗性，证明了革命理想的力量，证明了毛主席提出革命现实主义和革命浪漫主义相结合是对马克思主义文艺理论作了又一重大的贡献。

鲁迅是伟大的。作为中国现代革命文学的奠基人，他的创作是永远不朽的。他树立了文学为革命政治、为人民服务的伟大榜样。他的创作不仅是团结人民、教育人民、打击敌人、消灭敌人的重要武器，而且是指导其他革命作家，推动他们走向正确的创作道路的路标。我们学习鲁迅，继承鲁迅的文学遗产，主要的任务之一，应当是继承鲁迅创作中现实和理想相结合的战斗传统，进一步发扬光大它，促进社会主义文学的发展，攀登无产阶级文学的顶峰。

学习鲁迅的创作，其意义还不止于此。它还有助于我们对文艺上的现代修正主义者进行斗争。我们知道，文艺上的现代修正主义者和政治上的现代修正主义者一样，他们在文艺领域中追随没落的资产阶级，反对社会主义、共产主义的理想，反对革命斗争，他们提倡"诚实地写作"，即是逃避现实，歪曲真理，丑化社会主义的现实，美化资本主义的生活方式，宣扬个人主义，以抵制革命理想。这样，鲁迅的创作，也是我们在文艺创作领域里保卫革命理想的一面战斗旗帜！

（原载《福建师范学院学报》1963年）

作者简介

郑松生，1931年生，福建福州人。1956年毕业于华东师范大学中文系。福建师范大学中文系教授。著有《毛泽东与美学》《文学概论讲义》等。

① 《人民日报》社论《更大地发挥社会主义文艺的革命作用》。

关于阿 Q 典型性问题
——对于李希凡同志《关于"阿 Q 正传"》一文的商榷

徐元度

在今年四月号"新建设"上,李希凡同志发表了一篇题作《关于"阿 Q 正传"》的批评文字。在这篇文章里,李希凡同志把过去许多人对阿 Q 这一典型人物的看法,概括为三类,现在我把他的概括抄在下面:

(1) 有人根据鲁迅在"俄文本阿 Q 正传序"里,对于阿 Q 这一典型说过的几句话:"我虽已经试做,但终于自己还不能很有把握,我是否能够写出一个现代的我们中国人民的灵魂来",而认为"阿 Q 是中国人精神方面各种毛病的综合",即所谓"国民劣根性"。

(2) 把阿 Q 完全看成辛亥革命时代的革命农民的典型,其目的在于引伸下来,说解放后的农民,也依然有阿 Q 性的残余,所谓"精神奴役的创伤",于是,可以"通过历史,把握今天",诬蔑中国共产党领导下经过几次巨大革命斗争的革命农民——尤其是形成党在农村中骨干的贫雇农。这种意见的代表者,就是胡风反革命集团骨干分子耿庸的"阿 Q 正传研究"。

(3) 把阿 Q 这样一个人物,看成一个复合体——雇农的阿 Q 和阿 Q 精神,雇农的阿 Q 是阿 Q 精神的寄托者。这是雪峰同志在他的"论阿 Q 正传"和其他论鲁迅创作的文章里,一再表述过的意见。

关于第一种看法,我认为没有什么可讨论的。因为,果真有人把阿 Q 单纯地看作"中国人精神方面各种毛病的综合",那就等于说阿 Q 是一个既没有阶级特征又没有个性的概念化的人物,也就从根本上否认了阿 Q 的典型性。而阿 Q 是鲁迅笔下创造出来的最成功、最鲜明的典型人物之一,已是今天大家公认的事实。不过，关于鲁迅在写《阿Q正传》时是否考虑到"国民性"或"国民劣根性"的问题，我下面还要谈到。关于第二种看法，即以胡风分子耿庸为代表的荒谬看法，我基本上同意李希凡同志的分析和批判，即阿Q并不是一般农民的典型，而只是落后农民的典型，最大的证明是鲁迅除了阿Q这一人物外，还创造了一些其他的农民典型，如祥林嫂、闰土、爱姑等，在这些人身上写出了中国农民的高贵品质。

但上面的两种看法，并不是李希凡同志的主要批评对象，因为李希凡同志这篇文章的批评矛头，主要是指向冯雪峰同志的《论阿Q正传》一文的。在今年3月中国作家协会举办的"关于文学艺术中的典型问题"座谈会上，李同志也作过类似的发言，这段发言很可以概括他在本文里的主要论点：

> 雪峰同志在他的《论阿Q正传》的文章里，把阿Q看成一个集合体的典型，认为阿Q精神是属于统治阶级的，而阿Q形象却是雇农，阿Q是"阿Q主义或阿Q精神的寄植者"，"阿Q和阿Q主义是可以统一而又应该分别的"。这就等于说，阿Q是一非典型的人物，鲁迅是把统治阶级精神状态硬加在雇农的阿Q身上的。如把这个论点概括成公式，那是：既然阿Q是雇农，那么，阿Q和阿Q主义就应该是两回事，而阿Q主义就应该与阿Q无关。在这里，我不想分析阿Q这个人物，不过很显然，形成雪峰同志这种论点的，依然是所谓"社会力量本质的体现"的看法在作祟，阿Q这个典型既然交织着如此复杂的矛盾现象，它就只能是集合体了。

雪峰同志的《论阿Q正传》，写于1951年；到了1955年，雪峰同志又写了一篇题名《阿Q正传》的文章，发表在《文艺学习》第五期。在这篇文章后面，作者还有一段附记："我在1951年曾经写过一篇《论阿Q正传》，发表在《人民文学》上，以后又收在'论文集'中；后来我觉得论得太空泛，并且有的论点在解释上是有错误的，所以在'论文集'再版时就抽掉了。这一篇是最近写的，论点上恐怕仍免有错误，请大家批评指正。"现在李希凡同志对于雪峰同志第二篇文章一字不提，专拿作者已经声明有错误的旧作来开刀，是不是有欠公正呢？

我们姑且假定李希凡同志在写这篇批评以前没有注意到雪峰同志的新作，或者有意识地拿雪峰同志第一篇文章当作苏共十九次党代会提出"典型是一定社会力量的本质的体现"的公式以后中国批评界的庸俗社会学倾向的典型来进行批判（这里顺便提一下，雪峰同志写那篇文章时，苏共第十九次党代会还没有召开）——即使这样，我也认为，李希凡同志在这篇批评里，对于雪峰同志《论阿Q正传》一文的某些论点，有些断章取义或迹近曲解之处，同时觉得李希凡同志自己方面所提出的个别论点，也有值得商榷的地方。

我这样说，丝毫没有全部肯定雪峰同志那篇旧作的意思。事实上，1954年夏天，我还在北京同雪峰同志就阿Q精神的根源问题讨论过一个晚上，但因为自己拙于言辞，不能把意见很好地表达出来，没有达到任何结论。

现在，为了把问题搞清楚，我想先从这个问题——即"阿Q精神"及其历史和阶级的根源的问题——谈起。

什么是"阿Q精神"或"阿Q主义"？它的历史和阶级的根源是什么？雪峰同志认为，阿Q精神就是"自贱贱人和自欺欺人；健忘——对于自己被损害的健忘；对敌人的健忘；特别是在失败的时候就拿来安慰自己的"精神胜利法"；还有，自己被强者凌辱压迫而不能反抗就转而向比自己更弱者去取偿等等。这些都是联贯的，而最主要的是精神胜利法"，是一种"奴隶的失败主义"。（以上均见《论"阿Q正传"》）关于它的历史和阶级的根源，他的意见是：这种奴隶的失败主义与投降主义，总是首先出自失败于外来侵略者的统治阶级的，其创作权也自然归于这种失败的统治阶级。

对于这个问题，李希凡同志的看法与雪峰同志大致相同，他认为阿Q精神是"封建统治阶级对外卑屈，对内统治的奴才相"，并认为："封建主义及其形形色色的奴才相，就是生长阿Q主义的阶级根源。"

那么，既然阿Q精神或精神胜利法是封建统治阶级创作出来的，为什么会跑到了阿Q这个雇农身上去了呢？在解释这个问题的时候，雪峰同志的论点有些混乱。一方面，他承认阿Q精神（失败主义及精神胜利法）："不仅是统治者用来安慰自己，主要的是这些统治者用来欺骗人民，压迫和麻痹人民对侵略者的反抗运动的斗争意志的。"另一方面又说："被压迫的奴隶一次一次地反抗，大半也是一次一次的失败。一次一次的失败，可以磨炼出反抗的奴隶的坚毅的意志品质，然而也同样可以产生失败主义，同样可以产生自欺欺人的精神胜利法！"因而证明："人民的被压迫的历史，才真正是人民的阿Q主义的产生史。"（黑点为笔者所加，以下同。）

我不同意这第二层说法，因为这无异于说：阿Q主义有两种，一种是封建统治阶级的阿Q主义，一种是人民的（或农民的）阿Q主义。也无异于说：阿Q主义有两个来源，一个是封建统治阶级散布到农民身上的，一个是农民身上自己产生出来的。我的看法是：农民起义的失败，是造成农民接受统治阶级对他们进行种种精神麻醉和精神毒害的条件之一，但失败决不会产生农民自己的阿Q主义。不错，当农民起义受到一次镇压以后，农民中间可能产生一种消极绝望的情绪，但这种消极绝望的情绪在其具体内容上决不等于阿Q主义的精神胜利法,正如资本主义国家工人阶级在罢工斗争失败后,可能在短期中产生沮丧情绪,但假如没有资产阶级继暴力镇压之后向他们进行种种麻醉和宣传,绝不会自发地产生"自有人类以来就有剥削"这一类的想法。

在这里,我觉得李希凡同志的解释比较简单明了。他引用马克思的话:"在每个时代里,统治阶级的思想,就是统治的思想,说明人民身上所以存在着失败主义,主要是受了封建统治者的精神毒害。"

现在让我们转到李希凡同志批评冯雪峰同志的主要论点。

李希凡同志认为冯雪峰同志实质上否认阿Q是一个典型人物,他的根据是:(一)雪峰同志在文章里有过"阿Q是阿Q主义精神的寄植者,这是一个集合体"的话;(二)雪峰同志谈到阿Q和阿Q主义的关系时,提出了"阿Q和阿Q精神是可以统一起来又应该分别的"这一论点。

雪峰同志是不是真的把阿Q看作一个抽象的人物,一个非典型的人物呢?要明确这一点,我们不能仅以李希凡同志的简短的引文为凭。在《论阿Q正传》里,分明有这样一段话:

> 是的,阿Q这形象,并不是一个精灵,而是一个活生生的人物。这个人物以及被作者所寄植的灵魂所居住的世界,也不是童话的世界,而是现实的、具体的、逼真的辛亥革命时的农村社会。作者不仅给予了自己的形象以极高的思想性,并且创造了极真实和极生动的人物和环境,而且在通过了人物和环境的性格化以完成人物和环境的典型化的工程上,作者是非常地深入生活中的复杂的社会关系的,所以,性格化的工作始终为典型化服务,使典型化不致因性格化而缩小了思想性;同时,又不仅保证了典型化免于思想的概念化的缺点,而且使性格始终生活在社会的阶级对立的关系中,因此作为活的个性看也依然能够具有阶级特征,而不是一个没有主要的特征的个性。

必须承认:雪峰这段文字是写得相当晦涩难懂的,这是雪峰同志语言方面的主要缺点。不过,假如我们把其中几个名词的概念搞清楚,就不难看出,雪峰同这在这里肯定了以下几点:(一)阿Q是一个活生生的人物形象,不是一个抽象化、概念化的人物;(二)鲁迅不仅写出了一个具有高度概括性(在他身上概括了阿Q主义)的典型人物,而且,写出了一个具有鲜明的阶级特征和个性的人物;(三)通过典型人物和典型环境的相互关系,鲁迅写出了当时的复杂社会关系和阶级矛盾。

难道一个否定阿Q的典型性的人会这样写吗?

同样地,根据上面引的这一段文字,我们也不难理解,什么"寄植者"

呀,"集合体"呀,不过是雪峰同志所自造的另一些生僻字眼。所谓"阿Q是阿Q精神的寄植者",不过是说"在阿Q身上概括了阿Q精神",所谓"这是一个集合体"也并不意味着阿Q和阿Q精神之间的关系是一种无机的、硬凑的结合。这是只要把雪峰同志的文章多看两遍就可以明白的。

至于李希凡同志仅仅根据雪峰同志"阿Q和阿Q精神是可以统一而又应该分别的"这句话,就断定他主张"阿Q和阿Q精神无关","是两同事",这也未免有些武断和歪曲。依我的看法,雪峰问志关于"阿Q和阿Q精神是可以统一而又可以分别的"的话,固然说得笼统一些,但并没有多大错误。因为,阿Q精神一方面是阿Q这个雇农性格中不可分割的部分(因为它是中国公民在一定的社会历史条件下从统治阶级感染来的精神毒素,这种精神毒素深入农民的思想意识,并且也被打上了农民自己的阶级烙印),所以是"可以统一"的;另一方面,阿Q精神又是中国其他阶级所共有的精神病态(虽然各阶级的阿Q精神有其不同的形态和特点),并不是阿Q这一雇农或一般农民所特有的东西,所以是"可以分别的"。这正是事物的共同性和特殊性的辩证关系。

这种看法,不但对阿Q典型可以说得通,即对世界文学史上其他具有高度概括性的典型也说得通。例如,当我们提到堂·吉诃德时,我们所指的是塞万提斯笔下那位精神失常、荒唐可笑的没落骑士,可是当我们提到"堂吉诃德精神"的时候,我们所指的是许多人身上那种没有结果的空想,脱离实际、脱离时代的倾向。此外,如汉姆莱脱与"汉姆莱脱性格"、奥勃洛莫夫与"奥布洛莫夫性格",莫不如此。我们反对资产阶级的"人性论",因为它抹杀了人和人之间的阶级特征的差异,从而取消了阶级斗争;我们也反对庸俗社会学典型论,因为它把典型仅仅看作阶级特征的概括,否认同一历史条件下不同的阶级之间在性格上有任何共同之点。

最后,我想谈谈"国民性"或"国民劣根性"的问题,也就是鲁迅写《阿Q正传》时有没有"改造国民性"的动机的问题。

李希凡同志只承认鲁迅写阿Q是为了抗议和控诉封建统治者对农民的精神毒害,是为了促使广大农民的觉醒和反抗(这当然是不错的),而不承认鲁迅在这篇小说有揭发中国各个阶级所共有的精神病态即所谓"国民劣根性"的意图。我认为这种看法是缩小了《阿Q正传》的思想批判和社会批判的意义。

正如大家所知道的,作为一个伟大的革命启蒙主义者,鲁迅先生远在他的文学事业和革命事业的开始,就把研究中华民族的"国民性"和改造这种"国民性"当作自己的主要革命课题;这一课题的提出,是同他早期的进化论思想和个性解放论思想分不开的。根据王士菁同志《鲁迅传》中的材料，鲁迅1907年以前在日本的时候就经常和几位志同道合的朋友讨论这三个问题：（一）什么是国民性？（二）国民性能不能改变？（三）如何改变？从1907年到1925年，鲁迅在他的论文和杂文里曾经不断地谈到这个问题。例如：在1925年2月所写的《忽然想到（四）》里，就有这样的话："幸而谁也不敢十分决定说：国民性是决不会改变的。在这'不可知'中，虽可以有破例——即其情形为从来所未有的灭亡的恐怖，也可以有破的复生的希望，这或者可以作改革者的一点慰借罢。"（见《华盖集》）可见一直到《阿Q正传》写出来三四年以后，鲁迅还在研究这个课题。又同年5月，鲁迅在《论睁了眼看》一文里说："中国人的不敢正视各方面，用瞒和骗，造出奇妙的逃路来，而自以为正路。在这路上，就证明国民性的怯弱、懒惰，而又巧滑。一天一天的满足着，即一天一天的堕落着，但又觉得日见其光荣。"（《坟》）这里所谓"瞒和骗""奇妙的逃路""日见其光荣"，简直是阿Q主义的注释了。

也有人以为，上面的证据还不够有力。在这里，除了李希凡同志在文章已经提到的"俄文本阿Q正传序"里的话不算，我们再以鲁迅本人在另外一个地方说的话为证。1934年，田汉同志在《戏》周刊上发表了《阿Q》剧本，准备上演，《戏》周刊写信给鲁迅，请他对剧本和公演提一些意见。鲁迅在他的复信中，有这样几句话："上面所说的那样的苦心（指阿Q和赵太爷、钱大爷诸人的姓名问题），并非我怕得罪人，目的是在消灭各种无聊的副作用，使作品的力量较能集中，发挥得更强烈。果戈里作'巡按使'，使演员对看客道：'你们笑自己。'我的方法是在使读者摩不着在写自己以外的谁，一下子就推诿掉，变成旁观者，而疑心到象写自己，又象写一切人，由此开出反省的道路。"（见《且介亭杂文》）据此可见，鲁迅写阿Q，不仅在揭发封建统治者对农民的精神损害，促使他们觉醒（当然这是重要的一面），也在讽刺和批判当时各个阶级身上从历史因袭中承继下来的阿Q精神或"国民劣根性"。

那么，鲁迅这种"改造国民性"的思想，是不是"超阶级"的呢？

李希凡同志大概看到雪峰同志文章中有这样的话"不管鲁迅当时还没有明确的阶级观点，他的分析却完全合乎历史事实，非常明确而正确的"，就义愤填胸地说："不管一些理论家怎样叫喊鲁迅的超阶级观点，而在《阿Q正传》中，却表现着真实的阶级对立的关系。"我认为，关于这个问题，需要根据鲁迅思想发展的不同阶段进行具体的分析。鲁迅在"五四"以前的进化论思想和个性解放思想，显然是属于资产阶级民主主义思想范畴的；在中国工人阶级还没有成为独立的政治力量和马克思主义还没有传播到中国来的历史条件下，鲁迅的"改造国民性"思想是不可能有明确的阶级观点的。在他当时的心目中，"国民性"问题仅仅是一个民族问题和社会问题而不是一个阶级问题。只是在"五四"以后，由于更深入地研究中国历史和中国人民的生活，由于更深入地参加了中国人民的反帝反封建斗争，他对"国民性"问题的看法才开始增加了矇眬的阶级观点的内容，他才开始发现所谓"国民劣根性"或中国人民精神上的落后性，并不应由全体中国人民负责，而应由反动统治阶级负责。即使这样，我们也不应做出这样的结论，说鲁迅在写《阿Q正传》时已经有了明确的阶级观点。鲁迅所以能够在《阿Q正传》里这样有力地反映出辛亥革命时期中国农村的阶级对立关系和辛亥革命的真实过程，主要是因为他对中国历史以及中国人民的社会生活和革命斗争进行了比别人更深入的体验研究和分析，并不是因为他已经有了阶级论思想。鲁迅的伟大首先在于他对中国人民革命事业的无限忠诚，在于他能够随着中国革命的发展而坚定前进，在于他对生活和革命的清醒现实主义态度，在于他的强毅的战斗精神；即使说他在思想发展的某一阶段中具有超阶级的观点，也无损于他的伟大。

上面的一些简单的意见，当然是非常浮浅的，但我觉得目前对于阿Q的典型问题，各方面的意见还是众说纷纭、莫衷一是，需要大家进一步地讨论，所以大胆把它写出来。

［原载《厦门大学学报》（社会科学版）1964年］

作者简介

徐元度，1907年生，祖籍湖北阳新。曾用名徐霞村，笔名方原、保尔。1925年入北京中国大学学习，1927年赴法国巴黎大学文学院留学。1947年起任厦门大学中文系教授，后改任外文系教授。著有《法国文学史》《南欧文学概况》等，译作有《鲁宾逊漂流记》等二十余部。晚年致力于英语成语词典的编纂工作，主编有《英语成语词典》等。

论鲁迅自日本回国后十年间的思想发展

俞元桂

鲁迅自日本回国后的十年间（1909—1919），正值辛亥革命前夕到"五四"运动，其中1914年和1917年是我国资产阶级民主主义革命起了一个变化的重要时期，就鲁迅个人来说，恰当三十到四十岁的盛年，是思想形成和发展的重要时期。可是，由于有些材料较缺，许多研究鲁迅的书籍和文章，对鲁迅这十年间的思想及其变化，都谈得相当简略。姚文元及其追随者石一歌的所谓鲁迅研究，胡说鲁迅这时期曾"在冷寂的'绍兴会馆'中默默地生活着"，强调辛亥革命失败后鲁迅"引起了苦闷和失望，陷入了寂寞和沉思"，把鲁迅对大量古籍的研究，说成是"反映了精神上的深刻的苦闷所觅找的一种寄托"，阉割了鲁迅伟大的革命战斗精神，产生了恶劣的影响。

这十年间的思想，鲁迅在一些文章中有过片断的叙述，我们必须从实质上去理解。比如他说："见过辛亥革命，见过二次革命，见过袁世凯称帝，张勋复辟，看来看去，就看得怀疑起来，于是失望，颓唐得很了。"（《〈自选集〉自序》）这些话表现了他对政局的失望，内心怀着十分愤激的感情。他又说："只是我自己的寂寞是不可不驱除的，因为这于我太痛苦。我于是用了种种法，来麻醉自己的灵魂，使我沉入于国民中，使我回到古代去……但我的麻醉法却也似乎已经奏了功，再没有青年时候的慷慨激昂的意思了。"（《呐喊·自序》）这里鲁迅谈到自己在当时的政治情势下所可能进行的工作，他认真地阅读、辑录、校订许多我国古籍。用以麻醉灵魂，并不意味干这工作等于消极。他还说："当开首改革文章的时候，有几个不三不四的作者，是当然的，只能这样，也需要这样。他的任务，是在有些警觉之后，喊出一种新声，又因为从旧垒中来，情形看得较为分明，反戈一击，易制强敌的死命。"(《写在〈坟〉后面》)这说的是"五四"运动时期从旧社会过来的作家的历史使命，也是鲁迅当时破旧立新的两个方面，但我们可以由此理解，鲁迅几年来的"沉入"和"回到"，使他后来取得了很大的战果。

辛亥革命以后，民国成立，先是对革命抱有幻想而后来感到失望的人是有的，例如鲁迅在《对于左翼作家联盟的意见》中所批评的"南社"的人们便是这样的人。鲁迅同他们走的是两种不同的道路。对于鲁迅这十年间的思想，如果片面强调他的失望和苦闷，他对古籍的阅读和研究，如果片面强调它是驱除寂寞的一种办法或以为这是一种精神寄托，那就会忽略了鲁迅深藏在失望、颓唐的愤激情绪下追求祖国人民解放道路的火样热情，忽略了鲁迅所自述的"麻醉法"对他后来战斗的积极意义，忽略了从"麻醉"灵魂到呐喊、从辑录古籍到遵命文学的思想变化和内在的思想联系。

青年鲁迅去日本的时候，祖国的灾难深重，反对帝国主义走狗清王朝的革命潮流在激荡，要维新、学外国来救中国的思想盛行。由于受了现实的刺激，鲁迅放弃学医，改而提倡文艺运动，他认为这是当时的第一要着，它可以改变由于长期黑暗统治所造成的落后愚弱的国民精神，发扬民族的自尊心和自信心。他作为精神界的战士，参加资产阶级激进民主派的革命运动，在《文化偏至论》《摩罗诗力说》等著名论文中，他主张解放个性，发扬反抗斗争精神，激励人们发奋图强，反对侵略压迫。他痛感国家的积弱，洞察资本主义自由的假象，在留学生向往法政理化、警察工业，纷至沓来的时候，在政界人士鼓吹金铁商估、国会立宪，甚嚣尘上的时候，他提出"掊物质而张灵明，任个人而排众数"的观点，希望人们不要迷信枪炮机械的威力，不要迷惑于虚假的议会多数，而首先必须启发国人的觉悟，希望有先觉者脚踏实地从事改变国民精神的工作。鲁迅认为，要改变国民的精神：必须注意发扬我国的优秀文化传统，清除守旧的、主张和平的"国粹"，努力吸收外国的新文化，学习"尊个性而张精神"的哲学和敢于反抗斗争的摩罗诗人。衡量祖国的政局国情，鲁迅当时以为这是振衰起敝的药石。

鲁迅在他的论文中，往往在关键的地方概括地阐发他的这种主张。如在《文化偏至论》中说："外之既不后于世界之思潮，内之仍弗失固有之血脉，取今复古，别立新宗，人生意义，致之深邃，则国人之自觉至，个性张，沙聚之邦，由是转为人国。"在《摩罗诗力说》中说："夫国民发展，功虽有在于怀古，然其怀也，思理朗然，如鉴明镜，时时上征，时时反顾，时时进光明之长涂，时时念辉煌之旧有，故其新者日新，而其古亦不死。"在《破恶声论》中说:"于是苏古掇新,精神阗彻,自既大自我于无竟,又复时返顾其旧乡,披厥心而成声,殷若雷霆之起物。"鲁迅这时以"取今复古,别立新宗"作为发扬国民精神、树立国民自信心的途径,他反对保皇派的资产阶级改良主义,也不同意排满派的止于种族革命论,实质上提出了"唤起民众"的重要革命课题。毛主席在《青年运动的方向》中指出孙中山开始革命以来五十年的经验教训时说:"根本就是'唤起民众'这一条道理。"鲁迅这时所提出的思想革命还不是"唤起民众"的正确方案,但他对民众力量的重视,表现了他对于革命的深谋远虑,应该说他是站在革命的先进水平上的。

鲁迅自日本回国,正当辛亥革命前夕,他实践着"立人"的理想,根据当时的条件,致力于我国古代文化的发扬工作。教学之余,他与友人筹划刊印越人著述,辑录古会稽历史、地理佚书和亡佚的古小说,和青年一起编印《越铎日报》。鲁迅《致许寿裳信》(1911年3月)说:"迩又拟立一社,集资刊越先正著述,次第流布,已得同志数人,亦是蚊子负山之业,然此蚊不自量力之勇,亦尚可嘉。"《〈越铎〉出世辞》(1912年)说:"于越故称无敌于天下,海岳精液,善生俊异,后先络绎展其殊才,其民复存大禹卓苦勤劳之风,同勾践坚确慷慨之志,力作治生,绰然足以自理。"《〈会稽郡故书杂集〉序》(1914年)说:"是故序述名德,著其贤能,记注陵泉,传其典实,使后人穆然有思古之情,古作者之用心至矣重。"从这些引文,我们可以感受到鲁迅对我国古代的优秀人物和文化倾注着极大的热情。短短的几年之内,鲁迅就辑录、校订了《古小说钩沉》《谢承后汉书》《虞预晋书》《谢沈后汉书》《云谷杂记》《会稽郡故书杂集》《嵇康集》等书,获得了丰硕的成果。上述古籍除《古小说钩沉》外,其作者,或为会稽郡人,或侨居会稽,或祖先为会稽人,或曾撰述关于会稽的著作;除《嵇康集》外,均于1914年前定稿。这时鲁迅以乡邦文献为重点,就一个地区的范围,介绍古代人物对历史文化的贡献,特别重视为人民谋福利而辛勤操劳的大禹,卧薪尝胆、报仇雪耻的勾践,敢于非汤武而薄周孔的嵇康,用以激励国人热爱祖国、敢于革新和奋起自立的精神,推动民族、民主革命的发展。

由于资产阶级革命党人不敢发动广大的工农群众,对于革命的敌人又是遵守古训,不念旧恶,咸与维新,帝国主义的走狗、大地主大买办阶级的代理人袁世凯篡夺了革命的果实,辛亥革命只把一个皇帝赶跑,中国仍旧在帝国主义和封建主义的压迫之下。后来,袁世凯、张勋等反动头子,阴谋称帝、复辟,加紧进行勾结帝国主义的卖国活动,他们配合其镇压人民的一手,大力鼓吹尊孔读经,中国人民又沉入了黑暗的深渊。鲁迅在青年时期所喜爱的《天演论》

的译著者严复，于辛亥革命后，在政治上主张复辟，在文化上主张尊孔，改变了他过去批判封建专制主义的君主政体和封建地主文化的主张。鲁迅所景仰的老师，"有学问的革命家"章太炎，在民国元年以后，"排满"之志已伸，但他思想中，被视为最紧要的"第一是用宗教发起信心，增进国民的道德，第二是用国粹激动种性，增进爱国的热肠"（见《民报》第六本）。他企图借袁世凯的实力来实现中国统一和发展实业，结果反遭囚禁。这些曾经站在时代前列的人物，经过辛亥革命后的政治风雨，先后现出复古的面目。这种情况，反映了"五四"以前资产阶级的新文化和封建阶级的旧文化斗争的特点。毛主席对此曾精辟地指出："可是，因为中国资产阶级的无力和世界已经进到帝国主义时代，这种资产阶级思想只能上阵打几个回合，就被外国帝国主义的奴化思想和中国封建主义的复古思想的反动同盟所打退了，被这个思想上的反动同盟军稍稍一反攻，所谓新学，就偃旗息鼓，宣告退却，失了灵魂，而只剩下它的躯壳了。"这种政治、文化战线上的失败、倒退的形势，对鲁迅所主张的"取今复古，别立新宗"的思想革命方案当然是很大的冲击。是什么东西逆转革命的进程呢？后来，鲁迅在《两地书·八》里对此说到问题的症结。他说："最初的革命是排满，容易做到的，其次的改革是要国民改革自己的坏根性，于是就不肯了。所以此后最要紧的是改革国民性，否则，无论是专制，是共和，是什么什么，招牌虽换，货色照旧，全不行的。"为了弄清国民坏根性的根源，鲁迅把探讨的重点移到对我国固有文化危害性的问题上，他认识到进行彻底的思想批判的重大必要性，要继续推进革命，就得清算我国固有文化中阻碍民族生机的黑暗面，改革国民的坏根性。

鲁迅初到日本时，曾和许寿裳讨论中国民族性的问题，当时他们认为我国民族性最缺乏的是诚和爱，其病根应从历史上去探究，主要的原因是国人两次当了异族统治的奴隶。（见许寿裳：《我所认识的鲁迅》第18-19页）1912年，鲁迅到北京后，在辑录谢承《后汉书》等辑本的过程中，阅读并购置了大量史籍。"读史，就愈可以觉悟中国改革之不可缓了。虽是国民性，要改革也得改革，否则，杂史杂说上所写的就是前车。"（《华盖集·这个与那个》）读史，使鲁迅感到改革的迫切性，对国民性的缺点及其根源的看法也有了改变。1918年2月，鲁迅《致许寿裳信》说："来论谓当灌输诚爱二字，甚当，第其法则难，思之至今，乃无可报。"这里可以看出许寿裳对国民性仍持旧见，而鲁迅则委婉地提出异议。六个月后，鲁迅又致许一信说："前曾言中国根柢全在道教，此说近颇广行。以此读史，有多种问题可以迎刃而解。后以偶阅《通鉴》，乃悟中国人尚是食人民族，因成此篇。（按，指《狂人日记》）此种发现，关系亦甚大,而知者尚寥寥也。"从历史书籍的字缝里看出"满本都写着两个字是'吃人'!",也看出封建的政治压迫和封建礼教对国民性所造成的严重危害,比之在日本时期,其认识就显得更为深刻,战斗的目标也更为具体明确了。

1914年,鲁迅阅读了大量佛经。在历史上,佛教对我国的政治、哲学、文学、艺术,对我国的士大夫和劳动人民的思想,都有着相当大的影响。辛亥革命前后,一些政治思想界的人物,如康有为、梁启超、严复、章太炎等,又往往以佛学作为理论的根据。所以,对佛经进行一番研究,自然是很有必要的。鲁迅在1918年所写的《破恶声论》,对佛教做过一些肯定。他说:"夫佛教崇高,凡有识者所同可,何怨于震旦,而汲汲灭其法。若谓无功于民,则当先自省民德之堕落;若与挽救,方昌大之不暇,胡毁裂也。"这里,鲁迅认为佛教对挽救国民道德堕落是有作用的。1914年,鲁迅还有着类似的见解。许寿裳回忆鲁迅努力阅读佛经时对他说过这样的话:"释迦牟尼真是大哲,我平常对人生有许多难以解决的问题,而他大部分早已明白的启示了。"但后来鲁迅又对许寿裳说:"佛教和孔教一样,都已经死亡,永不会复活了。"(《亡友鲁迅印象记》)经过了研究,鲁迅纠正他对佛教的认识,看到它和孔教一样,毫无用处,还有极大的危害性,得出了宣告它死亡的结论。

1915年起,鲁迅搜集金石拓本,对古代的墓志、碑帖、石刻画像进行了抄集和研究。对此,我们不能把它理解为玩古董,或全是为了应付当时恶劣的政治环境,就是《呐喊·自序》里所说的,他的惟一愿望是暗暗的消去他的生命,我们也要有所分析。因为这些工作本身具有学术上的意义,艺术上也极有价值,不但如此,鲁迅还注意把这些古代遗留下来的实物,作为考察历史文化的手段。例如鲁迅从墓志中看到儒家经典对人们的毒害,他写道:"'作善降祥'的古训,六朝人本已有些怀疑了,他们作墓志,竟会说'积善不报,终自欺人'的话。但后来的昏人,却又瞒起来。"(《论睁了眼看》)古训妨害扼杀进步思想的产生,墓志就提供了铁证。鲁迅于1916年移住绍兴县馆的补树书屋,他就在这屋里抄古碑。《鲁迅的故家》中有一段介绍"S会馆的来客",里面说:"疑古(按,指钱玄同)知道并记得的事情极多,都于中国文化有关,可惜不曾记录一点下来,如今已多半遗忘了。他往补树书屋谈天,大概继续有三年之久,至民八冬鲁迅迁出S会馆,这才中断。"可见,鲁迅搜罗、抄校、研究金石拓本时,并非超然物外,他是关注着中国社会文化问题的探讨的。

第一次帝国主义世界大战和俄国社会主义十月革命,改变了整个世界的历史方向。这几年,鲁迅对我国古代文化的许多领域所进行的广泛、深入的研究，是符合时代的要求的。鲁迅在日本时期所写的文言论文中，对追慕唐虞、隐居避世等孔老思想，对尊古死抱国粹之士，对儒家"温柔敦厚"的诗教，已有过痛切的批评，但那时还没有把我国封建文化糟粕作为集中轰击的目标。为了使革命向前推进，必须反对帝国主义和封建势力，彻底地摧毁国民精神的枷锁，不妥协地批判我国的旧文化、旧道德，这就是鲁迅当时所时刻思考和探索的问题。鲁迅这几年在寂寞中所从事的工作，虽然消失了青年时候"慷慨激昂的意思"，但增加了深刻的思想和深沉的感情。他的麻醉法——"沉入于国民中"，"回到古代去"，不能说只是应付环境的驱除寂寞的办法，由于他的"沉入"与"回到"，使他纠正了思想上的一些偏颇，认清了主攻的方向，为他的呐喊做好了充分的思想和材料的准备。

"五四"运动前夕，新文化运动蓬勃地开展起来了，鲁迅的杂文和小说显示了战斗的锋芒。外因通过内因而起作用，时代东风的吹拂因鲁迅的思想酝酿而结出硕果。许广平说："民元以后，在北平身当袁世凯的凶残，暂时沉默一下，钞录古碑是事实，是另一种战斗准备……后来（民国七年）《新青年》出版，叫喊的人也有了，根据他最初的志向和个性，鲁迅自然不会躲起来的。说是由于钱玄同先生的劝勉，才开始写《狂人日记》，读者想不至于连他自己的谦抑话也板板二十四地计算的吧。"（《鲁迅的故居和藏书》，见《鲁迅研究资料》第一辑）这些话确切地说明了鲁迅从寂寞的抄录、阅读古籍到热情的呐喊的内在联系。

鲁迅新的战斗，开始于他参加《新青年》编辑工作的1918年。这时他意识到新时代已经到来。他说："时候已是二十世纪了，人类眼前，早已闪出曙光。"（《我之节烈观》）但环顾中国：北洋军阀段祺瑞之流，以假共和的美名，行真专制的手段，康有为等人还指手画脚地说虚君共和才好，一班灵学派的人要请"孟圣"的鬼魂来画策，还有人嚷着要"表彰节烈"，"将时代和事实，对照起来，怎能不教人寒心而且害怕"？（《我之节烈观》）鲁迅积聚着满腔怒火，把矛头直指封建文化对国家民族所造成的危害上。他在《新青年》陆续发表小说、论文和短评，愤怒地抨击纲常名教，严厉批判那"吃人、劫掠、残杀、人身买卖、生殖器崇拜、灵学、一夫多妻"等与"蛮人的文化恰合"的"国粹"。（《随感录四十二》）辛辣讽刺一切大小丈夫的最高理想——威福、子女、玉帛、神仙等——是兽性的欲望（《圣武》）。主张坚决扫除"儒道两派的文书"（《随感录三十八》），因为它是陷我国民族于无可挽救境地的毒药。鲁迅《致许寿裳信》（1919年1月）说："来书问童子所诵习，朴实未能答。缘中国古书，叶叶害人，而新出诸书亦多妄人所为，毫无是处。"这样沉痛的语言，表示他对我国的封建文化毒素是多么深恶痛绝。这时，鲁迅除翻译"引叫喊和反抗的作者为同调"的作品外，还介绍"偶象的破坏者"，称赞"达尔文、易卜生、托尔斯泰、尼采诸人，便都是近来偶象破坏的大人物"，主张"与其崇拜孔丘关羽，还不如崇拜达尔文易卜生"。（《随感录四十六》）当然，鲁迅之所以称赞和崇拜，并不是同意他们所主张的一切，相反的，在一些地方对他们中的一些人还有过批评。鲁迅的意思是借用他们摧陷廓清的精神，来医治祖国人民的沉疴痼疾。鲁迅要彻底地扫荡旧物，为的是"以造成一个使新生命得能诞生的机运"。（《出了象牙之塔·后记》）

鲁迅深刻了解中国的封建文化对外来新思想采取抵抗、羼杂、并行而至于回复的种种恶劣行径，在《随感录》里时时向革命者敲起警钟。鲁迅批判所谓"爱国的自大家"，这种人以为"古人所作所说的事，没一件不好，遵行还怕不及，怎敢说到改革"。鲁迅痛斥调和论者，这种人主张"本领要新，思想要旧"，"上午'声光化电'，下午'子曰诗云'"。鲁迅揭穿复古主义者的阴险手法，"用这学来的新，打出外来的新，关上大门，再来守旧"。"将新事物变得合乎自己。"鲁迅后来往往以佛教在中国流传的命运为例，揭露儒道两家对外来的佛教，始而排斥，继而调和，进而合一，理学家谈禅，和尚作诗，三教同源了。这种排斥、并存而至于合一的过程，充分说明中国的封建文化对外来的新思想的顽固立场和狡猾手段，他希望革命者从思想史中吸取教训。

从辛亥革命前夕，鲁迅致力于发扬祖国的优秀文化，到"五四"运动前夕，鲁迅致力于扫荡我国封建文化的糟粕，这体现着时代的战斗要求，也标志着他思想的变化。鲁迅从旧垒中来，反戈一击，为的是促进民族的新生。但什么是新生的正确道路，鲁迅这时还不能做出肯定的回答。他《致许寿裳信》（1918年1月）说："吾辈诊同胞病颇得七八，而治之有二难焉，未知下药，一也，牙关紧闭，二也。牙关不开尚能以醋涂其腮，更取铁钳摧而启之，而药方则无以下笔。"虽然肯定的回答无以下笔，可是光明的前景，鲁迅则已经看到了。《我的节烈观》里说人类眼前，早已闪出曙光，《圣武》里更具体地指出十月革命是"新世纪的曙光"。鲁迅之所以如此称许十月革命，是因为它给了我们以我国历史上未曾有过的思想主义。事实摆在人们的面前，"看看别国，抗拒这'来了'的便是有主义的人民。他们因为所信的主义，牺牲了别的一切，用骨肉碰钝了锋刃，血液浇灭了烟焰。在刀光火色衰微中，看出一种薄明的天色，便是新世纪的曙光"。"十月革命帮助了全世界也帮助了中国的先进分子"，十月革命的胜利，增强了鲁迅扫荡旧物的决心和信心。鲁迅把自己这时所写的作品，称为遵奉革命前驱者命令的"遵命文学"，表明了他的作品和革命的关系，表明了他和具有共产主义思想的知识分子的关系。多年来他梦寐以求的振聋发聩的新声和瑰才卓识的先觉，已经展现在他的眼前了，但那不是号召反抗的摩罗诗人，而是俄国式的十月革命和宣扬十月革命胜利的我国革命前驱者。鲁迅在《答国际文学社问》里说："待到十月革命后，我才知道这'新的'社会的创造者是无产阶级。"虽然他"还有些冷淡，并且怀疑"，但这时在他的思想上已开辟了新的境界，对革命有了新的希望，在革命的道路上他已走上新的里程。

鲁迅的思想发展深刻地反映了时代的脉搏。他直接参加辛亥革命和"五四"运动的思想战线上的斗争，总结辛亥革命的失败教训，解剖我国的固有文化，观察世界革命的局势，吸收外国的先进文化，从号召反抗斗争到深入国民性的改革，从注意发扬我国优秀文化、树立民族自信心到彻底批判封建文化糟粕、肃清阻碍民族生机的黑暗面，从学习摩罗诗人、偶像的破坏者到向往有主义的人民，成长为"五四"文化新军的最伟大和最英勇的旗手。在革命遭到失败、处于挫折的形势下，在资产阶级新文化偃旗息鼓、宣告退却的时刻，他对政局虽然失望苦闷，但仍然坚持探索，寻找国民的病根和医治的药方，终于顺应新时代的潮流，在新世纪曙光的照耀下，起而呐喊，高举"反对旧道德，提倡新道德""反对旧文学，提倡新文学"这文化革命的两大旗帜，立下了伟大的功劳。

这十年间，鲁迅相信的是进化论。以唯物主义观点为基础，并包含着自发的辩证法思想，这是进化论最本质的东西。鲁迅发扬进化论的本质，与社会达尔文主义做过斗争。在日本的时候，他的论文批判了资产阶级改良主义，抨击了假借"进化留良"的理论宣扬侵略有理的帝国主义辩护士。"五四"运动前夕，他痛斥腐朽的封建主义者利用进化论的卑劣行径，指出"生物学的真理，决非多妻主义的护符"。可见，他是反对对进化论的任意歪曲。辛亥革命前后，进化论思想使鲁迅相信将来必胜于过去。到了"五四"运动时期，他的方向更为明确，在政治上否定旧制度，在思想上否定旧道德。在十月革命的胜利中看到"有主义的人民"的力量，这就使他的思想突破了进化论的界限，有着辩证唯物主义和历史唯物主义的因素。

当然，鲁迅这时期的进化论思想有它的局限性，树立民族自信心或改革国民劣根性的观点，只是叫人警惕自然淘汰，主张生存斗争，还没有从理论上认清社会的阶级对立和斗争，所以，"五四"运动前夕，鲁迅的文章中还有进化论中的形而上学的观点。如《随感录·四十九》写道："但进化的途中总须新陈代谢。所以新的应该欢天喜地的向前走去，这便是壮。旧的也应该欢天喜地的向前走去,这便是死。各各如此走去,便是进化的路。"这样的进化观念,和他所经历的革命斗争现实和革命实践,显然存在着矛盾。我国封建压迫的残酷性和封建文化的顽固性、辛亥革命的失败、十月革命的胜利等等,许多事实都说明社会的进步要经历严重的阶级斗争。毛主席教导说:"感觉到了的东西,我们不能立刻理解它,只有理解的东西才能更深刻地感觉它。"鲁迅这一时期的思想还处于量变的阶段,他对我国革命问题的许多感觉还没有上升为正确的理性认识。"五四"运动以后,中国共产党的成立,共产主义宇宙观和社会主义革命论的广泛传播,随着革命形势的深入,鲁迅在革命的实践中,努力学习马列主义,纠正了只相信进化论的偏颇,明确了思想革命和阶级斗争的关系,掌握了辩证唯物主义和历史唯物主义,终于成为伟大的共产主义战士。

鲁迅《中国新文学大系小说二集序》里谈到他这一时期的创作,他说:"从一九一八年五月起,《狂人日记》《孔乙己》《药》等,陆续的出现了,算是显示了'文学革命'的实绩,又因那时的认为'表现的深切和格式的特别',颇激动了一部分青年读者的心。"又说:"但后起的《狂人日记》意在暴露家族制度和礼教的弊害,却比果戈里忧愤深广,也不如尼采的超人的渺茫。"这些话,确切地说明了他早期小说创作的主题和艺术特色。我以为这同他前一阶段"沉入于国民中"和"回到古代去",有着密切的关系。鲁迅早期的杂文也是这样,无论是《坟》里的论文,或是《热风》里的短评,"对于中国的社会文明都毫无忌惮地加以批评"。其批评:在长文中则是源源本本,用极为丰富的历史、社会事实加以论证,在短评中则重点联系历史、社会现象,以一当十,有很大的代表性。鲁迅寻求民族解放道路的热情,对我国的历史文化做了全面的、深入的研究,同时又放眼世界;所以他的文章,才能写得这样丰富充实,这样深沉感人。鲁迅这十年间的刻苦阅读、冷静剖析和热烈追求,其效果直接体现在他早期的作品中,对他毕生的写作和战斗也有着深远的影响。

[原载《福建师范大学学报》(哲学社会科学版)1978年]

作者简介

俞元桂,1921年生,福建莆田人。1942年毕业于福建协和大学中文系。历任福建协和大学中文系讲师、副教授、教授、系主任。著有《作品分析丛谈》《中国现代散文理论》《鲁迅与中外文学遗产论稿》《中国新文学大系·散文卷》《中国现代散文史》等。

论外国短篇小说对鲁迅的影响

李万钧

鲁迅的创作不限于短篇小说,他所翻译的作品也不限于短篇小说,但鲁迅是我国现代小说之父,他翻译的短篇小说数量之多,在翻译界也是数一数二的。像鲁迅这样兼重创作与翻译的,在世界第一流短篇小说家中也并不多见。鲁迅一生翻译了七个国家三十八个作家的七十四篇小说①及一篇随笔,达五十万字之多,比他创作的小说多出一倍以上②。正如他自己说的:"但也不是自己想创作,注重的倒是在绍介,在翻译,而尤其注重于短篇。"③

外国短篇小说对鲁迅的影响是巨大的,可以分思想和艺术两方面来谈。

从思想上说,鲁迅革命民主主义思想以及共产主义思想的形成,除开其他原因外,看外国小说,从中吸收民主的、共产主义的思想,也是一个重要的原因。

第一,明白了世界上分压迫者和被压迫者。鲁迅说过,他从俄国文学中明白了一件大事,是世界上有两种人:压迫者和被压迫者。我们仅就他着重提到的,或翻译过的短篇小说看吧。果戈理的《狂人日记》描写抄写员波普里希钦被俄国官僚等级制度压得透不过气来,最后悲惨地呼号:"妈呀!救救你可怜的孩子吧!"阿尔志跋绥夫的《幸福》描写妓女赛式加为了一块面包,在雪夜里赤身露体辗转呻吟于绅士手杖之下。安特来夫的《默》描写一个无辜的少女迫于神权和父权的淫威而卧轨自杀。在这些作品中就有两种人:压迫者和被压迫者,

---

① 《鲁迅手册》229页和《鲁迅研究资料》(2)197页的统计数字有误。1903年译述的《斯巴达之魂》国别及作者不详。

② 包括1911年写的文言体小说《怀旧》。

③ 我怎么做起小说来//南腔北调集.

我们既看到了官僚、绅士、神父的凶残，也看到了被压迫者灵魂的酸辛和挣扎。很明显，俄国作家同情被压迫者的思想对鲁迅起了重要影响，使他把本国被压迫者的命运同外国被压迫者的命运联系起来，从而"更加分明地"看到了本国劳苦大众的不幸。原来就看到本国人民的不幸，这是鲁迅植根本土的民主思想。看了俄国小说，明白了世界上的阶级压迫，又加深了他的民主思想，从而对本国人民的不幸，也有更深切的认识。鲁迅自己是很重视俄国小说对他的帮助的，他说世上分两种人这件事，"从现在看来，这是谁都明白，不足道的，但在那时，却是一个大发现，正不亚于古人发现了火的可以照暗夜，煮东西"。①

第二，外国小说启发他更深切地认识唤醒民众的重要性。鲁迅本来就知道这个重要性的，所以才弃医从文。他在日本留学时，就说："凡是愚弱的国民，即使体格如何健全，如何茁壮，也只能做毫无意义的示众的材料和看客，病死多少是不必以为不幸的。所以我们的第一要著，是在改变他们的精神。"② 当他看到俄国和其他被压迫民族的小说，知道俄国和其他被压迫民族也有这个问题，以他人作镜子，他也就更分明地看到本国这个问题的严重性。安特来夫的短篇小说《齿痛》及屠格涅夫的散文诗《工人和白手人》就写了人民不觉悟的问题，曾给他留下深刻的印象。阿尔志跋绥夫的《工人绥惠略夫》也反映这个问题，这是促使鲁迅翻译、重印的原因。他说，绥惠略夫"这一类人物的命运，在现在——也许虽在将来——是要救群众，而反被群众所迫害，终于成了单身，忿激之余，一转而仇视一切"③。又说翻译及重印的目的："那一堆书里文学书多得很，为什么那时偏要挑中这一篇呢？那意思，我现在有点记不真切了。大概，觉得民国以前、以后，我们也有许多改革者，境遇和绥惠略夫很相象，所以借他人的酒杯罢。然而昨晚上一看，岂但那时，譬如其中的改革者的被迫，代表的吃苦，便是现在，便是将来，便是几十年以后，我想，还要有许多改革者的境遇和他相象的。"④ 鲁迅的《药》《风波》《故乡》《阿Q正传》以及散文诗《复仇》（其二）等，就是着重讲提高人民觉悟的重要性的，这其中，就有俄国小说的思想影响。在旧时代、旧社会，人民思想有落后、愚昧一面，是无可争辩的事实，俄国作家看到了，写出来了，但自己也悲观了，绝望了。鲁迅则不同，他不悲观，不绝望，他思考，求索，终于找到了喊醒民众的道路，这和阿尔志跋绥夫、安特来夫等又是不同的。

---

① 祝中俄文字之交//南腔北调集.
② 自序//呐喊.
③ 两地书(1925年3月18日).
④ 华盖集续编·记谈话.

第三，苏联小说使他知道唯有新兴的无产者才有未来。他说："先前，旧社会的腐败，我是觉到了的，我希望着新的社会的起来，但不知道这'新的'该是什么；而且也不知道'新的'起来以后，是否一定就好。待到十月革命后，我才知道这'新的'社会的创造者是无产阶级……现在苏联的存在和成功，使我确切的相信无阶级社会一定要出现，不但完全扫除了怀疑，而且增加许多勇气了。"① 鲁迅这个新的思想从哪里得来的呢？渠道是多方面的，但其中一条渠道，就是苏联小说对他的影响。正是苏联小说，使他"知道了变革，战斗，建设的辛苦和成功"。②

第四，苏联小说使他更深切地认识到立场和世界观的重要性。他译"同路人"文学及苏联无产者作家的小说，编成《竖琴》及《一天的工作》，希望中国作家要站稳无产阶级立场，认真改造世界观。教育者先受教育，鲁迅自己就先从这比较中教育了自己。他1931年12月25日给沙汀和艾芜关于创作题材问题的回信中，强调了世界观对创作的决定作用。他说："别阶级的文艺作品，大抵和正在战斗的无产者不相干……所谓客观其实是楼上的冷眼，所谓同情也不过空虚的布施，于无产者并无补助，而且后来也很难言。"③ 很明显，鲁迅如果不认真研究过苏联"同路人"文学和无产者文学，他是写不出这样深切的话来的。

第五，苏联小说激发了他表现新的世界、新的人物的愿望和热情。鲁迅说："但我也久没有做短篇小说了。现在的人民更加困苦，我的意思也和以前有些不同，又看见了新的文学的潮流，在这景况中，写新的不能，写旧的又不愿。"④ 他还说："但在创作上，则因为我不在革命的旋涡中心，而且久不能到各处去考察，所以我大约仍然只能暴露旧社会的坏处。"⑤ 写新世界、新人物的思想，首先是植根于中国革命的土壤之中，但"新的文学潮流"毫无疑问对鲁迅也起了促进作用。"写新的不能"，是受客观条件的限制，"写旧的又不愿"，是鲁迅主观的飞跃，这应该说是得益于苏联小说的启示的。

外国小说对鲁迅创作的影响也是很大的。"没有拿来的，文艺不能自成为新文艺。"鲁迅在短篇小说领域上所取得的辉煌的艺术成就，和他善于取法外国作家，善于"拿来"是分不开的。

---

① 且介亭杂文·答国际文学社问.
② 南腔北调集·祝中俄文字之交.
③ 二心集·关于小说题材的通信.
④ 集外集拾遗·英译本《短篇小说选集》自序.
⑤ 且介亭杂文·答国际文学社问.

第一，鲁迅的短篇小说是新型的短篇小说，写法上是截取人生的片断来表现人生和社会的全貌。即如他所说的，是"借一斑略知全豹，以一目尽传精神"①。这种写法，和我国宋朝以来平铺直叙、有头有尾的描绘生活的白话短篇小说很不相同，很明显是向外国学来的。鲁迅说过："没有冲破一切传统思想和手法的闯将，中国是不会有真的新文艺的"。鲁迅就是这样的闯将，敢于取法外国作家，冲破我国旧的传统思想和方法，开创了中国新小说的道路。我国小说，从唐开始是一次革命，从宋开始也是一次革命，到了鲁迅又是一次革命。必须指出，外国短篇小说也有一个发展过程，并不是一下子就学会截取人生一段去表现人生全体的。欧洲最早的短篇小说可以追溯到薄伽丘的《十日谈》，那里面有一百个短篇故事，但不注意刻画人物，仅以故事的新奇，引人入胜，而且大都有一个公式：某时，某地，某人，某事，现在正要如何如何——可是一些岔子出来了，结果又是如何如何。经过大约五百年的摸索，不断总结前人的经验，欧洲短篇小说的成就才达到高峰，出现了像莫泊桑、契诃夫这样的作家。欧洲短篇小说的发展是渐进的，不是飞跃的。而我国短篇小说，从传统的白话小说到鲁迅新式的小说，其发展却是飞跃的，鲁迅的短篇一出现，中国的短篇小说就变了样，而且一下子就达到了很高的艺术水平。人家用五百年，我们只用了二十年（鲁迅1918年发表《狂人日记》，算他用了二十年时间准备），这真是再有力不过地说明"拿来主义"的好处。

第二，在题材和构思上，鲁迅的小说和外国短篇有近似之处。鲁迅说过，他写《狂人日记》是受了果戈理《狂人日记》的影响。从人物、体裁、人称、结尾这四方面，均可见果戈理的影响。鲁迅还说过，《药》受安特来夫的影响。"《药》的收束，也分明的留着安特来夫式的阴冷。"② "我那《药》的末一段，就有些他的影响。"③ 安特来夫的《七个绞死的人》（鲁迅早在1919年就托周作人买日译本）的刑场描写、《默》中的坟场描写，和《药》末一段坟地的描写，无论从环境、气氛、人物心理上说，显然有相近之处。所谓"安特来夫式的阴冷"是指什么，即"恐怖"或"鬼气"。鲁迅在给肖军的信（1935年11月16日）及《铲共大观》《祝中俄文字之交》中都说过的。鲁迅还和孙伏园谈过安特来夫的《齿痛》及屠格涅夫的散文诗《工人和白手的人》在题材和主题上和《药》相类似④。《齿痛》描写耶稣在耶路撒冷被钉在十字架那一天早晨，耶路

---

① 三闲集·《近代世界短篇小说集》小引.
② 且介亭杂文二集·《中国新文学大系》小说二集序.
③ 鲁迅书信集：908.
④ 孙伏园.鲁迅先生二三事.

撒冷的商人般妥别忒患牙痛病。耶稣将要处刑的事轰动全城,他却只知道自己的牙痛。小孩子们跑来告诉他耶稣快要钉十字架了,他生气地把小孩子们赶走,"因为他们用这样小事来烦扰他"。他跟妻子大发脾气,妻子劝他去看看耶稣处刑,可以"散闷"。他发怒说:"请你不要管我,你没有见我正在受苦么?"但他终于勉强听从妻子的话,走近临街的平台的栏杆。这时耶稣和犯人们正被罗马兵押着走过去,他妻子抬起一颗小石子向耶稣投去。般妥别忒看了一会,牙痛倒好了。"这件事真个解了他的闷"。第二天,为了满足妻子的好奇心,他带上妻子,和邻居三人特地去看钉在十字架上的耶稣。去的路上,他一直对邻居诉说他齿痛的事,到了目的地,他略略抬头望了一眼十字架上的人,便拉着邻居的手回家去了。在回家的路上,他还继续向邻居诉说牙痛的事,装着苦痛的表情,发出巧妙的呻吟。《齿痛》从头到尾描写齿痛对于般妥别忒的重要,而把耶稣的钉死轻轻带起几笔,这和《药》的写法是相似的。般妥别忒和老栓小栓们一样,觉得自己的疾病比起一个革命者的冤死来,重要得多了。他把耶稣钉死的事当作"这样小事",这和小茶店里的茶客们谈论夏瑜,真是如出一辙。屠格涅夫的《工人和白手人》,描写革命者为工人的利益而奋斗至于牺牲,因为他的手带了多时的刑具,没有血气,所以成了白的手,他是往刑场去被绞死的。可是俄国乡间有一种迷信,以为绞死的人的绳子可以治病,所以有的工人跟着白手的人到刑场去,想得到一截绳子来治病。这和《药》中写老栓夫妻以革命者的血为小栓治痨病是相似的。安特来夫的《书籍》写作家的理想与实际人生的矛盾,流露作者对主人公含笑的嘲讽和真诚的同情。鲁迅的《幸福的家庭》也写作家的理想与实际人生的矛盾,书中的作家要写一篇《幸福的家庭》的文章,但他本人的家庭并不幸福。小说也流露作者对主人公含笑的嘲讽和真诚的同情。迦尔洵的代表作《红花》,"叙一半狂人物,以红花为世界上一切恶的象征,在医院中拼命撷取而死"。鲁迅的《长明灯》写一疯人,以吉光屯的"长明灯"为罪恶的象征,要用自己的力量去"吹熄他"。构思与《红花》颇肖似。芬兰女作家明那·亢德的《疯姑娘》,概括的叙述了疯姑娘悲惨的一生。《祝福》在用倒叙场面的手法上和《疯姑娘》近似,对妇女的同情也是相同的。

第三,在用第一人称、倒叙、心理描写这些手法上,鲁迅也借鉴外国短篇。第一人称和倒叙的写法,前者给人以逼真感,适用于抒情和刻画心理。后者先叙述人物的结局或现状,然后倒叙上去,能吸引读者兴趣。第一人称可以将场面串联起来,倒叙则能使结构紧凑。这完全是外国的东西。鲁迅1923年前所译短篇中,用第一人称写法的有七篇:安特来夫的《谩》,迦尔洵的《四日》《一篇很短的传奇》,契里珂夫的《连翘》《省会》,有岛武郎的《与幼少者》,菊池宽的《峡谷之夜》,除了《谩》以外,全都兼用倒叙手法。这说明第一人称和倒叙的写法常常是连在一起用的,而且带有回忆的特点。鲁迅的《呐喊》《彷徨》共二十五篇小说,其中用第一人称写的有十二篇,而《祝福》《孤独者》《伤逝》又是兼用倒叙,且有回忆的特点的。这种写法,显然是借鉴了外国短篇。在心理描写方面,安特来夫的《谩》与《默》的特色是善于描写事发后人物的变态心理。如《谩》的后半部分,描写主人公"我"杀死所爱女子后的变态心理,结尾以呼救结束:"援我!咄,援我来!"《默》的主要篇幅更是着力描写牧师逼死女儿后的变态心理。迦尔洵的《四日》和《一篇很短的传奇》也是写人物心理,前者用日记体写成,主人公"我"的心理具有追忆往事的特点。契里珂夫的《连翘》和《省会》,主人公"我"也是追忆往事。明那·亢德的《疯姑娘》则着重写了少女一生几个阶段的心理变化。鲁迅的《狂人日记》是日记体,狂人的心理是变态的,也兼有反省、回忆的特点。《伤逝》中的主人公涓生的心理也有反省、回忆的特点。鲁迅写祥林嫂,也是写她一生几个阶段的心理变化。在心理描写上,鲁迅的小说和他所译的短篇应该说也有近似之点。

第四,在历史小说的写法上,鲁迅和他所译的短篇也有近似之处。"五四"以后,历史小说并不多见,鲁迅的《故事新编》是一个独创。茅盾说:"鲁迅先生这种手法,曾引起不少人的研究和学习。然而我们勉强能学到的也还只有他用现代眼光去解释古事迹这一面,他更深一层的用心——借古事的躯壳来激发现代人之所应憎与应爱,乃至将古代和现代错综交融,则我们虽能理会,能吟味,却未能学而几及的。"① 鲁迅译过日本四篇历史小说,也自说过向日本作品学习②。他曾以"真心的赞叹"去评论菊池宽的历史小说《三浦右卫门的最后》。他肯定芥川龙之介把新的生命注入古代故事中,使历史小说和现实人生发生关系。鲁迅写历史小说,也可能借鉴过日本作家的。菊池宽的历史小说《复仇的话》写铃木八弥为父复仇的故事。铃木八弥十七岁时,母亲告诉他父亲死在仇人手中,令他发誓复仇。他告别母亲,去寻仇人,找了四年,终于从脸上一粒黑痣上认出了仇家。但这是一个垂老的盲人,老人直认不讳他酒醉后误杀了他父亲,并表示沉痛的忏悔。铃木八弥终不忍杀他,最后是老人当他面自刎。铃木的性格是优柔的,他报仇的观念也不重,当他知道父亲的死因而奉母命去复仇时,他内心中继激昂之后又起了倦怠和淡淡的哀愁。鲁迅的《铸剑》的情节和《复仇的话》有近似之处,眉间尺"不冷不热"的"优柔"的性

---

① 玄武门之变·序言.
② 二心集·答北斗杂志社问.

格，和铃木八弥的性格有相似之处。鲁迅酝酿眉间尺的形象时，脑子里有没有浮起过菊池宽笔下的人物呢？此外，鲁迅于1935年12月写了三篇历史小说，寓意不同，风格殊异，其中《起死》一篇，构思和形式上可能受到高尔基和巴罗哈的影响。高尔基的《恶魔》在构思上也是唤起死人。恶魔想："叫起一个死人来，和他谈谈天，不知道怎样？"高尔基批判恶魔否定人生的思想。鲁迅在《起死》中也用唤起死人的写法，批判庄周的出世思想。巴罗哈的《少年别》用戏剧的写法写书，鲁迅的《起死》也用戏剧的手法，没有描写，只用对话，它是鲁迅三十四篇小说中具有新样式的小说。

以上说明鲁迅的小说如何借鉴外国作家，以及他和外国短篇写法上、某些构思上的近似之处。应该看到，"拿来主义"对于鲁迅作品的独特风格的形成，是起了重要作用的。但鲁迅的短篇，又是自成一家的，虽然依稀可见外来的影响，然而又确是中国气派，确是民族形式，既有独特的风格，艺术意境又是多种多样的，至于思想的深刻，更是外国一些短篇所无法比拟的。鲁迅的《狂人日记》比果戈理的"忧愤深广"，《药》的思想意境和安特来夫的作品更是不可同日而语。就以历史小说来说，菊池宽肯定铃木八弥，宣扬人道主义、人性论，鲁迅在《铸剑》中则表现疾恶如仇的观念。近似或巧合，有各种原因，首先是历史往往有惊人的近似之点，把最清醒者视为"狂人"，中外都有，为父报仇的故事，中日历史上都有。近似，不是依傍和模仿，不同，则说明独创。例如截取人生片断表现人生全体的写法，鲁迅的小说固然借鉴了外国，但又有自己民族的特色。鲁迅的小说多用叙述的写法，故事比较完整，人物多有交代，写法简练。鲁迅主张白描法，存真意，去粉饰。他说："我力避行文的唠叨，只要觉得够将意思传给别人了，就宁可什么陪衬拖带也没有。"① 这些，都是继承和发扬了我国小说优秀的传统，行文简练，故事相对完整，在叙述中表现人物性格，这又是鲁迅短篇小说"小中见大"的特色。再如第一人称的用法，固然也从外国来，但鲁迅短篇中的"我"，每每表现作者强烈的感情，如《一件小事》《故乡》《祝福》等，不像某些外国短篇那样客观，或仅仅起一个介绍人的作用。外国短篇中常常有两个"我"，提出问题，回答问题，展开故事，鲁迅的小说很少用这种写法（在以第一人称写成的十二篇中，只有《在酒楼上》及《孤独者》是这样的）。鲁迅说过："作者的说明，以少为是。"（1935年4月12夜致肖军）外国作家也说过不少类似的话，都强调形象思维。但鲁迅作品中的"我"，本身就是一个人物形象，作者强烈的倾向性通过小说中的

---

① 南腔北调集·我怎么做起小说来.

"我"表现出来，全篇完整、统一、调和，不给人以生硬割裂之感。而外国短篇，即使是名家之作，因为不重视"我"的塑造，遇到要发议论，只好借书中人物作传声筒，每每长篇大论，使人生冗长烦闷之感。这说明鲁迅运用第一人称的写法，也是很有自己的特色的。鲁迅是伟大的革命家、思想家，"我"不一定都是鲁迅，但往往表现鲁迅的思想，其中常见深邃的哲理、醒世的格言，这是外国某些短篇所不能比拟的。鲁迅小说多用叙述人物行动，或用对话表现人物心理，纯粹心理描写很少见，这也是不同于外国一些短篇的。再如以戏剧手法写小说这一点，《起死》固然是唯一的一篇，可能受到巴罗哈的影响。但鲁迅的不少小说，显然就含有戏剧的因素，以对话为主，用个性化的语言，即用让人物自我刻画或自我表现的手段来塑造人物，是鲁迅常用的艺术手法。例如《药》《长明灯》《离婚》《非攻》以及散文诗《过客》等，也可以说是富有戏剧性的小说。

鲁迅所译的外国短篇小说，是鲁迅与外国文学中一部分宝贵的遗产，认真研究它，对我们有重大的现实意义。鲁迅把翻译工作和中国革命事业，和催进中国新文艺运动紧密联系起来，他的第一篇译文《斯巴达之魂》就是指向老沙皇。为革命而译，鲁迅给了我们光辉的榜样。鲁迅译短篇，必有序跋，注重全人、全篇以及作者的环境，"加以仔细的分析和正确的批评"，他是译家兼评家。为指导读者而译，鲁迅给了我们光辉的榜样。鲁迅博采众家，取其所长，广开翻译之路，不怕国民党反动派设置的"禁区"，排除"左""右"的干扰，坚决把聋哑制造者送回黑洞和朱门里去。鲁迅的斗争精神，应该激发我们和现代的聋哑制造者作韧性的战斗，彻底肃清"四人帮在翻译界中的影响和流毒"。鲁迅一贯重视被压迫民族的文学，坚持介绍无产阶级革命文学，既重视译介古典文学，又重视译介现代文学，既重视译介，又重视借鉴。鲁迅对翻译的态度，仍然是我们的方向。

（原载《外国文学研究》1979年）

作者简介

李万钧，1933年生，广东台山人。1957年毕业于北京师范大学。福建师范大学中文系教授。中国戏剧家协会会员，全国高校外国文学研究会理事，中国比较文学教学研究会特约理事，福建省比较文学学会秘书长，福建省话剧院文学顾问。著有《西方戏剧文学》《欧美文学史和中国文学》《中西文学类型比较史》等。

王国维的文学论的剖析及其历史评价

卢善庆

王国维的美学思想，是以文学作为主要研究对象的。他运用了西方美学的思想武器，着重研究了文学起源、文学性质和文学创作过程中的一些问题，构造了他的文学论的三大组成部分。这三大组成部分似乎是从文学的定义探求出发的，但在实际内容和作用上，远比这个定义自身更丰富而又深广得多。本文试图联系西方美学思想，剖析王国维的文学论，正确评价其历史地位和作用。

一

王国维说：

　　文学者，游戏的事业也。人之势力，用于生存竞争而有余，于是发而为游戏。婉娈之儿，有父母以衣食之，以卵翼之，无所谓争存之亨也。其势力无所发泄，于是作种种之游戏。逮争存之事亟，而游戏之道息矣。惟精神上之势力独优，而又不必以生事为急者，然后终身得保其游戏之性质。而成人以后，又不能以小儿之游戏为满足，于是对自己之感情及所观察之事物而摹写之，称叹之，以发泄所储蓄之势力。故民族文化之发达，非达一定之程度，则不能有文学；而个人之汲汲于争存者，决无文学家之资格也。①

王国维在这段话里，为文学下了一个定义，就是"游戏的事业"。而这个定义又首先与文学如何发生的问题联系在一起的。在王国维看来，文学的发生

---

① 文学小言//中国近代文论选.北京：人民文学出版社，1959.

就在于人们对自己的感情及其所观察的事物，进行摹写或咏叹，以发泄自己过剩的精力。它如同小儿的游戏一样，所以说"文学者，游戏的事业也"。

在文学艺术起源问题上，唯物主义美学观同唯心主义美学观的斗争也是十分尖锐复杂的。具体表现在"劳动说"和"游戏说"的争论上。"游戏说"在西方一度盛行，其主要代表人物有席勒、斯宾塞、毕歇尔等。斯宾塞在《心理学原理》的首章说：美感起源于游戏的冲动之说是他在多年前一段德国作家的引文中见到的，他已忘记这位作家的名字。① 事实上，这个德国作家就是席勒，席勒的这一理论经过他的进一步发挥，获得了"席勒·斯宾塞说"的称号。② 毕歇尔则认为："游戏先于劳动，而艺术先于有用物品的生产。"③ 而王国维显然注意过席勒的游戏冲动说。他曾指出：

> 叔氏（叔本华——引者注）谓吾久之知识无不从宽足理由之原则者，独美术之知识不然。⑤④

> 夫充足理由之原则，吾人知力最普遍之形式也，而天才之观美也，乃不过沾于此。此说虽本于希尔列尔之游戏冲动说，然其荷叔氏美学上重要之思想，无可疑也。⑤

按希尔列尔，通译为席勒，德国大诗人、剧作家。他受康德《判断力批判》的启发，写了一系列的美学论文，如《论悲剧艺术》《美育通讯》等，提出艺术是"自由精神在现象中的体现"以及艺术和人类的"游戏本能"有密切关系等主张，但强调艺术的形式与内容的一致性。斯宾塞是英国哲学家。他认为游戏和艺术都是"过剩精力"的发泄。高等动物无须费全副精力来保存生命，而且在进行某种活动时，其他活动都暂时停止，使所需要的精力因休息而得到补充，所以它们有过剩的精力。这种过剩精力既无须发泄于有用的工作，就发泄于无用的自由的模仿活动，即游戏或艺术活动。⑥ 虽然在这里，王国维既没有正面评价席勒的游戏冲动说，又没有说到艺术起源，只是指出，它是叔本华美学思想的一个来源。但是，我们只要稍许将"席勒·斯宾塞说"勾画一下，就可以看出它在王国维艺术起源论述中的投影。不过，他还加上了"庸俗进化论"的一些成分，使文学艺术摆脱社会的功利目的，抛弃了席勒所强调的形式与内容的一致性。

---

① 普列汉诺夫.论艺术.曹葆华，译.北京：三联书店，1964：71.
② 朱光潜.西方美学史.下册：106，267.
③ 毕歇尔.国民经济的起源(杜宾根德文第16版).1922年：27-29.
④⑤ 叔本华与尼采//海宁王静安先生遗书//静庵文集·14册.上海：商务印书馆，1940.
⑥ 斯宾塞.心理学原理.第二卷.第9部分.

俄国早期的马克思主义者普列汉诺夫在《论艺术》中指出:"解决劳动和游戏——或者也可以说,游戏和劳动——的关系问题,在阐明艺术的起源上是极为重要的。"他运用了原始民族的艺术中最明显和直接地表现了物质生活条件对于思想的影响的大量材料,阐明了劳动与艺术的关系,批驳了斯宾塞、毕歇尔的错误观点。在这其中有一段,好像是针对王国维的《文学小言》写的:

儿童的"游戏"——玩洋娃娃、扮演作客等等——是成年人活动的戏剧性表演。但是成年人在自己的活动中追求什么样的目的呢?在大多数场合下他们是追求功利目的的。这就是说,在人们那里,追求功利目的的活动。换句话说,维持单个人和整个社会的生活所必需的活动,先于游戏,而且决定着游戏的内容。这就是从斯宾塞关于游戏所说的话里合乎逻辑得出的结论。①

既然在人类社会中,追求功利目的的活动,先于游戏,而且决定着游戏的内容,那么王国维所说的单纯"发泄所储蓄之势力"的文艺怎么会产生呢?这种追求功利目的的活动,在原始社会里,就是维持单个人和整个社会的生活所必需的活动——劳动。这是因为,劳动是整个人类生活的第一个基本条件。离开了劳动,人类无法从猿转变到人,离开了劳动,人类就不能生存,社会就要灭亡。因此,艺术起源于劳动,成了唯物主义美学观重要命题。王国维抱着文艺摆脱社会的功利目的的宗旨,把艺术的起源归于所谓"游戏"的同样的性质,但他又不把艺术的起源同"游戏"画上等号。这就比起斯宾塞的关于美感起于游戏说更胜一筹。有了这个细致的区别,既能以"发泄所储蓄之势力",来沟通"游戏"同"艺术"之间的关系,统统归于"无所谓争存之事",又可能为他适应所谓"生存竞争",宣扬形式主义的艺术观服务。

原始艺术是不是像王国维所说的那样,只是原始人"以发泄所储蓄之势力"呢?是不是像所谓"游戏"那样,属于"无所谓争存之事"呢?这个论断显然是站不住脚的,比如原始人画一只野牛,而这个遗迹又留给我们。事实上,原始人画这样的野牛是有他们的功利目的。"为的是关于野牛,或者是猎取野牛、禁咒野牛的事",绝不是"画着玩玩的。"② 鲁迅曾用"杭育杭育派"这个极其生动形象的说法,来阐明艺术起源于劳动的论述:

我们的祖先的原始人,原是连话也不会说的,为了共同劳作,必需发表意见,才渐渐的练出复杂的声音。假如那时大家抬木头,都觉得吃力

---

① 普列汉诺夫.论艺术.曹葆华,译.北京:三联书店,1964:71.
② 门外文谈//且介亭杂文//鲁迅全集·卷六:91.

了，却想不到发表，其中有一个叫道："杭育杭育"，那么，这就是创作；大家也要佩服，应用的，这就等于出版；倘若用什么记号留存了下来，这就是文学；他当然就是作家，也就是文学家，是"杭育杭育派"。①

从以上的论述，可以看出，在艺术起源问题上，"劳动说"和"游戏说"斗争的大致情况，看出王国维搬运"游戏说"的错误所在。但是，就王国维所处的社会情况来看，他搬运"游戏说"作为"新学"的内容，还是有一定的积极意义的。这时因为"中国的学者们，多以为各种智识，一定出于圣贤，或者至少是学者之口"。② 而"游戏说"却从"自己的感情及所观察之事物"出发，进行摹写或咏叹，客观上排除了那些圣贤、学者，多少对禁锢人们思想的封建传统做了诘难。王国维认为：

> 诗人视一切外物，皆游戏之材料也。然其游戏，则以热心为之。③

这里的"热心"不能看成关照外界事物，而是借"以发泄所储蓄之势力"。因为他把外界事物看作游戏的材料。诗人看到游戏的材料，热心地游戏，即从事创作。这样的创作，多少算是诗人的感受，总不能说成是圣贤学者的"立言"了。当然，这个批判仅仅触及皮毛，而且批判的结果，不是面向现实，积极进取，而是把人引导到更加消极的、与世无争的纯艺术境界中去。这显示了它的妥协性和不彻底性。

鲁迅在《而心集·〈艺术论〉译本序》中指出：普列汉诺夫的《艺术论》的"第三篇《再论原始民族的艺术》则批判主张游戏为本能，先于劳动的人们之误，且用丰富的实证和严正的论理，以究明用对象的生产（劳动），先于艺术生产这一个唯物史观的根本底命题。详言之，即蒲力汗诺夫之所究明，是社会人之看事物和现象，最初是从功利底观点的，到后来才移到审美底观点去。在一切人类所以为美的东西，就是于他有用——于为了生产而和自然以及别的社会人生的斗争上有着意义的东西"④。显而易见，"劳动说"与"游戏说"，在文学起源上，反映了唯物史观同唯心史观的斗争。"劳动说"强调美在于有用，引导文学家面向社会现实，为无产阶级解放事业而奋斗。"游戏说"使人脱离现实，消蚀斗志，为资本主义长治久安服务；在今天不仅是有害的，而且是反动的学说。

---

① 门外文谈//且介亭杂文//鲁迅全集·卷六：99-100.
② 知了世界//花边文学//鲁迅全集·卷五：568.
③ 人间词活删稿·四九//人间词话.北京：人民文学出版社，1960：243.
④ 《艺术论》译本序//鲁迅全集·卷十七：19.

二

把文学的定义说成"游戏的事业",这不仅涉及文学起源的问题,也涉及文学的性质问题。在王国维看来,文学既然如小儿之游戏,又是自己过剩精力之发泄,哪有什么功和目的可言?因而,"汲汲于争存"的人,当不了文学家,"汲汲于争存"的内容,当然不能作为文学的描述对象。否则,它就变为"??文学"。

> 人亦有言,名者利之宾也。故文绣的文学之不足为真文学也。与??的文学同。古代文学之所以有不朽之价值者,岂不以无名之见者存乎?至文学之名起,于是有因之以为名者,而真正文学乃复托于不重于世之文体以自见。逮此体流行之后,则又为虚玄矣。故模仿之文学,是文绣的文学与??的文学之记号也。①。

康德美学思想体系与他的无功利论是联系在一起的。王国维在论述文学的性质时,显然受到了康德无功利论的支配和影响。康德在分析美时,提出"美是一对象的合目的性的游戏,在它不具有一个目的表象而在对象身上被知觉时"。② 这里,他直接提出他的形式主义的美学观点。他所要说明的,是所谓"没有目的的合目的性"。这话怎么讲呢?这就是说,在我们现实生活中,做任何事,都有目的。感觉的快适有目的,善也有目的。但在审美判断中,却没有任何这样的实际目的。我们只是从纯粹的形式上来欣赏美的事物,我们觉得它美,也就能够了。至于什么是美,用不着管。形式上满足了我们的审美要求,而又没有任何实际的目的,这就是他所说的"没有目的的合目的性"。康德在没有实际目的的审美问题上,既排斥像完满性这样的内在目的,又排斥像有用这样外在的目的。王国维领会了后一点,同样认为"个人之汲汲于争存者,决无文学家之资格也",要求文学家排除名利,"不重于世之文体以自见"。

为什么会这样呢?

其一,随着中国资本主义的发展,文学艺术有了"商品化"的趋向。"今餔餟的文学之途,盖已开矣。"⑤在文学领域中,属于模仿的,或文绣的,或餔餟的,都不是什么真文学,因为文学是不能当作职业的。王国维说:

> 吾人谓戏曲小说家为专门之诗人,非谓其以文学为职业也。以文学为职业,餔餟的文学也。职业的文学家,以文学为生活;专门之文学者,为

---

①③ 文学小言//中国近代文论选.北京:人民文学出版社,1959.
② 判断力批判·上册:74.

文学而生活。馎饨的文学之途,盖已开矣。吾宁闻征夫思妇之声,而不屑使此等文学嚣然污吾耳也。①

《孟子·离娄上》:"子之从于子敖来,徒馎饨也。"② 馎饨,吃喝的意思。王国维在这里,称馎饨之文学,不仅包括它的目的在于吃喝,在于名利,而且包括像馎饨的文学那样的模仿、文绣的特征。

　　文学艺术的"商品化"这个历史现象。固然,这种"商品化"的结果,使专业文学艺术受支配于剥削阶级的利禄,出现所谓"帮闲"文学。同时,"商品化"是在资本主义生产力和生产关系发展条件下形成的。文学艺术摆脱封建王朝那种"俳优弄臣"的地位,有促进作用。而且有的文学艺术家接近人民,反映社会矛盾和斗争,与统治阶级和社会制度格格不入,甚至成为"贰臣逆子"。因此,我们对于文学艺术的"商品化"要采取实事求是的历史的分析态度。王国维当然没有也不可能认识这一点。但是,值得注意的是,他不是单纯地反对文学艺术的"商品化'和"专业化",他是把它同模仿的文绣的文学联系起来,加以反对的。如果从这一方面看,他的文学主张,多少还有点意义。他说:"吾宁闻征夫思妇之声,而不屑使此等文学嚣然污吾耳也。"他宁愿倾听"征夫思妇之声",目的在于尚自然,忌雕饰,而这一切又是他所鄙弃的那种以模仿、文绣为特征的馎饨文学不可企及的。嚣然污耳,理应不屑一顾。

　　其二,文学艺术之所以不"汲汲于争存",不为名利左右,就是因为它与科学不一样:它是超时代、超阶级的。王国维说:

　　　　昔司马迁推本汉武时学术之盛,以为利禄之途使然。余谓一切学问皆能以利禄劝,独哲学与文学不然。何则?科学之事业皆直接间接以厚生利用为惜,故未有与政治及社会上之兴味相刺谬者也。至一新世界观与一新人生观出,则往往与政治及社会上之兴味不能相容。若哲学家而以政治及社会之兴味为兴味,而不顾真理之如何,则又决然非真正之哲学。此欧洲中世哲学之以辩护宗教为务者,所以蒙极大之耻辱,而叔本华所以痛斥德意志大学之哲学者也。文学亦然,馎饨的文学,决非文学也。③

这一段话迷惑性较大。它迷惑之处,倒不是在于指出哲学、文学同自然科学的社会功用的不同的似是而非,而是在于超时代、超阶级地解释哲学、文学现象,为他的"游戏说"寻找理论根据。为了说透这个问题,我们有必要简单地提及一下马克思主义美学理论关于经济基础同文艺关系的学说。

---

　　①③　文学小言//中国近代文论选.北京:人民文学出版社,1959.
　　②　《孟子·离委上》。"馎饨"的理解,参见《辞源》(改编本),911页。

马克思在《政治经济学批判〈序言〉》中明确指出:文学艺术属于上层建筑范畴,是社会意识形态的一种。① 毛泽东同志《在延安文艺座谈会上的讲话》中也指明,文艺作品是"作为观念形态"而存在的。② 文艺作品尽管有用真实典型、生动鲜明的艺术形象反映现实生活的特点,但就其社会本质来讲,同政治、法律、道德、宗教、哲学等一样,也是人们对客观现实的一种认识,是精神的东西、观念形态的东西,也是与一定的社会经济基础相适应的社会意识形态。正如马克思所说:

> 在不同的所有制形式上,在生存的社会条件上,耸立着由各种不同情感、幻想、思想方式和世界观构成的整个上层建筑。整个阶级在它的物质条件和相应的社会关系的基础上创造和构成这一切。③

毛泽东同志在《新民主主义论》中也指出:

> 没有资本主义经济,没有资产阶级、小资产阶级和无产阶级,没有这些阶级的政治力量,所谓新的观念形态,所谓新文化,是无从发生的。④

无产阶级文艺,地主、资产阶级文艺,都有其不同的阶级特色。其原因,从根本上说,就是由于这三个阶级的文艺所反映的经济基础是截然不同的。当然,它们之间还有若干中介(政治,宗教、道德、哲学)。这些中介对于文艺的作用和影响又是极其复杂的,决不如王国维所划分的馎馎的或非馎馎的,假文学或真文学。这就割断了作为社会意识形态的文学同社会的经济基础的必然的联系,抹杀了文学的阶级性的根本性质。鲁迅说过:

> 在我自己,是以为若据性格、感情等,都受"支配于经济"(也可以说根据于经济组织或依存于经济组织)之说,则这些就一定都带着阶级性。⑤

不仅如此,他还进一步指出:

> 有些梦为隐士,梦为渔樵,和本相全不相同的名人,其实也只是预感饭碗之脆,而却将吃饭范围扩大起来,从朝廷而至园林,由洋场及于山泽。⑥

这些人"虽'隐',也仍然要啖饭,所以招牌还要油漆,要保护的"⑦。鲁迅在

---

① 政治经济学批评(序言)//马克思恩格斯选集·卷二:82—83.
② "在延安文艺座谈之上的讲话"//毛泽东选集(四卷合订本):862.
③ 路易·波拿巴的雾月十八日//马克思恩格斯选集·卷二:30—31.
④ 毛泽东选集(四卷合订本):688.
⑤ 文学的阶级性//三闲集//鲁迅全集·卷四:136.
⑥ 听说梦//南腔北调集//鲁迅全集·卷五:64.
⑦ 隐士//且介亭杂文//鲁迅全集·卷六:229.

这里批判的是依附于国民党反动派的十里洋场的"隐士""高人"。他们打着非啖饭的"超逸"的旗号,实际上"仍然要啖饭",而且'将吃饭的范围扩大起来"。这就批判到了要害之处。因此,用什么馎馎或非馎馎来划分真、假文学的标准,怎么能把文学的本质说得清楚呢?怎么能体现文学的阶级性、时代性和战斗性呢?在这点上,充分暴露了王国维的唯心主义美学观严重的错误。无功利论的背后,总是隐藏着论者所持的功利。古今中外,概莫能外。

其三,把无功利论同"天才游戏之事业"结合起来。王国维说:文学"但为天才游戏之事业,而不能以他道劝者"①。这里的"他道"属于功利目的。文学既为"天才游戏之事业",就要排除这一点才行。为什么会这样呢?艺术与游戏的最大共同点,是无目的。游戏不是为要达到某种目的的手段,乃为游戏而游戏。即游戏的本身便是目的。艺术亦然。创作艺术时,正如"赤子",不是为要达到某种目的而以此为手段,乃为艺术而艺术,即艺术本身便是目的。所谓无目的,就是出于真心的感动,欲罢不能的心情。这样的艺术,对于人心可有广大的传染力,方可得多数人心的共鸣。王国维还进一步分析文学有两个原质,就是景和情。这两者又与客观和主观、知识和情感相联系的。"自他方面言之,则激烈之感情,亦得为直观之对象、文学之材料,而观物与其描写之也,亦有无限之快乐伴之。要之,文学者,不外知识与感情交代之结果而已。苟无锐敏之知识与深邃之感情者,不足与于文学之事。"②这样,王国维的文学定义,由"游戏的事业"扩展为"天才游戏之事业",把文学的景和情这两个原质包含进去了。这毕竟注意到文学同情感的关系,文学同作者思想的关系。但它仍然不是一个科学的定义。

普列汉诺夫曾经指出:

说艺术只是表现人们的感情,这一点也是不对的。不,艺术既表现人们的感情,也表现人们的思想,但是并非抽象地表现,而是用生动的形象来表现。艺术的主要的特点就在于此。③

"将艺术的性质,断定为感情和思想的具体底形象底表现。"这个定义,得到鲁迅的赞同,并认为它是坚持唯物史观立场的论断。④ 而王国维的文学的定义,与普列汉诺夫的论断相比较,就显示出它的唯心史观立场。

从以上三方面可以看出,王国维反对"馎馎文学",是他坚持"游戏说"的产物,也是他搬运康德无功利论的结果。他要求文学家不为名利所诱,目的

---

①② 文学小言//中国近代文论选.北京:人民文学出版社,1959.
③ 论艺术.三联书店,1964:4.
④ 《艺术论》译本序//鲁迅全集·卷十七:17.

在于"不重于世之文体的自见",从形式着眼,从而肯定了文学家的独创精神。

三

"天才论"和"游戏说"是王国维论述文学起源和性质的两根支柱。因为在西方学说里,不仅"游戏说",而且"天才论",往往同文学艺术创作联系在一起的。古代希腊,由于早期宗教的影响和当时对诗艺的提倡,就把诗人的创作当作一种在一时的狂迷中与神契合而创造出动人的诗篇的"灵感",而"天才"则是最具有这种灵感的人物。早在苏格拉底、柏拉图那里已经有了这样的看法。① 他们的这个思想,经过西赛罗、荷拉斯等人的宣扬,发生更大的影响。到了康德,把"天才"观念放到自己的哲学体系中去论述,泛指人的实践和理论活动的一种特殊表现和特殊性。在西方,谈论"天才"的哲学家绝大部分都带有神秘主义的色彩,这和他们的历史唯心主义的哲学思想是分不开的。

王国维谈论"天才",在论述文学起源和性质的问题上,还是保持了古希腊的遗风。他的"文学者,天才游戏之事业"定义,就恪守了这一点。他说:

> 天才者,或数十年而一出,或数百年而一出,而又须济之以学问,助之以德性,始能产真正之大文学。此屈子、渊明、子美、子瞻等所以旷世而不一遇也。②

又说:

> 三代以下之诗人,无过于屈子、渊明、子美、子瞻者。此四子者若无文学之天才,其人格亦自足千古。故无高尚伟大之人格,而有高尚伟大文章,殆未之有也。③

以上是《文学小言》的七、六两节,在十、十一、十二这三节,又分述了他所推崇的屈原、陶渊明、杜甫、苏轼的人格和文章,中心意思是"感自己之感,言自己之言者"。④ 他把这种"天才"认为是一种旷世的特殊的才能。它与"人力"是相对举的。

> 美成词多作态,故不是大家气象。若同叔、永叔虽不作态,而一笑百媚生矣。此天才与人力之别也。⑤

又说:

> 若夫叙事,则其所需之时日长,而其所取之材料富,非天才而又有暇

---

① 伊安篇//柏拉图文艺对话录.
②③④ 文学小言//中国近代文论选.北京:人民文学出版社,1959.
⑤ 附录·二七//人间词话:260.

日者不能。①

同样也是一种神秘、不可捉摸的东西了。

王国维的"天才游戏"中的"天才"的哲学营垒,不在唯物主义,而在唯心主义,受命于康德、叔本华的唯心主义先验论。他在《叔本华与尼采》一文中,引用了叔本华《意志及观念之世界》一段话:

> 知力之拙者,常也。其优者,变也。天才者,神之示现也。②

而"美"呢?"实可谓天才之特殊物也。"③ 这种"神之示现"的天才,必然导致信仰主义、上帝和神,而"天才之特殊物"——美,也被披上神秘主义的外衣。

我们知道,康德的"天才论",在德国资产阶级革命时期,总结了浪漫主义的经验,在哲学上进行发挥,多少还有一些民主主义精神。到了叔本华时代,德国的资产阶级更加没落、更加腐朽了,因此叔本华笔下的"天才",就是赤裸裸的资产阶级变态心理的反映。

在叔本华那里,"天才"的能动性、创造性已不被强调,而强调一种脱离现实斗争的"静观"的认识性的能力。在叔本华看来,普通人的智慧只照亮自己的道路,而"天才"则照亮全人类的道路,但在现实世界,"天才"却是和普通人(群众)完全对立的,天才是反时代的、反传统的,因而是孤独的。因此,叔本华说,"天才"既像疯子,又像小孩。显然,叔本华的"天才",完全是资产阶级精神贵族的条件。在这点上,王国维称之为"知力上之贵族主义",并指出:

> 叔氏之崇拜天才也,如是。由是对一切非天才而加以种种恶,曰:俗子(Philistine),曰:庸夫(Populase),曰:庶民(Mob),曰:舆台(Rabble),曰:合死者(Mortal)。尼采则更进而谓之,曰:众生(Herd),曰:众庶(Far-too-many)。其所以异者,惟叔本华谓知力上之阶级,惟由道德联结之。尼采则谓此阶级于知力道德,皆绝对的而不可调和者也。④

这个见解虽是从知力,也就是从认识能力去考察"天才"与"非天才"问题,但揭示了他们之间不可调和,并很有见地的。遗憾的是,他对"文学者,天才游戏之事业"的定义中的"天才",看作与功利无关的。这是他的思想的自相

---

① 文学小言//中国近代文论选.北京:人民文学出版社,1959.
②④ 叔本华与尼采//海宁王静安先生遗书//静庵文集·14册.上海:商务印书馆,1940.
③ 叔本华之美学//中国近代文论选:752.

矛盾之处。

但是，也要看到，王国维的"天才游戏说"与康德、叔本华的"天才论"的不同之处。这个不同之处，表现在两个方面：

一方面，他为了说明，"文学者，天才游戏之事业"，反对"馂馅文学"，必然夸大作家个人的历史作用，给它戴上与功利无关的"天才"的桂冠。他对于屈原、陶渊明、杜甫、苏轼的人格和文章的评价，套用了一个"感自己之感，言自己之言者"的标准，抹杀了他们之所以成为一个伟大作家的阶级的、时代的原因，而且把他们的产生看作孤立的。事实上他们在自己的那个时代，就像秋夜灿烂群星拱奉的泰斗一样。丹纳《艺术哲学》中有这么一段极为精彩的论述：

> 我们隔了几世纪只听到艺术家的声音，但在传到我们耳边来的响亮的声音之下，还能辨别出群众的复杂而无穷无尽的歌声，在艺术家四周齐声合唱。只因为有了这一片和声，艺术家才成其为伟大。①

这就说明，即使像屈原、陶渊明、杜甫、苏轼的出现，都有他们各自的气候、土壤等条件。而他们自己的艺术才能，是在这样的气候、土壤条件下充分地发挥出来。歌德早已指出过，"不论你们的头恼和心灵多么广阔，都应当装满你们的时代的思想感情"，作品将来自然会产生。②王国维不管四大诗人所处的战国、晋、唐、宋的不同时代，一律用"感自己之感，言自己之言者"进行评价，有失于时代的、阶级的分析和研究，这是欠妥的。当然，他也曾说过"时代使然"，但强调还是"才分"问题，如：

> 梅溪、梦窗、玉田、草窗、西麓诸家，词虽不同，然失之肤浅。虽时代使然，亦其才分有限也。③

另一方面，王国维重视作者的天才，但并不完全轻视修养。他说："此有文学上之天才者，所以又需莫大之修养也"④，把"天才"同"修养"联系起来，"一切艺术委由一切学问出"。⑤

如他提出"学""工"难易的之处，说：

> 散文易学而难工，骈文难学而易工。近体诗易学而难工，古体诗难学而易工。小令易学而难工，长调难学而易工。⑥

---

① ② 丹纳. 艺术哲学.
③ 人间词话删稿·三五、九//人间词话：238.
④ 文学小言//中国近代文论选.北京：人民文学出版社,1959.
⑤ 国学丛刊序//观堂集林别集：卷四//海宁王静安先生遗书·12册.
⑥ 人间词话删稿·三五、九//人间词话：225.

他在解释诗、词之作或曲、词之作彼此不同艺术成就时，也提出"创者易工"，"因者难巧"① 的问题。特别是他把美的第二形式"古雅"划出来以后，认为无天才而有人力也可以创造一种美的形式——古雅，虽然他不及美的第一形式——优美和宏壮。他说：

> 艺术中古雅之部分，不必尽俟天才，而亦得以人力致之。苟其人格诚高、学问诚博，则虽无艺术上之天才者，其制作亦不失为古雅。而其观艺术也，虽不能喻其优美及宏壮之部分，犹能喻古雅之部分。②

以上这些，都说明了王国维讲天才时，多少还注意作者的修养和才学。"文章本天成，妙手偶得之。"③ 因此，它与康德的"天才论"的第一个特点，有所不同。康德的"天才论"的第一个特点，就是把天才说成"一种天赋的才能，对于它产生出的东西不提供任何特点的法规，它不是一种能够按照任何法规来学习的才能"。④ 王国维则不大一样。

他既把"天才"与"人力"对立起来，把它认为是一种旷世的才能，但是，又认为"天才"必须"济之以学问"，"助之以德性"。因此，问题带来了一定的复杂性。不管如何复杂，王国维始终未能把天才看作社会实践的产物，看作历史的产物。这就使他最终还摆脱不了唯心主义的立场。

"文章最忌随人后。"⑤ 王国维的"天才"论，还或多或少保持了一些冲决旧习惯的锋芒。他说：

> 社会上之习惯，杀许多之善人，文学上之习惯，杀许多之天才。⑥

他曾以西方哲学史为例，指出"至一新世界观与一新人生观出，刚往往与政治及社会上之兴味不能相容"⑦，文学同样如此。因此，他的"文学者，天才游戏之事业"定义的历史作用，还不能一概否定掉。

综上所述，王国维关于文学的定义，从字面上看，直接导源于西方美学思想中的"游戏说"和"天才论"，但实际上，又不完全是这些西方美学思想的机械的搬运和简单的验证，而是进行了修正和补充。它是王国维的文学论，不是西方文学论的杂烩。为什么会这样呢？这除了适合中国国情和鼓吹"新学"

---

① 人间词话·六四：221.
② 古雅之在美学上之位置//静安文集续编//海宁王静安先生遗书：15.
③ 陆放翁诗句.
④ 判断力批判·上卷.上海：商务印书店，1964：153.
⑤ 黄山谷诗句.
⑥⑦ 人间词话删稿·三五、九//人间词话：225.

外，作为王国维的美学观还有一个主要理论基础，就有康德、叔本华、尼采的学说。论文学的部分，也不例外。因此，我们在剖析王国维的文学论时，必须找出整个美学思想体系同个别论断之间的联系，并把它放在一定历史条件下，进行实事求是的考察，揭示其唯心主义的实质和冲决封建思想罗网、提倡文艺独创的精神，给予一定的历史评价。

[原载《福建师范大学学报》（哲学社会科学版）1979年]

作者简介

卢善庆，1939年生，江苏扬州人。1960年毕业于厦门大学并留校任教，任哲学系教授，兼任福建美学会会长、厦门美学会会长等职。著作主要有《门类艺术探美》《美学基本理论》《中国近代美学思想史》等十余部。

在新的崛起面前

谢　冕

　　新诗面临着挑战，这是不可否认的事实。人们由鄙弃帮腔帮调的伪善的诗，进而不满足于内容平庸、形式呆板的诗。诗集的印数在猛跌，诗人在苦闷。与此同时，一些老诗人试图做出从内容到形式的新的突破，一批新诗人在崛起，他们不拘一格，大胆吸收西方现代诗歌的某些表现方式，写出了一些"古怪"的诗篇。越来越多的"背离"诗歌传统的迹象的出现，迫使我们做出切乎实际的判断和抉择。我们不必为此不安，我们应当学会适应这一状况，并把它引向促进新诗健康发展的路上去。

　　当前这一状况，使我们想到"五四"时期的新诗运动。当年，它的先驱者们清醒地认识到旧体诗词僵化的形式已不适应新生活的发展，他们发愤而起，终于打倒了旧诗。他们的革命精神足为我们的楷模。但他们的运动带有明显的片面性，这就是，在当时他们并没有认识到，历史是不能割断的。尽管旧诗已经失去了它的时代，但它对中国诗歌的潜在影响将继续下去，一概打倒是不对的。事实已经证明：旧体诗词也是不能消灭的。但就"五四"新诗运动的主要潮流而言，他们的革命对象是旧诗，他们的武器是白话，而诗体的模式主要是西洋诗。他们以引进外来形式为武器，批判地吸收了外国诗歌的长处，而铸造出和传统的旧诗完全不同的新体诗。他们具有蔑视"传统"而勇于创新的精神。我们的前辈诗人们，他们生活在一种无拘无束的自由开放的艺术空气中，前进和创新就是一切。他们要在诗的领域中扔去"旧的皮囊"而创造"新鲜的太阳"。

　　正是由于这种开创性的工作，在"五四"的最初十年里，出现了新诗历史上最初一次（似乎也是仅有的一次）多流派、多风格的大繁荣。尽管我们可以从当年的几个主要诗人（例如郭沫若、冰心、闻一多、徐志摩、戴望舒）的作品中感受到中国古代诗歌传统的影响，但是，他们主要的、更直接的借鉴是外国诗。郭沫若不仅从泰戈尔，从海涅，从歌德，更从惠特曼那里得到诗的滋润。他自己承认惠特曼不仅给了他火山爆发式的情感的激发，而且也启示了他喷火的方式。郭沫若从惠特曼那里得到的，恐怕远较从屈原、李白那里得到的为多。坚决扬弃那些僵死凝固的诗歌形式，向世界打开大门吸收一切有用的东西以帮助新诗的成长，这是"五四"新诗革命的成功经验。可惜的是，当年的那种气氛，在以后长达半个世纪的时间里，没有再出现过。

我们的新诗，六十年来不是走着越来越宽广的道路，而是走着越来越窄狭的道路。30年代有过关于大众化的讨论，40年代有过关于民族化的讨论，50年代有过关于向新民歌学习的讨论。三次大讨论都不是鼓励诗歌走向宽阔的世界，而是在"左"的思想倾向的支配下，力图驱赶新诗离开这个世界。尽管这些讨论曾经产生过局部的、好的影响，例如30年代国防诗歌给新诗带来了为现实服务的战斗传统，40年代的讨论带来了新诗中国作风、中国气派的新气象等，但就总的方面来说，新诗在走向窄狭。有趣的是，三次大讨论不约而同地都忽略了新诗学习外国诗的问题。这当然不是偶然的，这是受我们对于新诗发展道路的片面主张支配的。片面强调民族化、群众化的结果，带来了文化借鉴上的排外倾向。

当我们强调民族化和群众化的时候，我们总是理所当然地把它们与维护传统的纯洁性联系在一起。凡是不同于此的主张，一概斥之为背离传统。我们以为是传统的东西，往往是凝固的、不变的、僵死的，同时又是与外界割裂而自足自立的。其实，传统不是散发着霉气的古董，传统在活泼泼地发展着。

我国诗歌传统源流很久：诗经、楚辞、汉魏六朝乐府、唐诗、宋词、元曲……几乎每一个时代都有自己的诗的骄傲。正是由于不断地吸收和不断地演变，我们才有了这样一个丰富而壮丽的诗传统。同时，一个民族诗歌传统的形成，并不单靠本民族素有的材料，同时要广泛吸收外民族的营养，并使之融入自己的传统中去。

要是我们把诗的传统看作河流，它的源头，也许只是一湾浅水。在它经过的地方，有无数的支流汇入，这支流，包括外来诗歌的影响。郭沫若无疑是中国诗歌之河的一个支流，但郭沫若却是融入了中国古典诗歌，特别是外国诗歌的优秀素质而成为支流的。艾青所受的教育和影响恐怕更是"洋"化的，但艾青却属于中国诗歌伟大传统的一部分。

在刚刚告别的那个诗的暗夜里，我们的诗也和世界隔绝了。我们不了解世界诗歌的状况。在重获解放的今天，人们理所当然地要求新诗恢复它与世界诗歌的联系，以求获得更多的营养发展自己。因此有一大批诗人（其中更多的是青年人),开始在更广泛的道路上探索——特别是寻求诗适应社会主义现代化生活的适当方式。他们是新的探索者。这情况之所以让人兴奋,因为在某些方面它的气氛与"五四"当年的气氛酷似。它带来了万象纷呈的新气象,也带来了令人瞠目的"怪"现象。的确,有的诗写得很朦胧,有的诗有过多的哀愁(不仅是淡淡的),有的诗有不无偏颇的激愤,有的诗则让人不懂。总之,对于习惯了新诗"传统"模样的人,当前这些虽然为数不算太多的诗,是"古怪"的。

于是,对于这些"古怪"的诗,有些评论者沉不住气,便要急着出来加以"引导";有的则惶惶不安,以为诗歌出了乱子了。这些人也许是好心的。但我却主张听听、看看、想想,不要急于"采取行动"。我们有太多的粗暴干涉的教训(而每次的粗暴干涉都有着堂而皇之的口实),我们又有太多的把不同风格、不同流派、不同创作方法的诗歌视为异端、判为毒草而把它们斩尽杀绝的教训。而那样做的结果,则是中国诗歌自"五四"以来没有再现过"五四"那种自由的、充满创造精神的繁荣。

我们一时不习惯的东西,未必就是坏东西,我们读得不很懂的诗,未必就是坏诗。我也是不赞成诗不让人懂的,但我主张应当允许有一部分诗让人读不太懂。世界是多样的,艺术世界更是复杂的。即使是不好的艺术,也应当允许探索,何况"古怪"并不一定就不好。对于具有数千年历史的旧诗,新诗就是"古怪"的,对于黄遵宪,胡适就是"古怪"的,对于郭沫若,李季就是"古怪"的。当年郭沫若的《天狗》《晨安》《凤凰涅槃》的出现,对于神韵妙悟的主张者们,不啻是青面獠牙的妖物,但对如今的读者,它却是可以理解的平和之物了。

接受挑战吧,新诗。也许它被一些"怪"东西扰乱了平静,但一潭死水并不是发展,有风,有浪,有骚动,才是运动的正常规律。当前的诗歌形势是非常合理的。鉴于历史的教训,适当容忍和宽宏,我以为是有利于新诗的发展的。

(原载《光明日报》1980年)

作者简介

谢冕,1932年生,福建福州人。1955年考入北京大学中文系,1960年毕业后留校任教。北京大学教授,博士研究生导师。曾任北京大学中国语言文学研究所所长、北京大学诗歌中心副主任、北京大学中国新诗研究所所长、《新诗评论》主编。著有《文学的绿色革命》《中国现代诗人论》《新世纪的太阳》《论二十世纪中国文学》《1898:百年忧患》等十余种,另有散文随笔《世纪留言》《流向远方的水》《永远的校园》等多种。

新的美学原则在崛起

孙绍振

在历次思想解放运动和艺术革新潮流中,首先遭到挑战的总是权威和传统的神圣性,受到冲击的还是群众的习惯的信念。当前在新诗乃至文艺领域中的革新潮流,也不例外。权威和传统曾经是我们思想和艺术成就的丰碑,但是它的不可侵犯性却成了思想解放和艺术革新的障碍。它是过去历史条件造成的,当这些条件为新条件代替的时候,它的保守性、狭隘性就显示出来了。没有对权威和传统挑战甚至亵渎的勇气,思想解放就是一句奢侈性的空话。在当艺术革新潮流开始的时候,传统、群众和革新者往往有一个互相摩擦甚至互相折磨的阶段。

当前出现了一些新诗人,他们的才华和智慧才开出了有限的花朵,远远还不足以充分估计他们的未来的发展。除了雷抒雁之外,他们之中还没有一个出版过一本诗集,却引起了广泛的议论,有时甚至把读者分裂为称赞的和反对的两派。尽管意见分歧,但他们的影响却成了一种潮流,在全国范围内,吸引了许多年轻的乃至并不年轻的追随者,在他们面前,他们的前辈好像有点艺术上的停滞,正遭到他们的冲击。

如果前辈们没有新的发展和突破,很可能会丧失其全部权威性。谢冕同志把这一股年轻人的诗潮称之为"新的崛起",是富于历史感,表现出战略眼光的。不过把这种崛起理解为预言几个毛头小伙子和黄毛小丫头会成为诗坛的旗帜,那也是太拘泥字句了。与其说是新人的崛起,不如说是一种新的美学原则的崛起。这种新的美学原则,不能说与传统的美学观念没有任何联系,但崛起的青年对我们传统的美学观念常常表现出一种不驯服的姿态。他们不屑于做时代精神的号筒，也不屑于表现自我感情世界以外的丰功伟绩。他们甚至于回避去写那些我们习惯了的人物和经历、英勇的斗争和忘我的劳动的场景。他们和20世纪50年代的颂歌传统和60年代的战歌传统有所不同，不是直接去赞美生活，而是追求生活溶解在心灵中的秘密。梁小斌说："我认为诗人的宗旨在于改善人性，他必须勇于向人的内心进军。"他们在探求那些在传统的美学观看来是危险的禁区和陌生的处女地，而不管通向那里的道路是否覆盖着荆棘和荒草。正因为这样，他们的诗风有一种探险的特色，也许可以说他们在创造一种探索沉思的传统。徐敬亚说："诗人应该有哲学家的思考和探险家的胆量。"这倒是我国当前的一种现实，迷信走向了反面，培养了那么多的哲学头脑，闪耀着理性的光辉。他们的这种思考和传统的美学观念不同之处乃是徐敬亚所说的诗人甚至"应该有早于政治家脚步的探讨精神"。从习惯于文艺从属于政治家的文坛看来，这不免有点"异端"了。当革新者最好的诗与传统的艺术从属于政治观念一致的时候，他们自然成了受到钟爱的候鸟。正因为这样，舒婷的《这也是一切》、梁小斌的《中国，我的钥匙丢了》等等，得到异口同声的赞许。但是，他们有时也用时代赋予他们的哲学的思考力去考虑一些为传统美学原则所否决了的问题，例如关于个人的幸福？在我们集体中应该占什么地位？人与人之间的和谐如何才能达到？这样分歧和激烈的争辩就产生了。它集中表现为人的社会价值标准问题。在年轻的探索者笔下，人的价值标准发生了巨大变化，它不完全取决于社会政治标准。社会政治思想只是人的精神世界的一部分，它可以影响，甚至在一定条件下决定某些意识和感情，但是它不能代替，二者有不同的内涵、不同的规律。例如政治追求一元化，强调统一意志和行动，因而少数服从多数。而艺术所探求的人的感情可以是多元化的，不必少数服从多数。政治的实用价值和感情在一定程度上的非实用性，是有矛盾的，正如一棵木棉树在植物学家和在诗人眼中价值是不相同的一样。如果说传统的美学原则比较强调社会学与美学的一致，那么革新者则比较强调二者的不同。表面上是一种美学原则的分歧，实质上是人的价值标准的分歧。在年轻的革新者看来，个人在社会中应该有一种更高的地位，既然是人创造了社会，就不应该以社会的利益否定个人的利益，既然是人创造了社会的精神文明，就不应该把社会的（时代的）精神作为个人的精神的敌对力量，那种人"异化"为自我物质和精神的统治力量的历史应该加以重新审查。传统的诗歌理论中"抒人民之情"得到高度的赞扬，而诗人的"自我表现"则被视为离经叛道，革新者要把这二者之间人为的鸿沟填平。即使从社会学的角度来看，社会的价值也不能离开个人的精神的价值，对于许多人的心灵是重要的，对社会政治就有相当的重要性（举一个极端的例子：宗教），而不能单纯以是否切合一时的政治要求为准。个人与社会的分裂的历史应该结束。所以杨炼说："我永远不会忘记作为民族的一员而歌唱，但我更首先记住作为一个人而歌唱。我坚信：只有每个人真正获得本来应有的权利，完全的互相结合才会实现。"我们的民族在"十年浩劫"后恢复了理性，这种恢复在最初的阶段是自发的，是以个体的人的觉醒为前提的。当个人在社会、国家中地位提高，权利逐步得以恢复，当社会、阶级、时代，逐渐不再成为个人的统治力量的时候，在诗歌中所谓个人的感情、个人的悲欢、个人的心灵世界便自然会提高其存在价值。社会战胜野蛮，使人性复归，自然会导致艺术中的人性复归，而这种复归是社会文明程度提高的一种标志。在艺术上反映这种进步，自然有其社会价值，不过这种社会价值与传统的价值有很大的不同罢了。当舒婷说："人啊，理解我吧。"她的哲学不是斗争的哲学，她的美学境界是追求和谐。她说："我通过我自己深深意识到：今天，人们迫切需要尊重、信任和温暖。我愿意尽可能地用诗来表现我对'人'的一种关切。障碍必须拆除，面具应当解下。我相信：人和人是能够互相理解的，通往心灵的道路总可以找到。"从理论的表述来说，这可能是有缺点的，离开了矛盾的统一，任何事物都是不存在的，但在创作实践上，作为对长期阶级斗争扩大化造成的人与人之间关系恶化的一种反抗，它正是我们时代的一种折光。从美学来说，人的心灵的美并不像传统美学原则所限定的那样只有在斗争中（在风口浪尖）才能表现。谁说斗争能离开统一，矛盾不能达到和谐呢？因为据说有百分之五的阶级敌人，就应该对百分之九十五的人瞪着敌视的目光，怀着戒备的心理，戴着虚虚实实的面具，乃至随时准备着冲入别人的房子去抄家、去戴人家的高帽吗？在舒婷的作品中常有一种孤寂的情绪，就是对人与人之间这种关系的反常畸形的一种厌倦，而追求真正的和谐又往往不能如愿，这时她发出深情的叹息，为什么不可以说是一种典型化的感情？为什么只有在炸弹与旗帜的境界中呐喊才是美的呢？不敢打破传统艺术的局限性，艺术解放就不可能实现。一种新的美学境界在发现，没有这种发现，总是像小农经济进行简单再生产那样用传统的艺术手段创作，我们的艺术就只能是永远不断地做钟摆式单纯的重复。梁小斌说："'愤怒出诗人'成为被歪曲的时髦，于是有很多战士的形象出现。一首诗如果是显得沉郁一些，就斥为不健康。愤怒感情的滥用，使诗无法跟人民亲近起来。"他又说："意义重大不是由所谓重大政治事件来表现的。一块蓝手绢，从晒台上落下来，同样也是意义重大的，给普通的玻璃器皿以绚烂的光彩。从内心平静的波浪中，觅求层次复杂的蔚蓝色精神世界。"这些话说得也许免不了偏颇，多少有些轻视战士和愤怒的形象在某种条件下不可替代的作用，但是他们的勇气是可惊叹的。他们一方面看到传统的美学境界的一些缺陷，一方面在寻找新的美学天地。在这个新的天地里衡量重大意义的标准就是在社会中提高了社会地位的人的心灵是否觉醒，精神生活是否丰富。与艺术传统发生矛盾，实际上就是与艺术的习惯发生矛盾。在生活中，要提高人的地位，自然也有习惯的阻力，但是艺术的习惯势力比之生活中的习惯势力要顽强得多。因为在生活中，人们是以自觉的意识指导着人的思想的实践的，以新的自觉意识去克服旧的自觉意识，虽然也需要一个过程，但总是属于理性范畴，总是比较单纯，而在艺术中则不完全是理性主宰一切，它包含着感情。泰纳在《艺术哲学》中说："在一般富有诗人气质的人身上，都是不由自主的印象占着优势"。"若要下一个明确的定义，就得肯定其中有个自发的强烈的感觉。"艺术的感情色彩使它有一种"不由自主的""自发的"一面，这一面有时还"占着优势"。长期的大量的艺术实践不但训练了艺术家的意识，而且训练了他的下意识或者潜意识，这样，使他的神经感情达到饱和点的时候，依着一种"不由自主的""自发的"习惯，达到一种条件反射的程度。习惯，就是意识与下意识的统一。不论是一个人还是一个民族，养成自己独创的艺术习惯都是艰难的。意识和潜意识都是建立在长期经验基础上的。个人、民族、时代的美学独创性，都渗透在这种习惯之中。年轻的革新者要克服一种习惯的拘束，同时，要确立一种新的习惯。不论克服还是确立，光凭自觉意识是不够的。光凭自觉意识就是光凭概念，它同时要和那"不由自主""自发的"潜意识打很久的交道。自觉意识不能完全战胜下意识，正如法国的语音学家可能读不好英语的重音一样，又如英语区的语音学家可能说不好普通话中的卷舌的辅音一样。因为习惯是一种条件反射，形成了一种潜意识，是自觉意识不能管束的，它的存在就是反应固定化的结果，是很难变化的。恩格斯所说的传统的惰性在这里可以找到一部分注解。艺术革新，首先就是与传统的艺术习惯做斗争。顾城在《学诗札记》（二）中说："诗的大敌是习惯——习惯于一种机械的接受方式。习惯于一种'合法'的思维言式，习惯于一种公认的表现方式。习惯是感觉的厚茧，使冷和热都趋于麻木；习惯是感情的面具，使欢乐和痛苦都无从表达；习惯是语言的套轴，使那几个单调而圆滑的词汇循环不已；习惯是精神的狱墙，隔绝了横贯世界的信风，隔绝了爱、理解、信任，隔绝了心海的潮汐。习惯就是停滞，就是沼泽，就是衰老，习惯的终点就是死亡……当诗人用崭新的诗篇、崭新的审美意识粉碎了习惯之后，他和读者将获得再生——重新感知自己和世界。"也许把重新感知自我和世界当成革新者的任务并且痛快淋漓地宣告要与艺术的习惯势力做斗争，这还是第一次，因而它启发我们的思考的功绩是不可低估的。但是作为一种理论的表述，这里多少有些片面性，透露出革新者美学思想上的弱点。因为习惯，即使过时的习惯，也不光是停滞的沼泽，它还包含着过去的成就和经验。当革新者向习惯扔出决斗的白手套时，应该像梁小斌那样："我必须承认'四人帮'的那些理论也在哺育我，它也变成阳光，晒黑了我的皮肤。"自然，我们可以说"四人帮"的理论不是我们的传统和习惯，但也不可否认它是我们传统和习惯的畸形化。人总是要在前人积累的思想材料和艺术经验的基础上前进的，前人提供的不可能都是正面的、积极的、健康的，但人类正是在这并不绝对完美的阶梯上攀登的。光凭一个人的才华，光凭自己的生活积累是成不了艺术革新家的。《儒林外史》中写了一个王冕，孤独地、反复地画了许多荷花，没有任何学习与参考的资料便卓尔成家，有了惊人的创造。从艺术理论上讲，这是不科学的。王冕的方法是从零开始的原始人的方法，用这样的方法是不可能创造出新的艺术水平来的。在创作实践中人们总是既要从生活出发，又不能完全排除从艺术出发的。西洋画从写生开始，中国画从临摹开始，都是反映了规律的一个侧面，二者是可以结合起来的。马克思说：人是按着美的法则创造的。就是说人在客观现成材料（素材）面前不是像动物那样被动的。美的法则，是主观的，虽然它可以是客观的某种反映，但又是心灵创造的规律的体现。在创作过程的某一阶级上，美的法则是向导，是先于形象诞生的。它是又不是抽象的理念，而是活在传统的作品和审美习惯之中。要突破传统必须有某种马克思讲的"美的法则"，必须从传统和审美习惯中吸取某些"合理的内核"。习惯只能用习惯来克服，新的习惯必须向旧的习惯借用酵母。不是借用本民族的酵母的一部分，就是借用其他民族的酵母的一部分。只有把借用习惯的酵母和突破习惯的僵化结合起来才能确立起新的习惯，才能创造出更高的艺术水平，否则只能导致艺术水平的降低。目前年轻的革新者们自然面临着旧的艺术习惯的顽强惰性，但是如果他们漠视了传统和习惯的积极因素，他们有一天会受到辩证法的惩罚。不过问题的复杂性在于，他们似乎并没有忽略继承，只是更侧重于继承其他民族的习惯。但是这种习惯与我国本民族的习惯的矛盾有时是很深的。虽然新诗史上大部分有独创性的流派，都和外民族独异的艺术刺激分不开，但是，即使是其中的大诗人也还没有解决两个民族艺术习惯的矛盾，当这种矛盾激化到一定的程度，就会走向反面，产生闭关自守、全盘民族化的倾向。新诗的革新者如果漠视这历史经验，他们的成就将是比较有限的。不过，我们并不悲观，因为我们看到他们中的优秀代表并不像我们中的一些人认为的那样，以为自己已经掌握了历史发展的全部蓝图。他们有自知之明，他们知道自己还幼稚。舒婷在《献

给我的同代人》中说:

> 为开拓心灵的处女地
> 走入禁区,也许——
> 就在那里牺牲
> 留下歪歪斜斜的脚印
> 给后来者
> 签署通行证

探索既是坚定的,不怕牺牲的,又是谦虚的,承认自己的脚步是孩子气的。我们可以毫不怀疑地说,他们肯定会有错误、有失败、有歧途的彷徨,但是,只要他们不动摇,又不固执,即使他们犯了错误也是可以像列宁所说的那样,得到上帝的原谅的,同时,又会给后来者和他们自己留下历史的经验。——但是,这些经验是不是会浪费,就要看我们善于不善于总结使之上升到理论的高度并为他们所接受了。

(原载《诗刊》1981年)

作者简介

孙绍振,1936年出生,祖籍福建长乐。1960年毕业于北京大学中文系。现为福建师范大学文学院教授、博士生导师、中国文艺理论学会副会长、中外文论学会常务理事、福建省北京大学校友会副会长。著有《新的美学原则在崛起》《文学创作论》《美的结构》《论变异》《孙绍振如是说》《当代文学的艺术探险》《审美价值结构和情感逻辑》《怎样写小说》《挑剔文坛》《幽默学全书》《美女危险论》等。

《在延安文艺座谈会上的讲话》与茅盾革命现实主义的嬗变

庄钟庆

茅盾的革命现实主义[①]理论与实践,在毛泽东同志《在延安文艺座谈会上的讲话》(以下简称《讲话》)发表以后,有了新的变化,这是值得认真探索的,从中可以窥视《讲话》对国民党统治区的革命文艺运动所产生的威力。

茅盾的现实主义理论与实践经历着曲折变化。他是由批判现实主义转变为革命现实主义的。在革命现实主义的道路上又是不断发展、衍变。

一

早在"五四"时期,茅盾提倡过现实主义,主要是批判现实主义,由于那时分不清自然主义和写实主义的界限,所以他的现实主义主张中,不免也有左拉自然主义某些杂质,当然也有一些革命现实主义的因素。他当时介绍过苏联的新写实主义,大革命失败后他又重新提出新写实主义问题,然而他并不理解,只是认为技巧上是"短小精悍,紧张,有刺激性的一种文体",要移植到中国来是个"待试验的问题"[②],创造社有些评论者以日共藏原惟人关于新写实主义理论为根据,作为中国无产阶级文学的创作方法,并以此反驳茅盾的有关论点。那时,茅盾觉得必须联系中国新文学运动的实际来探讨新现实主义问题,因此,他针对创造社搬用外国新现实主义理论的教条主义倾向,围绕着文艺时代性,阐述了对新现实主义的看法。他以评价叶圣陶的长篇小说《倪焕

---

① 革命现实主义的概念按照茅盾的解释是同社会主义现实主义一样的。它与新现实主义(新写实主义)、无产阶级现实主义就其思想性质来说大致相同。

② 茅盾.从牯岭到东京//小说月报.第十九卷第十号,1928-10-10.

之》为例,指出:"所谓时代性,我认为,在表现了时代空气而外,还应该有两个要义:一是时代给与人们以怎样影响,二是人们集团的活力又怎样地将时代推了新方向。""在这样的意义下,方是现代的新写实派文学所表现的时代性。"① 这里值得注意的是,茅盾认为新写实派创作必须具有时代性,不但要表现时代的社会生活,而且要强调集团(即革命组织)推动时代的作用。茅盾也指出新写实主义作家表现时代生活要同"刻苦地磨练他的技术"结合起来,这样才能使"思想与技巧,两方面之均衡的发展与成熟"②。为此,他反对"普罗文学"运动中公式化、概念化倾向。茅盾对于时代性所作的精辟论述,是他对新现实主义理论探讨的可喜收获,毫无疑问,这种见解在当时文坛上是有独创性的。他还以创作实践来兑现自己的文艺主张。如他作的长篇《虹》即是一例。作品不仅反映了"五四"到"五卅"的历史面貌,而且强调革命组织即无产阶级及其先锋队共产党的巨大威力。

左联期间,茅盾以高尔基等人作品为例子,对于新现实主义进行了探索。他认为高尔基创作是"新的现实主义的"③,不但"尽了镜子的反映的作用",并且还"尽了斧子的斫削的功能,斫削人生使合于正轨"④。他又在《我们所必须创造的文艺作品》⑤ 一文中充分而明确地阐述了这一观点。他说:"文艺家的任务不仅在分析现实,描写现实,而尤重在分析现实描写现实中指出了来的途径。所以文艺作品不仅是一面镜子——反映生活,而须是一把斧头——创造生活。"他认为:"作家们还应当更刻苦地去储备社会科学的基本知识,更刻苦地经验复杂的多方面的人生,更刻苦地去磨练艺术手腕的精进和圆熟。"⑥

二

《讲话》指出:"我们是主张社会主义的现实主义。"此后,茅盾多次号召作家师法高尔基的革命现实主义的创作方法。他指出:"高尔基的现实主义和以前的文艺上的现实主义有'深'或'浅'之差,看"动的'与'静的'之分。"⑦ 因为高尔基站在人民大众一边,不仅"抨击了黑暗",而且也"指出了

---

①②茅盾.读《倪焕之》//文学周报·第八卷·第二十号,1929-5-12.
③ 茅盾.创作的准备.上海生活书店,1936.
④ 茅盾.关于高尔基//《中学生》创刊号,1930-1-10.
⑤ 《北斗·第二卷》第二期,1932-5-20.
⑥ 茅盾.《地泉》读后感//华汉.地泉.湖风书局,1932.
⑦ 茅盾.高尔基与判实主义//联合日报·晚刊,1946-6-18.

光明"①。他要求文艺工作者学习高尔基的创作方法，"憎恶黑暗，赞颂光明"②。这里，茅盾对于新现实主义做了进一步的阐述，指出客观反映现实，揭示未来必须同作家憎恶黑暗和赞颂光明的思想凝成一体。唯有如此，才能充分反映生活进程中的复杂性、曲折性，并给人民以鼓舞的前进力量。

革命现实主义要求把表现现实生活同反映革命理想结合起来，这就要正确处理文学作品中歌颂与暴露的问题。

早在抗战初期，茅盾就主张文艺应暴露"丑恶存在"，"从而推动实际的斗争"③，同时指出"对于丑恶没有强烈憎恨的人，也不会对于美善有强烈的执着"④。《讲话》之后，他对于歌颂光明与暴露的问题作了明确而系统的阐述，他说："作品既要反映现实，就不能不触及现实中的问题。"又说"现实生活中有光明面也有黑暗面，故要忠实地反映现实就不能只写光明而不写黑暗。问题乃在作者站哪一种立场上去歌颂或暴露，去理解那光明面与黑暗面。"⑤这就清楚地阐述歌颂与暴露的关系，指出这是一个问题的两面，相反又相成，绝不是对立的，关键在于作家所采取的立场。

茅盾联系当时现实斗争的实际，对于歌颂与暴露的对象作了严格而又明确的规定。他认为在抗日战争时期，"凡对抗战有利、对民主的实现有助的，就是光明面，反之，就是黑暗面"⑥。他还进一步作了阐述，指出："歌颂的对象是坚持抗战、坚持民主，为抗战和民主而牺牲私利己见的，是能增加反法西斯战争的力量及能促进政治的、民主的；反之，凡对抗战怠工，消耗自己的力量以及违反民主行动，都属暴露的对象。"⑦在解放战争时期，他要求文艺抨击国民党反动派"反民主的行动，法西斯主义的倾向"⑧，歌颂"人民革命胜利进军的战斗"⑨。

茅盾认为黑暗势力逆历史潮流而动，必定履灭；而光明力量体现着历史前进方向，一定会胜利。不过，光明力量战胜黑暗力量是必须经过斗争才能取得的。革命现实主义文学应当充分地反映代表进步、光明力量的人民群众，在同黑暗势力的斗争中不断前进的趋向。据此，茅盾认为在抗日期间必须强调反映人民的抗战力量战胜破坏抗战的黑暗势力的真实面貌。他说："在我们民族之善的正义的力量增强过程中，黑暗的罪恶分子也在潜滋暗长，甚至公然活跃。"

---

① 茅盾.高尔基和中国文坛//时代·23,1946-6-16.
② 茅盾.高尔基和中国文学//时代》163期,1946-6-29.
③ 茅盾.八月的感想//文艺阵地·第一卷·第九期,1938-8-16.
④ 茅盾.暴露与讽刺//文艺阵地·第一卷·第十二期,1939-7-16.
⑤⑥⑦ 茅盾.如何击退颓风//文萃·第一卷·第二期,1945-10-6.
⑧ 茅盾.和平·民主·建设阶段的文艺工作//文艺生活,1946-4（4）.
⑨ 茅盾.再谈"方言文学"//大众文艺丛刊·第一辑,1948-3-1.

为此，他认为"唯有不懈不怠的斗争，才能使光明面继续扩大"①。《讲话》之后，他强调光明力量在战胜黑暗势力过程中的曲折性与复杂性，并满怀信心地认为光明面最后要战胜黑暗面。他说："人类史上充满了光明与黑暗的斗争，故在先民碧血洒遍了大地的数千年后的今日，光明尚不能普遍，黑暗尚在负隅，斗争还是惨烈得很的。"②尽管如此，终究"由黑暗易渐进入光明"③。为此，作家在表现光明与黑暗的斗争时，必须从深刻揭露黑暗势力之中，给人以光明的力量。茅盾认为高尔基的作品是有这种特点，他指出高尔基在"向不合理与丑恶的现实挑战的时候，就能这样深刻有力，象阴霾里的雷电，震醒了蛰在地下的力量，宣告黑暗的死刑，鼓舞着光明势力前进"④。据此茅盾针对解放战争时期人民同美蒋的黑暗势力作艰巨斗争的现实情势，要求作家充分认识到"壮大的人民力量一定也能把民族的民主的解放战争进行到最后胜利"⑤的光明前景，从而努力表现人民解放战争胜利进军"这伟大的时代"⑥。

当然，茅盾既看到人民的威力，又清醒地注意人民是有缺点的。他说："老百姓由于长期受压迫所形成的落后性，比如不科学、迷信等等"，因此，作家"要向人民学习，同时又要帮助人民纠正这些落后性"⑦。在他看来，作家应当而且可以写出人民的缺点，不过必须采用批评与自我批评的方法，而不应当采取暴露的办法。对此，茅盾十分欣赏赵树理笔下"不讳饰农民的落后性"，并且能在斗争中，表现农民"克服了落后性，而且发挥了创造的才能"⑧。他还指出《吕梁英雄传》写出人民"如何克服那落后的'命运论'"，"如何一点点坚定了必能战胜敌人的信心"⑨。他认为作家敢于写出人民大众觉醒的过程，更能充分地表现光明力量是不可战胜的。

茅盾关于如何处理歌颂与暴露等问题的见解，使我们联想起《讲话》中有关的论述，例如："一切危害人民群众的黑暗势力必须暴露之，一切人民群众的革命斗争必须歌颂之，这就是革命文艺家的基本任务。"对于革命文学家来说，"暴露的对象，只能是侵略者、剥削者、压迫者及其在人民中所遗留的恶劣影响，而不能是人民大众。人民大众也有缺点，这些缺点应当用人民内部的

---

①②③ 茅盾.谈歌颂光明//自由导报·第6期，1945-12-23.此处据《茅盾文集》第十卷，人民文学出版社出版.

④ 茅盾.高尔基与判实主义//联合日报·晚刊，1946-6-18.

⑤ 茅盾.赞颂《白毛女》//华商报，1948-5-29.

⑥ 茅盾.再谈"方言文学"//大众文艺丛刊·第一辑，1948-3-1.

⑦ 茅盾先生在广州和香港//解放日报，1946-6-5.

⑧ 茅盾.里程碑的作品//华商报·热风，1946-12-10.

⑨ 茅盾.关于《吕梁英雄传》//中华论坛·第二卷·第一期，1946-9-1.

批评和自我批评来克服"。《讲话》还指出作家应该歌颂人民,歌颂"无产阶级、共产党、新民主主义、社会主义"。茅盾有关文学上歌颂与暴露的鲜明见解,是符合《讲话》精神的,并有助于国统区的革命文学运动。

我们从茅盾的创作中,还可以看到他的关于歌颂与暴露辩证关系的文学思想的生动体现。《讲话》以后茅盾的创作更加自觉地把自己的思想感情同人民大众休戚相关地联结成为一体。例如:长篇《锻炼》以抗日初期为背景,无情地攻击日本侵略者,深刻揭露国民党反动派假抗日、真反共的面目,热情歌颂人民特别是工人阶级在抗日斗争中的作用;话剧《清明前后》着力表现抗日胜利前后这个历史阶段国民党反人民统治面临严重危机的情势,反映人民民主运动的高涨;短篇《春天》抒写满怀豪情地迎接新中国的春天的情绪。

关于写作对象,茅盾说过:"我以为任何社会现象都应当作为写作对象。并不是单写工人农民,才显得作品进步;写小市民生活、知识分子生活,乃至大资产阶级生活,我们都可以写,都应该写。"问题在于革命现实主义要求描写各种人物时,必须"站在人民大众的立场",写出来的人物"对于人民大众"有价值①,这样才能有益于群众,才富有教育意义。茅盾这种文艺观点是同《讲话》有关的主张相吻合的。《讲话》指出:"革命的文艺,应当根据实际生活创造出各种各样的人物来,帮助群众推动历史的前进。"

在强调表现各种人物生活的同时,茅盾十分重视表现新的人物和新的生活。在抗日初期,他就指出应该努力描写"新的人民领导者、新的军人、新的人民"②。《讲话》以后,他对解放区出现的创作如小说《吕梁英雄传》《李有才板话》《李家庄变迁》,歌剧《白毛女》,木刻等新型艺术创作极为推崇。他号召国统区作家借鉴解放区作品,努力表现和"现实的斗争关系重大的问题",以及"值得写而且是人民大众所迫切要求的",即使"不熟悉便应该去熟悉,从观察和研究中,使它变成自己熟悉的东西"③。总之,同《讲话》中所提出革命作家应努力描写"新的人物、新的世界"的主张一样,茅盾主张国统区作家应该尽力写出与人民大众的重大斗争有关的新人物生活与斗争。他在《讲话》后发表的作品中,不但描绘了国统区世界各个不同阶层的人物,而且越来越努力地表现新世界的新人新事。如:散文《为〈亲人们〉》侧面讴歌革命根据地战士英姿;小说《春天》描写解放区大地新人的风貌;散文《脱险杂记》表现中国共产党领导的游击队的威力,赞颂了游击队领导干部及广大战士的高尚品质;《苏联见闻录》《杂谈苏联》,表现了社会主义制度下人民生活的崭新面貌。

---

①③ 茅盾.和平·民主·建设阶段的文艺工作//文艺生活(4)。
② 茅盾.论加强批评工作//抗战文艺·第二卷·第一期,1948-7-16.

当然，现实主义作为创作原则与方法，不仅包括作家对待现实生活所采取的立场和态度，而且包括作家表现生活的内容及其艺术手法。正如茅盾所指出的："它应该包括三个方面：作家对生活的认识和看法，作家对生活的态度和立场，作家的艺术表现手法。"①

茅盾认为革命现实主义要求作家运用马列主义世界观来反映生活，在艺术表现上应力求民族化、大众化。在这个问题上，茅盾的主张是有发展变化的。左联时期，他在《问题中的大众文艺》② 一文对于艺术表现手法如描写人物方法、语言的大众化方面提出自己的见解。抗日初期，他在《文艺大众化问题》③ 等文中对于大众化的文艺形式做了进一步的阐述，指出"必须从文字的不欧化以及表现方式的通俗化入手"，并对通俗化的表现形式作了具体的论述，同时对如何利用民间形式问题发表了看法。随后又对文学的民族形式作了探索，他在《抗战期间中国文艺运动的发展》④ 一文中指出："'民族形式'的正解，显然是指植根于现代中国人民大众生活，而为中国人民大众所熟悉、所亲切的艺术形式。这里所谓熟悉，当然是指文艺作品的用语、句法，表现思想的形式，乃至其他的构成形象之音调、色彩等等而言。这里所谓亲切，应当指作品中的生活习惯、乡土色调、人物的声音笑貌动止等等而言。"《在延安文艺座谈会上的讲话》发表后，他结合解放区的作品对文艺形式大众化、民族化作了阐述，强调作者同广大人民生活、战斗在一起，在创作中运用人民熟悉的有生命力的语言以及吸收民间形式的精英，使大众化和民族化的艺术形式有机地配合起来。他指出文学应"能为大众所接受而喜爱"⑤，"向民族形式的大路走"⑥。他强调学习解放区作品表现方式的大众化、民族化。他说，解放区文学作品形式上的特点是："尽量采用当地人民的口语（方言），大胆采用旧形式和'民间形式'，而同时大胆把新的血液注入旧形式和'民间形式'……这都是值得我们取法的。"⑦ 他认为解放区的优秀作品，如《李有才板话》，标志了向大众化的前进的一步，这也是标志了进向民族形式的一步"⑧。他又指出《李家庄的变迁》"没有浮泛的堆砌，没有纤巧的雕琢，质性的醇厚，是这部书技巧方面很值得称

---

① 茅盾.《夜读偶记》的后记//茅盾文艺评论集.北京：文化艺术出版社.
② 文学月报·第二号,1632-7.
③ 新语·周刊第一卷·第二期,1938-4-28.
④ 中苏文化·第八卷·第三、四期合刊,1941-4.
⑤ 茅盾.民间·民主诗人//文艺丛刊·脚印,1947(10).
⑥ 茅盾.和平·民主·建设阶段的文艺工作//文艺生活,1946(4).
⑦ 茅盾.再谈"方言文学"//大众文艺丛刊·第一辑,1948-3-1.
⑧ 茅盾.关于《李有才板话》.

道的成功,这是走向民族形式的一个里程碑,解放区以外的作者们是资借镜"①。

茅盾关于艺术形式的大众化、民族化的主张,同接受毛泽东有关理论有着密切的联系。毛泽东在抗日初期作的《论新阶段》② 一文中提出创造"为中国老百姓所喜闻乐见的中国作风与中国气派"问题。茅盾在《通俗化、大众化与中国化》③ 一文中,以毛泽东同志关于建立中国的民族形式的理论为依据,阐述建立新文学的民族形式的见解。随后他又联系中国古典文学作品探索文学的民族形式问题。《讲话》发表后,他以解放区作品为例,就建立文学形式大众化、民族化问题发表了剀切的意见。

茅盾的创作也积极探求艺术形式的大众化、民族化。他的话剧《清明前后》在艺术形式群众化方面做了有益的尝试。长篇《锻炼》,既保留了作者多年来形成的细腻的表现方式,又具有朴质、刚劲的大众化、民族化的表现手法,例如着力运用简洁对话和动作展开人物性格,朴实的环境描写,明快、易懂的叙述语言等。

茅盾认为,革命现实主义同旧的现实主义根本的区别在于作家的立场、世界观不同。他说,革命现实主义作家应有"确定的进步的政治立场以及正确的宇宙观",这就是要求"把握了历史唯物论与辩证唯物论"④,因为只有以马列主义为指导,才能反映现实的本质,揭示生活的趋向。

《讲话》发表以后,他强调作家应当在群众生活中逐步改变自己的世界观。他说,作家要努力"改造自己——生活和写作方式","抛弃'洋气'和生活方式","真正生活在老百姓中间","把自己和他们打成一片",才能成为群众的代言人;他还说,作家要改变表现方式,应善于"从老百姓口里摄取生动活泼的字汇,要从他们的生活中学取朴质而刚劲的风格"⑤,这就要求国统区作家以解放区的作家为榜样,坚定站在人民大众的立场,深入群众斗争,努力运用人民喜爱的艺术形式表现现实的生活与斗争。

茅盾关于作家如何转变思想问题的意见,同《讲话》中指出的有关文艺工作者的思想感情和工农兵大众的思想感情打成一片的主张是一致的。

作家要遵循革命现实主义创作原则,必须坚持正确的文艺的方向。茅盾历

---

① 茅盾.里程碑的作品//华商报·热风,1946-12-10.
② 毛泽东于1938年10月在党的六届六中全会上作了《中国共产党在民族战争中的地位》的报告,同年11月25日以《新阶段》为题,刊登在《解放》周刊第五十七期上。
③ 茅盾.通俗化、大众化与中国化//反帝战线·第三卷·第五期,1940-3-1.
④ 茅盾.也是漫谈而已//文联·第一卷·第四期,1946-2-25.
⑤ 茅盾.和平·民主·建设阶段的文艺工作//文艺生活,(4).

来强调文艺服务于现实斗争。《讲话》以后,他提出文艺面向广大人民,面向城市,特别要面向农村。他说,当时文艺工作方向"应该是眼光向农村",但是也不能"因为注意了农村,就完全忽略了城市"。文艺面向农村和城市,才能"使文艺真正能为人民了解和接受"①。这样的文艺才能满足广大人民群众的需要,更好地为人民的革命斗争服务。茅盾主张国统区文艺为人民服务,面向城市,特别是面向农村,这同《讲话》提出的文艺为最广大的人民大众服务,为工农兵服务的方针是一致的。

《讲话》发表后,茅盾革命现实主义的新进展就在于,比以前更为鲜明地主张革命文艺必须在坚持为人民大众的大方向的原则下,要求国统区作家以解放区作家为榜样,同群众同呼吸共命运,并且以大众化、民族化的表现形式,反映人民憎恶黑暗与赞颂光明的思想感情,努力表现新世界、新人物。

三

《讲话》发表后,茅盾有关革命现实主义理论与实践的嬗变,绝不是偶然的现象,这同当时的现实斗争、思想运动、革命文艺运动的发展有关,也跟他的社会思想的进展、多年来对现实主义的探讨有关,不过同他受到《讲话》的影响更有着直接的关系。1944年元旦《讲话》以《毛泽东同志对文艺问题的意见》为题,在重庆《新华日报》上摘要刊出,共分三个标题,即《文艺上的为群众和如何为群众的问题》《文艺的普及和提高》《文艺和政治》。茅盾当年读过《讲话》这部分摘要。②他读到《讲话》全文是在抗战胜利之初,他说:"第一次读到《在延安文艺座谈会上的讲话》,记得是在重庆;那时,抗日战争刚刚胜利"。他又说,那本《讲话》是土纸印的小册子,已经半烂,有些字句必须反复猜详,才能了解其中大意。他"读完这本书后全身感到愉快,心情舒畅,精神陡然振发起来"。他认为《讲话》运用马列主义观点和方法,把"从'五四'直到那时的文艺工作中的根本问题分析得那么全面,指点得那么亲

---

① 茅盾先生在广州和香港//解放日报,1946-6-5.
② 据韦韬转告茅盾答笔者问,1980-6-28.

切","解决得那么全面"。① 毫无疑问,《讲话》解决了中国革命文艺运动中提出的理论上的根本问题及许多具体问题,自然也包括革命现实主义理论在内。

茅盾从《讲话》中摄取有用养分,然而他并不是机械地搬用《讲话》,而是结合国统区革命文艺运动开展情况给予切实而有见地的阐述,例如革命现实主义文学如何表现现实与理想、如何处理歌颂与暴露、文艺工作者如何同人民结合等。茅盾对这些问题的看法是同《讲话》精神相近,然而又适用于国统区革命文艺运动的实际,因之对当时国统区的革命文艺的理论和创作(包括茅盾自己)都是有推动作用的。

《讲话》以后出现的解放区文学创作,对茅盾的革命现实主义的理论与创作都有一定的影响。他在读到《讲话》后一二年,又读到《讲话》后解放区文学作品,特别是小说和诗歌,他说:"这也给我极大的兴奋和愉快。当时还写了短文为这批新作品鼓吹。"② 茅盾从解放区的作品探讨有助于革命现实主义的理论问题,如作家的人民大众的立场与作品的关系,民族化、大众化表现形式等。

我们还应看到,解放区新作品的传播,为国统区作家包括茅盾在内在创作上的新追求提供了借鉴。他说:"十年来国统区的文艺创作是有显著的成就的","即它们在风格上一致地表现着一种新的倾向:那就是打破了'五四'传统形式的限制而力求向民族形式与大众化的方向发展。这种新的倾向,一般说来,也正是国统区内的作家们所共同致力的方向,他们一方面根据群众对新文艺作品的反映,一方面接受了解放区的作品的影响"②。

重温历史经验,我们应学习茅盾联系实际,具体运用《讲话》的原则,坚持革命现实主义道路,努力表现"四化"新时期的斗争和生活,描摹新人风貌,以促进社会主义文艺的繁荣!

(原载《学术评论》1982年)

作者简介

庄钟庆,1933年生,福建惠安人。1955年毕业于厦门大学中文系。1961年起在厦门大学任教,历任厦门大学中文系讲师、教授、研究生导师。中国现代文学研究会理事及茅盾、丁玲研究会副会长,福建省文学学会副会长,福建省社会科学联合会理事,厦门市东南亚华文文学研究会会长等。著有《茅盾的创作历程》《茅盾的文论历程》《茅盾史实发微》《中国现代文学研究方法与实践》等,主编《茅盾研究丛书》等。

①② 茅盾.学然后知不足//人民文学,1962(5).
② 茅盾.在反动派压迫下斗争和发展的革命文艺//中华全国文学艺术工作者代表大会纪念文集.

茅盾的新文学作家论

杨健民

本文认为茅盾在 1927 年至 1934 年间所做的六篇作家论，在我国现代文学批评史上，第一次运用了革命现实主义的批评原则，系统地、成功地对"五四"新文学运动的实绩做了比较全面准确的评论。本文对这些作家论从历史的批评和美学的批评两个方面进行了分析，并对茅盾的批评方法有所探讨。

一

茅盾在新文学运动的第一个十年，首创了综述一个时期文学创作倾向的漫评（如《春季创作坛漫评》《评四五六月的创作》），而在第一个十年的后期至"左联"成立以后，茅盾又首创了一系列的新文学作家论，作为对新文学第一个十年的创作实绩的一次重要的巡礼和总结。

茅盾在 1927 年至 1934 年间，利用创作《蚀》三部曲和《子夜》的空隙，对六位有代表性的新文学作家进行了研究，写了《鲁迅论》《王鲁彦论》《徐志摩论》《庐隐论》《冰心论》和《落华生论》。在这些作家论中，茅盾运用了"史论"的笔调，把作家的生活经历、思想发展与创作实际紧密联系起来，根据不同作家的不同特点进行具体地分析；茅盾实践了他自己对批评家提出的要求："用文学批评的眼光来批评"[①]，他从来不囿于传统的观念及周围的偏见，努力从作家的作品中找出自己的印象；茅盾采取对照比较的方法，对新文学作家、作品从思想到艺术进行了一次相当深入而富于创造性的解剖。茅盾作家论

---

① 讨论创作致郑振铎先生信.小说月报·第一二卷·第二号.

的问世,排除了"蜻蜓点水""浮光掠影"的空浮的传统批评文风,充实了"五四"文学批评的内容和方法。因此,茅盾的作家论在我国现代文学批评史上的地位,是不容忽视的。

二

"五四"新文学运动是中国文学发展历史上由旧民主主义的改良文学转为新民主主义的现实主义的觉醒的重要文学发展阶段。与这一发展阶段相联系,茅盾的作家论在我国现代文学批评史上,第一次运用革命现实主义的批评原则,系统地、成功地对它的实绩作了比较全面的、准确的评论。这种评论所表现出来的社会意义,既不同于旧民主主义时代单纯为了提高文学(主要是小说、戏剧)的社会地位的批评,也不同于"五四"时代侧重于创作理论的探讨的批评。鲁迅在1922年写的《对于批评家的希望》和《反对"含泪"的批评家》中所指出的,"五四"文学批评的两种不良倾向:或则"到文坛上来践踏";或则乱洒"眼泪","以眼泪的多少来定是非"①。这些都为茅盾的作家论所突破。茅盾在1925年接受苏联的无产阶级艺术理论后所提出的"自居于拥护无产阶级利益的地位而尽其批评的职能",成为他的作家论的思想基础。在这一精神支配下,他确定了批评论的两种职能:"一为指出艺术的真相而加以疏解,使人知道怎样去鉴赏;一为指出艺术的趋向与范畴,使作家从无意的创造进而有意的创造"②。确实,他的作家论已经起到了这样的作用。

茅盾的作家论,包含历史的批评和美学的批评两个方面,就历史的批评方面来看,有下列几个内容:

揭示新文学第一个十年中的创作基本主题,是茅盾的作家论中历史批评方面的第一个内容。1918年5月,鲁迅的《狂人日记》作为标志着真正属于人民大众的、新民主主义的文学,在中国诞生了。它的出现,不仅在于掀起了一场对整个中国传统文学格调的革命,也不仅在于传达了一个最先觉醒的知识分子对旧世界的批判的强烈呼声,它的广泛意义还在于,带领了我们的第一批新文学作家陆续走到鲁迅开辟的现实主义大道上。正如茅盾在1948年所指出的,《狂人日记》"宣告了中国的现实主义文学的发轫"③。这个现实主义文学的崛起,倘若说它只是激起广大新文学作家对旧世界"吃人"本质的揭露,显然不能全面地说明问题。"五四"前后,由于现实社会矛盾的复杂化、深刻化,使

---

① 鲁迅.热风.
② 茅盾.论无产阶级艺术//文学周报·第一七三期.
③ 茅盾.论鲁迅的小说//小说月刊·第一卷·第四期.

得"人们终于不得不用冷静的眼光来看他们的生活地位、他们的相互关系"①。鲁迅首先敏锐地觉察到这种社会关系的复杂变化,便从"摩罗派"式的高亢战叫,转入深沉地谛视人生。用鲁迅的话说,就是"真诚地、深入地、大胆地看取人生并且写出他的血和肉来"②。茅盾最早触摸到鲁迅这一跳动的脉搏,指出,鲁迅正在"拿着刀一遍一遍地"剜剔"老中国的毒疮",对社会上"一切的虚伪"进行"无情的剥露"。因而,鲁迅的《呐喊》《彷徨》描画出了一幅幅"老中国的儿女们的灰色人生"的画面。这是中国"数千年传统的灰色人生"③。

从对鲁迅作品主题的揭示入手,茅盾在他的一系列作家论中,审视了新文学创作的一个基本主题。高尔基曾经指出:"19世纪的欧洲文学和俄国文学的基本主题,乃是跟社会、国家、自然界对立着的个人。"④ 这是从高尔基的人道主义的立点去看的。茅盾与他所提倡的"为人生"的文学观相适应⑤,认为,表现人们对旧中国灰色人生的深沉思索,以及表现人们在追求人生意义中出现的社会心理矛盾,是新文学第一个十年中的基本主题。在他的作家论中,充分表现了对这一基本主题的揭示。王鲁彦的小说表现了"工业文明打破了乡村经济时应有的人们的心理状况",以及"乡村小资产阶级的心理",作家"敏锐感觉所发见的人生的矛盾和悲哀"⑥。他的短篇集《柚子》,就深刻揭露了一系列悲惨的现实人生,鞭笞了封建军阀的丑恶,表达了作者的愤懑和不平。庐隐的作品透露出了青年们"'追求人生意义'的热情",但这些青年又只能在人生意义面前"苦闷地徘徊",他们苦苦"'找得'了人生的意义只是恋爱"⑦。她的《海滨故人》表现的几乎全是一些追求人生意义的热情而空想的青年在那里苦闷徘徊,作品表现了人们对人生的思索,而这种思索又都穿上了恋爱的外衣。冰心在"弦梢上漏出了人生的虚无"——即"苦难的现实",但她又把苦难的现实归结到缺少"美"和"爱"上面⑧。她的《斯人独憔悴》《超人》等作品,把"人生究竟是什么"作为问题来研究探索,然而她把世界上的人都是互相牵连的这一信念作为支配人生的力量,结果致使她笔下的许多青年学生在反抗压

---

① 马克思,恩格斯.共产党宣言.
② 鲁迅.坟·论睁了眼看.
③ 茅盾.鲁迅论//小说月报·第一八卷·第一一号.
④ 高尔基论文学:124.
⑤ 关于茅盾"为人生"的文学主张,请参见论茅盾早期"为人生"的文学观.厦门大学学报,1982(3).
⑥ 茅盾.王鲁彦论.小说月报.第一九卷·第一期.
⑦ 茅盾.庐隐论.文学·第三卷·第一期.
⑧ 茅盾.冰心论.文学·第三卷·第二期.

迫他们的封建势力时，显得那样软弱无力。诸如对封建家庭屈膝投降的《斯人独憔悴》中的颖铭兄弟，自暴自弃、含恨病死的《两个家庭》中的陈华民，皈依自然、投湖自沉的《月光》中的维因等，还有更多的却退缩到"人类之爱"里去。落华生在他的"那些小说里试要给一个他所认为'合理'的人生观"，他的作品"正代表了'五四'时期这一面的现象"，即，"'五四'落潮期一班青年苦苦地寻求人生意义寻到疲倦了时，于是从易卜生主义的'不全则宁无'回到折衷主义的思想的反映"①。他的作品在表现人们对人生的思索上，是独树一帜的，既没有冰心作品中的"美"和"爱"的理想天国，又没有庐隐作品中的人物的苦闷彷徨。他笔下的人物对人生意义的思索只是听其自然，他们是实在的，但又怀疑人生，是不悲观的，但也不赞成空想。尽管，这些作家导演出了一幕幕风格不一的人生活剧，然而，在革命民主主义的理性审判台上，他们以各自的角度对旧中国的灰色人生重新进行审视和评判，重新估定人生的意义，并尽力去追求一种"合理"的人生意义。这一基本主题不仅贯穿在这些新文学作家的全部创作之中，而且，它成了新文学第一个十年的创作的一种基本色调。茅盾作家论的历史批评所显示出来的揭示新文学创作主题的这一内容，使作家论在总结新文学创作上获得了普遍的意义。

　　茅盾的作家论中的历史批评方面的第二个内容，是在考察新文学作家群的基本精神面貌中，揭示出他们向往理想、追求理想，而在表现理想时又感到苦闷彷徨的深刻的思想矛盾。当时他还没有深入地从理论上去阐明作家的世界观与创作的关系，但已经鲜明地表现出他对新文学作家群的基本精神面貌的把握，并且揭示了这一精神面貌对创作所产生的深刻影响。《王鲁彦论》一文里，茅盾在具有不同的面貌、不同的方言、不同的性格的作家群中，审察了他们的"一个共通的精神"，"努力要创造出一些新的美的，以点缀这枯寂灰色的人生"；还捉摸了他们的"一个共通的心"，"努力要诉出他们的悲哀，描画他们的希望，声述他们的理想，以期取得一个两个同样带着人生苦斗的伤痕的心的共鸣"。王鲁彦的小说显示出了"我们中间已有了不少的希望未死、理想未死的人们在那里滋长蓓蕾"②；徐志摩"是中国'布尔乔亚政权'的预言和乐观的诗人"，他的诗"充满了诗人的'理想主义'和乐观"，告诉我们一个"新的政治、新的人生"的"婴儿"将要问世③；庐隐的寓言体小说《地上的乐园》作为"她的'想望'的象征"，给了我们"一篇美丽的空想的'诗'，而且是'神

---

① 茅盾.落华生论//文学·第三卷·第四期.
② 茅盾.王鲁彦论//小说月报·第一九卷·第一期.
③ 茅盾.徐志摩论.现代·第一卷·第四期.

秘'的'诗'"①；冰心用唱歌一样的调子，用"微笑"去讴歌"美"和"爱"，讴歌"理想的人间世"②；落华生用"异域情调"的材料，在作品里编织着"他所认为'合理'的人生观"的网，但作品中的"人物多半抱住了他们各人的'理想'"③。这种对理想的向往和追求的艺术笔触真实地反映了当时相当一部分年轻作者们的心理状态：面对强大黑暗的旧势力，心底却仍然珍藏着对美好的憧憬，仍然酝酿着一股要求个性解放的呼声。

然而，在新的社会变革的希望还没有成为现实的日子里，许多知识青年看不到达于新的希望所必须经历的曲折道路，所必须进行的艰难斗争，便陷于苦闷、彷徨。面对着黑暗势力，他们不满于现实而又不知道怎样改变这现实，于是，心中的美好的憧憬趋向缥缈，要求个性解放的呼声也被压抑成一曲痛苦的悲歌。诚如茅盾在《落华生论》中说的："那时候社会的内在矛盾虽然已经很深刻，可是解决这矛盾的新势力还没有现在那么坚强，一般知识分子望来望去没有路，就要怀疑悲观了。"这种伤感和苦闷在新文学的第一批创作中得到了突出的表现。茅盾以他如炬的政治眼光和艺术眼光，觉察了新文学创作中出现的这一普遍性的深刻的思想矛盾。王鲁彦的作品虽然显示出"作者的向善心"，想"作一个人类的战士"，但这颗向善心又是"焦灼"的，只能在"冷冰冰的空气里跳跃"，而"找不到心安的理想、些微的光明"，这种思想矛盾充满了他的几乎所有的作品④。徐志摩由于不理解时代的复杂性和"人生的转变"，并且"见了工农的民主政权是连影子都怕的"。这样，他所向往的英美式的资产阶级的德谟克拉西的"婴儿"，便不但"生产不出来"，而且是"永远不会怀孕的了"⑤。庐隐起初还很有些"自己的想望"，但随着"五四"的落潮，她"也改变了方向"，在找不到出路时，便企图"游戏人间"。在她的十倍、二十倍于初期数量的创作中，集中表现了"感情与理智冲突下的悲观苦闷"，这就使她的"挣扎着要向前'追求'"的热情从此"停滞"了⑥。冰心在对于"苦难的现实"的注视后，又"感到无法解决"，于是当她"心中的风雨来了"时，便从"问题"面前逃走了，"躲到母亲的怀里"。因而，她的本来就虚飘幼稚的理想，也就愈显得缥缈和空洞了⑦。落华生虽然不曾躲在"理想"的象牙塔里唱歌，

---

① 茅盾.庐隐论.文学·第三卷·第一期.
② 茅盾.冰心论.文学·第三卷·第二期.
③ 茅盾.落华生论//文学·第三卷·第四期.
④ 茅盾.王鲁彦论//小说月报·第一九卷·第一期.
⑤ 茅盾.徐志摩论.现代·第一卷·第四期.
⑥ 茅盾.庐隐论.文学·第三卷·第一期.
⑦ 茅盾.冰心论.文学·第三卷·第二期.

但他"对于人生的终极意义是怀疑的",他不晓得他所编织的"合理"的人生观的网,什么时候会破,又怎么个破法。茅盾明确指出,在"五四"时期多半持有怀疑论和悲观思想的作家群中,"落华生是他们中间特别明显的一个"①。茅盾对这些作家的基本精神面貌的考察,敏锐而准确,精细而机智。在当时的文艺评论界,这样系统且敏密的考察,还是没有过的。

茅盾同时看到,新文学作家群所体现出来的那种深刻的思想矛盾,在创作中反映出来,必然形成一种带有浪漫主义倾向的创作特色;而揭示新文学创作中这种普遍、突出的主观抒情性特色,是茅盾的作家论中的历史批评方面的第三个内容。"五四"以后,由于革命的曲折和深入,"五四"早期的"问题小说"也逐渐为许多"个人"的东西所代替。不少青年作者在对人生思索的同时,开始借助个人的生活、个人的情感,表现出对新的社会变革的预感和对现实环境的痛恨,正如鲁迅所指出的,那时"是黄莺便黄莺般叫,是鸱鸦便鸱鸦般叫"②。因而,那时的文学创作,特别是小说创作就涌入了我国传统小说少有的主情成分。许多作者从内心要求的角度反映生活。尤其是许多年轻作者如庐隐、冰心等,更是真诚地、勇敢地在作品里披露了自己的内心世界。茅盾不仅善于抓住关系到社会人生的现实主义重大主题,而且善于抓住新文学创作中这种浪漫主义倾向。

庐隐和冰心的小说,最突出地表现出主观抒情性。庐隐是被"五四"的浪潮从封建的氛围中掀起来的"觉醒了的一个女性",也是第一个"注目在革命性的社会题材"的女作家。她在"五四"早期创作的小说,"很注意题材的社会意义",但当"五四"落潮以后,她在创作上唯一突出的这一特点,也随之"停滞"了,作品转入了"很浓厚的自叙传的性质"③,表现的是她自己。可以说,她的《海滨故人》中的露沙、《二磅徨》中的秋心、《或人的悲哀》中的亚侠、《丽石的日记》中的丽石等,都是她的化身,用茅盾的话说,"也就是庐隐她自己的'现身说法'"⑤。的确,庐隐从作为"五四的产儿"⑥,到"停滞"在"五四"的退潮上,其间所有的悲观苦闷的情绪,都从露沙、亚侠、秋心、丽石等人物身上体现了出来。冰心在"五四"早期,同其他作家一样"从现实出发",写了《两个家庭》《斯人独憔悴》《去国》《庄鸿的姊姊》等几篇颇有影响的"问题小说",但当那学生运动的高潮过去,她便对于"现实""临去秋

---

① 茅盾.落华生论//文学·第三卷·第四期.
② 鲁迅.热风·随感录四十.
③⑤⑥ 茅盾.庐隐论.文学·第三卷·第一期.

波"了①。她在《冰心全集·自序》中也说:"眼前的问题做完了,搜索枯肠的时候",便回想起自己的童年,开始表现自己的虚飘的理想。这种理想突出地表现在她的《超人》《悟》等小说中,《超人》的主观抒情性极强,《悟》则几乎不需情节地抒发了她自己对生活的感受。茅盾说,《超人》和《悟》都是用"神秘主义"来解释冰心的"爱的哲学"。但这种"爱"仍然是玄虚的、"唯心"的,甚至"唯心"到"处处以'自我'为起点去解释社会人生"。茅盾进一步指出:"在所有'五四'期的作家中,只有冰心女士最最属于她自己。她的作品中,不反映社会,却反映了她自己。她把自己反映得再清楚也没有。"②

徐志摩是一位主观抒情性极强的浪漫主义诗人。茅盾对他的诗的"情感的无关阑的泛滥"作了深刻的剖析,认为他的第一个诗集《志摩的诗》"充满了诗人的'理想主义'和乐观",但当这个"理想主义"在现实面前碰得粉碎的时候,他就"忍俊不住在诗篇里流露了颓唐和悲观";在他的第二个诗集《翡冷翠的一夜》里,"几乎完全是颓唐失望的叹息"③。徐志摩的没落是时代的必然。中国资产阶级是一朵不结果的花,徐志摩的悲剧在于他对这朵花抱有太大的希望,结果是失望了。

茅盾的作家论中的历史批评方面的这些内容,体现了他的革命现实主义观点。茅盾成了中国现代文学批评史上运用革命现实主义批评原则的第一人。他不局限于某篇作品,而是把作品放在新文学运动广阔的历史背景上,与新文学创作的基本主题、创作特色等紧密联系起来考察,因而是一种历史的批评。这样的作家论为无产阶级革命文学的兴起,贡献了一份十分宝贵的经验总结。在此以前,周作人等的以"人道主义"为标准的批评和成仿吾等的以"浪漫主义"为标准的批评,都具有进步的民主倾向,但前者以"人类之爱"作为批评的依据,把作家一概打扮成世界的美容师;后者则往往太固执于自己的艺术观点,在批评时偏于主观。前者如顾颉刚把叶圣陶称为"对于人的本性都有眷恋的感情",能"唤起世界的精魂"的作家④,后者如成仿吾认为许地山的《命命鸟》中的宗教色彩是"无意义的",应该加以改写,使其"变为近代的情绪"⑤。茅盾站在革命现实主义的高度上所进行的历史批评,其客观效果确实是这两类文学批评所难以企及的。

①② 茅盾.冰心论.文学·第三卷·第二期.
③ 茅盾.徐志摩论.现代·第一卷·第四期.
④ 顾颉刚.火灾序.文学·第九十三期.1923-10-22.
⑤ 成仿吾."命命鸟"的批评.创造季刊·第二卷·第一期.

三

　　茅盾的作家论中，还有美学的批评这一方面。

　　茅盾的作家论中的美学批评的第一个内容，是从真实性的高度上，衡量作品是否真实地反映了社会现实生活，是否"真实地评述人类关系"①。茅盾认为，鲁迅的作品显示出了"作者奏了艺术上的凯旋"的才能，是因为鲁迅"只用了极简单的几笔，便很强烈的刻画出一个永久的悲哀"。他分析了《阿Q正传》《伤逝》《幸福的家庭》《在酒楼上》等作品，指出《阿Q正传》写的"虽是十六年前的陈事了，然而现在钻到我们眼里，还是怎样的新鲜，似乎历史又在重演了"②。这里，他看出了《阿Q正传》所具有的社会历史的真实性。其实，早在1923年，他就指出《阿Q正传》"是一幅极忠实的写照"③。他还认为鲁迅作品所达到的真实性高度，不仅是"中国现在百分之九十九的人们的思想和生活"的真实反映，是一份时代的记录，而且能使"我们跟着单四嫂子悲哀，我们爱那个懒散苟活的孔乙己，我们忘记不了那负着生活的重担而麻木着的闰土，我们的心为祥林嫂而沉重，我们以紧张的心情追随着爱姑的冒险，我们鄙夷然而又怜悯又爱那阿Q……"④同样，茅盾认为王鲁彦的《黄金》中对史伯伯的悲剧发展的描写，也足以使"我们怀着沉重的心，跟随篇中主人公走到无形的悲剧的顶点，结果使我们对于这个平平常常的老头子发生了深切的同情"⑤。此外，茅盾从社会生活的进展中来考察作品的现实主义是否深化、发展。庐隐的《月下的回忆》，真实地描写了日本帝国主义用他们的"帝国教育"来麻醉中国儿童，用吗啡来毒害中国成人的罪恶行径。茅盾说作者的心情是"沉痛"的，她"是朝着客观的写实主义走"。如果作者"继续向此路努力不会没有进步"，但作者却由于"五四"运动的落潮而从此"停滞"了，使"我们很替庐隐可惜"⑥。

　　说茅盾是一位现实主义的批评家，并不等于说他只能理解和欣赏现实主义作家；实际上，即使对于像徐志摩这样的浪漫主义诗人，茅盾也注意运用革命现实主义的批评原则，从真实性的高度上，去把握他的作品所反映的生活内容。例如徐志摩的代表作之一的《我不知道风是在哪一个方向吹》，全诗共六

---

① 马克思、恩格斯论艺术·第3册:86.
②④ 茅盾.鲁迅论//小说月报·第一八卷·第一一号.
③ 读《呐喊》.文学·第九一期,1923-10-8.
⑤ 茅盾.王鲁彦论//小说月报·第一九卷·第一期.
⑥ 茅盾.庐隐论.文学·第三卷·第一期.

节,每节四句,而头三句都是一样的,所以全诗实际上只有六句。对于这类诗,如果不是以一种真正的艺术眼光去看待它,就很容易断定诗人所咏叹的,不过是那么一点微波轻烟似的伤感的情绪。而茅盾则不同凡响地指出,它"是我们这错综动乱的社会内某一部人的生活和意识在文艺上的反映",并且断言:"不是徐志摩,做不出这首诗"①。因为徐志摩触及了当时中国社会的弊病,接触到封建礼教对人的个性的束缚。所以,他孜孜以求的是"灵魂的自由"。在他的大量诗作中,大都无拘无束地倾泻他个人的感情,而这种感情又包含着某些反封建、争民主、要求个性解放的合理因素,因而它具有一定的真实性。茅盾就是这样地能够比较准确而熟练地把握住不同创作流派的作品的内容。从而考察它们的真实性。对照起来,"五四"时期成仿吾一派的以"浪漫主义"为标准的批评,就由于固执自己的艺术观点,而不能很好地容纳多种方法与风格

对典型化的理解和把握,是茅盾的作家论中的美学批评的第二个内容。鲁迅的《呐喊》出版后不久,有位批评家按照自己定下的"表现"高于"再现"的标尺,认为作者"太急于再现他的典型",而这种典型不是普遍的,不能"以部分暗示全部",因而《孔乙己》《药》《明天》《阿Q正传》等是"劳而无功"的"庸俗"作品②。茅盾与这种批评相反,他坚定地认为阿Q、孔乙己、单四嫂子、老栓等都是一个个成功的典型,早在1922年,他在给读者的一次通信中,就表达了他对阿Q这一典型的理解:"阿Q这人,要在现社会中去实指出来,是办不到的。但是我读这篇小说的时候,总觉得阿Q这人很是面熟。是呵,他是中国人品性的结晶呀!"③ 1923年,他再次肯定了阿Q这一典型的真实性、普遍性:"我们不断的在社会的各方面遇见'阿Q相'的人物,我们有时自己反省,常常疑惑自己身上也免不了带着一些'阿Q相'的分子。"④ 对阿Q这一典型的理解,不仅使茅盾逐渐深化了自己的典型观,而且使他后来在《鲁迅论》中,对鲁迅作品中的其他人物的典型性有了一个基本的把握,认为这些人物都是"老中国的儿女",到处有的是,"说不定,你还在这里面看见了自己的影子"。卢卡契在解释马克思主义美学中的典型问题时,把典型看作一个时代最重要的社会的、道德的和灵魂的矛盾交织成一个活生生的统一体。鲁迅小说中的成功的形象系列,如阿Q便是这样的典型。阿Q从"不配姓赵"到"不配革命",终至"不配活命"的整个生命的历程,不仅生动地再现了他性格上

---

① 茅盾.徐志摩论.现代·第一卷·第四期.
② 成仿吾.《呐喊》的评论.创造季刊·第二卷·第二期.
③ 通信·答谭国棠.小说月报·第一三卷·第二号.
④ 读《呐喊》.文学·第九一期,1923-10-8.

的一个特征:"精神胜利法",而且真实地再现了他本身所包含的广阔的社会内涵以及一代人的灵魂矛盾和悲剧命运。茅盾说:"阿Q是'乏'的中国人的结晶。"① 在他看来,像阿Q、孔乙己等的成功的典型,并不只是作为《呐喊》中的一个人物,而是当"他们的形相闪出在我的心前时,我总不能叫他们为孔乙己、单四嫂子等,我觉得他们虽然顶了孔乙己……等名姓,他们该是一些别的什么"。这些人物不但在纸上出现,而且在当时的许多生活区域里,"满是这一类的人"。因而,这些人物是典型的,他们是"暗示全部"了的。鲁迅的全部技巧,就在于"能够抓住一时代的全部"②。

　　茅盾以他对艺术典型化的要求,审查了新文学创作的状况,觉察到像鲁迅作品中那种真实、深刻、生动的典型形象,在新文学作品中为数还不多。他认为,王鲁彦的作品虽然描写了"现代的复杂中国社会内的一层"——"乡村的小资产阶级",并且"有着一个两个"这样的"代表",但作者并未意识到这一点,所以并未抓住这一点"用力的描写"。这就使他的作品中的人物远不如鲁迅笔下的人物具有典型性。用茅盾的话说:"鲁迅的人物,为我们所热忱地同情而又忍痛地憎恨着的,在王鲁彦的作品里是没有的。"③ 确实,艺术典型作为时代、社会和人等等的一般性和特殊性的矛盾的统一体。它的产生的意义,在于把一社会集团、阶级、民族的代表人物所特有的特征体现出来。王鲁彦的《黄金》《许是不至于罢》等作品中的人物,虽然体现了乡村小资产阶级的心理特征,具有一定的代表性,但作者还没有在共性和个性的统一中,把握住这些代表人物所包含的时代的和社会的意义,所以他们不如鲁迅笔下的人物具有典型性。在这个立点上,茅盾只是从"代表"这个含义上来理解王鲁彦作品中的人物,而始终没有给他们套上"典型"的光圈,这充分反映了茅盾对艺术典型化的高度要求。

　　茅盾的作家论中的美学批评的第三个内容,是认真考察新文学作品的形式和内容的统一性。"五四"时期的文学批评,往往对作品中的时代气息有特殊敏感,而对作品的艺术形式注意不够。当时的茅盾已经比较注意作品的形式。他早在《读〈呐喊〉》中就指出:"《呐喊》里的十多篇小说几乎一篇有一篇新形式,而这些新形式又莫不给青年作者以极大的影响,必然有多数人跟上去试验。"在他后来的作家论中,就更能够圆熟地、深入地从形式和内容的统一上来进行美学批评。例如徐志摩的诗《我不知道风是在哪一个方向吹》,虽然如前所说,运用的是重复的手法,然而我们读来却有如秋空中的一缕浮云,舒卷

---

①② 茅盾.鲁迅论//小说月报·第一八卷·第一一号.
③ 茅盾.王鲁彦论//小说月报·第一九卷·第一期.

自如。这不能不归功于这首诗有较好的艺术形式。茅盾指出了"这首诗形式上的美丽：章法很整饬，音调是铿锵的"，认为它以"圆熟的外形，配着淡到几乎没有的内容"①，达到诗的内容和艺术形式的和谐统一。落华生的作品，让一般读者看了，都会觉得怪异，因为作者喜欢用"异域情调"的材料。如《命命鸟》的背景在缅甸仰光，《商人妇》的背景在新加坡和印度，《缀网劳蛛》的背景则在马来半岛。然而，茅盾却不这样看。在他看来，落华生的小说虽然带有浓厚的"异域情调"，但它的"动人的技巧"在于，作品在结构处理上都插进了一根"线"②，即各个人物都抱住了自己的"理想"。这个"理想"的依据，又是作者寄寓进去的"他所认为'合理'的人生观"。作者以这样的艺术形式，然后通过独特的形象系列，曲折地表现了他对黑暗现实的否定。虽然作者对于人生抱有怀疑态度，使他总有意地和现实保持着一定的距离；但是，作者所采取的艺术形式，与作品所显示出来的内容是统一的。

茅盾十分注意从作家创作的历程来考察作品形式和内容的统一性：庐隐早期创作的《海滨故人》，虽然把那个时代知识青年的苦闷、悲哀和精神上的饥渴表现得极为透彻，但在形式上却不是完美的。茅盾指出，像《海滨故人》这篇四万字长的小说，作者没有很好地驾驭，致使"故事的结构颇觉杂乱，人物很多，忽而讲这个，忽然又讲到那个，'控制'不得其法"③。自然，这还不能说是形式和内容的完美结合。然而，茅盾十分称许"庐隐作品的风格是流利自然"。这表现在，庐隐"只是老老实实写下来，从不在形式上炫奇斗巧"。他特别赞誉庐隐后期的作品如《归雁》和《女人的心》，认为这些作品没有"前期作品内那些过多的'词藻'"④。的确，庐隐的作品几乎都是从容不迫的，一切都像作者自己在诉说着对人生意义的追求那样徐徐流出。尤其在她的后期作品里，她所采取的朴实无华的艺术形式，恰当地表达了作品的内容，并无凝滞冰塞之感。

别林斯基指出："只是历史的而非美学的批评，或者反过来，只是美学的而非历史的批评，这就是片面的，从而也是错误的。"⑤ 茅盾的作家论的历史批评和美学批评是紧密联系、互相对应的，是辩证统一的。茅盾在真实性、典型化、形式和内容的统一这三个审美观察点上，不仅建立了他的美学批评，而且展示了他的历史批评的艺术内涵。同样，茅盾在审视新文学创作基本主题、作

---

① 茅盾.徐志摩论.现代·第一卷·第四期.
② 茅盾.落华生论//文学·第三卷·第四期.
③④ 茅盾.庐隐论.文学·第三卷·第一期.
⑤ 别林斯基论文学：262.

家基本精神面貌和新文学创作特色这三个历史观察点上，不仅建立了他的历史批评，而且表现了他的美学批评的社会意义。正是在这种辩证统一的基础上，茅盾的作家论才是对新文学创作实绩的一次全面的总结。

四

茅盾的作家论为什么能达到历史批评和美学批评的辩证统一？关键是在于他有科学的方法。

前面说过，运用"史论"的笔调根据不同作家的不同特点进行具体地分析，这是茅盾的作家论的科学方法的一个特色。在茅盾所作作家论之前，中国现代文坛上似乎还没有过作家论出现。他在写作第一篇作家论《鲁迅论》时，就感觉到，如果像已经出版的一本《关于鲁迅及其著作》那样，题名曰"我所见于鲁迅者"，或是"关于鲁迅的我见"，"那自然更漂亮"，但他又实在不喜欢这类扭扭捏捏的长题目。在免不了的一番思考之后，他"便率直的套了从前做史论的老调子，名曰《鲁迅论》了"①。从此一发，他的《王鲁彦论》《徐志摩论》《庐隐论》《冰心论》和《落华生论》等也就相继问世了。可以说，茅盾的作家论在历史批评方面的那些内容，跟他所运用的"史论"的笔调有着紧密的联系。

作为一个文学批评家，他要在有限的篇幅里，对一个作家的身世、思想和创作等作一番有分量的评价，绝不同于像给作家写"评传"那样挥洒自如。他这把"史论"的史笔必须是十分严谨的，既要详细占有材料，又要抓住作家的最主要的本质特征，详略得当，不蔓不枝。茅盾十分注意在新文学运动的广阔的政治背景和历史背景上，考察新文学创作的基本面貌，而这种考察又是放在对新文学作家及其作品的具体分析上面。因而，他在评论时，侧重面有所不同。徐志摩是一位思想比较复杂，也难以把握其艺术特征的诗人，当时有些评论者往往不是刻意美化徐志摩的诗歌艺术，就是一概否定徐志摩的思想倾向。而茅盾则运用他的"史论"的笔调，以纵写的方式，抓住徐志摩的第一期和成熟期这两个最重要的创作时期，深刻揭示出徐志摩的诗情从"横溢"到"枯窘"的根本原因，并不仅仅"因为生活平凡"，而是"因为他对于眼前的大变动不能了解且不愿意去了解"②。这个结论，真是一针见血。同时，茅盾对徐志摩初期的思想，并不像30年代某些评论家那样彻底否定，而是历史地评价了

---

① 茅盾.鲁迅论//小说月报·第一八卷·第一一号.
② 茅盾.徐志摩论.现代·第一卷·第四期.

徐志摩的"理想主义"是"中国'布尔乔亚政权'的预言"①。茅盾当时的这种评论在今天看来仍是十分新颖、独到的。

对于冰心这样一位崇尚"美"和"爱",酷好写"爱的主题"的作家,"五四"时期一些评论者对她的评价,几乎集中在她的作品的艺术性上,例如"清新的情调"② "文字优美,气度谨严"③ 等等,对她的思想发展的评价却很少见。茅盾却对冰心的思想发展和艺术发展过程作了有机的分析,把冰心创作活动的"三部曲"同冰心的思想历程联系起来看。他认为,冰心在"五四"学生运动的浪潮冲击下,用"问题小说"唱出了她的创作活动的"第一部曲"。学生运动过后,她接受了杜威和罗素的哲学,又受到泰戈尔作品的影响,便转入神秘主义的"爱的哲学",开始用"爱的主题"唱出了她的创作活动的"第二部曲"。在这以后,"世界的风云,国内的动乱",再一次"吹动冰心心女士的思想",震动了她所挚爱、眷恋的家庭,使她对"爱的哲学"的幻想产生了动摇。茅盾说,从她这时创作的小说《分》里头,"我们仿佛看到一些'消息'了"。自然,这个"消息"就是冰心真正开始用"滚针毡"式的"领略人生"的态度,去唱出她的创作活动的"第三部曲"④。在"史论"的氛围里,茅盾的作家论既有作家思想演变和艺术演变的历史面貌,又有对这些演变的具有相当说服力的批评。对于茅盾的这些分析,我们确实不能很清楚地划分出哪一部分隶属于"史"的范畴,哪一部分隶属于"论"的范畴。茅盾的"史论"的笔调,并不是单调划一的,他的文风极为生动活泼。在六篇作家论中,他采用了不同的叙述方式:根据对作家其人其文的印象一气呵成的,如《鲁迅论》;以看似闲笔,实则重彩,看似饶舌,实则有味的起笔引出全篇的,如《王鲁彦论》;以诗人的第一期作品和成熟期作品相对照,以多层结构、层层递进的剥茧抽丝式来论证的,如《徐志摩论》;以作家的死的"偶然"和"不是偶然"的矛盾作为引子,逐渐步入论述范围的如《庐隐论》;以作家创作活动的"三部曲"为主轴而转动的,如《冰心论》;以亭子间里的一席情趣别致、充满哲理的对话为论述方式的,如《落华生论》。真是千姿百态、变化不居。

茅盾的作家论的科学方法论的另一个特色是不囿成说,以自己的批评眼光,努力从作家的作品中找出自己的"印象"。莱辛说过:"真正的批评家并不是从自己的艺术见解来推演出法则,而是根据事物本身所要求的法则来构成自

---

① 茅盾.徐志摩论.现代·第一卷·第四期.
② 剑三.论冰心的超人与疯人笔记.小说月报·第一三卷·第十一号.
③ 赤子.读冰心女士作品的感想.小说月报·第一三卷·第十一号.
④ 茅盾.冰心论.文学·第三卷·第二期.

己的艺术见解。"① 茅盾的作家论做到了这一点。

早在1922年,茅盾提出过一个见解:"批评一篇作品,不过是一个心地率直的读者喊出他从某作品所得的印象而已。"② 这个见解,成了茅盾作为一个新文学批评家所经常运用的一种方法。他在写作《鲁迅论》时,未曾同鲁迅见过面。他看了几篇描述鲁迅肖像的文章,觉得"各有所见"而所见又不一定不同"。因此,他决定还是"从鲁迅自己的著作上找找我的印象罢",并且谦虚地说:"'批评'我是不在行的,我只愿写我的印象感想。"③ 确实,他从鲁迅的小说和杂文里,得到了许多比其他人更为深刻的"印象"。有位叫张定璜的写了一篇《鲁迅先生》,说道:"鲁迅站在路旁边,老实不客气的剥脱我们男男女女"。茅盾的眼光过人地看出,鲁迅同时"也老实不客气地剥脱自己",他"也严格地自己批评自己分析"④。有位批评指责鲁迅的《一件小事》是"一篇拙劣的随笔"⑤。茅盾对于这篇小说"却感到深厚的趣味和强烈的感动"⑥。茅盾也是最早认识到阿Q的喜剧性格和悲剧命运的。他对《阿Q正传》中喜剧性和悲剧性的交融这一重要的艺术特色的理解,更是他从《阿Q正传》中得到一个深刻的"印象"。他说:"《阿Q正传》的诙谐,即使最初使你笑,但立刻我们失却了笑的勇气,转而为惴惴的不自安了。"⑦ 这是能够把握住鲁迅作品的现实主义本质的,在当时可以说是自出机杼的一个独特创见。

在其他几篇作家论中,茅盾也是努力从作家的作品中去找出自己的"印象"的。在看待徐志摩的"单纯信仰"说上,过去比较有代表性的是胡适的解释。胡适在《追忆志摩》⑧ 一文里,说徐志摩的"单纯信仰"只有三个词:"一个是爱,一个是自由,一个是美。"茅盾不赞同这种解释,他从徐志摩的作品《婴儿》里找到一句抽象的话:"苦痛的现在只是准备着一个更光荣的将来",认为这才是徐志摩的"单纯信仰"。这个看法确是卓识。因为,徐志摩虽然追求的是有美、有爱、有自由的灵魂的生活,但这只是他的资产阶级个人主义。在徐志摩的早期作品里,他还努力"想象着一个伟大的革命"⑨,也就是他所努力追求的一个"光荣的将来"。茅盾这样分析道:"我以为志摩的许多披着恋爱外衣的诗不能够把它当作单纯的情诗看的,透过那恋爱的外表,有他的那个对

---

① 莱辛.汉堡剧评.文艺理论译丛,1958(4).
② "文学批评"管见一.小说月报·第一三卷·第八号.
③④⑥⑦ 茅盾.鲁迅论//小说月报·第一八卷·第一一号.
⑤ 成仿吾.《呐喊》的评论.创造季刊·第二卷·第二期.
⑧ 新月·第四卷·第一期.
⑨ 徐志摩讲演稿:《秋》,良友《一角丛书》第十三种。

于人生的单纯信仰,一旦人生的转变出乎他意料之外,而且超过了他期待的耐心,于是他的曾经有过的单纯信仰发生动摇,于是他流入于怀疑的颓废了。"①茅盾的识见过人之处,在于他以自己的批评眼光,从徐志摩的整个思想历程来看问题。对于王鲁彦的童话《小雀儿》和小说《毒药》,茅盾"不大喜欢"。他说,虽然"各人的趣味不同,许有人特别喜欢这两篇,但在自囿的我,总以为不如其他的各篇"②。当然,茅盾得到的这个"印象"是有充分的理由的。在他看来,《小雀儿》"教训主义色彩极浓厚",致使作品"落入了浅薄的窝里",而《毒药》也"太有意为之",缺乏"感动的力量"。因而,他呼吁:"小说就是小说,不是一篇'宣传大纲'",不能带有"太浓重的教训主义的色彩"③。一般说来,如果从作品中得到的还只是初级的或总的表面印象,那么,这种印象可能是不定型的,并带有一定的游移性,而只有努力地从作品中去找出自己的最为深刻的印象,它才具有最大的稳定性,而且往往是一个独立的成功的见解。茅盾的作家论中出现了许多与众不同的新鲜见解,它们为什么具有很强的说服力?就是因为茅盾对作品的"印象"不是表面的、肤浅的,而是以一种深沉的眼光,努力地去挖掘,并从历史发展上去判断它的可信性和深刻性。

  茅盾的作家论的科学方法的再一个特色,是在具体的分析评价中,运用了对照比较的方法。茅盾在"五四"时期写的文学评论文章,就特别注意比较批评。有以作品的质量高低而列为四种"评例"进行比较批评的如《春季创作坛漫评》④,有按作品的不同题材而分类进行比较批评的如《评四五六月的创作》⑤,由此养成了茅盾在文学批评上的一个良好的作风,后来,在他的一系列作家论中,更是多方面地运用了比较的方法。

  一是将外国思想家、作家同中国作家来比较。在这方面,西洋的批评学说对茅盾的影响是很大的。1922年,茅盾就提出"把西洋的学说搬过来"⑥进行文学批评。在《读〈呐喊〉》里,他借用丹麦文学批评家勃兰兑斯的观点分析鲁迅的作品,还以俄国作家梭罗古勃的《小鬼》中的"丕垒陀诺夫相",来比拟鲁迅《阿Q正传》中的"阿Q相"。在作家论中,也普遍运用了这种对照比较的方法,诸如:《徐志摩论》中,用意大利哲学家的"精神破产"论来比拟

---

① 茅盾.徐志摩论.现代・第一卷・第四期.
② 茅盾.王鲁彦论//小说月报・第一九卷・第一期.
③ 茅盾.王鲁彦论//小说月报・第一九卷・第一期.
④ 小说月报・第一二卷・第四号.
⑤ 小说月报・第一二卷・第八号.
⑥ "文学批评"管见一.小说月报・第一三卷・第八号.

徐志摩最终对中国布尔乔亚政权的怀疑论；用墨索里尼并没有在意大利文坛创造出墨索里尼的文学，来说明徐志摩的精神"复活"也只能是一个谜。《冰心论》中，用法国作家法郎士在《伊壁鸠鲁的花园》里说的一句话："不嘲笑'美'，也不嘲笑'爱'"，来比照冰心对"美"和"爱"的热烈追求，指出一个对"美"和"爱"虽不嘲笑，但却是冷冰冰的，一个则是把"美"和"爱"当作"灵魂的遁逃薮"。类似这种比较，茅盾比较经常运用在他对作家思想倾向的评论上，不仅揭示出作家的思想根源，以及对产生这些思想倾向有较大影响的社会现象，而且使得他对作家的思想实际的把握和分析具有相当的准确性和深刻性。

另一个方面是从作家的杂感、小品看作家的小说。在《鲁迅论》中，他认为鲁迅的小说不仅使你对旧中国的灰色人生激起无比的憎恨，而且使你"不能不懔懔地反省自己的灵魂究竟已否完全脱卸了几千年传统的重担"。这个深刻的见解，完全来自茅盾对鲁迅杂感内容的深刻认识。他从鲁迅杂感中看出了鲁迅解剖旧中国灰色人生的思想功力，从而使他理解了鲁迅小说的艺术解剖旧中国灰色人生的艺术功力。他深有感触地说："喜欢读鲁迅的创作小说的人们，不应该不看鲁迅的杂感；杂感能帮助你更加明白小说的意义，至少，在我自己，确有这种经验。"①《庐隐论》中，茅盾把庐隐的小说和小品文对照起来看。他觉得庐隐的有些小品"似乎比她的小说更好"。因为在小品文中，"庐隐很天真地把她的'心'给我们看，比我们在她的小说中看她更觉明白"。但茅盾仍然肯定庐隐"不掩饰自己的矛盾"的"这种又天真又严肃的态度在她的小说中也是一贯"的。茅盾引用庐隐的小品文《醉后》，是独具匠心的。这篇小品文中的一句话："但是怯弱的人们，是经不起撩拨的"，使我们很自然地联想到庐隐的小说《女人的心》中的三位女主角。茅盾说她们虽然"都是幻想很旺"，但也都有"一颗禁不住挑拨的心"。这样的比照，使人们更清楚地理解庐隐作品的思想内容，而且，使人们在一个更完全的意义上，认识到庐隐的"很浓厚的自叙传的性质"的作品所具有的那种强烈的主观抒情色彩。

再一个方面是将同一作家的前后期作品对照比较。例如，《徐志摩论》的主旨在于揭示出诗人的"怀疑的颓废"的思想完全成熟，以及诗的技巧上的"成熟"的整个发展过程。从这个主旨出发，将诗人的不同时期的作品作了对照比较。例如第一期作品《志摩的诗》中的《婴儿》和成熟期作品《猛虎集》的比较。茅盾认为，《婴儿》里的感情和思想在徐志摩的第二期及成熟期作品

---

① 茅盾.鲁迅论//小说月报·第一八卷·第一一号.

里是找不出来的。虽然《婴儿》在艺术上"是幼稚的",然而"在内容上,却是'言之有物',而且没有感伤的色调"。又如第二期作品《望月》和成熟期作品《秋月》《两个月亮》的比较。这三首诗都是以月亮为题材的。在《望月》里,诗人借月亮来宣言"奋斗",他"对于现实,还有热烈的希望",而《秋月》却充满了"悲哀的颓废的描写",《两个月亮》却表现出了"真实"永远有缺陷的思想,诗人虽然感到"理想"具有"无边的法力",但这"理想"却"又表现得异常虚无缥缈"。这样,就使我们在一篇不太长的《徐志摩论》中,几乎一下子感受到徐志摩的思想和艺术演变的一切。

茅盾的作家论,其科学方法的三个特色,都是"五四"时期的文学批评所少见的,它标志着中国新文学批评方法的成熟,对于今天的文学批评来说,仍然是有许多可以学习的地方的。茅盾曾经在1936年针对当时的一些公式主义、武断和偏执的文艺批评,提出了一个要求:"现在非常需要脚踏实地的批评家。而脚踏实地的批评家则须(1)认识'此时此地的需要',(2)多研究、多讨论创作上的实际问题,(3)努力向生活学习。"[①] 如果说,今天我们还有必要倾听他这个呼声,那么,他自己在文学批评上的实践,正是我们为实现他的上述要求而作的努力过程中的很好的榜样。

(原载《中国社会科学》1983年)

作者简介

杨健民,1955年生,福建仙游人。1979年毕业于厦门大学中文系。历任福建省社科联干部,《福建论坛》副总编辑,福建省社科院文学所研究员,《东南学术》编辑部编审、杂志社社长、总编辑。现任《东南学术》执行总编。著有《艺术感觉论》《论茅盾早期文学思想》等。

[①] 需要脚踏实地的批评家. 生活星期刊·第一卷·第十四号.

美的本质论辩
——评"人的本质力量对象化"说

李联明

一

美学的核心部分是美论,美论的灵魂是对美的本质的阐发。关于美的本质,近三十年来,我国美学界见仁见智,众说纷纭。最为流行者,莫过于美是人的本质力量的对象化一说。兹列举数例:

美是一种客观存在的社会现象,它是人类通过创造性的劳动实践,把具有真和善的品质的本质力量,在对象中实现出来,从而使对象成为一种能够引起爱慕和喜悦的感情的观赏对象。[1]

美起源于劳动,美首先就是"物化劳动",是人的积极的本质力量对象了的东西,因而,美的本质应当说是客观的。[2]

美是人们创造生活、改造世界的能动活动及其在现实中的实现或对象化。[3]

其就是存在于人类劳动的产品之中,它是对象的形式特征表现人的自由创造活动的内容的感性形象。[4]

上述关于美的本质的定式的说明,大体上说的是:人们在劳动实践中,把自己的本质力量物化在客观对象上,造成了创造性的产品,当实践主体发现自

---

[1] 美和美的创造.南京:江苏人民出版社,1981:48.
[2] 美的探索.上海:上海文艺出版社,1980:73.
[3] 美学概论.北京:人民出版社,1981:29.
[4] 美学讲演录.北京:北京师范大学出版社,1981:125.

己的思想、理想、智慧、才能凝聚于其中、体现于其上时，油然产生爱慕、喜悦之情。这种感情就是美感，而引起美感的物化产品便是人们通常称之为"美"的东西。在这里，劳动实践、自然人化、物化劳动、人的本质力量的对象化……几个概念的内涵大致相同，因而在许多美学论著中也都交叉使用着。

在研习美学的过程中，笔者曾为此一学说的深刻、独到之处所吸引，但每当用以解释和指导审美实践、回答现实的审美问题时，往往感到对不上号，有圆凿方枘之感，因而又产生了疑惑。是以为，某种美的定义，或者说美的本质的理论概括，究竟能否称得上科学，决不依倡导者的权威或响应者的数量来决定。"人应该在实践中证明自己思维的真理性，即自己思维的现实性和力量，亦即自己思维的此岸性。"① 马克思的《资本论》在对资本主义进行的"每一步分析中，都用事实即用实践来进行检验"②，倘若我们仿效马克思的榜样，那就定能做到："任何深奥的哲学问题……都会被简单地归结为某种经验的事实。"③ 人们在日常生活中，经常进行审美活动，审美的公众必然要根据自己切身的审美经验，评论各种美学理论是否切合实际，而美学概念作为一种升华了的科学意识，固不应停留于具体经验的描述，而必须诉诸科学的抽象，但无论抽象化到何种程度，总还是要在人类的审美经验，亦即从人对社会美、自然美和艺术美的赏鉴中，从人们对美的创造活动中，得到生动确切的印证与还原。这样的美学才可能成为审美公众的良师益友，才具有科学性。这是本文评论当代诸家关于美的界说，是探讨美的本质的基本出发点。

二

"人的本质力量的对象化"是德国古典哲学提出的概念，黑格尔和费尔巴哈各自注入了不同的内容。马克思的巴黎《手稿》沿用了他们的术语，批判地吸收了其中的精华，用以揭开人的能动的实践活动的秘密。《手稿》谈到"人的本质力量对象化"或"自然的人化"，虽然时或联系到艺术创造和审美，但并没有把它和美的本质相等同。《手稿》中有"劳动创造了美"的论断，但同时指出劳动创造了一切。关于"人的本质力量的对象化"，更是以工业和技术作为突出的重点。《手稿》指出：工业是"人的本质力量的打开了的书本"，是"感性地摆在我们面前的人的心理学"，"通常的、物质的工业……是以感性的、外在的、有用的对象的形式，以异化的形式摆住我们面前的人的对象化了的本

---

① 马克思,恩格斯.马克思、恩格斯全集:第1卷:17.
② 列宁.哲学笔记.北京:人民出版社,1974:357,233.
③ 马克思,恩格斯.马克思、恩格斯全集:第3卷:49,48.

质力量"。这些话说的是人的本质力量对象化与工业的联系。《手稿》又说："自然科学却通过工业日益在实践上进入人的生活,改造人的生活,并为人的解放作好准备,尽管它不得不直接地完成(人的关系的)非人化。"因之,自然科学应被"看成人的本质力量的公开的展示"。这说的是对象化与科技的关系。《手稿》还把分工和交换看作"作为类的活动的人的活动和作为类的本质力量的人的本质力量的显然外化了的表现"[①]。在马克思另一部著作里,又把家庭、市民社会和国家说成"人的本质的实现""人的本质的客体化"[②]。我们不厌其详地引用这些原著的论断,无非是为了说明人的本质力量对象化是一个非常宽广的概念,并非美之所以为美的专有特征。假定把人的本质力量对象化通通看作"美",那么岂不是还有工业美、科技美、分工美,交换美、家庭美、国家美么?我想人们(包括提出上述美的本质论的美学家们在内)是不会同意把美的领域扩大到这般地步的。

我们不能排斥劳动产品的审美价值,有许多劳动产品,从宏伟的长城到巍峨的巴黎圣母院,从龙门石窟到长征组雕……都是人的本质力量对象化的结果,人们为其中呈现出来的劳动者的智慧和才能而惊叹,产生了美感,这是事实。但即便如此,这些客体对象的美也还要通过政治、道德、艺术、宗教等等中间环节而得到实现。如果把人的本质力量对象化径直等同于美,那么哪怕仅仅解释诸如此类显而易见的对象也是过于简单化了。把对象化看成美的最本质的根据,就不能不面对着审美者提出的许多难以应付的困难,例如,是否凝聚着的劳动量越多就越美?是否人的本质力量对象化水平越高,对象世界就越发具有审美价值呢?常常听到一些青年文学爱好者发问:一支粉笔、一本本子、一条绳子,不也是经过人的加工的劳动产品么,何以人们不去肯定它们的美?有鉴于此,有些美学家就出来堵漏洞,他们承认,"劳动创造出来的东西并不全是美的",这是因为"并不是任何劳动都是技巧的表现"的缘故,并就此提出:"体现在对象中的高度技巧水平创造了对象的美。"[③] 这样讲虽不无道理,但补了一个漏洞,却又捅出另一个漏洞。人们可以追问:既然美是与人的本质力量所发挥出来的水平成正比,那么何以说明:电脑、试管婴儿、航天飞机在审美价值方面反不及一只精制的小花篮或一座别致的小花园?凝聚在前数者之中的人的智慧和技巧难道还少么?我们知道,人的本质力量正是在对象化进程中不断丰富和展开的,不言而喻,后一代有着比前一代更高的劳动生产力。如

---

① 马克思.1844年经济学——哲学手稿.北京:人民出版社,1979:81,101.
② 马克思,恩格斯.马克思、恩格斯全集:第1卷:293.
③ 美学纲要.人民出版社,1981:150.

果说对象化决定了美,那么是否机械化产品比手工劳动产品美,而电子化又将生产出比机械化高出若干倍的美呢?当人们依靠高度发达的科技和工艺,终于登上了月球,或者采取先进的科学手段,揭开庐山地质构造的真面目时,你能说此时的月亮和庐山比以往的月亮和庐山更美么?文学艺术史已经证明:人们的审美和创美水平,并不和他们控制自然力的水平成正比。古代奴隶制的希腊,生产力十分低下,自然人化的程度很低,但希腊人偏偏是在无法解释自然现象的情况下,创造出了许多美不胜收的神话和传说。可见,这种美就其现实性来说,跟物化劳动并无直接必然的关联。从这方面看,关于美是人的本质力量的对象化的观点,是无法圆满地解释马克思所揭示的物质生产和精神生产之不平衡规律的。

就"人的本质力量的对象化"本身而言,它的含混性也给美的解释带来困难。"人的本质力量"这一词组,强调的是人所独有而动物所无的本质力量,诸如思想、理想、智慧、才能、感性、想象力等等。问题在于这个"人"指的是什么呢?黑格尔和费尔巴哈也都讲过人的本质力量,但前者的人是绝对观念的化身,后者则是生物学的人,我们所说的人,自应是置身于一定社会关系之中,作为社会关系总和的人。但在阶段社会里,人又分属于不同阶级,于是也就不存在单一的人的本质。那么,美究竟是谁的本质力量的对象化的结果呢?从美学家们的理论逻辑来看,当然说的是劳动人民。但这样又势必带来新的矛盾。因为如按《手稿》的基本思想,私有制(特别是资本主义)条件下,劳动产品、劳动过程对于劳动者都成了疏远化的存在,在异化劳动中,劳动者不是肯定自己,而是否定自己,不感到幸福,只感到不幸。劳动者跟由他的劳动而产生的对象性作品,处于敌对的地位,还有什么审美关系可言?当然你也可以辩说,劳动产品既经创造,便成了独立于主体的客观存在,具有不依人的主观意志为转移的客观性,不因主体对它的感觉如何而改变性质。这话自有一定道理。但问题在于,美总是靠人去鉴赏的,在异化劳动条件下,劳动者一般地说欣赏不了自己产品的美,那么这种美只靠脱离劳动的阶级和阶层去确认了。但非劳动阶级,又何以能充分地欣赏和体验劳动产品之美呢?即使某些人也能为某种劳动产品喝彩,但压根儿也是不从"物化劳动""自由创造""本质力量的对象化"的角度上进行精神肯定的。以故宫为例,它当然是凝聚了设计师和能工巧匠们的无数劳动,但在封建社会里,下层人民只能感受到它的威压,无从欣赏金銮殿的美。皇帝后妃们欣赏宫廷之美,乃是因为这个建筑群显示了他们的派头和声威,迎合了骄奢淫逸的心理,至于看到故宫,因其中凝聚了劳动者的本质力量——如智慧、才能等而令人赞叹不绝,那主要是人民当家做主、故宫成了公共游览场所以后的事。如果一事物的审美属性，都要等待后代追认，那么一部审美史将从何写起？可见仅从审美者和美的关系去研究，"对象化"说，也是不能成立的。

三

在涉及对自然美的解释时，"对象化"说遭遇到更大的麻烦。大自然是人们经常的、稳定的审美对象和源泉。关于美的本质的研究是离不开自然美的。李泽厚等同志说，大自然之具有审美属性，是因为它被人化了的缘故，而"'人化'者，通过实践（改造自然）而非通过意识（欣赏自然）去'化'也。"① 据此，人们不能不问：黄山奇景、桂林山水、云南石林、武夷九曲，何尝经过人的改造，雨后彩虹、夏夜星空、天边圆月、海滩贝壳又哪来人化的痕迹？"余霞散成绮，澄江静如练"打上了人的什么样的本质力量的印记？关于《辋川集》中的"人闲桂花落，夜静春山空；月出惊山鸟，时鸣春涧中"之类的诗，李泽厚同志曾作这样的评价："写自然如此之美，在古今中外所有诗作中，恐怕也数一数二。"② 这种被胡应麟称之为"读之身世两忘，万念皆寂"③的清幽、弧寂的境界，究竟包含着怎样的实践改造的内容，确实令人百思不得一解。

当然美学家也有试图自圆其说的解释："历史尺度"说和"历史积淀"说，便是它的基本的理论支柱。

"历史尺度"说启发我们要从整体上灵活地理解"人化自然"。李泽厚周志认为，人化有两种情况，一是直接的改变，如荒地之被开垦、动物之被驯化化；二是间接的改变，如花鸟之被人所欣赏。前者的改变是局部的、可见的，后者是整体的、看不见的，前者是外在自然形貌的改变，后者是内在关系的改变。此说比较玄奥。据我的理解，李泽厚同志的观点，通俗地说，人不仅能够从已被自己征服改造过的自然对象中，发现和欣赏其中的美，而且当他面对着与之（指已被征服过的自然）相类似，和它有关联的未经改造的自然时，也觉得自己能够占有和驾驭它们，这部分自然可算是被人化了，并且同样使人产生美的感受。换言之，人只要征服了某一领域内的某一自然物，他就达到了举一反三地体验许多尚未被征服的自然物的水平。例如，原始人猎获虎和熊，取下虎牙熊爪，串成一圈，佩挂起来，欣赏自己的威力和灵巧。他既已具有打虎的

---

① 美学论集.上海：上海文艺出版社，1980：172，191，174-175.
② 美的历程.北京：文物出版社，1981：132.
③ 内编卷六//诗薮.

水平，其余类似的野兽，他虽未曾作过较量，也不在话下。另外，自己征服过的自然界，因为是自身本质力量对象化之故，当然也感到美，一些被别人征服过的对象，亦可借助于人的"同情"感，而发生普遍的共鸣。总之，所谓人化自然可以从物质占有而产生，也可以由精神占有而产生，因而对自然人化说的理解，应是广泛的、活的。如果我这样的解释基本符合李说的精神，那就不免冒出以下两个问题：其一，这里所说的第二种人化，其实只是一种联想、想象和类比，尽管这些意识活动是建基于前人，他人或自己相关的实践的基础上，但就本身而言，仍然只是一种感受和认识，亦即所谓精神意识的占有；精神意识的占有并不是实践的占有，于是就和前边引用的李泽厚同志关于人化的十分严谨的理论相左，从而跟朱光潜先生的实践观走到一条路上了。关于这个问题，本文将在后头专题论述。其二，所谓"历史尺度"也很含糊。李泽厚同志说："人化的自然，是指人类社会历史发展的整个成果。人类经过几十万年的生产斗争，到今天就整个社会生活来说，自然已不再是危害我们的仇敌，而日益成为我们的朋友。自然由'自在的'而日益成为'我的了'。"① 这段话给我们以自然人化似乎已基本实现或已臻完成的印象，果真有了这样的大背景，那么人们就可以自由自在地审大自然之美了。我不明白李泽厚同志所说的"今天"的具体内涵是什么。根据科学测定，人猿分化距今约四百五十至八百万年，目前人类化石，最早者约在三百七十五万年前。就我国来说，已知的猿人遗迹可上溯一百七十万年，但已发现有初民低级审美活动的痕迹，例如山顶洞人的装饰，则属于一万七千年前。自然被人化的速度，在人类进入阶级社会后的数千年间所获得的成果，远远超过了几百万年的漫长历程，产业革命后的两百多年，又远远超过此前的几千年。准确地说，从人猿分化迄今，自然人化过程是持续不断地，而且是加速度地进行着。我们说，社会物质文明发展到今天，已经达到相当的高度，这是跟以往的历史相对而言的，倘若从宏观的角度来考察，那不过是短暂的一瞬而已。因此，李泽厚同志说的人化自然，过于笼统，缺乏量的和质的规定性，特别是他断定，到了今天"大自然已不再是危害我们的仇敌，而日益成为我们的朋友"。因而"在这个普遍的、整个社会历史成果的基础上，我们才能爱荒凉的河岸、原始的森林，会欣赏狠恶的野兽、凶猛的暴风雨"，这种说法不是过于武断，也过于浪漫了么？从这段文字来看，这个"今天"似乎指的是现代化的今天，但从同一作者另一篇论文看来，这"整个社会历史成果"似乎又要推到很久之前了。《山水花鸟的美》写道："当

---

① 美学论集.上海：上海文艺出版社,1980,172.

大自然不再是可怖可畏的怪物而是可亲可近的朋友,当山水花鸟不仅是劳动生产的对象而更是人们休息娱乐的场所、对象,而且这方面的作用愈来愈大的时候,人们就不但欣赏太阳的美,而且欣赏起月亮的美来,不但欣赏庄稼的美,而且也欣赏梅花的美;并且有时更多地欣赏梅花和月亮的美……正是这样,山水花鸟——整个自然的美,因为社会生活的发展,造成自然与人的丰富关系的充分展开(这才是所谓"自然的人化"的真正含义)……"① 这段话中所谓"人们",其缺乏历史、阶级内容姑置不论,按照文章的逻辑来推断,原来早在人们已经把梅花和月亮当成欣赏对象时,自然人化就已充分展开了,这里"人们"指的是谁呢?我国《诗经》中早已有对月亮的描绘,是不是说"自然人化"起码已经在两千年前就已充分展开了呢?因此,我觉得如此搬弄自然人化的概念带有随意性。这种随意性从别的美学论著中也可以见到。例如有人认为,纯风景画,作为人类直观自然美能力的第一个表现,直至文艺复兴时代才在欧洲艺术中产生,从而证明自然美的被欣赏是和人化成正比。但如果拿我国的例子作对比,我们的山水诗画早在魏晋时代就已得到独立的发展,难道说,公元3、4世纪的我国,就比15、16世纪后的欧洲具有更高的自然人化水平么?莫非在我国封建社会初期,自然就已经过人们创造性的劳动,充分展开了与人的丰富关系么?"历史尺度"说的破绽及含糊之处,由此可见一斑。

对"对象化"理论的论证,起了补苴罅漏重大作用的,是"历史积淀"说。美学家们说,人们之所以认未经改造过的自然为美,乃是因为有美的形式作为中介环节的缘故。自然对象"之所以成为美……仍在于长时期(几十万年),在人类的生产劳动中肯定着社会实践,有益、有利、有用于人们,被人们所熟悉、习惯、掌握、运用……于是才具有美学价值和意义"②。这种理论只能作为艺术起源学和审美发生学的内容,把它当作美的定义和美的本质未必妥当。事实上,任何一种现象的形成,都经历过一个漫长的历程,我们当然要对它作历史的分析和考察,但在对它下定义、做界说时,却只能概括该事物的现实的面目,指出该事物区别于他事物的质的规定性,而不能把它的产生和演变过程全都概括进去,更不能把它的原始状态当成现实,或者把部分的现实充作全体。列宁有句名言:"人的实践经过千百万次的重复,它在人的意识中以逻辑的格固定下来。这些格正是(而且只是)由于千百万次的重复有着先入之见的巩固性和公理的性质。"③ 这说明,逻辑也是人的实践的积淀和固定化。但如

---

① 美学论集.上海:上海文艺出版社,1980:191.
② 美学论集.上海:上海文艺出版社,1980:174-175.
③ 列宁.哲学笔记.人民出版社,1974:357,233.

果有人说逻辑的本质是人的本质力量的对象化,是实践产品。人们对这种空泛的答案能够满意吗?艺术和科学也都是起源于劳动的,但我们在许多艺术论著中,所见到的对艺术本质的探讨,或从再现,或从表现,或从形象,或从情感等不同角度进行了概括,迄今尚未见到有谁把艺术本质界定为人的本质力量的对象化。所以,倘若我们仅仅用"本质力量对象化"说明美的本质,是很难有什么科学性的。

四

有些同志也感到"对象化"一说在解释审美实际时,将要遭遇困难,但他们又不愿放弃"对象化"的命题,于是试图对"对象化"和"人化"以至"劳动""实践"做出新的宽泛的理解。有人说,实践应当不限于物质生产的实践,还应当包括阶级斗争、科学实验、艺术创作、美学观赏等等,肯定"美学观赏活动也是一种实践","不仅是物质地改变自然,自然物才能成为对象。心所能达到的范围,不是物质地改变自然,自然物也可以是对象,是实践的一部分"①。这种观点,最早出于主张美是主观的,或主客观统一的代表学者的著作中。50年代以来,朱光潜先生一再坚持认为,自然条件经过劳动产生了美,亦即"物甲"通过美感经验过程产生了"物乙"。此中美感经验的加工,在朱先生看来,也就是一种生产劳动和实践。直至80年代初,在朱先生的新著《谈美书简》中,还重申"生产劳动的实践活动,其中包括艺术和审美活动"。和朱先生基本上属同一学派而观点更加明确犀利的高尔太同志,在美的主观或客观属性问题上,与李泽厚同志针锋相对,但仍然采用美是人的本质力量对象化的命题。他写道:审美也是一种加工,"不过这种加工的实践,是通过感觉来进行的,是自由意识通过感觉而'进入'对象,并在对象中被主体所认识,而不一定是对象固有形式的实际改变"②。他的结论是,在美和美的创造中,不仅劳动是实践,感觉也是实践。由此看来,在美学诸流派中,除蔡仪的客观说以外,客观-社会说,主客观统一说和主观说,都可以打出实践的旗号。这是颇为有趣的现象。我的看法是,对"实践""人化""对象化"作如此宽泛、活脱的理解,当然有助于阐释和论证具体的审美经验,但这样的解说和马克思主义的实践观却是有所偏离的,这种见解的哲学基础,颇值得一议。关于"实践",列宁在《哲学笔记》中结合黑格尔的有关论点,有过具体的阐释。他说:

---

① 华南师范大学学报.1983(1):93.
② 论美.兰州:甘肃人民出版社,1982:43,60.

"'善',被理解为人的实践＝要求（1）和外部现实性（2）。"此中,第一项"要求"是说人所意识到的行动的目的性,第二项"现实性",说的是实践是现实的物质活动。作为主体的人的目的,要在客观对象上显示出来,这就构成了实践的"直接现实性的品格"。由此可见,实践是主体见之于客体,注入客体,重建客体,以便在客体中实现主体的活动。但主体目的的实现,应以客体对象为前提,势必受到客体对象的种种限制,"因而在'实现'目的时就会遇到'困难',甚至碰到'无法解决的问题'"。在这种情况下,人们便在主客体之间加进另一些自然因素,用以征服客体,于是作为工具和手段的自然因素,便成了目的与对象之间的一"中项"。黑格尔把这种通过一定的物质手段,借助自然作用于自然,从而达到主体目的的现象,称之为"理性的狡狯"①。生产劳动是人类最基本的实践活动,如马克思在《资本论》中所说:"在这个过程中,人凭自己的活动作为媒介,来调节和控制他跟自然之间的物质交换。"质言之,也就是人根据一定的目的,使用自身的自然力,运用一定的工具,对特定的自然进行物质变换。如艺术实践就是支出艺术家的自然力（体力和智力）,并运用一定的物质材料（如线条、色彩、土、石、语言文字等）完成精神变物质（艺术品）的过程。只有把实践理解为主观见之于客观的物质性的活动,才能把它和人的意识活动、心理过程区分开来。意识活动是引外物充实自己,而人们的实践却是通过自己的活动改变外物。尽管前者以后者为基础,但认识绝不等同于实践。

有人说,你承认艺术创作是实践,何以不承认审美欣赏也是实践?答案也很简单,两者区别在于:前者最终创造出新产品,使客观条件有了变化,增添了新的物质,这种产品既经产生,便成了独立于实践主体之外的客观存在,并为他人所认识和欣赏。用马克思的话来说,"生产直接是消费","在消费中产品才成为现实的产品"②。艺术创作是经过精神和物质手段的加工后,诉诸社会成员的消费的,而审美欣赏则仅仅停留于大脑中的精神加工,仅属个人的精神占有,尚未外化为客观物质,转化为他人消费的对象,因而不能叫作"实践""入化""对象化"。看看高尔太同志举例子说:"我可以在云影草色里见到我爱人的音容,而实际上依然是孤独的流浪者。我可以在夜雨潇潇声中听见儿童时代母亲的话语,而实际上依然是漂泊的游子。"③ 这种"加工"只是"心理过

---

① 黑格尔.小逻辑.第 209 节.附释.贺麟,译.商务印书馆的 1980 年 7 月版中该处改为"理性的机巧",其义同。见该书第 394 页。
② 《马克思恩格斯选集》第 2 卷:93—94.
③ 论美.甘肃人民出版社,1982:43,60.

程"的再创造,所产生的是虚幻的想象,而非物质的实体。假如把这种象征性的虚幻的占有也跟人的本质力量的对象化挂上钩,那么人的感觉、情感、思维、想象,岂非无一不是实践?这样的实践和费尔巴哈那种直观的对象化已相差无几了。费尔巴哈有一个著名的论点,即宗教的本质就是人的本质,是人把自己的类本质从自己分裂开去,成为一种独立的精神实体。费尔巴哈不懂得实践的意义,因而他的对象化纯粹是一种精神交换,这就从黑格尔那里倒退了。黑格尔是这样解释实践的:"因为人有一种冲动,要在直接呈现于他面前的外在事物之中实现他自己,而且就在这实践过程中认识他自己。人通过改变外在事物来达到这个目的,在这些外在事物上面刻下他自己内心生活的烙印,而且发现他自己的性格在这些外在事物中复现了。"① 下边举的就是小男孩欣赏水中漾起的圆圈的例子。可见,黑格尔所说的"对象化"是经过人的活动对事物进行的实际的改变。这个观点曾为马克思所批判地吸收。无论从《手稿》还是从《资本论》来看,马克思关于实践是物质变换的观点,是始终一贯的。在《德意志意识形态》一文中,马克思称共产主义者是实践的唯物主义者。他说:"实际上和对实践的唯物主义者,即共产主义者说来,全部问题都在于使现存世界革命化,实际地反对和改变事物的现状。"② 只有实际地改变现状才是实践的唯物主义者,可见,只是一种感受、认识和在大脑中进行加工、想象之类,是不能称之为"实践""人化"和"对象化"的。

假如上边的阐述不无道理,那么我们就面临着如下的矛盾,即李泽厚、蒋孔阳诸同志关于实践、人化等的理论观点是正确的,但直接用实践的成果对美下界说,又显得简单化;朱光潜、高尔太诸同志关于美的解说比较切合实际,但对实践概念的理解和运用却是不准确的。人们阅读美学论著,常常感到不明快、不清晰,令人疑惑、纳闷,原因盖出于此。

五

狄德罗说:"人们谈论得最多的东西,每每注定是人们知道得最少的东西。"古往今来,人人说美,时时说美,可是对美是什么,却难得有一个明确的答案。具有讽刺意味的是:柏拉图关于"美是难的"的感慨,至今还经常出现在我们的美学论著中。当代著名的美学家王朝闻同志说,他研究美学有"念天地之悠悠"的感觉,李泽厚同志称美学还处在"前科学阶段"。这种现象是

---

① 黑格尔.美学:第1卷.北京:商务印书馆1979:38.
② 马克思,恩格斯.马克思、恩格斯全集:第3卷:49,48.

可以理解的，也是令人焦虑的。

邓小平同志概括毛泽东思想的基本点，指出"实事求是"是其精髓所在。我们的美学研究，只有坚持不唯上，不唯书，而要唯实，才有真正的出路。不能认为，只有承认美的客观性才是唯物主义的，也不能认为，只有既承认美的客观性，又承认美的社会性，才是辩证唯物主义。高尔太同志说："我们不认为，承认事物的物质属性和社会属性是客观的，就一定要自动扩大到承认事物的审美属性也是客观的。"我赞赏这种敢于独立思考，敢于提出新问题的理论勇气。长期以来，我曾经试图顺着这种或那种美学流派，但在自身的研究和教学实践中，面对具体问题都难免碰钉子，觉得各种说法都不能尽如人意。例如，关于美在客观事物本身的"美是典型"说以及由此派生出来的进行阶梯说等等，业已被证明不能正确解释丰富多彩的审美现象。尽管该学派的学者们在理论上作了种种的修补和附加说明，例如把种类和典型加以区别，以及将典型区分为若干等级等等，但都比较勉强，且在具体阐释中带有某种随意性，因而难免捉襟见肘。朱光潜先生倡主客观统一说，其精神实质是对的，但朱先生一方面正确地坚持了美的意识形态性和第二性的观点，另一方面为了防范各种可能的挑剔和攻讦，不敢公开申明在主客观矛盾中，何者为矛盾的主要方面，却试图从灵活地解释"生产劳动"和"实践"中寻找出路，从而在理论的哲学基础上陷入混乱。但即使如此，我还是赞成朱先生的基本观点的。我认为，美离不开人。美是人们对自己所倾心的品质和价值的实践性或象征性的占有，是人所追求的品格、情趣、理想、信念和特定客观对象的契合，是人在生动可观的对象形式中的自我观照、肯定和欣赏。我以为，只有这样，才可能对实际存在着的美的多样性和丰富性做出比较合理的，并有广泛适应性的解释。例如月亮，当它成为美的时候，并不是因为它被人的实践对象化了，或如某些美学家所说，是由于"月亮和生活中劳动所创造的明镜、玉盘等等器物在色彩和外形上有相似之处"的缘故。"月上柳梢头，人约黄昏后"和"但愿人长久，千里共婵娟"里的月亮之所以美，是因为前者和情人幽聚的欢乐相联系，后者却是旷达爽朗胸怀的寓托。我们赞叹长城的美，是因为它是中华民族刚毅顽强的象征，是反侵略、反压迫传统的体现，是民族的自尊、自立、自强精神的物化。正是因为长城和我们的理想、信念相合拍，对于我们便具有美的意义。李白的《敬亭山独坐》"众鸟高飞尽，孤云独去闲；相看两不厌，只有敬亭山"，形象生动地描绘了客体（清华绝俗的山）和主体（超然洒脱的我）之间"不知何者为我，何者为物"，物我两融、物我两忘的境界。这种客体，无论是业经实践改造的也好，或是自然的原始风貌也罢，只要跟审美者所肯定和追求的理想、品格相合拍，它们之间便建立了审美关系。对于这种基本上是以对比、联想和想象为媒介的关系，我以为完全不必非把它们说成生产劳动不可。

关于美是主客观统一的观点，是许多美学流派都承认了的，但有的用来说明美的产生和创造的过程，即经过实践，主体在对象上得到了实现，有的是把审美的产生看作纯粹主体的能动过程，客体对象则纯粹是消极被动的，还有的则把主客观两方面的条件加以并列，只是停留于说明在审美现象中离不开这两种因素。而我所要强调的，则是主观和客观两者的和谐契合。我以为，在这个问题上，不妨借鉴一个最古老的美学概念，即美是和谐说。回溯美学思想史，从人类最早出现美学思想（例如古代希腊的毕达哥拉斯学派，中国的史伯、晏婴）起，都不约而同地主张美是和谐。这种观点为后代美学所广泛接受。当然，不同派别的美学也注入了各自不同的内容。有以客体形式构造说和谐的，例如柏克以光亮平滑、精巧娇柔的自然形式作为美的特征。有从主体内部关系说和谐的，例如康德认为，审美的判断力，乃是"那在心意诸能力的活动中的协调一致的情感"。这些观点都有各自的合理性，但都不能绝对化。客体形式比例的和谐，固然可以产生美，倘若不和谐也不见得就跟美绝了缘。刘熙载所谓"怪石以丑为美，丑到极处，便是美到极处"便是一例。如果美仅在于客体之和谐，那么崇高现象就不能列入美的范畴了。至于主体内部思想感情之和谐平衡，自是产生美之重要心理因素，但倘若不平衡，例如愤激、悲伤的心理状态也并非和美相敌对，美之作为美，最关紧要的，倒是主体与客体之间的和谐一致，正如诗人李白和敬亭山的关系那样。当然，在主客体的相互联系中，客体方面需要具备美的条件，但这美的条件是否适当、充足，则最终还是取决于它和主体相适应的程度，因此在美是主观与客观的统一的内在矛盾中，主观是矛盾的主要方面。以主观为主导的主客观的和谐，才是美之所以为美真正奥秘之所在。按照毛泽东同志《矛盾论》的观点，"事物的性质，主要地是由取得支配地位的矛盾的主要方面所决定的"。既然如此，那么在美的内部构成的主客观两种因素中，主观方面就决定了美的性质。因此，当我们说美是主客观的统一时，实际上也是确认美的本质是主观的。朱光潜和高尔太的观点本来就是一致的，只是朱先生未曾加以明确宣布而已。我赞成他们的基本观点，但并不认为一定要勉强地把它叫作"实践""人化"和"对象化"。

我们说美是主客观的统一，并且揭示它的主观性质，绝不是走主观唯心主义的老路。诚然，唯心主义美学也曾声称美是主观的，但我们和它有质的不同，我以为哲学上两大派别的根本区别，乃是在于是否承认物质第一性与意识第三性。唯物主义哲学主张物质决定精神，故而研究某一现象的科学，只有按照该现象的本来面目进行描绘和概括，才是唯物主义的。世间的万事万物，如加粗线条划分，即可分为物质和意识两种基本形态。某事物属于物质形态，我们就讲它是物质形态，是意识形态就说它是意识形态。如果硬把在本质上是物质的东西也说成是属于意识的，或者硬把属于意识的也说成是物质，那才是对唯物主义原则的背离。我们讲艺术、道德等等是意识形态，反映的是事实，同理，我们说美是意识形志，揭示其主观性质，在我看来，反映的也是事实。难道一定要把世上一切现象，统统标之为物质形态，才叫作唯物主义吗？当然艺术和道德因为有着明显的意识形态性，说它属于意识，不致遭到非议，而美却比较复杂，不好贸然下结论，因此就允许做多种多样的探索。大可不必一讲美是主观，就把它和主观唯心主义画上等号。

　　提出美是主客观统一，但主观是矛盾主要方面这一命题，既可导致唯心主义，也可引向辩证唯物主义，关键在于究竟把主观置于何种基础之上。笼统说美是直接实践产品并不科学，已如上述。但我们认为，美的产生直接取决于人的主观心理，美必须经过人们心理结构这一中介环节而生成，而这一中介环节最终还是以社会实践作为依据，以个体的、阶级的、民族的和人类实践之错综复杂的历史积淀作为前提。这是我们和立普斯的内模仿说、格式塔心理学的同构对应说的根本区别点。他们虽然也猜测到一些美的现象，但因脱离人的社会实践而带来的抽象性，却是这些学说之致命伤。毛泽东同志在《讲话》中指出："爱是观念的东西，是客观实践的产物。"这是把爱的内容及其根源作既有联系又有区别的解释，我们对美也作如是观，这能说是唯心论么？

　　正因为美建基于实践基础之上，接着就产生美有无客观标准的问题。在美的主观性质的认定上，我和高尔太同志有着相近的看法，但关于美的评价标准，则又相左。高尔太同志十分强调美的不可评判性。他从"美的实现则是由个人的体验来确证"的前提出发，推断出在审美问题上，"谁也不能并且无权证明对方的错误，因为判决是无效的，而且也找不到裁判的依据"。我赞成它的前提，但不敢苟同他的推论。审美是自觉自愿由衷发出的，谁都不能用任何手段，包括行政手段强行创造或取消个人的审美体验，但这不等于说，对于个人所认定的美，都只能采取"此亦一是非，彼亦一是非"的不置可否的态度。如果我们承认美的第一个层次来自心灵，更深的层次来自实践，那么因为人的实践是因人因时因地而异的，人的审美心理结构以及由它和客观对象的契合所生成的美，也有着无可争辩的个别性。但个体毕竟离不开一定时代的阶级、民族、人类的群体而存在，因而由人的社会实践所最终决定的美，又必然带有群体性。这种群体性既经形成，也就回过头来成为某一时代的阶级、民族和人类共同的审美裁判标准以及相应的审美教育内容。因此，我认为，美虽不能强加，却又可以裁判，审美是可以引导的。正是在这种意义上，我们说，虽然美的构成的主导方面是主观的，但美学价值和美学标准，却具有客观的内容。

关于审美标准的客观内容，还有一个相对性和绝对性的问题。辩证唯物主义承认事物关系的相对性，但不认为相对就是相对，绝对即是绝对，而是认定"相对中有绝对""相对和绝对的差别也是相对的"①。我国当代美学诸流派在这个问题上各执一端。持美是典型说和美是"人化自然"说的同志，实际上都是主张美的客观标准是绝对的。但高尔太同志则认定美是完全相对的，他认为美是审美主体之经验属性，并且断然否定，因为某种事物有可能引起那个经验它的人在经验中的美，就表明美有客观性。他说："一个人的一次经验事实只有或然率的意义。许多人的经验事实只有频率的意义。"如此看来，似乎不可能有一个审美的客观标准了。为了具体地比较上述各派的观点，不妨以猛虎和太阳为例。如按美是典型说一派的推断，那是因为太阳表现了最强烈的色彩，猛虎乃是老虎以至一切动物之生命力的典型代表。如按美是"人化自然"说一派的理论逻辑，却是因为在太阳和猛虎上体现了对象化了的人的本质力量，因而美都是绝对的。而如按高尔太同志的逻辑，则太阳与猛虎之美与不美，尽在主观体验中，评判标准完全是相对的。我认为，绝对化地认太阳或猛虎是美或不美，经不起实践的检验。因为出现在"日出江花红胜火，春来江水绿如蓝"和"赤日炎炎似火烧，野田禾稻半枯焦"中的日是不能同"日"而语的。隔着动物园的栅栏观赏老虎和在深山里撞上吊睛白额的大虫具有相反的美学价值。这些事例本身就包含着美的客观标准的绝对性和相对性。它说明，太阳和老虎不存在着脱离人的思想、感情和利害关系的美或丑，因而美具有相对性；同时又说明，当太阳给人以光明和温暖的时候，当老虎供人观赏，作为人的本质的一种确证和寄托的时候，这种关系中的美，应该说具有绝对性。景阳冈上当老虎张牙舞爪向武松扑来时，他只能大喊一声"哎呀"，出一身冷汗，倘若此时还发出"美哉老虎"的赞叹，那就只能说是近于神经错乱了。怎能说相对就是相对，没有一点绝对的内容呢？

总之，美是主观与客观的契合，在这两种元素的对立统一中，主观是矛盾的主要方面，因而美的性质是主观的。然而因为这种主观乃是现实实践的

---

① 列宁选集：第2卷：712.

产物和历史实践的积淀，实践的群体性决定了审美具有某种客观一致性，这种一致性是相对的，但在相对中又有它的绝对性。这就是我对美的本质的基本看法。

［原载《福建论坛》（人文社会科学版）1984年］

作者简介

李联明，1935年生，福建福州人。1954年毕业于福建师范学院中文系。历任福建省工农速成中学教师，福建师范学院及福建师范大学助教、讲师、副教授、硕士生导师，福建省文化厅副厅长、厅长、党组书记。著有《文学概论》《跋涉与求索——文艺美学论文集》等。

论文学艺术的魅力

林兴宅

艺术的世界充满着神秘的魅力。古往今来，有多少人面对着它惊奇，叹息，又有多少生动的故事描述它神奇的伟力。不是吗？你明明知道是在看戏、看小说，可是仍然会身不由己地为作品中的描写所感动。艺术的魅力不仅是作家、艺术家追求的目标，也是文艺欣赏要探求的秘密。为了寻找文艺作品神奇魅力的线索，过去已有不少人对它作过研究，本文试图突破经验性的描述，使这种研究朝着科学化的方向发展。

一、魅力的本质

我认为，"艺术魅力"是一个模糊性概念。所谓模糊概念，就是复杂的、不确定概念。它的产生是为了描述变量及参数众多的复杂系统。模糊概念的特征是多值逻辑思维，它反映事物的系统性、多因性和动态性。

把文学艺术的魅力作为一个模糊概念来对待，这样，我们的探讨就可以避免很多不必要的纠缠。比如，不用为它规定具有确定的概念外延的定义，而把它看成艺术的迷惑力、吸引力、诱导力、感染力、感动力等等征服人心的美学力量的总称。另外，我们也就会注意到它的系统性、多因性、动态性的特点。所谓系统性，就是说，魅力是文学艺术作品的美感动力系统，它产生于美的整体性，是多种社会功能的影响力，而不是作品的某一局部所产生的单一功能的作用力。每一部作品的魅力都是一个系统，要揭示一部作品的魅力的秘密，就要具体考察它的系统结构。而每一部优秀作品的美感动力系统的结构都是有区别的，不能用对这一作品的分析来代替对另一作品的分析。所谓多因性，即构成作品魅力的美学因素是多种多样的，而不是单一的。比如，艺术的魅力离不开描写的真实性，但单纯地追求逼真就未必具有魅力，艺术的魅力也离不开独创性，但单纯地追求新奇，也很难获得艺术的魅力。所谓动态性，指的是艺术魅力表现为审美主客体在审美环境（"场"）的作用下辩证运动的过程，是动态发展着的。比如，同一作品在不同的欣赏环境、不同欣赏者身上会有不同的美撼效应。有的作品一时被哄抬到天上，刹那间却又无人问津；有的作品长期被冷落之后突然产生经久不衰的魅力。欣赏者对作品往往有偏爱，每个人对不同作品的感受力都是不一样的。即使同一个欣赏者欣赏同一个作品，由于时间、地点、心境的不同也会产生不同的感受。这些现象都是艺术魅力动态性的表现。

艺术魅力的系统性、多因性和动态性，后面将详细讨论。从上面的简单说明可以看出，正是这些特点使艺术魅力成为一种模糊现象。虽然如此，我们对艺术魅力的本质，还是可以认识的。通过对文艺欣赏进行抽象的简化处理，不管文艺欣赏中出现的魅力现象多么复杂多变，它都是文艺作品的一种美感效应。这种美感效应是从哪里来的呢？无疑是来自作品的审美素质。这种审美素质不是抽象神秘的东西，它具体地表现为意趣、情趣、谐趣等多种审美趣味形态，它们的巧妙组合产生文艺作品复杂的功能结构（包括社会认识功能、思想教育功能、情感交流功能、陶冶情性功能、政治宣传功能、感官娱乐功能等）。这种功能结构在文艺欣赏过程中潜移默化地作用于欣赏者的审美心理结构，便产生出各种美感效应，也就是我们通常所说的魅力现象了。换言之，艺术魅力是文艺作品中的意趣、情趣、谐趣等审美素质衍生出来的复杂功能体系所产生的综合性美感效应。我们可以把艺术魅力的内在结构用下面的图表来显示。

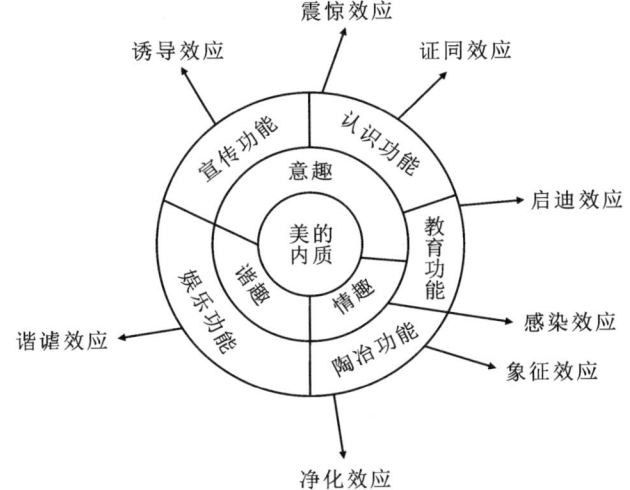

图中的"意趣",指的是艺术形象(意境)中的思想内容所产生的审美趣味,主要作用于欣赏者的理智。它是文艺作品的认识性因素。所谓"情趣",指的是艺术形象(意境)中的情感内容所产生的审美趣味,主要作用于欣赏者的情感。它是文艺作品的感染性因素。所谓"谐趣",指的是文艺作品的形式技巧所产生的趣味,主要作用于欣赏者的审美感官。它是文艺作品的娱乐性因素。这种划分只是一种抽象的处理,而在具体的文艺作品中,它们则是有机交融、不可分割的。

图中箭头所示的各种效应的具体含义如下:

诱导效应:即用形象的展示把读者的注意力和思维引向预定的路线。这是一种巧妙的宣传效果。

震惊效应:指出乎意料的惊服,即以表面的不近情理而心理感受上却甚神似的情境使读者的心灵震撼、叹服。这是文艺的一种特殊的认识作用。

证同效应:作品的内容与读者的经验相近,使读者觉得作品先得我心,而把它引为同调。这是一种带有情感性质的认识功能。

启迪效应:由于作品思想的深刻性,把生活的内在意义明彻地显露出来,使读者领悟,受到智慧的启发。这是文艺作品特殊的教育作用。

感染效应:读者对作品所表达的思想感情产生共鸣,因而不知不觉地接受作者的思想观念,染上作品的情绪色调。这既是理智的接受,又是情感的渗透,是思想教育与情感陶冶统一的综合效果。

象征效应:读者把作品中的形象(意境)作为自己生活与心灵的象征图像,而展开切身经验的回忆、反省、联想以及情感的表现等一系列精神活动。这是文艺影响人的感情世界的一种职能。

净化效应:这就是艺术的情感弥漫着读者的心灵,从而引起读者的原始情欲的升华和功利观念的中止。这种活动已经深入到人的潜意识领域,是艺术潜移默化特点的集中表现,它在塑造人的灵魂上发挥了最深刻的作用。

谐谑效应:这是一种类似于儿童游戏的满足所产生的生理—心理快感。

我们可以把上列的图表看成文艺作品美韵发散式结构,因此,艺术魅力也可以说是美的爆炸力。

总之,一个作品的魅力,就是这个作品诱导读者进入审美境界、产生美感效应的力量,这才是魅力的准确含义。因此,我们把魅力的本质界定为美感效应。这就是说,文艺作品只是魅力的一个诱因,魅力是在文艺欣赏过程中产生的。魅力并不是纯粹审美对象的客观属性,而是人对文艺作品的审美关系的产物,是人的各种心理功能积极活动的结果。它是发生学的概念,因为它是诱导的结果，是在审美过程中发生的。这样，我们就把文学艺术的魅力归入实践的范畴，必须以历史唯物主义的观点为指导来进行考察。魅力的秘密不能仅仅到文艺作品中去寻找，而应该在文艺欣赏的实践中寻求解释。要认识艺术魅力这种复杂的美感现象，必须进行大规模的分析和综合，必须借助辩证逻辑的方法，也就是根据它的多因性和动态性特点分别对它进行静态分析和动态考察。

二、魅力的静态分析

如上所述，魅力的本质是作品的功能结构在读者心理上产生的美感效应，那么，作为一种效应，一方面是客体对主体的有效的作用，另一方面则是主体对客体的心理反应。所以，魅力现象是由主客体的辩证关系构成的。要揭开魅力产生的奥秘，就必须深入探究作品的审美素质及其与审美主体的心理结构的关系。在方法上，我们必须暂时把文艺作品从审美实践系统中抽离出来，从而对引起美感效应的各种因素进行静态的分析。

大家知道，在美的哲学中，美的本质存在着两大范畴，即：美是审美主体与审美客体在实践中的统一；美是内容与形式的统一。在这两对范畴中，我们可以找到构成艺术美的四种要素：从审美主客体的关系看，艺术美包含着模仿的因素和表现的因素；从审美对象的构成看，艺术美包含着内容的因素和形式的因素。那么，这四种要素必须具备什么特性，达到哪些基本要求，才能产生美感效应呢？模仿的因素是艺术美的客观性因素，因此要求反映的真实性；表现因素是艺术美的主观性因素，因此要求主观感受的独创性；在内容因素中，艺术家的美学情思具有很大的能动性，是实现生活内容审美化的关键，因此它要求艺术家情思的诚挚深沉；形式因素是为内容的表现服务的，一切形式技巧的运用都是为了造成心理的距离，创造审美的情境，使作家的情思能在审美形式的掩蔽下，潜移默化地渗透到读者的心灵中去，因此形式因素的基本要求是蕴藉含蓄。总之，真实可信、独特新颖、诚挚深沉、含蓄蕴藉，这是文艺作品产生美感效应的四种基本要求。我们可以进一步把它简化为四个字：真、新、诚、绵。这四个方面处在艺术美的整体结构之中，从不同侧面反映了艺术美的基本品质，也是文艺作品产生魅力的基因。通过对这四种因素的分析，可以发现一部作品产生魅力的内在根据。

真

文学艺术是联系人与现实关系的一种中介，它来自客观现实，又作用于人的心理。艺术内容既与客观现实相联系，又与人的审美心理相联系。艺术的真实性,一方面是对客观生活的历史性融合;另一方面,又是对人的心理的审美性融合。也就是说,文艺作品的内容一方面必须适应人在实践中所获得的经验,必须符合生活的历史发展的面貌。这种符合不是对生活现象的外在的、静态的近似,而是一种内在的、动态的近似。另一方面,它还必须适应人在审美过程中的心理规律。正是从这种意义上说,艺术的真实性是历史的真实性与审美的真实感的统一,即历史的逻辑与心理的逻辑的统一。所以,艺术真实性的真正含义应该是指艺术家正确地表现生活的特征和内在联系所产生的艺术形象的可信性(说服力)。它包含着客观的方面和主观的方面。从客观的方面看,艺术真实是一种特征的真实、本质的真实,是作家所揭示的生活的真理性。从主观的方面看,艺术真实又是幻觉的真实、想象的真实,是文艺作品在读者头脑中所唤起的表象或幻象的逼真性。从这里可以看出,艺术真实具有两种基本性质:一是假定性,即非实在的,非直接的现实性,因此,我们不能用客观事物的存在状态来比照作品描写的真实与否;二是主体的感受性,即它渗入了作者和读者的经验概括、意识倾向和情感体验。受着人的主观情绪的支配,我们不能简单地用哲学上的反映论来解释艺术的真实性,还必须结合心理学的方法。过去在讨论艺术真实的问题时,经常忽略了这两点,因此,在创作思想和文艺批评上出现不少混乱。

我们应该从审美的意义上来理解艺术的真实性。作品的内容达到历史的真实性与心理的真实感,读者才能进入审美境界。正因为艺术真实是一种审美素质,文艺创作要达到艺术真实的境界,就不仅要正确地再现生活的特征和内在联系,达到历史的真实性,而且要以巨大的激情去感受生活,根据不同艺术手段的特殊要求去能动地表现生活,使生活的面貌以符合读者的鉴赏心理的规律、容易被人们审美地接受的方式,多样生动地展现出来。这就是人们常说的"合情合理"的要求,即:既合客观生活之理,又合主观人情之常,把生活真理的揭示与审美情感的表现统一起来,相得益彰,在读者的审美心理上造成合适的真实感。

具体说来,文艺作品的真实性是由如下几种因素构成的:

①细节的具体性,即形象细节的描写要有必要的具体性,达到基本的形似。这是认识论的层次,它能给人以现实感。

②特征的鲜明性,即事物的特征得到鲜明生动的表现,达到神似。这是美学的层次,它能给人以真切感。

③内容的逻辑性,即情节的发展和情感的表现要符合生活的逻辑和情感的逻辑,达到合理。这是逻辑学的层次,它能给人以逻辑感。

④关系的整一性,即人物关系或情感运动的协调、性格与环境或情与境的协调、风格与情趣的协调等。这是心理学的层次,它能给人以有机整体的生命感。

⑤价值的协调性,即作者对生活的描写和评价必须与社会的价值观念相适应,使读者在思想感情上与作者对生活的感受评价的方向基本一致,也就是说,作者对生活的态度顺乎人心,符合普遍的社会心理。这是历史的层次,它能给人以历史感。

总之,文艺的真实性包含着五个层次的意义,它是现实感、真切感、逻辑感、生命感、历史感的综合。因此,文艺的真实性严格说来只是艺术形象的似真性、幻真性。

这种似真性或幻真性,促使读者对艺术形象做出确认。读者在文艺欣赏过程中,总是自觉或不自觉地把自己从作品中所感知的表象同贮存在经验记忆中的某一"样本"进行比较。如果它们相同或近似,读者就对这一形象做出确认,进而经过想象的作用或持久注意的过程,心灵就会进入形象所形成的规定情境,而产生一种逼真的感觉。由于人们经验记忆中贮存的"样本"是丰富多样的,因此读者的比较是多渠道进行的。现实主义文艺是按照生活本来的形态来反映生活的,人们欣赏这类作品时主要是调动表象记忆的"样本"与艺术形象进行比较,因此现实主义文艺要求细节的真实性。浪漫主义文艺是以幻想的或变形的形态反映生活,表象记忆的"样本"就退居次要的地位,而主要是调动情绪记忆、符号记忆、意义记忆的"样本"以与艺术形象相比较。因此,浪漫主义作品中的细节描写虽然不真实,甚至荒诞,与读者的表象记忆的"样本"不同或不似,但它们的形象却与情绪记忆、意义记忆等的"样本"相符,因此也能产生真实的感觉?能够清除它与表象记忆的"样本"不相似的感觉。这在心理学上叫作"怀疑的中止",也即在审美注意中,由于艺术形象的鲜明特征在大脑皮层造成了优势兴奋中心,迫使读者在某种程度上放弃理智的推敲而相信它的真实性。作品的体裁和创作方法的不同会形成读者对作品的不同期待,因此读者几乎都是在不知不觉中根据审美对象的特点进行不同的比较的。当然,由于各人的经验记忆的"样本"不完全一样,不同的读者对同一作品的真实性的判断会出现差异,这是不足为奇的。

从信息论的观点看,艺术形象的真实性是文艺作品的美感信息系统的第一个子系统。它释放着各种信息流,作用于读者的审美心理结构,主要是激活审美感受中的知觉功能,由审美知觉接受和处理这些信息。文艺欣赏中的审美感知并不依赖于对作品所描绘的客观事物或物质对象的直接感知,它已经从物质对象世界中解放出来，而依靠文字和其他形式因素（诸如结构、韵律、节奏等）所唤起的表象来建造一个独立的审美世界。因此，它与一般的知觉活动显然是不同的，而具有表象性特征。审美表象不同于感觉和知觉形象，它具有幻象性、概括性、可塑性、整体性、假定性等功能特点，这些功能特点与艺术形象真实性的各种因素分别形成对应关系，即：细节的具体性与审美感知的幻象性相对应，特征的鲜明性与审美感知的概括性相对应，内容的逻辑性与审美感知的可塑性相对应，关系的整一性与审美感知的整体性相对应，价值的协调性与审美感知的假定性相对应。总之，文艺作品形象的真实性对应着读者审美感知的表象性。正是这种对应关系使审美主客体在文艺欣赏实践中能够达到第一类的契合，即文艺的再现因素与人类审美感知的功能特征相契合，它使读者产生某种程度的如临其境的幻觉，因而作品就具有一种迷惑力。这种迷惑力作用于读者的模仿本能，激发出再认的快感。

新

审美感受的独特和艺术表现的新颖，也是文艺作品的一个基本要求，是创作成功的一个秘诀。它历来都引起中外作家和批评家的高度重视。可以说，每一个成功的文艺作品都显现着艺术家对于美的独特感受和个性理解，都具有艺术表现的独创性。文艺作品的新颖性是由如下几个因素构成的：

①个别性，即艺术形象都是以个别的、特殊的形态出现的。在叙事文学中，人物形象都是不可重复的个性。例如，同样写地主，《死魂灵》中的玛尼洛夫、梭巴开维支、罗士特莱夫和泼留希金，其思想行为的方式都是各不相同的。在抒情文学中，意境都渗透着诗人的独特感受。唐人写庐山瀑布的诗很多，李白的《望庐山瀑布》别是一种境界。总之，文艺作品中所表现的一切都必须是人们罕见的个别，即使是描写习以为常的生活事物，也必须从中见出不同凡响的特征。

②变化性，即作品的情节发展（或情感运动）的生动曲折，富于变化。在叙事作品中，故事情节必须新奇曲折。《三国演义》中"空城计"的描写，情节多么新奇巧妙、出人意料。在抒情作品中，必须写出情感运动的跌宕多姿。屈原的《离骚》，情感的表现宛如峡谷河流，一波三折，多么引人入胜。

③独创性，即构思（反映角度）的独特和表现手法的新颖。例如，历史上有多少悼念忠烈的诗篇，但毛泽东同志的《蝶恋花》则异峰突起，用烈士忠魂升天的幻想表现烈士撼天动地的精神力量和不朽形象，用烈士忠魂与人间同庆胜利的情景抒发诗人对烈士的深切悼念和高尚情怀，构思别具一格。

总之，形象的个别性、情节的变化性、表现的独创性构成了文艺作品的新颖性；它使读者调动想象力去追踪艺术境界的变幻，对艺术形象产生丰富新鲜的感受，因而作品具有美的吸引力。首先，题材的新颖、主题的独创、形象的鲜明个性、情节的曲折离奇、风格的奇崛、形式技巧的变化等，都能成为强化的刺激信息，作用于读者的审美心理，而形成一定的定向联想，使读者对作品能保持强烈而持久的印象。其次，人有一种本能的好奇心，它在审美实践中表现为一种要在审美对象上现出独创特征的心理倾向。而文艺作品中的个别性、变化性、独创性等因素恰好符合这种心理倾向，因而产生主客体协调的惬意。人们总是希望事物处于活动的状态，时时有新鲜的音、色、形涌现。爱笛生在《论洛克的巧智的定义》中说："凡是新的不平常的东西都能在想象中引起一种乐趣，因为这种东西使心灵感到一种愉快的惊奇，满足它的好奇心，使它得到它原来不曾有过的一种观念……就是这个因素使一个怪物也显得有迷人的魔力，使自然的缺陷也能引起我们的快感。也就是这个因素要求事物应变化多彩。"① 鲁迅说得更加生动："我本来不大喜欢下地狱，因为不但是满眼只有刀山剑树，看得太单调，苦痛也怕很难当。现在可又有些怕上天堂了。四时皆春，一年到头请你看桃花，你想够多么乏味？即使那桃花有车轮般大，也只能在初上去的时候，暂时吃惊，决不会每天做一首'桃之夭夭'的。"② 这说明不仅丑的事物的单调重复使人难堪，即使是美的事物，如果单调重复，也足以使人厌倦。这与爱笛生的那段话互为补充。

从信息论的观点看，艺术形象的新颖性是文艺作品的美感信息系统的第二个子系统，它释放着各种信息流，作用于读者的审美心理结构，主要是激活审美感受中的想象功能，由审美想象接收和处理这些信息。而"想象跟幻想一样也具有集聚、联合、唤起和合并的能力"③。它能超越时空的局限，突破个人直接经验的范围，摆脱直接对象的束缚，纵横驰骋，而获得自由性。审美想象具有如下三种功能特点：一是它的形象性。感性形象是想象构成的材料，读者展开想象的翅膀，把它们组成生动的形象图画显现在头脑里，所以想象是形象的思维。二是它的随意性。审美感情的激发是想象活动的动因，想象是随人的情感、意向而展开的，意之所至，无所不及，人类的想象力可以"思接千载"，"视通万里"，达到情感、意向所到达的任何领域。三是它的创造性。想象可以对形象进行没有"见过或听到过"的开掘与生发，可以构造全新的优美的境

---

① 西方美学家论美和美感.北京:商务印书馆,1980:97.
② 鲁迅.华盖集续编·厦门通讯(二).
③ 1815年版序//渥兹渥斯.抒情歌谣集外国理论家作家论形象思维:40.

界。康德说：想象力"它有本领，能从真正的自然界所呈供的素材里创造出另一个相象的自然界"①。这些功能特点与文艺形象新颖性的各种构成因素分别形成对应关系，即：形象的个别性与想象的形象性相对应，形象的变化性与想象的随意性相对应，形象的独创性与想象的创造性相对应。综合起来看，文艺作品的新颖性对应着读者审美想象的自由性。这种对应使得审美主客体在文艺欣赏实践中能够达到第二类的契合，即文艺的表现因素与读者审美想象的功能特征相契合。它使读者产生涉新猎异的满足，因而作品具有一种吸引力。这种吸引力作用于人类的游戏本能，激发出读者猎奇的快感。

诚

"诚"是文艺作品内容的情感性原则。它是艺术感染力的一个重要源泉。"精诚所至，金石为开"，情感具有多么巨大的力量，"修词立其诚"，确是天下为文的要诀。

文艺作品的情感性包括如下几个具体要求：

①情感的深沉，作品的情感内容必须是人生的至性至情，而不是浮浅庸俗的滥情或弄虚作假的虚情。要表现深刻的人生体验，而不能矫揉造作，无病呻吟。

②情感的丰富，人的情感内容往往不是单一的，而是复合的。文艺作品要充分表现出情感的丰富性和复杂性。把人的情感表现简单化、单一化，作品就不能感人。

③情感的辩证，文艺创作必须遵循情感运动的辩证规律，表现情感的对立统一，以造成读者心灵的撞击，比如悲喜交集、爱恨统一的情感状态以及喜极之哭、悲极之笑等情感表现。要表现感情的变化多姿、起伏跌宕、层层深入，以曲尽其妙。

④情感的凝聚，这是指情感表现要集中，形成焦点。因此，要压缩感情，善于选择情感处于饱和状态的瞬间加以表现，使它产生爆炸力。

⑤情景的交融，也就是寻找情感的对应物，把感情化入外物，寄寓于美的形象之中，托物言情，情与境偕，以造成浓重的情绪气氛。

上述诸因素构成了文艺作品的动情性。它使作品生气贯注，获得灵魂和生命感，读者在凝神观照中产生心灵的交流和共鸣，这才能体味作品中复杂微妙的美学情思。没有这种动情性，读者就很难获得强烈的美感。

从信息论的观点看，艺术形象的情感性是文艺作品的，美感信息系统的第

---

① 康德.判断力批判.外国理论家作家论形象思维：33.

三个子系统，它释放着各种信息流，作用于读者的审美心理结构，主要是激活审美感受中的情感功能，由审美情感接收和处理这些信息，而情感因素在审美活动中是作为动力系统发挥作用的。在科学活动中，情感因素一般不直接渗入其中，有时还要有意识地排除情感因素的干扰作用，因此情感因素不构成科学认识活动的动力系统。而在审美活动中，情感则是一种内驱力，影响和制约着其他心理因素。那么，情感在审美活动中要发挥其动力作用，就必须具有一定的强度，复杂度、紧张度、激动度和快感度。这些功能特点与艺术形象的情感性的各种因素分别形成对应的关系，即：情感表现的深沉与读者情绪的强度相对应，情感表现的丰富与读者情绪的复杂度相对应，情感表现的辩证与读者情绪的紧张度相对应，情感表现的凝聚与读者情绪的激动度相对应，情景的交融与读者情绪的快感度相对应。对于这些对应关系，我们再作如下的具体说明。

首先，情感表现的诚挚深沉，能在读者的审美心理上产生一定的情绪强度，以至发生撼动人心的力量。例如陆游的《沈园》三首，表达了诗人对前妻唐婉真挚深沉的爱情，千百年来感动了无数青年读者的心。他的《示儿》诗，表现诗人临死不忘国家统一的深沉的爱国情操，又激动了多少志士仁人的心弦。这种情绪的强度可以产生强烈的倾向性，主宰读者的心灵，支配着读者的审美感觉，左右他的理性思维。凡是伟大的艺术品，都有一种古怪的魔力——即使你对人生的看法与作者不同，你也会不知不觉地违背自己的人生哲学跟它走，而去同情作者所认为的好人，憎恶作者所认为的坏蛋。这种潜移默化的威力就是根源于作品表现的真挚深沉的情感在读者审美心理上产生的情绪强度，它有时能压倒理智的抵抗力。

其次，情感表现的丰富性，能在读者的审美心理上产生一定的情绪复杂度。动物的情绪是纯生理性的、单纯的，而人类的情绪则是社会性的、复杂的。它不仅与复杂的观念相联系，而且本身具有复杂的结构。文艺作品表现了人的丰富情感内容，作为一种信息被读者的复杂情绪结构所接收，便形成情绪的复杂度。例如李国文同志的《月食》表现的就是一种复合情感，那里面有重温旧梦的哀伤，有二十二年沧海桑田的慨叹，有质朴无华的怀念，有追寻理想的迷惘，有坚如磐石的爱情的慰藉，有不堪回首、无可奈何的伤感。它传达了人们隐隐约约意识到，但却看不见，摸不着，甚至找不到准确的语言表达出来的复杂社会情绪，使读者产生一种难以言喻的美学感受，而具有特殊的魅力。

第三，以辩证法的普遍法则为指导来表现情感的冲突，就能在读者的审美心理上产生情绪的紧张度，形成心灵的撞击。我们看文艺作品往往看到感情冲突达到顶点时人物所表现出来的至诚的描写，就会克制不住鼻酸泪流。情感的辩证法有时表现为两极情感的转化，例如爱极之恨、悲极之笑。《红楼梦》描写林黛玉一向是用哭来倾泻自己的痛苦，但当她病入膏肓时，贾母前来安慰她，这时她对这种无用的安慰报之以"微微一笑，把眼睛又闭上了"。在宝玉和宝钗结婚的喜乐声中，她又微笑着"焚稿断痴情"。读者看到这些描写，心头会感到喘不过气来。这是情感表现的辩证引起读者审美情感紧张度的好例子。

第四，作品中经过浓缩的凝聚情感作用于读者的审美心理，能形成一定的情绪激动度。俗话说，蓄之既久，发之愈烈。感情积蓄到一定程度，一旦爆发出来，会产生巨大的力量。所以，文艺作品表现情感达到饱和状态之前的顷刻，往往可以产生很好的效果。比如马柳泉的《卖子叹》："贫家有子贫亦娇，骨肉恩重那能抛？饥寒生死不相保，割肠卖儿为奴曹。此时一别何时见？遍抚儿身舐儿面。有命丰年来赎儿，无命九泉抱长怨。嘱儿切莫忧爷娘，忧思成病谁汝将。抱头顿足哭声绝，悲风飒飒天茫茫。"《四溟诗话》评论说："此作一读则改容，再读则下泪，三读则断肠矣。"① 这种情感力量主要来自母子生离死别前片刻父母对儿女的关切嘱咐的话。这两句嘱咐凝聚着世间父母对儿女体贴关心的至情至性。这种情感积蓄着，凝聚着，在离别前的顷刻一下子爆发出来，所以产生出激动人心的力量。

第五，情景的交融在读者的审美心理上能形成一定的情绪快感度。作家为了表现自己的情感，努力寻找情感的对应物，把感情寄寓于美的形象中，达到情景交融，可以使抽象的情感活动可感、可见，造成某种情绪的氛围。它作用于读者的心理，便产生审美的愉悦，比如烈士就义、漫天飞雪、生离死别、风雨交加。这一切都使情感的传达更加生动。这种对应物使得情感的传达纳入读者的审美心理结构之中，从而产生性质的改变（即由粗朴的情感状态变为审美的情感）。所以，文艺作品的情感传达超出了一般情感交流的意义，客观化了的情感成了审美的对象，因而在读者的心理上形成一定的审美的快感度。

从上面的简单说明中可以看出，构成文艺作品动情性的各种因素与读者的审美情感的各种功能特点存在着对应关系，也即文艺作品的动情性对应着读者审美情感的动力性。这种对应使审美主客体在文艺欣赏实践中达到第三类的契合，即文艺作品的内容因素与读者的审美情感的功能特征相契合。它使读者产生不由自主的情感陶醉，因而作品具有一种感染力。这种感染力作用于人类的同情心，激发出读者移情的快感。

---

① 历代诗话续编(下).北京：中华书局，1983：1145.

蕴

蕴指的是文艺作品的艺术表现方面的基本原则，它包括三种含义：

① "万取一收"，就是选用最富特征性的事物或最富包孕性的顷刻来表现，从而概括丰富复杂的生活内容。这叫"取一孕万"或"收万于一"。司马迁对屈原《离骚》的称赞，"其称文小而其指极大，举类迩而见义远"①，刘勰的"以少总多，情貌无遗"②，指的都是同样的意思。也就是说，作者不要面面俱到地描写客观事物，而应以一当十，以局部代表整体，或者采取象征借代的方法间接提示，从而对丰富复杂的生活内容进行高度的概括。艺术表现成功的关键就是如何在"万"之中取出"一"，用"一"来包容、概括"万"。这就要求作家遵循特征概括的规律，以不全求全，以少总多。作家所选取的题材，必须凝铸着生活的深刻特征，能够概括生活的丰富性和普遍规律。鲁迅的《阿Q正传》选取和提炼了一个乡村无产者阿Q身上的"精神胜利法"这一思想行为特征，以此来概括中华民族国民的奴性心理的丰富内涵，这就是"万取一收"的范例。

② "意在象中"，即作者的感受和倾向不明白说出，而是通过形象来显示，在情节的发展中自然而然地流露出来，所谓"言有尽而意无穷"，"弦外之音、韵外之致"，含义都是一样的。《白雨斋词话》要求诗词创作做到："意在笔先，神余言外……若隐若现，欲露不露，反复缠绵，终不许一语道破。"③ 这些意见都说明：艺术表现不仅要有所写、有所不写，而且还要有所露、有所不露，形象要鲜明，但理性内容则要善藏不露。因此，作品成功的关键在于力求创造出最富于暗示性和启发性的艺术形象，使读者获得联想生发的广阔天地。

③效果间离，也就是采用各种艺术手段，使艺术境界与实际人生的境界保持适当距离，造成一种审美气氛，在读者的心理上产生与实际生活间离的效果。比如采用以虚代实、虚实相生的手法，造成一种虚虚实实、真真假假的感觉。中国戏剧的虚拟手法，诗歌的节奏和韵律，还有所谓曲笔的技巧等，都是为了在读者的心理上造成一种恰当的"间离效果"。因为审美不仅要能使人入乎其内，产生瞬间的幻觉，产生不由自主的精神陶醉，又要能让人出乎其外，保持某种程度的"自意识"，不致让人对号入座。因此，艺术表现除了上面所说的要有所写、有所不写，有所露、有所不露，还要有所隔、有所不隔。

---

① 史记・屈原贾生列传。
② 文心雕龙・物色。
③ 白雨斋词话:第8条.

以上这些因素构成了文学的蕴藉性。这种蕴藉性使文学作品中的境界千回百转，柳暗花明，主题深刻而不是和盘托出，内容丰富却不是一览无余，因而产生"文章不厌百回读"的深厚韵味：首先，它能提供想象力纵横驰骋的广阔空间，而使读者获得审美再创造的愉悦。美感与联想紧密相连，人们觉得某种事物美，大半因为它能唤起美的联想。所谓"万取一收""意在象中""效果间离"，这一切都能有效地诱发读者的想象力。同时，它们使艺术与生活保持在"似与不似之间"，有利于造成一种审美的氛围，使读者对作品采取恰当的审美静观的态度，而得到脱俗雅致的美感。从山中见虎到公园观虎，再到画中赏虎，其间感受的变化，正是人们对老虎逐渐获得心理距离，由实用进入审美的过程。最后，蕴藉性还使作品的意象呈现某种程度的迷离恍惚，读者在形象观照之中，就能发挥他的心智，充分进行探求的活动，从而得到一种涵咏回味、寻思领悟的快感。

从信息论的观点看，艺术形象蕴藉性的各种因素构成文艺作品美的信息系统的第四个子系统。它释放着各种信息流，作用于欣赏者的审美心理结构，主要是激活审美感受中的理解因素，由审美理解功能接收和处理这些信息。而理解的功能在审美活动中是一种潜在因素，具有非概念性特征。因为艺术的认识不同于科学的认识，科学的认识活动一般都是在概念中进行的，而艺术的认识活动则不是以概念思维的方式进行。首先，艺术认识是寓一般于个别之中，艺术形象是一个"这个"，它概括着丰富的一般。而艺术中的"一般"的内涵随着各人生活经验的不同，会有不同的把握，即使同一个人也可能做出多种不同的理解。因此，文艺欣赏中的理解活动具有多义引发的功能特点，也即不同的读者可以从同一艺术形象中引发出多种含义，而不像科学的认识只能从同一现象中引出相同的结论。在文艺欣赏中，对同一形象的不同理解经常可以并存，而不像科学认识那样一定具有正确与谬误之分。其次，艺术认识是一种形象领悟，理解的因素总是与情感、想象、感知等多种心理功能交织在一起，因此，这种认识往往受情感状态和想象力的闪烁不定所影响，而显得朦胧不确定，很难用确定的概念语言去限定、规范或解释。正因为这样，文艺欣赏中的理解活动又具有非确定性领悟的功能特点。第三，艺术认识中的理解因素是以一种审美的自意识的形式存在的。

它使欣赏者冷静、清醒，能够意识到自己处于非实用的地位。即使自己的感情与审美对象融为一体，也仍然不做出实用的、伦理的现实反应。比如我们在看小说时，虽然沉醉在艺术情境中，却仍然不会把它完全当真，而引起相应的动作。因此，文艺欣赏中的理解因素又具有非功利静观的功能特点。上述审美理解的这三种功能特点正好与蕴藉性的三种构成因素分别形成对应关系,即"万取一收"与多义引发的功能特点相对应,"意在象中"与非确定性领悟的功能特点相对应,"效果间离"与非功利静观的功能特点相对应。综合起来看,就是审美理解的非概念性特征对应着艺术形象的蕴藉性。这种对应关系在文艺欣赏实践中便形成审美主客体的第四类的契合,即文艺作品的形式因素与读者的审美心理的契合。这种契合使作品产生某种诱导力,它作用于人类的求知本能,从而获得回味的快感。

综上所述,真实性、新颖性、情感性、蕴藉性是文艺作品的四种基本审美素质。各种艺术手段、方法、技巧、作品的各种艺术因素,都处在这四种基本审美素质所构成的系统中。它们的复杂综合正是艺术魅力的内在根据或产生基础。这四种审美素质的分析,只是一种抽象的简化处理,在实际的作品中,它们是紧密相连、不可分离的,实际地抽离其中的任何一种,都会引起自身的变质,并破坏作品的美学特性。因此,孤立地追求和讲究真实性,或者孤立地追求和讲究新颖性、情感性、蕴藉性等,都不能得其艺术的精妙,都不能使作品产生魅力。但我们从这种抽象的、简化的静态分析中,却可以清楚地看出艺术魅力的多因性。而且从这种静态分析中还可以看出:文艺作品的信息状态与读者的审美心理结构的功能状态存在着一种微妙的对应关系。这就是审美主客体的内在联系的必然性。这种内在联系使人类的审美活动能得到一种可靠的解释。这种内在联系使得文艺欣赏活动也在一定程度上带有本能的、直觉的性质。当然,审美主客体的内在联系在文艺欣赏实践中的表现形态是极其复杂的,它们在实践中丰富着、发展着、实现着、完成着。这一复杂的过程在艺术魅力的动态分析中才能看清楚。现在,我们把对艺术魅力的静态分析再简化为一个图表,附录于后。

三、魅力的动态考察

上面我们对文艺作品的魅力进行了静态的分析,但是这种分析只是解决文艺作品魅力发生的可能性问题。我们懂得了文艺作品的审美结构,懂得了构成魅力的内在根据,还无法完满解释艺术魅力的复杂现象。在文艺欣赏的实践中,同样一个作品在不同的时空条件和情境中,对于不同的读者,其美感效应都可能很不一样。可见艺术魅力的现实性问题,魅力的实际发生,已经超出了文艺作品的特性本身。作家只是为我们创造了一个审美的对象,它必须通过读者的阅读、理解、欣赏的过程才能产生美感效应。也就是说,文艺作品的美学特性只是艺术魅力的一种潜能,要把这种潜能转化为现实的心理能量,还必须

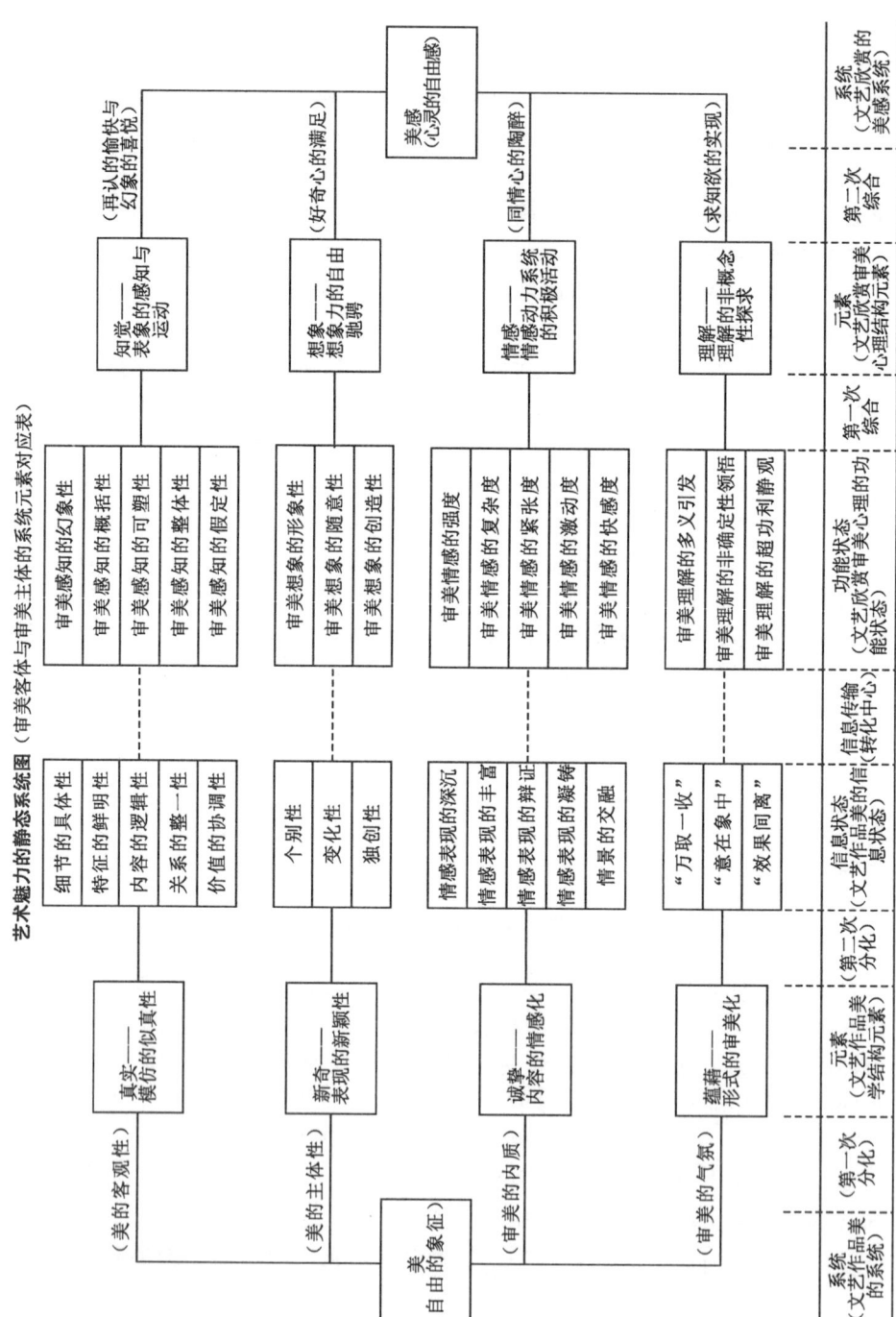

依靠欣赏者的审美实践。正如皮亚杰的发生认识论所论证的：认识既不是在主体结构中预先决定了的，也不是在客体的存在的特性中预先决定了的，而是依赖于主体的不断运动。艺术的认识也是这样。因此，艺术魅力作为艺术认识的一种表现形态，它的实现无疑是一个生成的过程。

在文艺欣赏的过程中，一个作品的美感效应往往呈现出复杂多变的状态，会因时、因地、因人的不同而歧异百出。鲁迅在谈到《红楼梦》时说过："单是命意，就因读者的眼光而有种种：经学家看见《易》，道学家看见淫，才子看见缠绵，革命家看见排满，流言家看见宫闱秘事……"① 这是因人而异的例子。还有，小孩爱看《西游记》，青年人爱看《水浒传》，老年人爱看《三国演义》，这是人生阶段性的差异。很明显，艺术魅力具有闪烁不定、变化多端的动态性特征。

这种动态性特征可以归纳为两个方面：差异性和变异性。差异性包括民族的差异、地域的差异、阶级集团的差异以及个性的差异等。这是艺术魅力的空间的运动性。变异性包括时代的变异和个人人生阶段性变异。这是艺术魅力的时间的运动性。

通过上述关于魅力动态性的现象描述，我们不难看出，艺术的魅力既是一种凝铸在审美对象上的特性，同时又是审美实践的生成过程。在这个过程中，文艺作品的各种美学因素在欣赏者身上产生综合性功能，这并不是一种线性因果关系的链式反应，而是复杂的动态过程，具有闪烁不定、变化多端、难以用简单的形式逻辑方法加以解释的特征。因此，我们对它不仅应作静态分析，还要作动态分析。静态分析是探明构成文艺作品审美特征的各种因素，动态分析则是考察艺术魅力生成的复杂过程及其规律，研究影响这一过程的历史的、社会的、心理的各种因素以及这些变动因素起作用的机制。借用皮亚杰心理学的概念，静态分析是一种结构分析，而动态分析则是建构分析②。

下面，我们从两个方面对艺术魅力试作动态分析。

（一）艺术魅力动态性的原理

旧唯物主义认为客体不通过主体的活动即可直接成为认识的对象，因而认识不过是客体单方面作用于主体的结果，主体只是镜面式的反映，主客体之间是一种简单的因果联系。同样，文艺创作和文艺欣赏都是一种审美反映、审美

---

① 鲁迅.集外集拾遗补编·《绛洞花主》小引.
② 皮亚杰认为心理发生的过程即是从一个较初级的结构过渡到高一级的比较复杂的结构，这是一种连续不断地建立新结构的过程，所以叫建构。

认识的活动，那么，艺术魅力的产生便似乎只是读者对文艺作品的美学特性的机械反映了。这种理论是处理文艺的社会功能问题上简单化、庸俗化倾向的根源。而辩证唯物主义则把认识看作辩证运动的过程，是一种生成。因此，客观存在的事物只有通过对象化的过程，即通过主体的活动才能获得作为认识客体的规定性、形态和功能。客观事物与反映之间存在一个中介，即大脑的机能系统，因而主客体之间就不可能是简单的因果联系。同样的道理，文艺作品作为美的物态化形式，只有当它成为审美的对象，即通过读者积极的精神活动，才能获得它的美感功能。显而易见，艺术的魅力并不是人类的审美意识对文艺作品的美学特性的镜面式的直接反映，并不是一种线性因果关系的链式反应，而是一种能动的反映，是一个复杂的动态过程。

这种能动的反映，实质不是审美主客体的辩证运动。根据唯物辩证法的原理，在实践中发生的主客体之间的相互作用，总是存在着"从客体到主体"和"从主体到客体"这样一种方向相反的运动：一方面，是客体本身的结构和属性制约、规定着人的活动，并引起主体对客体的反应；另一方面，又是主体根据自己关于客体的知识在符合自己需要的形式上占有客体，使客体从属于自己的目的。具体来说，文艺欣赏活动包含着两个方向相反的过程：一是文艺作品（对象）的美学特性心灵化的过程，一是欣赏者（主体）审美能力外化的过程。这两个相互联系的过程形成矛盾斗争的关系，它们在审美实践的基础上获得统一。在这里，人的实践活动具有决定性意义。实践是魅力产生的基础，也是我们考察魅力的动态发展的出发点，魅力的实现就是审美主客体的辩证运动在实践中的统一。艺术魅力是在作品的审美特性与欣赏者的审美心理结构达到契合之后产生的。美的艺术需要有善感美的心，能悲之曲要有善悲之人。只有这样，魅力始能发生，否则等于对牛弹琴。有一个古代的故事说：善于鼓琴的雍门周去见孟尝君，孟尝君问他，"你弹琴能使我悲伤吗？"雍门周说："我弹琴是想使你愉快，怎能使你悲伤？但我替你想想，确也很有可以悲伤的事。譬如百年之后，你的坟上长满了荆棘，放牛的、樵柴的在上面跳跳蹦蹦地唱起歌来，他们将唱道：喂，像孟尝君那样尊贵的人竟也会这样啊！"孟尝君听了雍门周这段话，不禁悲从中来，眼泪已涌到了睫毛边，不过还没有掉下来。这时，雍门周拨动弦子，轻轻地一弹，孟尝君的眼泪就不由得噗嗒一声掉下来了。① 雍门周的琴曲为什么能打动孟尝君的心，使他掉泪？除了琴曲本身带有

---

① 这个故事出自桓谭《新论》，《上海文艺》1982年第6期钱谷融同志的文章《谈艺术的魅力》作了译述，此处系转录。

悲剧情调外,还因为孟尝君听曲之前听了雍门周那番话,已经进入悲叹人生的心态。这时,孟尝君是以善悲之心去感受能悲之曲,作品的美学结构与欣赏者的审美心理结构达到了默契暗合,因此产生了悲刚的力量。如果雍门周在弹琴前没有对孟尝君讲那番话,或者这番话对孟尝君不起作用,那么,雍门周的琴曲就不可能产生如此巨大的魅力。

可见,在文艺欣赏中,艺术魅力的发生并不是按照刺激→反应的公式进行的。我们可以把一部作品看作一个刺激丛(各种美学因素的综合体),这一刺激丛的作用要引起相应的反应,必须经过一个复杂的运动过程。也就是说,在作品的美学特性与魅力之间,存在着一个中介。艺术魅力作为人类的审美意识现象,我们对它的探索,可以借鉴哲学对意识论的研究成果。辩证唯物主义哲学对意识论的研究,要求正确处理意识、脑和外部世界三方面的关系。根据列宁的意识学说——"在这里的确客观上是三项:(1)自然界;(2)人的认识=人脑(就是那同一自然界的最高产物);(3)自然界在人的认识中的反映形式,这种形式就是概念、规律、范畴等等。"① 而大脑是个中心环节,因此对意识论的研究无疑地要重视大脑的意识反映的机能系统的探索。从文艺欣赏活动来说,文艺作品是客观存在的审美客体,而魅力则是这一审美客体在人的审美认识中的反映形式。一个作品魅力的发生必须经过欣赏者的大脑机能系统的积极活动这一中间环节。列宁的意识学说所指出的上述三项内容,具体表现在文艺欣赏的实践活动中,就是文艺作品、欣赏者的审美心理结构、魅力。而我们要弄清的就是审美反映机能系统的动态过程。

(二)艺术魅力生成的机制

目前大脑科学对于人脑的认识仍然处于某种程度的"黑箱"状态,所以我们在这里说的魅力生成的机制还只是一种假说。

在研究艺术魅力的生成机制问题时,我们可以从皮亚杰的发生认识论的研究成果中得到一些有益的启发。皮亚杰贯彻发生学的原则,通过个体认识的发生和发展,去探讨认识结构的形成和整个建构过程。这个理论原则是很深刻的。审美认识与其他认识一样,都遵循着发生认识论的普遍原理。因此,我们可以清楚地看到,艺术魅力不是先验的、静止的美感结构的复演,而是连续不断的建构过程。这是我们对艺术魅力发生的一个基本认识。

那么,文艺作品的美学特性是怎样在审美主体上形成它的魅力呢?也就是

---

① 列宁全集:第38卷:194.

说，美如何向美感转化呢？这就要认真研究其中介环节，揭开这种特殊运动形式的内在奥秘。

首先，我们看看魅力生成的动因是什么，也就是找出美向美感转化中起作用的因素是些什么。从文艺欣赏的实践经验中可以看出：一个作品是否富有魅力，首先取决于这个作品的美学特性是否充分。一个艺术上粗糙、低劣的作品，是不能指望它产生魅力的。但美的作品要经过欣赏者的积极心理活动才能产生相应的美感效应。一个缺乏鉴赏力的人对于一部伟大的作品也会无动于衷。一部富有魅力的作品要有能够感受这种魅力的读者去欣赏。而且欣赏者的气质、个性、美学趣味等都会影响到他对作品的魅力的感受。所以，欣赏者的个人条件对于作品魅力的产生也是不可或缺的。同时，环境的因素也强烈地影响，制约着作品的美感效果。总之，魅力生成的动因包括这样三个方面：1.文艺作品的美学特性；2.欣赏者的个人条件（如兴趣、需要、知识、经验、世界观、文艺修养、欣赏习惯等）；3.欣赏过程的环境因素（如社会文化背景和具体的审美环境等）。魅力的产生就是在这三种动因获得平衡、共同作用下形成的。它们之间的关系必须达到三种同一，即文艺作品与欣赏者的关系构成主客体的同一，欣赏者与审美环境的关系构成情与境的同一，文艺作品与审美环境的关系构成刺激信号与"场"的同一，这样魅力才能充分地发挥。这三种动因的平衡关系，我们可以用等边三角形表示，成下图：

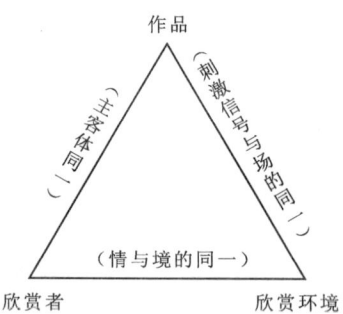

这三种动因之间的同一关系缺一不可，只要其中一种关系失去平衡，作品的美感效应就会发生变性和变量。这就是艺术魅力具有闪烁不定、变化多端的动态性特征的内在秘密。这三种动因是三个变项，因此，艺术魅力是一种随机现象。我们可以用数学模型作为它的拟化形式：

$$R = \begin{cases} X_n \\ Y_n \\ Z_n \end{cases}$$

弄清艺术魅力生成的动因还不够,我们还要进一步弄清魅力生成过程的机制,也就是上述三种同一是如何实现的。这里存在着两个层次,即历史的层次和心理的层次。

　　先谈历史的层次。在这个层次里,艺术魅力的生成是历史的伟大成果。从宏观角度看,人类审美的总体实践的成果,积淀为人类审美心理的深层结构,通过遗传基因的复制,逐步发展为人类特殊的审美感官、天赋的审美直觉力。在历史的进程中,人类的审美感官逐步完善,天赋的审美能力逐步发展。因此,表面看来,审美知觉的发生、魅力的形成,都是在瞬间实现的,但它却是以人类几千年的文艺欣赏实践活动为基础的。没有这种基础,我们今天的读者仍然会像刚出生不久的婴儿,根本不可能感知复杂的艺术美,所谓艺术的魅力也就无从谈起了。而人类总体的审美活动则是一条奔流不息的大河,前一代人的欣赏实践,丰富着人类审美趣味结构,成为后一代人欣赏活动的基础。借用生物学的概念来说,这是种系生成的过程。

　　从微观的角度看,个体的欣赏实践也是一条连续不断的链条,每一次具体的欣赏经验都是这条链条上的一个网结。前一次的欣赏经验改变着欣赏者的心理结构而成为后一次欣赏活动中起作用的因素。也即前一次欣赏活动的终点,乃是后一次欣赏活动的起点。人类个体对艺术魅力的感知能力是在人类总体审美实践的历史积淀的基础上通过后天的习得,逐步发展和完善起来的。借用生物学的概念来说,这是个体生成的过程。它的生理学根据是巴甫洛夫的大脑动力定型理论。巴甫洛夫认为,有的事物满足了人的主观需要,产生了积极肯定的情感。于是,这种事物的形象就与人的这种积极肯定的情感一道,在大脑皮层中建立起暂时神经联系。经过多次重复后,就形成了直觉性情感。以后一旦这种事物的形象再次出现时,就会直接引起相应的情感。而大脑皮层动力定型的建立,既与个体后天实践积累的经验有关,也与整个人类长期的实践活动积淀下来的深层心理结构分不开。文艺欣赏的情况也是一样。文艺作品之所以具有魅力,就是因为作品的美学特性能满足人的主观精神需要(如上述静态分析所指出的再认的需要以及好奇心、同情心、探求欲等需要),因而人们对文学艺术作品就产生肯定性情感。这种情感与这类作品的美学特性一起,在大脑皮层中建立起动力定型,成为一种顽强的欣赏习惯。比如欣赏歌剧的情况,歌剧用对唱的形式代替对话,生活的实际情况当然不是这样的,但我们看歌剧的表演却不会感到别扭。这就是因为我们多次欣赏歌剧之后,已经在大脑中建立起欣赏歌剧的动力定型。而小孩子还没有建立起这种动力定型,所以就会惊奇地发问,为什么好人与坏人一起唱歌?这样的问题往往使做父母的感到好笑,但又不容易找到一个使孩子们感到满意的答案。假如小孩子有了多次欣赏歌剧的经验就不会再提出这样古怪的问题了。当大脑皮层的动力定型建立起来之后，只要审美对象的形式结构有利于加强大脑皮层动力定型，符合人的审美心理结构，就会产生对某类作品的敏锐直觉力。欣赏习惯的形成是审美趣味保守性的表现，也是人们对一部作品的美感效应出现万千歧异的一个原因。

其次，谈谈心理的层次，在这个层次里，艺术魅力的形成是心理组织作用的结果。在人对外界刺激的心理反应问题上，格式塔心理学派提出"场"的概念。他们反对简单的"刺激→反应"的公式，认为机体并不是凭借局部的和独立的事件来对局部的刺激发生反应的，而是凭借一种整体性的过程来对一个现实的刺激丛发生反应，并提出"刺激丛——（神经系统对感觉的）组织作用——对组织结果的反应"的公式。这种观点已逐渐被神经生理学界所接受。简单的生理——心理过程是这样，更不用说复杂的美感反应过程了。这一公式对我们理解艺术魅力发生的心理过程有启发。皮亚杰也反对传统的单向活动（刺激→反应，即 S→R 公式），而提出双向活动的公式（刺激⇌反应，即 S⇌R 公式）。后来他又进一步提出 S→（AT）→R 公式。也就是说，一定刺激（S）被个体同化（A）于认识结构（T）之中，才能对刺激（S）做出反应（R）。在皮亚杰看来，人的认识是在主体和环境不断地相互作用中实现的自组织的动态系统。他认为知识乃是连续不断的构成的结果，因而十分强调个体的自我调节作用。这个理论对先验论无疑是一个相当沉重的打击（先验论认为：人的认识是人脑主观自生的、静止的、固定不变的先验框架）。皮亚杰理论的弱点在于：他虽然深入研究认识主体自组织的复杂过程，强调具有自我调节机能的个体活动，但却忽略了认识主体的社会性、实践性的研究，因此他未能把辩证法思想与历史唯物主义统一起来。我们在研究文艺欣赏这种社会性行为时，尤其要注意避免这个缺陷。也就是说，我们在分析文艺欣赏活动中审美主体的心理组织作用时，必须充分重视人的社会价值观念系统的作用，重视人作为社会关系的总和的一切社会性质（特别是阶级性），重视人的世界观、思想、审美观念、审美理想等因素在心理组织作用中的制约性和影响力。

通过以上引述，我们可以发现：在研究艺术魅力发生的心理机制时，正可借鉴格式塔心理学和皮亚杰发生认识论的理论和方法。一部文艺作品在欣赏者身上产生魅力，并不是作品在欣赏者大脑中的一种机械、被动的反映，而是经历了欣赏者的心理组织过程，然后对作品的刺激做出相应的美感效应。这样，我们就可以把皮亚杰的著名公式稍加改造成如下的公式，以此表示文艺欣赏活动中的心理组织模式，即：

$$S \rightarrow (A)/T \rightarrow R$$

在这个公式中，S代表艺术美的信息系统，它作为刺激丛作用于读者的大脑。(A)代表心理组织功能，包括对刺激的同化和顺化两种机能。T代表欣赏者的心理文化结构，包括审美心理结构、智力结构和伦理道德结构等。R代表美感效应，即魅力的形成。线框代表审美环境（包括社会环境和具体欣赏情境）。总之，这个公式说明：艺术魅力的发生，就是欣赏者的心理文化结构对文艺作品美的信息和审美"场"的信息进行复杂的心理组织过程之后所产生的美感效应。在这里，我们对皮亚杰的著名公式作了两点改变：一是用虚线表示欣赏环境作为主体心理组织过程的力场的存在。这样就把魅力的发生置于与社会实践相关联的基础上，突出了审美主体的社会性特征。二是标明了心理组织功能与主体心理文化结构之间的关系，用一条斜线表示它们类似于数学公式中的分子与分母，也就是说，它们之间的关系是成正比的。

从以上艺术魅力生成心理机制的公式中，我们可以得出如下几点认识：

第一，魅力形成的整个心理过程，都是在特定的审美环境中进行的。这种审美环境是作为"场"的形式存在并起作用的。首先，作品的刺激并不是孤立的，而是伴随着"场"的信息共同作用于欣赏者的大脑。比如一部作品产生后，社会对它的议论、评价、推荐、分析，都是与作品一起对欣赏者起作用的因素。其次，欣赏者的心理组织功能并不仅仅对作品的刺激进行加工处理。在心理组织过程中，还要选择（排除）、吸收、分析和综合处理各种环境因素，使作品的信息与环境的信息协调起来。比如，我们往往会不由自主地根据社会的环境气氛来选择文艺作品，选择欣赏角度或欣赏的侧重点。又如我们坐在剧场里看戏，剧场的气氛会促进我们进入艺术的境界，同时我们也在不断排除周围各种声息的干扰。最后，魅力的表现也会受到环境因素的检验和制约。比如，当我们在看一个戏激动得要流泪时，如果剧场里一片抽泣声，我们的激动程度就会随之加剧。但如果是坐在图书馆里看同样那个剧本，周围的人都很肃静，我们就很难哭出声来，激动的程度也会随之减弱。

第二，心理组织功能（A）与心理文化结构T成正比，也就是说，欣赏者的心理文化结构的复杂度越高，那么它的心理组织作用的程度也越高。反之，如果欣赏者的心理文化结构的复杂度越低，它的心理组织作用的程度也越低。因此，文化素养和鉴赏力越高的人，对艺术美的感受就越细腻，审美趣味的个性差异就越显著，欣赏活动的抗干扰力也就越强。

第三，在心理组织的过程中，欣赏者的心理文化结构起着主导的作用。因此，研究欣赏者的心理文化结构，对于解开艺术魅力的复杂现象之谜，有着重要的意义。过去，我们对审美的主体性的研究，可以说是相对忽视了，而且很容易被指责为唯心主义观点。这是造成对文艺的社会功能的简单化认识的原因之一。

上面我们分别对艺术魅力生成的两个层次，即历史的层次和心理的层次进行了简略的分析。从这里可以看出：这两个层次是两种方向不同的建构。历史的层次是一种纵向建构，由于历史的积淀，人类群体和个人的审美能力逐步提高和完善。这是审美主体感知文艺作品的美学特性的历史根源。心理的层次是一种横向建构，由于主体心理对审美对象和审美"场"的组织作用，使美感效应复杂而有序。这两种方向不同的建构会合在审美的主体性上，就形成欣赏者的审美感知图式。它包括深层审美心理、智力结构和伦理结构、审美趣味个性、审美心境等四个层次，它们共同参与心理组织过程。所有的欣赏者都是按照这四个层次的整体结构模式去综合地完成对文艺作品的艺术美的感知的。也就是说，审美心理中的感知功能是一个复杂的多层次结构，其中每一个层次都成为一种心理能量在具体的欣赏活动中起作用，而且它们综合为一个完整的审美感知图式，文艺作品的所有信息都经过这一图式的过滤和处理。现在，我们将审美感知图式图示如下：

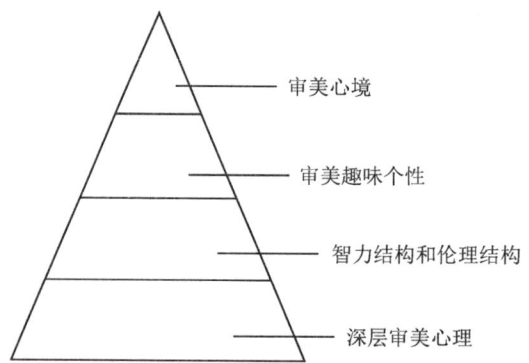

从上图可以看出，这是一个审美知觉的四梯级结构。在具体的文艺欣赏活动中，它们的作用分别表现为：第一梯级即深层审美心理，它表现为审美感受中的历史形成的人性的共同性。这种人性绝不是动物性和生物性，而是人的社会性，即社会联系、社会本质在人的肉体和精神上的积淀。在这一层次里，人们对历史上某些优秀作品能产生超越时代和阶级的某种共鸣。这就是所谓共同美感的基础。在这一梯级，每个审美个体之间的共同性最大。第二梯级即智力结构和伦理结构，也即人类后天习得的知识和所接受的伦理观念，它们协调组合为一个有机联系的完整的心理结构。这一层次表现为审美感受的时代性、民族性、阶级性等构成的审美倾向性。因此，人们对作品的感受又具有时代的、民族的、阶级的内容。在这一梯级，审美个体之间的共同性范围就缩小了。只有在同一时代、同一民族、同一阶级的欣赏者之间才具有普遍性。第三梯级即审美趣味个性，它表现为审美感受中的欣赏惯性或审美趣味的保守性。因此，人们的生活经历、个性气质、审美理想和欣赏习惯不同，对同一作品的感受也会存在差异。在这一梯级，审美个体之间的共同性就更小了，只有生活经验、个性气质、审美理想等都比较接近的人之间才具有一定的普遍性。第四梯级，即审美心境，它表现为审美个体随机的选择性。因此，即使同一个人，在不同的人生阶段、不同的环境气氛、不同的心情支配下，对同一作品的感受都会有所不同。在这一梯级，审美感受表现得最为变幻莫测。

总之，这个宝塔型的梯级结构表明：主体的审美感知图式是多层次的、复杂的系统。它的普遍性一级比一级小，而差异性一级比一级大。每个审美个体都有稳定的美感、普遍性的基础，因此文艺作品才能被普遍接受，才具有永久性、普遍性的一面。但是，每个审美个体又都有不同层次的美感差异性，所以文艺欣赏中的美感效应才出现歧异百出、复杂多变的现象。

我们对审美感知图式的描绘是一种抽象的、简化的处理，它的层次划分是相对的，在实际上都是无法分离的。它以整体的心理功能去感知审美对象，因此，任何一种审美感受都是一个复杂的构成体。在这个构成体中，既有超越时代、超越民族、超越阶级的普遍性的因素，又有特定时代、特定民族、特定阶级的特殊性因素，它们水乳交融、不可分割。比如，人们对山水诗的美感，这里面既包含着人类对自然的人化的欣赏，这样一种共同的心理需求以及对诗歌形式美的感知这种共同的审美能力，还包含着读者在审美"场"的作用下而代入的各种具体经验以及审美趣味的各种个性差异。因此，虽然两个读者同时从一首山水诗中获得审美愉悦，但他们的审美感受实际上是同中有异、异中有同。表面看来，不同的人都同样能从一首山水诗中获得共鸣，实际上，他们的审美感受的具体内容存在着细微的万千差异。而这种差异又是以人类在长期实践中形成的对山水诗的审美感受力为基础的，渗透着某种共同的深层情绪反应，也即对山水诗所提供的自然美的某种程度的倾心和迷恋。在这里，审美感受中的同和异是辩证地统一的。如果我们对审美感受缺乏辩证的整体观，那就很容易引起各执一端的争论。有的强调它的"同"，认为历史上有许多优秀的山水诗，不同阶级的读者都能引起共鸣，因而它们给人的美感是超阶级的。有的强调它的"异"，认为不同阶级的人倾向于欣赏不同的山水诗，即使某些思想感情倾向非常淡薄的山水诗，不同阶级的读者也有各不相同的欣赏侧面，因而一切山水诗给人的美感都是有阶级性的，共同美感是不存在的。实际上，由于山水诗的多样性和人的审美感受的复杂性，争论的双方都不难找到证据来论证他们的意见，但是谁也说服不了谁。这种争论过去见得不少。诚然，读者在文艺欣赏活动中，心理组织过程十分复杂，审美感受中"同""异"对立统一的表现形态是千差万别的。有时"同"的一面显露出来，"异"的一面则隐匿起来。另一些时候，"异"的一面显露出来，"同"的一面则掩盖起来。这就会给人造成许多假象。就对山水诗的美感来说，在阶级对抗尖锐激烈的时期，"异"的一面可能表现得很突出，山水诗甚至也毫不例外地成了表达阶级意愿，进行阶级斗争的一种形式。而在政治稳定、国家进行和平建设的时期，"同"的一面就可能显露出来，山水诗更多地成了各阶层的读者陶冶情性、休息娱乐的高雅艺术了。又如对李煜词的欣赏，在和平时期一般比较能统一在对词中诚挚的悲剧情调和委婉的风格、优美的文词等的共同赞赏上，但在国家兴亡的关键时期，爱国的志士仁人更多地会从它对国破家亡的慨叹声中得到某种启发或兴奋，而那些昏庸的统治者则更多地会从它的怀旧伤感的情绪中，获得一点陶醉。尽管如此，审美感受的"同"中有"异"、"异"中有"同"的原则并没有改变，而只有隐显藏露之间的变化。这种情况是主体审美感知图式的整体功能的特性决定的。

通过上面简单的分析可以看出，艺术魅力的形成，是在历史的积淀和心理的组织作用的基础上，读者的审美感知图式对文艺作品的刺激所作出的反应。这是一种美感效应，是审美动力系统运动的产物。一个作品魅力的大小，是这个作品在一定时空条件下对读者的美感效应的综合测报。据此，我们可以初步绘制出文艺作品魅力生成的动力系统图。图示如下：

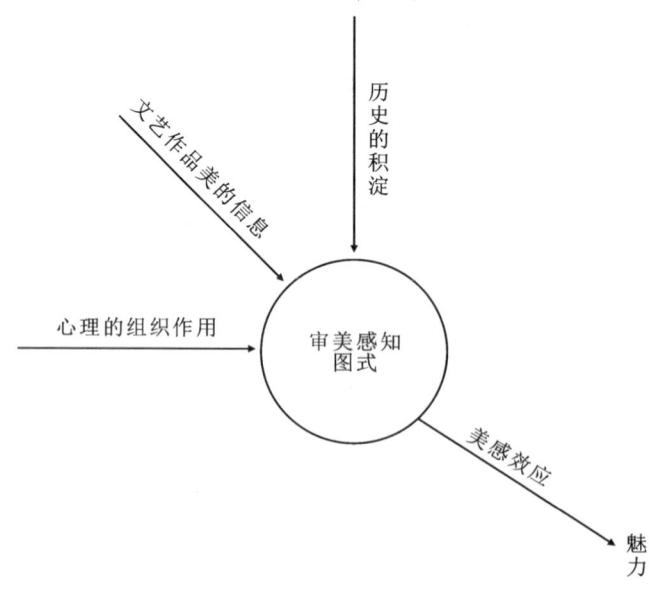

从这个图示可以看出，艺术魅力乃是文艺作品的美的信息对读者的刺激与读者的审美心理结构中历史的积淀和心理组织作用所形成的合力。如果我们把艺术魅力的产生比喻成一次进军，那么，主力部队就是作品的刺激，它的侧翼则是历史的积淀和心理组织作用，它们共同完成了一次人类心灵的复杂战争。

(原载《中国社会科学》1984年)

作者简介

林兴宅，1941年生，福建德化人。1963年毕业于厦门大学中文系。厦门大学中文系教授。曾任中国文艺理论学会理事，中国中外文艺理论研究会常务理事，中国当代文学研究理事，福建省作家协会主席团成员，厦门市社会科学联合会理事，厦门对外文化交流中心主任等。著有《艺术魅力的探寻》《文艺象征论》《象征论文艺学导论》《批评的实验》等。

会唱歌的鸢尾花
——论舒婷

刘登翰

　　1981年秋天,舒婷把她刚写完的《会唱歌的鸢尾花》(下称"鸢尾花")给我看。舒婷写诗一向不大经意,她不是那种"苦吟派"。但她说:"'鸢尾花'整整写了一个多星期,写完以后像大病了一场。"如果留意一下报刊,便会发现,舒婷的作品在1982年春天以前大约已经全部发完①。事实上"鸢尾花"是她个人生活面临一个新的转折时在创作上的一次总结。两年来围绕她作品展开的"关于新诗发展道路问题"的争论,已趋于白热化。某些离开论题本身过于廉价的捧场和过于尖酸刻薄的挖苦,都使这位初涉文坛的女诗人,逐渐从激动、不安转为淡漠。这是她性情的一次转变,反映在诗中便是从早期比较浮泛的热情,走向冷凝的深沉。"鸢尾花"概括地体现出她在此之前创作的主题,她的感情气质和艺术追求,她的生活经历和她逐渐意识到的使命感和悲剧感,包括她的弱点和不足。不必否认,"鸢尾花"是写她自己;她也是我们诗坛近年难得的一朵"会歌唱的鸢尾花"。写完这首长诗之后她便主动搁笔,这固然有多方面的原因(并非个人的和属于个人的),但更多的却是出于希望重新冷静思考的自觉要求。直到三年之后她重新执笔时宣称:"让我从三年前那段尾

---

　　① 舒婷这一时期的作品,除了收在《双桅船》(上海文艺出版社)的四十七首、收在《舒婷、顾城抒情诗选》(福建人民出版社)中的二十一首外,比较重要的还有发表于《上海文学》的《黄昏星》《在故乡的山冈上》,《萌芽》的《芒果树》,《文汇月刊》1982年2月号《读给妈妈听的诗》和《人心的法则》,《诗刊》1982年2月号《会唱歌的鸢尾花》和《花城》1982年《诗增刊》的《黄昏剪辑》,发表于《绿风》1982年1月号的七首诗,则是舒婷在1981年底最后的一次"清仓"。

声开始吧!"① 她的过去已经成为"历史",而她的重新开始是这段"历史"的继续,尽管这个"开始"未必有太多全新的意义。本文将沿着三年前她那最后一声歌唱,来寻索一下这位当代诗坛争论最多的女诗人的感情世界、她有过的艺术创造和可能面临的困难。

一、单纯外观下的丰富内蕴:舒婷诗歌的观照方式

"鸢尾花"是一首爱情诗。这是每个读者都能够做出的判断。但是,现代艺术的复杂性恰恰在于:每一部有着丰富内涵的作品,都不是一个简单的平面体,它存在复杂的、多维的层次和空间。舒婷最早的成名作《致橡树》也是一首爱情诗;但饱含着作者主观感情的"橡树"和"木棉"这两个意象,都超出了爱情本身。透过爱情,舒婷所要表达的,是她对理想的人与人关系的一种向往:

> 我如果爱你,/绝不像攀援的冰霄花,/借你的高枝炫耀自己;/我如果爱你,/绝不学痴情的鸟儿,/为绿荫重复单调的歌曲;/……

在复杂的人际关系中,爱情是最能够揭示出人的内心世界的一种。它受着人类文明的制约,受着历史传统和社会政治、经济、伦理诸种因素的影响。由于权势(政治)和财势(经济)的干扰,结合的双方往往变成主导和从属、统治和被统治的关系,而失去爱的本质。舒婷在这里否定的一种爱情观是依附:如冰霄花之于高枝,痴情鸟之于绿荫;另一种爱情观是奉献:如泉源送出慰藉,险峰衬托威仪。它们都以压抑或牺牲一方为爱的前提,反映了长期封建社会在我们民族心理中的一种历史积淀。她所追求的是爱的双方彼此的平等:"我必须是你近旁的一株木棉,/做为树的形象和你站在一起。"这个平等的基础是彼此的人格独立,形态可以迥异,"你有你的铜枝铁杆""我有我的红硕花朵",但都必须是"树的形象"。只有这样在人格价值上的各自独立,才能有在真正平等基础上的相互扶持。这才是真正的爱。这样,舒婷在《致橡树》这首诗的爱情外观上,蕴涵的是追求人格独立与尊严的思想内核,是一个更广泛也更深刻的主题。

这是舒婷诗歌普遍的一种观照方式。经过"十年浩劫"走过来的舒婷这一辈诗人,和中华人民共和国成立初期继承解放区诗歌传统发展起来的诗歌观照生活的方式,有很大的不同。他们一般很少对生活场景进行直接的、客观的描摹(这种描摹我们经常从李季和闻捷的作品里读到),也不大习惯以一个阶级

---

① 以忧伤的明亮透彻沉默.当代文艺探索,创刊号.

的代言人身份，带着强烈的思辨色彩和理性逻辑的力量，高屋建瓴地进行叱咤风云的预言和号召（这种预言和号召我们从郭小川和贺敬之的某些作品中常常听到）。他们观照生活的方式往往是首先楔入自己的内心，通过内心的映照，来辐射外部的世界。因此，他们作品所表现的这个外部世界，往往带有强烈的主观性、情绪性和象征性。在这里，诗和现实之间存在一个中介，这就是诗人自己。黑格尔在论及诗的本质时曾经说过："造型艺术要按照事物的实在的外表形状，把事物本身展现在我们眼前，诗却使人体会到对事物的内心的观照和观感。"① 这种内心的观照方式，是诗歌艺术区别于造型艺术，也区别于其他叙事艺术的本质特征；尤其是对于以充分显示诗人精神个体性为特点的抒情诗，更是如此。从心理学的角度看，外部的客观世界，只有进入诗人的内心生活，转化为一种特殊的情感化了的经验（直接的或间接的），或一种情绪化了的意念（理想、信仰、追求等等），才能以诗人精神个体性的方式，重新显示出来，升华为诗。在这里，诗人的内心世界是生活和艺术的交融点、触发点和升华点。诗人带有强烈主观意识地去选择和感受大千世界复杂丰富的信息，在自己内心转化为一种精神状态的东西，然后以适宜于这一精神内容的独特形式，艺术地表达出来，便成了诗。正因为这样，黑格尔才一再强调："诗的出发点就是诗人的内心和灵魂"；"抒情诗的中心点和特有内容就是具体的创作主体，亦即诗人"。"他的唯一外化（表现）和成就就只是把自己心理话说出来。"② 按照黑格尔的意思，作为生活和诗中介的这个诗人的内心世界——诗人的自我，不仅是创作的主体，而且是创作的客体。诗人所描绘（抒发）的是他自己，他是通过描绘（抒发）他自己来表现他所感受到的外部世界——这个外部世界所给予他的情感化和情绪化了的经验和意念。

　　舒婷的诗歌，一开始便遵循着这种"内心的观照"方式（不管她自觉不自觉），因此，她的创作，也比较接近抒情艺术的本质。她写自己在这个激荡跌宕的历史波折中，个人的悲哀、惆怅、渴求、希望和欢乐。她从一只搁浅在礁岸上的小船，感受到现实和理想难以弥合的痛苦（《船》），在一片落叶中，体味到生命永远向上的主题（《落叶》），由一盏亮着的灯，寄寓着友情的温暖的力量（《当你从我窗下走过》），透过沉默如铁的礁石，激起追求和献身的热情（《礁石和灯标》）……她的诗经常以爱情的外观出现，因为在爱情里最容易倾诉出内心的隐衷。但作者所要表达的又不仅止于爱情，而是她整个的人生态

---

① 黑格尔.美学:第三卷(下册):187.
② 黑格尔.美学:第三卷(下册):192.

度。这一切都带着强烈的个性色彩和内心感受的特点,但犹如那枚鹅黄色的珠贝,透过它个人独特经历的感受,我们从中听到的是大海的涛声:呜咽或者呼啸。

这里我们还看到:当舒婷以一颗温柔善感的女性诗人的心去体味生活,并把自己体味到的这个温柔善感的内心世界倾诉出来,她的诗歌的外观往往比较单纯,而她所蕴含的内心感情的层次,又往往极为复杂。以内心观照为特征的现代艺术——不仅是诗,几乎都具有这种特点。诗人选择作为具象来表现的,只能是内心体验到的生活的某一侧面,而他用来观照这一侧面的内心,则是"全方位"的;她被这一具体的生活侧面(题材或素材)所激起的心灵震荡,也是多层次的。这样,在舒婷(还有她同代的一些青年诗人)的诗歌里,就存在着单纯的外观和丰富的内涵这样的二重性。她写爱情,表达的是对人生关系的理想追求;她写友谊,激荡的是她对人的价值和尊严被漠视的愤懑;她写自己的寂寞和骄傲,同时也是倾诉一代人对于这种落寞命运的不满和抗争……诗人在选择某一具象为题材来倾诉自己内心时,也在超越这个题材本身的囿限,寻求自己内心世界尽可能广阔的"全方位"呈现。

在舒婷作品中,这种诗的外观和内涵的二重性,表现得最为复杂的莫过于"鸢尾花"。关于这首诗有两点值得一提的背景。一是它写于作者结婚前夕;二是围绕她诗歌的难以调和的争论已经进行了两年多。"我的名字象踢烂的足球在双方队员的脚边盘来盘去,从观众中间抛出的不仅有掌声,嘘声,也有烂果皮和臭鸡蛋。"① 她因激动而麻木的内心有一种山雨欲来的平静,在渴想静思之前便有一种表白的愿望。这样,这首写于她个人生活转折前夕的诗,便自然地以爱情的外观出现,但所要表达的却是超出爱情的整个人生。像她过去许多诗那样,她借助的只是爱情这种便于倾诉的蕴藉的抒情方式,而真正激荡在诗中的是她对自己这一代人经历的回忆,她的艺术追求、人生态度和献身激情。诗中一再出现了她过去作品里的许多意象,如永远清醒的"大海"(《致大海》),每天背起的"十字架"(《在诗歌的十字架上》),不在花瓶上摇曳的"三角梅"(《日光岩下的三角梅》),负着枪伤仍要横越冬天的"野天鹅"(《白天鹅》),留下脚印给后人签署通行证的"池沼"(《献给我的同代人》),应声而来让祖国重新命名的"女儿"(《遗产》)……这些意象,犹如古诗的用典,唤醒读者情绪上对那些作品的回忆而进入这首诗中,从而使这首诗有了更丰富、复杂的内蕴,有了主题的多向性和多义性。这样我们透过这扇以爱情为外观的感情的

---

① 以忧伤的明亮透彻沉默.当代文艺探索,创刊号.

窗户，看到的是作者内心一个更趋完整的世界，舒婷诗歌的观照方式，便这样显示出它蕴涵丰厚深沉的艺术魅力。

二、温柔宁静和骚动不安：舒婷诗歌形象的二重性

"鸢尾花"有着舒婷诗歌一贯温柔典丽的抒情风格：

　　在你的胸前/我已变成会唱歌的鸢尾

　　花/你呼吸的轻风吹动我/在一片叮当响的

　　月光下

这是一个温柔宁静的抒情形象，是舒婷在她过去作品中一再表现过的那个充满女性温馨的抒情主人公。聪明，机敏，蕴藉，体人，温柔中带点狂悖，优雅典丽的美有时因为淡淡的忧伤面更凄婉动人。如在《春夜》：

　　我不知道有这样的忧伤，/当我们在春

　　夜里靠着弦窗。/月光象蓝色的雾了，/这水

　　一样的柔情，/竟不能流进你/重门紧锁的心房。

一种失落的空旷感衬托出心灵温柔的充实。"鸢尾花"也有这样的特征。和舒婷过去作品中表现过的爱情不同，这是一种实现了的（而不是失落了的或追寻中的）爱情。当诗中抒情主人公偎在爱人胸前，做着"宁静的""安详的"，甚至是"荒唐的""狂悖的"梦，享受着"呼吸的轻风"那最温馨的一刻时，心灵却在经历着一场风暴。不仅有不肯退却的"往事"，"小声而固执的呜咽着"，还有意识到的现实的使命感，和预感到未来必须付出巨大代价的悲剧感，在心头撞击：

　　等等！那是什么？什么声响/唤醒我

　　血管里腥红的节拍/……/那是什么？谁的

　　意志/使我肉体和灵魂的眼睛一齐睁开/……

于是，这个最宁静的时刻，同时变成了最不安的时刻，这个被爱的"宽宽的手掌"覆盖的温柔的形象，与柔情同时升起的，还有对时代和民族，对命运和未来勇于承担的自负和自许的激情。这两种相互抗衡的情绪，互为表里地统一在她的诗歌中，构成她作品很强的感情的张力场。

舒婷诗歌的抒情形象，常常具有这样的二重性：在温柔宁静的外表中，涵盖的是一颗骚动不安的灵魂，温柔和宁静，只是这个抒情形象的外在感情形态，由历史和现实所唤起的内心崇高而痛苦的骚动，才是它的精神内蕴。

这是舒婷构成她诗歌抒情形象丰满的一种艺术手段，她很少简单地表现一种单一的情绪，即便是在比较纯粹的爱情篇章中，如《雨别》《自画像》等，

也总是从相对立的另一种情绪的异向发展中，找到它们统一的焦点，在痛苦中写甜蜜，在相聚中写离别，从而使自己作品的抒情形象立体地站在读者面前。

这种我们姑且称之为复合的抒情风格，从舒婷最初的创作中便出现。《致大海》是舒婷发表较早的作品。这首多少还带有模仿痕迹的少女之作，继承前辈诗人吟咏大海的浪漫主义英雄主题。但坎坷的现实使这位早慧的诗人感受到的英雄情绪带有悲剧色彩。诚然，海是浩阔的，它引来无数英雄和诗人"由衷的赞叹"，但海同时是险恶的，引人讴歌的，海涛曾把无数青春的"足迹"和远征的"风帆"秘密埋葬。海在闪烁它的"光荣"和"伟大"时，并存着"血腥"和"罪恶"。这是舒婷当时感受到的现实。因此她写道：

从海岸到峥岩，/多么寂寞我的影，/从黄昏到夜阑，/多么骄傲我的心。

这里包含着两种对立的感情因素：寂寞和骄傲。寂寞是由于对时潮的不肯苟同，而骄傲则是对于不肯苟同的自己的自信和自负。它们忧伤但绝不颓唐地统一在舒婷诗歌的抒情形象里。

问题是应该怎样看待舒婷这一时期作品中常有的这种忧伤。舒婷这一辈作者，是带着他们这一代人的精神特征走向文学的。他们的青春开始在"十年动乱"之中，每个人都经历过自己从狂热的迷信到痛苦的觉醒，从苦闷的徘徊到勇敢的叛逆这样曲折复杂的心理历程。因此，他们开始于"四人帮"时期的创作，往往是从抒写自己青春的失落——同时也是国家和民族的失落，和不甘于这种失落的追求开始的。有的人把这种情绪化为慷慨的高歌，有的人则将它咏为凄婉的忧郁，它们既是个人的，又是时代的，体现着在那个特定年代里或清警，或朦胧的觉醒。

这种复合着个人和社会双重因素的忧患意识，是这个时期舒婷诗歌形象最基本的感情内核，是她那颗骚动不安的灵魂最基本的思想因子。沿着"影"的寂寞和"心"的骄傲这条感情脉络，舒婷一方面抒发着她来自于现实的忧郁，另一方面又表达着她不甘于这种忧郁的追求。在其他作品中，无论是《船》里对不甘监禁的灵魂飞翔的向往，还是《呵，母亲》里对内心感情炽烈却又不能尽情倾吐的痛苦表白，抑或《秋夜送友》等无数题赠诗中，对那些才华卓著却又命运困顿的心灵的抚慰，都在这种复杂矛盾的双重情绪的对抗中，揭示出她诗歌抒情形象那既为个人不幸哀伤，又为时代命运感慨的忧患重重的内心。

1976年11月，舒婷为悼念诗人郭小川的不幸写了《悼》，她用过去少有的明晰的语言写道：

请把你没走完的路，指给我，/让我从你的终点出发；/请把你刚写完的歌，交给我，/我要一路播种火花。

这是她创作的一个新的开始。这个给历史带来剧变的大悲大喜的金秋，也给她带来感情的深刻变化，使她那处于朦胧状态的个人和社会复合的忧患意识，和虽然仍困难重重但充满希望前景的现实结合起来，形成一种逐渐意识到的一代人的使命感。《悼》之后她又写了《这也是一切》（1977），《祖国啊，我亲爱的祖国》《遗产》（以上1979），《一代人的呼声》《献给我的同代人》《群雕》《风暴过去以后》《土地情诗》《流水线》《在诗歌的十字架上》（以上均1980），《礁石与灯标》（1981）等。在这些诗里，她努力把个人的悲喜、追求，和对现实的感知结合起来，在国家和民族的历史发展中，寻找和确定个人的位置与价值。那首受到普遍赞扬的《祖国啊，我亲爱的祖国》，其思想艺术力量不仅在于作者以别出心裁的意象，出格而又入情地描绘了我们灾难深重，但充满新生希望的祖国，而且还在于作者是把自我摆在这历史与未来相交错的现实的复杂层次中，来进行思考。因此，这个为祖国"伤痕累累的乳房"喂养大的"迷惘的""深思的""沸腾的"抒情形象，便是一个超越了作者"自我"的，有着普遍概括意义的一代人的形象。

这仍然是一个复合着两种对抗情绪的抒情形象。历史与现实，古老与新生，失望与希望，贫困与富有，眼泪与笑窝……这一切都交织在这个充满理想主义信心的形象之中。虽然她也经历过风暴，但知道"不是一切大树都被暴风折断"；虽然她也曾面临深渊，但相信"不是一切深渊都是死亡"。她正是从这艰难的现实中"孕育着未来"的希望。这种清醒的认识，使这个充满奋斗激情的理想主义形象，同时弥漫着一种壮烈的悲剧感。这不是悲观主义，而是意识到在实现理想的过程中，可能遭到的挫折和必须付出的代价。这种复合情绪构成了舒婷后一时期诗歌抒情形象骚动不安的内心。她大量社会意识强烈的作品，都反复表现这样的主题，抒写抒情主人公这一复杂的感情层次。这种情绪越到后来越强烈。如果说《一代人的呼声》，表现的还只是"为了祖国这份空白"和"为了民族这段崎岖"而"追求真理"的单纯愿望，到了《献给我的同代人》则意识到实现这一愿望可能必须付出的代价，诗中抒情主人公呈现出一种献身的激情：

为开拓心灵的处女地／走入禁区，也许——／就在那里牺牲／留下歪歪斜斜的脚印／给后来者／签署通行证

《礁石与灯标》这首无论从情致到意象都堪与《致橡树》相比美的姐妹篇，感情的复杂层次不仅有以往爱情诗的温存、熨帖，也不仅有《致橡树》对人格独立与相互扶持的理想寄托，而是将这种寄托化为曲折境遇中的现实：

站在我的肩上，／亲爱的——／你要勇敢些。／黑色的墙耸动着逼近，／发出渴血的，阴沉沉的威胁，／浪花举起尖利的小爪子，／千万次把我的伤

口撕裂。/痛苦浸透我的沉默,/沉默铸成了铁,/假如我的胸口,不能/为你抵挡所有打击,/亲爱的,你要勇敢些

当舒婷在倾诉这一缕缕庄严的,甚至悲壮的思绪时,她依然让自己保持着一贯温婉可人的抒情气质:她的抒情主人公依然是一个充满女性光辉的温柔宁静的形象。她不是那种冷峻的思想家,而是借助爱的温婉倾诉,和读者交流着久蕴心中的严峻忧虑和思考。

作为这时期总其成的"鸢尾花"具有上述形象的二重性。偎在爱人胸前娓娓倾诉的抒情主人公,那温婉而骚动的内心,不仅有初获爱情的纯真、甜蜜,还有来自个人和时代的忧患和坎坷,又意识到自己在历史发展中的使命:"我的名字和我的信念/已同时进入跑道/代表民族的某个单项纪录/我没有权利休息/生命的冲刺/没有终点,只有速度",还有预感到"扭动触手高声叫嚷:不能通过"的反复,和由此升起的准备"不当幸福者"的决心,与子弹飞来"先把我打中"而失去爱的痛苦,以及在更广阔、永恒的爱中获得再生的骄矜与慰藉。这种复合着爱的追求、忧患意识、使命感和悲剧感的献身激情,由于理想的照耀"升起一圈淡淡的光轮",使这个温柔宁静的抒情形象那骚动不安的内心,呈现出一种崇高的美来。正是在这一点上,舒婷的诗歌才以它真挚、深沉而丰富的抒情形象,打动读者。

三、人的尊严和价值,舒婷诗歌感情的理性支柱

无论从艺术气质还是风格个性上说,舒婷都是一个情感型的诗人。她曾一再申明:我不是一个思想家。的确,逻辑的、思辨的理性思维,从来不是她创作的推动力。尽管当后来整个民族和它优秀的知识分子,都由于历史的大曲折,普遍焕发出理性思考的光辉,文学也进入了一个以反思为特征的历史新时期,舒婷在她的诗歌里,理性思辨的色彩由于这个潮流也有所加强,但总是使人感到有点捉襟见肘。这并不妨碍她有时也写出一些漂亮而深刻的句子,如《黄昏剪辑》的某些章节:

马尾松恳求风,/还原它真实的形状。/风继续嘲笑它。/马尾松愤怒地/——却不能停止它的摇摆。

这个意象包含着相当深刻的现实概括和哲理意味。但读者从这个形象体味出的深刻思想,仍然不是思辨的逻辑力量,而是对意象本身的领悟。也即是说作者深刻的思想内核依然是隐藏在意象本身的内在张力上,而不在形象外部明晰的逻辑中。这是舒婷的风格。对于她说来,珍贵的不是思辨的逻辑,而是审美的直觉。诗人对生活的评判和思考,都渗透在对形象的感悟中。她几乎从没

有像公刘、白桦,像张学梦、骆耕野那样,依靠理性思维的逻辑,来激起自己的创作冲动。她以自己领悟式的情感思维,来进行对生活的艺术概括和艺术表达。她的艺术力量不在于理性思考的深刻和明晰,而在于感情内蕴的真挚和深沉。这是两种类型的诗人,两种不同的艺术个性和气质。

当然,感情要受理性的统制,任何一个情感型的艺术家,都会有自己的理性支柱。当舒婷以整个身心来感受生活时,她关切的中心是人,是在那个特殊年代里被漠视了的人的价值和尊严,她是通过自己对人的关切,来表达她对现实的关切的。她说过:

> 我通过我自己深深意识到:今天,人们迫切需要尊重、信任和温暖。我愿意尽可能地用诗来表现我对"人"的一种关切。①

这是舒婷的艺术信念,是她从自己成长的现实背景中找到的感情的理性支柱。这在她开始创作的那个不把人当作"人"看待的异常年代,无疑有着深刻的合理性和现实意义。

舒婷的这种追求包括"律己"和"待人"两个方面。舒婷诗歌的抒情形象,不论地位如何卑微、渺小,都竭力表现人格精神的高大,和对自己尊严和价值的自重与自爱。她在"十年浩劫"里留下的一则随笔中,富有象征性地描写了自己周围的生活环境,过了季节的菜地、安于觅食的小鸡和充满怀疑眼光的小狗,接着她写道:

> 是的,这里只有我一个,它们都不欢迎我,因为我是人。"人啊,为自己崇高的使命而自豪吧!"我想起了这句名言,不禁想笑,但又被这种凄凉的笑而惊嗔了。不,我要回到人群里去。②

这是一种"人"的觉醒。无法苟合于当时环境,是因为"我是人";苦恼和追求,也由于记起了"人"的崇高使命。像那枚鹅黄色的珠贝,卑微如大海的一滴眼泪,浩阔却"包罗了广渺的宇宙"。它渺小,是因为被波浪抛弃,海涛埋葬;而它高大,是由于意识到自己的力量。在这里,舒婷从肯定人的价值和尊严,来肯定自己诗歌的抒情形象,这是她"自我"的思想核心。正是从这个思想内核,辐射出舒婷对于人、社会和历史的多层次的把握和传达。

这种辐射,最主要的一个方面,是她从对人格尊严与价值的追求,来表达她对周围人的关切与爱护。舒婷大量的题赠诗,表现的就是这样一个总的主题。在这些诗中,活跃着两个抒情形象,一个是作为抒情主人公的诗人的自我

---

① 诗刊,1982年10月号.
② 随笔三则//榕树文学丛刊:第一辑.

形象，另一个是为这个抒情主人公所关切的对象——姑且称为"非我"的形象。这个在诗中经常以"你"出现的第二形象，往往是一个在困顿境遇中，命运和性格受到挫伤和扭曲的人物。诗中抒情主人公所要竭力唤醒的，便是他对自己受到漠视的人格尊严与价值的重新认识：

呵，友人，/几时你不再划地自狱，/心便同世界一样丰富广阔。/……（《春夜》）

答应我，不要流泪/假如你感到孤单/请到窗口来和我会面/相视伤心的笑颜/交换斗争与欢乐的诗篇/……（《《小窗之歌》）

正是通过这种关切，我们才更深切感受到诗中抒情主人公那颗温馨挚爱的心。

但是，舒婷诗歌感情支柱的这个焦点，同时也是舒婷的弱点。诚然，对人的关切可以是创作的出发点，也可以是舒婷一部分诗歌具有恒久动人的魅力之所在。但是，当舒婷想要超过这个主题，走向更深广的社会和历史时，便捉襟见肘，出现思想力量的不足了。《风暴过去以后》和《遗产》是舒婷两首社会意识较强的作品。这两首诗在当时许多同类题材的创作中，所以具有特色，是因为舒婷找到了一个属于自己的角度——对人关切的角度，来表现她对"渤海二号"和张志新事件的关注。"七十二名儿子/使他们父亲的晚年黯淡/七十二名父亲/成为小儿子们遥远的记忆"，这样来表现那在曲折铅字中穿行的，死去的七十二颗灵魂的呼吁，无疑是十分动人的。但当诗人要进一步解剖悲剧的社会历史原因，回答"他们象锚一样沉落'的生命，留给我们"粗大的问号"时，这动人的爱的武器，就显得力量不足了。诗人"请求人们和我一道深思"，但她并没有多少更深刻的思想能够给予读者，只有一个一厢情愿的无力的祈祷：

我希望，若是我死了/再不会有人的良心为之颤栗

但是，历史的发展并不以人的良心发现为动力。同样，在《遗产》中，诗人以张志新作为抒情的主体来揭示英雄的精神境界。这位惨遭"四人帮"杀害的母亲，留给孩子的是超越个人的恨，和"比恨百倍强烈、千倍珍贵"的"不变质的爱情"："爱给你肤色和语言的国土"，"爱给你信念使你向上的阶级"……这是舒婷的动人之处。但是当这位英雄母亲要求孩子继承她"空出来的岗位"这份真正的"遗产"时，诗人除了动人的爱的抚慰和叮咛之外，就难再有更深刻的思想了：

孩子呵，抬头望望月亮吧！/她温柔而宁静地/凝视着你……

这个带有舒婷抒情特征的走上天空的张志新形象，恐怕很难是那个直面现实、疾恶如仇的斗争英雄的形象，这种叮咛也就显得苍白。它使我想起舒婷在

《读给妈妈听的诗》里曾经写过的两句话：
    愿所有被你宽恕过的/再次因你的宽恕审判自己
    这个同样走上天空了的"妈妈"相信的是人的良心自我发现和道德自我谴责的力量。这正是舒婷思想的弱点。人只有在改造外部世界的斗争中，才能真正实现并且不断提高人自己的价值和尊严。把改变人的不合理现实处境的希望，寄托于良心的自我发现和道德的自我完善，便会使这种自爱和爱人带有宗教的味道。这里我们看到，当舒婷把寻求人的价值与尊严，作为诗歌感情的理性支柱，来表达她对不合理现实处境中人的关切时，是深挚而动人的；但当她进一步扩大为对社会与历史的剖析和动力，就感到仅有这一思想武器是不够的。别林斯基曾经希望"所有的诗人，甚至包括伟大的诗人，都必须同时是思想家才行"①，即使是一个情感型的内向诗人，他也应该有更宏大的思想支柱，才能构筑他辉煌的艺术大厦。舒婷在进一步提高自己的创作时，首先遇到的障碍将可能是来自理性方面的。这是已经暴露出来的矛盾，并且将会越来越尖锐。

四、寻找自己和超越自己：舒婷创作的昨天和今天

    舒婷的创作，是从"寻找自己"开始的。这作为她这一代人走向艺术的共同特点，对于当代诗歌的发展，无疑是有意义的。
    中国新诗有着广阔多样的艺术传统。但是，20世纪50年代中期以来在我们社会生活中愈演愈烈的极左思潮，对诗最大的破坏之一，便是窒息了这种富于个性创造的传统。诗人在越来越狭窄的道路上，带着假面跳舞。不仅政治概念是统一的，连思维方式也越来越模式化，以致使这本来最充分显示诗人精神个体性的抒情艺术，也出现了"样板"。诗人回避表现个性，回避表现对生活的独特感受和独特创造。难怪有人要带点夸张地说：60年代以后写诗，要从学会"隐藏自己"开始。舒婷这一代诗人的出现，是对这股极左思潮的反动：他们是那个扼杀文化的"大革命"意外的文化产物。他们开始于"四人帮"控制时期的创作，便具有下列特点：一、他们不是为发表而写作。诗是他们生活的一部分；他们写诗就为了表达他们对自己青春和国家命运的忧虑、郁愤和追求。因此，他们并不回避个性，不回避自己对生活独特的、在当时可能被视为叛逆的感受。这样的诗当然无处发表，但他们通过彼此的交流，形成了一个属于他们自己的民间的诗坛。二、因此，当他们寻求艺术地表达他们从这个异常年代感知到的情绪时，当时诗坛流行的那些艺术模式就难以适应了，他们必须

---

① 别林斯基选集：第三卷.上海：上海文艺出版社：586.

同时寻找自己独特的思维方式和艺术方法。鉴于当时的政治气候，他们普遍走向了运用意象手段的暗示和象征。三、在那个历史大转折的时期到来以后，他们意外地成了新时期文学崛起的一支青春力量。他们在运用文学来思考历史的同时，对受掣于这段历史的文学本身，也进行思考。他们无意的文学尝试，逐渐变成一种自觉的从艺术思维方式到表现手段的文学革新。集中到一点，便是寻找自己：自己对生活的独特感受，和自己艺术地把握生活的独特方式，使诗回到充分的个性创造的轨道上来。

舒婷的创作便是这个新的诗歌潮流的一朵浪花。她在"寻找自己"中，揭示了内心世界那个独特的又是普遍的情感历程；她也在"寻找自己"中，找到了适宜于自己的表达这种独特心灵感受的抒情方式。"寻找自己"不仅对于刚刚开始走向艺术的舒婷是重要的，而且对于我们丧失了个性的诗歌恢复自己的艺术传统，也是十分重要的。正是在这点上，新时期诗歌才呈现出令人感奋也令人一时眼花缭乱的多元化的艺术意向。

但是，诗人心中的这个"自己"——诗人的自我，并不是先验的、凝固不变的。它同时是受孕于客观现实的产儿。因此，诗人的自我也必然会在现实生活的历史发展中不断丰富、充实、提高和更新。近两年的新诗，正经历着这样蜕变的过程。当舒婷从她搁笔三年的平静中，重新回到未曾平静过的诗坛时，她应当可以发现，新时期初期诗歌那种基于个人身世之感推衍而出的心灵对于现实生活的感应"（谢冕），已渐渐不居于主流地位。面对着一个更加开放，也更具前瞻的现实，富于创造的诗人在新的层次上重新集合。他们从两个相反的方向，对这一现实做出回应。其一是在寻求超越具体现实的前提下，力图对人类生存历史的全部复杂经验，进行更宏观的、抽象的艺术把握；以现代人的眼光对东方民族的文化心理，进行纵深的开掘，透过凝聚着深厚民族意识的古老素材、形象，在世界文化的横向参照中进行再创造，从而建立自己民族史诗的宏伟构筑。这种追求主要来自新时期诗歌最初涌现的那一批作者之中。他们从自己最初的反思作品中进行再反思，深感到那种依托在"十年浩劫"中心理历程前后对照的历史感，依然是缺乏深厚穿透力的。于是他们向人类生存发展的历史和民族的深层心理溯本寻源，使自己的诗走向宏观的把握，也走向超越具象的空灵。其二，是寻求对现实的更加贴近、更加具象地来描绘现代人的感情、感觉、观念和心灵世界。这种追求主要来自于比舒婷更年轻一辈的诗人。他们的青春开始在一个复苏的、开放的年代。他们无须像舒婷那一辈诗人那样，怀着感情的负载，从叹息失去的青春中来映照今天的现实。他们开放的思维方式和生活实践，使他们在感知今天这个提供给他们比较充分发展机会的现实时,更敏锐,也怀有更大的热情;他们也不必像舒婷那辈诗人那样,从对神的否定中来肯定人的价值,他们是在一个开放和创造的社会环境中,来寻找人的价值和位置,以一种新的价值观念来更新自我。他们的作品不以历史感召人,而以贴近现实的当代感,使人置于生活新鲜的洪流中。

来自当前诗歌这两极的新的艺术追求,都共同地表现出诗人"超越自己"的趋向。这是新时期诗歌在找到"自己"之后的"超越",是诗歌运动发展的必然。

三年之后回到诗坛的舒婷,处在这样一个新的艺术发展趋势的面前。她已经发表的少数作品,部分地传达了她静思之后艺术追求的信息。正如她在《以忧伤的明亮透彻沉默》的文章结尾所说的:"让我从三年前那段尾声开始吧!"组诗《你们的名字》基本上延续了她过去的人与环境寻求一致而又难以完全协调的复合主题。但作品的抒情主人公不是生存在孤独的心灵里,而是生活在嘈杂现实环境中,在这一点上我们看到了舒婷楔入现实的努力。当然,每个诗人都只能根据自己生活的经验和情感的素质,来确立自己的艺术趋向。在当前出现的某些新的艺术追求,并不是谁都能跟上去的。我也无意让舒婷放弃她固有的风格和目标,但是在新的现实面前,如何做出富有个性创造的回应,却是共同的。在这个意义上,舒婷也面临着如何"超越自己"的课题。"十年浩劫"中留存下的感情积累,用来回应今天更具前瞻的现实,已经不大够用了。舒婷要超越自己,除了前面提及的那个理性问题之外,最主要的恐怕还是生活问题。一个情感型的诗人,她仍然必须从现实生活中,来积累和丰富自己的感情库存,以自己开放的心灵,全方位地感受今天的或奋发,或抑郁,或激进,或受挫的生活信息。

(原载《文学评论》1985 年)

作者简介

刘登翰,1937 年生,福建厦门人。1961 年毕业于北京大学中文系。历任报社记者,编辑,教师,地区文化局创作干部,福建社会科学院文学研究所研究员、所长,福建师范大学中文系及华侨大学中文系兼职教授、博士生导师。著有诗集《瞬间》《纯粹或不纯粹的歌》,散文集《寻找生命的庄严》《书影背后》《自己的天空》,学术专著《中国当代新诗史》(与洪子诚合作)、《台湾文学隔海观》、《彼岸的缪斯——台湾诗歌论》、《华文文学:跨域的建构》、《中华文化与闽台社会——闽台文化关系论纲》等十余种,主编《台湾文学史》《香港文学史》《澳门文学概观》。

从文化视角看林语堂

万平近

一

> 我本龙溪村家子,环山接天号东湖,
>
> 十尖石起时入梦,为学养性全在兹。①

这是林语堂的《四十自叙》中的一段,写于 1934 年 8 月。那时林语堂在庐山完成第一部英文著作《吾国与吾民》,乘长江轮船回上海,在船上写起诗来,像胡适的《四十自述》一样,回顾半生的经历。诗中对乡土洋溢眷恋之情。林语堂生于 1895 年 10 月 10 日,幼时名叫和乐。他祖辈是福建龙溪人,老家在漳州近郊五里沙。祖父母、父母都信基督教。父亲当了牧师后到平和县坂仔乡传教,全家居住于坂仔多年。林语堂是在坂仔出生的。以上四句诗就是写他的出生地。坂仔乡是块小盆地,四面环山,又有东湖的美名。诗中"十尖""石起"都是附近的山名。坂仔到县城小溪有溪水相通,名为西溪,乘船可达漳州、厦门,两岸风景秀丽。坂仔的山、西溪的水、水上划行的五篷船、淳朴的民风、勤劳的人民,在幼年林语堂心中留下美好的印象,后来在散文、小说中一再描述,特别是小说《赖柏英》以浓郁抒情之笔描述家乡的风物民情。这就是说乡土文化对他产生过深远的影响,直到晚年也难以忘怀。林语堂把自己的人生观称为"高地人生观",当然不大准确,因为意识形态和地理形态不能等同,但故乡的自然和社会环境以及人们的文化心理,在一个人性格形成过程

---

① 论语(49).

中起着潜移默化作用。林语堂晚年在《八十自叙》中写道:

> 我能成为今天的我,就是这个原因。我把一切归于山景。这是我性格的主调,想追求自由,不要别人打扰。宛如一个山地傻小子站在英国皇太子身边,却不认识他的身份。他想说话,就大胆直说,不想说的时候,便闷声不响。①

当然,林语堂虽有追求自由的性格特点,但不是"山地傻小子",并不封闭在乡土文化之中,而是广采博取西方文化和中国传统文化,在求学期间更多汲取西方文化。他在《八十自叙》中用不少篇幅记述青年时期如何接受西方文化,感到当时的中国"需要一连串的调整和全盘再思,但是中国人最大的责任就是重新思考"②。由于从小学到大学林语堂都在教会办的学校读书,同外国传教士、教师接触较多,特别在上海圣约翰大学学习期间,广泛阅读西方文化科学书籍,使他"对于西洋文明和普通的西洋生活具有基本的同情"③。他大学毕业之后到清华学校工作了三年,然后出国留学,先后到美、法、德三国,获得哈佛大学文学硕士和莱比锡大学哲学博士学位。从林语堂的来历可知,他是受新式学校的正规教育,长期在西洋文化熏陶中成长的,同"五四"以来胡适、罗家伦、陈西滢、任叔永等许多著名学者大抵相似。

林语堂广泛涉足于西洋文化,但并没有走到数典忘祖的境地。他感到在教会学校中学习现代文化科学知识获益良多,但对中文却较生疏,大学毕业后又大读中国古书,从唐诗、《红楼梦》到《人间词话》,甚至另辟蹊径,阅读大量不见经传的杂著。他回忆说:"自任清华教席之后我即努力于中国文学,今日能用中文写文章者皆得力于此时之用功也。"④据周辨明回忆,⑤ 他和林语堂、孟宪承在清华时曾组织"三人读书团",他是老子,宪承是孟子,语堂是孔子,每星期日下午聚会一次,轮流报告读书心得。随后林语堂在留学期间,利用莱比锡大学丰富的藏书,研读了《汉学师承记》《皇清经解》《经解续编》等许多中国古书。林语堂的古文根底虽不及鲁迅、周作人、胡适等人,但高于当时一般中国留学生。后来林语堂半自嘲半嘲笑一般留学生似写道:"其时文调每每太高,这是一切留学生刚回国时之通病,后来受《语丝》诸子的影响,才渐渐知书识礼,受了教育,摆脱哈佛腐儒的俗气。所以现在看见哈佛留学生专家架子十足,开始评人短长,以为非哈佛藏书楼之书不是书,非读过哈佛之人不

---

①② 八十自叙. 台北:台湾远景出版事业公司,1980.
③④ 林语堂自传. 逸经(17).
⑤ 七人会——彼时至今//清华校友通讯(43).

是人，知有世俗之俗，而不知有读书人之俗，也只莞尔而笑，笑我从前像他。"①

从上面简约的叙述可知，林语堂以乡土文化为起点，在西洋文化的道路上长跑，又回到中国传统文化的基地继续竞走，广采博取，成为"两脚踏中西文化"的文化人。这也就是说，林语堂的知识涵养中包容了乡土文化、西洋文化和中国传统文化。这三种文化在林语堂身上融合在一起，使他成为博学性的作家和学者，使他的著述文化容量较充实；这三种文化在他身上也免不了相互冲击，使他产生种种矛盾和困惑。他在《四十自叙》中说"一生矛盾说不尽"，在《八十自叙》开篇列举了"一捆矛盾"，但找不出原因。其实他所说的矛盾中除有些属于性格、生活习惯之外，大致都是三种不同文化的冲击而形成的。不论矛盾有多少，作为一个文化人，一身兼有多种文化涵养，毕竟是难能可贵的，这是林语堂的一个特点和优势。

二

林语堂既汲取多种文化的乳汁，在文化领域内驰骋的范围自然较广，但他首先也主要是以作家的身份知名于中国文坛并扬名于海外的。我国"五四"以来老一辈新文学作家，大都是融学者与作家于一身。其中有不少知名作家，如叶圣陶、谢冰心、冯沅君、闻一多等，先搞创作后来长期从事教育事业；而林语堂同鲁迅、茅盾、老舍相似，先搞教育或其他实际工作，后来专门从事写作。林语堂于1923年留学回国，先后受聘为北京大学、北京女子师范大学、厦门大学教授，并撰文在《晨报副刊》《语丝》《莽原》等刊物上发表，从1927年下半年开始离开教育岗位而跻身于专业作家之林。

林语堂长达半个世纪的文学生涯，大致可用"散文——小说——散文"和"中文——英文——中文"两个公式加以概括，而两个公式中前后两段约为十年，中间一段则为三十年；还可以加上"创作——翻译——创作"则更为全面。

林语堂早年名叫林玉堂，从1918年春季开始在《新青年》发表文章和通讯，支持白话文；1924年在《晨报副刊》发表文章，把英文 Humour 翻译为"幽默"，并加以提倡，但在那时没有什么影响。林玉堂、林语堂之名不断出现在鲁迅主编的《语丝》上才逐渐知名于文坛。1925年、1926年是林语堂写作散文杂文的第一个高潮岁月，也是他文学生涯中的一个黄金时期。他作为语丝

---

① 语言学论丛·弁言.上海：开明书店，1933.

派的一员,同鲁迅并肩战斗,撰文针砭封建军阀及同旧势力相妥协的现代评论派,语言风格也自成一家。1928年他把早期散文、杂文结集为《翦拂集》一书出版。他又写了《子见南子》的剧本,由于剧中有讽嘲孔子的内容,在山东上演后引起不同的反应,而鲁迅和新文学阵营则予以支持。

从1932年至1936年,是林语堂从事文学活动最活跃时期,也是他散文、杂文写作的第二个高潮期。他邀集几位志同道合者,先后创办了《论语》《人间世》《宇宙风》《西风》等刊物,出版"论语丛书""人间随笔",提倡"幽默文学""小品文",在30年代的文坛上掀起了一股幽默风、小品文热,对促进现代散文的发展起了一定的积极作用,但也提出了一些不合时宜的文艺主张。林语堂一面办刊物,一面从事散文、杂文写作,结集出版了《大荒集》《我的话》,未入集的文章后来收入《语堂文存》。这个时期的散文、杂文,从思想倾向来说由激进转为温和,还有一些属于"谈谈笑笑"性质的文章。鲁迅撰文进行过批评和劝导。但林语堂的散文、杂文中广博的引征、亲切的笔调、幽默的风格,使其仍不失为代表作家之一。阿英1934年编选《现代十六家小品》,林语堂的作品就被作为一家而入选。据前几年在美国发现的《鲁迅同斯诺谈话整理稿》记载:"最优秀的杂文作家:周作人、林语堂、周树人(鲁迅)、陈独秀、梁启超。"① 鲁迅与斯诺的谈话据译者考证是1936年5月。那时鲁迅与林语堂政治思想上已经是道不相同,也不再来往,但并不抹杀林语堂散文、杂文创作的成就。

林语堂在国内时已开始用英文写作,在《中国评论报》发表了大量小评论,但主要还是用英文;从1936年8月旅居美国开始,则主要用英文写作。在国外,他继续写散文、杂文,特别是抗战期间写了为数不少揭露日本帝国主义侵略罪行的政论;从1938年开始,林语堂以主要精力用于写英文长篇小说和传记文学,到回台湾定居前为止共完成《京华烟云》《风声鹤唳》《唐人街》《朱门》《远景》《赖柏英》《红牡丹》七部长篇小说和《苏东坡传》《武则天传》等传记文学作品。林语堂把《京华烟云》《风声鹤唳》《朱门》三部小说称为"林语堂三部曲"②。其中《京华烟云》是林语堂的代表作,在海外销行不衰,一度被列为诺贝尔文学奖的候选作品之一,中译本出版后也受到国内读者欢迎。这七部小说时代跨度很大,从19世纪末到20世纪初,取材比较广泛,情节结构多样,文化内涵较丰富,在艺术上作了多种探索,各有一些特色;但可

---

① 新文学史料,1987(3).
② 八十自叙.台北:台湾远景出版事业公司,1980.

惜艺术水平第一部达到一定高度之后未再继续升华，甚至走下坡路。林语堂用小说体写的传记文学中以《苏东坡传》成就较高，反映林语堂对中国古代文化、文学已经叩门入室。

1966年6月，林语堂结束了旅居海外的生活，定居于台北市，并重新用中文写作散文、杂文，不再写小说。他晚年的散文、杂文先后结集为《无所不谈》"一集""二集"出版，后来又编为《无所不谈合集》。他在《序言》中写道："书中杂谈古今中外，山川人物，类多小品之作，即有意见，以深入浅出文调写来，意主浅显，不重理论，不涉玄虚。中有几篇议论文，是我思想重心所寄。"① 这部《合集》反映了他晚年散文、杂文创作的成果，虽然内容较庞杂，但文笔精炼而又畅晓，文化内涵较早年作品更丰沛。

总的说来，在文学领域内，林语堂既是散文作家，又是小说作家，而且祖国异国文字兼用，这在中外作家中是少见的。比较起来看，小说创作的字数多于散文，而散文的成就高于小说，这是由于散文创作更能发挥林语堂文化知识积累丰厚的优势，且能运笔自由，而小说创作则受到人物形象、情节结构的种种限制，特别同生活积累密切相关，而文化修养又不能弥补生活的局限。尽管如此，林语堂居住于纽约高楼，深入生活，收集素材有所局限而写出多部长篇小说，这种创作热情和艺术追求是值得赞赏的。

既是著作家又是翻译家，"五四"以来我国不少文学家都具有这个一身二用的特点，鲁迅、周作人、郭沫若、茅盾、瞿秋白、巴金都是这样。林语堂也是如此，而且擅长于汉译英，翻译成就不亚于创作成就。林语堂在歌德的故乡耶拿大学学习过，对歌德及许多外国作家都十分敬仰，但他回忆："我更爱海涅，除了诗篇，尤其欣赏他的政论作品。"② 他从事翻译也就从翻译介绍海涅的作品入手，并翻译介绍西方表现主义的文艺理论著作。但不久他便把精力转到汉译英方面，在我国翻译家开掘较少的领域付出了巨大的劳动，而且成绩斐然。

翻译文学作品不是易事，把祖国文字译成异国文字，而且用现代英语译中国古文，其难度可想而知。林语堂恰恰选择了这一高难度的工作。在30年代居上海期间，他英译了《老残游记》和《浮生六记》。他旅居海外，为了向外国读者介绍中国文化，在写作之余大量时间用于英译中国古典名著，老子、庄子、《论语》及不少古代寓言、传奇、诗词都经他之手译成英文并加以评注在国外出版。他用英文写的介绍中国的专书《吾国与吾民》《生活的艺术》，翻译

---

① 无所不谈合集.
② 八十自叙.台北:台湾远景出版事业公司,1980.

了不少中国古代诗词。美国女作家赛珍珠英译了《水浒传》，林语堂本来打算翻译《红楼梦》，但感到那时宣传抗日更为重要，于是借鉴《红楼梦》创作《京华烟云》。（中国翻译家翻译的《红楼梦》英文全译本后来由杨宪益、戴乃迭完成，1978年外文出版社出版。）林语堂翻译中国古书把"忠实的标准"放在第一位，他认为"译者的第一责任，就是对原文或原著者的责任，就是如何才可以忠实于原文，不负作者的才思与用意"①。林语堂的翻译对于中外文化交流自然是很有价值的。

我国近代著名的翻译家严复、林纾、辜鸿铭都是福建人，林语堂恰可并列其中，从翻译的数量质量来说并不逊色。当然，即使同是著名翻译家，时代不同，个人在历史上的地位各不相同，不必详述。

总之，从林语堂的文学生涯中可以看出，他不论是创作或翻译，都表现出一个知识广博的文化人的特点。

三

林语堂由于广采博取多种文化知识，从事学术研究领域也较为广阔。他既是语言学家，又是中外文化比较研究学者，晚年又致力于中国古代哲学、文学，特别是红学的研究。

林语堂的英语水平据他自己说是"呱呱叫"的，这倒不是自夸。鲁迅也很看重他的英文水平。大学毕业后，林语堂又重视中国文字学、音韵学的学习和钻研。他最初在《新青年》《晨报副刊》上发表的文章多属语言学方面，支持汉字改革的主张。在德国莱比锡大学留学期间，他主要研读语言学。回国初期陆续发表有关语言学的论文，如《国语罗马拼音与科学方法》《古有复辅音说》等。为了推广国语罗马字，钱玄同、赵元任于1925年9月成立"数人会"（又称"七人会"）②。除钱、赵之外，有刘半农、林语堂、黎锦熙、汪怡，已到厦门大学任教的周辨明也加入，含有"竹林七贤"的寓意。这七人都成为著名的语言学家。林语堂不仅研究语言学、音韵学及汉字改革，而且运用语言学规律研究英语教学。1929年和1931年他编写的《开明英文读本》和《开明英文文法》先后出版。据开明书店老编辑唐锡光回忆："林语堂的《开明英文读本》用许多文学故事作课本，语文与文法又结合得较密切，的确很有特色，再配上丰子恺的插图，更使人觉得面目一新，因而采用的中学很多，发行量因此很

---

① 论翻译//语堂文集.台北:开明书店,1978:633.
② 七人会——彼时至今.

大，成了开明书店最繁销的书。"

30年代以来，林语堂文学活动的热度超过了语言学，正如他在《四十自叙》中所说："幽默拉来人始识，音韵踢开学渐疏。"除结集出版《语言学论丛》之外，发表语言学论文的确渐少。其实这对于林语堂来说倒是一种损失。不过，林语堂到晚年又再把踢开的语言学、音韵学重新用起来，发表了《整理汉字草案》《中国语词的研究》《论部首改良》《国语的将来》等一系列论文，特别是主编出版了《当代汉英词典》，采用简化国语罗马字拼写法，在语言辞书方面作了新的贡献。

如果说林语堂对语言学的研究比较集中于早期和晚年的话，那么可以说中西文化的比较研究则贯穿于各个时期，寄寓于他的大部分著述之中。我国近现代不少著名学者曾致力于中西文化的比较研究，如清末的张之洞、梁启超，"五四"时期的胡适、杜亚泉、罗家伦等，都以各不相同的观点比较中西文化，得出各不相同的结论。林语堂起步晚几年，但却是后来者居上，就中西文化比较问题，发表了大量文章和演说，关于中外国民性的不同、西方批评的文化的长处及中国传统文化的弱点、中国和西方文学艺术以及生活方式、生活习俗的不同，都曾加以研究和分析，提出了许多不是人云亦云的见解。他用英文撰写的专书《吾国与吾民》《生活的艺术》贯穿了中外文化的比较，其中精彩的部分也是这种比较研究的心得。尽管他的中外文化观往往游移不定，对中外文化的分析出现过种种偏颇，有时取表面而舍实质，见树木而不见森林，但基本精神是主张广泛汲取中外文化一切优秀成果的。人的观念是会变化的，熟悉西洋文化的林语堂同"五四"后的杜亚泉、胡适相似，在对待西洋文化及中国传统文化关系上经历了由开放型到守旧型的转化，但他在阐释中外文化时传播大量文化知识依然是有价值的。因此，"五四"以来致力于中外文化比较研究的著名学者，林语堂应当算是代表人物之一。

林语堂是文学家，始终没有舍弃文学的研究。早年他把西方的表现主义介绍进来，并力图同中国古代的"性灵文学"融合起来，希图在中国革命文学与反动文学之间寻出一条不偏不倚的中间道路来。这个意图没有实现，但他谈文学的论文也包含了不少言之有理的成分，比如强调作家的真情实感、反对矫揉造作等。由于翻译工作的需要，他对孔孟哲学、老庄哲学、宋明理学都进行研究，并写出了专书和论文。他是个基督教徒，但对佛教、道教也作过探讨。晚年他又开辟新的研究领域，致力于《红楼梦》的研究，撰写了专著《平心论高鹗》及一系列论文。同胡适考证《红楼梦》得出后四十回系高鹗所续作的说法不同，林语堂认为后四十回仍为曹雪芹的原稿。这表明林语堂在学术研究上不是墨守成规，而是勇于领异标新。

此外，林语堂对中国绘画、书法、建筑艺术也作过理论研讨，有不少精湛的论述。林语堂在学术领域内所做的钻研，确实可以说是多方位的，显示出"两脚踏东西文化"这个特点。尽管从思想理论方面来说，未必都是精当的，但从弘扬中外优秀的文化，帮助人们提高文化修养来说，林语堂的功劳是不容抹杀的。

四

林语堂从一个普通的龙溪村家子弟，经过多年勤奋学习和执着追求，成为国内外知名度很高的文化人。他接受中外多种文化乳汁的哺育而成长，又以毕生精力在文化地层上作了辛勤的开掘和耕耘，结出了丰盛之硕果，献出三十多部著译，成了供后人借鉴的文化遗产。林语堂经历了八十一载的人生道路，1976年3月26日逝世。

人类文化无比丰富，然而又极为纷杂。它能启人心智，催人进取，也能诱人迷糊，引人落伍。即使是文化伟人也不是完美无缺。我国文化革命伟人鲁迅在20年代就经历过苦闷彷徨、上下求索时期。林语堂写过《译尼采〈走过去〉——送鲁迅先生离厦门大学》①的文章，对社会黑暗怀激愤之情，富有积极进取精神。鲁迅的确勇敢地"走过去"了，"走过那呆汉及城"，而且实现了思想的伟大转变，走到了时代的最前列，超越了旧我，超越了同时代文化人。林语堂不久也走出了厦大，但没有超越旧我，未能走到时代的前列，未能摆脱羁绊前进道路的文化荆棘，甚至走回头路。林语堂在回顾同鲁迅的交往过程时写道："鲁迅与我相得者二次，疏离者二次，其即其离，皆出自然，非吾于鲁迅有轩轾于其间也。吾始终敬鲁迅。鲁迅顾我，我喜其相知；鲁迅弃我，我亦无悔。大凡以所见相左相同，而为离合之迹，绝无私人意气存焉。"②这些话是真实的。林语堂与鲁迅有过密切交往，但后来由于思想分歧而各自东西。不必讳言，林语堂从写《四十自叙》时宣布"偏憎人家说普罗"开始，思想上的确渐渐跟不上时代的步履。

正如宗教信仰可以任人选择一样，政治信仰的选择也是自由的，任何人不能强求。"五四"以来在多种思潮的激烈冲突中，在复杂尖锐的民族阶级的斗争中，文化名人和有识之士都各自做出了抉择。林语堂早年参与进步的文化阵营，作了不少有益的工作；中年时期经过几年彷徨观望之后，终于同进步文化

---

① 收入《蓟拂集》，此文系翻译尼采著《萨拉土斯脱拉如是说》第三部。
② 悼鲁迅.宇宙风(32).

阵营分道扬镳。这当然是他的自由,正如他所说:"时人笑我真聩聩,我心爱焉复奚辞。"① 但问题是林语堂身上的矛盾不是迎刃而解,而是再也无法理清。比如,他是提倡"清远超脱""冷静超远"② 的,也就是淡化政治,同现实保持距离;如果真是这样做,那么林语堂在文化学术上可以多做贡献。但实际上林语堂中年及晚年政治意识反而更强,以至浪费了大量时间精力,去写纯属政治宣传品而缺乏学术价值的书和文章,如《匿名——一九一七年到一九五八年的苏俄记录》之类。《吾国与吾民》、《生活的艺术》本来是向外国人介绍中国,但为了适应那时外国人的口味,硬加上一些歪曲、攻击马列主义的谰言;连《苏东坡传》这样与现实无关的书也要捎带说几句反共的话,使一本好书反而沾上污点。至于 60 年代写的《逃向自由城》小说,更属政治宣传品,连林语堂论语时代的帮手后来文学上颇有成就的作家徐訏也认为"实在是不应该发表的作品"③。当然我们不能离开时代条件而苛求。林语堂无论是在四五十年代的美国或六七十年代的台湾,都不能不说那个时代和环境中流行的语言,即便是学术著作也难免涂上一点那种时代和环境流行的政治色彩,况且他没有投笔从政,始终坚持学术岗位,并未堕入政客之途。今天,我们对待林语堂的著述,完全可以还它的文化学术面貌,评论其学术本身的价值,不因其中有若干政治秽语而全盘否定。

　　林语堂在 30 年代主编的《宇宙风》,由于刊载语堂、知堂(周作人)、鼎堂(郭沫若)的文章较多,当时被人戏称为《三堂文集》。后来"三堂"各走的不同道路,在中国现代文化人中的确代表三种不同的类型。郭沫若、周作人尽人皆知,不必多说。30 年代之初,林语堂在提倡"性灵"时与周作人唱和,在抗战期间,林语堂坚持了民族立场,不像周作人那样丧失民族气节;但他对以郭沫若为代表的左派人士不满,写了《赠别左派仁兄》一诗,实际上把自己归到右翼文化人行列中。这当然是林语堂的迷误。剖析其原因大致有二:一是林语堂虽自认为"生来原喜老百姓"④,但只停留在宗教的慈善主义,行动上未能始终同人民站在一起;二是他虽"惟学孟丹我先师"⑤,接受了资产阶级人文主义、民主主义思想,但对近百年来中国的革命运动和历史变迁缺乏了解和研

---

　　① 八十自叙.台北:台湾远景出版事业公司,1980.
　　② 论幽默.论语(33、35).
　　③ 追忆林语堂先生.台北:传记文学,31(6).
　　④ 八十自叙.台北:台湾远景出版事业公司,1980.
　　⑤ 八十自叙.台北:台湾远景出版事业公司,1980.孟丹,现通译为蒙田(1533—1592),文艺复兴时期法国思想家、散文作家。

究，看不清中国历史发展的动向。这也就是说，林语堂在文化领域内涉猎面很广，在学术研究上作了多方位的开掘，但却存在很大缺漏，恰恰对中国近百年史缺乏钻研，就不可能站在时代高处观察一切，大大限制了思想文化视野。这也可以说是林语堂停在道德家的庭园之中，而未能进入思想家的高层楼堂的重要因素之一。

林语堂已经成为历史人物。对历史人物的评价应当坚持实事求是的原则，既不能脱离历史条件而苛求，又不能以空洞的溢美之词代替具体的分析。我们评析林语堂的局限和迷误，并不是否定其贡献。林语堂是我国现代一位获得国际声誉的文化名人是肯定无疑的。林语堂不仅博学多才，而且富有深厚的民族观念和民族感情，不忘自己是炎黄子孙，对振兴中华民族，怀着热切的期望。林语堂获得高层次的文化知识素养，而又身怀乡土之情。他晚年之所以回台湾定居，固然有政治意识的驱使，但更主要是出于民族之情、乡土之情。在林语堂身上，既表现了西洋文化的诱导力，也显示出中国传统文化和乡土文化的凝聚力。

福建不愧是文化名人之乡。林语堂从龙溪一个普通的农村孩子而走进文化名人之列，充分证明人需要文化的哺育浇灌，而文化需要人来汲取发扬。

（原载《福建学刊》1988年）

作者简介

万平近，1926年生，江西南昌人。1951年毕业于厦门大学中文系。历任厦门大学中文系助教、讲师、副教授、教务处副处长及党总支书记、系主任等职务。1980年调福建社会科学院，曾任福建省社会科学院文学研究所所长、研究员。著有《林语堂论》《林语堂评传》《林语堂传》，合著有《中国现代文学史》《中国现代文学史简编》等。

论"五四"散文抒情体式的变革与创新

汪文顶

在"五四"文学革命中产生的中国现代散文,除了变革和发展传统散文特别发达的论说与记叙艺术、形成新型的议论性散文和叙事性散文两大部类外,也解放和发挥了散文的抒情功能,促使抒情性散文卓然独立,不仅可以在散文天地里与议论性散文、叙事性散文构成三足鼎立、各擅胜场的格局,而且可以在抒情艺坛上与抒情诗比试一番,显示自身的特长。

朱自清认为:新文学中"小品散文的体制,旧来的散文学里也尽有;只精神面目,颇不相同罢了"①。我国古代散文确是品种繁多,体式丰富。其中,有不少是出自封建统治阶级内部上下沟通需要而产生的,如奏议、章表;也有不少是由古代社会特定的文化交流传播方式形成的,如赠序、碑志。这些大多随着时代的变迁和传媒的更新而被历史淘汰了,或被改变了性质。除此之外,还有不少适应性强的文体样式流传下来,成为新时代散文革新创造的艺术基础,如论辩、史传、杂记、书牍、哀祭诸体式及其丰富的表达技巧。我国深远丰厚的散文艺术传统,无疑是现代散文创建发展的一笔宝贵遗产。新文学开创期"散文小品的成功,几乎在小说戏曲和诗歌之上"②,这一突出成就与我国散文艺术传统的内在影响大有关系。当然,现代散文并不是简单沿袭旧文体,用旧瓶装新酒,而是融旧铸新,以新的"面目"显示新的"精神",在体式、手法上也都有新的创造。除了纵向的承传变革,推陈出新,现代散文还进行横向的借

---

① 朱自清.论现代中国的小品散文.文学周报,(345).
② 鲁迅.南腔北调集·小品文的危机.

鉴，既向外国散文汲取营养，又向姐妹艺术门类开放，从中吸取新鲜的骨血。

我国古代文论家，对古代散文作过分门别类的研究。姚鼐将古文分为十三类，大体上囊括了古代散文的常用文体。

其中明显接近于抒情文体的是颂赞、辞赋和哀祭。不过，这三类作品夹杂着诗赋，而且大多与应用文章混杂不分，跟现代的抒情散文还是有区别的。其他十类，除了论辩、奏议、诏令三类显然属于说理散文外，序跋、书说、赠序、传状、碑志、杂记、箴铭诸类，都分别有叙事、说理、言情或兼而有之的各种作品。这说明传统的文体论主要不是依据文体的性质而是根据其功用进行分类的，还没有独立而自觉的抒情散文观念，抒情散文创作实际上混杂于上述各类作品中，处于依附状态；而且深受"文以载道"观念的制约，抒情言志的散文历来都不像论说、史传那样备受士大夫的看重，从而形成散文的说理叙事艺术特别发达、抒情艺术相对萎缩并大大落后于诗词的失调现象。这种状况，到了"五四"时期才大为改观。现代人以新的文学观念界定散文，把散文看作与诗歌、小说、戏剧并列的一种纯文学形式，把那些应用性文章排除在文学散文之外，着重以文体性质区分各种文学散文，一般分为抒情散文、叙事散文和偏重于说理评论的杂文三大类。又由于抒情散文充分具备文学的情感性特征而率先被承认是典型的美文，也因为散文不拘一格，比诗歌更便于自由灵活地表达情感而拥有更多的作者，抒情散文才脱颖而出，适时兴盛，迅速发展成为散文界举足轻重的一个独立品种和抒情文学的一大门类，从而改变了由诗歌独占抒情文学鳌头的传统格局。

抒情散文在"五四"文坛卓然独立以来，众多作家乐于采用散文抒怀述感，根据各自的表达需要创造了多种多样的体式和手法，开拓了抒情散文发展的宽广天地。依据各种表现形式的特点和功能，这里将"五四"时期的抒情散文划分为抒情小品、抒情散记和抒情随笔三种类型，以便具体考察、比较研究各类抒情文体的革新实绩和审美特征。

一

抒情小品是抒情散文的典型形态，是一种"纯"抒情文体。它类似诗歌中的抒情短诗，短小凝练，灵敏活泼，最便于表达日常生活感兴，揭示作者内心的情思志趣。周作人在谈论"五四"时期"小诗"流行时指出："如果我们'怀着爱惜这在忙碌的生活之中浮到心头又复随即消失的刹那的感觉之心'，想将他表现出来，那么数行的小诗便是最好的工具了。"① 这从创作心理动因阐明了抒情短制的产生依据和表现特长。鲁迅在回顾《野草》创作时说："有了小感触，就写些短文"②，这一自白当然含有自谦成分，但也道出了"小感触"与"短文"的内在联系，说明短小精炼的艺术形式是由表现内容所决定的。小品文形式的短小简洁，也决定了抒情内容必须浓缩概括。它虽然容纳一定的人事景物片断却必须精心提炼，融入抒情氛围，不允许过多的叙事因素来冲淡抒情，更不允许它们溢出抒情需要而喧宾夺主，或游离于抒情主旨之外而独立存在。在抒情小品中，抒情统率一切，驾驭各种笔法，或即兴抒怀，或咏物言志，或借景抒情，或记事述感，有虚有实，而以"虚"（抒情言志）为主，以"虚"化"实"。它需要具体描写引发作者感兴的场景片断，借以创造某种抒情契机，与作者的心灵感应谐调合成艺术情境，这是它区别于更为概括的抒情诗的一个特点。但它又要尽量压缩叙述因素以突出抒情旨趣，不像叙事散文那样铺写人事活动。因此，它独立于抒情诗与记叙文之间，是以散文抒情的典型文体。

"五四"时期是现代抒情小品的创立期和成熟期。抒情的小品文是从《晨报副刊》的"浪漫谈"专栏上起步的，当时与杂感小品交织难分；到了1921年1月《小说月报》革新号问世时，它就被列入"创作"栏目，陆续推出了冰心的《笑》和《往事》、许地山的《空山灵雨》等佳作。这表明抒情小品业已成为一种自觉的艺术创作，并为新文坛所接纳。周作人于1921年5月所写的《美文》，就肯定美文里"可以分出叙事与抒情"以及"两者夹杂"诸类，明确指出抒情的散文属于"艺术性的""美文"③。在短短的五六年间，鲁迅、周作人、朱自清、俞平伯、王统照、绿漪、陈学昭等人热心开垦小品文园地，使之出现了名家辈出、佳作林立的空前盛况。他们从各自的生活感兴出发，率真表达自己的喜怒哀乐，深入剖示内心的感情纠葛，大胆坦露个人的志趣意向，大多带有自叙自剖、率性抒怀的时代特色。他们在抒情小品中倾注了更多的艺术心血，都自觉把散文写成美文，注重艺术上的独创和完美，创造出各式各样的抒情体式，主要有书信体、速写体、随感体、散文诗等具体样式。

书简小品古已有之，是古人交流信息、沟通感情的一种主要形式。其中如曹植、嵇康、陶弘景、吴均、王维、韩愈、柳宗元、欧阳修、苏轼等人的书信

---

① 周作人.自己的园地·论小诗.
② 鲁迅.南腔北调集·《自选集》自序.
③ 周作人.美文.晨报,1921-6-8(7).

和颜之推等的家书,也有不少长于抒情谈心,富于文学价值。但古人只限于向亲友诉说衷情,而且并不自觉地要把书信写成文学作品,主要还是出自亲友间传递信息的实际需要写下的。"五四"作家则将实用书信和文学书信明确区分开来,借用书简小品形式创作抒情散文,把公众读者视为知己,向他们交心,即便是写给某个具体受信人,也是作为一篇文学作品来写,并且公诸报刊,为广大读者所阅读,如周作人的《山中杂信》、郁达夫的《给一位文学青年的公开状》等。他们觉得书信形式便于表现自己,能与读者亲切地交流思想感情,从而热心提倡和创作书简小品,将书信诚恳坦白、亲切自然的特点带入散文创作,创造了书信体抒情小品这一艺术形式。

周作人在当时提倡过书简小品,认为它是"文学中特别有趣味的东西,因为比别的文章更鲜明的表出作者的个性",具有"更真实更天然"的特点①。他自觉地将书信的特长融入自己的小品文创作,既写出《苦雨》《乌篷船》之类正格的书简小品,又写了大量带有书信风味的"谈话风"散文。他向友人或公众娓娓诉说日常感兴,坦露自我心曲,不露人工做作痕迹,以亲切自然感人至深。捧读《苦雨》《乌篷船》等作品,我们好像变为收信人那样,从信文里看到苦雨斋主人在跟自己闲聊雨天的情趣,乘坐乌篷船看四周物色、听水声橹声的适意,真切地感知作者当时的性情心态。这是书简小品引人爱读的一个内因,它既显示了文格与人格的一致性,也拉近了作者与读者的心理距离,以真挚亲切感染人。

冰心的《寄小读者》是"五四"时期影响最大的书信体抒情小品。它以系列通讯的方式向青少年读者倾吐作者留美期间的观感情思,其中的几封家书也是优美的抒情作品。冰心在《四版自序》里说:"假如文学的创作,是由于不可遏抑的灵感,则我的作品之中,只有这一本是最自由、最不思索的了。""母亲付予了我以灵魂和肉体,我就以我的灵肉来探索人生。以往的试验探索的结果,使我写了《寄小朋友》这些书信。这书中有幼稚的欢乐,也有天真的眼泪!"可见她这些寄小读者的通讯,是一种自觉的文学创作,并且充分体现了书信体散文自由抒写真情实感和个人性格的创作特色。《寄小读者》风靡一时,固然是由于其情思清新鲜活、温柔感人,但也和作者所创造的与读者亲切谈心的通讯方式和"不绝如缕,乙乙欲抽"②的抒情方式分不开。作者预拟了自己的读者群——亲爱的小朋友,把他们当作知心朋友和谈心对象,自称写作时,

---

① 周作人.雨天的书·日记与尺牍.
② 冰心.寄小读者·四版自序.

"我似乎看得见那天真纯洁的对象,我行云流水似的,不造作,不矜持,说我心中所要说的话"①,始终以大姐的口吻向小弟妹们娓娓诉说自己的爱心柔情。这就树立了率真恳切、平易可亲的抒情形象,突出体现了与读者平等对话、相互沟通的时代新风。

速写体抒情小品偏重于表现作者日常生活的见闻观感,带有写实抒情风格。作者随时随处将触发感兴的生活场景和人事片断描绘下来,犹如绘画中的速写、素描一类,在简洁朴素的形象画面上饱含着自己独到的感受。冰心的《往事》、朱自清的《背影》、郭沫若的《小品六章》,便是这类小品的代表作。作者即兴下笔,不假雕琢,全凭自身体察的敏锐真切、勾描的逼真传神吸引人。如朱自清所描绘的父亲的背影,看似普通平凡,却是全文的聚光点,凝聚了他对父爱的独特发现和深刻体认,高度概括了普天下的父母之心和亲子之情,给人留下不可磨灭的印象。这是平中见奇、小中见大、霎那间留住永恒的艺术典范。李广田称道《背影》一书是"一个最好的散文范本,它叫我们感到写散文并不困难,并觉得无论甚么事物都可以写成很好的文章。它那么自然,那么醇厚,既没有那些过分的伤感,又没有那些飞扬跋扈的气息。假如说散文之中也有所谓正宗的话,我以为这样的就是"②。这不仅讲出了朱自清散文的美质和意义,也道出了速写体抒情小品所应具有的散文的本色美和自然美。在朱自清手上,抒情与写实有机化合,运用白话口语抵达得心应手的境界,树立了一种平易、朴实、本色的散文美典范。

随感体抒情小品,即兴抒怀,有感而发,也是很便于表达作者日常生活的感兴意象的。宋明两代的小品文大多可划归于这一类。它们偏重于吟味人生世态,歌咏风花雪月,抒发闲情逸趣,如苏轼、袁宏道、张岱诸家小品。"五四"作家中,固然有人师承这个传统,但"精神面目"已有所不同。正如周作人所说的:"现在有许多文人,如俞平伯先生,其所作的文章虽用白话,但乍看来其形式很平常,其态度也和旧时文人差不多,然在根底上,他和旧时的文人却绝不相同。他已受过了西洋思想的陶冶,受过了科学的洗礼,所以他对于生死,对于父子、夫妇等的意见,都异于从前很多。""现在的青年,都懂得了进化论,习过了生物学,受过了科学的训练。所以尽管写些关于花木、山水、吃酒一类的东西,题目和从前相似,而内容则前后绝不相同了。"③ 这带有为自己

---

① 冰心.寄小读者·通讯二十五.
② 李广田.文艺书简·谈散文.
③ 周作人.中国新文学的源流·第五讲.

一派人辩解的话,当然着重强调相异之处,但还是说出了一定的道理。思想眼光变了,感情态度当然有所变化,表现形式也不能不跟着变革。俞平伯的《湖楼小撷》《清河坊》《雪晚归船》诸篇章,记美景,咏街巷,谈梦说今,随感成文,不以雅士自居,而以俗骨自许,注重世俗刹那间实感的品位和阐发,追求绵密、飘忽、朴拙而晦涩的文风,确是当时一种新奇的白话美文。周作人那些谈酒品茶的随感体小品文,也蕴含着现代人生的悲苦感怀和精神追求,写得更为从容舒展、婉曲多姿,"究竟不是明人的小品,从认识上、方法上,如果深刻的研究起来,是处处可以看到现代性的痕迹。周作人的小品之与明人的小品,是发展的,而不是如他自己所说,是复兴的,因此,相仿佛的程度,也是有限止的"。①

"五四"的随感体抒情小品,除了前述承传变革传统小品一路外,还有取法于外国散文艺术的。如许地山、王统照、徐志摩等人,将随感体小品文用于内心独白,发展成为"遐想小品",就较多地吸取了外国遐想式幻想式散文的写法,新创了一种抒情体式,开拓了内心世界的广阔空间。许地山将心中似忆似想似梦的情景,随感随记在《空山灵雨》之中。他察承了佛学玄思的习性,以"生本不乐"②的眼光审视人生,既发现了现世众生的苦难,也在令人陶醉的情爱领域发掘出不乐的因素,还让七宝池上的女子动了乡思凡心,其瑰丽奇特的浪漫主义想象令人耳目一新。"王统照作为小品文作家而存在的,也就是建筑在他的'暝想的小品文'上。"③ 他的《片云四则》《阴雨的夏日之晨》《血梯》诸作,是他对自我对人生苦思冥想的产物,感悟锐敏,浮想联翩,思绪如云,健笔似飞,以热切的独白、有力的节奏打动人。徐志摩的《想飞》无疑是幻想式的,《翡冷翠山居闲话》和《北戴河海滨的幻想》并非一般的游记,而是他对人生与自然的畅想曲,充满着浪漫诗人的自我扩张气息和主观遐想色彩。他们都充分发挥自己的艺术想象力和自由创造力,将自己内心形形色色的意象图景袒露无遗,与公众读者肺腑相见。

散文诗是抒情散文向抒情诗位移、吸取诗歌艺术某些因素而形成的一种介于诗和散文之间的边缘文体。它源于诗文的相互渗透,有的来自诗的散文化,有的出自散文的诗化;"五四"的散文诗就是由这两条途径发展起来的。这里专就后一种情况而言,或称诗化小品文。

抒情散文诗化倾向的出现有其内在必然性。抒情诗文同属于抒情文学类,

---

① 阿英.现代十六家小品·俞平伯小品序.
② 许地山.空山灵雨·弁言.
③ 阿英.现代十六家小品·王统照小品序.

本同而末异，在性质、功能、表情方式诸方面颇多相通之处。抒情诗又比抒情散文发达成熟得早，其抒情艺术经验也大多适用于散文创作。因此，散文在保持和发挥自身的抒情特长的同时，可以吸收诗歌艺术的某些成分来丰富和提高自己的表现力，这就必然产生诗化小品文这种综合文体。我国古代早有以文入诗和以诗为文的试验，出现过不少半诗半文、诗文结合的作品，大量的辞赋小品就是例证。"五四"散文家扬弃、改造了古代以诗入文的艺术传统，又自觉接受西方现代散文诗艺术的影响，尤其是积极借鉴波特莱尔、屠格涅夫和泰戈尔诸家散文诗的范本，从而创立了现代诗化散文的新体裁，即当时人们所说的"诗的散文"或"散文诗"。滕固指出，"诗化的散文"是将"诗的内容亘于散文的行间"①。于赓虞认为，散文诗"乃以美的近于诗辞的散文，表达人类更深邃的情思"，它与诗的区别在于"文字上有充分运用的自由（得受音律的限制），在思想上有更深刻表现的机会（不完全属于感兴了）。但散文诗写到绝技时，仍能将思想溶化在感情里，在字里行间蕴藏着和谐的音乐"②。朱光潜以为散文诗"只是有诗意的小品文，或则说，用散文表现一个诗的境界"③。这些界定着眼点略有差别，但都说明散文诗比诗自由灵活，有散文的自然美，又比散文凝练精致，有诗的意蕴和节奏，是诗文合一的产物，在抒情力度和自由度上显示了"杂交优势"，成为现代抒情小品中崭露头角、备受欢迎的抒情体式。

　　散文诗更接近于抒情诗，往往尽量压缩叙述因素，精心提炼素材，充分发挥抒情特长，适当吸取诗的构思方式和节奏旋律，以表现作家内心深切细致的思想情感见长。鲁迅是在"两间余一卒，荷戟独彷徨"④的境地中，内心有着尖锐复杂的思想冲突和情感纠葛，着手创作散文诗集《野草》里的系列作品。他同时期写的杂文《华盖集》正续编主要表现自己荷戟独战的一面，回忆录《朝花夕拾》主要表现自己偷闲返顾的一面，《野草》则突出表现自己荷戟彷徨、上下求索这一面，不同文体之间显然有着明确的艺术分工。正由于他当时内心深处繁复深刻的感触思绪，不是杂文和回忆录所能充分表现的，也不是小说《彷徨》所能直接抒写的，才促使他自觉运用散文诗这种内在容量丰富精深而又便于表情达意的艺术形式加以表现。也正由于鲁迅当时的心境浓缩着现代人生的种种矛盾冲突，蕴藏着先驱者的大悲苦大欢喜，并非一般的歌吟所能舒散排解，所以他非用新颖奇崛的艺术语言不可。他在《野草》中融汇了许多现

---

① 滕固.论散文诗.文学周报,27.
② 于赓虞.世纪的脸·序.
③ 朱光潜.艺文杂谈·诗与散文.
④ 鲁迅.题《彷徨》.1933年3月2日题诗赠日本友人。

代艺术手法，如象征寓意、内心独白、梦幻冥想、怪诞变形等等，在精炼的体式里凝聚着深广的情思。他运用诗的想象方式，将内心感触提炼、升华，创造出一个个深邃瑰丽的意境；又借助复沓、排比、跳跃、抑扬的诗歌句式，造成回旋往复、铿锵有力的音乐节奏，以强化抒情效果。总之，《野草》最突出地体现了抒情小品诗化的特点，最能代表中国现代散文诗的成就，也最富于独创性和现代艺术气息。当时还有刘半农、郭沫若、王统照、焦菊隐、于赓虞等，为这种新兴的抒情文体的发展做出了贡献。

上述各体抒情小品，虽说可以在单篇作品的简短形式中尽可能地概括丰富精深的情致意蕴，创造出一以当百、小中见大的艺术奇迹；也可以通过系列性作品多角度多层面地感应人生的五光十色发掘内心的丰富蕴藏，形成散点透视、连篇组合的艺术长卷；但毕竟受制于小巧的体式，不便对触发作者感兴的生活场景、人事经历、社会环境作具体充分的描写。况且一篇抒情小品的题旨往往较为单纯集中，一般作家写起来容易流于空灵浮泛。抒情小品擅长于表现人们刹那间涌上心头的零星感兴和深切情思，难以在单篇作品中充分展现繁富多变的情感活动。这类作品的短处，在那些涉世不深、思想肤浅而又多愁善感、吟风弄月的年轻作者中表现得较为明显。抒情小品的特长是其他散文样式难以替代的，其局限则可以由抒情散记加以补救。

二

抒情散记亦称记叙抒情散文，指的是处于"纯"抒情散文和"纯"叙事散文之间，记叙、描写和抒情融为一体的一种综合性散文类型，即周作人在《美文》里所说的"叙事与抒情""两者夹杂"之类美文。它主要用来抒写作家的亲身经验和见闻观感，有的是以抒情的笔调来记述作家所关切、有体验的生活片断，有的是通过描述个人身世阅历和世间人事景物来抒发自己的思想感情。写实与抒情紧密结合，再现客体真相与表现自我真情谐调统一，以实出虚，以形传神，这构成抒情散记有别于抒情小品的创作特点和表现功能。游记、日记、杂记、自叙传、回忆录、怀念文等体式中，都有偏于抒情的众多作品。记游述感，写景抒情，状物寓意，叙事释怀，忆旧怀人，自述身世抱负，感应人情世味，取材广泛，形式多样，汇映成"五四"时期记叙抒情散文的洋洋大观。

游记除了部分旅行记、写生文偏重于风俗景物的客观描述，应归入叙事类散文之外，大多属于记叙抒情散文范畴。借景抒怀，记游遣兴，随时随地表现作者对山水自然、风土人情的观感体验，可说是一种抒情性游记，而且也是源远流长的。相比较而言，我国古代游记偏重于描绘自然美景、名胜古迹和田园生活;"五四"游记则进一步扩大了视野,不仅关注各地的风土人情,还探首域外,采写异国情调。如瞿秋白的《饿乡纪程》,孙福熙的《山野掇拾》,郭沫若的《今津纪游》和《山中杂记》,朱自清的《踪迹》,徐志摩的《巴黎的鳞爪》,王世颖和徐蔚南的《龙山梦痕》等等,大多以新的眼光领略山水名胜,尽情讴歌自然美,返照现实人生,热烈向往新世界,从而开拓和更新了游记的题材和意境。

仅就专写山水自然的游记来说,古今作家都努力创造情景交融的境界,常用即景抒怀、寄情山水、情景相生等艺术手法,将自然人化,转化为人们的审美对象。但是,古今作家对自然美的体察和玩味,因时代的、社会的、文化的种种差异而具有不同的内容和表现形态。古人身处农业社会,朝夕亲近自然,主要把自然美景视为赏心悦目、怡情适性的审美客体加以歌唱,或把山水田园当作自身逃避世俗纷争、抚慰心灵创痛的恬静场所加以流连。他们对自然美景的描绘鲜明可感、逼真如画,追求主客无间、物我两忘、天人合一的审美境界。柳宗元的《永州八记》,"漱涤万物,牢笼百态"①,就以工于描摹刻画、寓意于景而为人称道不已。欧阳修的《醉翁亭记》和袁宏道的山水小品,表现的是士大夫忙里偷闲时天人同乐、怡然自得的闲情逸趣。像范仲淹《岳阳楼记》、苏轼前后《赤壁赋》之类着眼于借景抒怀的作品则较少些。总体上看,古代游记大多是触景感怀、以景物描写为主体的,可说是"写境"多于"造境"②。

郁达夫说过:"从前的散文,写自然就专写自然,写个人便专写个人,一议论到天下国家,就只说古今治乱、国计民生,散文里很少人性,及社会性与自然融合在一处的,最多也不过加上一句痛哭流涕长太息,以示作者的感喷而已;现代的散文就不同了,作春处处不忘自我,也处处不忘自然与社会。就是最纯粹的诗人的抒情散文里,写到了风花雪月,他总要点出人与人的关系,或人与社会的关系来,以抒怀抱;一粒沙里见世界,半瓣花上说人情,就是现代的散文的特征之一。"③ 这说明包括游记在内的现代散文是注重人与自然和社会的密切关联的,对自然生态滋润人生的审美价值有着自觉意识和执着追寻。鲍桑葵指出:"人所以追求自然是因为他已经感到他和自然分开了。古代精神和近代精神的一切区别都暗含着这种对比。"④ 这话听起来平淡,却道出了现代人的生存实情和崇拜、追求自然的心理动因。

---

① 柳宗元.愚溪诗序.
② 王国维在《人间词话》里论及"写境"与"造境"的区别和联系。
③ 郁达夫.中国新文学大系·散文二集导言.
④ 鲍桑葵.美学史.北京:商务印书馆,1985:116.

"五四"作家大多是从田野乡镇旅居京沪都市谋生的自由职业者，有一种与自然隔绝的痛苦感受和崇拜自然的思想激情。他们常常将都市生活的纷扰紧张与山水自然的宁静清新作鲜明对比，以感伤的语调诉说自己远离了自然而向往自然的思念，一旦回到自然的怀抱，就好像久违重逢般的惊喜若狂，表现出对自然美的热烈追求。他们在游记里往往交错表达憎恶污浊社会和热爱自然美景、反省自身病态和企求人生健全的复杂情绪，将浓厚的主观色彩涂抹在自然景物上，情溢于景的现象普遍存在，以致"造境"多于"写境"①。创造社作家的游记大多是"漂泊记"，充满着飘零者顾影自怜的伤感、愤世嫉俗的慨叹和返回自然的呼叫，主要发展了缘情写景、借景抒怀的写法，突出地体现了浪漫派作家崇拜自然、反抗社会的思想倾向，如郭沫若的《月蚀》、郁达夫的《感伤的行旅》、成仿吾的《太湖游记》、倪贻德的《秦淮暮雨》诸篇。朱自清和俞平伯的同题名作《桨声灯影里的秦淮河》，都恣意铺写身在自然美景、历史名胜之中的种种印象、感觉、幻想和追思，既以景致华美迷人，又以感情浓郁动人。朱自清甚至把平常见惯的清华园里的荷塘，有意置于朦胧月色之下，让它呈现出前所未见的风韵，以便畅舒独处的妙处，满足寻幽访胜的心愿。他说："游记里满是梦。"② 不仅他的游记如此，当时许多作家的游记也充满着对大自然如痴如醉的恋情和憧憬，抒情性因素盖过描写性因素，作家主观色彩浓厚地投射在风景画面上，甚至不惜改变实景的风貌，或变换自己的观赏角度，以便于移情造境。这就更接近于西方浪漫派崇拜自然、纵情山水的创作倾向。

　　抒情散记的其他体式，主要处理人生社会题材，涉及个人经历、身边琐事、人情世态、时事政局等广泛内容，随物赋形，灵活多姿。作者的思想感情总是与特定的生活际遇和客观事物联系在一起。要具体展示引发作者情感活动的缘由经过，就必须将记叙与抒情融为一体。记叙抒情散文可以充分展开具体描写，以抒情小品容纳更多的客观性内容，也可以直接抒发主观感受，比叙事散文更带有个性色彩，因而更适合于作家自由自在地抒写人生实感和精神活动，在"五四"散文中也有大量的作品。

　　鲁迅的回忆录《朝花夕拾》，主要抒写自己青少年时代的生活经历和成长道路。他反思过往，总结经验，解剖自己，也剖析社会；旧事重提，本是为了映照现实，领悟人生，从而在忆旧感时的抒情氛围中展现了一幅幅人生相和风土画，与一般的自叙传有别，而借夕拾的朝花排解"现在心目中的离奇和芜

---

① 王国维在《人间词话》里论及"写境"与"造境"的区别和联系。
② 朱自清.你我・《山野掇拾》.

杂","旧来的意味"① 还具有回味价值和现实针对性，这就开了新型回忆性散文的先河。他的悼念文《记念刘和珍君》，既显示烈士的崇高品格，又表达自己对死者的哀悼与敬佩，对屠伯和帮凶的憎恨与诅咒，对猛士的激励，对苟活者的鞭策，还揭示"三一八惨案"的经验教训，凝聚着十分丰富深刻的思想内容，洋溢着大爱大憎者的战斗激情，使传统的哀祭文改换了精神面目。对比鲁迅一周后创作的散文诗《淡淡的血痕中》，可见两种文体写法有异、容量有别。其记叙抒情作品以写实抒情的具体、鲜明、充分见长，散文诗则以写意造境的概括、凝练、含蕴取胜。前者要有事理情致才能感人，后者则要创造意境才能以少总多，留有余味。如果说，抒情小品是以意境深邃含蕴为上品，那么抒情散记则以情思深切隽永为佳构。鲁迅的散文诗和记叙抒情散文就分别代表了这两类文体的审美要求和艺术成就。

郁达夫自称："散记清淡易为，并且包含很广，人间天上，草木虫鱼，无不可谈，平生最爱读这一类书，而自己试来一写，觉得总要把热情渗入，不能达到忘情忘我的境地。"② 不只他如此，"五四"作家所写的散记作品，也大多总要把热情渗入，不可能"忘情忘我"，从而形成抒情散记的新体式，构成与清淡平和、节情尚简的古典文风有所不同的热情洋溢、个性鲜明的新风貌。不能"忘情忘我"，与其说是现代散文的缺陷，不如说是它的一大特长。因为它体现了现代人思想感情的解放、自我个性的张扬、审美观念的变革，使散文突破了传统规范，扩大了表现功能。郁达夫的《还乡记》《还乡后记》《一个人在途上》诸篇，不仅将主体热情渗入叙事过程，而且是以自己的情感波动作为结构行文的中心线索，随着内心情绪的变迁起伏调度素材，交错抒写不同时空间发生的有关纠葛，甚至肆意铺写心理活动，宣泄内心悲愤，敢哭敢骂，放谈纵谈，以率真坦露、自然畅达见长。他还将小说笔法，如场景描写、心理刻画、对话独白等，大量引入散文创作，扩大了其艺术容量。在郁达夫手上，完全打破了古文义法之类清规戒律，散文成了最自由不拘、最有个性色调的一种文体。

"五四"抒情散记大多采用第一人称。文中的"我"绝大多数是作者自身，代表作者在自叙经历，自诉衷肠，在观照、体验、感应和思索内外面生活，因而明显带有个人抒情、自我表现的气息，并以直抒胸臆、纵笔驰骋为主流。但也有一些散记作品，不直接以第一人称而以第三人称作为主人公，不以主观抒情而以客观记叙方式写成的，貌似叙事散文而实属抒情之作。沈从文指出过这

---

① 鲁迅.朝花夕拾·小引.
② 郁达夫.达夫自选集·序.

一特殊现象，他说："五四以来，用叙事形式有所写作，作品仍应当称之为抒情文，在初期作者中，有两个比较生疏的作家，两本比较冷落的集子，值得注意：一是用川岛作笔名写的《月夜》，一是用'落华生'作笔名写的《空山灵雨》。"① 川岛的《月夜》和许地山的《空山灵雨》之所以仍是抒情散文，是因为作者创造性地将自己的情感经验和人生阅历转化为客观图景，通过叙事写人间接表达自己的思想感情。如许地山的《补破衣的老妇人》所描绘的片断场景，并非要写那位老妇人的劳作与贫困，而是借此表达一种补缀人生破网的意趣。《别话》描写一对夫妻死别的情景，曲折表达了作者的悼亡心情。《债》通过"他"的内省自责，显示了作者对人的责任的哲理思考。《茶蘼》巧设一场爱情误会，抒发落花有意、流水无情的人生感慨。这些记叙性作品，与《空山灵雨》里某些眼想小品有所不同，即事见理，寄情于景，含蓄隽永，别具一格。川岛的《月夜》则用叙事体式抒写自己的爱情生活。鲁迅曾将其中的《惘然》一篇选入《中国新文学大系·小说二集》，可见他采用了小说笔法。他写恋爱的甜蜜，小另帕勺惘然，相当细腻真切，富有情致。许地山和川岛有意采用叙事体式和客观化手段来抒情述感，丰富了抒情散文的表现手法。当时还有不少散文与小说界线模糊的抒情作品，如废名的《桥》《枣》等。周作人在选编《中国新文学大系·散文一集》时，特意从《桥》中选取《洲》《芭茅》等六则，并在《导言》里解释道："废名所作本来是小说，但是我看这可以当小品散文读，不，不但是可以，或者这样更觉得有意味亦未可知。"这种现象也可以在鲁迅、郁达夫、庐隐诸家的小说集里找到例证，说明叙事体抒情作品有介于散文与小说之间的一种边缘文体，在散文与小说的相互渗透中发展了叙事抒情艺术。

"五四"抒情散记的各种样式，主要是在游记、日记、杂记、传状等传统文体的基础上发展起来的，既增强了旧有记述类散文的抒情功能，又赋予它自由创造的艺术活力，还借助叙事艺术的某些特长丰富自身的表现力，从而扩大了抒情散文感应人生的范围和容量。

三

"五四"散文中还有一种介于抒情与说理之间的边缘文体，有人称为"抒情的论文"②。这里的"论文"是英文 essay 的译名，现通译为"随笔"或"小品文"，因而我们称这种文体为抒情随笔。外国 essay 文体，有"正式的论文

---

① 沈从文.习作举例.国文月刊,1940(创刊号).
② 周作人《自己的园地》自序、朱自清《什么是散文》等。

(formal essay) 和亲切的或个人的随笔 (familiar or personal essay)"两大类①。"五四"作家主要是在后一种意义上理解 essay 的,把它看作一种以随意漫谈、亲切活泼的文学笔调写成的短篇作品,既可以用于说理评论,也可以用来叙事抒情。正如鲁迅所译介的日本厨川白村的经典界定:"……随随便便,和好友任心闲话,将这些话照样地移在纸上的东西就是 essay。兴之所至,也说些以不至于头痛为度的道理罢。也有冷嘲,也有警句罢,既有 humor(滑稽),也有 pathos(感愤)。所谈的题目,天下国家的大事不待言,还有市井的琐事、书籍的批评、相识者的消息,以及自己的过去的追怀,想到什么就纵谈什么,而托于即兴之笔者,是这一类的文章。"② 我们所说的抒情随笔,专指其中那种夹叙夹议、絮语漫谈而情理融合的体式,类似诗歌中的哲理诗,说理具象而寓于情趣。这种体式因适合"五四"作家品评和思考人生的需要,顺应文体解放的时代潮流而风行开来,在鲁迅、周作人、俞平伯、梁遇春、丰子恺等人手上得以确立,发展成为抒情散文的又一重要品种。

"五四"新文学家思想解放、自我觉醒、人生观和价值观更新,对一切都力图以新的眼光、新的标准重新审视,重新评估,从而在各种创作中形成了爱好说理的时尚。朱自清指出:"那时是个解放的时代。解放从思想起头,人人对于一切传统都有意见,都爱议论,作文如此,作诗也如此。"③ "五四"散文中不仅兴起了专门用于发议论、谈感想、批评人生社会、解剖国民性的杂文短评,也出现了夹叙夹议的抒情体式。这种体式在我国古代的赠序、书说、序跋、奏表、咸铭和笔记诸类文章中可以找到诸多先例。这对"五四"抒情随笔创作有潜在的影响。然而,现代随笔主要还是借鉴外国那些"或叫作 Informal(不拘形式的)或叫作 Familiar(家常闲话式的)或叫作 Personal(个人文体式的)Essay ④的创作态度和表达方式,自觉接受其影响而发展起来的。它以亲切诚恳、自由自在的态度和絮语闲谈、活泼风趣的笔调抒写作家的经验感想,远比古人写得随意自由,更富于个人色彩。它与"五四"时代探讨人生意义的时尚有着密切联系,因而带有浓厚的人生哲理意味,较充分地体现了写作者的人生态度、思想探索和知性禀赋。

鲁迅《朝花夕拾》里的《狗·猫·鼠》《二十四孝图》《无常》诸篇,不是通常的回忆文章,而是借旧事评说世态、以随笔抒怀说理的范例。他随意漫

---

① 蓝仁哲.现代英国散文选·英国散文今昔(代序).
② 厨川白村.出了象牙之塔·essay.
③ 朱自清.新诗杂话·诗与哲理.
④ 郁达夫.中国新文学大系·散文二集导言.所引 Nitehie 之语。

谈，涉笔成趣，夹叙夹议，机智闪烁。谈仇猫心理时，旁征博引，联想巧妙，类比神似，议论警策，有谐而虐的讽刺，也有深切强烈的感愤，在貌似不经意的纵笔漫书里有一以贯之的仇猫意趣和丝丝入扣的结构布局。这样的随笔融入了杂文笔法，议论与叙事、抒情水乳交融，强化了抒情作品的思想力度和抗争品格。鲁迅的一些序跋文，如《〈呐喊〉自序》、《〈华盖集〉题记》、《朝花夕拾》的《小引》和《后记》等，也是抒感性与哲理性交融的范例，从中可见其创作心态、人格精神和审美意识的独特性与一贯性。鲁迅谈论"五四"散文时，特意指出："这之中，自然含有挣扎和战斗，但因为常常取法于英国的随笔（Essay），所以也带一点幽默和雍容；写法也有漂亮和缜密的，这是为了对于旧文学的示威，在表示旧文学之自以为特长者，白话文学也并非做不到。"① 他概括了"五四"散文的普遍情形，其中自然也包括自己的散文随笔。他那些得心应手、游刃有余、从容应战、饱含激情的随笔作品，融化了他所喜爱的斯威夫特、厨川白村、鹤见祐辅诸家随笔的写法，确立了现代随笔的现实战斗精神和充分个性化的鲜明特色。

　　周作人的散文不少是闲话式的随笔。《自己的园地》《雨天的书》《泽泻集》里的作品，大多娓娓道来、谈言微中、文笔练达、情理中和。如《北京的茶食》，闲谈中日古今的茶点，婉讽现实生活的枯燥，领悟人生的情趣："我们于日用必需的东西以外，必须还有一点无用的游戏与享乐，生活才觉得有意思。我们看夕阳，看秋河，看花，听雨，闻香，喝不求解渴的酒，吃不求饱的点心，都是生活上必要的——虽然是无用的装点，而且是愈精炼愈好。"这话道出了他的生活观，说得合乎情理、平淡隽永。他的随笔就这样娓娓诉说日常生活的独到体会，随意穿插中外古今的知识，从容抒写个人的闲情逸趣，知识丰富而理趣盎然，富有絮语风味和知性色彩。俞平伯的散文与周作人较近似，讲究"知识与趣味的两重的统制"②，喜欢夹叙夹议，把抒情与说理融为一体。如《冬晚的别》抒写离愁绪，既有亲历其境的真情实感，又有事后追忆的自我调侃，交错写来，逸趣盎然。这类随笔不以热情奔放取胜，而以冲淡平和见长，慰情益智，别具一格。

　　稍后偏爱随笔创作的还有梁遇春和丰子恺。梁遇春的《春醒集》，漫谈人生，纵笔挥洒，以博识、巧思和气盛形成"快谈、纵谈、放谈"③的个人风格，在文

---

① 鲁迅.南腔北调集·小品文的危机.
② 周作人.《燕知草》跋.
③ 唐弢.晦庵书话·两本散文.

体创造上有独特的建树。《谈"流浪汉"》一文，长达万言，却率性直抒，一气呵成。他随手征引中外诸多相关知识，肆意铺写流浪汉的言行心思，又处处把流浪汉与绅士君子加以对比，随时都有传神的写照、精警的议论和热烈的抒情，浮想联翩、驳杂多姿，而又生气贯注、丝丝入扣，充分抒写出流浪汉自由活泼、享有人生的可爱性格。这真有一缰在握、纵横捭阖的气度雄风。既得兰姆任心闲话、机智闪烁的真传，又学赫士列特激情洋溢、议论风生的笔法，以酣畅淋漓独树一帜。丰子恺的《缘缘堂随笔》，玩味儿童情趣，探究人生真谛，则是从容下笔，以笔代口，不矜持，不造作，不雕琢，得心应手，吞吐自如，如行云流水，似家常闲话，显得特别自然、亲切、飘逸和风趣，不像梁遇春那样年轻气盛，而以达士之风耐人品味。这两位后起之秀，也为随笔体抒情散文树立了各自的风范。

　　用随笔抒情说理，自由随意，不拘一格，关键是要处理好情与理结合的问题。朱自清评论"五四"散文中"夹叙夹议"的体式"没有堕入理障中去"，"因为说得干脆，说得亲切，既不'隔靴搔痒'又非'悬空八只脚'。这种说理，实也是抒情的一法"①。这里提出了说理不"隔"不"空"的审美要求，也就是要避免"理障"而追求"理趣"。理障只是抽象说教，泛泛而谈；理趣则是作者从生活经验领悟出来的、饱含作家感情色彩的思想哲理，是情理融化而成的一种境界。例如，鲁迅在《狗·猫·鼠》一文中对猫性的深刻洞察，是从猫怎样玩弄折磨弱小动物、怎样向强者装出一副媚态的见闻谈起，联想自己小时候受猫侵扰伤害的情感经验，并联想现实社会中诸多向强者献媚、对弱者施威的丑恶嘴脸，深刻地揭示了"仇猫"的道理。鲁迅从个人生活体验和现实斗争经验中提炼出来的战斗哲理，就融化在形象的勾勒和激情的迸发之中，真切犀利，鞭辟入里。他历述《二十四孝图》的荒谬，对以孝道为代表的封建伦理的欺骗性和危害性有透彻的议论："正如将'肉麻当作有趣'一般，以不情为伦纪，诬蔑了古人，教坏了后人。""这些老玩意，本来谁也不实行。整饬伦纪的文电是常有的，却很少见绅士赤条条地躺在冰上面，将军跳下汽车去负米。"这些定评，交融于儿时翻阅《二十四孝图》的疑惧反感心理的追述和当今的清醒体察之中，又饱含着愤怒的诅咒和辛辣的嘲讽，因而语语中的，力重千钧，思想的穿透力与感情的震撼力相辅相成，增强了振聋发聩的力度。可见，理趣是一种具象化、感情化的思想哲理，是抒情说理散文的精魂。"五四"抒情随笔追求理趣美，正如抒情小品追求意境美、抒情散记追求情趣美一样，体现了抒情体式的审美品格和艺术特色，强化了抒情散文的思想力度和认知意义。

---

①　朱自清.《燕知草》序.

以上我们将"五四"时期抒情散文划分为小品体、散记体、随笔体三种类型，分别考察各自的特性、功能及其多样化的表现形式和个性化的文体创造。这三类的区分只是相对而言，事实上各种抒情体式都是本同而末异、互有联系、互为补充，都是出自作者的表现需要而生成发展，并不定型僵化，失去自由创造的艺术活力。总的说来，这时期散文灵活多样的抒情体式，适应了现代人交流各种思想感情的需求，乘思想解放、文体解放的时代东风而蓬勃发展。传统文体"精神面目"的更新，新创文体生气勃勃的发展，传统和外来抒情手法与姐妹艺术的多方融汇，文体形式和审美意识的大解放，以及艺术追求的个性化和多样化，这些内在的艺术因素合力造就了"五四"抒情散文的繁荣景观和丰收局面。

抒情散文的表现功能也是深广多样的。相比较而言，抒情小品作为典型的抒情散文，着重表现了作家丰富的内心生活，也以主观感受、小中见大的方式折射和感应人情世味的甜酸苦辣；抒情散记则融化记叙艺术的特长，扩大了抒情散文的艺术容量；抒情随笔表达了作家对人生社会的哲理沉思和知性洞察，增强了抒情散文的思想价值。以抒情小品为主体，以散记和随笔为两大分支，构成了"五四"抒情散文的整体格局，也奠定了中国现代抒情散文的发展规模。以此为起点，抒情散文卓然独立，走上自由创造、多向开拓的发展道路，一跃变为现代文坛和抒情文学领域的一支生力军，成为艺术性散文的典型代表，以至于在当代几乎成为狭义散文的同义语。30年代以后，抒情小品诗化倾向持续发展，抒情散记的各种样式日趋于纪实述感，抒情说理的随笔相对不够发达，总体上说都是在延续、巩固、深化和完善"五四"抒情散文的创新成果和精神传统。从这个意义上说，"五四"抒情散文出色地完成了时代赋予的革故鼎新、继往开来的历史使命，在中国散文史上具有划时代的历史意义。

（原载《文学评论》1994年）

作者简介

汪文顶，1957年生，福建安溪人。1978年毕业于福建师范大学中文系。福建师范大学文学院教授、博士生导师。曾任福建师范大学文学院院长、福建师范大学副校长。著有《现代散文史论》《无声的河流：现代散文论集》《汪文顶讲现代散文》《现代散文学初探——汪文顶学术自选集》等，参与编写《中国现代散文史》《中国现代散文十六家综论》《中国现代散文理论》《中国现代文学总书目》等。

从林语堂到汤婷婷：
中心与边缘的文化叙事

陈旋波

19世纪中叶西方的坚船利炮摧毁了伏尔泰、莱布尼兹等欧洲哲人所构筑的"中国幻象"，东方不再成为一个神秘的道德圣地，反而从此变成西方强大文化的君临对象，20世纪的中国处于传统文化与西方文明剧烈撞击的交汇点上。汤恩比写道："未来的历史学家将说，20世纪的伟大事件是西方文明对于那时世界的所有其他人类社会的影响。"[①]无论20世纪中国知识分子的意识形态存在着多大的分化，但他们有一点是共同的——在面临西方文化强烈挑战的背景下建构各自的文化立场。学衡派的文化保守主义、梁漱溟的新儒学也同样显示了对西方文化挑战的回应。

"五四"思想启蒙的合理性是基于对中国腐朽封建文化的整体批判和对西方近代思想的认同之上的。鲁迅无疑是认同西方话语规范的杰出代表，他所创造的"民族寓言"以西方近代个性主义与进化论为圭臬，求新声于异邦，开启中国蒙昧心智，蕴含着深刻的改造民族性的启蒙意义。因此若依据 E. W. 赛义德的"东方主义""文化霸权主义"的理论去批评鲁迅为文化帝国主义张目，这显然是有悖于中国历史发展的必然性的。然而，赛义德的"文化和帝国霸权主义"的理论架构对于探讨20世纪华人作家的文化叙事并非没有参照价值。赛义德把福柯的知识与权力关系机制转化到殖民主义文学的讨论中，并分析西方如何通过文化霸权，把非西方文化湮没在自己的宏大话语之中。该理论对于研究像林语堂这样自诩"两脚踏东西文化"的20世纪中国作家显然具有特殊意义。

---

① 汤恩比.文明经受着考验.沈辉,译.杭州:浙江人民出版社,1988:183.

林语堂的大量作品（有三十部之多），都是采英文创作的，并在美国出版，能够直接进入西方文化圈；林语堂作品的人物群像不再局限于华人，有不少西方人成为描写的主角；更重要的是，林语堂对中国人介绍西方文化，对西方人介绍中国文化，这能够充分体现出明显的文化立场。林语堂的作品潜隐着依归西方典律的立场，典型地体现了一部分20世纪中国知识分子基于西方他者规范的权威认同。如果说鲁迅运用西方话语是为了对中国的历史和现实进行实践的批判，那么林语堂则是通过抽象的中西方文化比较来体认西方文化价值，显然后者更能印证赛义德的文化理论。

20世纪60年代以来，西方进入了后工业社会，在文化领域上出现了对西方文化的历史性和绝对性的排斥，德里达的解构主义"拆除在场"、瓦解中心的策略颠覆了西方典律所赖以存在的人文基础和逻辑思路，西方中心话语已逐渐失去其权威地位，在多元文化的呼声中分崩离析。多年以来，美国少数族裔作家及评论家始终致力于挑战由中产阶级白种男性建构的西方中心典律，他们重新挖掘或确立过去被边缘化的少数族裔作品的内在价值和合理地位。在林语堂的《奇岛》出版二十多年后，美国华裔女作家汤婷婷写出了《女勇士》和《中国人》。这两本书解构了西方殖民主义文化中心典律，确立了边缘文化的合理价值，在权威话语的废墟上空响起了边缘的声音。本文把林语堂、汤婷婷放在一起讨论显然是意味深长的：其一，他们都是作为边缘文化的叙事角色直接进入西方话语之中的；其二，他们不同的文化立场映现着20世纪西方中心话语从权威到瓦解的进程。从林语堂到汤婷婷叙事文本的嬗变，其意义已远远超出文学本身。第三世界政治经济的崛起，尤其是冷战结束以后，"文化间的冲突将会取代意识形态与其他形式的冲突而成为世界上最主要的冲突形式"[1]。那么汤婷婷瓦解西方中心典律的策略难道不正预示着跨世纪多元化的文化图景吗？本文力图深入剖析林语堂和汤婷婷对西方典律的不同态度，在对中心与边缘的叙事分析中突显出跨世纪的文化轨迹。

一、对西方文化典律的解读

所谓"典律"（Canon）就是具有权威性、垄断性的文化经典，它建立在深远文化传统之上，对文化形成、教育以至意识形态产生举足轻重、不易消退的影响力。西方典律实际上是建构于古希腊罗马文化、希伯来圣经文化基础上的权力话语，它成为欧美人文精神的主导力量，直接控制着文化教育乃至意识形

---

[1] 亨廷顿.文明的冲突.香港：二十一世纪，1993(10):20.

态的诸方面。"人们普遍认为,欧洲文明是希腊人、罗马人和犹太人的遗产。"①在20世纪的中国作家中再没有第二人像林语堂那样强烈地心仪作为西方文明两大源头的古希腊罗马文化和基督教文化。这决定了林语堂对西方中心话语权威性的服膺。

  林语堂早在《生活的艺术》里,就激赏古希腊神祇世界的艺术精神。②他同时对亚里士多德和柏拉图的哲学津津乐道,对古希腊明朗透彻的理性原则心驰神往。③ 而最能体现林语堂皈依西方古典文化传统的是他的长篇小说《奇岛》。他说:"我断了二十年的交情,写出了小说《奇岛》,这出乎每个人的意料。"④实际上《奇岛》充分昭示了林语堂体认西方典律的文化立场。小说描写道:2004年,美国地理探测者尤瑞黛小姐驾飞机误入与世隔绝的南太平洋泰勒斯岛并断了归路。这个海外奇岛社会是希腊人阿山诺波利斯和劳思为逃避第三次世界大战秘密殖民而成的,整个自然环境和人文环境简直是古希腊的再现,橄榄树丛葱茏密布,希腊神话雕塑随处可见。劳思以希腊的人本主义精神治理奇岛社会,全岛居民沐浴在雅典娜神光之中,精力充沛、刚健超脱、热爱艺术,连岛上的原始居民泰勒斯人也参加一年一度的"雅典娜节"庆典,俨然回到西方古典文化的黄金时代。《奇岛》中竟然全是些西方人、希腊人、美国人、英国人、德国人、比利时人,这恐怕是中国文学的空前现象。从林语堂的文化立场看,却一点也不出人意料。

  对上帝的虔诚信仰贯穿着林语堂的精神历程,他坚决维护基督教传统,他说:"我总不能设想一个无神的世界。我只是觉得如果上帝不存在,整个宇宙将至彻底崩溃,而特别是人类的生命。"⑤ 林语堂从小在严格基督教家庭熏陶下接受西方文明的影响,宗教典律构成其人生理想、道德信念以及对形而上本体的终极关切。林语堂在1941年出版的抗战小说《风声鹤映》里,也注入基督教义,让主人公老彭成了舍生取义的救世主。1959年出版的长篇论著《从异教徒到基督教徒》可谓林语堂的基督教自白,他评述了儒家、道家和佛教的思想,指出这些"异教"无法解决人生问题,只有基督之光能普照人间。这本书解读了《圣经》大义,突显出林语堂力图诠释基督教典律的文化立场。《奇岛》

---

 ① 克洛德·德尔马.欧洲文明.郑鹿年,译.上海:上海人民出版社,1988:3.
 ② 林语堂.生活的艺术.合肥:安徽文艺出版社,1988:20.
 ③ 林语堂.从异教徒到基督教徒//林语堂经典名著:第32卷.台北:台湾金兰文化出版公司,1986:21.
 ④ 林语堂.八十自叙//林语堂经典名著:第10卷:124.
 ⑤ 林语堂自传//林语堂经典名著:第15卷:34.

也把基督教精神贯彻得很充分,岛上希腊正教神父亚里士多玛和天主教神父唐那提罗崇拜上帝,积极传道,成为岛民的精神导师;劳思也俨然是一个《圣经》和基督教史专家,对教义旁征博引,也能把宗教训诫付诸实践。

西方文化的对外扩张伴随着野蛮的殖民统治。林语堂对古希腊和基督教文化的皈依导致他在潜意识里对这种殖民意识的神往。18世纪英国小说家丹尼尔·笛福的《鲁滨逊飘流记》历来被视为西方殖民主义的经典作品。我认为《奇岛》是对《鲁滨逊飘流记》的重复解读,是对文化殖民主义的再一次阐释。《奇岛》与《鲁滨逊飘流记》的这种"文化性"隐含着共同的文化殖民主义底蕴。《鲁滨逊飘流记》的经典价值在于:我们从这部小说可以认识到西方殖民主义者如何在荒岛上以代表资产阶级文明的火枪和基督教征服土人,如何实现西方霸权话语的绝对统治。文明/野蛮、西方/非西方的二元对立成为此类典律的基本结构。笛福以及后来的康拉德、吉卜林实际上是西方殖民历史的忠实纪录者。《奇岛》显然直接解读了《鲁滨逊飘流记》的殖民扩张经验。以阿山诺波利斯和劳思为代表的西方人不远万里,强行垦殖泰勒斯岛;尽管岛上原始居民艾恩尼基人拥有自己的历史和文化,过着自得其乐的生活,但最终屈服于西方强势文化。鲁滨逊可以到处"飘流",所到之处都是荒地(这不禁使人想起西方殖民者开拓美洲的历史,那时印第安人已拥有悠久灿烂的文明,但新大陆仍被视为化外之地);《奇岛》的殖民者也同样在泰勒斯岛为所欲为,旁若无人,建立自己的西方殖民文化统治。知识转化为权力,《奇岛》与《鲁滨逊飘流记》在"文明归化"土著人的过程中有着惊人相似的一幕:

> 我一把扯住星期五,对他说:"站住别动。"紧跟着我就举起枪来,开了一枪,打死了一只小羊。可怜的星期五,上次虽然从远处看见我打死他的敌人,却弄不清楚,也想象不到我是怎样打死的,现在见我开枪,大大吃了一惊,浑身发抖,简直吓呆了,差一点瘫在地上。
> ——《鲁滨逊飘流记》①

> 第二天早上,我们闯入林子里。为了让他们怕我们,我们就来了一场射泥鸽子的射靶表演。阿山诺波利斯和我们之中的一些人是好射手。他们一场令人印象深刻的表演,使土人永远都忘不了。
> ——《奇岛》②

这惊心动魄的场景实际上是西方殖民主义的惯用伎俩,林语堂与笛福竟然走在

---

① 笛福.鲁滨逊飘流记.北京:人民文学出版社,1978:186.
② 奇岛//林语堂经典名著:第21卷.台北:金兰文化出版公司,1986:83.

一道!另外,鲁滨逊凭借自然万物的神奇向星期五灌输基督教,奇岛的殖民者则挥动金色的权杖"让月亮暗淡下去",最终使土著人心悦诚服,顶礼膜拜(其实是一次可预报的月全食)。

林语堂并非没有近代中国耻辱历史背景知识,为了避免作为中国现代知识者的文化尴尬,他别出心裁地让殖民者劳思身上带有中国血统(其外祖父是中国人),并让他熟谙中国传统哲学。林语堂似乎想通过这位具有四分之一中国血统的殖民者的报仇雪恨,以洗刷中国近代文化耻辱,结果其实仍是对西方殖民主义的有力肯定,因为劳思(希腊人)所体认的是西方霸权的文化迷思。

西方殖民主义的历史业已结束,然而拆除中心的事业才刚刚开始。作为美国少数族裔作家,汤婷婷不像林语堂那样皈依西方话语规范,而是力图通过拆解西方文化典律的神话,以建构边缘族裔的文化属性。贺柏格在其主编的《典律》论文集的序言中指出:"典律通常被看作一度有权有势的其他人所建造的,而现在则该是被完全打开,除却其神秘色彩或取消的时候了。"① 汤婷婷的《中国人》(1980)正是解构西方殖民主义中心典律的文本。在《中国人》里,汤婷婷颠覆性地阅读了《鲁滨逊飘流记》,打破殖民文本所构筑的西方中心本质,其意义远远超过叙事与阅读本身,蕴含着深刻的文化用意。

《中国人》从女性叙述者的角度讲述19世纪中国男人背井离乡,远离重洋,到北美为殖民者修建西部铁路的故事。汤婷婷的祖父阿公和其他中国男子别离苦难的故乡,梦想到大洋彼岸寻找财富,这似乎是早期华侨经历的典型写照,但是汤婷婷并无意把这段故事写成华侨实现美国梦的成功范例,她的叙事潜藏着深刻的文化立场:颠覆西方殖民中心话语,构建边缘价值的合理地位。与林语堂对《鲁滨逊飘流记》的肯定式阅读截然不同,汤婷婷颠覆性地阅读了这部西方殖民典律,并把颠覆阅读的结果植入《中国人》的叙事之中,从而达到拆解西方典律的目的。

"典律并非只是一堆文本的组合,也是存在于体制内一系列的阅读实践,因此藉由不同的阅读方式重构所谓的经典作品,将可以达到颠覆典律的目的。"② 汤婷婷正是以颠覆性的阅读实践重构《鲁滨逊飘流记》的。汤婷婷在《中国人》里言简意赅地复述了西方妇孺皆知的鲁滨逊历险故事。但是,在《中国人》中,鲁滨逊(Robinson)被重新拼成"Lo Bun Sun"(或许是Robinson的粤语读法),这位"Lo Bun Sun"(老笨叔)是一位远渡重洋、开发西部的中国人。

---

① 台北:中外文学月刊,(21):8.
② Asheroft: The Empire Write//Back: Theory and Practice in Post-Colonial. Literature. London, Routledge, 1989: 189.

至此，汤婷婷开始其颠覆《鲁滨逊飘流记》的使命。老笨叔靠着中国传统的大米、豆腐、豆酱为生，他在美国西部勤劳开拓、修造铁路、营建家园。从《中国人》的叙事立场出发，按照鲁滨逊（老笨叔）经典文本逻辑，老笨叔被塑造成有教养、勤奋的文明人。而北美则成为 Lo Bun Sun 文化征服的对象。汤婷婷对鲁滨逊民族身份的移位和重塑显然有着惊人的反讽效果：与鲁滨逊（文明人）殖民小岛归化土著相对应，老笨叔（文明人？！）也进入北美大陆，通过劳动宣布拥有土地的权利，于是相应地西方殖民者被奇妙地变成土著，这就完全瓦解了西方殖民合理化的神话。如果鲁滨逊统治星期五的合理性被彻底解构，那么西方殖民者拓殖印第安土地的合法性将不是无可置疑的。西方论者大多看不到汤婷婷的文化意图，纽勃意识到老笨叔的中国传奇极似鲁滨逊历险记，但她并没有视之为对原初经典故事的改编。① 我认为，纽勃之所以无视《中国人》的叙事策略，依旧是西方文化霸权在作怪。

二、对西方历史典律的解读

历史从来不可能是独立于人们意识的"物自体"，本文是通过不断被时代各类人的不同阐释而映现出历史含义的。西方历史典律是以西方为中心的事件分析，其本质是文化帝国主义自我呈现的论述模式。美国文化殖民主义的历史迷思宣称：1. 美国历史是成功奋斗者的历史，只要勤奋努力就能成功；2. 美国历史是多民族融合、共同开发的历史。这种神话在美国历史、法律、政治叙述中俯拾即是。然而其背后潜隐的是充满暴力、歧视的帝国殖民主义历史观。近年来不少西方学者致力于挖掘西方历史典律的虚幻性，正如罗伯特·杨所指出的："赛义德、荷米巴巴、史碧娃克的殖民论述解构了西方帝国主义式的认识局限，披露西方历史叙述的殖民暴力。"② 西方历史典律的解读策略无疑是比较林语堂与汤婷婷文化叙事的重要内容。

林语堂的《唐人街》1948年由伦敦威廉海涅曼公司出版。毫无疑问这是一本宣扬爱国主义的小说。纽约唐人街的汤姆一家来自广东新会，老汤姆含辛茹苦，在唐人街经营一家手工洗衣店，两个儿子也偷渡到美国成家立业。主人公是汤姆家的三儿子小汤姆；他随母亲来美国与家人团聚后，逐渐适应了纽约这个陌生世界，成为家庭最得力的助手。抗战爆发，汤姆一家积极捐款，支持国内反战事业，小汤姆最后也与华侨子女艾丝结成夫妻。林语堂叙述的是纽约的

---

① 李伟.修订美国文化名著录.李素苗，译.国外文学，1993(4).
② Robert Young. White Mythologies: Writng History and the West, London: Routledge, 1990.

边缘族裔——唐人街的华人世界。这本书与老舍的《二马》堪称描写海外华人创业的最早作品。但是，《唐人街》绝不仅仅是林语堂爱国主义激情的形象表现，它深蕴着一种意味深长的历史叙事。林语堂力图在这部小说里建筑中国人实现美国梦、融入美国社会的民族创业史，而这种民族创业史又恰恰与西方历史典律一脉相通。简言之，《唐人街》的叙事是基于认同美国殖民主义的历史迷思的。

林语堂通过小汤姆的眼睛观照美国社会。在小汤姆看来，美国是一个很好的世界，它鼓励个人奋斗、追求成功。汤姆一家的奋斗史也足以证明美国梦是完全可以实现的：从手工洗衣店、存钱到开中国餐馆，这一切意味着奋斗、开拓就是成功。汤姆家的二儿子更是在自由世界如鱼得水，他偷渡来美，如今已是一个易名为"菲德烈·A.T"的保险经理，进入美国主流社会。大儿子阿来也雄心勃勃，努力把全家变成一个在唐人街成功创业的典范。林语堂热情讴歌了美国梦想，奏出一曲华人奋斗的胜利凯歌。汤姆的叔公老笃典型地寄寓了作者这种胜利战功的神话。老笃四处漂流、备受欺凌，差点被美国人毒打至死，然而他却对汤姆道出了美国梦的"真理"："这是一个伟大的国家。""世界上没有坏人，谁都不坏。""你知道，我像洛克菲勒一样富有，我拥有我要的一切。"①《唐人街》这种描述胜利战功的故事其实是一种"渐进式浮升的叙述"（narratives of proressive emerence）②，它以大团圆的歌声昭现了美国正史典律的原则。

《唐人街》同时宣扬民族融合、文化会通的思想。"大熔炉"是美国历史典律的基本立场，也是美国历史发展的事实。问题在于，林语堂在《唐人街》里一厢情愿地弥合了中西方文化的冲突，把民族融合过程极端简单化，意大利人芙罗拉嫁给汤姆家的阿来，与大家和睦相处；方大妈非常容易地信仰天主教；小汤姆对基督教义一见倾心。如此等等，实际上是化约了复杂艰难的文化认同过程。汤姆一家对西方生活方式，尤其是对西方宗教的皈依，潜隐着美国历史典律"归化异族"的法则。

由于《唐人律》片面认同美国历史典律中"奋斗成功""民族融合"的迷思，因而不可能触及纽约唐人街的另一种类型的历史。《唐人街》的时代恰是美国排华最烈之际。陈依范先生在那本权威性的《美国华人发展史》里对当时的纽约唐人街是如此描述的："排华将陈旧的唐人街改变成为与外界隔离的唐

---

① 唐人街.黑龙江:北方文艺出版社,1988:76.
② Brook Thomas. The New Historicism. Prineeton University Press. 1991:182.

人街。它是一个堡垒、避难所和贫民区的混合体。它的外表破烂不堪。"① 两种唐人街的对照确是意味深长。

与《唐人街》截然不同，汤婷婷的《中国人》不满于美国历史典律的堂皇叙事，在趋离中心叙述的边缘地带挖掘出一段震撼人心的历史轶事，从而颠覆了美国历史典律的虚假叙述。在她看来，历史只不过是隐含着某种动机的叙述，而中国人为美国西部铺设铁路的故事却被美国历史文本所剥夺。"为了从美籍华人的角度恢复历史记忆，汤婷婷找回了被抹去的历史条目，以便读者能够据此重新估价他们按传统所构筑的现实。"②

汤婷婷在《中国人》"内华达山的祖父"一章里呈现大量材料展示了华工修筑美洲铁路的艰辛历史。"没有中国人，就没有这条铁路。"③ 然而华工却成为美国历史的"缺席者"，有记载说美国公司当时竟然禁止中国人参加铁路竣工庆典。④ 汤婷婷揭露了权威历史叙事中的殖民认知模式，在叙述中嵌入大量非文学文本（如 1868 年以来美国排斥华人移居的法律），凸显出美国历史殖民主义的霸权语境。福柯说："只有以区域、范畴、嵌插、置换、移位等空间概念来分析知识，才能掌握知识的过程，掌握知识如何成为一种权力形式，知识如何散播权力的效应。"⑤ 汤婷婷正是通过深入探讨美国移居法律"知识"的区域和范畴的变化转换过程来揭露西方知识模式所蕴含的文化霸权，种族歧视和人性压迫的。自《浦安臣条约》（1867）签订以来，各种限制华人权利的修正案纷至沓来，法律条文的取消与增补、移位与置换都是殖民权力的知识谱系，因此汤婷婷对这些法律知识的梳理也是一个颠覆殖民历史典律的过程。

华工修建西部铁路绝不是实现美国梦的成功历程。林语堂的小说充满了华人奋斗成功的喜悦，而汤婷婷则描写了一个失败者的故事。叙述者的祖父阿公的经历与美国梦有着天壤之别。阿公身强体壮、努力工作，但是在纪念铁路竣工的照片里没有他的影子，华工的伟大贡献被美国历史典律抹杀了。《唐人街》的叔公老笃尽管历尽沧桑，但追寻成功的美梦依旧未变，而《中国人》里的阿公在政治经济压迫下愤世嫉俗，他的反抗是通过性的发泄爆发出来的。他对着两山之间的空谷射精，在山谷点炮时他感到："这世界的阴道像天空一样大，像山谷一样大，而他操这个世界。"⑥ 阿公所受的政治与种族的压迫，这里通过

---

① 陈依范.美国华人发展史.香港：三联书店香港分店，1984：238.
②④ 李伟.修订美国文化名著录.李素苗，译.国外文学，1993（4）.
③ Maxine Hong Kingston：China Men，New York：Ballantine Books，1981：138，130.
⑤ Michel Foucault. Power/Knowledge, Ed. Colin Gordon. New York：Pantheon Books, 1980：69.
⑥ Maxine Hong Kingston. China Men. New York：Ballantine Books，1981：138，130.

性欲的极端形式得到彻底的宣泄。阿公这段历史轶事是对种族政治和性别压迫的反抗，同时也是对美国历史典律的嘲弄。

三、对女性的解读

在西方语境里，性的压迫与文化的霸权实际上是一种同构关系。在中心与边缘的二元对立中，男性无疑代表着垄断的权威话语，因此对男性中心主义的解构也是后殖民论述的重要策略。近几十年来兴起的女权主义运动所对抗的是男权中心典律，其实也是瓦解文化霸权主义的重要方式。对于女权主义与解构主义的关系，玛丽·朴维写道："由于解构主义可以摧毁二元对立的逻辑和特征，我相信解构主义已经并继续为女权主义批评提供了一个重要的武器。"①

在林语堂的文学形象世界里，女性有着举足轻重的位置。木兰、莫愁、曼娘（《京华烟云》），崔媚玲（《风声鹤唳》），杜柔安（《朱门》），牡丹（《红牡丹》），武则天（《武则天传》），赖柏英《赖柏英》），她们或温柔敦厚，或热情奔放，或放荡淫乱，都是塑造得较为丰满的人物，但毋庸讳言，林语堂对女性的解读是基于男权中心主义的立场之上的；林语堂的女性叙事是在西方男权中心典律的他者引导之下进行的，满足了西方读者享受文化/性别霸权的阅读欲望。

林语堂的一系列作品用英文写成，在西方出版，直接进入西方叙事语境之中，首先是为了满足西方读者的期待视野。林语堂以男权中心确立女性角色，这显然体现了他对西方男性写作典律的自觉认同。西方男权作家往往把女性视为"非理性的、无能的、不可信赖的、自恋的、不洁的、过于情绪化的……性欲过剩的"。"这些理念并且暗示：为了男人的以及女人自己的利益起见，女人必须被加以控制、支配、压抑、虐待和作用。"② 林语堂的《红牡丹》（1962）和《武则天传》（1965）确实是很值得探讨的作品。《红牡丹》故事背景是在19世纪末的中国大地，而主人公则是一个淫荡狂热的寡妇。丈夫病故后，她"冲动的本性，兴之所至，反复无常"，一有机会，即奉献自己的肉体。先是委身旧时情人，不久做了身为翰林的堂兄的秘密妻室，后来又给一个小官当姘妇，甚至在船上同初见面的男子也发生肉体关系。这部小说无疑只有放在西方语境里才能被理解，它蕴含着作者潜意识里认同西方男性中心、扭曲女性情欲的性别立场。《红牡丹》的译者张振玉提到这部小说的性描写时说："林语堂先生之

---

① 张京媛.当代女性主义文学批评.北京：北京大学出版社，1992：343.
② Sheila Ruth. Issues in Feminism. Boston: Houghton Mifffin ComPany, 1980: 137.

敢于如此运用笔墨,推其缘故,主要原因,本书原系英文著作……与西方道德气质或人生观较为接近之故"①,确是一语中的,不过还得再加上一句,林语堂所依的道德人生观是以西方男权主义为圭臬的。《武则天传》把这位中国历史上精明能干的政治家写成最浮夸、最变态、最淫荡的女皇,完全迎合了西方读者(尤其是男权中心论读者)的趣味:"武后的期望堂皇而远大。此外,只有与雄健的男人或俊美的少年调情放荡才是她的消遣。"对女性情欲的强调和渲染成为《红牡丹》和《武则天传》一个极明显的特色,其中潜隐着林语堂贬损女性的男权意识。

当然,像《红牡丹》这类作品绝不是林语堂的代表作。《京华烟云》《风声鹤唳》及《朱门》才堪称林语堂的成功创造,其中的女性形象尤为委婉动人。在这个三部曲里,《京华烟云》成就最突出,主人公木兰是可与鸣凤(巴金《家》、翠翠(沈从文《边城》)相媲美的女性文学形象。《京华烟云》在构思、创作基调诸方面确是受到《红楼梦》的启发,但应该提到的是,林语堂这部"现代红楼"缺乏曹雪芹那种对男权社会的深刻省思和愤然痛绝,也缺乏那种表现女性自我价值的思想力度。在《京华烟云》里,男性/父权依然是主宰家庭关系的精神力量,几个男性形象身上都烙上了强烈的男权色彩,对此林语堂并不加以批判。《京华烟云》的女性形象相对于《红楼梦》是巨大的倒退,晴雯、尤三姐式的刚烈女性已不复存在,只剩下温柔敦厚的传统女性角色。

汤婷婷的《女勇士》则发掘出花木兰原型的女性英雄主义底蕴,在这点上又与林语堂的叙事分道扬镳。汤婷婷的这部自传体作品,荣获1976年美国国家书评奖。这本书有着强烈的女权主义叙事立场。汤婷婷自小就被"无名氏姨妈"的故事所吸引,这个姨妈因与人私通生了孩子,就被视为有辱家族荣誉,连名字也被注销了。"女孩是米虫""养鹅要比养女强"等极端贬损女性的训诫激起了汤婷婷的性别对抗,她宣称:"我长大要成为女勇士。"②这在第二章、第三章表现得极为突出。第二章里,突显了花木兰这位古代女性身上的英雄主义和叛逆性。在叙述中,花木兰女扮男装,代父从军,背刺"复仇"二字,英勇杀敌。对汤婷婷而言,花木兰故事别有深意。林语堂把花木兰原型转换成受传统束缚的古典女性,汤婷婷却解读出花木兰形象所蕴含的抗拒男权中心的深刻意义。汤婷婷视花木兰为极少数超脱传统中国性别观念束缚的女性,幻想自己成为童年梦里的女英雄花木兰,在叙述过程中不自觉地把假设语气转到直述语

---

① 施建伟.林语堂在海外.天津:百花文艺出版社,1992:214.
② Maxine Hong Kingston. The Woman Warrior. New York: Vintage Books, 1977:25.

气,这不仅显示出汤婷婷无法分辨真实与幻梦,也泄露了她欲成为幻想中花木兰的渴望。① 第三章是母亲英兰的事故(英兰意为英勇的木兰)。英兰到美国前是一位医生,她胆子很大,曾除掉医学院女生宿舍的"鬼",最后成为一名杰出的医生。英兰显然可视为木兰形象的再现,有着强烈的女权英雄主义色彩。最后一章是汤婷婷自己的童年往事,记述了作者建构自我属性,确立女性意识的历程,也同样是女权主义宣言。

女权主义本身也是西方话语的产物,汤婷婷的《女勇士》所对抗的是中国传统男权社会,因此有些华裔批评家如赵健秀认为汤婷婷的作品是基于西方话语,迎合西方读者的。② 然而,非西方/少数族裔/女性,都是被西方典律边缘化了的"他者",对这些他者的重新审视和阅读,具有颠覆西方霸权中心的深刻动机。对于《女勇士》也应作如是观。

对林语堂的批评应避免狭隘的民族主义立场,否则会简单化地把他视为替西方殖民主义摇旗呐喊的"洋奴"或"反动作家"。林语堂实际上是中国近代以来漫长的"他者化"历程中一位痛苦地寻求民族话语的现代知识分子,他认可并接受西方话语对于中国话语的权威地位这一事实,同时又以"两脚踏东西文化"的心态孜孜不倦地向西方人介绍中国文化,探索融汇中西文化、建构民族独特话语框架的可能性。晚年他放弃英文创作,回到台湾,用汉语写了大量老道圆熟的随笔,把文化立场最后落位在中国现代语境里。这或许象征性地昭示了西方权威话语的没落。当然,瓦解西方中心的进程才刚刚开始,汤婷婷无疑提供了一个跨世纪的崭新文化图景。

(原载《外国文学评论》1995年)

作者简介

陈旋波,1968年生,福建惠安人。1988年毕业于福建师范大学中文系。曾任华侨大学文学院中文系,华文学院副院长、院长。著有《时与光:20世纪中国文学史格局中的徐訏》等。

① Maxine Hong Kingston. The Woman Warrior. New York:Vintage Books,1977:25.
② 张敬珏.女战士对抗太平洋中国佬.台北:中外文学月刊,21(9).

论巴金"建国"前的散文创作

姚春树

巴金在中华人民共和国成立前创作了大量的散文，结集出版的有：《海行杂记》《旅途随笔》《生之忏悔》《忆》《点滴》《控诉》《短简》《梦与醉》《旅途通讯》《感想》《黑土》《无题》《龙·虎·狗》《旅途杂记》《怀念》《静夜的悲剧》，此外，还有他为译介的画集《西班牙的血》和《西班牙的曙光》里每幅画写的题词，以及中华人民共和国成立后结集出版的《序跋集》①中的一部分，约有二十一种。这个数字在中国现代散文史上是相当惊人的。

日本的厨川白村在《出了象牙之塔》里指出，在著名的散文随笔作家的随笔小品里都有着一个"思索体验的世界"的。在我们看来，巴金在中华人民共和国成立前的散文创作就是一个广阔深邃、多姿多彩的"思索体验的世界"。这里，我们无意于对巴金在中华人民共和国成立前散文创作作纵向考察，只想从巴金散文创作中的"情"和"理"的辩证关系、巴金散文创作和梦思、巴金散文创作中近似的同类意象和意念的反复这几个侧面来论述问题。

一

人们公认巴金有一颗崇高、博大、真诚、热烈的"燃烧的心"。1931年巴金翻译了高尔基的短篇小说集《草原的故事》，他非常敬佩其中的人民英雄丹柯。1956年巴金以《燃烧的心——我从高尔基的短篇中所得到的》为题，纪念高尔基逝世20周年。他以敬仰之情评论高尔基的短篇："他的人物喜欢发议

---

① 巴金的《序跋集》,1982年由花城出版社出版,收录巴金1928至1982年部分著译序跋。

论，可是他本人并不说教，他让你感染到他强烈的爱和恨，他让你看见血淋淋的现实生活，最后用他人格的力量逼着你思考，逼着你正视现实。他就像他的《草原的故事》中的英雄丹柯一样，高举着自己'燃烧的心'领导人们前进。"巴金自己也是这样。他用"把心交给读者"来概括他的全部文学活动。认识巴金这颗"燃烧的心"，是理解包括散文在内的巴金一切创作的关键。

先哲孟子说过："心之官则思。"这是千古不易的名言。因此，巴金那颗"燃烧的心"，不仅像"雪下的火山"那样，沸腾着激情的岩浆，也迸射着他关于中国革命道路、文学创作，以及生命价值的探索的"哲学思考"①火花。如果巴金的散文只是单纯激情的宣泄和倾吐，而缺少激情的诗意升华和"形而上"的哲思的灌注，那么这样的散文固然也有其打动人心的力量，但毕竟缺少作家的思想生命和人格力量构成的坚实深至的哲思内核；如果我们只是从"唯情论"观点出发来欣赏巴金的散文，只是注重作家的激情抒发，而不过细品味隐含其中的"形而上"哲思，则无疑是舍本求末了。1940年巴金在为他所评的克鲁泡特金的《面包与自由》而写的《前记》里指出，克氏文就是"真理的诗"，但是说巴金的散文包含着"热情"和"理性"。这既矛盾又统一的不可分割的两个方面，那是符合实际的；只有这样的认识，才是全面的、深入的、符合作家创作本体的。

在中国现代作家中，巴金如同鲁迅一样，也是一位始终都在紧张探索的作家。他探索改造中国的革命道路，探索文学的地位和作用，探索青春和生命的价值，他的种种探索又无不同无情的自我解剖结合在一起，他经常"自己探索自己的心"。

1934年元旦，巴金在《新年试笔》里反复谈到他的探索："我从不曾让雾迷了我的眼睛，我从不曾让激情昏了我的头脑。在生活里我的探索是无休息，无终结的。""我是一个有血有肉的青年，我忠实地生活在这黑暗混乱的时代里。因为忠实，忠实地探索，忠实地体验，就产生了种种矛盾，而我又不能够消灭它们。"由于这种种探索，巴金的心灵中"充满了矛盾"和"冲突"："感情和理智的冲突，思想与行为的冲突，理想与现实的冲突，爱与憎的冲突"，这种种矛盾和冲突像网一样把巴金罩住了。巴金把他这种由于探索而陷入矛盾和痛苦的带有悲剧性质的命运称为"一个过渡时代的牺牲"。

这里巴金自述他是"一个过渡时代的牺牲"特别值得注意。从一个备受外

---

① 巴金在《〈爱情三部曲〉总序》(1935)中称他的一个朋友自称其人生哲学是"小小哲学"，而巴金自己则是"奋斗的哲学"。

国列强欺凌，愚昧、贫穷、落后的半殖民地、半封建的旧中国，到独立、自由、富强、民主、文明的现代化新中国，这确是中华民族历史上前所未有的伟大"过渡时代"。要完成这一历史"过渡"，需要中华民族的各种政治派别、众多的政治家、思想家、文学家，一切志士仁人从事千辛万苦、艰苦卓绝的探索。就文学界而论，鲁迅和巴金等人就是这一"过渡时代"艰苦卓绝的探索者的典型。巴金的小说和散文就是他作为"过渡时代"的热情、敏感、多思的探索者灵魂的文学表现，就是他的激情和理性的形象结晶。

巴金从未掩饰过他信仰克鲁抱特金的无政府主义和法国的卢梭、马拉等为代表的革命民主主义。他以它们作为反封建的思想武器，探索中国革命道路的指南。它们给了巴金同这些封建旧势力，以及以蒋介石集团为代表的新军阀进行斗争的信念、力量和勇气。关于巴金同安那其主义的关系，人们谈论的够多了，至于巴金散文创作同法国大革命前后的思想家和政治家如卢梭、罗伯斯庇尔和马拉等的关联，人们则相对注意不够。巴金在1926年编过《法国大革命的故事》、1934年写过历史小说《马拉的最后》《丹东的悲哀》《罗伯斯庇尔的秘密》，1939年创作了散文《卢骚与罗伯斯庇尔》《马拉、歌代与亚当·鲁克斯》，1947年写了《静夜的悲剧》的散文，足见法国大革命的历史素材和"历史的教训"一直牵动巴金的心。巴金的这些创作显然同他对中国革命道路的探索有关。无须多说，巴金的这种探索，既洋溢着激情，又有着深刻的理性，表现为两者的辩证统一。巴金在散文里以充满激情的笔调来写法国大革命前后几个代表人物的悲剧命运，其中凝聚着他对民主革命道路的探索和"历史的教训"的总结。巴金称卢梭是"近代思想之父""十八世纪世界的良心""我的鼓舞的源泉"，称罗伯斯庇尔是卢梭的学生。他钦佩罗氏的雄伟崇高人格，但又批评他的严重失误。巴金称马拉是卢梭学生、"人民的朋友"，"是我心灵生活中的一个指导和支持"，赞扬马拉献身人民的自由和幸福的殉道者人格，深挚同情他的被杀。至于哥代和鲁克斯，他们虽然自称是卢梭的学生，但他们根本不理解革命，哥代刺死"人民之友"马拉，干了亲痛仇快的蠢事，鲁克斯愚蠢地为哥代殉情，是个十足的糊涂虫。

巴金在这些散文里总结了有着深刻意义和永远新鲜的"历史的教训"。在《〈沉默〉序（二）》里，巴金指出公认是"廉洁的人"的罗伯斯庇尔，声称要"把头颅献给共和国"，但他却犯了致命的错误，企图以"恐怖政策""解决问题"，他使人民失望了。他们怨愤地说："我们饿得要死，你们却以杀戮来养我们。"脱离了人民的罗伯斯庇尔终于被反对派送上断头台，酿成了一场历史悲剧。马拉被刺的"历史的教训"在于他并不是被资产阶级反对派和反动的封建贵族杀害的，而是被自称是卢梭的学生、以"拯救人民"的"革命的名义"的天真少女哥代的匕首刺死的，这同样也是意味深长的、富于历史智慧的。

巴金的这些历史散文采用的是现在人们称为"意识流"的那种写法。在那里，巴金"静夜"在书房读书及其周围的环境气氛，同一百五十多年前法国大革命中罗伯斯庇尔被处死和马拉被刺的历史场面，交错穿插在一起，巴金的自我"意识"如一股湍流在散文中"流"动，他不是在冷静读书，冷静评价一百五十多年前的历史事件，他那颗敏感多思的心在燃烧、在跳动，他深深介入历史事件和历史人物命运，因而巴金的这类散文就显得情理相胜、别具一格。至于巴金对于生命价值的充满激情的探索和思考，则集中在《梦与醉》集和《龙，虎，狗》集的《死》《生》《醉》《梦》等议论随笔和随感录里。这我们将在本文的第三部分详加评说。

在相当一段时间内，巴金是信仰安那其主义的。安那其主义注重实际行动，轻视文学创作。这种形而上学的偏见对巴金有深刻的影响。巴金原来想步克鲁泡特金等的后尘，成为一个改造中国的改革家，但在实际生活中，他却成为一个有影响的作家。越是这样，巴金就越是陷入他想从事社会改革运动的初衷，和他的文学创作实践之间的"思想和行为"的深刻矛盾。在文学创作中，巴金也遇到了一系列的矛盾。巴金以文学为武器进行战斗，他的创作在广大青年之中引起巨大反响，但有时也遭到国民党检查老爷的严令查禁，遭到他的朋友和某些左翼文艺批评家的误解和批评，有时甚而陷入某种不怀好意的"围攻"；在文学创作中，他的空想社会主义理想，他对光明未来的呼唤，他对"青春"和"生命"的热爱，他对下层劳动人民的同情，同当时的半殖民地和半封建中国的黑暗现实构成尖锐的矛盾，这就是巴金自己常常诉说的"感情和理智的矛盾、爱和憎的矛盾"、光明和黑暗的矛盾。巴金的许多序跋，他的散文集《生之忏悔》里的《我的心》《我的自剖》《我的梦》《我的呼号》《我的自辩》《新年试笔》《灵魂的呼号》，散文集《忆》里的《乙》《断片的记录》等，就是对这一系列多重复合的复杂矛盾的情理兼容的倾吐、探索和解剖。

雨果在《莎士比亚论》里曾引述拉丁文里的一句名言："整体由对立面构成。"的确在人世间矛盾是永远普遍的存在。意识到这矛盾的存在，有时对人是一种感情上的磨炼，又是促使人追求探索的一种动力，在追求探索之后，还会如厨川白村在《苦闷的象征》里说的有一种"发现的大欢喜"。但是要勇敢自觉地正视矛盾，解剖矛盾，克服矛盾，则需要弃旧图新、追求真理的激情和勇气，需要清明的机智和智慧。列宁在《黑格尔〈逻辑学〉一书摘要》里谈到"机智和智慧"时就指出："机智抓到矛盾，使事物彼此关联。""思维的理性

（智慧）使有差别的东西的已经钝化的差别尖锐化，使表象的简单的多样性尖锐化，达到本质的差别，达到对立。"巴金在他的众多的散文中，对读者"打开灵魂的一隅"，摆出他心灵深处的一系列多重复合的尖锐深刻矛盾，并对之进行解剖和探索，表现了他的机智和智慧，表现了他追求真理的热忱和意志品格。正如巴金在《〈雨〉的序》里说的："我写文章如同生活。我在生活里不断挣扎，同样我在创作里也不断挣扎。挣扎的结果一定会给我自己打开一条路。"在《龙·虎·狗》集的《路》里，他也说："在《梦》里我说我要在重重矛盾中苦斗，我希望我会克服种种矛盾成为一个强者达到生之完成。"这些话我至今还觉得没有说错。这里并没有"彷徨"和"懦弱"。清醒意识到自己心灵深处存在的种种矛盾，并对之作无情的解剖和坚定的探索，在这点上巴金近似于鲁迅。正因为巴金在许多散文中对心灵深处的众多矛盾作大密度的深入解剖和探索，这就保证了他散文的感情和思想有一定的浓度，借用周作人在《杂拌儿之二·序》里评价俞平伯的散文《中年》的话来说，巴金的散文里边也"兼有思想之美"。与此同时，由于巴金如此坦诚地毫无保留地展示他心灵深处的众多矛盾，如此无情地解剖他心灵深处的众多矛盾，他把读者视为最可信赖的朋友，把自己的心整个儿地交给读者，也由于巴金探索思考的出发点是让他的生命如何为灾难深重的祖国和人民发挥更大的价值，完全出于一片赤诚，而绝不是斤斤计较于个人的名利得失，显示了巴金高尚的人格和襟怀，因而巴金的这类散文也就有着一种至真至诚的感情力量和人格力量，有其独特的思想和艺术魅力。

二

一般说巴金在中华人民共和国成立前的散文，都有质朴、清新、流畅、抒情的特点。但巴金散文数量众多，内容、体式、写法丰富多样。巴金是一位有着浪漫主义诗人气质和内省特点的作家，他有充沛的激情、丰富的想象和深刻的自我审视、自我解剖能力。在巴金散文中，除了自然本色、质朴清新、直抒胸臆的散文外，还有一批专写梦景、梦思、变形幻觉的带着鲜明的浪漫象征色彩的散文。这类散文不是外在客观世界的如实再现，而主要是作家内心世界的真实表现，也不是作家思想感情的直接宣泄和倾吐，而是其巧妙的升华和象征。巴金的这类散文精品常为一般人所忽视，然而它们却有着神奇、玄妙、幽深的特点，有其独特的思想深度和艺术魅力。这可以说是我国散文中自庄周的《庄子》到鲁迅的《野草》的一个重要传统。

同鲁迅一样，巴金爱做梦，爱说梦，爱写梦。在《龙·虎·狗》集的

《梦》中，巴金说："据说至人无梦。幸而我只是一个平庸的人。""我有我的梦中世界。"在巴金散文中确有只属于他的"梦中世界"的。

巴金在散文《忆》中说：他不可能像俄国的革命党人妃格念尔那样，能够有"无梦的睡眠"，他"每夜都做梦"。敏感多思的巴金从小就爱做梦，他的梦有"好梦""噩梦"和"怪梦"，他对梦有特别丰富的体验，他爱写梦是很自然的。

巴金不同意弗洛伊德等人以"性"的"压抑"和"满足"来释梦。他认为梦是人们"日有所思，夜有所梦"的心理现象。他所说的"好梦"，实际上是指人们美好记忆的重现、美好愿望的满足、美好的社会理想和审美理想的寄托和象征。他赞扬和肯定这样的好梦，以及写这种梦。在《〈草原的故事〉小引》里，巴金写道：

  据说俄罗斯人是善于做梦的。他们真是幸运儿。……只有象高尔基和托尔斯泰那些善于做梦的人才能从海洋和陆地的材料建造仙话，才能从专制和受笞的混乱中创造出自由的国土。

  高尔基自然是现今一个伟大的做梦的人。这些草原故事便是他的美丽而有力的仙话。它的价值凡是能够做梦的人都能了解。

在《〈长生塔〉序》里，巴金说明他爱写"美丽"的"梦景""梦话""童话"的缘由：

  现实的生活常常闷得我透不过气来。我的手上、脚上都戴着无形的镣铐。然而在梦里我却有充分的自由。

  ……如果有人说梦话太荒唐，我也不否认。然而梦话常常是大胆的，没有拘束的。那些快要被现实生活闷死的人倒不妨在这些小孩的梦景里呼吸一点新鲜空气。

巴金写的这类美好梦景多半带有悲壮的色彩。其中值得注意的是，《废园外》集里的《寻梦》和《龙·虎·狗》集里的《龙》。《寻梦》写的是"梦中找梦"的故事。一个深夜，"我"发现丢了一个"梦"，就四处找寻。荒郊野外，浓雾弥漫，大雪纷飞。"我"不畏艰险，涉水登山，就是要找到那个"会飞的梦""特别亮的梦"。在高山顶上，"我"见到苍鹰在无垠天海翱翔，他找不到那个神秘奇妙的梦，却被苍鹰攫住，跌下万丈深谷，终于睁开眼睛醒了。篇文构想奇崛，寓意悲壮。"我"要找的那个神秘奇妙的梦，显然是指那能使贫穷落后的中国，变为进步光明的中国的理想境界。《龙·虎·狗》集里的《撒弃》的寓意也同《寻梦》差不多，所不同的是，在《撒弃》里，巴金写的是一种幻觉而不是梦景。

《龙》所展示的意境较《寻梦》更雄伟、更壮阔了。一个"无月无星的黑夜",自称是"无名氏"的"我","梦见了龙"。他同被罚而困在泥沼里的龙展开了极富哲学意蕴的对话。原来"无名氏"不甘于在无聊的空谈中浪费光阴,他立志冒一切风险去探求"丰富、充实的生命",让自己"能给饥饿的人一点饮食","给受冻的人一件衣服","能揩干哭泣的人脸上的眼泪"。龙以前进路上的火焰山、毒蛇猛兽、汪洋大海等诉不尽的艰险,和它自己失败的经历劝诫"无名氏"知难而退。但"无名氏"却对龙表示了不畏艰难、不怕牺牲,坚定追求生命的丰富和充实的不可动摇意志。这激励鼓舞了沉沦泥沼数万年的巨龙重振雄风,飞上天去。于是,在"我"面前,黑夜不见了,泥沼不见了,草原的新绿中点缀着无数白色的花朵,是一派又新又美的景象,"我"也获得了精神上的升华。篇文的核心是作者关于生命的意义和生命的意志的诗化哲学思考。作者的这种思考不是以逻辑推演来表达的,而是把它安置在一个有着浪漫传奇情节,有着悠久寥廓时空的诗化梦景里加以艺术体现的。龙是我国民间传说中威力巨大的生灵,它不会讲话,也不可能同人交流思想,但在梦里和诗里一切都是可能的。作者把龙人格化了,梦化了,诗化了,使之成为象征性意象。这样,按照日常生活知识,人和龙根本不可能互相对话、互相激励,但在这篇有着特殊的艺术逻辑的梦化和诗化散文里,我们看到了不可能的可能、没道理的道理、神秘荒诞里的凝重庄严、非写实的真实。这种构想奇特、意境开阔深邃的梦化、诗化散文,确有不同于按照生活本来面目反映生活的写实型散文的特异的思想和艺术魅力。

巴金的散文中有不少是写荒唐的"怪梦",写可怕的"噩梦"("恶梦"),写给作家心灵带来"苦刑"般的"痛苦"的"梦"的。在这些梦化和诗化的散文里,散文家灼热深刻的思想感情由于升华象征而形成了给人耳目一新、曲折深至的思想艺术境界。

《点滴》集里的《木乃伊》和《龙·虎·狗》集里的《死去》都是写"怪梦"的,都与文艺问题有关。在《木乃伊》里,死去几千年的木乃伊竟然复活了,在"梦"里同"我"相会,向"我"诉说他几千年来苦苦追求的失败和绝望。几千年来,他苦苦追求一个比埃及女王克莉奥佩特拉还要美的绝世佳人,但那美人就是不爱他,不肯给他活命的"灵魂",而没了"灵魂",那木乃伊就活不下去,终于化为一堆森森白骨。这个"怪梦"的故事是象征性的。木乃伊是脱离时代、脱离人民、脱离生活的幽闭在象牙之塔里的唯美文艺家,那位绝世美人就是文艺女神了,她对木乃伊的苦苦追求不屑一顾,不给他"灵魂"、不给他生命是理所当然的。这里表达的是巴金一贯坚持的革命文学思想。在

《死去》里，被某些批评家和研究者恶意围攻、咒骂的作家"我"，在"梦"中死去了，那些人把"我"埋了。在坟前，那些人又串演了死后声讨、挖墓鞭尸的勾当，"我"忍无可忍，从棺材中站起来了，把他们吓得魂飞魄散。有趣的是，篇文中的"我"分明已经"死去"，但他却仍有知觉，竟看得见那些人的种种丑恶表演，听得见他们的种种议论，嗅得着种种气味，他仍像活人一样，有知觉，能思维，有情感。巴金虽然是借这一"怪梦"对某些恶意围攻和咒骂他的人表示他的蔑视和嘲弄。

《梦与醉》集里《梦》和《静夜的悲剧》集里的《月夜鬼哭》，都写阴森恐怖、令人毛骨悚然的"噩梦"。《月夜鬼哭》写于1946年6月，那时八年抗战刚结束不久，蒋介石集团不顾人民死活，正在策划反共反人民的内战，准备把人民再次淹在战争的血与泪的深渊。于是在一个深夜的"噩梦"之中，巴金听见了许多男女冤鬼的哭泣和控诉：

我们是谁？难道你忘了我们？我们是断掉的手和腿，是给炸弹片撕掉的肉和皮；我们是瞎了的眼睛，是野狗吃掉的心肺；我们是被烧成了灰的骨头，是像水一样淌出来的血；我们是砍掉的头，是活埋的尸首；我们是睡在异乡、荒冢里的枯骨。（着重号为引者所加）

这是一段令人恐怖战栗的精彩文字。巴金有意不以人的整体，而用人的机体的某一部分，例如在战争中断掉的手和腿，被炸弹撕掉的肉和皮，被打瞎了的眼睛，被野狗吃掉的心肺等等来指代被残酷战争吞噬掉生命的苦命人，却反而更突出渲染强调了他们被战争毁灭的阴森恐怖。

巴金写"怪梦""噩梦"和"痛苦"的"梦"的散文，不少与他内心矛盾的"激斗"和探索有关。如上所述，巴金在相当长的一段时间里，在从事社会改造的实际活动，还是从事文学创作之间的矛盾中徘徊、探索。从巴金的信仰来说，他应该放弃创作，像他的那些安那其主义朋友那样，从事社会改造的实际活动，他应该成为一名社会改革家，然而过去的痛苦回忆和现实中国家、民族、人民的苦难却像鞭子在抽打他，他不得不回到写作上来，把时间和精力都花在写作上，这样巴金就陷入了"内心的激斗"，这种激斗又是"长久的""痛苦的"，常常出现在他的梦景之中。巴金不少写梦和写幻觉的散文篇章，都是对上述潜藏在深层心理的自我矛盾的自觉而严峻的深刻解剖，表现了作者的无比真诚和道德上的纯洁。车尔尼雪夫斯基在《童年》和《少年》《〈列·尼·托尔斯泰伯爵战争小说集〉（书评）》里评论托尔斯泰早年小说创作特点时这样说：

心理生活隐秘变化的深刻知识和天真未凿的道德感情的纯洁性——这

是现在赋予托尔斯泰伯爵的作品以特殊面貌的两个特点,它们(永远)将是他的才华的基本特征,不管他的才华在今后发展中表现出怎样新的方面。

巴金自然不是托尔斯泰,但在巴金散文中,确也有着深刻的自我深层心理解剖和道德感情的纯洁性这两大特点,尤其在他晚年的《随想录》里,这两大特点就显示得更加突出、更引人注目了。

三

巴金在散文集《忆》中的《我离了北平》对他在北京的朋友说:"……不错,我写过一两百万字,而且我甚至反复地写着某一些话。你们在我的文章里很容易看出来重复的地方。"在这里,巴金道出了他的创作,特别是他散文创作的一个重要特点。具体说来,那就是在他的散文中,某些同类近似的意象和意念的不断有意反复。

这种创作中某些同类近似的意象和意念的不断有意反复,在古今中外某些文学大师身上是司空见惯的带规律性的文学历史现象。诸如巴尔扎克笔下的暴发户、屠格涅夫笔下的"多余人"、托尔斯泰笔下的忏悔贵族、鲁迅笔下的"孤独者"。与此同时,文学是人学,文学总要表现具体的社会历史生活中的人情美和人性美,表现人类改造世界、创造世界的美好社会理想和审美理想,从而文学是有其"永恒的主题"的;古今中外文学大家的创作,总是会以自己的审美掌握方式重复这众多的母题,又对之做出自己的独特开掘,奉献出自己的道德感情和聪明智慧。英国著名随笔作家本森在《随笔作家的艺术》里说:"the point of view(观察点)实在是精研小品文学的神髓。"我们以巴金散文创作中某些同类近似的意象和意念的有意反复系列作为"观察点",来研究巴金散文创作本体,大约是可以揭示其某一思想和艺术特点的吧。

巴金散文中同类近似反复的意象有四个系列。其中第一组是那些散发着光和热,能给人们温暖和光明的意象,例如"日""月""星""灯"。《海行杂记》集中的《海上的日出》是人们公认的写景美文中的名篇。在篇文中,巴金不仅逼真如画地层层再现了海上日出的壮丽景观,而且融进了他热烈深沉的情思,这真是"景语皆情语也"。《龙·虎·狗》集里的《日》,不直接写太阳,而赞美扑向灯火的灯蛾、渴死旸谷的夸父,表达了他要给"黑暗的寒冷的世界"带来"光和热",他要像灯蛾那样"轰轰烈烈的死"的浪漫情怀。巴金有时也喜欢月亮。在宁静的月夜,皓月把柔美的清辉洒向海洋和大地,是会唤起诸多美丽联想和惆怅情思的。在《海行杂记》集里的《海上生明月》和《乡心》里,巴金如印象派画师绘出海上月夜的光和色之美，美丽的月色也撩起了作者那游子思乡的诗心："'海上生明月，天涯共此时'①，共看明月应垂泪，一夜乡心五处同，②——锋镝余生的我，对此情景，能不与古诗人同声一哭！"《点滴》集中的《月夜》也写日本横滨和厦门鼓浪屿的月夜，但更主要是写他的安那其朋友的社会改革活动。《龙·虎·狗》集里的《月》则批评"月"的"光"是一种"死的光"，这正反衬出巴金对光和热的渴求。巴金写过众多赞美星星的抒情篇章，如《海行杂记》集的《繁星》，《点滴》集里的《繁星》、《龙·虎·狗》集里的《星》。巴金也爱写灯光、火把（炬），如《废园外》集里的《灯》、《龙·虎·狗》集里的《爱尔克的灯光》。第二组同类近似反复的意象是那些有着充沛生命力的春天、大榕树、激流、现代都市里的桥梁和机器。巴金在不少散文里不断重复"春天是我们的！"这句话。《旅途随笔》集里的《鸟的天堂》这样写大榕树：

> 这棵榕树好像把它的生命力展览给我们看。那么多的绿叶，一簇堆在另一簇上面，不留一点缝隙。翠绿的颜色明亮地在我们眼前闪耀，似乎每一个树叶上都有一个新的生命在颤动，这美丽的南国的树！

在《〈激流〉总序》和《梦与醉》集的《生》里，巴金都赞美生命奔腾不息的激流。《〈激流〉总序》这样写激流：

> 这激流永远动荡着，并不曾有一个时候停止过，而且也不能停止：没有什么东西可以阻止它。在它的途中，它也曾发射出种种水花，这里面有爱，有恨，有欢乐，也有痛苦。这一切造成奔腾的一股激流，具有排山倒海之势，向着唯一的海流去。

巴金在《旅途随笔》里的《机器的诗》中赞美工人操纵机器进行创造性劳动，说那是他们在谱写"机器的诗"，因为它也像诗歌一样，"给人以创造的喜悦"，在"散布生命"。无论是巴金对春天、对榕树、对激流、对"机器的诗"的赞美，都是同美好的充沛的生命联结在一起，都是在反复咏唱热烈而深沉的生命之歌。第三组同类近似反复的意象是探索。在巴金散文中，他作为探索者的自我形象无须多说是异常鲜明突出的，我们在上面提到的《龙》《寻梦》《撤弃》里反复出现的不畏艰险、不怕牺牲、坚定执着、义无反顾地探索革命道路和人生真理的探索者、殉道者形象，都给人留下深刻印象。第四组同类近似反复的意象是巴金憎恶痛恨的黑暗长夜和严冷寒夜，如《废园外》集里的《长夜》

---

① 张九龄的五言律诗《望月怀远》。
② 白居易的七言律诗《因望月有感》。

《寒夜·序》、《静夜的悲剧》集里的《静夜的悲剧》所写的"长夜"和"寒夜",它们实际上是半殖民地、半封建的旧中国象征,巴金对它们的憎恶痛恨,实际上寄托了他对光明自由的新中国的热切期盼。

对光和热的赞美,对生命力的赞美,对探索者和殉道者的赞美,对漫漫长夜和严冷寒夜的憎恶,这就是巴金散文中反复出现的四组意象系列,这构成巴金散文忧郁而热情的青春气息,这也是巴金小说和散文特别受青年人欢迎的奥妙所在。

巴金散文中反复出现的意象,其核心和灵魂是时刻激动着作家的坚定执着的意念。不过在作家的散文创作中,意象融逻辑判断于审美判断之中,以某种形象的片断形式出现;而意念则融审美判断于逻辑判断之中,以某种带审美性的论理系统或论理片断存在。不论是意象或意念都植根于作家的人格思想力量。

巴金散文中反复出现的意念有:关于"友情"的意念,《旅途随笔》集里的《朋友》,散文集《忆》里的《我离了北平》,《点滴》集里的《生命》《旅途通讯·序》《旅途杂记·序》《怀念·序》等等都涉及"友情"这个意念。在这些散文里,巴金一再感谢朋友们对他的珍贵友情,说那是他生命的一部分,是他生活中的"一盏指路明灯"。关于正视矛盾、解剖矛盾、在探索中克服消解矛盾的意念,这散在巴金众多的自白、自剖,以及自我回忆的散文之中;关于自己不是一个"完全的文艺家",以及文学创作应注重思想深刻、感情真诚和不太注重文学的"形式"和"技巧"的文学观念的反复强调;关于生命的意义和价值的思考,这是巴金在中华人民共和国成立前散文中一再反复出现的最重要意念。关于生命的意义和价值的思考,这是古今中外大思想家和大文学家经常重复的带有永恒普遍意义的亘古常新的思想母题。巴金对这一母题的重视和开掘,反映了他道德感情的纯洁性和他对人格自我完善的执着追求。

早在1930年,巴金就翻译克鲁泡特金的《我的自传》。在当时的巴金看来,克氏不平凡的一生,是体现丰富、充实的生命意义和价值的典型,他翻译此书,如他在《〈我的自传〉代序》里说的,是为了给他的"小弟弟"和中国青年,"指示一个道德地发展的人格之典型给你看,教给你一个怎样为人处世的态度"。巴金在众多的散文中一再引述法国哲学家居友(1854—1888)的名言:"生命的一个条件就是消费。……世间有一种不能跟生存分开的慷慨,要是没有了它,我们就会死,就会从内部干枯。我们必须开花。道德、无私心就是人生的花。我们的天性要我们这样做,就像植物不得不开花似的,纵然开花以后便继之死亡,它仍旧不得不开花。……个人的生命应该为他人放散,在必要的时候还应该为他人牺牲。……这牺牲就是真实的生命的第一个条件。"巴金对生命意义和价值的思考，集中体现在《梦与醉》集和《龙·虎·狗》集的题目相同的《醉》《生》《梦》《死》里，特别是其中的《死》和《生》。

《梦与醉》集收的是一些议论性随笔。这种议论随笔有自由开阔的理论思维和形象思维空间，在议论的展开中，作者自由驱遣他的阅历、知识、思索、体验，古今中外，海阔天空，由此及彼，由表及里，综合运用多种艺术表现手法，有议论，有记叙，有抒情，有描写，有引证，有对话，营造出一个开阔舒展、情理兼胜的论理系统，呈现出知识之美、智慧之美、思想之美、情趣之美。《梦与醉》集的《死》与《生》就是这种议论随笔散文的珍品。

巴金写《死》是为了破解"死"这个斯芬克司之"谜"的。"死"是什么，可怕不可怕？巴金以自己的见闻、思索和体验，以加本特的研究、惠特曼的观察、日本恐怖主义者古田大次郎的《死之忏悔》、阿·帕尔森司死前写的诗篇为例证，论述"死"不可怕，"死"不过是"真正的休息"和"永久性的和平"。巴金还写下了他对"死"的诗化哲学思考：

> 我更爱下面的一种说法：死是"我"的扩大。死去同时也就是新生。那时这个"我"渗透了全宇宙和其他一切东西。山、海、星、树都成了这个人身体的一部分，这个人的心灵和所有的生物的心灵接近了。这种经验是多么伟大、多么光辉，在它面前一切小的问题和疑惑都消失了。这才是真正的和平、真正的休息了。

这确是对长期困扰着人们的"死"这一斯芬克司之"谜"所做的豁达健朗的思考和回答。在《龙·虎·狗》集里的随感录《死》中，巴金更以"死是永生的门"这更斩截精粹的警句，给这一斯芬克斯之"谜"以更积极、更明确的回答。正如古人所说："不知生，焉知死？"只有"生的光荣"，才能"死的伟大"，只有无限热爱生命，坚定执着追求生命的丰实和壮丽，他的生命才能超越"死"的局限，才能叩开"永生的门"。因此，巴金又写了充满诗情和哲理的议论随笔名篇《生》。

《生》是以议论为精魂的，有着鲜明的政论色彩，但不枯燥抽象，而是诗与政论的结合，是政论的诗、诗的政论。在《生》里，巴金完整表达了他的生命哲学，抒写了他的人生襟怀和情操，他唱出了他心中最美的歌。

巴金认为"生"是美丽的，"乐生"是人的天性，但其中有"真正知道生的人"和"不了解"生的人的区别，这导致不同人生态度和人生结果的根本对立。古今中外，许多人都企求"长生术"，修造"长生塔"，有的人"为非作歹"，用"平民的血肉"为自己和子孙修造"长生塔"，但那是在"沙上建塔"，是愚昧自私和卑劣；有的人如法国启蒙学者龚多塞宣传"科学会征服死"，他的壮举虽未完成，但为人类的"长生塔"奠下"基石"；另一种如妃格念尔、萨坷等为代表的志士仁人，他们热爱生命，不能容忍黑暗暴力对生命的摧残，奋起抗争，奉献出自己的青春和生命。巴金赞美他们的爱是博大的、崇高的、美丽的，永同太阳、星星一道闪耀，获得了"永生"和"不朽"。

巴金把"生"的问题放在"生之法则"的"论理"高度来阐发。所谓"生之法则"，就是法国居友说的个人生命应该为他人、为群体"放散""牺牲"，这样生命才不会从"内部干枯"，才会"开花"。再就是克鲁泡特金在《人生哲学：其起源及其发展》里说的人类应该"团结""互助"的生存发展原则。联系到当时的抗日战争，巴金指出维护民族的生存，是"顺着生之法则"，抗战是"中华民族神圣的权利和义务"，日寇的侵略则是"违反了生之法则"，所以"每个人应遵守生的法则，把个人的命运联系在民族的命运上，将个人的生存放在群体的生存里"，群体绵延不绝，个人就可以获得"永生"，"丰富""满溢"的个人生命激流就可以汇入浩瀚的人生大海，从而达到生命境界的极致。巴金的生命哲学显然受到居友和克鲁泡特金的影响，但又来自他的民族民主革命战斗实践和他的独立思考。他是道出了人生哲理的某些本质方面的，主流是积极的。

巴金在《信仰与活动》中说《新青年》杂志译载的高德曼的文章，"以她那雄辩的论据、精密的论理、丰富的学识、简明的文体、带煽动性的笔调，毫不费力地把我这个十五岁的孩子征服了"。他在《克鲁泡特金全集·总序》里用差不多相同的话语评价克氏文字风格。巴金的《死》和《生》等议论随笔显然受到这种文风的影响。巴金是一位知识渊博、热情多思、想象丰富的散文大家，他的这种智慧结构在议论随笔《生》里有突出表现。巴金为了阐扬他的生命哲学，"观古今于须臾，挫万物于笔端"，调动了丰富的社会、历史和科学知识，他"为情而造文"，在篇文中灌注了他鲜明的爱憎和褒贬，"神与物游"，展开了丰富的联想和想象，使论理情感化和具象化，获得诗情的生命和形象的血肉，所以议论随笔《生》，也可以说是一首"真理的诗"。

1949年，巴金翻译了德国革命作家洛克尔的代表作《六人》，在该书的《译后记》里他援引了《六人》的英译者蔡斯对《六人》的如是评价：

"《六人》是一曲伟大的交响乐。"蔡斯阐释说：前面有一个介绍主题的序乐。构成交响乐的六个乐章，每一个乐章最后都把主题重复了一遍，每一个乐章有自己的音阶法和拍子。在主题的最末一次的重复之后接着来一个欢欣的、和谐的终曲。我不会，我只知道我读完整个作品好像听了一次管弦乐队的大演奏。

巴金散文创作中同类近似的意象和意念的经常反复是个十分突出的现象，其中最基本的、统摄一切的是，巴金对青春和生命的热爱和赞美，巴金对丰实、壮丽的生命意义和价值的探索和追求，以及巴金对一切阻碍和摧残青春与生命的"旧的传统观念""不合理的社会制度"和一切反动势力的"不妥协"的"攻击"①。这样，我们读巴金的散文，也会有蔡斯读洛伯尔的《六人》时那样的感受：我们是在欣赏"一曲伟大的交响乐"的"大演奏"。

以上我们从思想和艺术结合的三个方面来考察巴金"建国"前的散文创作。耐人寻味的是，巴金这位世界级的文学大师谈自己包括散文在内的文学创作时，一再强调文学的"真实""自然"境界，一再申说"没有技巧""无技巧"。王瑶在《论巴金的小说》里评论说："作者自己所谓'没有技巧'，只能理解为没有形式主义地单纯追求技巧，而并不是说作者的写作能力还不够圆熟。"这个理解是准确的，符合实际的。1959年巴金在《谈我的散文》里有这样的自我批评："我的文章却像一个多嘴的年轻人，一开口就不一肯停，一定要把什么都讲出来才痛快。"1990年巴金在《致树基（代跋）一》里说《春秋左传》的"春秋笔法"是"只要瞄准箭垛，一字更能诛心，用不着那些旁敲侧击的吱吱喳喳"。巴金晚年的散文杰作就是这种"春秋笔法"的典型，是人们公认的当代散文创作的一座高峰。读巴金的《随想录》不免让人想起黑格尔《逻辑学》里的一些话："最丰富的是最具体的和最主观的。那个使自己复归到最单纯的深处的东西，是最强有力和最占优势的。"巴金《随想录》里那种丰富的单纯和单纯的丰富令人赞叹不已，确是巴金散文创作的新高峰，值得认真研究，但这已不是本文的任务了。

（原载《文学评论》1996年）

作者简介

姚春树，1937年生，福建莆田人。1955年进入福建师范学院中文系。曾任福建师范大学文学院教授、博士生导师、中国现当代文学博士点带头人，中国散文学会理事，中国散文学会散文理论研究会副会长等。著有《中国现代杂文散文杂论》《20世纪中国杂文史》《中国现代杂文史纲》《中外杂文散文综论》，《外国杂文大观》《巴金作品欣赏》《怎样写杂文》等。

① 写作生活底回顾//巴金短篇小说第一集.

中国女性文化：从传统到现代化

林丹娅

一、传统文化中的中国女性

中国女性文化伴随着中国漫长的父权封建制社会形态与文化形态的形成，形成了一种可谓根深蒂固的传统文化内涵，在这个内涵中，"性别/位置/角色/属性"是一串重要的文化识别符号。它们之间的关系密不可分，它们中间任何一个符号的出现，同时也意味着其余符号意义的同在。在实际运用上，它们成了可相互取代的指称。假设一个人生下来就是个"女性"的，那么，她就被社会意识"意识"了自己这一生所处的"阴"的位置。而阴位，即"坤位"，早在中国上古时代的卜筮之书《易经》里，这种位置的属性便已被规定好了："坤，顺也。"① 顺，即顺从。之所以要"顺从"，是因为这个位置的"卑"，阳为天，处上而尊，阴为地，处下而卑。"古者生女三日，卧之床下，……明其卑弱，主下人也。"② 这是中国数千年以来至今仍盘踞在广大国民意识深处之"男尊女卑"观念的显在。同时，她的角色分配业已注定：主内，做一个媳妇、妻子与母亲。在这之前，她必须在娘家（女儿期）接受一整套的妇德教育，为着将来扮演好这些角色而精心准备。

因此，在中国封建社会，作为女性，她们最高的人生价值、美德规范是做一个孝妇、贤妻与良母。她们会因之受到男权社会的极大称颂，会被记载在男

---

① 元阳真人.易经说卦传.倪泰一,编.//周易.重庆:西南师范大学出版社 1993,83.
② 班昭.女诫·卑弱第一//后汉书:卷八十四:列女传·曹世叔妻.北京:中华书局,1965:2787.

人专权的典籍中，尽管她们大多数仍旧无名，只以某氏、某妻或某女的模糊名目出现。如被记载在《明史》中韩太初妻刘氏的孝行：她以自己的血肉为药引子，多次治好了婆婆的病，挽救了婆婆的生命，推延了婆婆的死亡。① 这是一个媳妇用肉体最痛苦的"凌迟"之刑来完成的道义上最美满的孝行，它表示了一个女人必须对其公婆履行的一系列孝顺义务的限度，同时也表明一个女人修持圆满妇德所必具有的血腥方式与实质。在有关清末慈禧太后专权过程的多种故事版本里，人们最津津乐道的是西太后慈禧虽因子母贵，但对懦弱的东太后慈安原还是有所忌惮的，因为传闻慈安手中持有咸丰遗诏。于是慈禧效孝妇之行，刻肉做药引子，慈安因此对慈禧大为感动与放心，终于当面烧毁了咸丰帝暗遗的那条专辖慈禧保护正宫安全的密诏。② 可见当时社会，人们对孝妇褒扬与崇尚的程度，慈禧利用了这一点，为自己专权参政扫清了来自宫内的阻力。

贤妻，在今天的中国，仍然是丈夫对娶妻的最普遍心理期待，也是社会对妻子角色是否称职的评价。在中国传统文化中，因为夫妻关系的主从性质，妻子的本分与职责就是为满足丈夫的需要而存在的。汉时的女教圣人班昭形象地说："夫者天也，天固不可逃，夫固不可离也。"③ 事夫便当如事天。如何"事"呢？其一，是需对丈夫的事业及生命有助，谓之贤内助也。元关汉卿的著名杂剧《望江亭》中的谭记儿很能代表这种内助的作用：身为潭州理官的白士中，面对持皇帝尚方宝剑与金牌前来取他首级的杨衙内束手无策，妻子谭记儿挺身而出，扮作一美丽渔妇，以酒色迷之，赚取杨的皇帝宝剑、金牌，从而保住丈夫的官职与性命。④ 其二，是对丈夫的忠贞守节，从一而终，不管丈夫在世不在世。中国大地上虽经"文革"破坏而今犹存的贞烈石头牌坊，就是用节妇们的青春与生命换来的。电影《红色娘子军》有一个场面，一个乡村女子将姐妹引到她的床前，撩开床纬——同时也把中国一个偏僻地区的贤妻生活撩开给观众看——与她夜夜同枕共眠的是一个代表她那未婚而死的丈夫的木头人，她的生命终身属"他"所有。但是，做一个贤妻的内容，有时还包括她必须听从丈夫的意志而放弃做一名贞妻节妇。如清李渔记载的明末南京地方上一位秀才娘子，在乱军到来之际，原是抱着捐生守节意愿的，但在丈夫存孤的需要下，她只好不做烈妇，做了军妓。⑤ 总之，唯丈夫的利益高于一切，是为贤妻。

---

① 明史：卷一八九.列女传一.北京：中华书局1974：7691.
② 蔡东藩.慈禧太后演义.杭州：浙江人民出版社，1980.
③ 班昭.女诫.专心第五：2790.
④ 臧晋叔.元曲选.北京：中华书局，1958.
⑤ 奉先楼.李渔.十二楼.北京：人民出版社，1986.

良母，是作为一个好母亲标准。实际上，除了特殊情况外，女性出于母爱的天性，大多都会悉心喂养自己孩子的。但这里"良母"的意思，更多的是要从母亲的角度出发，按照一定的道德规范教养孩子成才。如在中国流传甚广的"孟母三迁"。而实际上，一个女人在做孝妇贤妻与良母之间，有时会处于种两难境地的。正如美国学者凯瑟琳·卡利兹所注意到的在《绘图烈女传》中所绘的康夫人之孩子，因为康夫人的尽孝，把母乳挤给婆婆吃而饿得直哭。① 可见，在这里孩子的利益被孝道牺牲了，母爱也同时被牺牲了。那么，到底怎样才算一个"良母"呢？也许可以用曹禺的名作《雷雨》（1934）中男性家长周朴园对妻子繁漪的态度来说明：周令其妻吃药，其妻表示不想吃，周说："就是自己不保重身体，也应当替孩子做个服从的榜样。"② "服从的榜样"，这就是传统文化对良母品质最重要也是最具体的要求与认定。

二、接受现代化洗礼的中国女性

中国女性"孝妇、贤妻、良母"的角色文化模式，在20世纪初中国剧烈的社会变革与思想变革中受到了有史以来的第一次重大冲击。当时的有识之士，面对中国腐败没落之现实，无不痛感封建体制的腐败没落，人心不古，人心思变，反封建主义思潮遂成为主流。而西方现代文化挟物质文明、学术思潮，还有军事侵略，长驱直入国力衰弱、国门洞开的中国，除引起国人极大的震惊外，同时也引起国人对自身文化的反省与批判，尤其是对可称为惨无人道的女性文化。在关注国家与民族前途的视野中，在关注"人道"状况的视野中，女性所身受的非人待遇才被人们前所未有地关注并被力倡改善。在此情况下，中国的"男人接过女权主义反对封建主义"。③ 女性在这场推翻封建固有秩序的斗争中，可以说是不"自觉"地就成为一个"妇女解放"的天然同谋者、参与者与受益者。另外，在中国女性文化传统主流之外，也一直存在着一种反女性文化传统的声音。她们并不安于既成命定，她们通过改变服装的方式来改变文化性别，从而改变了自己命定的身份与位置；从而跻身于男性角色的行列中得以一展毫不逊色于男性的才华；从而打破了一种有关于男女能力与智力有别的神话界限。如从著名的六朝乐府《木兰诗》中的花木兰女扮男装替父从军，一直到脍炙人口的清长篇弹词《再生缘》里的孟丽君女扮男装中状元。而在清末出

---

① 李小江,等.性别与中国.北京:生活·读书·新知三联书店,1994:168.
② 曹禺.雷雨.成都:四川文艺出版社,1985.
③ 李小江,等.性别与中国.北京:生活·读书·新知三联书店,1994:5.李小江认为这是女权主义进入中国的一个特点。

现的反封建战士，女革命先行者秋瑾（1875—1907）就是这一隐形传统的承继者与显在者。中国女性的传统文化使她不得不成为这样的一个女人：当她走上革命道路之日，便就是她不能不背弃做"孝妇、贤妻、良母"之时——她不得不抛夫弃子离家而去。她常常把自己妆饰在一袭男装之下参与社会活动，这种反传统规范的行为是否反过来也可以这样证明：即使是作为革命者的秋瑾，在她文化女性的意识深处，仍隐藏着她对是女性——以文化本质的服装为性别鉴别——就该天经地义地成为孝妇、贤妻、良母的潜在认同？但对其家庭来说，她事实上就是一个十足的不孝之妇、不贤之妻、不良之母。这也许便是秋瑾每每慨叹身不得男儿身的隐情隐痛吧①。

在秋瑾同时或稍后，一批生长在较为开明的中国贵族家庭或知识家庭的女性，得西洋现代风气，尤其是女权思想之先，也不约而同鄙视并拒绝自己本该扮演的传统角色。如杨绛的姑母们，一定深受当时西洋女权思想的影响，否则她们恐怕很难做出：虽由父母之命而嫁，然而"出嫁后都和夫家断绝了关系"。尤其是三姑母杨荫榆，其夫为独子，她不仅抓破丈夫的脸皮，后索性就不回夫家，更莫谈为夫家生儿育女。她抛弃了做"孝妇、贤妻、良母"的角色后，苦学勤工，先后留学日本、美国，从事女子教育，直至任北京女子师范大学的校长。② 她们是"五四"运动前后一大批从家门中跑出来，从夫门中跑出来，从封建婚姻中跑出来的女性代表。她们厌弃传统文化，她们企图从西洋现代文化知识的汲取中，来改变自己的传统属定命运，做与自己的祖辈女性不一样的人，过不一样的人生。与此同时，在中国广大的地区与众多家庭中，"孝妇、贤妻、良母"仍在源源不断被制造产生。如巴金小说《家》中的人物瑞汪。巴金用传统经典的女性形象，一个典型的"孝妇、贤妻、良母"的形象塑造与其死亡，不再重弹"善有善报"老调，而是以其悲剧的毁灭，涉及了传统女性角色事实上毫无生路的揭秘。这无疑从另一个角度促动了人们反省：中国女性也只有接受现代化，把自己从传统角色中解放出来，才有出路与生机。

三、传统与现代化狭缝中的中国女性

艰巨的、复杂的中国妇女解放，却意想不到地被挟在中国民族革命、阶级斗争的过程中，随着无产阶级政党的胜利与无产阶级政权的建立而顺利完成。此后，女性问题，不再因反封建任务的需要与迫切而被重视与提出。这就造成

---

① 郑云山.鉴湖女侠秋瑾.上海：上海人民出版社，1984.
② 将饮茶//杨绛.回忆我的姑母.北京：中国社会科学出版社，1992：87—116.

了一种奇怪的现象：在妇女解放了的表象之下，如妇女参加社会工作，同工同酬，在制造了女性对自己性别意识的漠然之下，如妇女半边天，男女都一样，性别压迫与性别歧视依然强大地存在于革命阵营、社会关系、人际关系、家庭关系、夫妻关系以及个人意识之中——反几千年封建文化意识的任务实际上远远还未完成，也不可能就此完成。中国女性陷进了一个对性别问题既十分敏感又认识模糊、既言不由衷又无法言说的境地。从说个体（女性）话语蜕变成说大众（革命）话语的女作家丁玲，在四五十年代书写了大量的革命作品，间写了一点对女性问题的观察与思考的作品，便被革命视为异己分子，直至远远发配到北大荒不再写作发言为止，可见当时意识形态对女性问题（当然还有别的问题）忌言的程度。

中国重提女性问题是在被称为20世纪第二次思想解放的70年代末80年代初。包括女性主义在内的西方现代思潮，再次藉世界性文化交流之气候与中国加速现代化之契机，堂而皇之地涌进国门，给思想文化界带来了革故鼎新的助燃剂。中国文化女性在较为宽松而活跃的人文环境中，开始尝试直面男性谈论男权状态下存在的性别歧视与性别压迫问题。女作家开始在自己的文学文本中呈现这个问题和对这个问题的思考。"孝妇、贤妻、良母"的角色内涵在两性关系的历史层面上，受到前所未有的质疑与剖析。

在大陆，受西方女性主义思潮"启蒙"与女性主义话语渗透现象是显而易见的。在职业女性身上，她们从并不意识到自己是女性性别始，或是忌讳，或是模糊，到意识并强调自己的性别，并把自己的性别意识带进自己的工作或作品中去。人们可以非常清楚地看到从70年代末到80年代初涌现的一批女作家从努力创作与男性作家同步话语的作品，到终于有意识，且不耻讲述出自己有关于性别问题的种种体验与故事。张辛欣《在同一地平线上》率先尖锐地把一个长期以来人们避而不谈，或无法说清的问题揭示出来：即在中国目前的性别意识状态下，即使是一个接受过高等教育，有良好文化素养的知识女性，也根本不可能在自己的追求事业、坚持独立与做一个贤妻良母的角色之间兼得；同时她还揭示了当代中国知识女性所特有的两难境地，即要爱就必须牺牲，牺牲自我、个性。譬如，在爱人面前最好只表现你的女性气质，对爱人温柔、顺从，注意不要在爱人面前显示你比他高明，事业更成功，或仅仅是社会事务更多；但同时，你也不能纯粹按传统方式做一个完全的贤妻良母，因为，他再不会喜欢一个完全没有自我、没有个性的女性。这就是张辛欣的女主人公在男主人公指责她太要强时的感觉："我根本不是要强，而是你把我推到不得不依靠自己的路上。"但她真的要依靠自己时，她便要面临失去他的爱，因为他并不欣赏她"太"要强。① 所以，中国的现代知识女性就不能不成为躲避在张洁的《方舟》里的那三个结过婚了的知识职业女性。她们各自从家里、丈夫身边逃出，当然不可能是"孝妇、贤妻、良母"，同时，她们也无法成为好的、成功的职业女性，因为她们再也无法从社会里（大家），从男性（同事、上司）身边逃开。其实，从女性在家中的遭遇，实际上也基本可以明了她们在社会上的遭遇，家在中国，历来就是国的缩影②。

同时，另外一批女作家的作品表明，即使是在知识女性以外的劳动人民阶层，传统女性角色是否存在也很值得怀疑。以写实著称的女作家方方在她的《风景》③中，池莉在她的《你是一条河》④中，第一次让读者面对了这样一个不无残酷的事实：她们在这样的生存境况逼迫中，怎么可能会成为"孝妇、贤妻、良母"？在公众道德价值的评定中，她们也许是；可在她们自己家人心目中，她们也许根本就不是。而被认为具有现代派写作风格的作家残雪，在她作品中出现的女性，往往更是妻不妻，母不母，女不女。近两年倍受批评家瞩目（还包括非议）的中国女性主义文学，如翟永明、伊蕾、唐亚平、邵薇等的诗歌创作，如林白、陈染、赵玫等的小说创作，如叶梦、唐敏、荒林等的散文创作……表明在新一代的知识女性那里，一种中国传统文学中前所未有的，显然受当代西方女性主义话语所启发、所熏陶出来的新女性话语的出现。譬如林白创作的《致命的飞翔》，从写作行为到作品文本显然与法国女作家埃莱娜·西苏关于"飞翔是女性的姿势"的隐喻有着一脉相通之处：女性用语言飞翔也让语言飞翔。⑤ 林白在她的小说里，让现代都市女性继李昂笔下的那位传统乡村女子在性压迫下失常而举刀杀夫后，也举起刀理智地杀向让自己在性爱中倍受屈辱与不平的爱人。⑥ 这在中国，是很石破天惊的一次女性性感觉的暴露。因为，在中国的两性生活中，作为妻子（或情人），她被注定有义务、天经地义地永远为性伴侣的需要奉献自己，甚至男性还乐于看到对方的不能忍受或痛苦，他们可以以此向他人夸耀证明自己的性强大与征服力；而女性则永远不能表示自己对对方的不满足，甚至羞于仅仅是向对方启齿，因为这则表明女性在道德品质上的败坏。

---

① 张辛欣.在同一地平线上.收获,1981(6).
② 张洁.方舟.收获,1982(2).
③ 方方.行云流水.长江文艺出版社,1992:8—150.
④ 池莉.你是一条河.小说家,1991(3).
⑤ 埃莱娜·西苏.美杜莎的笑声//张京媛.当代女性主义文学批评.北京:北京大学出版社,1992:203.
⑥ 林白.致命的飞翔.花城,1995(1).

在台湾，西方女性主义思潮比大陆更显"风起云涌"。① 女作家廖辉英的《油麻菜籽》（1982）展示"贤妻良母"那"油麻菜籽"命的无可奈何的悲哀生命实质；李昂的《杀夫》（1983），表现女性如何被此挤压得被动走向"文化"的反抗面去的；而袁琼琼用《自己的天空》（1980）一脉相承了西方女性主义的经典话语（如英国女作家维吉尼亚·吴尔夫的重要文献《自己的房间》，象征了女性作为一个独立于世的人所必备的一个生存空间——这个空间已经被人们，包括女性自身忽略掉很久了——它显然既是物质的，同时又是精神的。

四、中国女性新文化正在进行时

综上所述，近十年来现代西方女权思想与女性主义思潮对中国女性文化有着两次重大的冲击。一次发生在20世纪初左右，它使中国先进女性在她的同盟者先进男性的召唤下与帮助下，从封建家长制束缚下解放出来，实现婚姻自主，从而使自己有可能因为参与社会角色的扮演而不能扮演专属女性的"孝妇、贤妻、良母"角色；一次发生在20世纪的七八十年代，它使中国女性从"性朦胧"中苏醒过来，从停滞在"男女都一样——以说男性的话、做男性工作、穿男性服装"为标志的"平等"之中，开始性别的觉醒，针对有史以来于今仍存的两性间的不平等状态，真正关注自身性别的历史状况，审视其文化形成，呈现其性别生存现状，争取其性别利益。从近几年来的女性文学文本中，我们发现，新一代的知识女性不仅拒绝女性传统角色"孝妇、贤妻、良母"在自身上的延续，而且反过来质疑并解构"孝妇、贤妻、良母"的定义及其存在。她们正在寻找"女性是什么"的道路上艰难跋涉。如果说，中国女性在前一次现代性的进程中有男性同盟者的话，那么，这一次，她们不能不、不得不呈孤军奋战之势，是在进行"一个人的战争"②：在外部，它似乎直接表现为一个性别针对另一个性别的思想之争；在内部，它直接表现为现代女性针对传统女性的思想之争。

但是，与中国现代知识女性对两性关系、对性别文化呈愈演愈烈的探秘之势相比较，一种属于公众的、社会的、传统的，实际上就是男性视点的强大话语则表明了不以为然的、甚至是截然相反的态度。1996年在中央电视台公演的一部被重点宣传为重新呼唤我们民族优良传统的电视剧《咱爸咱妈》中，来自

---

① 这里借用台湾子宛玉主编的《风起云涌的女性主义批评》中一语，以概台湾女权运动与女性主义思潮流行的现象。该书由谷风出版社1988年出版。

② 这里借用女性主义作家林白的小说之名《一个人的战争》，以概括中国女性在当下文化进程中的精神状态。小说原载《花城》1994年第2期。

乡村的劳动人民家庭出身的二媳妇心兰，被赋予经典的"孝妇、贤妻、良母"的品质与温柔贤淑的可亲形象。与之相比照的则是来自都市现代知识分子十高级干部家庭的相当洋派的大媳妇罗西，她不仅不愿花钱为公公治病，最后还与丈夫离了婚，离开孩子。其自私刻薄的形象令人厌之唾之。可以想象，在这样的形象定式后面，显然是一种以土（本土的或认同传统的）抗洋（外来的或西化的），以乡土文化（有着深厚的传统文化积淀的）抗都市文化（深受西方现代文明浸染的）的意识在支配着创作。而尤其值得注意的是，在这部精心策划、重点宣传的道德剧中，它不再是简单地重复劳动人民是唯一道德英雄的观念，有现代化知识装备的人才也被特别重视。只是，这种又有知识又现代化同时又兼任传统道德英雄的角色，无一例外落在男性身上。在《咱爸咱妈》剧中是乔家伟，乔家伟既是劳动人民出身，本人又是知识分子，从事高科技工作，同时他又是个尽孝之子、仁义丈夫、有责任感的父亲。这样的一个男性，代表着本土文化与现代文明的最理想结合。而在女性形象身上，她们只有分裂——她们在大众的审美期待中，被编导分裂：要么是土里土气的传统式"好女人"，要么是洋里洋气的现代式"坏女人"。

可见，虽说在目前的中国，女性要摆脱自身的旧文化因袭已不可能不接受西方女性主义的冲击与影响，而且改革开放也提供了这样的良机：社会现代化不能被中止，中国女性的现代化也不可能被中止。自强、自立、自尊、自爱的新女性话语被各级妇联组织反复灌输给基层妇女，以取代她们的旧文化观念便是明证。接受现代化洗礼的女性清醒地意识到自己不可能回到从前的"非人"状态中去。但在她们还远未建立起一种融旧与新/本土与外来/传统与现代之精华为一体的新文化女性的模式之前，在女性自己的愿望、实践与仍作为"民族的""本土的""传统的"的公众期待之间，的确存有相当的差距，甚至矛盾。迄今为止的中国女性文学文本的某些遭遇，足可表明女性主义在中国仍然处在"自话自说"的状态。它的价值在于，它提供了自鲁迅的《伤逝》[①]产生的时代以来，众多的文学文本欲说还休的中国女性生存真相：她们是如何不得不进入社会角色之中以求摆脱她们的传统角色与既定命运；而她们社会角色的形成，又如何扰乱了原有的社会关系、两性关系的传统秩序，以及她们身置其中前进的困难、停滞不前，甚至倒退的状况。它甚至会被用很不乐观的叙事基调警示，两性现时正在渡过的是一个重新建立两性新秩序的艰难前期；传统的两性

---

① 《伤逝》中的新文化女性子君置社会家庭的非议于不顾,勇敢争取婚姻自由,成功地与爱人涓生同居,但涓生不久后就发现成为妻子的子君全然与先前不一样了,平庸、怯弱、依赖,在涓生的冷淡与厌弃下,子君只有回到娘家,并寂寞地死去。鲁迅.彷徨.北京：人民文学出版社,1973：114—137.

关系由于女性的新文化正面临着危机,甚至崩溃。因此,女性主义在中国要达到一种理想的渗透,在中国落实化并本土化,恐怕还有待时日;建立一个两性认同的中国现代女性角色的新模式以取代传统模式,也还有待时日。

[原载《厦门大学学报》(哲学版)1997年]

作者简介

林丹娅,1958年生,浙江诸暨人。1983年毕业于厦门大学。厦门大学中文系教授、博士生导师。曾任厦门大学中国语言文学研究所所长、福建省作家协会副主席、厦门市作协主席、中国女性文学委员会副主任、中国妇女研究会理事、中国当代文学研究会理事等。著有《当代中国女性文学史论》《白城无故事》等。

巴金文学观新探

辜也平

不同的作家以不同的方式走近文学，从事文学创作，他们对于文学必然地有着自己独特的体验、感悟与认识。作家们在表达这种感悟与认识时，虽然往往只是只言片语，但却不乏真知灼见；它们对于丰富文学理论、认识作家本人的创作也都有着无可替代的价值。因此，从作家的创作行为及创作自述中寻找其相对稳定，而又最具个性特征的文学见解，是作家研究或文学研究的一个重要课题。巴金是一个著名的作家而不是一个文艺理论家，他不曾系统地表述过自己对于文学的见解。但是，在他为自己或别人著作所写的大量的"序""跋""题记"和随笔中，在20世纪50年代的《谈自己的创作》和晚年的《创作回忆录》、《随想录》里，巴金也频频地发表对一些文学问题的看法。通过对上述文章与著作的考察与研究不难发现，在数十年的创作实践中，巴金已逐渐形成了自成系统而又独具特色的文学观。这种独特的文学观，我以为就简明扼要地体现在他所说过的如下四句话里：

一、文学的目的是要使人变得更好

由从事实际社会运动而步入文坛，而成为一个职业作家，巴金的文学道路有其偶然性与独特性。这种独特的文学历程决定了巴金的文学观必然地带有维系社会人生的功利色彩。他一开始就很赞赏老托尔斯泰、高尔基等人的观点，认为真正的艺术，它的重要使命是把人类联合起来，而不是将人类分离的。当决心主要从事文学工作之时，巴金就已在自己心灵的祭坛前立下了这样的誓言："要做一个在寒天送炭、在痛苦中送安慰的人"；要时刻牢记高尔基的名言:"文学的目的是要使人变得更好。"①巴金一贯关注文学的社会作用,甚至到了晚年他也还是认为:"文学应该是积极的。文学应把人民大众团结起来,而不是分裂;文学应给人努力向上的勇气,并促使人们热爱生活;文学应对各国人民之间的互相了解和互相团结作出贡献。"②

巴金对文学的目的的这种看法,明显地带上了"入世"的色彩。他常常说,自己是把文学作为武器进行战斗的;自己所以写作就是因为要攻击敌人,要揭露、控诉社会的黑暗与丑恶,甚至就是从事文学翻译,他也"只希望把别人的作品变成我的武器"③。

巴金还注意到文学的宣传、教化作用,他曾深有感慨地说过:"好的文学作品常常是读者们的指路明灯,初入社会的年轻读者更容易把作家们当作他们的人生的教师。对于许多青年性格的形成,我们的作品的确起了不少的作用。优秀的文章像如膏的春雨帮助年轻心灵的发育。作家们的错误往往毒害年轻读者的一生。究竟给读者什么呢?是养料还是毒药?这是每个作家不能不考虑的问题。"④ 所以他又进一步强调作家必须有崇高的思想信仰,有积极的生活态度;必须有独立而完美的人格精神;还必须有对得起广大读者的"艺术的良心"⑤。他主张"作家与人要一致,作品与人品也要一致"⑥。

正由于特别注重文学的社会功用与文学的宣传教化作用,在半个多世纪的文学生涯中,巴金也有过把文学作品当作纯粹的宣传品,有过迎合社会政治一时之需要而写作的遗憾。在经历了"十年浩劫"之后,巴金对于文学的作用与目的才有了更为全面、更为辩证的认识,他说:"文学应该起两个作用:潜移默化、塑造人们灵魂的作用和宣传的作用,而主要的应该是前者。作品中应该有一些带永久性、长期性的东西。如果我们的作品只是作为宣传工具,完全为当前政治中心服务,那么过一个时期它就会过时,以后就不会受到人们注意。……要是我们文艺作品没有较长的生命,那实在是不可想象。所以文艺为政治服务一定不能狭隘理解成为当前一定的政治中心服务,起宣传作用的作品只能是小部份,大部份的、主要的还是要起教育的、长期潜移默化的作用,属于塑造灵魂的东西。"⑦

---

① 《巴金论创作》序.17/52.
② 答瑞士苏黎士电台记者问.19/609.
③ 《巴金译文选集》序.17/298.
④ 在亚非作家会议常设委员会东京紧急会议上的致词.19/64.
⑤ 幸福.16/587.
⑥ 作家的任务.19/604.
⑦ 答香港董玉问.19/504.

二、写作如同在生活

在创作与生活的关系上,巴金重视作家对生活的体验与感受。他认为生活不仅为作家从事创作提供素材,同时也决定着作家在创作中所流露的思想感情与立场观点。他强调作家必须有意识地接近各种生活,必须写自己最熟悉的生活。他觉得,"生活是创作的源泉,可以说是唯一的源泉"[①]。"连最有才能的人也不能凭空捏造生活;一个从未见过英雄人物的作家,即使搞通了写不写缺点的问题也写不出一个英雄来。""即使写历史小说,也得先了解人,了解生活。人们从前喜欢挖苦亭子间的作家,其实做一个亭子间的作家也得先在社会里混了一些时候,才关在亭子间里写作。一辈子关在亭子间里的人,连活都活不下去,哪里谈得上创作。"[②]

巴金如此强调文学与生活的关系,主要是由于自身的创作体验。从30年代以来,他曾多次谈到自己"写文章如同在生活"[③]。1931年,在《〈激流〉总序》中巴金说:自己的作品"所要展开给读者看的乃是过去十多年生活的一幅图画"。1932年,在《〈电椅〉代序》中他又说:"我只是把写小说当作我的生活的一部分。我在写作中所走的路与我在生活中所走的路是相同的。"到了晚年,作《我和文学》的演讲时巴金仍然说:"我写作如同在生活。"当然,巴金在强调创作与生活的密切关系的同时,又对"生活"这一概念做出不同于一般的解释。他说过:"严格地说起来,我所有的作品都是从生活里来的。不过这所谓的生活应当是我所经历的生活和我所了解的生活。"[④] 他曾先后谈到过许多这方面的例子:《春》里的"真人真事"是与一个四川女学生交谈了解到的,《罪与罚》是根据1928年巴黎报纸上的一则新闻创作的,《萌芽》的创作素材是一个熟悉矿山生活的朋友提供的……不过,在谈到这一切时,巴金同时也强调了自己对四川生活、法国社会生活以及矿山生活的不同程度的了解与熟悉。

现实主义作家与自然主义作家都力图在自己的创作中真实地反映生活,他们都强调生活对于创作的重要性。但是,自然主义作家强调的是对生活现象的客观的再现,而现实主义作家则希望写出超越于生活表象的真实,力图在创作中反映出生活的某些本质。在谈到自己作品中的人物或情节时,巴金也经常强

---

① 关于《砂丁》.20/666.
② 在中国作家协会第二次理事会会议(扩大)上的发言.18/610,612.
③ 《巴金散文选集》序.17/32.
④ 谈我的短篇小说.20/519.

调自己笔下的人物或事件已不是生活本来的现象,而已经是一种创造。如在谈到《爱情的三部曲》的人物塑造时巴金说:"固然这三本书里面我曾经留下一些朋友的纪念。然而我仍旧要说我写小说并不是完全给朋友们写照。……我要主要地写出几个典型,而且使这些典型普遍化,我就不得不创造一些事实……我不过写:有他们这种性格的人在某一种环境里可能做出来的事情。所以在我的小说中出现的已经不是我的现实生活里的朋友们了。他们是独立的存在"。[①]不难看出,巴金所追求的也已不是一般的生活再现,而是力图通过一定的创作手段,更为深刻地反映生活的某些本质。他不仅要描摹生活中已经存在的,而且还力求写出生活中可能存在的。

巴金说自己"写作如同在生活",还同时包括了两个方面的含义。他既把熟悉的生活与深切的感受写入作品,同时又"生活在自己描写的生活里"[②]。在谈到创作《灭亡》的情形时,巴金说:"我写的时候,自己和书中人物一同生活,他哭我也哭,他笑我也笑"。[③] 他还谈到过:"我写《家》的时候,我仿佛在跟一些人一同受苦,一同在魔爪下面挣扎。我陪着那些可爱的年轻生命欢笑,也陪着他们哀哭。"[④] 在创作动机上,巴金有着明确的现实人生目的;而在创作实践中,巴金同样把文学与现实人生结合到了一起。

三、把心交给读者

和一心一意期望登上象牙之塔,或极力强调自我,以自我为中心的作家绝然不同,巴金在从事文学活动时始终考虑着读者接受的因素。他极为重视作者与读者之间的交流与沟通。从 30 年代与无数青年读者的通讯,到 80 年代与寻找理想的小朋友的对话,巴金从未中断同读者的联系。到了晚年巴金还说:"我一直注意我和读者之间的代沟,消除我们之间的隔阂,甚至在今天我躺在病床上接近死亡的时候,我仍然在寻求读者们理解,同时也感觉到得到理解的幸福。"[⑤] 他一直把读者的期望当成对自己的鞭策,他的创作也总是以能为读者带去光明与温暖为目的。正因为这样,巴金也才会因没能在作品中为读者指出一条具体的道路而痛苦,才会为自己在作品中盲目地追随宣传写下令人"脸红"的口号而自责。

[①] 《爱情的三部曲》总序.6/9.
[②] 在四川省文学创作会议上的讲话.18/679.
[③] 《灭亡》作者底自白.12/241.
[④] 谈《家》.20/415.
[⑤] 《巴金译文全集》第一卷代跋.文汇读书周报,1995-11-4.

在巴金的心目中,读者才是作家的上帝。他常说作家是靠读者养活,所以作家写作不应该是为了荣誉、为了金钱,或者为了职位,而是应该为了读者。而读者需要的则是作家的"艺术的良心",是作家的真诚。所以作家在自己的作品中应该讲真话,应该"把心交给读者"①。只有这样,作家也才能与读者进行真正的交流,才能赢得读者的信任。

既然创作是与读者进行心灵的交流,巴金除了强调作家必须真诚,必须说真话外,还格外注意读者的接受因素。他曾直言沙汀小说中"土话太多,外省人常说不懂";"甚至在叙述和描写的句子里面也有些太僻的土话。好些没有耐心的读者是不会懂的"②。在谈到诗歌探索和革新的"洋为中用"问题时,巴金也"觉得这条路很难走",因为"除了在少数知识分子中间外,'洋'诗在群众中一点基础也没有";他认为进行一些探索是可以的,"但是总得做到这样的一点:群众能接受,群众会喜爱,才能有成绩"③。60年代初,余思牧曾就香港某出版社打算出版巴金的散文和小说选集征求作者意见,巴金表示,自己"不太了解海外读者的需要",还是请余思牧先提出一个初选目录供自己选编时参考④。与其他作家相比,巴金格外喜欢在自己作品出版或再版时写"序"和"跋"。其实,这也正是巴金希望自己的作品能更好地为广大读者接受的一番良苦用心。

当然,尊重读者并非无原则地迎合读者。在20年代初致《文学旬刊》的信中,巴金就对那些"总恨时间多,只是找消遣的事做,只是游玩、闲耍,舍不得用一点心,所以才不喜欢看非消遣的小说"的读者表示不满;他认为当时的新文学不应当迎合这种读者的需要,而应当"一面做建设的工作,一面做破坏的工作",以便中国的文学可以"立足于世界文学之间,并能大放光明"⑤。

在数十年的文学创作生涯中,巴金也对读者产生了深厚的感情。他常常真诚地向读者吐露自己的心声,也常常请求读者的宽容与理解。1986年7月29日,当他完成《随想录》后准备"搁笔"时,不禁怀着依依难舍的心情与读者道别:"我怀着感激的心向你们告别,同时献上我这五本小书,我称它们为'真话的书'。我这一生不知说过多少假话,但是我希望在这里你们会看到我的

---

① 我和读者.16/285.
② 1950年4月11日、6月16日致沙汀信.24/55.
③ 1976年2月7日致杜运燮信.22/463.
④ 1962年9月29日致余思牧信.24/11.
⑤ 致《文学旬刊》.18/30.

真诚的书。这是最后的一次了。为着你们我愿意再到油锅里受一次煎熬。是真是假,我等待你们的判断。同这五本小书一起,我把我的爱和祝福献给你们。"① 真是情深意长!文学老人的真诚与悲壮无不跃然纸上。

四、文学的最高境界是无技巧

在晚年,巴金还多次强调另一个重要的文学主张:"文学的最高境界是无技巧。"② 虽然巴金正式提出这一文学主张是在80年代初,但从30年代以来,他就已多次表达过类似的看法。1935年2月,在为《沉落》所写的序中,巴金说自己的小说"没有含蓄,没有幽默,没有技巧,而且也没有宽容……但是在这里面却跳动着这个时代的青年的心"。同年10月,在《〈电椅〉代序》中,他又说:"我完全不是一个艺术家,因为我不能够在生活以外看见艺术,我不能够冷静地像一个细心的工匠那样用珠宝来装饰我的作品。我只是一个在暗夜里呼号的人。"几年后,他又在《断片的记录》中对那些用笔"玩出种种花样"的"纯粹的作家"表示不满,他认为"不纯粹的作家的作品,自然经过一个短时期便归于消灭。但是纯粹的作家的不朽的名著,过几百年或者一两千年也会变做藏书家的所谓珍本,而成为风雅绅商沽名钓誉的工具了"。这些文学虽然尚未正式提出"文学的最高境界是无技巧"的主张,但却表明巴金一贯认为文学的价值与影响并不在于技巧。

实际上,在创作时巴金并非一个不讲究技巧、不追求艺术性的作家,他与杜运燮讨论新诗的通信、他对沙汀小说的评价,涉及的都是技巧问题。在为田一文的作品提意见时,巴金也批评说:"你自己受到感动,却不能通过人物、通过具体事件,来感动读者。只说自己如何感动(我也常犯这个毛病),却忘了如何使别人也感动。"③ 50年代巴金曾花好几年的功夫写作、修改中篇小说《三国志》,但又一直没把这一作品拿到报刊上发表,直到晚年编《巴金全集》时,它才被公之于众。其实,巴金对这小说不满意的地方也是"情节简单,结构松散,人物也不丰满"④。另外,从巴金在《〈爱情的三部曲〉总序》所谈到的小说的创作过程,从他对《家》等小说一次又一次的认真修改,人们同样也可以看到巴金在艺术技巧方面的刻意追求。

可见,巴金所说的"无技巧"并非放弃技巧或不讲究技巧。巴金强调的是

---

① 《随想录》后记.16/758.
② 和木下顺二的谈话.19/553.
③ 1954年6月23日致田一文信.22/254.
④ 1961年1月27日致陈蕴珍.23/451.

技巧之外的东西。曾有朋友认为"文学作品或者文章能够流传下去，主要靠技巧，谁会关心几百年前人们的生活！"巴金则认为："读者关心的是作品所反映的生活和主人公的命运。"① 他说过："一部作品的主要东西在于它的思想内容，在于作者对生活、对社会了解的深度，在于作品反映时代的深度等等"，而不在于分章分卷、时间顺序这些"技巧方面的东西"②。所以他强调"技巧是为内容服务的，不可能有脱离内容的技巧"③。

除文学作品的内容之外，被巴金视为比技巧更为重要的还有作家的人格与人品、作家的艺术良心。他说："文学的最高境界是无技巧，是文学和人的一致，就是说要言行一致，要表现自己的人格，不要隐瞒自己的内心。"④ 他认为："高尔基的艺术技巧是跟他的人格的力量分不开的。作者在他的每一篇作品里都高高地举起他那颗'燃烧的心'。"⑤ 正因为如此，巴金在三四十年代，五六十年代以及复出后的 80 年代都有过对那种文章写得好，但为人并不佳，或者以技巧去装饰谎言，换取自己的名利与地位的作家的严厉批评。他觉得这种人的写作是装腔作势在撒谎，是用花言巧语把读者引入陷阱。巴金强调，"作家与人要一致，作品与人品也要一致"⑥，只有这样，读者从作品接触到的才是真正的人，作品也才能达到但见性情，不见文字的境界。

从另一角度看，被巴金视为"无技巧"的文学境界同时也是一种天然去雕琢的境界。他始终认为："生得很美的人并不需要浓妆艳抹……一个生得奇丑的人，不打扮，看起来倒顺眼些"；"艺术的最高境界，是真实，是自然，是无技巧"。所以巴金说自己在创作上所追求的，也是"更明白地、更朴实地表达自己的思想"⑦。他反对作家卖弄技巧、炫耀技巧；他希望读者在阅读作品时接触到的是真正的人生，是作者真实的自我。除此之外，读者在接受过程中不再感到存在任何技巧的桥梁或阅读的屏障。因此，巴金所说的"无技巧"，实际上也是一种看不出技巧、一种浑然天成的境界。

巴金的文学观并不体现完备的理论性，但却是在作家的人生体验与艺术实践中逐渐形成，在中外有关文艺观念影响下日臻完善的。上述四句富于个性色彩的语言，集中表达了巴金对于文学的理解与认识。把文学与现实人生紧紧地

---

① 探索之三.16/183.
② 谈《春》.20/429.
③ 祝《萌芽》复刊.19/336.
④ 谈文学创作.19/615.
⑤ 燃烧的心.14/423.
⑥ 作家的任务.19/604.
⑦ 探索之三.16/183.

交融在一起，让读者与作者密切地联系到一起，就是巴金文学观最根本的特征，同时也是这位著名作家在文学上的终极追求。

(原载《文艺理论研究》1998年)

作者简介

辜也平，1955年生，福建永春人。1982年8月毕业于华东师范大学中文系。福建师范大学文学院教授、博士生导师。著有《巴金创作综论》《巴金诤言》《范式的建构与消解——二十世纪中国文学专题》《巴金：新世纪的阐释》《叶绍钧作品欣赏》《巴金与中外文化》《文学新浪潮的一面大旗：叶圣陶》等。

《故事新编》：文本的叙事分析与寓意的文化解读

郑家建

在这里，我试图通过对作品的细致解读，以期对《故事新编》的叙事艺术和文本结构的复杂性、独创性有个比较深入、具体的把握，这是一种微观研究的方式①。在这方面，中国传统的小说评点方法给了我许多有益的启发。在小说的叙事传统上，中西方小说在深层的叙事模式上，存在着明显的区别，它们有着各自的逻辑起点，操作程序和理论模式②。新时期以来，虽然西方叙事理论的引进，在一定程度上，更新了当代小说研究者的视野，但是，就如"不见"往往隐藏在"洞见"之旁一样，这种来自西方叙事学的理论视野也可能在某种程度上遮蔽了我们对中国小说独特的叙事特征的发现。所以，在本文的写作过程中，我将尽可能对自己使用的一些来自西方叙事学的概念，诸如"反讽""结构"等作谨慎的分析。另一方面，我更倾向于运用中国传统的小说评点中的所常见的术语，如"纹理""曲笔""隐笔"等③。我以为，只有这样，我们才能对《故事新编》的叙事艺术、文本结构有个更契合于它自身美学传统与文化语境的解读。

在叙事分析基础上，我将切入对《故事新编》寓意问题的解读。寓意是指文本中深于表面结构的"某种东西"，并且是与小说的叙述结构相契合的，即

---

① 我在《〈故事新编〉的空间形式》（载《鲁迅研究月刊》1998.2）和《〈故事新编〉的时间形式》（《鲁迅研究月刊》2000.1）两篇拙文中，对《故事新编》的文本叙事特征做过一些分析，但是，由于篇幅的限制，都未能全面展开。本文的写作就集中围绕这一问题而展开。
② 杨义.中国叙事学.北京：人民出版社，1998.
③ 蒲安迪.中国的叙事学.北京：北京大学出版社，1996.

它通过种种特殊的艺术技巧深深地嵌入小说的叙述之中。我以为，在《故事新编》文本中，隐含着比我们一般性解读所把握到的讽刺寓意，更深广、更丰富的内涵；它是我们探讨鲁迅与传统文化内在关系的一个重要文本。

一

应当说，鲁迅是中国现代小说史上自觉地发展小说叙述艺术的第一人，他能极具才华地把他的独创性的想法表现出来，能极巧妙地把他的思想或经验转为创造性想象[①]。中国现代小说史上的许多现代性技巧，在他的《呐喊》和《彷徨》文本中都获得了多样化、独创性的试验。我以为，《故事新编》的叙事艺术是鲁迅小说的现代性技巧的进一步丰富和深化，是他继《呐喊》《彷徨》之后，独创才能的又一次体现。

在《故事新编》文本中，这种独创性才能首先是体现在小说中精妙的反讽艺术。"反讽"，简单地说，就是"表里不一"。它接近于中国小说评点传统中的"曲笔""隐笔"的内涵。反讽的目的就是要制造前/后，表面/深层之间的差异，然后再通过这些差异，把作者暗含着的一种与文本表层含义截然不同的态度与评价曲折地传达出来，这对读者的理解力来说，是一种严峻的考验[②]。比如，我们来看《采薇》中那一段描写伯夷、叔齐逃出养老堂，路上遇到"小穷奇"抢劫的情景：

伯夷、叔齐立即擎起了两只手；一个拿木棍的就来解开他的皮袍、棉袄、小衫，细细搜检了一遍。"两个穷光蛋，真的什么也没有！"他满脸显出失望的颜色，转过头去，对小穷奇说。

小穷奇看出了伯夷在发抖，便上前去，恭敬的拍拍他肩膀，说道：

"老先生，请您不要怕。海派会'剥猪猡'，我们是文明人，不干这玩意儿的。什么纪念品也没有，只好算我们自己晦气。现在您只要滚您的蛋就是了！"

这段描写真是妙趣横生，它充分体现了鲁迅小说的反讽艺术的卓绝之处："穷奇"是中国古代的所谓"四凶"（浑敦、穷奇、梼杌、饕餮）之一。"小穷奇"是鲁迅由此而戏拟得来，这里，作者只是作了一个微小的改动，即增加了一个形容词"小"。这一微小的改动却带出了一种全新的意味："小穷奇"自称是"华山大王"，"小"与"大"构成一个强烈的反差，这样，就微妙含蓄地使

[①] 李欧梵.铁屋中的呐喊——鲁迅研究.北京：生活·读书·新知三联书店，1991.
[②] 艾布拉姆斯.欧美文学术语词典.北京：北京大学出版社，1985.

得"小穷奇"这一强盗形象小丑化。"小穷奇"在拦路抢劫伯夷、叔齐时,标榜自己是"文明人",这样就把反讽的意味更推进了一层,使人们不禁想起在人类的历史上,不知有多少的罪恶是借神圣的旗帜、口号而进行的,其残酷的程度不仅仅是剥夺一个人的财富,而常常是把成千上万的人们,送上了断头台、绞刑架和炮火口。在这里,我想起了加缪对法国大革命的一段精彩的评论:"法国大革命要把历史建立在绝对纯洁的原则上,开创了形式道德的新纪元。"而形式道德是要吃人的,它会导致无限镇压的原则。中国历史上的许多事件何尝不是这种"小穷奇"式的。也许,这种意味深长的反讽,正是一个天才艺术家的独创之处,他往往能在一个习见、简单,甚至是漫不经心的描写中,蕴涵着最丰富、最深刻的寓意。如果我们对这段描写进一步地加以细读与品味,那么,就会发现,这里的反讽意味不仅是指向"小穷奇",同时,也指向伯夷与叔齐。伯夷、叔齐之所以要逃离养老堂,是因为他们恪守先王之规矩,反对周武王"不仁不孝,以暴易暴"的征伐行动。面对刀斧,他们敢于"扣马而谏",然而,当被"小穷奇"拦住时,他们又是如此的懦弱、卑怯。作者有意让他们置身于嘲讽、屈辱的处境中,从而对他们矛盾的精神世界做了一次不动声色的反讽:他们在"小穷奇"的淫威之下,受尽屈辱、嘲讽而毫无一点反抗之心,只有唯唯诺诺、低声下气之神情。殊不知,古训早有"士可杀而不可辱"。伯夷、叔齐一方面迂腐地恪守已成陈迹的先王之规矩。另一方面,当自己的尊严被侵犯、侮辱时,却又毫无勇气加以捍卫,这就使读者不禁对他们的精神世界投以质疑的眼光:事实上,此时的伯夷、叔齐只剩下逃命之绝路,遑论捍卫自己的尊严。然而,当一个人连捍卫自己的勇气和力量都没有时,就可想而知,他那坚守先王规矩的道路能走多远!鲁迅就是这样通过精妙的反讽艺术,把这一问题的思考,一层又一层地推进到读者的面前。初读起来,也许只是觉得充满谐趣。然而,当你细细品味时,你就会产生一种会心一笑的审美愉悦。我想,如此曲曲折折、层出不穷的反讽艺术,在中国现代小说史上,也只有在鲁迅的笔下能发挥得如此的淋漓尽致。在鲁迅之后的中国现代小说家,如张天翼、吴组缃、沙汀等人,都创作出不少优秀的讽刺小说,但是,读起来,总感到过于明晰、尖锐了一些,而缺少鲁迅所欣赏的那种"感而能谐,婉而多讽"的艺术风度。

像《采薇》这样的对反讽艺术的精妙运用,在《故事新编》中比比皆是。但是,它们在文本中,还仅仅是局部的。在《故事新编》中还存在着一种独特的通篇性的反讽运用,即作者不是偶尔运用讽语、反话,而是采用了一种特殊的篇章结构,从而使得反讽意味贯穿全篇。最典型的例子就是《起死》,这篇小说的独创之处，不仅在于它采用了戏剧的结构方式，而且还隐含着多层次的反讽意味：首先是"汉子"与"庄子"之间构成一种反讽关系，"汉子"虽然愚钝无知，然而，却实实在在地使得"庄子"下不了台；其次是前后"庄子"之间又构成一种反讽关系，当"庄子"用马鞭敲着骷髅时，他的语气、神情是那么的得意，而到了后面，当"汉子"复活过来，问他要衣服穿时，"庄子"又是那么的狼狈、无能；最后，整个文本又构成对"庄子哲学"的"齐物论""超生死"思想的一个绝妙反讽。在文本中，这三个反讽层次是交融在一起，同时又是互为深化的。当然，这也是一般研究者都能明显读出的反讽意味。我以为，在《起死》这个文本中，还存在着一层更隐秘的反讽意味，它是指向鲁迅自身的。我们知道，在《呐喊·自序》中，鲁迅有一段大家都熟识的自述：

  我感到未尝经验的无聊，是自此以后的事。我当初是不知其所以然的；后来想，凡有一个人的主张，得了赞同，是促其前进的，得了反对，是促其奋斗的，独有叫喊于生人中，而生人并无反应，既非赞同，也无反对，如置身毫无边际的荒原，无可措手的了，这是怎样的悲哀呵，我于是以我所感到者为寂寞。

  实际上，呐喊/彷徨、希望/绝望、确信/质疑的矛盾，一直贯穿着鲁迅一生的精神历程。即使在他成为左翼阵营的精神领袖之后，这些矛盾依然没有消失的。所以，我以为，写在其晚年的《起死》，是鲁迅对其一生所从事的思想启蒙的精神追求一种隐秘的自我反讽：对于复活的"汉子"来说，他的迫切需要只是衣服和食物，他根本无法也无心理解认同"庄子"所关注的那些思想。然而，那些"生人们"，即使唤醒他们，又会怎样呢？这是一个鲁迅式的怀疑。我以为，《起死》就是对这一怀疑的某种曲折的回答：鲁迅正在困惑、怀疑自己或许会像文本中的"庄子"一样陷入一种尴尬的境地：叫喊于生人中，而生人并无反应。但是，不同的是，清醒的鲁迅迫切需要能够通过这种自我反讽的艺术形式使自己超脱出来。正如美国著名汉学家韩南先生曾说过的那样："对于鲁迅这样一位充满道德义愤和教诲激情的内心自觉的作家来说，反讽和超然是心理和艺术的必要。"①我以为，通过对《起死》的反讽艺术的分析，是我们进入鲁迅晚年心理和精神世界的一个隐秘的地道。也许，这一"地道"并非鲁迅有意指示的，但是，我们确实能够通过对他所创造的文本与《庄子》文本的细读，得以发现。从某种意义上说，在伟大的艺术创造中，总会交错、隐含众多的"线索"和"陷阱"。对于这样的作品，如果仅就其独立性来分析，可能只

---

① 鲁迅全集:第九卷.北京:人民文学出版社,1981年.

会呈现出单面的意义结构，如果把它放在这个作家所创造的其他文本系统中，让它们在一种互相映照、互相指涉的背景下来加以阐释，可能对其中的某些隐秘的意义结构，就会有更丰富的把握。而对鲁迅这样深刻、博大的艺术世界来说，更需要我们以一种复杂、丰富的方式去把握它。

在《故事新编》中，反讽的叙事艺术除了使文本的意义结构变得更精致、复杂化之外，还有一个重要的功能：那就是对叙事角度的操纵。比如，《出关》中描写"老子"在函谷关遭遇的那个情景，作者就是调动多重的视角来描写"老子"：先是从"关尹喜"的叙事角度来描写"老子"——此时的"老子"是位馆长，有学问的先生；接着从"账房"和"书记"的叙事角度来描写"老子"——此时的"老子"又显得十分的迂腐可笑，正如"书记先生"所说："'道可道，非常道'……哼，还是这些老套。真教人听得头痛，讨厌……"；最后，作者的叙事角度又回到了"关尹喜"上来，经过一番"道可道，非常道……"之类的玄乎含糊的折腾之后，"关尹喜"对"老子"已失去了热情，在此时的"关尹喜"看来，"老子"西出函谷关最终还会乖乖地回来的。作者就是通过这一系列的叙事角度的操纵，仿佛在"老子"的周围立起了多面的"哈哈镜"，"老子"的形象就在这不断变幻，而又相互映照的镜像世界中被变形、幻化，从而获得漫画化的艺术效果。又如《奔月》中的"逢蒙"这一形象，作者先是从"老太太"的叙事角度来描写的："逢蒙"是一个英雄，而"羿"反而被误认为骗子。经过一系列的戏剧性情节的设置之后，作者把叙事角度调整到"羿"这方面来，此时的"逢蒙"才现出那种专会弄剪径的、无耻的小人的面目。正是借助于这多重叙事角度的操纵，给读者的阅读带来一种"初是终非"或"终是初非"的印象，也使得整个文本的叙述角度富有变化。

反讽的叙事艺术还能有效地调整作者、叙事者和读者之间的复杂关系。有时，作者通过反讽叙事向读者暗示一种观点或立场，引导读者去把握字面之下的含义。最典型的例子，莫过于《补天》中作者有意设置了一个站在"女娲"两腿之间的"小人物"。作者把"小人物"进行这样的空间设置，就是暗示了小人物淫荡、放纵的本性，从而使读者能够揭穿其道貌岸然的话语背后的虚伪性。有时，作者并不直接进行暗示，而是需要读者借助于叙事者，通过把握、体会文本的语言来捕捉其所隐含的意义。比如《理水》中对文化山上的学者的描写，作者就是通过"乡下人"这一叙事者，暗示给读者一种观点："学者"们虽然满腹经纶，但他们所做的是一种烦琐、无聊的考证，对于像"禹"是不是一条虫的问题，他们却争得面红耳赤。而在"乡下人"看来，这种争论是可能理解的，他根据事实说道："人里面，是有叫做阿禹的。"这句直截了当的话，即是对学者们所争论的问题的回答,同时,也暗示读者:真理或真实的判断可能就是直接来源于"乡下人"这样的朴素经验,而那种纸上空谈的考据是无补于智慧的发现。

二

《故事新编》中的每一篇作品不仅仅是由一个以上的神话、传说文本叠合、缀联起来的,而且,还介入、融合了一些现实性文本。所以,整个文本的结构形态表面上看起来缺乏西方小说那种"头、身、尾"一以贯之的有机结构。但是,奇怪的是,只要我们立足于作品的细读,却又会感受到其中确实存在着一种"整体感""统一性"。阅读的困惑,促使我去探究这种"整体感"源自何处。

值得注意的是,《故事新编》中的每一篇作品在结构上都存在着一种对称性。从构思的角度来看,这种结构的对称性,常常表现为历史与现实,想象与事实均衡地组合在一起。比如,在《理水》中,小说开篇对文化山上一群"学者"的描写,显然是源于作者对现实社会的观察;《铸剑》中对"三头争斗"的描写,显然是一种想象性的创造。从人物创造的角度来看,这种对称性则表现为英雄/小人物之间的对比。比如,《补天》中"女娲"与站在两腿之间的"小人物",《奔月》中的"羿"与"逢蒙"。有时,这种对称性甚至成为贯穿整个作品的基本理念。比如,《补天》中的创造/毁坏的主题,《铸剑》中屈辱/反抗的主题,《非攻》中的正义/非正义的主题,《理水》中的实干/虚夸的主题。必须指出的是,这种对称性是我们为了分析的方便,而从作品中抽象出来的深层性的架构,事实上,在具体的叙述过程中,它们往往是错综在一起,表现为交融互补的关系。如果我们进一步联系鲁迅的其他小说创作,那么就会发现,在《呐喊》《彷徨》中,也经常出现这种对称性结构,最典型的是"独异个人"和"庸众"这两种对称性的形象。可以说,这种对称性是鲁迅小说叙事的原型形态。如果更进一层来看,这种结构上的对称性是源于中国传统的阴阳互补的"二元"思维方式的原型。也正是由于这个原型意义,才保证了《故事新编》中的小说的内在结构的整体感和统一性。也许,指出这一点是必要的,因为从中可以发现中西方小说对叙事结构的不同理解。比如,西方小说的叙事理论认为,叙事是对人类经验的"模仿",所以,一篇小说的叙事必须要遵循某种可辨识的时间性"外形"或"模式",只有这样,才能使整个小说文本产生首尾一贯的印象(即具有"起""中""结"三个段落结构)。早在古希腊时期,亚里士多德在分析史诗时,就认为在史诗的开头和结尾之间存在某种关系上和形式上的规定性。而这种所谓的"规定性",就是说,一段情节,一个故事,一部小说,从开始提出问题到问题的最终解决,必须给人以一种"有道理"的感觉,从而达到对应和平衡,所以说,它的结构意识是侧重于"外形"的整体感。①然而,中国小说的叙事理论强调的是叙事的心理学倾向和自然主义倾向。比如,古代文论中的所谓意在笔前、以心运文等说法,就是承认对心中意象的体验觉悟,是对一篇作品的阅读与理解先入的存在和内在的驱动力。中国叙事的这种心理学倾向,是与西方小说传统中的"模拟"倾向是互为逆反的。另一方面,中国的叙事理论又宣称"文"作为具有审美意味的图形,它"普遍存在于自然之中,诗人们的创造只是参与已经存在的自然"②。所以,中国叙事的结构意识是侧重于要求读者对小说文本内在意味的统一性的把握,并且,认为这种统一性从根本上是源于《易经》中所体现的阴阳二元对称的原型。因此,如果我们单纯地站在西方叙事的结构意识的角度来解读《故事新编》的结构,可能就会感到有某种的松散,那就更谈不上把握住其内在的整体感。

然而,我以为,更内在地体现《故事新编》文本结构的独特性,并非仅仅是文本中那种对称性的叙事架构所拥有的艺术统一性,而是那些存在于文本之中的更细致的"纹理"。这也就是中国传统的小说评点家所特别关注的小说结构的"针线"问题,它处理的是细部间的肌理,而无涉于事关全局的叙事构造③。我以为,《故事新编》文本结构上的"细针密线"之处,大致有如下三方面:(一)意象结构法,(二)形象选用法,(三)闲笔与空白法。所谓的"意象结构法",就是在一个大的结构段落中,通过一个中心意象把该段落所要表现的种种含义结合成一个富有诗意的整体。比如,《铸剑》中,前半部分的中心意象是"剑",作者通过"剑"这一中心意象,引出眉间尺复仇的原因。同时,"剑"这一意象又把小说的主题象征化,"剑"在这里成为一种力量、信念的象征。小说的后半部分的中心意象是"头",作者通过"头"把复仇的过程整合起来,与此同时,"头"的一系列上下浮游,与小说中人物的种种表情交融在一起,形成一幅瑰丽的画面。"剑"和"头"作为整个小说文本的两个中心的意象结构,使得小说充满着复仇/牺牲、信念/正义、悲剧/审美的内涵。《奔月》的中心意象是"后羿射箭",作者通过这一中心意象写出英雄的困境:先写"后羿"的箭法太巧妙了,竟射得满地精光,现在只能射乌鸦了;接着,写"后羿"与"逢蒙"的对射;最后,描写"后羿"射月的情景。"射箭"这一意象既

---

① 蒲安迪.中国的叙事学.北京:北京大学出版社,1996.
② 欧文.传统的中国诗和诗学、世界的征兆//学术集林:第一卷.上海:远东出版社.
③ 蒲安迪.中国的叙事学.北京:北京大学出版社,1996.

是对英雄末路的反讽，又是象征着一种英雄的精神力量。《故事新编》中有些文本，正是通过这种的意象结构方式，体现出鲁迅在小说结构上的精心构思。

　　通过仔细阅读，我们就会发现，在《故事新编》的每一篇作品中，都有许多形象、细节是反复出现的。我以为，在小说叙事的结构意义上，它们并非可有可无的，而是一套丰富缜密的叙事"针线"，它不仅增强了小说的形象密度，而且，还能让小说中错综复杂的叙事"回路"，获得巧妙的照应。比如，《补天》中反复出现的"小人物"形象，这绝不是由于作者想象力的贫乏，而是一种另有深意的构思，他试图通过这一反复出现的"小人物"，构造一个卑微、猥琐的形象世界来反衬"女娲"的创造性劳动的伟大和艰辛，从而，使小说的主题获得一种歌颂/批判的双重义蕴。又如，《采薇》中一直出现"薇"的形象。"薇"的形象在小说中总是与伯夷、叔齐的饥饿联系在一起的，小说中反复出现这一形象，其意蕴是点明，伯夷、叔齐的精神世界从根本上还是困扰于欲望之中。当"阿金姐"告诉他们说"'普天之下，莫非王土'，你们在吃的薇，难道不是我们圣上的吗"时，"薇"却又成为他们道德堕落的证据。然而，当道德的负担和自责，最后剥夺了满足饥饿的欲望时，他们生存的意志也就彻底地崩溃了。作者就是借助于"薇"这一形象的选用，映照出其内在丰富的内涵，从而把小说的主题推进到反讽的层面，这就是小说的高明之处。又如，在《出关》中，"孔子见老子"的场面重复了两遍，除了一两处的对话有细微的差别外，看起来，这两个场面没有多大的差异。但是，细读起来，就会发现，其中的人物在说同一句话时，其背后的思想、感情、信念、所指，前后都是有所变化的。"老子"在第一次与"孔子"会面时，他在思想与精神上，显然都处于优势，而到第二次会面时就转为劣势。这时虽然说的话都近乎一样，但是，我们还是能感觉到，两人所处的形势已经向相反方向转化，并在两者之间产生了冲突。作者的创造性之处，就在于，他能够在这种选用的结构中，写出同中有异的微妙区别。因此，这种形象选用的结构特色，使得小说能够在一个文本之中成功地做到各种相同、相异因素的自由穿梭、操纵，从而使得作品的艺术结构在细针密线之中纳入了丰富的意味。这就如鲁迅对《儒林外史》的评价："如集诸碎锦，合为帖子，虽非巨幅，但时见珍异，因亦娱心，使人刮目矣。"① 如果说，文本的结构是一片清澈的河床，那么，这些选用的形象就是水中铺陈的鹅卵石，是融在水中的云彩的映影，是河面上荡漾着的一道阳光，一切都自然

---

　　① 鲁迅全集:第九卷.北京:人民文学出版社,1981.

浑成，而又相映成趣；如果说，这文本的结构是一片素净的背景，那么，这些迭用的形象则是变幻的、美丽的、花团锦簇般的点缀，如断素、零纨、珠花、剑气、花香与鸟语，一切都细密严谨，而又杂而不越。①

在《故事新编》文本的结构"纹理"中，我们经常能读到一些意味深长的"闲笔"。这些闲笔，有的是出现在"事"与"事"的交叠处。比如，《铸剑》中写"眉间尺"去刺杀国王时，忽然跌倒了，压在一个"干瘪脸"的少年身上，接着，作者写"干瘪脸"少年扭住眉间尺的衣领，不肯放手，说他压坏了自己贵重的丹田。这看似闲来之笔，却是颇含意味的：在情节结构上，它引出了"形象谱系的延伸"。"干瘪脸"少年显然是典型地代表着那一群麻木、自私、无聊的"庸人"，从而对比出"眉间尺"反抗的孤独。有的是出现在"事"与"事"的空隙之外，比如，《奔月》中"逢蒙"暗杀"羿"，就是出现在"羿"射死老太太的小鸡和正在策马回家途中这两件事之间。作者插入这一与情节表面上看似无关的描写，一方面，具有中断和延缓叙述进展的结构功能；另一方面，又使得"羿"这一人物形象的内涵更加丰富起来。闲笔有时又放在"无事之事"上，这里所谓的"无事之事"，就是指那些在文本中，并非直接推动情节发展的单纯的静态的描写。如《理水》中"水利局"的同事筵宴的描写，就是一种十分典型的闲笔，从与情节发展的关系来看，这里的"闲笔"具有很深刻的反讽意味。还有一种类型的"闲笔"，是放在小说的结尾，比如，《补天》的结尾关于秦始皇、汉武帝寻仙的故事。虽然，这段故事情节，与前面的描写有关联，但是，它的功能并不在于结构上的照应，而是，把小说的意义引向新的层面，即讽刺统治阶层追求"永恒"境界的可笑、荒谬。从这种在文本结构之中嵌入"闲笔"的现象，即："事"常常被"非事""无事"所打断的现象，可以看出中国小说叙事传统的某些特点来。我们知道，叙事文学构成的基本单位都是"事"或"事件"，如果没有一个个这样的基本"事件"单位，那么整个叙事就会变成一条既打不断，也无法进行分析的"经验流"。但是，中西小说叙事的区别就在于，在西方叙事理论中，"事件"是一种实体，人们通过观察它在时间之流中的运动，可以认识到人生的存在。而中国的叙事传统则相反，"事"或"事件"并不是一个真正的实体，而是可以划分成一对如静与动、体与用、事与无事这样彼此互涵的观念②，这就使得在中国的叙事传统中，处处能读到一些意味深长的"闲笔"，这些看似漫不经心的"闲笔"。却能潜在地推动了情

---

① 闻一多.庄子.
② 欧文.传统的中国诗和诗学、世界的征兆//学术集林：第一卷.上海：远东出版社.

节的互相转化和深化小说的结构意蕴。

三

《故事新编》中那诙谐风趣的艺术风度，以及集机智、幽默、滑稽于一身的喜剧形式，使得文本具有了浓郁的民间叙事的审美特征。这在文本中具体表现为：一是《故事新编》中有着不少喜剧性、小丑化的人物形象。在过去的研究，很少有文章注意到在文本中这些同属于喜剧性人物系列的艺术形象之间，存在着类型上的差异。我以为，正是这种差异性，相当曲折地体现了民间诙谐文化的智慧特征。《故事新编》中的喜剧性人物可以分为两种类型：（一）是纯丑化的人物。如《补天》中的"小人物""小东西"；《奔月》中的逢蒙；《铸剑》中的"干瘪脸少年""大臣""国王"；《理水》中的文化山上的"学者"等。这些人物在文本中构成了讽刺、批判的对象。然而，更值得分析的是另一类喜剧人物，即那些代表着朴素真理的喜剧性人物。在这些人物身上，相当典型地体现了中国民间诙谐文化集机智、幽默、滑稽于一身的人物创造方式。比如《理水》中的"乡下人"形象，文本中是这样描写的：

> "但是我竟没有家谱"，那愚人说，"现在又是这么的人荒马乱，交通不方便，要等您的朋友们来信赞成，当作证据，真也比螺蛳壳里做道场还难。证据就在眼前：您叫鸟头先生，莫非真的是一个鸟儿的头，并不是人吗？"

从这段话来看，这个乡下愚人所使用的语言方式相当的生活化，比如杂入了民间谚语："比螺蛳壳里做道场还难"，并且这种杂入是随手拈来的，显得十分的生动自然。同时，在这段话中，还出现了中国民间猜谜方法中最常用的拆字法，"您叫鸟头先生，莫非真的是一个鸟儿的头，并不是人吗？"尽管这个"乡下人"的推导是简单的，然而，他实实在在地使得自以为有学问的"鸟头先生"下不了台。在"乡下人"的身上充分体现了鲁迅对民间诙谐文化的内在智慧的一种深度把握，即在他们粗糙、简单化，甚至近乎滑稽的语言逻辑结构中，发现内在的朴素真理和那种愚钝之中暗藏狡黠，滑稽中寄寓机智的智慧。

民间叙事的特征在《故事新编》中的另一种表现形式，就在于大量介入粗鄙化、世俗化的叙事形态。正如费孝通先生所指出："乡土社会是靠经验的，他们不必计划，因为时间过程中，自然替他们选择出一个足以依赖的传统的生活方案。各个依着欲望去活动就得了。"①所以,中国的民间叙事又常常是非常直率的,它坦然地面对自身的欲望,他们对世俗生活的场景具有感性化的把握。如果一旦把这些粗鄙、世俗的生活场景,大量地介入文本之中,它不仅承担着情节叙事的功能,而且还产生了一种对人的欲望与粗俗生活的展现,具有象征叙事的功能。比如,《补天》中有这样的一段场景叙事:

> 伊将手一缩,拉近山来仔细的看,只见那些东西旁边的地上吐得很狼藉,似乎是金玉的粉末,又夹杂些嚼碎的松柏叶和鱼肉。他们也慢慢的陆续抬起头来了,女娲圆睁了眼睛,好容易才省悟到这便是自己先前所做的小东西,只是怪模怪样的已经都用什么包了身子,有几个还在脸的下半截长着雪白的毛毛了,虽然被海水粘得像一片尖尖的白杨叶。

在这段话中,作者先是运用类似电影中俯拍的方式,在读者面前展现的是一幅粗俗、狼藉生活场景,在这种场景之中,流淌的是一种纯粹的欲望之流。接着作者的视角渐渐地推进,开始了特写镜头式的描写,展现给读者的是一幅形象怪诞的图景:用什么包了身子,雪白的毛毛。这些都十分独特地体现了民间叙事把握、描写人和其所存在世界的角度和方式。这一点,我们还可以从《奔月》中,得到进一步的说明。比如,有这样的一段描写:

> 羿看了一眼,就低了头,叹一口气;只见女辛搬进夜饭来,放在中间的案上,左边是五大碗白面;右边两大碗,一碗汤;中央是一大碗乌鸦肉做的炸酱。

这里对食物的有滋有味的叙事,十分接近于民间艺人在讲述一个生活场景,那种细致中带有夸张的口吻,那种眼到心动的体味,那种对欲望的感性的、下意识的关注,都把读者带进了一个身临其境的叙述体文学之中。

必须指出的是,这种粗鄙化、世俗化的生活场景,在民间叙事中是一种欲望性的叙事,充满着感性的心理色彩。而当这一切因素被作者有意地、创造性地介入新的文本叙事时,它的审美价值就会产生一种增值化的过程:一方面,使得文本的叙事接近于生活的原生态,从而获得一种艺术真实感;另一方面,也使文本的叙事格调多样化。对于文本的叙事来说,叙事人和叙事对象的自身感知、把握事物的特点是具有相对独立性的,这种独立性就在文本中与作者的叙事立场,构成一个张力结构,共同深化和拓展了文本的审美内涵。

---

① 费孝通.乡土中国.北京:生活·读书·新知三联书店,1987.

四

小说的叙事学研究归根结底是为了使我们对小说叙事表层之下"内在内容",能有一个更透彻的理解,这就是关于如何在小说纷繁复杂的叙事形式背后,把握其内在"寓意"的问题。中国人对小说寓意的解读常常是,或者满足于"姑妄言之,姑妄听之"的嗜谈怪异的趣味;或者习惯于把小说当作一面反映政治史、社会史、经济史的镜子;或者执迷于索隐考据;或者直接把小说等同于非斥人即自况。这种种的阅读的心理惯性在《故事新编》研究史上依然存在。然而,我以为,在《故事新编》文本中还隐含着一种深层寓意,那就是,《故事新编》的创作是鲁迅对传统文化的一次再阅读,再创作,再想象的过程,也是鲁迅试图在传统文化中寻找价值资源的一次努力。

在过去的研究中,我们较多地谈论鲁迅与魏晋文人,特别是嵇康的精神契合,而较少注意到鲁迅与先秦文化的内在联系。我以为,先秦文化同样深深地锲进鲁迅的心灵,而且,给予他的不仅是一种激情,更是一种深邃的历史理性;不仅是一种传统的延续,更是一种精神的对话。著名诗人 T. S. 艾略特在评论但丁时,曾说:"莎士比亚和但丁之间的区别在于,但丁有一套连贯的思想体系作为他的后盾,但这不过是他个人的幸运而已。从诗歌的角度来看,这不过是偶然的事件,碰巧在但丁的时代,思想是井井有条的、强有力的,而且是美丽的,而且还集中在一位最伟大的天才身上。但丁的诗歌从这一事实上得到了有力的支援:即它的后盾是圣·托马斯的思想,而托马斯是和但丁同样是伟大和可爱的人。"[①]然而,对于生存在 20 世纪的鲁迅来说,远没有这种幸运:他背后的那一套传统文化在经历了漫长的历史流变之后,早已是泥沙俱下,鱼目混珠。因此,鲁迅面临着更深远、更艰难的历史命运:一方面,他必须从自己独立的思考中,对传统文化做出理性的"扬弃";另一方面,他又必须为自己、为生存在那一时代人们的思考,重建一种新的文化价值立场,找到一种新的文化价值资源。正如他自己所说的"肩住黑暗的闸门,放他们到宽阔光明的地方去"。

在先秦诸子中,对于墨家,历代以来的评论是相当矛盾的。比如,在《庄子·天下篇》中就说墨家"不侈于后世,不靡于万物,不晖于数度。以绳墨自矫,而备世之急",但是"其道大觳,使人忧,使人悲,其行难为也,恐其不

[①] T.S.艾略特.艾略特文学论文集.南昌:百花洲文艺出版社,1992.

可以为圣人之道,反天下之心,天下不堪"。荀子在《非十二子》中,由于门户之见则不免伐异而不存同,把墨子斥为"欺惑愚众"。《汉书·艺文志》则说:"墨家者流,盖出于清庙之守。茅屋采椽,是以贵俭;养三老五更,是以兼爱;选士大射,是以上贤;宗祀严父,是以右鬼;顺四时而行,是以非命;以孝视天下,是以上同。此其所长也,及蔽者为之,见俭之利。因以非礼,推兼爱之意,而不知别亲疏。"自从汉武帝采纳董仲舒的"独尊儒术,罢黜百家",而开此后两千年以儒学为正宗的局面始,墨家在传统文化结构中一直被斥为异端,而被排斥在边缘性地位。但是,到了近代,墨学又成为一门显学。据说,梁启超所藏之书,在先秦诸子中,收得最多的是墨子,共九种。梁氏对墨子一向很推崇,在《子墨子学说》中,还明确说道:"今举中国皆杨也……呜呼,杨学遂亡中国,杨学遂亡中国!今欲救之,厥惟墨学,唯无学别墨而真墨。"墨子那种不惜摩顶放踵以利天下的精神,当然是他在近代重新获得肯定的最根本原因。从鲁迅在1918年所写的《〈墨经正文〉重阅后记》中也可以见他对墨学的重视。我以为,要更深入的解读《非攻》,必须把它与鲁迅写于同一日期的杂文《中国人失掉自信力了吗》联系起来,实际上,在《非攻》与《中国人失掉自信了吗》之间有着深刻的精神契合。鲁迅在杂文中说道:"我们从古以来,就有埋头苦干的人,有拼命硬干的人,有为民请命的人,有舍身求法的人……虽是等于为帝王将相作家谱的所谓'正史',也往往掩不住他们的光辉,这就是中国的脊梁。"鲁迅在《非攻》中所塑造的墨子形象,其意义就是象征着中国民族的脊梁。鲁迅得知过去的史籍"涂饰太厚,废话太多,所以很不容易察出底细来。正如透过密叶投射在莓苔上面的月光,只看见点点的碎影",因此主张"即如历史,就该另编一部",以便"褫其华,示人本相,庶青年不再乌烟瘴气,莫名其妙"。所以,我以为,在《非攻》中,正隐含着鲁迅一种重建和认同中国民族精神的明确的价值向往。

对《铸剑》的解读,人们常常是把它与《野草》中《复仇》的主题联结起来,这当然是一种读法。我以为,要更深入地理解《铸剑》的精神意义,还必须把它与《史记·游侠列传》相对照来读。司马迁在《太史公自序》曾说:"救人于厄,振人不瞻。仁者有乎?不既信,不倍言,义者有取焉。作《游侠列传》。"然而,更可注意的是《游侠列传》前面的那段小序,司马迁先是对游侠的精神内涵做了一个精辟的概括:"今游侠,其行虽不轨于正义,然其言必信,其行必果,已诺必成,不爱其躯,赴士之厄困,既已存亡生死矣,而不矜其能,羞伐其德。盖亦有足多者焉。"接着,司马迁指出虽然游侠的地位、权力不如当世之权贵,然而,"要以功见言信,侠客之义又曷可少哉!"最后,司马迁说道,他之所以要写《游侠列传》,一方面,是"悲世俗不察其意,而猥以朱家、郭解等令与豪暴之徒同类而共笑之也";另一方面,是为那些"俾论侪俗,与世沉浮而取荣名"之士树立一种精神典范。我以为,司马迁所说的游侠精神,可以说,就是一种"诚"与"爱":即对信义、承诺的诚实、真诚,对孤弱、贫困者的爱护。《铸剑》中的"黑色人"可以说就是这种游侠精神的化身。"黑色人"与《史记·游侠列传》中的朱家、郭解是同属于一个精神谱系。鲁迅曾对许寿裳说,他认为中国民族缺少的是"诚"和"爱",造成这种弱点的原因,则是历史上的两次被异族入侵。我以为,鲁迅创作《铸剑》,是中国文化史、思想史上,继《史记》之后,对中国传统文化中的游侠精神又一次伟大而深刻的再创造、再阐释,这背后隐含着一颗博大而痛苦的灵魂:他是如此清醒地看到我们民族在精神上缺少了什么,正是这种清醒的理性如大毒蛇,缠住了他一生的灵魂,使他痛苦、绝望;然而他又是如此执着于改造我们民族灵魂的大事业,这种"执著于",使他时时刻刻都在做着"绝望的抗战"。我以为,《铸剑》中就浸润着鲁迅这种冷峻而痛苦的激情。

女性自我意识的觉醒和自我解放,是贯穿鲁迅一生启蒙思想追求的基本主题之一。在古代中国,女性一直是被排斥于历史视野之外的,她们只有作为男性的附庸,才能被允许进入历史,并且也只能以一种屈辱、软弱的形象作为一种无表述的客体,出现在历史之中。我以为,在《补天》中,鲁迅试图发掘和重建的正是这种在传统文化结构中一直被压抑着的力量。在冰心、丁玲等女作家笔下,我们可以看到,女性对自我位置和价值的追求,是何等的艰难!冰心讴歌伟大无私的母爱,把它视为女性价值的最高体现。殊不知,"母亲"恰恰是传统社会中男权中心文化派定给女子的基本角色,它并不能构成女性本位价值的源泉。事实上,对母爱的讴歌只是在男权中心意识形态笼罩下的女性的价值体认方式之一。在根本上,还是一种无意识的妥协。丁玲笔下的莎菲则是另一种极端,她以自己的身体为代价,带着一种施虐式的快感来折磨男性,玩弄他们的感情和肉体,以此获得一种虚假的主体意识。无论是冰心,还是丁玲的笔下女性,其最后的结局都是导向一种女性自身价值的消失。[①] 然而,在《补天》中不仅有对女性躯体的礼赞,而且,通过对女娲创造性劳动的描写,以确定女性的主体价值和力量。有意思的是,在《补天》中,鲁迅所讽刺的所有

---

① 倪伟.硕士论文(打印稿).华东师大中文系图书资料室.

"小人物"都是男性,这也可以视为鲁迅对传统男权中心文化的一次绝妙嘲弄。我以为,对《补天》的解读,可以把鲁迅对母亲的敬爱和他散文中的另一组女性形象,如阿长、女吊等联系起来。鲁迅在他母亲的辛苦操劳和坚忍的意志中,看到了中国女性的力量,他在《阿长与〈山海经〉》中,就曾无限深情地说道:阿长"这又使我发生新的敬意了,别人不肯做,或不能做的事,她却能够做成功。她确有伟大的神力"。他欣赏女吊的反抗性。我以为,在这些女性形象中,不仅寄寓着鲁迅对传统社会的男权中心主义文化深刻批判,而且,体现了鲁迅对发掘、重建民族精神力量的一次严峻的思考。

(原载《鲁迅研究月刊》2001年)

作者简介

郑家建,1969年生,福建福鼎人。1997年毕业于华东师范大学。曾任福建师范大学文学院副教授、教授,文学院副院长、院长,福建师范大学中华文学传承中心主任,福建师范大学大学副校长。著有《历史向自由的诗意敞开》《被照亮的世界》《中国文学现代性的起源语境》《东张西望:中国现代文学论集》等。

文学理论:从主体性到主体间性

杨春时

一、文学主体性探索的历史回顾

20世纪80年代,中国发生了关于文学主体性的论争。这场论争突破了由苏联传入的传统反映论的文学体系,肯定了文学的主体性,认定文学是人的本质力量的对象化活动,从而建立了主体性的文学理论。应当说,这是对文学认识的重要深化,是中国文学理论的重大进展,其历史意义是不容低估的。但是,主体性仍然是前现代的哲学、美学和文学理论的命题,而不是现代的命题;它自身存在着重大的理论缺陷,不能有效地解释文学现象,特别是现代文学现象。因此,中国文学理论需要进一步的更新,亦即由主体性转向主体间性。

主体性是近代哲学和美学的命题。出于呼唤社会现代性——理性精神的历史需要,西方近代认识论哲学高扬理性,肯定主体性。笛卡儿的"我思故我在"的命题,开始把存在的根基转到主体性上来。康德确定了精神活动的主体性,即通过先验范畴对客观世界的模塑,从而实现"人为自然立法"。黑格尔把理性客观化为绝对精神,以其统摄世界、推动历史,实际上仍然是倒置的主体性哲学。青年马克思在实践论的基础上建立了主体性哲学,强调社会存在的实践性质,即"人化自然"或"人的本质力量的对象化"。在主体性哲学的基础上,美学与文学理论也强调审美和文学的主体性。无论是康德、黑格尔,还是席勒、青年马克思,他们都把审美看作人的本质的表现,是主体对客体的征服的产物。这种主体性美学正是近代启蒙理性的产物。80年代,正是中国思想解放的高潮期，启蒙理性成为学术思想界的主导精神，哲学、美学和文学理论都高举起主体性的旗帜，青年马克思的《1844年经济学—哲学手稿》成为新的经典。美学、文学的主体性理论继承了近代主体性哲学，如中国的主体性实践哲学便直接继承了康德哲学与马克思《1844年经济学—哲学手稿》中的思想。主体性哲学和美学、文学理论适应了建立社会现代性的需要，因为现代性从根本上说就是理性，而理性精神的核心是对主体性即对人的价值的肯定。主体性理论对传统反映论哲学、美学和文艺理论的冲击具有积极的历史作用，并且推动了中国哲学、美学和文艺理论的发展。但是，由于其理性主义的局限，它仅仅呼唤现代性，而没有达到反思、批判现代性的高度，因而是前现代性的理论体系。它肯定主体性，而没有意识到主体性的负面因素。在启蒙时代，它具有历史的合理性。但是，在现代性已经来临，需要对现代性进行反思、批判的时代，主体性理论的历史局限性就突显出来了。

主体性哲学、美学的缺陷有：第一，建立在主客对立二元论基础上的主体性哲学不能解决生存的自由本质问题。主体性哲学把生存活动界定为主体对客体的构造和征服，导致唯我论和人类中心主义。其所形成的文学理论，把文学看作人的自我扩张和自我实现，而自我并不能成为文学的根据。第二，局限于认识论，仅仅关注主客关系，忽略了本体论，即存在的更本质方面——主体与主体间的关系。文学也被当作关于客观世界的知识，遗忘了文学与生活世界的关系；文学并不是一种知识，美学也不是知识学，而是一种生存体验和有关生存意义的学问。第三，主体性的认识论不能解决认识何以可能的问题。在主客二元论的框架内，客体不可能被主体所把握。而且，认识论和科学认知方法也不适用于精神现象，不能解决生存意义的问题，尤其不能解释文学活动，文学的审美意义和直觉想象、情感意志特征无法从认识论得到说明。正因为上述原因，在西方启蒙时代和在中国的80年代具有革命性的主体性理论，在西方现代和中国当代就已经或将要被新的主体间性理论所取代。

二、从主体性到主体间性的历史演变

西方哲学经历了由前主体性到主体性到主体间性的历史过程。古希腊哲学是实体—本体论哲学，存在被看作非主体性的理式（柏拉图）或物质实体（亚里士多德等），因而是前主体性的哲学。近代哲学是认识论哲学，存在的根据转移到主体性上来，因而是主体性哲学。主体性哲学也经历了先验主体性到历史主体性的转化过程。笛卡儿的我思、康德的先验理性以及黑格尔的理念都是先验主体。但黑格尔的理念既是逻辑主体，又是历史主体，从而开始了由先验主体性向历史主体性的过渡。马克思以及由狄尔泰、叔本华、尼采、本格森等代表的生命哲学，都转向了历史主体性。现代哲学是主体间性哲学，存在被认为是主体间的存在，孤立的个体主体变为交互主体。胡塞尔在肯定先验主体性（先验自我）的同时，也提出主体间性概念，以摆脱唯我论的困境。而海德格尔则开始由历史主体性向主体间性（共在）转化。萨特虽然肯定了历史主体性，但由于自由选择的命定性，主体性已经成为虚无，在高扬主体性的同时也终结了主体性。伽达默尔的解释学把解释活动看作一种主体间的对话和"视界融合"。哈贝马斯的交往理论把原子式的孤立个体转换成为交互主体。总之，现代哲学扬弃了主体性哲学而建立了主体间性哲学。在由主体性向主体间性转化的过程中，存在反主体性哲学的否定环节，如抹杀主体存在的结构主义以及以权力话语消解主体性的后结构主义等。

在哲学主体间性转向的同时也建立了相应的人文学方法论。传统认识论和归纳、推理的科学方法，是与主体性哲学相适应的。人文科学的建立，打破了认识论和自然科学方法的统治。狄尔泰提出精神科学的特殊性问题，强调精神科学方法论与自然科学方法论的相异之处，如不是注重普遍规律，而是注重特殊情况，即个性；不是外在的客观认知，而是对意义的体验和理解，这实际上把人文科学当作主体与主体间的理解活动。本格森、叔本华、尼采、克罗齐等重视直觉和意志、欲望体验，胡塞尔的现象学主张对精神现象采用理性直观的方法，解释学注重理解、对话等等，都表明人文科学方法论取代了传统认识论和自然科学方法论。总之，人文科学注重体验、理解，它是主体与主体间的对话、交往的方法。

应该说明，主体间性并不是对主体性的绝对否定，而是对主体性的现代修正，是在新的基础上重新确立主体性。主体间性也翻译为交互主体性，后一种译法更能体现它与主体性的关系，即不是反主体性，而是主体间的交互关系。弗莱德·R·多尔迈在《主体性的黄昏》一书中指出："事实上，依我之见，再没有什么比全盘否定主体性的设想更为糟糕的了，因为真实的原因在于……我们无法采取一种有意宣布它无效的形式，来开辟超越现代性的通道。"[①]

三、主体间性的含义

主体间性首先具有哲学本体论的意义。主体间性的根据在于生存本身。生存不是在主客二分的基础上主体构造、征服客体，而是主体间的共在，是自我

---

① 弗莱德·R·多尔迈.主体性的黄昏[M].上海：上海人民出版社,1992:1-2.

主体与对象主体间的交往、对话。一方面，在现实存在中，主体与客体间的关系不是直接的，而是间接的，它要以主体间的关系为中介，包括文化、语言、社会关系的中介。因此，主体间性比主体性更根本。由此，人文学科就有了特殊的研究领域，即关注主体与主体的关系，把对象世界，特别是精神现象不是看作客体，而是看作主体，并确认自我主体与对象主体间的共生性、平等性和交流关系。另一方面，哲学范畴的生存，作为自由的存在，不是主体对客体的认识或征服，而是主体间的共在。世界只有不再作为客体而是作为主体，才有可能通过交往、对话消除外在性，被主体把握、与主体和谐相处，从而成为本真的生存。马丁·布伯认为，人持双重态度，由此有双重世界，即我—他和我—你两个世界。我—他之间是有限的经验、利用关系，只有转化为我—你关系，才是纯净的、万有一体之情怀。"人通过'你'而成为'我'"，① 从而成为本真的存在。本真的生存不是现实意义上的共在，而是本真的共在。在本真的共在中，世界不是外在的客体（实体），而是另一个自我；自我与世界的关系不是主客关系而是自我与另一个我的关系，是我与你的关系，在我与你的交往、对话中和谐共在。主客关系中不能达到自由，只有主体间的存在才有可能成为自由的存在。主体间性作为本体论的规定是对主客对立的现实的超越。

　　主体间性的第二个含义涉及自我与他人、个体与社会的关系。主体间性不是把自我看作原子式的个体，而是看作与其他主体的共在。西方近代哲学在肯定认识的主体性的同时，也发生了由群体向个体的转移，最后把主体看作原子式的孤立个体。胡塞尔的现象学以意向性构造对象，最后归于先验自我。为了避免唯我论，他提出了主体间性理论。他认为主体性是指个体性，主体间性是指群体性，主体间性应当取代主体性。但是，胡塞尔对主体间性的理解有误。自我的存在方式是社会性的，即社会性存在的个体性。主体间性既包含着社会性，也包含着个体性。主体间性既否定原子式的孤立个体观念，也反对社会性对个体性的吞没。主体间性即交互主体性，它是主体与主体间的共在。主体既是以主体间的方式存在，其本质又是个体性的，主体间性就是个性间的共在。海德格尔指出："由于这种有共同性的在世之故，世界向来已经总是我和他人共同分有的世界。此在的世界是共同世界。'在之中'就是与他人共同存在。他人的世界之内的自在存在就是共同此在。"② 只是在现实中，主体间性并没有充分实现，因此共在往往是对个性的限制。海德格尔认为有两种共在，一种是

---

① 马丁·布伯.我与你[M].北京:生活·读书·新知三联书店,1986:44.
② 海德格尔.存在与时间[M].北京:生活·读书·新知三联书店,1987:146.

处于沉沦状态的异化的共在，这种存在状态是个体被群体吞没；另一种是超越性的本真的共在，个体与其他个体间存在着自由的关系。实存既是个体性的存在，又是本真的共在。因此，主体间性并不是反主体性、反个性，而是对主体性的重新确认和超越，是个性的普遍化和应然的存在方式。

主体间性还意味着特殊的人文学方法论。传统哲学认识论沿用自然科学方法论，注重归纳和逻辑推演，强调理性认识。胡塞尔批判传统认识方法是"对象化的思维""自然的思维"，而这种建立在主客对立二元论基础上的认识论是不能解决认识何以可能的问题。因此，他主张用"现象学一元论"取代主客二元论，用现象学的理性直观取代"自然的思维"。应当把精神现象当作主体间的现象，而不是主体面对的客体。如果把精神现象看作客体，就是把人看作物，就会像萨特所说的在凝视中把人客体化、异化，也就不可能真正了解对象主体。萨特说："我们已知道，他人的存在是在我们的对象性的事实中，并且通过这一事实明确地体验到的。而且我们也已看到，我对自己的为他人异化的反应是通过把他人理解为对象表现出来的。简言之，他人对我们来说能以两种形式存在，如果我明白地体验到他，我就没有认识他；如果我认识了他，如果我作用于他，我就只能达到他的对象存在和他的没于世界的或然存在；这两种形式的任何综合都是不可能的。"① 如果要免除萨特所说的自我与他人的对抗，必须把他人看作"你"或另一个我，以人对人的方式对待世界和他人。现代人文科学提出了重直觉体验和对话、交往的方法论，这种方法论是建立在主体间性的基础上的。把握人的方式与把握物的方式不同，后者是一般科学的（逻辑的和归纳的）方法，是外在的认知；而前者只能采用人文学的方法（如现象学、解释学对体验、理解的注重）。对人的了解不能凭借知识性的把握，因为人不是物，而是活生生的、有灵魂的，甚至有无意识的人。把人当作客体，采取认知的方法，比如根据其行为、历史进行判断，固然在科学意义上是合理的，甚至是必要的，但这并不是真正充分的把握，它不能理解人的内心世界。对对象主体要尊重、同情、设身处地、将心比心，通过互相倾诉和倾听的对话，进入对象主体的内心世界，才能充分理解对象主体。同时，这也意味着自我主体向对象主体敞开了心灵世界，让对象主体理解了自己。

四、文学主体间性的意义

主体间性理论为美学、文学理论提供了新的哲学范式和方法论原则，从而

---

① 萨特.存在与虚无[M].北京:生活·读书·新知三联书店,1987:396.

也在新的基础上揭示了文学的性质。

文学主体间性的第一个含义是把文学看作主体间的存在方式，从而确证了文学是本真的（自由的）生存方式。传统的文学理论或者在认识论的基础上，把文学看作主体对客体的认识（认识论美学和反映论美学），或者在价值论的基础上，把文学看作主体情感的投射（浪漫主义美学），或者以实践论为指导，把文学看作主体对客体的征服（实践美学），总之，看作主体与客体间的活动。这样，就把文学对象客体化、非人化，并且把文学当作主体与客体对抗中主体的胜利（反映论美学除外）。这些观点除了反映论美学具有非主体性倾向外，都强调文学的主体性，而忽略了文学的主体间性。人的生存固然有现实性，要以主体性征服客观世界，但这不是本真的存在方式，也没有自由可言。因为在主客对立的情况下是不能达到自由的，只要世界还作为客体与人对峙，就没有自由可言。即使主体支配、征服了客体，也不能达到自由的境界。因为对世界的主体性霸权也表明主体的异化和不自由。只有当世界成为主体，与自我主体和谐共存时，才有自由的可能。文学不是主体对客体的构造和征服，而是自我主体与对象主体间的自由交往、和谐共存。在文学活动中，作家不是把自己的意志强加于世界，而是把社会生活由客体变成主体，即把现实的人变成文学形象，并与之共同生活；文学接受也不是对文本固有意义的认知或构造，而是读者把作品描述的生活由客体变成主体，并与之共同生活。在这里，文学对象不是死的现实或文本，而是活的文学形象——人；不是客体，而是另一个我。文学是一种生存方式，是自我主体与对象主体间的交往活动，即主体间的生存方式。

文学作为主体间性活动，与其他人际交往不同之处在于，它具有充分的主体间性，亦即哈贝马斯所说的"完整的主体间性"，因此是本真的（自由的）生存方式。在现实生存中，囿于现实关系的狭隘性（比如利益需求），人与人不可能完全摆脱主体与客体的关系，他人在自我的眼里就成为有用或无用的客体，而不是与自我一样的人；而人类以外的世界则更成为利用的对象、死的客体。现实中即使存在着主体间性也是不充分的，因为现实的主体间的交往活动是不充分的、不自由的。由于没有彻底摆脱主客对立，不仅人与世界不能和谐相处，人与人也互相隔膜、冲突，主体面对着一个非人的世界，这意味着自我也被非人化了。主客对立的生存方式是不自由的、非本真的生存方式，而自由的、本真的生存方式必须有赖于主体间性的充分实现。只有在主客对立消失，主体间充分和谐的世界中，才有自由，才是本真的存在。

文学彻底克服了现实世界中主体与客体间的对立，把主客关系转变为主体与主体间的关系,从而进入了真实的存在。在文学的审美活动中,文学形象不再是与我无关的客体,而成为与我息息相通的另一个自我;并且没有自我与对象之分,最终与我合为一体,他的命运成为自我的命运,我们在共同经历人生。这种主客同一不是认识论的一致,也不是主体征服客体,而是在审美同情的基础上的充分的交流而达到的自我主体与对象主体的融合。这种充分的主体间性不仅体现在叙事性文学中,也体现在抒情性文学中,因为在抒情文学中,世界(包括自然界)已经不是客体,而是主体了;自我主体把世界当作人格化的对象主体,与其进行情感的交流,并且达到主"客"同一、"物"我两忘的审美境界,世界成为自我的化身。如此才会"见花落泪,见柳伤情",才能创造出审美的意境。事实上,文学活动就是一个由主体性到主体间性,或者说由不充分的主体间性到充分的主体间性的转化过程,也就是主体性被克服和超越的过程。我们一开始是把文学形象当作客体,就像在现实生活中把他人或世界当作客体一样;同时还保留着主体性和自我意识,即以一种外在的立场在"看"文学形象。但随着文学活动的深入,我们就逐渐进入文学的审美境界,自我消失了,进入文学形象之中了,自我意识变成了对象意识,我自身就成为文学形象。同时,文学形象的客体性也消失了,成为另一个主体,并且通过与自我的交谈进入自我之中,对象意识变成了自我意识,文学形象就成了自我的化身。这时,主体不是在"看"文学形象,而是与文学形象共同成为文学活动的主体,进入新的生活。

文学主体间性的第二个含义是,文学不是孤立的个体活动,而是主体间共同的活动;文学不仅具有个性化意义,还具有主体间性的普遍意义。这就确证了文学是自由个性的创造。主体性文学理论的一个致命弱点是不能解决个性与社会性、自我与他人的关系问题,它带来了这样的问题:如果文学是原子式的孤立个体活动,那么文学经验如何沟通?如何形成共识?而事实上文学的意义既是个性化的,又是可以互相传达的;文学除了具有个性意义外,还具有普遍意义。那么,原因何在呢?原因就在于文学是主体间性活动。文学活动中的自我不是孤立的个体,而是共在的自我。自我必然与他人进行文学经验的交流、沟通,从而形成了某种共识。这种共识(共同的审美理想或审美规范)成为自我的前理解,参与了当下的文学活动。文学的理解不仅源于自我意识,也接受了他人的影响。因此,文学作品的意义不仅是自我与文本间对话的直接产物,也与其他主体的文学实践相关;文学经验不仅仅是个体性的,而且是社会性的。传统文学理论强调个性,这无疑具有合理性,因为文学归根结底是个性化活动。但是,文学作为个性化活动又必须有其他主体的参与。文学活动具有社会性，是社会交往的产物和特殊形式。正是由于文学活动是主体间的活动，才存在着共同的文学理解，才能进行文学经验的交流和沟通。这就意味着，文学的创造和解释的有效性、合理性存在于主体间性之中；文学不仅仅有个性化意义，也有社会、历史的标准。传统的文学理论，或者强调文学经验的绝对主观性、个体性，否定共同经验和可交流性，或者强调文学经验的绝对的客观性、共同性，抹杀文学经验的主观性、个体性。主体间性文学理论则认为文学是主体间的活动，文学经验是在主体间的交流中形成的，是一种共在的经验，因此既不是纯主观的、个体的，也不是纯客观的、共同的。

但文学主体间性的特殊性在于，它不仅包含着个体性与社会性，而且还消解了两者的对立，达到了两者的同一。在现实世界中，由于主体间性受到主客关系制约，因此个性与社会性对立，社会性压制个性。但在文学中，文学主体超越了现实主体的局限，变现实个性为审美个性，即解放了的、充分发展的个性形式。充分发展的个性之间的关系是充分的主体间性，它不但不限制个性，而且成为个性实现的前提和手段。文学越有个性，就越有审美价值，从而就越有普遍性。文学既是主体间的充分交流、沟通，也是个性的充分发展。每一个作品作为审美个性的体现，都是独特的，同时又具有最大的可沟通性，它向一切主体开放，获得了最普遍的理解。最优秀的文学作品，都获得了最普遍的认同，同时每个人又保留着自己最独特的理解。在这个意义上，文学是自由个性的创造，是开放的个性化体验。

文学主体间性的第三个含义是，文学是精神现象，属于人文科学研究的对象；文学通过对人的理解而达到对生存意义的领悟。传统的文学理论基于认识论，把文学当作低级的感性认识，或当作与科学认识并列的形象思维。这样，就把文学当作一种知识体系，抹杀了文学的精神性。不论是主体构造客体的认识论，还是主体反映客体的反映论，都难以解释文学活动。只有把文学看作精神现象，归属于人文科学，用人文科学的方法研究，才能真正确证文学的审美本质。文学作为精神现象，与科学认识不同，它不是面对客体世界，而是面对主体世界；不是对物的把握，而是对人的理解；不是关于客观世界的知识，而是对人的精神世界的体验。文学不同于一般的认识活动，它不使用概念，不进行逻辑推理，它是审美体验即直觉想象和情感意志体验，是主体与主体间的最充分的沟通、理解方式。由此，"文学是人学"就具有了新的意义。

文学把人当作对象，沟通了自我与他人，充分地实现了对人的理解。理解人不能采用科学认知的方法，科学认知通过归纳和推理，达到对客体、物的把握。要理解人，必须深入到其内心世界，这只有通过推心置腹的对话，设身处地，将心比心，达到同情的体验才有可能。在现实中，由于人与人的关系基于利益原则，不能摆脱主客关系，因此不可能真正互相理解。文学不是对客体的认知，而是对人的真正的理解。文学活动是自我主体与文学形象间的对话、交流。此时，自我转化为审美个性，而不再是冷漠的现实主体，它以最大的诚挚和最深切的同情对待文学形象，倾听文学形象的述说；同时自我也向文学形象敞开了心扉，倾诉自己的最隐秘的渴望。两个主体都把对方当作知己，充分地理解了对方，也就是充分地理解了人。在日常生活中，你也许对贵族少爷与小姐的爱情和苦恼不感兴趣，但在阅读《红楼梦》时，你却不能不为贾宝玉、林黛玉的爱情悲剧所打动，不能不为他们的人生追求而思考，因为你已经不再把他们当作与己无关的客体，而是当作最亲近的知己，关心他们的命运，同情他们的遭遇，理解他们的苦恼；同时自我也在向他们倾诉自己的人生追求和内心的苦恼，与他们共同体验人生，他们成了另一个自我，是自我在谈恋爱，在为人生苦恼。

　　文学主体间性不仅是对对象主体的理解，也是对自我主体的理解。人类自脱离原始存在以来，就受到社会关系的制约，处于异化的生存状态，丧失了自我。于是，寻求真正的自我、认识自我就成为一个终极的追求。但是，自我并不是孤立的实体，它与其他人已经纠缠在一起，无法截然分开。这就意味着只有通过对他人的认同才能达到自我认同。在现实世界，由于受到主客关系的制约，不可能实现主体间的互相认同，也就不能实现自我认同。当你把他人看作客体时，自己也被物化，也不可能真正地认识自我。人类在现实生活中既不了解他人，也不了解自我，也就是说，不了解生存的意义。对自我的了解不是通过笛卡儿式的自我意识获得的，而是通过主体间的交往、理解获致的。文学作为充分的主体间性活动，自我体验与对象体验就合二为一，不仅使自我与他人互相理解，而且也获得了自我意识。在文学活动中，自我主体与对象主体间并无隔膜，而是通过充分对话和同情的体验达到充分的互相理解。自我在文学形象展示的命运中也看到了自身的命运，也了解了自我。无论是作家，还是读者，都把文学形象当作与自我来体验。鲁迅笔下的阿Q形象不是他人，而是我们自己，在他身上，我们每一个人都看到了自己的灵魂。文学的理解是真正的沟通，既是主体间的体验，也是一种自我体验，在理解对象主体的同时，也真正理解了自我。

　　文学通过对人和自我的真正理解，就超越了现实认识，达到了对生存意义的领悟。文学不是经验或科学意义上的对客观世界的认识，而是通过与对象主体（文学形象）的沟通来达到对他人和自我的认同，从而对人生有了深刻的体验。这种体验不同于现实的感受，是审美的领悟，是对现实认识的超越，对理想人生意义的追求。在现实生活中，我们受到现实关系的限制，没有进入真正的生存，无法真正体验人生，不能理解生存的意义。日常经验或科学认识都不能真正把握生存的意义，因而生存是盲目的。只有在文学等审美活动中，才克服了现实生存的有限性，能够进入真实的生存体验，从而领悟了生存的意义，获得了生存的自觉。

文学作为充分的主体间性何以可能呢？其奥秘在于文学语言。在文学的自我主体与对象主体之间，存在着语言的中介。语言是主体间性存在的场所，它把人与人之间沟通起来。但是，日常语言是公共语言，它具有抽象性、工具性，使思想抽象化、标准化，因此只适用于对客体的认知和片面的主体间交往。这就是说，日常语言作为主体间交流的中介是不透明的，它把主体间的关系性扭曲为主客关系，不能充分地实现主体间性。文学语言不同于工具性的科学语言，也不同于功利性的日常语言，而是真正主体间交流的透明的语言。文学语言把日常语言变形，以具象的描绘克服了语言的抽象性，以内涵的充分释放突破了语言的工具性，成为个性化的、有生命的符号，从而消除了主体间交流的障碍。在文学活动中，我们消除了语言的间隔，直接面对文学形象，双方的沟通是一种心灵的默契，是充分的、自由的交流，从而获致了直接的生存体验。因此，文学语言不仅仅是一种修辞性的语言，而且是真正主体间性、也是真正个性化的语言，就是海德格尔所说的解除存在障蔽、成为存在家园的诗性语言。

主体间性理论是西方哲学、美学的现代发展，但中国哲学、美学早已经是主体间性的了。当然它没有作为一种哲学、美学理论提出，而只是作为观念和方法论存在于哲学和审美实践中。中国哲学没有建立认识论体系，也不是从主客关系角度研究世界；它不强调人对世界的认识和征服，因此也没有确立主体性观念。中国哲学是主体间性的，它关注主体与主体的关系即人际关系，因此是伦理哲学。孔子的仁学，孟子的"民胞物与"思想，庄子的人与自然和谐同一的逍遥理想，禅宗的物我相通的体验，都基于主体间性。中国的美学和文学理论也不是认识论和主体性的，它不认为审美和文学活动是一种主客间的认识活动，因此不同于西方的再现论；也不认为审美和文学活动是主体对客体的征服，因此不同于西方的主体论。中国美学和文论把审美和文学活动看作自我主体与对象主体间的交流和融合，即人与自然间的会通、人与人间的契合，天人合一成为最高的审美境界。中国诗歌写景抒情手法的普遍运用，文学理论中的顿悟说和意境说，皆根源于此。中国古代文论强调直觉、体验，也是人文科学方法的体现。因此，主体间性是中国哲学、美学的重要的、有价值的思想遗产。中国学界在引进西方现代理论时，往往忽视对中国传统理论资源的开发，主体间性理论就是一例。为了推动中国文学理论的现代发展，必须注意汲取中国传统文论的思想资源，把西方现代文论与中国古代文论结合起来，而这个结合点就是主体间性。

[原载《厦门大学学报》（哲学社会科学版）2002年]

作者简介

杨春时，1948年生，黑龙江哈尔滨人。1982年毕业于吉林大学文艺学专业。厦门大学中文系任教授。曾任黑龙江省社会科学院哲学所助理研究员、副研究员、研究员，中华美学学会副会长，福建省美学学会会长，福建省文学学会副会长等职。著有《审美意识系统》《系统美学》《艺术符号与解释》《中国文化转型》《艺术文化学》《生存与超越》《文学理论新编》等。

关于世界华文文学史料学的再思考

袁勇麟

一

　　回顾中国大陆 20 年来世界华文文学研究的历程，虽然取得了一批阶段性的学术成果，但在整个学科的建设中，史料的搜集、整理工作却显得尤为薄弱。从 1982 年在暨南大学召开的首届台湾香港文学学术讨论会开始，史料问题一直是大家关注的焦点。香港作家梅子当年就说过："首届讨论会突出表明，目前的资料搜集空白太多。"他认为"作为一个全国性的研究会"的台湾香港文学研究会，应该"千方百计设立资料中心"，"及时向会员提供最新的研究资料是刻不容缓的"①。此后，不少有识之士不停地呼吁和努力。如 1993 年 6 月香港岭南学院现代中文文学研究中心与暨南大学中文系联合在广州召开世界华文文学研究机构联席会议，共有大陆 17 个研究机构的 25 位代表和台港 3 个学术机构的 4 位代表参加。与会代表一致认为，世界华文文学的蓬勃发展给我们的研究工作带来了新机遇与新气象，但由于资料的缺乏，更有厚度、深度的成果还不多，"今后应加强联系，互相沟通研究信息，还要重视资料的收集和积累"②。但是，史料学的建设仍不尽如人意。直到最近一次 2000 年于汕头大学召开的第十一届世界华文文学国际研讨会上，仍有人提出，应该"加强有关资料（如华文作家、评论家小传、作品、评论集等）的收集、整理及交流交换，

---

①　梅子.参加首届台港文学学术讨论会的印象与建议//台湾香港文学论文选.福州：福建人民出版社，1983：265.
②　黄耀华.研究海外华文文学的视角和方法.华文文学，1994(2).

逐步建立共同的资料库"①。

如果我们不是把文学史料学仅仅当成拾遗补阙、剪刀加糨糊之类的简单劳动，而承认它是一项宏大而复杂的系统工程，是文学史研究的前提和基础，在世界华文文学研究的学科建设中占有举足轻重的地位，那么，与中国古代文学研究、现代文学研究，甚至当代文学研究相比，我们就不得不承认，迄今为止，世界华文文学史料学的建设，还存在许多空白和不足。就以中国现代文学研究为例，自1979年中国社会科学院文学研究所现代文学研究室发起编纂《中国现代文学史资料汇编》这一庞大工程以来，全国共有七十多所高校和科研机构的数百名专家参加编选了"中国现代文学运动、论争、社团资料丛书"（30卷）、"中国现代作家研究资料丛书"（近150卷），以及《中国现代文学总书目》等大型工具书。此外，还出版了大量有组织有计划的"史料汇编""文艺丛书""文学大系"和"作家全集"等等。② 正是这些文学史料系统地搜集、整理，不仅大大促进了中国现代文学史料学的建设，而且更积极地推动了中国现代文学研究的进一步深入。

在台港和海外，已有一些先行者着手从事世界华文文学史料学的建设工作，而且，在他们那里，"史料与史识、文学资料与文学理解，相辅相成"③。众所周知，早期的海外华文文学主要是依赖于华文报刊而存在的。由于搜集不易，长期以来其未能引起研究者的注意。新加坡文学史家方修于20世纪50年代末期，利用莱佛士博物馆捐赠一批战前的报纸合订本给新加坡大学图书馆的机会，花了整整一年时间，抄了百几十本练习簿，拍了上千张照片。后来，他利用这些资料，编写了三卷本的《马华新文学史稿》，并在这些资料的基础上，编辑出版了十大卷的《马华新文学大系》，完成了"马华文化建设的一个浩大工程"④，使原本默默无闻的马华文学，一下子受到世界华文文学研究界的关注。又如被柳苏誉为"香港新文学史的拓荒人"的香港中文大学卢玮銮教授，数十年来致力于文学史料的搜集、整理工作。她利用十年时间，整理出1937年至1950年间约三百位在港中国文化人的资料，以及《立报·言林》《星岛日报·星座》《大公报·文艺》的目录、索引。正如她自己所指出："这些原始资料的整理，可为将来香港文学史的编纂提供方便，也直接帮助厘清了许多错误

---

① 朱婵清.同心协力,为世界华文文学的发展建功立业//期望超越.广州:花城出版社,2000:37-38.
② 樊骏.关于中国现代文学史料工作的总体考察//论中国现代文学研究.上海:上海文艺出版社,1992:221-224.
③ 黄继持.关于"为香港文学写史"引起的随想//追迹香港文学.香港:香港牛津大学出版社,1998:90.
④ 杜丽秋.海外华文文学研究的回顾与展望.华文文学,1990(2).

观念。""香港文学史料一天不较全面公开及整理,香港文学研究就极易犯以讹传讹的毛病,距离事实真相愈远。因此,整理原始资料,是急不容缓的步骤。"① 20世纪90年代以来,卢玮銮教授还与郑树森、黄继持教授合作,选编出版了"香港文化研究丛书"(包括《香港文学大事年表(1948～1969)》、《香港文学资料册(1948～1969)》、《香港小说选(1948～1969)》、《香港散文选(1948～1969)》和《香港新诗选(1948～1969)》等五册)、《早期香港新文学资料选》、《早期香港新文学作品选》、《国共内战时期香港文学资料选》、《国共内战时期香港文学作品选》等。这些珍贵资料的汇编出版,填补了香港文学史料上的一些空白,其意义自然非同寻常。

其实,大陆学人和研究机构也有不少相当重视世界华文文学史料的搜集整理工作。汕头大学《华文文学》杂志自1988年第1期不定期开辟"文学史料"专栏以来,先后刊出了陈春路和陈小民的《泰国华文文学史料》、晓刚的《台湾新诗研究资料索引》等文章。而且,大陆学者从事这项工作也有自己的优势,卢玮銮教授就曾说过:"我能看到的只限香港大学及中文大学所藏的有限书刊。据所知,内地各大图书馆同样藏有这些书刊,甚至比香港两家大学更完备,例如国内就有《循环日报》《珠江日报》。假如国内研究者能在这方面用力,所掌握的第一手资料必然比我丰富。"② 厦门大学朱双一研究员一贯擅长世界华文文学史料的搜集、整理工作,他曾在寻找余光中、王梦鸥、姚一苇等人早年作品方面,取得许多重要收获,获得一批珍贵史料。尤其是他抢救性地发掘出姚一苇一些鲜为人知的作品,避免了遗珠之憾。这项工作的意义,正如黎湘萍研究员在为《中国文学年鉴1995～1996》撰写《大陆的台湾文学研究综述》时所指出:作为史学研究基础的史料发掘和甄别,"展示了一种应该学习和提倡的认真研究真正的学术问题的学风,这种学风在这个新兴的学科中,实在太缺乏了",这类工作"将严肃的史料研究方法引入了这门学科,给它注入了富于生命的学术活力"③。

二

由于世界华文文学资料相对不易搜集,因此,对于已有的材料,研究者也要避免"捡到篮子都是菜"的弊端。南京大学刘俊博士在回顾世界华文文学研究历程时,就曾指出:"台港暨海外华文文学这一研究对象的特殊性导致了在

---

① 卢玮銮.香港文学研究的几个问题//追迹香港文学.香港:香港牛津大学出版社,1998:69-70.
② 卢玮銮.香港文学研究的几个问题//追迹香港文学.香港:香港牛津大学出版社,1998:73.
③ 朱双一.我和台湾文学研究//我与世界华文文学.香港:香港昆仑制作公司,2002:29-31.

对它进行研究的时候,首先面临的就是研究资料的匮乏和获取资料的不易这样的问题。时空的阻隔、意识形态的差异、经济实力的悬殊,使得大陆的台港暨海外华文文学研究常常因为获取资料的困难而处于一种相当被动的状态,'看菜吃饭,就米下锅'几乎成了早期这一研究领域的普遍现象,随着大陆对外交流的不断扩大以及网络运用的日见普及,这种情形有所改善,但从根本上讲,研究资料的问题仍然构成了这一研究领域的瓶颈——资料的不能充分占有常常会对研究造成伤害,而这种伤害又直接影响到研究成果的品质和诚信度。"①

任何材料,从发掘出来到成为准确可靠的史料,都还有一系列鉴别整理的工作。王瑶先生在谈到中国现代文学研究时,就特别强调应当重视"对史料进行严格的鉴别"。他说,有关一些文艺运动以及文学社团或文艺期刊等方面的文字记载,常常互有出入;特别是一些当事人后来写的回忆性质的东西,由于年代久远或其他原因,彼此间常有互相抵牾的地方,"这就需要经过一番考证审核的功夫,而不能贸然地加以采用"②。他的这一番话对于世界华文文学研究也有借鉴意义。

被学界公认"为学精细,长于考证"的汪毅夫研究员,在这方面取得了突出的成就。他在总结自己的治学心得时说过:"我从文献,也从口碑,从馆藏,也从民间收藏的文献收集史料,并以冷静的态度辨别、鉴定,发现了颇多似不起眼而很可说明问题的史料。我还收集一批实物和图片,亦常于冷僻处发现其史料价值。"③ 他在《〈后苏龛合集〉札记》一文中,对台湾近代作家施士洁及其文学活动详加考证,得出不少令人耳目一新的结论。如他亲到施士洁祖籍地——福建省石狮市永宁乡西岑村调查,访得《温陵岑江施氏族谱》,查看施氏故宅、《岑江施氏重修家庙碑》、墓葬,并收集施氏后人口碑,据此订正了志乘中的错误,认为"施氏生年应是1856年而不是有关史志通常所记的1855年"。又如关于台湾牡丹诗社的创立年份,传统上有1891年、1892年和1895年三种说法。汪毅夫通过对牡丹诗社当事人施士洁和林鹤年诗文加以考证,令人信服地推衍出"牡丹诗社应创于1893年正月"的结论。汪毅夫的研究生导师、现代文学史家俞元桂教授十分赞赏他在学界越来越多大而无当的骄躁空疏之论的情况下,愿意下功夫进行精细扎实的研究。俞元桂先生在为汪毅夫的《台湾近代文学丛稿》一书作序时指出:"从事文学史教学和研究的人,无不重视史料的搜集和考订,因为这是构筑文学史殿堂的基石。不留意翔实的史料而

---

① 刘俊.从研究白先勇开始…….香港:香港昆仑制作公司,2002:297.
② 王瑶.关于现代文学研究工作的随想//王瑶文集:第5卷.太原:北岳文艺出版社,1995:18-19.
③ 汪毅夫.炽热的情感与冷静的态度.香港:香港昆仑制作公司,2002:19.

热心于凭主观见解编排未经审核的史实,其法实不足取。毅夫深知这一道理,所以他对台湾近代文学的研究还是一仍其旧。首先在作家、作品、社团及文化背景方面进行史实考订与整理,在这基础上再尝试作史的编述。鲁迅在《近代世界短篇小说集·小引》里说:'……譬如身入大伽蓝中,但见全体非常宏丽,眩人眼睛,令观者心神飞越,而细看一雕阑一画础,虽然细小,所得却更为分明,再以此推及全体,感受遂愈加切实,因此那些终于为人所注重了。'鲁迅翁的话十分透彻地道出了'细看一雕阑一画础'的意义,毅夫所做的正是这一类切实的工作。"①

我在撰写《20世纪中国杂文史》(当代部分)时,为了扩大学术视野,有意把台港杂文也纳入当代中国杂文研究的整体格局中。在检索国内台港杂文研究资料时,我特意查阅了这一学科较权威的一本学术研究指南。但是,在少得可怜的有关杂文的信息中,我还是发现了编著者对史料未能进行"严格地鉴别",导致了以讹传讹。如书中介绍到台湾杂文家柏杨时,用了一段富有诗情画意的文字来解释"柏杨"这一笔名的由来:

> 据介绍,河南多柏树,亦多杨树。柏树冰雪长青,可于世千年;白杨挺立深山幽谷,风中哗哗作响,颇动人心魄。这是他名字的由来,更是他性格的写照。②

这段文字美则美矣,但却离事实太远。我们只要看看柏杨有关的自述文字,就知道该笔名来自于20世纪50年代他横贯台湾中部公路之旅所经过的一个台湾少数民族村落——古柏杨。那么上述望文生义的文字从何而来呢?原来,它的始作俑者是河南旅美记者李成,他在一篇介绍柏杨的文章中曾这么写道:

> 河南多柏树,也多杨树。柏树有鳞鳞的叶子、龟裂深褐的皮色,冰雪长青,树龄可达千年。白杨挺立在深山幽谷之中,风来时哗哗作响,动人心魄。这是柏杨的性格,也是他名字的由来。③

如果说上面这个例子对学术研究无大碍,情有可原的话,那么,新近我在翻阅两本大陆学者所著的当代散文研究专著时所发现的错误,则是不能原谅的。一本专著在《隔岸之花——台港女性散文透视》这一节里,有以下一段论述:

> 台港当代文学在发展历程中,有一个非常显著的特征,就是女性文学的奋起和勃兴,出现一批很有影响的女性作家,她们作品的量和质都令人刮目相看,为之震惊。如台湾的苏伟贞、阮秀莉、季季、凌拂、李昂、龙

---

① 俞元桂.序//台湾近代文学丛稿.福州:海峡文艺出版社,1990:1.
② 王剑丛,等.台湾香港文学研究述论.天津:天津教育出版社,1991:214.
③ 李成.十年铁窗三部书——台湾作家柏杨印象记.华文文学,试刊号.

应台、胡台丽、廖玉蕙、琼瑶、张秀亚、席慕蓉、三毛、简嫃等，香港的施叔青、陶然、张凤仪、小思、亦舒等，才情勃发，感情丰富，成就斐然。①

我们姑且不论文中所列举的作家是否都具有代表性（如香港似乎就不应该遗漏西西），"张凤仪"恐为"梁凤仪"之笔误，仅从把陶然先生强行纳入巾帼之列，确实让人啼笑皆非。而另一本专著在谈到20世纪80年代以来大陆形成的女作家群体显示了强大的阵容和创作实绩后，紧接着写道："而台湾作家张晓风、梁凤仪、龙应台、三毛等作品又使女性文学增加了更丰富的内容。"② 这下子更干脆了，索性把梁凤仪划归到台湾作家之列。不知这两本书所犯的错误是否具有代表性，它们出版于90年代中期，出现这样的纰漏实属不该。这已经不是早期资料匮乏带来的问题，相信只要稍稍关心一下台港文学的人，或者查阅一下目前并不难找到的有关文学史著作或作家辞典，就不至于出现张冠李戴的现象。

由此可以看出，搜集资料只是史料工作的第一步，随后还有众多繁重的任务，比如史料的考证，比如版本的鉴别，比如笔名的辨认，等等。就以笔名的辨认为例，它本身其实也是一项非常复杂的工作。香港学者杨国雄在整理香港早期的文学资料时，从1936年8月18日、25日和9月15日的香港《工商日报》"文艺周刊"上，发现一篇署名"贝茜"的文章《香港新文坛的演进与展望》。这篇文章虽然不完整，但对于了解香港早期新文艺的发展，具有相当重要的作用。但"贝茜"是谁，却一时无法知道。因此，杨国雄感叹道："研究现代文学史的人往往发现路途崎岖，辨别笔名是一个很大的难题，其他如作家们的错综复杂的关系，或某一件史事的商榷，都是要花很大力量来解决。大多数研究现代文学史都不是当时的个中人，做起研究功夫来，常有产生'隔'的感觉，而当时身历其境的作家，又因岁月悠久，缺乏文字资料的支持，所忆述的事情亦可能有遗误。"③ 卢玮銮教授在整理选编国共内战时期（1945～1949）香港的文学资料时，也碰到许多类似的困难。"作者的笔名众多"，她说，"这时候可能因为政治关系，也可能因为一个人写很多文章，不方便用同一个名字发表，所以一版之内的不同名字，可能是出自同一个人之手。有些甚至连作者自己也忘记了，例如：端木蕻良曾用过很多笔名，他在晚年忽然想起，才告诉我们"④。

---

① 李华珍.中国新时期女性散文研究.合肥：安徽大学出版社，1996：90.
② 李晓虹.中国当代散文审美建构.深圳：海天出版社，1997：175.
③ 杨国雄.一点说明.香港文学，1986(13).
④ 郑树森，黄继持，卢玮銮.国共内战时期（1945～1949）香港文学资料三人谈//国共内战时期香港文学资料选.香港：天地图书有限公司，1999：5.

三

　　现代文学史家黄修己教授认为："一个发展健全的学科，应该在基础、主体、上层建筑三个层次的建设上，都达到一定的水平。"而"基础层次"即史料。他指出："有了丰富、完整的史料，学术研究才有坚实的根基。"研究台港澳及海外华文文学，毕竟不如研究大陆当代文学那么直接便利，突出存在的一个问题便是资料的欠缺。由于长期的隔绝，加上台港澳及海外华文文学卷帙浩繁，给研究工作带来相当大的难度。再加上渠道的不通畅，许多华文文学资料不是收藏在各大图书馆里，而是天女散花般流落在民间个人手上，没有产生应有的效益。而一些资料的"垄断者"又秘不外传，没有把资料当成"天下公器"，"全面公开"，"让更多研究者从不同角度写成公允的评价或理论"[①]，更给这个学科的发展带来了负面的影响。如福建社科院张默芸女士在谈到世界华文文学研究中的酸甜苦辣和心得体会时，以自己的亲身经历为例："首先是找资料难。我没有台港及海外朋友，要弄到台港暨海外华文作家的作品比登天还难。我出差北京，原想从北京图书馆复印些资料，可他们没有。……几年后一北京好友来信，说中国社会科学院文学所台港室有许多资料，且用这些资料的也是武（汉）大（学）学子。我想从老同学处借书十拿九稳，于是又一次北上。我找到了他，他说他忙，要我自己查卡片借书。我查了近一上午卡片，好不容易找到十多本我可复印的书，资料员说这些书早被我那同学借走，我忙奔台港室，同室的人说我同学已回家吃饭了，我问了地址，赶往他家，他竟然说没那些书。我惊呆了。老天！他连老同学都不肯借书！他后来用他霸占的书出不少成果。但我不羡慕他。"[②] 因此，香港作家梅子在1985年指出："假如有更多的研究者，将自己拥有的资料无私地拿出来公开交流，我们就完全可以期待不久之后，在这一领域里，国内会有更新的突破。起码，有关的推介和研究，将可能永远摆脱'抓到什么，就钻什么'的塞局，走上有计划、有系统、有'点'也有'面'的坦途。"[③]

　　为了避免出现"资料垄断"的现象，让史料发挥最大效应，内地、台港澳及海外学人应该联合起来，共同建立一个完备的世界华文文学资料库。

　　在香港，自20世纪80年代以来，香港中文大学中文系一直致力于香港文

---

① 卢玮銮.香港文学研究的几个问题//追迹香港文学.香港:香港牛津大学出版社,1998:74.
② 张默芸.我爱世界华文文学.香港:香港昆仑制作公司,2002:47-48.
③ 梅子.建起一座桥梁:散放温暖的鼓励——序梁若梅选编的《一夜乡心五处同》//香港文学识小.香港:香江出版有限公司,1996:327.

学资料的整理和研究工作。卢玮銮教授慷慨捐赠个人的剪报、目录,于 1999 年促成藏有丰富香港文学研究资料的香港中文大学图书馆建立"香港文学资料库"。这是目前为止第一个系统化的香港文学资料网,收有资料 6 万条,包括 16 种香港报章文艺副刊作品、40 种香港文学期刊索引和 6000 本著作。"香港文学资料库"除基本检索功能外,还提供部分文艺副刊和期刊的全文影像。2001 年 7 月,香港中文大学中文系更是成立了"香港文学研究中心",卢玮銮教授担任中心主任及召集人,成员包括中文系邓仕梁教授、杨钟基教授、何杏枫教授,人文学科研究所王宏志教授,中文大学图书馆马辉洪先生等。该中心主要工作是将日渐散佚的香港文学资料,做系统性整理和研究,并制定了长短期工作目标和长远发展方向:

短 期 目 标
1. 将散见于校内各处的香港文学资料作系统性分类、编目和分析
2. 整理其他大专院校和分散全港的相关资料
3. 整理旧报刊及剪存新刊资料
4. 定期出版研究通讯及刊物
5. 将编整所得的资料上网或制成目录索引
6. 举办不定期的小型活动,例如讲座或展览
长远发展方向
1. 与海内外其他机构合作,拓展资料整理和研究领域
2. 申请校外研究经费,以期获得更多资源,开展更具规模的研究计划
3. 进行专题研究、编整教材及史料订正工作

另外,刘以鬯先生在 1999 年 7 月 8 日第三届香港文学节研讨会的演讲中,也敦促香港艺展局应该资助以下几项工作:1. 编印《香港文学大系》或《香港新文学大系》;2. 编印《香港文学丛书》,重印已绝版的重要作品;3. 建立"香港现代文学馆";4. 成立"香港文学翻译中心",将香港的优秀文学作品译成外文;5. 编纂香港文学年度选集;等等。①

在台湾,几十年来有关筹设文艺资料中心的呼吁一直就没有停止过。1992 年 9 月《文讯》杂志曾策划组织"现代文学资料馆纸上公听会"专辑,吴兴文、林景渊、林庆彰、秦贤次、张默、张锦郎、杨文雄、郑明娳、隐地、龚鹏程等十位专家,就"我心目中理想的现代文学资料馆"各自发表了意见。其

---

① 刘以鬯.香港文学的市场空间//第三届香港文学节研讨会讲稿汇编.香港:香港临时市政局公共图书馆,1999:105.

中，林庆彰先生更是具体提出了"现代文学资料馆"的四个功能：1. 搜集现代文学图书和期刊。广义的文学资料，除作家的作品外，也应包括作家传记、手稿、日记等书面资料和后人的批评论著。甚至影响作家成长、塑造作家风格的相关著作，皆应包括在内。这些资料，就大陆方面来说，有30年代的资料，也有当代大陆作家的作品；就台湾来说，有日据时代的资料，也有当代台湾作家的作品，资料搜集的方法和困难度不一，但绝不可自限格局，有所偏枯。2. 搜集与现代文学相关的文物资料。这一部分包括文学活动的照片，作家个人的照片，作家使用过的文具、笔墨、印章和作家平时嗜好搜集的文物资料。这一类的资料，不但反映作家生活的部分风貌，也可以说是活的文学历史的反映。3. 整理、编辑现代文学资料。除把现代文学资料馆规划为一典藏图书、文物，供人参观利用的机构外，也应有整理、编辑文学资料的部门，这部门可整理出版作家的全集、选集，也可藉所搜集的资料编辑各种工具书，如作家年谱、作家著作目录、作家作品评论索引、文学辞典等。4. 规划文学活动的场所。为推广现代文学活动，此一文学资料馆也应设有召开文学学术会议、演讲的场所，甚至还应有可开班授课的教室，使这一文学资料馆，不但是静态的典藏资料的场所，也是兼有编辑、出版、开会、演讲、上课等多功能的现代文学活动中心。① 台湾"文建会"也在1993年9月7日召开"现代文学资料馆"第一次规划小组会议，宣布初步的规划及发展目标：1. 现代文学资料馆将担负收集、整理、典藏、展览文学史料及作品的功能；2. 建立本土化现代作家档案；3. 提供从事现代文学研究工作者相关资讯；4. 规划推动有关现代文学的翻译、编辑及出版工作；5. 结合文学团体及研究机关教学出版；6. 建立文学资讯，增进国际交流合作。②

1998年，台湾世新大学"基于文史资料保存及华文文学推广之实际需要"，成立了"世界华文文学资料典藏中心"。据世新大学中文系主任王琼玲博士介绍：总计划由该校人文社会学院院长黄启方教授主持；第一子计划"世界华文文学资料库与网站之建置"，由该校图书馆赖鼎铭馆长负责整理规划所有资料，由图书资料管理学系庄道明主任规划国际网络；第二子计划"东南亚地区华文文学资料搜集"，由该校英文系主任陈鹏翔教授主持，协同主持人为钟怡雯和陈大为；第三子计划"美加地区华文文学资料搜集"，由该校中文系廖玉蕙博士主持；第四子计划"大陆地区华文文学研究资料搜集"，由王琼玲博士主持。目前，中心已

---

① 林庆彰.期盼早日设立多功能的文学资料馆.文讯,1992(44).
② 陈信元.台湾地区文坛大事纪要("民国81年~84年")."台湾行政院文化建设委员会",1999:155-156.

收藏有台湾"世界华文作家协会"捐赠的该会所有档案、图书及作品，还希望藉此扩大搜集全世界其他华文文学组织的档案、资料、私人收藏的著作及作家作品，成为台湾乃至全世界收集海外华文文学资料最完备的中心。①

在大陆，2001年10月于福建省武夷山市举行的"第二届世界华文文学中青年学者论坛"上，汕头大学《华文文学》吴奕锜主编通报了汕头大学将要建立世界华文文学网站这一信息，表示今后不仅《华文文学》杂志上网，各种相关资料信息也上网，以赋予世界华文文学研究新的活力。2002年5月29日于广州暨南大学举行的中国世界华文文学学会第一届理事会第二次会议上，饶芃子会长就史料建设工作做了部署，初步拟议在福州和厦门建成台湾文学资料中心，在广州建成港澳文学资料中心，在汕头建成海外华文文学资料中心。在此基础上，有组织、有计划地着手编辑有关的文学总书目、文学期刊目录、报纸文学副刊目录、文学活动大事记、作家辞典、研究论文索引等一系列工具书，有选择、有侧重地选编出版台港澳暨海外华文文学丛书，包括各国、各地区作品总集、各文体作品选、著名作家文集等。

世界华文文学史料建设将是一项浩大的学术工程，不仅需要大量的人力、财力，而且更需要甘坐冷板凳的奉献精神，需要大陆、台港澳和海外的互动，作家、评论家和史料工作者的互动，研究机构与出版单位的互动，只有这样，才能促成世界华文文学研究的健康发展。

（原载《第十二届世界华文文学国际学术研讨会论文集》2002年）

作者简介

袁勇麟，1967年生，福建柘荣人。1997年毕业于苏州大学。曾任福建师范大学文学院副教授、教授，福建师范大学传播学院副院长，福建师范大学协和学院院长。现任福建师范大学社会科学处处长。中国世界华文文学学会教学委员会主任，福建省台港澳暨海外华文文学研究会会长，福建省文化产业学会副会长，福建省海峡文化创意产业协会副会长。著有《20世纪中国杂文史》（下）、《当代汉语散文流变论》、《文学艺术产业》、《中国当代文学编年史》（第十卷）、《大中华二十世纪文学史》（第五卷）、《华文文学的言说疆域：袁勇麟选集》等，主编"中国高校新闻传播学书系"和"新媒体传播学"丛书等。

① 吴颖文. 台湾筹建"世界华文文学典藏中心". 世界华文文学论坛，2001（3）.

现代性与文学研究的新视野

陈晓明

一、引言：文学研究的理论视野期待

长期以来，中国当代文学的历史形成及发展历程一直被一些标志性的时间、事件和文本武断地分离，而这些时间、事件和文本主要是以厚重的政治蕴含而获得分离和命名历史的特权。在当代中国文学的历史叙述中，总是可以看到各种各样的宣言，它们宣告"结束"和"开始"。历史在不断的"结束"和"开始"的交替中断裂。当代中国文学的历史起源及其发展，主要是以政治运动及意识形态变动而完成历史定格。我们当然不是说文学可能超越政治、超越意识形态而发生和发展；而是说，文学是一种更复杂的人类精神的象征行为和情感表达形式，它与历史及社会实践有着更深刻、更广泛的、更多样的联系和互动方式。在文学与政治之间并不只是存在简单明了的决定关系，而更有可能是一种平等互动关系，并且有着更深层的历史动机把它们加以铰合或分离。

确实，我们称之为当代中国文学的这门学科已经存在了二十多年（从"文革"后算起），我们始终是在意识形态的框架内来建构这门学科，这使它一直无法有效地反省自身。试图跳出既定的思想框架，寻求新的理论出发点，成为80年代中期以来文学共同体的努力。

1985年，黄子平、陈平原、钱理群提出"20世纪中国文学"的概念，致力于打通中国近代、现代和当代的学科分野，根据近代以来中国社会的现代转化的历史进程，从整体上来把握中国20世纪文学[①]。文章之所以能产生强烈的震撼

---

① 陈平原,黄子平,钱理群.论"二十世纪中国文学".文学评论,1985(5).

力,也正在于它说出了人们郁积多年的学术期待:理解中国20世纪文学,有必要从整体上加以重新把握,有必要找到新的理论起点。确实,近代、现当代中国文学之所以划分得壁垒森严,并不只是因为人们对时间和专业范围的有限性的清醒认识,更重要的在于,它固定住了意识形态的命名和给定的历史含义。

文学共同体对于文学史叙述的刻板的时间体系和意识形态命名有着强烈的反思。1989年,汪晖发表《鲁迅研究的历史批判》一文,该文在清理鲁迅研究的历史及其发展逻辑时,尤为尖锐地指出鲁迅研究的某种概念化特征[1]。

90年代初期,王晓明、陈思和提出"重写文学史"口号[2],其观点立场,可以看成对"20世纪中国文学"的呼应。他们认为,过去的文学史写作乃是依据意识形态给定的意义和标准,实际是政治话语的翻版和延续。

90年代后期,钱中文先生发表《文学理论现代性问题》,从现代性的角度对20世纪的中国文学的现代性发展,从审美意识角度对文学理论的现代性研究,进行了富有建设性的探讨[3]。

陈思和主编《中国当代文学史教程》[4],以"潜在写作"和"民间意识",作为理论支撑点,重新清理现当代中国文学史,毫无疑问,他们的清理是开创性的,并且卓有成效。当然,不管是"潜在写作",还是"民间意识"这个概念也有其复杂的一面,也需要经过细致的清理。某种意义上,也如李杨所追问的那样,"潜在写作"关涉文学史叙述的至关重要的版本问题,而"民间意识"与主导意识形态的复杂的同构关系也要具体分析[5]。不管如何,这些探索和争论都表明文学共同体的一种努力,那就是回到更丰富复杂的历史本身,从一个更广大深远的视角去看待现代以来的中国文学。

所有这些,都表明文学共同体期待以新的理论重新审视历史的总体性。20世纪的中国文学不再是以必然性的结构推演其历史行程,毋宁说是多种叙事话语拼合而成的精神地形图。近年来,理论界对"现代性"问题表示了较高的热情,"现代性"不仅提示了一个新的理论角度,更重要的也许在于它所具有极其广大的包容性:其一,它突然间提示了一个广阔的历史视野。它可以包容更长的时段,从前现代、现代起源时期,一直到后现代时期,都可以放在一个历史序列中考察;其二,它给

---

[1] 汪晖在该文指出:"鲁迅研究本身,不管它的研究者自觉与否,同时也就具有了某种政治意识形态的性质。"汪晖随后进行一系列清理"五四"时期以及近现代转型时期的思想史范畴的研究,他力图去开掘现代思想起源的社会历史基础,清理那些思想范畴的相关逻辑结构。这些都预示着在我们业已建构的历史叙事之外,有着更为丰富复杂的历史蕴含。文学评论,1989(2)(3).
[2] 王晓明、陈思和首次提出"重写文学史"是1988年在《上海文论》的对话。
[3] 钱中文.文学理论现代性问题.文学评论,1999(2):5-19.
[4] 陈思和.中国当代文学史教程.上海:复旦大学出版社,2000.
[5] 李杨.当代文学史写作:原则、方法与可能性.文学评论,2000(3):52-62.

予更广大的空间,它在理论上的中性色彩,使它可以涵盖后现代主义、后结构主义这样的理论视角,而又不具有激进思想立场的倾向性;其三,现代性为理论的融会贯通和学科的综合互渗提供了前所未有的可能性。当然,它在最大限度地拓宽文学研究边界的同时,导致文学研究转变成了文化研究。在给文学研究提供无限活力的同时,也使传统的文学研究处于岌岌可危的地步。

因此,如何在把握住"现代性"这个最具有活力的理论资源的同时,又能回到文学本身,这就是当代中国文学研究(从文艺学到现当代学科)期待了十多年的理论视野,现在终于浮出水面——这是我们必须认真面对的挑战。就目前学界对现代性的探讨而言,其一,尚未在中国现代性的特定含义上打开一条突破之路,其二,更少人就文学史和文学文本的具体关联中来理解现代性,我想这是两个需要开拓的起点。

总之,现代性既是一个可能一以贯之的视角,又是一种质疑和反思。当然,最根本的出发点在于,回到历史变动的实际过程;回到文学发生、变异和变革的具体环节;回到文学文本的内在结构中去。不应该把现代性看成一个篮子,把现代以来的文学都扔进这个篮子就完事,而应是把它看作一个地形图,看出文学在复杂的历史情势中,所表现出的可能性,以及反抗历史异化的力量。现代性使文学的历史梳理具有方向和形状,使它在具有历史连续性的同时,又包含着内在的分离和关联、转折和断裂。有必要强调的是,现代性并不是我们重新建构历史总体性所依靠的一个巨大的脚手架,相反,它也有可能是我们质疑业已建构的历史总体性的一个反思纲目。

二、现代性的内涵与中国的现代性特征

现代性随着资本主义的起源而趋于形成,18世纪可以视为其形成的明确的时间标志①。现代性不只是预示着强大的历史欲求和实践,以及社会化的组织

---

① 在西方的思想史研究中,现代(modern)一词最早可追溯至中世纪的经院神学,其拉丁词形式是"modernus"。德国解释学家姚斯在《美学标准及对古代与现代之争的历史反思》一书中对"现代"一词的来历进行了权威性的考证。他认为,它于10世纪末期首次被使用,用于指称古罗马帝国向基督教世界过渡的时期,目的在于把古代与现代区别。卡林内斯库在《现代性的五种面具》中,追究现代性观念起源于基督教的末世教义的世界观。历史学家汤因比在1947年出版的《历史研究》一书中,把人类历史划分为四个阶段:黑暗时代(675—1075)、中世纪(1075—1475)、现代时代(1475—1875)、后现代时期(1875—至今)。他划分的"现代时期"是指文艺复兴和启蒙时代。而他所认为的后现代时期,即是指1875年以来,以理性主义和启蒙精神崩溃为特征的"动乱年代"。按照"现代性"最权威的理论家哈贝马斯的说法,"现代"一词为了将其自身看作古往今来变化的结果,也随着内容的更迭变化而反复再三地表达了一种与古代性的过去息息相关的时代意识。哈贝马斯于1980年获得法兰克福的阿多尔诺奖时发表题为《论现代性》的学术演讲,该文后来发表于《新德国批评》1981年冬季号。他在该文中指出:"人的现代观随着信念的不同而发生了变化。此信念由科学促成,它相信知识无限进步、社会和改良无限发展。"

结构方面发生转型，同时在于它是社会理念、思想文化、知识体系和审美知觉发展到特定历史时期的表现。也许更重要还在于现代性表达了人类对自身的意识达到了一个崭新的阶段，人类不仅反思过去，追寻未来，同时也反思自我的内在性和行为的后果。在批判的理论家看来，现代性与其说是一项历史工程、成就或可能性，不如说是历史限制和各种问题的堆积。现代性总是伴随着自我批判而不断建构自身，这使得现代性在思想文化上具有持续自我建构的潜力。

现代性作为一个强大的历史进程，它无疑具有活生生的历史实践品格，显现为一系列推动和主导历史变革发展的事件和运动，它的物化成就清楚地体现为民族—国家、主权与疆域、工业主义、高度的技术物质文明、经济体制与秩序、行政组织、法律程序等等。对于人文学科来说，思考现代性的内在特性似乎更为重要。

很显然，我们现在理解的"现代性"是指启蒙时代以来的"新的"世界体系生成的时代。一种持续进步的、合目的性的、不可逆转的发展的时间观念①。在人文学科的思想家看来，现代性更主要体现在精神文化变迁方面。马克斯·韦伯从宗教与形而上学的世界观分离角度出发来理解现代性。这种分离构成三个自律的范围：科学、道德与艺术。自从18世纪以来，基督教世界观中遗留的问题已经被分别纳入不同的知识领域加以处理，它们被分门别类为真理、规范的正义、真实性与美。由此形成了知识问题、公正性与道德问题以及趣味问题。哈贝马斯把现代性理解为一个方案、一项未竟的事业。哈贝马斯采用一种批判性的总体性的社会理论，他高度评价早期资本主义的公共领域，批判它在当代社会中的衰落。哈氏并不否认文化的现代性也面临困境，但现代性的原初动机并不要为此负责，它不过是现代性社会化的后果，同时也是文化自身发展的问题。哈贝马斯担忧对理性的拒斥将会导致理论和政治的危险后果，因而他竭力维护他所说的现代性尚未实现的民主潜力。而合理化的艺术或审美，成为哈贝马斯释放现代性潜力的重要途径。

福科为怀疑现代性奠定了理论基础。但福科对现代性的批判并不是简单的拒绝，而是在逃离中来形成反思性的理论起点，由此建立了一套反现代性的理论方法。福科令人惊异地把"启蒙"称之为"敲诈"。在他看来，对我们所处的历史时代的永恒的批判，则构成对启蒙"敲诈"的拒绝。福科认为，启蒙构成

---

① 在国内的研究者中，汪晖较早概括现代性的理论含义。他指出："现代"概念是在与中世纪、古代的区分中呈现自己的意义的。"它体现了未来已经开始的信念。这是一个为未来而生存的时代，一个向未来的'新'敞开的时代。这种进化的、进步的、不可逆转的时间观不仅为我们提供了一个看待历史与现实的方式，而且也把我们自己的生存与奋斗的意义统统纳入这个时间的轨道、时代的位置和未来的目标之中。"汪晖.死火重温.北京：人民文学出版社，2000：4.

了一个具有特权的分析领域，它是一组政治的、经济的、体制的和文化的事件，我们迄今仍然在很大程度上依赖于这个事件。一个人必须拒绝一切可能用一种简单化的和权威选择的形式来表述他自己的事情，应该用"辩证的"细微差别来摆脱这种敲诈①。对现代性及启蒙理念给予最尖锐彻底攻击的理论家当推后现代主义理论家列奥塔，他在1979年出版的《后现代状况：关于知识的报告》中指出，"现代性"就是一种宏大叙事，一种以元叙事为基础的知识总汇，具体地说，也就是现代理性、启蒙、总体化思想以及历史哲学。列奥塔分析说，现代知识有三种状况：为使本质主义主张合法化而诉诸元叙事；作为合法化之必然后果的"非法化"（delegitimation）和排他；对同质化的认识论律令和道德律令的欲求②。列奥塔认为，现代知识依赖元叙事来建立合法化的话语体系，而那些元话语又明确地援引某种宏大叙事，这里面显然存在同语反复，理性双方在共识的基础上达成知识的创建。

不管是把现代性看成一个方案（哈贝马斯）、一种态度（福科），还是一种叙事（列奥塔），都表明了现代性是一种价值取向和思想活动。现代性的价值根基就在于它的普遍主义；就精神性品格而言，在于它的反思性；就外在化的历史存在方式而言，在于它的断裂性。

如果说现代性得以代表人类最广泛而又无限进步的理念，这得益于启蒙主义创建普遍主义这种价值基础和认知形式③。普遍性准则给现代性思想提示了行动的根基，人类的实践和思想活动，都因此统一在共同的社会理想和目标上。自由、平等以及普遍的正义，启蒙主义探求的理念，不是意指着人性，或人的行动后果的可能性，而是人的活动先验存在的依据和根基。因此，在普遍性的基础

---

① 福科.论现代性.汪晖,译//汪晖,陈燕谷.文化与公共性.北京：生活・读书・新知三联书店,1998：430-442.

② 序言//列奥塔.后现代状况(英文版).1979.

③ 启蒙主义从文艺复兴的人文主义承继来的传统,强调天赋人权、自由平等观念。启蒙主义既从普遍性的理念探寻人性的自我意识的根源,也据此来设计人类社会存在的共同基础。在启蒙思想中,普遍理念最全面深刻的阐释者当然是康德。在康德的思想中,自由就是服从道德律令,因为道德律令不是从外部强加的,而是理性自身的命令。更重要的在于,理性是普遍适用的,真正理性的主体的行动,都是依照被理解为普遍适用的原则和理性。所有符合人的本性的事物或行动,也就顺应了普遍律令,因而也就是自由的。康德的思想在那个时代具有革命性。有关康德这一意义的论述,可参见查尔斯・泰勒.自我的根源：现代认同的形式.南京：译林出版社,2001：561.康德的这一思想指明了现代性思想的本源所在,普遍性法则不是外在的,不是实证性的历史、传统或自然法则,而是根源于人本身,是在人的自主性的确立中达成的,因而普遍性与人的自由完全统一。对于康德来说,道德所表征的普遍善,也不能在人类理性之外的地方发现,它是通过人对自身的内在性的领悟才得以产生。因此,普遍正义的原则也就是人对理性的认识,也就是按普遍准则行事,并且把所有的理性存在物作为目的来看待的决定。康德关于普遍性的观念,直接影响了费希特、黑格尔、马克思,构成了现代性思想前提和基础。

上，现代性的反思活动具有了充分的合理性，同时，也保证着对现代性创立的那些准则的持续推演、质疑和检讨。但是，在中国的现代性叙述中，普遍主义的价值理念是一个难题，在中国现代性初起的阶段，它就被打上东方/西方的二元对立的印记，这个印记一直持续到现在（例如，新左派与自由主义的争论）。中国的现代性是否有自身的历史起源，这一直是一个悬而未决的问题，但中国一直在追寻西方的现代性，同时又试图摆脱西方现代性的普遍准则，找到中国的特殊道路。现代性的普遍主义在多大程度上是必要的，在多大程度上是可以置疑的，这不能不说是把中国的现代性叙述推向两难境地。"反思性"可以理解为人类一切活动的根本特征①。人们总是在一定的目的、意图和方式引导下展开实践活动，它总是与活动过程及其事物构成特殊的联系方式，这就使所有的活动具有反思性的特征。正如吉登斯使用"行动的反思性监测"这一概念所描述的那样，人类的行动并没有融入互动和理性聚集的链条，而是一个连续不断的、从不松懈的对行为及其情境的监测过程。这并不是特别与现代性联系在一起的反思性的含义，尽管它构成了（现代性的）反思性的必要基础。吉登斯指出，"随着现代性的出现，反思具有了不同的特征。它被引入系统的再生产每一基础之内，致使思想和行动总是处在连续不断地彼此相互反映的过程之中。"② 很显然，在人类社会进入现代之后，社会实践的速率和频度变换过快，各种知识体系、学科的相继建立，实践与知识总是处在不断检验与改造的关系结构中，这就是对现代社会"反思"的根本依据。过去，人们总是认为现代性的本质特征就是追新求异，吉登斯认为这种说法并不准确。他指出："现代性的特征并不是为新事物而接受新事物，而是对整个反思性的认定，这当然也包括对反思性自身的反思。"③

反思性确实是知识分子活动的特征，反思性有赖于知识分子群体具有社会自主性地位，这在西方的文化秩序中是不成问题的传统。现代的中国知识分子当然也建立了这个传统，但这个传统现在无疑陷入困境。一方面，中国的公共空间在硬性制度方面的有限性，其反思能力已然不充分；另一方面，知识和信息在这个时代的过度积累，一种暧昧的多元文化正趋于形成，这使反思的真实

---

① 反思性的思想在西方基督教和形而上学传统中由来已久。我们知道笛卡尔的"我思故我在"是典型的现代性反思的陈述。很显然，笛卡尔承继了柏拉图的传统，而从柏拉图到笛卡尔的途中，要经过奥古斯丁。而奥古斯丁关于柏拉图的学说则来自普罗提诺。奥古斯丁强调人应该内在于自己。这一步对于西方的形而上学传统是至关重要的，因为，西方的形而上学传统因此有了非常必要的第一人称立场。根据查尔斯·泰勒的论述，从柏拉图的精神与肉体分离的学说，到奥古斯丁的内在反省的思想，再到笛卡尔的"我思"概念，可以看到西方形而上学反思活动的脉络。但直到笛卡尔的"我思"出现，反思才具有了真正现代性的内涵。查尔斯·泰勒.自我的根源:现代认同的形式.南京:译林出版社,2001:195.

② 安东尼·吉登斯.现代性的后果.2000:33.

③ 安东尼·吉登斯.现代性的后果.2000:34.

性和可靠性受到明显的影响。

现代性的反思性也就是不断地从不同的立场角度检讨现有的知识结论和经验结论，它由叙述、批判、质疑、分析、推理等思维活动构成。说到底，现代性就是在人们反思性地运用知识的过程中建构起来的，在现代性的条件下，知识不再是一成不变的，知识的真理性、绝对性都处于可检验的过程中。按照吉登斯的看法，社会科学是对这种反思性的形式化，而这种反思对作为整体的现代性的反思性来说，又具有根本的意义。相比较起自然科学，社会科学带有更强的现代性特质，"因为对社会实践的不断修正的依据，恰恰是关于这些实践的知识，而这正是现代制度的关键所在"①。可以说，如果没有迄今为止的社会科学参与到现代性的建构中去的话，没有那些概念、经验性的描述，以及这些观念、概念和经验性结论的常识化和普遍化，现代社会的制度和生活形态的建立是不可想象的。由于现代性的反思性尤为突出，它当然也导致了知识的更新的速度和范围，促使人们的思想和实践具有更紧密的互动关系。

在现代性反思诸多思维特征中，最突出的莫过于批判性。如此激烈地批判传统与现实，批判社会的种种不合理的现象，这在前现代社会是不可能的。批判性依据特定的社会理想和目标，以此来推进社会进步发展。现代性的批判性反思总是奇怪地包含着对现实强烈不满的情绪，它的社会理想也不只是单纯地朝前看。现代性反思传统中，就有不少思想家怀着对传统的温情脉脉的眷恋，带着美化传统的想象来批判现实。卢梭以及整个浪漫派的哲学和文学都是以回归传统对抗工业主义来表达批判性反思的。在某种意义上，现代性是一种自己批判自己的态度，是一种反对自身的致思趋向。如果把现代性看成一个思想运动，当然其中始终包含着正面建构现代社会的各种思想理念，但那种批判性反思始终占据主导地位。这正是现代性社会得以不断更新变异发展的精神动力。如果一个社会、一种制度丧失了自我批判的能力，它的自我更新的生命力也就极为有限。

当然，并不是说批判性就为现代性发展提示了正确的历史轨迹，只是说批判性是现代性的自我意识、自我调节和平衡的必不可少的手段。批判性反思既是一种最有活力的现代性思想，同时也有可能对历史实践产生强有力的反作用。现代以来的社会变革，在很大程度上就与现代性的思想方案和批判哲学相关。例如，马克思主义思想，作为现代性最有力的反思性批判理论，它对人类历史产生的作用是空前绝后的。现代社会变革受到理论思想的影响如此之深，这表明现代社会实践与反思性的理论构成的密不可分的互动关系。

现代性因为携带着绝对的真理信念，因而其批判性激烈而坚定，但在后现

---

① 安东尼·吉登斯.现代性的后果.2000:36.

代的叙述中,现代性的批判经常被作为武断的典型案例加以嘲弄。对于中国的现代性历程来说,其批判性不可谓不强,但其结果如何呢?一直到现在,人们还在呼唤知识分子的批判性功能,但这种功能的行使显然也面临困难:谁在批判?批判什么?依据什么来批判?批判性需要对最高的正义负责,并需要最终价值关怀的支撑,当代思想文化批判能做到这一点吗?

批判性体现着现代性思想活动超越性的和激进的特征,它蕴含着知识精英变革现实和改造客观世界的强烈愿望。现代性思想总是伴随强烈的危机感与变革意识,始终对现实不满,以及对未来的理想化。现代性的批判理论在其激进的顶点当然诉诸社会革命。"批判的武器"终究不如"武器的批判"更彻底,现代以来的人类历史发生的暴力革命,虽然不能说是现代性激进理论的直接产物——社会变革的根源终究是在历史实践的综合关系结构中才得以形成的——但它所起到的推动和激化作用则是不容置疑的。整个现代性的历史也可以说就是变革、革命的历史,现代性总是包含和制造历史的断裂,这就是现代性历史的存在方式。

事实上,现代性的起源就是一种断裂。它的持续推演,它在不同阶段、不同地域的发展变异,也标志着断裂。断裂作为现代性的一种机制,以至于吉登斯把它看作现代性最重要的特性。尽管吉登斯承认"断裂"(discontinuities)存在于历史发展的各个阶段,这也是马克思历史唯物主义思考的主题之一,但吉登斯认为他理解的"断裂"是与现代有关的一种特殊的断裂。在他看来,"现代性以前所未有的方式,把我们抛离了所有类型的社会秩序的轨道,从而形成了其生活形态"①。吉登斯在分辨那种将现代社会制度从传统的社会秩序中分离出来的断裂时,指出:首先,是现代性时代到来的绝对速度。这种变迁速度渗透进社会所有领域,特别是在技术领域。其次,断裂体现在变迁的范围上。这种变迁推延到全球的各个层面。第三,断裂是现代制度固有的特性。也就是说现代社会的组织形式和社会秩序不能简单地从过去的历史时期里找得到。民族—国家的政治体系和城市就是最鲜明的例子②。

不管怎么说,在资本主义的中心地带,现代性与传统社会的冲突不至于过于突然,也不至于是决裂性质的。而在资本主义的周边国家,或者说那些广大的发展中国家和第三世界,现代性在这些文化中激起反应,同时获得存在的社会根基,那就必然要与这些文化的传统和既定的社会秩序产生剧烈的冲突。断裂作为第三世界民族—国家的现代性的特征,显然要比资本主义社会来得更加突出。像中国这样的历史传统悠久的国家,它与西方资本主义世界相遇,经历了漫长的冲突磨合,它始终寻求自身的现代性之路。近代中国被描述为半殖民地半封建社

---

① 安东尼·吉登斯.现代性的后果.2000:4.
② 安东尼·吉登斯.现代性的后果.2000:6.

会，它与西方的关系是极为复杂的。虽然这里没有发生殖民地式的宗主国与从属国的关系，但是在文化上西方对中国构成的强大的压力是显而易见的。自现代以来，中国知识分子就在寻求追赶西方的现代性之路。开始是拒斥，随后则是急迫追赶。这使中国与自身的历史、与传统社会的关系趋于紧张。马克思主义在中国成为社会变革的精神指南，这无疑是中国现代性最突出的特点。马克思主义与中国革命实践相结合，从而影响了20世纪中国的历史进程，这一事实说明，中国的现代性既与西方的现代性密切相关，同时也显示出中国自身的特征。现代以来的中国一直为一种不断激进化的社会变革所支配，社会的进步最终选择了暴力革命，彻底推翻了传统的社会制度和秩序。很显然，断裂，在中国的现代性发展中表现得更为突出和彻底。由此也就不难理解，现代以来的中国历史中，充满了那么多的结束和开始。一个时代结束，另一个时代重新开始。这不仅表现在大的社会变迁方面，即使在那些阶段性的政治变动，也经常被叙述为（宣布为）一个新的时代开始。急迫地抛弃过去，与过去决裂，追求变迁的速度，以至于人们只有时刻生活在"新的"状态中，才能体会到社会的前进。这一切当然都导源于"落后"的焦虑情结，都来自渴求超越历史、迅速自我更新的理想。

三、在断裂的边界：文学现代性的双重含义

如果把握住"断裂"这一关键性的问题，就可以理解文学的现代性的真实含义。一方面，文学艺术作为一种激进的思想形式，直接表达现代性的意义，它表达现代性急迫的历史愿望，它为那些历史变革开道呐喊，当然也强化了历史断裂的鸿沟。另一方面，文学艺术又是一种保守性的情感力量，它不断地对现代性的历史变革进行质疑和反思，它始终眷恋历史的连续性，在反抗历史断裂的同时，也遮蔽和抚平历史断裂的鸿沟。简言之，文学现代性的双重含义就在于：从"断裂"这个视点来看，文学的现代性既表现和促成这种断裂，又掩盖和抚平这种断裂。

后者显然在欧洲的文学艺术史中可以看到清晰的脉络，而前者则在中国现代以来的文学艺术史显现无遗。即使是后者，也依然可以看到作为文学艺术，它所表达的思想情感具有某种多重性。

欧洲启蒙主义的思想构成现代性的精神形式，就其思考的主题和思想方法，无疑都标示着一个新的时代来临；但在另一方面，启蒙主义一开始就是对现代性进行反思的思想形式。如果说启蒙主义运动作为早期现代性的思想体系，还是以它的正面直接的观点立场表达现代性的思想愿望，而它以后的思想体系则更多的反思现代性的现状及未来目标。在文学艺术方面，伴随着现代性全面兴盛，19世纪以来的文学艺术始终坚韧不拔地反抗工业资本主义。最典型的莫过于浪漫主义文化传统。浪漫派一方面向往历史，另一方面向往未来，对

于他们来说,这都不是真实的生活目标,这不过是他们反抗工业资本主义的一种想象方式而已。卡西尔认为,浪漫主义者为了过去的缘故而热爱过去。对他们来说,过去不仅是一个事实,而且也是一种最高的理想①。这种回到过去和追求未来,都与他们对现实——工业文明的发展现实相关。浪漫派,以及后来的现代主义无不是以反抗工业资本主义为己任,他们的趣味和价值观念似乎都是在有意与现代性的工业主义唱反调。当然,生长于资本主义兴起的浪漫主义,或是资本主义处于危机阶段的现代主义,事实上与资本主义的工业文明息息相关。他们不过是以对抗的方式,表达了对现代性的反思,他们表现的审美感觉方式、审美趣味以及价值取向,与现代主义构成了一种强大的反差或张力机制。这种反抗和反思,也在一定程度上,起到了一种缓冲与调和的作用。现代性所带来的那些社会巨变,那些剧烈的社会动荡,因为这些反思体系,这些批判机制,这些恢复传统的愿望和对未来的理想,而变得可以忍受。这使人们在享用现代性的高速发展的文明成果时,始终保持着心理和情感的平衡。

对于中国现代以来的文学艺术来说,它与现代性的关系显得更为紧张和复杂。正如我们在前面讨论时指出的那样,中国的现代性一直是以断裂的方式展开,这些断裂给社会的组织结构、秩序规范、价值观念和思想意识都产生剧烈的冲击。现代以来的思想意识一直站在现代性变迁的前列,现代中国的启蒙主义思想,以"德先生"和"赛先生"为先导,强有力地推进中国的现代性。中国的文学艺术一直也扮演着启蒙主义先驱的角色。"文学革命"在文化层面上率先触发了中国社会由传统向现代转变,白话文学对中国现代性的建构是如此之大,以至于我们完全可以说,如果没有现代白话文,现代性的感觉方式、认知方式和情感价值都无法建立起来。随后出现的"革命文学",更是以激进的方式,为激进的社会变革,为一个阶级推翻另一个阶级的暴力革命,提供情感认知的基础。更不用说1949年以后,中国的社会主义文学成为社会主义革命事业的齿轮和螺丝钉,成为巩固无产阶级专政强有力的意识形态。在现代性不断激进化的历史进程中,20世纪的中国文学始终是激进变革的先驱,它既是一面镜子,更是历史最内在的躁动不安的那种精神和情绪。在那些剧烈的变革时期,在那些猛然发生的历史断裂过程中,文学都在扮演一种推波助澜的角色。

现代以来的中国文学,说到底就是一部中国现代性断裂的情感备忘录。它一直在为现代性的合法、合理与合情展开实践,当然这一切都是以对历史变动的敏感性为前提来获取历史的切入点,因而它确实又是历史内在性的一部分。从新文化运动中透示出的全盘性反传统主义,从"文学革命"到"革命文学",

---

① 卡西尔.国家的神话.范进,等,译.北京:华夏出版社,1999:221-222.

从五六十年代的社会主义现实主义到"文化大革命",从新时期到后新时期,中国现代以来的文学与社会变革的关系紧密而贴切,它在每一个变革和断裂的时刻,都给出历史的定义,都明确给历史定位、划界,宣布一种历史的结束和另一种历史的开始。不管是中国的社会历史,还是文学的历史,都不是简单的断裂,而是断裂与弥合的双向运动。而文学则努力使(社会历史的)断裂显得合情合理,它使那些断裂彼此之间息息相关、环环相扣,反倒使那些断裂更紧密地铰合在一起。这就是中国现代性文学的内在性,在现代性的巨大谱系中,在一个强大的历史化的运动中,它们又构成一个整体。

文学的现代性运动集中体现在"历史化"方面。尽管传统的文学也有历史观念和历史叙事,但它与现代性的"历史"有着本质的区别。过去的历史不过是一种编年史,它没有强烈地按照一种目的论的意图重新定义历史,它也没有给定明确的历史目标。只有现代性的历史观是以合目的性的必然的进步观念标示出的,历史叙事具有强大的概括能力,它把过去、现在和未来结合一体,建立起现代性的宏大叙事。中国的现代性文学重塑了现代性的历史,它不仅在传统向现代的转型中给出了历史断裂的明确标志,同时给那些阶段性的断裂划定界线,给历史的转折提供合理性的阐释。关于历史结束和重新开始的叙述频繁地出现在中国现代以来的文学史的叙事中,这些历史化,使断裂具有合理性,并且使它们共同建构现代性的宏大历史叙事。

在中国现代性强烈变革现实,与传统决裂的诉求中,也有可能包含着反思现代性的那些思想意识。在这里当然无法去分析像早期的"国粹派"那些保守性的文化派别的观点,就那些激进的寻求变革的思想家和文学家的思想立场中,也有可能看到反抗现代性的那种情感意向。它们是以非常隐蔽而微妙的形式存在于宏大的历史叙事之下的,因而,那些看上去微弱的痕迹就包含着更为深刻有力的韧性。像20年代的那些乡土派文学,那些与传统文化密切相关的文学表达,它们不是现代中国文学的主流,但它们表示了一种与现代性相左的价值选择和趣味。我觉得更有意义的在于那些激进的被主流化的文学叙事中,其实也有可能隐藏着复杂的反思性因素在里面。例如,鲁迅的作品。毫无疑问,鲁迅的作品被看成中国现代性意义最典型的表达,鲁迅本人的思想明白无误地显示出他对自由、民主、科学的现代性价值的追寻。他信奉进化论,一生追求中国社会摆脱封建主义,走向光明的现代世界。直至于他被塑造成民族的脊梁、无产阶级革命战士。但我们仔细看看鲁迅的小说,会发现一些不同于正统定位,甚至与他自己在杂文和其他文体中表达的思想有明显差异的东西存在。他的小说一直被看成揭示民族劣根性典范之作,它对国民性的批判深刻而不留余地。这也许是其主题,甚至于是他的创作意图。但是我们在他的作品还看到其他的东西。例如,在《孔乙己》《祝福》《阿Q正传》《故乡》等作品中,鲁迅不断地写到这些人物的身体。孔乙己的长指甲的手、打折的腿，以及用手走路的姿势；祥林嫂不断重复的语言障碍；阿Q的癞疮疤；闰土的粗糙的手；等等。这些身体的物化形式，其实是乡土记忆的凝聚，它们与鲁迅的小说不断地书写的乡土中国的那种氛围相关。这些无助的人们，并不只是标示着国民的麻木，标示着一种劣根性，同时——也许更重要的在于，鲁迅表达了一种乡土中国的记忆，这些记忆从中国现代性变革的历史空当浮现出来，它们表示了与现代性方向完全不同的存在。鲁迅在这里寄寓的不只是批判性，而是一种远为复杂的关于乡土中国的命运——那些始终在历史进步和历史变革之外的人群的命运。这种情绪无疑显得相当微弱，也许还隐蔽得非常深，只不过是无意识泄露的一种隐忧。但它们却又构成文学更为深厚的那种质地，更为真实的与个人经验和记忆相关的一种书写。在鲁迅的这种书写中，与后来的革命文学对下层人的命运的关切显然不可同日而语，后者是在革命思想的照彻下，居高临下式的为革命寻求合理性的历史化叙事；而鲁迅的这种书写则是试图还原乡土中国的生存境遇，它与个人最真挚的记忆、内在情感和生存体验相关，因而又是与反抗历史异化的文学书写方式相连的东西。

这种情况也可能发生在那些被认为经典化的革命历史叙事中。例如，像梁斌的《红旗谱》这种作品，无疑被认为完全依照革命理论写作出来的。作者也明确表示过，通过改造世界观，才写出这种革命性的作品。但我们真正分析这部作品，并不能充分感受到里面的暴力革命的残酷性。小说开篇的阶级斗争也不激烈，革命始终不坚决，连中国传统小说中惯有的杀父之仇模式都比不上，农民对地主的阶级仇恨，并没有超出传统乡土中国的家族伦理。严志和要去济南看运涛，直到这时，还想到去向地主冯老兰借钱。虽然碰了一鼻子灰，但看得出乡土中国的阶级斗争远没有到你死我活的地步。再看看作者梁斌创作谈中，津津乐道的并不是阶级斗争模式，而是个人的经历和经验，个人始终怀有关于乡土中国的情感记忆，以及那些与民族传统文化相关的创作技巧和美学风格。这些东西是他所理解的关于文学的东西，它们也构成革命历史叙事不能压抑的一种文学质地——这种质地使文学在任何时候，在任何境况中还可以被称为文学，还可以被识别为文学。事实上，其他的革命文学也存在相同的情形，那种革命叙事并没有完全压抑住被称为文学性的东西[1]。革命文学一方面促进了历史的断裂，它为剧烈的历史变迁提供了形象认知和情感共鸣的基础。另一方面，它依然有一种不可磨灭的文学性，使文学的历史得以延续。正是在沟通

---

[1] 也正为此，毛泽东本人及其追随者，从来不认为这些革命文学作品达到无产阶级政治的理想化要求。在"文化大革命"期间，这些作品都被指责为属于资本主义的毒草。有关这个问题的论述可参考拙作：个人记忆与历史叙事.当代作家评论，2002(3)。

文学的历史的过程中,革命文学在极端断裂的年代,依赖其源自个人经验和个人记忆的东西,弥合历史的裂痕。它使在那些变动和分裂的历史时期,人们的形象认知和情感记忆能有一种延续的韧性。

正如我们在前面讨论时指出的那样,中国现代以来的文学整体上与激进的社会变革保持着同步,它一直充当激进革命的先导和前卫。从一种更宽阔的历史视野来看,它像是在促进这种历史断裂,也是在弥合这种断裂。文学的历史化总是为那些断裂提供合理化的形象依据,这种合理性的解释本身,也缓和了历史断裂带来的紧张关系。当人们从一个历史时期走到另一个时期,例如,从旧民主主义革命时期走向新民主主义革命时期,再到社会主义革命时期,文学艺术最大可能地消除了历史变异的裂痕。对于中国的现代性进程来说,激进的暴力革命打破了传统中国的经济秩序和文化秩序,对社会和家庭造成的冲击和悲剧无论如何都是巨大的。就乡土中国而言,打倒地主阶级,使这个阶级的人们突然间变成阶下囚,这不仅给这个阶级中的人们造成的毁灭性的打击有多么严重,就是给行使革命力量的主体农民阶级来说,也很难让他们适应如此巨大的社会裂变。这种历史裂变和过渡的合理性与合法性,以及情感方面所需要的抚慰和解释,都有赖于社会主义现实主义文学提供认知的表象和情感的黏合剂。毛泽东终其一生,都试图寻找一个理想化的革命文学。然而,这种革命的内容与尽可能完美的艺术形式高度结合的东西,始终没有产生。但事实上,它们或多或少以不同的方式实际存在①。革命产生了暴力和陌生化,而革命的文学艺术经常制造温馨的归乡式的气氛。只要看看那些被称为革命文学的作品,其中总是不能摆脱情爱故事,不能消除小资情调和乡土记忆,从而产生感人至深的效果。这些情调都是下意识的表达,文学自身的那种延续性的方式依然留存于革命文学的历史叙事中,惟其如此,它才有维系历史断裂的力量。

文学的现代性并不是单向度和单面的,这里面确实存在多种转折、缠绕和悖论。现代的文学艺术创建的那些感觉方式经常与它的观念本身相矛盾,进步的革命文学始终就不能摆脱自怨自艾的小资情调,而后者恰恰是在被贬抑的状态中,维系住现代性情感发展的历史线索。

现代性的断裂确实给社会的精神心理造成强大的压力,这不管是在早期资本主义工业革命的强大冲击,还是后来的社会主义革命。当历史学家和社会学

---

① 在革命的限度内,毛泽东幻想人民群众喜闻乐见的艺术作品,这种作品把现代性最激进的革命内容,与民族传统美学趣味结合一起。问题不在于这种理论设想是否可能,而在于毛泽东为什么要有这样的想法?这并不仅仅是出于意识形态宣传的需要,也许更为隐蔽的需要在于,如此剧烈的社会变革,拿什么东西从精神上安慰民众?如何让人们在紧张的革命运动中,获得松弛感?尽管革命的内容与完美的艺术形式从未达成过理想的统一,但革命文学的激进与抚慰的双重功能从未停止过发生作用。

家不断地使用"天翻地覆"的变迁来描述现代化的伟大成果时,并没有想到人类在精神心理方面经历的巨大考验。吉尔·德留兹和费利克斯·居塔里在其影响卓著的《反俄狄浦斯:资本主义与精神分裂症》一书中,详尽分析了资本主义的精神危机。作为一部继承拉康而又反拉康主义的精神分析学天书,德留兹和居塔里看到资本主义的内在分裂,其根源就在于欲望构成了社会生产的全部基础和动力。在他们看来,社会生产在确定的条件下纯粹是而且仅仅是欲望生产本身。欲望是通过原初压制和在妄想、奇效、独立的序列中被否弃的东西的回复来实现自己的历程的。欲望生产在德留兹和居塔里的论述中,并不是一个否定的概念,欲望既是个体的也是社会的真正人道的本原的无意识表现。他们认为重要的是应当向人们证明欲望的意义和力量,揭示它直接介入生活和改造生活的能力。尽管庞大的社会压力对欲望生产产生巨大的影响,但是,现实终归是欲望生产的产物。德留兹和居塔里猛烈抨击资本主义生产产生了精神分裂症的能量和负荷的积累。资本主义利用它所有的巨大的压制力量来承受这个能量或负荷的积累,而这个能量或负荷的积累继续充当资本主义的限度①。这一切使资本主义意识形态成为对一度被信奉的任何事物的混乱概括。简而言之,资本主义生产欲望,又限制欲望,使欲望始终处于不满足的焦虑状态。

在某种意义上,德留兹和居塔里对资本主义的批判,也可以看成对现代性的批判。他们所寻求的历史唯物主义的治疗,也就是解放人的欲望,使欲望无意识地介入社会。他们还提出"积极的逃逸"这种观念,他们寄望于革命的艺术有可能消除资本主义的精神分裂症。尽管德留兹和居塔里对资本主义精神分裂的诊断颇为有力,但其治疗却未见得可行。但他们确实看到现代性以来的物质生产和精神生产存在的巨大的内在分裂状况,思想、艺术与人的自我意识一直在努力弥合这种分裂。这一切并不意味着人们可以找到一劳永逸的解决方

---

① 德留兹,居塔里.反俄狄浦斯:资本主义与精神分裂症.纽约:海盗企鹅,1972;1977."因为资本主义坚持不懈地抵制、坚持不懈地约束这个内在倾向,而与此同时,又让这个倾向信马由缰:在要达到它的限度的同时,它又不断地寻求避免到达这个限度。资本主义设立或恢复各种各样残留的与人造的、虚构的或象征的地域,借此试图尽其所能来重新编码、重新引导那些根据抽象量被界定的人们。事物回归或重现:国家、民族、家庭都不例外。"中文译文可参见:后现代性的哲学话语.汪民安,等.浙江人民出版社,2000:54.有必要在这里说明的是,在本质上,欲望机器与技术社会机器之间从来没有任何差别,德留兹和居塔里说过:精神分裂症是作为社会生产极限的欲望生产。因此,欲望生产及其与社会生产相比在体制上的差别就是终点,而不是起点。两者之间只有一个正在进行的变化过程,这就是变成现实。不过,德留兹和居塔里还是把欲望机器看成更为本源的生产力量。资本主义的社会危机,也就是精神危机,也就是出在欲望生产方面。因而,他们寻求的"历史唯物主义治疗",也是欲望化的治疗。但是,失去阶级斗争和暴力革命这种经典的马克思主义表述,资本主义的个人/个体,如何具有真正的革命性呢?

案,但却让人们积极面对现代性的所有后果。这一切也促使我们把现代以来的文学艺术,既看作现代性的产物,又看成对现代性进行重新编码的能动形式。这当然不是说在现代性的语境中,所有的艺术都具有相同的性质和功能,而是从现代性的维度去看待文学艺术与社会历史、与生命个体构成的互动关系。

作为一个反现代性的理论家,福科也看到现代艺术在现代性历史语境中所起到的特殊作用。正如我们在前面所讨论时指出的那样,当人们把现代性看成一个时代时,福科更乐于把它看成一种态度。现代性的态度在福科的理解中是充满着内在冲突和变异的。现代性的态度始终与"反现代性的态度"相连。福科选择波德莱尔——他的现代性意识被广泛认可为19世纪最敏锐的意识之一——作为他阐释艺术与现代性的互动关系的例证。当波德莱尔意识到现代性时代的飞逝感觉时,他正是通过艺术的眼光使飞逝转化为永恒。很显然,福科认为波德莱尔的现代性态度,或者说波德莱尔艺术地处理现代性的方式,也就是把飞逝留存住。当现代性的飞逝存留于艺术中时,艺术在飞逝的瞬间夺回永恒。福科指出:"对于现代性的态度而言,现时的崇高价值是与这样一种绝望的渴望无法分开的:想象它,把它想成与它本身不同的东西,不是用摧毁它的方法来改变它,而是通过把握它自身的状态来改变它。"①

在福科看来,波德莱尔们的现代性是一种实践,在这种实践中,对于什么是真实的极度关切与一种自由的实践相冲突。福科特别强调这种自由的实践对现实既尊重又违背。如果联系波德莱尔的例子,可以看出,福科设想艺术与飞逝变化的现在可以区别开来。艺术当然也不是静止的一成不变的凝固的客观之物,而是对变化的断裂的现在的一种把握和创造。在福科矛盾而又晦涩的表述中,我们可以领略到,他设想有一种艺术的态度可以表达现代性的态度,就是面对变化的现在创造自身的一种态度。它既把自身从变化的现在中逃离出来,又不是一种固定的静止不变的自我。这个现代性没有在他自己的存在中解放人,它迫使他去面对生产自己的任务。在福科一贯的反人道主义的思想中,他在这里也面临着一种关于艺术创造主体的自由,这样的人文主义难题。福科也出人意料地在这里如此明确地谈到各式各样的人道主义。与其说"人道主义"这种思想值得怀疑,不如说是与启蒙相连接的那些人道主义虚假软弱。福科强调了一种对我们的历史时代的永恒性进行批判的精神气质,而他所暧昧地认可的波德莱尔的艺术气质,也属于这种精神气质。在福科的思想深处,还是存有一种不与历史妥协的艺术的自主性,在这个意义上,现代性艺术也就具有了一种不被历史化,而能不断

---

① 福科.论现代性.汪晖,译//汪晖,陈燕谷.文化与公共性.北京:生活・读书・新知三联书店,1998:442.

重新创造反思现代性的主体自己。它就如同福科的系谱学方法一样，它试图为自由的未经定义的工作寻找一种尽可能深远的新的原动力。

这些论述远不是为现代性体系中的文学艺术的性质和功能定义，只是提示了一种重新思考的可能性。处在现代性历史语境中的文学艺术，是如何建构现代性而又损毁现代性，并且恰恰是在那些严厉的批判和超越中建构了现代性最有力的根基的？正如罗朗·巴特所说的那样："革命在它想要摧毁的东西内获得它想具有的东西的形象……文学的写作既具有历史的异化又具有历史的梦想。"①在现代性的框架内来重新思考文学与历史和现实的关系，以及文学的自主性的审美意义，它确实显露出相当复杂的相互缠绕的关系模式。

四、文学现代性研究的趋向

文学的现代性是一个非常复杂、理论含量异常丰富的问题，在这里，我们不过清理了一些前提，提示了一些理论的可能性。当代文学研究如何从过去的简单明了的意识形态框架中解放出来，在20世纪这种较为宏观的背景去展开探讨，这确实是一项艰巨的任务。现代性提供的理论视角，无疑有助于从整体上来理解20世纪的中国文学，"重写文学史"的期盼就不是一种理论的奢望，而是一项具体实在的探索。从以上的提纲挈领式的梳理中，我们确实可以看到，20世纪文学的那种强劲发展的历史，那些截然的断裂，都在现代性的框架内表现出它们的分离、冲突、关联和互动。当然，我们并不想给人以这样的印象：文学的现代性具有一种坚硬的总体性，它具有历史的一致性，它是永久不变的和不可超越的。与这样一种观点相反，我们所理解的现代性是在不断分离和断裂的历史片断中重新组装的一种状态（精神、气质、态度、风格等等），它是我们思考的一个参照系，而不是我们要论证的一种历史实在。

在对现代性投入理论热情的同时，也不要指望现代性就提供了一个永久有效的理论方案，特别是不能将问题简单化和公式化，似乎只要挂上现代性的招牌，只要完成现代性的指认，对文学史的总体性把握，对文学现象的新奇时尚的解释就得以完成。如何使文学的现代性研究能最终回到文学，这就需要从文学自身的历史、从文本与历史环绕的那些环节，从具体要点和不同侧面去接近现代性与文学构成的关系，去触摸现代性的根荄。从文学出发，又回到文学，可能是避免把文学的现代性问题简单化的一个必要思路，现代性的视点终究还是用于揭示文学本身的特质，一种更为深刻有力的审美品质。也许，在文学的

---

① 巴特.写作的零度.北京:生活·读书·新知三联书店,1988.

意义上探讨现代性，不是去还原现代性的那些观念，而在于建立一种关于现代性的精神图谱或情感系谱学。

当然，讨论现代性不能回避的一个问题就是"后现代性"。众所周知，后现代理论形成于对现代性的反思，但这并不意味着后现代性只是简单地取代现代性。实际上，"现代性"是一个后现代的话题，正是后现代对现代性的反思，使现代性成为一个问题——被后现代反思的问题；或者说被反后现代性的理论家重新阐释的问题。后现代理论通过对现代性展开激烈批判而建立最初的理论起点，如列奥塔、福科、德里达等人。后现代理论被普遍化之后，它趋向于阐释。对启蒙理性的颠覆性批判，更多为对现代性的历史过程和具体案例分析阐释所替代。后现代研究转向文化研究的同时，也转向了现代性研究。现代性理论与后现代性理论，除了立场和倾向的区别外，在理论概念、术语和论述方法方面，如出一辙。很显然，正如后现代性没有替代现代性一样，后现代理论越来越倾向于转向现代性研究。吉登斯注意到这两种话语之间的微妙关系。他反对用后现代性取代现代性的说法。他指出，这种取代论的观点所诉求的，正是（现在）被公认为不可能的事：确立历史的连续性并确定我们在其中所处的位置。吉登斯主张，把后现代性看成"现代性开始理解其自身"，也就是说后现代性提供了一种对内在于现代性本身的反思性的更为全面的理解，而不是对其本身的超越[①]。吉登斯试图把现代性解析为脱离或超越现代性的各种制度的一系列内在转变。虽然我们还没有生活在后现代性的社会氛围之中，但是，"我们已经能够瞥见那不同于现代制度所孕育出来的生活方式和社会组织形式的缕缕微光"[②]。考虑到吉登斯的《现代性的后果》一书出版于1990年，他对后现代性的看法当然显得老成持重、不偏不倚。在20世纪末期，不只是他，我们同样可以看到，历史进化论、历史目的论、关于现代性的一致性问题以及西方中心主义等等，这些现代性最显著的特征正在消失，而我们生活的时代正在进入到一个全新而多元的情境中。文化反思性的和社会组织制度方面的变化，在中国这样历史传统悠久而又饱经激进革命洗礼的社会也看到"缕缕微光"。

由此不难理解，现代性问题及其在现时代重新反思的迫切性和必要性，并不是西方学术体制下的一个问题，同样是当代中国人文学科需要面对的重要而根本的问题。也许当代理论话语的运行轨迹颇具有反讽意味，我们不是从现代性到后现代性，而是从后现代性回到了现代性。这源于当代理论阐释的后现代

---

① 安东尼·吉登斯.现代性的后果.42-43.
② 安东尼·吉登斯.现代性的后果.46.

性是作为一种先锋派的理论变革单方面提出的,它并不是从我们的现代性历史困境中引申出来。现在谈论现代性,既是补课,也是推进,更是回到我们的历史之中去思考。从这里,我们也许可以更清晰地看到我们经历过的历史,看到我们建构和解构的历史又是如何与我们生存的现实沟通在一起。

确实,在这里,我们困难的是如何处理中国的本土化经验,特别是当代的经验。我们始终想保持这样一种观点和立场:当代中国的现代性既走到尽头,又是一项未竟的事业。这就是说,在全球化迅猛发展的今天,资本与高新技术输入,以及全球自由市场进一步形成,高速度的城市化等因素,已经使中国社会在某种程度上步入后工业化社会。而学术界自90年代开始逐步接受后现代主义观点,反思中国的现代性,这些都使中国社会的现代性面临剧烈的冲击。但另一方面,中国社会又依然保持着深厚的前现代传统,并且现代社会的那些理念并未实现。这就使当代中国的社会现实具有相当大的包容性,以其巨大的历史跨度重叠几个时代的内涵。这是我们在理解中国的现代性——从过去到现在——始终要把握的视角。也正因为如此,当前的现代性研究显然是一个更具有历史感,也更具有包容性的理论方案,它肯定会有更大的理论向心力。

(原载《文学评论》2002年)

作者简介

陈晓明,1959年生,福建光泽人。1987年进入中国社会科学院研究生院。曾任中国社会科学院文学研究所研究员等职。现为北京大学中文系教授、系主任、长江学者,兼任中国文学理论学会副会长、中国当代文学研究会副会长、中国文学批评研究会副会长等职。著有《中国当代文学主潮》《无边的挑战——中国先锋文学的后现代性》《众妙之门——重建文本细读的批评方法》《限度之外——求变时代的理论与批评》《表意的焦虑——历史祛魅与当代文学变革》等。

诗学阐释：文体风格与叙述策略
——《呼兰河传》新论

王金城

《呼兰河传》不仅是萧红（1911—1942）个人最重要的代表作，而且也是20世纪中国现代小说史上的一部经典。① 笔者在《主题形态：精神归返与灵魂挽唱》一文中认为《呼兰河传》实际上存在两重主题形态，潜隐的主题形态即精神归返的寓言，是萧红以女性话语重操乡音寻找家门的隐喻方式，是人类回归心灵家园和精神故乡的深度象征，是人类永恒的"回家"之歌。萧红皈依人类故园的文化乡愁及其表达已汇入了20世纪世界文学精神回归主题的混声合唱。这一主题向度不仅是对中国抗战救亡时代的艰难超越，也是对整个人类精神思想领域的深沉潜航。显在的主题形态即国民灵魂的挽唱，叙述的是以"呼兰河"为中心场景的乡土人生的小城故事。萧红站到了精神再造的文化制高点上，对病态社会的生态、病态民族的心态和病态灵魂的丑态进行了深刻的文化批判。这一主题向度同样是对中国抗战救亡时代的艰难超越，也是对整个中华民族精神思想领域的深沉潜航。本文将从文体风格和叙述策略的角度对《呼兰河传》进行诗学阐释，试图为萧红研究拓展新的空间，寻求新的意义生成的可能。

一、文体风格：小说新美学实践

《呼兰河传》以其独特的文体风格成为中国现代小说写作中的一个特殊个案，因此诱发过许多阐释者探索的冲动。面对如此特殊的小说文本，如果依据传统小说学理论进行硬性破译也许是相当困难的，如果尝试以现代小说叙述学

---

① 呼兰河传[M].在"二十世纪中文小说一百强"评选活动中列第九位[J].台港文学选刊,1999(8).

理论进行探讨也同样充满批评的风险。因为任何一种话语表达都可能存有遮蔽其他声音之嫌。但是,阅读如此殊相的小说,总会使人有话想说。

萧红对小说文体有自己独特的感性理解和理性坚守:

> 有一种小说学,小说有一定的写法,一定要具备某几种东西,一定写得像巴尔扎克或契诃夫的作品那样。我不相信这一套。有各式各样的作者,有各式各样的小说。若说一定要怎样才算小说,鲁迅的小说有些就不是小说,如《头发的故事》《一件小事》《鸭的喜剧》等等。
>
> ——萧红·1938年·临汾①

> 我认为,在艺术上是没有什么高峰的。一个有出息的作家,在创作上应该走自己的路。有的人认为小说就一定要写得像托尔斯泰、巴尔扎克和契诃夫的作品那样,我不相信这一套,其实有各式各样的生活、各式各样的作家,也有各式各样的小说。
>
> ——萧红·1941年·香港②

上述表达可视为萧红朴素的创作宣言与直觉的小说诗学。从中不难发现,虽然时间已经推移,空间已经换位,但是,萧红对小说艺术的独特感悟却没有改变,而且相当执着。其核心思想就是:小说创作领域没有权威和偶像,没有永恒不变的成规与范式;小说家应该也必须坚持自己的艺术主张,勇于创新,勇于打破惯例,"走自己的路";小说艺术要不拘一格。这表明萧红对艺术创作规律的认识已经相当深刻。文学艺术是客观现实生活与艺术家主观意识相互运作的产物,而生活是丰富多彩的,作家的精神个性是千差万别的,因此小说范式也是多种多样的。基于此,萧红才敢于向成规挑战,向大师说"不"——"我不相信这一套"。正因为有如此"越轨"的思想,才有了《生死场》和《呼兰河传》等小说"越轨的笔致"。③ 茅盾说:"也许有人会觉得《呼兰河传》不是一部小说。""也许又有人觉得《呼兰河传》好像是自传,却又不完全象自传。""它是一篇叙事诗,一幅多彩的风土画,一串凄婉的歌谣。"④ 端木蕻良评价萧红时说:"萧红是位小说家,其实,更准确地说,她是以诗来写小说的。"⑤ 杨义指出萧红的小说艺术是"翱翔于散文和诗的天地"。⑥ 陈渝指出萧红小说是

---

① 聂绀弩.回忆我和萧红的一次谈话[J].新文学史料,1981(1).
② 刘慧心.老作家骆宾基[J].西湖,1982(8).
③ 鲁迅.生死场·序[A].//萧红全集:上卷[M].哈尔滨:哈尔滨出版社,1998:2.
④ 茅盾.呼兰河传·序[A].哈尔滨:北方文艺出版社,1987:8.
⑤ 端木蕻良.永忆萧红[A].涂光群.走近名作家——中国名作家生活写真[C].上海:世界出版集团,2000:248.
⑥ 杨义.中国现代小说史:中卷[M].北京:人民出版社,1998:570.

"介于小说、散文和诗歌之间的新型的小说样式"。① 钱理群认为萧红小说新形式是"介乎传统小说与散文诗之间。"② 于是，对《呼兰河传》的文体类型的判断便有了"乡土小说""田园小说""写实小说""诗化小说""抒情小说""散文小说""自传体小说""绘画化小说""杂文化小说"诸种界说。然而，这众多说法恰恰证明了《呼兰河传》不是一般意义上的小说，因此也不是任何一种小说学所能够规范的，并且以其文体风格的殊异让所有诠释者（包括笔者）都产生失语的感觉。可以说，《呼兰河传》以其另类的叙述预示着一种小说新美学和小说新类型的诞生。

这种小说新美学及其实践来源于个性化的创造。在作为叙事作品的《呼兰河传》中，萧红不仅打破了小说、诗歌、散文的分类编组的文体界限，而且在小说内部也突破了写实性为主和抒情性为主这两种形式，并且借鉴了其他艺术，如绘画、音乐等的表现手法。这种文体实验的先锋性证实了单一的绝对的"小说"文类仅存在于纯粹的理论或理念之中。比较文学家乌尔利希·韦恩斯坦在《比较文学与文学理论》中的表达为萧红的文体探索提供了坚实的佐证："在各种体裁之间要划一道截然的界限是做不到的，真正纯粹的原型永远不会出现。"因而，《呼兰河传》凝结了萧红多种文体写作经验和多种艺术技法，以其独特的文体特征不仅成为现代文学史上一种全新的小说叙述类型，而且也成为文学研究中一个经典个案。从外在文类看，将小说、诗歌、散文、寓言、童话、音乐、绘画熔于一炉；从内在操作看，把写实与抒情、象征与写意、反讽与暗示、隐喻与幽默汇于一体。这样，《呼兰河传》的文体风格便显现出广延的开放性与精彩的丰富性。

但是，如果从特征性的角度切入文体风格研究，那么，我认为《呼兰河传》是一部"抒情性写实小说"。这一定位不仅涵盖了上述有关论点的全部合理成分，而且也比较贴近小说文体实际，更重要的是它们打通了与小说主题两个层面的内在有机联系。抒情特征与"精神归返的寓言"这一潜隐的主题形态相契合，写实特征与"国民灵魂的挽唱"这一显在的主题形态相对应。尽管对事物的任何理性的抽象概括都有可能遮蔽其鲜活的丰富性属性，但是，我们必须抓住事物的特征属性，因此，将《呼兰河传》界定为"抒情性写实小说"。但愿能是一个"深刻的片面"（黄子平语）。

---

① 陈潄渝.云霞出海曙,辉映半边天[J].长城,2000:(6).
② 钱理群."改造民族灵魂"的文学——纪念鲁迅诞辰一百周年与萧红诞辰七十周年[J].十月,1982(1).

那么,《呼兰河传》这种全新小说叙述类型构建的原因是什么呢？概括地说,有以下四点：

其一,萧红有着自己独特的小说诗学思想。她不相信传统小说学的规范,认为小说有多种写法。正是由于这前卫的"越轨"的思想,敢于向经典挑战,才有了小说艺术实践中"越轨的笔致"。

其二,作为"文学女人"的萧红,对文学艺术有着奇异的艺术感觉和艺术传达能力。旅居瑞士的黑龙江籍女作家赵淑侠认为萧红是典型的"文学女人",她们"是内心细致敏锐,感情和幻想都特别丰富,格外多愁善感,刻意出尘拔俗……梦与现实真假不分的女性——多半是才华出众的才女"①。萧红听从感觉的召引,只要能表达自己。而她的对世界的感知往往又那么精彩绝伦,远离规范却逼近了自然,逼近纯美的艺术。面对"萧红式"的独特感觉,总让人想起毕加索那头"牛"。

其三,导师鲁迅先生的影响。萧红不仅继承了鲁迅"改造国民性"的思想,而且还承传了鲁迅创造艺术新形式的精神。茅盾评价鲁迅时曾指出："在中国新文坛上,鲁迅君常常是创造'新形式'的先锋,《呐喊》里的十多篇小说几乎一篇有一篇的新形式,而这些新形式又莫不给青年以极大的影响,欣然有多数人跟上去试验。"②萧红无疑是"欣然""跟上去试验"的"青年",因为"她是鲁迅内圈小团体中的唯一女性"③。因为在她心目中"民族魂"鲁迅就是她伟大的"文学父亲",是"一个理想父亲的典型"④。鲁迅与萧红是中国现代文学史上的"父"与"女"。⑤

其四,外来文化的影响。许多论者都看到了这一点。胡风在论《生死场》与葛浩文在评《呼兰河传》时都提到了俄国作家屠格涅夫的随笔式小说《猎人笔记》。孙犁更明确指出萧红小说受中国传统小说影响不大,却"带有俄罗斯现实主义文学的味道",有"三十年代翻译过来的苏联小说常见的手法"。⑥萧红又曾东渡扶桑,作品有日本"私小说"的特征。另外她与美国的史沫莱特、斯诺夫人以及日本的绿川英子等都有很深的交往。

正是由于上述主观原因与客观原因的内外结合、双向运作,才有了《呼兰

---

① 赵淑侠.文学女人的情关[J].台港文学选刊,1991(1).
② 茅盾.谈呐喊[J].文学周刊,1923(91).
③ 葛浩文.萧红评传[M].哈尔滨:北方文艺出版社,1985:183.
④ 葛浩文.萧红评传[M].哈尔滨:北方文艺出版社,1985:50.
⑤ 钱理群."改造民族灵魂"的文学——纪念鲁迅诞辰一百周年与萧红诞辰七十周年[J].十月,1982(1).
⑥ 孙犁.读萧红作品记[A].//孙犁文论集[C].北京:人民文学出版社,1983:126.

河传》这"萧红式"的具有独特文体风格的"抒情性写实小说"。

二、叙述策略：结构、视角的设定

令众多研究者眼光发亮的不仅仅是《呼兰河传》与众不同的文体风格，而且还有它与众不同的叙述策略。正是这奇特的文体风格和叙述策略才合力托起小说两个层面的主题并与之共同构成了《呼兰河传》创造性的文本世界。

小说另类的叙述策略的成功实施，是由独特的叙述结构、叙述人、叙述视角、叙述话语等及其相互运作来完成的。

首先，我们必须要寻找小说的"传主"即叙述的主体对象到底是谁。如果说鲁迅的《阿Q正传》是关于"阿Q"的"传"，那么，萧红的《呼兰河传》则是关于"呼兰河"的"传"，即"呼兰河"才是小说的主人公。早在1976年，美国学者葛浩文在他的有开拓性价值的著作《萧红评传》中就精辟指出："我们仔细分析的结果，这小说是整个呼兰县城的写照，呼兰县城才是全书的主角。"① 1990年中国学者杨义也指出，《呼兰河传》"是作家为自己生于斯、长于斯的呼兰河畔的乡镇作传的"。它不是为某个人作传，"而是为整个小城的人性风俗作传"②。小说叙述对象主体的转移使我们不必再为全书没有一个贯穿始终的"人物"而苛责作者了，相反我们不能不钦佩作者的匠心独运。"呼兰河"意象才是小说的"中心形象"，这也是我们对小说艺术结构进行整体观照的基本前提。

作为叙事作品的《呼兰河传》的结构设计，不仅在小说写作的30年代末与其他作品进行横向比较显得出类拔萃，就是将其置入二十世纪中国现代小说史中进行纵向考察，也是可圈可点的，它鲜明地彰显出年轻作者横溢的艺术才华：

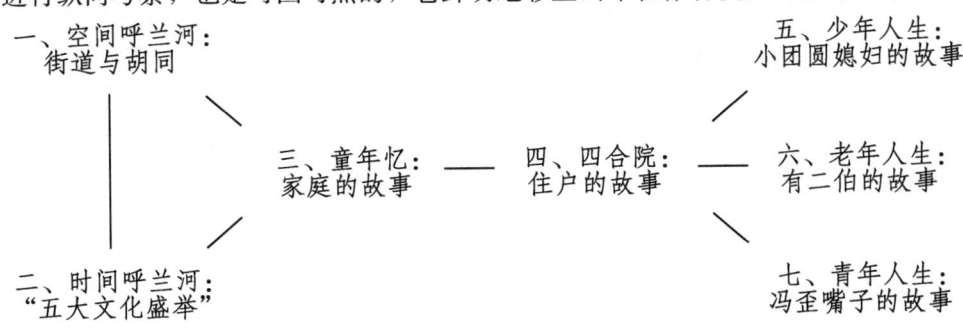

---

① 葛浩文.萧红评传[M].哈尔滨:北方文艺出版社,1985:144.
② 杨义.中国现代小说史:中卷[M].北京:人民出版社,1998:570.

这就是《呼兰河传》（七章）结构图式具象化的抽演展示。我发现小说实际上存在三个互相联系、由外至内的结构层面，即：显在结构、中层结构、深隐结构。

当我们将分析的目光仅仅驻留在外在的话语以及各个叙事单元时，我们已有的小说结构理论和小说阅读经验所形成的文学接受心理定势，就会因批评主体与批评客体发生严重错位而将理性判定引向误读的歧途——《呼兰河传》"没有贯穿全书的线索，故事和人物都是零零碎碎，都是片断的，不是整个的有机体"[①]。这是学理判断游离"呼兰河"中心形象所致。其实，在小说中，萧红无意为文学史贡献不朽的经典人物形象，而是要摄取整个"呼兰河"的"形相和魂魄"[②]。那些并不丰满和典型的人物只是"功能性"形象，是点饰在"呼兰河"这一叙述主体周边的起功能性作用的因子，以此突显"呼兰河"这一主体形象。在形式主义和结构主义叙事学理论框架中，人物均被视为用于联结、组合、区分各种叙述因子的一种手段，即人物"行动者化"。这种"功能性"人物观有别于"心理性"人物观，其本质在于强调人物自身以外的各种功能。《呼兰河传》的人物群体即是如此。形式主义叙事学家托马舍夫斯基甚至毫不犹豫地断言："主人公绝不是故事必不可少的成分。作为由叙述因子构成的系统，故事可以完全不要主人公及其性格特征……一方面，他是将叙述因子串在一起的手段，另一方面，他体现出将叙述因子组合在一起的动因。"[③]《呼兰河传》人物、情节、事件表面的零零散散恰恰是作品的"结构之技"（杨义语）以及由此而来的"显在结构"。

当我们将"呼兰河"视为小说的中心形象时，研究的视域就会因视焦的转移而大为开阔并走向深入。其实，《呼兰河传》各个叙述序列及其内部构成并非真正地处于松散零落的无主状态，而是主次清晰、安排有致的有机整体。由于它们内在有序的位置和联系所形成的强劲张力，给小说结构带来了新的气象，因而，从外在松散的"结构之技"走向内在严谨的"结构之道"（杨义语），从松散的"显在结构"走向"平行并列块状连缀"的"中层结构"和具有生命哲学意蕴的"深隐结构"。这种认知是基于以下文本实际和文本分析。

小说第一章写"空间"呼兰河——街道与胡同：十字街、东二道街、西二道街、小胡同。重点描绘了极具象征意义的"大泥坑"。在寂寥的空间维度里书写着关于"生"与"死"的哲学思考以及小城众生闭塞窒闷的生存状态。第

[①] 茅盾.呼兰河传·序[A].哈尔滨：北方文艺出版社，1987：9.
[②] 杨义.中国现代小说史：中卷[M].北京：人民出版社，1998：578.
[③] 申丹.叙述学与小说文体学研究[M].北京：北京大学出版社，1998：63.

二章写"时间"呼兰河——"五大文化盛举":夜晚到夜半的跳大神、四月十八的娘娘庙大会、七月十五的放河灯、秋天的野台子戏和正月十五的唱秧歌。年年岁岁,循环往复。在绵延的时间维度上演绎着关于"生"与"死"的哲学思考以及小城众生麻木愚昧的精神状态。这些古老传统的文化仪式因长期积淀承传亦成为小城居民古老传统的娱乐方式。中国小说往往首先展示一个超越的时空结构,如果说第一章是在"空间"上俯瞰"呼兰河",那么第二章则是在"时间"上观察"呼兰河"。萧红在宏观视域上以广角镜头的方式将呼兰河小城概貌和面容模糊的芸芸众生推向了小说的前景。小说后五章是写"人生"呼兰河,以此来回应前面的"时空"呼兰河。如果说前二章是粗描"呼兰河",那么后五章则从五个侧面细说"呼兰河"。正是在这个意义上,前两章"小城概貌"部分非但不是游离于整个结构之外的蛇足,而且是宏大结构的最初启动,它隐藏着小说的结构逻辑和叙事谋略,是小说的结构重心,它统摄并决定了整部小说的叙事结构特征。"人生"呼兰河由五章构成,分别是苦乐童年的家庭故事;四合院几家住户(做豆腐的、养猪的、漏粉的、赶大车的)的故事以及"三大人生特写",即小团圆媳妇的故事,这是少年人生;有二伯的故事,这是老年人生;冯歪嘴子和王大姑娘的故事,这是青年人生。这五个序列以不同的功能作用呼应着"时空"呼兰河的中心叙述。这种结构设计颇有福克纳《喧哗与骚动》的神韵。如果说《喧哗与骚动》以意识流的方式赋予四个人物同一个焦点叙述,即每个人分别讲述了同一个"康普生家族的故事",从而形成了令人惊叹的"四个乐章的交响乐结构",那么《呼兰河传》则以"时空"呼兰河为主旋律,以"人生"呼兰河为五个和弦,反复讲述同一个"呼兰河的故事",从而形成了"五个乐章的交响乐结构"。

萧红的小说结构多以某种富有生命张力的生存环境作为结构方式,即以共时性的空间存在而非历时性的时间发展作为小说的结构图式。《呼兰河传》同《生死场》《北中国》《后花园》《小城三月》等作品一样,展示的都是空间的存在,而非时间的发展,是一种生存状态而非情节事件。萧红小说不以故事情节的"因果链"见长,而以结构布局的内在逻辑取胜。

杨义在《中国叙事学》中指出:"由于结构各部分存在着非同质性和非同位性,在部分和部分之间存在着正反、顺逆、主次、轻重、抑扬、褒贬一类联结性或对比性关系,它们的组合就不是简单的相加,而是存在着比加减乘除都不知要复杂多少倍的张力。结构整体的意义就不能简单地等同各部分相加的总和，而需在总和之外追加上更带有本质价值的深层意义。"① 这让我们有信心穿越小说"零碎"的表层结构走得更远。如果将小说的七章即七个故事序列对接，那么就不难发现小说是由七个部分合成的平行并列的块状结构，这就是小说的"中层结构"。问题是这七个序列是靠何种势能联结的呢？我认为将七个序列联结在一起并使之成为有创意的结构的是萧红对故乡"呼兰河"复杂的情感（上图虚线部分）。正是这有爱有恨、有笑有泪、有讽刺有幽默的多重情感势能隐伏在文本深处，才将小说从头到尾贯通成一个有机的整体。如果将小说视为由"空间"呼兰河、"时间"呼兰河和"人生"呼兰河构成的艺术世界，并在结构主义叙述学"整体大于部分之和"的理念烛照下，那么就会发现另一个层面的意义结构，即深隐结构：小说是由"时间、空间、人生"三位一体构成的具有生命意蕴的哲学结构。可以说《呼兰河传》蕴含着萧红对人生以及艺术的独特理解，这使小说超越了具象的叙述话语和叙述单元而升华为对乡土世界深刻体悟与苦乐人生深层思考的哲学表达。《呼兰河传》这一结构既内在地统摄着叙事的程序，又外在地指向作者体验到的人间经验和人间哲学。因为"一个真正的艺术品，它叙事的每一点都是一个完整的结构中蕴含着特殊意味的一点，它所蕴含的意味、意义或哲学，都最终在结构的完整性中获得说明"②。

与创造性的"三层结构"珠联璧合的还有《呼兰河传》特殊的叙述方略——两个叙述者、两种视角和两套叙述话语。

所谓"叙述者"就是讲故事的人，"是一个由作者蜕变而成的虚构的人物"。③"对于叙事艺术来说，叙述人从来就不是作者"，而"只是一个作者创造并接受了的角色"④。简单地说，叙述者就是作者在文本中的心灵投影。在《呼兰河传》中，作者萧红将自己裂变成"成人叙述者"和"儿童叙述者"两个叙事人，与之对应的便是"成人视角"和"儿童视角"两个叙述视角，"成人话语系统"和"儿童话语系统"两套叙事话语。

在小说"空间"呼兰河与"时间"呼兰河的小城概貌中，萧红使用的是全知客观的成人叙述者、成人视角和成人话语这一叙述路线。这时的叙述者深沉老道，在寂寥的空间和绵延的时间背景上，将呼兰小城众生相的生存状态与精神状态推向了广角，用客观、冷峻的叙述话语叩问人生、质疑命运、批判男

---

① 杨义.中国叙事学[M].北京：人民出版社,1997:38.
② 杨义.中国叙事学[M].北京：人民出版社,1997:41.
③ 沃尔夫冈·凯瑟.谁是小说叙事人[A].王泰来,等.叙事美学[M].重庆：重庆出版社,1987:112.
④ 沃尔夫冈·凯瑟.谁是小说叙事人[A].王泰来,等.叙事美学[M].重庆：重庆出版社,1987:111.

权。在"跳大神"的神秘中,萧红如此悲鸣:"人生为什么,才有这样凄凉的夜";在"野台子戏"的热闹里,萧红这样质问:"年轻的女子,莫名其妙的,不知道为什么要有这样的命,于是往往演出悲剧来,跳井的跳井,上吊的上吊";在"娘娘庙大会"的虔敬朝拜里,萧红如此批判:"可见男人打女人是天理应该,神鬼齐一。怪不得那娘娘庙里的娘娘特别温顺,原来是常常挨打的缘故。可见温顺也不是怎么优良的天性,而是被打的结果,甚至是招打的原由。"萧红在全知客观的外在叙述里,表达了自己对现存世界的深刻理解,这人间是无望而凄凉的悲惨世界。

在小说后五章"人生"呼兰河写真部分,萧红又设置了主观限知的儿童叙述人、儿童视角和儿童话语这一叙述路线。这时的叙述者天真好奇,就物观物、就事叙事,用天真的视角和天真的话语将记忆中的小城人生娓娓道来。这叙述虽然也笼罩着荒凉和寂寞:"我家是荒凉的""我家的院子是很荒凉的",但仍时时发出希望的光亮(冯歪嘴子和他的两个孩子),整个叙述流溢着浓郁的抒情色彩。特别是第三章关于后花园和老祖父的叙述,那"老人、孩子和花园"简直就是儿童叙述人心目中的人间天堂,给人回归精神家园的温暖渴望与永恒梦想:

> 花开了,就像花睡醒了似的。鸟飞了,就像鸟上天了似的。虫子叫了,就像虫子在说话似的。一切都活了。都有无限的本领,要做什么,就做什么。要怎么样,就怎么样,都是自由的。倭瓜愿意爬上架就爬上架,愿意爬上房就爬上房。黄瓜愿意开一个谎花,就开一个谎花,愿意结一个黄瓜,就结一个黄瓜。若都不愿意,就是一个黄瓜也不结。一朵花也不开,也没有人问它。玉米愿意长多高就长多高,他若愿意长上天去,也没有人管。蝴蝶随意的飞,一会从墙头上飞来一对黄蝴蝶,一会又从墙头上飞走了一个白蝴蝶。它们是从谁家来的,又飞到谁家去?太阳也不知道这个。

在这主观限知的儿童叙述中,萧红用纯净自然的童心给悲凉人世涂上了一抹亮色,在绝望的废墟上书写信心与希望。因为"儿童是成人的父亲"(华兹华斯语),一个优秀的作家,"既是非常成熟的,又是非常孩子气的"。[①]

令人折服的是萧红能将写实的"成人叙述"和抒情的"儿童叙述"巧妙地交织起来,让两种话语系统在冷峻与热情、成熟与童真、理性与感性、无望与希望之间相互对照、映衬、对撞、组接,在充满内在叙述张力中生成超越两种

---

① 马斯洛.存在心理探索[M].昆明:云南人民出版社,1987:87.

话语之上的第三种意义，拓展了叙事空间。这种叙述策略的设定，一方面呼应了《呼兰河传》"抒情性写实小说"的文体风格，另一方面又连通了小说主题形态的两个层面。这一切都使《呼兰河传》呈现出独有的精神气象和艺术风度。

从艺术成就来看，《呼兰河传》以自觉前卫的文体意识，书写了萧红小说的新美学宣言，它以复杂的状貌使研究者见仁见智。我认为它是抒情性写实小说，是对传统的严格规约的文体形式的大胆突围，它在乡土小说丰产的三四十年代尤其显得丰神俊秀、多姿多彩。这是萧红对现代小说的一个独特贡献。同时，小说的叙述策略也是创造性的。它以"五个乐章"的平行并列方式回应"呼兰河"主体旋律，创造了小说块状连缀的"中层结构"；又以"时间、空间、人生"三位一体的奇特组合，创造了富有生命意蕴和哲学象征的"深层结构"；极富创意地设定了两个叙述者、两个视角和两种女性话语的叙述谋略，使成人系统的冷静与儿童系统的天真交相辉映，创造了诗意抒情与冷静写实融合的精神气象与美学神韵。

正是这前卫的创造性艺术形式与超越时代的深邃思想内涵的合力运作，才共同构建了富有永久亲和力的《呼兰河传》独特的文本世界。因此，我认为《呼兰河传》是中国现代小说史上乃至整个 20 世纪中国小说史上一部传世的经典杰作。

[原载《复旦学报》（社会科学版）2002 年]

作者简介

　　王金城，1963 年生，黑龙江哈尔滨人。1986 年毕业于牡丹江师范学院中文系。现为闽江学院人文与传播学院教授、中国世界华文文学学会理事、福建省台港澳暨海外华文文学学会理事、福建省现代文学研究会理事、福建省海峡文化艺术研究中心特聘研究员。著有《守望家园：大陆与台湾文学论》《台湾新世代诗歌研究》等，主编《中国当代文学编年史·台港澳卷》（2012）等。

安妮宝贝、"小资"文化与文学场域的变化

郑国庆

迄今为止安妮宝贝一共出了四本书:两本短篇小说集《告别薇安》《八月未央》,一部长篇小说《彼岸花》,最近的一本《蔷薇岛屿》——在制作上取法的则是台港"行走文学"的样式,收录的是她在越南的旅行笔记——不是一般的介绍当地风物的"行旅",而是贯注作者强烈主体意识的"心旅",文字中间且配上了精良的摄影图片。作为一位备受市场欢迎与肯定的作家[①],基本上,安妮宝贝应该算是当代中国大陆第一位言情小说"品牌"作家。继琼瑶、亦舒之后,我们的文化市场终于也出产、拥有了一位"中国(大陆)特色"的都市男女爱情小说作家。不过,安妮宝贝可能会不满于只称她为"言情小说家",在她每本书的序里,安妮宝贝一再强调她关注的是"灵魂","人性的虚无、绝望"等等。在这一点上,安妮宝贝的志向实在是比她的前辈大得多,她宣称她的写作是为了抚慰读者的"灵魂","写作的本质就是释放出人性"[②]。相比之下,琼瑶、亦舒从来不曾具备这种探掘人类灵魂的雄心,她们至多是说希望写个好看的故事,给现代读者单调的生活增添点乐趣。安妮宝贝既是某些时尚杂志如《女友》《花溪》《城市画报》的专栏作者,她的小说也曾出现在中国严肃文学的代表杂志《收获》上[③]。正是在文学位阶的模糊上(通俗作家?严肃作家?通俗内容,严肃主题?通俗主题,"纯文学"姿态?),安妮宝贝呈现出转型

---

① 安妮宝贝的每本书都印数不菲,销量高居畅销书排行榜前列,《告别薇安》在短短两年内也已出到第二版。第一版由中国社会科学出版社 2000 年 1 月出版,第二版由南海出版公司 2002 年 1 月出版。
② 网络、写作和陌生人(序)//安妮宝贝.告别薇安.北京:中国社会科学出版社,2000.
③ 安妮宝贝.四月邂逅小至.收获,2001(4).

期文学、文化场域变化的一些饶有意思的征象。

安妮宝贝属于网络成名转向纸质媒体发展的作家。英雄不论出身,不管纸质还是网络,都有可能产生好文学。我们没有必要在纸质文学与网络文学之间划出泾渭分明的界限,毕竟它们使用的是同一语言,分享同样的社会文化、意识形态假定;在多大程度上它们能够突破成规,提供出文学特有的感性洞见,这才是衡量好坏文学的标准,这个标准不以发表和传播载体的改变而不同。但是另一方面,我们不能不看到这一特定的网络社区所型构的文学社会学中,网络文学的读者,也就是网民的阅读习惯、审美口味、价值取向——这一切都会体现在他们迅速即时的BBS回应上,必然会促生出属于他们的文学评价标准。更确切地,这一标准或许不能说是"文学"的,网上的发帖多半随心所欲、直抒胸臆,很难要求他们用专业研究者的眼光在文学史的参照系中对作品的文学价值给出定位,但是,正是从这些零乱芜杂的随感式评论中,一种特定的取舍范围、文化气氛正在形成,而这一网民群体不容忽视的购买力也早被敏感的商家看中,他们的文化品味必然会影响文化产品的生产与流通、文化市场的调整与重组,而最终的结果则是他们作为力量之一,促使新的文学、文化场域的生成。在这个新场域中,不同的作家所占据的位置,所分配到的文化资源与拥有的象征资本也必然发生位移、调整与变动。虽然安妮宝贝声明"不留恋在网络上发表作品的时期,它只是一段过程,已经结束了",① 但是她的声名的浮现、她最大的读者群,她在这个新场域中赖以维系的象征价值以及由此获得的经济收益,无不与网民——在上网所费不贵的时候,网民是"小资"的另一身份标识②——有着血肉相连的关系。再进一步说,安妮宝贝本人也正是这一群体中的一员,她既是"小资"意识形态的产物,也是这一意识形态的参与与建设者。"小资"虽然业已成为近年来的流行语之一,但是它的具体所指却可意会不易言传。它有一些社会学的阶层概念,但又不是严格以经济收入来定义,而更多地指向了某种"生活"的"文化"品位、情调与氛围。这样介乎经济与文化之间的用法倒是和革命时代的"小资产阶级"有异曲同工,在革命时代,"小资"除了是经济地位上"中国社会各阶级的分析"中的一类,又经常被用

---

① 安妮宝贝.对话录:它如同深海//蔷薇岛屿.海口:南海出版公司,2002.
② 根据中国互联网络信息中心CNNIC的历次统计:年龄在十八至三十五岁,学历在大专以上的人占上网人口统计数字的四分之三,在地域上,北京、上海、广东、江苏、浙江和山东这些沿海发达地区集中了最多的上网人口。分析显明:在上网费用还较为昂贵的情况下,都市年轻的较高收入阶层与使用校园局域网的在校大学生是网民的两个主要群体。这两个网民群体也正构成了"小资"的主力——一个是一般所指的"小资",另一个是"小资"的后备军。吴晓黎.都市新景观——网络表象分析//视界.第四辑.石家庄:河北教育出版社.

来批判知识分子的"多愁善感""脉脉温情"等和革命要求不相符合的个人情感与意识①。商业时代的大众传媒巧妙地继承、挪用了这个身具经济与文化双重意味的概念,经过新语境的改造、加工与翻转,成为流行文化中的一个颇具生产性与集聚性的核心能指。围绕着这个能指,一系列关于衣、食、住、行、工作、娱乐、文化活动等生活方式的引导与指示得到了某种标识。

"小资"这个称谓以及相关的文化产品、文化现象在90年代中期出现并开始流行表明经过十余年的发展,我们的大众文化也开始迈向了"精致",不再只是色情加暴力以及政治窥秘的小报、地摊读物的流行,而是一种更"有品质"的精致流行文化的出现。而这一精致流行文化的发育与成熟,除了受发达世界流行文化的引领,也不可避免地带上了我们时代与社会文化发展所特有的印痕。我在前面说,安妮宝贝是第一位中国(大陆)特色的品牌流行作家,不是戏言,从她的身上,我们正可观察到八九十年代的"纯文学"、大众文化、社会发展是如何养育与成就了她。

安妮宝贝的小说多半围绕城市男女爱情展开,然而我最后把它定位为通俗文学的原因不在于它偏向于"言情小说"的文类,虽然这个文类经常被主流男性批评家诟病为小情小爱,但是题材的选择不一定妨碍形式的精良与主题的深刻。典型的例子如张爱玲,她对"言情小说"文类的喜好使她坚持使用这一文类的框架,但是她的运用意象的巧妙、技巧的圆熟以及她对一般言情小说所展现的普通男女爱情的拆解又往往颠覆、超出这个框架,使之达到了严肃文学的水准。安妮宝贝的小说初看上去似乎也具备了这些特质,她的文字流畅、具有鲜明的个人特色,叙述风格是杜拉斯式的跳跃的短句,爱情的内容也不是琼瑶式的有情人终成眷属的模式,而常常以"破碎、离开、告别"为收束,再加上文中不时出现的哲理式警句:诸如"长期的理想是可以某天突然的消失,短暂的瞬间,漫长的永远";"包围着我们的,其实是一种绝对的空虚,所有的产生,消耗,都是为了消失……"②,使得她的小说外表甚至于充满了现代主义风格。但是,我所说的文学位阶模糊,其中一个含义指的就是在消费性的后现代文化环境中,通俗文化与严肃文化之间日益相互渗透与挪用所产生的界限模糊,诸如严肃文学对通俗文艺样式巧妙利用的"以通俗反通俗",或者是通俗文学对严肃文化的借调给自己添饰的"品位"。安妮宝贝小说外形上的现代主

---

① "因为他们自己是从小资产阶级出身,自己是知识分子,于是就只在知识分子队伍中找朋友,把自己的注意力放在研究和描写知识分子上面……他们的灵魂深处还是一个小资产阶级知识分子的王国。". 北京:人民出版社,1964.

② 安妮宝贝.蔷薇岛屿.海口:南海出版公司,2002.

义风貌难掩其内质的匮乏。她的小说与台湾另一位言情小说家苏伟贞一样拥有一位"欲力强大、冷凝寡欢"①的女主角,她们活在自己的世界里,对感情期盼又不能相信,兀自上演着一幕幕既给女主角带来伤痛又不乏自得其乐的都市爱情剧。男女主角开始于一场邂逅(邂逅场景的新元素是网络,当然还有都市符码少不了的酒吧),气质上的互相吸引(这吸引经由网络"心有灵犀"的聊天或是观察到的衣着细节、良好品位、都市冷漠颓废之"性感"而展现)使得男女主角开始靠近,可能会发生性关系,可能没有,但是多半不了了之,因为女主角从一开始就具有一种又热烈又冷静的特质,她乐于沉湎于一段"都市夜归人"的互相取暖,但似乎深知此类爱情的不可靠,于是最后她总是清醒决绝的离去,并发出自艾的喟叹:"我不知道有什么人是能够深深相爱的。也许他在非常遥远的地方,用一生的时间兜了个大圈子,却依然不能与他相会。"②"我们是没有未来的人,不断地寻找,不断地离开。"③"只是等待一次爱情,也许永远都没有人。可是,这种等待,就是爱情本身。"④"一场沉沦的爱情终于消失。"⑤ 但是,安妮宝贝几乎没有解释女主角的性格特征与对爱情的悲观态度其来何自,环境如何培育、发展出她这种特质。由于一开始女主角的特质就是一个给定的事实,都市并没有与之形成一有机的互动,都市场景只是一个布景,中间的爱情也不过是一场在其间自虐虐人、自娱自乐的表演,类似于一华美的 MTV,提供了符号、影像以及情调、气氛的消费,但没有提供思考的启发,基本上是一自我循环封闭的展现,而不是层层深入、剥茧抽丝的挖掘。间或安妮宝贝会给出一个模糊的说明,例如女主角不和睦的家庭、性格怪异的母亲、不幸的童年等等。这些既定的"宿命"成了女主角性格可推卸的原委。长篇《彼岸花》中,故事经由乔与南生两个有着相同个性的女子的两条线索的展开,显得丰富了一些,安妮宝贝没有明确说明这两个人是否就是同一个人,但是她有意识地让两者构成一种互为镜照的关系,或许南生是乔创造出来的电影,也可能乔是南生笔下的小说,这样,经由南生命运的演示,我们可一窥南生或乔目下疏离、幽闭、自我、虚无性格的来由。但是,父母双亡,家庭不幸再次成为女主角一生命运的原动机,目的只为了铺陈南生与林和平纠缠晦暗的

---

① 王德威对苏伟贞作品女主角的评语。王德威.女作家的现代"鬼话".想象中国的方法.北京:生活·读书·新知三联书店,1998年9月。事实上,海峡两岸的这两位女作家颇有可比较之处,苏伟贞在台湾的文化脉络与文化环境中一样是个在"严肃"与"通俗"之间颇难归类与划档的作家。
② 安妮宝贝.小镇生活//告别薇安.北京:中国社会科学出版社,2000.
③ 安妮宝贝.一个夜晚//告别薇安.北京:中国社会科学出版社,2000.
④ 安妮宝贝.空城//告别薇安.北京:中国社会科学出版社,2000.
⑤ 安妮宝贝.暧暧//告别薇安.北京:中国社会科学出版社,2000.

"孽缘"与乔淡漠犬儒的虚空。女主角的各种反应似乎一开始就由她的"命运"注定了,之后再也没有成长、救赎的可能,彼岸花与此岸之间看不到任何的桥与路。在故事相对单薄(既没有琼瑶的起伏跌宕,也没有亦舒的佻侹利落)的情况下,安妮宝贝仍然吸引到为数众多的读者,这不能不归功于她小说话语层面的营造功力,她成功地在人物、叙述者、作者与读者之间构造出了一种召唤性的身份认同,也就是,四面彼此呼唤的镜像。安妮宝贝的小说叙述者—作者与人物之间有相当程度的情感投射与认同,作者绝不比人物高[①]。这也是言情小说成功的关键之一,并不像一般对大众文化持批评态度的批评家所想象的通俗小说只是作者拿一些煽情故事来糊弄普通读者。事实上,一个成功的通俗小说作家,对其笔下的人物态度毋宁说是相当真诚的,如果叙述者—作者与人物不是有相当一致的情感、价值取向,读者很容易觉得他在受愚弄,琼瑶对轰轰烈烈爱情的信仰与亦舒中产阶级女性的爱情观都是非常真诚地呈现在他们的小说中的。(与此不同的是,张爱玲则在她的类言情小说中创造出了一个游走于各种视角提供出反讽声音的叙述者。)更具体地说,安妮宝贝话语层面所营造的认同感包括两个方面:一、精神情绪的把握。她相当敏感地捕捉到都市白领的一种情绪与心态,一种疲倦、飘忽、不安定感与冷漠症。这些情绪经由散片式的叙述流与喃喃自语的类哲理议论得以成功散发,安妮宝贝将这种情绪的由来归之于"宿命"或"人性"、"灵魂"的"甘美与脆弱"。显然,安妮宝贝对此类情绪的解释是相当非意识形态的。(她的解释可能有两个原因:一是采取大众文化对社会问题不看或"看不见"的策略;也有可能她受 80 年代的思路所影响,文学一律向"人性"求答案,而不去考察这种人性是如何在社会环境中得以培育、发展出来的。)正如她自己所说:她所做的是"抚慰",读者阅读小说未必会去深究来龙去脉,他们在小说所唤起的情绪氛围中得到了沉浸与共鸣,视安妮宝贝"于我心有戚戚焉",从而在安妮宝贝程式化小说所唤起的悲情中一遍遍释放自恋与自怜。二、大量的消费符码所构造的身份政治。在安妮宝贝的小说中有很多对"品位"的貌似不经意实则颇门槛精的书写,这一品位由衣着的细节、espresso 咖啡、哈根达斯冰淇淋、帕格尼尼、欧洲艺术电影等等组成。这一品味构造的身份政治所流露出来的"势利"至少可以追溯到亦舒——这位 80 年代中期开始进入大陆市场,对当代众多流行小说女写手有着

[①] 惟一的例外是在《彼岸花》,在这部小说中,难能可贵地从阿栗和森这两个局外人的口中出现了批评的声音:"他只是你的借口。南生。你对这个世界并无信任和勇气。每一次你都在把和平当作借口。"(《彼岸花》260 页)"乔。他说,你要的是彼岸的花朵。盛开在不可触及的别处。"(《彼岸花》278 页)但都是一笔带过,并没有发展出反省、教育、批评的向度。

巨大影响的祖师奶奶。亦舒笔下的中产阶级女性看起来比琼瑶时代的女性有了不少进步,不再只是一心扑在爱情上拿这个作为女性证明自我存在的第一要务,她们经济独立,有自己的事业。然而仔细阅读之下,这些小说仍然不过是郎才女貌的现代翻版,再怎么学历高有知识的女性寻求的仍然是有良好经济基础、英俊、有品位的男性,她们的目光从来不会旁落到"专业人士"身外,强烈的身份意识使得她们很难寻觅到符合她们理想标准的伴侣,也因此时常发出美好爱情难得的喟叹。这个喟叹,是深具阶级意味的。在对"品位"的捕捉与点染上,安妮宝贝继承了亦舒的"炬炬目光",直白一点——就是"势利眼"。不客气地说,她与她的读者群中的部分"小资"是颇为势利眼的,只不过他们未必会自觉到这一点。

在某种程度上,安妮宝贝特别像是八九十年代陈染与21世纪初消费文化奇异媾和的产物,一方面是现代主义式对"个我"形而上关注的"虚无""绝望",另一方面则是非常实际的所谓"优雅"物质、品位、情调的艳羡与享受,在这喃喃自语的"虚无"与不厌精细的"品位"之间所呈露出来的自相矛盾与裂隙,叙述者—作者从来没有意识到。两者之间广阔的社会现实、不同人群的生存境遇、公民权利的争取,全都不再进入作者的视野。这也是当下文学的状况,当社会现实被抽空后,文学似乎就只能在两者之间摇摆,不是遁入空洞的形而上,就是沉溺于对物质细节的张爱玲式的愉悦。

八九十年代的"纯文学"与港台流行文化同时养育了目下的小资,这是他们文化谱系的构成。另一方面,小资之所以会和安妮宝贝的小说产生共鸣,在现实境遇的情绪上确实有一些相通之处,但是这种情绪的产生绝不是什么宿命之类,而是一种非常实际的第三世界都市文化情形之产生。那就是一种类似于在中国"飞地"的工作环境中培养出来的品格。这些都市白领每天进出于空调间,承受着沉重的工作压力,一方面,他们必须努力工作才能在竞争激烈的职场中站稳脚跟,升至更高的位置,这种情形下疲倦、焦虑势不可免;另一方面,较为舒适的办公环境,相对于普通劳动者较高的薪金,又会使这些人或多或少产生比上不足比下有余的优越感。更重要的是,在一种跻身于"与国际同步"的环境中所培育出来的心理上、习惯上向西方"先进""文明"世界的靠拢、趋附与对本土或第三世界的轻视、疏离,经常是相生相伴的。问题的关键就在于,这种"全球"恰恰是与无数的"本土"缠绕在一起的,离开了八小时之内的"飞地",铺天盖地而来的就是混杂、无名的现实。在"天涯之声"论坛上曾经有一个引起热烈讨论的帖子《一个上海白领的心里话》①。一个网名叫"麻木热"的上海白领说出了他郁结已久的苦闷：他一直觉得自己很优秀，也确实很优秀，重点中学——名牌大学——跨国公司（月薪八千以上），自己和朋友们都活得不错，直到自己去了一趟内地小城的姨妈家，发现了"另一个世界"的生活（有工厂临时工得了病不肯去看，只为省下医药费给儿子读书，小男孩家里穷，为吃肉被父亲打，得了绝症临死前家里为他煮了一锅肉），深感震惊，回到上海后才"发现"上海同样有着"另一面"：为还能每个月领到六块钱车贴而庆幸的工厂女工，在菜市捡菜帮的城市贫民，两小时一刻不停挣得十块钱报酬的钟点工……作者于是发现，自己已经被现代社会无形的区隔化而和社会的真实面目隔绝开来②。"如果我只待在漂亮的写字楼，每天上下班打的，业余去蹦迪，去茂名南路的 Club 找点刺激，去和平饭店搞搞聚会，在巴黎春天购物，那么我不会感到什么苦闷。我只会踌躇满志，自我感觉良好。以为我是这个国家的那一部分精英。可是，我看到了，而且我相信更多的我没有看到。所以我没法心安理得地自我陶醉。"这位上海白领经由他的亲身感受提出了"公共性"的问题："这个国家大部分人是怎样生活的呢？他们的思想是怎么样的呢？他们难道不值得被了解吗？作为这个国家中有知识的一部分人，难道没有义务去了解他们吗？那么不了解一个国家的真实面目，光靠喊着民主就可以为这个国家做点什么吗？"

　　这位上海"小资"对生活发出了自己困惑与反思的声音。显然，它提示了我的"小资"分类与分析的简化性。事实上，这是个年轻、受过教育、有思考能力、能够发声的一个阶层，他们会有自己的生活感受与判断，对将来的社会发展也有可能起到有益的、良好的影响与作用，只不过，受这二十年从美学个人主义到生活个人主义演变以及由此造成的政治冷漠症的影响，再加上方兴未艾的消费主义对理想生活模式的引导与型塑，他们中的一些人变得越来越只注重个人"高尚"生活的获得，而不再关心"个人"所必然含有的人与人之间、个人与群之间的联系与同情，而一旦个人成为自我张扬与扩张的个人，很难想象真正的爱情如何从之产生，因为真正的爱情是在人与人之间的交通与融合中获得的，这一融合的基础必是超越了原子意义上的个人，而指向人与人之间的

---

　　① 2001第4期的《天涯》选登了这个帖子以及一些跟帖。
　　② 关于这种新形、隐形的建基于穷富之上的隔离与封闭，韩少功的新著《暗示》（人民文学出版社，2002年9月）中的"地图"一节对此有精彩的论述。

理解与同情。这也在某种意义上解释了安妮宝贝笔下的爱，为什么总是以"破碎"告终，因为两个个人主义者的相爱，最终的结果就是那个豪猪的寓言：为了取暖他们聚拢在一起，可是那个尖刻的、自我保护的刺又立即把它们分开。他们之间可以有身体、情调的吸引，但是不会有真正的信赖与帮助，因为这一切，都不是在个人主义中能够获得的，它必建立在人与人之间无限广阔的联系上，惟有在整体的呼应中，孤立的个人通过爱的联系才能找到存在的意义，否则那个"虚无"的命题会如影随形在安妮宝贝的小说中再三复现，永远纠缠着她笔下那些想爱又不相信爱不能获得爱的个人主义者。安妮宝贝的崛起如她所说，"没有侥幸"，她依托网络，以其流畅的文字、都市爱情题材的书写获得了她在当下文学场域的地位。与20世纪的中国作家相比，21世纪的安妮宝贝显然更有理由骄傲：因为她不是政治，而是"读者选择的"。中国作家进入"文坛"的路线已经改变了，现在，不只是政治在推出作家，市场也提供了一个"公平竞争"胜出的机会。然而，被市场肯定是否就表明他（她）是一个确凿无疑的好作家？以安妮宝贝的出现与畅销而论，确实可以看到新一代文化教育水准的普遍提高，首先一点就是对精致文字与个人风格的打造与欣赏能力，其次就是对世界文化资讯的广泛汲取，比如安妮宝贝与她的读者群们共享的杜拉斯、村上春树、帕格尼尼、欧洲艺术电影等。然而在这种中产阶级性质的文化品位之上，文学是否还有一些更不容忽视的品质：不只是抚慰，还可能是愤怒、伤痛、与发自心肺的呐喊？！对小人物的同情，对真正的自由、解放、幸福时刻的向往与召唤？！在这个新的文学场域里，正在成长的，或者已经功成名就的中国作家们会选择什么呢？

（原载《当代作家评论》2003年）

作者简介

　　郑国庆，1973年生，福建人。2004年毕业于福建师范大学。厦门大学人文学院副教授。著有《文本内外》《美学的位置：文学与当代中国》，合著《文学理论新读本》《二十世纪中国文学批评99个词》《台湾女性文学史》等。

中国现代随笔艺术的观念建构与审美表现

黄科安

随笔作为"睿智文学",其创作与随笔作家的思维方式和思维特征大有关系。在对中国现代随笔的总体考察中,我们发觉到其中有两种思维方式是中国现代随笔家较常运用的,即发散性思维和悖论式思维。

发散性思维,是中国现代随笔家在创作过程中所具有的、高层次的、复杂的思维活动,它与收敛(集中)式思维对立并举。美国科学哲学家库恩(Thomas Kuhn)指出,科学只有在发散与收敛这两种思维方法相互拉扯所形成的"张力"之下向前发展。如果一个科学家具有保持这种必要张力的能力,那么这正是他从事"最好的科学研究所必需的首要条件之一"①。而对随笔家而言,发散性思维对随笔创作的影响具有重要价值。现代随笔家叶灵凤认为:"小品文是应该无中生有的,以一点点小引为中心,由这上面忽远忽近的放射出去,最后仍然收到自己的笔上,那样才是上品。"② 这就是随笔家的"发散性思维"。通俗地说,由某一点向四周散开。它有两层意思,一是从表层来看,是指某一思维对象、思维主体充分发挥自己的想象能力,突破原有的知识界限,向四面八方联想开来,这就是我国古代文论家陆机《文赋》所说的:"精骛八极,心游万仞。"其显著特点是思维时空广阔无垠,不受任何限制,大力提倡对所思考的问题标新立异。二是更深一层表现为对原有逻辑框架、范式的怀疑、否定,努力寻求不同于原框架的某种新框架,为对思维对象做出新的阐

---

① 库恩.必要的张力.福州:福建人民出版社,1985:223.
② 叶灵凤.我的小品作家——文艺随笔之二//灵凤小品集.上海:上海书店,1985:132.

释提供依据。其突出特征是思想的活跃和开放。

悖论式思维。悖论（paradox），其词源来自拉丁文的"paradoxa"，也有人译为"佯谬""反论""诡论""怪圈"等等。这个词是由两个部分构成的。它的前一部分"par"和"para"又分别代表了两个不同的意思。"par"在拉丁语中有"一双、一对、同等的、同样有力的"的意思，现代英语也继承了这个意思。"para"在英语中作为前缀表示"倒错、错乱、异常"的意思。悖论一词的后一部分"doxa"表示"意见、见解、教义"的意思。我们将上述前后部分的各种意思归纳在一起，悖论一词大体有两层含义：一、自相矛盾。这是指一个理论或一个事物的内部有两个相互对立的东西存在，诸如自相矛盾的陈述、自相矛盾的人和事。二、似非而是。这是指一个与普遍见解相对立的反论。这个反论是异常的、罕有的，却包含着深刻的真理。似非而是的反论意味着在一个理论或一个事物的外部有一种对立物的存在。① 显然，悖论式思维主要特点是抓住事物的矛盾，是对人们通常遵循的单向思维或定向思维的一种反动。因而，以多元为基础的新的宇宙观，要求人们用多种思维方法来重新审视这个世界，我们的思维里如果没有悖论概念似乎就不再够用了。

由此观之，发散性思维和悖论式思维可以看作中国现代随笔作家艺术掌握世界方式两种较为典型的思维类型，是属于现代随笔家一种深层次的智能结构。因而，研究者要善于抓住两者的思维特征，探讨中国现代随笔家如何进行选择、搜集对象信息，改造进入头脑中的感觉材料，以及如何进行信息转换的编码和解码工作，才能有效地揭示出构成随笔文本的"隐形结构"，进而梳理和掌握随笔的艺术本质及其规律性的东西。

一

"闲笔"，在中国现代随笔家思维掌握方式中，是作为重要艺术观念的建构要素和表现形态。而在中国明清之际，"闲笔"就被视为重要的美学批评术语，金圣叹曾用它来对小说《水浒传》进行评点。不过，金圣叹认为"作文向闲处设色，惟《毛诗》及史迁有之；耐庵真正才子，故能窃用其法也"（《水浒传》第五十五回总评）。金圣叹由此拈出"闲笔"，作为分析小说的情节、结构技巧时常用的美学批评术语。在他看来，《水浒传》用"闲笔"每用于"忙"处，即都是在小说情节发展到扣人心弦的关键之处。如第二回鲁提辖拳打镇关西本是"极忙"，却处处夹写店小二和过路人，"百忙中偏又要夹入店小二，却反先

---

① 王珉.终极关怀——蒂里希思想引论.北京：新华出版社，2000：231.

增出邻舍火家陪之","真是极忙者事,极闲者笔也"(《水浒传》第二回夹批)。"闲处设色""忙中用闲",这是真正理解了"闲笔"美学内涵的真谛。那么,"闲笔"用在随笔创作又是如何呢?

《大英百科全书》对此曾作过精辟的论述:"在随笔中,用一段逸事说明一个道德忠告,或者把一段有趣的遭遇插入一篇随感或游记中。这种离题的闲笔正表现了最高的写作技巧,说明一个作家在更为严肃地探求他的目标的时候,需要一张一弛,紧张一阵之后有必要得到解脱和放松……许多作家坦诚地讲过这样的感受:'当他们停止写小说而改写即兴式小品和漫谈式随笔的时候,就感到获得了解放。'"[①] 中国现代随笔家对于"闲笔"的认识,亦可作如是观。

中国现代知识者运用发散性思维,在对传统"闲笔"内涵理解的基础上,还引入西方随笔新的美学理念和写作特点,从而打破一切外在的桎梏,自由自在地挥洒内心的欲念、感想和情思。朱自清称:"选材与表现,比较可随便些;所谓'闲话',在一种意义里,便是它的很好的诠释。"[②] 因而,"闲笔""闲话",在中国现代随笔作家手里,成为突显主体创作心态和用来成功实施一系列颠覆和反叛活动的重要写作策略。

"闲笔",首先反映在中国现代随笔作家的创作心态上。鲁迅翻译厨川白村论"Essay"的文字里,那种对随笔家创作心态的形象描绘,已经征服了无数中国现代知识者的心灵:

如果是冬天,便坐在暖炉房边的安乐椅子上,倘在夏天,则披浴衣,啜苦茗,随随便便,和好友任心闲话,将这些话照样地移在纸上的东西,就是Essay。兴之所至,也说些不至头痛为度的道理吧。也有冷嘲,也有警句吧,即有humor(滑稽),也有pathos(感愤)。所谈的题目,天下国家的大事不待言,还有市井的琐事、书籍的批评、相识者的消息,以及自己的过去的追怀,想到什么就纵谈什么,而托于即兴之笔者,是这一类的文章。[③]

这是现代随笔家余裕心态的理想化境。"闲话",既是展现随笔家个人的人格魅力,更是构筑随笔家余裕心态的一项重要的艺术酵素。

钱钟书在对小品文探源溯流中,重新厘定对小品文的理解:"'小品'和'极品'的分疆,不在题材或内容而在格调(style)或形式了,这种'小品'

---

① 张梦阳.《大英百科全书》关于散文的诠释.散文世界,1985(1-2).
② 朱自清.论现代中国的小品散文.文学周报,1928(345).
③ 厨川白村.出了象牙之塔·Essay//鲁迅全集.第13卷.北京:人民文学出版社,1973:164-165.

文的格调——我名之曰家常体（familiar style），因为它不衫不履得妙，跟'极品'文的蟒袍玉带踱着方步的，迥乎不同。"① 林语堂把"familiar style"译为"闲适笔调"，认为："此种笔调，笔墨上极轻松，真情易于吐露，或者谈得畅快忘形，出辞乖戾，达到如西文所谓'衣不纽扣之心境'（unbuttoned-moods）。"② 无论是钱钟书比拟的"不衫不履"，还是林语堂移用西洋所谓"衣不纽扣之心境"，都反映了中国现代知识者对随笔创作"余裕心态"的追求和崇尚。

那么，中国现代随笔家是如何运作发散性思维，博采众家之长，而使"闲笔"成为随笔创作的一种重要的叙事策略呢？正如蒙田说："我的离题与其说是不经意，倒不如说是有意放纵。"③ 蒙田这番话对我们理解中国现代随笔作品中的"闲笔"现象是很有启发的。中国现代随笔家让"闲笔"成为随笔创作的一种重要的叙事策略，与其说是"不经意"的，倒不如说是"有意放纵"，或者两者兼而有之。林语堂提出以"笔调"为主，区分小品文（familiar essay）与学理文（treatise），"小品文闲适，学理文庄严，小品文下笔随意，学理文起伏分明，小品文不妨夹入遐想及常谈琐碎，学理文则为体裁所限，不敢越雷池一步"（《论小品文笔调》）。林语堂所说的"不妨夹入遐想及常谈琐碎"，就是随笔家思维的"跑野马"，是"闲笔"笔法的典型运用。如他批金圣叹文章说："乃全在点出其逆字法句法大放自然之处。起句'人生三十未娶，不应再娶……'夫三十娶妻也未与著书何干，又与《水浒传》何干，经他此一点，已离题千里矣。此语似故出惊人，然实由胸肠透露出来，如闲谈中应有闲散态度而已。"④ 这种离题的"闲笔"，完全是作家的有意"放纵"，从而收到意想不到的艺术效果。

在现代随笔家中，对"闲笔"精髓理解最为透彻的是周作人。他把"闲笔"在随笔创作中的运用，表述为"不切题"（即"离题"）。他在《金鱼》里有很好的诠释："我觉得天下文章共有两种，一种是有题目的，一种是没有题目的。普通做文章大都先有意思，却没有一定的题目，等到意思写出了之后，再把全篇总结一下，将题目补上。这种文章里边似乎容易出些佳作，因为能够比较自由地发表，虽然后写题目是一件难事，有时竟比写本文还要难些。但也有时候，思想散乱不能集中，不知道写什么好？那么先定下一个题目，再做文

---

① 钱钟书.近代散文钞.新月,1936,4(7).
② 林语堂.论小品文笔调.人间世,1934(6).
③ 蒙田.诗之自由随意//蒙田随笔.梁宗岱,黄建华,译.长沙:湖南人民出版社,1987:298.
④ 林语堂.再谈小品文之遗绪.人间世,1935(24).

章,也未始没有好处,不过这有点近于赋得,很有做出试帖诗来的危险罢了。"

应该说,周作人这两类"闲笔"的创作方式,都尝试过,而且写得很成功。《碰伤》一文,大体是属于第一类的。周作人写这篇文章的动机是想告诉学生在中国请愿的事最好从此停止,但他却在文中绕起圈子,横生出不少的"闲笔",到文末才点出创作的题旨。文章一开头就讲述了自己的突发奇想,如能穿起有刺的钢甲、介绍佛经传说中的"见毒"蛇、追忆小时候看过《剑侠传》中"飞剑取人头"的"剑仙",再联想近日报上刊载教职员、学生在新华门"碰伤"的事情。大家认为"碰伤"是咄咄怪事,但作者却以为"碰伤实在是情理中所能有的事",因为在中国碰伤是常发生的。至于责任,自然是由被碰的去负担了:

譬如我穿着有刺钢甲,或是见毒的蛇,或是剑仙,有人来触,或看,或得罪了我,那时他们负了伤,岂能说是我的不好呢?又譬如火可以照暗,可以煮饮食,但有时如不吹熄,又能烧屋伤人,小孩们不知道这些方便,伸手到火边去,烫了一下,这当然是小孩之过了。

周作人这段充满"反讽"色彩的"闲笔",使读者一下恍然大悟,原来文章开头谈的几件奇闻逸事,是"闲笔"不"闲",或者说是"忙"里(即"紧要处")用"闲",看似"离题",其实潜伏着作者的深意,蕴含着作者一腔的愤激之情。另一类随笔,就是找一个题目(即周作人所说的"着手点")申发展开,引类设譬,如入花阵,逸趣横生,此种写法即是"赋得"手法,是周作人的作文"金针"。《金鱼》一文,周作人运用发散性思维,一路拉杂谈来,其中节外生枝,谈了不少"金鱼"以外的"闲笔",使人们了解到他之所以不喜欢"金鱼"原因的背后,有其洞见社会文化弊病的深刻看法,因而这类随笔的价值也就体现出来了。

二

反讽,英文为"irony"。D.C.米克指出:"反讽从一种辞格,发展成为一种驾驭讽刺的最高级的武器,是与散文艺术的发展史分不开的。"① 这说明了反讽在散文(随笔)艺术中的重要地位和作用,是很值得研究的。

米克认为反讽从一种辞格发展成为一种高级的讽刺武器,曾与散文(随笔)的艺术发展史结下不解之缘。这一观点,可从反讽在古希腊就形成了基本的内涵和特色,以及古希腊散文曾一度极为发达(主要是演讲散文与修辞的密切关系),

---

① D.C.米克.论反讽.周发祥,译.北京:昆仑出版社,1992:117.

便可知道两者的发展是一种成正比例的关系。反讽这种修辞传统，后来被随笔家们继续继承和发扬，因而外国随笔作品里依然保持着鲜明的反讽现象。而深受外国随笔影响的中国现代随笔同样也存在着这种现象，鲁迅、周作人、梁遇春、钱钟书、梁实秋、王了一等等，都撰写过不少反讽的随笔杰作。

笔者以为，研究中国现代随笔的反讽现象，必须从思维视角入手，把"反讽"置放在中国现代随笔家运用悖论式思维下探讨，这才是解开问题症结的关键之处。悖论式思维的主要特点是抓住事物的矛盾，因此，探讨反讽也必须从揭示事物的矛盾开始。黑格尔曾指出："思辨的东西（das Spekulative），在于这里所了解的辩证的东西，因而在于从对立面的统一中把握对立面，或者说，在否定的东西中把握肯定的东西。这是最重要的方面，但对于尚未经训练的、不自由的思维能力来说，也是最困难的方面。"① "从对立面的统一中把握对立面""在否定的东西中把握肯定的东西"，这是出色的随笔家进行创作的一个重要切入点。鲁迅就是一位善于"从对立面的统一中把握对立面"，善于针对自己的看法，提出另一个相反的看法的随笔家，也就说他善于创作反讽的随笔作品。他在给许广平的信里说："文章的看法，也是因人不同的，我因为自己好作短文，好用反语，每遇辩论，辄不管三七二十一，就迎头一击，所以每见和我的办法不同者便以为缺点……"② 这段话，鲁迅好像是在检讨自己作文的毛病，其实正道出鲁迅写作的一个重要特色——反讽，即"好用反语"。

从反讽观察者（作者）来看，"反讽"的原始意义是"假扮"和"佯装"，观察者刻意把自己装扮成与自己不同的模样，或者假装自己不是原来那种样子，比如假装天真、无知、轻信、不掩饰的义愤、无来由的倾泻热诚、愚蠢的自鸣得意或深信不疑。这些"反讽"技巧或者说叙述策略，在中国现代随笔家身上，可谓"八仙过海，各显神通"。鲁迅的《说胡须》《一点比喻》《新的"女将"》《现代史》《中国人的生命圈》等，都带有这种"假扮"或"佯装"的特点。最典型要算《现代史》，通篇都是在讲述他曾看到过空地上常常出现的"变把戏"的情形。"变戏法"有两种，一种是让猴子来演，一种是叫小孩子来演，尤其还会上演大人用尖刀将孩子刺死了，盖上被单，要让他活过来，要给钱。变戏法者装出撒钱的手势，严肃而悲哀地说："在家靠父母，出家靠朋友……Huazaa! Huazaa!"于是，许多人"Huazaa"了。变戏法的收足了钱，收拾家伙，死孩子也自己爬起来走了。看客也就呆头呆脑的走散。静了几天，戏法又再来这

---

① 黑格尔.逻辑学(上卷).杨一之,译.北京：商务印书馆,1966:39.
② 鲁迅致许广平信(1925年4月14日)//鲁迅全集:第11卷.北京:人民文学出版社,1981:47.

一套。鲁迅到了文末才冷不丁地补上一句:"到这里我才记得写错了题目,这真是成了'不死不活'的东西。"鲁迅的"佯装",好像自己写离题了,但实际上是有意点破题,是画龙点睛的一笔。它使读者读完后,不免侧头一想,当时的中国政坛不也是像"变戏法"一样,整天上台下台演着老一套吗?!

从文本的层次来分析,中国现代随笔家采用事实与表象相对立或有差异的反讽手法,是随笔作品较为常见的表现形态。因而,从这个意义来考察,反讽常被定义为"说与本意相反的事""言在此而意在彼"和"为责备而褒扬或者为褒扬而责备"。林语堂在《中国的神仙哲学》里议论中国的"老子"时,曾有一段谈对"反论"的认识:"一个事理的基本观点和价值,与另一种普遍为人接受的观点完全相反时,便产生了反面论。耶稣的反论是:'失去生命者,获得生命。'这种反论的起因,乃是把两类特殊的生命观(精神与肉体)融而为一,呈现在表面的,就是反面论。"林语堂对"反论"的理解,是基于"事实与表象的对照"这一前提下得出的结论。这个观点,给我们一个启示,研究中国现代随笔中的"反讽",首先要关注文本外表与内里的"对照"问题,即其一,反讽要求表象与事实的相对立;其二,在其他因素相同的情况下,对照越强烈,反讽越鲜明。因而,现代随笔中的"反讽"经常由对等或相反的意见、情境或价值观相互并置而形成的。

从美学因素的层面分析,反讽"如果想让它打动人,就必须对它加以'塑造'。反讽艺术,在其较低级的表现中,类似妙言智语或健谈家的艺术,大致依靠组织材料,选择时机和变化语调等手法;在它追求较大的效果时,也不放弃这些方面的考虑"①。这里面实际上就存在着一个如何进行反讽修辞的问题。因此,作家从悖论式思维到转换为言语的修辞,这是一项富有创造性的艺术工程。新批评派提出:"我们可以把'反讽'看成一种认知的原理,'反讽'原理延伸而为矛盾的原理,进而扩张成为语象与语象结构的普遍原理——这便是文字作新颖而富于活力使用时必有的张力。"② 从"认知原理"——"矛盾原理"——"语象与语象结构的普遍原理",这条创作途径落实到最后就是要显示反讽的修辞力量。如果我们从这一反讽美学的角度,考察存在于中国现代随笔中由于反讽修辞的作用,而呈现出来的文本"张力",那是很有价值的。随笔家王了一对"反讽"理解就较为透彻了。他提出了与"直言"相对应的一个"隐讽"的修辞概念③,他称:"所谓隐讽,其妙在隐,要使你不知道这是讽,

---

① D.C.米克.论反讽.周发祥,译.北京:昆仑出版社,1992:67.
② 布鲁克斯,维姆萨特.文学批评简史//袁先霈.文学批评术语词典:208.
③ 王了一.《生活导报》和我(代序)//龙虫并雕斋琐语.1993.

才可以收潜移默化之功。"这里所指的"要使你不知道这是讽",也只是相对而言,即黑格尔所说的"尚未经训练的""不自由的思维能力"的人。王了一以为如果遇着了"明眼人"那就不一样了,从"满纸荒唐言"的文章里,照样可以看出"一把辛酸泪"。这就显示了"隐讽"修辞的力度和深度。

反讽美学还具有"形而上"的性质和概括的性质,反讽者认为,整个人类即是人类存在状况所固有的那种反讽的受嘲弄者。反讽的这一内涵也反映在中国现代随笔中。中国现代随笔家对世界、人类进行"总体反讽"既有从超然的观察者的角度,也有直接置身于受嘲弄者行列之中,因而他们笔下出现的反讽情境具有"形而上"的性质。周氏兄弟把对中国的专制制度、国民劣根性的批判纳入他们随笔创作视野,尤其是他们对人的奴性意识的痛下针砭,达到前所未有的深度和高度,显示了反讽的锋芒和威力。丰子恺对孩童"黄金时代"的陶醉和赞美,但又无可挽留地看着它的消失和破灭,对成人世间相的鞭挞和厌恶,但却只能徒增对它的恐惧和服从,从而把自己直接置身于反讽的窘境之中。梁实秋笔下的"女人""男人""中年""握手""脸谱""谦让""下棋""汽车"等等,在对人性的批评指摘中,构建文本的反讽情境。

布鲁克斯在解释为什么反讽会在现代诗中大量运用时,指出:"共同承认的象征系统粉碎了;对于普遍性,大家都有怀疑。"① 这是基于一种统一价值体系崩溃的时代状况而言的,对于中国现代随笔中大量出现的反讽现象也是如此。反讽,是把字面意义可能意味着什么这个问题公之于众。随笔家说某一句话,激活的不是一个意思,而是随之而来的一连串颠覆性解释的无限系列。从这个意义上说,中国现代知识分子是把反讽视为否定的精灵。当然,随笔家的这种否定,借用鲁迅《再论雷峰塔的倒掉》的话来说,既不是"寇盗式的破坏",也不是"奴才式的破坏",而是"革新的破坏者",因为"他内心有理想的光"。

三

随笔家悖论式思维特点是抓住事物的矛盾,而"诙谐"的出现,也是随笔作家看出事物的矛盾而带来的产物。梁遇春《醉中梦话(二)》说:"诙谐是由于看出事情的矛盾","因为诙谐是从对于事情取种怀疑态度,然后看出矛盾来,所以怀疑主义者多半是用诙谐的风格来行文,因为他承认矛盾是宇宙的根本原理。Voltaire,Montaigne 和当代的法朗士、罗素的书里都有无限滑稽的情

---

① 布鲁克斯.反讽——一种结构原则//赵毅衡."新批评"文集.北京:中国社会科学出版社,1988:345-346.

绪。"再者，就文体来说，随笔家创作随笔作品明显有别于学者撰写论著或学术论文。艾布拉姆斯认为"Essay"的论证"采用非专业性、灵活多样的方式。它往往通过事实，鲜明的例证和幽默风趣的说理来加强其感染力。"①"幽默风趣的说理"，就是强调随笔创作中的"诙谐"艺术，即喜欢运用轶事趣闻或幽默的手法来表现。

鲁迅在考察中国古代小说史时，就注意到了古代的笑林、滑稽。他认为后汉邯郸淳撰写的《笑林》实为"后来俳谐文字之权舆也"。接着他点评唐宋元明里的"戏谑"之文，认为有新意较少，"惟托名东坡之《艾子杂说》稍卓特，顾往往嘲讽世情，讥刺时病，又异于《笑林》之无所为而作矣"②。可见，鲁迅的内心存有一种衡量标准，那就是要"有所为而作"。钱钟书在《管锥编》中，对"滑稽"进行了深广奇辟的阐发。如《史记·樗里子、甘茂列传》中"樗里子滑稽多智，秦人号'智囊'。"《索隐》曰："邹诞解云：'滑，乱也，稽，同也……谓能乱同异也'。"钱氏认为虽然"邹诞望文生义，未必有当于'滑稽'之名称，然而中肯入扣，殊能有见于滑稽之事理"。"'俳谐'出以'乱同异'，即'滑稽'也。'滑稽'训'多智'，复训'俳谐'，虽'义'之'转'乎，亦理之通耳。"钱氏称这种别具一格的阐释方式，如"康德尝言，解颐趣语能撮合茫无联系之观念，使千里来相会，得成配偶"。对这种俳优现象和由此出现的"谐隐"之文，早在中古时代的著名文论家刘勰就强调俳谐是"内怨"的发泄形式。因此，刘勰以为"空戏滑稽，德音大坏"，"古之嘲隐，振危释惫"（《文心雕龙·谐隐》）。刘勰这一观点，与鲁迅以为滑稽之文要"有所为而作"，钱钟书考察滑稽是"乱同异"，有"怨怒"的内涵是相一致的。

周作人一生辑录、校订的古籍却只有笑话，一是《苦茶庵笑话选》，一是《明清笑话四种》。在这些笑话小品中，他比较欣赏赵南星的《笑赞》，为此还写《读〈笑赞〉》《笑赞》等文章作过专门的介绍。周作人以为若是把笑话只看作谐谑之资，不知其有讽刺之意，那是地道的道学家看法，压根儿就没法同他说得通。所以，他指出："笑话的作用固然在于使人笑，但一笑之后还该有什么余留，那么这对于风俗人情之理解或反省大约就是吧。"（《笑赞》）周作人也很喜好一些带有诙谐气味的文人。王思任，这是一位晚明著名的小品文家，周作人以为王思任独有的特点是"谑"罢，以诙谐手法写文章，达到谑庵的境界，的确是大成就，周作人把这一手法称之为"降龙伏虎"的手段（《文

---

① 艾布拉姆斯.欧美文学术语词典.朱金鹏,等,译.北京:北京大学出版社,1990:100-101.
② 鲁迅.中国小说史略//鲁迅全集:第9卷.北京:人民文学出版社,1981:64-66.

饭小品》）。张岱,晚明小品的集大成者,周作人在《再谈俳文》中说张岱的目的是"写正经文章但是结果很有点俳谐;你当他作俳谐文去看,然而内容还是正经的,而且又夹着悲哀"。周作人的诙谐观还得益于国外文化的滋养,尤其是来自日本。他对日本的俳句、讽刺诗川柳、滑稽本、民间喜剧狂言、民间口演的杂剧落语等十分喜爱,有的撰文介绍,有的亲自翻译。这对他随笔诙谐观的形成起着不可低估的作用。

诙谐,在中国现代随笔家笔下,首先表现为对"趣味"的赏玩和追求。周作人在《〈陶庵梦忆〉序》就开始用"趣味"作为文学批评术语,评介张岱随笔。为了不使随笔写得像"玻璃球""晶莹透澈",和"中学生"似的"细腻流丽",1928年,他在《〈燕知草〉跋》中,正式提出以"趣味"为核心的随笔观:"有人称他为'絮语'过的那种散文上,我想必须有涩味与简单味,这才耐读,所以他的文词还得变化一点。以口语为基本,再加上欧化语、古文、方言等分子,杂糅调和,适宜地或吝啬地安排起来,有知识与趣味的两重的统制,才可以造出有雅致的俗语文来。"所谓"有雅致的俗语文",关键在于能够体现出"余香与回味",这就要求文中的"趣味"是艺术要素与艺术语言成分的多重组合和辩证统一。

鲁迅一向注意随笔创作中的"趣味"问题。在《忽然想到》里,他很欣赏"外国的平易地讲述学术文艺的书,往往夹杂些闲话或笑谈,使文章增添活气,读者感到格外的兴趣,不易疲倦"。后来,他在《〈奔流〉编校后记》里更直接地谈到"趣味"这个问题,"说到'趣味',那是现在确已算一种罪名了。但无论人类底也罢,阶级也罢,我还希望总有一日弛禁,讲文艺不必定要'没趣味'"。《春末闲谈》里鲁迅描述细腰蜂衔青虫的情形:"当夏无事,遭暑林阴,瞥见二虫一拉一拒的时候,便如睹慈母教女,满怀好意,而青虫的宛转抗拒,则活像一个不识好歹的毛鸦头。"鲁迅在这里把二虫的生死搏斗,故意用"反讽"手法,写得很有谐趣。因为青虫被拉去做女儿,这一天地间的"美谈"还一直存留在许多人的脑海里。可见,鲁迅笔下的随笔也是充满着"谐趣"之美。古罗马诗人贺拉斯说:"含笑谈真理,又有何妨?!"鲁迅的随笔,确实让人们在笑声的王国里,得到哲理的启发和教益。

诙谐,还是中国现代随笔家反抗权威、抨击专制、解构现实的一种修辞策略。周氏兄弟在日本留学时,曾师从章太炎先生一段时间。太炎先生的"诙谐"态度,那种爱说"玩话",喜"挖苦人"的脾气,对他们兄弟俩的性格生成、创作文风均产生了深刻的影响。在《〈泽泻集〉序》中,周作人说:"我希望在我的趣味之文里也还有叛徒活着。"这说明他的随笔创作不是纯粹为了

"趣味而趣味",而是以诙谐的态度,反讽佐之,从而达到自己的创作意图。所以,在《〈苦茶庵打油诗〉的序和跋》里,他说:"我所写的东西,无论怎么努力想专谈或多谈风月,可是结果是大部分还都有道德的意义。"他欣赏的是谑庵(王思任)那种"降龙伏虎"的诙谐手法和拉伯雷"笑着,闹着,披着猥亵的衣,出入于礼法之阵,终于没有损伤,实在是他的本领"(《净观》)。而实际上,周作人随笔创作也已经达到了这一境界。我们前面分析过的《前门遇马队记》,讽刺了当时的军警,却又让军警抓不住把柄,就像拉伯雷出入于"礼法之阵",而自己没有任何的"损伤",这说明周作人的讽刺"本领"已经修炼到炉火纯青的地步了。

鲁迅喜欢用别具一格的方法来进行随笔创作,这其中包括运用诙谐的手法,来达到抨击黑暗现实、反抗专制制度、撕下正人君子的虚伪脸孔等创作的目的。他尊重人们对"笑"的渴求,理解人们对"笑"的价值的重视。他在《过年》中说:"叫人整年的悲愤,劳作的英雄们,一定是自己毫无不知道悲愤,劳作的人物。在实际上,悲愤者和劳作者,是时时需要休息和高兴的。古埃及的奴隶们,有时也会冷然一笑。这是蔑视一切的笑。不懂得这笑的意义者,只有主子和自安于奴才生活,而劳作较少,并且失了悲愤的奴才。"我们不难从《论雷峰塔的倒掉》里领略因解构不可一世的权威者而发出内心智慧的笑声。从这里可以看出,鲁迅的爱憎是相当分明的,他的讽刺是有情的讽刺,绝不是什么"冷嘲"。这正如他希望文人"他得像热烈地主张着所是一样,热烈地攻击着所非,像热烈地拥抱着所爱一样,更热烈地拥抱着所憎——恰如赫尔库斯的紧抱了巨人安太乌斯一样,因为要折断他的肋骨"(《再论"文人相轻"》)。这话也很合适地可以移来评价鲁迅本人的个性和他运用的讽刺诙谐艺术。

(原载《文学评论》2004 年第 1 期)

作者简介

黄科安,1966 年生,福建安溪人。1987 年毕业于福建师范大学。福建师范大学文学院教授、博士生导师,福建省中国现代文学研究会会长,中国现代文学研究会理事,中国鲁迅研究会理事,中国丁玲研究会理事。著有《叩问美文:外国散文译介与中国散文的现代性转型》《知识者的探求与言说:中国现代随笔研究》《延安文学研究:建构新的意识形态与话语体系》《现代散文的建构与阐释》《20 世纪中国散文名家论》《思想的穿越与限度:中国现代文学专题研究》等。

中国现代文学中古典主义思潮的历史定位

俞兆平

一、论题的缘起

1939年，李何林在编撰《近二十年中国文艺思潮论》一书论及"学衡派"时，写下这样一段话："总观'学衡派'无论对于中国文学或西洋文学的主张，大有'古典主义'者的口吻，其站在守旧的立场，反对此次新文化运动和新文学运动，也很有点'古典主义'的气息。可惜因为只是代表旧势力的最后挣扎，未能像西洋似的形成一种'古典主义'的文艺思潮，而且没有什么作品，否则'近二十年中国文艺思潮论'的内容，将是'古典主义'的'学衡派'、'浪漫主义'的创造社，'自然主义写实主义'的文学研究会……的排列下去。"① 在这里，他确切地看到了学衡派的古典主义文学倾向，也想以古典主义思潮界定之，但囿于两点原因，一是"代表旧势力的最后挣扎"，二是"没有什么作品"，所以不能以"思潮"而论，仅归类于"反对者"之列。

这一貌似不经意的判断，却成了而后六十余年中国现代文学史撰写的框限。诸种版本的现代文学史论著论及20世纪二三十年代中国文坛时，我们看到的只是浪漫主义思潮与写实主义思潮的"双峰对峙"，看到的只是以象征主义为代表的现代主义思潮，或者唯美主义思潮，惟独见不到古典主义思潮的踪影。90年代中期出版、影响颇大的《中国现代文学思潮史》一书"绪论"是这样论述的："在外国文学影响下开始写作的'五四'时代的作家们，分别选择

---

① 李何林.近二十年中国文艺思潮论.西安:陕西人民出版社,1981:62.

西方文学中浪漫主义、现实主义、唯美主义、表现主义以及新浪漫主义等文学流派为学习对象,结合自己丰富的生活积累和对中国社会的深刻思考,创作出了大量的风格各异的作品,从而形成了中国的人生派、浪漫派、唯美派文学。"① 此书把新月派归入唯美派文学思潮之列。90年代末,观念、体系颇为开放、学术气息颇为浓郁的《中国现代文学三十年》(修订本),尽管认为20年代梅光迪、吴宓的学衡派"代表文化重构过程中的另一种趋向稳健的文化抉择",但仍然把他们列入"旧文学势力"范围,而二三十年代梁实秋、徐志摩的新月派却归入"自由主义文艺思想"之列②。

以上的论述,显然存在着几点偏误:第一,政治性的判断成为主导因素,文学史上应有的学术地位因之被否定了。当年李何林是把梅光迪、胡先和林琴南、章士钊相提并论的,以为同属于"二千年来封建文学的送丧者"。他没有看到梅、胡等是在"融化新知"的基础上来"昌明国粹"的,与林、章有质的不同。这点郑振铎倒是瞧得分明:"林琴南们对于新文学的攻击,是纯然的出于卫道的热忱,是站在传统的立场上来说话的。但胡梅辈却站在'古典派'的立场来说话了。他们引致了好些西洋的文艺理论来做护身符。"③ 因此,若卸却政治判断的预设,纳入现代性历史语境之中,从学术的角度出发,从他们捍卫人文精神、对机械工业文明所带来的负面历史效应的警觉与抗衡来审视,这一时期的古典主义思潮不但不能被忽略,而且在中国现代文学史上应占有重要的席位。第二,迄今为止,学界多把有着统一学术背景的学衡派和新月派割裂开来,分而述之,这也是一种偏误。因为梅光迪、吴宓和梁实秋出于同一师门,同是承接白璧德的新人文主义,而闻一多、徐志摩等在当时的文学理论上亦和梁实秋同调,属于同一学理脉流。如果说学衡派主要偏重于思想意识即道德方面倡导古典主义的话,那么,新月派则是偏重于文学艺术即美学方面倡导古典主义。两者一脉相承、衔接汇拢,从1922年至1932年在中国文坛形成了一股无法忽略的古典主义思潮。第三,如果学衡派、新月派前后承接可以成立,那么中国现代文学史上古典主义思潮一再遭人质疑的文学作品创作欠缺的问题,也就可以释解了。因为作为新诗发展史上的重要阶段——现代格律诗派的理论建构与创作的业绩,便成为这一时期古典主义思潮的实践基础。

因而,本文论析的前提是现代性历史语境的建立,它的纳入将改变原有的

---

① 马良春,张大明.中国现代文学思潮史.北京:北京十月文艺出版社,1995:9.
② 钱理群,温儒敏,吴福辉.中国现代文学三十年(修订本).北京:北京大学出版社,1998:10,203.
③ 郑振铎.中国新文学大系·文艺论争集·导言.上海:良友图书公司,1936.

思维定势，将导致对中国现代文学中古典主义思潮存在与否的重新考察与定位。

二、从现代性角度判定古典主义思潮的价值

学衡派、新月派最为人诟病的是其"守旧"和"复古"的倾向。《学衡》的"满纸文言"连其同门师弟梁实秋都吓得"望而却步"，新月派的"新格律诗"论字义上似乎就隐含着"复古"的意味，而梁实秋推崇抽象人性，在当时更是显得不合时宜。因此，在20世纪20年代中国寻求体制革新与思想解放的历史大潮中，他们是逆流而动的。激进对于保守的批判是合理的，但保守对于激进的质疑也是必要的。在学术史的建构上，我们不能仅以政治趋向而否认其学术地位，甚至取消其作为一种思潮的客观存在。如若进而从反思、质疑现代性负面效应这一视点来审视的话，我们将会对这一古典主义思潮的价值做出新的判断，得出新的结论。

1919年底，留美的陈寅恪与吴宓有一番深谈："今人误谓中国过重虚理，专谋以功利机械之事输入，而不图精神之救药，势必至人欲横流、道义沦丧"，因此，"救国经世，尤必以精神之学问（谓形而上之学）为根基"①。此说之内理，隐含着当时兴起的新人文主义之根本要义，即"物质之律"与"人事之律"关系问题；而这两大律令的分立，亦是现代性在20世纪初人类文化思想界域内所表现出来的科技理性与人文精神的对峙。也就是说，他们负笈西洋之始，首先求索的是人类生存意义这一"形而上"的哲学根本问题，而不是形而下的政治之类的是是非非。陈寅恪一生拒绝政治对学术的干扰，其生存宗旨为："士之读书治学，盖将以脱心志于俗谛之桎梏，真理因得以发扬。思想而不自由，毋宁死耳。"② 对陈寅恪佩服至极的吴宓，其一生中也因追随陈的"独立精神、自由思想"的原则，不识政治这一时务而吃尽了苦头。对于这一点，周作人倒是看得清楚。他在《现代散文选·序》中写道："只有《学衡》的复古运动可以说是没有什么政治意义，真是为文学上的古文殊死战，虽然终于败绩，比起那些人来要更胜一筹了。"③ 因此，若以政治作为惟一的评判标准来臧否、取舍学衡派及其后的新月派的话，对于历史真实，是否有失公允？

20世纪初，整个思想界关注的焦点是物质功利和人文精神这一对立矛盾的

---

① 吴宓.吴宓日记:第二册.北京:生活·读书·新知三联书店,1998:101.
② 陈寅恪.清华大学王观堂先生纪念碑铭//王国维论学集.北京:中国社会科学出版社,1997:423.
③ 周作人.现代散文选·序//大公报·文学副刊,1934-12-1.

日益激化问题。科学技术的高速发展，给人类带来前所未有的物质文明及享受，这就单向促使了"惟物质主义"的滋长，其后果即如陈寅恪所说的"人欲横流、道义沦丧"。单向的历史现代性追求所带来的人文精神失落的现状，促使吴宓在中国高扬起新人文主义的旗帜："以物质之律施之人事，则理智不讲，道德全失，私欲横流，将成率兽食人之局。盖人世自有其律，今当研究人世之律，以治人事。"①他跟随着导师与挚友，首先寻求的是与"物质之律"相对立的"人事之律"，教人"所以为人之道"，来阻遏人文精神的颓败，重建精神的价值体系。同样地，梁实秋也指出："把人当作物，即泯灭了人性，而无限制发展物性，充其极即是过分的自然科学的进步，而没有人去适当的驾驭那些科学的成果，变成为纯粹的功利主义。"②梁实秋的"人性论"，其"人性"概念第一层面对应的另一方是"物性"，其演绎、分化后的第二层面对应的才是"阶级性"等。若忽略梁实秋理论中的现代性内质与意义，以后者涵盖、取代前者，势必产生对其理论简单化的误读的现象。

对"物质主义"这一"偏至"，早期的鲁迅也给予了犀利的批判："递夫十九世纪后叶，而其弊果益昭，诸凡事物，无不质化，灵明日以亏蚀，旨趣流于平庸，人惟客观之物质世界是趋，而主观之内面精神，乃舍置不之一省。"③鲁迅看到19世纪物质文明与精神文明之间的"偏至"、失衡，给人类的生存带来了巨大的恶果："物欲"遮蔽了"灵明"，外"质"取代了内"神"，人的旨趣平庸，罪恶滋生，社会憔悴，进步停滞。因此，对于吴宓、陈寅恪，直至新月派的梁实秋、闻一多等所接受、所遵从的新人文主义理论，首先必须纳入科技理性与人文精神矛盾对峙这一世界范围的现代性历史语境中进行考察，注意到他们接受了新式学理，有着全球性的视野这一特点，才能对其做出相对公允而准确的判断。

李泽厚在评述"科玄论战"时的一段话亦涉及这一问题："如果纯从学术角度看，玄学派所提出的问题和所做的某些（只是某些）基本论断，例如认为科学并不能解决人生问题，价值判断与事实判断有根本区别，心理、生物特别是历史、社会领域与无机世界的因果领域有性质的不同，以及对非理性因素的重视和强调等等，比起科学派虽乐观却简单的决定论的论点论证要远为深刻，它更符合于二十世纪的思潮。"④也就是说，包括玄学派、新人文主义论者等在

---

① 孙尚扬.国故新知论.北京:中国广播电视出版社,1995:39-40.
② 梁实秋批评文集.珠海:珠海出版社,1998:215.
③ 鲁迅全集:第1卷.北京:人民文学出版社,1981:53.
④ 李泽厚.中国现代思想史论.上海:东方出版社,1987:59.

内的这一时期世界范围内的文化保守主义思潮,对现代化进程中日益尖锐的一系列矛盾是持警觉态度的。如科学的机械论定和人生的自由意志、物界的事实判断和心界的价值判断等,均引起他们的关注与思索。

因此,对学衡派、新月派所接受的新人文主义及由此而派生的古典主义文学思潮,应有一种辩证的认识与整体性的把握,其内质是对人类社会现代化进程中负面成分的批判,属于质疑、反思"现代性"的理论范畴。它具有历史关怀的内容,有着相应的意义取向,是作为对历史发展中激进力量的制衡而合理存在的;它与现代社会的需求形成另一种逻辑关联,一样属于新的时代。这是我们对中国现代文学史上古典主义思潮判断与理解的基本出发点。

三、构成同一古典主义思潮的学衡派与新月派

古典主义概念是动态的,随着历史进程呈现出多义的状况。其原初主要指继承古代希腊、罗马文化艺术传统的思想倾向。而作为文学艺术思潮,它有狭义与广义之分。狭义的是以17世纪法国文学为代表,其特点是:在政治上拥护和歌颂绝对王权;在思想上提倡以"自我克制""折中"的理性,尊重君主专制政治所需要的道德规范;在题材上借用古代的故事,赋予它崇高悲壮的色彩;在体裁上,严格按照人为法则进行创作;在艺术上要求结构严谨完整[①]。广义的则是指超出这一特定历史阶段而具有相类似的精神倾向和美学风格的文学艺术思潮。我们所论析的20世纪中国古典主义文学思潮属于后者,但它与狭义的前者有太多相似之处,如理性的推崇、道德的强化、法则的规范、中庸的选择、结构的严谨等,都可看出其间一脉相承的学理性。

20世纪初,无论是中国还是世界,在思想领域内均展现出一种思潮迭起、新旧冲撞的紧张势态。在美国则出现以白璧德为代表的新人文主义思潮,它无法忍受现代性思潮所带来的世俗化、工具化、物质至上、私欲横流的病态世界,而承接西方古典主义传统,对激进的、具有叛逆性的现代思想动向予以激烈的批判。其理论体系的要质大致可归纳为以下几点:其一,"左右开弓"。即对以培根为代表的征服自然的物质功利主义和以卢梭为代表的放纵情感的浪漫主义,进行双向抨击。其二,规训与纪律。强调规则、纪律、节制、约束、秩序、界限等,主张人不能顺其天性,而必须加以理性的约束与规范,使其有节制地平均发展。其三,传统与恒定。新人文主义者在现代性思潮的冲击下,痛感道德伦理的解体、社会行为的无序、人文精神的沦落,有着强烈的文化危机

---

① 柳鸣九.法国文学史(上册).北京:人民文学出版社,1979:159。

意识，向传统文化寻求一种恒定的价值标准。白璧德的新人文主义观念通过他的中国弟子梅光迪、吴宓、汤用彤、梁实秋，以及游学旁听的陈寅恪、受梁实秋影响而间接奉从的闻一多等，在中国渐渐地传播开来，并介入中国新文学的批评与创作，逐渐形成一股古典主义文学思潮。因此，这一思潮在中国的发端就带有强烈的反思、批判现代性的性质。

世纪转折之际，处于精神困惑、茫然之中的这批留美的中国青年，刚一接触白璧德的新人文主义，无不为之震动，佩服至极，即投身受业于其门下。1915年秋，梅光迪转入哈佛大学。"白璧德先生以新人文主义倡于哈佛，其说远承古希腊苏格拉底、柏拉图、亚里士多德之精义微言，近接文艺复兴诸贤及英国约翰生、安诺德等之遗绪，撷西方文化之菁英，考镜源流，辨章学术，卓然自成一家言，于东方学说，独近孔子。"① 此处虽为叙述其说，但敬佩之情，深蕴内里。吴宓1918年9月转学哈佛，亦师从白璧德。"其立说宏大精微，本为全世界，而不为一时一地。"② 从学说体系到精神人格，全盘接纳。1924年，原本信奉浪漫主义的梁实秋，一听课就为之所折服。"我初步的反应是震骇。我开始自觉浅陋，我开始认识学问思想的领域之博大精深。继而我渐渐领悟他的思想体系，我逐渐明白其人文思想在现代的重要性。"随之，"从极端的浪漫主义，我转到了多少近于古典主义的立场"③。至于闻一多，虽未亲聆白璧德的讲授，但他和梁实秋志同道合、亲如手足，也受到新人文主义的波及。如他的《先拉飞主义》一文论及诗和画的界线抹杀、艺术类型混乱时，便引述道："关于这一点，白璧德教授在他的《新雷阿科恩》（即《新拉奥孔》）里已经发挥得十分尽致了，不用我们再讲。"④ 这说明，他对白璧德的论著是相当熟悉的。因此，学衡派与新月派的理论中坚们，是出于同一学术背景的。

但中国学界却多把学衡派与新月派分而论之，其实由它们所构成的古典主义文学思潮有着一道从发端，经演进，到高潮的过程轨迹，只是我们迄今未加梳理而已。

第一，发端——由传统文学观念激发的本能性的抗衡。胡适《逼上梁山》一文回顾了文学革命的开始。1915年起，胡适在思考中国文学与中国文字问题，提出白话文是活文字，古文是半死的文字的观点，随即遭到梅光迪的反对。胡适说，梅越驳越守旧，他则由此渐渐变得更激烈了。1916年胡适提出

---

① 郭斌.梅光迪先生传略//胡适来往书信选(下册).北京:中华书局,1980:146.
② 吴宓自编年谱.北京:生活·读书·新知三联书店,1995:175.
③ 梁实秋批评文集.珠海:珠海出版社,1998:212.
④ 闻一多全集.第3卷.北京:生活·读书·新知三联书店,1982:423.

"作诗如作文"的改革方案,梅光迪断然否定:"诗文截然两途,诗之文字与文之文字,自有诗文以来(无论东西)已分道而驰。"① 他认为文之文字不能入诗,久经古人论定,铁案如山。是年7月,由任鸿隽《泛湖即事》一诗而引发,梅胡之间爆发最为激烈的论争。在通信中,梅光迪继续否决胡适的白话可以入诗的革命,还嘲笑胡适尝试所做的白话游戏诗"如儿时听莲花落"。虽然胡适在文章中归结,若没有梅光迪等朋友的切磋、诘难、反驳,他的文学主张不会经过那几层的大变化,不会结晶成系统的方案,但梅光迪等作为中国新文学运动进程中第一波的反向力量的历史位置已确定下来,尽管在胡适的心目中它具有相克相生、相辅相成的价值。此时的梅光迪刚开始听白璧德的课,与其说是接受新人文主义理论,不如说更多地表现为由中国传统文学观念所激发起的本能性的抗衡。

第二,演进——承接西学的文化保守主义的悲剧。1922年1月,陆续回国的梅光迪、吴宓、胡先等在南京创办了《学衡》杂志。在思潮迭起、学派纷陈之中,《学衡》亮出与众不同的办刊宗旨:"论究学术,阐求真理,昌明国粹,融化新知。以中正之眼光,行批评之职事。无偏无党,不激不随。"这一宗旨有其三项特质:一是有了新式学理体系——西方的新人文主义,他们昌明国粹是在融化这类西方新知的理论基础上展开的;二是坚持学术独立,他们拒绝政治的追随、党派的偏激,以学术为生存真义,以阐求真理为终极目的;三是以中正、中庸之道进行文化、文艺批评,从而维护、继承具有普遍、永恒的人文价值的中西方传统文化。这在新文化运动诸种思潮中确是不同凡响,显出特立独行的一面。

对于学衡派诸君,"五四"新文化革命之后的中国社会负面状况引起他们的极度焦虑:随着圣化的社会的分崩离析,旧有的价值体系也被质疑、否定,中国几千年来的文明传统、文化命脉面临着断绝的危险;而西方各种现代思潮的涌入,特别是漠视人文精神的、以培根为代表的科学主义,及放纵人的感性的、以卢梭为代表的浪漫主义的泛滥,更是使中国思想界精神混乱、文化无序。在"学衡"十年中,他们对新文化运动、对新文学动向进行了激烈而持久的批判,内容涉及文言与白话的优劣问题、新旧文学观念问题、传统文化的扬弃与继承问题、历史的进化的文学观问题等。他们始终执着地恪守自身的保守主义立场,与文化激进主义相抗衡,形成了与胡适、陈独秀、鲁迅等代表的中国新文学潮流相对立的另一向度的文学思潮,形成了中国文化进程中的立体的

---

① 中国新文学大系·建设理论集.上海:良友图书公司,1936:8.

张力结构。历史是多种力量形成的合力所共同推进的，作为古典主义思潮中坚的学衡派怎么能轻易地抹掉呢？当然，由于学衡派的保守主义性质，它在充满叛逆气息的历史转折时期，成为革命潮流的对立面，只能以悲剧而告终。

第三，高潮——理论体系的确立及实践性的论争与创造。如果说学衡派因侧重于人文传统、道德理性的宣扬与构建，缺少介入文学理论与创作的实绩而受到质疑的话，那么，中国现代文学史上相对成熟的古典主义文学思潮则有赖于梁实秋、闻一多、邓以蛰、徐志摩等人完成。形成这一高潮的主要有四项文学事件。鉴于学界对新月诸君与古典主义的关系较少涉及，下一节对此具体展开论述。

四、古典主义文学理论体系的确立及其实践

从1925年起，闻一多、梁实秋等陆续归国，由于学术背景的相似、观念意识的相近，逐渐和徐志摩、饶孟侃、朱湘、刘梦苇、于赓虞、邓以蛰、余上沅等聚合到一起，筹办《诗镌》《剧刊》，出版《新月》，介入文坛的理论论争，提出现代格律诗论等。在论争的过程中，逐步地形成了以梁实秋为核心的古典主义文学理论体系；在文学实践的过程中，创立了以闻一多为代表的现代格律诗派，成为古典主义文学思潮在创作上所展示的具体业绩。

第一，对中国浪漫主义思潮的阻击。1926年，梁实秋作《现代中国文学之浪漫的趋势》发表于《晨报副刊》，对"五四"运动以来的中国新文学的弊端进行了全面的批判。虽然其"浪漫主义"一词内涵比较宽泛，还包括了写实主义及现代主义文学，但其矛头主要仍是指向以卢梭为始祖的浪漫主义思潮：其一，浪漫主义者的特点是"任性"，无视文学传达的工具和文学形式的美的构型，即无视"文学的本身"，文学美的质素被淡化、被忽略了。其二，浪漫主义者对情感推崇过分，把情感直接当成文学本身，沦为滥情主义。其三，浪漫主义者所追寻的理想其实是"假理想主义"。

闻一多紧接着也发表《诗的格律》一文，他否定诗界卢梭信徒们"皈返自然"的呼喊，高扬艺术高于自然的美学原则。他尖锐地批评这批"伪浪漫主义者"："他们没有创造文艺的诚意。因为，照他们的成绩看来，他们压根儿就没有注重到文艺的本身。"[①] 闻一多认为这种无节制的情感流泄，绝不可能成为完美的艺术作品，因为从情感到艺术的构型，还须有媒介运用、技艺操作、形式凝定等进程，所以现代诗的创作要倡导格律，要讲究诗的"三美"。可以看出，

---

① 闻一多全集：第3卷.北京：生活·读书·新知三联书店，1982：413.

梁、闻这两篇文章几乎是一喉异曲、共轭互补的。因此,《诗的格律》一文只有放置于古典主义的理论语境中,才能理解其真义。梁、闻等对浪漫主义的有力的批判,再加上郭沫若在同年5月发表《革命与文学》,宣布浪漫主义已成为反革命文学,来自一右一左的双向夹击,几乎宣判了以卢梭为代表的美学的浪漫主义在中国诗坛的终结。

第二,梁实秋与鲁迅关于卢梭、关于人性的论战。1927—1928年,以梁实秋为一方,鲁迅、郁达夫为另一方,展开了一场论战。论战由于梁实秋在《卢梭论女子教育》一文中对卢梭的抨击而起。他认为"卢梭论教育,无一是处"。郁达夫闻之,即发表了《卢梭传》等文予以反击。对于这股日渐高涨的古典主义思潮,鲁迅十分警觉,他比郁达夫更早地发表了《卢梭和胃口》一文,尖锐地指出:"上海一隅,前二年大谈亚诺德,今年大谈白璧德,恐怕也就是胃口之故罢。"亚诺德和白璧德代表着保守主义倾向,这股古典主义思潮的涌起,对于新文学的发展是不利的,所以,鲁迅、郁达夫两人联手,及时地予以反击。

论战中,鲁迅、郁达夫都引用了美国文学家辛克来儿的著作中的话:"无论在那一个卢梭的批评家,都有首先应该解决的唯一的问题。为什么你和他吵闹的?要为他的到达点的那自由、平等、调协开路么?还是因为畏惧卢梭所发向世界上的新思想和新感情的激流呢?"①是随着卢梭"开路"呢?还是"畏惧卢梭"呢?这体现了全球思想界在顺应激进的革命潮流或悖逆革命潮流而动时的两种倾向的选择。可惜以往学界没有从这一高度上,看到这场论争所具有的世界性的激进与守衡两种意识形态抗衡的意义,看到这场论争所蕴含的激进的革命文学思潮对古典主义思潮的阻击的内质,而把全部注意力都集中在鲁迅和梁实秋关于"出汗、阶级性、文学"这一相对狭小的论题上,从而造成学界对中国现代文学史这一段历史真实的忽略。

第三,梁实秋的古典主义文学理论体系建立及《新月的态度》。1924年,梁实秋师事白璧德,站到他终生不渝的古典主义立场;1927年起,梁实秋陆续出版了《浪漫的与古典的》《文学的纪律》《文艺批评论》《偏见集》等四本文艺理论著作,建立起一套古典主义文学理论体系。简述如下:1. 文学的本质:文学是健康的常态的普遍的人性表现。人性是二元的,即兽性与理性、恶与善,构成两极。但人之所以为人,在于他能以理性战胜兽性,以理智节制欲念,"在理性指导下的人生是健康的常态的普遍的;在这种状态下所表现出的

---

① 鲁迅全集:第3卷.北京:人民文学出版社:554.

人性亦是最标准的；在这标准之下所创作出来的文学才是有永久价值的文学"①。2. 文学的创造："古典主义者所注重的是艺术的健康，健康是由于各个成分之合理的发展，不使任何成分呈畸形的现象，要做到这个地步，必须要有一个制裁的总枢纽，那便是理性。"② 文学创造中，理性成为"最高的节制的机关"，它不但要驾驭滥情的浪漫的感伤主义的情感，而且还要节制使人性变态的猎奇式的想象。通过"理性的节制"，文学创作抵御了片面的畸形，呈现的是合乎古典主义的"艺术的健康"。3. 文学的价值与效用在于它的健康与净化。在创作中"艺术家布置各物，使有秩序，使每一部分和其余各部谐和，以便建设一个有规则的有系统的整体"，这样的艺术品，在接受者的身体与心灵便引发了由秩序与谐和所产生的效果，即"健康"，从而产生"和平的宁静的沉思的一种舒适的感觉"③。类似于亚里士多德的"净化"，温克尔曼"高贵的单纯，静穆的伟大"，梁实秋追求的就是这种古典美学的终极。

在此基点上来分析《新月》月刊的发刊词《新月的态度》，就容易理解其古典主义的立场了。梁实秋后来回忆说："《我们的态度》一文，是志摩的手笔，好像是包括了我们的共同信仰，但是也很笼统，只举出了'健康与尊严'二义。"④ 徐志摩只以健康、尊严来笼括古典主义是不够的，但抓到了核心。而且，他在对当时文坛感伤派、颓废派等十三种流派扫荡式的批判过程中，也确立了自身的原则，如："省念德性的永恒"；给情感"安上理性的鞍索"；"希望看一个真，看一个正"；"标准、纪律、规范，不能没有"；要有"纯正的思想"；要"辨别真伪和虚实"；"这时代是变态，是病态，不是常态"；"一双伟大的原则——尊严与健康"是我们"信仰的象征"等。这几乎全是梁实秋理论的再版。因此，新月派的理论基点的主体为古典主义应该可以确定下来。

第四，现代格律诗派的理论建立与创作实绩。对闻一多为代表的现代格律诗派的理论与创作，纳入古典主义语境去阐释其意义，学界尚未多见。现代格律诗派的古典主义立场呈示于以下几点：1. 强调理性的节制。朱自清在《中国新文学大系·诗集》"导言"中评闻一多诗的特点是："靠理智的控制比情感的驱遣多些。"理智超越情感、节制情感，当时只有梁实秋为代表的古典主义思潮强调这一点。闻一多的名言，诗是"戴着脚镣跳舞"，即是此说最为形象的

---

① 梁实秋批评文集.珠海:珠海出版社,1998:105.
② 梁实秋批评文集.珠海:珠海出版社,1998:102.
③ 梁实秋批评文集.珠海:珠海出版社,1998:109,103.
④ 陈子善.梁实秋文学回忆录.长沙:岳麓书社,1989:109.

解读。徐志摩也谈道:"我想这五六年来,我们几个写诗的朋友,多少都受到《死水》的作者的影响,我的笔本来是不受羁勒的一匹野马,看到了一多的谨严的作品,我方才悟到我自己的野性。"① 可以这么说,在文学理论上,闻一多认同了梁实秋的古典主义,并渗入、化融到创作之中;在创作实践上,闻一多以其独特的由理性节制而派生的"谨严"美学风格极大地影响、感染了新月派的诗人们,由此,促成了现代格律诗派的诞生。2. 追求系统的整体的诗美建构。古典主义注重艺术的"健康",即作品各个部分呈现出秩序与谐和,形成有机的系统的整体。显然,闻一多关于"诗的三美"理论(音乐的美、绘画的美、建筑的美)乃由此触发而生的。它也标志着强调"艺术自律"的审美现代性在中国现代文学创造中的逐步完善。3. 达到中西合璧的完美境界。闻一多在《女神之地方色彩》中提出"要做中西艺术结婚后产生的宁馨儿",他激烈地批评了郭沫若等的欧化倾向,文中充满了对本民族文化的危机意识。因此,"当恢复我们对于旧文学底信仰……东方的文化是绝对的美的,是韵雅的。东方的文化而且又是人类所有的最彻底的文化"②。维护东方文明的历史使命感,驱使他转向了"旧文学底信仰",以寻求一种恒定的价值标准,而这正是从梅光迪、吴宓到梁实秋等古典主义者所竭力倡导的。学衡派、新月派诸君维护传统,是要在传统中发掘出现代文化含义,达到中西合璧的完美境界③。

至于由上述理论导引的现代格律诗派的具体创作业绩,朱自清在《中国新文学大系·诗集》"导言"的结语中已说得很明白:"这十年来的诗坛就不妨分为三派:自由诗派、格律诗派、象征诗派。"在中国新诗发展史的头十年,若无丰硕之成果,岂能得此三分天下之盛名?

历史是客观存在的,还历史以真实的面目,是学术研究者不可推卸的职责。历史由不同趋向的力量汇集构成,正是由这一文化合力推动着整体思想文化的发展。在现代性语境中,对工业革命及其所带来的物质丰裕、社会进步等持乐观、肯定态度的历史现代性,却忽略了现代化进程中物欲私利的膨胀、工具理性的狭隘化、道德伦理的沦丧等关系人类生存的重大问题。正是在这一点上,以学衡派、新月派为代表的中国古典主义文学思潮对其持警觉、反思的态度,批判、抗衡现代性负面效应,坚持人文精神的立场,在一定范围内具有审美现代性的意义,也在一定程度上维系了中国现代文学发展中的均衡。因此,

---

① 徐志摩.猛虎集·序.上海:新月书店,1931.
② 闻一多全集:第3卷.北京:生活·读书·新知三联书店,1982:367.
③ 耿云志.胡适遗稿及秘藏书信:第33册:152.孙尚扬.国故新知论:88.

只有正视历史进程的"负向"力量，才能真实地了解"正向"力量。在这一点上，如何摆正我们的心态与价值取向，如何客观地面对历史现实，如何真实地描述中国古典主义文学思潮的历史地位，将是艰难的调整过程。

（原载《文艺研究》2004年）

作者简介

俞兆平，1945年生，福建福清人。1982年毕业于厦门大学。厦门大学中文系教授、博士生导师。曾任《厦门大学学报》（哲学社会科学版）常务副主编、编辑部主任，福建省文学学会文艺理论研究会会长，福建省高校学报协会副理事长，中国闻一多学术研究会理事等。著有《中国现代三大文学思潮新论》《写实与浪漫》《现代性与五四文学思潮》等。

自由诗与中国新诗

王光明

一、中国早期的自由诗理论

中国新诗在求解放的历史行程中,形式上最认同的是自由诗。自由诗既是中国新诗求解放的依据,也是实践现代性的主导形式。虽然在早期,人们一般把不讲格律和使用"白话"写的诗称作"新诗"而不叫自由诗,但实质上它们是两个可以互换的称谓。这一点已早被反对新文学的"学衡派"人物所道破:"所谓白话诗者,纯拾自由诗(Verslibre)及美国近年来形象主义(Imagism)之余唾。"①把白话诗看成上述两者的"余唾",是一种偏见,但说新诗与自由诗、意象派诗有密切关系却符合实际。

事实上,如果说胡适的《谈新诗》、康白情的《新诗底我见》等理论文章,为反抗文言和格律约束的自由诗开辟了通道;《关不住了》作为胡适"我的'新诗'成立的纪元"②,以流畅的"白话"和自由的形式,解决了自由、个性化的情感与"旧语言""旧形式"的矛盾,宣告了中国诗歌自由诗时代的来临。那么,郭沫若则通过《女神》对西方自由诗的情感与形式的全面移植,不仅确立了以"自我"抒情为出发点的诗歌话语交流机制,也将它化约成一个简单明

---

① 梅光迪.评提倡新文化者//中国新文学大系·文学论争集.上海:良友图书公司,1935:129.
② 胡适.再版自序//尝试集.上海:亚东图书馆,1920.必须指出的是,《关不住了》不是胡适自己创作的作品,而是一首译诗。它是美国女诗人梯斯黛尔发表在美国《诗刊》(Poetry)1916年第3卷第4期的作品,原题为Over the Roofs(在屋脊上)。胡适以此为题翻译后发在《新潮》第1卷第4号(1919年4月1日)上。

了的创作公式:"诗=(直觉+情调+想象)+(适当的文字)"。①

在"五四"时期的历史语境中,由于这种交流机制兼有抒情与批判的双重功能,也由于这种创作公式能够直接承担这种功能,体现新诗崇尚自由而反对约束,追求质朴自然而反对典雅雕琢的精神,它便成了新诗求解放的主导形式。到了30年代初,冯文炳已经可以在北京大学的课堂上体系化地阐述他"新诗应该是自由诗"的理论,同时在新诗与"旧诗"之间划出一条明确的界限。他说:

> 我发现了一个界线,如果要做新诗,一定要这个诗是诗的内容,而写这个诗的文字要用散文的文字。已往的诗文学,无论旧诗也好,词也好,乃是散文的内容,而其所用的文字是诗的文字。我们只要有了这个诗的内容,我们就可以大胆的写我们的新诗,不受一切的束缚,"不拘格律,不拘平仄,不拘长短;有什么题目,做什么诗;诗该怎样做就怎样做。"我们写的是诗,我们所用的文字是散文的文字,就是所谓自由诗。②

冯文炳不同意胡适从传统诗词中为"白话诗"寻找依据的做法,认为这是对已往的诗文学认识不够,"旧诗词里的'白话诗',不过指其诗或词里有白话句子而已,实在这些诗词的白话句子还是'诗的文字'"。只有抛弃这种"诗的文字",用"散文的文字"来写,才能摆脱旧诗的境界。这种强调诗的内容与散文的语言的观点,后来也体现在诗人艾青《诗的散文美》一文的立论中,可以说大致代表了中国新诗对自由诗的认识。

冯文炳关于"新诗应该是自由诗的理论",产生于20世纪30年代现代主义诗歌实验的语境中,有着复杂的背景③,包含着对早期新诗的功利性、明白

---

① 郭沫若致宗白华信//田寿昌,宗白华,郭沫若.三叶集.上海:亚东图书馆,1920:8.
② 冯文炳.谈新诗.北京:人民文学出版社,1984:24-26.此书是作者三四十年代在北京大学任教时写的讲义,曾以《谈新诗》为书名,1944年由北平新民印书馆出版。
③ 冯文炳的诗歌观念与胡适不大相同。胡适相信进化论,冯文炳(他是周作人的四大弟子之一)则受周作人"循环论"文学史观和散文理论的影响。周作人在1932年《中国新文学的源流》中认为,整个中国文学史是"言志派"与"载道派"两种文学现象的风水轮转:自周朝开始,言志派崛起;到了汉代,载道派取而代之;魏晋南北朝时,言志派死灰复燃;唐朝之后,载道派又起来压制;而到明末,言志派又赢得了出头的机会。在周作人看来,20世纪初的中国新文学运动的源头可以追溯到明末言志派的复兴,而胡适等人所倡导的白话文学,正与明末的"信腕信口皆成律度"相类似。不过,周作人认为,言志派并不都像公安派讲求流丽,一概"信腕信口"的,而是流丽与奇崛两种风格的交替,公安派的流丽后来为竟陵派的奇崛所取代。因此,他相信胡适的"我手写我口"必然会遭到奇僻生辣风格的反拨。冯文炳的诗论和创作,实际上是对周作人这一文学观点的实践。

清楚主义和感情专制主义的反思，以及对中国传统诗歌资源的重新认同①，需要多个层面的讨论。但冯文炳对自由诗的理解，是内容方面的，与胡适的"以质救文胜之弊"和郭沫若的感情至上主义并没有本质上的差别，只不过强调的"内容"不同而已：胡适强调的"内容"是现实，郭沫若强调的"内容"是自我，而冯文炳强调的"内容"则是感觉和想象。他认为胡适"白话新诗"的问题是"诗的内容不够"，不像是在写诗，而是在用诗来推广白话文；诗的内容应该是不同的感觉和幻想。他说古代诗人用同样的方法作诗，文字上并没有变化，只是他们的诗的感觉不同，因而人们读来也不同。他举例说："古今人头上都是一个月亮，古今人对于月亮的观感却并不是一样的观感。'永夜月同孤'正是杜甫，'明月松间照'正是王维，'举酒邀明月，对影成三人'正是李白。这些诗我们读来都很好，但李商隐的'嫦娥无粉黛'又何尝不好呢？就说不好那也是没有办法的，因为那只是他对于月亮所引起的感觉与以前不同。又好比雨，晚唐人的句子'春雨有五色，洒来花旋成'，这总不是晚唐以前的诗里所有的，以前人对于雨总是'雨中山果落''春帆细雨来'这一类闲逸的诗兴，到了晚唐，他却望着天空的雨想到花的颜色上去了，这也不能不说是很好的想象……感觉的不同，我只能笼统的说是时代的关系。因为这个不同，在一个时代的大诗人手下就能产生前所未有的佳作。"②

就诗歌鉴赏而言，冯文炳的这些阐述可谓体贴入微。他把感觉与想象作为诗之为诗的关键因素，认为"白话诗"不该像胡适那样以散文的语言写散文的内容，不该像郭沫若那样直写感情，是非常精辟独到的。但当他把古典诗歌一律指认为用诗的语言写散文的内容，认为新诗应该反其道而行之，以散文的语言写诗的内容的时候，他就走向了真理的反面：不仅理论上是错误的，思维方法上也是二元对立式的。这时候，他又与胡适的理论主张殊途同归了。他说："我们的白话新诗是要用我们自己的散文句子写。白话新诗不是图案要读者看的，是诗给读者读的。新诗能够使读者读之觉得好，然后普遍与个性二事俱

---

① 冯文炳的诗歌理论主要建立在对中国文学的认识上，他是同时代罕见的不依赖西方诗歌理论资源的人。他认为："重新考察中国以往的诗文学，是我们今日谈白话新诗最吃紧的步骤，因此我们可以有根据，因此我们也无须张皇，在新诗的途径上只管抓着韵律的问题不放，我以为正是张皇心理的表现。"（《谈新诗》，第39页）他把传统的中国诗分为两派，一是"温李"难懂的一派，一是"元白"易懂的一派，认为向"温李"一派学习才是新诗的前途，因为这一派的诗不追求抒情，而是十分重视感觉和幻想。他说："温词向来的为人所不理解，谁知这不被理解的原因，正是他的艺术超乎一般旧诗的表现，即是自由表现，而这个自由表现又最遵守了他们一般诗的规矩，温词在这个意义上真令我佩服。温庭筠的词不能说是情生文文生情的，他是整个的想象，大凡自由的表现，正是表现着一个完全的东西。"（《谈新诗》，第30页）

② 冯文炳.谈新诗.北京：人民文学出版社，1984：227-228.

全,才是白话新诗的成功。普遍与个性二事俱全,本来是一切文学的条件,白话新诗又何能独有优待条件。"① 那么,什么是散文的句子或散文的文字?他说得非常含糊,像他的许多论述一样,使用的往往不是说理的方法,而是举例的方法,他说:"'散文的文字'这个范围其实很宽,三百篇也是散文的文字,北大《歌谣周刊》也是散文的文字,甚至于六朝赋也是散文的文字,我们可以写一句'屋里衣香不如花',只是不能写'帘卷西风,人比黄花瘦'。文字这件事情,化腐臭为神奇,是在乎豪杰之士。五七言诗,与长短句词,则皆不是白话新诗的文字,他们一律是旧诗的文字。"② 在这里,"能够使读者读之觉得好"也是"一切文学的条件",不为诗歌所独有;"白话新诗不是图案"才是作者的观点:"不是图案"是由于它是用散文的文字写的。但为什么"屋里衣香不如花"与"人比黄花瘦"同是比喻的文字,前者是散文的文字,后者却是"旧诗的文字"?大概是因为后者在"五七言诗,与长短句词"的版图中。冯文炳的"散文的文字"的范围的确很宽,不属于旧诗形式约束范围之内的一切文字都是散文的文字。

在语言问题上,冯文炳不像胡适那样把文言和白话弄到生死对立的地步,这是冯文炳比胡适客观、全面的地方。他提倡用散文的语言写自由诗,从根本上看也是为了挣脱古典诗歌形式与语言的束缚,认为诗之为诗的前提并不是五言七言的形式和"诗的文字",也有相当的合理性,因为诗的语言与散文的语言并没有严格的边界,诗的灵魂也不是固定的形式而是节奏。但若由此认定中国古典诗歌是以诗的语言表现散文的内容,而新诗是以散文的语言表现诗的内容,那就不仅误解了古典诗歌,也误解了以自由诗为主导的新诗。

那么,为什么会有这种误解?怎样正确理解自由诗这一现代诗歌形式?

二、中国新诗对自由诗的接受

中国新诗运动中对自由诗的理解,是以西方的浪漫主义诗歌作背景的。在"五四""新诗革命"之前,像朗费罗(1807—1882)、拜伦(1788—1824)、雪莱(1792—1822)、丁尼生(1809—1892)、普希金(1799—1837)、裴多菲(1823—1849)等浪漫主义诗人的作品已经有过不少翻译或介绍。而被胡适称之为"我的'新诗'成立的纪元"的译诗《关不住了》,也是一首表现爱情的强烈与自由的浪漫主义作品。更不用说郭沫若的自由诗了,诗人自己就说过直接受益于朗费罗、泰戈尔(1861—1941)、歌德(1749—1832)和惠特曼

---

①② 冯文炳.谈新诗.北京:人民文学出版社,1984:40.

(1819—1892)。当然，浪漫主义诗歌不全是自由诗，但近代国人用汉语译诗，早期用文言与中国古代诗体翻译外国诗时，往往把它们变成了中国诗；而后来用白话文翻译外国诗时，又给人外国诗似乎都是自由诗的印象。当然，名副其实的自由诗对中国新诗的影响也是巨大的，甚至可以说是最大的，尤其是惠特曼的自由诗和象征派、意象派的自由诗。

惠特曼的自由诗对中国新诗影响最大。最早对他的介绍见于田汉的长文《平民诗人惠特曼百年祭》，刊于1919年7月上海出版的《少年中国》创刊号，其中特别谈到"惠特曼的自由诗与中国文艺复兴"，认为当时中国时兴的新体诗是受了惠特曼的影响，被老旧文人攻击的命运也与《草叶集》相似。而郭沫若不仅直接从惠特曼的诗中得到过写诗的灵感，也是最早把惠特曼的诗歌翻译到中国的，其中他发表于1919年12月3日《时事新报·学灯》上的《从那滚滚大洋的群众里》，是惠特曼诗歌在中国最早的翻译。接着又有《译惠特曼小诗五首》（残红译）、《挽二老卒》和《弗吉尼亚森林中迷途》（谢六逸译）、《泪》（东莱译）分别在北京《晨报》副刊、《时事新报·学灯》和上海的《文学周报》上刊载。惠特曼诗歌在中国的影响力，甚至引起了鲁迅的注意——他也不止一次地买过《草叶集》①。

在对惠特曼诗歌的介绍中，刘延陵《美国的新诗运动》一文的观点最具有代表性。它是系列介绍各国新诗运动的头一篇文章②。文章开头提出新诗是世界的运动，并非中国所特有，"中国的诗的革新不过是大江的一个支流"，而美国的惠特曼就是这条大江的源头。因此，文章的第一节专门介绍惠特曼：

> 惠特曼不但是美国新诗的始祖，并且可称为世界的新诗之开创之人；而且不但启发世界的新诗，就是一切艺术的新的潮流也无不受他的影响……他何以被人这样尊重呢？我们何以称他为新诗的始祖呢？第一，是因为他首先打破新诗之形式上与音韵上的一切格律而以单纯的白话作诗，所以他是诗体的解放者，为"新诗"的形式之开创之人。但是"新诗"与"旧诗"的异点并不如常人所思仅仅在形式方面，"新诗"和"旧诗"的区别

---

① 鲁迅1928年9月2日的日记中有"往商务印书馆买W.Whitman诗一本"的记载。同月17日又有"午后往内山书店买《草之叶》(2) 一本，一元五角"的记载。鲁迅全集：第14卷.北京：人民文学出版社，1981：725-726。

② 刘延陵.美国的新诗运动.诗，1(2).北京：中华书局，1922.《诗》是文学研究会专门刊载新诗的刊物，也是最早的一本新诗刊物。除《美国的新诗运动》一文外，《诗》杂志还先后发表过周作人《法国的俳谐诗》（第1卷第3号）、刘延陵《现代的平民诗人买丝翡耳》（第1卷第3号）、《法国诗之象征主义与自由诗》（第1卷第4号）、《现代的恋歌》（第1卷第5号）、周作人《石川啄木的短歌》（第1卷第5号）、《日本的小诗》（第2卷第1号）、王统照《夏芝的诗》（第2卷第2号）等介绍外国诗歌的文章。

尤在于精神中之较重要的几点实在可算是由惠特曼唤起……论到形式一面他是打破诗之桎梏的人，论到精神一面他是灭熄旧的精神燃起新的精神之人。

既然当时的诗歌革新者认为新诗（自由诗）是世界的运动，自然不会只注意源头而无视汹涌的江河，只介绍惠特曼而忽略主要以自由诗形式写作的法国象征派和美国意象派诗歌。

对美国意象派诗歌，胡适在美国留学时就注意到了。他在1916年12月25日的留学日记中贴了从《纽约时报》书评版剪下来的《意象宣言》，附言说："此派所主张，与我所主张多相似之处。"① 同时，很多材料表明，1925年之前留学美国的诗人，胡适、陈衡哲、徐志摩、罗家伦、汪敬熙、黄仲苏、闻一多、许地山、梁实秋、冰心、林徽因、刘廷芳、甘乃光、朱湘、饶孟侃、陆志韦、孙大雨、陈梦家、方令孺等，都接触过意象派诗歌。而刘延陵的《美国的新诗运动》一文，在"一九一三年的小标题"下，也对美国意象派诗作了重点介绍。文中认为，诗人兼批评家孟罗（1861—1936）创办的《诗》杂志，在诗人方面是发现了东方的泰戈尔和西方的林德舍，在诗潮方面是通过所谓幻想主义（即意象主义）助成了美国诗界新潮的一个大浪。总结美国新诗运动，文章得出结论："新诗有两个特点：形式方面是用现代语，用日常所用之语，而不限于所谓'诗的语言'（Poetic Diction）且不死守规定的韵律；内容方面是选择题目有绝对自由，宁可切近人生，而不专限于歌吟花、鸟、山、川、风、云、月、露……把形式与内容方面的两个特点总括言之，一则可说新诗的精神乃是自由的精神，因为形式方面的不死守规定的韵律是尊尚自由，内容方面的取题不加限制也是尊尚自由。"

在中国新诗运动中，对法国象征派与自由诗关系的注意，也是比较早的。周作人的《小河》是胡适认为的"新诗中第一首杰作"②，它在1919年初发表时，有一个小序，说："有人问我这诗是什么体，连自己也回答不出。法国波特莱尔提倡起来的散文诗，略略相像，不过他是用散文格式，现在却一行一行地分行写了。"③ 散文诗是与自由诗平行发展、化合了诗歌与散文某些相通因素的文体，许多人认为它是自由诗的变体，中国新诗运动初期在追求诗体大解放时，也是将它当作白话诗（新诗）看的（譬如1918年1月，白话诗第一次在《新青年》集体亮相时，九首中至少有三首是散文诗）。这说明，法国象征派诗

---

① 胡适.留学日记：第4册.上海：商务印书馆，1948：1073.
② 胡适.谈新诗//中国新文学大系·建设理论集.上海：良友图书公司，1935：295.
③ 新青年，1919.6（2）.

人变革诗体的追求，当时已经被中国诗人注意到了。因此，之后不久，就有波特莱尔（1821—1867）、马拉美（1842—1898）、魏尔伦（1844—1896）、兰波（1854—1891）、果尔蒙（1858—1915）、耶麦等人的象征派自由诗被翻译过来。而在对他们的介绍中，20年代初《少年中国》上田汉的《新罗曼主义及其他——复黄日葵兄的一封长信》（1920年第1卷第12期）、李潢的《法兰西诗之格律及其解放》（1921年第2卷第12期），对象征派自由诗给法国诗歌格律的冲击也作了描述。不过，介绍更为全面的，还是刘延陵的《法国诗之象征主义与自由诗》①一文。在这篇文章中，他不仅对象征主义以客观事物对应内心情调的特点作了详细介绍，还提出自由诗是随象征主义而来："自由诗是与象征主义连带而生，他俩是分不开的两件东西：因为诗底精神已经解放，严刻的格律不能表现自由的精神，于是生出所谓自由诗了。……自由诗不是不重音节，乃是反对定型的音节，而各人依自家性情、风格、情调与一时一地的精神而发与之相应的音节。"

因为"五四"时期的"新诗"，是与"旧诗"相对的诗体概念，意味着不受传统的格律约束，所以在中国当时的诗歌运动中，新诗就意味着自由诗，无论在翻译还是在介绍文章中，都很少专门标出自由诗这一名目。但从实际情形看，这一现代诗歌形式，不仅与语言、形式上求解放的中国新诗运动一拍即合，而且成了人们追逐的中心，以至于排除了别种形式的探讨。然而值得注意的是，虽然各种流派的自由诗在短短几年中几乎同时涌入到中国诗坛，时间上也相差不大，但被接纳和被理解的程度是不一样的。惠特曼是一个平民诗人，他的自由诗具有民主、爱国、解放的精神，可以启发国人"从灵中救肉，也从肉中救灵"②，因而受到毫无保留的欢迎，与同样得到热爱的拜伦、雪莱、济慈、歌德、泰戈尔的诗一起，不仅成了中国新诗最重要的参照，而且催生了中国的浪漫派诗歌。而意象派、象征派的自由诗，尽管也得到介绍，但一般都只看重它们形式上的解放，却对其内容上的"颓废"持有异议。即使像刘延陵这样在《诗》杂志上较全面介绍各国自由诗，为中国新诗语言与形式的解放寻找依据的人，精神与内容的考虑也优先于美学与技艺的考虑，因此虽然注意到精神与形式两个层面，但最终都通向了浪漫主义式的一元论阐述③。

---

① 刘延陵.法国诗之象征主义与自由诗.《诗》,1922.1(4).
② 田汉.平民诗人惠特曼百年祭.少年中国,1919(创刊号).
③ 如作者认为象征主义与自由诗"名目虽异而精神则同"："自由诗之生于自由精神与自我底伸张可以不言而喻。诗之音节与情调相同，而情调因人不同，人又因时不同，所以固定的格律自然是杀伐自我，解放格律自然即所以伸张自我。"[法国诗之象征主义与自由诗.诗,1922.1(4).].

由于从浪漫主义的立场看待自由诗，因而往往只看到"自由"而对"诗"的因素有所忽略：在早期中国新诗运动中，很少人注意到象征派和意象派诗歌对浪漫主义诗风的反拨，以及寻求更有力、更符合诗歌本质的表达方式的努力，更不能期待见到像庞德、艾略特那样辩证地看待自由诗的观点了。

三、自由诗的浪漫化

　　然而，从自由诗的历史看，尽管它具有精神与形式上的浪漫主义根源，也被各种诗歌写作所采纳，但它作为一种在象征派、意象派诗歌中得到普及的现代形式，却不像早期中国新诗人理解的那么简单。象征派和意象派诗歌是自由诗的积极倡导者，但它们的一个重要出发点，就是浪漫主义风气盛行了一百来年之后，希望诗歌能纠偏它的滥情主义倾向，节制空洞浮泛的感情宣泄，寻求更为有力和凝练的表达方式。象征派诗歌起源于19世纪中叶的一个西方诗歌流派，有对现代生活感到失望、不安、怀疑和苦闷的精神特征，同时不满因果分明的理性主义，喜欢表现事物的神秘性。而在艺术表现上，则有反对外在形式的约束、强调音乐性、重视各种感觉的互通、不主张直抒而主张暗示等几个方面的特点。所谓"象征"，就是客观世界与内心世界形成一种互为暗示的关系，变成"浑沌而深邃的统一体"。因此被称为"象征派的宪章"的波特莱尔《应和》一诗，这样表现心与物、人与世界的关系："自然是一庙堂，那里活的柱石/不时地传出模糊隐约的语音……/人穿过象征的森林从那里经行/森林望着他，投以熟稔的凝视//正如悠长的回声遥遥地合并/归入一个幽黑而渊深的和协——/广大有如光明，浩漫有如黑夜——/香味，颜色和声音都互相呼应。"①而意象派诗歌，则是1912年到1917年流行于英美，反抗维多利亚时期的浪漫传统，在诗歌中寻求坚实、精确、客观的表达方式的诗歌派别。所谓"意象"，也就是中国古代诗论中"以象写意"的意思。意象派的六条原则是：

　　1.运用日常会话的语言，但要使用精确的词，不是几乎精确的词，更不是仅仅是装饰性的词。

　　2.创造新的节奏——作为新的情绪的表达——不要去模仿老的节奏，老的节奏只是老的情绪的回响。我们并不坚持认为"自由诗"是写诗的唯一方法。我们把它作为自由的一种原则来奋斗。我们相信，一个诗人的独特性在自由诗中也许会比在传统的形式中常常得到更好的表达，在诗歌中，一种新的节奏意味着一个新的思想。

---

① 戴望舒译诗集.长沙：湖南人民出版社，1983：122.

3.在题材选择上允许绝对的自由。把飞机和汽车乱写一气并非是好的艺术,把过去写得栩栩如生也不一定是坏的艺术……

4.呈现一个意象(因此我们的名字叫"意象主义")。我们不是一个画家的流派,但我们相信诗歌应该精确地处理个别,而不是含混地处理一般,不管后者是多么辉煌和响亮。正因为如此,我们反对那种大而无边的诗人,在我们看来,他似乎是在躲避他的艺术的真正困难之处。

5.写出硬朗、清新的诗,决不要模糊的或无边无际的诗。

6.最后,我们大多数人都认为凝练是诗歌的灵魂。①

这些,在早期中国新诗运动并不是没有注意到,譬如胡适1916年12月25日留学日记中剪贴的《纽约时报》书评上的《意象宣言》,虽然是意象派诗人洛威尔、综合庞德和福林特的主张写的,意思则大体一致,也是这六条原则。刘延陵的系列介绍文章也曾节译过波德莱尔的《应和》和"幻象派"(即意象派)的"六个信条",并特意在括号里提醒人们注意它与胡适《论新诗》的关系②。然而,法国象征派要到20年代中期才能在中国诗歌中找到知音;而对意象派,无论是胡适还是刘延陵,都只读到了其"自由"的一面而未看到其"诗"的一面。胡适是把意象派揽进了自己"白话文"的怀抱,而刘延陵是以胡适的眼镜看待意象派——这在转述意象派"六个信条"的第一条、第四条时,表现得最明显不过:"不用死的、僻的、古文中的字句",并不是"六个信条"中的话,而是胡适《文学改良刍议》中的语言;第四条的转述"求表现出一个幻象,不作抽象的话",除"话"字可能是"诗"字的手写之误外,意思表面上出入不大。然而,当他要人们"详见胡适之先生论新诗"时,问题就暴露出来了:虽然意象派与胡适都在提倡"不作抽象的诗",即倡导诗歌写作的"具体性";但对"具体性"的理解是南辕北辙,即意象派提倡的具体性,是以意象呈现瞬间感觉的具体性,而胡适的"具体性",是情境的具体描写,是诗经《伐檀》、杜甫《石壕吏》那样再现生活场景的具体性。也许,刘延陵把意象派译成了"幻象派",本身便是浪漫主义的误读。这样,在对它们进行阐述的时候,全归结于感情(或表现自我)和语言的自由就不足为怪了。

---

① 《意象主义诗人(1915)》序//彼德·琼斯.意象派诗选.裘小龙,译.桂林:漓江出版社,1986:158-159.

② "但是何谓幻象派呢?他们的信条有六,而幻象派的名称是从第四条生出。这六个信条是:一、寻常的说话中的字句,不用死的、僻的、古文中的字句。二、求创造新的韵律以表新的情感,不死守规定的韵律。三、选择题目有绝对的自由。四、求表现出一个幻象,不作抽象的话。(详见胡适之先生论新诗)五、求作明切了当的诗,不作模糊不明的诗。六、相信诗的意思应当集中,不同散文里的意思可作松散的排列。"[刘延陵.美国的新诗运动.《诗》,1(2).]

但象征派、意象派的自由诗虽然继承了浪漫主义的气质,在美学上却有非常不同的追求。法国象征派把浪漫主义看成一种疾病,决心要以具有独立性的象征秩序治愈它,他们获得了成功。而意象派则是现代主义的开端,可以说是象征主义艺术技巧革新运动的进一步发展,要纠正浪漫主义的浮泛倾向。时间上与中国新诗运动十分接近,至少在表达形式上影响过胡适的"八不主义"的意象派,曾受直觉主义哲学家、印象主义诗人休姆(1883—1917)的影响,表现出明显的与维多利亚时期的浪漫诗风决裂的特点。休姆从柏格森(1859—1941)、帕斯卡尔(1623—1662)、沃林格的哲学和美学理论中获得了启示,坚信浪漫主义达到了竭尽的时期,20世纪的文学是一个"新古典主义"的时代。在著名的论文《论浪漫主义和古典主义》中,休姆明确表示:"我反对浪漫主义中甚至是最好的作家,我更反对善于接受浪漫主义的态度。我反对那些心软感伤的人,他们不把一首诗当作一首诗,除非它是为某些事情呻吟、悲哀之作。"他认为浪漫主义乘着与飞翔有关的隐喻进入了"无限""神秘""情感"的大气;新古典主义却能通过"看得见的具体的语言",证明"美可能存在于渺小而坚实的事物中"。因此,"最重要的目的在于正确的、精细的和明确的描写……假如,在精确性上它是忠实的,就是说,整个的类同对于要描绘出你所要表达的感觉或事物的曲线是必要的话,在我看来你已获得最高的诗,纵使它的题材是微不足道的,它的感情与无限的事物相距甚远也无妨。"①

意象派的主要倡导者庞德1908年与休姆在伦敦认识,深受其思想的影响,对休姆的印象主义诗歌也大为赞赏,尊其为意象主义的先驱。可以说,休姆启迪了庞德的意象主义诗学,而意象主义的理念,又使庞德对日本的俳句和中国古典诗歌一见钟情(尤其对举偶和意象并置的表现策略),特别是在1913年,他得到美国汉学家欧内斯特·芬诺罗莎(1853—1908)的论文《中国文字与诗的创作》后,如获至宝,认为:"摆在我们面前的不是一篇语文学的讨论,而是有关一切美学的根本问题的研究。芬诺罗莎在探索我们所未知的艺术时,遇到了未知的动因和西方所未认识到的原则,他终于看到近年来已在'新的'西方绘画和诗歌中取得成果的思想方法。他是个先驱者,虽然他自己没意识到这点,别人也不知道。"②

芬诺罗莎的论文主要对如下三点作了充分的论述:(一)中国文字最有事物

---

① 休姆.论浪漫主义和古典主义//现代英美资产阶级文艺理论文选.北京:作家出版社,1962:1-22.
② 庞德为此文写的按语,见 Ezra Pound.Instigation.New York,1920:257.芬诺罗莎的论文《中国文字与诗的创作》及庞德的按语在我国已有黄运转的译文。庞德诗选:比萨诗章.桂林:漓江出版社,1998:229.

的存真性,因为它是象形文字,最接近自然;(二)中国文字最少理性逻辑的约束,没有主动被动之分,它以主动为主,"即使所谓部首,都是动作或行动过程的速写图";(三)中国文字不受时态的限定,能直接传达意念。芬诺罗莎的这种观点,反映的是一个西方学者对汉语的某种看法,并不代表汉语的真实形态,因此引起一些汉学家的批评。刘若愚在《中国诗学》中指出:"在汉学界以外的西方读者中,还普遍存在着一种误解,以为所有的汉字都是象形或会意的。这种误解在对中国诗具有狂热的西方人当中,产生出一些奇怪的结果。芬诺罗莎在他的论文《中国文字与诗的创作》里强调了这种误解。他大力推崇汉字,认为其具有图像性,并能在流于推理正确的枯燥无味的现代英语之外,自由自在自成体系。对这种热心,我们可以理解……但我们不得不承认他的结论往往有误,这要归究他没有注意到汉字语音的重要性。然而,这篇论文却通过庞德,对许多英美诗人及批评家产生了相当大的影响。这也许可称为学术交流中一个歪打正着的例子。"①

如此看来,芬诺罗莎、庞德是"误读"了中国文字和中国诗,而胡适是"误读"了美国意象派的主张。这两方的"误读"在时间上相距不远,可以说是比较文学和文学接受研究的著名事例。不过,无论芬诺罗莎、庞德的"误读",还是胡适的"误读",说它是"歪打正着"是缺乏说服力的,因为它们反映的是阅读与接受的语境问题,即社会与个人的文化诉求、期待对阅读与接受的影响问题:诸如历史的机缘、现实的压力、个人情趣的影响,以及文化旅行的规律,等等,可以展开许多有意思的话题。站在本文的立场,最值得注意之处,则是自由与诗的龃龉:意象派是期冀通过技巧的革新把自由的感情和语言转换为坚实硬朗的诗,因而庞德"发明了中国诗"(艾略特语);胡适发动的白话诗运动则面对古典诗歌的压抑,希望获得感情与表达的自由,强调了自由、解放而多少忽视了诗。前者,最终通向的是追求艺术独立性、自洽性和非个人化的现代主义。后者,感情上认同的是浪漫主义,语言上接受的是长于分析、思辨的西方文法,而被象征派、意象派关注的具象思维和诸多诗歌语言策略反而边缘化了。其结果,是对自由诗的浪漫化理解,简单认为它不仅在精神上是自由的,在形式上也不应有约束:不受一切束缚,"不拘格律,不拘平仄,不拘长短;有什么题目,做什么诗;诗该怎样做就怎样做"。

后来的发展证明,美国意象派运动和中国的新诗都暴露出一些问题,都需

---

① 刘若愚.中国诗学.杜国清,节译.诗学:第1辑,台北:巨人出版社,1976-J.Y.Liu.The Art of Chinese Poetry.Chicago,1962:3.

要反思。然而中国新诗由于缺少对浪漫主义进行反思这个环节,自由与诗的矛盾一直没有处理好:在现代汉语取代古代汉语之后,新语言形态中的诗歌形式和语言策略应该怎样?如何在写作目的过于明确而语言背景又比较混杂的条件下写诗?如何对待自由与诗的辩证关系?很少有人自觉地进行探讨。既然人们普遍相信新诗就是自由诗,而对自由诗的理解又比较简单,自然就无法形成自由诗与格律诗共存共荣的局面。

四、作为现代诗体的自由诗

"自由诗"是我国新诗运动中借来的西方现代诗体。关于这种诗体,在《现代西方文学批评术语词典》"自由诗"条目下有这样的解释:

> 有人认为它起源于散文诗或勃朗宁首创的自由素体诗,而另一些人则认为在德莱顿、弥尔顿、阿诺德和亨勒等人的诗歌中已存在着自由诗的传统。然而,其他的种种因素也可能是导致自由诗产生的原因。韵律是传统的句法规则的体现,它有极其丰富的表达思想情感的潜力。我们已经惯于阅读印在纸上的诗歌,因此甚至印刷方式也具有表现韵律的功能,这就是"视韵"产生的原因。但是诗人在写诗时也可以抛开韵律,转而使用破格的句法,并致力于表现日常生活的语调。现代的新的批评理论强调,在朗诵诗歌时,个人的方式或者具有地方色彩的特殊方式均可视为一种韵律。只要上述条件得到公认,那么不需要某位诗人的发明就可以产生自由诗。
>
> 惠特曼和意象派诗人在诗歌创作中特别强调句法和节奏,并形成了一股摒弃韵律和重视节奏的创作潮流。他们的目的在于充分发挥节奏的传情达意功能并对韵律的阐释和作用加以贬抑。他们弃而不用现成的韵律,这对读者的已经成为习惯的感受方式无异于釜底抽薪,并迫使他们形成新的阅读速度、语调和重读方式,其结果使得读者能更充分地体会诗歌产生的心理效果和激情。这种诗歌的韵律并没有同语言材料分离开来;在这种诗歌中,诗节的作用取代了诗行的作用,诗行(句法单位)本身变成了韵律的组成部分,而且诗行的长短变化形成了一定的节奏。①

不难看出,"自由诗"是一种贬抑韵律、强调节奏的诗歌体式。为了自由,它把律诗的破格现象发展到了抛弃格律的地步:诗行长短不一,也不押韵,只留下了分行的形式和节奏作为诗歌的标识。这是一种民主的、无视历史规范的

---

① 罗吉·福勒.现代西方文学批评术语词典.袁德成,译.朱通伯,校.成都:四川人民出版社,1987:113-114.

诗歌形式，它甚至动摇了一直沿袭的散文与韵文分类标准。同时，自由诗又是在一个没有历史重负的天才诗人手中得到最充分的实践并产生广泛影响的。惠特曼作为自由诗之父，最大的特点是把诗歌的梦想与历史梦想紧紧地联系在一起，他诗歌中的世界不是依据历史而是需要依据未来才能阐述的世界。1990年获诺贝尔文学奖的墨西哥诗人帕斯（1914—1998）认为惠特曼的诗歌在现代世界的独特性是不可解释的，"除非把它作为另一种包含它的甚而比它更伟大的独特性的函数来加以解释"①，而这个"函数"就是没有历史重量的美洲。在这个意义上，自由诗本身就是诗歌的一个梦想，一种纯粹的创造。

认为自由诗能够体现精神的自由和形式的解放，是与人的解放要求密切相关的诗歌之梦。毫无疑问，它对视声音模式为诗歌本质的西方诗歌来说是一种彻底的叛逆，因此一直遭到各种各样的非议，甚至连艾略特也戏谑过"自由诗"这一诗体概念，说："对想干好一件事的人来说，没有一首诗是自由的。"他认为诗人反叛僵化的形式是为新形式的到来作准备，而不是在自由诗的名义下把诗写成拙劣的散文。只要是写诗，就无法逃避格律。"某种平易的格律的幽灵应当潜伏在即或是'最自由'的诗的花毯后面，当我们昏昏欲睡的时候，它驱使我们；当我们惊醒之际，它又悄然隐去。换言之，只有当自由在人为的限制下时才是真正意义上的自由。"②而前面引用的那则"自由诗"条目，则认为，"作为一个'现代派'色彩十分浓厚的术语，'自由诗'这一名称如今显然已经过时"。

然而，自由诗虽然冒犯了传统诗歌形式，这一概念本身也有些自相矛盾，但作为一种诗体，近代以来已经流行，在实践和理论上也是成立的。在中国诗歌历史传统中，格律严谨的近体诗（律诗与绝句），是到了唐代才树起权威的，之前之后和同时代的许多诗歌形式，并不遵循近体诗的平仄规律和起承转合的结构原则。而且，即使在律诗日上中天之际，仍有不受约束的东西破"格"而出③。在理论上，形式研究方面最有建树的结构主义学派的核心人物之一雅各布逊认为，语言的基本运作可分为"选择"（selection）与"组合"（combination）两轴，而"诗的作用是把对等原则从选择过程带入组合过程"，所遵循的主要是对等原则而不是传统的格律。他在《语言学与诗学》一文中说：

---

① 帕斯.沃尔特·惠特曼//布罗茨基，等.见证与愉悦.黄灿然，译.天津：百花文艺出版社，1999：73-78.
② 王恩衷.艾略特诗学文集.北京：国际文化出版公司，1989：186.
③ 甚至律诗的圣手杜甫也并不完全遵循律诗的平仄要求。宋人胡仔《苕溪渔隐丛话》云："诗破弃声律，老杜自有此体，如《绝句漫兴》《黄河》《江畔独步寻花》《夔州歌》《春水生》，皆不拘格律。"（苕溪渔隐丛话.北京：人民文学出版社，1962.）

特别值得一提的是，任何一首诗不可缺少的内在特征是什么呢？要回答这个问题我们就必须回忆一下用于语言行为的两种排列模式：选择和组合。如果一段话的主语是"孩子"，说话者会在现有的词汇中选择一个多少类似的名词，如 child（孩子）、kid（儿童）、youngster（小伙子）、cot（小孩），所有这些词都在某个特定方面相对等；接着，在叙述这个主语时，他可以选择一个同类谓语——如 sleeps（睡觉）、dozes（打瞌睡）、nods（打盹）、naps（小睡）。最后，把所选择的词用一个词链组合起来。选择是在对等的基础上，在相似与相异、同义与反义的基础上产生的；而在组合的过程中语序的建立是以相邻为基础的。诗的作用是把对等原则从选择过程带入组合过程。对等则成为语序的构成手段。在诗中，一个音节可以和同一语序中的任何一个其他音节相对等，重音和重音、非重音和非重音、长音和长音、短音和短音、词界和词界、无词界和无词界、句法停顿和句法停顿、无停顿和无停顿都应对等。音节变成了衡量单位，短音与重音也是如此。①

这是有道理的。西方以隐喻为主的诗歌修辞体系和在声音模式基础上建构起来的诸多诗体，都体现了这种对等原则，从而造成了诗歌前呼后应的阅读效果。而中国古代诗歌的声、韵、节奏、语法、语义等，也非常重视对等；近体诗对对偶的讲究，更是对等精神的具体表现（高友工、梅祖麟《唐诗的语意、隐喻和典故》对此有非常出色的研究）。不过，雅各布逊理论的出发点是诗歌语言运作的音韵学，对诗歌修辞中语义与历史因素的考虑不多，这使他过分强调了声音模式和夸大了诗歌语言与日常语言在语序方面的不同（在雅各布逊看来，诗的功能取消了普通语言的逻辑关系而代之为"诗法"关系：在普通语言中，相邻的成分是由语法来建立关系的，而在诗歌话语中，这种关系是由对等原则承担的），因此虽然承认自由诗是诗，却没有讨论它在对等原则中的合法性，只是简单提出"自由诗是诗语言与日常语言的折衷，并同时与更为严谨的诗歌形式共存"。

实际上，对等原则的出发点并不是只有声音模式，在强调意境的中国诗歌中更加不是。高友工、梅祖麟的《唐诗的语意、隐喻和典故》运用对等原则研究唐代律诗时发现，由于对等既存在于声韵中，也存在于语义中，对等连接的方法既可以是相似的，也可以是相反的（如对句中的"反对"），而一首诗不仅是一条语链，也往往与历史传统构成"互文"关系，因而对等"在语言的各个层次中都

---

① Thomas A.Sebeok.Linguistics and Poetics.In Style in Language,ed.Cambridge：MIT Press,1960：358.此处援用高友工、梅祖麟译文.唐诗的魅力.上海：上海古籍出版社,1990：120-121.

有张力的存在"①。注意到这种张力,再进一步考虑诗人运用对等原则的主体立场,自由诗的可能与限度就浮现出来了:第一,由于诗歌的媒介是语言而不是音乐,声韵的地位不是独立的,既受到语言变化的影响(如中国诗歌从四言到五言、七言均可从语言发展中寻找原因),也受着意义的规约,因此不可能有永远不变的诗歌格律,不可能有绝对的诗歌语言与日常语言的界限。第二,对等的功能和意义并不是要服从一个先定的框架,而是对应心灵与感情的内在节奏的,即是说,诗的思维是情绪思维,不是对等原则决定情感的节拍,而是感情律动借助对等原则发出个人的声音。诗歌无法回避的是节奏,而不是格律。第三,由于诗歌的灵魂是节奏,而语言的表现即使没有严格的韵律也仍然可能获得节奏(比如语句的重复和诗段的对称等),对等原则的运用可以说是相当宽松的。

如果我们认同对等原则是诗歌语言运作的基础,同时又能根据汉语的特点,从听觉、视觉、语义等方面更全面理解这种原则。那么,打破传统诗歌的格律是必然的,自由诗这一概念也是可以成立的。因为传统的格律是依据古代汉语的特点摸索出来的,现在语言形态发展变化了(虽然象形文字的根基没有变,但词汇、音节、语法都发生了很大变化),过去对等的东西,现在难以对等了。但是,意识到抛弃传统格律的必要和自由诗的可能性,却不意味着诗歌的原则的消解,可以"作诗如作文",用散文的语言写诗,用"散文美"代替诗美。我们可以认为自由诗是一种充分利用了对等原则在语言中的各种张力,更自由、更具有民主性的诗歌形式,但仅仅将其看成对格律诗层层相叠的"极度工整化"的对等原则的反抗,从而抛弃诗的原则是不行的。首先,如果要使自由诗是诗,还得遵循诗歌感觉、情绪思维的特点和基本的文类规则,比如在最简单的层次上遵循分行的原则,而在较为复杂的层面上,讲究音节的调和与结构的匀称。其次,也许应当像庞德那样视自由诗为"只是一个开始而不是一件精致的作品"②,一种充满活力却未臻完美的现代诗体,一种在社会与语言变革时期过渡的诗歌形式。

因此,应当视自由诗为现代汉语诗歌多种形式中的一种,一种承担了革新传统、探索未来的功能的桥梁性诗歌形式,却不宜将其看成新诗的至尊形式而代替其他形式的探索。必须打破"新诗应该是自由诗"的绝对观念,防止形式与语言运用的二元对立,正视自由诗的可能和局限,改变格律探索的长期压抑状

---

① 高友工,梅祖麟.唐诗的魅力.上海:上海古籍出版社,1990:163.
② 庞德.我对惠特曼的感觉//李野光.惠特曼研究.桂林:漓江出版社,1988:168.

态，形成格律诗和自由诗并存、对话与互动的格局。事实上，自由诗与格律诗的并存，有助于诗歌内部的竞争和参照系的形成，获得自我反思和自我调节的能力，保持"诗质"与"诗形"探索的平衡：自由诗在弥合工具语言与现代感性的分裂，探索感觉意识的真实和语言的表现策略方面，积累了新的经验，在诸多方面可以为形式探讨的危机提供解困策略；而格律诗对语言节奏、诗行、诗节的统一性和延续性的摸索，则可以防止自由诗迷信"自由"而轻视规律的倾向。

由于急切"求解放"的历史情结，也由于文言向"白话"转换过程中现代汉语尚处于不稳定的状态，20世纪中国诗歌虽然在20年代出现过"新月诗派"那样的集体试验、磋商诗歌格律的局面，但格律诗与自由诗并存、对话与互动的格局并没有真正形成。而作为主导形式的自由诗，在急于替代古典诗歌的语言体系和形式秩序时，又对"自由"与"诗"的辩证关系存在着不少误解，影响了现代汉语诗歌的美学探讨和形式规律的探索。这个问题不能不引起足够的重视。没有基本形式背景的诗歌是文类模糊、缺少本体精神的诗歌，偶然的、权宜性的诗歌，是无法被普遍认同和被传统分享的诗歌。中国新诗的发展最终还要回到自己的美学议题上来。

（原载《中国社会科学》2004年）

作者简介

王光明，1955年生，福建武平人。1978年毕业于福建师范大学。曾任福建师范大学中文系副教授、教授。现为首都师范大学文学院教授、博士生导师，中文系主任。著有《散文诗的世界》《艰难的指向——"新诗潮"与20世纪中国现代诗》《文学批评的两地视野》《现代汉诗的百年演变》等，主编花城出版社2002年以来每年出版的"中国诗歌年选"等。

漫游·时间寓言·语言乌托邦
——解读《海东青》的多重方法

朱立立

引　言

　　讨论90年代汉语文学，忽略李永平的长篇巨制《海东青》是令人遗憾的。事实上，这部独具一格的现代主义小说被普通受众关注的程度相当有限，尽管在台湾以及海外已有部分批评者对其进行过评论，大陆当代文学批评者却甚少给予注意和评论。也许，是《海东青》那浓得化不开且又不合时宜的意识形态色彩使得它在两岸都难以被主流接受——书的自序即将蒋介石的败退台湾比拟为摩西率以色列人渡红海赴迦南，1949年的那场溃逃被改写成20世纪的出埃及而赋予了些许神圣悲壮意味；而书中的街巷地理政治和人物的行为政治也再三致意一个渐行渐远的失意政体，作者还不止一次在小说叙事中以隐喻或直陈的方式表明其国民党老兵式的政治理念和价值认同。显然，这一切对作品产生了某种程度的美学伤害。此外，《海东青》那野心宏大的中文乌托邦阻挡了一般读者的视线，而精细的汉字复古和创化构成了《海东青》最为本质的美学形态。

　　毋庸置疑，《海东青》是90年代汉语文学中的一个形态独异而表征丰富的巨型文本。无论是它那乖违的儒生式的社会承担意识和历史忧患感，还是它激越而苍茫的身份追寻和迷思，不论是它那犀利却另类的现代性批判与后殖民批评方式，抑或是它忧郁晕眩的漫游文体和语言乌托邦建构，以及它感性/性感的趣味及其性的隐喻功能，都在在表明这部长篇小说的不同寻常和不容小觑。

一、漫游、国族想象与身份迷思

小说被称为个人冒险的叙事，这一文类向来钟爱漫游这种情节模式。中国文学史有著名的漫游体神话小说《西游记》，近代以来也有相当多以游历、漫游作为结构形式的小说，如晚清谴责小说，现代小说《南行记》《围城》等；西方文学史则拥有从流浪汉体小说到后期浪漫派漫游小说的叙事传统。漫游为有限视角的叙述个体提供了自由流动开放的活动空间，人物的视听言行因此具有了某种流动性和开放性，而作品也较易展示作者意图、展现的不同场景。漫游也因此被赋予特殊的小说形式功能，具有浪漫美学属性的"漫游"常常成为一些小说结构的要素，以及小说人物获得启悟的重要途径。小说《海东青》意趣非常复杂，其象征性、寓言性、语言仿古/创新等显示出宏大的美学和非美学企图。作者采用了漫游叙事这一东西方共有的文学叙事传统。小说以靳五异国归来作为开篇，以他的台北漫游贯穿整部作品，漫游成为这部小说的重要结构方法。

中秋之夜的鲲京（台北）细雨霏霏，留美八载风尘仆仆的靳五博士走出机场，踏上了久别的鲲岛（台湾），贴近这片对他而言有些意义暧昧的土地。靳五似乎不由自主地开始了书中他的第一次漫无目的的都市夜游/游荡，从此，这种人生形式就一直神不守舍地延续下去，成为他无法摆脱的"魔症"，也成为作者为之目眩神迷的浪漫化小说结构方式。从第一章中秋之夜痴痴呆呆的孤独浪游，到最后一章与小朱疯疯癫癫的感伤漫游，一次次冒险或逍遥的游荡过程中，人物的至情至性煞是可观，借着游荡中人物的开放视听，城市街巷千姿百态的风物人情也犹如浮世绘缓缓舒展开来。

仔细品味，李永平的《海东青》，兼都市现代性批判与文化乡愁叙写于一身，融古中国书生和现代知识分子复杂心绪为一体，演绎了一出可圈可点的鲲京（台北）都市漫游奇观。他笔下的游子靳五生于南洋，留学美国，却总被一股神秘的魔力吸引着再三回眸台北，游荡在台北市遍布着中国各地地名的街头巷尾，更有一种暧昧难解的身份郁结。他不断地游走，不断地经受视听感官的洗礼，"游荡"不单是作品叙事的一种方式，更是已然成为靳五的生命形式。靳五之游，执着于回归——不是归返南洋，而是频顾台北的败德的喧嚣与骚动的繁华，以及这晦暗城市无数令他触目惊心的中国符征（包括政治信仰符号，以及文化地理表征）。书中的靳五，好似白先勇"台北人"的精神后裔，又仿佛"三三""神州"的蒙难知己。这为作品笼罩上了一层莽莽悲意。

异乡的都市红尘中，这个行为独异的南洋华人知识分子为何如此迷恋游荡？漫无边际又局促逼仄的漫游为何成为靳五的生命存在方式？波德莱尔这样描绘所谓现代的漫游者:"他就这样走啊,跑啊,寻找啊。他寻找什么？……这个富有活跃的想象力的孤独者,这个片刻不停地穿越浩瀚的人性荒漠的游历者,有一个比纯粹的漫游者更高尚些的目的,它更具普遍性,不同于随境而生、稍纵即逝的快活。他正在寻找某种你必须允许我称之为'现代性'的特性……他把从时尚中抽取隐含在历史中的诗性的要素作为他的工作。"① 这些对现代大都市的堕落与繁华、丑陋与诡异最为敏感的文化人,本雅明称之为"游手好闲者"。那么,靳五是哪一类人呢？可以肯定的是,靳五的每一次游荡也都茫无目的,他是这座城市的异乡人,他的母亲在南洋,而他的文化和精神之根在乌托邦想象之中;作者试图让他做一个冷静的旁观者。然而事实上,靳五的游荡不乏深意,他似乎只有不断游荡才能缓解内心的焦虑,但也许更加重了这种焦虑,显然,他本质上更近似于波德莱尔说的那种不停寻找的孤独文化人。他和海东(台湾)人一样在漫游中寻找,海东浪子安乐新常常唱着闽南语的寻母谣,而他则明白自己是在寻找父亲:一个能让灵魂皈依的至高无上的精神之父,而这种欲望在作品中与一种强烈的宗教化政治信仰紧密相连。他每次见到街头的孙中山先生铜像必虔诚鞠躬,这类决不闲散的身体政治语汇,透露出决非旁观的国族想象与激越的政治情怀。这种非常人为的行止,直接暴露出作者峻急的历史焦虑。其实,他所要寻找的不仅是一个具有象征意义的父亲,更是一种生命的根源。

靳五几乎一直在游荡中展开行动,所谓行动也基本限于"看":急速扫视的一瞥,久久的凝眸,以及好奇、疑惑、震惊,或是愤怒、伤心、寻索……一切都含在那表面逍遥自在、无所作为,其实却精细深沉的"看"之中,游荡这种形式,妥当地展现了靳五飘摇不定的身份状态和心理状态。靳五的看,是尽量保持着一定距离的旁观,然而"没有无思想的看","看"是一种有条件的思想,它通过身体引起思考,既不选择存在,也不选择不存在②。因此靳五旁观者却难自清,从弱柳扶风的台北雏妓、纵欲狂欢的日本二战老兵,意味深远的回溯伸展到"九一八"和"七七"卢沟桥,从"奉节路""巴东街",一路辗转到迢遥的长江长城黄山黄河……眼前刺目更刺心的感官图景,脚下似曾相识的路径,让原本仿佛自由随意的看、听、闻,变得沉重起来,历史陈迹如血如墨,点点洇染在微缩式的地理坐标中,触目惊心,恍惚游离的看视者只能一次

---

① 波德莱尔.波德莱尔美学论文选.郭宏安,译.北京:人民文学出版社,1987:484.
② 梅洛-庞蒂.眼与心.刘韵涵,译.北京:中国社会科学出版社,1992:134.

次地,"呆了呆"或者"一冷"。这个身材高大、憨态可掬、童心未泯的都市游手好闲者,渐渐让人感觉出他心内的绵密、伤感和世故,以及渐行渐老、苍凉难言的复杂心结,解不开,理还乱。惟有不断的游历,不断的视觉充溢,不断地行走如现代屈子,一路行吟至都市肮脏糜烂的脏腑深处。这个表面的游手好闲者,他的精神苦于无处安顿、无家可归:只有让外在不断的游荡形式,暂且安顿一颗赤诚、痛楚、动荡、漂泊不止的心。

"海东青"是一种生活在中国东北地区的猛禽,这种鸟最早被女真人驯服用来捕猎,天性剽悍,是鹰中之王,具有普通猛禽所没有的许多本领,如像蜂鸟一样倒飞,任意悬停于空中不动,在瞬间加速至极限。海东青的意象还令人联想起庄子《逍遥游》里的鲲鹏。小说也确有以志向高远的鸿鹄来批评偏安一隅的燕雀之意图,寄意深远。在小说展示的都市浮世绘里,我们看到了一个铺张喧闹的繁华与浪啼悲吟的颓靡并在的市井社会,见证了一种欲望弥漫、骚动不安的世纪末景象。作者让他心爱的人物:留学归来的靳五教授、小女生朱和清纯少女亚星,如浪迹浮萍,漂游在鲲京(台北)的滚滚红尘之中,切身体验一个失落了精神之根的社会的恐怖和无望。而小说精美古典、独具一格的语言,更是创造了现代中文小说史的一个浪漫奇迹:它复活了本土之外的文化浪子深藏在心中的由文字砌成的古典中国,但是这文字却无力再造一个道德与世风的桃花源。精致纯美、古雅细腻的语言文字,垒造起的不是乐园,而是一个败德的现世人间地狱。而地狱尽头,闪耀着虚幻的乌托邦落日般荒凉凄美的光芒。

小说前言里,李永平以圣经故事隐喻现代中华民族分裂的悲剧。作者无法容忍国家与民族悲剧的延续,唯有一任自己的文化乡愁流泻不止。小说是在台湾社会一片后现代游戏浪潮中"不合时宜"地登场的,它的悲凉与伤痛之深切,让它自外于世俗的浅薄欢乐。拨开台北都市的霓虹艳影,我们看到一个流离的华人对浮华台北的苦苦凝视,看到一个当代知识分子是如何观照人性的邪恶与堕落,同时艰难地寻找。他在寻觅什么?他能寻找到什么?

"靳!你到底在寻找什么?""孙逸仙博士。"(《海东青》59页)

这夹杂着政治情结的对话,多少有些生硬。如前所述,流浪的目的在于寻找精神之父(仿佛乔伊斯笔下的斯蒂芬与布卢姆?),而这种父性及其象征延伸物就是作者认同并皈依的一种祖根。寻找父亲,也就是寻找自我身份的归属。伴随着强烈的祛除魅影、返本还原的冲动,在大陆文化寻根热销声匿迹之后,海外华人靳五却未曾停息在台北的寻根步伐。游的深层含义显然指涉靳五的身份困惑:出身南洋而游学台湾,而后留学美国,继而又漂游回台。与作者李永平相同，身份的迷失或混杂，因而游走得更加急切，寻找也显得更加艰巨，同时这堕落尘世里的寻找也更加渺茫虚空。必须指出的是，在政治狂热和文化沉潜之间，李永平的寻找注定有些似是而非，他把所有的朝拜与激动都奉献给了辉煌而虚空的海市蜃楼，使他的庞大象征显得有些不伦不类，而那汹涌于心间的浪漫主义激情（革命、历史）却只能是萨特所言的"无用的激情"。

对应于靳五的寻父，小说特意安排了一个嚼槟榔的闽南青年的角色，这个艺名为安乐新（一种迷药的名字）的青年整日无所事事地游荡于城市的脏腑，他猥琐的形容举止令人鄙夷，而他常常孤独哼唱着寻母谣又令人同情。显然，他的寻母和靳五的寻父形成了小说两条似乎可以重合、事实上却各说各话的平行线，叙事者努力弥合两者，企图在两者之间建立起沟通的管道和相互接近的认同。

在阅读过程中，不止一次想起《废都》。两者都是以一座城市作为寓言的寄生之地，不仅世纪末的颓废情调与文化怀旧感如出一辙，旧小说式市井气息的传达亦有些相类，就连文字的韵味也遥相致意。这两部同出于90年代初期的长篇小说看上去有着众多的相似处，然而细心分辨，就会发现两者的精神指向完全相反。废都的颓废既弥漫着90年代初知识分子失败主义的集体氛围，也充分暴露出作者士大夫旧文人情结彻底破产的幻灭感，精细古朴的文字中透着凄惶的肉感浮艳，深渊般的无奈与绝望一览无遗，一种自渎自虐的文字纵欲倾向欲盖弥彰。反观彼岸的《海东青》，仿古又越古的文字承载着儒生式救世与自我救赎的理想，颓废与耽美的感官情调链接的是现代知识分子的旁观与批判意识，精致古雅得有些凄冷的文字里跳动着一颗热烈不羁的浪漫灵魂。颓废的深处，原是和中国文学史中的忧患意识脉息相通。

值得一提的是，靳五讲授文学的场面在作品中仅出现过一次，不妨将它看成人物自我表白的仪式。整部小说中处于看视、倾听和漫游状态的靳五，唯有这次借演说文学来表白他清醒理性又激情热忱的自我，叙述者沉迷和失落的感伤情怀并没有销蚀人物生存和寻求的内在勇力。叙述者的言说风格在此突然中止，人物告别缄默失语的"呆了呆"的被动状态，滔滔话语之流呈现出一个健全的人格世界，一扫游历中的迷离恍惚、混混沌沌。言说形式的突兀转变，暴露了人物与叙述者之间的微妙分界：一个目睹祖根文化衰败的现代知识分子与"正宗"中国儒生间的对话必然是一场自我纠缠、自我颠覆的灵魂暴动，一个身处南洋、台湾和古老中国之间的怀乡者内心必然承担着难以言说的矛盾冲突。

《海东青》最为诡异也是最为特殊之处在于主人公身份的困境，这同样是作者切身且难以治愈的痛。人物复杂的身份与存在主义观物方式一再申述着边缘化在场，南洋唯一的亲人——母亲的离世宣告了故乡的诞生①，但靳五奔丧完毕仍然回到台湾，对于南洋故土而言，他似乎只能算是个客人；而对于台湾乃至大陆——对于地理意义和政治意义上的中国，人物既始终笼罩在山河破碎的阴影下，又无法改变自己的文化孺慕，"比中国人更中国人"。地理的分割，政治的分野，令人物的身份陷入乱真而疑真的尴尬。

二、失贞：关于时间的一则寓言

《海东青》中，主人公靳五的游历过程充满着对纯洁女孩毫无保留的迷恋。作品常用"看得痴了""看呆了"之类的表述形容靳五面对女孩可爱行止的感受。那个精灵般的朱源于现实生活中一个真实的女孩，很多年过去了，"作为纯洁的象征，朱永远长不大，还是七八岁"。李永平说："身为小说家，对现实生活感到无奈，因为你无法改变什么。但你有权力决定笔下人物的命运。若将长大的朱摆在台北这个环境，她势必要沉沦的。所以我不让她长大。让她在最完美的时候消失。就像曹雪芹写《红楼梦》，不让林黛玉长大一样。"②

靳五与《红楼梦》中的宝玉有着相似的情结，宝玉也害怕女孩变成女人，"女孩是水做的骨肉，一嫁了人，沾上了男人的臭气，就变得俗不可耐了"。靳五的女孩情结还让人想到《喧哗与骚动》中班吉和昆丁对凯蒂的爱。据福克纳回忆，他创作《喧哗与骚动》，源于脑海里的一幅画面，"画面上是梨树枝叶中一个小姑娘的裤子，屁股上尽是泥，小姑娘是爬在树上，在从窗子里偷看她奶奶的丧礼，把看到的情形讲给树下的几个弟弟听"③。凯蒂是小说的核心人物，她未来的堕落和耻辱已经预言般显现在那条脏裤子上。福克纳认为那弄脏的裤子象征着"堕落了的凯蒂"。凯蒂这个南方淑女的失贞给即将崩溃的家庭致命的一击：昆丁跳河自杀，康普生用酗酒来结束自己的生命，杰生失去银行的工作而愤恨一生，班吉陷入无法解脱的痛苦。尤其是昆丁和班吉，他们以各自的方式爱着凯蒂。班吉总是说凯蒂的身上有一股树的香味，当凯蒂十四岁开始打扮的时候，班吉因为闻不到树的香味哭了。班吉虽然只有三岁孩子的心智，但他本能地害怕凯蒂从女孩变成女人。面对家族命运的无可挽回和凯蒂的堕落，昆丁像宝玉面对大观园中女孩们的萎谢凋零一样无能为力。《海东青》中，朱、

---

① 小说中对故乡的定义是"清明节有墓可扫"的地方，或者有亲人故去的地方才是故乡。
② 陈琼如.李永平：从一个岛到另一个岛//"诚品网络书店"：http://www.eslitebooks.com.
③ 福克纳谈创作//李文俊.福克纳评论集.北京：中国社会科学出版社，1980：261.

亚星以及张彤等若干女孩还没有长大成人，但主人公靳五一直心怀忧虑，因为她们终究会长大，而长大就意味着丧失童贞。失贞的忧患笼罩着现时的每分每秒。《喧哗与骚动》是一个寓言：其中南方淑女凯蒂的失贞是一个象征，它是家族颓败的象征，也是南方道德世界崩溃的象征，同时它还寓示着人类价值的失落。《海东青》则是关于台北的一则寓言，失去童贞同样是一个象征，作者不断强化失贞的隐喻功能。

《海东青》展示了一个成年人普遍堕落的世界，通过靳五特殊的游历得以观察到城市各个角落的沦落气息。而女性的性状况是《海东青》十分倚重的道德沦丧的权衡尺度。作品饶有深意地借助漫游者的叙事视野饱览城市无处不在的商品化性交易，突出地展现台湾女性向殖民国出卖性的现象，与之对等而更堂而皇之的是殖民国男性在台岛大肆寻欢的丑态。实际上作者通过性这一视角揭示了整个台湾社会的堕落。因此，女童的失贞拥有了和《喧哗与骚动》相似的功能。只是福克纳笔下凯蒂的失贞已成事实，而李永平小说中的朱和亚星在靳五的守护下还保持着似乎会随时丧失的纯贞。然而，靳五知道，她们必然会有着不堪的未来。作者特别强调了日本文化中的恋童癖倾向及其对朱等女童的潜在威胁。失贞主题，指涉台湾受日本殖民的历史和被日美经济殖民乃至文化殖民的现实。

《海东青》中的时间意识也让人想起《喧哗与骚动》。"只要那些小齿轮在卡塔卡塔地转，时间便是死的；只有钟表停下来时，时间才会活过来。"萨特因此认为："昆丁毁掉他的手表是具有象征意义的；它迫使我们进入了没有钟表的时间。白痴班吉的时间也是没有钟表的，因为他不识钟表。"① 钟表是昆丁部分出现最多的意象，达六十一次之多。一开头就是康普生先生关于时间的毁灭性的虚无议论。昆丁的表既象征时间的变化又象征传统，表还象征着死亡。《海东青》中，时间令人迷失和错乱，而且让人增加内心的焦虑。第486页有一段描述颇为有代表性："靳五叹口气望进虞乡街，眺眺弘农路浦阪路口国民代表大会门楼上的大钟。四点零五分。"与他同行的小女生亚星很知情地告知："他们那只钟永远都停在四点五分，好多年喽！先生。""国民代表大会门楼上"的这只大钟的意涵与《围城》里那只永远落后于标准时间的老钟颇有些相似，它意味着国民党权力体制的颓败、僵化和功能终结，这停滞的老钟，正是小说里那些年迈的国大代表徒然挣扎受辱情境的反讽。停顿的老钟同时象征一种过了气的信仰的黯淡湮灭。崇仰孙中山三民主义的南洋华人靳五深深知道：现实

---

① 萨特.福克纳小说中的时间:喧哗与骚动//福克纳评论集.北京:中国社会科学出版社,1980:159.

已经改写了他原先所仰慕并默默追寻的一切。那原初的大德如童女之贞已然丧失。

作品还多次安排靳五窥看他人手表的乖僻，以示他对时间的敏感和焦虑以及逃避时间的无望。第471页，靳五溜课漫游路遇学生宫青，他问宫青"现在几点"。宫青一边将腕上手表送到靳五面前一边反问："老师从来不戴手表？"而在第87、746、806、857、864、869、895、903、914、936等页，分别出现了靳五通过朱和亚星的手表了解时间的细节。这些反复再现的细节一次次凸现人物的时间忧患：童女失贞的巨大阴影宣示了社会败德的底线，叙事人在抵御时间的自欺（不带手表）中无奈地期盼着"朱好好长大"。而性的隐喻功能通过国民代表大会门楼上的大钟这一意象与台湾政治生态之间产生了奇异的关联。

三、语言乌托邦与后殖民批评

> 海东大学敲起了古铜钟，一声一苍凉，摇荡起天际那轮水红月……靳五眺望了半天，心中一动，城东，天北，一颗星星独自个闪烁着，软红十里茫茫黑天中皎洁一星失落的幽光，深澄迢遥。奉节路金光灿烂，波波小轿车辗过热熔熔的柏油，飙向城心红霓深处。燥风中冷气车窗里俪影朦胧……①

马来西亚华人后裔靳五，游魂一样游荡在台北的大街小巷（以及烟花柳巷？）寻寻觅觅，冷冷清清，凄凄惨惨戚戚。与人物混沌、茫然、漂泊而执着的状态相对应的，是小说恍恍惚惚又精灵剔透的语言风格，透着深深的文字恋物癖的偏执与沉迷。在现代化的鲲京都市，人物迷失在满布着中国各地地名标记的街巷迷宫之中，叙述者放任古典、感性的汉语言，那或许是作者拟想中的汉语——正宗、纯洁、诗化而如梦如幻。

走进《海东青》里的语言世界，不经意间仿佛走进了某部晚清白话小说。那种业已消失了的氤氲着历史陈烟的语言氛围，通过李永平的耐心酿造似乎又重新活灵活现地嫁接在现代都市台北街头，成为一种汉语的奇观。整个一部厚厚的《海东青》，就是一贯的这样古雅温文、飘逸缠绵而又清峻凛冽，还夹带着股奇奇怪怪的古色古香，生僻的字词不时闪入眼帘，以至于被比喻成对中文

---

① 李永平.海东青.台北：联合文学，1992：57.

读者的"生字测验"①，作家自己苦心搭配组合的新词也屡屡可见。当然，为了表现台北特定历史时期的氛围，小说还特意让中原地区诸种方言小曲以及闽南方言、闽南歌曲民谣穿插于叙事之中。这似乎对作者一心一意营造的语言乌托邦而言是一种干扰或损害，这在与他80年代的《吉陵春秋》中的语言经营相比时感觉会很明显。不过这依然不会掩盖整体的语言纯化倾向。

李永平为什么会致力于创造这样的文体呢？他本人的陈述是："我不能忍受'恶性西化'的中文"，他把这种倾向斥责为文化及语言上的"买办"。与此相对应，国文课感受到的"中国语文的简洁、刚健"给予他"极大的惊喜和震撼"，以至于此后的写作"断断续续，苦心经营，为的是要冶炼出一种清纯的中国文体"②。对台湾文学语言文字"恶性西化"倾向的拒斥，以及保卫中文的纯净和尊严的民族意识，驱使李永平开始了他的文化寻根行程。准确地说，文化寻根或许正是他语言追求的目的。他认为："中国的方块字是很特殊的，对我而言，它不单是语言符号，而是图腾。"③ 对于这样一个宏大庄严的理想，作者曾经做过近乎浪漫的表露："希望我能在五十岁以前到大陆，在山西附近找个顶点，然后在黄河流域流浪个十年，亲眼看，亲耳听，把中国丰富语言吸收个够，然后写一本《创世纪》，就是中国的'创''世''纪'三个字。"④《海东青》这部巨著似乎只是李永平文学朝圣行程中的一个驿站，他说："写《海东青》是在找中国，可是我真正要写的是'创世纪'，那就是要找根了，找中国人的根。"⑤

《海东青》里，文字不仅以建构一个语言的桃花源而自足，文字的苦修也是为了建构一个企图心极大的乌托邦。与其说作者是通过语言的炼金术来逃避现实，不如说他在借助神奇的语言魔镜洞穿诡异的历史和错谬的政治，为中国东南部这块苦难土地上的人民鸣冤叫屈，也为自己的生命选择寻找根源。主人公靳五与作者一样，作为漂流海外不改中国认同的华裔，选择了回归母土，然而回归并未因此消除身份焦虑，个体身份焦虑与所在地域的身份焦虑错综交织，成为个体无法承担的历史沉重。

作者寻找自我认同的同时，也是在借"再造语言"来再造中国文化的幻象。

---

① 黄锦树.在遗忘的国度//马华文学：内在中国、语言与文学史.吉隆坡：马来西亚华社资料研究中心，1996：178.
② 李永平答编者五问.文讯，1987(29).
③ 陈琼如.李永平：从一个岛到另一个岛/"诚品网络书店"：http://www.eslitebooks.com.
④⑤ 邱妙津.李永平：我得把自己五花大绑之后才来写政治.新新闻，1992-4-12-18.

文字的大观园里移步换景、美不胜收却又处处隐含玄机，在红楼梦式的演绎铺陈里，台北都会繁华靡丽的现实与古中国幽暗久远的历史文化得到了一种真亦假来假亦真的浪漫凄艳解读。小说的前言以激越而显得夸张的浪漫语调讲述了摩西出埃及的圣经故事，也是一则反讽性的中国现代政治寓言。难以言喻的悲凉情怀奠定了全篇的基调，小说进入了一种放逐与回归共在的出神状态：痛苦的快感浸透一出世便苍老的方块文字。正是小说不同凡响的语言文字，为作者打造了一座藏身并朝圣的通天塔。然而，无论是对中国文化的景仰感怀，还是对基督精神的心有戚戚，作者必也明白，想象中的乌托邦终归不能解决台湾的现实问题，这座语言之塔在筑造的同时又在悄然坍塌。但败德淫靡的台湾社会现实，土地的流离、文化的流落与个人的离散紧紧纠缠，身份焦虑是不可触又无法抑制的隐痛，在在驱使作者陷入对中文的极度迷恋之中，远离中原、远离历史并不妨碍他聚精会神、如痴如醉酿造中文语言，令作者为自己的创造物而沉醉。作者以语言的自我创造来消解文化颓废意识，但又因文字拜物教式的恋字癖而堕入更本质的颓废。这一巨著无意间成为台湾世纪末颓废潮流的先声。

在90年代台湾语境里，少见有人如李永平那么痴心、悲怆地沉浸在政治、文化、历史与个人生命的多重悲情与迷失里不可自拔——从吴浊流到白先勇，从三三诗社、天狼诗社到李永平，台湾这个美丽岛似乎习惯了迷失与悲情，李永平带有寻根意识以及后殖民批判色彩的私语策略让人有理由认为，"纯粹中文"作为一种语言乌托邦，是不可能复活于现实，却有声有色地上演着一出注定寂寞的无喜无悲的多幕剧。借由不可能的语言以及笨拙的政治隐喻，它的乌托邦色彩一往情深地抵达文化乡愁的深渊。难言的颓废与渺茫的追寻，只能运用已然封存的古雅语体来诉说，落魄在假定情境里满足于镜花水月的短暂安慰；护卫着女孩朱鸦星游荡不止，拒绝时间的侵略。作品结尾，一直力图扮演旁观者的主人公靳五与七岁的朱告别，这个高大的男人突然间陷入了无能的伤感：

  靳五心一酸撂下行囊，落了跪，把朱搂进怀里："丫头，不要那么快长大！"朱放声大哭。

这是小说的最后一句话。满纸的荒唐言顿时化作了一把伤心泪。客观镜头式的旁观者叙述语调彻底破产，人物与他所旁观的对象已经无法分离，就像作者和他心爱的语言。语言不再是盲目的絮絮叨叨的独语，语言从此就是一个自我完成自我祭奠的王国。哪怕这个王国只是荒原上生长出的美的幻象。不仅如此，朱作为靳五心目中的纯真天使，和作者竭力营造的纯化语言似乎一样幼嫩脆弱需要悉心培植呵护，而小说里的七岁小女孩却失去了最基本的保护：她年轻的本省籍母亲为了换取出国机会和物质利益可以出卖女儿的身体,她苍老的外省父亲终日沉湎于酒精和少棒比赛录像中混沌度日;小说以两名日本老兵邪恶淫亵之手的越伸越近隐喻纯真丧失的巨大威胁,而日本老兵教朱唱日本国歌就不是隐喻而是明示了。后殖民批判的警世意识在《海东青》中颇为令人触目:日本老兵一字儿排开站在台北街头小便的场景的反复重现,不同名目的日本旅游团体在台北四处寻欢的镜头,日本老头带朱姐姐出去"消遣"的画面,美国小伙因自己的美国男人身份而得意于"中国处女"必委身于他的炫耀神情……作者一再凸现原殖民国男性对鲲京女性大规模性占有的事实,其意涵自然不仅在此一端。

作品中抵抗道德沉沦以及外来经济文化殖民势力的力量似乎在于靳五这个中华子民的独行侠义,更在于一个纯化美学理念构建起来的语言乌托邦。一个流离的华人作家用华文无声地向那堕落荒淫的繁华世界发出警世的嘶喊。在李永平那里,语言成了一面模糊不清的镜子。它映照出的可能是一介文人暧昧不清的文化梦魇:径直走向心底的坚持与虚无。同时,语言的唯美意味和纯化倾向未曾遮蔽儒生式的使命意识,欲说还休的后殖民批评意识渴求一种文化同质的纯洁①,从这个角度看,李永平的文字乌托邦除了含有与败德浑浊的社会乱象相角力的自觉,同时也以语言本体的形式深深铭刻了解殖民意义上的文化身份焦虑和原我文化保卫意识。某种意义上说,人是乡愁的动物,他为自己一次又一次地被抛弃而哀愁。个体从自然、子宫、家庭、故乡以及文化母体中脱离出去,又总是在孤绝中寻找回家的道路。卢卡契在其具有浓厚浪漫诗学色彩的《小说理论》里宣称:"小说是一个被上帝抛弃的世界的史诗。"② 作为一种文类,小说的诞生是近代以降的文化事件,它意味着和谐的总体已经消解。小说是一种"先验的无所归属的表现"。卢卡契的论述实际上承续了席勒当年"素朴的诗"与"感伤的诗"的划分,古代文化是素朴的、和谐的,而近代文化则是分裂的、感伤的。卢卡契认为,小说人物是与外部世界疏远的产物,小说讲述内心的冒险,为了寻找自我本质,灵魂寻求冒险但注定无家可归。所以小说的浪漫性可以通俗地界定为一种感伤的旅行。而"浪漫派美学的根本问题,是要解决人生的皈依问题,人的价值问题"③。李永平的《海东青》可以视为这样

---

① 艾勒克·博埃默.殖民与后殖民文学.盛宁,韩敏中,译.沈阳:辽宁教育出版社,1998:3."后殖民文学指对于殖民关系作批判性的考察的文学。它是以这样或那样的方式抵制殖民主义视角的文字。"

② 卢卡契.小说理论.杨恒达,编译.台北:唐山出版社,1997:61.

③ 刘小枫.诗化哲学.济南:山东文艺出版社,1986:50.

的小说，讲述了一个迷失自我的灵魂在不断游荡、追寻意义的象征性故事，剥除它过于明显的寓言指涉，与浪漫派精神息息相通，都从一个层面见证了华人知识分子 20 世纪精神漂泊之路的漫长和艰难。

(原载《文学评论》2005 年)

作者简介

朱立立，1965 年生，安徽潜山人。1986 年毕业于南京大学中文系。福建师范大学文学院教授、博士生导师。著有《知识人的精神私史》《身份认同与华文文学研究》《台湾现代派小说研究》等。

文化研究的激进与暧昧
——评李陀主编的"大众文化批评丛书"

刘小新

20世纪90年代以来,文化研究的兴起成为中国人文学术领域引起广泛讨论的一个重要现象。文化研究在中国意味着什么?中国的文化研究做了些什么?存在哪些问题、限制与困境?本文以李陀主编的"大众文化批评丛书"为中心展开讨论,试图提供一份初步的观察与思考。迄今,这套丛书已经出版了十种:《隐形书写——90年代中国文化研究》(戴锦华著)、《双重视域——当代电子文化分析》(南帆著)、《在新的意识形态的笼罩下——90年代的文化与文学分析》(王晓明主编)、《书写文化英雄——世纪之交的文化研究》(戴锦华主编)、《上海酒吧——空间、消费与想象》(包亚明等著)、《倾斜的文学场——当代文学生产机制的市场化转型》(邵燕君著)、《崇高的暧昧——作为现代生活方式的休闲》(胡大平著)、《在角色与非角色之间——中国的青年文化》(陈映芳著)、《从娱乐行为到乌托邦冲动——金庸小说再解读》(宋伟杰著)、《救赎与消费——当代中国日常生活中的消费主义》(陈昕著)。从批评理念、研究框架及其涉及面看,这套丛书在一定意义上可以视为中国文化研究实践第一阶段成果的集中展示。

文化研究是什么?这或许得从文化研究的西方起源及其流变说起,但看起来丛书主编和作者的兴趣不在这里,这是另一些学者的工作。李陀们显然不愿把文化研究做成西方理论的又一次愉快旅行的脚注,而把它视为阐释"中国问题"的一种话语实践。文化研究在中国意味着人文知识界重新介入变化了的社会文化现实的一次努力和尝试。从"后学"的潮涨潮落到今天看来多少有些空泛的人文精神论争,从人文知识分子的边缘化焦虑到文学研究的高度体制化、专业化，人文学界似乎丧失了文化参与的现场感和阐释现实的能力。詹明信说：文化研究是一种愿望。的确，对于中国人文知识界而言，文化研究的兴起以及与之相关的对专业化纯文学研究的攻击，都是企图重新介入当代文化场域以重获阐释现实能力的愿望表达。阅读李陀主编的这套丛书，我强烈感受到这种介入的愿望。借助"文化研究"，人文知识界有可能再次获得一种介入式的知识位置。在"文化研究"的名目下聚集起来的这些学者有着相同或相近的基本认识，即大众文化是90年代以来中国文化现实的重要构成。因而，大众文化批评就成为人文知识分子重新返回文化现场的一个重要入口。

但具有共同的问题意识，并不意味着丛书作者们对大众文化的功能与状况有着相同的认识与理论立场，他们的研究方法不仅有所差异，甚至存在相互矛盾、抵触、解构。这一方面显示出丛书的丰富性，意味着90年代以后大众文化的复杂性，不同的研究者或许观察到的只是复杂问题的某些面向；另一方面也消解了丛书的批判力量，暴露出文化研究的内在困境与暧昧。概括而言，这套丛书在理论立场上大体可以分为四种：激进的批判立场、"双重视域"的复杂审视、相对客观的社会学描述以及感性与理性的矛盾。

其一是以王晓明和戴锦华为代表的批判大众文化的立场。在他们看来，90年代大众文化的兴起是中国社会转型的构成部分，大众文化参与了作为社会转型观念基础的新意识形态的建构，而这种新意识形态无疑遮蔽了现实的复杂性与差异性。这是一种有些新左翼色彩的批判立场。王晓明以解剖现代作家的精神障碍的方式敏感地触及了当代现实的深处，他把"进步""现代化""发展""成功""市场""世俗化""自由主义""消费时代"等一系列话语混合而成的新"思想"称之为"新意识形态"："它事实上已经构成主导今日社会一般精神生活的一种新的意识形态了。"① 在社会转型中，这种新意识形态产生了新的压抑与遮蔽。文化研究要批判的正是这种"笼罩"人们一般精神生活并且不断塑造公共想象与欲望的新意识形态，尤其要反省知识界对这种新意识形态有意或无意识的参与与共谋。这里，王晓明显然把"自由主义"话语和人文科学的专业化倾向视为形塑新意识形态精神资源的构成部分。对他而言，这种新左翼社会批判立场表现出从未有过的鲜明。如果从另一个理论高度来看，王晓明对新意识形态的分析与描述可能有些印象化并过于简单，没有揭示出新意识形态的复杂结构及其生产机制。所以，他大步从新意识形态批判迈向"新富人"/"成功人士"形象批判。这样一来，批判的焦点缩小了、明确了，但批判的力度与

---

① 王晓明.在新的意识形态的笼罩下.南京：江苏人民出版社，2000：18-19.

意义却也减弱了。以对"新富人"和"成功人士"想象的感性批判代替对复杂的中国问题的理性分析,这种视域的缩小很难产生真正深刻的思想。所谓的"新意识形态"是否是一个总体性概念?有没有化约主义的危险?"成功人士"想象在"新意识形态"中占有多大的分量?以"成功人士"想象为中心的"上海想象"在多大程度上可以视为中国性的问题?在"新意识形态"批判的视域中哪些问题反而又被遮蔽了?如何评价作为历史发展动力的"欲望"?这一系列问题还有进一步思考的空间。从"中国问题"到"新意识形态"再到"成功想象"和"新富人"批判,这种中介的缺乏、快速的话语转换,是否暗示了"文化研究"在阐释中国问题上的某种限度?今天的文化研究对这种现实的制约性因素是否缺乏足够的反省?这或许是值得人们反省的问题。

在理论立场上,戴锦华与王晓明是比较相近的,都认为大众文化是对现实关系的"遮蔽"。在《隐形书写》中,戴锦华将90年代中国繁富的文化格局称之为一处"镜城"。"镜城"是一种结构,也是某种幻象,也可视为意识形态的隐喻。她的"镜城"或90年代的"文化地形图"是复杂的社会文化网络,是各种权力中心相互冲突、合作与共谋的"共用空间"。为揭示出这一文化地形图的形成机制及其结构,《隐形书写》更多地借助了福科的知识考古学与谱系学的方法。她对90年代的文化研究有意识地引入了历史的分析维度:对今日文化现实的描述与思考,必须建立在80年代的思想文化史的思考与反省的基础上,也不能回避对近、现、当代中国文化史的再读与反思,戴锦华对80至90年代几次话语转换的修辞分析细腻而富启发性。在她看来,知识分子参与的每一次话语实践与转换都是成功的意识形态实践,完成了一次次的"文化遮蔽":80年代的"现代化"宏大叙事和"现代性"话语完成了对"文革"历史的放逐与遮蔽,进而完成对百年中国历史的遮蔽;90年代所谓的中国式后现代主义完成对横亘在八九十年代之间的创伤体验的遮蔽,而90年代的大众媒介文化则是对重组中的阶级现实的遮蔽。每一次遮蔽都有使其合法化的一套社会修辞与文化逻辑。文化研究的批判意义就在于揭示出在社会意识形态话语转换与重构过程中发生的遗忘、压抑与遮蔽,也揭示出所谓精英知识分子参与这种话语转换从而获得话语/文化权力的隐蔽机制。所以,在戴锦华和王晓明看来,文化研究在中国还意味着人文知识分子对自我的反省与批判:90年代知识分子通过对"制媒"过程的深层次介入将文化资本转化为经济资本,完成经典权力向大众媒介权力的转换。

许多时候,戴锦华对"文化遮蔽"的揭示往往有所发现,也颇为尖锐、深刻,但也存在一些似是而非的疑点:历史的转折除了产生"遮蔽"外还发生了什么？"遮蔽"之外的问题会不会都被戴锦华的"遮蔽"论所"遮蔽"了？80年代的"现代化"宏大叙事是对百年中国历史的遮蔽还是百年中国历史的构成部分？如果回到百年历史的戏剧场景中，"现代化"事实上是近代以来民族国家的一个巨大的历史冲动。或许应该追问的是现代化叙事遮蔽了百年历史中的什么问题？80年代的"现代性"话语是对"文革"历史的放逐与遮蔽还是对"文革"意识形态的否定与颠覆？作为"现代性"话语核心的"主体性"论述以及"人性论""人道主义""自我""唯物主义实践论""感性解放""回到文学本身"等等一系列启蒙话语无疑具有反思"文革"史的意义。社会历史及其思想文化史的转型可能要远比所谓"遮蔽"复杂得多。在"遮蔽"的同时，是否也产生了"反遮蔽"？"反遮蔽"是否也可以借助文化修辞隐蔽地突破各种政治禁忌？90年代大众文化生产的主要是"中产阶级"想象吗？这样的判断在多大程度上与大众文化的现实相吻合显然还需要更多的实证资料的支持，社会学的缺席或许是文化研究一个令人遗憾的缺陷。

南帆总是想把问题看得更复杂一些。一个有趣的例子是戴锦华和南帆对女性的"看与被看"问题的不同解释。戴锦华认为女性/女性文学长期被置于被看的位置上，意味着男权文化对女性的压迫，这是一种颇为流行的女性主义观点，而南帆则提出在大众传媒时代，女性的"被看"有可能形成一种特权阶层，这样在性别理论分析之外引入阶级理论以及种族范畴，"看与被看"问题就变得复杂起来。南帆认为，文化研究在阐释中国问题时需要充分关注这种复杂性，无论是德里克的"地域"还是詹姆逊的"第三世界"都"过于单纯了"。"如果进入地域或者第三世界内部，问题就会骤然地复杂起来。民族、国家、资本、市场、文化、本土、公与私、诗学与政治，这些因素并非时时刻刻温顺地臣服于某一统一的结构。"① 在《双重视域》中，南帆强调从"双重视域"具体考察大众文化的复杂性，在互相对话论辩中勘探电子媒介的价值坐标：一方面，电子传播媒介的崛起不仅为大众制造了巨大的欢乐，而且更为重要的是，新型传播媒介的问世往往与更进一步的民主和开放联系在一起；另一方面，电子传播媒介在民主的背面存在强大的控制，在解放之中掩藏着另一些新型的隐蔽枷锁，因为大众文化的快感政治具有启蒙与操纵、解放与控制、规训与反规训的双重特性。所以在南帆看来，今日的大众文化研究需要的不是立即做出否定或肯定的判断，而是具体的分析和展开，从而看到哪些方面呈现为一种解放，哪些方面又呈现为一种控制。南帆关注的重心是电子传播技术的变化对日

---

① 南帆.问题的挑战.福州：海峡文艺出版社，2002：238.

常生活、文化形式乃至政治形式的深刻影响，他始终提醒人们注意这种影响的双重性。由于始终强调这种复杂性，南帆显然不属于戴锦华、王晓明式的带有激进色彩的文化批判学派。在理论立场上，很难把南帆编入"新左翼"或"自由主义"抑或其他什么阵营。当然，南帆的"双重视域"常常有些不平衡。在分析大众文化启蒙与操纵的两面时，其论述的分量往往向揭示"操纵"方面倾斜。这种倾斜显示出了南帆所处的批判性知识位置。

这套"大众文化批评丛书"在理论与方法上存在文化研究的社会学取向与人文科学取向的分野。陈昕的《救赎与消费》、邵燕君的《倾斜的文学场》以及陈映芳的《在角色与非角色之间——中国的青年文化》都属于社会学取向的文化研究。黄平在陈昕著作《救赎与消费》的代序中说：社会学研究不一定要像法兰克福学派那样，总是处于批判的位置或采取批判的姿态。它的工作是通过大量的长期的观察研究，把问题显现出来，揭示出其中的制约性因素，但黄平同时认为批判的视野是必不可少的。《救赎与消费》在大量经验材料的分析与研究的基础上，得出了一个看起来有些分量的结论：消费主义在中国城乡的蔓延并不必然与经济因素相关联，而是更多地由"文化—意识形态"所主导。这里隐含了一种黄平所说的"批判的视野"——消费主义通过符号的象征意义生产并控制了当代社会的"需要"与"满足"。陈昕的野心似乎太宏大，他所研究的课题是"当代中国日常生活中的消费主义"，但其实证研究所占的分量很难支撑如此宏大的企图。作者把消费主义在当代中国城乡的流行处理成一种普遍的文化现象，却多少忽视了地区、年龄、阶层、性别、教育背景以及收入状况的差异对消费所产生的不可忽视的影响。今天把经济因素与文化因素截然分开如何可能？"文化主义"倾向的消费研究的限度是否需要反省？陈映芳的《在角色与非角色之间——中国的青年文化》描述并分析了20世纪中国青年文化的几个世代的流变，有些"概论"的味道。如果选取某一时期的青年文化做更详尽深入的研究，或许更有参考价值。相比而言，邵燕君的《倾斜的文学场》在选材上要小一些，讨论的是90年代以后"文学生产机制的市场化转型"。作者对经验材料的描述多于分析与阐释，讨论的是"文学场"的倾斜，但却没有描述出"文学场"的结构。

如果说《倾斜的文学场》小心翼翼地回避理论，把文化研究做成了一种经验的描述，那么宋伟杰的《从娱乐行为到乌托邦冲动》则动用了大量的理论资源分析金庸文本、解释"金庸现象"，其中主要以詹明信和保罗利科的意识形态和乌托邦论述为立论基础。詹明信和利科都认为大众文化具有意识形态和乌托邦的相互关联的两面，乌托邦的"超越性功能"构成了"对意识形态的批判"。宋伟杰的核心观点是金庸的"江湖"与"武林"想象建立了一种"乌托邦主义",而金庸所提供的江湖乌托邦以及阅读金庸所产生的乌托邦感受含有对现实批判与救赎的意义。有趣的是,一个十分欣赏、推崇金庸的学者如何做关于金庸武侠小说的文化研究?如果趣味销蚀了距离,文化研究以及文化批判如何可能?宋伟杰无疑是一位深度的"金庸迷",因为在这部有深度的金庸论中,处处可见作者对金庸的赞美:金庸"在镣铐的束缚下成为一个美妙绝伦的舞者"。"金庸及其小说似乎始终是个'例外'!""金庸小说有着巨大丰富性!""博大精深的金庸小说融武侠、言情、侦探、历险、政治以及广义的幻想小说于一身。""瑞士神学家卡尔巴特在评价莫扎特的音乐时,有一句也许他自己也颇为得意的妙语:'凝重者轻盈地漂浮着,而轻盈者无限地凝重摇曳着。'金庸小说亦复如是。"作者有时甚至用抒情代替分析,以表达自己阅读金庸时那种"神秘、抒情、略带苍凉而又不失欣悦"的"浪漫幻想"与"孤独体验"。在趣味的力量强大到左右理性时,作者把关于金庸的文化研究做成了金庸的赞美修辞学或辩护词,从而放大了大众文化乌托邦对现实的批判与救赎作用而遗忘了它对人的心智的麻醉功能。而在理性的力量超过趣味时,宋伟杰显然产生了更有价值的发现:"江湖世界所构成的是一面既压抑又强化主体意识的镜像。"金庸小说的"政治修辞倾向于淡化或者瓦解'华夷之辩',而文化修辞却暗中突显了'夷不胜华'的内在旨归"①。

以"上海酒吧"为文本讨论现代都市的空间生产、消费与想象。在这套丛书中,包亚明等著的《上海酒吧》选材上显得十分独特,内容包装也有些新潮。导论提出了"上海酒吧"研究的四个纬度:1.消费空间与公共领域;2.娱乐版图的扩展与地域性知识的重建;3.巨型城市、全球城市语境中的国家与资本;4.城市镜像与"上海精神"。以如此巨型的视域进入酒吧研究委实有些前所未有。这可能代表了文化研究朝时尚化、商品化方向迈进的一种趋势。反抗学术体制的文化研究被更加强大的市场体制收编不是不可能的。《上海酒吧》的作者们当然知道"批判性视野"对"文化研究"的重要性,所以书中出现了不少已经离开"上海酒吧"很远的看起来很"深刻"的理论阐释。而一些对谈与议论不是建立在严谨的社会学研究的基础上,显得晦涩、随意、暧昧,仿佛发生在酒吧里的哲学闲谈:如"酒吧文化所体现的官方政治权力与个人性、民间性的对立和血肉冲突方式也是特殊的……以个人性的话语抗衡社会性的欲望,

---

① 宋伟杰.从娱乐行为到乌托邦冲动.南京:江苏人民出版社,1999:142.

可能会构成今后酒吧文化的内在冲突"①。这种对文本的过度阐释在时下的文化研究中并不少见。在《上海酒吧》里,我们常常可以发现小知情调或中产阶级趣味与知识分子批判理性之间游离的症候。作为"感觉与情调"的酒吧与作为文化批判文本的酒吧之间的游离与断裂,使关于"上海酒吧"的文化研究在立场上产生出某种有趣的暧昧和矛盾。

　　这种理论立场上的矛盾分歧与互相抵触还不是当前文化研究的主要问题。许多迹象表明,文化研究者对"文化研究"阐释复杂的中国问题的限度缺乏必要的反省。丛书的主编和作者们一再表明文化研究的核心工作是阐释"中国问题",文化研究是基于中国现实问题的分析研究和理论追索,王晓明甚至认为必须从重建当代中国整体认识的高度来讨论进行文化研究的迫切性,"说文化研究在今天具有迫切的意义,并不仅仅是指一切经济、生态和政治的变化都必然会创造出自己的文化形式,而更是说,如果缺乏对90年代的文化状况的深入分析,你甚至都很难把握那些经济、生态或政治层面的复杂变化"。在这些学者看来,"跨越学科界限的文化研究"在阐释复杂的"中国问题"上似乎有着强大的能力。这显然是高估了文化研究的意义和作用。的确,"中国问题"是文化与政治、经济相纠缠,前现代、现代与后现代并置的结构性问题,以大众文化批评为重要组成部分的文化研究可以成为一个阐释的纬度,但经济与政治问题仍然是首要的问题,单纯的文化研究显然不可能达到对当代中国整体认识的高度。那种认为通过大众文化批判就能把握"经济、生态或政治层面的复杂变化"的看法,如果不是一厢情愿的学院知识分子的天真,那么就是一种避重就轻、避实就虚的批判姿态。从西方到中国,许多文化研究者都把揭示大众文化对社会现实的遮蔽视为首要问题,文化成为斗争与反抗的主战场,而回避或忽视了经济和政治资源分配与再分配的面向,因而在激进批判的背后隐藏着一种中产阶级的保守倾向。缺乏政治经济学批判视野的文化研究即便是激进的文化批判也是软弱无力的,甚至不可能有效地阐释大众文化的生产与传播,而只是学院内部的话语政治或走向其反面成为大众文化商品的一部分。

　　文化研究的软弱无力与其所依赖的批判的思想资源直接相关。李陀在丛书的总序中呼吁"逐渐建立适应现代中国情况的文化研究理论与方法",以应对社会转型对人文科学所提出的挑战,但从丛书所提供的成果看,距离戴锦华所提出的"寻找并积蓄新的思想资源"的目标仍然十分遥远。从总体上看,他们进行文化批判的思想武器主要是西方马克思主义——法兰克福学派或者伯明翰

---

① 包亚明,等.上海酒吧.南京:江苏人民出版社,2001:61.

学派、阿多诺、葛兰西或者列斐伏尔等等。而西方马克思主义在阐释中国问题上的能力是有很大限度的，因为他们的现代性批判所面对的是高度发达的资本主义现实。而前现代、现代与后现代交错的"中国问题"则要复杂得多，西方马克思主义在多大程度上能够有效阐释中国问题显然还是一个需要深入反省的课题。中国目前的文化研究对如此明显的问题却缺乏充分的反省。"西马"批判社会学的"文化转向"，在经典马克思主义关注不够的文化领域开辟了批判的战场，着力揭示大众文化背后隐藏的意识形态与权力关系，发展了马克思主义的意识形态批判理论，但同时却放弃了马克思的政治经济学批判、实践唯物主义与总体范畴。本质上，它仍然属于资产阶级公共领域的批判传统。这样，西方马克思主义对资本主义的批判必然是软弱无力的，也不可能整体地认识当代社会现实。从李陀主编的这套大众文化批评丛书所援引的资料看，90年代初文化批评被西方理论所支配的状况在当前的文化研究中并没有得到根本的改变。不同的是，在90年代很长的一段时间里，法兰克福学派的大众文化理论/文化工业理论左右着中国学者的大众文化批评——如徐贲所言，中国的大众文化批评甚至形成了一种流行甚广的"阿多诺模式"，丰富复杂的大众文化现象成为法兰克福学派理论旅行途中的中国风景，而90年代后期兴起的文化研究虽然突破了法兰克福学派"阿多诺模式"一统天下的格局，但还没有超出西方马克思主义的论述框架。因而表面上看，文化研究似乎热热闹闹地回到了文化现场，但却没有真正返回到"中国问题"的脉络。很大程度上，当前的文化研究热只是又一次"翻译的思潮"。受到思想资源方面的限制，丛书的中心观点，即大众文化遮蔽了社会重组中的社会分化现实，其实并没有太多的思想含量，因为这种现实在日常生活中太容易被"发现"了。在"主旋律"电视剧或者春节联欢晚会中找到主流意识形态也并不困难，而在上海酒吧中发现个人话语与社会欲望之间的文化冲突则只是精英论述与流行时尚的一种后现代式的游戏拼贴。

今天的文化研究显然难以达到马克思那种政治经济学分析与意识形态批判的思想高度。由于后现代主义与解构思潮的隐蔽影响，文化研究普遍怀疑总体性思想并力图解构宏大叙事，却也提不出更有效地阐释中国问题的新理论框架和更好的社会文化发展方案。王晓明认为文化研究要"为别样的前景想象贡献资源"，戴锦华也说文化研究意味着"寻找'另一个故事'的理论与实践之路"。但需要进一步追问的是，所谓"别样的前景"和"另一个故事"到底指涉一种怎样的图景？文化研究在批判的背后试图捍卫的究竟是什么？王晓明把它确定为"不依赖效率"并"高居利益之上"的价值，即"诗意和美的感动"

或者"真正的创造性、多样性、深度与美"。这些的确是具有普世意义的美好价值，也是一种浪漫主义色彩浓厚的抽象的文化观念。文化研究原来的意图是介入当代现实生活，但支撑文化研究的信念基础却是超越现实的"诗意与美"。在王晓明的正面阐释中，"文化研究"暴露出了德国浪漫派美学的底牌——"文化研究"变成了以诗意与美反抗异化的浪漫哲学的当代中国版。马克思与卢卡契曾经扬弃了的席勒的那种审美主义幽灵又重新潜入文化研究场域中，如同卢卡契所言：审美主义"意味着回避真正的问题……并把'行为'一笔勾销"①。当"介入"蜕变为"审美超越"，文化研究的政治意义也就自我消解了。早在1989年，梅铎就指出文化研究如果还要保持知识分子的活力，就应该介入公共事务的实践，与政策制定者对话、公开演说，因为公共空间正面临制度性的危机②。

在当代中国富有批判精神的文化研究中，我们很难找到真正具有建设性意义的知识图景与想象。这或许是一个普遍性的人文难题。今日之文学、文学批评与文化研究都面临这一困境。南帆在评论韩少功90年代散文时曾经指出了这一现象："韩少功想肯定什么？这远不如他的否定对象明晰。当然，我指的是那种生存能够赖以支撑的肯定。这种肯定凝聚了人们的信仰和崇拜，并且以第一大前提的名义派生一系列信念。质言之，只有这种肯定才是抒情和诗意的最终根源。尽管否定同时也反衬出了肯定，但反衬出来的肯定往往闪烁不定，隐约其词，甚至彼此矛盾。它缺少一种正面的强烈之感。"③ 批判的文化研究同样缺乏"正面的强烈之感"，它如果要摆脱软弱无力状态，就必须寻找到其赖以支撑的肯定性力量和更丰富的思想资源。

（原载《文艺研究》2005年）

作者简介

刘小新，1965年生，福建政和人。1986年毕业于华东师范大学中文系。历任福建社科院文学研究所副所长、所长，研究员。现任福建社会科学院副院长。著有《阐释台湾的焦虑》《对话与阐释》《文化研究与文学问题》等。

① 卢卡契.历史与阶级意识.北京：商务印书馆，1992：215.
② 李政亮.传播政治经济学与文化研究的批判与对话.文化研究月报，2003-6-15.
③ 南帆.诗意之源——以韩少功20世纪90年代散文为中心.当代作家评论，2002(5).

中国小说问题白皮书
——关于对话、故事、人物与结构

傅　翔

在我看来，新时期中国小说家的素质一直存在着某种先天的不足，因此在创作中就显露出各种各样的缺陷，而在这些缺陷之中，戏剧营养的缺乏就是其中很重要的一环。实际上自"五四"运动以后，特别是新时期以来，大多数中国小说家对戏剧的重视程度不仅很低，而且还有些无知。他们不仅不了解戏剧，而且对戏剧漠视有加。显然，这种状况并不是我们乐意看到的。

稍加考察，我们就会发现一个令人惊讶的事实，那就是戏剧并不像我们想象的那么遥远与隔膜。恰恰相反，许多有着杰出成就的作家都受到了良好的戏剧熏陶与锻炼，不说莎士比亚、易卜生、斯特林堡、萧伯纳、奥尼尔、贝克特等以戏剧创作闻名的作家，就以比昂松、梅特林克、豪普特曼、高尔斯华绥、皮兰德娄、萨特、索因卡、契诃夫、高行健等一大批在各自不同领域做出卓越贡献的作家而言，他们对戏剧的热情以及在戏剧创作上的非凡实绩也是众所周知的。当然，就更不用说那么多从小就深受戏剧影响的作家诗人，虽然他们没有创作过戏剧，但他们的创作都或多或少地吸取了戏剧的营养。

就以中国为例，鲁迅、郭沫若、茅盾、巴金、老舍、曹禺、夏衍等人就无不受到戏剧深厚的影响，特别是郭沫若、老舍、曹禺、夏衍等人，他们不仅有着丰富的戏剧创作实践，而且都获得了相当大的成功。至于明清小说，特别如四大古典名著，它们对于戏剧营养的吸收就更无须赘述。《三国演义》《水浒传》都与民间说唱、民间戏曲的流传息息相关，而《红楼梦》的作者更是精于诗词戏曲，文中不乏大段大段的对戏曲的描述。再如李渔、徐渭等人的戏曲实践与著述，不仅充实了他们的艺术成就，而且也让人感受到了当时戏曲的强大感染力。由于现实中戏曲的演出随处可见，作家从小就耳闻目睹，深受其影响是毫无疑问的。这点"五四"时期的许多作家都承认，包括鲁迅也是如此。

这一切显然都在说明一个事实，那就是戏剧对于小说家而言并非可有可无，小说不仅能够从戏剧中汲取有益的营养，而且显得相当必要。戏剧与小说在许多方面的共通性也说明了这一点。而回到当前的小说创作，一个很突出的问题就是大多数小说家明显缺乏戏剧方面的修炼，他们的小说要么没有故事，要么有故事却没有悬念，不能吸引读者；要么人物单薄，没有性格，人物不随自身的轨迹行进；要么结构松散，随心所欲；要么对话贫乏，苍白无力，不符合人物身份。而所有这些缺陷又无一不与戏剧修养的缺乏紧密相连。

考察一下戏剧的特性是很有裨益的，特别是当我们对戏剧一无所知的时候。从它与小说的密切关系看来，我想从以下几个方面来分析它对小说的重要性。

一是对话

戏剧的语言即是对话，这与小说略有不同。小说重在讲述故事，至于如何讲，那是千差万别的。有人侧重叙述，有人重在描摹，有人重于刻画，有人甚至只沉湎于回忆……不一而足，各显神通。小说技法的千变万化由此形成了纷繁复杂的小说流派，但万变不离其宗，其主要目的都只有一个，那就是为了更好地表达作者想要表达的东西，为了更直接地进入人物与故事的实质。语言若不为这个服务，那我们就有理由怀疑它的存在。对于戏剧来说，这点再清晰不过了。戏剧是靠对话来实现整个故事的讲述的，对话的质量直接关系到这部戏剧的成功与否。因此，对话的功能就很明显了，那就是要深入刻画人物，要清晰地讲述故事，要带动故事与情节的发展，要解决一切的冲突与矛盾。显然，这种只用一种语言方式即达到讲述故事的最终目的的手段是令人惊讶的，其中的技巧与难度可想而知。

对于小说而言，这种难度得到了大幅的降低，因为它除了对话之外还有多种多样的语言手段帮助其完成。从这意义上说，小说在对话上的要求远远没有戏剧那么严格。但我们也不要忽略一个事实，那就是对话对于一部小说的重要是别的小说技法所无法比拟的，特别是对于长篇小说而言，对话的能力更是考验一个小说家能力的至关重要的因素。可以这样说，一个写不好对话的小说家是写不出杰出的长篇的，而对话的能力恰恰可以作为衡量一个小说家是否优异的关键因素。

翻阅经典，这种印象是如此鲜明，以至于我们无须求证。而如今一批又一批正在茁壮成长的小说家却根本就没有意识到这一点的重要性，他们对于对话技巧的修炼不仅没有，而且极不重视，他们小说的单薄与无力由此可见。靠纯粹的叙述来完成一部小说与一个人物的塑造，这本身就是吃力不讨好的行为，更何况还要达到一种高度。就从技术层面而言，对话的好处也是显而易见的，它不仅可以改变因一味的叙述带来的枯燥与乏味，而且也可以让读者更直接地进入主人公的形象与内心世界。谁都知道，要想了解一个人，最直接的方式就是见其人、闻其声，仅仅靠别人的讲述是远远不够的。而在小说中，描述与叙述都只是类似于讲述的间接经验，只有对话才能让人如见其人，如闻其声。因此，任何忽略对话来塑造人物的行为都是可疑的。

如今许多小说家并不是不想用对话来塑造人物，而是觉得艰难。对话在诸多小说技巧中的难度无疑是最大的，这也就是如今许多小说家害怕写对话的根本原因。实际的情况也是如此，目前在写对话的大多数小说家也基本上用不好这一技巧，不是人物不到位，就是废话连篇，不知所言。总之都太过漫不经心，对于对话的严格要求缺乏认识。而更多的情形则是避而远之，尽可能地不去接触对话，一味地叙述，一味地翻新技艺。这样的小说家常常是难以为继的，因为不使用对话更艰难，更难于那种没有表情的写作。这点在90年代先锋小说的转型期表现得非常明显，先锋小说之所以转型，显然是与它那种坚硬的叙述难以为继密不可分的。从另一方面来说，一个小说家也应该会有这种体验，那就是当你进入小说人物的对话时，你才会有真正的不能控制自己的感受。人物到了一定的情境与局势时，他是会自己说话的，而这往往会出乎作者的意料。

不论从何种意义上说，对话都是非常直接而有力的塑造人物的方式。一部长篇小说若没有强有力的对话的支撑是不可思议的。如今的小说家在经营长篇的同时往往忽略了这一重要的元素，这也就是目前大部分长篇小说失败的一个根本原因。高行健的小说我不敢说有多么杰出，但有一点是肯定的，那就是在《灵山》与《一个人的圣经》中，他对人物对话的处理是目前绝大多数中国小说家所无法达到的。可以这样说，高行健能够轻而易举地把人物置身于一种对话的环境与氛围中，然后在对话中静静地发展故事与人物。一次相遇，一夜温情，不用一句叙述，而是通过长达十几、二十几页的对话来展现，来解决，这不能不说是一项超凡的技艺。许多人往往对此不以为然，可当他真正付诸实践时，他才会明白其中所蕴含的难度。因为，写一段长长的对话容易，但要在对话中展示人物的性格与内心就相当困难，更何况还要推动故事与人物矛盾的发展。比较常见的情形是，对话与故事的主题无关，与人物的性格也是格格不人，不仅不符合人物的身份，而且反显得多余。说到底，就是不了解对话的特殊要求，不懂得对话的重要性，在对话上缺少基本的训练。正是由此，高行健的成功绝不是空穴来风，而是与他在戏剧上的修炼密不可分的。

戏剧不仅善于在对话中不知不觉地展开故事，在对话中不露声色地刻画人物，而且善于在对话中悄悄地展现矛盾与处理问题。如莎士比亚的戏剧、易卜生的《玩偶之家》、奥尼尔的《遥远的旅程》等都是如此。它们都在生动形象的对话中赋予了人物丰富的性格与激烈的冲突，不仅有很强的动作性，而且带动了整个故事情节的发展。这就是戏剧的独到之处，我期待的是小说也能够从戏剧中汲取这丰厚的营养，从而改变那单一而贫乏的叙述方式。

二是故事

戏剧故事的基本要求是好看，能够吸引人，特别是在这两三个小时的演出时间里能够抓住人。要做到这一点，其中重要的一环就是悬念的设置。戏剧是讲悬念的，一出好戏之所以经受得起时间的无情考验，可以历经几十、几百年而常演不衰，其中一个很重要的根由就是好看、耐看。好看才会有人看，而耐看才得以持久。讲清楚一个好故事，这个故事还需耐人寻味，给人一点意思，甚至给人感动与震撼，这无疑不是易事。

这实际上也就是立意的问题，也是戏剧故事更深层的另一个要求。一个故事的选取肯定与作者对立意的要求有着密切的关联，作者思考的深度与广度是决定立意高下的根本原因。每个作家对待不同的故事都会有所侧重，而即使是对待同一个故事也会有不同的理解与处理方式。正是因此，一个作家是否有思想是很关键的，而不是我们常听说的"没有想法"。

从当下小说家来看，"没有想法"的还真不是少数，他们以没有思想为时髦，以没有立场为骄傲，以能写为荣，殊不知，写出来的人都是垃圾与泡沫。不用说他们大都连故事都讲不清楚，就说这种小说也真是难看。他们的能耐大概也就是把一个简单扼要的故事弄得复杂难懂、不忍卒读；或者干脆就缠绕于晦涩的语言与多变的技巧上不能自拔。这样的小说家，其骨子里的缺乏是一目了然的，那就是用外在于心灵的东西遮掩思想的贫困。

这样的小说家却常常占据了小说期刊的大部分显著的位置，这总让我非常吃惊。如果我们的小说已经堕落到这种境地了，那我们还有什么必要再关注小说的发展呢？接触了戏剧，我才猛然醒悟过来，原来最好看的作品并不是小说，而恰恰是戏剧。经典的剧本是很好读的，不仅不晦涩，而且还相当吸引人；不仅不肤浅，而且还很深刻、很震撼人。不说莎士比亚、易卜生、奥尼尔、贝克特等人的戏剧，它们的高度显然不需要我去粉饰，就说中国一大批传统的剧目，如《窦娥冤》《西厢记》《牡丹亭》《杜十娘》《赵氏孤儿》《三娘教子》《团圆之后》等，也是光彩夺目，流传不衰。

这样的作品我们不去研究，不去想想它们为什么有如此巨大的生命力，那我们肯定是有问题的。特别是对于一个作家而言，盲目地写作是很要不得的。我们应该好好地想一想，它们为什么能流传？为什么有这么多的读者与观众？它们讲故事有什么特别的能耐？它们是否仅仅满足于讲一个好玩的故事？而作家关注的点又在哪里？显然，只要深入去思考，问题的实质就将暴露无遗，而我们也就不至于饱尝晦涩、平庸与无聊的诉说。

故事的重要性是铁定的一件事实，一个轻易否定故事重要性的作家绝不可能是好作家。即使是博尔赫斯这样以技艺取胜的小说家，他的短篇小说都有着极为精巧与引人入胜的故事，如《死亡与指南针》就一点不亚于一部精彩的侦探小说，而《刀疤》干脆就以主人公讲述一个生动而令人惊讶的故事来结构全篇。博尔赫斯的小说之所以有着如此巨大的影响力，恰恰与他对故事的挑剔与巧夺天工的剪裁是分不开的。由于博尔赫斯侧重于对事物本质的揭示与对人类精神的书写，因此他的小说常常会给人一种错觉，以为他关注的只是形而上的意义与迷宫的设置，却没想到他对故事的挑选同样极其苛刻。

在另一方面，博尔赫斯同时是作为一个优秀的诗人出现的，但在他的小说中却读不到一点诗的味道，这同样也给我们的小说家一个暗示，那就是我们没有理由把小说写得像诗一样。如今的小说家真的应该好好补习一下相关的课程，要学会如何把小说写得像小说，而不是"四不像"。如今的小说家大都有一种随意的习惯，不仅讲故事的能力很差，而且也缺乏刻画人物与结构全篇的能力，他们习惯于随心所欲，把小说也散文化、诗化，甚至干脆就没有故事、没有人物，而这还美其名曰：创新与探索，这无疑是本末倒置、黑白不分。还有一种情况，那就是一个优秀的小说家同样也会有偷懒的时候，只要悄悄放松一下，他也会不由自主地走到这一步。

可以肯定的是，小说家不仅要能讲一手漂亮的故事，能够吸引人，而且还要有求新的意识，要把故事讲得与众不同，而最重要的则还是故事背后的精神指向，是小说家对于故事的理解与阐释的深度。杰出的小说家善于从人们司空见惯的故事中发掘出人类最本质的概括与最普遍的境遇，这样的时候，故事好像并不重要，而实际上这也是一种误读。如托尔斯泰的《伊凡·伊里奇的一生》，应该说是大家司空见惯的一种小市民的生活，但恰恰是这种人家习以为常的生活，托尔斯泰发掘出了大家忽略的人类普遍的悲剧，从而给大众提出了一个命题，那就是除了名利生活，我们是否忽视了更为紧要的生命与灵魂的自由。显然，假若没有作家笔下细致动人的故事与生活的细节，没有与我们的感同身受，那这一立意就是无源之水、无本之木。因此说到底，对于小说而言，一切都是通过生动感人的故事来实现的，而不是简单乏味的说教。

三是人物

戏剧对人物的要求也是相当高的。一出戏要在短短的时间内完成几个人物的塑像，要有血有肉，要能够感染人，这本身就是高难度的标准。在戏剧中，人物不仅要随剧情的发展而发展，人物的性格鲜明与否也至关重要。在不脱离剧情的前提下，如何合情合理地刻画人物，而不是随心所欲地发展，这也是戏剧对人物的基本要求。应该说，一个人物一旦进入了特定的剧情与故事，他的行为与命运就必须遵循一种特有的轨迹。一出好戏肯定是有人物的，这个人物不仅独特，而且往往给人难以磨灭的印象。一个好故事也一定可以找到好人物，这是颠扑不破的道理。剧坛给我们留下了一大批光彩夺目的形象就是明证，如哈姆雷特、李尔王、罗密欧、朱丽叶、娜拉、茶花女，如窦娥、杜十娘、杜丽娘、孟姜女、梁山泊、祝英台、许仙、白素贞、董永、七仙女、张生、崔莺莺，等等，都无不是如此。

戏剧在这个意义上甚至以人物获得了流传，这不能不说是成功塑造了人物的结果。当下的戏剧往往就没有这个荣幸，因为忽略了人物的情感与心灵，忽略了人物特有的生命力。正如当下的小说一样，小说家往往也不重视人物的塑造，他们满足于讲述一个没有悬念与没有意义的故事，或者干脆把故事写成传奇，离奇古怪，危言耸听，投机取巧。这样的小说其意义是显而易见的，说到底，就是力不从心，把握不住文学作为人学的本质与核心。

文学即是人学，假若文学不关注人的生存与存在，不关注人的现在与未来，那文学的意义就很可疑了。说到底，文学就是一面镜子，它不仅反照出了人生中的喜怒哀乐、悲欢离合，而且也反照出了人性深邃的堂奥，以及人类生存的思考与命运的感叹。人是个极其复杂的存在，文学的丰富性就根植于此。一出戏、一部小说所能反映的肯定只是人的一个侧面、一处角落，它所能揭示的深度与广度也是有限的，但正是这些不懈的努力构成了文学艺术辉煌的巨幅画卷。一个个光彩夺目的文学形象，一首首人生与命运的颂歌，就这样汇聚在读者的心中，涤荡与感动着每一个善感的心灵。

文学的意义是如此简洁明了，可我们却常常不知所归，这是很可悲的。小说家到底该如何创作？该写什么样的东西？我想只要明了这一点就会好办得多。说到底，文学并不深奥，也不复杂，就是写人而已。写自己或写别人，关键就是要把人写好。哪一天你把人写好了，你就成功了，就这么简单。现在的小说家恰恰对此视而不见或相当无知，这是他们小说写不好的最重要因素。一篇小说出来了却拿不出一个像样的人物，读者对小说中的人物没有印象，没有共鸣，这篇小说注定是失败的。

并不是每一种人物你都可以写，也不是你想写谁就写谁，这世上并不存在通才，因此你只能老老实实地写你身边最熟悉的人物，最有意思的人物，最能给你感动的人物。不了解的人物最好不要去碰，因为你的想象与生活并不能取代他的生活与内心。听来的东西毕竟是有限的，去写你不了解的人还不如直接写你自己。如今的小说家不知是没有生活还是没有勇气写自己，他们总是习惯于写一些自己不熟悉的人物，这显然是吃力不讨好的。

关于这一点，当前的戏剧则有过之而无不及，不是写历史人物，就是写传奇，基本沾不上现实的人间烟火味，这实际上是很危险的写作，可我们总是期待它的成功。不否认有一批作品确实因此获得了相当大的成就，如《秋风辞》（写汉武帝）、《曹操与杨修》、《沧海争流》（写郑成功与施琅）等，但它们的成功毕竟是少数，而且也毫不例外地是与当下现实的紧密结合与思考。更多的情形是，作品停留在历史的层面，只是就历史写历史，就传奇写传奇，人物单调与雷同，不仅没有个性，也没有生动的情感。不说平庸之作，就说郭沫若的《蔡文姬》与田汉的《关汉卿》，如今看来也是很难想象它们当时的那种声誉。在我看来，它们与同时代的《雷雨》《茶馆》是有距离的。毕竟，历史剧的当下意义也会随着当下的迁移而日渐丧失，它的意义是比较经不起时间考验的。

从这意义上说，作家如何确立自己的人物观念是很紧要的。这个观念就是要求作家找到适合于自己表达与需要的人物。只有适合于自己的表达，人物才会鲜活与生动；而只有内心的需要，人物才会有血有肉、有爱有恨，才能感动与震撼人。一个与自己没什么关系的人物是不可能写好的，这点在历代经典名著中不证自明。而名著的历史实际上也就是一部作家的历史，绝大部分的名著都不会轻易放弃自己的生活与经历，这就是作家的书写。说到底，每一部名著都是作家的心灵史，都是作家的自传。

四是结构

一部名著除了人物与故事的成功外，精巧的结构也是极其重要的因素。就像一座建筑，框架是否牢固、是否优美、无疑至关紧要。哥特式的建筑与别的建筑区别就在于结构，而故宫与西式建筑的区别也在于结构。埃菲尔铁塔超凡脱俗，悉尼歌剧院与众不同，其中最根本的原因就是结构的差异与独树一帜的设计。同样，一部作品之所以标新立异、鹤立鸡群，结构也是不可忽视的重要因素。

好的结构肯定会对一部作品的成功产生事半功倍的作用，这是毫无疑义的。特别是对于长篇小说而言，没有一个好的结构是不可能成功的。关于这一点，无论是巴尔扎克还是托尔斯泰，无论是《百年孤独》还是《红楼梦》，它们那恢宏而精巧的结构都令人叹为观止。即使就是短篇小说的创作，随意处理结构的做法也都是极不明智的。博尔赫斯对结构的着迷与追求自不待言，就以杰克·伦敦、狄更斯、契诃夫等短篇小说大师来说，他们小说结构的精妙就非许多优秀的小说家可比。

对于一部戏而言，结构的重要性就更是不言而喻了。戏剧常常讲究局势，讲究节奏，讲究起承转合，这实际上就是结构的要求。我们常说某某戏"有戏"、好看，这在某点上说是这出戏的"戏眼"设置得好。一个好的"戏眼"是一出戏生动的关键，有的时候，一个好的"戏眼"就可以救活一台戏。如《天鹅宴》中的"天鹅宴"，如《节妇吟》中的"阖扉"，就是如此神妙之"戏眼"。同样，一部好的小说往往也有一个"故事核"，这个"核"也就是这部小说的华彩乐章，是这部小说令人难忘的关键点。

相对"戏眼"而言，局势则指戏的悬念与设置，这个悬念一旦设置成功，它就自然形成一个期待值，而这个期待值就构成了一个磁场，这也就是局势。在戏剧中，局势营造的成功与否常常是一部戏成功的一半，也是一出戏是否好看的要素之一。一出引人入胜的戏肯定有一个好的局势，这一点在民间传统的经典剧目中比比皆是。如《状元与乞丐》《董生与李氏》就无不如此，它们对于"局"的理解与重视显然帮了其大忙。俗话说，磨刀不误砍柴工。在戏剧中，想好一个"局"就像磨刀一样，它不仅不误砍柴，而且只会节省时间，带来意想不到的收获。

对于小说而言，设置悬念的水平在很大程度上就是一个作家讲故事能力的具体体现，而这恰恰直接关系到一部小说的成功与否。如何把握好悬念的结扣？如何做到一环扣一环，大环套小环？如何做到张弛有度，让故事一波三折？这实际上都有着很高的学问。一出好戏会有很好的节奏感，同样，一部好的小说也有自己的节奏，这节奏就是情节发展与悬念解开的急缓过程。一个故事有开端与发展，有高潮与尾声，还有结局，而在其间又常常一波三折、跌宕有致。正是因此，小说才会有扣人心弦的魅力。

长期以来，我们有一种错误的认识，以为把悬念设置得紧张，把故事写得好看，只是通俗小说与戏剧的专利，而往往把"纯文学"想当然地当作深奥晦涩的代名词。而实际的情况却并非如此,特别是一部长篇小说,假若没有一个漂亮的故事与故事的"局",它是很难吸引读者的。特别是在今天这样一个几乎没有人读小说的年代里,在这样一个大家都忙于挣钱、过好日子的时代里,如何加强小说的可读性是很有必要的。确实没什么人在读小说了,关于这一点,我们的小说家基本上还蒙在鼓里,就像穿新衣的皇帝一样,别人都清醒得很,就他自己还感觉良好。这样的小说家写出来的东西常常只有他自己看得懂,不是故弄玄虚,就是把简单的东西复杂化;不是混乱如呓语,就是不知所云;要么在语言里打转,要么在意义上含混不清。而这些小说却堂而皇之地占据了许多名刊的头版位置,这不由不令人深表疑虑。

可以肯定的是,如今对于小说的观念与认识是有偏差的,这里有小说家的问题,也有评论家与编辑家的问题。重新梳理一下对于小说的一些基本认识是有好处的,因为在文艺实践越走越远的今天,我们常常会因此忽略了文艺最根本的要求与最基本的原则。文艺的目的说到底是为读者服务的,没有读者就没有真正意义上的文艺,任何轻易忽视读者的行为最终都不会有什么好的结局。也是从这意义上说,名著的生命力恰恰源于它对读者的尊重。每一部名著归根到底都是与广大的读者对它的喜爱分不开的。

因此,强调作品的可读性绝对没有降低作品品质的意思,而是强化一种艺术上的感染力。只有更加审慎地对待作品的可读性与感染力,更加努力地在语言、故事与结构上下功夫,我们才会获得更多的读者,才会真正持守住文学艺术的魅力与光芒。如今许多小说家喜欢表示对读者的不以为然,在我看来,其中大部分的原因是小说家想掩饰自己能力上的局限,为自己的作品没有办法吸引读者而开脱。还有一点就是,小说家更乐意于随心所欲地写些无关痛痒的东西,要么风花雪月,要么"小资"情调,总之,与心灵无关,与良知无关,没有苦难,没有眼泪,没有悲痛,没有愤怒,没有忧伤,没有忏悔……这样的作品,没有读者是很自然的。

(原载《文艺研究》2005年)

作者简介

傅翔,1972年生,福建连城人。1994年毕业于福建师范大学中文系,现供职于福建省艺术研究院。曾获曹禺戏剧奖评论奖、福建省优秀文学作品奖等多个奖项,著有《不合时宜的思想》《我的乡村生活》《我们时代的疾病》《戏剧新思维》等。

新时期之初的"男子汉"话语
——一个性别政治视角的考察

王 宇

在 20 世纪 70 年代末 80 年代初的文化空间中，曾发生过一系列"男子汉的事件"，至今可能还让许多人记忆犹新。先是日本电影《追捕》引起巨大轰动，影片中男主人公的扮演者高仓健冷峻刚毅的男子汉的气质让当时观众，尤其是年轻观众沉迷不已。从此，"高仓健"成了人们心目中旷日持久的男子汉样板。这样的男子汉被认为在现实生活中极度缺乏……一时间，"男子汉缺失""男子汉绝迹了"，成为街谈巷议。因为"男子汉缺席"，大批大龄女青年徘徊于婚姻的门槛，又成了一个广受关注的社会问题。于是，社会象征系统悄然掀起一场以缺失焦虑为动机的"寻找男子汉"运动。到了 1986 年，沙叶新剧作《寻找男子汉》的上演所产生的轰动，再次显示了这一象征活动持久的社会效应。由于文学叙事在新时期文化象征生产中的绝对中心地位，必然要成为这一象征活动的主要推动者。"男子汉"俨然成了新时期小说中仅次于"改革开放"的字眼。那么，关于"男子汉"的话语是怎么产生的？它与新时期文学占据主导地位的个人主体话语之间有着怎样的关联性，在这种关联性的背后又隐藏着怎样错综复杂的文化权力纠葛？

一、"寻找男子汉"的知识背景

新时期伊始，社会象征系统何以奇怪地陷入一种男子汉缺失的恐慌中？其实，从 20 世纪 50 年代到 70 年代，文化象征系统一直在塑造英雄形象。七八十年代之交的年轻人正是在这样的革命英雄主义的文化背景下成长的，为何到头来却痛感到男子汉缺失，竟要从一个异国的影片中去寻找男子汉的样板。这其实是一个意味深长的文化现象,它表明主导意识形态规制下的革命英雄与人们心目中的男子汉并不是一回事。革命英雄是集体主义、民族国家意识形态的产物,它强调的是个人超常的品质对民族国家集体主体的意义。革命英雄只能有一个身份,那就是民族国家、革命共同体的成员,此外任何其他身份都是附着的,包括性别身份。尽管在革命叙事中,革命英雄也常常能够获得革命与爱情的双丰收,但革命英雄作为个体男性的肉身总是在场缺席,个人世俗的幸福被置于无限的延宕中。如果说个人的性别身份是在身体以及与身体密切相关的日常生活中才得以实现和符号化,那么,在革命叙事中,由于身体与日常生活的缺席,革命英雄的男子汉身份实际上一直是被悬置的"空洞能指"。尽管革命意识形态权威具有父性的特征,但作为个体的男性并不能在性别意义上分享这一权威。同时,男子汉气概作为个体男性自然性别身份的社会文化建构,是建立在性别差异基础上的,与女性气质相对的概念,并在与对方联系中才能获得意义。而性别差异恰恰是1949年以后文化空间的盲点。因此,革命叙事中那些沸沸扬扬、顶天立地的男英雄们,实际上不过是靠外在的主导意识形态符号能指支撑起的虚幻的男性主体镜像。一旦外在的意义资源枯竭,这样的男性主体便露出其空洞的本相。这就难怪"文革"结束新时期伊始,社会象征系统会奇怪地陷入一种男子汉缺失的恐慌中。

男子汉缺失的焦虑已然成为新时期文本的隐秘叙事动力。对光芒四射的男子汉形象的模塑,对以强悍的进攻性、竞争性为表征的雄性气质的张扬,实际上成了新时期文学讲述历史的创伤与介入当下变革现实的不可逾越的重要环节。"伤痕""反思"小说热衷于塑造历尽磨难、九死不悔的"苦难男子汉";"改革"小说则倾力打造强悍进取、大刀阔斧改革的"铁腕男子汉";寻根文学执着于理想的男性、父亲形象抑或"父子场景"……这些男性形象与传统革命英雄的最大不同在于,他们作为个体男性的性别身份得到格外的强调。而这样的强调往往有赖于女性表象的模塑来完成(在相当程度上,新时期文学中的女性表象一直在这个意义上被塑造、接受)。性别认同构成个人认同的基本内容,新时期文学沿着"人性关怀"、个人发现的路线必然要将男性、女性性别身份的表述纳入自己的脉络。但是由于新时期人道主义话语要修复的是长期以来被压抑的人的自然属性,因而,在这一路线上浮现出的性别关怀很容易导致对男性/女性自然性别的本质化模塑。换一句话说,在人性的视角下,男人/女人的差异性得到了前所未有的张扬,但作为个体的差异性却再次被忽略,性别群体成为同质性的整体。

文化象征系统对男子汉气概的狂热,正是这种本质化的性别话语的典型表现，其背后的权力动机是不言而喻的。"男性气质可以被看作在一个已经承认了男女平等的世界上男性优势的最后的意识形态防御。""男性气质是一种男人特殊的社会性别身份，它造成了他们在权利、资源和社会地位要求上的特权。"① 这一特权诉求在新时期的语境中却有着强大的现实与历史的合法性。

首先，20世纪80年代是一个二元论世界观复兴的时代，几乎所有的文化想象都在急切地建立一种二元论世界图式。对男性、女性性别差异的本质化建构，显然是这种二元论世界图式的一个重要组成部分。因为性别作为权力的源头与表达权力的基本途径，渗透到一切权力的概念和构成中。男性/女性的二元对立实际上与诸如文明与愚昧、现代与传统、灵与肉、精神与物质、人与自然、理性与感性等等这样一些80年代著名的二元对立范畴具有同构性，其中所隐含着权力机制，在讲述话语的年代是"不见"的。这无疑是"寻找男子汉"这一象征活动的基本前提。

更重要的是，"寻找男子汉"的话语还契合了新时期文学主导话语——个人主体话语的现实与历史逻辑。在中国现代文学的开端……以普遍化、中性化面目历史性出场的"现代个人"实际上是具有启蒙知识分子身份的男性个体。而"自由恋爱"被当作表述这个"现代个人"的核心能指，但无论是恋爱自由还是个性自由实际上都是性别化了的。那也就是说，"自由恋爱"并非一个完整的概念，它会因为性别变量的介入而产生歧义。这样一些歧义却是启蒙话语的盲点……启蒙叙事将自由恋爱作为表述个人主体的核心能指，还意味着现代个人、自我的认同一开始就被置于两性关系域中，并在这个关系域中获得有效性。尽管"五四"之后公共空间风云变幻，但两性关系域作为现代个人（男性）主体认同的最初场域，事实上一直在保证这一认同在私人空间的有效性。但这样的有效性在1949年之后，随着国家意识形态权威对私人领域的渗透（以妇女解放的面目出现的妇女的政治化正是这种渗透的有效途径）而日益受到严重侵蚀并最终被中断。被压抑的过去终将会作祟于现在。在新时期文学中，当"个人""自我"开始浮出历史地表，并被日益张扬之际，这个以中性面目出现的"个人"所隐含的性别身份无形中就会受到格外的关注。

因此，"寻找男子汉"实际上是对一种被迫中断的历史的再续与重建。而这又再一次吻合了新时期文学的话语逻辑。新时期文学的话语动机本身就来自

---

① 约翰·麦克因斯.男性的终结.南京：江苏人民出版社，2002：83，67.

对"被中断"的刻骨铭心的记忆，以及想要延续、重建的欲望。①"这份真实的恐怖的中断，又使人分外地想'连续'，想从'中断'的地方找到'未断'的东西，想有个与'现在'相关的'历史'或'过去'。"② 这种"重建"与"再续"的话语欲望中还包含了对另一段历史的断裂和清算，与其划清界限。新时期人道主义话语所针对的是极左意识形态，它在一定程度上将1949年以后的妇女解放话语指认为是极左意识形态的产物。1949年以后的妇女解放话语被认为是导致男性性别身份中断的渊薮。因此，对男性/女性性别身份的本质化建构，并以此来反抗50年代至70年代"无性化""非人化"的文化现实，具有毋庸置疑的意识形态意义。

正是基于上述原因，对男子汉身份的狂热在新时期文学语境中是非常顺理成章地被纳入文学叙事逻辑中。下面我们选择新时期一些极具代表性的著名文本来讨论这一叙事逻辑的延展。

二、"大写的人"的性别

如果说，50年代至70年代文学通过个人的献祭来维护民族国家作为绝对、神圣现代主体的地位，那么，在新时期文学中，个人因再次被还原为民族国家崛起的积极因素而受到了普遍的张扬。个人主体总是内蕴着明确的民族国家意义承担，正是这份承担赋予个人主体以意识形态合法性。与个人主体的建构密切相关，男子汉气概同样必须与民族国家的神圣意义相关联，才能获得叙事的合法性。因此，在"伤痕""反思""改革"小说中，作为男子汉气概象征的性别专权常常被有意无意地假以民族国家意义的包装。例如，《乔厂长上任记》中就有这样一个细节：改革英雄乔光朴走马上任机电厂第一天，突然对众人宣布他已和该厂女总工童贞结婚（而童贞对此竟一无所知）。这样的行为被指认为这个改革英雄大刀阔斧、雷厉风行的精神作风的重要组成部分。而这种作风正是民族国家现代化建设所必需的。到了张贤亮《男人的一半是女人》，则将男人的自然性别身份和民族国家的承担明确挂钩。章永麟因政治压抑导致性功能障碍，跳入洪水中抢救国家财产便可以治愈这种障碍。而一旦他治愈这种障碍，他立即获得承担民族国家重任的资格，不仅重新拿起笔来，而且开始筹划

---

① 20世纪80年代的新启蒙主义思潮把改革前的中国社会主义现代化实践比喻为封建主义的传统，从而在传统与现代的二分法中获得一种自我认定与现代性价值的重申。这种重申必然被理解为是对被中断的"五四"现代性历程的再续，因而其文化实践就产生一种重回"五四"的冲动，"延续"与"重建"的话语欲望油然而生。

② 孟悦.历史与叙述.西安:陕西人民教育出版社,1998:68.

一次意义深远的政治出走。此前,尽管他一直怀有政治抱负,但没有资格去践行,因为他的男性身份相当可疑。叙事甚至明确地将政治"菲勒斯"化,"政治的激情和情欲的冲动很相似,都是体内的内分泌。它刺激起人投身进去:勇敢、坚定、进取、占有,在献身中获得满足和愉快"。1986年莫言的《红高粱》干脆将抗日保家卫国植入强悍粗野的"菲勒斯"欲望框架,巅轿、高粱地里的野合、嗜酒,甚至杀人越货,这一切与伏击日本人的汽车并没有本质的不同。民族国家主体被内蕴于男性个体"力比多"强力的汪洋恣意中。这无疑标志着新时期文化精神的极致,获得巨大的社会认同效应。从此,类似这样的对男性性别的表述蔚然成风。

也是在1986年,沙叶新轰动一时的剧作《寻找男子汉》将男子汉气概与民族国家之间的关联性更加明白无误、直截了当地凸现了出来。剧本以一个执着地寻找男子汉的未婚大龄女青年发自内心的"自语"的方式沉痛指出:"如果男人庸俗、没事业心、没理想,我们的民族就会平庸,就会失去生存能力。妇女半边天,男人的那半边才真正是天。""周期性的政治疟疾,长久的压抑、扭曲,男子汉的脊梁骨缺钙,棱角磨平了,阳刚之气消失了。我担心整个民族素质的降低。"

张承志的获奖小说《北方的河》(1984年)虽然没有像上述文本那样名噪一时,但却在评论界、知识界引起持久的关注。因为正是这个作品以极具象征性的细节具体呈现了男子汉气概与个人主体建构的完满融合。《北方的河》已然是一个性别化的时代寓言。叙事所张扬的雄性勃发、一往无前的"北方精神"不仅来自北方大河,更来自征服北方大河的男主人公"他"的形象。"他"身上那种进攻性、竞争性、征服欲以及舍我其谁的担当意识,被公认为时代精神的强烈写照。同时,《北方的河》也被公认为是新时期文学有关个人意义、个体生命价值的最强音。"他"正是一个充满着理性和激情的诗意化的人文主体、一个拥有无限可能性和创造性内涵的个体性"大写的人"的象征典范。叙事将个人主体的内涵置放在"人与自然""人与人""个人与民族"等关系层面上展开……在第一个层面上,"他"凭着自己广博的人文地理知识和强悍力量把握、征服了桀骜不驯的北方大河并从大河中汲取强大自我的力量。而第二个"人与人"的关系层面主要在"他"与"她"之间展开。"他"以自己的特立独行超越了"她"的平凡与庸常,以飞翔的姿态将"她"远远地甩在了后面,而正是这样一种超越与飞翔的男性姿态又彻底征服了"她"。征服"她"与征服北方大河有着意味深长的同构性。在现代文化的开端,自然和女性原本就都被看成客体性、他者性的象征。这样的编码在这篇小说中同样有效。当然,同时被置放在客体、他者位置上的还有散落在文本众多小镜头里的和"她"一样平凡普通的人们——小屋里默默无语的母亲、湟水边悄然活着又悄然死去的老汉、黄土窑里与蓝花花婆姨相厮守的红脸后生、忙于生计的弟弟和同学……而"她"无疑作为这些客体性存在的代表在叙事中被突显了出来,性别权力是表达权力的最基本的途径与场所。如果说,现代主体只能在一个二元对立权力阶序中产生,任何一个要素要想成为主体就必须首先设定一个客体、他者,营造一个二元对立结构。那么,正是"她"以及类似"她"的那些客体性存在构成了一个二元对立权力阶序,借此,"大写的人"的主体位置才得以确立。

而在"个人与民族"关系层面上,叙事着意展开的是主人公与作为民族传统精神象征的黄河之间的关系。在"他"心目中黄河与其他的北方大河不同,后者只是激起他征服欲望的自然存在,而黄河作为民族的象征更多的是引发他深刻的皈依感。这种皈依感被叙述为子对父的认同。"寻父"是这篇小说又一个重要的象征意蕴。"他"将黄河视为自己的父亲——为此,叙事不惜独出心裁,将这条民族的母亲河更改为父亲河。《北方的河》实际上开启了新时期文学面向民族传统"象征之父"的寻根之旅。

既然,"寻根"是对民族传统象征之父的追寻,那么,寻根在相当意义上就意味着对"菲勒斯"传统的寻访("根"在汉语中原本就有"男根"的隐喻),以重建现实中被革命意识形态中断已久的"菲勒斯"秩序。从而在男性个人主体成长的心理层面上,填补因革命意识形态"象征之父"的式微而导致的"无父"的结构性空白,完成对男性主体身份的深度建构。这正是寻根(寻父)对个人主体表达的意义。《北方的河》的主人公"他",无疑以强悍雄健的男子汉气概、对现代科学知识的掌握("他"有一个准研究生的身份)、对民族传统精神之父的皈依全方位地契合了讲述话语的年代对"大写的人"、个人主体的设计。

从《乔厂长上任记》,到《男人的一半是女人》,再到《北方的河》《红高粱》《寻找男子汉》,这条大致以时间顺序演进的语义链背后隐藏了一个重要逻辑推论,那就是将被看作民族国家崛起的积极因素而获得大力褒扬的个人主体完全等同于男性的个人主体。

三、知识男性的主体身份

《北方的河》的主人公"他"作为"大写的人"的象征典范,必须有一个准研究生的身份。事实上,新时期文学中个人主体身份在很大程度上被表述为知识男性的主体身份。一方面是基于新时期文学"延续"与"重建"的话语欲望。正如前文提到的,在中国现代文学的开端,觉醒的"个人"原本就是具有知识分子身份的男性个体。另一方面也是现实对文学的期待。社会转型,知识分子从社会权力结构的边缘走向中心,成为社会的引导者、代言人、民族国家大业的中流砥柱。那么,知识男性的个人主体身份的建构当然就至关重要。而这样的建构首先被置于两性关系领域中,这不仅因为两性关系在中国现代文学开端的个人主体建构中所具有的特殊地位,还因为也恰恰是在这个领域,知识男性有着漫长惨痛的被中断的创伤性记忆,最能表达"延续"与"重建"的话语欲望。

  在五六十年代流行的爱情叙事中,知识男性在爱情竞争中总处于劣势。《三里湾》中漂亮中学生范灵芝在同学马有翼与没文化的农业合作化积极分子王玉生之间,踌躇再三,终于选择后者;《创业史》中的徐改霞将高中生郭永茂的求爱信看成对自己的侮辱,这位漂亮又有文化的姑娘喜欢的恰是"无知无识的村干部"梁生宝;《艳阳天》中的回乡知青焦淑红拒绝能写会算的会计马立本的热烈追求,选择文化程度远不如自己的村支书萧长春;《青春之歌》中林道静离开学究余永泽追随卢嘉川、江华(他们俩是已经完全工农化的知识分子);《在和平的日子里》中的女技术员韦珍拒绝男技术员常飞,而把爱情献给思想先进的工人刘子青……正是基于这种创伤性的记忆,新时期之初的著名的爱情想象中,具有知识分子身份的男性,虽蒙冤受辱、穷困潦倒,但总会拥有出色女性的膜拜与献身,甚至还能在激烈的爱情角逐中击败工农对手。罗群虽因被打成右派而失去宋薇,但冯晴岚却为他奉献自己的一切,包括生命,冯晴岚死后年轻姑娘周瑜珍马上填补空缺(《天云山传奇》);深山老林里,美丽的瑶家阿姐盘青青冒死逃出"大老粗"丈夫的牢笼,追随下放知青李幸福出走(《爬满青藤的木屋》);在张贤亮的叙事中,落难知识分子不论是在监狱中还是在劳改农场,都能独占花魁。而《人生》《小月前本》《鸡窝洼的人家》《远处的划木声》等一批新时期之初表现当下变革现实的著名文本,同样延续着这样的思路:有知识受过现代文明熏陶的男性,总是能够凭借知识与文明击败没文化、愚昧的对手,赢得漂亮女人的爱情。"文明与愚昧的冲突"在很多时候被表述为拥有文明或蒙昧两种身份的两类男人之间争夺女人的故事。

  不难看出,新时期文学最动人的爱情故事骨子里却是性资源的重新分配。如果说,权力意味着对资源的占有,社会权力结构的调整意味着资源的重新分配。那么,新时期之初,社会权力结构大变动,知识分子从权力结构的边缘走向中心,必然也要由对性资源占有的劣势上升为优势。因为性权力是社会权力最基本成分,性资源就是一种重要的社会资源,既指涉物质层面又指涉象征层面。因此，在上述文本中，正是通过对性资源占有的优势，知识男性作为社会主体、权力中心的位置得到了确认。不仅如此，底层劳动妇女的形象同时还作为一种象征资源——政治资源——"人民"能指/符号，使知识男性的优越位置获得意识形态的合法性。这在张贤亮的叙事中表现得最突出。拯救章永璘的是马缨花，而苦尽甘来踏上红地毯的章永璘要感谢的却是遍布在大江南北的"绿化树"——"人民"，因为只有"人民"才与脚下的红地毯密切相关。因此，马缨花必须衍化为人民。这正是"讲述话语的年代"知识男性重要的身份伦理（也是新时期文学热衷于讲述知识男性与底层劳动妇女之间爱情故事的重要原因）。这样的身份伦理同样有其深厚的历史渊源。

"'五四'式的个人观总是与民族、国家及社会的观念密不可分。"① 在中国的现代性语境中，个人与社会、国家、民族及其他群体的复杂关系构成个人、自我认同的重要内容。民众，特别是那些社会底层的工农大众，以"人民"的面目构成民族国家集体主体、现代性社会运动的承担主体；而"五四"觉醒的"个人"是具有知识者身份的个体；那么，知识分子与底层民众之间的关系，作为个人与民族国家群体关系的另一种表达方式，实际上就成了现代中国的个人、自我认同所无法回避的问题，并因此成为20世纪中国文学挥之不去的情结。从鲁迅《一件小事》，郁达夫《春风沉醉的晚上》《薄奠》《迟桂花》，柔石《二月》到50年代到70年代大量表现知识分子与工农相结合的作品，再到新时期文学中的描写受难知识分子（无论是右派还是知青）在底层经历的作品，无不表现出对"人民"的强烈认同。只有经由"人民"这条路径，知识分子才能获得明确的身位。而既然在中国现代文学的开端，两性关系是个人主体表述的最有效场域，那么，将公共领域中知识分子与人民的关系、个人与民族国家群体的关系纳入两性关系域中，衍化为男人与女人的关系，便成了20世纪文学一个普遍性的叙事策略。从郁达夫《春风沉醉的晚上》《迟桂花》，柔石《二月》到五六十年代知识分子以婚姻形式与工农相结合的作品，再到80年代初知识男性与底层劳动妇女的爱情故事，无不贯彻这一叙事策略。

当然，由于时代不同，这一叙事策略对性别秩序的安排也不相同。在五六十年代文本中，理想的爱情总是发生在知识女性（至少是有点文化的女性）与没什么文化男工农干部之间，知识女性无不虔诚敬慕这些工农干部；而新时期文本中，动人的爱情故事却总发生在知识男性与没文化的底层劳动妇女之间，底层劳动妇女无不对文化、文化人顶礼膜拜。从五六十年代到七八十年代之

---

① 刘禾.语际书写.上海：上海三联书店，1999：42.

交,知识分子与工农原有的边缘与中心的位置已发生了戏剧性的易位,但男人——中心、女人——边缘的性别权力阶序并没有改变,知识男性主体身份正有赖于这个不变的中心——边缘的二元对立的权力阶序才得以确立。

结 论

如果说,新时期文学中"个人""自我"因被还原为民族国家崛起的积极因素得到了张扬,那么,这样的张扬实际上被落实到一个非常具体的位置——对男子汉身份的建造上。或者换一句话说,新时期文学中以普遍化、中性化面目出现的个人主体实际上是男性主体,"大写的人"实际上是有性别的男人,对男子汉气概的模塑与个人主体的建构是合二为一的。同时,"大写的人"还具有明确的社会身份——知识分子。个人主体建构在相当程度上是知识男性主体身份的建构,而女性表象无疑为这样的建构提供了极其有效的符码。这便是新时期文学中有关个人主体话语的真相。这个真相似乎先在地决定了这一话语在80年代后期无可避免的衰弱。因为,"一个人不能基于他的自身而是自我,只有在与某些对话者的关系中,我才是自我……自我只存在于我所称的'对话网络'中"①,即自我认同主要体现为对自我价值和对他者的意义、地位的接受。而如果说,两性关系是自我与他者最基本的关系域,那么,性别政治已然严重侵蚀了现代认同所必需的平等"对话网络"的建立,造成自我对他者意义接受的障碍,并最终导致现代认同的危机。

(原载《文艺研究》2006年第5期)

作者简介

王宇,1966年生,福建福安人。毕业于福建师范大学。厦门大学中文系教授、博士生导师、现当代文学教研室主任,福建省现代文学研究会副会长、中国当代文学研究会理事。著有《国族、乡土与性别》《性别表述与现代认同》等。

① 查尔斯·泰勒.自我根源:现代认同的形成.南京:译林出版社,2001:50.

文学研究会与初期革命文学的倡导

王 烨

早期共产党人一直被视为初期革命文学的倡导者,他们通过"《新青年》季刊、《中国青年》周刊和《民国日报》副刊《觉悟》三个主要阵地","宣传马克思主义的文学主张"。① 然而,"文学研究会的提倡无产阶级革命文学,好像就很少有人提及了"。② 事实上,初期革命文学的倡导者多为文学研究会成员,或与文学研究会有密切关系的人,文学研究会才是初期革命文学的最先倡导者。文学研究会与革命文学之间的这种历史关系,应引起现代文学研究界的重视。

一、文学研究会提倡革命文学的最初动因

以 1928 年为界,革命文学思潮分成前、后两个阶段。初期革命文学带有"混沌"的性质,后期则发展成无产阶级文学。太阳社、创造社推动后期革命文学的兴起已毫无疑义,但是,在初期革命文学"发生学"问题的研究上,现代文学界从构造左翼文学历史的思想出发,把邓中夏、萧楚女、沈泽民等早期共产党人视为革命文学的倡导者,甚至以社会主义青年团刊物《先驱》的"革命文学"栏目、社会主义青年团第一次全国代表大会提出要使文艺无产阶级化的决议,来证明这种文学史想象的合法性。这种文学史叙述,呈现出将共产党与革命文学、政治与文学联系起来的"当代意识",但却遮掩了初期革命文学

---

① 郭志刚,孙中田.中国现代文学史(上)[M].北京:高等教育出版社,2000:77.
② 田仲济.文学研究会的现实主义思想[J].教学研究,1979(1).

发生的真实历史面貌。① 事实上，初期革命文学的倡导者并不是早期共产党人，而多是文学研究会成员。

文学研究会反对"金钱""游戏"的文学态度而实践"为人生"的文学。它成立后不久，郑振铎、瞿世英、沈泽民等人就开始"文学与革命"的讨论及革命文学的提倡。引起他们倡导革命文学的直接原因，是北京大学费觉天的一封来信及其发起的"革命的文学讨论"。

1920年底，北京大学哲学系、社会学系师生郭梦良、陈伯隽、陈启修、王世杰、高一涵、费觉天等人，成立一个新文化团体，出版杂志《评论之评论》，旨在使"今日这种浅薄的文化运动，做到名副其实的文化运动"。② 本着这种态度，费觉天批评五四新文化运动者，认为他们过于重视革命理论的宣传，而忽略文学对革命的巨大作用。他认为革命"所持的是盲目的信仰，情感的冲动，而非理智"③，因此，在唤起民众的革命情绪方面，革命理论不如文学那样奏效。于是，他呼吁革命家要拿起文学这个利器，以帮助中国文学革命和社会革命任务的完成。1921年7月，费觉天写信给上海的郑振铎，表达自己的思考并希望唤起文学研究会的重视。他在信中写道："我相信在今日的中国，能够担当改造的大任，能够使革命成功的，不是什么社会运动家，而是革命的文学家……因此我对于你、你们诸位的期望很大呵！"④

费觉天的来信得到郑振铎的热情响应，他不久写了《文学与革命》一文，发表在自己主编的《时事新报·文学旬刊》上。他表示"这种引起一般青年的憎厌旧秽的感情的任务，只有文学才能担任"，认为新文坛现在所有的"最高等的不过是家庭黑暗、婚姻痛苦、学校生活，与纯粹的母爱的描写者"，而"至于叙述旧的黑暗，如士兵之残杀、牢狱之残状、工人农人之痛苦、乡绅之横暴等等情形的作品可称得是'绝无仅有'"；他高喊"把现在中国青年的革命之火燃着，正是现在的中国文学家最重要最伟大的责任"。⑤

得到文学研究会郑振铎、瞿世英等人的热情支持后，费觉天在《评论之评论》上开辟"革命的文学讨论"专栏，大张旗鼓倡导革命的文学。《评论之评论》1卷4期发表费觉天、瞿世英、周长宪讨论"革命的文学"的文章，转载

---

① 现代文学研究界多认为初期革命文学的兴起是早期共产党人提倡的结果，只有少数研究者注意到它是新文学家的"自觉意识"，他们从文学的角度提出了与共产党人基本相同的口号。参见张大明：《不灭的火种——左翼文学论》，四川文学出版社1992年版。

② 编者.本志宣言[J].评论之评论，1920(1).

③ 费觉天.从文学革命与社会革命上所见的革命的文学[J].评论之评论，1921(4).

④⑤ 郑振铎.文学与革命[J].时事新报·文学旬刊，1921(9).

郑振铎《文学与革命》一文，刊发胡适、周长宪、郑振铎创作的革命诗歌。费觉天还将该期"革命的文学讨论"目录，在《晨报》副刊上连续刊登三个多月（从 1922 年 2 月至 5 月），希望唤起人们对"革命的文学"的关注。

费觉天在《从文学革命与社会革命上所见的革命的文学》一文中，详尽论述他提倡"革命的文学"的原因和目的。他认为，文学革命以来，新文学仅在形式上发生改变，内容上的革命还没有进行，作品多为新形式装上"旧资料"，而革命的文学能使新文学有"生命力"和思想上的"价值"。这是他"所以要提倡革命的文学的第一理由"。他指出，提倡革命的文学更为急切、重要的是为了社会革命的完成。这是他倡导革命的文学的重要理由。显然，费觉天将"革命的文学"的提倡合理化了。或许如此，他才相信自己的主张"千真万真"，希望革命者和新文学者从事"革命的文学"建设。费觉天的呼唤得到郑振铎、瞿世英的响应，沈泽民、瞿秋白、茅盾等人①的随后支持，文学研究会以《时事新报》《晨报》《民国日报》等为园地，积极开展革命文学的倡导。

二、文学研究会在《文学旬刊》上"文学与革命"的讨论

1921 年，郑振铎被聘为《学灯》副刊主编后，在《时事新报》上开辟《文学旬刊》副刊，一年后，它成为文学研究会的机关刊物之一。郑振铎、李之常、茅盾、华秉丞（叶圣陶）等文学研究会成员，在《文学旬刊》及其后的《文学周刊》《文学周报》上，围绕革命文学的作用、作家、性质等问题展开"文学与革命"的讨论。

首先，他们强调革命文学在社会革命中具有重要的历史作用。受费觉天的影响，郑振铎相信"在今日的中国，能够担当改造的大任，能够使革命成功的，不是什么社会运动家，而是革命的文学家"。②他认为文学是"情感的产品"，在刺激人们的革命情绪方面，革命文学的感染比革命理论的说教有效。他说："俄国的革命虽不能说是完全是灰色的文学家的功劳，然而这班文学家所播下的革命种子却着实不少。就是法国的大革命，福绿特尔的作品对于它也是显很大的能力的。"③像郑振铎一样，李之常反对文学的独立性和价值的永恒性，认为在"第四阶级"推翻资本主义的现代革命中，血泪的、革命的、民众的文学所发挥的作用胜于宣传革命理论的"小册子"，希望革命者高扬起文学是"时代的指导者、鞭策者"的旗帜，"'到民间去'的使者，革命的完成者在

---

① 郑振铎、茅盾、瞿世英为文学研究会成立时的发起人,沈泽民、瞿秋白分别于 1921、1923 年先后加入文学研究会。

②③ 郑振铎.文学与革命[J].时事新报·文学旬刊,1921(9).

中国舍文学又有什么呢"?① 茅盾把革命文学视为世界文学的新潮流,希望它"能够担当起唤醒民众而给他们力量的重大责任",并期望"从此以后就是国内文坛的大转变时期"。②

文学研究会强调革命文学的重要历史作用,不仅是对费觉天的响应,而且是对新文学建设的思考及新文学话语权的争夺。受"五四"爱国主义与民族主义的时代情绪影响,文学研究会将文学与社会、革命联系起来,努力将新文学建设成反映社会、表现现代革命精神的文学。"总之,今日的文学是人类活动的结晶,新时代的先驱,为人生的,支配社会的,革命的。"③然而,"五四"时代西方现代文化与现代革命理论的宣传成为新文化运动主流,文学革命仅成为新文化运动一个子系统。这样,新文学的社会空间不仅要靠反抗旧文学来争取,而且要靠批评新文化运动"学说热"来实现。革命文学的提倡成为对革命家的启蒙,即"文学是大有功于革命,而革命家必得借助于文学"。④ 文学研究会的文学观念,与恽代英、邓中夏等共产党人构成鲜明对立,后者认为就革命而言重要的是革命者而非文学家,"印度有了一个甘地,胜过了一百个文学家的泰戈尔"。⑤

其次,他们认为要创造真实感人的革命文学,文学家必须深入到革命生活中去。郑振铎认为简单、平凡、和平的生活,决不能使作家创造出真切、深刻的文学。"凡是一种痛苦的情形,非身入其中的人决不能极真切极感动地把它写出。"由此,他指出理想的革命文学作家,"决不是现在的一般作者,而是崛起于险难中的诗人或小说家"。⑥ 如果说郑振铎强调真实经验对革命文学创作的决定作用,那么叶圣陶的要求则更深入也更狭隘。他认为革命文学的作者,应该是认识革命的必然、力行革命事业的真正革命者;只要成为真正的革命者,不论他是特意为文或是乘兴为文,也不论他选择什么为文学题材,其创作都会含有革命的性质并感人极深。茅盾也主张革命文学须由革命者自己来写,但他发现这种要求却带来实际上的困难与矛盾,即有实际经验的人没有工夫写作,而有闲暇的作者却缺乏实际经历,创作出来的只是"书房小说"而不能成为真实感人的伟大作品。

革命文学家应具有真实经验或应是革命者的观念,显然是一种朴素的文学

---

① ③ 之常.支配文学的文学论[J].时事新报·文学旬刊,1922(35).
② 茅盾."大转变时期"何时来呢[J].文学周报,1923(103).
④ 费觉天.答吾友郑西谛先生[J].评论之评论,1920(4).
⑤ 秋士.告研究文学的青年[J].中国青年,1923(5).
⑥ 郑振铎.文学与革命[J].时事新报·文学旬刊,1921(9).

作家意识。它不仅否定文学家想象与虚构的创造力,而且忽视革命经验可能蒙蔽革命理性的局限性,但它却触及 20 世纪革命文学的一个理论问题即"革命作家问题"。谁才能以及怎样才能成为合法的革命文学作家,成为 20 年代革命文学论争的一个焦点,也成为左翼文学、解放区文学面对的实际问题。在 20 年代革命文学的论争中,李初梨、蒋光慈等人反对革命作家应做"革命者"的思想。李初梨以列宁的无产阶级先锋队理论和卢卡契的阶级意识理论,批评这种思想是一种自然生长性的意识,主张只要拥有"无产阶级意识"就能成为革命作家。① 蒋光慈认为,革命文学家与实际革命者肩负不同的革命任务,革命文学家只以推动革命情绪的高涨为己任,不必成为从事实际工作的革命者。从革命实际需要与革命作家多是小资产阶级的现状出发,早期共产党人、左翼文学与解放区文学的领导者,都主张革命作家"须从事革命的实际活动"②,通过革命来改造自己并获得无产阶级情感。可见,文学研究会的革命作家观念,与早期共产党人对文学家的要求不谋而合,成为革命文学作家观念的一种思想源泉。

最后,他们对革命文学的性质进行了深入的讨论。郑振铎、李之常认为,革命文学应是表现社会黑暗的"血泪的"文学,应真切反映"中国的多方面的病的现象之真况"。③ 他们像费觉天、早期共产党人一样,批评新文学作家无视社会腐败、黑暗而沉醉"风花雪月"的习气,认为描写社会痛苦的文学能唤醒、培养人们的革命情感,"一般人看了以后,就是向没有与这个黑暗接触过的,也会不期然而然的发生出憎恨的感情来",而革命就需要"这种憎恨与涕泣不禁的感情"。④ 叶圣陶、茅盾则摈弃这种替群众"诉苦式"的文学思想,指出革命文学应是表现"革命精神"的文学。叶圣陶把革命理解为不满足现实的进取精神,认为凡是表现它的文学都属于革命文学,这种广义的革命文学与一般文学并无差别,因为"凡是文学总含着广义的革命意味"。⑤ 茅盾反感把资产阶级描写成天生的坏人、残忍和不忠实的文学,认为这种写法失却"阶级斗争的高贵的意义",因为革命的目的是改变不合理的社会制度而非攻击资本家的个人道德。他号召革命文学家要"抓住了被压迫民族与阶级的革命运动的精

---

① 李初梨.自然生长性与目的意识性[J].思想月刊,1928(2).
② 邓中夏.贡献于新诗人之前[J].中国青年,1923(10).
③ 之常.支配文学的文学论[J].时事新报·文学旬刊,1922(35).
④ 郑振铎.文学与革命[J].时事新报·文学旬刊,1921(9).
⑤ 秉丞.革命文学[J].文学周报,1924(129).

神,用深刻伟大的文学表现出来"。①

从"血泪的"文学到表现革命精神的文学,文学研究会不断深化了对革命文学的认识。这种深化呈现出20世纪20年代初革命文学观念的发展历程,但却泛化了革命文学的性质,即革命文学不是表现攻击现存社会、政治的政党文学,而是表现不满现实的进取、革新意识的普通文学。它有将革命文学普遍化与人性化的倾向,郭沫若、成仿吾与钱杏等就把这种"革命精神"视为普遍而真挚的人性,把表现这种人性的文学视为健全的、永久性的革命文学。② 这表明,文学研究会的革命文学观念还不具有明确的阶级与政治的性质,蕴涵的仅是"五四""国民革命"的时代情绪。

从郑振铎"文学与革命"的热情呐喊,到李之常、茅盾、叶圣陶等的革命文学讨论,文学研究会开启了革命文学倡导的先河。他们提倡革命文学的理由,是出于"文学是感情的产品,所以他最容易感人"③的认识,希望以它唤醒青年们消沉了的革命激情。他们对革命文学作用、作家、性质问题的思考,尽管朴素、肤浅,但触及了革命文学理论的基本问题,它们成为20世纪革命文学论争的焦点,也成为20世纪中国文学的重要理论问题。

三、文学研究会革命文学倡导的社会影响

文学研究会革命文学的讨论,产生广泛的社会影响,创造社、早期共产党人转而倡导革命文学,新文学青年成立革命文学社团进行革命文学创作,1924年以后革命文学形成一股蓬勃的潮流。

文学研究会的讨论,首先激起创造社对新文学使命的思考。1923年,郭沫若、郁达夫、成仿吾等以《创造周报》为阵地,开展热烈的新文学使命的"论说"。他们在自我表现的文学观念基础上,决意今后创作要表现生命的反抗烈火,"爆发出无产阶级的精神,精赤裸裸的人性"。④ 他们反对文学研究会将文学家、革命家视为不同的社会群体,认为"一个热诚的实行家是纯真的艺术家,一切热诚的艺术家也便是纯真的革命家"。⑤ 他们认为革命文学批判的对象,不仅仅是制造社会黑暗与痛苦的军阀列强,而且是束缚生命自由的社会制

---

① 茅盾.文学者的新使命[J].文学周报,1925(190).
② 郭沫若.革命与文学[J]//创造月刊,1926.1(3).成仿吾.革命文学与它的久远性[J]//创造月刊,1926(4).钱杏.力的文艺.泰东书局,1929.
③ 郑振铎.文学与革命[J].时事新报·文学旬刊,1921(9).
④ 郭沫若.我们的文学新运动[J].创造周报,1923(3).
⑤ 郭沫若.艺术家与革命家[J].创造周报,1923(18).

度与"天理国法人情",指出只有"大同世界成立的时候"才是"艺术的理想实现的日子"。① 显然,创造社以唯美主义的文学观念,肯定了文学的革命性及功能,即表现"全"与"美"的文学就是社会的革命者。这种"革命文学"的认识,带着鲜明的审美现代性情调,跟文学研究会的革命文学观念截然不同。

受文学研究会的影响,共产主义青年团机关刊物《中国青年》转变态度,进行革命文学的倡导。《中国青年》的宗旨是引导青年到"活动的路上""强健的路上"和"切实的路上"。② 因此,编者恽代英、邓中夏、萧楚女等反对青年从事文学,认为文学是有产阶级的游戏,与改造社会无关,认为俄国革命虽得力于屠格涅夫、托尔斯泰等文学家,但终归功于列宁等实行家,劝告青年要研究正经学问、注意社会问题和中国的现状。他们把从事文学看成生命的堕落,是逃避罪恶的现实而逃进幻想世界的"自娱"行为,是一种怯懦、自私、糟蹋人生的生活。③ 恽代英、邓中夏、萧楚女等反对文学的言论,招致一些文学青年的非议,后者认为革命运动确实不需要那些讴歌恋爱、赞美自然的文学,但却需要"富于刺激性反抗性"的革命文学来振作革命精神,以使革命达到"事半功倍之效"。④ 在这种情况下,他们转变鄙视文学的态度⑤,劝导文学家创作"表现民族伟大精神的作品"与"描写社会实际生活的作品"。⑥

由于注重实际工作与正经学问,恽代英、邓中夏、萧楚女等要求文学家参加实际工作。他们认为文学不是清高的"雅人韵事",真正的文学家应该像托尔斯泰一样到民间去,到社会黑暗、痛苦的地狱中去,体验人间的不幸和艰苦,否则,创作出来的作品就不可能有深刻的感染力。邓中夏在《贡献于新诗人之前》一文中指出:"如果一个诗人不亲历其境,那就他的作品总是揣测或幻想,不能深刻动人,此其一。如果你是坐在深闺安乐椅上做革命的诗歌,无论你的作品,辞藻是如何华美,意思是如何正确,句调是如何铿锵,人家知道你是一个空嚷革命而不去实行的人,那就对于你的作品也不受什么感动了,此其二。

---

① 郁达夫.艺术与国家[J].创造周报,1923(7).
② 编者.发刊辞[J].中国青年,1923(1).
③ 萧楚女.诗的生活与方程式的生活[J].中国青年,1923(11).
④ 王秋心.文学与革命[J].中国青年,1924(31).
⑤ 1923年12月22日《中国青年·编辑者的话》称:"我们虽登载过几篇似乎反对文艺的文字,其实我们决不反对文艺,我们只反对那些无聊的诗歌小说。因为现在的青年,有许多事要做,这种'吟风弄月'恶习,断然应加以排斥。"
⑥ 邓中夏.贡献于新诗人之前[J].中国青年,1923(10).

所以新诗人尤应从事于革命的实际活动。"① 因此,他们像文学研究会一样,认为革命经验决定创作的真实性与价值,然而意旨却是希望作家参加实际革命。

《中国青年》渴望具有宣传、鼓动精神的革命文学。他们认为,在军阀专权、列强剥削日益沉重的社会境况中,最需要的是富有刺激性的文学,以"警醒已死的人心,抬高民族的地位,鼓励人民奋斗,使人民有为国效死的精神"。②他们劝勉作家要多创作暴露社会黑暗的作品,并且要暗示人们改造黑暗社会的希望。这种革命文学主张,跟太阳社的革命文学观念基本吻合。③ 这表明,早期共产党人从革命的现实需要出发,形成了自己的文学理想,它跟文学研究会、创造社等从文学角度提倡的革命文学存在差异。从文学研究会、创造社的革命文学提倡,到《中国青年》编者的革命文学主张,初期革命文学的倡导性质"渐变之中已经预示着突破"④,即文学家对革命家的启蒙转向革命家对文学家的要求,审美性的革命文学转向政党性的革命文学。这是《中国青年》被视为革命文学历史起源的内在原因。

杭州之江大学学生成立的悟悟社,是中国现代文学史上最早出现的革命文学社团。⑤ 它的成立明显受到了文学研究会的影响。许金元《为悟悟社征求同志》写道:"伊、雁冰、诵虞、泽民、杨幼炯、亦湘和反对泰戈尔的靡靡之音的文学而认识革命文学的需要的诸君:诸位中有许多先生们,在本刊上和《中国青年》上的大作,我已很佩服的读过了。我愿,我极愿诸君肯和我们合作这件伟烈的工作。"⑥ 种种迹象表明,文学研究会在《文学旬刊》《中国青年》等报刊上的革命文学倡导,以及文学研究会作家在浙江各个学校的文学演讲,促使了悟悟社的成立。然而,悟悟社拥有自己的革命文学观念。

悟悟社认为革命文学是一种秉有奋斗、牺牲、互助和合作精神的文学,其作用在于"指导人生"。悟悟社首次努力明确"革命文学"的"革命"内涵,认为它是一种兼有奋斗、牺牲、互助和合作精神的文学。这种创造可能来自时代的影响,其时国共两党正寻求合作进行社会革命。悟悟社反对革命文学作家应做革命者的主张,认为这种主张超越了文学的空间。悟悟社否定革命者与革

---

①② 邓中夏.贡献于新诗人之前[J].中国青年,1923(10).

③ 蒋光慈在《关于革命文学》一文中写道:"革命的作家不但要暴露旧势力的罪恶,攻击旧社会的破产,而且要促进新势力的发展,视这种发展为自己的文学的生命。"《太阳月刊》第 2 期,1928 年)

④ 张大明.不灭的火种——左翼文学论[M].成都:四川文艺出版社,1992:42.

⑤ 悟悟社,1924 年 5 月成立,发起人为许金元、蒋锵等,出版《悟悟月刊》,是最早出现的革命文学社团;现代文学界一直把蒋光慈发起成立的"春雷文学社"视为现代文学史上第一个革命文学社团。

⑥ 许金元.为悟悟社征求同志[N].民国日报,1924-07-01.

命文学之间存在真正关系，反对把革命文学和革命运动、革命文学家和革命者直接联系起来。他们认为革命文学与其作者的关系，不是是否为革命者的问题而是作者有无革命情感的问题，"所以写革命文学，只要看他革命的情感如何就好了（怎样去找和培养这情感），是另一问题"。① 悟悟社的革命作家观念，跟李初梨、蒋光慈比较接近，他们认为拥有革命情感或阶级意识就能成为革命文学家。

悟悟社不赞同革命文学完全采取写实主义或自然主义的方法，主张兼用写实与浪漫的表现形式。文学研究会与《中国青年》等倡导者，主张革命文学要以写实方法表现社会黑暗，有人甚至主张用自然主义建设革命文学②，"以人生的，丑的，真切的，平浅易解的文学，去培养民众个人解放和为社会而战的勇气"。③ 悟悟社认为，采取自然主义未免妥当，一方面因为革命文学兼顾主观和客观，自然主义则纯粹客观态度；另一方面因为革命文学重感情和情绪，自然主义则绝少感情。革命文学不能舍弃表现性，这接近太阳社对革命文学的认识。蒋光慈就认为革命是一种天然的浪漫艺术④，它是革命文学无法也不应该抛弃的。

悟悟社的成立表明，革命文学已成为文学青年的自觉追求与实践。它从文学自律及指导人生的立场，批评文学家要做革命者的主张，反对革命文学应是写实主义的观念，从而维护了革命文学的界限与性质，否定了将"文学与革命"直接联系起来的文学"工具"观念。

春雷文学社的成立，也有文学研究会的影响与支持。1924年11月，沈泽民接编《民国日报·觉悟》后，就有意推动革命文学运动⑤，联合蒋光慈、王秋心等人成立春雷文学社。蒋光慈留俄期间开始文学创作，但他的文学选择遭到留学生党支部的反对。1924年夏他归国后，沈泽民决定在《觉悟》上逐日发表他的创作。⑥ 总之，春雷文学社成立及"春雷文学专号"开辟，得力于文学研究会的支持。春雷文学社的革命文学主张，在两个方面表现得非常鲜明。

首先，他们认为现在中国是产生革命文学家的好场所。沈泽民认为文学是

---

① 许金元.为革命文学再说几句话[N].民国日报，1924-07-12.
② 李之常.支配社会的文学论.文学旬刊，1922(35).杨幼炯.革命文学的建设.觉悟，1924.
③ 杨幼炯.革命文学的建设[N].民国日报，1924-07-15.
④ 蒋光慈.十月革命与与俄罗斯文学.创造月刊，1926.1(2).
⑤ 沈泽民接编《觉悟》后，先发表自己的《文学与革命的文学》（1924年11月6日）文章，宣传刚留学归来的蒋光慈的文学创作，然后联合上海大学师生成立春雷文学社。
⑥ 沈泽民.蒋光慈的《莫斯科》[N].民国日报，1924-11-09.

时代的记录，而中国正在发生极大的历史变动，这种巨变是无产阶级"从黑暗到光明，从苦痛到解除苦痛"的解放，是"自有人类历史以来最富有色彩、动作，和音乐的时代"，因此，反映这种民众争取解放的文学，"终能胜过一切过去时代的文学"。① 蒋光慈也相信，现在中国是制造革命文学家的好场所，将能够产生"伟大的、反抗的、革命的文学家！"② 这种文学信念将革命神秘化了，即革命能激发、赋予文学家伟大的艺术创造力。事实上，它只是文学"镜子"理论的一种转喻，或是"完全放任自己想象力"的表现。③ 这种文学信念交织着文学反映论与马克思主义历史观，是鼓动青年从事革命文学的热情宣传。

其次，他们认为文学家代表与组织社会、民众的"情绪"。沈泽民说，文学家是人类中最真挚的人，对人类有伟大的同情心，因此，他就成为民众的口舌、意识的综合者，其作品慰藉民众的痛苦又把民众的意志统一起来。"一个革命的文学者，实是民众的情绪生活的组织者。"④ 受中国传统"侠义"精神的影响，蒋光慈高呼文学家是代表社会情绪的，并负有鼓动社会情绪的任务。这种意识把文学家神圣化了，文学家不仅是人类最真挚、最富有情心的人，而且是社会、民众良心与道义的象征。"我们听见了文学家的高呼狂喊，可以证明社会的情绪不是死的，并且有兴奋的希望。"⑤ 它是日益沉重的社会现实迫使人们寻求道义的心声反映，也是把拜伦、托尔斯泰等文学家确立为精神偶像的思想呈现。在这种意义上，蒋光慈把叶圣陶、冰心等视为"市侩派"作家，他们的创作无视社会黑暗的根源，不能表达激烈的义愤与反抗情绪。

与其他革命文学倡导者相比，春雷社的革命文学呼唤道德激情明显多于理性思考，革命的激情与道德主义成为它的思想基础，其文学观念"根本不能视为是马克思主义的概念"。⑥

综上所述，文学研究会的革命文学倡导，引起社会的广泛响应并产生大量的文学接受者，促使共产党人改变偏见转而提倡革命文学，推动悟悟社、春雷社等革命文学社团的成立。这些接受者从不同角度提出的革命文学观念尽管存在差异，但都强调革命文学家的重要性与神圣性，换言之，将革命文学家道义化与神圣化，成为这些革命文学倡导者的共同特征。它不仅是革命文学合法化的历史隐喻，也成为渴望文学家参与现代革命的意识形态。

---

①④ 沈泽民.文学与革命的文学[N].民国日报,1924-11-06.
②⑤ 蒋光慈.现代中国社会与革命文学[N].民国日报,1925-01-01.
③⑥ 玛利安·高利克.中国现代文学批评发生史[M].北京:社会科学文献出版社,1997:143.

不能否认文学研究会庞杂的"中心"性质①,郑振铎、瞿世英、沈泽民、茅盾、瞿秋白、李之常等人的革命文学倡导,无法严格视为文学研究会团体的行为;也不能否认沈泽民、瞿秋白、茅盾等人又是共产党员,其双重身份难以具体进行群体归属。但是,以郑振铎、瞿秋白这对北京求学时代的好友为中心,瞿世英、茅盾、沈泽民等的热情响应为侧翼,其革命文学倡导却凭借文学研究会的影响力而发挥社会影响,早期共产党人、创造社与进步的文学青年都开始提倡革命文学。文学研究会倡导革命文学的深层原因,与其"为人生"的文学追求有关,与其文学为情感的文学观念有关,更与"五四"运动焕发的革命激情与历史记忆分不开。在这种意义上讲,中国革命文学是中国现代社会的历史产儿,而非国际左翼文学思潮影响的历史结果。总之,文学研究会倡导革命文学的历史及其影响,现代文学研究者不应该忽视。现在需要深思与追问的是,现代文学史为何不愿提及这些?这背后隐喻怎样的文学史叙事逻辑与权力?

[原载《厦门大学学报》(哲学社会科学版)2006年]

作者简介

王烨,1967年生,安徽濉溪人。2002年毕业于武汉大学中文系。厦门大学中文系教授。著有《1920年革命小说的叙事形式》《新文学与现代传媒》等。

① 有些研究者认为,文学研究会的社团性质难以否定,但又无法像社团一样去研究,因为其目标、价值、发展都突破了社团的界限而追求全国的普遍的"中心"地位。朱寿桐.中国现代文学社团史.北京:人民文学出版社,2004.

鲁迅与中国文化的文化品格

许怀中

鲁迅先生在厦门大学任教只四个月,但他对中国文化和文学做出了新的贡献。在教学之余,编好《坟》,撰写《朝花夕拾》中的《从百草园到三味书屋》《父亲的病》《琐记》《藤野先生》《范爱农》等,编完出书。"童年生活,闾巷景色,师友面貌,遂重现于他的带着浓重的抒情的笔端。哀愁糅合着愉快,回忆贯通到现实,造成一种为过去中国散文所没有的独特的风格。"① 他还编好董秋芳译的高尔基短篇小说集《争自由的波浪》,编校淦女士(即冯沅君)的短篇小说集《卷葹》。他又以古代传说为题材,写了故事新编《铸剑》《奔月》等,为授课需要,编写《汉文学史纲要》(原名《中国文学史略》一书至少前五篇(《自文字至文章》《书与诗》《老庄》《屈原及宋玉》《李斯》等)。他在给许广平的信上写道:"但如果使我研究一种关于中国文学的事,大概也可以说出一点别人没有见到的话来。"② 撰写了这部有开创意义的中国文学史书。他留下《两地书》大部分信件。此外,鲁迅不断地进行译著工作,如日本鹤见祐辅的《说幽默》(收入《思想·山水·人物》)。正如林辰先生所说:"他在厦大,不过短短的四个月,虽环境那么恶劣,心绪那么芜杂,但他还能在教书之余做了如许工作,收到这么多成绩,这足够说明在'淡淡的哀愁'之下的他的内心,倒实在是最富于热力的。"③这里,体现了鲁迅与中国文化关系的开放、

---

① 林辰.鲁迅传:129.
② 两地书.
③ 林辰.鲁迅传:130.

批判和创新的文化品格,这贯穿在他的一生,并不断深化和丰富。

一、开放型

鲁迅从事中国文化事业和活动,首先体现出开放型的文化品格。这主要体现在汲取世界上全人类积极的文化成果,来建设中国新文化。鲁迅早年在日本求学时期,便形成了这样一个观点:"外之既不后于世界之思潮,内之仍弗失固有之血脉。"①在文化建设中,对外要跟上世界思潮,在国家、民族内部应该保持它固有的"血脉",即民族性。鲁迅强调文化艺术要"和世界的时代思潮合流,而又并未梏亡之中国的民族性"。这是"要出而参与世界的事业"的需要。②

中国文化和外来文化汇流中孕育出来的文化巨人鲁迅,放开眼光,从世界文化的海洋中汲取文化积极成果,建构中国文化,体现出它的开放性。他早年留学日本,从西方"摩罗派"拜伦、雪莱、普希金、莱蒙托夫、裴多菲、密茨凯维支、斯洛伐斯基、克拉辛斯等民主思想诗人、"复仇诗人"、"爱国诗人"的思想文化中,确立"立人"的文学和文化主张。他认为:要"立国",先"立人",个体强大,国家、民族才能强大。鲁迅说:"是故将生存两间,角逐列国是务,其首在立人,人立而后凡事举;若其道术,乃必尊个性而张精神。"③虽然"立人"是属于个性解放的范畴,但和振奋民族精神、振兴中华的爱国精神联连一起,便有更深广的文化内涵。"五四"前后,鲁迅介绍和翻译外国作品数量比前期多得多。他受俄罗斯文学的影响,主张文学"为人生"文学的功能从"立人"到"救人"("治病救人")揭出社会"病根","催人留心,设法加疗救的希望"③。这里不仅汲取俄国文化,也包含日本、波兰等国的文化养料,加以改造创新,成为"五四"新文化运动的重要文学思潮。鲁迅的后期,更广泛的"拿来"世界文化成果,尤其是更多关注苏联优秀文学作品,从文艺为"救人"到为"新人"。他在《拿来主义》中说:"没有拿来的,人不能自成为新人,没有拿来的,文艺不能成为新文艺。"④鲁迅汲取外来文化,建构中国文化,围绕着"人"的命题,从"立人"到"救人"再到"新人",这是他开放型文化品格的成果。

鲁迅开放型的文化品格,还体现在他主张以民族和地方的文化特色,打入世界。他认为,越有民族特色,就越有世界性。民族传统文化和世界文化,是

---

①③　坟·文化偏至论.
②　而已集·当陶元庆君的绘画展览时.
③　南腔北调集·《自选集》自序.
④　且介亭杂文·拿来主义.

互动的、双向交流的关系。他说:"人类最好是彼此不隔膜,相关心,然而最平正的道路,却只有用文艺来沟通,可是走这条道路的人,后来又少得很。"这是他写于作品《捷克译本》出版之时,他高兴地说:"我的作品,因此能够横在捷克的读者的眼前……我们两国,虽然民族不同、地域相隔、交通又很少,但是可以互相了解,接近的。"[1] 文化的开放性,不是单方面的汲取外来文化,还必须把民族文化介绍到外国去,让世界了解中国的文化,开放和交流分不开。鲁迅赞成世界语,就因为不同国家、不同民族可以互相交流。[2] 开放型的文化,是以开放眼光观照民族传统文化和外来文化的产物,它和文化封闭格格不入,和文化的妄自尊大或文化的自卑水火不相容,这对我们今天要建构、发展先进文化,是必不可少的文化品格。

二、批判型

由于鲁迅历来对民族传统文化和外来文化采用批判的态度,进行理性思考,避免了在20世纪围绕中国思想文化的"两极性"和"单向度性"的片面,这就是拒绝外来文化的传统主义和抛弃传统文化的"全盘西化"的两个极端。

鲁迅的文化批判,明显的特质之一是彻底性。他曾表明:"论时事不留情面,砭痼蔽常取类型。"[3] 这里的"不留情面"便是文化批判的彻底性的体现。鲁迅文化批判的范围极其广阔,不仅体现在论争之中,对文艺思潮、文艺社团、文艺主张等方面的批判,而且对社会的痼癖弊端加以批判,也对"国民精神"进行批判等等。

鲁迅从少年到日本留学,"五四"时期,再到二三十年代之交的"革命文学"争论,直到30年代中期他逝世为止,始终贯穿着文化批判精神,而其彻底性的特质,越来越深刻。

鲁迅幼年凭直觉,对中国封建文化的糟粕反感,如从《二十四孝图》的故事中,看到封建伦理道德中的荒谬性和可笑性。如"哭竹生笋"使他生疑,"卧冰求鲤"使他感到性命之虞,"老莱子亲"肉麻可笑,而"郭巨埋儿"则残酷绝伦。"因为我请人讲完了'二十四孝'故事之后,才知道'孝'有如此之难,对于先前的痴心妄想,想做孝子的计划,完全绝望了。"[4]当然鲁迅并不否定中国传统道德的"孝道",而是对"孝道"畸形化的荒谬很反感。他在早期

---

[1] 捷克译本.
[2] 答世界社问:中国作家对于世界语的意见.
[3] 伪自由书·前记.
[4] 朝花夕拾·二十四孝图.

所写的《文化偏至论》中，批判洋务运动倡导者向西方学习，没有学到社会进步的根本，而是"抱枝拾叶""抱残守缺"。近代史上许多维新人物，留下了学习西方、维新图富的先行者可贵的足迹，但也留下许多深重的教训。当他们和封建势力交锋时，便暴露出相当的软弱性和妥协性。鲁迅批判封建主义的彻底性表现出中国新文化的锋芒。在"五四"运动中，鲁迅的锋芒指向"复古派"和"国粹主义"。"复古派"形而上学地看待民族传统文化，把民族传统文化绝对化，不分精华与糟粕，甚至连糟粕也看成"宝贝"，所谓什么都是"国粹"。鲁迅尖锐地指出："什么叫'国粹'？照字面看来，必是一国独有，他国所无的事物了。换一句话，便是特别的东西。但特别未必是好，何以应该保存？譬如一个人，脸上长了一个瘤，额上肿出一颗疮，的确是与众不同，显出他特别的样子，可以算他的'粹'。然而据我看来，还是不如将这'粹'割去了，同别人一样的好。"① 传统文化中有些是"独特"的，但"独特"并不都是好的，那些消极有害的东西，所谓的"国粹"，不但不是文化的精华，恰恰相反，而是文化的"糟粕"，应该剔除。

从20年代到30年代，鲁迅批判"现代评论派""新月派"和"第三种人""自由人""民族主义文学"等形形色色的错误文化思潮，批评其中盲目照搬外国杜威教授的"实验主义"，指出："从他们那里零零碎碎贩运一点回来就变了中国的呵斥八极的学者，不也是一个不可动摇的证明么"②？对西方的所谓"新方法"，照搬或零碎地贩运过来吓唬人的做法，鲁迅认为是不可取的。吸收外国的"新方法"，是应该的，也是必要的。然而学术界往往热衷于"方法热"，他们并没有把它们真正懂通、弄懂后，加以运用，乱贴"标签"，自以为是新的学术权威。这个历史的教训，是很深重的。鲁迅看重问题的实质，而反对只图形式和浮躁的文化现象。他批评"创造社""太阳社"中一些人的错误，便是他们所倡导的"革命文学"，不求内容的充实、技术的上达，而是忙于挂"招牌"。在和这种种错误的文化现象、文化倾向、文化思想的论争中，鲁迅旗帜鲜明、是非分明，体现出文化批判的彻底性，这也是与鲁迅反对"无是非观"密不可分的。

时代性是鲁迅文化批判的另一个特质。这主要表现在鲁迅的文化活动和批评，和时代相连，息息相关，与时俱进。鲁迅以杂文等形式，参加了论战；批判创作中、文艺批评中的错误倾向，以及文艺社团、文艺思潮流派中的不正确主张；批判的时空跨度大，而其批判，无不打上时代的烙印。如在"五四"时

---

① 热风·随感录·三十五.
② 二心集·大家降一级试试看.

期,针对文化复古主义势力的顽固性,劝告青年"少读"或"不读"中国书,这种带有"矫枉过正"的做法,必须从当时时代和文化环境中去看待,才能正确理解。随着时代的变迁,鲁迅也不断纠正自己的思想局限,如他曾介绍过日本厨川白村的《苦闷的象征》,后来对他的"性欲说"有所保留。他曾受过尼采的影响,后来对"尼采式的超人已觉渺茫",确信"将来总有尤为高尚、尤为圆满的人类出现"①。鲁迅文化批判的时代性,还体现在"知人论世"的思想。他指出:"我们想研究某一时代的文学,至少要知道作者的环境、经历和著作。"②他认为评论作家,要研究"他所处的社会状态,'这才较为确凿'"。③这就是说,文学批评,必须放在那个时代来看。我们要了解鲁迅,也只有结合当时的文化环境和时代环境才行。

近年来,有人把鲁迅看成"断裂中国传统文化"的"历史罪人","似乎鲁迅对传统文化是骂倒一切,全盘否定,今天也要将鲁迅的看法来个全盘否定,骂倒了鲁迅,中国的传统文化就得以畅通无阻地引领二十一世纪的中国与世界了。"④这种说法,当然是错误的。

鲁迅的文化批判另一个特质是建设性,他把"新的建设的思想,是一切言动的指南针"⑤作为自己的言论行动的准则,不遗余力地反对只破坏、不建设的做法。他看到中国历史上的"破坏者",没有理想,是"中国向来有别一种破坏的人,所以我们不去破坏的,便常常受破坏。我们一面被破坏,一面修缮着,辛辛苦苦地再过下去。所以我们的生活,便成了一面受破坏,一面修补的生活"。⑥所以鲁迅的文化批判,不是只批判、不建设,而是重在建设的。

鲁迅对中国传统文化的重视,是从少年时开始的。他在私塾,便熟读了《鉴略》以及"四书五经"之类历史典籍。他喜欢读中国古典小说、野史杂记,《山海经》中的刑天,在幼小的心田中燃烧起不屈不挠反抗的火苗。之后,他对整理我国古典文学,做了大量的工作,做出卓越的贡献,可说鲁迅在整理我国文化遗产方面,是一面光辉的旗帜。如他辑录校定《古小说钩沉》,辑录《会稽郡故书杂集》,整理出版《唐宋传奇集》《小说旧闻钞》《嵇康集》等书,

---

① 热风・随感录・四十一.
② 而已集・魏晋风度及文章与药及酒之关系.
③ 且介亭杂文二集・"题未定"草(六―九).
④ 钱理群.20世纪30年代有关传统文化的几次思想交锋——以鲁迅为中心(一)//鲁迅研究月刊,2006(1).
⑤ 集外集拾遗・《浮士德与城》后记.
⑥ 华盖集续编・记谈话.

收藏汉画像、汉碑帖、六朝造像和六朝志目录。《古小说钩沉》是我国第一部校辑唐代前的小说的集子。魏晋六朝以来,这类古小说,久已沉埋于故纸堆中,被乱加窜改,更为严重。鲁迅不顾艰辛,进行"钩沉"梳理,成果来之不易。他所写的序中,蕴含着深刻的思想和科学的小说史观。关于鲁迅对我国古典文学研究的贡献,曾在拙著《鲁迅与中国古典小说》一书中作了比较详尽的论述,被专家认为有"学术性和理论深度"。①

鲁迅撰写《中国小说史略》《中国小说的历史的变迁》之后,又撰写《汉文学史纲要》著作,这都是带有开拓性的工作。鲁迅的杂文小说中,大量运用传统文化材料,建设性地建构中国新文化。

总之,彻底性、时代性、建设性是鲁迅建设中国文化批判品格的鲜明体现。而这三者是完整的统一体,不能割裂,如只强调鲁迅文化批判的彻底性,而忽略其建设性,势必歪曲和误解鲁迅的文化思想。

三、创新型

鲁迅赋予中国文化的创新文化品格,这是十分可贵的。

首先是思想文化观念的创新。鲁迅总结中国的历史经验教训,对汉唐时代能够大胆吸收外来文化的文化胸怀,称为"汉唐气魄",他把这种文化创新精神,提升到关系时代的进步、民族命运的高度。他说:"要进步或不退步,重要的是总须时时自出新裁。"②他所说的"新裁"便是创新的意思。同时,他把敢不敢吸收外来的东西,加以创新,作为衡量一个国家、一个民族强弱盛衰的标志。他揭示了一条重要的历史规律:每当它处于没落、腐朽时,才害怕外来的东西,而陷入盲目排斥的窘境。每当它处于强大时,就敢于吸收。正如"汉、唐虽然也有边患,但魄力究竟雄大,人民具有不至于为异族奴隶的自信心。""凡取用外来事物的时候,就如将彼俘来一样,自由驱使,绝不介怀。一到衰弊陵夷之际,神经可就衰弱过敏了,每遇外国东西,便觉得仿佛来俘我一样,推拒、惶恐、退缩、逃避,抖成一团,又必想一篇道理来掩饰,而国粹遂成为屠王和屠奴的宝贵。"③可见,文化开放、创新,是和民族强弱有着密切的关系。

文化创新和吸收外来文化思想的营养不但没有矛盾,而且是必不可少的:"一切事物,虽说以独创为贵,但中国既然是在世界上的一国,则受点别国的

---

① 鲍国华."小说史家鲁迅"研究的历史回顾.鲁迅研究月刊,2006(2).
②③ 坟·看镜有感.

影响，即自然难免。"① 在日本留学时，鲁迅翻译《域外小说集》，就是为了"异域文术新宗，自此始入华土。使有士卓特，不为常俗所囿"。② 他引进外国新作品、新思潮，是使我国文艺不受旧的束缚。鲁迅注意新生事物。1903年发表的《说鈤》，对居里夫人发现镭欢呼雀跃，说它是"辉新世纪之曙光，破旧学者之迷梦"。他翻译美国培伦的科幻小说《月球旅行》等，对科技文化的创新，怀有特别的敏锐性。

鲁迅的学术著作，充满着文化创新精神。他所撰写的《中国小说史略》，改变了"中国小说自来无史"的局面，可说它是第一部比较系统的中国小说史著作。在这之前，虽然也有外国人写的中国文学史，如英国嘉尔斯的《中国文学史》（1900年出版）、德国葛鲁贝的《中国文学史》（1902年版）、日本盐谷温的《中国文学概论讲话》（1918年出版）等。以上三种列章介绍中国小说，但引用材料真伪不辨、论述简略。我国最早的林传甲《中国文学史》，用作京师大学教本，这是第一部文学史而不是小说史。第一部完整的中国小说史著作，应该是鲁迅的《中国小说史略》。鲁迅在厦大著的中国文学史著作，要说出"一点别人没有见到的话来"，这里的学术、理论创新要求，是很明显。他对我国有新意的文学作品很重视，认为《红楼梦》"全书所写，虽不外悲喜之情、聚散之迹，而人物故事，则摆脱旧套，与在先之言情小说甚不同"。"盖叙述皆存本真闻见悉视历，正因为写真转成新鲜。"③ 他对《红楼梦》和宋代的"教训小说"与古典小说大团圆的"公式"不同而加以赞赏。

鲁迅创作中的文体创新，是极为突出的，这是对中国文化创新的重要方面。他的杂文，在中国现代文学史上是新的贡献，占有很重要的地位，这是由于它在内容和形式上的创新所致。鲁迅的白话小说，在我国小说史上是最新的成就，这是他在我国传统文化上，吸收外国小说长处加以创新的成果。鲁迅在许多地方自述外国文学对自己创作的影响和他的创新，如《狂人日记》，虽受果戈理同名小说的影响，却比果戈理忧愤深广。④这是他扎根中国传统文化的土壤，非常熟悉和深层次研究中国历史，并在这基础上接受外来文化，为中国文化创造出来的重要成果。

在鲁迅的散文《朝花夕拾》和散文诗《野草》的创作中，也都富于文化创新的特质。正如林辰所写：在《朝花夕拾》中"造成一种为过去中国散文所没

---

① 《奔流》编后记.
② 中国小说史略.
③ 译文序跋集·《域外小说集》序.
④ 且介亭杂文二集·《中国新文学大学》小说二集序.

有的独特的风格"。①《野草》更是一种别出心裁创造出来的新文体。

鲁迅的文化创新思想深刻之处，还在于它认识到培养新人才是关键所在。20世纪20年代，人们埋怨中国文坛上缺乏"天才"。鲁迅和别人不同，它不停留在叹息上，而是呼吁大家都来做培养天才的泥土。"做土要扩大了精神，就是收纳新潮，脱离旧套，能够容纳，了解那将来产生的天才，又要不怕做小事业。"② 重要的是营造不受旧的观念束缚的新的文化环境，才能使天才脱颖而出。在30年代"左联"成立大会上，鲁迅大声疾呼："我们应当造出大群的新的战士"。"我们急于要造出大群的新的战士，但同时，在文学战线上的人还要'韧'。所谓'韧'，就是不要像前清做八股文的'敲门砖'似的办法"。要培养"新人"，不能走缺乏"创新"的"老路"。文化创新，呼唤"新的战士"。这里的"新人"和"拿来主义"中的"新人"是一脉相承的，不论是"新人"或"新的战士"，都蕴含着懂得马克思主义理论的文化内涵。作为代表中国先进文化前进方向的鲁迅，他在20年代末开始，大量翻译苏联卢那察尔斯基的《艺术论》《文艺与批评》《文艺政策》以及普列哈诺夫的《艺术论》等文论，"但我从别国里窃得火来，本意却在煮自己的肉"③，为了改造自己，也为培养大批懂得社会科学的文艺"新人"。

创新是一个国家、一个民族的灵魂。我们正处在创新的时代，鲁迅的文学创新，是值得我们学习和继承的中国文化思想，我们应该把鲁迅这种创新精神，发扬光大。

（原载《东南学术》2006年第5期）

作者简介

许怀中，1929年生，祖籍福建仙游，生于厦门鼓浪屿。1952年毕业于厦门大学中文系。历任厦门大学副教授、教授，中共福建省委宣传部副部长兼省文化厅厅长、党组书记，福建省文联主席，全国文联委员，中国作家协会理事。著有《鲁迅与文艺批评》《鲁迅创作思想的辩证法》《鲁迅与文艺思潮流派》《人的审视与建构：鲁迅与世界文学的一个视角》《美的心灵历程：中国现代小说发展中的一条轨迹》等。

① 坟·未有天才之前.
② 二心集·对于左翼作家联盟的意见.
③ 二心集·"硬译"与文学的阶段性.

当前中国文学的时尚化倾向

管　宁

引　言

20世纪90年代以来，中国社会经历了一个重要的转型期，其最突出的特征是逐渐从生产社会向消费社会过渡。所谓生产社会，主要指由于社会物质资源还不够丰富，人们将注意力集中在社会的"生产"环节；所谓消费社会，主要指由于生产力极大的提高，物质的丰富成为现实，人们更注重社会"消费"，甚至在生活方式、生活态度上更趋向于消费理念，同时，从整个社会风尚上看，物和商品以及相关的服务被赋予了更多的符号意义。

在世界范围内，发达国家和部分发展中国家在20世纪60年代先后进入消费社会。从总体发展情况看，当代中国尚处于生产社会。但由于中国特殊的历史发展境遇，一些发达地区的大中城市不仅实现了小康，且已率先进入消费社会。由于现代传媒的迅速发展和普及，不仅使中国发达地区的大中城市在消费观念、行为和生活方式等方面，具有了消费社会的基本特征，而且使那些欠发达地区也具有消费社会的某些征候，而这一征候则是通过在消费社会产生的后现代消费文化来体现的。

消费文化是指在一定历史阶段，人类物质与文化生产、消费活动中表现出来的消费理念、方式和行为的总和。不同社会历史时期的消费文化内涵不尽相同。在现代社会中，即19世纪下半叶到20世纪60年代，随着第二次工业革命的发生，出现了种类繁多的闲暇娱乐产品，开始逐步形成消费文化。20世纪60年代以来，随着现代社会的进一步发展，特别是工业化的完成，西方社会以及部分发展中国家,逐步进入一个物质丰盈的消费社会,此时的社会步入后现代时期。

后现代消费文化最基本的特征之一,就是人们在消费活动中,不仅更注重符号价值的消费,甚至热衷于符号意义的不断迁徙。人们有意识制造那些即时性的符号意义,同时,人们对文化产品的消费和解读,常受到种种相关因素的影响。在这一过程中,作为一种社会精神走向、审美趣味和意义象征风向标的时尚,就成为消费社会重要的文化现象,而文学作为消费社会中文化的构成部分,亦不可避免地具有时尚化倾向。本文拟在后现代消费文化的背景下,考察当前中国文学的时尚化问题。

一、时尚与文学

时尚是在一定社会与历史时期,人们在物质与文化生产及消费活动中表现出来的对某一事物普遍的共同兴趣,是人们在这一兴趣中体现的共同价值追求、审美趣味与行为方式的总和。

时尚作为人类社会普遍存在的现象,并非始于当代,在中国古代就已存在。《后汉书·马廖传》就记载了当时长安市民在着装打扮上的一些流行时尚:"城中好高髻,四方高一尺。城中好广眉,四方且半额。城中好大袖,四方全匹帛。"这表明潮流与时尚的兴起,往往前有引领,后有推动,导致相互效仿,推波助澜,愈演愈烈。此类记载还有《墨子》中的寓言:"吴王好剑客,百姓多创瘢;楚王爱细腰,宫女多饿死。"关于眉妆的时尚变化,中国古代各朝代都有各自流行的审美取向。可见,追时尚、赶潮流,既是一种社会现象,也是人的特殊的心理表现,还与社会经济、文化发展过程中人们审美观念的演变有关。

步入近代尤其是20世纪初期,随着以报刊为代表的现代传媒业的兴起与发展,出现了具有现代特点的时尚潮流,只是这一时尚的出现,已不再是社会心理和审美观念的自然发展使然,而更多的是现代传媒在追逐利益过程中创造出的流行风。因现代传媒业的出现与繁荣,导致时尚的产生具有与传统社会全然不同的特点。

首先,报刊等现代传媒在很大程度上使时尚能超越空间距离,在短期内迅速扩散传播,从而有效营造了现代都会生活方式的时尚氛围。其次,现代传媒不仅具备时空优势,而且由于传播方式的多样性,文字与图像共同创造的流行时尚,无疑比单纯的文字传播更具直观性,更易于模仿,由此进一步激发了人们对新时尚的追求。

进入消费社会，时尚的产生又具有新的特征。现代传媒的传播方式和追求利润的特点，使制造时尚不仅成为可能，而且成为传媒的价值目标和存在方式。于是，在现代传媒的运作下，时尚往往是一系列精心策划和运作的结果，它在满足人们追新逐异心理的同时，实现着其预谋的商业利益。而时尚作为一种符号，其意义的不断更新和迁徙，成为时尚本身不断更替的内在表征。

作为文化的一个组成部分，受大众文化时尚和流行特性的影响，文学也在很大程度上被时尚化了。尤其在消费社会，随着消费文化大面积扩散与渗透，文学的通俗化与时尚化愈演愈烈，文学作为一种文化商品的市场属性也被日益强化。在具有浓厚商业意味的时尚文化中，文学被作为一种可以不断更新的精神产品，被纳入了商业化运作轨道。这不但改变了文学的生产方式，也改变了作家的生存状态，其结果必然导致文学在相当程度上从创作到传播，都成为整个时尚文化生产体系中一个重要元素。进入消费社会，文学与时尚建立了更加紧密的联盟，文学不仅被包装、炒作成时尚的文化产品，文学往往还自觉吸收种种时尚元素以获得流行，甚至还借助传媒创造出新的阅读时尚。在这一过程中，文学所发生的审美移变需要我们详加考察。

二、文学时尚化的表现形态

由于尚处在社会转型期，也由于经济文化发展的不平衡，中国文学的时尚化倾向必然存在着城乡与地区差异，但不论这一倾向在多大程度和范围内存在，文学的时尚化在20世纪90年代出现已是不争的事实。我认为，随着消费文化的兴起，文学时尚化倾向不仅表现在传媒的包装和文学活动消费性的呈现，而且表现在文学观念、审美取向和艺术表现方式的一系列变化。因之，关于文学时尚化的探讨，不应停留于一般现象的描述；而必须从文学审美范式转换的立足点上进行探讨，从文学审美表现的根本性变化中探寻其艺术方式发生的变革。20世纪90年代以来文学时尚化在审美表现形态上发生了重大变化，形成了明显的特征。

首先是个人叙事的非道德化。人们普遍认为，从宏大叙事向个人叙事的转化是20世纪90年代文学的重要特征，这一转向显然是基于对"特殊"与"个别"的强调，是对长期以来重视"一般"与"抽象"的反抗。但这种个人叙事带给文学最深刻的变化在于：道德意识的大面积退隐、欲望书写的全面进驻。在此，个人叙事的突显不仅是从大视野向小视野转换，而且是整个文学观念和哲学视野的转换。陈染、林白、海男、徐坤等涉及并着力摹写的个体内心欲望，虽然在"五四"文学中也有表现，但它们都与国家贫弱、民族危亡相连系，或与人物的社会地位、道德观念密不可分。这显然是由"五四"时期的历史主题决定的。而陈染等人的个体欲望叙写则全然不同，她们没有多少国家民族的大概念，也没有在既有道德观念体系中表现个体性爱欲望的挣扎；她们绕开了社会环境，抛开了道德意识，甚至摒弃了一切伦理规范，将笔触直接伸进个体的心理欲求与身体欲望。这导致了审美的奇异之处：一方面，摒弃道德律令的欲望书写呈现出的自由与无所顾忌，必然具有超越同类文学描写的审美品格；另一方面，失去与社会历史、价值观念等相关因素的联系，而在单一、孤立的层面展开的欲望书写，往往无法形成以丰富复杂内涵为基础的美学魅力，使作品更多地以单向度的独特描写而产生尖锐、新异的冲击力。陈染的《私人生活》《与往事干杯》，林白的《回廊之椅》《一个人的战争》，徐坤的《春天的二十二个夜晚》《含情脉脉水悠悠》，海男的《坦言》《女人传》等，均以独立的个人视角，在道德立场缺失的情况下，极度张扬、放纵地绘写女性私人化的性爱体验，掀开了东方文化背景下女性内心涌动的隐秘欲望。朱文的《我爱美元》《我们的牙，我们的爱情》，韩东的《我的柏拉图》《在码头》，张旻的《情幻》，何顿的《我们像葵花》《弟弟你好》《生活无罪》等，虽然将笔触伸向当下的社会现实，但却全然无视人们的精神困惑与内心挣扎，却不约而同地极力表现社会变革中日益突显的价值准则：物质实利主义，而性爱的非道德化展现则成为物质欲望的另一表征。这些欲望表现与以往小说的最大不同在于：生理欲望的膨胀与满足可以不再需要文明的遮羞布，也可以完全脱离道德规约与伦理法则，坦荡无忌地炫耀自身的存在。

其次是人性想象的极端化。以往的优秀文学往往建立在对人性内涵的深刻揭示上，但时尚化的文学则选择了一条捷径：抛弃人性欲望与道德伦理、价值取向、社会心理、文化积淀、传统意识之间的复杂联系与纠葛，也放逐了对人性善与美的艺术建构，将人性的本能欲望作为猎取社会关注的一种元素，仅仅在单一、纯粹化的层面进行极端化表现——许多作品在丑恶、性爱、畸恋等的展示中，往往以异乎寻常的想象力表现人性的极端形态，这种表现因超越了人性常态而引人注目。传媒则利用自身的力量对这种极端形态的人性表现进行炒作与包装，所谓的"身体写作""下半身"写作都成为一种具有市场效应的标签与符号。传媒不遗余力的渲染，唤起人们对爱恨情仇、奇异心理等极端人性形态的窥探欲。于是，作家与传媒联手制造了一种新的文学时尚。

莫言在《檀香刑》中对人性的表现，热衷于调动一切艺术手段对某种人性现象进行夸饰性表现：封建时代体现着文明暗影的种种酷刑，成为作家浓墨重彩进行叙写的重心。《檀香刑》作为一部长篇小说，多种人称互换所形成的繁复的情节结构,虽然也绘写出颇为广阔的时代风貌,但贯穿作品核心的却是对一系列酷刑惊心动魄的描写。从惩戒太监的"阎王拴"到凌迟处死钱雄飞,从血淋淋的腰斩刑到惊心动魄的"檀香刑",其描写之精细、着墨之厚重,将封建社会中残酷的刑罚文化铺写得淋漓尽致,令人唏嘘慨叹。莫言的独特之处就在于不露声色地以冷峻的姿态、精致的语言去绘写一桩桩骇人听闻的酷刑,以超越人伦常规的立场和眼光评判刽子手行为。这表面上虽然赋予了残酷的血腥描写以某种形上思考与艺术色彩,但实际上却是出于将人性残忍进行最具感观冲击力和震撼性表现的需要,将残忍本身推向前所未有的极端的途径。作家的这种努力虽有诸多动因,但不可忽视的是,已然步入商业社会的文化氛围也起着至关重要的作用——残忍酷刑所具有的感观刺激效果,无疑将构成一种赢得市场的商业价值。

再次是表现手法上将时间空间化。时尚化文学采取了如拼贴手法、非逻辑化的散点叙事、历史事像的虚拟化、现实影像的拟态化叙事等艺术表现手法,但与以往相比最具有革命性意义的是时间的整一性被打破,也就是时间的悬置和被空间化。时尚化文学追求的是即时性消费价值,它对深度模式的本能拒斥,内在地构成对线性时间的瓦解。这一转换使传统文学叙事的时空概念和逻辑发生极大变化:时间被割裂、瓦解和挤压成构织空间世界的元素材料;现在与未来被融入当下,成为指向当下的唯一时间标准。这一艺术表现的广泛运用,是文学时尚化在艺术上的必然结果,由此也形成一种新的美学取向,并生产了一批风格奇特的作品。卫慧的《上海宝贝》《床上的月亮》《像卫慧那样疯狂》,棉棉的《糖》《啦啦啦》,周洁如的《到常州去》等,描绘的是一幅幅尽管混乱但却十分鲜明的后现代图景,主要人物对性爱的态度以及种种摒弃传统价值观的另类观念,都是在碎片化的场景描写中表现出来的。卫慧的新作《我的禅》更是一部时间感、历史感都十分淡漠的作品。小说基本上运用场景转换——从一个空间到另一空间的转换来表现人物、叙写情景——大量事像在空间维度上聚集而非在时间维度上展开,这成为小说最主要的结构方式。并且,这种聚集往往缺乏逻辑关联,只呈现一种松散凌乱的堆集排列。很显然,这种结构方式不仅丧失了时间感以及可能带来的深度,而且导致空间本身的平面化。事实上,空间场景的频繁转换与更迭,意味着符号意义的不断迁徙,这正体现了后现代社会生活的快节奏及频繁进行符号更替的内在需要。

三、文学时尚化的成因考察

对文学时尚化倾向的成因考察,可从外在和内在两个逻辑层面展开。外在逻辑主要与20世纪90年代以来中国社会文化语境的变化有关，正是这种特殊语境改变了文学的生存环境与生产方式，导致文学审美范式的移换。具体说来，这种社会文化语境的变化可从以下三方面进行阐述。

一是商业原则的浮现与突显。20世纪90年代，当商品经济秩序逐渐建立，人们既往的价值观念、行为准则已然发生深刻变化，一系列与市场经济体系相适应的价值观念、行为方式迅速成为一种主导意识形态，并嵌入社会生活的各个层面。一种新的社会秩序、行为规范、价值原则和生活方式开始起了主导作用。当市场原则介入文化生产，艺术原则的支配作用削弱，商业原则的支配作用强化，这必然导致文学的美学品格发生巨变。

二是都市化进程的加快。20世纪90年代中后期，中国社会经济发展一个最显著的标志是都市化进程加快。都市不仅是文化多元化的催生地和丰厚土壤，而且是文化消费群体的聚集地，不同阶层的人汇集在一起形成形形色色的消费群落。都市化程度越高，商品流通与消费水平也会随之提高。追求时尚的物质消费成为都市人热衷的行为，由此形成的时尚文化也就成为与都市形影相随的一道风景线。

三是大众传媒的迅速崛起。进入90年代以后，以电子传媒为主导的新传媒技术的高速发展，迅速成为大众传媒的一部分并占据重要地位。在许多时候传媒会有意识地捕捉、操控和组织各种信息，制造新的时尚。正如麦克卢汉所言："'媒介即是讯息'，因为对人的组合与行动的尺度和形态，媒介正是发挥着塑造和控制的作用。"因而在传媒时代，自发性的文学时尚将越来越让位于有意识的时尚操控。

如果说外在社会文化条件是将文学推入时尚化轨道的话，那么，文学发展自身的逻辑，则是导致文学主动接受或走向时尚的内在动因。这主要表现在两个方面：

第一，作家主体写作姿态的移变。随着社会经济的转型，当作家置身于消费文化语境之中，其自身生活就不可避免要融入当下的社会环境，其所接受的文化信息也不可避免要受到种种时尚文化的影响，从而调整和改变原有的创作模式。另一方面，作家力图超越既有艺术模式的内在需要，恰好与消费文化语境中新的文化创造模式的形成和突显相契合，于是，作家的内在动因与市场潜在的诱因遇合，便触发了作家写作姿态发生变化，这种变化的核心在于作家创作目的的改变，导致其自觉、不自觉与传媒和市场共谋。

第二，文学生产方式的改变。在消费社会，虽然作家的写作还有相当部分属于体制内，但由于出版商和杂志社对文学作品的姿态已彻底改变——文学已成为创造商业利润的重要工具,这就在一个重要环节改变了文学的生产方式。在此情形下,往往使那些不愿与出版商合作的作家、作品,难入主流传播渠道。为适应这样的生产方式,文学存在的实现方式就必然要做出调整,而种种调整往往又是以市场需要为潜在指向,其结果必然产生商品化的文学产品而非审美化的文学作品。因此,文学在生产方式发生转变后,就与时尚结下了不解之缘。

四、文学时尚化:评价与前瞻

面对消费社会文学时尚化的倾向,批评家发表了各不相同的看法。综观批评界对文学时尚化的评价,不外乎有两种观点:或充分肯定文学的时尚化,或认为时尚化必然要损害文学的审美品质,使文学沦为供人消遣、娱乐的商品。在此,首先要解决批评的标准问题。如果批评家持传统的文学审美标准来审视文学的时尚化,必然得出否定的结论;反之,如果批评家从消费社会独特的文化语境看待文学的时尚化,就势必给予肯定。依笔者之见,第一种观点是站在精英或传统文学的立场上,将文学视为独立的精神创造,并以既往的文学阅读经验和审美经验为标准,去衡量在美感形态上发生巨大变化的时尚化作品,必然产生其偏向;第二种观点显然是站在大众文化立场,将文学的时尚化视为消费社会文化生产体系运行的必然结果,在这个生产体系中商业原则起决定作用,文学只是作为一种休闲和娱乐的文化产品,满足人们文化消费的需求,这显然也有其片面性。

第一种视野注重文学的审美价值,依凭文学传统中积累与形成的评价标准,没有考虑随着社会历史的发展,文学活动与生存环境所发生的一系列变化,也没有考虑文学的社会功能和属性发生的变化。第二种视野注重文学在消费社会中为大众提供消遣、娱乐和休闲作用,强调文学作为一种文化产品为人们提供文化消费的特性,它的评判标准在于:是否具有为大众所欢迎的审美趣味,能否被最广大的读者群接受,是否具有最大的市场效应。这种视野只看到娱乐功能、市场效应一面,不仅忽略了文学作为一种特殊商品所应具有的美学品格,而且没有看到读者、市场并不能作为评判文学价值的唯一标准。因而,时尚化的文学常常会步入歧途。从此意义上说,时尚建构常伴随着时尚迷失。

两种视野的局限性使之无法正确把握与评判消费文化语境中文学的时尚化现象。我认为,考察消费文化语境中的文学时尚化倾向,既不能放弃文学的审美维度,也不能忽略文学作为一种文化消费品的商品维度——这体现着对前两种视野的双重批评和吸纳。但必须强调的是,不放弃审美维度并不等于说,要坚持既有的传统或精英式审美尺度，而是要以发展变化的眼光确立审美尺度；不抛弃文学的商品维度也不等于说，可以完全让文学受市场支配，而是要以新的发展的审美尺度评判和规范市场化的文学——这体现着对前两种视野的超越。只有在既吸纳又超越精英与大众的视野中，才能准确、科学地评判消费文化语境中文学的时尚化现象。

文学时尚化中普遍存在着大量的欲望书写，如何看待这一问题，事实上也涉及对时尚化的评价。消费社会极大地促进乃至激发人们种种潜在的消费热情和欲望，这与享乐的正当化观念之盛行密切相关。在传统的精英文化那里，欲望始终被作为一种异类排斥在审美之外，但到了消费社会时代，随着商品生产的符号化与后现代理论的兴起，被现代理性压抑的欲望逐步被强调，感官享受、本能欲望的满足得到充分肯定。事实上，人的欲望作为一种生命体验，不仅是生命存在的一种感性基础，也是生命获得确证的重要途径。当长期处于压抑状态的欲望获得审美领域的准入证，在现代大众传媒的推波助澜下，它必然迅速在文学以及其他艺术形式中蔓延开来，扮演着越来越重要的角色。最显著的表现是以身体写作和世俗欲望的表现为标志，感性欲望不仅得到充分表现，而且成为消费文化语境下符号制造的重要内容。但欲望书写不能总是孤军奋战，当欲望脱离理性、社会文化、人性本能间的冲突、自身存在方式和发展途径，就势必走向"欲望疲劳"。当下时尚化的文学"欲望疲劳"现象已不鲜见，时尚化作品在获得其存在合法性时，局限性也由此突显。

在当代社会，文学作品能否进入文学史和流传下来，取决于多种因素。但必须看到，文学作为一种人类精神和艺术创造的存在，它被传媒包装、炒作的因素和产生的影响都是有限的。文学的时尚化倾向虽然是消费文化语境中不可避免也不可忽视的重要现象，时尚化的作品完全可能成为文学史中不可疏漏的一笔，但文学还有一些不能被包装和时尚化的因素，那就是它表现出的对人生的独特感悟、对人性情感的精微独到的发现和对世界独到的把握方式与艺术言说方式。事实上，即便是时尚化的作品，它们固然有被传媒包装和利用而成为时尚阅读的因素，但其中也有不少在艺术上具有自己的追求。很难想象一部连基本的文字水平和描写能力都不具备的作品，仅仅凭借传媒炒作就能备受青睐、风靡一时。从此意义上看，那些能够成为时尚阅读的作品，往往都在某个方面拥有独特的艺术表现，甚至新的艺术创造。问题在于，面对一种现象不能简单、匆忙地下结论。在看到文学时尚化的历史合理性时，也不能不看到其局限性，更不能因此否定那些非时尚的作品。同理，在肯定那些置身时尚之外、坚持艺术的纯粹性作品时，也不能不看到在新的社会文化语境中这类作品的不足，这种不足通常表现为缺乏引人入胜的叙事功力与唤起愉悦的美学魅力，往往多被评论家首肯而不被读者接受，这样的作品与时代脱节等问题也应引人注意。

在日新月异、迅猛发展的时代，拥有开放的思维和变化的眼光显得尤为重要。文学在迅速地发展变化，人们的视野和思维也不能定于一尊，更不能一成不变。以变化的眼光考察动态演进的文化现象和精神图景，是把握今天多样化的文学和文学的未来的批评策略。从此意义上说，当下中国文学的时尚化倾向是喜忧参半，但比较而言，重视和解决其中存在的问题显得更为急迫必要。

（原载《中国社会科学》2006年第5期）

作者简介

管宁，1958年生于福州，江苏苏州人。毕业于厦门大学中文系。曾在福建人民出版社、福建师范大学中文系工作，后在福建社会科学院《福建论坛》杂志社从事编辑、科研工作，历任文学编辑，文史哲编辑部副主任、主任，杂志社副总编辑、总编辑，编审、研究员。现为福建师范大学文学院文艺学博士生导师、中国现当代文学硕士生导师，福州大学人文社会科学学院教授、硕士生导师，中国文化创意产业研究会副会长、福建省文化产业学会会长，福建省文化产业研究策划基地主任。著有《创意、艺术与生活》《消费文化与文学叙事》《区域文化：资源保护与产业开发》《文化创意视野下的两岸视觉设计》《魔杰座的八度空间》等。

论赵树理与"十七年"现实主义文学之关系

席 扬

一

今天,重提赵树理与"十七年"现实主义文学的关系问题,并不是一个轻松的话题。这一问题依然横亘在我们面前——作为一个最容易被人指认为现实主义作家的赵树理,他在"十七年"的文学创作究竟属于何种现实主义?他以具体成果形式呈现出来的现实主义倾向性与"十七年""主流话语"中不断被"提升""提纯"的"理论的现实主义"[①]之间究竟有着怎样的差异?对这种差异如何进行价值判断?对这些问题进行深入的考察,也是确认赵树理在"十七年文学"历史中其现实主义独特性的必要前提。

如果说"五四"、左翼时期及其1948年前后等三次展开的有关"现实主义"的大规模讨论,显示了当时理论批评界对"现实主义"理论空间和关键环节的特殊注意的话,那么中华人民共和国成立后"现实主义"以及附着于它身上的许多问题,都已变为实践性命题了。可以明显地看到,当代现实主义附着于不断出现的新作品之身而被推进的情形,愈来愈昭示出"现实主义"被公开本质化的趋势。我认为,"十七年现实主义文学"的发展变化路径,可以表述为从"朴素的"现实主义走向"革命的"现实主义的过程。这是个巨大的转折。

---

① "理论的现实主义"是笔者对"十七年"文学中居于主流的现实主义理念及其一系列规范的称谓,主要体现在周扬、茅盾、陆定一等人的诸多相关论述之中。"十七年"文学历史上,虽然关于"现实主义"有过许多论争,但对它的"政治功能"的认识并无大的歧义。陈顺馨.社会主义现实主义理论在中国的接受与转化.合肥:安徽教育出版社,2000.

任何自觉认同与不自觉认同的作家在现实主义被"原则化"的趋势里都必须做出选择。赵树理是否自觉地实现这一转折,是必须首先考察清楚的问题。我们在赵树理中华人民共和国成立前的创作中看到了这一套路——但是对赵树理而言,这并非是左翼思潮直接影响的结果,而更应被看作作家个人独特经历与"革命队伍"教育相融合的产物——因为,1943年连续发表的《小二黑结婚》《李有才板话》《李家庄变迁》等一系列作品的叙事风貌其实与早在1933、1934年就公开出版的短篇《有个人》和长篇《盘龙峪》并无二致。应该说这是一种"朴素的现实主义"!这种"朴素",既明显区别于"光赤式"的"斗争加爱"模式,也与茅盾在政治意识笼罩中对人生进行社会学剖析的作品差异甚大。在赵树理这里,"朴素性"就是"真实性",最熟悉的也是最朴素的,更是最真实的存在。这可能也是他并未直接表现"抗日烽火"而乐于大量描写农村"压迫现实"的重要原因。朴素的现实事象与他所熟悉的农民的朴素的愿望,显然内在地制约着他的小说创作的题材选择和处理方式。

赵树理并未迎合"转折"——而时代已在"转折"中日新月异了。

二

这种"转折"随着一次文代会的召开就已经迅猛地展开了,[①] 并且随着文艺体制化的形成而得以完成并继续深入。一次文代会上郭、茅、周等三个人的报告,虽然并未明确提出有关现实主义作为"原则"的问题,但它们在对"国统区""解放区"文艺发展历程的梳理中已庄严地指出了"在文艺上什么是我们所要提倡的,什么是我们所要反对的"对象,在所提出的一系列"要求"中已实际寓含了对以往"革命文艺"历史中现实主义内涵的诸多修正。现实主义已成为了需要在作家"自我改造""深入现实"和"学习政策"等全面实践中重新面对和认识的新的重大问题。在这样的要求面前,包括赵树理在内的过去的一切作家都做得太不够了。虽然,赵树理及其创作在周扬的报告中两次得到高度的评价,[②] 但这并不等于"历史"的"解放区""最杰出"的赵树理可以代替在"新的人民文艺"要求下必须"提高"和"前进"的社会主义时代的赵树理。"朴素"的、基于个人经验的、"感性"的现实主义意识受到挑战,新时代的生活,要求新的现实主义。

[①] 有不少学者认为,这一"转折"早在20世纪40年代就已经大规模开始了。参见钱理群《天地玄黄——1948》,洪子诚《中国当代文学史》、贺桂梅《转折的年代》等。

[②] 周扬.新的人民的文艺——关于解放区文艺的报告//文学运动史料选:第3册.上海:上海教育出版社,1979:686-689.

从中华人民共和国成立后赵树理的具体创作看，他对这种要求并没有太在意，依然以解放区的朴素面目应对着各种挑战。1950年关于《传家宝》和《邪不压正》的"批评式"讨论，赵树理因猝不及防，在当时并未回应，但却耿耿于怀，六年之后依然"不服"。发表于1948年10月的《邪不压正》，是一部"写出了现实主义深度、农民生活深度"的出色作品，它在对现实隐秘黑暗的揭示上比《小二黑结婚》《李有才板话》等作品前进了一大步。作品着重刻画了翻身当了干部的小昌的"新恶霸"行为，以软英婚姻为线索而显现的冲突是惊心动魄的——然而这个作品在发表之初就遭到了质疑。从1948年12月21日～1949年1月16日，《人民日报》连发六篇文章，争论的焦点集中于作品的"主题及主人翁"两个方面。赵树理显然对这种激进的批评有所不满，随即提出了自己的反驳意见，表明自己的意图"是想写出当时当地土改全部过程中的各种经验教训，使土改中的干部和群众读了知所趋避"。作品突出地描写了"不正确"的干部小昌和流氓小旦、聚财，因为"土改中最不易防范的是流氓钻空子。"①显然，主人公的"坏性"及其"坏"的过程被突显，使作品"光明结局"的能量受到削弱——而这正是文艺转向歌颂的现实主义（革命现实主义）所必然警觉的。赵树理却用自己独特的修辞行为，使得以"历史趋势"为支撑的"本质化"叙事能指被因"坏人"为非作歹而难以制止的悲剧感所指所消解，从而使得"革命的现实主义"的叙事总旨与这种"朴素的现实主义"的"真实化"的描写之间滋生出日益走向严峻的摩擦、冲突。赵树理并未意识到冲突的严峻性，因此他在1950年敢于为《金锁》辩护，他的"辩护"让人感到意味深长："论者意见中，有一条是说这篇作品中的主角金锁是不真实的，是对劳动人民的侮辱。我以为这是不对的。我所以选登这篇作品，也正因为有关写农村的人，主观上热爱劳动人民，有时候就把一切农民都理想化了，有时与事实不符，所以才选一篇比较现实的作品作为参照。事实上破过产的农民，被扫地出门之后，其谋生之道普通有五种：'赚''乞''偷''抢''诈'，金锁不过是开始选了个'乞'，然后转到'赚'。'有骨头'这话是多少有点社会地位的人才讲得起的，凡是靠磕头叫大爷吃饭的人都讲不起，但不能说他们都不是劳动人民。他们对付压迫者地方法差不多只有四种：'求饶''躲避''忍受''拼命'，有时选用，有时连用，金锁也不例外。""作农村工作的同志们，如果事先把农民都设想为解放军那样英雄好汉，碰上金锁这类人就无法理解，其实只要使他的生活有着落，又能在社会上出头露面，他并不是没骨头的，解放军中像金锁

---

① 关于《邪不压正》//赵树理全集:第4卷.太原:北岳文艺出版社,1990.

这一类出身的人也不少,经过教育之后,还不是和其他英雄一样的?这篇作品中对金锁这个人物的处理,最大的缺陷是没有写出他进步的过程。"① 然而始料不及的是,这个"一点辩护"却惹来更大麻烦,一个多月之后赵树理不得不"再检讨"。

赵树理从一次文代会至1955年的《三里湾》发表的五六年间,就小说创作而言只不过四部作品(三个短篇、一个长篇),但是各类发言、讲话、"序"、"感"等却多达三十余篇。这类文字除个别属于"应景""应需"之作以外,绝大部分可以视为赵树理对自我文艺理念的弘扬与辩护——令人惊奇的是,在这些文字中,反复申述着他在日益体制化的语境中对现实主义内涵变迁的"异见"。1952年文艺界整风期间,他已初步认识到自己"糊涂的想法","不懂今日的文艺思想一定该由无产阶级领导","不是去宣传无产阶级在国家生活中的领导作用,而是故意把阶级面貌模糊起来,甚而迁就了非无产阶级的观点","每逢有了重要的政治任务,就临时请人补空子,补不起来的时候,就选一些多少与该问题有点关系的来充数,简直有点和政治任务开玩笑"。②

对于"近三年来没有多写东西"的原因寻找,赵树理的解释仍不出"经验范畴"。"我之不写作,客观的理由找一百个也有,可是都不算理由,真正的原因只有一个,就是脱离实际,脱离群众。""同志们对我所写的作品的观感是写旧人旧事较明朗、较细致,写新人新事较模糊、较粗糙",原因盖源自"在农民群众中所吸取到"的"养料"使然。③ 具体而言"就在于我对原来的苦海熟悉而对起着变化的甜海还没有来得及像那样熟悉"。他期望"什么时候看到我的新作品中的新人物比旧人物更生动、具体了,那就是我有了新的进步了"④。创作处于"贫困期"的赵树理,在中华人民共和国成立初期既有一些"困惑"和焦虑,但更多的是面对文化语境变化对自我艺术理念的顽强卫护。对这种状况的深入分析有助于我们澄清研究界对赵树理的一个误解——即认为中华人民共和国成立后的赵树理仍然在坚持"问题小说"的写作。其实不然,如果说中华人民共和国成立前"问题小说"是解放区文学时期所需要的"现实主义",那么中华人民共和国成立后,"问题小说"的艺术功能与格局已遭到普遍质疑。"社会主义现实主义"的原则化过程,使现实主义含义向更高的价值范畴提升。这正如研究者所指出的,进入当代之后,"现实主义"在急速的"经典化"过程

---

① 《金锁》发表前后.文艺报,1950.1(10):211-214.
② 我与《说说唱唱》,文艺报,1950.1(10):253-254.
③ 决心到群众中去,文艺报,1950.1(10):257.
④ 我在创作中的一点体会,文艺报,1950.1(10):275.

中，"具有强烈政治功利性和革命倾向性的现实主义进一步从'旧现实主义'等中蝉蜕而出，为革命的政党、团体和社会阶层以及依附于它们的作家、批评家所推崇，在推进'革命'与现实主义的连接的同时，也推进了政治与文学的紧密连接"。在"十七年"当中，"现实主义经典化过程首先是一个不断选择、排斥的过程"，"又是一个政治和革命理念不断被放大、被泛化到文学批评理论中去的过程"，从而在这一过程里形成"革命现实主义的话语构型"，全面建构起在文学的一切内容和形式方面都可以有效发挥作用的规约机制。①

这种日益"纯粹化"的"革命现实主义"都不是固守着"朴素现实主义"的赵树理可以容易改变并且做到的——不过赵树理的努力早就开始了。1952年早春，他到了山西平顺县川底村，一待就是七个多月。《三里湾》在1955年初的出版，是他在"新时代"最辉煌的一次亮相。平心而论，《三里湾》的结构和主题与周扬的要求是吻合的，但依然招来许多相当尖锐的批评。随着1957年"反右"和1958年"浮夸"，《三里湾》被"冷静"地观察到的"问题"更多，也更严重。当批评者以日益激进的"革命现实主义"要求《三里湾》时，不仅赵树理"熟悉农村"的经验受到质疑，他所"努力赶上"的主观的努力也同时被轻视。从批评者对《三里湾》种种不满与刻责，到《创业史》第一卷出版后确定得到了顺向圆满的回应，回头看看赵树理创作《三里湾》的过程，能鲜明地感到，他深入生活、介入生活的状态及思考问题和结构作品的酝酿角色人物的价值起点等，都没有走出"朴素"的现实主义视野。周扬、邵荃麟要求农村小说创作向"阶级斗争"倾斜而必然产生的"剧烈的斗争性"——这些在此后出版的《山乡巨变》和《创业史》《艳阳天》等作品中都充分地实现了。当我们注意到《创业史》与《三里湾》的评价差异时，明显感到赵树理从中华人民共和国成立一开始就与"十七年"日益激进的"革命现实主义"主潮拉开了距离。如果说50年代前期他的回应是坦然地坚持已有的创作理念，那么"十七年"后期（1957年以后）他只能以抗争和有意疏离的方式公开自己与时代的冲突。

三

中国20世纪50年代后期社会政治文化语境的重大变化，对赵树理的影响是相当有意味的——这与赵树理早年形成的文学的对象范畴和关注方式有关。我们看到，任何社会变革只有在涉及农村或者农民利益的时候，才会引起赵树

---

① 王又平.新时期文学转型中的小说创作潮流.武汉：华中师范大学出版社，2001：204-209.

理的兴趣。不论在任何时候,他关心的并不是具体的"政策文本",而是这些政策在农村实施过程的实现效果。1951~1952年,他曾两次深入农村实际参与了"试办农业社"的改革过程,① 此间所写的《表明态度》《三里湾》和《开渠》等作品,不但肯定了农业合作社的改革实验,也衷心希望它们"能促进人们改天换地的积极性",对他自身而言,这无疑是"主动"创作的结果。赵树理对生活的积极介入姿态表现为对"未来现实"的肯定性,即使他在作品中表达了对主流意识形态的高度认同,也是理性自觉选择的结果。但此后的几年间,赵树理的思想便跌入不安、焦躁与波动之中。1956~1957年,当他在晋东南看到"合作社迅速发挥出来的优越性"时,"对这次飞跃的发展是很兴奋的"。然而,他还是发现了"一个几年前社会已经出现的问题没有解决,那就是征购任务偏高,增产和增购不能按比例进行,结果丰产区多吃不了多少"。他说:"在这个问题上,我的思想是矛盾的——在县地两级因任务紧而发愁的时候,我站在国家方面。可是一见到增了产的地方仍吃不到更多的粮食,我又站在农民方面。"② 赵树理这种"矛盾"困惑直到"三年自然灾害"结束的1962年才得到缓解。思想的困惑与矛盾在他此时的创作上反映得十分明显——对文学创作的兴趣正在日益弱化,在追赶"时代主潮"的跋涉里愈来愈显露出无奈与疲倦。一般不写"应征"之作的赵树理,"响应'大跃进'号召"创作了应征之作《灵泉洞》上篇(本来计划是上下两篇,而描写"现实农村变化的下部,他却再也没有兴致写下去了")。"半自动"写的《锻炼锻炼》和《老定额》的预设主题"都是反对不靠政治而只靠过细的定额来刺激生产积极性的"。使赵树理始料不及的是,这种应时的主题却在接受中被滤掉了。"小腿疼"与"吃不饱"两个妇女形象与当代农民应当具备的形象特征之间的关系,引发了相当激烈的论争,以至于王西彦也愤怒地喊出了"要先来充当一名保卫《锻炼锻炼》的战士"的稀世之声!赵树理自此时开始,面临着一种从未有过的"错位"局面——他的"预设主题"和这一主题呈现的特有方式,总是与作品接受过程的实际评价发生着"原则性"的冲突。1958年发表的《锻炼锻炼》中,作家以"中间人物"的"转变"(实际是"压服")来体现政治功能的方式,不但是《三里湾》本质化叙事的继续,而且以批判"和事佬"暗寓了生产中"政治挂帅"重要性的潜在主题。但"问题"就出现在这种朴素的现实主义"表达方式"方面:他背离了日益激进化的革命现实主义同时对文学主题与这一主题表达方式的双重设定,

---

① 1951年到晋东南,1952年到晋中平顺县川底村。
② 回顾历史,认识自己//赵树理文集:第4卷.北京:工人出版社,1980:1831.

具体而言就是"应该在解决大是大非的基础上再行解决小是小非",即"解决社内存在的生产问题与农业的整风"不能"分割开来",这才是"真正反映现实的好文章"。《锻炼锻炼》显然属于"并不现实的所谓现实的作品"[①]。革命现实主义张扬的是"积极的现实"的描写,而非"消极的现实"的展示——如何描写"消极的现实",取决于作家的立场是否"站在保卫社会主义社会的立场上"。支持赵树理的论者认为赵树理是站在这样的立场上的,"把生活里面的消极现象,确实写成消极现象,而且是前进中的新社会显示的消极现象,也就是正在被克服的消极现象,而不是把它写成好事,或不可克服的社会制度的产物"[②]。显然,这种把"消极现象确实写成消极现象"的写法,正是忠于现实的朴素的现实主义的基本做法。其实今天来看,保卫《锻炼锻炼》的人们并没有看到赵树理在这部作品中预置的更为积极"主题"侧面——作者把故事设定在"整风"时期,并借助整风的大字报形式揭开故事,也是依靠"整风"的斗争氛围制服了"小腿疼""吃不饱",无论如何,作者在矛盾的解决与政治强化之间已明确建构了一种因果式的逻辑关系。无论杨小四等人的管理智慧有着怎样"玩笑"性质,但毕竟干部们"智慧"的胜利是借助于强大的政治氛围得以实现的,杨小四等人"智慧"的非政治属性,使他和村长王聚海之间工作方法的比较,未能成为政治范畴的优劣比较,而被理解为"软弱"与"强硬"的差异。《老定额》这部作品也同样是在表达方式上出错,对主人公的教育和其转变并不是来自于"加强政治",而是一次偶然的"雨前抢收"。这便是"问题"在"生活化"和"意识形态化"两种不同处理方式中呈现的两种不同结果。朴素的现实主义表现必然与革命现实主义对主题的处理方式相冲突。

《锻炼锻炼》的遭遇,应该说是对赵树理在创作上坚持固有理念的又一次重创。

"描写农村中两条道路的斗争",既是 20 世纪 50 年代末时代政治所规范的农村小说的叙事本质,也是赵树理早已认同的时代主题,并在他 1959 年以前的现实题材小说创作中一直体现为作品矛盾冲突和主题范畴的结构理念。[③] 但问题是,赵树理对农村现实中"两条道路"的具体内容却有着自己的理解。他认为,农村走社会主义道路的主要障碍是"中间人物传统的私有观念",而这

---

① 武养.一篇歪曲现实的小说——《锻炼锻炼》读后感.文艺报,1959(7).
② 王西彦.《锻炼锻炼》和反映人民内部矛盾——在一个座谈会上的发言.文艺报,1959(10).
③ 赵树理在《谈谈花鼓戏〈三里湾〉》《〈三里湾〉写作前后》等文章里多次提到。赵树理全集:第 4 卷.太原:北岳文艺出版,1990:565,276.

一观念是与国家在发展中对农村缺乏照顾的做法相关——这里含有着对弱势农民"私有观念"的现实主义同情。比如,他说:"关于农村中两条道路斗争的问题,这个问题是不好讲的。集体化、集体经济是基础,农民要依靠这个基础,解决自己的生活前途问题。"可是"集体对农民是能照顾了就照顾,照顾不了自己想办法。因此集体要尽量想办法帮助农民解决困难,不能不管。集体如果不管,就得个人想办法,这对巩固集体是非常不利的","每个人的前途、打算,不在集体就在个人,依靠个人,就要发生资本主义"。因此,"写人物,写那种既能照顾国家又能照顾集体、个人的人物,是最值得的"。① 就"十七年"历史发展看,"革命现实主义"所要求的"农村现实"描写,已鼓励着把"两条道路"和"阶级斗争"融合起来的更为本质的宏大叙事。《创业史》第一部发表之后在意识形态层面上所获得的高度评价就是明证。困惑的、执着于"眼睛中的现实"的赵树理是不可能接受的。他的政治迟钝性表现为,在毛泽东强调"千万不要忘记阶级斗争"的时候,他依然"认为农村的阶级矛盾仍以国家与集体的矛盾以及投机与'灭机'的两条道路的斗争为主"。② 即使有所认识,也在实际参加"四清"运动中"因所见所闻尽是我不想再要的材料",而又一次陷入困惑。

为了摆脱这一持续多年的困惑,赵树理在1964年后半年"下了写英雄的决心",并于1965年春节之后举家"离京"返晋,大有孤注一掷的味道。③ 回到山西后,几乎全身心投入到了戏剧《十里店》的"自动"创作中,"而且自以为重新体会到政治脉搏,接触到了重要主题"。不过我们仔细分析就发现,《十里店》有关两条道路斗争的"主题",依然是《三里湾》的延续。斗争复杂性的表现却沿用了《锻炼锻炼》的模式——村级领导的方向问题。支书有"和事佬"思想,大队长则奉行"经济挂帅",最后导致"坏人钻了空子",集体利益遭受损失。作品以从1964年到1965年连改五次都未获得各级领导满意的坎坷经历,使得赵树理实实在在地经历了愤怒——固守——妥协——绝望等各种情绪的反复冲击,他的创作热情迹近绝灭。

其实,赵树理描写"当代英雄"的尝试,早在50年代末就开始了。不过,他采取了经过深思熟虑、相当"讨巧"的办法——他要写的是他认为值得写的

---

① 农村中两条道路斗争的问题——在中国作家协会山西分会第一次会员代表大会上的讲话.赵树理全集:第4卷.太原:北岳文艺出版社,1990:619.
② 这一认识是在1962年党的八届十中全会——1964年"整风"期间。回顾历史,认识自己//赵树理文集:第4卷.北京:工人出版社,1980:1832.
③ 席扬.赵树理为何要"离京""出走".长城,2002(5).

"真正"的"千方百计认真做事"的"英雄"。这些"英雄",赵树理一律设定为老年人——而不再像中华人民共和国前那样把热情的目光投向那些"新生事物"代表的"小字辈"身上。我认为这是一个绝大的变化!① 此间浸透着他对"危局"中朴素现实主义的顽强恪守。具体分析《套不住的手》《实干家潘永福》《杨老太爷》《张来兴》《卖烟叶》等作品的"写作状态"② 和赵树理在1959~1966年间的"思想颓唐",是颇有意味的。一贯坚持"我是不写真人真事"主张的赵树理,此间的创作却多以"真人真事"为素材。《实干家潘永福》(1961),严格地说是一篇"真人"故事化传记。作者企图把自己对"当代英雄"的理解通过潘永福表达出来。这部"自动写"的作品,预设的主题是"提倡不务虚名,不怕艰苦,千方百计认真做事的精神"。作品侧重描写了潘永福在工作中追求"实利主义"的作风,作者借此议论道:"其实经营生产最基本的就是为了实利,最要不得的作风是摆花样让人看而不顾实利,潘永福同志所着手经营过的与生产有关的事,没有一个关节不是从实利出发的。"《套不住的手》集中对陈秉正老人劳动品质的歌颂,也是在真人事迹的基础上稍稍加工而成的"纪实性"创作,坚持"有一点写一点",绝不夸大的求实原则。赵树理在这一阶段里"修辞行为"的巨大转变则意味着他与时代所倡导的大行其道的审美的"权力修辞"风气在进行着痛苦而顽强的剥离与告别。笔者曾经在一篇论文中做过分析:

> 从1959年赵树理创作发表《老定额》开始,他在创作过程中的修辞行为发生了巨大变化,这显然与赵树理在1959年的"不寻常"遭遇有关。(参见陈徒手《1959年冬天的赵树理》《人有病天知否——1949年后中国文坛纪实》人民文学出版社2000年)时代权力对于"历史""现实""未来"的意义强化,在原有的基础上日益趋向乌托邦式的极端化。在此语境中,赵树理由原来的认同者逐步转为质疑者。"老"之与"历史"、"少"之与"现实"或"未来"的相互关系的恒定性被自觉打破。其在前期所使用的修辞预设——诸如"历史"或"历史属性"的存在等同于"没落""不合时宜","少"(青年)则可在"新"的招牌掩护下为所欲为的观念等日趋淡出,并在作家的自觉反拨中显现出荒谬性。赵树理这种修辞行为的自觉调整,不仅意味着以人物为主体的作品结构的巨大变化,而且显示着赵树里

---

① 席扬.盲视与洞见——赵树理建国后小说创作的"修辞行为"分析//多为整合与雅俗同构——赵树理和"山药蛋派"新论.北京:中国社会科学出版社,2004:76.
② 张颐武.赵树理与'写作'——解读赵树理的最后三篇小说//赵树理研究文集(上卷).北京:中国文联出版公司,1996.

依然与自我创作历史中那些以根深蒂固的"权力化修辞传统"所进行的大胆告别。在《老定额》《套不住的手》《实干家潘永福》《杨老太爷》《张来兴》《卖烟叶》《互作鉴定》等一系列作品组成的赵树理当代后期创作中,"老"与"少"各自在意义与价值的拥有的位置完全被颠倒,如"已经是76岁的老人"陈秉正、"56岁"的潘永福、"75岁"的张来兴、旧社会就给人当过"长工"的县委王书记、"64岁"的李光华老师等,他们都代表着务实、肯干、认真、负责、乐于牺牲、道德完善并容易与集体相整合,体现出生活中"善"的一面。在作品的叙述中这些人从来就没有想过要改变自己的行为方式和处世原则,总是以"掌握着真理"的"少数人"精英姿态,以默默地"对抗"和胜利的最终获得者而赢得自身的价值。①

赵树理在这一时期对"朴素的现实主义"的坚守,修辞上就表现为"陈旧的思想主题"和"真人真事的纪实"。这与后来的被郭沫若称颂为"不仅是解放以来,而且是延安文艺座谈会以来的一部最好的作品,是划时代的作品"② ——《欧阳海之歌》的"革命现实主义"风格,差距实在是太大了!他在读完《欧阳海之歌》后,自感已经被新的"划时代"无情地遗弃:"这些新人新书给我的启发是我已经了解不了新人,再没有从事写作的资格了。"③

能否写出代表时代特征的英雄人物,在50年代的激进岁月里,日益成为判断一个作家的最高标准。如果50年代初《三里湾》中支部书记王金生、王玉梅等还算有着"英雄气"的人物,那么后来的创作就越来越远离了这个目标。《锻炼锻炼》遭到否定之后,"中间人物"也在他的笔下绝迹了。创作兴致的疲惫,导致了创作上的应付状态,他已有了深深的职业厌倦感。他对农村长期观察形成的农村经验以及"自成一个体系"的表达方式,使得赵树理的朴素的现实主义"从未改变过我的原形"。研究界称之为"赵树理模式"的实际所指,我想就是上述朴素的现实主义。这种现实主义显然把"亲历""经验"视为最重要的因素,与"浪漫主义"无缘,也本能地拒斥革命现实主义本质化叙事中具有天然合法性的"虚化"的种种冲突。因此,赵树理进入"当代",他就面临着不断强化的对他的"修正"。早在1950年关于《邪不压正》的争论中,新时代就已经把赵树理创作置于"社会主义现实主义"范畴中加以审察。当论者把"创

---

① 席扬.盲视与洞见——赵树理建国后小说创作的"修辞行为"分析//多维整合与雅俗同构——赵树理和"山药蛋派"新论.北京:中国社会科学出版社,2004:76.
② 毛泽东时代的英雄史诗——就《欧阳海之歌》答《文艺报》编者问.文艺报,1966(4).
③ 回顾历史,认识自己//赵树理文集.北京:工人出版社,1980:1844.

造新人物的英雄形象作为文艺界的主要任务提出来"与赵树理作品的价值可能性加以比较时,这个"社会主义现实主义创作原则的中心问题",对他同样是一个崭新的问题。批评者认为,赵树理的人物创造,"在作者创作思想上还仅仅是一种自在状态",希望"像赵树理这样的作者,能够把创造新的英雄形象的任务,自觉地担负起来"。① 而赵树理并没有认真理会。《三里湾》里,他认为"农村不产生生产主义",主人公王金生的性格闪光点被定位于"对人对事都能实事求是加以分析研究,作出非常实际的具体对策"的实干家形象。② 作品两条道路斗争的主题是借中间人物"离心力"的最后消解得以完成的。《锻炼锻炼》依然描写的是这种"离心力",只不过多了一点"政治意识"而已。直到《十里店》,赵树理对农村现实的表现始终着眼于对这种"离心力"的克服与改造,激进时代对他的修正,表面看是一个赵树理自我超越的问题,而实际上则必然导致作家对自我历史的否定。

从"社会主义现实主义"到"革命的现实主义和革命的浪漫主义相结合"再到60年代初所谓对"修正主义文艺"的批判,"十七年"文学的"现实主义"内涵不断发生着变化。主流的强势话语始终没有放弃"政治视角",对现实主义所习惯的意识形态阐释和现实主义的意识形态定位,总体上标划出其内涵不断被纯化、不断走高的态势。现实主义作为艺术精神、创作方法和创作手法等三个层面的理论界划始终没有展开,同样在不断紧张的当代生活中也不可能得到澄清。就中国当代"十七年"文化语境而言,现实主义内涵若指向精神或理念范畴时,在文学实践中是一个有关作家良知和主体倾向性的问题;而当它的内涵被置于创作方法范畴解释时,它显然指向"本质化叙事"的唯一性;至于作为"创作手法"的内涵指向,则更多地要在"普及和提高"的接受范畴中加以理解。因此如何理解现实主义的观念所指,赵树理与主流始终存在着差异,这些"差异"集中体现于赵树理50年代后期至60年代前期一系列的"创作谈"中。"现实生活"怎样,如何才能真正"看"到"真的"现实生活——赵树理认为,这与"深入生活"的方式紧密相关。可以说,赵树理在这方面有着许多极为独特的见解。"为了避免下去做客,我没呆一个村子里,总要在生产机构中找点事做","我厂把握的做法叫做和群众'共事'","要和群众在一块做事,自己就变成了群众生活中的一个成员,重要的情况,想不知道也不行"。他把自己的经验概述为"久"——由"久"才能达到"亲"(亲历)、"全"(摸透)、

---

① 竹可羽.再谈《邪不压正》.人民日报,1950-2-25.
② 《三里湾》写作前后//赵树理全集:第4卷.太原:北岳文艺出版社,1990:278.

通（变化的原因）、约（深刻化）。①"只要真心到生活中去，就能发现每个人都是具体的，千方百计不要在具体上加上概念"，"要里里外外去熟悉人，写人；要从人与人的关系中研究人，研究生活"，②"必须做生活的主人，对生活真正关心，有感情，以主人公的态度对待生活中的一切。到了村里，娃娃哭了你要管，尿了也要管。这样才有真情实感，写出来的哭是真哭，笑是真笑"。③"在工作中认识很多人，我很喜欢和他们共事。共事多了就熟悉人了。工作时，不要专门注意如何写这个人，而是和他们认真地工作，共一回事，知一回心，日久天长，人物自然而然地在你的脑子里出现了，那时你想离开他们也离不开了。"④"不管什么事，都是人做的，摸透了人，也就看透了事。事情的演变有内因外因。人是主要因素，人是在发展的。我们深入生活，碰到落后人落后事，不必大惊小怪，碰到先进人先进事不必一见倾心，一听信以为真，还许多方了解。其实很先进很落后的人，常是少数，居于中游者，倒是多数……各家有长有短，就是富裕中农家庭，也有辛勤刻苦简朴的好人。就是贫下中农家庭，也会产生好逸恶劳的蛮横子弟。"⑤ 赵树理在这里强调"共事""做主人""长期性"以及"不要带任何框框"等，是一种相当独特的表达。他相比于那时代的有关文艺的"高头讲章"来，是真正把"现实生活"——"现实主义"具体实在化了。在赵树理这里，任何随时代被修饰的现实主义，都应当是"经验的"，即客观性的，而不能是逻辑的、主观的。我认为，这是赵树理朴素的现实主义的要害所在。

其实，"十七年"文学历史中的"革命现实主义"，从一开始就警惕着三种现实主义走向的可能性——其一是屡遭批判的具有"批判现实主义风韵"的对现实"黑暗面"的描写；其二是以路翎式（也是陀斯托也夫斯基式）的拷问灵魂主观扩张的景观；第三则是以赵树理为代表的倾向于"客观主义"的朴素的现实主义。⑥ 在这种比较中我们可以发现，赵树理的朴素的现实主义始终采取对生活描写的"底层视角"，这一视角"不断创造着有关社会公正、民族寓言和中国历史特殊性的表述"，"民族的艺术形式反映的是社会多姿多彩的个体在

---

① 谈久——下乡的一点体会//赵树理全集:第 4 卷.太原:北岳文艺出版社,1990:470.
② 在长春电影制片厂电影剧作讲习班的讲话//赵树理全集:第 4 卷.太原:北岳文艺出版社,1990:496.
③ 文艺与生活//赵树理全集:第 4 卷.太原:北岳文艺出版社,1990:506.
④ 生活主题人物语言,做生活的主人,作家要在生活作主人//赵树理全集:第 4 卷.太原:北岳文艺出版社,1990:540,548,561.
⑤ 在晋东南会议期间的三次讲话//赵树理全集:第 4 卷:654.
⑥ 昌切.赵树理与路翎:现实主义小说潮流重的两脉流向.华中师范大学学报,1992(3).

民族认同下对自我的发现、表述和寻找"。① 这也许正是赵树理对农村现实绝不夸大的原因。他与现实主义的权威定义,早已处在不可通融的冲突之中了。

四

作为"十七年"现实主义文学的实践性文本——"干预生活"类创作,与赵树理"朴素"的现实主义文本加以比较,是一个学术界至今未曾涉及的课题。分析比较这两类文本的现实主义差异,显然是我们正确认识"十七年"现实主义文学复杂面貌的一个侧面。有研究者指出:"干预生活"类创作"作家更看中的是介入社会和政治生活的敏锐程度","社会普遍希望文学担负起批评和监督的作用"。"对政治功能的期待",使这类创作显得"格外引人注目"。"干预生活的小说以比较激进的视点与观念来表现生活",使"日常生活尖锐化的创作倾向",是它们共同的特征。② 显然是,这群年轻作家在激情和赤诚的双重簇拥中走向现实生活时,面对现实生活"庸凡性"的创作主体很容易产生"感伤"与"愤慨"。因为没有"自我创作"的历史羁绊,他们不可能拒绝已逐步确立的文学的本质化叙事,在认同这一本质化宏大叙事同时,认为当代的"革命现实主义"应当具有更高形态的"纯粹化"和"高尚境界",或者"革命现实主义"激进性还应该展示另一维度的价值可能性——即生活应当是或者应当有能力走向"阳光灿烂"。

同时,"干预生活"类创作对于社会生活"阴暗面"的集中描写,以及所形成的"典型环境"和生成于这一"典型环境"中的人物性格的"典型性",也会由于其不符合"典型化"理论的党性原则,而常常不被指认为"典型",这自然就使此类作品的描写先去了合法性。当时对《组织部新来的年轻人》指责说:"由于作者过分的'偏激',竟至漫不经心地以我们现实中某些落后现象,堆积成影响这些人物性格的典型环境,而歪曲了社会现实的本质。""用罗列现象的方法,来表现我们伟大现实生活的落后面,也同样不能取得'真实'的生命,不能为它的人物性格找到和现实环境的真正的有机关系。"③ 姚文元则把之列入"修正主义文艺思潮"之列,认为"干预生活"的作品是"站在敌视社会主义立场上提出问题的"。他认为社会"阴暗面"必须从"阶级斗争"角度来理解。在他看来,社会主义现实生活的"阴暗面",根本来源于"一切敌视社会主义的

---

① 蒋晖.中国农民革命文学研究与左翼思想遗产的创造性转化.文艺理论批评,2004(3).
② 董之林.旧梦新知——"十七年"小说论稿.桂林:广西师范大学出版社,2004:102.
③ 李希凡.评《组织部新来的青年人》.文汇报,1957-2-9.

阶级敌人的暗地下的破坏活动"和"资产阶级思想在某些人心中还严重地盘踞着"等方面。指责这是"歪曲",谈不上什么"生活的真实"。①姚文元对《本报内部消息》《不是单靠面包》《一个离婚案件》《田野落霞》《在深夜里》《在悬崖上》《红豆》等作品的倾向性判断,反映了当时时代逻辑的"典型"论与忠于生活的"典型"理念之间的严重对峙。事实上,在主流要求以想象取代经验的时代,同样是本质化叙事,却有了反向的阐释结果。

在赵树理在"十七年"的小说创作,有些地方虽然也有过上述作品所遭遇过的阐释悲剧,但差异性则是明显的。赵树理在抗战时期自觉强化文学的工具性,应该说是民族被侵略的现实和根据地区域政治双重意识型塑的结果,其创作的本质化倾向性更多地应当在"启蒙"语境中加以指认。作为生长于"乡村民间"又与传统文化有深刻关系的赵树理,文学在传统社会中形成的社会伦理是他的文学理念构筑的最初起点。"劝人论"与中国"五四"以来现代文学已矗立起来的强大的启蒙传统,正是他在功能范畴确认现实主义内涵的坚实的基础。他对乡村生活经验累积以及对这份精神资源的分外宝贵,使他看待现实的眼光中总有着类乎天然的怀疑与探究性,"经验"和"底层视角"是他接纳一切外在的惯常姿态。如果说"干预生活"类的创作主体倾向于对生活实施"完美化"处理的话,那么赵树理则更关注各种想象的现实"实利"和其可能性。中华人民共和国成立后,他在作品中对"阶级斗争"叙事功能的逃避,应该是有意为之。就"干预生活"类作品的实际情形而言,其"官僚主义""保守主义"的侵害对象并不具体,这也使此类作品的批判锋芒具有了多种危险的可能性。赵树理只是在农民利益受到过度伤害时才把他自己的知识分子良知挥洒出来,指向具体的有关农民这一弱势群体的衣食住行。这也成为他在作品中规划"中间人物"活动的基本范畴。"能不够""常有理""吃不饱""小腿疼"的"坏",显然是在公私近乎对立的语境中凸现的,因而,即使像她们苛刻丈夫、计算儿媳的行为,总是与她们在私人生活的历史中所经受过的"不适意"有关,很难激起人们的公共义愤。倒是像刘世吾、罗立正、陈立栋等,很容易以其特殊的"党员干部"身份从而使作品对生活描写的否定性意蕴指向政权的合法性——这是否正是"十七年"现实主义文学最大的"危险性"所在?!

我认为,与赵树理的"朴素"的现实主义景观相比较,"干预生活"类创作无疑是一种以"批判性"作表象的"完美性"的现实主义——内在地蕴涵着在更高层面上认同主流话语的浪漫主义因子。赵树理的"朴素的现实主义"的独

---

① 姚文元.文学上的修正主义思潮和创作倾向.人民文学,1957(11).

特性，应该在本土与异域、现代与传统、阶级与世俗、激进与守成、底层与"庙堂"、"有机"知识分子与传统知识分子等多种范畴比较中，以及对"十七年"文学发展过程的复杂性的深入分析中加以确认。

（原载《中国现代文学研究丛刊》2007年）

作者简介

席扬，1959年生，山西绛县人。1982年毕业于山西大学中文系。曾任山西师范大学中文系教师、副主任、副教授，福建师范大学文学院教授、博士生导师。著有《选择与重构——新时期文学价值论》《知识分子心路历程——中国现代散文名家新论》《艺术文化学：理论与实践》《20世纪中国文学思潮史论》《多维整合与新主张同构——赵树理与山药蛋派新论》等，主编《中国现代散文精品集粹鉴赏丛书》（七卷）。

从现实"症结"介入现实
——以王安忆、毕飞宇、阎连科近年来的创作为例

朱水涌

这些年,人们似乎对小说创作很不满意,许多文化场合和评论文章都发出了对小说创作批评与指责的声音。批评、指责的话语集中在文学与现实的关系上,我们不难听到诸如此类的表达:当下文学不能面对现实,小说失却了介入现实的能力,成为"一种远离生活现场的苍白写作";今天不少作家挂着私人化写作的标签,只满足于那种单一的欲望和有限的自我意识的绵延,"无一例外地成了颓废现实和欲望自我的奴仆";作家虽然在写当下的日常生活,但这些日常生活多数是观念性的,或者是被简化的,小说家没有了"出色的思想探照灯",去"洞穿现实生活中一些被掩饰在表象下的本质"。如果这种批评指责仅仅只对当下文学的某个现象,倒是中肯的。但如果就整个小说界特别是纯文学界域来说,这样的批评指责就有失公允,持这种意见的批评者,往往没有察觉到和认真去探讨时代文学在今天的微妙变化与秘密,只是凭着的文学现实性的原本理念和完整性的现实主义标尺,框定变动着的小说叙事。事实上,当前严肃文学尤其是纯文学创作主流并非失却介入现实的能力,而是以一种不同于经典现实主义的现实叙事,呼应着现代性特殊遭遇中中国现实的"症结",表现出文学介入现实新的姿态和新的方式。

王安忆:游走于中心与边缘间的精灵

我们首先从王安忆的近作说起,因为王安忆是一个不断通过小说创作与时代对话的作家,二十多年来她的不间歇的艺术探索和叙事变动,那既贴近文学潮流又游离文学潮流的创作姿态,那"实着写"的背后所隐含的对审美超越的

追求，在二十多年来不同时期的中国当代文学创作中具有代表性。2005年王安忆发表了长篇小说《遍地枭雄》，故事在一种类似流浪汉小说的"出游"情景中展开，所以王德威说它"是一本不折不扣的'路上'小说"。① 从《鲁滨逊漂流记》以来，西方的流浪汉叙事就成了现代性这个时代现实叙事的重要方式，那么，王安忆又如何以流浪汉式的"出游"叙事介入当下中国现实的呢？王安忆说，"出游"只是"壳"，重要的是壳里面"兀自生长着"的"有壮大的趋势"的一种"物质"，是"从现实出发"的"你我他的世界"。在王安忆自己看来，"出游"为的是更能写出"遍地景象"。② 这个"世界"这个"遍地景象"的艺术展示，王安忆是借助于一个"的哥"和三个劫车匪徒的行动和心理变化来完成的。

小说写的是青年毛豆（实名韩燕来）从郊区到上海开出租车而被劫车的经历，这题材本身就来自于农村迅速城市化的中国当前的社会现实。毛豆是个"有几分姑娘气"的青年，他没有任何成长的思想记录，犹如一张白纸，好写好画的作家感受到的现实世界。像许许多多失地农民的孩子一样，毛豆来到大上海讨生活，对于庞大的人流和车流感到恐惧，对于深夜里车上的"男鬼""女鬼"的无所不为感到难堪，也对都市夜晚来来往往的车顶灯感到温暖。但这个尚未融入城市的农村青年，"在更多的时候是感到孤独的。'朋友'们飞快地邂逅，又飞快地离去，连模样都看不清呢"。他看不懂这夜上海"有多少意外的剧情上演"。毛豆的质朴、天真和自尊，就像老舍《骆驼祥子》中进入北京城质朴甚至木讷的祥子。但开出租的毛豆已经不是几十年前拉洋车的祥子，这并不在于他俩所使用的机器不同，而在于他们处于不同的现实情景，在于不同的现实历史条件下作家赋予他们不同的人性和现实揭示。祥子有明确的市民化生活指向和目的，他把自己的强壮、善良和生命热量，全部奋斗在挣一辆属于自己的车的目标上。老舍正是通过这样一位渴望自食其力、渴望成为城市一员的青年的良好愿望的不断被摧毁，并且最终走向沉沦的悲剧，批判了社会，也揭示了国民人性的痼疾。祥子愿望的破灭是老舍所同情的，祥子的精神毁灭是老舍所痛心的，造成祥子悲剧的社会黑暗是老舍要鞭挞的，老舍有着极清晰的思想表达和叙事指向，支撑着老舍这般叙述祥子故事的是一幅巨大的民族现代性图景，自由、平等、独立、自尊、民主、理性，这些现代性的核心理念，很久以来一直是20世纪中国小说想象世界的核心内容。但来到21世纪处于另

---

① 王德威.上海出租车抢案——读《遍地枭雄》兼论王安忆的小说美学.读书,2005(8).
② 王安忆.丰饶的荒凉.长篇小说选刊,2005(3).

一种社会振荡中的王安忆并不再如此理性、如此洞察般地想象,她要"将一个人从常态的生活里引出来,进入异样的境地",① 想象"异样境地"中"遍地景象"。这"异样境地"是毛豆生疏的剧变中的大都市,更是毛豆所遭遇到的非农村、非城市的当下"江湖"。圣诞平安夜毛豆并不平安,大王、二王、三王把他连人带车劫了,大王他们是一伙以抢劫倒卖小汽车为生的"枭雄"。于是,毛豆与车、与劫匪开始了一段漂泊冒险的亡命天涯,流窜在城市与郊区之间的地带。有趣的是,毛豆的遭难并没有祥子那种车无人亡的破灭感,因为他本来就没有祥子以车挣车的强烈愿望,车对于毛豆来说只是讨生活的工具,是看陌生世界的窗口,是他内心深处模糊不清的欲望和生命与这同样模糊不清的世界的媒介。开始时,毛豆是惊恐、是反抗的,这出自于本能地保命。却不料劫匪会提出卖车款每人(包括毛豆)都会分得一份,也没想到劫匪会兄弟般地对待自己。这样,伴随着空间的转换情节的展开,脱离常规的历险喜悦替代了被劫的惊恐,纯洁的毛豆反而融入了劫匪的"江湖"。这个"江湖"位处当下现实延伸变异的地方,有自己的游戏规则,有自己的道德情义,且这种道德情义正在现代的生活中心慢慢消失。尤其是大王那伤心的过去,那评古论今、笑傲人世的现在,那粗糙的成就大业的鸿鹄之志,对未经涉世的毛豆似乎是一种"启蒙",这自然不同于"五四"理性精神的"立人"思想的启蒙。历险中的喝酒、劫车、交易、编故事的刺激性日常生活,把毛豆一步步推向与劫匪的默契,毛豆甚至觉得自己以往人生的"枯竭"。他几次放弃了逃跑的机会,而与劫匪相濡以沫、相互认同欣赏,生成了与劫匪同车一命、生死与共的浪漫情怀。"毛豆随了大王、二王、三王,开始了他的新的生活。"这新生活"切合着他的天性,那就是两个字:自由"。"自由"这个人类理性追求的最高境界,在这里已经不再是精英们疗救国民的权力话语,它变成了变异江湖赋予的觉醒,变成了违法歧途上赢得的启悟,思想空白的毛豆也因此获得了精神的满足。这种不露声色的反讽,让我们发现了王安忆现实叙事的真实所在,那就是现代生活的价值荒芜。突变的当代社会正在将原先的人性、道德、生活和文化规则打乱,面对一片精神瓦砾场,劫匪可以做着枭雄的霸业之梦,一片空白的毛豆向往着莫名的非理性的"自由",这一切虽然都带着痴人做梦的荒诞色彩,但却是现代性的发展与人类理性的精神世界的断裂。但王安忆没有批判,更不会是认同,在对毛豆的无知无奈倾注理解和同情的同时,她终究还是让劫匪落入了法网,让毛豆重新回到上海时有了恍如隔世的感觉。

---

① 王安忆.丰饶的荒凉.长篇小说选刊,2005(3).

这部小说照旧显示了王安忆是一个游移于中心与边缘之间的精灵,从中心与边缘之间的裂缝中介入现实是她的叙事好戏。20世纪90年代初的《纪实与虚构》,小说的副标题"创造世界方法之一种"似乎就在告诉人们从裂缝中进入书写的途径。这部小说的叙事者是收编这座城市的革命政权的子女,她本应以城市主人的优越按照革命的要求来书写城市的历史,但作为一个外来者,她却在这座城市现实的日常生活壁垒前感到书写的无助与孤寂。于是,叙事的"我"只好由想象力牵引,用复线式结构的方式,一面讲述"我"作为外来移民在上海的扎根成长过程,一面去追溯那虚虚实实的母系家族历史。作为外来者,她对于这座城市心存芥蒂,有无根的焦虑,作为有着母系家族记忆的叙事者,她则找到了不再凭借革命话语的入侵叙述历史的理由,找到了自己与这座城市的联系。这两者之间产生的裂缝,使得"我"既离开革命的中心又逃脱了边缘的日常壁垒,而大胆地书写起这座城市的隐秘。同期创作的《"文革"轶事》,王安忆便以"轶事"的方式,在中心与边缘的裂缝中介入了"文革"的叙事。故事发生在70年代的弄堂,工人阶级精英的赵志国看上去是个资本家的大少爷,而资本家的女儿张思叶相貌平平,"是亭子间嫂嫂家的女儿"。工人阶级的赵志国入赘张家,这使他在那个年代在众人面前夹着尾巴做人,对张家老小也"都是和颜悦色,还有那么一点曲意奉承",唯独在妻子张思叶面前会威风起来。这位先进阶级的青工还黯习旧上海的风韵,他遐思"这个世界不革命真是不行的,想到革命他又不禁黯然神伤",因为他所期待的"夜生活"不知"什么时候开始"。革命的年代,革命依靠对象的赵志国慨叹革命之后的虚无,自己将自己从中心抽离出来;而被革命的资本家的女儿张思叶却自觉融入革命的步调,在受罚的历程中朴素地接受改造。小说男女主人公的这种错位,恰恰暗合了那个年代中心与边缘的意识断裂,这个裂缝中的叙事则使王安忆在解构之风盛行的90年代初,并没有像一些作家那样在解构革命的"宏大叙事"之后落入了所谓的后现代"小叙事",而依然介入了历史与现实的有意味表达。到《长恨歌》,这种从中心与边缘的裂缝中介入历史与现实的特征就风格化了。小说有意选择一个革命话语高度统摄下的年代,但故事却在一群政治身份暧昧的人群中展开,用一个女人的情欲史,用弄堂闺房内流出的细水绵长的日常生活,书写一个现代性的城市史,让人们伴随着一个游走于时代、社会缝隙中的幽灵,去感受一个城市的女性化精神。《遍地枭雄》虽然在很多方面迥异于王安忆以往的创作,但在艺术地填补现实裂缝上则是一以贯之的。叙事空间在城市与郊区的衔接处游移;从木渎到常州、南京、济南,一路是城乡接合部的地下经济锁链;人物在断裂状态中游走:脱离土地尚未融入都市生活的人们,偏偏又逃离了秩序的监控；情感在怨恨与同情、迷惘与理解中游离：当读者想对劫匪抢劫一个纯朴青年愤恨、谴责时，王安忆又让你谅解了他们，而当你同情甚至有那么一点尊重时，王安忆又让这种莫名的情感瞬间流逝了。这犹如之前的《长恨歌》，当王琦瑶复活了老上海的幽灵后，她就让四十年前电影厂女尸布景成了王琦瑶生命的写照，使老上海的幽灵匆匆逃逸掉。王安忆选择让王琦瑶死于老上海潮流回归的90年代，死于新式流氓长脚的一次盗窃中，而不是死于阶级斗争的60年代或"文革"时期的政治灾难中，这是王安忆的有意为之。小说这样描写已经不再属于王琦瑶而是属于她女儿薇薇的上海："上海的街景简直不忍卒读。前几年是压抑着的心，如今释放出来，却是这样，大鼓大噪的，都窝着一团火似的。说什么都恢复，什么都在回来，回来的都不是原先的那个，而是另一个，只可辨个依稀大概的。"老上海被压抑的情怀是释放了，却只能是王琦瑶们的遗梦，只能像与照相室、与片厂相联系的王琦瑶一生那样，流为被镜像式地观瞻，早已失去了存活的"气晕"，早已和这个时代脱节了。老上海不可能再复现，当下的上海则"只可辨个依稀大概"，这就是王安忆介入现实的态度和方式，它自然会延伸出《遍地枭雄》中"江湖"的违法与义举、毛豆的莫名"自由"与恍如隔世之感。

上海是中国最早也是最典型的现代性城市，从这个方面进入王安忆的上海书写和那些以新、老上海为背景的故事叙事，我们可以更深入地理解王安忆文本所蕴含的现代性故事：老上海所代表的现代性在很长一段历史时期被压抑之后如今是释放出来了，但先前它给予人们的希望与承诺，却开始成为泡影，成为观瞻的镜像，这意味着老上海现代性镜像式追逐的失落；而新上海则充塞着鼓噪与骚动，行进中的现代性迎纳着许许多多蜂拥而至的后现代元素，也夹杂着前现代的思想意识，以理性引导下的统一性为理想的前期现代性遭遇到"以欲望生产为指归"的后期现代性，由此出现的时代断裂、复杂问题和思想意识的茫然，让人对这世界"只可辨个依稀大概"，这实际上也是当下中国的社会和精神现实。中心既然难于辨认，正视现实且有思考的当代作家很难再像他们的前辈那样，坚定地站在现代性的立场，呼唤、想象和塑造现代民族国家的理想形象。而前期现代性遭遇后期现代性后形成的裂缝，却累积着种种现实的延伸和变异。王安忆就游走在这裂缝之间，书写着当代中国难于言表的现代性故事，由此在中心与边缘之间显示文学介入的姿态，用其日常现实的，然而主观性很丰富的叙事，敏锐地抓取时代的症结，填补现实的缝隙，让笔下的毛豆、王琦瑶、富萍等人物吊诡地呼应了祥子、莎菲女士和祥林嫂等人物形象。

毕飞宇：在城与乡的裂缝中想象

如果说王安忆是游走于中心与边缘之间的创作精灵，那么，成长于转型年代的毕飞宇作为一个进入城市的乡土之子，他的小说创作则是脚踩"两只船"，用他自己的话说是"一只脚踩在乡下，一只脚踩在一座想象中的城里"。[①] 但踩在乡下的那只脚并没有让他踏在废名、沈从文、汪曾祺等前辈作家的路上，去为自己眷念的家园建构起乡土的乌托邦；而踩在城里的那只脚也没有跟着鲁迅影响下的乡土小说家的步点，在绵延的乡愁中更以现代性的文化启蒙批判乡土社会的陋习。毕飞宇更关注两脚之间的那个空间，那是一处城市与乡村的断裂带，在这个裂缝中，毕飞宇主动地探寻着乡土成长主题的断裂。

成长主题的叙事在世界文学中是精神旅程的一种记录，主人公以无知为起点，在生命历程的各种遭遇中逐渐成长成熟，他通常要经历一场精神危机之后获得启悟而升华，实现从摇摆到坚定、从谬误到真理、从混乱到明确、从自然到精神的转变，最终成为一个理性的主体，长大成人并认识到自己在人世间的位置和作用，这是一种属于描写青春期即成年初期的小说。成长主题在20世纪中国文学中，其现实主义的客观往往隐藏着对历史本质的揭示，其终极是肯定世界对于现代革命道路的历史选择，所以"理性的主体"经常演化成成熟的革命者形象，典型者如《青春之歌》中的林道静。但毕飞宇的成长主题却让这本质选择的链条出现了断裂，成长主人公即使在经历了一场精神危机后，依然无法获得理性的启悟和升华。

"玉女三部曲"（《玉米》《玉秀》《玉秧》）叙述的是农家三姐妹在城市化进程中各自的遭际，是对三个乡土女性令人哀怜回味的成长书写，在她们从乡土走向城市的成长历程中，同样有种种的曲折和精神的危机，但她们最终走进的是迷失，成熟了，但也失落了。玉米是王家庄村支书王连方家中的长女，她精明、干练、好强，父亲得势时拥有乡土社会的风光，家庭中、村庄里都独具威严，这使她成为乡土欲望的英雄，"绝对不能答应谁家比自家过得强"。正是这种乡土名誉观，使她在与飞行员彭国梁的恋爱中畏首畏尾、错失良机，也叫她决然阻断了妹妹玉秀的"不伦"之恋，与妹妹结下冤仇。而在父亲失势后，她风光不再，精神遭受了重大危机，但她解决危机的努力是不顾一切地换回昔日的荣耀和权威，不惜以卑微的方式嫁给公社人武部的老龄干部郭家兴当填房，因为她在乡土现实中的启悟是"过日子不能没有权。只要男人有了权，她

[①] 毕飞宇.答李大卫//操场.杭州:浙江文艺出版社,2002.

玉米一家还可以从头再来"。在玉米的心里，郭家兴只是个代名词，代表着进城，代表着权利的阶梯，意味着玉米要夺回的风光。玉秀是王家唯一敢跟玉米叫板的人，与玉米不同，她从来没有背负过家庭的责任，凭借着自己的漂亮和父亲的宠爱，"要什么就有什么，所以娇气得很，傲气得很"。父亲失势，玉秀被强奸，这终止了玉秀在王家庄的骄傲生活。于是逃离了乡村到城镇投奔玉米，从而开始了她的进城生活。城镇似乎成了的玉秀自我肯定与自我扩张的好场所，她先是用狡黠的伎俩在姐夫家放手一搏，乃至勾引上姐夫的儿子郭左，又在城市诱惑的意乱情迷中失身，那些为改变命运而付出的聪明、努力、主动的进攻等等，最后都变成了一团混乱不清的挣扎，挣扎的结果则是越来越深地陷入不可自拔的境地，成长的断裂产生的悲剧在她身上体现得更淋漓尽致。《玉秧》的背景由王家庄、断桥镇转移到了县城。排行老七的玉秧木讷，是个不显山露水的本分姑娘，但她"呆人有呆福"，进了城，读上了师范，成为王家姐妹中颇幸运的一个。在城里，这位长相一般的乡下姑娘很快尝到城乡差异所带来的无声歧视，三千米跑的最后一名、庞凤华"失窃事件"中的主动"投降"、大合唱时的被除名可以说是她成长失败的标志。但她实际上并不是一个可以忽略不计的人，她决不肯屈服于自己的命运。她从同学庞凤华和赵珊珊的得势得意中看到"人生"的捷径，将自身命运的改变具体落实在打败这两个同学的目标上。为此，她找到了魏向东老师这个靠山，充当魏的"联络员"，成为校卫队的"地下工作者"，享受着在黑暗中窥视他人的快感，以接受猥亵为代价换得了在学校中的地位和特别身份，既让不可一世的赵姗姗收敛了气焰，也使人气很旺的庞凤华彻底败下阵来。尽管这一切胜利的获得是以接受魏向东对自己的猥亵为代价，但她还是非常满意："虽说还是一场交易，但是，这是个大交易，划得来。"玉秧以及她的两个姐姐的成长，正如弗洛姆所说："现代人把自己转化为商品；就其地位和在人格交换的市场上的条件而论，他把自己的生命能力当成投资，他应该用它来创造最大的利润。他与自己、与同胞、与自然相异化。他的主要目的是用他的技能、知识、他自身、他的'全部人格'为一场平等的、有利可图的交易而进行逐利的交换。"① 但"玉米三部曲"的问题症结并不在于王家三姐妹的人性异化，人性异化在传统现实主义叙述和成长主题的叙事中并不少见，问题是毕飞宇为什么要这样表达现实？他那朴素中的残忍叙事为什么会令当下的读者动容。

玉米三姐妹反抗自己的命运，在这变动的世界里企望成为居人之上的人，

---

① 弗洛姆.爱的艺术.桂林：广西师范大学出版社，2002：86.

这种追逐城市追逐身份地位的欲望本也无可厚非，关键是她们已经失却了追逐的理性支撑，只能凭借朴素的乡土想象和乡土价值理念，含糊不清地挣扎着。她们精神世界里的无所适从，正体现了乡土社会未完成的前现代性遭遇到欲望化的后现代撞击后所产生的裂缝，这使得玉米三姐妹在乡村走向城市的成长中，既没有资本，也缺乏底气，只能在城乡差异的裂缝中走向迷失，在欲望浪潮的追逐中伤痕累累。而甘愿"一只脚踩下，一只脚踩在一座想象中的'城里'"的毕飞宇，面对着两脚间这块"裂缝"的复杂状态，也同样难以再像传统现实主义那样，剔除一切不属于历史发展必然性的细节，实现现实主义叙事对历史本质的选择，这种文学揭示发展必然性与历史本质的观念，正在受到历史现实与文学新观念的质疑。于是，毕飞宇对乡土现实的纵深探问受到延搁，身处"裂缝"现实中的他，叙事立场也就游离不定。作为进入城市的乡土之子，他对玉米三姐妹的处境有着朴素的乡土认同感；作为知识分子、严肃作家，他又能清楚地看到她们身上残留的乡土理念在这个时代的不合时宜，有些甚至是时代断裂所引发的人性弱点的膨胀。但什么样的世界才是乡村应该走向的都市？什么样的结局才是玉米们成长的终极？这对于毕飞宇来说，已经不可能再有前辈中国作家那样明晰的现代性蓝图和想象，也不会不顾发展的现实构建所谓理想的"桃花源"，他只能悬置他的叙事态度，通过控制内心观察的修辞，使有缺陷的主人公获得同情，以无言之言书写着这个时代断裂的故事。就中国现当代文学的成长主题而言，无论是"五四"以来的启蒙叙事的"成长"，还是中华人民共和国成立后十七年以及更早时期的革命叙事下的"成长"，都预设了正确的成长目标，成长主人公通过与自身及其环境的纠葛斗争，提升了自身，在由无知向着成熟迈进的同时，也成为成长目标所依附的话语体系的坚定的拥护者、传播者，因而成长主题的表达往往又成为民族、国家现代性的寓言，读者也会伴随着成长主人公一道成长，接受文本提供的理性启蒙或革命解放的现代性神话。但当下小说的成长叙事的目标已经模糊，作家难于为人物和读者提供最终的承诺，当"农村包围城市"的革命现代性构想转变为以城市化为主导的现代性现实时，乡土人物的成长也就丧失了原本的话语体系的依附。"玉女"们成熟了却失落了，其背后正是两套现代性话语断裂导致的城乡冲突在这个时代新的表现形式。在此情形下，毕飞宇介入现实的方式，便是以其温婉哀伤的文风，书写当下透着人性残忍的乡土故事，娓娓道来处变不惊地去揭开玉米们成长的悲剧故事，由此提出和隐晦地回答了一个时代现实的问题：玉米们的成长悲剧该由什么负责？像毕飞宇这样围绕着裂缝中的人物、用断裂性的现代文学母题叙事，藉小题材见大生活的小说，还有鬼子等几位"晚生代"

作家，他们的创作与毕飞宇异曲同工，表达了一批年轻作家严肃的时代思考，尽管这种思考并不指示任何的解决。

阎连科：荒诞、极端的"症结"抒写

谈论当下的小说创作，很难离开阎连科、莫言、贾平凹、李洱等作家，因为这些作家总是用相当本土化的素材，以迥异于传统现实主义的叙事成规，表现当下中国的现实，成为文学介入现实的一道别致风景，但他们的作品又难以在原有的现实主义批评话语中找到合理的解释。这里，仅能通过引起最多反映的阎连科的《受活》的分析，在现实主义这个话题下，看看当下小说介入现实的特殊方式。

关于《受活》，有人将它推崇为超越现实主义的力作，是缝合乡土现实与后现代表达的典范。① 有人则认为小说以极端扭曲的人物、情节来超越现实不仅不是文学上的创新，更是一种逃避现实和关怀的退化，代表着当代乡土文学现实主义的失落。② 《受活》这样的极端写作到底是超越了传统的现实主义而对当下乡土现实的有效表达，还是文学的现实逃逸，是现实主义的失落？阎连科在《受活》后记中这样表述："也许，现实主义是文学真正的鲜花；也许，现实主义是文学真正的墓地。"③ 这隐藏了他对现实的不会放弃和对文学介入现实方式不容守旧的创作意识，这就是阎连科书写的症结所在。

阎连科的创作有个不变的主题，就是乡土最基本群体对生存、健康等基本人权的追求，这个主题是随着他的现实主义叙事的畸变而不断深入的。在"瑶沟系列"中，他以现实主义的细节化、情感化乃至接近自然主义的方式，描写诸如乡村少年牺牲自己的幸福换取自己和家人基本生存权利的故事。此时，他介入现实的方式是写出现实中的生存悖论，写法是纯然写实的。《年月日》《耙耧天歌》《日光流年》代表了阎连科小说艺术的变化。《年月日》把贫瘠的生存状况进行象征化的表达，表现了人在恶劣的自然环境中的尊严和价值。但这部类似《老人与海》的中篇小说，并没有将阎连科引向象征隐喻性的经典现实主义之路，在《年月日》赢得评论界一致好评的同时，他发表了奠定他后来现实主义叙事畸变基调的《耙耧天歌》《日光流年》。《耙耧天歌》写尤四婆熬亡灵汤给儿女治病的惨烈，这个多少有些荒诞的故事让人想到现代文学的经典之作

---

① 陈晓明.墓地写作与乡土的后现代性.吉林大学(社会科学学报),2004(6).
② 邵燕君.与大地上的苦难擦肩而过——又阎连科《受活》看当代乡土文学现实主义传统的失落.文艺理论与批评,2004(5).肖鹰.真实的可能与狂想的虚设——评阎连科的《受活》.南方文坛,2005(2).
③ 阎连科.寻求超越主义的现实(代后记)//受活.沈阳:春风文艺出版社,2004.

《药》。但在鲁迅笔下，启蒙者为被启蒙者吞噬的悲剧，表现的是一位伟大思想者对国民性和文化启蒙的深沉思考。而阎连科的人伦悲剧，却是以现实畸变的方式透露出在现实体验中的表意焦虑。《日光流年》采用了回溯式的叙述，讲述四代村长如何用残酷的手段引领三姓村人为"活过四十岁"的目标而苦难奋斗的故事。在这个将想象力发挥到极致而创造出的现实主义畸变的文本中，阎连科开始对边缘世界、乡土底层现代关怀的缺失提出间接的抗诉。三姓村人虽然活在现代的时间里，但这里的生活却与日趋发展的现代生活没有什么关系，人们只是凭借着原始本能的求生意志与苦难的生命做着不懈的抗争。第一任村长杜桑倾其所能催促村民生育，以过度繁衍来延续三姓村人脆弱的生命；第二任村长司马笑笑以种植油菜、推广吃油菜来延长村民的生命，甚至以饿死残疾娃的决定来维持生存的策略；第三任村长篮百岁不惜牺牲自己的亲人，掀起浩大的翻地工程，以改变土质解决村民的生病；第四任村长司马蓝则以男人卖人皮、女人"卖人肉"集资打造灵隐渠，期盼引灵隐活水救活三姓村的死水一潭。然而，渠修成了，他也操劳过度死了，更残酷的是三姓村历时数年艰难奋斗引来活命的水源，却已经不是想象中的灵隐水，而是受到工业污染的导致全村希望破灭的水。三姓村几代人几十年的苦难抗争，终究是挣脱不了"活不过四十岁"的命运怪圈。封闭的乡土社会，酷烈的文本，有意摒弃特殊处境中可能的理性和个性，充满诡谲的人物和情节，阎连科就这样通过畸变的现实、极端的书写追求小说的寓言化效果，表现了现代生命的迷失，喻示了现代性的悲剧。仔细辨析，这部小说还有当代中国农村有过的种种农业运动的侧影，而让三姓村的希望终结于污染的水源，则有着作者对当下现实隐而不露的批判。尽管阎连科采取的是夸张、变形的现实浓缩，但他要比毕飞宇他们有着明显的创作指向，他总是站在古老乡土的一边，用一个封闭、弱势的乡土世界的荒诞，来抗诉飞速运行的现代性现实对于基本生命的抛弃。《受活》照旧延续这种现代性寓言写作，但在对当下乡土困境根源的探索上，无疑更有现实的针对性，因为《受活》让残疾人的受活村与外面的世界衔接起来了，这衔接的结果是使作家更注意到古老的乡土社会与现代世界的断裂，这两者之间的裂缝便生出了种种荒诞的故事。

《受活》的情节主要在中华人民共和国成立后计划经济时期与改革开放后商品经济年代间展开，通过偏远的受活村人与现代经济和生活的纠缠，描述了前后两套现代性话语下乡土梦想的破灭。小说主要由两条主线贯穿：计划经济的"革命日子"里茅枝婆带领受活庄人入社及后来退社的故事；商品经济的"洋日子"里柳鹰雀带受活庄人走向外边的世界而后无奈回归的故事。受活庄原本是个"土肥水足""东不丰收西丰收"的"天堂地",庄里人虽然残疾,日子却"过得散淡而殷实"。中华人民共和国成立初期,曾经参加过红四军的茅枝婆为村民带来了"城里都有了自来水"等现代物质文明的信息,带来了过"革命日子"的新概念,为了让村人过上像外边世界一样的现代生活,改变"每天从沟底往村里挑水吃"的状况,她发动受活人入了社。入社意味着受活人走出了自足自治的世界,纳入了"革命日子"的现代社会体系。然而,"入社"并没有使受活人享受到"社"原本承诺的幸福,相反,激进的"革命日子"中受活人承受了接踵而至的灾难与折腾,他们不仅要像正常人一样承担同样的劳动,还得遭受四肢五官健全和满脑子逻辑的圆全人的特殊掠夺,粮食被抢,生命受到威胁。圆全人与受活人构成了支配与被支配、规训与被规训、掠夺与被掠夺的关系。"革命日子"的幸福承诺泡汤了,坚信"革命"的茅枝婆尝试并领悟了其中的真谛,在愧疚中开始了漫长的"退社"行动,企图带领受活人从现代体系中撤退到原有的生活秩序。但受活人此时却来到了商品经济如潮的时代,"洋日子"的诱惑在引领他们走向另一种现代歧路。县长柳鹰雀别出心裁地在魂魄山上建起列宁纪念堂,妄想购买列宁遗体回来开发旅游项目让受活庄致富,同时也实现自己从"雀"到"鹰"的僭越。为了筹足这一"宏伟工程"的资金,柳县长利用受活人在残疾处境中发展出来的生存绝活,成立绝术表演团到各地演出,按照现代市场体系运作获取经济收益。眼看柳鹰雀的梦想就要变为现实,却不料残疾的受活人还是逃不过代表着规训、主宰的圆全人的设计和控制,弱势的受活人照旧摆脱不了任人摆布、欺凌的命运,他们只得无奈地退回到自己的土地重新寻找那乐天知命的自然生活。小说有意扭曲正常时空秩序和叙事流程,以建列宁纪念堂、购买列宁遗体的荒诞情节为核心,让这个极端的叙述向前追溯出茅枝婆的"入社"与"退社"的折腾,向后引出受活人绝术团的悲剧,因此有人据此认为《受活》是乡土后现代主义之作。但其实际上并不是,而是介于两者之间的一种现实主义畸变叙事。这不仅因为文本中大量存在着逼真的场景描写与细节叙述,而且作者的叙事有着明显的现实指向。革命导师的遗体被挪用为经济资源,这是现实经济法则对革命记忆的涂抹。柳鹰雀通过革命记忆的招魂,来补偿受活人在"革命日子"里被剥夺的幸福,这在文本中暗示着前期"革命日子"的现代性与后期"洋日子"现代性的断裂,以及现实中试图弥合这个裂缝的努力。但这努力的结果是使残疾人的身体缺陷成了奇货可居的商品,边缘、弱势的受活庄在"付出了巨大牺牲,终于把自己融入现代人类进程"的时候,则无论是在崇高的革命话语年代或是在商品经济主导的转轨时期,都要被排斥在以现行逻辑建构起来的现代生活之外。

阎连科就用这种介于荒诞与现实之间的吊诡叙事,一面对应了中国当代历史转型中的断裂现实,一面向读者呈示了在现代丛林规则下中国最底层的乡民向往现代天堂之梦的破灭。他的小说的现实价值就在于,他以现实体验基础上的极端书写,创造了荒诞反讽与现实浓缩的现实主义叙事畸变,有效地探入转型年代的前后两套现代性话语的裂缝中,观照现实条件下的人性存在,质疑了现代进程对于最基本人群的幸福承诺,这也可以说是当下一种面对现实的中国式的现代性反思。与毕飞宇朴素残忍的客观叙述不同,阎连科尽管很无奈,他还是想给他所关注的弱势人群指示某种逃离厄运的方式。柳鹰雀县长最后通过自残使自己获得受活人的资格,从而脱离圆全人退出主流、摆脱现代入侵而回到乡土自然的生活中,这意味着阎连科对于民间自足精神的想象与梦想。但这也可视为一次自我阉割的隐喻,因为寄梦于未受浸染的现代史前社会终将是徒劳无功的。所以有批评家指出:阎连科小说乡土视角的排外性及自足性是一种思考的简单逃逸,① 古老皇历的记事对"现代"时间的反拨也显得无力而累赘。② 但这不仅是阎连科个人写作的瓶颈,更是"现实主义"根深蒂固的中国当代文坛集体的表意困境。贾平凹的《秦腔》、李洱的《花腔》也都可以作这样的解读。

结　语

从以上分析可以看出,当下纯文学意义下的小说创作依然在以自己的文化身份介入当下的现实,并不是人们指责的那样只满足于单一的欲望、有限的自我意识的绵延,或是观念性的对现实的简化。但今天的作家有自己的现实关注点,有这个时代特殊的现实叙述,他们察觉到在时代的中心与边缘之间,在时代的急剧转型的当口,有一道尚待弥合的时代断裂,这是由于中国未完成的前期现代性与快速发展的后期城市化现代性冲撞的产物,是现实的现代化历史进程遭遇到蜂拥而至的后现代文化而形成的错位所致,也是全球化的市场经济遭遇到全球性的现代性文化反思的结果。因而这断裂处累积着种种现实的延伸和变异,隐藏着丰富的难于辨析的时代初生信息和现实的症结。文学原本存在的理由与价值,就在于它会经常地察觉、预见到其他意识形态领域所难以获取的时代最初信息,在于它能凭借个人的生活经验与想象,进入现实与历史发展的症结处、缝隙间,去敏锐地谛听社会内部无声的骚动,捕捉现实的初生状态,

---

① 郜元宝.论阎连科的"世界".文学评论,2001(1).
② 李丹梦.从突围到沦陷:"独语"的叙述——评《受活》.文学评论,2004(5).

把握一种思想、道德或意志情感的形成与迷误,从想象艺术中折射出现实隐蔽的世界。当前不少纯文学作家正是将自己的笔触从中心抽离出来,伸入时代的裂缝、现实的症结处,用一种不同于传统现实主义的书写立场、迥异于本质和历史规定性揭示的现实叙事,向我们呈现了时代裂缝中人性与生存的繁复纠缠,书写中国的现实和人们孜孜以求的现代化及其种种"延异"。虽然这样的现实叙事脱离了"五四"以来将过去、现在、未来呈现为一个因果指向明确的现实主义规则,也违背了中华人民共和国成立后将外部与内部、普遍与个别全部纳入对立世界的革命现实主义原则,但如此地回到现实原初情景的描绘,却是一代作家在镜像式的现代性追逐失落,又置身于后现代欲望生产法则之下的一种叙事选择,是现代性"从解放政治走向生活政治"[①] 时期当代严肃作家介入现实的一种特殊姿态。

(原载《文学评论》2007 年第 6 期)

作者简介

朱水涌,1949 年生,福建同安人。1982 年 1 月毕业于厦门大学中文系。厦门大学中文系教授,博士生导师。曾任厦门大学中文系副主任兼现代文学教研室主任,厦门大学人文学院副院长。曾任中国比较文学学会理事、中国新文学学会理事和中国当代文学研究会理事,中国作协会员,厦门市作家协会副主席,福建省比较文学学会会长。主要论著有:《诗歌形态美学》《文化冲突与文学嬗变》《世界文学格局中的中国小说》等。

[①] 安东尼·吉登斯. 现代性与自我认同. 北京:生活·读书·知识三联书店,1998:246.

文类研究：百年散文研究的新思路

吕若涵　吕若淮

中国现当代散文研究的最大困境，莫过于理论的困境。从20世纪初开始，诗歌、戏剧、小说和散文的文类（Genre）①四分法，随着西方文学概论的引入而为中国文学理论界所接受，西方文学及随笔对中国文学及散文（随笔）走向现代化的影响也日益扩大和加深——尤其是改革开放三十年以来。因此借鉴近年西方文学理论界在随笔研究方面的最新成果，重新思考百年中国散文的研究路向，建构具有中国特色的散文（随笔）理论，应成为研究者的自觉意识。

一、欧美随笔理论最新研究成果

对随笔的理论研究，中外均主要有两种研究情形，一种偏向建立纯理论性体系，试图概括出恒定的"随笔特性"；另一种则偏重史的梳理，着重于古/今或中/外随笔体式的歧异与变化。如果说"诗""戏剧"以及在某种范围内谈论的"小说"这些文类概念已经获得广泛认同的话，那么，随笔这一文类至今仍是西方文学理论界分歧最大的一种。一方面，不把随笔看作一种文类的大有人在，另一方面，有些研究者继续强调随笔的特性或魅力就在于它"难以定义"。1984年获得欧洲随笔奖的文学批评家、"日内瓦学派"成员之一的让·斯塔罗宾斯基的获奖演说即从"可以定义随笔吗？"这一"著名"疑问开始：

接受此届欧洲随笔奖，我不禁开始思考这样一个问题：随笔这种写作

---

① Genre，文类，或译为"文体""体裁"。本文认为"文体"一词近于英文"style"，为文类的次一级体式。Essay，西方文学理论中的四大文类之一，中译或为"随笔"，或为"散文"，由于中西方文学传统不同，任何一种译名都很难保证概念范畴的完全对应。

形式不遵循任何一种规则,这条原则一旦被确定,我们还能够给"随笔"下定义吗?这种特殊的写作形式究竟具备怎样的能量,他最终形成的条件是什么?它对于文学进程的义务是什么,将起到何种作用和意义①?

让·斯塔罗宾斯基对随笔作了自己的定义:即在精神自由的支配下,科学与诗的结合,理性和美的结合,个人和世界的结合,达到一种"批评之美"。对此,郭宏安在《让·斯塔罗宾斯基论"随笔"》一文中已有详尽介绍。耶鲁大学教授宇文所安同样也表达过类似观点,他认可随笔作为"文学批评"的意义,并将西方的 essay 与中国的随笔进行比较:

> 英语的 essay 是一种颇有趣味的形式。它和现代中国随笔有所不同:现代中国随笔强调作者的主观性和文体的随意性,而英语的 essay 则可以把文学、文学批评以及学术研究,几种被分开了的范畴,重新融合为一体。作为一种文学体裁的 essay,必须读起来令人愉悦;而且,既然属于文学的一部分,它就应该时时更新,不能只是一成不变。作为文学批评的 essay 则应该具有思辨性,至少它提出来的应该是一些复杂的问题,这些问题的难度不应该被简化。作者面临的挑战是把思想纳入文学的形式,使两者合而为一。最后,essay 必须展示学术研究的成果。我们的学术写作,通常喜欢使用很多的引文、很多的注脚,来展现学者的知识范围。而写一篇 essay,学者必得隐藏起他的学识,对自己所要用的材料善加选择……essay 的本义,是"努力"或"尝试"。每一篇 essay 都是一次尝试,把那些被历史分隔了的领域重新融为一体。这一简单而也许不可能达到的理想值得我们记在心里,因为文学创作、学术与思想,是可以也是应该结合在一起的②。

由于蒙田《随笔集》所开创的随笔传统,也由于欧陆理论界学术话语的强势,法国学界对于随笔研究的热情显然更为浓烈,成果的理论个性极其鲜明。法国国家科学研究所女学者玛丽埃勒·马赛所著《随笔的时代:20世纪法国的一种文类的历史》是对20世纪法国随笔史的梳理。作者援引罗兰·巴特、休姆等的随笔为例,对随笔的特性进行了正反两面的辩证考察。在她看来,随笔这种令人愉快的、由最亲切的作家所发明的形式在20世纪却激起了读者的仇恨,至少引起了人们的厌恶。这是令人吃惊的,因为在法国,从蒙田开始,随笔的源头就是自由、坦率的对话,它既不艰深也不教条,既不僵硬也不会锋利

---

① Jean Starobinski.Collection Pouruntemps.Paris:Centre Georges Pompidou,1985:185-196.郭宏安.让·斯塔罗宾斯基论"随笔"//从阅读到批评——"日内瓦学派"的批评方法.北京:商务印书馆,2007.

② 宇文所安.追忆:中国古典文学中的往事再现.三联版前言.2004:1.。

到不容置疑。但是今天的批评家认为，随笔这种形式是拿着类比来论证，用隐喻当论据，表达思想很草率。他们指责随笔自以为是百科全书，于是啰里啰唆，虚荣而肤浅。因为缺乏构思，出卖纯理智，在推理逻辑和演说中常引起混乱，它还使得思想陷入"通用报道"中。玛丽埃勒从人们对随笔的"怨恨"中发现，所有诸般反感和质疑其实正是随笔之于知识史和美学史重要的可靠表征，反倒是"随笔诞生、成立过程的指示"；这种愤怒，反倒以相当的精确性发现了敌人，因此给人以很大的启发；这种愤怒，勾勒出随笔的大致发展轮廓，以及它在法国学术界艰难的、未完成的扎根过程。与斯塔罗宾斯基乃至多数研究者的意见相左，玛利埃勒并不认为蒙田是现代随笔的奠基人。她给出的理由是，随笔在法国确定的"时间"应当是在法国修辞学（或辨术）（retorique）作为知识界至高无上的形式失去其地位的时候（即1885年）。这个时期学术界笼罩着一种怀疑的氛围，即实话/真相的价值与美学价值是否能够调和或兼容，也就是随笔研究中重要的"思想与诗的关系"问题。一旦修辞学失去价值，文学本身必须放弃它一向认为自己能够见证真相的说法，回到和其他学科平等的行列中，让实证科学、历史学、心理学、社会学等来考虑真实/现实的问题，文学自己则负责情感的宣泄、抒情及不受拘束的主观表现。作者认为，只有在文化分裂中才会提出随笔的问题，这种分裂，在文学范畴内，直接同修辞学的被驱逐和人文科学的独立息息相关。她认为，随笔的文类地位必须经过重重考验树立起来："一旦踏进了文学领域，并且想在文类群中树立威望，随笔必须具有说服力。"随笔必须在发展中替自己辩护，永远处于建立、再建立的过程，一步步地攻取文学地盘。因此，她的"二十世纪法国随笔的历史"，其实始终围绕着一个广泛的主题：文学能否自称是一种认知的方式？

欧美理论界对文类、文体研究有着深远的传统及丰富的成果。因此，对随笔进行定义，试图建构起一种恒定的"随笔理论"，是欧美随笔文类研究的另一大特点。

60年代开始勃兴的文学文体学成果，开始带动随笔文类研究，原先忽视随笔文类位置，将之视作次一级文类的暧昧与犹疑的状态开始改变。克劳斯、斯科尔斯在讨论"文学的元素"时，开始注意到各种文学文类的随笔体式中体现着"艺术性"的特点，即文学的自我意识，在研究的结论上做出暗示，认为随笔具备"文学的每一种形式"这一潜在特点：

> 当你阅读诗歌、戏剧或小说时，会惊异于这些文学形式里富含的随笔体特征。分析随笔所必须具备的感官辨识力和敏感度将有利于培养起对其他任何一种文学形式的优秀分析能力。我们希望促进对随笔作为一种文学

形式的研究：（1）因为这一形式有着很强大的生命力，这已经为许多优秀的文学作品所证实；（2）那些有着显著艺术性的文学种类分享了随笔的一些重要特质，不研究相关的随笔体式就不能充分了解这些特质。正如此，我们试图去阐释随笔的诸元素与其他文学形式的关系①。

70年代以后，原本相互联系又各自独立的、相当通行的文类的和历史的方法论，因为受到质疑而日渐式微，随着新兴的比较文学观念与方法的兴起和冲击，随着结构主义、解构主义、语言学理论的纵深发展，各种文类或文体研究中新的诠释法相当盛行，随笔与其他文类间的"通"与"变"，愈发引起人们极大的兴趣，尽管研究中仍然存在概念的混乱。著名的文类、文体研究者克劳迪欧·归岸在《文学中之体系》（普林斯顿大学，1971）对文学史中随笔这一文类的模糊及次等地位提出异议，他明确提出："在西方文学中，几个世纪以来一直由叙事、戏剧和抒情诗三分天下是不够的。随笔已经作为一种类型出现了——自然，从蒙田开始就不是虚假的或边缘的——文学类型的划分已很清楚。"

20世纪八九十年代以来的随笔作家和理论研究者，大多从essay的词源学意义出发，对其文类的特质做出自己的评判，这几乎构成20年来欧美随笔研究的主流。R·本思麦亚在其研究中承认，随笔是文类中的"另类"，他在评论罗兰·巴特那些独特体式的文章时提出：

  可以说随笔与其他任何一种文类都不同，或许它根本就不是文类……也不是文类的混合。它并不去混合文类，而是将文类复杂化……如果我们最终将随笔归入另一文类，一种能够帮助文类互通的文类，会有什么结果呢？随笔将成为一种既非不存在，亦非一切的另类，孕育了其他所有文类的另类②。

欧巴蒂亚对随笔作为一种文类的理论研究则是近十年来此方面研究的重要成果。在《随笔体的精神》一书中，她认为文类的确定还不足以说明随笔的存在意义，只要通过从文体、想象和虚构层面的共时性探讨，从各体裁发展的历时性探讨，就会发现，如果把随笔归属于一种次等文类，那便忽略了一个事实，就是我们对文学的"现代"阐释本质上来自随笔。因此，文类的"现代性"特征才是最重要的。欧巴蒂亚引用了大量作家的理论：蒙田、早期德国浪漫主义作家、卢卡斯、阿多诺、德里达、哈特曼、巴特、普鲁斯特等等，将人们对

---

 ① Klaus, Carl. Essay. in Robert Scholes and Carl Klaus (eds.)-Elements of Literature-4th edn. Oxford University Press, 1991.

 ② The Barthes Effect-The Essay as Reflective Text -University of Minnesota Press, 1987：91.

文学的后浪漫主义时期的定义回溯到蒙田的《随笔集》，回溯到整个西方近代以来的哲学怀疑主义传统，进一步阐述随笔这一文类所具有的创造性潜力。她认为，"随笔主义"贯穿于所有现代文类，成为一种游离的、不断移动（变换位置）的标记，既为所有文本所共有，又建立起双重标准：创造的同时加以评论，生产的同时加以反思。这一文类实际上对探究文学本质起着决定性质。在其专著中，最详细地讨论了两个问题。其一，随笔所潜藏的文学能量。随笔之所以难以被纳入众所认同的文类框架中，是因为它本身就是诸多文学特性的任意混合。它可以吸收亚里士多德抒情的、戏剧的、叙事的三大类中的任何一种，甚至可以将三种整合在一起，制造出一个文学的混血儿。随笔显示了对文学、虚构文体特别是小说（诸如人物、环境和情感等核心元素）的各种技巧方法的吸收利用。因此，一方面，是随笔的文学潜能赋予了随笔真正的价值。另一方面，这种潜能也加重了它的局限性，使随笔离开了自然真实的范畴。其二，它的文类位置应当处于各种文学文类的交叉、边缘地带。从共时性向度来看，随笔体现出与其他文学文类在文体、想象与虚构上的同与异；从历时性向度来看，随笔的无艺术性是对艺术性的依赖，自然风格是对过多讲究技巧的反拨，片断性体现出"有序的无序"的结构，而联想、想象与复调形式都是艺术性的自然展示。

其他随笔文类或文体研究著作也陆续出现。魁北克拉瓦勒大学文学院前院长弗朗索瓦·杜蒙与其他多位随笔研究者共同出版了《随笔的手法：技巧、方法、观念》一书，按时间顺序收录了关于随笔的十篇反思文章，既有魁北克地区的，也有其他国家的。书中写道："尽管存在丰富的提议，我们还是无法为这种自由而形式繁多的独一无二的文类确定其特征。"随笔一直摇摆在文学、哲学和科学之间，随笔这一文类具有如此众多的表现方式令人眩晕。作者认为，蒙田的《随笔集》提供了对于各种各样反思性文章的一种综合性的术语。随笔既是一步步的反思，又像在各种观点和学科间做诊断，随笔使得知识的练习行为富有人情味，而不只是思想者个性的独立的提炼。作者认为，如果存在一个随笔文类的定义的话，一定要从它的历史和实践去找寻，从整个西方文明的一部分中去找寻。

二、法国首届随笔学术论坛

为了展示和交流各国学者的研究成果和思考取向，促进随笔理论研究的进行，2006年6月10日，由法国亚历山大·杰芬和雷内·奥德于1999年创建的文学研究中心网（www.fabula.org），在巴黎法国密特朗国家图书馆小报告厅举办了为期一天的题为"随笔——自由的精神"的学术论坛。论坛所提出的问题是几十年来人们争论不休没有结论的:随笔是不是文学?它是否含有"学问"?表达思想的文章范围极其广泛,在不同的历史背景下,从修辞学和诗学两个角度来看,应该如何界定随笔与艺术、哲学和人文科学之间的关系?根据随笔作家的写作态度,是否可以把随笔分成两类:纯粹思辨类和实际行动类?论坛安排了"思想的诗意性和虚构性""随笔家、艺术家和学者""思考和发言"三场讨论,来自英国、法国、加拿大、美国等大学的研究者交流了其学术研究成果,上述提到的多数研究者参与并主持会议。应当说,会议所讨论的问题均为欧美目前随笔理论研究的主要问题,具有相当的代表性。

就"思想的诗意性和虚构性"这一主题,玛丽埃勒重点探讨"随笔主义"的问题。她认为,随笔在形式上体现着不受约束的精神自由,它偏好片段和零碎。罗兰·巴特喜欢零碎的片断,总是零碎地写作,不乐意提供一个结局,每次重新开始都是一种幸福和快乐。由此人们承认随笔的深处具有一种反极权的精神。但随笔作家态度如果是犬儒主义和玩世不恭的,或缺乏面对自己的勇气,那么文本内容可能就是肤浅、轻浮的,其特性也是模糊的,无拘无束的同时也显得随随便便。她总结说,随笔主义总是涉及生活的实质,还有艺术和文化,这是随笔彬彬有礼的表现。寻求"理智性"则是读者阅读随笔的动力。德国思想家在论及"随笔的精神"时说得最好,即随笔使所有的争论都敞开,这是一个没有结果的过程。

一些论者主要从文类理论出发,比较随笔与小说在思维方式、写作过程中的同异。罗伯特·维诺(艺术、电影批评家,著有《随笔的文体风格写作》《随笔:理论综合》等专著)认为,随笔就是一种冒险、一种不确定性、一种与他人的思想进行的对话。弗朗索瓦·杜蒙的发言主要集中于随笔和其他形式之间的关系。他所论及的作者都是当代随笔大家,比如卢卡斯、阿多诺、让·斯塔罗宾斯基等。针对有人批评随笔是把哲学通俗(庸俗)化,他提出随笔本身的确具有一种内在矛盾,即随笔往往是作品写成之前的"草稿"和笔记本。凡桑·费雷(巴黎十三大比较文学专业讲师)以普鲁斯特《追忆逝水年华》为例探讨小说中的随笔成分,即充满论辩的多样性、从个人经历出发、主观性强等等。他联系随笔的词源,论述了随笔寻找理性、有创新的渴望、看重和读者的关系等特点。在讨论随笔为何总是以劝诫为目的这一重要问题时,他认为,首先随笔是从各种各样的假设出发,选择其中未经证明的、矛盾的、不能一下子判断清楚的问题来进行,接着进行鼓动和行动,最终随笔将精神化为行动。随笔中的讽刺促使人们进行思考,这也许很痛苦,但这是一种"介入的力量"、一种"积极活跃的力量"。伊琳娜·兰格列(雷恩二大大学讲师,比较文学、文学随笔和科幻文学研究方面的专家,以《文学随笔理论》为博士论文题目)以"我们希望它能给我们一个答案,但是它仅仅给了我们渴望"开头,以弗吉尼亚·伍尔芙《一间自己的房间》的写作过程为例,认为,伍尔芙面对这样一个题目,开始根本无法自然思考和写作,于是她转换角度,想象了一个莎士比亚妹妹的故事,通过虚构的人和事,生动且深刻地阐述女性文学的发展过程。这正是随笔特有的自由而富于弹性的写作特性。此外,她也承认随笔虽然给出了一点批判,却不把所有的可能性都展开来。

在"随笔家、艺术家和学者"这一议题方面,多米尼科·沙拓(巴黎一大教授,主要研究领域为艺术哲学、电影等)认为,随笔是一种高级的交流形式。他引用休姆的话,说,写随笔的目的,是为了调解智者的世界和一般交谈的世界的关系。因此随笔总是思想的混合物,必须具有高尚品位的细腻感。不足之处是随笔也是没有结果的生产,它可以随意自由地追加,零碎而不严密。著名研究者 R.L ·考夫曼(美国加州圣地亚哥大学比较文学博士,以英语、西班牙语写作)提出,自蒙田以来,一般人认为随笔是自由的,体式是开放的,但是随笔真的那么自由么?随笔究竟在坚持些什么?他认为讨论这些问题必须有一些前提条件:独立的、自由的、自立的,随笔才能存在。他认可 20 世纪欧洲理论对随笔的定位:它是"知识的混合体和自相矛盾体",是"反条理"的,它几乎是文学,又几乎是哲学,它是建立在没有原理的基础上的,它的原则就是没有原则。

艺术批评家史蒂芬·赖特的发言妙语横生,他以"能见度系数"作比:"(随笔)到底要把我们带到何处?那是一种无尽的迁移。"又引福柯理论,认为一个人在写作过程中,自我发生改变,已经不是原来的想法了,因此随笔家自始至终是个尝试者、探索者,因此,在与各种文学形式的比较中,随笔就像紫外线,随时可能在探索寻求的过程中迷失。他又把随笔家比作"密探"及"偷猎者",随笔家常常采用讥讽的态度,这种讽刺可能不被理解,更糟的是,可能被误解。"密探"这个形象,一种含义指随笔就是随笔家暗自精挑细选的风景片断;另一层含义指随笔家在写作时,总是另有想法。

与会者同样感到来自随笔的各种困惑。有人提出,现在到处是随笔,什么都自称随笔,有否必要缩小随笔的界定范围呢?有学者感叹,现在再也没有随笔专刊等了,随笔已经衰落。来自出版社的编辑认为,随笔的处境很艰难,在书店实在不知道把它归到哪一类好。由于出席者均为欧美随笔理论的主要研究者,此次论坛无疑将进一步推动随笔理论的发展。

三、文类研究：散文文类的"现代本质"

近二十年来现当代散文研究的成果不算多①。《中国现代散文史》（俞元桂主编）、《中国现代散文史》（范培松著）、《中国现当代散文研究》（佘树森）等以作家作品研究为主，涉及散文不同文体的发展情状。近十年来，一些年轻的研究者有感于散文理论研究的匮乏，因此将研究触角伸向理论领域，试图从新的角度和理论思维对现代散文理论及文体进行梳理、论述、总结。由于学界普遍关注中国百年文学现代化进程中知识分子主体性问题，众多专著大体从厘清与散文文类相关的"随笔""杂文""小品文"等概念入手，稍作文体辨析后再回到对现代知识分子身份意识和创作理念、精神心态的分析。少量论文或许开始涉及现代散文体式与语体（如游记、序跋等，如闲话风、独语体、"杨朔体"等）研究，尝试运用现代叙事学、文体学方法，但文类研究的自觉性、整体性和系统性还很不够。这表明，在中国研究界，散文的文类意义是不证自明的。

散文文类是不是真的不证自明？如果这样，文学研究界、理论界何以相对冷落散文？如果这样，百年来人们对散文这一文类的质疑为何不断产生？小到指责现当代散文出现滥用智慧、夸饰学问、抛弃修辞、过度华丽、过于琐碎等种种问题，提出所谓"繁荣下的思想贫困"一类批评，大到要求清理散文边界，建构"艺术散文"，或针锋相对地提倡"大散文"的"美文"写作等等，这些争执本身表明人们缺乏把握现代散文这一文类的有效力量。在其他文类研究飞快发展的今天，散文文类研究的滞后对今日研究者的理论视野构成了挑战。我们能看到的此方面研究有：陈平原《中国散文小说史》，梳理千百年来中国散文文体的变化及散文与小说间的内在关系，是自觉的文类研究专著。而相关论文仅有南帆《文类与散文》，注意到西方文类研究及发展的重要成果，提出文类的拆解成就了散文这一文类，而散文文类又具有瓦解功能、反文类倾向、反抗权威与反抗中心的特点，这种边缘性将使其有可能充当起文学的主角。这种清晰定位和判断实际上让我们看到了中国文艺理论家对西方随笔文类理论家们的一种呼应。中国百年来的"现代散文"如何定义自己，能否代表文学的"现代本质"，是文类研究最核心的问题及其意义所在。散文作为一种文类固然古已有之，但在过去一百年里，经由"五四"启蒙家们和文学家们的实践和对西方随笔传统的借鉴，它脱胎换骨而成为一种离经叛道、反省自己的文类形式，具

---

① 笔者及研究生一同进行的资料检索结果表明，从1990年到2007年学校认定的AB类大小刊物上刊载的有关中国现当代散文研究的论文约为150篇（不排除部分遗漏）。

有了"现代"的精神。这种精神穿越了各种文类，体现了相当深潜的文学力量，自然而然地挑战业已建立的文类地位，在它身上，具有强烈的"反文类""现代特性"。在此意义上，我们如何定义散文，就是对文学"现代性"的研究，具有其命题的合理性。

　　研究百年散文文类上的"现代特性"，首先必须将之放到与小说、戏剧、诗歌等文类间内在的复杂交错关系中去确立。现代散文如同一个袋状的怪物，无所顾忌地将触角伸向身旁的文类。我们通常所说的"诗体散文""戏剧体散文"或"小说体散文"，将其他文类的形式特点融合化解成自己的元素，使自己成为文学的混血儿；相应的，百年文学中还有典型的"散文体小说""散文体诗歌"和"散文体"话剧。这表明，散文文类极深厚的文学潜质，使之随时可得到其他文类的青睐。至于近三十年来由于西方哲学、文学理论和文本的大量引入，当今散文创作愈加纷繁复杂，它与小说等文类的界限更为模糊，其反体系、对抗所有的等级划分的特性、意味深长的语言结构，也使我们能够在某种意义上宣称，这是一个散文的时代。作为研究者，无须对错综复杂的散文创作取虚无态度，更应避免人为地画地为牢或幻想去清理散文的边界。其次，散文文类的"现代特性"，体现在与其基因相关的"旁系亲属"（或子类别，如报告文学、传记、游记、日记、书信等）的复杂关系上。散文根本的模糊性，使其家族中相邻文体时而重叠、时而交叉。由此，散文最显明的文类特性就是处于各种文类和形式的边缘交叉地带，它证明了自己可以坐拥各式各样的文体形式，具有无限发展的文学潜能。目前，人们在小说叙事研究与小说文体研究方面颇有收获，但散文的语体与文体研究受限于传统文体学而基本处于蛮荒阶段。其三，散文文类的现代特性的确立，要对散文"是诗还是思想"这一问题进行深度认识。百年散文或时时徘徊在"诗体的边缘"，或被视作小说体散文或散文体小说，或呈现出复调的、多声部的对话或戏剧的特点，或仅只是将人们不知晓的引文、附注、参考书目熟知于心，玩弄于股掌之间，成为知识的大百科（以周作人散文最为典型）等等；在文体风格上，模仿学习西方"散文"，发展"有序的无序"的片断性，讲求"无艺术性"对艺术性的依赖，艺术性地掌控自由联想和虚构手段等等。鲁迅、周作人、林语堂、郁达夫、何其芳、沈从文、钱钟书等中国现代散文家在散文形式与语体风格上的实验不遗余力，表明隐含着将此文类能否真正与其他三种文类比肩而立的文学焦虑。而今天的研究尚未将"思想与诗"的关系理顺弄清。

　　百年散文作为一种文类的"现代特性"的建立，可以三个阶段来梳理：第一个三十年，是散文作为现代文类建立和萌发的时期，正如蒙田《随笔集》的自我反思一样，现代散文家宣告了古典文章（及修辞学）作为知识界至高无上形式的终结，在文化的分裂和人文科学的建构中，散文一方面放弃其教训功利的目的，只负责情感的宣泄、抒情的动人和不受拘束的个性表现，成为关乎个人经验与感觉的东西；另一方面以怀疑与反思，确立了"现代批评"的文类品格。智性的品格与诗意的幻想达成和谐，思想与诗建立起平衡，哲学的、科学的和一般文化的主题为配合启蒙的目的而走向通俗化、大众化。现代散文是对当时古典知识的积累方式（即"记忆型"文化）的反动，它以反省的、批评的人格方式去面对读者，且一步步进行主题的提升。"文白之争"固然没有确定结论，但经由现代散文家在多元方向上的努力，散文在文学殿堂上奠定了其稳定的一席之地。第二个三十年的散文，可称作修辞学回归而思想缺席的阶段，写作与思考不再具有紧张的张力，泛滥的优美、空洞的华丽、文体的单一，造成文类的停滞、耽搁、停留，散文这一文类不再具有无限衍生意义的能力。这时期的散文三大家，尽管比任何时候都更多地动用了虚构、想象及其他艺术性手法，却根本无法使散文在认知的生产中保持一己之位，更谈不上在思想的领域内提出自己的要求。第三个三十年（1977年至今）的中国散文既是对第一个三十年的回归和呼应，又意味着散文文类在新起点上的再出发。散文的形式空前地繁复多样，文类空间扩展，文类属类扩充。散文可以是回忆性的、收藏性的、考古性的、考究而高雅的，或学者的、思想家的、哲学家的，带着对文学、历史和文化的重重记忆。尤其值得重视的是，散文重新成为典型的文学批判形式，它在文学追求现代性反文类的难题中发挥作用，质疑并摧毁各种文类间的界限，并在日益广泛的写作运动中吸取评论的功能。对中国散文文类百年发展中的探索、弯曲、停滞和进化的研究，也是对处于话语传播中的现代文学的一种迫切思考。

散文文类研究并非一种纯然的内部研究。"期刊"因素和西方随笔理论的影响因素不可忽略不计。从文类角度看现代期刊，其出现和发展助长了现代散文文类的扩张性。如果我们将《新青年》以降的《努力周报》《现代评论》或《独立》《观察》等看作以论说文为主导的综合性期刊，以《语丝》及其后大量的文学散文专门刊物看作集散文的议论、抒情、叙事乃至虚构为一体的文体性鲜明的散文期刊，那么两条期刊发展的线索都与大众读者有着错综的关系。在很多时候，演说文章与诗意、文采与科学、逻辑与感受、知性与抒情性、真实与虚构等等，不仅仅是散文技巧的运用，也是期刊面对假想读者的出版战略。在西方影响方面，现代散文三十年所受到西方随笔观念的浸润和改造乃至独尊"闲话风"一体的偏至，有着从文类角度进一步辨析与反省的必要。最近三十年中国散文随笔创作更受到当今西方文类、文体及现代西方哲学、文学思潮的影响。尼采、柏格森、萨特、卢卡斯、阿多诺、博尔赫斯、罗兰·巴特、克尔凯郭尔等西方重要的思想家、哲学家、文学家及其散文形式,极深入地影响了新一代文人、作家、学者在散文中的思考方式和表现方式;而新的传播媒介及人文学科的发展,继续帮助扩展散文的属地。

百年散文的文类研究,不是单纯的理论变迁研究,也非单一的历史描述,而是从文类角度进行的历史、理论和具体文本的综合研究。作为文类研究者应有的原则是,散文文类(包括其他文类)的历史发展既非逻辑的也不是生物的,它没有终点,只有不断地重新开始,才有无限发展的可能性。

[原载《福建师范大学学报》(哲学社会科学版)2008年]

作者简介

吕若涵,1966年生,福建南安人。2000年毕业于南京大学。福建师范大学文学院教授、福建师范大学海峡两岸文化发展协同创新中心教授。著有《"论语派"论》《反讽与渴望:中国现代散文批评的多维话语空间》《现代散文阐释空间》等,参与《中华散文发展通史》《中国现代文学》《中国现代文学作品导读》《撕碎了的旧梦:中国现代怀旧散文导读》《文采风流千年榜:闽籍作家作品掠影》等的编写。

吕若淮,1974年生,福建南安人。福建师范大学中国现代文学专业博士研究生。著有《台湾文化及其〈台湾文艺众志〉》等文章。

"非虚构写作"：作秀般的喧哗与骚动

石华鹏

眼下，很多人在谈论"非虚构写作"。自从《人民文学》扬起"非虚构"写作大旗，喊出"关注现实""文体宽阔""原生态书写"的口号，并应时推出《梁庄》《中国，少了一味药》等作品后，谈论者便将大量赞誉和夸奖，献给了《人民文学》，献给了"非虚构写作"，甚至，不少谈论者还将"非虚构写作"当成了医治中国文学病痛的一味良药，仿佛只要沿着"非虚构写作"的路子走下去，中国文学便会迎来新的春天。

比如，南京师大的××说，"这（指非虚构写作）还可以看作对当代文学写作方向的重新定位——现实生活比虚构玄想更精彩、经验的故事比想象的故事更迷人、田野写作比书斋写作更本真"。

比如，东北师大的×××认为，"都让我们不得不承认，这些非虚构的写作，的确已经在打破传统文学思维乃至文学秩序的'新的生机、力量和资源'的意义上，成为一种新的文学可能性"。

……

"非虚构写作"真的药力猛烈、疗效十足吗？真的能成为"当代文学写作方向的重新定位"，"成为一种新的文学可能性"吗？

我看未必。大可不必对"非虚构写作"寄予厚望，大可不必将"非虚构写作"捧上天。过不了几天，所谓的"非虚构写作"，终将成为我们文学世界的一次小小的噱头，很快被新的噱头替代，解决不了什么实质问题。

首先，我想指出的是，无论"非虚构写作"，还是"非虚构文学"，都是一个古里古怪的概念。"非虚构写作"是与"虚构写作"相对应的概念,将"写作"分为"虚构"和"非虚构",照我们已有的分类,小说是虚构的,即除了小说之外的文体均为"非虚构",包含所谓的非虚构小说和新闻报道,也包括报告文学、传记、文学回忆录、口述实录文学、纪实性散文、游记等文体。既然已经有了如此多的约定俗成的文体类型,再用一个"非虚构写作"将它们纳入旗下,实际上是没什么意义的,既不能强调文体的品质特征——"虚构"与"非虚构"只是"写作"的一种手段一种方式,也不能拓展文体新的种类。况且"非虚构写作"这一文体族群概念针对的只是单一的"小说"文体,彼此很不平衡、很不对称。所以说"非虚构写作"是一个古怪的概念。据说,"虚构"与"非虚构"是美国畅销书排行榜的一种分类方法,这样做,是方便读者查看和购买,就像超市里的货架分类,这里是饼干,那里是快熟面。我倒觉得这种分类更靠谱些。"虚构写作"与"非虚构写作"是一种标签、一种方式,它并不构成"写作"的实质性的内容和效果。换句话说,"虚构"和"非虚构"的概念更适合作品,而不适合作家的"写作"这一行为。

再说了,"写作"是一种内心的精神活动,是借用文字符号外化的内心活动,哪里是虚构,哪里是非虚构,又怎能泾渭分明地一是一、二是二地划分开来。就算来不得半点"虚构"的历史教科书,也只是著史者眼中的一种"非虚构",何况本来是供人驰骋内心的"文学写作",又哪里能用"虚构"和"非虚构"的枷锁将"写作"捆绑起来呢?俄罗斯作家阿·托尔斯泰说了一句更极端的话,他说:"没有虚构,就不能进行写作。整个文学都是虚构出来的。"我赞成这种说法。

《人民文学》高扬"非虚构写作"大旗,谈论者"鼓吹""非虚构写作",我往"好"里理解,其中可能包含的潜台词——我们的作家躲在书斋里久了,脱离了火热的现实,丧失了对现实的痛感,作品也便失去了关照和参与现实的能力,写作资源重复和枯竭,虚构的想象力不及现实丰富、有力,为了医治我们文学的病痛,为了拯救我们的作家,所以必须喝下"非虚构写作"这碗药汤,扬起"非虚构写作"这面旗帜。

在这面旗帜下,收获了《梁庄》《中国,少了一味药》《词典:南方工业生活》等受人赞誉的"非虚构写作"作品,以此来佐证"非虚构写作"的成功。这一成功,让×××得出新的结论:"我认为非虚构是一种创新的叙事策略或模式。"也就是说,"非虚构写作"已经脱离了我前文提到的作为概念和文体分类的"非虚构",而成了一种"叙事策略或模式"——"用'行动'来发现

'真实',用'在场'来代替'虚构'"。换句话说,"非虚构"不再是一种写作手段,而是作为写作本身而存在,作为一种写作的价值观而存在。

这显然是一种夸大其词的说法。"行动"和"在场"作为"非虚构写作"的两大具体表征,在"虚构写作"中也是存在的。即使一个作家躲在书房里,或者像博尔赫斯那样一辈子躲在图书馆里,他也是火热生活的"在场者"和"行动者"。尽管他"虚构"着小说中的人物,但他笔下人物的"行动"和"在场"无不显示出巨大的物质真实和精神真实。"非虚构写作"标榜的"行动"和"在场"的优势,仍然是一种目光短浅的说法。事实上,很多名垂千古的小说家和他们的小说作品,都诞生于书斋或者封闭的自我空间,所以说,"非虚构"并不足以构成新的叙事策略。甚至,过分地强调"非虚构写作"这种写作价值观,倒显出"概念空转"和"伪命题"的特征来。

再从这些受人赞誉的"非虚构写作"作品来说,它的文学价值是否就大得惊人,文学成就高不可攀呢?我看未必。无论《梁庄》还是《中国,少了一味药》《词典:南方工业生活》,它们的着力点停留在告诉我们这个世界"发生了什么"等事件的描述上——某种程度上说,这些仍没脱离深度新闻报道的范畴——尽管文中也渲染人物,强调人物在这些事件中的表现,但人物仍被事件主导着,被事件牵引着,成为事件的附庸,所以这样的叙述导致的结果是,"事件"大于"人物"。伟大作品,一定是被"人物"主导着的,而非事件,仅从这一点来说,这些"非虚构"作品给我们的感动只能是一时的、片断的,它们根本无法穿越时光进入文学经典的殿堂,带给我们及其我们之后的人永久地感动。因为发生在这个世界上的大部分事件都会被尘埃覆盖,都会"死"去,被人遗忘,只有以"人"为主导,写出了"人"和"人的命运感"的作品才会一代一代"活"下去,像《堂吉诃德》《哈姆雷特》《孔乙己》那样"活"下去。

正是因为"非虚构写作"强调"行动"与"在场",而"行动"与"在场"是用时间的长度来衡量的,时间的结束,便是"行动"与"在场"的结束,注定了这些作品的"事件性"大于"人物性"。"人物性"即人物的命运感,它是个漫长的时间过程,这个过程的完成只有仰仗"虚构"去完成。

无论把"非虚构"作为"写作"的表达手段,还是价值观策略,都不能保证作品是否具备卓越的"文学性"和"经典性",那还如此强调"虚构"与"非虚构"干什么呢。王尔德说:"书分两类,写得好的和写得糟的,仅此而已。"那么"写作"当然也只分两类,写得好的和写得糟的,至于再提是"虚构写作"还是"非虚构写作",其实已毫无意义。由此,把"非虚构写作"当作医治我们当前文学病痛的一味良药,属于"病急乱投医",顶多只能是一些人作秀般的喧哗与骚动罢了。

(原载《文学自由谈》2011年)

作者简介

石华鹏,1975年生,湖北天门人。毕业于华中师范大学中文系。《福建文学》杂志副主编。著有《鼓山寻秋》《每个人都是一个时代》《新世纪中国散文佳作选评》《故事背后的秘密》《文学的魅力》等。

日本殖民时期
台湾医生作家的疾病叙事研究

张 羽

一

1927年，日本学者矢内原忠雄赴台湾作经济调查，发现台湾出现了医师这一新兴阶层。他分析其原因是："因为医学专门学校的前身，即台湾总督府医学校，早于1899年3月开办，专收台湾人子弟；而至1919年止，为台湾唯一的专门学校。此外则因：1.台湾人颇多相当的资产家，他们具有医师开业的财力；2.医师完全是自由职业，毋须等待官厅及资本家的雇佣；3.尤其是官界及实业界的进路完全为日本人的独占所阻塞。凡此，都使台湾人知识阶级主要去当医师。"① 本文主要讨论的台湾医生赖和（1894—1943）、吴新荣（1907—1967）、王昶雄（1915—2000）作为日据时期医师阶层的文化精英人物，他们一边拿听诊器做医疗工作，一边拿起笔杆从事文化活动，特别是他们从专业角度进行的疾病叙事，对台湾文学产生了重要影响。

这里所讨论的疾病叙事是指叙事者以医学专业知识塑造出与疾病相关的人物、意象和场景，并借以隐喻社会现实、民族文化等。② 事实上，宽泛意义的疾病书写在台湾并不是一个新话题。早期台湾文献中就有相关记载，由于气候燠热潮湿，蚊蝇病菌丛生，以至于流行各种风土病，如疟疾、赤痢、伤寒、霍乱、脚气、砂眼等。明清之际留存下来的地方志书、私家笔记、诗词赋等记载

---

① 矢内原忠雄.日本帝国主义下之台湾.周宪文，译.台北:帕米尔书店,1985:99.
② 李腾岳.台湾省通志稿.卷三.政事志.卫生篇:第2册.台北:台湾省文献委员会,1953:3.

中，所见之台湾也是一个谈及令人色变的"疫区"。如清代郁永河在《裨海纪游》中记载:"人言此地水土害人,染病多殆。"① 《台湾府志》中说:"南北淡水,均属瘴乡。南淡水之瘴,乍热寒,号跳发狂;治之得法,病后加谨即瘳矣。北淡水之瘴,瘠黝而黄,脾泄为痞,为鼓胀。"② 这些短期赴台的宦官、商人所记述的疾病之台湾,在一定意义上,是为了彰显昌明的中原文化。此外,更多的疾病记述散见于日本人的笔下。1895年日本所谓"征台之役"后的半年时间里,侵台日军遭受各种疫病侵袭,甚至流传"日军之大敌不在凶番,而在于疟疾"之说。③ 长期居住在台湾的日人作家西川满的小说《台湾纵贯铁路》也有标题为《瘴疠不断》的日记,其中记载:"彰化是台湾第一的不健康地,当地人称为瘴化。"(第342页)此期旅台日本作家佐藤春夫曾写下了游记《殖民地之旅》,突出描绘了台湾"脏乱的美感、朽旧的怀念的气氛",以及"臭气冲鼻令人作呕"的环境。此外,在殖民当局的史料记录和文书档案中,常出现台湾热带风土是"瘴疠之地"或"瘴疠蛮雨"的记述。之所以将台湾描述为不卫生、疾病丛生之场域,其根本意图是为了正当化、合理化日本在台湾的殖民统治,也因此,据台后殖民当局致力于台湾卫生医疗方面的整治,并非仅因自然环境本身,还有更复杂的社会政治因素存在,亦即"'征台之役'的教训""改善台湾环境以吸引日本移民""改善台湾人体质以供其驱使""以台湾为其发展南方医学的试验场"④。

与上述疾病书写相对照,本文所选取的三位台湾籍医生赖和、吴新荣和王昶雄的疾病叙事则迥异于上述的疾病书写,而是呈现出更细致的疾病观察,分析病因和病理现象,对病人充满着人文关怀,对殖民所造成的病态政经制度进行强烈的批判。值得探讨的是,三位医生均系统接受过日本殖民医学教育,为何其疾病叙事会对殖民主流论调描述的"瘴疠台湾"有所疏离?而葆有较多的具有抗争意味的文化观察?过去这一类问题很少为学者所重视,笔者在文献梳理过程中,发现三位医生在编辑文学刊物时,积极介绍祖国文化,并对鲁迅的文学作品和疾病叙事有所关照。接下来,将对他们参与编辑的文学刊物进行文献梳理,分析他们在何种情况下接触到鲁迅的作品及思想,如何向台湾知识分子推介鲁迅的思想和作品。

---

① 郁永河.裨海纪游.台北:台湾银行经济研究室,1959:16.
② 余文仪.台湾府志:第13卷.风俗志气篇//刘宁颜.重修台湾省通志.卷七.政治志卫生篇.台北:台湾省文献委员会,1994:17.
③ 李腾岳.台湾省通志稿.卷三.政事志.卫生篇:第2册.台北:台湾省文献委员会,1953:4.
④ 陈君恺.日治时期台湾医生社会地位之研究.台湾师范大学历史研究所专刊,1992:21.

二

与鲁迅的弃医从文不同,三位台湾医生都开有私人诊所,他们有一定的财力,资助过文学刊物的出版和发行。本部分主要从这些医生密切参与编辑的《台湾民报》《南音》《台湾文艺》《台湾文学》《台湾新文学》等重要台湾报刊,以及近年出版的作家全集和日记,如《赖和全集》(2000)、《吴新荣日记全集》(2007)、《王昶雄全集》(2002)等,来分析他们对祖国文化、鲁迅思想的介绍和接受,以及鲁迅对台湾文学刊物的评价。

日据时期台湾文学社群的组成,除了共同的趣味和文学目的外,同一文化背景和身份认同也是促成结社的重要因素。从生长经历和接受教育的背景来看,三位医师较多受到中国传统文化的熏陶,因此他们所参与编辑的文学刊物,多能积极地介绍祖国文化,呈现出鲜明的祖国意识。从文化社会阶层来看,三位医生是当时的精英阶层。吴文星在《日据时期台湾社会领导阶层之研究》中指出:"日治时期台湾总督府医学校是殖民地政府'菁英教育'(elite education)之一环。而医学校出身的医生,在当时的社会领导阶层中占有极高的比例。"①"文以载道"和"国家兴亡,匹夫有责"成为三位医生文学创作时的自觉。

1909年,赖和进入当时台湾最高学府"台湾总督府医学校"(现台湾大学医学院),其间同祖国大陆学生接触渐多,日趋关心政治。1916年,回故乡彰化开设赖和医院。1918年2月至1919年7月,出于对祖国文化的孺慕之情,赖和赴厦门博爱医院工作。鲁迅的小说《狂人日记》发表时,赖和正旅居大陆,留有描绘厦门破败乱象的"人病犹可医,国病不可医"的诗句。在此期间,赖和接触到新文化刊物,并开始新文学创作。因深切地感受到"五四"新文学运动对社会文化的影响力,赖和返台后立即加入新文学阵营。1921年,赖和应邀加入"台湾文化协会",并担任理事,该会是台湾岛内出现的第一个反殖民文化团体。杨云萍指出:"民国十二三年前后,本省虽在日本帝国主义宰制下,也曾经掀起'启蒙运动'的巨浪。而对此次运动,直接地、间接地影响最大的,就是鲁迅先生。"②赖和应该就是在此前后接触到鲁迅作品,并对同样有着医学背景的鲁迅怀有崇敬之情。但令人费解的是,1926年12月25日开始,在赖和担任被称为"台湾人喉舌"的《台湾民报》"学艺栏"编辑的六年

---

① 吴文星.日据时期台湾社会领导阶层之研究.台北:正中书局,1992:1.
② 杨云萍.纪念鲁迅.台湾文化(台北),1946.1(2).

中，鲁迅作品的转载率却大量减少，仅有《杂感》和《高老夫子》两篇。与此对照，1925年1月至次年2月，在张我军担任编辑期间，鲁迅作品及译作几乎每隔三期就出现一次。① 我们深入到台湾新旧文学转换的深层脉络里，也许可以找到问题的答案。"学艺栏"前身为"文艺栏"，1926年以前，除施文杞、张我军、赖和、杨云萍等有新诗和小说发表外，台湾作家写的新文学作品极少，因此靠大量转载鲁迅等人作品来充实版面，并为台湾作家提供新文学范文。后因张我军1926年6月辞职赴北京，"学艺栏"一度消失，年底赖和接手后，在其倡导和鼓励下，台湾作家杨守愚、蔡秋桐、陈虚谷、郭秋生等开始登场，稿件逐渐多样化。尽管赖和任编辑期间，很少转载鲁迅作品，但他一方面以实际的文学创作，汲取鲁迅思想精髓，反映台湾平民血泪，控诉殖民当局的严苛。另一方面，从担任编辑和辅佐青年作家方面看，赖和与鲁迅一样担当起新文学的"守门人"的角色，不仅是最有力的实践者，也是文化运动方向的主导者。由于医务的繁忙，赖和经常晚上十点后开始编辑和修改稿件，"只要是为了台湾的新文学得以发展，为了作品的品质得以逐步提高，他是任何付出都不推辞的"②。在1932年文艺杂志单独创刊前，赖和主持的《台湾民报》"学艺栏"发表了多篇具有启蒙性质的新文学作品，成为台湾新文学的重要载体和平台。

20世纪30年代，台湾新文学运动的重要基点除台北外，另有两个，一是以赖和为主导的彰化、台中地区，一是以吴新荣为精神领袖的南部盐分地带③。在盐分地带成长起来的吴新荣，比赖和晚生十多年。少年时就读于"台湾总督府商业专门学校"，经常聆听台湾文化协会举办的文化讲演。1928年进入东京医学专门学校。吴新荣本意不在医学，因在日本时，读到了在日养病孙中山的演讲，唤起了他强烈的民族意识。他说："台湾必得归还祖国的，我要效法国父以医业为基础，追随他的脚踪，来救我们的同胞，脱离日本的枷锁为职志。"④ 1932年，吴新荣毕业，返乡接手叔父的"佳里病院"。奉行"医业为本

---

① 如《鸭的喜剧》(第41号)、《故乡》(第50、51号)、《牺牲谟》(第53号)、《狂人日记》(第55、56号)、《鱼的悲哀》(译作)(第57号)、《狭的笼》(译作)(第69—73号)、《阿Q正传》(第81—85号、87—89号、91号)。

② 杨守愚.小说与懒云//李南衡.日剧下台湾.新文学评论,2012(1).学明集1;赖和先生全集.台北：明潭出版社,1979:426.

③ 今台湾佳里、西港、七股、将军、学甲、北门六个乡镇，因土质带有盐分，故吴新荣命之为"盐分地带"。后来将吴新荣、郭水潭、徐清吉、王登山等合称为"盐分地带"文学家。

④ 戴明福.回忆——我奇遇了吴新荣君//吴新荣.震瀛追思录.台北：佳里琑琅山房,1977:57.

妻，文学为情妇"的吴新荣因热衷文化活动，于第二年组建地方上的文化团体"青风会"，倡导写实主义的文学路线。此期，他创作了大量的散文、诗歌和小说，在医学界中的文学实绩是赖和后的第一人。在赖和、吴新荣等人的引导或资金支持下，台中等地相继推出了《南音》《台湾文艺》和《台湾新文学》等中日文并刊的文艺刊物，这些刊物也成为介绍和宣传鲁迅思想的重要载体。

1932年1月，赖和任《南音》的编委，该刊每隔三期就有关于鲁迅的文字记述，不过大多篇幅短小，停刊前的最后一期还发表了《鲁迅自叙传略》。相对于《南音》的简单介绍，《台湾文艺》（"台湾文艺联盟"的同仁刊物）非常重视对鲁迅思想的深入介绍。不过，1935年2月6日，鲁迅在写给日本作家增田涉的信中说："《台湾文艺》我觉得乏味。"① 从台湾文学史角度来看，该刊对台湾文学的发展贡献巨大，在左翼文学译介交流上亦有其成果。那么，鲁迅读到的是哪期《台湾文艺》，上面登载了哪些文章，为何会有如此消极的评价？笔者做出以下三点推测：1. 鲁迅所看到的《台湾文艺》应该是1935年的新年号，出版日期为1月，恰巧在鲁迅写信之前。特别是该号载有增田涉的《鲁迅传》，是继前述《南音》以不到一千字的体例发表《鲁迅自叙传略》之后，以三万字分四次连载。《编辑后记》中指出："鲁迅是中国伟大的作家，因此他的传记是中国文学史的重要组成部分。"② 可见编辑部对鲁迅格外重视，因此有可能特意将新年号寄赠给鲁迅。2. 此时赖和与吴新荣担任《台湾文艺》的编辑，《鲁迅传》连载的四期之中，赖和每期都有作品发表，吴新荣则忙于组建"台湾文艺联盟"的"佳里支部"，也发表一些乡土诗歌，并为《台湾文艺》四处筹稿。笔者翻查《鲁迅传》（一）刊登那一期的前后文章，发现紧邻其后的一篇是介绍赖和的文章《诸同好者的面影》，文中盛赞赖和"做文学家或医家的盛名……对于岛内的文化运动，稍有关心的人，是没有一个不认识的，也没有一个不恭维的"③，接下去还刊登了赖和小说《善讼的人的故事》，该小说采自福建的民间故事，里面有大量的闽南方言。由该期刊载的作品推断，鲁迅对《台湾文艺》评价不高，可能与很多作品中都有大量的闽南方言有关。鲁迅不懂闽南方言，因而觉得"乏味"，但现已无法考证。3. 还有一个极有可能的原因是鲁迅由增田涉那里得知郭沫若质疑《鲁迅传》一事。此事的缘起是《鲁迅

---

① 致日本友人增田涉//林非.鲁迅著作全编:第5卷.北京:中国社会科学出版社,1999:280.
② 编辑后记.台湾文艺,1935.2(1).
③ 毓文.诸同好者的面影.台湾文艺,1935.2(1).

传》(一) 中记载:法国文豪罗曼·罗兰写了一篇对鲁迅的文学评论,"因为落于和鲁迅抗争之《创造社》的手里,所以受他毁弃,那就不得发表了"①。郭沫若马上来信质疑,1935年2月的《台湾文艺》以题为《〈鲁迅传〉中的误谬》原文刊发了来信。郭沫若在信中提到编辑部寄赠给他新年号,似也参证了前述鲁迅看过新年号的推测。随后一期,发表了增田涉的解释信《关于〈鲁迅传〉的指摘》,回应郭沫若,指出译者的意译可能造成了误解。尽管很多人期待能在《台湾文艺》上看到鲁迅与郭沫若的论争,但鲁迅没有介入,只在给增田涉的回信中抱怨道:"郭君要说些什么吧,这位先生是尽力保卫自己的光荣旧旗的豪杰。"②

1935年11月,杨逵离开《台湾文艺》社,另组《台湾新文学》杂志社,并邀请赖和与吴新荣担任编辑。该刊的"汉文"投稿收件地址就是赖和的住家——彰化市市仔尾(即赖和医院)。1936年,在鲁迅病逝半个月后,《台湾新文学》(11月)在卷头语刊出《鲁迅を悼む》,文中说:"……正如我们论及苏联文学首推高尔基一样,谈到现今的中国文学时,一定会先提起他(鲁迅)吧。"③ 还发表了黄得时的《大文豪鲁迅逝く——その生涯と作品を顾みて》④。由《台湾新文学》上的悼念文章可以看出当时的台湾知识分子对鲁迅既有精神上的依恋,也有相当理性的评价,将鲁迅与高尔基并提,亦呈现出台湾新文学作家普遍左倾化的倾向。身处殖民地社会的台湾医生对鲁迅的尊崇,也可从吴新荣的日记中看出,在鲁迅逝世两个月后,他因郁达夫赴台而提及鲁迅在中国文坛的首席位置:"……郁氏是鲁迅死于中国后,和郭沫若并为中国文坛的重镇。"⑤ 1937年之前,"当时的本省青年,多以日文为媒介,得和世界的最高的文学和思想相接触,获得相当程度的批判力和鉴赏力,所以对鲁迅先生的真价,比较当时的我国国内的大部分的人们,是比较的正确而切实的"⑥。1937年后,"皇民化"运动强制实施。此期,赖和与吴新荣并未记录下以何种方式接触到鲁迅作品,但我们可以从其藏书和交谊来进行分析:一方面,笔者从赖和的藏书中发现,包括鲁迅编

---

① 增田涉.鲁迅传(一).顽铗,译.台湾文艺,1935.2(1).由日本《改造》杂志上刊登的《鲁迅传》转译成中文。
② 鲁迅.致日本友人增田涉.林非.鲁迅著作全编:第5卷.北京:中国社会科学出版社,1999:280.
③ 未署名.鲁迅を悼む.台湾新文学,1936.1(9).
④ 黄得时.大文豪鲁迅逝世——其生涯和作品的回顾.台湾新文学,1936.1(9).
⑤ 张良泽.吴新荣日记全集:第7册.台南:台南市台湾文学馆,2008:271.
⑥ 杨云萍.纪念鲁迅.台湾文化(台北),1946.1(2).

辑的刊物、译作以及作品传记等多达数十种①。这些藏书多来自五弟赖贤颖，他曾受赖和鼓励赴厦门读书，后就读北京大学。赖贤颖回忆说："《语丝》《东方》《小说月报》等，我都买来看，看完就寄回家给赖和，赖和就摆在客厅，供文友们阅读。"② 杨逵曾说他经常和文友出入赖和彰化家中，翻看报章杂志，自由讨论后离去，可以想见其客厅也成为传播鲁迅思想的一个公共空间。另一方面，从与二人交谊较多的台湾作家身上也可看出此时鲁迅作品的传播渠道。与赖和情同父子的杨逵说在1938年读到日本改造社出版的《大鲁迅全集》③。吴新荣的朋友苏新也说："在日本统治时代，就已读到一部日文《大鲁迅全集》，只因本省被日政府隔绝祖国，致不能多得原著。"④

1942年，毕业于日本大学齿科专门部的王昶雄，返回故乡开设牙科诊所，他原本考取的是文学系，第二年才"子承父命"转入齿学系。在文学创作上，"他颇私淑中国作家鲁迅，鲁迅不仅社会意识强烈，文笔也极为尖锐，对落后腐败的封建制度有深刻的批判"⑤。王昶雄返台后立即加入台籍作家主导的《台湾文学》阵营，与同期学医返台后进入日系西川满阵营的周金波的疾病叙事有着明显的差异，后者的疾病叙事更多地歌颂殖民医学的现代化。1943年1月，毕生以中文创作的赖和逝世，在去世之前仍念及鲁迅："话说的起劲，就讲到鲁迅，便谈到《北平笺谱》了……过了一会，赖和先生突然高声说：我们所从事的新文学运动，等于徒劳了！"⑥ 赖和的逝世暗示了日据时代汉语创作的终结。在日本军国统治越来越严苛的境况下，台籍作家发表作品空间被严重挤压，但鲁迅与赖和的思想仍然支撑着吴新荣、王昶雄等人继续进行文化抗争。早在1937年，吴新荣就将赖和视为"现代台湾十杰"，并曾两次前往彰化拜访赖和。赖和逝世后，他将赖和与鲁迅并论："赖和在台湾，正如鲁迅在中国，

---

① 如鲁迅编辑的《莽原》，翻译的《现在欧洲的艺术文艺政策》(1930)、《文艺与批评》(1929)、《一个青年的梦》(1925)、《苦闷的象征》(1926)、《出了象牙之塔》(1926)、《小约翰》(1928)、《果树园》(合译1931)，创作集《呐喊》(1922)、《社戏》(1924)、《在酒楼上》(1925)、《野草》(1928)、《华盖集》(1926)、《华盖集续编》(1926)、《花边文学》(1936)等，笔者参照《赖和藏书》整理．林瑞明．赖和全集．杂卷．台北：前卫出版社，2000：275-372．

② 前附图片的配文//赖和，林瑞明．赖和全集．小说卷．台北：前卫出版社，2000．

③ 陈中原，译．杨逵忆述不凡的岁月——陪内村刚介访谈杨逵于东京//戴国煇．台湾史研究．台北：远流出版公司，1985：196．《大鲁迅全集》由日本改造社出版共7卷，1937年2月—8月出版．

④ 苏甡（苏新）．也漫谈台湾艺文坛．台湾文化，1947．2(1)．

⑤ 张恒豪．反殖民的浪花——王昶雄及其代表作《奔流》//许俊雅．王昶雄全集：评论卷．台北：台北县文化局，2002：6．

⑥ 杨云萍．回忆赖和．民俗台湾，1943．3(4)．

高尔基在苏联，任何权威都不能漠视其存在"①，并以继承鲁迅、赖和的革命传统的文化遗产为自我期许②，心怀理想，继续反抗殖民暴政。在王昶雄返台后，吴新荣主动去联谊这位牙科医生。1943年，吴新荣在日记中记述了与王昶雄的交往："拜访《台湾文学》同仁王昶雄君。他是牙科医师，是个很有骨气的男人，在我带去的签名簿上写'士为知己者死'。"③ 此时，两位医生资助台籍作家为主导的《台湾文学》刊物，为捍卫台湾文学与西川满一派进行了顽强的抗争。

综上所述，三位医生虽然受教于日本医学教育体制下，但是没有成为日本在台统治的应声虫，反而具有浓厚的祖国意识。学者陈君恺指出："（日据时期）台湾医生的祖国意识，似乎不因其是否是医学校系统出身，亦不因其是否参与了反殖民体制运动，甚至不因时空的差异，而有所不同……祖国意识应普存于许多、甚至于多数医生的心中。"④ 在接受祖国文化熏陶的过程中，三位医生作家对同样有着医学背景的鲁迅格外认同。他们对鲁迅的接受始于以"文化启蒙""文化向上"为主旨的20世纪20年代，赖和等医生投身于"台湾文化协会"等反殖民文化团体，对祖国文化认同感颇深，对鲁迅精神的汲取和认知格外积极主动。到了20世纪30年代，赖和、吴新荣等人密切参与文学刊物编辑，积极推介鲁迅思想，对鲁迅的理解更加深化。"皇民化"时期，鲁迅思想继续影响着三位台湾医生作家，他们深入地领悟鲁迅的启蒙思想，并从殖民地情境体认到台湾如果百分百地顺应殖民现代化的改变，将面临丧失台湾本土文化的危险。鲁迅的新文学创作早于台湾医生，若以半殖民地的祖国大陆和殖民地台湾的处境来观察，会发现台湾医生作家对鲁迅的疾病叙事或者引申，或从殖民地现实出发写出新文本。本文接下来将在叙事模式、风格技巧和美学效果等层面进行深入的分析。

三

波兰特说："'文学与疾病'这个专题既可以归入题材及主题的比较研究领域，又可以作为文学社会学的比较研究……这个题目不仅是比较文学的，而且

---

① 署名史民（吴新荣）.文艺通讯.台湾文学（杨逵主编）：第2辑.1948.
② 张良泽.吴新荣日记全集：第8册.台南：台南市台湾文学馆，2008：352.
③ 张良泽.吴新荣日记全集：第7册.台南：台南市台湾文学馆，2008：226、227.
④ 陈君恺.日治时台湾医生社会地位之研究.台湾师范大学历史研究所专刊，1992：156.

也是边缘科学的。"① 20世纪前半叶,这些台湾医生作家和系统学习过日本医学的鲁迅一样,既有对疾病的医学关注,又试图赋予疾病多重含义,具有医学和文学跨领域的双重经验,从而形成了中国现代文学史上的文学向医学借喻的传统。纵观台湾医生的作品,会发现疾病作为主体意象始终贯穿于其中,罹患疾病的主体有民众、殖民者、国家、民族……这些疾病叙事在尊重医学专业知识的同时,又关照书写者的个体经验,往往带有浓重的地方特色,与隶属于官方的卫生宣导和医疗政策全然不同。本部分将辅以系列作品来分析他们的疾病观察,既如实阐述对鲁迅疾病叙事的参照,又力求尊重台湾医生创作的主体性,主要选取那些反复被扩写、多重延伸的疾病,按照传染病叙事、精神疾病叙事和社会疾病叙事的顺序逐一探讨。

日人井出季和太《南进台湾史考》中说:"台湾地处热带区域,所谓蛮烟瘴疠之境,自古以来是风土病、传染病等恶疫流行蔓延之地。"② 据台初期,日本人一度以"鬼界之岛"来形容台湾是极不利于健康之地。随后的日系作家也对"传染病盛行之地"这一论调有所铺陈、扩写,而赖和等的传染病叙事则显示出迥异的书写旨趣。在台湾,赖和与吴新荣作为全科医生(职业牙医王昶雄没写过传染病),在日常医治过程中,也会遇到各种类型的传染病。那些能够进入文本的传染病,应是作家优化组合后形成的意象。我们想要探讨的是,赖和、吴新荣选择进入文本的传染病种类与鲁迅所选有何不同?传染病患者在社会中处于何种位阶?透过传染病叙事突显了哪些意念?两人各以何种方式来描写传染病?

鲁迅对疾病有着非常深刻的个体记忆,在日记中记载了包括肺炎、霍乱、细菌性痢疾等在内的近四十种病名③。生命中后期,鲁迅患肺病长达二十多年,肺病成为其传染病叙事中的重要意象。小说《孤独者》中的魏连殳患有肺病,并最终死于肺疾,他在写给叙述者"我"的信中说:"现在已是深夜,吐了两口血,使我清醒起来……"这显然是鲁迅夜间写作时,曾发生过的真实病况。根据苏珊·桑塔格的说法:易患肺结核的性格类型"是一种由两种不同的幻相混合而成的混合体:这种类型的人既充满激情,又感到孤独"④。鲁迅将肺病的病理学症状,汇集到其笔下的肺病患者描写中,肯定其带病生活的状态和勇

---

① 波兰特.文学与疾病——比较文学研究的几个方面//叶舒宪.文学与治疗.北京:社会科学文献出版社,1999:255.
② 井出季和太.南进台湾史考.台北:南天书局,1995:11.
③ 泉彪之助.关于鲁迅日记中的医疗//宋阳,靳丛林,译.鲁迅研究月刊,2004(1).
④ 苏珊·桑塔格.疾病的隐喻.程巍,译.上海:上海译文出版社,2003:37.

气，形塑了精神战胜肉体的战斗美学，在一定意义上可视为鲁迅的自我"叙事治疗"。在小说《药》中，鲁迅将肺病与革命联系起来，革命者夏瑜惨遭杀戮，鲜血被小栓蘸着馒头吞食，当作可以医好肺痨的药。鲁迅成功地将华小栓之死和夏瑜之死连缀起来，身体上的疾病与精神上的愚昧被展示出来，将抽象的社会问题灌注在形象的医与病的关系上，由此，我们看到了传染病叙事与诗学的一种时代性嫁接，肺病成为深化旨意的重要媒介。

日据时期肺病高居台湾十大死亡原因之首位，赖和、吴新荣日记中均提到过肺结核预防日以及接诊肺病患者，但他们很少在文学作品中写肺病。尽管1923年赖和说要写一篇名为《肺疾》的小说，但最终"约略在脑里，未暇剪裁成幅"①。比较之下，他们更多地写疟疾和伤寒，那么，赖和、吴新荣为何不写肺疾，专描写疟疾和伤寒，是否寄予了一定的历史深意？日据时期，疟疾和伤寒曾对日本殖民者构成生存的威胁，殖民当局据此有先卫生、后医学的社会卫生决策，靠警察强力推展清洁运动。此举在战胜传染病方面的有效性，很容易让人肯定其文明与进步。但赖和与吴新荣从底层民众生活中看出了殖民医学行政带来的负面问题。赖和小说《补大人》对农民放弃农耕而做"清洁"有所批判。吴新荣也抱怨过清洁运动的不切实际，如"市区计划修正"将挡路的房子强拆——"有路无厝"；为根除恶劣的卫生习惯，把大家用惯的屎桶强行打毁——"屎桶开花"②。这里，赖和与吴新荣将鲁迅借传染病叙事来表达反封建意图，转化为具有抗议色彩的反殖民批判，他们以亲身的"历史见证"批判殖民当局消除传染病的根本目的是为培养出健康、驯服的劳动者，赚取他们的剩余价值，而绝非是为恩泽广大民众。

在殖民地社会，"急性传染病发生往往揭开社会的裂缝，即社会阶层之间的紧张关系；在殖民地社会，则暴露殖民者与被殖民者之间的紧张关系，以及殖民地社会管理的许多问题"③。解读这些疾病叙事，不能不考虑到他们日常从事医疗服务，时常和民众接触，谙熟台湾民间传染病的状况。20世纪一二十年代，台湾百分之七十以上的居民曾患过疟疾，疟疾列于十大死亡原因第二位④。此外，伤寒也是常见病。两者是台湾平民的大众病。赖和小说《一杆"秤仔"》讲述农民秦得参因过劳而患疟疾；吴新荣随笔《一个村医的记录》描写

---

① 林瑞明.赖和全集.杂卷.台北:前卫出版社,2000:4.
② 张良泽.吴新荣日记全集:第2册.台南:台南市台湾文学馆,2008:208.
③ 范燕秋.疫病、医学与殖民现代性——日治台湾医学史.台北:稻香出版社,2005:19.
④ 陈金生.日治时代台湾医疗制度的回忆——以台湾一种医师制度为主(上).台湾史料研究,1996(8).

医生往诊贫家,全家患疟疾、伤寒,因无钱只请医生诊治幼儿的惨况。吴新荣指出:"虽然病菌本身不偏不党,不论富人或是穷人都可以感染的,但谁多有感染的条件及环境是很明白的。不洁(生活环境)是传染病的原因,过劳(劳动条件)是疾患的诱因……患伤寒症的肉体劳动者患后多不好,而且医治条件也较差。谁说医学没有偏在性?"① 赖和与吴新荣都是地方上的仁医,对穷苦人家特别照顾,通过急性传染病叙事来影射贫富不均,从而再现殖民者与被殖民者的紧张关系。

与疟疾和伤寒患者顾不上关心和思考个体感受相比,鲁迅所选取的肺病叙事有其独特之处。被称为"艺术家之病"的肺疾常与文雅、敏感等词汇紧密联系,甚至成为文艺灵感的来源所在。鲁迅所关注的是疾病的个体经验与美学意义,对疾病做诗学探索,因此,鲁迅很少做痛苦、煎熬类的描写,而是努力营造出病人生命正逐渐被吞噬的意象,疾病不再被视为丑恶和否定的因素,而是进行正面书写。鲁迅的肺病叙事承继了明清文人透过疾病叙事隐喻家国和哀怜自身的传统,以高度凝练的艺术美学,揭示了知识阶层的启蒙主义与"药"之间的时代隐喻;比较之下,医者赖和、吴新荣处处受到殖民当局的严格控制,作品常被腰斩或割天窗。如此严苛的环境促使他们在传染病叙事中以躲闪的策略来完成意念的传达。赖和常采用对话体来完成小说的场面叙述,如小说《归家》(1932年)借小贩之口说出:"单就疾病来讲,以前总没有什么流行病传染病,我们受着风寒,一帖药就好,现在有的病,什么不是吃西药竟不会好,……这样病全都是西医带来的",以叙述者与街头小贩观点相反的复调对话,含蓄地指出传染病的频发与殖民当局的进驻有很大的关系。殖民地医生作家以疟疾、伤寒等传染病叙事,揭示殖民者竭力以先进的医学和卫生管理来获得殖民地民心的策略工具,实际上,不但未赢得民心,却招致民怨沸腾,带有鲜明的反殖民色彩。

如果说前述传染性疾病有典型的发病症状和治疗方法的话,那么狂人所罹患的疾病则更趋向于一种难以预测的疾病。轻者表现为心情抑郁、怪异,重者表现为神经错乱、精神失常、心理扭曲变态等等。在中国文学中,很少精神性疾患的书写,这可能与"中国社会上,对心理上的疾病,被认为可耻的或被指责的。相反的,身体上的疾病,却为社会所接受,并表示个人本身没有失败,也因此得到家人的关怀和亲朋的体谅,这深受中国长期以来,孔夫子的修身齐

---

① 吴新荣.社会医学短论//吕兴昌.吴新荣选集(二).台南:南县文化,1997:9-10.

家、儒道的观念影响"。① 1918 年,鲁迅小说《狂人日记》发表在《新青年》上,七年之后,被转载于《台湾民报》上,引起台湾文坛的反响,出现了大量的狂人形象。从"五四"狂人到殖民地台湾的狂人形象,我们可以看出鲁迅笔下的狂人极有可能成为台湾作家脑海中鲜明的人物形象,满足了他们的"期待视野",因此会有类似的狂人形象在台湾医生的作品中反复出现。

赖和小说《一杆"秤仔"》发表于《狂人日记》被转载半年之后的《台湾民报》上,小说描述了农民秦得参如何从勤俭顺从发展到发狂刺杀巡查的社会事件。起因是制糖会社的成立,导致秦得参丧失了土地,只好去卖菜,被巡查以违反度量衡之名罚款入监。出狱后他经过剧烈的思想斗争:"人不像个人,畜生,谁愿意做。这是什么世间?活着倒不若死了快乐",最终疯狂地刺杀巡查。叙述者突出了秦得参由身体疾病,进而发展成社会疾病,是殖民者和资本家联手造成。如果说鲁迅笔下的狂人识破了封建社会"吃人礼教"的病源所在,秦得参则是被殖民环境逼迫惹人同情的狂人。日据末期,受战争氛围的影响,很多台湾人出现了诸如"自卑""狂躁""抑郁"等精神上的疾患。1943年,王昶雄在《奔流》中,生动地刻画了迫害狂患者伊东春生,他是典型的被压迫、被扭曲的迫害狂患者,他以"皇民"标准严格要求自己,衍生出一系列荒谬言行。

《狂人日记》的问世正值文白交替的缝隙,鲁迅以两个叙述者并行姿态,设置了泾渭分明的白话文和文言文。语言形式成为体现疯狂的环形结构,"迫害狂"病患用白话写日记,具有不确定性和疯癫性;文言叙述者以医者自居,诊断白话文叙述者荒唐,象征其权威性。鲁迅运用相关的精神病理学知识,以错乱的语言,揭示医患两者之间的辩证关系,值得深思。在台湾,从赖和、吴新荣作品中的文白夹杂,也可看出过渡时段的语言问题。赖和平日写作,都是先用文言文写,再改写成白话文,然后修改成接近台湾话的文章。后来,受殖民当局推广日语教育的影响,台湾医生作家更流露出母语被剥夺的伤痛,在《无聊的回忆》(1928)中,赖和指出当日本巡查用"日本台湾话"和我交谈时,"每会使我生起一种被侮辱的愤恨,以为他认定我没有说话的能力"。1938年,吴新荣在日记中慨叹:"以日语交谈,以日文书写,结果是以日本方式来思考、处理事物……我们是迫于方便和必要性而被同化了的台湾人。"② 王昶雄

---

① Evan Barer Marmor:WHY ARE SOME PEOPLEHEALTHY AND OTHER NOT,New York:Walter de Gruyter.Inc.1994:112,113.//谢柳枝.日治时期殖民医学书写之研究.台北:台北教育大学台湾文学研究所,2007:56.

② 张良泽.吴新荣日记全集:第 2 册.台南:台南市台湾文学馆,2008:192.

的《奔流》生动地展现了语言与认同的密切关系，小说中台湾人伊东春生一心想做日本人，以说地道的日语而自豪，展现了语言转换过程中台湾知识分子认同的分裂。

福柯指出："疯狂乃是错误结局的错误制裁，只靠它自身的品质，它又能使真正的问题出现，如此便可得到真正的解决。外表上是错误，内里它却包含着真相隐秘的作用。"① 疯狂者力求矫正某些习以为常的错误。台湾医生与鲁迅一样，也汲取尼采式的"个人主义"，并对"精神界之战士"情有独钟。顺应鲁迅在《狂人日记》结尾"救救孩子"的呼声，赖和《惹事》中的"我"和王昶雄《奔流》中的林柏年则具象化了"精神界之战士"的形象。1932年，赖和的《惹事》连载于《南音》，这篇小说的立意及架构受到《狂人日记》和《故乡》的启示非常明显，是影响研究的绝佳例证。主人公可看作"尚未吃过人"的台湾版，《惹事》中的"我"刚从医学校毕业返乡，看到有人做坏事，总义愤填膺，得理不饶人，处处和尔虞我诈的乡间社会发生冲突。赖和既借鉴了《故乡》的归乡模式，又挪移了《狂人日记》中的狂人对真理的炽热追求，因此小说发表后被认为具有"稍微稀释的鲁迅的辛辣那样的味道"②。1935年7月，赖和又以"孔乙己"为笔名发表《日光下的旗帜》，对日渐迫近的灭亡，作者号召更决绝的抗争——"我愿意，我愿意，迸出沸腾在心肋的血，去染遍那旗的全面，使它再加一层的鲜红"。在小说《不投机的对话》中，赖和更将不同于时流的精神界战士比喻为精神病患者。因赖和作品中充满了悲天悯人的情怀，对底层民众"哀其不幸"，又"怒其不争"，有着温和的讽刺意味，因而被称为"台湾的鲁迅"。1943年，王昶雄塑造的小说人物林柏年的出现，被看作"仿佛又看到了1932年赖和《惹事》中，那位年轻、鲁莽、好打不平的青年之形象，而这样的人物，在日文系统的作品中已是凤毛麟角了"③。《奔流》被保安课删改后发表，不过，我们依然可以看出其不肯屈服的硬汉形象，柏年在剑道比赛中战胜日本人，作者寄予了"师夷长技以制夷"的深意，并赞扬了柏年对故乡的体认，此举为殖民地民众守住了尊严的底线。

虽然皆以狂人叙事突显社会转型、战争等大时代中，个人心智如何被扭曲、如何病变的灵魂病例。比较言之，鲁迅以辩证的思维深度完成了狂人颠覆传统伦理价值的形象隐喻，为中国现代文学的狂人形象塑造奠定了良好的基础。台湾医生作家笔下的狂人旨在勾画殖民地下台湾人放弃汉文化后的灵魂彷

---

① 米歇尔·福柯.古典时代疯狂史.林志明,译.北京：生活·读书·新知三联书店,2005:61.
② 王锦江(王诗琅).赖懒云论——台湾文坛人物论(4).台湾时报,1936-8-1.
③ 林瑞明.骚动的灵魂——决战时期的台湾作家与皇民文学.台湾文艺 1993(136).

徨,苦闷无主的精神构图。此一主题对以后的台湾狂人叙事有着深刻影响,值得另文再做探讨。

台湾医生吸纳了鲁迅的国民性批判,认识到还有比医治个人肉体和精神病痛更为重要的,就是医治国民精神之病、国家政经制度之病,因此其疾病叙事的另一主旨在于探析国家、社会有机体的精神之癌。1924年,鲁迅在杂文《说胡须》中最早提到台湾人:"又何以说台湾人在福建打中国人是奴隶根性?"① 所说的台湾人在福建打中国人一事,是指"五四"运动之后发生的福建惨案,"奴隶根性"当指倚靠日本凌弱自己人的劣根性。在阿Q、闰土和孔乙己等一系列人物形象塑造中,鲁迅致力于揭示他们身上积累的封建主义所造成的"国民性",这正是鲁迅影响台湾医生作家的关键性因素。1926年2月7日,《阿Q正传》在《台湾民报》上连载至第六章后突然中止,日本学者中岛利郎据此认为:"(台湾知识分子)都认为台湾文学是中国文学的一个支流……而预定鲁迅文学要担当作为中国连系台湾新文学勃兴时的角色,但在对新文学的接受尚未成熟的台湾想来,除开一部分有识之士,一般都未臻于把握住鲁迅文学的核心。"② 我们另外引述亲历者杨云萍的回忆:"他(鲁迅)的创作如《阿Q正传》等,早已被转载在本省的杂志上,他的各种批评、感想之类,没有一篇不为当时的青年所爱读。现在我们还记忆着我们的那时的兴奋。其一原因,是因为我们当时的处境。"③ 比照之下,再联系中岛论文的上下文,似可看出他迎合20世纪90年代的台湾本土化论述,而有过度阐释历史的嫌疑,但笔者尚不能找出《阿Q正传》的停止连载是属于版面的正常调整,还是另有他因。那么,杨云萍所说的当时处境是何种情形呢?试比较当时日本和台湾公学校中"修身科"(道德教育)之间的差异,会发现对台湾人的教育强调:殖民地人民是不需进取的,服从即是最大的美德。④ 在此种情境下,台湾医生看到这个于"逆境中发现顺境"、愚昧无知而又"永远得意"的阿Q形象,自然会感悟良多。赖和在小说《补大人》中塑造了一个听命于日本人,连母亲都打的补大人形象;《奔流》中的伊东罔顾亲生母亲,一心想做日本人,这些非常契合鲁迅所揭示的奴隶性主题。我们当不难了解这些医生作家惊心于被纳入殖民教育体系

---

① 鲁迅.说胡须//林非.鲁迅著作全编:第1卷.北京:中国社会科学出版社,1999:99.
② 中岛利郎.日治时期的台湾新文学与鲁迅——其接受的概观//中岛利郎.台湾新文学与鲁迅.台北:前卫出版社,1999:58.
③ 杨云萍.纪念鲁迅.台湾文化,1946.1(2).
④ 许佩贤.塑造殖民地少国民——日据时期台湾公学校教科书之分析.台北:台湾大学历史学研究所,1994:51.

中的台湾人将一步步成为被驯化的"奴隶"。

　　除对鲁迅所揭示的奴隶性病症深感认同外，这些医生作家更对以"精神胜利法"为内核的反抗、竞争心持肯定的态度。如果对《阿Q正传》连载期间，赖和发表的小说《斗闹热》（1926年）加以关注，会发现赖和对鲁迅精神的辩证汲取。小说并没有塑造出阿Q相的典型，而是以人物群像来概描，作者插入这样的议论："在优胜者地位，本来有任意凌辱压迫劣败者权柄……可不识那就是培养反抗心的源泉，导发反抗力的火线。"尽管对穷人典衫当被来争脸皮有所批判，但赖和对这群苦中作乐民众的竞争心持有赞扬的意味。正是从这些乐天、反抗、执拗的性格之中，赖和发现了已渐渐被殖民文化侵蚀殆尽的台湾人反抗精神的萌芽。赖和的很多诗文都赞扬"弱者的斗士们"——那些觉悟了的农民、菜贩、妇女，以"要么生，要么死"的心态来抵抗殖民强权。

　　1925年4月1日、11日，鲁迅《故乡》转载于《台湾民报》上。与同时期台湾留学生"荣归"叙事明显不同的是，赖和笔下的"归乡小说"的写作模式显然更多受到鲁迅的影响。试将赖和的《归家》与鲁迅的《故乡》做比较：两者都以第一人称叙事，从"我"回到家乡开篇；故事的结构都是以童年玩伴的今昔对比写出乡村的凋敝，鲁迅是透过幼时伙伴"闰土"的变样，赖和则透过童年一起掷干乐（陀螺）、放风筝的友伴如今有的死，有的是苦力小贩。两部小说都将"国病"原因归于社会政经制度的沉疴，但有所不同的是，鲁迅所强调的是归乡知识分子对启蒙现代性的肯定，赖和则借知识分子"我"认为时下"收入应该好""学日语对生活有益"，却被贫苦小贩一一反驳："米柴官厅又当当紧，拖着老命尚且开勿值（入不敷出）"，"永过（以前）实在是真好，没有现时这样警察……"，突显出知识分子受殖民教化后养成的幸福认知，却不被普通庶民所认可，因此赖和才会慨叹："时代的进步和人们的幸福原来是两件事"。在另一篇小说《一杆"秤仔"》中，秦得参与闰土的遭遇和处境极为相似，都是农民出身，天性勤劳，朴实苦干。但最后他们所采取的应对手段却有极大的不同，闰土听从命运的安排，而秦得参则愤然反抗。赖和借象征公平正义的"秤仔"强调的是殖民当局以国家权力推行的"现代化/日本化"的不公不义。吴新荣诗歌《故乡的挽歌》中，本来是欢天喜地的故乡，现在却是"登记证已是别人的/税金不纳不准你动犁/生死病痛不管你东西/又吓又迫说这是时势"，矛头直指殖民者。经济的压榨、人格的摧残、政治的迫害成为日据时代台湾人被殖民统治而衍生的共同遭遇，也成为三位医生反复书写的主题。不抵抗就会灭族，抵抗则保存了一线生机，是赖和等医生细心诊断了日据下台湾人的生存困境后，所开出的精神药方。正是在这一意义上，赖和、吴新荣等医生为日据时期的抵抗文学,开了风气之先。值得注意的是,这些医生在面对传统中国文化,特别是被日本主流医学排斥的中医和台湾民俗医学时,显然并不认为其具有必须被扬弃的落后性格,他们在行医过程中,都对这些民俗医学进行整理、优化,深恐这些医俗旧惯被消灭。

四

台湾医生除辩证吸收了鲁迅对农民和劳动者的描述,批判台湾人的劣根性,对鲁迅所塑造的病态知识分子形象也有所参照。我们在阅读这些人物谱系时,常常会发现知识分子的彷徨与颓唐的情绪,与前述具有狂人特质的"战士"形象迥异,两相比较之下,我们不仅会问:这些病态的知识分子形象具有何种意义?是否意味着此时海峡两岸知识分子的信念危机?他们的精神镜像与此时的两岸的历史脉络具有何种关联?鲁迅笔下的魏连殳和吕纬甫之死,有着肉体上的病因,但周遭的传统封建文化氛围构成了他们死亡的主因。吕纬甫等的命运并不孤单,隔岸的医生作家也有相类似的颓废知识分子的塑造,赖和小说《赴会》中,借农民对知识分子的批判,展示了赖和所意识到的"知识分子之病":殖民地下的知识分子借由知识、经济利益而脱离普罗大众,几乎成为殖民者的协力者。尽管有如此清醒的认知,但无力改变现状。1941年12月,殖民当局将赖和拘禁约五十日,在《狱中日记》和狱中诗中,我们看到赖和在受尽折磨后"我生不幸为浮囚","吾血无多心已灰"。此处再辅以吴新荣日记做参照,"我们因何日日都打麻雀、食烧酒?第一就是娱乐,第二就是交际,第三就是时事"[①],显示了不甘心沉沦又无力左右时局的颓废状态。在此种惶然无奈的心境下,鲁迅和台湾医生不约而同地描述了启蒙者不得不面临的为乡土所放逐的命运,鲁迅在散文诗《过客》中,"我只得走……我憎恶他们,我不回转去",显示出放逐者的情怀。赖和《前进》一文从意境、人物等诸多方面都颇具鲁迅的过客意识,文中描写被逐的两个"前人之子"在黑夜,始终"前进!向着那不知道着处的道上"。较少被注意的王昶雄小说《镜》(1944年)中,刻画了以秋文为代表的日据末期台湾知识分子无所归依的过客心态,文中写道:"即使潦倒、流浪,沦为异乡的乞丐,故乡,岂是我回去之处呢?"小说名为"镜",作者所要诘问的是:秋文所照之"镜",是殖民者所树立的"殖民优越论"的虚像之镜?还是知识分子渐渐认清殖民地现实的实像之镜?透过鲁迅和台湾医生作家对国家(民族)有机体与个体密切关系的论述,可见真正的

---

① 林慧姃.吴新荣研究——一个台湾知识分子的精神历程.台南:南县文化,2005:195.

病原体来自病态的社会,并强调病态的国民性如果不改,中国将腐坏乃至灭亡。经由疾病叙事亦可看出,同样是疗救群众的身体与精神疾病,追求现代化,鲁迅把知识分子引介的启蒙视为一味重药,而台湾医生意识到依附于殖民国家机器而来的启蒙,最终会导致知识分子的认同错乱,因此其疾病叙事力求分清殖民性和现代性的分野。

在新旧文学转变过程中,鲁迅可视为疾病叙事"第一人",这"第一"有时间上的先也有品质上的优,相较之下,台湾医生作家的写作环境比鲁迅差,每天医务繁忙、写作时间有限,在文本实验和典型塑造上,可能远逊于鲁迅。但当我们将疾病叙事放回各自的历史脉络来加以分析,会发现鲁迅与台湾医生作家的疾病叙事融合医学想象和人文精神的省思,展现了两者汇流之后的新颖和丰富。殖民地台湾医生更在见证殖民医学拓殖、疾病主题拓展、形式探索等方面做出实绩,也让我们借由疾病叙事,发现20世纪前半叶海峡两岸文学的深层互动。

(原载《文学评论》2012 年)

作者简介

张羽,1972年生。2002年毕业于东北师范大学。厦门大学台湾研究院副院长,两岸关系和平发展协同创新中心文教平台执行长,厦门大学台湾研究院、台湾研究中心教授,博士生导师,《台湾研究集刊》编委,国家"985工程"台湾研究创新基地成员,中国文化大学兼职副教授、日本爱知大学客座研究员,福建省台港澳暨海外华文文学研究会副会长。著有《台湾文学的多种表情——关于台湾文学研究的思考》《镜像台湾——台湾文学的地景书写与文化认同研究》《泰戈尔与中国现代文学》等。

"现代中国文学"：学理依据与学科定位

贺昌盛

  如果说现代中国的大学确实是在充分参照西式大学体制的基础上而建构起来的，那么，中国大学其实恰恰以一种行政参与的方式从根本上改变了西式大学中"科学（Sciences）"和"艺术（Arts）"既并立又互补的基本知识分类结构。当"科学"与"艺术"作为最基本的属概念与其所下涵的种概念形成各自的"知识树"结构时，其各个独立的学科都将自然地获得其内在的知识内核与学理支撑；反之，当"知识树"结构中各个独立的学科不是其自身知识生成的产物，而仅仅是依靠人为的行政切割手段取得了其独立地位时，各个学科就只能作为不同"行政单位"的表征符号（行政元素）而存在了——其内在的学理依据将会架空。正像行政职能的严格限定一样，由行政方式所规定出来的学科既限制了自身的学术范围（从而失去了跨学科发展的活力），同时也切断了不同知识之间的有机联系（进而导致学科自身研究的单一和空泛）。本篇从质疑既有的"中国现（当）代文学"学科的合法性及其学理依据入手，试图以"语言"与"文学"这一基本的知识构架为参照，在恢复有关"文学"的知识性建构的基础上，为"现代中国文学"做出新的定位，以便使这一学科在突破现有的行政格局的基础上，构建出一种全新的知识结构与学术生长点。

一、学科设置与大学的功能

  一般认为，以学科的形式确立"现代中国文学"研究的学术地位，大抵肇始于1950年5月由中央教育部所颁布的《高等学校文法两学院各系课程草案》，该草案首次规定，必须在各高等院校文科系开设"中国新文学史"课程，并特别强调，须用"新观点""新方法"讲述自"五四"至1949年左右中国新文学的发展概况、文学思潮及重要的作家作品。1951年，由老舍、蔡仪、王瑶和李何林等人负责，在蔡仪、王瑶和张毕来等人所拟大纲的基础上，形成了《〈中国新文学史〉教学大纲（初稿）》，后又附录李何林、张毕来、丁易、郭沫若、茅盾及周扬等人的相关文章，以"中国新文学史研究"为名交由新建设杂志社于1951年正式出版。中国的高等院校中自此才有了"中国现代文学"这一独特的学科。黄修己曾评价认为："显而易见，当时创立这个新学科，所要解决的还不是'五四'后出现了多少作家，他们的创作有些什么特色和贡献，有多少文学的流派，艺术上有何创造，如何此消彼长地演变，诸如此类的问题。当时的首要任务，在于通过三十二年的文学史，说明'五四'后的新文学，是无产阶级领导的，人民大众的，反帝反封建的；其中最重要的，是无产阶级领导这一条。"① 大纲颁布不久，王瑶所著《中国新文学史稿》（1951、1953）即告出版，此后又陆续有蔡仪的《中国新文学史讲话》（1952）、丁易的《中国新文学史略》（1955）、张毕来的《新文学史纲（第一卷）》（1955）及刘绶松的《中国新文学史初稿》（1956）等著述出现。尽管就学者们各自著述的特点而言，其在撰述体例、评价视角乃至行文风格等方面各有其特色，但无可否认，在对现代中国文学之性质界定、时段划分及入史对象的选择等等史著所必须面对的核心问题上，这个时期的几乎所有著述基本都保持了惊人的一致性。究其根因，当然无外于当时政治意识形态诉求的现实需要。不过，如果细加探究的话，问题也许并非只归因为政治形势使然那么简单。一个学科的设置，或者说一个独立学术门类的建构，绝非如通常所想象的那样，依行政规定的方式即可确立得起来的。学术研究需要其自身所提供的"学理"依据的支持，这是学术自身的内在要求，与那种外在的强制性行政形式的规定有着"质"的区别；如果一个试图获得某种独立学术地位的学科缺乏其所必需的"知识统系"的支撑，则这一学科门类就不可能获得切实的学术生长点和深化或拓展其研究的"学理"平台。由此看来，学术研究之得以确立，在根本上，恐怕还是得从深入思考作为其内在根基的"知识"本身的源流和构架上着眼，因为它直接涉及学科设置自身的"合法性"问题。

陈平原很早就提出过一种质疑，他认为："学科的界定，很大程度受制于大学课程的设置。而后者牵涉到的，远不只是学术发展的内在理路，更包括意识形态的需求、教育体制的变更、校园政治的冲突等。""作为一个学科，必须

---

① 黄修己.中国新文学史编纂史.北京:北京大学出版社,1995:129-130.

有自己相对独立的范围、视野与方法。""下个世纪的中国学界,重新界定学科并划分疆域,将是当务之急……所谓的'现代文学',还能否自成体系,实在很难说。"① 或者,我们也可以换一种形式追问:在政治意识形态的特定要求之外,"现代中国文学"能得以成为一门独立的学科,其"学理"依据到底是什么?难道就因为其所采用的是区别于"文言语式"的"白话语体"吗?因其载体是"汉语"而非"西语"所以才有异于"域外文学"?或者其所传达的是全新的"现代理念"与"现代情感",因而必得与"古典形态"的"文学"划分出截然的界限?事实证明,在所有"文学"目下的各个学科中,"现代中国文学"几乎是最富争议的一门学科,其争议的焦点也正在此学科有无独立的必要上。毫无疑问,有无数的学者曾为此付出过艰辛的努力,无论是美学、文艺学或历史学层面上的论证,还是有关此学科之"命名"的反思,抑或"重写文学史""文学的学术史""文学的文化研究",以及"文学的现代性"等等的讨论,实际都暴露出了普遍的为此学科寻求其合法的学理依据的潜在焦虑。

我们不妨换一种思路,从"文学"研究在西方的演化历程来看看"文学"作为"学术"建构的可能性。依哈斯金斯的说法,在欧洲,"大学是中世纪的产物"。因为在古希腊和古罗马时期虽然也有高等教育,"但他们的教育并未发展成永久性知识机构的组织形态"。②"只是到了12、13世纪,世界上才出现了具有我们现在最为熟悉的那些特征的有组织性教育,即以系科(faculty)、学院、学习课程、考试、毕业典礼和学位为代表的教育机构。"③"从历史上看,'大学'一词与知识的领域或知识的普遍性并无联系;它仅仅表示一个团体的全体成员。"④ 但是,随着这类团体的持续膨胀及"新"的知识的不断涌现,"大学"里的学习活动,不仅开始具有了"学术的重要性",而且逐步地,"还拥有了政治上和社会上的重要意义","学校已经变成了异常活跃的知识中心"。⑤ 以此而论,"大学"的出现,首先承担的就是一种"知识载体"的功能。或者说,就整个社会的具体分工而言,"大学"本身就是以一种"知识聚合体"的面貌而出现的。那么,这里所说的"知识"又是从何而来的呢?在中世纪时代,我们可以说,全部的"知识"都来自于曾经由教会和教士所掌握的宗教经典与原始文献,正像我们说中国传统的士人所需要修习的"知识"首先是来自

---

① 陈平原.学术史上的"现代文学".中国现代文学研究丛刊,1997(1).
② 查尔斯·霍默·哈斯金斯.大学的兴起.王建妮,译.上海:上海人民出版社,2007:1-2.
③ 查尔斯·霍默·哈斯金斯.大学的兴起.王建妮,译.上海:上海人民出版社,2007:8.
④ 查尔斯·霍默·哈斯金斯.大学的兴起.王建妮,译.上海:上海人民出版社,2007:10.
⑤ 查尔斯·霍默·哈斯金斯.大学的兴起.王建妮,译.上海:上海人民出版社,2007:11.

从上古起所流传下来的文献典籍一样。但从欧洲的文艺复兴运动开始，这种情况日益变得复杂起来，因为当人们逐步确立起完全有别于"神学"系统的全新的"人文"与"科学"的基本观念后，既有的知识在不断变化的世界面前就逐渐失去其解释的合法性与有效性，新的"知识"的更新与补充也随之成为"大学"所必然承担的新任务。也就是说，作为"知识"的具体传承者的教师，在其"传授"知识的教学活动之外，必须增加一项新的工作，这就是对于新的"知识"的"研究"。哈斯金斯特别讨论了大学里教师的知识自由权的问题，"即教师是否有权利讲授他认为是真理的东西，我们现在把它称之为学术自由问题"。他认为："许多理解依赖于我们的真理概念。如果真理是通过研究而发现的东西，那么研究本身必须是自由不受拘束的。但是，如果真理是权威学者已经揭示出来的东西，那么人们只需要对这些东西进行阐释即可，而且阐释者必须忠实于权威学说。"[①] 哈斯金斯这里实际上指出了教师的"研究"所必须完成的两种工作，一种"研究"是对既有真理的研习、理解、解读和传播；一种"研究"则是对未知真理的探索和发现。这种过程类似于冯友兰所描述过的"照着说""接着说"或"重新说"。但无论怎么描述，一个值得注意的问题就是，作为单纯知识传播者的"教师"，其身份已经悄然发生了改变，即那种"教士"式的"教师"开始向"研究"型的"学者"转化了。我们说，"大学"之所以会成为现代"学术"最为集中的所在，其中最关键的原因也许就在这种身份的转换。

二、作为"知识"的文学及其基本构成

无论我们对"学术"本身作何种理解，"学术"所关注的对象都只能是"知识"。贺麟曾对汉语语境中的"学术"一语作过细切的辨析，他强调说："所谓学术，即德文 wissenschaft，本义为知识的创造，亦即理智的活动、精神的努力、文化的陶养之意。通常将此字译为'科学'，但此字一方面实较一般所谓科学含义稍广，一方面又较一般所谓科学含义更深。"[②] 现代"学术"之所以会有各种不同的取向，主要是源于"科学"意识支配下所引发的"学科"的分化；但不管"学科"如何分化，其在根本上都只有"基础知识"和"专业知识"两种类型。那么，回过头来看，我们所谓的"文学"或"Literature"在此种知识构架中到底处于一种什么样的地位呢？

---

① 查尔斯·霍默·哈斯金斯.大学的兴起.王建妮,译.上海:上海人民出版社,2007:43.
② 贺麟.文化与人生.北京:商务印书馆,1988:23.

据哈斯金斯的描述，"中世纪早期教育的基础是所谓'自由七艺'，其中文法、修辞、逻辑三门学科组成'三科'，算术、几何、天文、音乐四门学科组成'四艺'。"① "历史和社会科学甚至在更晚的时期才在大学里有所耳闻。刻苦、认真钻研几本被人们反复阅读的著作是中世纪学习的准则。正常修完六年的文学课后，即可获得文学硕士学位，在此期间，在有的大学里，可以先获得文学学士学位。文学科毕业是进行专业研究的共同前提，它对于神学研习而言，通常是必需的，有志于成为律师或医生的学生有时也要先获得文学学位。这是一个非常好的传统。"② 哈氏的表述非常清楚，就是说，那种被称为"Literature（文学）"的知识，自中世纪开始在很长一段时间内都只是作为一种"基础知识"而存在的。因为在人们普遍看来，"Literature（文学）"不过就是一种为了完成其他知识的修习所必需的文法、修辞等方面的训练。或者通俗地讲，就是教会人们如何文从字顺而又清晰准确地表述自己想要表达的东西。乔纳森·卡勒即认为："如今我们称之为 literature（著述）的是二十五个世纪以来人们撰写的著作。而 literature 的现代含义——文学，才不过两百年。1800年之前，literature 这个词和它在其他欧洲语言中相似的词指的是'著作'，或者'书本知识'。"③ 既有的"著作"或"书本"所提供的即是有关"知识"的"范本"，如果据此来看的话，"研究"这些"著作"或"书本"恐怕确实算不得是"学术"，因为这种"研究"不过是提供了一些有关文法、修辞等方面的最为粗浅的标准和方法而已。

但事情肯定远非如此简单。

常识告诉我们，所谓现代意义上的"Literature（文学）"指的主要是显示为诗歌、小说、戏剧及艺术性散文等形式的那类"纯文学（Belles-lettres）"文本，也就是说，"文学"研究只能以此作为边界，但事实上，这种限定根本无法解决问题。卡勒曾认为，以"感性经验"作为"文学"标准来展开论述的文献，最早也只能追溯到法国斯达尔夫人的《论文学》（《从社会制度与文学的关系论文学》，1800）一文，不过，斯达尔夫人却明确指出过："所谓最广义的文学包括哲学著作和出自形象思维的作品，即包括所有运用思维的作品在内，但自然科学除外。"④ 以此看来，至少到 19 世纪之初，人们也并没有把"文学"限制在一种极其狭窄的范围之内。另一个较早的证据出自泰纳的《英国文学

---

① 查尔斯·霍默·哈斯金斯.大学的兴起.王建妮，译.上海：上海人民出版社，2007：24.
② 查尔斯·霍默·哈斯金斯.大学的兴起.王建妮，译.上海：上海人民出版社，2007：29.
③ 乔纳森·卡勒.文学理论.李平，译.沈阳：辽宁教育出版社，1998：21-22.
④ 斯达尔夫人.论文学.徐继曾，译.北京：人民文学出版社，1986：12-13.

史》(1864—1869),但泰纳所谓的"文学"也是有其特定的所指的。比如,泰纳认为:"一部书越是表达感情,它越是一部文学作品;因为文学的真正的使命就是使感情成为可见的东西。一部书越能表达重要的感情,它在文学上的地位就越高;因为一个作家只有表达整个民族和整个时代的生存方式,才能在自己的周围招致整个时代和整个民族的共同感情。"泰纳如此说,是因为有一个前提,即他认为文学作品最为根本的重要性在于,"它们有教育的意义,因为它们是美的;它们的功用随它们的完美而增加"①泰纳虽然没有明确为"文学"划界,但他的论述中却透露出了一个重要的信息,如果说在斯达尔夫人时代,"文学"研究仍然是以全部的"思维(精神)产品"作为对象因而还未出现其与哲学等的分离的话,那么,到了泰纳的时代,"文学"研究至少已经获得了一个关键的标准性尺度,这个尺度就是:"美"。泰纳在其随后的《艺术哲学》中坦率地表明了这一点,"假定由于这些发现,我们能确定每种艺术的性质,指出每种艺术生存的条件:那么,我们不但对于美术,而且对于一般的艺术,都能有一个完美的解释,就是说能够有一种关于美术的哲学,就是所谓美学。诸位先生,我们求的是这种美学,而不是另外一种。"② 换句话说,在泰纳这里,将"文学"首先纳入到"艺术"的范围内,只是从"感性经验"的层面完成了"文学"与其他抽象的理性的"思维(精神)产品"的切割,而"艺术哲学"或称"美学"的确立才真正为被分离出来的"文学"划定了明确的界限,即是说,只有能体现出"美"的特征的那类"文学"才称得上是标准意义上的"文学",这才是形成我们现在所谓"纯文学"观念的直接来源。

事实上,对于视"审美"为"文学"的唯一标准的质疑从一开始就未曾中断过,因为如果以此作为尺度来衡量诸多古典形态的文献时,那些被看作"美"的"文学"的部分,有时反而在其著作中只居于非常次要甚至完全可以忽略不计的地位上,唯"美"为上的评价无疑是在毫无理由地贬损那些文献自身所具有的重要价值。所以,直到20世纪中期,韦勒克仍然在反驳:"在历史、哲学和其他类似的科目上,阅读名著的主张实际上是采取了过分'审美'的观点。"③ 当然,从另外一个角度来看,"文学"研究之"审美"维度的确立毕竟为我们打开了一种全新的研究思路,它至少使"文学"研究看起来已经不再像单纯的文法或修辞方面的训练那么简单了,而且,"文学"知识也因此开

---

① 泰纳.《英国文学史》序言.杨烈,译//伍蠡甫,等.西方文论选(下卷).上海:上海译文出版社,1979:241.
② 丹纳.艺术哲学.傅雷,译.桂林:广西师范大学出版社,2000:43.
③ 雷·韦勒克,奥·沃伦.文学理论.刘象愚,等,译.北京:生活·读书·新知三联书店,1984:9.

始从"基础知识"向"专业知识"的领域逐步转移。

从斯达尔夫人到泰纳的时代,我们看到了一种潜在的转变,即无论人们以何种尺度来定义"文学","文学"研究本身作为"学术"之一种是得到了人们的广泛认可的。斯达尔夫人基于其性别及社会境况的限制而未能在大学里传播她的文学观念,但她所组织的"沙龙"却在学院之外开辟了另一种形式的"学术"研究,其对"大学"的学术影响虽然间接,却极为深远。泰纳虽无心于教育,但他在巴黎美术学校和英国牛津大学任教期间所传播的,却也正是从"时代、种族和环境"去看待"文学"的"艺术哲学"思想。"大学"在此仍然承担着"知识聚合体"的特定功能,"文学"之作为学科的合法性也因此获得了新的依据。

"文学"研究之成为"学术",除了其初步具有了"专业知识"的特性之外,从18世纪后期开始一直持续到20世纪的有关"民族(National)"问题的研究,同样是促成和强化"文学"之"学术"地位的极为重要的因素。实际上,我们从斯达尔夫人和泰纳的个案中已经看到了这种因素所发生的深刻影响,比如,斯达尔夫人的《论文学》也完全可以被看作欧洲自古希腊至18世纪末期的"文学简史",而泰纳的《英国文学史》则更是一部以"国别"形式出现的"民族文学史"。换言之,当"民族"问题成了"学术"研究的对象时,人们总是要从"历史"和"区域"这样的双重角度去寻找和论证"民族"存在的合法性,因为一个"民族"只有拥有了自身的历史渊源及区域性生存的事实,这个"民族"才有独立存在的可能。"民族"研究所设定的这种"时间/历史"和"空间/区域"的学术格局,直接启发了"文学"研究在"时/空"的双重维度上的拓展。这就是说,"文学"研究的确立并非只是依赖"审美"这种单一的维度而得以实现的,"文学"作为"专业知识"之一种,还必须包括"时间"维度上的"文学史"知识,以及空间维度上的"国(族)别文学"的知识在内。美学的、历史的和民族的"文学",这三重维度的立体组合,才是共同形成"文学"研究之成为"学术"的最初的合法性根基。自19世纪以来,欧美"大学"中的"文学"科目几乎无一不是按照这样的三重维度而加以设计的,除了在学科细目上的个别调整,比如"断代文学""分体文学"或"国别文学比较"研究等,其整体的"学术"格局基本没有什么变化。

三、"中国文学":从传统到现代

讨论西方"大学"及"文学"研究的基本境况,并没有远离"现代中国文学"研究这一核心的主题。如果我们承认现代中国的器物、制度和思想,一直都未曾摆脱对西方的追随与模仿的话，那么，以西方之"文学"研究被确立起来的历程作为参照，我们或许更能清晰地理解"现代中国文学"研究所处的困境及其核心的原因之所在。

我们知道，中国社会发展到清王朝的中叶，才开始出现了千年未有的巨变。一般认为，这一巨变的根由主要是来自西方的强力冲击，但事实上，这种"冲击/回应"的模式不过是一种表象，因为中国至少自明代开始，整个社会的诸种形态就已经在暗中悄然发生着变化了。有一种现象似乎一直未能引起人们的足够重视，那就是"小说"的出现。这里所说的"小说"（Novel），既不是"散文化的虚构编造"（Fiction），更不是"传说"（Legend）、"传奇"（Romance），甚至"神话"（Myth）等一般意义上的"故事"（Story）。"小说"（Novel）出现的最为突出的"新质"就是，它为人们提供了一种想象"现存世界"及"人的现世生存的可能性"的全新的方式。换句话说，"小说"以高度浓缩的方式使人们瞥见了自身及自身所处世界的鲜活的真相，它所描绘的一切几乎就在自己的身边，其已不再是"历史""奇闻"或"传言"等之类的外在于自己的"故事"，而是在诸多方面都很可能跟自己发生密切关系的东西——"小说"成了照见自己及其所属世界的"镜子"。清季狄葆贤即曾有言："故能有书焉，导人于他境界，以其至虚行其至实，则感人之深，岂有过此？小说者，实举想也，梦也，讲也，剧也，画也合一炉而冶之者也。"① 更为重要的是，"小说"的出现意味着"个人"完全有能力以自己的特殊的、具体的，甚至纯然感性的方式，去认识和理解自己所处的这个世界及其所隐藏的真理，而无须再求助于"他者"的那种普遍化、类型化或者抽象的"说教"与"引导"，这种近乎"绝对自由"的表达是那种有着严格限制的诗歌和戏剧所无法实现的。如伊恩·P·瓦特所说："对真理的追求被想象成为完全是个人的事，从逻辑上说，这是独立于过去的思潮传统之外的，实际上，正唯与过去的传统相背离，才更有可能获得真理。"② "小说是最充分地反映了这种个人主义的、富于革新性的重定方向的文学形式。"③ 因为"小说"所描绘的才是最真实的"事实"。在欧洲，"Novel"的全面兴起是人们真正与因因相袭的传统思维形态彻底实现其分离的标志，而中国明代之"文人小说"的出现也正可视为中国社会形态真正发生内部裂变的开始。另一个值得特别注意的现象也是出现在明代，那就是

---

① 狄葆贤.论文学上小说之位置//叶朗总.中国历代美学文库·近代卷（下）.北京：高等教育出版社，2003：258.
② 伊恩·P·瓦特.小说的兴起.高原，董红钧，译.北京：生活·读书·新知三联书店，1992：5.
③ 伊恩·P·瓦特.小说的兴起.高原，董红钧，译.北京：生活·读书·新知三联书店，1992：6.

"小品文"的兴起。周作人曾有一个概括性的说法，他认为，中国古代的散文无外于"言志"和"载道"两类，凡政治清明、社会稳定的时代，如两汉、唐、两宋和明清，因其思想定于一尊，文章也多半属于"载道"一路；而在晚周、魏晋六朝、五代、元、明末和民国等国家政治纷乱的时期，因为失去了统制的力量，"人人都得自由讲自己愿讲的话，各派思想都能自由发展"，文学则多归于"言志"。①"小品文"在中国有相当的历史渊源，却唯有在明代被推向了极盛，在根本原因上，其也许并不是"文体"本身自然演化的结果，而恰恰是这个时期人们对自身及世界的认识方式的改变使然。正如同欧洲启蒙运动时期，人们不再去理会一切文法、修辞的戒律，而开始寻求以自由的方式快乐地表达自己的感觉和思想，由此催生了"Eassy"的诞生一样，中国历史上虽有悠久的散文传统，但在内质上却从未越出过儒家礼教的门闱，真正像魏晋时代的那种任诞狂狷之作基本是少之又少的。集中出现于明代的"小品文"，与前朝之所谓"言志"趋向的最大差别就显示在，它所表达的既是个人的"小"感受，却多半同时又是俗世人众最为普遍的共同感觉；它的"私人化"不在求六朝时代的那种极端"特异"，而在借一己之口抒大众共有之情。所以，阅读此种"小品文"所获得的不是《世说新语》式的"惊奇"，而只可能是戚戚焉然的"会心"，因为它同样像"镜子"一样，照见的是自己和自身对所处世界的切实感受。"小品文"在此所发挥的功能基本与"小说"无异。

　　回过来再看"现代中国文学"的诞生。在白话文学初萌之际，其实有相当多的学人注意到了"新文学"与"传统文学"的联系。自陈、胡倡导"文学革命"始，古典形态的"诗歌"就是新文学倡导者们攻击最力的核心对象之一，其原因实际只有一个：因为它一直占据着"文学"的主流——改变了"诗歌"的形态也就意味着改变了"文学"的既有形态。但遗憾的是，新文学自身在"诗歌"这一最具"审美"意味的领域却始终乏善可陈。如果不计较中国戏曲向西式话剧转变过程中的幼稚的话，那么，真正为新文学争取到了"文学"地位的反倒是"小说"和"小品文"。正如在西方是"Novel"和"Eassy"彻底改变了人们对世界和自身的认知形式一样，兴起于明代的"小说"和"小品文"虽经清代的压迫和排斥，其以感性的、直观的和自由的方式传达其思考、情绪及感悟的内质却并没有断绝。唯其如此，在晚清民初社会处于根本巨变的时代，学人们眼中的"小说"才最先成了"文学"研究的最佳平台，而被视为"即兴""随笔"之作的"小品文"也才屡屡被人与明代的"小品文"及西方启

---

① 周作人.中国新文学的源流.长沙：岳麓书社，1989：19.

蒙时代的"Eassy"联系在了一起。如郁达夫所言:"中国所最发达的也最有成绩的笔记之类,在性质和趣味上,与英国的 Essay 很有气脉相通的地方。"① 又如周作人所言:"我们读明清有些名士派的文章,觉得与现代文的情趣几乎一致,思想上固然难免有若干距离,但如明人所表示的对于礼法的反动则又很有现代的气息了。"② "若论性质则美文也是小说,小说也就是诗。"③ 可见,"文学只有感情没有目的。若必谓为是有目的的,那么也单是以'说出'为目的。"④ 所以,白话的文学运动,"其根本方向和明末的文学运动完全相同"⑤。从表面上讲,"小说"和"小品文"由于一直处身边缘,所以反而有了洞观"中心"的可能;而在实质上,"文学"之所有形态中,也唯有"小说"和"小品文"最有利于以"个体"的身份自由地表述其对世界的观察和意见。就此而言,"小说"和"小品文"也许才是显示现代意义上的"文学"之真正本质的最佳形态。

四、"文学研究"之"知识系统"的重建

欧洲自中世纪开始,"文学"初步形成了自身独立的"知识"形态,但作为"基础知识",其"学术"层面的价值尚未得到彰显。伴随着文艺复兴的渐次展开,"文学"开始有了构建其"专门知识"系统的可能。在启蒙运动(人文意识)和工业革命(科学意识)的双重力量的推动下,"文学"最终形成了一个自身独立的领域:一面是人类感知自身和世界的方式的全面转变,即具象的、感性的和直观的自由表达(文学创作),以之与抽象的、理性的和说教的哲学等相区别;一面是对于此种现象的研究,即建构有关"文学"的专门的"知识统系"(学术研究)。如果说欧洲自文艺复兴以后,开始进入了一种所谓"现代"形态的话,那么,"文学"及其所逐步形成的"文学知识"即可以看作展示这一"现代性"特质的最具"典范"意义的平台。相比之下,中国虽然在几千年的历史演化过程中强化出了一种极度稳定的体制结构,但人们渴望自由表述的趋向却始终未曾断绝。尤其值得特别注意的是,"文"在中国传统历史中一直是"人"借以确认自身及沟通世界的最为重要的载体和通道,也因此,中国人才在漫长的历史过程中形成了一种直观的、诗性的独特思维形式,同时

---

① 郁达夫.中国新文学大系·散文二集·导言.上海:上海文艺出版社,1981:1.
② 周作人.泽泻集·《陶庵梦忆》序.长沙:岳麓书社,1987:12.
③ 周作人.永日集·燕知草.长沙:岳麓书社,1988:7.
④ 周作人.中国新文学的源流.长沙:岳麓书社,1989:14.
⑤ 周作人.中国新文学的源流.长沙:岳麓书社,1989:55.

也造就了文学创作曾经的辉煌景观。但是在另一面，基于对"人"在现世的生存实践活动的高度重视，"文"对于"人"之生存意义的记录和确证就被放置在了次要的位置上，"文"自身也就无法以一种独立的"知识"形态而存在了。这也许正是中国历史上虽不断有关于"文"的多重论述却始终未能形成一种完整的"知识系统"的根本原因。古典形态的"文论"中同样包含了众多的文法、修辞等方面的内容，这一点与中世纪时期的欧洲作为"基础知识"出现的"文学"极为相似，但中国历史上虽屡屡出现过对于正统思维形态的强烈冲击，如魏晋和晚明时代，却终因对"文"本身的轻视而未能发展出如欧洲启蒙运动以后那样的专门形态的"文学研究"，"文"之一门也因此未能成为正统的"学术"研究之一种。清代中叶以后，虽在桐城派学术系统中出现了专门的"词章"一门，但它仅仅只是通向传统"经学"研究的一个路径。一直到1921年北京大学研究所国学门成立，具有现代意义的"文学"才正式成了以独立学科出现的学术研究科目——"文学"研究在中国实际还未足百年。

  当然，从这样的比较中我们也不难看到，中国的"文学研究"其实并不缺乏其必要的资源，而且这类资源也未必全然要从域外输入。我们虽然不能否认现有的"文学研究"多半是属于对西方"文学研究"的借鉴和模仿，但更加值得我们关注的却是，西式"文学研究"的基本"范型"对于我们自身只能是"启发"而不能是单向度的"移植"。晚清民初时期众多中国学人在这个问题上的深切思考是有其重要的价值意义的，康有为、梁启超、王国维乃至林琴南之关注"小说"，并非是简单的尚新求异；章太炎一心考溯上古汉语的正源，也未必就是单纯的"复古"；周作人倡导"人的文学"和"平民文学"，其灵感却恰恰来自于中国的晚明和西方的古希腊；而新文学革命的发起人陈独秀和胡适等，其根本旨趣反倒并不在"文学"。当我们回顾这些很容易被忽略的复杂现象时，我们其实又不难理解，晚清民初时代的学人正是在借域外"文学研究"的启发来整合并重建中国的"文学研究"的"知识统系"，以此来补足中国文学领域内作为"学术"的"文学研究"的缺憾。由他们所开创的美学研究、文学史研究、域外文学研究，以及文学理论与批评等等多重维度的研究，才是作为独立学科和学术形态的"现代中国文学"之得以确立的真正的学理依据。

  "现代"并不单是一个时间的概念，"现代"只意味着与"神本"相区别的以"人本"为核心的观照自身及世界的方式的根本改变，所以"现代文学"大可不必为自己刻意地设定自白话文学至当下的时间藩篱。"中国"虽然是一个特定的"民族/国家"意义上的边界，但就"文学"而言，"汉语"（无论文白）自身所包含的"诗性智慧"，也许更能显示其属于"文学"的而非"民族/国家"的真正本质。同样的,"文学"既然已经成了一种创造性地想象自身与世界的必要方式,则"文学研究"所构建起来的知识系统也必然是一种开放的可持续衍生的结构形态。如韦勒克所言:"'文学研究'(literature scholarship)这一观念已被认为是超乎个人意义的传统,是一个不断发展的知识、识见和判断的体系。"① 当然,我们还必须注意到韦勒克的另一种提醒,即"我们必须首先区别文学和文学研究。这是截然不同的两种事情:文学是创造性的,是一种艺术;而文学研究,如果称为科学不太确切的话,也应该说是一门知识或学问……研究者必须将他的文学经验转化成理智的(intellectual)形式,并且只有将它同化成首尾一贯的合理的体系,它才能成为一种知识"②。换句话说,我们首先必须建构一种清晰的"知识论"观念,即从"审美/文学批评""时间/文学史""空间/区域(国别)文学"和"科学/文学理论"等多重维度建立起属于"文学"自身的"知识统系",才有可能真正给予"现代中国文学"以明确的学科划分和学术定位;否则,仅仅囿于"中国现(当)代文学"这一行政式划分的藩篱之中,它确有可能为政治史、思想史、文化学甚至文献学等等"非文学"的学科所分化。

[原载《厦门大学学报》(哲学社会科学版)2012年]

作者简介

贺昌盛,1968年生,湖北十堰人。2002年于武汉大学中文系。厦门大学中文系教授。著有《象征:符号与隐喻——汉语象征诗学的基本型构》《想象的互塑——中美叙事文学因缘》《晚清民初"文学"学科的学术谱系》《现代性与国学思潮》《性想象的空间》等,译著《华语圈文学史》,主编《中国现代文学基础理论与批评著译辑要》,参与《中国西部现代文学史》《现代中国文学思潮史》等的撰写。

① 雷·韦勒克,奥·沃伦.文学理论.刘象愚,等,译.北京:生活·读书·新知三联书店,1984:6.
② 雷·韦勒克,奥·沃伦.文学理论.刘象愚,等,译.北京:生活·读书·新知三联书店,1984:1.

张力:现代汉语诗学的"轴心"

陈仲义

一、"张力"内涵溯源

英语词典中的"张力"(Tension)一词,出现于 1533 年,而作为物理学概念的表面张力则始于 1629 年。表面张力,一是指不同物态(如液体—气体)界面间的拉力,二是指同一物态内部(如液体内部)任一截面存在的相互牵引力。液体的表面张力与水分子运动相关,它是分子与分子之间引力和斥力的矢量和。这种"力"既能促使液体表面收缩,同时又让液体表面"撑开"。

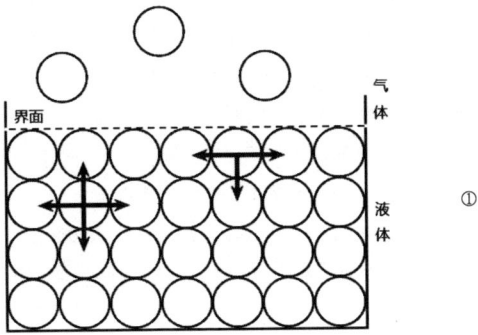

①

表面张力图示反映了界面间的主要合力,但被简化成只"剩下"垂直与水平的两种力,事实上,它包含着无穷的向无限方向放射的"分力":

---

① http://www.stjst.com/bbs/dispbbs.asp? boardid=27&id=3505&star=6.

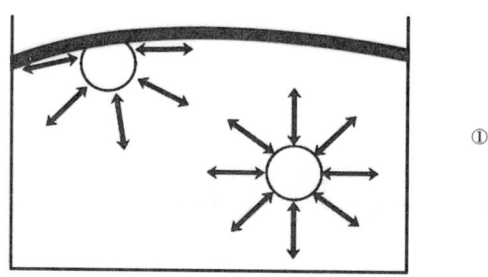

故只有将上述两图合并，直观张力才更完整到位。它为自然界的张力移植到诗学的张力提供了基本"原理"。

在自然界和生活中，我们经常碰到表面张力现象，如纯露水总是呈现球型，某些昆虫类（豉豆虫、水黾）能自如行走于水面上，薄薄的剃须刀片和镍币能浮于水面上等等，它们都是表层合力大于自身引力的结果。

而物理学意义上的张力，宽泛一点说，是指事物之间与事物内部力的运动所造成的紧张状态。它与拉力、牵力、膨胀力、压力有时混在一起——相互间达成部分"借代"。在宽泛条件下，其中有一些是可以视为张力的，这种宽泛性正好也为张力后来被延展到诗学领域奠定了"基础"。

由于张力广泛存在于现象物理界（流通的专业术语就有上百个，如位线张力、面张力、毛细张力、弹道张力、角张力、肌张力、磁张力、预张力，以及张力柱、张力腿、张力穹……）都拥有极广阔的"受众面"，所以艾伦·退特1937年率先将张力引入诗学：

> 我们公认的许多好诗——还有我们忽视的一些好诗——具有某种共同的特点，我们可以为这种单一性质造一个名字，以更加透彻地理解这些诗。这种性质，我称之为"张力"。②
>
> 我提出张力（tension）这个名词，我不是把它当作一般比喻来使用这个名词的，而是作为一个特定的名词，是把逻辑术语"外延"（extension）和"内涵"（intension）去掉前缀而形成的。我所说的诗的意义就是指它的张力，即我们在诗中所能发现的全部外展和内包的有机整体……③

艾伦·退特启用内涵与外延来解释张力是可行的，内涵与外延是形式逻辑的概

---

① http://zhidao.baidu.com/question/111736901.html.
② 赵毅衡."新批评"文集.北京：中国社会科学出版社，1988：109.
③ 赵毅衡."新批评"文集.北京：中国社会科学出版社，1988：116-117.

念,但他却把外延理解为"词典意义"或"指称意义",把内涵理解为情感色彩或暗示意义(联想意义),这就造成了某种紊乱。笔者认为内涵是指"质的规定性"和属性的总和,外延则是内涵的具体化和范围。对于逻辑学的普通常识,不知退特为何会做出如此"偏差",以至后人不断要做些修正补充:"在一句诗或一首诗中,外延和内涵就构成了两个平行的意义层面。这两个意义层面的存在激发读者从外延义到内涵义深入探究诗歌语言潜在意味的审美兴趣,从而产生了丰富的联想意义,张力就存在于这两个平行的意义层面之间。这样,张力概念所包含的内容就不止于诗句中矛盾统一的两个方面。"①"我们对'张力'的内在实质的理解,是在通常人们对'对立统一'的理解中止的地方开始的。这是以往对辩证关系的研究都未曾深入的层次,而这,正是张力的实质,也是张力所欲开辟的潜在空间。"② 上述两个层面的解说和潜在空间的解说,多少已溢出了对立统一概念。在笔者看来,退特委实没有必要"模糊"内涵与外延原来的规定性。既然内涵和外延本身是一种自洽性结构(诗意是内涵与外延的"叠加"结果),抓住内涵与外延的构成要素,由此确认张力是一种关系结构,要比单纯的对立统一说来得睿智。

艾伦·退特的张力说成功消化了前人与同代人的成果。其中,不乏庞德"好诗是情感与形象的复合体"的踪迹,艾略特有关"统一感受力"的观点,威廉·燕卜荪"在表面逻辑层次下各种各样的复义和矛盾是无穷无尽的"营养,以及瑞恰兹"综感"与"包容"的源头性启示——对立冲动的平衡是最有价值的审美反应基础,甚至于兰色姆"构架—肌质"说在雏形期的渗透性影响——双方在文本内部所拥有的对抗魅力,包括后来布鲁克斯的悖论、反讽,维姆萨特的隐喻象征……都极大地丰富了张力的覆盖面,促使艾伦·退特有足够的底气做出新批评的一次重要建构。

艾伦·退特的工作得到同行们的"继承",1943年罗伯特·潘·沃伦借不纯材料和纯净诗性矛盾统一的非纯诗理论,进一步提出诗歌结构的本质即张力的重要观点,他开出一连串张力清单:诗的韵律和语言的韵律之间存在着张力;张力还存在于韵律的刻板性和语言的随意性之间;存在于特殊与一般之间,存在于具体与抽象之间;存在于即使是最朴素的比喻中的各因素之间;存在于美与丑之间;存在于各概念之间;存在于反讽的各种因素之间;存在于散文体与陈腐古老的诗体之间③。稍后的克林斯·布鲁克斯则着眼于戏剧性与结

---

① 王剑.诗歌语言的张力结构.当代文坛,2004(1).
② 金健人.论文学的艺术张力.文学理论研究,2001(3).
③ 赵毅衡."新批评"文集.北京:中国社会科学出版社,1988:181-182.

构的深化:"诗的结论是由于各种张力作用的结果,这种张力则由命题、隐喻、象征等各种手段建立起来的。统一的取得是经过戏剧性的过程,而不是一种逻辑性的过程。它代表了一种力量的均衡。"① 这样,张力被全面引申为诗中一切矛盾因素和力量之间的对立统一,二元有机论在诗学中扎稳了脚跟。张力最终被确定成诗的"本体论"和"诗歌的真理观"。

从狭义诗学扩张到艺术领域,张力也得到符号学家苏珊·朗格的肯定:"艺术品本身也是这样一个包含着张力和张力的消除、平衡与非平衡,以及节奏活动的结构模式,它是一种不稳定的,然而又是连续不断的统一体,而用它所标示的生命活动本身也恰恰是一种包含着张力、平衡和节奏的自然过程。"② 阿恩海姆更是张力论的坚定支持者,他明确指出:"任何非同质性的刺激物都会招致张力的出现。"③ 后来他还把张力上升为一种"力的结构",大有把张力定性为一切艺术的动力性主宰。20 世纪 60 年代,英国学者罗吉·福勒在一部权威词典中把张力界定为"互补物、相反物和对立物之间的冲突和摩擦","凡是存在着对立而又相互联系的力量、冲突和意义的地方,都存在着张力"。④ 典条目的明晰界定,使张力再次溢出狭义诗学,成为文学艺术领域重要批评术语,使用频率越来越大。

平心而论,较之其他文学门类,张力与诗歌学的关系,应该是更为直接、更为密切和更为广泛。虚一点讲,张力仿佛是冥冥之中缪斯伸出的一只神秘援手,专为现代诗学——量身定制的一具"引擎"。实一点说,张力在诗歌文本间内,最有资格位居诗语的"当轴处中"。

二、张力的关系结构

20 世纪 40 年代,袁可嘉曾零散谈论过张力。60 年代香港前卫批评家李英豪以台湾实验诗为考察对象,写出具有重要意义的《论现代诗之张力》,提出:

一首好诗,评断的尺度不是在属不属于"传统",属不属于"现代",属不属于"新奇",而在于它自身整个张力超然独立的构成。好诗,就是从"内涵"和"外延"这两种极端的抗力中存在,成为一切感性意义的综合和浑结。⑤

---

① 赵毅衡."新批评"文集.北京:中国社会科学出版社,1988:200.
② 苏珊·朗格.艺术问题.滕守尧,朱疆源,译.北京:中国社会科学出版社,1983:145.
③ 鲁道夫·阿恩海姆.艺术与视知觉.滕守尧,译.北京:中国社会科学出版社,1984:607.
④ 罗吉·福勒.现代西方文学批评术语辞典.袁德成,译.成都:四川文艺出版社,1987:280.
⑤ 李英豪.论现代诗之张力//张汉良,箫箫.现代诗导读(理论编).台北:故乡出版社,1979:82-85.

迟滞了近二十年，大陆学者赵毅衡推出《"新批评"：一种独特的形式文论》(1986)和《新批评文集》(1988)，加速了张力的传播。

　　人们逐渐取得共识：从一句诗到一首诗，从一种诗元素到一种诗组织，从肌质到架构，都属于一种关系的结构。各种各样错综的关系交集，"它们或左或右，或上或下，向着所有的方向开放；你永远抵达不了没有处于彼此交叉关系之中的某个事物"①。我们虽然没有理由将这些交织缠绕的关系化约为一种简单的、本质性"宰制"，因为诗的成功取决于多种关系共同作用，但是哪怕"单纯"从诗歌语言出发，我们也会发现张力那章鱼般的触手四通八达。这种关系结构的核心是：必由两种或两种以上的抗力构成；以多元的反射空间组成诗的意义关系；由不和谐的元素组成的和谐秩序；由繁杂相异的元素合于一体。而在相反的张力中，寻求和而不同；在"谬"的情境中，寻求"真"；诗再不是一条直线，而是多元的立体建筑……②显然，张力成了关系主义的产物。

　　文论家们经过几十年的努力，已然挖掘到诗歌里隐藏着一个放射性磁场。在这样网络般的关系结构中，诗的各种因素永远处于既吸引又背离，既对抗又包容的混生状态。人们已毋庸置疑，一首诗是一个张力场，一首诗的结构是一种张力结构。处在这样一个魔力场上，任何平凡的东西都有可能在里面被转化为光华璀璨的珠宝。我们发现构成张力的因素不少：对立、冲突、互否、互斥、逆反、异质、互补等等，有着相克相生、相悖相反、相辅相成的美妙效果。现在，将近似、类似的因素压缩合并，着眼于关系主义，以区别逻辑上的二元有机论。张力是对立因素、互否因素、异质因素、互补因素等构成的紧张关系结构：

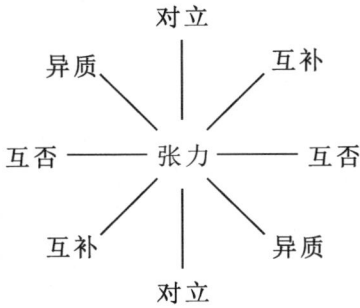

---

①　理查德·罗蒂.后形而上学希望.张国清,译.上海：上海译文出版社,2003:34.
②　李英豪.论现代诗之张力//张汉良,萧萧.现代诗导读(理论编).台北：台湾故乡出版社,1979:88.

四种主要因素或独立，或交叉，或混成，相互吸引又相互排斥，相互较量又相互陪衬，形成纷繁交织的动态平衡。这种关系合力既方枘圆凿又翕然整体，既卯榫不合又同条共贯。

　　设若将张力的关系结构进一步追问至文本层面、语言层面，瑞恰兹有一个见解很值得重视，他指出，一首诗中起码可分出下列四种意义：第一是意思，亦即文义；第二是感情，指作者对语言的表达的问题的态度、倾向或强调的兴趣；第三是语气，指音调或口气；第四是目的，指作者通过意思、感情、语气所表达出来的效果。据此国内有年轻学人再将之归纳为对应的四种界面：即语义层、形象层、情感层、意蕴层，这四种界面是可能为内涵与外延所共同包含的。① 或许这样的划分，有助于克服艾伦·退特对于内涵与外延过于笼统的界定。

　　四个诗语层面若果能成立，还关涉许多要素：如歧义、多义、复义、误义……它们之间在语义上相互偏离中制造出新张力；意象、语象、物象、事象……在言、象、意之间的密切胶合同样布满张力；语感、语调、语势、语气……体现于诗歌内在声音与内在旋律的微妙运行；隐喻、转喻、象征、暗示……它们是表层结构与深层结构的诗性投射与转换。这样，我们就可以从退特设定的较为笼统抽象的内涵与外延交合的"浑结"中，面对更为具体的关系"细化"：

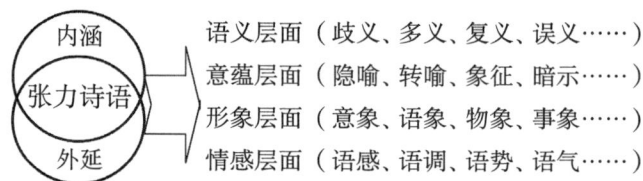

　　四个层面是交相混合的，各种要素是相互碰撞的，每一个层面内部的要素与要素之间都构成碰撞运动，各个层面、各个要素之间存在相互排斥、对抗、否定、分离，同时也存在着相互依存、渗透、包孕、包容。张力就在关系的各种并存、排斥、互否、背离的紧张中，产生新的审美意味。

三、张力的运行与诗意

　　有意思的是，张力没有满足或停留于诗歌各元素之间的穿梭，它经常会忍不住"入侵"到诗歌的发生学、修辞学、风格学、流派学，乃至与外部世界的各种关系中去。小到每个气孔、每条毛细血管大到整体运行，自始至终都贯穿

---

① 王剑.诗歌语言的张力结构.当代文坛，2004(1).

着张力的"财大气粗"。李英豪的确看到它威力无比,只要张力的胃口一蠕动,便可"伸向丰繁,伸向浓炼,伸向歧义,伸向密度,伸向深广,伸向多义性,伸向矛盾的统一,伸向对立的和谐,伸向意义的反射层……"① 张力神通广大,几乎无所不包,作为宏观诗歌的表述容易心领神会,那么能不能借机抓住诗语生成节点,以张力为"转轴",进入到更为具体的运行"框架"中去呢?

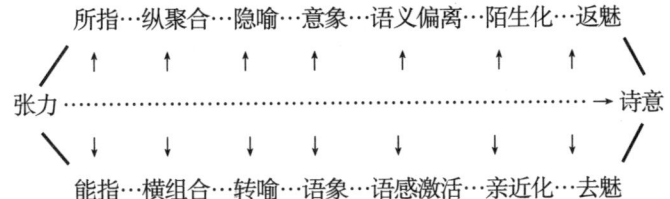

从动态的运行框架看,我们首先碰到的是最小语词单位——能指与所指的互动,由此形成隐喻与转喻的交换,意象与非意象的交缠,它们天然拥有张力的基因——体现为内涵与外延的交织,而这种紧张的结构关系完全可由纵聚合与横组合来指示与诠释,它们都是在张力明里暗里的支配下得以运转的。张力与诗语构成一种结缔组织,是血肉与筋络无法剥离的组织。它连锁着语词、句子、句群,及至上下、前后、左右语境,一环套着一环,于斯成为支撑诗语、通达八方的隐性"筋架"。这一生成过程,又神奇般地接受来自语感"冲动"与语义"偏离"共组的两极动力:前者体现为与生命本真同构,几近半自动的言说;后者体现为以歧义多解、混沌和消解为表征的变构。两级动力构成现代诗语相互颉颃又相辅相成的格局。张力,不仅活跃在语词内部,更多时候是溢出内部,带动语词与周遭世界发生关系,表现出语词陌生化与亲近化之间的"较量",也由此分化出现代诗语两大流向——"去魅"与"返魅"的博弈。张力好比一根硕大无比的"转轴",带动一切与之相关的皮带齿轮,展开一场又一场语词运动与流向,并且朝向诗意无限开放。张力几乎成了从最小语词单位到最大诗语流向的"永动机"。质而言之,张力与现代诗语如影随形。它是现代诗语潜在的特征与标示,也是现代诗语区别于古典诗语与传统白话诗语的重要"指数"。夸张一点说,诗的意义取决于张力的多寡,诗的成功取决张力在结构关系中的"位置"。诗意的浓郁寡淡,许多时候取决于张力的强弱。当然,张力不是语言学的真空装置,它在诗中的存在,是诗语质料在历史、社会、现实与心灵的综合结晶,它隐含着诗性思维在历史与现实上的逻辑投影,最后修

---

① 李英豪.论现代诗之张力//张汉良,箫箫.现代诗导读(理论编).台北:故乡出版社,1979:99.

成诗意的"正果"。

诗意是一种美，它是人生的审美价值取向，是心灵对真善美的归属向往，是超越现实的精神境界，同时又是一种神秘的美感体验。中国古典诗意推崇生命之真与自然之真的契合，所以古典诗意常常与其特殊的范畴：境界、意境、滋味、神韵、妙悟等紧密联系在一起，人们很难用西学的概念去分析。如果引入存在论维度，西学的现代诗意，就是与天地人神的美感交流，呈现"栖息"的状态（海德格尔）。它敞开存在又遮蔽自身，揭示秘密又保持沉默。如果引入表现论的维度，就是"赋予形式而且只是赋予形式"，超乎枯燥的"语法"之上，不断创造出新形式的"生命实体"（克罗齐）。推而广之，诗意是一种精神"度量"、美感"分享"与心灵"和声"；诗意同时也是一种召唤结构和期待视野，它弥漫着渴望、愉悦、冥想、宁静、纯粹、通灵的氛围。

张力诗语的运行，不管以对立、相反、逆反为主的激烈冲突型，以互否、相克、相斥为主的矛盾扞格型，还是以异质为主的间隔型，以互补为主的和解包容型，这个神秘的"推手"分别或同时活跃在诗语的各种层面上，如鱼得水。在语义层面上张力维护层出不穷的语义偏离，制造"象外之象""韵外之致""意在言外"的效果；在形象层面，张力聚合了以意象为主打，非意象为辅助的、丰富多彩的视听"映像"系列；在情感层面，张力集结了多种情愫、情绪之流，牵动起语感、语调，源源不绝地传递真切的本真体验；而在意蕴层面，张力则通过表里、内外结构，酿就了只可意会不可言传的意涵……这一切，都朝向最广大的诗意开放。

多数人认为，张力诗语的机制是基于二元思维结构模式，其突出特点，是在最简单也最符合人类基本思维模式中，通过相斥相通、相反相成的方式达到对心灵所能施加的最大压迫，且只有在两极性的思维结构中才能最终有所托付。① 在笔者看来，张力诗语的机制既是二元的又超出二元模式，不是简单的对立统一（主要矛盾的依存、斗争与转化），而是结构关系中诸多因子的相互作用，在自组织中有很大的突变性、开放性，乃至悬疑性（一种离箭在弦、蓄势待发而又戛然而止的特点）。张力是诗语内部多个层面、多种成分、纷繁的"织体"，纵横交错，四通八达。故现代张力美"不是那种'浅易的美''流畅的美'，即一般人仅凭直观，立刻就能做出好恶反应，而是属于鲍桑葵所界定的'坚奥的美'。正是这种美的'坚奥'使得富含张力质的文本令许多人感到

---

① 阿末.二元思维在诗歌中的表现及魅力.北美文学网，http://www.piaomu.org/best.php?t=15642006.2.9.

骇异、荒唐,甚至一时难以接受"①。现代张力美使各诗语要素间的关系经常处于游离、变易,甚至背叛状态中,语言向自身聚拢,又向外部辐射,临时建立起来新的能指/所指,导致语词膨胀意义发酵,在各种维度力的冲击下产生立体感受;有限的语言陡增意外的负载,意义与意味在确定与非确定性的纠缠中获得增值和超越性实现,强大的势能于瞬间爆发给人以极大的震荡与感染。这也就使得通向四面八方的各种悖离、嵌合、包孕、绽放、离心、互否、临界、饱胀、紧缩、撑开……的因子,弥散在裂隙性的语境中,共同召唤着远非传统浑然整一的诗意,而是充满着悖谬性的诗意。

四、张力诗语的主要通道

理解张力的关系结构、运行机制和与诗意的关系后,接踵而来的问题是,如何运用主要通道去获取这一神秘力量。笔者发现,单单属于"主输送带"——对立性的张力管道应该不少于十条:它们分布在远与近、大与小、内与外、虚与实、正与反、因与果、具体与抽象、瞬时与恒久、有限与无限等关系范畴中。在这些关系范畴中(其中有的交叉),诗人以俯仰自得的姿态,周旋其中,以凸现自我的主观情思,充分利用潜意识、联觉、错幻觉、自由联想、跳接、切割及语法修辞手段,进行"强制"性打通,非但没有造成感性与智性、内涵与外延、浓缩与伸长、表象与底蕴的分裂,反而在不可思议的鸿沟中成功对接。我们试以资深诗人洛夫为例,考量张力诗语在这一重点区域的作为。

1.对立性张力。

(1)远——近。

> 背后江流急急奔来疑为一支伏兵杀出
> 悚然回顾
> 我的头,几乎撞乱了
> 神女峰清晨刚梳好的发髻
> ——《雪落无声》

背后江流是一种闹腾腾的远(疑为一支伏兵杀出),稍近一点的是神女峰,同样是另一种远,在两种不同形态的"远"的"夹击"下,空间遭到巨大压缩,经由悚然回首的"搭桥",使不可能成为可能——幻觉中撞乱了山的发髻。这让我们想起洛夫《边界望乡》的名句:"当距离调整到令人心跳的程度/一座远山迎面飞来/把我撞成/严重的内伤。"两者有异曲同工之妙。不同的是前者

---

① 孙书文.文学张力论纲.山东师范大学学报,2007(6).

是我撞山，后者是山撞我。其秘密是，只要让对立的远近制造出瞬间交汇、时空合一，再怎样不可理喻的事物都可以变成可观的"现实"。

（2）内——外。

　　由我眼中
　　升起的那一枚月亮突然降落在你的
　　掌心
　　你就把它折成一只小船
　　任其漂向
　　水的尽头
　　　　——《水声》

"眼睛——月亮""掌心——船只"构成内外心理活动的冲撞。内宇宙与外宇宙一向是诗人心灵世界最大的场域，洛夫得以在两个或多个世界中自由进出，来回往返，通行无阻，全凭手中握有无限期"绿卡"，张力是少不了的签注。

（3）小——大。

　　隔着一只啤酒杯望过去
　　你的长发仍是极其江南风的
　　口袋仍装满着莺飞　草长
　　　　——《魔歌》

由长头发推及江南及江南风，是种联想对比；而小口袋装着莺飞草长，更是由小变大的神奇转化，它既构成距离，同时消弭着距离。在大的扩张也同时是小的收束距离中，形成一股伸缩自如的拉力。此外，对立性张力还体现在具体——抽象中，如《西湖瘦了》"她确实消瘦了许多/瘦得如夏日细细的蝉鸣/风，把柳条荡过去/正好缠住了她的腰/缠成一寸一寸的秋"——形象在递进的变形中（纤腰、蝉鸣、寸秋）获得了生动的塑形。

2.互否性张力。

　　被腰斩的/说是最挺拔的/被剥削的/说是最甜美的/被压榨 说是最多汁的/解剖学原本是/建立在理性而精确的刀法上 呸，呸，呸/吸尽精血，吐出渣滓幸好/痛，越啃越短/再也没有甚么可伤害的了/当手中只剩下/一颗须眉不全的/粗鄙的头
　　　　——《甘蔗》

正与反是事物的基本形态，任一事物都脱离不了这一秉性。诗人揪住甘蔗粗鄙的头，用五对抽象语词组进行审度和挖掘：腰斩——挺拔、剥削——甜美、压榨——多汁、精血——渣滓、痛——短。否定之否定之后，挣脱蒙羞、

屈辱、鄙俗的甘蔗,变得亲切、感性的甘蔗,一下子有了形而上意涵,张力在这里协助智性赢得了新的审美冲击。

互否性张力在虚无与实存关系中显得技高一筹:

> 道在哪里
> 在蝼蚁,在稊稗,在瓦壁,在屎溺
> 有人说无所不在
> 其实是在火里,灰烬里
> 在烧焦了的肤发上
> 在先人们手掌上永远
> 化不成蝶的老茧中
> ——《漂木》

道之神秘、混茫,道之虚大、无涯,几乎无从把握,诗人只好请出悖论的容器,置入其间,那是在与不在、火与烬作用的结果,也是与蝼蚁、稊稗、瓦壁、屎溺、肤发、茧花相克相生的结果。互否性的火药味最足,在爆炸与寂灭中最具玄想。作为新生代武器,互否性张力可谓异军突起。

3.互补性张力。

(1)时间——空间。

> 他沉思且仰望天花板
> 他把时间雕成一块块方格
> ——《岁末天雪》

> 回首,乍见秋千架上
> 冷白如雪的童年
> 迎面逼来
> ——《雪地秋千》

时空是人类斯芬克斯之谜,时间与空间既对立又和解,绝对无法独立而要相互依存,它们在本质上构成一种互补关系。互补关系所制造的张力不如对立关系那样强烈却不可或缺,犹如绘画中的红与绿、蓝与橙、紫与黄之互补,虽没有黑白那么刺激,但其妙就妙在转化关系上。诗歌中时空互转的例子俯拾即是。第一例,当主人翁仰视天花板做长时间沉思时,流动的时间凝固住了,时间被思绪之手、想象之手雕成了方格天花板。时间——思绪、空间——天花板,双方就这样合二为一了。第二例,蓦然回首,恍若昔日就坐在这架木椅上,然而已没有过往的欢声笑语,只有孤独、沉思与郁闷。于是记忆中只剩下一个冷白如雪的抽象时间概念——童年,与迎面逼来的空间载体秋千,猝然遇合，相互置换。时空转换犹如一扇门，张力正是门上那灵活转动的把手。

（2）因——果。

　　把啃不动的核
　　冷不防砸在我的头上
　　地球微微地
　　晃了一下
　　　　——《松鼠家族》

现实中，松鼠的砸壳与地球的晃动，根本没有直接的因果关系，洛夫通过"空行"中介，让原因完全改变初始方向，导致某种"地动"的幻觉，其机关是巧妙曲解联想中的因果律与充足理由律，形成一种无理而妙的互补与转换：在不可能的远取譬中撞出因果颠倒的奇观。

互补性张力还体现在瞬间——恒久的转换关系上：

　　我之不存在
　　正因为我已存在过了
　　我单调得如一滴水
　　却又深知体内某处藏有一个海
　　　　——《背向大海》

存在与不存在、滴水与大海既是对立的，但主要又是互补的，如同时间与空间的难题，人类的生命局限，永远也无法解决瞬间与永恒的问题，所以采取相对主义的立场实在符合"互补"原则。在张力关系结构中，互补占有一席。

除了上述胪列的对立性、互否性、互补性张力外，戏剧性冲突情境、多重矛盾线索纠结，及至某些临界点也很容易捕捉到张力的神出鬼没。像《井边物语》的结尾，姑且称之为临界性张力或悬疑性张力：

　　那位饮马的汉子刚刚过去
　　绳子突然断了
　　水桶砸了。月光碎了
　　井的暧昧身世
　　绣花鞋说了一半
　　青苔说了另一半

用台湾诗界的"逆挽"术语来分析，这是一种新的留言方式。饮马的主人翁正要拉开序幕，忽然什么都中断了。所谓"绣花鞋说了一半/青苔说了另一半"——其实什么都没说，或者没说中。可谓欲说还休，犹如临界点上，剑拔弩张的双方忽然打住，呈现出一种待发式的"凝噎"效果。所有人都屏住呼吸,期待那一瞬间,张力正好顶在那里。戛然而止又余绪包含的断裂,正是张力能够"揪心"的又一明证。

五、张力诗语的层级与样态

疏浚了张力的主要管道,接下来考量张力的层级,以便领略张力诗语的各种样态。

从秩序等级看,张力诗语由三个层级构成,分别是:词张力(字、词本身弹性和词间的搭配);句张力(相邻语词的关系);篇张力(由通篇语境决定,常于结尾处引发)。由此产生的张力样态有弱张力、强张力、短张力、长张力、分张力、合张力、显性张力、隐性张力等。它们纵横捭阖,造就诗之织体。下面择要说明。

以郑愁予《边界酒店》为例,我们发现支撑这首诗的,其实不过一句"多想跨出去,一步即成乡愁",犹如帐篷的顶梁柱,仅仅凭它便能搭建起整首诗。这就是一句"句张力"所显示的通天神力。跨与乡愁,可说距离十万八千里,毫不沾边,但在特殊的边界线上,一个小动作完全可以酿造出感情范畴内的大事件。诗人有意将动词"跨"限定在微小数词"一"身上,造成简单、便捷的"错觉",其实这一步,可能包含了十年、二十年、三十年、半世纪的煎熬长度;"错觉"所造成巨大的情感牵扯,使时间在这里被一个"跨"字空间化了。按照约瑟夫·弗兰克的观点,诗歌本质中存在着语言的时间逻辑与空间逻辑之间的矛盾。郑愁予却将它巧妙而自然地化解了。在这短短的"句张力"里,不难体会出短张力里的强大张力势头,所占的"权重"至少有:(1)时间与空间的对立在瞬间转化;(2)情感的急切与理智的"刹车"瞬间定格;(3)具体动作与抽象理念高度融解;(4)小大对比产生的巨大落差。而这些因素,又是在高度组织化、浓缩化的途径中,突发短路而爆出巨大的电火花。总之,情感层面与意蕴层面的紧张突兀,使整首诗因这句子的鹤立鸡群,赢得张力,而站住脚跟,而流传遐迩。这是属于高强度的张力。

除了这一诗句外,那么其他段落呢?显而易见,张力明显弱多了:第一节描写了分界线的情境,属于缺一不可的交代,是为后来的"憬悟"所做的铺垫,其突出的意象是默立些黄菊花,它为后来打远道而来的人物做出"映照",在物与人几乎是同相度的映照,笔者视之为一种弱张力。最后一节,从严格意义和更高要求角度看,感觉出充其量是一种说明,因而某种程度上显出"蛇足",只是交代而已,近乎是无张力。这样,若以"篇张力"作为视点,可看出该诗的成功与瑕疵,如下图解:

　　　　秋天的疆土，分界在同一个夕阳下 ⎫
　　　　接壤处，默立些黄菊花   ⎬ 弱张力（铺垫性）
　　　　而他打远道来，清醒著喝酒   ⎪
　　　　窗外是异国   ⎭
　　多想跨出去，一步即成乡愁 …超强张力（主题性）
　　那美丽的乡愁，伸手可触及 …一般张力（补充性）
　　　　或者，就饮醉了也好   ⎫
　　　　（他是热心的纳税人）   ⎪
　　　　或者，将歌声吐出   ⎬ 极弱张力（回应性）
　　　　便不只是立著像那雏菊   ⎪
　　　　只凭边界立著   ⎭

由于最后一节的张力接近于流失和累赘，笔者斗胆删除六行，调整如下：

　　　　秋天的疆土，分界在同一个夕阳下
　　　　接壤处，默立些黄菊花
　　　　而他打远道来，清醒著喝酒
　　　　窗外是异国

　　　　多想跨出去
　　　　一步即成乡愁

坚决删除最后一节的强弩之末，并且将最后一句改为跨行的两句，正是为了加强突出张力带来的终端诗意：如果保留原作一行，是有点可惜，那么大的能量"龟缩"在一行内，实在是资源浪费。倒不如在跨行所造成的停顿、断裂中经由蓄势、紧绷而爆出喟叹，犹如紧攥的拳头突然出击，能量何其"冲"也。当然，这里只从张力效应的考量而做出改动，原诗六行自有一点闲笔烘托效应，此暂不赘述。

　　事实上，许多时候诗歌文本的张力与审美诗意是由各种大、小、强、弱、集中、分散、有形、无形、显在、隐在的张力样态构成的。典型强张力，如周伦佑《哲学研究》有八个短句——来自八种"分张力"，分别是：树木与高度、飞鸟与天空、镜子与光阴、深渊与快感、帝国与手写体、落日与加冕、粮食与城池、羊群与暴动，在相悖的向度上组成对抗。八种矛盾涉及了生存、体制、自由、精神等范畴。由于高频率高密度出现撞击，八种独立的分张力又可叠加成超强的总张力，那是刀锋与断口上闪耀着"红色写作"的自我定位：

树木被自己的高度折断	分、短张力1	
飞鸟被天空拖累	分、短张力2	
镜子坐在自己的光阴里	分、短张力3	
沉溺于深渊的快感	分、短张力4	各分张力、短张力形成总张力、超强张力
一个帝国的手写体	分、短张力5	
目睹落日的加冕仪式	分、短张力6	
粮食攻陷城池	分、短张力7	
羊群在我身上集体暴动	分、短张力8	

由于单个句子本身的张力足够强大，它们不怕形单影只，经由相互叠加、混交，最后形成超强总张力。与之相反，有些文本各个句子在表面看来无张力，只是在最后时刻（通常靠最后一行）才爆发出力道十足的"尾张力"，最终形成整体语境意义上的"篇张力"，其前提条件是丝毫离不开总体语境，否则孤掌难鸣。《一碗油盐饭》堪称"篇张力"的典范：

前天/ 我放学回家/ 锅里有一碗油盐饭。……第一层次 无张力1
昨天/ 我放学回家/ 锅里没有一碗油盐饭。……第二层次 无张力2
今天/ 我放学回家/ 炒了一碗油盐饭。……第三层次 无张力3
放在妈妈的坟前！……第四层次 无张力4
但最终形成"篇张力"

全诗总共有四层次，前三个层次都毫无动静，直到最后结尾一句突转，埋伏的张力才一下"盘活"全诗！主角只是一碗简单的油盐饭，没有修饰成分，单纯地经过"有——没有——有"的正反合通道，接受"锅里"与"坟前"的两道检验，真相隐藏在最后一刻。全诗一共五十二个字，去掉重复的，才二十四个字，为何能以一当十，打动人心呢？原因很简单，正是作者高度聚焦，在貌似或难以形成张力的地方，制造了情感的巨大落差。落差就是张力。虽然表面孤立地看文字不怎么样，太普通平常了，远远不及《哲学研究》那么斑斓，却在最后时刻一搏，让你猝不及防。这其实是一种"卧底"式的张力，也称隐形张力。

打个比方，张力好比是语言的短路或场效应。短路是电力运行中，相与相之间非正常连接，瞬间产生巨大电流。它在生产与生活中造成灾难，但在诗中制造"短路"却能撞击出绚丽的辉光。同样，场效应是介质在空间中传递，一种长距离的极性间的相互作用，能够达到能量的极性"饱和"。在主体与外物之间，张力充当了弥漫性的"介质"。张力的奇异之处就是让诗语短路或饱和。

在诗文本中缺点短路或场效应偏弱并不打紧，最糟糕的是恶意取消张力。笔者曾多次在会议与文章中批评所谓的"梨花体",其要害是把张力糟蹋为说话的分行和分行的说话。从著名诗人到网上生手,一一玩起"回车键"。"我坚决不能/容忍/那些/在公共场所/的卫生间/大便后/不冲刷/便池/的人。"显然是一份厕所标语,去掉分行后就毫无张力可言。无张力可言的诗歌大部分是非诗、劣诗和伪诗。

据此,我们可以把张力"量化"为五个等级,形成强弱的梯度关系,同时也恰好对应诗语陌生化的审美期待。由是,可推导出一个有关张力与诗意的"公式":张力是通向诗意的主要驱动力;一般情况下,诗语的张力越强,诗意越浓;张力越弱,诗意越淡;当张力无限扩大时,诗语趋于晦涩;当张力无限解除时,诗语落入明白。

但有些时候,表面看来很弱的张力,产生的诗意却不弱;过度追求张力,反而会削弱诗意,或者说过度滥用张力,诗意可能变得晦涩。张力与诗意之间既潜藏着"正相关"关系,又蛰伏着某种二律背反,它使张力变得悖谬诡异:

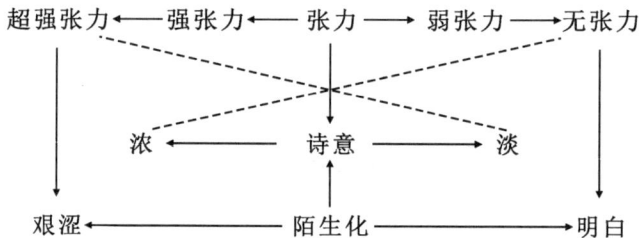

在此基础上,我们可将张力从"对立统一"说(张力是内涵与外延的矛盾统一)转移到似更为科学的"关联"说:诗语的张力是对立因素、互否因素、异质因素、互补因素等构成的紧张关系结构。我们还可以作进一步扩展、补充:张力是诗语活动中局部大于整体的增殖,诗语的自洽能力(即"自组织"状态)以最小的"表面积"(容量)获取最大化诗意。

(原载《文学评论》2012年)

作者简介

陈仲义,1948年出生于厦门鼓浪屿。1984年毕业于厦门职工大学中文系。厦门城市职业学院教授。著有《现代诗创作探微》《诗的哗变——第三代诗面面观》《中国朦胧诗人论》《台湾诗歌艺术六十种》《扇形的展开——中国现代诗学谫论》《现代诗技艺透析》《中国前沿诗歌聚焦》《百年新诗,百种解读》《现代诗:语言张力论》。

重构中国小说的叙事伦理

谢有顺

一、叙事伦理与中国小说

据英国叙事理论家马克·柯里转述,新批评派代表人物约翰·克罗·兰塞姆在1937年写了一篇题为《批评公司》的很有影响的文章。文中提出了一个观点,即在这职业化的新时代,文学批评家的学术特征是很弱的,批评家必须开拓不同于历史学家和哲学家的属于自己的专业领域。兰塞姆认为,文学研究中的身份危机是可以通过发展独特的专门知识来解决的,这一专门知识应该能使批评家提高描述文本本身的能力,而无须参照历史语境或哲学思想。① 这个观点一度赢得了批评家的赞赏,以致相当长一段时间来,中国批评界也有过许多关于批评专业化的讨论。批评不愿意再附庸于哲学和美学,它们想争得自己的专业领域——这一诉求获得了许多人的支持。尽管当代文学批评的思想资源更多的还是来自福柯、哈贝马斯、德里达、利奥塔、萨义德、詹姆逊等思想家,描述文本时更多的也还是"参照历史语境或哲学思想",但自20世纪90年代以来,批评话语的产生呈现出越来越专业化和学术化的趋势,也是一个不争的事实。

但是,哪一种知识才能缓解文学批评的身份危机,才算得上是文学批评以及文学研究中比较成熟的"专门知识"呢?如果要说出答案,叙事学恐怕会是首要的选择。华莱士·马丁在《当代叙事学》的开篇就说:"在过去十五年间,

---

① 马克·柯里.后现代叙事理论.宁一中,译.北京:北京大学出版社,2003:9.

叙事理论已经取代小说理论成为文学研究主要关心的论题。"① 作为研究小说的一种重要方法和专业知识，叙事学在 20 世纪的崛起，不仅推进了小说写作的复杂性和多样性，更由于它对叙事形式的有效进入而独领风骚，并压制了历史研究方法达数十年之久。当代叙事学让我们看到，小说写作在本质上并非单纯地反映社会人生，它更是一种语言建构。叙事文学除了故事的讲述之外，还存在着许多不容忽视的结构、形式、视角、叙事时间等艺术问题。离开语言建构的一系列规则，你就无法理解 20 世纪以来世界文学中的种种变革和实验。因此，一个批评家若要进行 20 世纪叙事文学的研究，掌握叙事学的知识和方法就成了必要的工作；同理，一个作家要想进行新的文学创造，也必须找到自己对世界的独特的观察方式和叙事方式。正如一段时间里批评家所喜欢说的那样，重要的不是看你写了什么，而是看你怎么写。从"写什么"到"怎么写"的变化，正是叙事艺术在文学上的胜利。它直接改写了小说写作的固有图式，使小说不再只做故事的奴隶——对许多小说家而言，语言远比故事重要得多，写小说也远比"讲故事"要复杂得多。

　　叙事之于小说写作的重要意义，已经成为一种文学常识，无须我再饶舌。中国作家在接受现代叙事艺术的训练方面，虽说起步比较迟，但在 20 世纪 80 年代中期之后的数年时间，文体意识和叙事自觉就悄然进入了一批先锋作家的写作视野。语言实验的极端化、形式主义策略的过度应用，以及由此导致的对固有阅读方式的颠覆和反动，这些今天看来多少有点不可思议的任性和冒险，在 80 年代中后期却获得了前所未有的关注。文学创新的渴望和语言游戏的快乐，共同支配了那个时期作家和读者的艺术趣味，形式探索成了当时最强劲的写作冲动——无疑，这大大拓宽了文学写作的边界。事实上，叙事学理论的译介，和当时中国先锋文学的出现有着密切的对应关系。据林岗的研究，1986 年至 1992 年，我国开始大量译介西方叙事理论，而中国当代先锋文学的兴盛大约也是在 1985 年至 1992 年。先锋文学的首要问题是叙述形式的问题，与之相应的是叙事理论使"学术关注从相关的、社会的、历史的方面转向独立的、结构的本文的方面"②。今天，尽管有不少人对当年那些过于极端的形式探索多有微词，但谁也不能否认它的革命意义，正如"先锋派"文学的重要阐释者陈晓明所说："人们可以对'先锋派'的形式探索提出各种批评，但是，同时无法否认他们使小说的艺术形式变得灵活多样。小说的诗意化、情绪化、散文化、

---

① 华莱士·马丁.当代叙事学·导论.伍晓明,译.北京:北京大学出版社,1990:1.
② 林岗.建立小说的形式批评框架——西方叙事理论述评.文学评论,1997(3).

哲理化、寓言化,等等,传统小说的文体规范的完整性被损坏之后,当代小说似乎无所不能而无所不包……无止境地拓宽小说表现方法的边界,结果是使小说更彻底地回到自身,小说无须对现实说话,无须把握'真实的'历史,小说就对小说说话。"① 形式主义探索对于当代文学的变革而言,是一次重要而内在的挺进。没有文体自觉,文学就谈不上回到自身。

令人困惑的是,不过是十几年时间,叙事探索的热情就在中国作家的内心冷却了——作家们似乎轻易就卸下了叙事的重担,在一片商业主义的气息中,故事和趣味又一次成了消费小说的有力理由。这个变化也许可以追溯到20世纪90年代中期或者更早的时候,但更为喧嚣的文学消费主义潮流,则在进入"新世纪"以后的近十年才大规模地兴起。市场、知名度和读者需求,成了影响作家如何写作的决定性力量。在这个背景下,谁若再沉迷于文体、叙事、形式、语言这样的概念,不仅将被市场抛弃,而且还将被同行看成无病呻吟抑或游戏文学。与此同时,政治意识形态也在不断地改变自身的形象,部分地与商业意识形态合流,文学的环境变得越来越暧昧、越来越复杂。在这一语境下,大多数文学批评家也不再有任何叙事研究的兴趣,历史主义的研究方法或者文化批评、社会批评的模式再次卷土重来,批评已经不再是文本的内在阐释,不再是审美的话语踪迹,也不再是和作品进行生命的对话,更多的时候,它不过是另一种消费文学的方式而已。在文学产业化的过程中,批评的独立品格和审美精神日渐模糊,叙事的意义遭到搁置。

尽管民众讲故事和听故事的冲动依然热烈,但叙事作为一种写作技艺,正面临着窘迫的境遇。尤其是虚构叙事,在一个信息传播日益密集、文化工业迅猛发展的时代,终究难逃没落的命运。相比于叙事通过虚构与想象所创造的真实,现代人似乎更愿意相信新闻的真实,甚至更愿意相信广告里所讲述的商业故事。那种带着个人叹息、与个体命运相关的文学叙事,正在成为一种不合时宜的文化古董。尽管20世纪三四十年代,巴赫金把小说这种新兴的文体,看作近现代社会资本主义文明在文化上所创造的唯一的文学文体。所以在巴赫金的时代,"还可以觉得小说是一种尚未定型的、与现代社会和运动着的'现在'密切相关的叙事形式,充满着生机和活力,具有无限的前景和可能性。然而,这种看法显然是过于乐观了。经典的小说形式正在作古,成为一种'古典文化'"②。而与巴赫金同时代的本雅明,却在1936年发表的《讲故事的人》一

---

① 陈晓明.表意的焦虑:历史祛魅与当代文学变革.北京:中央编译出版社,2002:111-112.
② 耿占春.叙事美学·绪论.郑州:郑州大学出版社,2002:2.

文中宣告叙事艺术在走向衰竭和死亡，"讲故事这门艺术已是日薄西山"，"讲故事缓缓地隐退，变成某种古代遗风"。①

我想，小说叙事的前景远不像巴赫金说得那样乐观，但也未必会像本雅明说得那么悲观。作为一门学科，叙事学还是很新的。据研究，茨维坦·托多洛夫在1969年才第一次提出"叙事学"这一概念，而叙事理论则是以色列学者里蒙·凯南的《叙事虚构作品：当代诗学》②一书于1983年出版之后才受到广泛关注。更值得我们注意的是，叙事本身就是一门古老的艺术。从穴居人讲故事开始，广义的叙事就出现了。讲述自己过去的生活、见闻，这是叙事；讲述想象中的还未到来或永远不会到来的生活，这也是叙事。叙事早已广泛参与到人类的生活中，并借助记忆塑造历史，也借助历史使一种生活流传。长夜漫漫，是叙事伴随着人类走过来的，那些关于自己命运和他人命运的讲述，在时间中渐渐地成了人类生活不可缺少的段落，成了个体在世的一个参照。叙事是人类生活中的重要内容，"没有叙事，就没有历史"（克罗奇语）；没有叙事，也就没有现在和未来。一切的记忆和想象，几乎都是通过叙事来完成的。从这个意义来讲，人确实如保罗·利科在其巨著《时间与叙事》中所说的，是一种"叙事动物"。而人既然是"叙事动物"，就会有多种多样的叙事冲动，单一的叙事模式很快会使人厌倦。这时候，人们就难免会致力于寻求新的"叙事学"，开拓新的叙事方式。

我还想指出的是，叙事这一古老的艺术，早在它的诞生之日，就开始参与对人类伦理感受活动的塑造、延续与改写。也就是说，阅读小说，除了叙事学的视角，还需要引入叙事伦理学的视角。这与叙事本身的特殊功能有很大关联。很多人都把叙事当作讲故事。的确，小说家就是一个广义上的"讲故事的人"，他像一个古老的说书人，围炉夜话，武松杀嫂或七擒孟获，《一千零一夜》，一个一个故事从他的口中流出，陪伴人们度过那漫漫长夜。然而，进入现代社会之后，写作不再是说书、夜话、"且听下回分解"，也可能是作家个人的沉吟、叹息，甚至是悲伤的私语。作家写他者的故事，也写自己的故事，但他叙述这些故事时，或者痴情，或者恐惧，或者有一种受难之后的安详，这些感受、情绪、内心冲突，总是会贯穿在他的叙述之中，而读者在读这些故事时，也不时地会受感于作者的生命感悟，有时还会沉迷于作者所创造的心灵世界不能自拔。这时，讲故事就成了叙事——它深深依赖于作家的个人经验、个

---

① 本雅明.讲故事的人//本雅明文选.张耀平,译.北京:中国社会科学出版社,1999:296.
② 里蒙·凯南.叙事虚构作品:当代诗学.姚锦清,等,译.北京:生活·读书·新知三联书店,1989.

体感受,同时回应着读者自身的经验与感受。当我们阅读不同的故事,我们往往能得到不断变化的体验,"我们感到自己的生活得到了补充,我们的想象在逐渐膨胀。更有意思的是,这些与自己毫无关系的故事会不断地唤醒自己的记忆,让那些早已遗忘的往事与体验重新回到自己的身边,并且焕然一新"①。

在讲述故事和倾听故事的过程中,讲者和听者的心灵、情绪常常会随之而改变,一种对伦理的感受,也随阅读的产生而产生,随阅读的变化而变化。作家未必都讲伦理故事,但读者听故事、作家讲故事的本身,却常常是一件有关伦理的事情,因为故事本身激发了读者和作者内心的伦理反应。

让我们来看这段话:

> 我现在就讲给你听。真妙极了。像我这样的弱女子竟然向你,这样一个聪明人,解释在现在的生活中,在俄国人的生活中,发生了什么,为什么家庭,包括你的和我的家庭在内,会毁灭?……②

这是帕斯捷尔纳克的《日瓦戈医生》一书中,拉拉和日瓦戈重逢之后说的一段话。它像一个典型的说故事者的开场白:"我现在就讲给你听……"革命带来了什么,平静的日常生活是如何毁灭的——拉拉似乎有很多的经历、遭遇要诉说。但在小说中,拉拉没有接着讲故事,也没有赞颂或谴责革命,她接着说的是她内心的感受,那种无法压制的想倾诉出来的感受:

> ……我同你就像最初的两个人,亚当和夏娃,在世界创建的时候没有任何可遮掩的,我们现在在它的末日同样一丝不挂,无家可归。我和你是几千年来在他们和我们之间,在世界上所创造的不可胜数的伟大业绩中的最后的怀念,为了悼念这些已经消逝的奇迹,我们呼吸,相爱,哭泣,互相依靠,互相贴紧。③

日瓦戈和拉拉抱头痛哭。我想,正是拉拉叙事中的那种伦理感觉,那种在生命的深渊里彼此取暖的心痛,让两个重逢的人百感交集。它不需再讲故事,那些百死一生的人生经历似乎也可以忽略,重要的是,那种"互相依靠,互相贴紧"的感觉,一下就捕获了两颗孤独的心。叙事成了一种对生活的伦理关切,而我们的阅读经历这个语言事件的同时,其实也是在经历一个伦理事件。在拉拉的讲述中,故事其实已经停止了,但叙事背后的伦理感觉在继续。

还可以再引一段话:

> 师傅说凌迟美丽妓女那天,北京城万人空巷,菜市口刑场那儿,被踩

---

① 余华.没有一条道路是重复的.北京:作家出版社,2010:133-134.
②③ 帕斯捷尔纳克.日瓦戈医生.蓝英年,张秉衡,译.桂林:漓江出版社,1997:467.

死、挤死的看客就有二十多个……①

这是莫言《檀香刑》里的话。"师傅说……"的语式，表明作者是在讲故事，而且是复述，也可以说是复叙事。这个叙事开始是客观的，讲述凌迟时的景况，但作者的笔很快就转向了对凌迟这场大戏的道德反应："在演出的过程中，罪犯过分的喊叫自然不好，但一声不吭也不好。最好是适度地、节奏分明地哀号，既能刺激看客的虚伪的同情心，又能满足看客邪恶的审美心。"②——这样的转向，可以说就是叙事伦理的转向。从事实的转述，到伦理的觉悟，叙事经历了一场精神事变，"师傅说"也成了"作者说"：

  面对着被刀脔割着的美人身体，前来观刑的无论是正人君子还是节妇淑女，都被邪恶的趣味激动着。③

"都被邪恶的趣味激动着"，这就是叙事所赋予小说人物的伦理感觉。康德说"美是道德的象征"，但他也许没有想到，邪恶有时也会洋溢着一种美，正如希特勒可以是一个艺术爱好者，而川端康成写玩弄少女的小说里也有一种凄美一样。在这些作品中，叙事改变了我们对一件事情的看法，那些残酷的写实，比如凌迟、檀香刑，得以在小说中和"猫腔"一起完成诗学转换，就在于莫言的讲述激起了我们的伦理反应，我们由此感觉，在我们的世界里，生命依然是一个破败的存在，而这种挫伤感，会唤醒我们对一种可能生活的想象，对一种人性光辉的向往。生活不应该是这样的！生活可能是怎样的？——我们会在叙事中不断地和作者一起叹息。于是，他人的故事成了"我"的故事——如钱穆谈读诗的经验时所说的："我感到苦痛，可是有比我更苦痛的；我遇到困难，可是有比我更困难的。我哭，诗中已先代我哭了；我笑，诗中已先代我笑了。"④

由此可见，叙事作品本身，不仅是一个阅读的对象，更是一个人在世和如何在世的存在坐标。叙事不仅是一种讲故事的方法，同时也是一个人的在世方式，能够把我们已经经历、即将经历与可能经历的生活变成一个伦理事件。在这个事件中，生命的感觉得以舒展，生存的疑难得以追问，个人的命运得以被审视。我们分享这种叙事，看起来是在为叙事中的"这一个"个人而感动，其实是通过语言分享了一种伦理力量。那一刻，阅读者的命运被叙事所决定，也被一种伦理所关怀。所以，真正的叙事，必然出示它对生命、生存的态度；而生命问题、生存问题，其实也是伦理问题。叙事不仅是一个与美学有关联的领

---

①②③ 莫言.檀香刑.北京:作家出版社,2001:240.
 ④ 钱穆.中国文学论丛.北京:生活·读书·新知三联书店,2002:124.

域，也是一个与伦理学关联甚密的领域。对叙事作品的研究，除了从叙事学的角度切入，还可以从叙事伦理学的角度切入。

正是基于这样一种认知，在最近几年，我常常将叙事伦理作为观照小说作品的一个重要维度。同时，我也试图在对这些作品的历史性考察中离析出一些重要的精神价值。多年前，我曾在《中国小说的叙事伦理》① 一文中相对集中地陈述了我的看法，如今，我更意识到，在进入新世纪以后，中国当代小说要想获得更广阔的发展空间，就必须对本国的文学传统——不管是古典文学的"大传统"还是现代文学的"小传统"或"新传统"② ——有所反思，以激发传统的活力。而对传统的继承与反思，不可避免地是在现代思想的照耀下展开的，总是会带有重新阐释的意味。一方面，曾作为文学作品的土壤而存在的"周围世界"早已在历史中灰飞烟灭，只留下些许踪迹，我们所看到的作品本身可以说是被架空的。缺乏了"周围世界"的参照，无疑给理解作品增加了不少难度。在《精神现象学》一书中，黑格尔曾鉴于古代生活及其"艺术宗教"的衰亡而哀叹道：缪斯的作品"现在就是它们为我们所看见的那样——是已经从树上摘下的美丽的果实，一个友好的命运把这些艺术品给予了我们，就像一个姑娘端上了这些果实一样。这里没有它们具体存在的真实生命，没有长有这些果实的树，没有土壤和构成它们实体的要素，也没有制约它们特性的气候，更没有支配它们成长过程的四季交换——同样，命运把这那些古代的艺术作品给予我们，但却没有把那些作品的周围世界给予我们，没有把那些作品得以开花和结果的伦理生活的春天与夏天一并给予我们，而给予我们的只是对这种现实性的朦胧的回忆"③。另一方面，人不是全知全能的上帝，总有其作为一个历史主体的种种局限。在面向历史的时候，我们难以完全摆脱自身的视域限制，就如伽达默尔所说的："每一个时代都必须按照它自身的方式来理解历史传承下来的文本，因为这文本是属于整个传统的一部分，而每一个时代则是对整个传统有一种实际的兴趣，并试图在这传统中理解自身。当某个文本对解释者产生兴趣时，该文本的真实意义并不依赖于作者及其最初的读者所表现的偶然

---

① 本人的《中国小说的叙事伦理》(《南方文坛》2005年第4期)、《文学叙事中的身体伦理》(《小说评论》2006年第2期)、《当代小说的叙事前景》(《文学评论》2009年第1期)、《小说叙事的伦理问题》(《小说评论》2012年第5期)等文，均探讨了小说的叙事伦理问题。本文是在这些论述基础上做的整合、扩充和再思。

② 有关"大传统""小传统""新传统"的区分，出自温儒敏的文章。具体论述可参看温儒敏,陈晓明,等.现代文学新传统及其当代阐释:第一章.北京:北京大学出版社,2010.

③ 伽达默尔.诠释学 I:真理与方法(修订译本).洪汉鼎,译.北京:商务印书馆,2007:235.亦可参看黑格尔.精神现象学.贺麟,王玖兴,译.北京:商务印书馆,1996:231.

性。至少这个意义不是完全从这里得到的。因为这种意义总是同时由解释者的历史处境所规定的,因而也是由整个客观的历史进程所规定的。"① 对文学传统的解读,就不只是简单的复原,而只能是一种"重构"。虽然"被重建的、从疏异中召回的生命",可能"并不是原来的生命"②,但是对当代人来说,这种重构仍然有它的意义。毕竟,它提供了一种重要的精神参照,借此我们可以更好地理解自身,而传统也可以在重构中得到持续的更新。因此,笔者试图从一个超越性的精神视点出发来解析中国小说在不同时期的叙事成就和叙事转向,重构中国小说的叙事伦理,同时希望找出一道中国现当代小说中不太被人重视的叙事潜流——那种用灵魂说话,用生命发言,用良知面对世界,超越世俗道德判断的写作。

二、通而为一的生命世界

中国人一直对生命有深切的觉悟,对伦理的关注以及在伦理中所舒展的生命感觉也异常丰富。因此,也有人称中国文学是"生命的学问"(牟宗三语)。中国文人重视立心,其实就是重视生命的自我运转。文人写作不向外求娱乐,而向内求德性修养,最终冀望于人生即艺术,艺术即人生,把艺术和人生看作一个不能分割的整体。艺术如何能和人生相通?简单地说,就是艺术和人生共享一个生命世界。钱穆说,中国以农立国,即便普通一人,也知道视自然、天地为大生命,而个人的生命则寄存于这个大生命之中,生命和生命相呼应之后而有的手之、舞之、足之、蹈之,即成为最好的中国艺术。

因此,中国艺术从生命出发,它重在创造世界,而非模仿世界。中国画尤其如此。山水、人物要入画,不在模其貌,而在传其神。神从何来?必定是画家对自己所画之物多方观察、心领神会之后,才能由物而摹写出自己的性情,由笔墨而创造出一个全新的意境。不理解这一点,就不明白,何以中国人读一首诗、看一幅画,总是要去探究作者是谁,甚至他的身世、家境,都在考察之列,其目的就是要通过其人,先知其心,再见其笔法之巧。有心之人,才能以其心感他心,以其心状景物,技巧反而是其次的了。知其心,也就必定知其为何喜、为何悲、为何怨,以心来觉悟这个世界,世界就变得活泼、生动了。

中国的文学,强调作品后面要站着一个人,也是表明文学要与人生相通,文学和人生要共享一种伦理。作品后面若没有人,人生若没有被一种生命伦理

---

① 伽达默尔.诠释学 I:真理与方法(修订译本).洪汉鼎,译.北京:商务印书馆,2007:403.
② 伽达默尔.诠释学 I:真理与方法(修订译本).洪汉鼎,译.北京:商务印书馆,2007:234.

所照亮,那就是失败。这令我想起《红楼梦》第四十八回里写的一件事。香菱姑娘想学作诗,向林黛玉请教时说:"我只爱陆放翁的诗'重帘不卷留香久,古砚微凹聚墨多',说的真有趣!"林黛玉听了,就告诫她:"断不可学这样的诗。你们因不知诗,所以见了这浅近的就爱,一入了这个格局,再学不出来的。"后来,林黛玉向香菱推荐了《王摩诘全集》,以及李白、杜甫的诗,让她先以这三个人的诗"做了底子"①。林黛玉对诗词的看法,自然是很精到的,只是,我以前读到这里,总是不太明白,何以陆放翁的诗"重帘不卷留香久,古砚微凹聚墨多"是不可学的,直到后来读了钱穆的《谈诗》一文,才有了进一步的了悟。钱穆是这样解释的:"放翁这两句诗,对得很工整。其实则只是字面上的堆砌,而背后没有人。若说它完全没有人,也不尽然,到底该有个人在里面。这个人,在书房里烧了一炉香,帘子不挂起来,香就不出去了。他在那里写字,或作诗,有很好的砚台,磨了墨,还没用。则是此诗背后原是有一人,但这人却教什么人来当都可,因此人并不见有特殊的意境,与特殊的情趣。无意境,无情趣,也只是一俗人。尽有人买一件古玩,烧一炉香,自己以为很高雅,其实还是俗。因为在这环境中,换进别一个人来,不见有什么不同,这就算做俗。高雅的人则不然,应有他一番特殊的情趣和意境。"② 这是很深刻的一种文学看法。中国文学的后面是有人的,所以,中国古代的文人,无须写自传或他传,因为他们的诗和文,就是他们的传记,所谓"诗传"。我们读李白或杜甫的诗,就知道他们的为人、胸襟和旨趣,不必再找旁证作解释的材料了。这是中国文学极为独特的一种写作伦理:它以生命为素材,以性情为笔墨,目的是要在自己笔下开出一个人心世界来。

由此看来,中国文学可以说是关于人的伦理的文学,也是关于生命伦理的文学,理解了这一点,就会发现,文学的叙事,不仅关乎文学的形式、结构和视角,也关乎作家的内心世界,以及他对这个世界的基本认识。而叙事伦理的根本,说到底就是一个作家的世界观。有怎样的世界观,就会产生怎样的文学。

需要指出的是,强调文学与人生的遇合,对于中国文学来说,也并非没有负面的影响。其中最大的问题在于使得中国文学(尤其是中国的小说、戏曲)多是有关现世人伦、国家民族的叙事,也就是王国维所说的《桃花扇》这一路的传统,较少面对宇宙的、人生的终极追问,也较少有自我省悟的忏悔精神,

---

① 曹雪芹,高鹗.红楼梦(上).北京:人民文学出版社,2009:515.
② 钱穆.中国文学论丛.北京:生活·读书·新知三联书店,2002:111-112.

缺少文学的超越意识，甚至形成了一种以宣扬道德训诫为旨归的简单化的叙事伦理。在这些叙事作品中（例如"三言二拍"），写作的目的主要在于通过故事的形式来讲述因果报应，破除忘恩负义的非道德倾向，而叙事的过程也完全成了伦理教化的过程。像《喻世明言》《警世通言》《醒世恒言》这"三言"，仅是从书名，就能嗅到道德训诫的气息。这些作品，往往陷于现实经验与现世道德的窠臼，很难开出有重量的精神境界。

但我也注意到，在中国古典小说中有一部分作品，比如《红楼梦》，不仅写人世，也写天道，能做到人心与天道、人世与宇宙的通而为一。作为一部小说，《红楼梦》并没有回避世俗或现实，相反，曹雪芹在写作这部大书的时候，是怀着一颗坚强的、具体的、无处不在的世俗心的，否则，他就写不出那种生机勃勃、栩栩如生的大观园里的日常生活了。即便是作诗这样高雅的场面，作者也还穿插了贾宝玉和史湘云烤鹿肉吃的生动场景。这事是在《红楼梦》的第四十九回。而《红楼梦》对贾、史、王、薛四大家族之间那种繁复细密的关系的书写，对贵族家庭中所使用的器物的描写，无不体现出杰作的形成正是以对现实世界的观察为基础的。这种"写实"的能力，即使到了以写实主义为大宗的20世纪，也仍然是不可企及的典范。有一次，我听格非说，当代作家写历史，一般都不敢写器物，为什么？因为他没有这方面的常识，即便写，也写不好。像苏童的《妻妾成群》，可以把那种微妙的人与人之间的关系写得入木三分，但他还是不敢轻易碰那个时代的器物。格非说这个话的时候，还举了《红楼梦》第三回的例子。林黛玉进荣国府，第一次去王夫人的房里见她。小说中写道：

> 茶未吃了，只见穿红绫袄青缎掐牙背心的一个丫鬟走来，笑说道："太太说，请林姑娘到那边坐罢。"老嬷嬷听了，于是又引黛玉出来，到了东廊三间小正房内。正房炕上横设一张炕桌，桌上垒着书籍、茶具。靠东壁，面西设着半旧的青缎靠背引枕。王夫人却坐在西边下首，亦是半旧的青缎靠背坐褥。见黛玉来了，便往东让。黛玉心中料定这是贾政之位。因见挨炕一溜三张椅子上，也搭着半旧的弹墨椅袱，黛玉便向椅上坐了。①

初读这段话，并无特别之处。但脂砚斋在评点的时候，就上面的三个"旧"字，大发感叹：

> 三字有神。此处则一色旧的，可知前正室中亦非家常之用度也。可笑近之小说中，不论何处，则曰"商彝""周鼎""绣幕""珠帘""孔雀屏"

---

① 邓遂夫.脂砚斋重评石头记甲戌校本.北京：作家出版社，2005：121.

"芙蓉褥"等样字眼。①

甲戌本的眉批接着又说：

> 近闻一俗笑语云：一庄农人进京回家，众人问曰："你进京去，可见些个世面否？"庄人曰："连皇帝老爷都见了。"众罕然问曰："皇帝如何景况？"庄人曰："皇帝左手拿一金元宝，右手拿一银元宝，马上捎（原误稍）着一口袋人参，行动人参不离口。一时要屙屎了，连擦屁股都用的是鹅黄缎子，所以京中掏茅厕的人都富贵无比。"试思凡稗官写"富贵"字眼者，悉皆庄农进京之一流也。盖此时彼实未身经目睹，所言皆在情理之外焉。②

只有像曹雪芹这样经历过富贵与繁华的生活，并且怀有世俗心的人，才能事无巨细地写荣国府的器物，甚至把荣国府的引枕、坐褥、椅袱全部写成"半旧"的——那些"未身经目睹"的，一定以为荣国府的引枕、坐褥、椅袱都是绸缎的、簇新的、闪闪发亮的，因为他没有富贵生活的经验和常识，所言必然是"在情理之外"。正如上面说的那个"庄农"，没见过皇帝，只能想象皇帝"左手拿一金元宝，右手拿一银元宝"。没有世俗心，缺乏细致的观察，光凭不着边际的想象，是写不出可信的文字来的。像曹雪芹这种写实的能力，没有世俗心，没有对世俗生活的体验与浸染，是不可能做到的。

但是，《红楼梦》的书写，始于现实，却不止于现实；而是由实而虚，讲求虚实结合、虚实相生。它在开篇即讲到，作者自云，因曾历过一番梦幻之后，故将真事隐去，而借"通灵"之说撰写此书。在将"真事隐去"的同时，它又采取了"假语村言"的叙述方式，并强调作者本意原为记述当日闺友闺情，并非怨世骂时之书；虽一时有涉于世态，然亦不得不叙者，但并非本旨。③因此，《红楼梦》既是世俗的，又是宇宙的、"通灵的"。它从俗世中来，却深入灵魂，着意于从更高的精神视点来体察俗世、打量人生。

像《红楼梦》这样的作品，一旦进入一个通达的生命世界与天地境界，就会超越道德、是非、善恶、得失这些现世问题，走向宽广和仁慈。阿城在《闲话闲说——中国世俗与中国小说》中也曾专门谈过这个问题。他说，曹雪芹对所有的角色都有世俗的同情、相同之情，例如宝钗、贾政等等乃至讨厌的老妈子。他还指出，作家往往受到"道德""时髦"等很多方面的束缚，缺乏广泛

---

①② 邓遂夫.脂砚斋重评石头记甲戌校本.北京:作家出版社,2005:121.
③ 曹雪芹,高鹗.红楼梦(上).北京:人民文学出版社,2009:1.

的相同之情的能力。这就要求作家具有多重自身,具备超越现实限制的意识与能力。① 这又让我想起胡兰成在《文学的使命》一文中关于"新的境界的文学"的相关论述。他说:"新的境界的文学,是虽对于恶人恶事亦是不失好玩之心。如此,便是写的中日战争,写那样复杂的成败死生的大事,或是写的痛痛快快、楚楚涩涩、热热凉凉酸酸的恋爱,亦仍是可以通于……那单纯、喜气、无差别的绝对之境。"② 尽管我不喜欢胡兰成这人,但他这话却是颇得中国文学的深意的——它说出了一种新的文学伦理。确实,对于"恶人恶事",作家若能"不失好玩之心",抱"相同之情",文学或许能从一种道德的困境、经验的困境中解放出来,从而走向一个"新的境界"。对于习惯了以俗常的道德标准来理解人世、关怀此在的中国作家来说,在如何对待"恶人恶事"这点上,很少有人提出辩证的声音。总有人告诫写作者,小说的伦理应和人间的伦理取得一致,于是,惩恶扬善式的叙事伦理,不仅遍存于中国古代戏曲和小说之中,即便在现代作家身上,也依然像一个幽灵似的活跃着,以致整个20世纪的文学革命,最大的矛盾纠结都在如何对待文明和伦理的遗产这个问题上——甚至到了21世纪,诗歌界的"下半身"运动所要反抗的依然是文学的伦理禁忌,所以,他们对性和欲望可能达到的革命意义抱以很高的期待。现在看来,将文学置于人间伦理的喧嚣之中,不仅不能帮助文学更好地进入生活世界与人心世界,反而会使文学面临简化和世俗化的危险。

对于小说而言,它固然要取材于现实,却也应该有其超越现实的一面。小说的伦理和人间的伦理并不是重合的。小说之为小说,不在于它有能力对世界做出明晰、简洁的判断,相反,那些模糊、暧昧、昏暗、未明的区域,更值得小说家流连和用力。阿城所说的"相同之情",胡兰成所说的"好玩之心",大概就是为了提醒小说家们,过分执迷于现实的伦理诉求是产生不了好的小说的,只有当小说家具备相对超越的立场与眼光,才能获得新的发现——惟有发现,能够帮助小说建立起不同于世俗价值的、属于它自己的叙事伦理。用米兰·昆德拉的话说:"发现惟有小说才能发现的东西,乃是小说惟一的存在理由。一部小说,若不发现一点在它当时还未知的存在,那它就是一部不道德的小说。"③ 昆德拉将"发现"当作小说的道德,这意味着,再现固有的伦理图景不能成为小说的最高追求,相反,小说必须重新解释世界,重新发现世界的形

---

① 阿城.阿城精选集.北京:燕山出版社,2011:357.
② 胡兰成.中国文学史话.上海:上海社会科学院出版社,2004:119.
③ 米兰·昆德拉.小说的艺术.董强,译.上海:上海译文出版社,2004:6-7.

象和秘密。也就是说，小说家的使命，就是要在现有的世界结论里出走，进而寻找到另一个隐秘的、沉默的、被遗忘的区域——在这个区域里，提供新的生活认知，舒展精神的触觉，追问人性深处的答案，这永远是写作的基本母题。在世俗伦理的意义上审判"恶人恶事"，抵达的不过是小说的社会学层面，而小说所要深入的是人性和精神的层面；小说应反对简单的伦理结论，着力守护事物的复杂性和丰富性——它笔下的世界应该具有无穷的可能性，它所创造的精神景观应该给人们提供无限的想象。

昆德拉的写作，很多时候是在实践这样一种文学理想，他在《帷幕》一书中也曾以大江健三郎的《人羊》为例，解释小说的写作何以需要一束超越的眼光。《人羊》是一个短篇小说，它的故事并不复杂：有一天晚上，一辆公交车上挤满了日本人，后来还上来了一帮喝醉酒了的士兵，他们属于另一个国家的军队。这些士兵上车后开始吓唬一名大学生乘客，逼迫他脱掉裤子。士兵们并不满足于只有这么一个受害者，转而迫使一半乘客都露出屁股来。在公交车停下来后，士兵们离开了，那些人终于得以穿上了裤子。别的人从他们的被动状态中清醒过来，要求那些受了侮辱的人到警察局去告发那些外国士兵，惩罚他们的所作所为。其中有一个小学教师，尤其不肯放过那个大学生，要求知道他的名字，以将他所受到的侮辱公之于众，指控那些外国士兵。最后，这两个人之间爆发了仇恨。

昆德拉在分析这篇小说的时候，特别指出一点：小说提到的外国士兵是二战后留守日本的美国兵，但大江健三郎在行文的时候并没有说出士兵的国籍。在昆德拉看来，大江健三郎这么做并非是为了追求文体上的效果，也并非是出于政治上的忌讳，而是出于对小说精神的维护。他认为，这种有意淡化现实政治色彩的处理方式是值得称道的："试想，假如在整篇小说中，一直都是日本乘客在与美国士兵对峙！在这个明确说出的定语的力量之下，整个短篇都会被简化为一个政治文本，变成对占领者的控诉，而只需要放弃这个词，就可以让政治的一面覆盖上一层朦胧的阴影，让光线完全聚集到小说家感兴趣的主要谜语上面：存在之谜。"①

在昆德拉看来，"让政治的一面覆盖上一层朦胧的阴影"，转而关注"存在之谜"，正是《人羊》的奥妙所在。正是经由这一途径，《人羊》可以将作者与读者的眼光聚拢在更具普遍性的"存在之谜"上，例如小说中所涉及的人性的懦弱、廉耻、施虐与受虐的辩证，等等。和具体的政治诉求相比，"存在之谜"

---

① 米兰·昆德拉.帷幕.董强，译.上海：上海译文出版社，2006：87.

显然更值得我们关注，其理由在于，"大写的历史，带着它的运动、它的战争、它的革命和反革命、它的民族屈辱，并不作为需要描绘、揭示、阐释的对象，因其本身而让小说家感兴趣；小说家并非历史学家的仆人；如果说大写的历史让他着迷，那是因为它正如一盏聚光灯，围绕着人类的存在而转，并将光投射在上面，投射到意想不到的可能性上，这些可能性在和平时代，当大写的历史静止的时候，并不成为现实，一直都不为人所见，不为人所知"①。

　　昆德拉的这些见解，引人深思。的确，对于小说而言，它要探究和追问的是存在之谜，是人类精神中那些永恒的难题。它所表现的，是永远存在着争议、处于两难境遇的生活。小说家的精神世界里，不该有过于明晰、清楚的结论。有了预设结论的写作，会使作品的精神空间变得狭小，那些有答案的生活，也会缩小文学的想象空间。伟大的小说之所以伟大，就在于它们着力探询永恒的、与人类一直共存的精神难题，也就是那些过去解答不了、今天也解答不了、以后可能也永远解答不了的问题，比如时间与空间、生与死、绝望与拯救，这些都是无解的难题。小说不是被善恶、是非的力量卷着走的，而是被人物的命运推着走的。是命运，就不能简单地下结论。一个不幸的人，也可能有许多微小的幸福；一个快乐的人，也可能有不为人知的伤心和忧愁。是命运，就有两难，就有无法抉择的时候。20世纪的小说向内转以后，开始回答人类内心的提问和内在的精神难题了。卡夫卡的小说，一直追问人能不能在现世里获得拯救；伍尔芙的小说，也是在不停地拷问人，尤其是女人，在无限的时间里如何寻找自己存在的价值；鲁迅却在思索，绝望之后，人该如何带着绝望生活——小说就是处理这种两难的、无法抉择的精神经验的，同时也是超越俗常的善恶是非的。一个人杀了人，这应该是一个恶人了吧，可是他在法庭上说出的理由，又可能值得同情；一个人为了让孩子读好书，天天严格教育他，这是善良的愿望吧，可他过于严格，孩子受不了，自杀了，这又成了恶了。人生就是这样复杂，善恶就是这样难以区分。

　　小说是要回答现实所无法回答的问题，安慰世俗价值所无法安慰的心灵。这样的超越意识，其实不仅为纯文学所追求，即便是像金庸的武侠小说也未能全然忘怀。比如，《射雕英雄传》的最后，憨厚的郭靖也突然思索"我是谁"的问题。《神雕侠侣》里，小龙女中毒难治，对着一灯和尚说："这些雪花落下来，多么白，多么好看。过几天太阳出来，每一片雪花都变得无影无踪。到得

---

① 米兰·昆德拉.帷幕.董强,译.上海：上海译文出版社,2006:87-88.

明年冬天,又有许许多多雪花,只不过已不是今年这些雪花罢了。"①一个青春少女,达观知命,少受物感,实已达到人生化境。《倚天屠龙记》里,写到张无忌、赵敏等人在那个孤岛上,"五人相对不语,各自想着各人的心事,波涛轻轻打着小舟,只觉清风明月,万古常存,人生忧患,亦复如是,永无断绝。忽然之间,一声声极轻柔、极缥缈的歌声散在海上:'到头这一身,难逃那一日。百岁光阴,七十者稀。急急流年,滔滔逝水。'却是殷离在睡梦中低声唱着小曲。"接着她又唱着:"来如流水兮逝如风,不只何处来兮何所终!""她翻翻覆覆唱着这两句曲子,越唱越低,终于歌声随着水声风声,消没无踪。各人想到生死无常,一人飘飘入世,实如江河流水,不知来自何处,不论你如何英雄豪杰,到头来终于不免一死,飘飘出世,又如清风之不知吹向何处。"②——这样的人生叹息,也是很深的。因此,金庸的小说会如此风靡,实和他对中国文化的浸淫、中国人生的领会有很大的关系。而曹雪芹在《红楼梦》中感叹"空对着山中高士晶莹雪,终不忘世外仙姝寂寞林","纵然是举案齐眉,到底意难平"——很显然,这里的"终不忘",并非忘了世界的繁华,这里的难平之"意",也不是说欲望得不到满足。

  曹雪芹之所以了不起,就在于他使文学超越了这些世俗图景,他所创造的是一个任何现实和苦难都无法磨灭、无法改写的精神世界。在这个世界里,没有是非、善恶的争辩,没有真假、因果的纠结,它所书写的是与天道相通之后的人情之美,并在这种人情之美中写出了一种悲剧中之悲剧。曹雪芹写林黛玉"泪尽而亡",突出的是她的心死。在《红楼梦》第四十九回中,黛玉对宝玉说:"近来我只觉心酸,眼泪却像比旧年少了些的。心里只管酸痛,眼泪却不多。"③ 以眼泪"少了"来写一个人的伤心,这是何等深刻、体贴、动情的笔触。所以,脂砚斋指出,曹雪芹在写林黛玉"泪尽而亡"的同时,他自己也是"泪尽而逝"。这点可在脂砚斋对"满纸荒唐言,一把辛酸泪"这句的批语上看出:"能解者方有辛酸之泪,哭成此书。壬午除夕,书未成,芹为泪尽而逝。余尝哭芹,泪亦待尽。"④ 没有一颗对世界、对人类的赤子之心,又何来"泪尽""泪亦待尽"这样的旷世悲伤?而《红楼梦》中的赤子之心,其实正是"好玩之心",作者让贾宝玉常常发傻、发呆,两眼发直,他最后因自责、负疚,离开家里这个伤心地,还不忘向父母告别作揖,有悲有喜,惟独没有怨

---

① 金庸.神雕侠侣(三).北京:生活·读书·新知三联书店,1999:960。
② 金庸.神雕侠侣(三).北京:生活·读书·新知三联书店,1999:962-964。
③ 曹雪芹,高鹗.红楼梦(上).北京:人民文学出版社,2009:526.
④ 邓遂夫.脂砚斋重评石头记甲戌校本.北京:作家出版社,2005:82.

恨，感情上实在是达到了"无差别的绝对之境"——在此之前，中国文学中从未出现过这种具有自在之心、"好玩之心"的人物。

写作上的"相同之情""好玩之心"，远比严厉的道德批判抑或失禁的道德放浪要深刻得多。然而，当代中国的写作，似乎总难超脱善恶、是非，总忘不了张扬什么，或者反叛什么，在艺术上未免失之小气。以前，是政治道德在教育作家该如何写作，等到政治道德的绳索略松之后，作家们又人为设置了新的善恶、是非，供自己抗争或投靠——"写什么"和"怎么写"的论辩，"公共经验"和"个人写作"的冲突，"中国生活"该如何面对"西方经验"，"下半身"反抗"上半身"，等等，主题虽然一直在更换，但试图澄明一种善恶、是非的冲动却没有改变。因此，中国文学的根本指向，总脱不了革命和反抗，总难以进入那种超越是非、善恶、真假、因果的艺术大自在——这或许就是中国文学最为致命的局限。

写作既是一种发现，那么对任何现存结论的趋同，都不是文学该有的答案。写作的真理存在于比人间道德更高的境界里。在中国，较早洞察这个秘密的人，是王国维，他的《〈红楼梦〉评论》，包含着他对《红楼梦》的伟大发现，也全面阐发了他关于小说艺术的观念。可惜，那个时代的小说家，无心倾听王国维的声音，也毫不留意小说在艺术和美学上的追求，而大多是受"小说界革命"思想的影响，追随梁启超，把小说简化成了政治或道德的工具，他们写出来的小说也显粗糙、简陋。有意思的是，当时推崇"新小说"的一批新派人物，提倡师法外国小说，却走回了"文以载道"的老路；相反，一直研究旧小说《红楼梦》的王国维，却提出了全新的艺术观念——文学是带着人生的体验去描写人生的，并通过艺术来寻得人生的慰藉和解脱。王国维的《〈红楼梦〉评论》贯穿了这一主张，个中论述虽有不少牵强之处，但必须承认，他是当时少有的能够理解《红楼梦》的生命世界，并深入体会作者的写作用心的人。他把《红楼梦》称之为"彻头彻尾的悲剧"，不仅重新诠释了悲剧的境界，还使我们认识了一种在"无罪之罪"中承担"共同犯罪"之责[①]的叙事伦理。王国维的"由叔本华之说"，把悲剧分为三种，他以《红楼梦》为例对悲剧所做的解读，即便是在今天也深具启示意义：

> 第一种之悲剧，由极恶之人，极其所有之能力以交构之者。第二种，由于盲目的运命者。第三种之悲剧，由于剧中之人物之位置及关系而不得

[①] 这是刘再复对王国维的进一步解释。刘再复和林岗合著的《罪与文学——关于文学忏悔意识和灵魂维度的考察》一书，以"《红楼梦》与'共犯结构'"为题，设专章谈《红楼梦》，我认为这是中国当代学者对《红楼梦》最有创见的研究之一。《罪与文学》一书由牛津大学出版社2002年出版。

不然者。非必有蛇蝎之性质与意外之变故也，但由普通之人物、普通之境遇，逼之不得不如是。彼等明知其害，交施之而交受之，各加以力而各不任其咎。此种悲剧，其感人贤于前二者远甚。何则？彼示人生最大之不幸，非例外之事，而人生之所固有故也。若前二种之悲剧，吾人对蛇蝎之人物与盲目之命运，未尝不悚然战栗。然以其罕见之故，犹幸吾生之可以免，而不必求息肩之地也。但在第三种，则见此非常之势力，足以破坏人生之福祉者，无时而不可坠于吾前。且此等惨酷之行，不但时时可受诸己，而或可以加诸人。躬丁其酷，而无不平之可鸣：此可谓天下之至惨也。若《红楼梦》，则正第三种之悲剧也……不过通常之道德、通常之人情、通常之境遇为之而已。由此观之，《红楼梦》者，可谓悲剧中之悲剧也。①

王国维指出《红楼梦》是第三种悲剧，而这一悲剧，并非由几个"蛇蝎之人"造成的，也非盲目的命运使然，而是由《红楼梦》中的每一个人（包括最爱林黛玉的贾母、贾宝玉等）共同制造的——他们都不是坏人，也根本没有制造悲剧的本意，"但由普通之人物、普通之境遇，逼之不得不如是"，这就使这一悲剧既超越了善恶的因由（"极恶之人"），也超越了因果的设置（"意外之变故"），从而在"通常之道德、通常之人情、通常之境遇"中发现了一种没有具体的人需要承担罪责、其实所有人都得共同承担罪责的"悲剧中之悲剧"："贾母爱宝钗之婉嫕"，"信金玉之邪说，而思压宝玉之病"，王夫人"亲于薛氏"，都属情理中的事，无可指摘；宝玉和黛玉虽然"信誓旦旦"，但宝玉遵循孝道，服从自己最爱的祖母，也是"普通之道德使然"，同样无可厚非。这中间，并无"蛇蝎之人"，也无"非常之变故"，每个人都有自己为何如此行事、如此处世的理由，每个人的理由也都符合人情或者伦理，无可无不可，无是也无非，既无善恶之对立，也无因果之究竟。然而，正是这些"无罪之罪"、这些"通常之人情"，共同制造了一个旷世悲剧。而曹雪芹的伟大也正在于此——他从根本上超越了中国传统小说中那种惩恶扬善、因果报应的陈旧模式，既写俗世，又写俗世中的旷世悲剧，既写人世，又写人世与天道的相通，为小说开创了全新的精神空间和美学境界。它对中国文学最大的贡献，就是创造了一种新的叙事伦理：小说的写作，就是要从俗世中来，到灵魂里去，写出人生和天道的通而为一。

---

① 王国维.《红楼梦》评论//王国维文学论著三种.北京：商务印书馆，2001：14-15.

三、写出"灵魂的深"

《红楼梦》"不外悲喜之情,聚散之迹"(鲁迅语),但它超越善恶、因果,以"通常之人情"写出了至为沉痛的悲剧。重提《红楼梦》,是因为当代小说正沦陷于庸常的、毫无创见的价值趣味之中,而《红楼梦》中那束超越是非、善恶的审美眼光,实在有助于当代作家将自己的写作深入经验的内部,通达人类精神的大境界。写作一旦为俗常道德所累,被是非之心所左右,其精神格局势必显得狭小、局促。可惜,文学史常常是一部道德史、善恶史、是非史,少有能超越其上、洞悉其中的人。

曹雪芹之后,鲁迅算是一个。鲁迅所生活的年代,是一个充满变动与转折的大时代,一个激烈地告别传统、企求中国现代性的大时代。在这一时期,建立一个现代民族国家,是包括多数知识分子在内的中国人的共同愿望。而按照学者刘禾在《文本、批评与民族国家文学》一文中的说法,现代文学的发展与中国进入现代民族国家的过程刚好是同步的,两者之间有密切的互动关系,因此,就性质而言,现代中国文学实际上是一种民族国家文学。① 刘禾的判断稍嫌绝对,却也说出了部分的真实。起码就 20 世纪中国小说而言,确实是充分地甚至是过多地与现代民族国家的诉求关联在了一起。因此,若论及 20 世纪中国小说的叙事伦理,占主流地位的,可以说是一种国族伦理的宏大叙事。虽然这种国族伦理在不同时期、不同作家的小说创作中会有不同的表现,但大体上和刘小枫所说的"人民伦理的大叙事"是相同的。按照刘小枫的说法,"在人民伦理的大叙事中,历史的沉重脚步夹带个人生命,叙事呢喃看起来围绕个人命运,实际让民族、国家、历史目的变得比个人命运更为重要……人民伦理的大叙事的教化是动员、是规范个人的生命感觉。"② 鲁迅小说的叙事伦理,也是在这一叙事语境与社会语境中形成的。他的小说,直接取材于当时的现实,从未回避时代的"主要的真实"(索尔仁尼琴语),也有很多国族层面上的承担。这就不奇怪,为什么詹明信在解读鲁迅的《狂人日记》时,会把它看作"民族寓言"来阅读。③

我想进一步指出的是,鲁迅的小说,既从当时的现实取材,有现实层面的诉求(也就是他所说的"揭出病苦,引起疗救的注意"),又不拘泥于现实,

---

① 唐小兵.再解读:大众文艺与意识形态.北京:北京大学出版社,2007:1.
② 刘小枫.沉重的肉身.北京:华夏出版社,2007:7.
③ 詹明信.处于跨国资本主义时代中的第三世界文学//晚期资本主义的文化逻辑.北京:生活·读书·新知三联书店,1998:523.

更没有被俗世的伦理逻辑吞没。这种既贴近现实,又超越现实的立场,使得他的小说写作具有非常复杂的面相,远比一般意义上的民族寓言要丰富得多。鲁迅小说的叙事伦理,也绝非通常的"国族伦理的宏大叙事"所能涵盖。它有国族层面的承担,也注重伸展个人的生命感觉,尤其注重传达鲁迅自己的切身体验。

对于当时的黑暗现实,鲁迅常常持一种激烈的批判立场,同时又对世界存有大悲悯。所以,他虽以冷眼看世界,却从来不是一个旁观者。当他说"中国历来是排着吃人的筵宴,有吃的,有被吃的。被吃的也曾吃人,正吃的也会被吃"时,不忘强调,"但我现在发现了,我自己也帮助着排筵宴"①——也就是说,鲁迅的思想并没有停留于对"吃人"文化的批判上,他承认自己也是这"吃人"文化的"帮手",是共谋。他的文化批判,没有把自己摘除出去,相反,他看到自己也是这"吃人"传统中的一部分,认定自己对一切"吃人"悲剧的发生也应承担不可推卸的责任。所以,鲁迅是深刻的,因为他充当的不仅是灵魂的审判官,他更是将自己也当作了被审判的犯人——他的双重身份,使他的批判更具力度,在他身上,自审往往和审判同时发生。在20世纪的中国作家中,具有这种自审意识的人极为稀少。鲁迅说:"我的确时时解剖别人,然而更多的是更无情面地解剖我自己。"②这样的自我解剖,迫使鲁迅不再从世俗的善恶、是非之中寻求人性的答案,而是转向内心,挖掘灵魂的黑暗和光亮。没有这一点,鲁迅也不可能这么深刻地理解陀思妥耶夫斯基的作品:

> 凡是人的灵魂的伟大的审问者,同时也一定是伟大的犯人。审问者在堂上举劾着他的恶,犯人在阶下陈述他自己的善;审问者在灵魂中揭发污秽,犯人在所揭发的污秽中阐明那埋藏的光耀。这样,就显示出灵魂的深。
>
> ……在甚深的灵魂中,无所谓"残酷",更无所谓慈悲;但将这灵魂显示于人的,是"在高的意义上的写实主义者"。③

和陀思妥耶夫斯基一样,鲁迅也是能写出"灵魂的深"的作家。他同样兼具"伟大的审问者"和"伟大的犯人"这双重身份,不仅超越了善恶,而且因为深入到了"甚深的灵魂中",达到"无所谓'残酷',更无所谓慈悲"的境界——这远比一般的社会批判要广阔、深邃得多。然而,在如今的鲁迅研究

---

① 鲁迅.而已集·答有恒先生//鲁迅全集:第三卷.北京:人民文学出版社,1981:454.
② 鲁迅.写在《坟》后面//鲁迅全集(第一卷).北京:人民文学出版社,1981.284.
③ 鲁迅.集外集·《穷人》小引//鲁迅全集:第七卷.北京:人民文学出版社,1981:95.

中,总是过分强调他作为社会批判家的身份,恰恰淡化了鲁迅身上那自审、悔悟、超越善恶的更深一层的灵魂景象。这或许正是鲁迅精神失传的原因之一。

这令我想起夏志清的一个说法:现代的中国作家普遍存在着一种感时忧国的精神。他们非常感怀中国的问题,能无情地刻画中国的黑暗与腐败,着力于以文学来拯救时世、改善中国民生、重建人的尊严,但恰恰是这种过于强烈的道义上的使命感,过多的爱国热情,使得中国作家未能获得更为宽广的精神视野,以至于整个现代文学当中,真正有成就的作家屈指可数。① 我认可夏志清的这一判断,却不完全认同他在《中国现代小说史》中对鲁迅的分析。夏志清指出:"中国现代小说家中,大概只有四个作家凭着自己特有的性格和对道德问题的热情,创造出一个与众不同的世界。他们是张爱玲、张天翼、钱钟书、沈从文。"② 而鲁迅的成就,实在不能说在这几位作家之下。鲁迅的小说,既能写出时代的"主要的真实",又能深入人的内心世界,写出"灵魂的深"。即使在今天看来,他的《呐喊》与《彷徨》,仍旧是一笔异常珍贵的叙事遗产。

在鲁迅之后,同样能写出"灵魂的深"的,是张爱玲。张爱玲有一副俗骨,但必须看到,她的虚无和无意义背后,还是有一种超越现实、超越世俗的渴望。她的文字,有"很深的情理,然而是家常的"③。但这样的家常,并没有使张爱玲沉溺于细节与琐屑之中,因她很早就敏锐地察觉到:"因为对一切都怀疑,中国文学里弥漫着大的悲哀。只有在物质的细节上,它得到欢悦——因此《金瓶梅》《红楼梦》仔仔细细开出整桌的菜单,毫无倦意,不为什么,就因为喜欢——细节往往是和美畅快、引人入胜的,而主题永远悲观。一切对于人生的笼统观察都指向虚无。"④ ——这是一个很高的灵魂视点,因为看到了"中国文学里弥漫着大的悲哀","一切对于人生的笼统观察都指向虚无",所以,世事、人心在张爱玲笔下,自有一种苍凉感、幻灭感。但张爱玲并不是一味地尖刻,她也有着超越善恶之上的宽容和慈悲。"她写人生的恐怖与罪恶、残酷与委屈,读她的作品的时候,有一种悲哀,同时又是欢喜的,因为你和作者一同饶恕了他们,并且抚爱着那受委屈的。饶恕,是因为恐怖,罪恶与残酷者其实是悲惨的失败者……作者悲悯人世的强者的软弱,而给予人世的弱者以康健与喜悦。人世的恐怖与柔和、罪恶与善良、残酷与委屈,一被作者提高到

---

① 夏志清.中国现代小说史.刘绍铭,等,译.香港:香港中文大学出版社,2001:461.
② 夏志清.中国现代小说史.刘绍铭,等,译.香港:香港中文大学出版社,2001:434.
③ 胡兰成.中国文学史话.上海:上海社会科学院出版社,2004:194.
④ 张爱玲.中国人的宗教//张爱玲文集:第四卷.合肥:安徽文艺出版社,1992:111.

顶点，就结合为一。"① 胡兰成当时真不愧是张爱玲的知音，能这样准确地理解张爱玲——他看到了张爱玲超越于人间道德之上的宽容心，看到了"饶恕"，看到了"罪恶与善良"，被她提高到顶点能"结合为一"，看到了她在世界面前的谦逊和慈悲，看到了她对这个世界爱之不尽。

张爱玲写了许多跌倒在尘埃里的人物，如果不是她有超越的眼光，有敏锐的生命感悟，就很难看出弱者的爱与生命力的挣扎——因为强者的悲哀里是没有喜悦的，但张爱玲的文字里，苍凉中自有一种单纯和喜气。她笔下那些跌倒在尘埃里的人物，卑微中都隐藏着一种倔强和庄严，原因也正在于此。像《倾城之恋》，战乱把柳原和流苏推在一处，彼此关切着，这时，即便"整个的世界黑了下来"，张爱玲也不忘给他们希望："可是总有地方容得下一对平凡的夫妻的"；又如《金锁记》里的长安，面临最深的苦痛的时候，脸上也"显出稀有的柔和"——能将生之悲哀与生之喜悦结合为一者，除张爱玲之外，在其他中国作家中并不常见。

夏志清说："对于普通人的错误弱点，张爱玲有极大的容忍。她从不拉起清教徒的长脸来责人为善，她的同情心是无所不包的。"② 胡兰成则说："张爱玲的文章里对于现代社会有敏锐的弹劾。但她是喜欢现代社会的，她于是非极分明，但根底还是无差别的善意。"③ 这就是张爱玲小说的叙事伦理：无所不包的"同情心"，对世界永不衰竭的爱，能将生之悲哀和生之喜悦结合为一的力量，以及那种"无差别的善意"。——她无论写的是哪一种境遇下的人物，叙事伦理的最终指向，总是这些。她的平等和深刻，成就了她非凡的小说世界。

还有沈从文。在 20 世纪以来的中国作家当中，沈从文体量庞大。他所创造的文学世界有着非常复杂的面相，也贯穿着大体相通的写作伦理。沈从文的小说写作，对社会与人生也是充满关切的。当有人问沈从文"你为什么要写作"时，他是这样回答的："因为我活到这个世界里有所爱。美丽、清洁、智慧，以及对全人类幸福的幻影，皆永远觉得是一种德性，也因此永远使我对它崇拜和倾心。这点情绪同宗教情绪完全一样。这点情绪促我来写作，不断地写作，没有厌倦，只因为我将在各个作品各种形式里，表现我对于这个道德的

---

① 胡兰成.中国文学史话.上海：上海社会科学院出版社，2004：171-172.
② 夏志清.中国现代小说史.刘绍铭，等，译.香港：香港中文大学出版社，2001：355.
③ 胡兰成.中国文学史话.上海：上海社会科学院出版社，2004：114.

努力。"①

若不了解沈从文的写作，那么他所说的"德性"、道德这样的词汇，恐怕是容易引起误会的。作为一个作家，沈从文也确实有很强烈的感时忧国的精神，甚至有非常复杂的对民族国家的想象，而他对国家、民族与时代的关心，常常是站在一个艺术家的立场上的，如他所言："我就是个不想明白道理却永远为现象所倾心的人。我看一切，却并不把那个社会价值搀加进去，估定我的爱憎。我不愿问价钱上的多少来为百物作一个好坏批评，却愿意考查它在我官觉上使我愉快不愉快的分量。我永远不厌倦的是'看'一切。宇宙万汇在运动中，在静止中，在我印象里，我都能抓定她的最美丽与最调和的风度，但我的爱好显然却不能同一般目的相合。我不明白一切同人类生活相联结时的美恶，另外一句话说来，就是我不大能领会伦理的美。接近人生时我永远是个艺术家的感情，却绝不是所谓道德君子的感情。"②

沈从文说，他"不大能领会伦理的美"，在切近人生时"永远是个艺术家的感情，却绝不是所谓道德君子的感情"。这一番话，说得如此决绝，照见的是他那一颗丰沛的艺术之心，以及他对中国古典小说叙事伦理"伟大传统"的继承与发扬。不说《边城》，即便是《雪晴》《长河》等作品，他也都注重天人合一之境、强调和美的大自然对健全人格的感召，尽管那一时期他写的这一系列短章加大了对"恶"的批判力度，尤其是不再回避发生在乡村里的恶劣事。城市罪恶不是惟一的罪恶，希腊小庙里供奉的人性，揭下了圣洁的面纱，它终归要直面人间的普遍危机。他的人性世界里，出现了与纯净不相和谐的杂音。但沈从文怀着伤感写暴力，不是为了显示暴力多么强大无阻，而是为了拯救，为了爱。他在小说里想象了无边的爱，因为只有爱，才能承担、和解那些冲突的重担，只有爱，才能让暴力低下不可一世的头颅。沈从文终归还是要把爱存放在乡村，因为天尽头的虫鸣、鸟叫、松落、雪飘、风吹，最能撮合肉身与灵魂的相遇。将美、善、爱合而为一，赞美没有恶意的生命景观，开启旷野里的自在呼吸，这一直是沈从文的叙事伦理。

沈从文和鲁迅一样，都对自己身处的人世，有着不同于别人的发现。只是，鲁迅的发现是黑暗、凄厉的，而张爱玲、沈从文的发现则不乏柔和、温暖。尤其是沈从文，他有一颗仁慈、宽厚之心，他所书写的湘西土地上那些平凡的人物、平凡的欢乐和悲伤，都焕发着美丽和诗性的光泽。他笔下的女性都

---

① 沈从文.萧乾小说集题记//沈从文全集：第16卷.太原：北岳文艺出版社，2002：325.
② 沈从文.从文自传·女难//沈从文全集：第13卷.太原：北岳文艺出版社，2002：323.

是美的化身，如《三三》里的三三、《长河》里的夭夭、《边城》里的翠翠，还有《菜园》里那个"美丽到任何时见及皆不免出惊"的媳妇，等等，就连妓女也是可爱而敬业的，他并不严厉地批评，他坚持以善良的心解读世界。这点他和鲁迅有很大的不同。鲁迅笔下的女性形象，不是像杨二嫂那样"凸颧骨，薄嘴唇"，"两手搭在髀间，没有系裙，张着两脚，正像一个画图仪器里细脚伶仃的圆规"，便是如祥林嫂般"脸上瘦削不堪，黄中带黑，而且消尽了先前悲哀的神色，仿佛是木刻似的；只有那眼珠间或一轮，还可以表示她是一个活物"，即使刚开始时"总是微笑点头，两眼里弥漫着稚气的好奇的光泽"的子君，到最后，也露出了"凄惨的神色"。这就是鲁迅先生对人世的理解，麻木的、悲凉的，里面藏着大绝望。鲁迅对人性的总体看法是很灰暗的，他笔下的人世，多为沉重、腐朽、不堪的人世。鲁迅当然也有大爱，但他的爱是藏得很深的。沈从文所看到的世界则是美的、温润的、纯朴的、仁慈的。应该说，他们以同中有异的方式成了现代中国的灵魂见证人。

在曹雪芹、鲁迅、张爱玲、沈从文这样一些作家身上，我们可以看到中国小说的另一种叙事伦理：它们不仅是关怀现实、面对社会，而且是直接以自己的良知面对一个心灵世界。中国文学一直以来都缺乏直面灵魂和存在的精神传统，作家被现实捆绑得太紧，作品里的是非道德心太重，因此，中国文学流露出的多是现世关怀，缺乏一个比这更高的灵魂审视点，无法实现超越现实、人伦、国家、民族之上的精神关怀。这个超越精神，当然不是指描写虚无缥缈之事，而是要在人心世界的建构上，赋予它丰富的精神维度——除了现实的、世俗的层面，人心也需要一个更高远、纯净的世界。所谓"天道人心"，"人心"和"天道"是可以通达于一的。中国小说惯于写人的性情，所以鲁迅才把《红楼梦》称为"清代之人情小说的顶峰"，而在人的性情的极处，又何尝不能见出"天道"之所在、"人心"之归宿？但是进入 20 世纪以后，中国小说是越写越实了，都往现实人伦、国家民族上靠，顺应每一个时代的潮流，参与每一次现实的变动，"小说"成为"大说"，结果是将小说写死了——因为小说是写人的，而人毕竟不能全臣服于现世，他一定有比这高远的想象、希望和梦想。正如别尔嘉耶夫所说的："人是社会性的存在物，这是无可争议的。但人也是精神性的存在物。人属于两个世界。只有作为精神存在物，人才能认识真正的善。作为社会存在物，人只能认识关于善的不确定的概念。有一种社会学，它否定人是精神存在物，否定人从精神世界里获得自己的评价，这样的社会学不是科学，而是虚假的哲学，甚至是虚假的宗教。"① 既然人是一种精神性的存在物，就总会有属于他个人的想象、希望和梦想。如果忽视了人的这些精神属性，那么人就不复是健全的人，这样的文学也就是死的文学，或者是社会学、政治学的变体。

所以说，小说的精神维度应是丰富和复杂的，简化是小说的大敌。文学当然要写人世和现实，但除此之外，包括小说在内的中国文学自古以来也注重写天地清明、天道人心，这两者不该有什么冲突。比方说，中国人常常认为个人的小事之中也有天意，这就是很深广的世界观，它不是一般的是非标准所能界定的——现实、人伦是非分明，但天意、天道却在是非之初，是通达于全人类的。中国文学缺的就是后一种胸襟和气度。因此，文学不仅要写人世，它还要写人世里有天道，有高远的心灵，有渴望实现的希望和梦想。有了这些，人世才堪称可珍重的人世。"可珍重的人世是，在拥挤的公车里男人的下巴接触了一位少女的额发，也会觉得是他生之缘。可惜现在都觉得漠然了。"②正是因为作家们对一切美好的、超越性的事物都感到"漠然"了，他们的想象也就只能停留于那点现实的得失上，根本无法获得更丰富的精神维度。现实或许是贫乏的，但文学的想象却不该受制于现实的是非得失，它必须坚持提出自己的超越性想象——只有这样的文学，才能远离精神的屈服性，进入一个更自在、丰富的境界。

四、叙事困境及其可能性

周作人在1920年有一个讲演，他说："人生的文学是怎样的呢？据我的意见，可以分作两项说明：一、这文学是人性的，不是兽性的，也不是神性的。二、这文学是人类的，也是个人的；却不是种族的、国家的、乡土及家族的。""古代的人类文学，变为阶级的文学；后来阶级的范围逐渐脱去，于是归结到个人的文学，也就是现代的人类的文学了。要明白这意思，墨子说的'己在所爱之中'这一句话，最注解得好。浅一点说，我是人类之一；我要幸福，须得先使人类幸福了，才有我的分，若更进一层，那就是说我即是人类。所以这个人与人类的两重特色，不特不相冲突，而且反是相成的。"③ 周作人这话，在今天读来，还是新鲜的。文学是人性的、人类的，也是个人的——如果作家真能

---

① 别尔嘉耶夫.论人的使命神与人的生存辩证法.张百春,译.上海：上海人民出版社,2007:25.
② 胡兰成.中国文学史话.上海：上海社会科学院出版社,2004:125.
③ 周作人.新文学的要求——一九二〇年一月六日在北平少年学会讲演//周作人自编文集·艺术与生活.石家庄：河北教育出版社,2002:19.

以这三个维度来建构自己的写作,那定然会接通一条伟大的文学血脉。现在的问题是,中国作家中,能写出真实人性的人太少了,很多作家都把"兽性"和"神性"等同于人性,这是一个巨大的误区。所谓"神性",说的是作家要么把写作变成了玄学,要么在作品中一味地书写英雄和超人(这在中国当代文学"前三十年"中尤为常见),没有平常心,这就难免显露出虚假的品质;所谓"兽性",说的是作家都热衷于写人的本能和欲望(这在中国当代文学"后三十年"中尤为常见),多为肉身所累。另一方面,文学是"人类的,也是个人的",表明在个人的秘密通道的另一端,联结的应是人类,是天道,是人类基本的精神和性情,却不仅仅是种族的、国家的、乡土及家族的。可惜的是,整个20世纪,中国文学基本上都徘徊于种族、国家、乡土及家族的命题之中,个人的视角得不到贯彻,人类性的情怀无从建立,所以,20世纪中国小说的局限性,不幸被周作人过早地言中。

进入当代以后,中国曾经历了一个极端政治化的时期,人的日常生活、人的思想的方方面面,都被政治意识形态统率起来。文学写作也一度被纳入政府与国家的体制中,具有计划经济的性质。文学几乎成了社会学、政治学或政治经济学。从新中国成立到20世纪70年代末之间的小说,几乎都受政治意识形态所规定的总体话语的支配。这个时代性的总体话语,从指导思想上说,是"文艺为政治服务";从表现手法上说,是"革命现实主义与革命浪漫主义相结合";从人物塑造上说,是歌颂正面人物,批判反面人物……总体话语为文学写作制定了单一的目标、方向、内容、路线和手法,艺术的个性和创造性被长期放逐,尤其是到了"文革"期间,文学完全成了意识形态的宣传工具,处于一种死寂的状态。而在"文革"结束以后,声势浩大的"伤痕文学""反思文学""知青文学"等,在反抗一种意识形态独断的总体话语的同时,实际上,自己的写作也是按照总体话语的思维方式进行的。这些作品,虽然和"前三十年"的作品有着本质的区别,但它的基本思想依旧是先验的、意识形态的,人物依旧是意识形态的载体,结论也依旧和当时的意识形态是一致的。这样的一致,就为那个时代的写作制造了新的总体话语——不过是把内容从"革命"和"阶级斗争",换成了苦难和人道主义而已,它依凭的依然是集体记忆而非个人记忆。这种新的时代性的总体话语,在当时有它的进步意义,但随着它们成为历史被凝固,与之相伴而生的文学也作为政治学、社会学的标本一起进了历史档案馆。

除了政治上的承担太重,以致成了负担之外,消费文化的兴起,也给了20世纪特别是90年代以来的中国小说带来了不少的负面影响。这种叙事伦理上的变迁,和当代中国的社会语境与文学语境的变化有很大关系。20世纪90年代前后,中国开始了进一步的改革,市场经济在体制方面获得了合法性,开始全面铺开,文学体制的改革也开始进入实际操作阶段。小说家、文学刊物、出版社的存在和发展,原则上不再依赖于国家的资助和扶持,而是遵守市场的法则。与此同时,政治也改变了进入日常生活的形式,是消费,而不再是政治,成了社会生活的中心议题。在这样一个背景下,经验、身体和欲望,借助消费主义的力量,成了当下小说叙事的新主角。故事要好看,场面要壮大,经验要公众化,要发表,要出书,要配合媒体的宣传,获得市场效益——所有这些消费时代的呼声,都在不知不觉地改写作家面对写作时的心态。翻开出版物,举目所见,多是熟练、快速、欢悦的欲望写真,叙事被处理得像绸缎一样光滑,情欲是故事前进的基本动力,场景、细节几乎都指向阅读的趣味,艺术、叙事、人性和精神的难度逐渐消失,慢慢地,读者也就习惯了在阅读中享受一种庸常的快乐——这种快乐,就是单一的阅读故事而来的快乐。那些善于讲故事的人,尤其是善于以私人经验为主要故事内容的人,越来越成为这个时代的宠儿——市场意识形态所青睐的,总是这样一些人。

  小说作为叙事的艺术,正在经受各种消费主义潮流的考验。到20世纪90年代,小说日渐成为一种消费品,从刊物到出版社,充满对情爱故事的渴望,加上电影、电视剧对小说的影响,而且每天大量的社会新闻主导着人们的日常阅读,所有这些,都是故事在其中扮演第一主角——不过,这里的故事不再是艺术性的叙事,它成了文化工业对读者口味的揣摩和满足。

  从这个意义上说,消费的力量介入小说写作之后,使叙事发生了另外一种命运:叙事与商业的合谋,在电影、电视剧和畅销小说等领域都获得了巨大的成功。这是消费社会里新的叙事图景:"现代社会一方面把叙事分解为新闻报道或新闻调查之类的东西,另一方面资本社会并没有忘记人们爱听故事的古老天性,现代社会把叙事虚构变成了一种大规模的文化工业。古老的叙事艺术和讲故事的能力在认真严肃的小说叙事领域没落了,却成了一本万利的文化工业。讲故事的艺术从小说叙事中衰落,为广告所充斥的商业社会却到处都在讲述商业神话,用讲故事的形式向人们描述商品世界的乌托邦。"[①] 这种文化工业对叙事的改造,正在影响小说写作的风貌,使得中国小说的叙事伦理出现了新的演变。为了迎合读者的口味和走向市场,已经有不少作家以牺牲写作难度的代价来满足出版者的要求;即便是严肃的写作,许多时候也得容忍和默许出版

---

  ① 耿占春.叙事美学:探索一种百科全书式的小说.郑州:郑州大学出版社,2002:2-3.

者用低俗的理由进行炒作。商业和市场遏制了许多作家试图坚守写作理想的冲动，叙事的艺术探索更是在萎缩。消费社会的叙事悖论也许正在于此：任何严肃、专业的艺术创造，甚至艰深、枯燥的学术思想，都有可能被消费者改造成商业用途。消费社会的逻辑根本不是对商品的使用价值的占有，而是满足于对社会能指的生产和操纵；它的结果并非在消费产品，而是在消费产品的能指系统。文学消费也是如此。读者买一本小说，几乎都被附着于这部小说上的宣传用语——这就是符号和意义——所左右。小说（产品）好不好越来越不重要，重要的是，它被宣传成一个什么符号，被阐释出怎样一种意义来。最终，符号和意义这个能指系统就会改变小说（产品）的价值。我们目睹了太多粗糙的小说就这样被炒作成畅销书或重要作品的。叙事如果完全受控于消费符号的引导，真正的叙事艺术就只能退守到一个角落了。

在这样一种背景下，强调身体和灵魂的遇合，召唤一种灵魂叙事，由此告别那种匍匐在地上的写作，并在写作中挺立起一种雄浑、庄严的价值，使小说重获一种肯定性的、带着希望的力量，这可能是接下来中国小说叙事发展的趋势。当写作日益变成一种养病的方式，小说日益变成一种经验的私语和欲望的加油站，也许必须重申，文学更应该是人心的呢喃、灵魂的叙事。

当小说日益变成故事的奴隶和消费主义的信徒，重申曹雪芹、鲁迅、张爱玲、沈从文这一具有超越性的"伟大传统"，对于我们认识一种健全的中国文学，有着不同寻常的意义。曹雪芹以"通常之人情"写旷世之悲剧，鲁迅以"伟大的审问者"和"伟大的犯人"这双重身份写"灵魂的深"，张爱玲以无所不包的同情心和"无差别的善意"写生之悲哀和生之喜悦，沈从文以他的仁慈书写生命的淳朴和庄严——他们写的都是人性、人情，但他们又都超越了人间道德的善恶之分，超越了国家、种族这样一些现世伦理，都在作品中贯注着一种人类性的慈悲和爱。他们的写作，不能被任何现成的善恶、是非所归纳和限定，因为他们所创造的是一个伟大的灵魂世界，在这个世界里，每个人都是悲哀的，但又都是欢喜的；每个人都在陈述自己，但又都在审判自己——在我看来，这是中国文学中最为重要，但至今未被充分重视的精神传统。

中国当代小说只有重建起这一叙事伦理，才有望为人类性的根本处境作证，才能进到一个新的境界。当代小说经过了这么多年的变革，再指望通过一些局部的改造而获得新的前景，已经没有可能；它需要的是整体性的重建。其中，至关重要的一点，就是要在文学中建立起灵魂关怀的维度，从而写出灵魂的丰富性和复杂性。这一灵魂叙事的重要性，不仅被曹雪芹、鲁迅、张爱玲、沈从文等人的写作所证实，它也是整个西方文学的精神基础。

在中西方伟大的文学中，几乎都有共通的叙事伦理——它高于人间的道德，关心生命和灵魂的细微变化；它所追问的不是现实的答案，而是心灵的回声。这样一种叙事伦理是超越的，也是广阔的。它不解答社会学和政治学意义上的问题，而是通过一种对人性深刻的体察和理解，提出它对世界和人心的创见。有了这个创见，才能建立起小说自身的伦理——一种不同于人间伦理或理性伦理的诉求。因此，要真正理解《红楼梦》，要准确进入鲁迅、张爱玲和沈从文的世界，我们就必须知道这种以生命和灵魂为主角的叙事伦理。

叙事伦理也是一种生存伦理。它关注个人深渊般的命运，倾听灵魂破碎的声音，它以个人的生活际遇，关怀人类的基本处境。这一叙事伦理的指向，完全建基于作家对生命、人性的感悟，它拒绝以现实、人伦的尺度来制定精神规则，也不愿停留在人间的道德、是非之中，它用灵魂说话，用生命发言。刘小枫说："叙事伦理学不探究生命感觉的一般法则和人的生活应遵循的基本道德观念，也不制造关于生命感觉的理则，而是讲述个人经历的生命故事，通过个人经历的叙事提出关于生命感觉的问题，营构具体的道德意识和伦理诉求。叙事伦理学看起来不过在重复一个人抱着自己的膝盖伤叹遭遇的厄运时的哭泣，或者一个人在生命破碎时向友人倾诉时的呻吟，像围绕这一个人的，而非普遍的生命感觉的语言嘘气。"① 因此，以生命、灵魂为主体的叙事伦理，重在呈现人类生活的丰富可能性，重在书写人性世界里的复杂感受。它反对单一的道德结论，也不愿在善恶中挣扎——它是在以生命的宽广和仁慈来打量一切人与事。

在中国当代，认识这一叙事伦理的价值的作家还太少。大多数人，还在走"种族的、国家的、乡土及家族的"路子，把"兽性"当人性来写的人也不在少数，只有少数作家，开始从现世的伦理、是非中超越出来，正走向生命的宽广，正试图接续上中国叙事文学传统中最为重要的伦理血脉。

余华比较早就觉察到了一种叙事伦理转向的意义。20世纪80年代中期，余华和格非、苏童等年轻作家一起走上文学舞台。在不少研究者看来，以他们为代表的先锋写作具有鲜明的"去政治化"的意味，事实上，这种对政治的拒绝，在先锋小说中并不彻底，至少余华在80年代中后期的小说写作中并没有脱离政治。相反，他对待政治的态度是相当激进的。王德威在对余华于1987年发表的短篇小说《十八岁出门远行》进行分析时曾指出，这一貌似漫不经心的作品实际上"成为对政治的挑衅"。在王德威的解读中，《十八岁出门远行》

---

① 刘小枫.沉重的肉身.北京:华夏出版社,2007:4.

的革命性意义正在于,它以一种游戏的笔调对当时占主流的国族伦理的宏大叙事进行了颠覆①。这种解读,同样是将之看作一个"国族寓言"。如果说《十八岁出门远行》的反叛性还过于温和、过于隐晦的话,那么在他的《一九八六》《往事与刑罚》《现实一种》《四月三日事件》《死亡叙述》等中篇小说里,这种对国族伦理的大叙事的反抗就更明朗了。在这一系列中短篇著作中,余华形成了独特的暴力美学:将暴力书写泛滥化,并借此解构中国当代前三十年文学所建立起来的宏大叙事。这一批小说,在政治层面上的解构意义自不待言,从文学史的序列来看也自有其意义,但这种以牙还牙、以暴制暴式的写作也使余华无法自我撇清,更无法填补解构后的空无,如阿城所言:"近年评家说先锋小说颠覆了权威话语,可是颠覆那么枯瘦的话语的结果,搞不好也是枯瘦,就好比颠覆中学生范文会怎样呢?"②

对于这种写作方式的局限,余华也是有所反思的。1993年时,他说:

> 我一直是以敌对的态度看待现实的。随着时间的推移,我内心的愤怒渐渐平息,我开始意识到一位真正的作家所寻找的是真理,是一种排斥道德判断的真理。作家的使命不是发泄,不是控诉或者揭露,他应该向人们展示高尚。这里所说的高尚不是那种单纯的美好,而是对一切事物理解之后的超然,对善与恶一视同仁,用同情的目光看待世界。③

当许多作家都还停留在发泄、控诉和揭露的阶段,余华已经意识到,写作的真理"是一种排斥道德判断的真理",并能够"对善与恶一视同仁",能"用同情的目光看待世界",这是一种不同凡响的写作觉悟。余华后来能写出《活着》和《许三观卖血记》这样的小说,显然是得益于这一叙事伦理的影响。因为有了这种"超然""一视同仁"和"同情",《活着》才如余华自己所说,讲述了眼泪的宽广和丰富,讲述了绝望的不存在,讲述了人是为了活着本身而活着的,而不是为了活着之外的任何事物而活着的;《许三观卖血记》才成了"一本关于平等的书"。必须承认,余华对善恶、是非以及道德判断的超越,对"超然"和"平等"的追求,使他走向了一个新的写作境界。尽管这样的转向没有了他早期的凶猛和冲击力,但就着一个作家对现实的描写而言,余华找到了一条更切合中国人生存状态的写作路径。

东西的小说,从《没有语言的生活》开始,就一直在探索个人命运的痛

---

① 王德威.当代小说二十家.北京:生活・读书・新知三联书店,2006:131.
② 阿城.阿城精选集.北京:燕山出版社,2011:385.
③ 余华.为内心写作//灵魂饭.海口:南海出版公司,2002:222.

苦、孤独和荒谬。他的小说有丰富的精神维度：一面是荒谬命运导致的疼痛和悲哀，另一面他却不断赋予这种荒谬感以轻松、幽默的品质——正如张爱玲的小说总是能"给予人世的弱者以康健与喜悦"一样，读东西的小说，我们也能从中体验到悲哀和欢乐合而为一的复杂心情。他的《没有语言的生活》，写了三个人：王家宽、王老炳、蔡玉珍，一个是聋子，一个是瞎子，一个是哑巴，他们生活在一起，过着没有语言的生活，但即便如此，东西也不忘给王老炳一个简单的希望："如果再没有人来干扰我们，我能这么平平安安地坐在自家的门口，我就知足了。"他的《不要问我》写的是另一种失去了身份之后的荒谬和焦虑。主人公卫国是一个大学副教授，酒后冒犯了一个女学生，为了免于尊严上的折磨，他决定从西安南下，准备到另一个城市谋职。没想到，他的皮箱在火车上遗失，随之消失的是他的全部家当和一应证件。他成了一个无法证明自己是谁的人。麻烦接踵而来：他无法谋职，甚至无法在爱情上有更多的进展，总是处在别人的救济、同情、怀疑和嘲笑之中。原来是为了逃避尊严上的折磨而来到异地，没想到，最终却陷入了更深的折磨之中。因为没有证件，卫国的身体成了非法的存在，这本来是荒谬的，但东西在小说的结尾特意设置了一个比赛喝酒的细节，从而使这种荒谬带上了一种黑色幽默的效果，越发显得悲怆。他的长篇小说《后悔录》，写了一个叫曾广贤的人，这个人本性善良、胆怯，可是，他的一生好像都在为难自己，因为他做的每一件事情，最终都使自己后悔，他的一生也为这些事付出了巨大的代价：因为自己一不小心将父亲的情事"泄密"出去，父亲遭受残酷迫害，三十年不和他说话，母亲死于非命，妹妹失踪了；因为一时冲动，闯进了漂亮女孩张闹的房间，虽然什么事也没发生，却得了个"强奸"的罪名，身陷牢狱多年；因为对感情和性爱抱着单纯、美好的想象，他失去了一个又一个对他示好的女友；因为被张闹的一张假结婚证所骗，他多年受制于她，等到明白过来的时候，已经人财两空；一个在很小的时候就对性充满热情的人，却一直没有享受过真实的性爱——不是没有机会，而是，"不知道为什么，这些年来，只要我的邪念一冒头，就会看见女人们的右掌心有黑痣，就觉得她们要不是我的妹妹，就是我妹妹的女儿。我妹妹真要是有个女儿，正好是你这样的年龄，所以，直到现在，我都四十好几了，都90年代了，也没敢过一次性生活，就害怕我的手摸到自家人的身上。"所以，曾广贤最后为自己总结到："我这一辈子好像都在挖坑，都在下套子，挖坑是为自己跳下去，下套也是为了把自己套牢。我都干了些什么呀？"[①] 曾广

[①] 东西.后悔录.收获,2005(5).

贤受了许多委屈和错待，但他心里没有憎恨，他饶恕一切，承担一切，将一切来自现实的苦难和重压，都当作生活对自己的馈赠。《后悔录》仿佛在告诉我们，小人物承担个人的命运，跟英雄承担国家、民族的命运，其受压的过程同样值得尊敬。这个用自己的一生来后悔的人，最后用自己的后悔证明了人生的荒谬，以及荒谬世界里那渺小的悲哀和欢乐。东西通过一种"善意"和"幽默"，写出了生命自身的厚度和韧性；他写了悲伤，但不绝望；写了善恶，但没有是非之心；写了欢乐，但欢乐中常常有辛酸的泪。他的小说超越了现世、人伦的俗见，有着当代小说所少有的灵魂追问。

贾平凹的叙事伦理也值得研究。他在长篇小说《秦腔》的"后记"中说："我的写作充满了矛盾和痛苦，我不知道该赞颂现实还是诅咒现实，是为棣花街的父老乡亲庆幸还是为他们悲哀……古人讲：文章惊恐成。这部书稿真的一直在惊恐中写作……"① 在"赞颂"和"诅咒""庆幸"和"悲哀"之间，贾平凹"充满矛盾和痛苦"，他无法选择，也不愿意做出选择，所以，他只有"在惊恐中写作"。《秦腔》之所以会被认为是当代中国乡土写作的重要界碑，与贾平凹所建立起来的这种新的叙事伦理是密切相关的。假如贾平凹在写作中选择了"赞颂现实"或者"诅咒现实"，选择了为父老乡亲"庆幸"或者为他们"悲哀"，这部作品的精神格局将会小得多，因为价值选择一清晰，作品的想象空间就会受到很大的限制。但贾平凹在面对这种选择时，他说"我不知道"，这个"不知道"，才是一个作家面对现实时的诚实体会——世道人心本是宽广、复杂、蕴藏着无穷可能性的，谁能保证自己对它们都是"知道"的呢？《庄子》载："啮缺问乎王倪曰：子知物之所同是乎？曰：吾恶乎知之。子知子之所不知耶？曰：吾恶乎知之。然则物无知耶？曰：吾恶乎知之。虽然，尝试言之，庸讵知吾所谓知之非不知耶？庸讵知吾所谓不知之非知耶？"——你知道这些吗？我不知。你知道你不知吗？我也不知。我只是一个"无知"，但我这个"无知"何尝不是一种生命的真知？这种真知，既是自知之明，也是生命通透之后的自觉，是一种更高的智慧。遗憾的是，中国当代活跃着太多"知道"的作家，他们对自己笔下的现实和人世，"知道"该赞颂还是诅咒；他们对自己笔下的人物，也"知道"该为他庆幸还是悲哀。其实这样的"知道"，不过是以作者自己单一的想法，代替现实和人物本身的丰富感受而已。这令我想起胡兰成对林语堂的《苏东坡传》的批评。苏轼与王安石是政敌，而两人相见时的风度都很好。但是，"林语堂文中帮苏东坡本人憎恨王安石，比当事人更甚。

---

① 贾平凹.秦腔·后记.北京:作家出版社,2005:563-564.

苏与王二人有互相敬重处，而林语堂把王安石写得那样无趣……"① 胡兰成的批评不无道理。相比之下，当代文学界的很多作家在帮人物"憎恨"（或者帮人物喜欢）这事上，往往做得比林语堂还积极。

中国当代文学界太缺乏能"对善与恶一视同仁"、太缺乏能宣告"我不知道"的作家了，"帮苏东坡本人憎恨王安石"式的作家倒是越来越多。结果，文学就越发显得庸俗和空洞。就此而言，余华、东西和贾平凹等人在叙事上的伦理自觉，值得推崇。迟子建小说的叙事伦理也值得我们重视。在中国当代的女作家当中，迟子建、铁凝、魏微等人的笔墨，常常带着精神暖意。她们小说中的那种美好、坚韧和隐忍的高尚，总是让人对生存心怀希望。迟子建的短篇小说《逝川》，长篇小说《额尔古纳河右岸》《白雪乌鸦》等，都给我留下了极深的印象。她的这些作品，也是能抵达"对善与恶一视同仁"的境界的。阅读她的小说，仿佛是置身于一个深邃广大、充满灵性的世界当中，让我想起德国思想家舍勒所说的"爱的共同体"。海德格尔曾把"操心""畏""烦"等看作人生在世的基本状态，但是在舍勒看来，"'爱与亲密无间'、心心相印与携手共进，才是人生在世的最深沉的基础结构"②。这是舍勒"爱的共同体哲学"的起点，也可以说是迟子建小说叙事伦理的基本内容。

《逝川》中的吉喜，年轻时曾与阿甲村的村民胡会相恋。吉喜本以为胡会一定会娶她，胡会却选择了毫无姿色与持家能力的彩珠。胡会不娶吉喜，主要是因为觉得吉喜太能干了，男人在她的屋檐下会慢慢丧失生活能力。后来吉喜一直独身，除了捕鱼，也替人接生。小说里吉喜为爱莲接生时的场景是动人的，这里面有个人的记忆与恩怨（爱莲是胡会的孙子、胡刀的爱人），也有个人得失的卷入。接生这天，本是捕捉泪鱼的日子，传说这天谁一无所获家里就要遭灾，可独身的吉喜最后还是放弃了捕鱼，全力替难产的爱莲接生。阿甲村的村民也在吉喜的木盆中放了十多尾泪鱼。他们都把吉喜当作自己的亲人。

在迟子建的小说世界中，恶一直都是在场的，但是善和爱本身，也从未退场。在深入地挖掘人性之恶的同时，迟子建也不忘扎根于灵魂，出示她的信心与希望。以《白雪乌鸦》为例，小说里的王春申本来是个不幸的人物，他的一妻一妾，都与别人偷情。其中妻子吴芬的情人叫巴音，当巴音暴尸街头时，知道王春申家事的人，以为他会因此解气。但是，"王春申为巴音难过，他没有想到十多天前还好好的一个大活人，说死就死了。他平素厌恶巴音的模样，觉

---

① 胡兰成.中国文学史话.上海：上海社会科学院出版社，2004：119.
② 靳希平.海德格尔传·译后记//萨弗兰斯基.海德格尔传.北京：商务印书馆，1999：578.

得他长着鹰钩鼻子,一双贼溜溜的鼠眼,不是善面人。可现在他一想起他的眉眼,就有股说不出的怜惜与心疼。王春申更加鄙视吴芬,觉得她自私自利,无情无义,合该无后。在王春申想来,巴音的精血,是被吴芬吸干了,一场伤风才会要了他的命"①。

在更年轻一些的作者当中,葛亮的小说也别具风格。近年来,他在港台和内地出版了《谜鸦》《德律风》《七声》《朱雀》等作品。《阿德与史蒂夫》《阿霞》《德律风》等短篇小说以近乎白描的手法书写底层人物的卑微人生,长篇小说《朱雀》则以南京这一城市空间为根据地,聚拢起20世纪中国的历史与创伤。在切近历史的暴虐和宿命般的创伤时,葛亮不忘投以一束有情的眼光,从中可以看到沈从文与张爱玲的遗风。这部小说中的人物,各有其现实身份,但葛亮在走近他们的时刻,并未受限于历史与现实的恩怨,而是一视同仁地试图深入人物的灵魂,倾听他们心灵深处的声音。《朱雀》的行文,涉及南京大屠杀、国共内战、"反右"、"文革"等重大历史事件,但它们在小说中并没有成为表现的中心。葛亮有意将大历史的暴虐分散在日常生活当中,并以程囡、程云和、程忆楚等人的情与爱加以融化。在叙事、状物、写人的时候,葛亮往往能超越于一般的政治与伦理立场,忠实地表现自己真实的艺术感觉,最终创造了一个属于自己的艺术世界。

像余华、东西、贾平凹、迟子建、葛亮这样的作家,不是仅在现实的表面滑行,更非只听见欲望的喧嚣,而是能看到生命的宽广和丰富,他们其实正在接续中国小说叙事的伟大传统——"饶恕"那些扭曲的灵魂,能有无所不包的同情心,能在罪与恶之间张扬"无差别的善意",能对坏人坏事亦"不失好玩之心",能将生之悲哀和生之喜悦结合为一,能在"通常之人情"中追问需要人类共同承担的"无罪之罪",能以"伟大的审问者"和"伟大的犯人"这双重身份写出"灵魂的深"——这些写作品质,已经超越了我们对文学叙事的一般理解。

只是,在一个民族、国家的命运,革命、政治的理想成了伟大的人民伦理的时代,任何的个体伦理,以及任何个体对生命、生存所发出的叹息和劝慰,都会淹没在历史匆忙的脚步声中。因此,中国小说常常被时代的总体话语所劫持,不得不加入到时代的大合唱中,而个体的生命感觉、个人的命运故事,只能在革命、政治和消费文化的缝隙中,艰难地发出自己微弱的声音。因此,20世纪以来中国小说叙事的每一次伦理转向,都包含着个体伦理与政治伦理、消

---

① 迟子建.白雪乌鸦.北京:人民文学出版社,2010:29.

费伦理的冲突,也都在证明,惟有个体伦理、生命伦理,才是文学叙事最终的栖息之地。

(原载《文艺争鸣·文学史论》2013年)

作者简介

谢有顺,1972年生,福建长汀人。2010年毕业于复旦大学。先后任《南方都市报》专刊副刊部副主任,广东省作家协会创作研究部副主任、一级作家,中山大学中文系教授、博士生导师。先后入选中宣部文化名家暨"四个一批"人才,教育部"新世纪优秀人才",广东省"珠江学者"特聘教授,广东省文化领军人才。兼任中国小说学会副会长、中国作家协会文学理论与批评委员会委员、广东省作家协会副主席、广东省文艺批评家协会常务副主席等。华语文学传媒大奖发起人、评委会召集人。曾获冯牧文学奖、庄重文文学奖、中国文联文艺评论奖等奖项。著有《散文的常道》《小说中的心事》《成为小说家》等。

从电子文学、网络文学到数码诗学：理论创新的呼唤

黄鸣奋

如果我们将"诗学"理解为文学理论的话，那么，数码诗学的含义便不只是以数码手段进行的诗歌研究，也不仅是对数码诗歌创作经验的总结。在已知的范围内，它涵盖了西方电子文学理论和我国网络文学理论等分支，正处于方兴未艾的阶段。正如数码文学依托全球信息基础设施实现跨界传播那样，数码诗学顺应世界文学的发展需要而成为国内外学者共同参与的事业。当前，它面临着计算主义崛起、Web 升级和文化产业发展所带来的新挑战、新机遇。

一、汲取计算主义理念，拓展电子文学理论空间

根据加拿大温莎大学伊尔根斯的看法，"诗学"兼指文学话语和文学表现理论。数码诗学可以被理解为一种从支配性的视觉反应走向视听兼用维度的运动。这样的创新性文学表达导致"诗学"更宽泛的美学观。当代数码诗学从印刷走向屏幕、实况事件与媒体间格式（Jirgens 135—51）。从历史的角度看，数码诗学是伴随计算机的应用而崭露头角的。丹麦奥尔堡大学奎瓦特鲁普认为当代数码艺术所受的影响主要来自两方面：一是由杜尚"现成物"所代表的 20 世纪前卫运动，二是计算机作为数码艺术媒体的特殊潜能（映射与交互）。这两种趋势的创造性混合由数码艺术诗学表现出来。从亚里士多德到古典时期的前现代艺术理论将表达生活天赐秘密当成艺术的基本目标。文艺复兴以来，将艺术当成基于普遍人性之美的共享体验（而非秘密生活）的新观念开始生长。时至 20 世纪初，这种人类中心主义的范式又受到挑战。艺术不再以普遍神性或普遍人性为参照系，而是一种自我参照的系统。用英国数学家布朗的格言来

说,形式取自形式(form is taken out of form,1971)。若将自己定位于20世纪,将历史作为一种进化过程,不难看到计算机已经变成了前卫艺术家潜在数码诗学的表达。因此,它已经成为实现数码诗学的媒体。在数码领域,艺术与设计都必须反映在某种程度上物质已经为数码所取代、机械工具已经为计算机取代的现实。在这样的背景下,数码诗学具备如下特点:将数码符号当成艺术与设计的原材料,以作为信源映射的艺术取代作为实体存在的艺术,以交互取代阐释(Qvortrup 239—61)。

数码诗学的基本使命是总结数码文学经验,提炼数码文学精神,进而从新的角度思索文学的本性、探询艺术的价值。在西方,数码诗学和电子文学密切结合,已经取得了不少研究成果。试举数例:(1)电子文学渊源研究。美国格莱齐尔《数码诗学:电子诗歌的制作》一书从特定角度揭示了20世纪50年代具体诗的实验与数码写作诗歌的联系。他认为在数码诗歌的创新实践中,有一种避免使用浪漫主义、现实主义与现代主义的"我"的倾向。这三种意义上的"我"彼此迥然有别,而且都具有划时代意义,不过都有感伤化的人文主义色彩(Glazier174)。葡萄牙科英布拉大学波尔特拉将诗歌理解为一种语言生成器,认为拓扑学是理解诗歌空间的关键。创作实践从具体空间向数码空间的转变,体现了具体诗学和数码诗学的联系和变化。作为媒体(即语言、书面语与诗歌形式)理论的具体诗学和作为面向数码媒体的诗歌理论的数码诗学之间具备内在联系。这种联系可以从将具体诗运用为故事板和电子文本的脚本中看出,两者都是为图形界面静态显示、为动画写作文本(Portela 1—11)。他的论断是有创作实践作为根据的:巴西诗人德·坎波斯、葡萄牙诗人梅洛-卡斯特罗都是20世纪五六十年代具体诗的先锋,在80年代(个人计算的早期阶段)已经采用计算机进行创作。葡萄牙诗人罗德里格斯在其数码电影诗《粘合》中自觉将具体诗作者关于声音和写作物质性的研究扩展到数码媒体的文本性,探讨音响、文本、运动与音乐如何在新的跨媒体体裁中结合。(2)电子文学特性研究。加拿大西安大略大学瑞伊在论文中阐述了数码诗歌、电子诗歌或更广泛的新媒体诗歌交互性、媒体间性。他指出:在阅读这类诗歌时,人们点击、拖曳或从触发词语在屏幕上的重新配置的选项中做出选择,或者在词语嬉戏中模仿视频游戏的逻辑,或者通过搜索引擎将诗歌发布在网络的文本空间,或者在屏幕上使零度写作之类批评观念成为可能。数码诗歌也是典型的跨媒体,因为它们将词语和图像(或词语与声音)以印刷品所无法办到的方式结合起来(Rae 134—37)。(3)电子文学影响研究。英国诗人、书商凯利与布朗大学四面墙虚拟现实洞穴的写作项目组合作,面临着两个主要议题:一个具备社会政治与经济学含义,即这样一种深奥而排外的艺术制作过程如何诉诸受众或生成某种社会卷入的实践？另一个是形式上的、修辞的,即何为三维空间中的文本的现象学与美学？他认为:三维沉浸性表现将随技术发展而日益流行,语言能够而且将在这种虚拟现实中具有某种作用,不过它说到底是中介性的。象征的、文字的物质性将不只是存在于虚拟空间中,而且有能力为其构成、为塑造与定义这些空间做出贡献（Cayley 1—19）。美国佐治亚南方大学的弗林提出建设面向儿童的数码诗学的使命。他认为:关于儿童生来是运用电子媒体进行交流的高手的想法是一厢情愿的乐观浪漫主义。创作让儿童涉足其间的数码诗歌需要大量的知识与素养（Flynn 418—26）。这个问题确实关系到电子文学的继往开来。

    要论数码诗学的背景,下述因素是值得注意的:以计算机为标志的信息革命孕育了以"计算主义"知名的科学思潮。它认为构成世界的基本单位并非实体性的粒子,而是计算。美国麻省理工学院洛依德甚至提出了"宇宙是一台量子计算机"的主张。计算主义虽然流行于西方,但我国古代也有相应的思想资源。例如,清代纪大奎说:"音乐生于度量,本于太一。太一出两仪,两仪出阴阳。阴阳变化,一上一下,合而成章,浑浑沌沌。离则复合,合则复离,是谓天常。天地车轮,终则复始,极则复反,莫不咸当律之道也。"（4）文中所说的"度量"及"太一"的演变,都可从计算的角度去理解。我们固然并非一定要服膺作为世界观的计算主义,但可以借鉴其合理成分,阐明数码诗学的如下观念:（1）一切艺术来源于计算。所谓"计算",在这里应当理解为信息处理,即一般科学方法论（而不只是算术或数学）意义上的计算。数码艺术本身源于计算,这是不言而喻的。非数码艺术（即使产生于前计算机时代）的起源同样可以用计算原理加以阐释。例如,像"吭唷吭唷"这样的举重劝力之歌,产生的缘由就是劳动过程中的群体协作需要估量用劲的分寸与时机,并获得必要的反馈。（2）计算是人的本性。在生物层面,DNA编码和复制活动都是计算;在心理层面,计算能力是衡量心理发展的标准;在社会层面,各种人类共同体都以对人口和资源的动态计算作为其存在的基本条件。（3）计算因社会需要和实践领域的分化而分化。艺术计算之所以被作为独立范畴,是因为它采用了特殊的信息处理方式,即声言出于假定但仍不失其效用的假定（这是"虚构"的特征）。（4）模仿、表现与生成都是艺术计算的特殊类型。模仿的基础是计算原型与表征之间的相似性;表现的基础是计算刺激和情感的对应性;生成的基础是计算由一到多、由有限到无限的规律性。（5）悲剧、喜剧与正剧都是艺术计算的特殊产物。悲剧的特征是人因计算失误（或非人的计算所能控制）

而成为工具（或任何他自信可以被支配者）的支配物，喜剧的特征是被支配物超乎计算地成为人的哈哈镜，正剧的特征则是一切因果关系都在计算之中。（6）艺术随着计算技术的发展而发展，大致经历了身体辅助计算、工具辅助计算和机器辅助计算为主导的三个阶段。身体辅助计算的特点是"以身为度"，即以手指、身高、步距、饥饱、冷暖、体能、寿命等为标准。以之为主导的艺术都暗含了身体之度，如音乐与听域、美术与视域、文学与语域的一致性等。工具辅助计算将标准形式化、抽象化、普适化、外在化，从而使规矩、音管、算筹、算盘、计算器等的应用成为可能。以之为主导的艺术都暗含了工具之维，即标准化的计量单位（如尺寸、律吕、规模等）。机器辅助计算实现了可编程、电子化，并在社会需要的推动下和通信技术相结合，完成了从共享计算能力向建设"第四媒体"的转变。以之为主导的艺术都暗含了机器之迹，如程序处理、信息编码等。（7）艺术计算应体现创造性。这种创造性不仅体现在通过仿真而引导人们静观，而且体现在通过造境而导致人们震惊，以及通过交互引导人们融入。自从电子计算机发明以来，计算产业从集中计算、分布计算发展到云计算，在半个多世纪中经历了深刻的变革。体现大型机优势的集中计算为早期数码文学实验创造了良机，体现个人计算机优势的分布计算推动了后来的数码文学大众化。如今，人们只用手机、平板电脑等就能通过网络完成各种任务（即使是像超级计算这样的任务），这正是云计算的许诺。与之相适应的云艺术已经问世。艺术计算的创造性正是在科技与人文的相互作用中显示出来的。

　　当然，强调新兴的计算主义的启发性，并不意味着割断数码诗学的历史联系。尽管20世纪八九十年代某些激进的数码艺术理论家表现出某种与传统诗学决裂的姿态，事实上西方数码诗学是以传统诗学为基础而发展的，这从亚里士多德理论所产生的影响就可以看出来。这位古希腊哲学家的戏剧观被当今西方数码艺术的领军人物奉为圭臬，其模仿说仍然是数码文学理论家认识艺术与现实之关系的参照系，打通诸多领域的治学精神则从方法论上给数码文学理论家以启迪。当然，指望生活于两千多年前的亚里士多德能预见到当今数码诗学所面临的种种问题，那是不现实的。在进入数码语境时，他的某些观点必须加以修正和补充，像关于戏剧六要素的划分就是如此。某些运用亚里士多德诗学去开发交互性幻想系统的人可能没有意识到：这种老祖宗的理论模式已经在一定程度上束缚了他们的思路，例如一成不变地将情节当成设计理念的基点便是这样。事实上，人物性格及其与环境的冲突完全可以作为设计的出发点。更进一步的思考必须建立在深入考察艺术思维及计算机特性的基础上。当然，数码诗学可以充当新的参照系，为反思传统诗学的定位、推进其现代转型发挥作用。

与传统诗学不同，数码诗学是在当今高新科技刺激下得以勃兴的。在建构数码诗学的过程中，人们很容易援引计算机术语作为其范畴、将数码媒体的特点当成数码文学的特性，因此而忽略了文学本身之要旨，正像数码文学家有时自觉（或不自觉）地将技术当成自己作品吸引眼球的主要亮点那样。对这类倾向，德国诗人布洛克已经有所批判。[①] 事实上，数码文学生命力的源泉仍然是生活现实，数码诗学也应该从与生活现实的联系中去把握文学环境的功用及其艺术影响。当然，这里所说的生活现实已经是所谓"数字化生存"。

二、顺应 Web 升级趋势，更新网络文学研究视野

计算创造了文化，又为文化所制约。20 世纪中叶爆发的信息革命所产生的社会影响虽然已经波及全球，但其实际表现却是视各个国家和民族的具体历史条件为转移的。例如，迄今为止西方数码诗学所依托的主要是电子文学实践，而我国数码诗学所依托的主要则是网络文学实践。当然，我们不能简单地将网络文学视为中国的电子文学，正如不能简单地将电子文学视为西方的网络文学一样。只能说中国有自具特色的网络文学，正如说西方有自成体系的电子文学那样。两者之间存在社会文化差异，但在外延上又有交叉之处。电子文学之所以早发，原因之一是西方在数码技术领域的领先地位；电子文学之所以兴盛，原因之一是当代信息科技在西方的高度普及。网络文学之所以晚起，原因之一是汉字输入计算机的瓶颈制约；网络文学之所以繁荣，原因之一是中国传统出版门槛的倒逼。相比之下，电子文学观念更多着眼于人机交互，网络文学观念更多着眼于人际交互。电子文学的实践更多地证明：机器可以介入文学创作和鉴赏过程，表现（虽然目前只是初步表现）出一定的创造性和鉴赏力。网络文学的实践更多地证明：包括网络在内的各种机器说到底都是为满足人的需要服务的，文学爱好者可以利用新技术、新媒体所提供的条件，发挥自己的潜能。毫无疑问，数码诗学应求得人机交往与人际交往的统一。中外数码文学的异同，目前已经引起学术界的关注。例如，伦敦大学霍克斯虽然将中国网络文学称为"电子文学"，但他注意到：它们主要发表于交互式论坛，典型格式是线性的。由一个作者提交作品，由读者的评论、作者的反响所扩展，所有的评论

---

① See Block, Friedrich W. Digital Poetics or on the Evolution of Experimental Media Poetry. Feb. 2004. http://www.netzliteratur.net/block/poet1cs.html.

和反响都被加入同一标题的同一文本。不论何时加入新反应，上述主线总是出现在论坛目录之顶，因此保持"活性"。他进一步指出：交互性论坛广泛应用于西方国家，其中有不少致力于文学。然而，在西方批评界看来，这些网站的社区性经常妨碍它们被认可为创新的、前卫的或重要的，因为挥之不去的印刷文化范式决定了电子文学的"重要"作品（即值得保存的）必须是个人名义的作者自足的创作。在中华人民共和国（可能也包括中文世界的其他部分），创新步入了不同的方向，应用网络写作的交互特性是为了生产不稳定的、多作者线索的图文，它们鼓励参与，涉及新的文学与美学经验的新的读者身份。① 霍克斯的上述看法从某种角度反映了西方学者对我国网络文学的评价。若据笔者的看法，自20世纪90年代以来，我国网络文学研究取得了可喜进展，为国内外学术界所瞩目，并为文学观念更新注入了强大的活力。这一历史性的转折是多种因素使然，全国各地众多网络文学研究者为此做出了重要贡献，以中南大学欧阳友权教授为首的团队成绩尤其卓著。2013年8月中国文艺理论学会设立作为二级学会的全国网络文学研究会，表明了相关研究队伍的壮大。目前，就世界范围而言，新的课题又摆上议事日程，如人以外的其他生物和计算机的交往等。由此形成国外新媒体艺术家关注的生物—数码混合艺术（Hybrid Biological-Digital Art）。以此为背景，数码诗学的任务之一是对异类共在、动物与计算机通信作品、生物诗等现象给予恰当的解释。

互联网本身经历了由Web 1.0向Web 2.0的转变，目前正朝Web 3.0发展。大致而言，Web1.0以数据为核心，Web 2.0则以人为核心。前者所考虑得更多的是数据层面的集成，后者所考虑得更多的是社会层面的集成。目前被列入Web 2.0应用的，主要有以下几种：网志，由用户在既有网站内建设个人网站，管理自己所发布的帖子，并使之和其他用户的内容链接，形成新型的媒体；随身播，在移动状态下发布个人视频与声频；社会网络服务，依托互联网共享个人的简历，以便将意趣相投者集合为虚拟社区；维基，源于夏威夷语"快点，快点"（wee kee，wee kee），支持协作式写作的超文本系统，吸引人们共同书写大百科全书。除此之外，还有颇简联合供稿（RSS），以XML为格式基础的内容传送系统，等等。Web 3.0是对于互联网未来多种发展方向的概括，其中包括：（1）将互联网本身转化为一个泛型数据库，用资源描述框架（Resource Description Framework，RDF）作为标识语言，使数据像网页一样

---

① See Hockx, Michel. Electronic Literature in the People's Republic of China. July 2011. http://newhorizons.eliterature.org/essay.php@id=13.html.

易于链接与访问。RDF 结合了统一资源定位符（URI）和通用文件格式 XML，便于提供结构化数据。（2）推进语义网建设，给万维网上的文档添加能为计算机理解的语义（即元数据），让互联网能够理解人类语言、像人类那样思考、成为智能化程度极高的巨型大脑，实现人与计算机的无障碍沟通。（3）实现网络世界 3D 化，沿着"第二人生"的思路，建设三维网站、三维公国等，并使之得以相互连接与沟通。（4）增进在线世界与离线世界的对应关系，如开发地理映射网、基因映射网等。

如果我们认同"文学是人学"的理念、相信文学在历史上与人相始终的话，那么，网络文学必然葆有文学表现人性、抒发人情、反映人生的一致性。如果我们承认人类业已经历了五次信息革命、认可文学的形态随着媒体革命而更新的话，那么，网络文学完全可能随着互联网升级换代而"旧貌换新颜"。我国网络文学是在 Web 1.0 时代诞生的，当时万维网只不过是早期互联网多种服务之一，文学网站体现了以数据（作品）为中心的特点，大致相当于发表平台。随着 Web 2.0 时代的到来，博客、微博、微信等网络文学新天地体现了以人为中心的特点，将作者与读者之间的交互提升到前所未有的水平。不难想象：Web 3.0 将为网络文学开拓崭新的空间。网络文学势必作为互联网这一泛型数据库的组成部分而起作用，其创作完全可能在人与互联网这一巨型大脑的对话中进行，作品的形态很可能趋于三维化，在内容上甚至可能和现实的地理世界、生物世界建立某种对应关系。

在这样的背景下，网络文学研究自然要更新自己的视野，将 Web 3.0 所体现的各种趋势（包括目前还只是"小荷才露尖尖角"的新生事物）列入议事日程。如果任何人都能极其方便地依托网络在云计算上完成代码的编写、调试、测试、部署、升级，那么，网络文学的技术含量必将大大提高。如果创作者只是具有一个想法，便能因为运行于云计算而被全球市场作为服务来订阅，那么，网络文学创意的价值必将得以充分显示。如果文学爱好者仅仅具有对于合理的知识结构的朦胧意识便能通过智能网络知识分配系统来满足成才的需要，那么，网络文学总体水平必然远非今日可比。如果互联网真的成为可和人脑媲美的巨型大脑，那么，网络文学的含义将可能是由网络自主生成（或许离不开人的订制）的文学。如果网络环境已经是真正意义上的数字地球（三维化、可交互，且和现实世界有映射关系），那么，网络文学所看好的"穿越"将不只是靠文字描述来实现。网络文学研究要有理论想象力，不能光是回顾历史，也不能满足于现状的描述，应当具备前瞻性。

三、应对文化产业大潮，弘扬数码文学创新精神

如果将西方电子文学和我国网络文学都视为涵盖范围更广的数码文学的组成部分，那么，不难发现如下带普遍意义的现象：在大型机主导阶段，数码文学被纳入了科研实验的轨道；在微机主导阶段，数码文学被纳入大众文化的轨道；在网络主导阶段，数码文学被纳入了文化产业的轨道（同时和信息产业关联）。在不同轨道上运作时，数码文学都要求相关的理论阐释与评论。在科研实验为主的时期，理论家要解释计算机生产的作品的文学性何在，可否和人创作出来的作品媲美。在大众文化为主的阶段，理论家要阐述数码文学在标新立异、激浊扬清等方面能发挥什么作用。在文化产业为主的阶段，理论家要去观察数码文学如何能为GDP增长做贡献，并给业界带来经济效益和社会效益。当然，不论在什么阶段，数码诗学内部都可能产生推波助澜和警觉批判两种倾向。前一种倾向往往借助于产业学、营销学等理论，后一种倾向则往往诉诸文化研究。

当前，文化产业对于数码文学发展的影响已经鲜明地表现出来。以我国为例，立志打造全球华语小说梦工厂的盛大文学已经占有网络文学2/3以上的份额。这家最大的民营出版公司在上述领域形成了事实上的垄断。华谊兄弟在影视业之外还布局游戏，需要大量文学脚本；水晶石数字科技有限公司标举在线三维展示，这有利于引导人们追求文学视觉化美景；腾讯打造中国最大的虚拟社区，以游戏、QQ等服务吸引包括文学工作者在内的网络用户；万达集团进军文化产业和电子商务，作为全球最大的电影院线运营商而影响文学的影像化进程；雅昌企业集团（深圳）发布艺术品拍卖市场行情，旗下的雅昌艺术网号称"中国第一艺术门户"；优酷、土豆在网络视频领域独占鳌头；横店影视城拍摄数码影片；小米科技建设独具特色的发烧友极客文化，为手机文学提供温床；深圳文博会汇聚各路英豪，可充当数码文学展示风采的窗口。北京大学第十届中国文化产业新年论坛评出的上述"中国文化创意产业十大领军企业"（2012），都从不同角度和数码文学发生关联。

透过文化企业彼此有别的市场定位和运营策略，我们看到了与大数据时代相适应的某种共同趋势，即利用高新科技搜集、处理和运用各种信息（首先是和顾客、潜在顾客相关的信息），投其所好，以便使自己的利益最大化。在西方，"亚马逊可以帮我们推荐想要的书，谷歌可以为关联网站排序，Facebook知道我们的喜好，而Linkedin可以猜出我们认识谁"。这些任务都和个性化技术相关，包括个性化排序和个性化推荐（舍恩伯格库克耶17）。在文学领域，

产业化是根据市场需要运用大机器工业模式组织大规模文学生产的结果。垄断企业延伸其产业链，往往意味着加剧对文学生产全过程的控制，可能助长拜金主义、消费主义等。数码诗学中的反产业化倾向虽然在排斥科技方面可以追溯到 19 世纪初的勒德主义，但在现代条件下更多是作为商业大潮、全景监视之反拨的对于自由的主观追求。

从总体上看，古代诗学是前产业诗学，因为它是在第一次产业革命爆发之前形成与发展的。其基本特点是：（1）留下思想资料的持论者主要是统治阶级思想家和自娱性文学作者，人数相当有限；（2）接受者主要是作为个人、有阅读能力的文学爱好者；（3）传播者主要是由上述两类人交替扮演的，即使有比较专门的诗评家，也是以个人身份活动为主，但书商已经逐渐介入；（4）将笔墨纸砚等用为写作工具，通过手稿、缮写本或印刷品进行传播；（5）在内容上，主要关注文学表现社会心理或社会意识形态的作用；（6）成果主要以论著、诗话、词话、诗格、序跋等形态出现；（7）发挥作用的方式主要是"奇文共欣赏，疑义相与析"；（8）流传环境以本土为主；（9）通常以将理论观点传之久远作为目标。

现代诗学从主导面看是产业诗学，因为它已经打上了产业革命的烙印（大规模机械复制等）。其主要特点是：（1）持论者专业化，不少人具备产业背景，或者是相关企业的顾问、智囊，或者直接/间接地从企业获取研究经费；（2）接受者主要是大众媒体的受众，他们同时是文化经济的消费者；（3）传播者主要是专门机构（如报社、电台、电视台、广告公司或公关公司等），有相对固定的把关人；（4）将报纸、杂志社、出版社、电台、电视台等作为传播工具；（5）在内容上突出企业界所关心的问题（如文学作品的版权与经济效益等）；（6）成果主要以大批量印刷的图书或电子媒体的栏目、节目行世；（7）起作用的方式主要是与大众传播相适应的单向宣讲；（8）环境扩展到大众媒体所覆盖的范围，可能具有全国规模（甚至有国际影响）；（9）包含一定的批判性。说现代诗学打上了产业革命的烙印，并不意味着它就放弃了自己的理论品格。德国的法兰克福学派、英国的伯明翰学派都是现代诗学重要的参照系。它们分别以"文化工业"论和"积极受众"论为其主要标志。

数码诗学可以说是后产业诗学，这很大程度上是因为它所依托的艺术生产呈现出大批量个性化生产、用户生产内容（UGC）所占比例迅速增长等特色。数码诗学不仅关注数码化对艺术生产的作用，而且关注整个艺术生态的变动。就此而言，发达传媒时代的娱乐经济对艺术生产的影响是双重的。它既给网络文学、网络视频、手机音乐等新媒体艺术注入了强大的驱力，又造成传统艺生产的危机。不论录音工业的衰落,或者是传统小说"认识社会人生"功能的失效(张鸿声刘宏志 171),都是上述危机的表现。正是在透析大批量和个性化、危机和机遇等悖反性现象的过程中,数码诗学找到了自己的用武之地。它本身的主要特点是:(1)持论者来自社会各阶层,呈现出草根化等特点;(2)接受者主要是新媒体用户,参与积极性高;(3)传播者由持论者、接受者交替扮演,网管在幕后作为把关人;(4)网络、移动通信等是相关信息的传播途径,相关服务和通信工具层出不穷;(5)在内容上突出时尚(特别是与信息科技应用有关的)话题;(6)成果虽仍有长篇大论,但更多是适宜通过即时通信工具传播的只言片语;(7)起作用的方式主要是双向或多向互动;(8)环境扩展到全球信息基础设施,基本不受国界约束;(9)不乏兴风作浪的推手,却以每个人似乎都得以自由发表意见的表象呈现。上述分析表明:即使是数码诗学本身,从言论或话语的角度也呈现出大批量个性化生产的特点。这一特点和用户生产内容等因素总的来看是有利于创新的。不过,在后产业时代,由于交通、通信条件的改善,国际文化交流日益广泛,各个国家和民族特有的人文环境对于理论特色、学术用语等影响逐渐减弱,在市场消费结构迅速均质化的同时,人文关怀、思维模式也出现了趋同现象,这是制约创新的因素。数码诗学的发展因此呈现出多样分化与论题相通并存的现象。

如果说农业社会的核心资源是土地、工业社会的核心资源是资本和技术的话,那么,后产业社会的核心资源是知识和信息。数码诗学之所以在短短的六十余年中迅速分化出多种类型,根本原因之一是本时期数码科技以令人眩目的速度发展,推动媒体、社会与艺术的变革。处在这样的时代,数码科技的各种重大成果只要获得社会化或者展现出光明前景,就完全可能激发艺术理论家的灵感而成为创新契机。当然,将来自数码科技领域的某种术语当成数码诗学的标签是一回事,由此而建立相对完整、有说服力的诗学体系又是另一回事。诗学如果不想空洞化的话,就不能不关注艺术家在汇通科艺方面所做的努力;如果不想流于"跟风"的话,就不能不保持批判精神和独立思考;如果不想使自己的观点成为没有反响的"独白"的话,就必须坚持和科技人员、艺术家的对话,在必要时也来个 DIY(自己动手做)。美国学者曼诺维奇对新媒体语言的研究、瑞安对于数码叙事学的研究之所以能够形成特色,关键就在于具备跨学科素养、创新精神及对于数码艺术发展的高度敏感,这是值得我们学习的。

参考文献

Cayley, John, Dmitri Lemmerman. Lens: The Practice and Poetics of Writing in Immersive

VR (A Case Study with Maquette). Leonardo Electronic Almanac 2006(14.5/6):1-19.

Flynn, Richard. Toward a Digital Poetics for Children. Children's Literature Association Quarterly 2010(35.4):418-26.

Glazier, Loss Pequeño. Digital Poetics: The Making of E-poetries. Tuscaloosa, Ala. the University of Alabama Press, 2001.

纪大奎.国语七律说四.双桂堂稿：卷一.中国基本古籍库.http://210.34.4.20/cn/detail.asp? pid=3&sid=731.

Jirgens, Karl. Neo-Baroque Configurations in Contemporary Canadian Digital Poetics. Canadian Literature 2011(2010/2011):135-51.

Lloyd, S. Programming the Universe. New York: Afred A. Knof Publisher, 2006.

迈尔—舍恩伯格库克耶.大数据时代：生活、工作与思维的大变革.盛杨燕，周涛，译.杭州：浙江人民出版社，2013.

Portela, Manuel. Concrete and Digital Poetics. Leonardo Electronic Almanac. 2006:1-11.

Qvortrup, Lars. Digital Poetics: The Poetical Potentials of Projection and Interaction. Digital Media Revisited: Theoretical and Conceptual Innovation in Digital Domains. Ed.

Gunnar Liestol, Andrew Morrison, and Terje Rasmussen.

Cambridge, Mass. MIT Press, 2003:239-61.

Rae, Ian. The Case for Digital Poetics. Canadian Literature, 2010(204):134-37.

张鸿声，刘宏志.发达传媒时代的小说叙事危机.艺术百家，2013(1):171.

（原载《文艺理论研究》2014年）

作者简介

黄鸣奋，1952年生，福建南安人。1982年毕业于厦门大学中文系。历任厦门大学中文系研究生、助教、讲师、副主任，中国语言文学研究所所长，中文系主任，副教授，教授。著有《数码艺术学》《网络媒体与艺术发展》《数码戏剧学：影视、电玩与智能偶戏研究》《超文本诗学》《传播心理学》等。

进化论、后现代主义与圈子批评
——20世纪80年代先锋小说批评的话语脉络及存在形态

谢 刚

一、"形式至上"与"进化论"的文学史观

中国当代"先锋小说"是指马原、洪峰、余华、苏童、格非、孙甘露、北村、叶兆言等人的小说写作。迄今关于这一概念虽还有争议，但已为学界大多数人认可。然而在20世纪80年代中后期，当这些小说刚刚在文坛出现、扩散时，批评家并未立即使用"先锋小说"来命名之，其时风行的现代派小说、探索小说、新潮小说、实验小说等名称虽不是专指"先锋小说"，但都曾将它涵括其中。究其缘由，这既是因为彼时批评家对先锋小说在新派小说中的特质认识尚较模糊，更是因为他们宁愿专注于先锋小说与其他新派小说之间的共性质素，即它们都具有区别于传统现实主义小说的写作特性。这一写作特性，在当时对先锋小说评论最为活跃的李劼看来，乃在于文学形式被推到了文学的本体地位。在一篇文章中，李劼充分阐述了文学形式的独立性、主动性以及"形式即内容"的观点。① 文中明确提出的由"写什么"到"怎么写"的转变之说，后来为研究者反复申述，并一直沿用至今，成为描述先锋小说写作新质的共识。值得注意的是，李劼这种先知先觉的描述所适用的对象，不光有作为先锋派的马原和孙甘露的小说，还有20世纪80年代前半期的意识流、现代派、寻根小说以及莫言、何立伟等人的小说。由此可知，在李劼那里，先锋小说的特性被淹没在所有新潮小说的共性之中，先锋小说与其他新小说之间对形式的推重程度之别，或

---

① 李劼.试论文学形式的本体意味.上海文学,1987(3).

者说两者与现实主义写作之间的距离远近,并未得到充分留意。此时的李劼明显更看重所有具备陌生化形式的小说对现实主义文学的反叛倾向,带着"重内容、轻形式"意味的现实主义文学是李劼意在冲击的首要目标。不久之后,李劼这种"眉毛胡子一把抓"的做法在《论中国当代新潮小说》一文中有所调整和改观。在此文中,李劼把新潮小说分成三类来考察:一是"文化寻根"类,主要以寻根小说为代表;二是注重"生存观念"型,主要以现代派小说为代表;三是"形式主义",主要以先锋小说为代表。① 这种类型划分表明,李劼已经注意到新潮小说的内部差异,意识到先锋小说在新潮小说中的独异之处。

对新潮小说做出区分并非难事,只要对之加以较为全面的观照和稍微深入的阅读,就不难发觉其中的丰富与驳杂。是故,与其说李劼在新潮小说中予以先锋小说的差异化定位值得注意,不如说他坚持以一种进化论的视野来观照新潮小说及其发展线索更耐人寻味。事实上,在写此文以前,李劼就在几篇论文中表白了他的进化论文学史观。他首先描述了新时期文学的进化性质,认为"伤痕文学""反思文学"和"改革文学"是第一次"裂变",而后的"朦胧诗""寻根文学"是第二次"裂变"的两个起点。② 这里的"裂变"并非一般性质的演化和突变,而是含着由低级向高级的上升与递进。新时期文学是如此,整个中国现当代文学史同样潜隐着进化逻辑。正如李劼所言,现代文学的历次转折"作为一个完整的历史过程,它不是封闭的,而是开放的,它不是一个简单的重复,而是一种螺旋状的上升"。至"1985年的文学新潮"发端兴盛以后,现代文学趋于终结,当代文学开始生成。③ 作为形式主义小说的首要人物马原则是具有里程碑意义的作家,因为"中国当代小说的历史性转折,在马原的小说那里得到了最终的完成"④。显然,李劼认为从马原开始的先锋小说呈现了他心目中的理想文学图景或最优文学形态,是20世纪中国文学经过无数次优胜劣汰和不断选择之后适于生存的优化品种。诺思罗普认为,进化乃是"一种存在于时间中的目的论的过程,它指向一个而且是唯一的一个完全是预定的目的。"⑤ 据此可知,在李劼的文学史观中,中国现当代文学史这一时间系列中包含了一种渐变的发展趋势,潜藏了一个以形式主义文学为目的地的演化方向。

李劼专注于文学存在的"历时形态"而不顾"共时形态",敢于树立以先

---

① ④ 李劼.论中国当代新潮小说.钟山,1988(5).
② 李劼.略述新时期文学的两次裂变.当代作家评论,1986(5).
③ 李劼.中国现代文学史(1917—1984)论稿.黄河,1988(1).
⑤ 诺思罗普.进化在其与自然哲学和文化哲学关系之中//韦勒克.批评的诸种概念.丁泓,余徵,译.成都:四川文艺出版社,1988:45.

锋小说为目标的现代文学发展史，如前所述，是因为在他心目中，确立了形式至上、以形式为本体的文学理念。李劼认为形式可以具体为叙述和语言两个层面，后者对于文学的重要性占据了根本的位置，"变换一种语言方式将意味着获得一个新的世界"①。中国当代新潮小说的功绩正在于"小说语言作为第一性的文学形象，登上了当代中国小说的舞台"②。文学形式被推到前所未有的决定性地位，这一文学观念显然受到俄国形式主义、英美的新批评以及以罗兰·巴特为代表的法国结构主义的深刻影响。事实上，20世纪80年代中后期的中国文学批评界，普遍开始表露探讨文学形式问题的极大热情。③ 老作家汪曾祺对语言是文学本质的断言，④ 令新潮批评家在讶异之余，也激发了他们对语言重要性的重新认识。⑤ 吴亮、南帆、程德培、李洁非、李陀、李庆西、薛毅、陈剑晖、罗强烈、陈晋、谭学纯、刘火等人在当时纷纷撰文，对小说语言展开各种分析，尽管他们在具体观点上存有差异，但在强调语言决非内容的附庸，是事关文学性奥秘这一点上，却大体近似。只是在他们中间，李劼的观点显得最为激进和彻底。李劼理直气壮地断言文学形式（语言及叙述）的本体地位，仰仗的认识逻辑在于："文学是人的文学创造活动。文学的人学意义是文学的普遍性，文学的文学意义（本体意义）则构成文学的特殊性。文学的人性不仅仅在于它的主体性，而且更具体地在于它的本体性——即文学主体在文学语言和形式结构上的创造性。"⑥ 意思是文学是人学，人的主体性是决定文学的本质因素，而主体性必须具体落实为包括语言和叙述在内的形式创造上，正是这一创造才成就了文学之为文学的本体性（文学性）。认为文学的源泉在于人的主体性的看法，接续的是20世纪80年代前期主流理论批评界扬弃反映论、推崇主体论的理论转向，而对形式地位的极度张扬，又暗示出继续推进或修正主体性理论的企图。在刘再复的主体性理论中，文学性的生成依赖于作家精神世界的丰富性和深刻性，借此创造出具有"独立的个性，不以作家意志为转移的具有自主意识和自身价值"的人物形象，最终在具有"审美再创造能动性"之接受

---

① 李劼.中国当代语言革命论略.社会科学,1989(6).
② 李劼.论中国当代新潮小说的语言结构.文学评论,1988(5).
③ 有人有感于当时的对语言问题的关注热度，曾预计1988年将是"语言年"。李庆西.小说语言学的故事.文学自由谈,1988(2).
④ 汪曾祺.关于小说语言（札记）.文艺研究,1986(4).
⑤ 这在程德培对汪曾祺语言观的反应中可见一斑。程德培.小说语言界线再论.小说评论,1989(1).
⑥ 李劼.我的理论转折.上海文学,1987(3).

主体的阅读中实现。① 概言之，作家、人物与读者的主体性共同构成了文学性生成的条件。然而这在李劼看来，这些并未触及文学性的核心要义和最后边界，他宁愿相信叙述和语言的创造才是文学性的根本，"人物形象以及小说中的各种意象和物象，都是小说语言这一基本形象的衍化和发展"②。就在作为文学性实体依托的"人物形象、意象和物象"被置换为"语言形象"的过程中，李劼对主体论学说做了修正。

然而这种修正是有限度的。表面上看，李劼对语言及形式的推重与西方的形式主义理论很相似，但实质上却大不相同。不难发现，李劼把文学性根基引向语言与叙述，得益于罗兰·巴特结构主义理论的启发。③ 但李劼并未就此走入罗兰·巴特，这是因为他对结构主义的理论宗旨存在误解或误读。李劼说："绝大部分文学语言的研究家，包括罗兰·巴特在内，尽管分析了叙述形式的结构方式，但很少有人进一步指出叙事结构作为一种文学语言形式本身所具备的生命意味。换句话说，文学的结构主义者们都只关心结构，而不注意结构本身的张力与生命形式的张力之间的对称和不对称问题。"④ 实际上，罗兰·巴特的结构主义学说与其说是不注意文学形式与生命形式之间的关系，不如说是有意要摒弃这层关系，其申明语言先于作者的理念，旨在割断作者与文本的关联，文本不再是创作的结果，而是不同语言和文本相互运作的产物。李劼强调文学形式中包含"生命意味"，意在维护作者的写作主体地位，而这恰恰是结构主义所要极力反对的。显然，李劼通过把形式推向文学本体的高度，为先锋小说作为纯文学典范立法的做法，在实质上并未逾越文学的人道主义范畴。

二、主体消解与后现代主义阐释的兴起

李劼从形式那里找到了先锋小说维护文学自主性的非凡素质，然而李劼不愿让形式成为先锋小说经典化的唯一理由。即使激进如李劼，依然对小说徒有形式的恶名有所顾虑，他不忘声明先锋小说并非传统观念中的形式主义小说，而是达成了"形式即内容"的二元一体的小说。可见李劼还是不敢撇开内容让形式"自立门户"，"内容"始终是他牵挂的对象，尽管它不同于以往的"道"

---

① 刘再复的《论文学的主体性》与《论文学的主体性》（续）分别刊载于《文学评论》1985 年第 6 期及 1986 年第 1 期。

② 李劼.论中国当代新潮小说的语言结构.文学评论,1988(5).

③ 在阐述叙述的重要性时，李劼就曾援引罗兰·巴特说事："借用罗兰·巴特的说法，故事不仅有内容的内容（事故），还要有形式的内容（对事故的叙述形式）。"李劼.小说语言四题.文学自由谈.1988(2).

④ 李劼.小说语言四题.文学自由谈,1988(2).

"社会现实""政治含义"。而在他看来,先锋小说的内容就是小说家的"生命形式"和"形而上观念"。在马原的小说中,"内容"是对充满种种"偶然性"和"非逻辑性"的现实真相的哲学表白,在洪峰的《奔丧》中是对"一个现代人生存困惑"的注重,"写出了一个孤独者的痛苦和困惑,连同包围着这个孤独者的种种世态炎凉"。在余华的《四月三日事件》及《一九八六》中,更有着近似于鲁迅《药》与《狂人日记》般的国民劣根性批判。总而言之,先锋小说的形式并未远离"意义",更未弃绝"主体"。"他们把创作看作生命的体验,他们把作品看作本体论意义上的存在,他们在作品中力求完成自己,而很少有人再把自己在作品之外作非文学的延伸。"① 先锋小说的形式始终在"主体"的掌握之中,它仍然是作者情感体验、理性意识和哲学观念的诸种演绎,主体甚至在繁复多变的形式创造中得到更为充分的突显。就这样,通过阐发先锋小说形式所包藏的内涵,李劼与他试图修正的"主体论"保持了"貌离神合"的一致。先锋小说五花八门的形式操作,不能在主体自我消解的意义上来理解,只能读解为主体深度和充实的外在显现,正因此理,李劼在服从直感的基础上读出马原的"小说文本留给读者的是一种形式游戏的错觉",带着某种程度的"符号操作"意味,便成为马原小说的缺陷所在——"他都不知不觉地远离了自己的生命状态"。②

在肯定"主体"的意义上来认定、诠释和评断先锋小说,并非李劼的专利,罗强烈亦有类似看法。他借助克罗齐"艺术即表现"和"形式即内容"的观点,认为马原小说艺术的"鲜美的血肉"在于"叙述的过程",这一过程揭示了"生活发展的各种'可能性'意义",其中"充满了意料之外的神秘感和诱惑力"。《冈底斯的诱惑》中的陆高是一个符号,更准确地说是一个"艺术符号",作者马原通过它传达了"一种人生经验和审美经验"。③ 马原的小说就这样被纳入表现主义文学的范畴,它以非常态的叙述方式(被罗强烈命名为"散点透视"),勾勒了隐身于叙述幕后的马原的"主体"形象。在另一篇文章中,罗强烈索性直接在标题中点破文学语言与主体性之间的紧密关系,可见他无意让语言与主体分道扬镳——语言选择的实质正是主体自由意志和创造功能的外化。④

支离破碎、花样翻新的形式恰恰构筑了一个坚实、完整而深刻的主体,主体通过这种形式反而展现出前所未有的创造活力,这是李劼及其同道对先锋小说秉持的信念。这也是他们把先锋小说与意识流小说、现代派小说、寻根小说

---

①② 李劼.论中国当代新潮小说.钟山,1988(5).
③ 罗强烈.小说叙述观念和艺术形象构成的实证分析.文学评论,1987(2).
④ 罗强烈.主体性与文学语言的选择.文艺研究,1986(5).

统归为"新潮小说"的根由所在。先锋小说的形式与主体的中心位置果真是相互塑造、彼此成全的吗?假若凌乱破碎的形式源自于主体对自身存在的深刻质疑,反映出主体对自我认识的困惑和犹疑,甚至暗示出主体根本不知自我为何物,那么,这样的形式又如何能隐现主体的深刻与完整,进而突出主体之于世界的自信与优越呢?这一假设一旦成立,李劼们对先锋小说形式的诠解岂非成了一种误认?或者说这只是阐释者一厢情愿的结果?张颐武、陈晓明的先锋小说批评实践就是旨在证明这一假设,以此拆除李劼们暗中坚持的主体论地基。在张颐武看来,先锋小说中的主体位置已经不再像寻根小说和现代派小说那样确定无疑,叙事的空前动乱和语言的不知所指,"事实上是怀疑作者意识主体的可靠性和权威性,怀疑'主体'感知和了解真实的可能性,这是一种对作者'意识主体'存在的追问"①。原来,非常规的叙事表征并非为了确证主体,而是为了消解主体。精神意识曾是人确立主体性的媒介,然而在张颐武看来,人的精神意识与其说是对真实存在的反映,毋宁说是由意识形态构造的幻觉和假象。精神意识不能捕捉现实,不能"表现"真实自我,因为其往往为意识形态所控制,而意识形态不过是语言的产物,语言说到底又不过是一种符号,符号的能指与所指的结合是游移不定的,正是这种游移不定,导致了所指(意义)的无限延搁。正如拉康所言:"没有一个意义不是靠着引向另一个意义才得以成立的。"② 因此,"我思故我在"未免不可靠,或许"我在"正在于"我不思之处"。先锋小说与其说反映了一个"我思"的主体,倒不如说是构造了"我不思"的存在。伊格尔顿在解析后结构主义时,说道:"既然语言不仅是我所使用的方便工具,而且是一种创造了我的东西,那么,认为我是一个稳定、统一的实体的思想必然也是一个虚构。"③这种观点落实于先锋小说的解读,即如张颐武的断言:"在实验小说中,把'人'的观念视为一种意识形态的幻觉业已成为一种普遍的趋向。'人'变成了一种虚构之物,一种想象性的实在。"④

先锋小说的形式革命无法论证主体的中心位置,与形式相伴相生的"内容"同样如此。李劼们从先锋小说的经验碎片中细细品察的生命意味、情感体验及哲学理念,在陈晓明看来其实不过是一种幻觉和假象。在他看来,先锋小说文本中飘浮的苦难景观并未透出深刻的苦难意识。苦难叙述的"'残酷'都是从叙事方法转换而间接产生的",源自于作者"游戏人生的实验态度";先锋作者"大胆地把神圣的'孤独感'推到'娱乐化'的局面中去,把自我连同

---

①③ 张颐武.人:困惑与追问之中——实验小说的意义.文艺争鸣,1988(5).
② 拉康.拉康选集.褚孝泉,译.上海:上海三联书店,2001:310.
④ 伊格尔顿.二十世纪西方文艺理论.伍晓明,译.西安:陕西师范大学出版社,1987:143.

'孤独'彻底捣毁成娱乐性的生活碎片"①。先锋文本中的"荒诞感""无法构成抗议人性异化和历史异化的生存化观念",它"只不过为语词自律运作提供了娱乐的场所";先锋作者"关于生存的'神秘感'通常只是叙述方式开展活动的借口,或者是叙述方式的某种阶级性的副产品。生存的'神秘'素质随着对生存终极性的怀疑和对生活现身情态的嘲弄和愚弄而消散"②。总而言之,先锋小说的"内容"并非像以往论者所揭示的,是对一个深刻主体的外在演绎,既不体现特定的情感态度,也不表达某种信念和价值,它即便预示某种生存观念,也并非是像现代主义文学那样,是基于生存体验的升华和抽象,而只是一种后现代主义观念下的先验虚设。先锋小说中所展示的主体已经破碎、瓦解,不再是本质化的统一整体。写作与其说指向主体对世界的理解与体验,毋宁说是一种为写作而写作的游戏。这种游戏性质的文本"对现实或对他人的嘲弄的同时,彻底嘲弄了自己,自我与生活抗争的虚假性获得喜剧性的解决"③。主体在游戏性的文本中退场,作者"死"了,人被彻底解构,一切企求在文本中寻获"内容"或"意义"的做法都是徒劳的。显然,在后现代主义的阐释中,先锋文本是否具有隐喻意味,先锋派是否借助叙事经验的再造来表达对生存现实、社会政治及历史真实的质疑和批判,随着主体被认定为"失踪者",已经不再是一个有待辨析的问题。

三、"圈子批评"与批评的分化趋势

如前所述,20世纪80年代的先锋小说批评几乎囊括了新时期以来最为重要的三种理论话语,即人道主义、现代主义和后现代主义。先锋小说问世之时,并未遭到类似于朦胧诗和现代派小说的激烈非议,仅有几篇在藏族书写上没有把握好分寸而遭到行政干预。④ 总体看,主流文艺界在80年代中期对具有探索倾向的先锋文学比以往更加宽容,"清除精神污染"运动产生的影响虽呈隐隐威慑之势,但基本没有导致对先锋小说的政治审查,⑤ 这使得最初的先锋小说评论能够在文艺范畴中正常开展。当先锋小说被推崇为文学回归本体的重要标志时,此时的批评者既依附于人学话语,又表示出对现代主义美学的推

---

①③ 陈晓明.现代主义意识的实验性催化:"后新潮"文学"意识"的变迁.当代作家评论,1989(3).
② 陈晓明.现代主义意识的实验性催化:"后新潮"文学"意识"的变迁(续).当代作家评论,1989(4).
④ 当时先锋小说的个别篇什,如马原的《大师》和马建的《亮出你的舌苔或空空荡荡》,因对藏族生活作过不当叙述而招致严厉批判。
⑤ 未公开的批评也许仍然存在,据陈思和披露,当时《文艺报》的主流批评家曾经私下批评过主编《上海文学》的李子云和吴亮他们搞小圈子,由此可推知对先锋小说的政治腹诽不是没有。金理,陈思和.做同代人的批评家.当代作家评论,2012(3).

崇，俨然以人道主义者和文学现代化推促者自居；当先锋小说被指认为作者主体自我消解的文本游戏时，它便成为后现代主义文学的中国标本，批评者借此成了中国后现代主义思想文化代言人。这些批评话语类型和批评者的理论形象在先锋小说的批评与研究中不断延续，至今未有多少实质性的改变。

因为上述理论立场和角色认同的差异，80年代先锋小说的批评者形成了不同的批评圈子。推崇先锋小说的大多是较为年轻的（50年代生人）的批评家（钱谷融是个例外①，属于被当时学界称为"第五代批评家"或"新潮批评家"圈子的成员）②他们是80年代"唯新是举"的文学潮流的推动者，大多立足于文学形式的创新肯定先锋小说的意义，同时相信形式背后有新的深意存焉。③在批评文本中虽不乏细密的理论分析，但由于对西方20世纪文学及理论未做过深入了解（例如常常把现代主义与后现代主义文学混为一谈），因而更多仰赖直感、悟性和鉴赏力，而非倚助相关的理论体系来阐释先锋小说。吴亮就曾坦言，他提出"叙事圈套"这一概念时，"还没有系统看过什么叙事学方面的东西，有些概念都是我生造的"④。事实上，他们本就无意追求严谨规范，甚至鄙薄四平八稳的学究气，⑤行文偏爱明快机智、灵动活泼的风格，总体上接续了个性主义的批评传统。在批评立场上，对传统文学观念的反叛溢于言表，体现出厚今薄古、唯新是从的价值取向，对于新生的先锋派，他们更喜欢施于"寻美的批评"，即"对艺术创造抱有深刻的同情"。⑥他们意欲冲击的传统文学观念，既包括反映论，也包括主体论，但程度有所不同，对前者是全盘弃绝，对后者是局部修正，整体遵从——"文学是人学"始终是他们恪守的底线。论述过程中含有鲜明的文学史意识，喜好把先锋小说与之前的现代汉语小说比对，极力突出其作为"纯文学"典范的写作价值，以便迅速建构先锋小说在文学史中的经典地位。同时一并确立自身作为先锋小说"合法阐释者"的角色，作为深通文学性奥秘的批评家的身份。其中过程可以具体描述为：通过冲击批评场域内占

---

① 钱谷融在论文中总体上是支持先锋小说的。论"探索小说"——中国新时期文学的一个侧面.社会科学辑刊,1989(2-3)

② "第五代批评家"是谢昌秉最早提出的[第五代批评家.当代文艺思潮,1986(2).]，后来得到陈骏涛等人的响应[翱翔吧,"第五代批评家".文学自由谈,1986(6).]。

③ 有意思的是，多年以后李劼反省了当年自己对马原小说形式的分析："我读了博尔赫斯小说、罗伯·格里耶小说，还有略萨的小说之后，觉得马原的叙事方式，并没有什么特别的形而上含义在内，也没有非常惊人的叙事创新"。李劼.中国八十年代文学备忘录.台北:台湾秀威出版社,2009:86.

④ 吴亮,李陀,杨庆祥.八十年代的先锋文学和先锋批评.南方文坛,2008(6).

⑤ 李劼在回忆80年代与吴亮、程德培的交往时，谈及他们都十分鄙薄文章缺乏创造力的"教授风格"。李劼.中国八十年代文学备忘录.台北:台湾秀威出版社,2009:84-85.

⑥ 阿尔贝·蒂博代.六说文学批评.赵坚,译.北京:生活·读书·新知三联书店,1989:26.

据主导地位的主体论话语,重新给出以形式为本体的文学定义,以此夺取关于文学的核心话语权,从而获得在文学场域中的优势占位以及相应的文化资本。

陈晓明、王宁、张颐武等人参与先锋小说批评的时间稍晚于第五代批评群体,构成了与第五代先锋批评群体"同又不同"的后现代主义批评圈子。相同点在于这两个批评圈子都把阐释先锋小说当作一种智力游戏。吴亮评论马原颇有和他比拼智力的味道。① 李劼多次宣称阅读先锋小说需要很高的智商。陈晓明直接点出先锋批评就是"一项智力活动"②,强调先锋批评是智力的试金石,一是说明先锋小说是有难度的写作,作家精通叙事技巧,具备让叙事成为游戏的本领;二是表明先锋小说并非任何批评家都能读懂,阐释的资格非智力高的批评家莫属。借助这两点,两个批评圈子一同昭告了先锋小说的特殊性,为其经典化备足了理由,同时也实现了与传统批评家的"区隔",强化了新型批评家的话语权和优越性。正如程文超所指出的:"通过智力游戏,(先锋)批评家消解了人道话语,又暗暗地肯定了智慧。"③ 不同点在于陈晓明等人对西方20世纪文学及理论修习更深,他们道破了先锋小说与前新潮小说的不同,认为后者属于现代主义文学系列,前者更应归入后现代主义文学范畴,后结构主义、解构主义和新历史主义才是对前者具有适配性的阐释理论。或许正是在这种区分中,先锋小说的特质才从新潮小说中剥离出来,最终确立其经典身份。在先锋小说的价值评估上,陈晓明等人在尽情释放阐释和洞见的快意之时,却并没有像另一个批评圈子那样,对先锋小说不吝赞美。他们似乎更加谨慎和稳妥,力求更为辩证和周全的估量。正如陈晓明对先锋小说的总结:"这既不是当代最美妙的图景,也不是最邪恶的面目,它是我们时代不可拒绝的极端存在。我无意于夸大当代小说(特别是'后新潮'小说)所达到的历史高度,我宁可认为这是在穷山恶水中的铤而走险的抉择。"④ 这种中性评价,当然不是出于无法准确把握先锋小说的犹疑不定,可能带着对主流文艺规范的些许忌惮,但更多来自于学院批评固有的理性风格、理念先行和对知识生产的侧重。此时的学院批评仅仅初露端倪,但它已经显示了重阐释、轻评判的新型批评风格。当然,陈晓明式的轻评判不是放逐评判,毋宁说是把评判混迹于阐释之中,告别"第五代"批评家过于明确直露的褒扬,以密集繁复的理论阐释来隐现对象的独特性和重要性。从这个圈子的批评实践中,不难发现90年代以后成为主流的"学院批评"的特征、优势和缺陷。

---

① 吴亮说:"我有理由对自己的智商和想象力表示自信和满意,特别是面对马原这个玩熟了智力魔方的小说家,我总算找到了对手。"吴亮.马原的叙事圈套.当代作家评论,1987(3).
② 数年以后他对此作过披露.陈晓明.我的批评观.南方文坛,1998(2).
③ 程文超.意义的诱惑:中国文学批评话语的当代转型.长春:时代文艺出版社,1993:114.
④ 陈晓明.现代主义意识的实验性催化:"后新潮"文学"意识"的变迁(续).当代作家评论,1989(4).

如果说在毛泽东时代，文学批评几乎没有越出无产阶级政治话语的雷池，80年代前期基本被启蒙主义和人道主义所覆盖，那么到了80年代中后期，借由现代派和寻根文学的讨论，特别是对先锋实验小说的阐释和评价，文学批评内部再难维持某种理论话语一统天下的局面，文学批评话语多元化的时代已经正式开启。事实上，在整个80年代，几乎没有一种文学思潮或流派像先锋小说这样，能够容纳如此复杂多元的批评话语，先锋小说批评可以说是各种新旧理论的跑马场，似乎适合运用西方20世纪以来各种文艺理论来解读。这种多元分化的批评生态正是不同批评圈子在话语实践中促成的。吴亮在1986年的文章《当代小说和圈子批评家》曾敏锐察觉批评的分化状况："小说在今年的大分化趋势中，愈来愈走向小型化、圈子化和专门化。这显然是对全知型批评家的重大挑战。权威的意义被缩小了，权威的影响也跟着缩小。已经很难听到一锤定音的批评之声，这声音已经被抹去了。各种声音此起彼伏，它们彼此含奏，彼此干扰，不能传得更远。"① 不光是不同的小说类型导致不同圈子的批评家出现，其实同一类小说也会催生不同的批评圈子。先锋小说的复杂性和多义性，使不同知识背景和文化习性的批评家都能找到表演理论的机会，圈子之间各持己见、互不买账，以致任一圈子的言论都不能成为权威定论，无法引发其他圈子的谐振。甚至在同一圈子内部，也有细微差异存焉。在"第五代批评群体"中，同属于先锋批评圈子的李劼、程德培和吴亮就有不同。而在"后现代主义批评"圈子中，陈晓明与王宁也存在某种分歧。② 事实上，他们虽然喜欢与性情、趣味及观点相近的人结成同道，但也唯恐被淹没在圈子中失去自我，似乎更愿意成为"单数的年轻人"。③ 批评获得了空前自由，又似乎变得空前无力。这种在先锋小说批评中体现得至为明显的分散化和个人化，已经预示了90年代以后文学批评趋于多元化的大致前景。

[原载《福建师范大学学报》（哲学社会科学版）2014年]

作者简介

谢刚，1982年生，福建建宁人。毕业于北京师范大学文学院。福建师范大学文学院副教授、硕士生导师，中国现当代文学教研室主任。著有《精神的纹理》等。

---

① 吴亮.当代小说和圈子批评家.小说评论,1986(1).
② 两人在对西方后现代主义理论以及先锋小说的解读上存在某些分歧。王宁，陈晓明.后现代主义与中国当代先锋文学.人民文学，1989（6）.
③ 李劼.写在即将分化之前：对"青年评论队伍"的一种展望.当代作家评论,1987(1).

现象批评、文本细读和理论概括
——论孙绍振的新诗研究的三个向度

伍明春

当谈到孙绍振和新诗研究的关系这一话题时,很多读者恐怕都会很自然地首先联想到他那篇为朦胧诗辩护的名文——《新的美学原则在崛起》①。毋庸置疑,这篇文章不仅是孙绍振的成名作,也已成为当代文学史的一篇重要文献,是研究中国当代文学绕不过去的一篇界碑式的文章。当然,孙绍振历时半个多世纪的新诗研究之深刻性和丰富性远不止于此,而这种深刻性和丰富性的呈现,需要对之做出一种全面的梳理和深入的论述。事实上,现象批评、文本细读和理论概括,构成孙绍振新诗研究的三个向度。这三个向度之间相互勾连、相互补充,突显出孙绍振新诗研究的鲜明个性和诗学价值。

一、从辩护者到批判者

新诗自 1917 年诞生之后,其在 20 世纪中国文学发展史上始终扮演着一个文学潮流引领者的角色,从最初的"五四"白话诗运动,到后来的现代派诗歌,再到新诗潮、后新诗潮、网络诗歌潮流等等,莫不如是。这一引领者角色可说是其他文类难以替代的。在新诗近百年的发展历程中,一些流派性或思潮性事件的形成,往往不仅需要诗歌创作上的有力支持,同样也需要批评界的跟进与鼓呼。换言之,某个诗歌流派或诗潮事件作为一个话语场域的形成,诗歌批评家的参与也是不可或缺的因素。在 80 年代初期那场激烈的朦胧诗论争中,孙绍振的出场,正是扮演了一个重要批评家的角色,甚至可以说是一个焦点人

---

① 孙绍振.新的美学原则在崛起.诗刊,1981(3).

物的角色。

在朦胧诗论争过程中，孙绍振作为朦胧诗辩护者的身份无疑十分鲜明。他与远在北京的老同学谢冕南北呼应，双双以颇见力度的"崛起"一词，来为青年诗人的惊艳亮相高声欢呼。其实，在当日的语境中，如果选择做一个朦胧诗的反对者或批判者，加入主流话语的合唱，无疑是更为"安全"的。但孙绍振、谢冕等人却出于一位批评家的敏锐眼光和秉持艺术良知的担当意识，坚持做一个朦胧诗的辩护者，尽管后来由于意识形态的强力干预，他们曾经为此承受来自学术批评以外的巨大精神压力，甚至付出不小的代价。

在那个特殊年代，孙绍振的《新的美学原则在崛起》一文曾引起了诗坛的极大震动。事实上，作者稍早发表在《诗刊》杂志的《给艺术的革新者更自由的空气》[1]一文，可以看作《新的美学原则在崛起》的姐妹篇。孙绍振在这篇文章中，多处指出新一代的朦胧诗作者们的写作特点："采用了外国现代派诗歌的一些非古典的表现形式，用外来的美学原则改造我们的新诗、丰富新诗的表现力"，"对流行的表现手法似乎采取不屑为伍的态度。他们好像在刻意追求某种朦胧的意象，好像在照相时故意把焦距对得不太准确，使感情和意象的联系比较模糊和隐秘。这样，诗的形象和思想便带有某种不确定性，但是它又是这样新颖……"不难发现，《新的美学原则在崛起》一文的主要观点在此前的《给艺术的革新者更自由的空气》中基本都可以找到。只不过前者把文章的主要观点打磨得更为集中，也更为锐利，因而产生了更大的话语冲击力。

《新的美学原则在崛起》最能刺痛当年那些保守的批评者神经的，主要是以下这段话，也是该文的核心观点："与其说是新人的崛起，不如说一种新的美学原则的崛起。这种新的美学原则，不能说与传统的美学观念没有任何联系，但崛起的青年对我们传统的美学观念常常表现出一种不驯服的姿态。他们不屑于做时代精神的号筒，也不屑于表现自我情感世界以外的丰功伟绩。他们甚至于回避去写那些我们习惯了的人物的经历、英勇的斗争和忘我的劳动的场景。他们和我们 50 年代的颂歌传统和 60 年代战歌传统有所不同，不是直接去赞美生活，而是追求生活融解在心灵中的秘密。"[2] 作者在这里一方面反思了当代诗歌写作积重难返的问题，另一方面强调了新诗自身艺术价值的重要性。这个观点在今天看来，其实并不高深，基本上可以说是一个不言自明的常识。然而，在那个年代要说出它却需要极大的勇气。而对于当时的反对者而言，这样

---

[1] 孙绍振.给艺术的革新者更自由的空气.诗刊.1980(9).
[2] 孙绍振.新的美学原则在崛起.诗刊.1981(3).

的观点却正好为他们给孙绍振"上纲上线"提供了口实。在这些反对者中，程代熙的观点颇具代表性。他把批判的主要火力集中在"自我表现"这一命题上："把孙绍振同志的美学原则的这个出发点和它的纲领——'自我表现'联系起来，一套相当完整的、散发出非常浓烈的小资产阶级的个人主义气味的美学思想就赤裸裸地显示出来了。""由于孙绍振同志把艺术规律说成是艺术家心灵创造的产物，否认艺术规律的客观性，就使得他提出的那个美学原则具有相当浓厚的唯心主义色彩。"① 这种借重政治术语展开的批评话语，随着时间的推移，其有效性自然在不断递减，日益显得苍白无力，也日益突显出某种反衬的效果。

颇有意味的是，大约从80年代后期开始，面对一群打着"Pass北岛舒婷"口号的第三代诗人，孙绍振并没有像欢呼朦胧诗一样欢呼他们的登场，而是更多地从一个批判者的角度来审视这个让他有点眼花缭乱的诗歌群落。他先后写作了《关于诗歌流派嬗变过速问题》《"后新潮"诗的困惑与出路》《向艺术的败家子发出警告》《"后新潮"诗的反思》等文，表达了他关于第三代诗歌的关注和思考。譬如，他曾毫不留情地用"虚伪"一词来形容他对第三代诗歌的阅读感受："'后新潮'诗歌，从形式到句式，从内在的关系到外部的排列，都有不少怪异得叫人莫名其妙的地方。但是，这并不可怕。不管它多么怪异、多么令人倒胃口，胃都有它们存在的权利，正如癞蛤蟆和赤练蛇都有存在的权利一样。看不懂癞蛤蟆和赤练蛇并不是生物学家的光荣，看不懂某些后现代的诗也不论是诗歌评论家自豪的本钱。在许多看不懂的怪现象之中，我以为最令人不能容忍的就是虚伪。诗人装腔作势，借着诗以外的精神道具来做自我灵魂的化妆的做法，实在令真正的内行感到困惑。"②甚至将某些诗人直接斥责为"艺术的败家子"，并发出振聋发聩的警告："艺术并不是在空地上能够建立得起来的。一些艺术的败家子至今还不清醒。哀哉！在可以预见的未来，我们八九十年代以表现西方某种哲学思想为最高任务的诗歌，必然受到历史的嘲笑。"③

孙绍振的主要针对第三代诗歌的这种批判和反思，无疑切中了第三代诗歌写作的种种弊端，与老诗人郑敏在90年代发表的《新诗百年探索与后新诗潮》《我们的新诗遇到了什么问题》《诗人必须自救》④ 等文可谓遥相呼应。两者的

---

① 程代熙.评《新的美学原则在崛起》——与孙绍振同志商榷.诗刊,1981(4).
② 孙绍振."后新潮"诗的反思.诗刊,1998(1).
③ 孙绍振.向艺术的败家子发出警告.星星,1997(8).
④ 分别发表于《文学评论》1998年第4期、《诗探索》1994年第1期、《诗刊》1996年第2期.

不同在于，郑敏试图在宏观的汉语文化传统这一维度上为新诗发展开出一剂良方，而孙绍振则更多地把批判的焦点集中在一些具体的诗艺问题上，如流派、语言、形式等问题。

孙绍振对于当代诗歌，其实有着一种爱之愈深、恨之愈切的情意结。从朦胧诗的辩护者到第三代诗歌的批判者，在笔者看来，孙绍振的这两种身份角色的转变，并不意味着一种决然的对立，而是始终贯穿着他作为一位批评家的敏锐，也始终渗透着他对于新诗艺术发展的热切关心。

二、层层掘进文本内部

新诗文本的解读问题，堪称新诗研究的一个难点，也是当前新诗研究中比较薄弱的部分。有的研究者只是把新诗文本当作新诗史研究的注脚，往往一笔带过；有的研究者虽也关注新诗文本，但常常只在一些外部问题上打转。这样的研究都未能真正深入新诗文本的内部艺术空间，从而无法有效地为读者揭示文本的艺术魅力。孙绍振的新诗研究是相当重视文本解读的，即使在关于朦胧诗、第三代诗歌的现象批评文章中，在谈论某个问题时，他也会结合分析一些代表性的诗歌文本，从而让自己的观点更具说服力。

其实，早在50年代末，孙绍振和他的北大同学们在"奉命"集体写作《新诗发展概况》时，就隐约显露出他对于艺术分析的重视。他执笔撰写其中的《唱向新中国》一章，在论述田间、艾青、李季、臧克家、袁水拍等人的诗歌写作时，在充斥全文的富有时代色彩的政治术语夹缝中，多次从具体的文本谈到新诗的艺术问题。这在当时的语境中是十分难得的。譬如对《王贵与李香香》的主题、形式的深入分析："《王贵与李香香》的艺术风格是朴素的。不论是盛大的场景，还是人物命运的重大关头，李季都没有过于渲染，更没有津津于做作的形容。他从容地遵循着米格朴素基调的传统，用白描的手法完成它的主题。长诗的内容是丰富的，但篇幅不大。'信天游'诗行间的飞跃，促使诗人去选取那些最突出、最鲜明的形象，而把那些可以由读者联想补充的尽量省去。而'信天游'的比兴手法，不仅能把背景和人物的情绪融为一体，丰富了读者的艺术联想和增加了浓郁的抒情气氛，而且省去了许多技术性的用来过渡的诗行。"[①] 再如对袁水拍的《马凡陀山歌》的意象、语言风格的分析："'山歌'的形象体系也同样表现作者独特的个性。马凡陀把年糕、克宁奶粉、肥皂、黄泥浆、米蛀虫写到诗里来，把检举不肖房东的碰一鼻子灰的王二小，把

---

① 谢冕，等.回顾一次写作：《新诗发展概况》的前前后后.北京大学出版社，2007：136.

查户口的朱警察、大发脾气的赵经理作为他的主角。在词汇的应用上,他把上海话'瞓扁头''拆烂污''稀勿弄懂''攒纱帽'和报上的新闻用语'头奖硬是在此,发财尽早''挤掉帽子者大有人在',以至于英文的 Once upon a time good eye,公文语言'钧座''伏祈''窃查'等都安排到一定的场合去,有时还故意错乱这些词汇语句风格文字上的意义(如'公务员呈请涨价')。这样,就富有特征地表现了那个混乱的都市社会,构成了马凡陀所独有的语言艺术。"① 值得注意的是,这些文本分析的部分内容,后来经过一定的修改,被作者纳入 1982 年发表的《论新诗的民族传统和外来影响问题》② 一文中。由此可见作者对这部分内容的自我认可,也表明作者诗歌观念的某种延续性。

不过,孙绍振对于新诗文本更系统、深入的解读,出现在 21 世纪初他深度介入中学语文教学改革之后。他先后解读了新诗史不同时期的一些经典文本,包括徐志摩的《再别康桥》,闻一多的《死水》,戴望舒的《雨巷》,郭沫若的《凤凰涅槃》《天上的街市》,卞之琳的《断辑章》,冯至的《你说,你最爱看这原野里》,穆旦的《春》,曾卓的《悬崖边的树》,臧克家的《有的人》,蔡其矫的《雾中汉水》,舒婷的《致橡树》《神女峰》,北岛的《无题》,海子的《麦地》等。这些解读当然不仅为中学语文教学提供了重要的参考,也充分展示了孙绍振新诗文本解读方法的高效性和独特性。

郭沫若的名作《凤凰涅槃》,是新诗史上的一个重要文本,由此出发可以折射新诗诞生之初的多层面问题。孙绍振对这一文本采用了"细胞形态之解剖"的方法,首先分析了"凤凰"意象内涵的四个来源:古埃及神话、佛教经典、中国传统文化、泛神论,并指出郭沫若此前写的五首古体诗和 1918 年写作的白话诗《死的诱惑》,构成《凤凰涅槃》的前身。在上述分析的基础上,作者得出的结论是:"诗人的想象经历漫长的岁月才从现实的真中解放出来,进入了一个完全假定的艺术境界,古埃及的神话和中国传统的形象结合起来,构成一个在烈火中复活的永生的翱翔的凤凰。现实的、粗糙的'寻死',原生的悲观情绪,进入了一种想象的神话的虚幻境界,发生了性质的变异。在这个想象的境界中,不但形象,而且是逻辑也发生了超越现实的变异。自觉的毁灭旧我,导致了新我的永恒的复活。五言古诗中寻死的痛苦(在'自由与责任之间'的痛苦)到了《死的诱惑》中,变成了欢乐。而在凤凰的形象中,变成了从痛苦到欢乐的转化。自觉地毁灭了旧我,与毁灭旧世界统一了起来,痛苦地

---

① 谢冕,等.回顾一次写作:《新诗发展概况》的前前后后.北京:北京大学出版社,2007:142-143.
② 孙绍振.论新诗的民族传统和外来影响问题.新文学论丛,1981.

否定了旧的自我、旧的现实,转化为新的自我、新的现实和谐结合;从而产生了永恒的欢乐,达到了现实与自我矛盾的永恒的统一。这不但是想象的解放,而且是思想解放,情感的浪漫飞越,是浪漫艺术的胜利。"① 作者在这里不仅为我们揭示了凤凰意象的丰富内涵,也为我们清晰地勾勒了新诗史上一个经典话语内部的复杂脉络。

同样是把解读重点放在诗歌意象的分析上,如果说孙绍振对《凤凰涅槃》的解读主要体现在对核心意象内涵的深入挖掘,那么,他对闻一多名作《死水》的分析却采用了另一种路径,即发现主体意象和派生意象之间的互动相生关系:"《死水》的好处,还在于把对于整个中国现实的感受集中到死水这样一个核心意象上。如果光有死水这样一个主体意象,就单调了。闻一多的杰出之处就在于:第一,由这个主体意象,又派生出一系列的意象来,这个派生意象系列,互相联系又互相补充,互相不可缺少,形成有机的统一体。死水—破铜烂铁—剩菜残羹,不是随意的链接,而是核心意象性质决定的,因为是臭水沟,才有可能扔破铜烂铁、剩菜残羹。第二,这些极丑的派生意象突然走向反面,变得极其美好、贵重:破铜绿化成翡翠,铁锈变成桃花,发臭的水转化为酒,泡沫成了珍珠,也是与核心意象死水有着紧密的逻辑关联。这是一种双重联想的关联,既有浪漫的、美化的,又有象征的、丑化转化为美化的,这样在艺术想象上,就不是一般的平面的、单向的统一,而是双向的、相互绷紧的,也就是新批评说的张力的结构。"② 此前批评界尤其是中学语文界关于《死水》的文本解读,往往不约而同地套用闻一多在《诗的格律》中提出的"三美原则"(音乐美、建筑美、绘画美),这样的解读貌似"有效",其实并没有深入文本的内部,而是纠缠于一些肤浅的外部问题,是一种没有创造性的偷懒行为。而孙绍振的解读,真正激活了文本的话语活力,同时也激发了读者的阅读兴趣和想象力。

此外,孙绍振以还原法解读出徐志摩《再别康桥》隐含的"无声的独享"意涵,用比较法解读出舒婷《致橡树》中橡树和木棉意象不同于青松意象的独特内涵,还在冯至的《你说,你最爱看这原野里》中辨析出了审智的意味,等等。这样的文本解读,用孙绍振自己的话来说,就是追求文本的特殊性和唯一性的解读,它"不是一步到位的,而是在层层具体分析中,步步进逼的。第一层次的具体分析,得出的结论,如普列汉诺夫所说的,是暂时的定义。后续的

---

① 孙绍振."凤凰涅槃":一个经典话语丰富内涵的建构历程.中国现代文学研究丛刊.2014(5).
② 孙绍振.闻一多《死水》:以丑为美的艺术//新的美学原则在崛起.北京:语文出版社,2009:240.

每层次的分析,都使其特殊内涵递增,也就是定义的严密度递增。层次愈多,内涵愈多,则外延愈少,直至最大限度地逼近唯一文本"①。孙氏文本解读的方法论的优长及其在新诗文本解读中的运用,在这里昭然若揭。

三、回到新诗理论的基本问题

孙绍振的学术兴趣十分广泛,从文学创作论到幽默理论,再到文学文本解读学,在各个研究方向均有不俗的建树。尽管孙绍振并没有撰写过一部关于新诗的专门性的理论著作,但他关于新诗基本艺术问题的理论思考从未停止,且不乏真知灼见,我们在相关的论著中随时都可以读到。

(一)关于早期新诗如何确立自身的美学合法性的思考。现有的新诗史研究在谈到早期新诗时,基本达成如下共识:胡适是新诗的发明者,而郭沫若则是让新诗在艺术上站稳脚跟的第一人。但对于郭沫若的诗如何让新诗在艺术上站稳脚跟,一般论者的叙述往往蜻蜓点水、语焉不详。相形之下,孙绍振对这个问题的阐释能把当时的新诗理论和创作实践结合起来考察,既有历史眼光,又具理论高度:"在我国现代新诗的草创时期,在打破旧的形式和审美规范之后,新的生活、新的感觉如潮水般涌入新诗领域,但是最初以胡适为首的新诗人,包括《新潮》和《少年中国》上的青年诗人以及《文学研究会》的新诗作者都来不及超越生理、物理感觉,胡适甚至在理论上发出否定想的主张,因而新的感知变成了流水账式的罗列。到了郭沫若出现以后才在理论上把想象的重要性提出来并在实践中纠正了罗列生理感觉的倾向。在《女神》中,诗的感觉开始在激情和想象的双重作用下超越了物理、生理感觉,得到了提纯和超越。他最成功的作品在感觉的提纯和超越上为当时幼稚的青年诗人提供了新的审美规范。"② 显然,这里的论述采用的是一种归纳法,其结论建立在充分的文本分析的基础之上。

这种历史眼光和理论高度后来在孙绍振 2012 年写作的长文《论新诗的第一个十年》再次得到体现。作者在文中对新诗诞生之后第一个十年的发展历程做了一种高屋建瓴的论述。该文选取了胡适、郭沫若、闻一多、徐志摩、冯至、戴望舒等诗人作为论述对象,并细致地分析他们不同的艺术个性和他们对新诗的不同贡献:"从新诗发展的第一个十年来看逃脱千年形成的旧圈套是需要过人的才气的,因而中道牺牲的是多数,就连胡适也在所难免。能参与创造

---

① 孙绍振.西方文论的危机和中国文论的历史性建构.中国社会科学,2012(5).
② 孙绍振.新的美学原则在崛起.北京:语文出版社,2009:344.

新的规范的是少数，郭沫若、闻一多、徐志摩、冯至、戴望舒就是这些少数幸运儿的代表。"① 他进而以这些诗人为节点，梳理了早期新诗写作中接纳浪漫主义和象征主义等西方诗歌资源的复杂生态。

（二）关于新诗形式问题的思考。新诗的形式问题在新诗诞生之初就被提出，可谓聚讼纷纭，至今仍不时发生争论，而在创作实践中更是充满着各种探索。孙绍振的新诗研究同样对形式问题颇为关注，譬如他在解读闻一多的《死水》时，形式就是其中的一个重点："这是闻一多努力追求的一种建筑美，就是闻一多自己也并不能够每一首都做到的。但是，就这一首而言，他对于现代汉语多音词能控制和驾驭到这样一种程度，无疑是前无古人，甚至可以说是后无来者。正是因为独一无二，他的格律诗的格律，就留下疑问。因为格律是一种普遍的模式，如果提倡者本人也是偶然达到这个目标，那就很难在严格意义上叫作'格律'。"②

再如对戴望舒《雨巷》形式特点的评价，是和诗歌的意象、情境的特点结合起来谈论的："像《雨巷》这样，在参差错落中，也可以形成某种节奏感，这种节奏感，不仅仅是音节的，而且更重要的是，是情绪的，反反复复，断断续续，是音节的特点，更是情绪缠缠绵绵的特点。"③

（三）关于新诗流派问题的思考。谈论新诗近百年发展史，流派问题总会不时被触及。关于这一问题，孙绍振一方面对新诗流派嬗变过速问题颇为警觉，他提醒那些热衷于打出各种流派口号的青年诗人："今天我们新诗面临的问题，仍然有各种流派，甚至同一流派之内不同风格之间审美经验的饱和度不足的问题"，"我们应该呼唤那种站在历史的制高点上囊括一切流派的大家风度。如果他们有一种百川归海的历史自觉性，他们就不会那么偏激地宣布'舒婷、北岛的时代已经过去了'。审美经验的积累要达到饱和，不能是一条道走到黑的，为什么不可以把心灵纵深层次的探索和社会生活的探索结合起来呢？"④ 这样的提醒，既有说服力，也有理论深度。与创作层面的流派问题相呼应，孙绍振也提醒新诗研究者在理论层面也要慎用流派概念："单纯用西方浪漫派、象征派的范畴来阐释中国现代新诗，正如用网打鱼，即使打到鱼了，难保遗漏，而且泥沙俱下、鱼龙混杂。从严格的意义上观之，不管作为一种创作

---

① 孙绍振.论新诗第一个十年//新的美学原则在崛起.北京:语文出版社,2009:184.
② 孙绍振.闻一多《死水》以丑为美的艺术//新的美学原则在崛起.北京:语文出版社,2009:243.
③ 孙绍振.戴望舒《雨巷》:缠绵情绪的客观对应物//新的美学原则在崛起.北京:语文出版社,2009:246.
④ 孙绍振.关于诗歌流派嬗变过速问题//新的美学原则在崛起.北京:语文出版社,2009:101.

方法，还是文艺思潮，或者运动，中国新诗的第一个十年，并没有完全意义上的象征派。象征派的艺术方法不过是中国诗人忍受不了浪漫派的大呼小叫的嗓音的逃避所，在适当抑制了浪漫派的粗豪以后，他们没有必要把略带浪漫的审美完全放逐。同样的意义上，中国也没有严格意义上的浪漫派，中国新诗史上，并没有发生为了雨果的《欧那尼》，卷戈吉艾穿上红背心和与古典主义者打架的事。除非有行政力量的干预，象征派和浪漫的关系不是对立的，而是亲密友好的。到了30年代，当艾青用象征派的一部分方法，强调诗是心灵的'雕塑'，即使美也要有'重量与硬度'，'是梦是幻想，必须是固体'。他仍然是抒情的，甚至是相当浪漫的。"① 作者在这里要表达的意思是很明确的，即新诗研究不应该满足于贴标签的表面功夫，而应该回到诗歌现场，去做全面梳理和深入辨析的工作，然后在此基础上提出自己的观点。

总之，孙绍振新诗研究中关于新诗基本艺术问题的理论概括，一方面显示了作者宏阔的学术视野，另一方面又体现了论者思想的敏锐性和深刻性。两者相得益彰，为我们勾勒出了孙氏新诗理论的清晰轮廓。

（原载《诗探索》2015年）

作者简介

伍明春，1976年生，福建上杭人。2005年毕业于首都师范大学文学院。现任福建师范大学协和学院教授、文化产业系主任，文学院硕士生导师，福建省美学学会副会长，福建省文艺教育促进会副会长，福建中国现代文学研究会理事，《海峡诗人》编委。著有《现代汉诗沉思录》《早期新诗的合法性研究》《沉潜与喧嚣——当代诗歌论》等。

---

① 孙绍振. 论新诗第一个十年//新的美学原则在崛起. 北京：语文出版社，2009：183.

想象的折叠与界限
——20世纪90年代以来的中国科幻小说

陈舒劼

一

既有的中国当代文学研究格局中，科幻文学无疑长期游离于焦点之外。在一些被广泛讨论和使用的中国当代文学史教材里①，能时常看到将"女性文学""新生代""新写实"等分别属于性别、代际、主题等不同分类范畴的元素纳入文学史结构的努力，却很难在其中看到"科幻文学"的身影。当代科幻文学的早期文本给出了一个显而易见的解释：从20世纪50年代到80年代中期，科幻文学基本被视为是儿童文学的从属，而儿童文学又通常被当代文学史所忽略。尽管1978年叶永烈的科幻小说《小灵通漫游未来》初版即创造了一百六十万册的发行量纪录，但仍然无法吸引当代文学研究者专注的探究。伤痕、反思、寻根、先锋、新写实、新历史，重波叠浪的更替似乎已经为文学史提供了足够的素材。

科幻小说得以进入当代文学史的视野，或者说它能在20世纪90年代以来当代文化的大变局中显示出自己的意义，必须归功于这一时期文化场域重构所带来的观念解放。文学撤出意识形态生产的核心战场后，回归为文化艺术的诸种表现形态之一，而在西方消费文化观念刺激下兴起的大众文化则迅速接管了

---

① 这些教材包括洪子诚的《中国当代文学史》(北京大学出版社2010年版)，陈思和主编的《中国当代文学史教程》(复旦大学出版社1999年版)，董健、丁帆、王彬彬主编的《中国当代文学史新稿》(人民文学出版社2005年版)，陈晓明的《中国当代文学主潮》(北京大学出版社2009年版)，朱栋霖等主编的《中国现代文学史(1917—1997)》(高等教育出版社1999年版)等。

此前精英文学留下的高地，科幻文学就是这股力量的主力之一，这种趋势在新世纪之后愈发明显。在西方科幻文化的影响下，20世纪90年代初的大众读者中诞生了一批科幻文学的拥趸，王晋康、刘慈欣、何夕、韩松、钱莉芳、飞氘、七月、长铗、陈楸帆等科幻作家的次第出现就顺理成章了。

置于20世纪90年代以来文学时空坐标轴中的科幻文学，无疑更多地受到共时性文化因素的影响。全球化进程和网络数字技术不断升级，为中国科幻创作提供了充足的来自异域的科幻养分。现代科技的飞速发展打开了文学想象的空间，许多历史性题材被重释或再造，强调主体间复杂关系的空间思维主导了强调历史进化必然性的时间思维。从当代文学的全局来看，20世纪90年代以来的科幻文学不能被简单地解释成对当下现实的想象性重构，在关于"科技"和"未来"的叙事中，聚集着众多当代的认同焦虑。作为当代文学类型分支的科幻叙述无法摆脱时代及主流文学的隐形控制，它以类型文学特有的符号、叙述规则和思维模式，竖立起当代认同间相互冲突、叠加、渗透、生产的文学镜像。

"所有的未知之地都既是经验又是想象。"[①] 在科幻小说勾勒出的想象之镜中，不难找到其坚实的经验基础。达科·苏恩文指出："从根本上看，科幻小说是一种发达的矛盾修饰法，一种现实性的非现实性，要表现人性化的非人类之异类，是根植于这个世界的'另外的世界'，如此等等。"[②] 仅以王晋康的科幻小说为例，就可以发现诸多与时代同步的认同焦虑：《替天行道》浓缩了对全球化背景中无所忌惮的跨国资本扩张的愤慨；《黄金的魔力》借用插入心脏且与之融为一体的金条讽刺物欲对人性的掌控；《沙漠蚯蚓》认为生态危机管控的努力反而会因为技术进步而失效；《三色世界》预言种族等级观念有可能随着科技发展而愈加明显；《终极爆炸》担忧技术进步始终无法克服其自身携带着的民族认同分歧的风险。卡尔·弗里德曼直言科幻小说就是对其所处时代的社会记载，两者之间有着"最强劲的联系"："科幻小说的主题和社会理论的主题通常是并行不悖的……科幻小说的内容经常受到现代社会理论观点的影响……科幻小说的叙事结构所遵循的原则使得科幻小说比其他风格的小说更接近符合社会历史变迁和发展的革命的辩证法……将来历史学家是会对我们这个时代里想象的文学和现代社会理论之间最紧密的联系做出一番探究的。"[③] 弗里

---

① 丹尼·卡瓦拉罗.文化理论关键词.张卫东,张生,赵顺宏,译.南京:江苏人民出版社,2006:165.
② 达科·苏恩文.科幻小说变形记.丁素萍,等,译.合肥:安徽文艺出版社,2011:12.
③ 卡尔·弗里德曼.最强劲的联系:科幻小说即社会记载//王逢振.外国科幻论文精选.重庆:重庆出版社,2008:170—172.

德里克·詹姆逊则言简意赅地指出,熵就是一个非常经典的19世纪晚期的资产阶级神话①。科幻写作作为现实之喻的观点在中国也得到呼应,近几年刚加入科幻文学队伍的陈楸帆即用"薄码"来比喻科幻作品对现实的诗化再现:"一、科幻是一种对世界的观照方式,就像一面滤镜,把现实经过扭曲加工进行重现,就像打上一层马赛克,但又不远离到无法理解的程度,是为薄码;二、相对于伸手不见指的'厚码'现实来说,科幻有时反倒能说出几句真话,理清一些常识,拨开重重迷雾,以一种逻辑自洽的诗意来还原这个宇宙,是为薄码。"② 不难发现,20世纪90年代以来的科幻文学叙事同样是许多当代焦虑的镜像。

近二十年来科幻小说叙事中的"当代性",并非仅仅指涉时间意义上的"当下",它更意味着文学经典主题的历时性融汇及其当代重构,这是一个复杂的将历史再"空间化"的过程,隐藏着丰富的问题性。勒菲弗指出:"空间是政治性的、意识形态性的。它是一种完全充斥着意识形态的表现。"③ 空间的意识形态性通过关系的生产鲜明地表现出来,有研究指出:"空间既包含事物,又包含着事物间的一系列关系。空间生产不仅体现在空间的生产上,也体现在空间所包含的社会关系的生产。"④ 强调20世纪90年代以来科幻小说叙事的"当代性",就是强调其认同观念的关系性生产,以及对此的关系性思考策略。诸多历经时光磨洗的文学经典主题,同样注入了近二十多年来科幻小说的叙述之海。借助科幻文学的想象工具,长生不老、现实与真实、重构历史、人类的起源与极限、宇宙的边界等经典主题不断逼问自身被重置于当代时空后的认同困境。

二

相比于20世纪50年代到80年代的科幻创作,90年代以来科幻小说的想象空间明显扩大,最直接的原因显然是自然科学技术日新月异的发展——科技是科幻小说中阿基米德撬动地球的支点。借助科技之翅,想象能飞翔多远?这是科幻小说的魅力所在。从宇宙大爆炸的洪荒之初,到宇宙热寂的时间尽头,

---

① 弗里德里克·詹姆逊.未来考古学:乌托邦欲望和其他科幻小说.吴静,译.南京:译林出版社,2014:354.
② 陈楸帆.如果码,请薄码//成追忆.薄码——陈楸帆科幻小说选本.天津:百花文艺出版社,2012:1—2.
③ 勒菲弗.空间与政治.李春,译.上海:上海人民出版社,2008:46.
④ 童强.空间哲学.北京:北京大学出版社,2011:35.

科幻小说赐予想象无穷的权力。自20世纪40年代美国所谓的科幻黄金时代启幕以来,经典的科幻形象令人目不暇接。然而弗里德里克·詹姆逊却一针见血地指出,科幻小说的想象力并没有看起来那么蓬勃有力:"关于它的正确描述实际上应该是,作为一种叙事的方式和知识的形式,它并不能使未来具有生命力,哪怕是在想象中。相反,它最深层的功能是一再地证明和渲染,尽管我们具有表面上看起来很充分的表现,但实际上对于想象和象征化地描述未来我们还是无能为力。"① 科幻小说的"无能为力"显然源于当代现实的认知困境,20世纪90年代以来的科幻小说也并未逸出这种想象的危机。历史、当下与未来的时空折叠,就是其醒目的征候之一。

发生在这一时期科幻小说中的时空折叠,是其植根于当代性的具体表征。对时空折叠的简略性描述就是:由于科幻因素的介入,历史与未来之间的路径不再遵循进化或发展的逻辑,而是体现出某种本质意义上的重复或等质。飞氘的《苍天在上》这样概括宇宙历史:"总之,从一切复杂向单一过渡。表面上看,这是一种退化,实际上却符合宇宙的精神发展趋势,因此退化就是一种进化。"② 在这个意义上,未来成为过去的回放。《苍天在上》展示出的,是历史与未来的辩证否定式的形式折叠。在时空折叠的成像效果中,未来时常宛如历史的复印,而历史同样可能受制于来自未来的指示。20世纪90年代以来的科幻小说明显地折射出历史与未来折叠,源于当代的许多认同困惑。无论历史与未来如何相互渗透,它始终受到当代及其认同的主导与制约。在此意义上,科幻小说不过是当代焦虑的某种模拟实验:"最典型的科幻小说并没有真正地试图设想我们自己的社会体系的'真实的'未来。相反,它的多种模拟的未来起到了一种极为不同的作用,即将我们自己的当下变成某种即将到来的东西的决定性的过去。"③

包含着诸多困惑与想象的当代意识,既是未来的决定性的过去,也是过去的必然性的未来。《三体》是体现20世纪90年代以来科幻小说文本时空折叠特性的重要范本。这厚重的三部曲奠定了刘慈欣在中国当代科幻界的核心地位。2015年8月23日,刘慈欣凭借《三体》(英文版第一部)获第七十三届雨果奖最佳长篇小说奖,这是亚洲人首次获此荣誉,也表明中国当代科幻文学得

---

① 弗里德里克·詹姆逊.未来考古学:乌托邦欲望和其他科幻小说.吴静,译.南京:译林出版社,2014:380.
② 飞氘.苍天在上.中国科幻大片.北京:清华大学出版社,2013:19,28.
③ 弗里德里克·詹姆逊.未来考古学:乌托邦欲望和其他科幻小说.吴静,译.南京:译林出版社,2014:379.

到域外同行的高度认可。《三体》从"文革"时代起笔,直达近两千万年之后的人类的尽头,想象性的未来叙事自然占据了绝大部分文本空间。人类及其所处宇宙如何缓慢而无法逃逸地化为灰烬,以及人类面对必然覆亡之宿命时的悲壮抵抗,构成了这部小说的主体。叶文洁、罗辑、章北海、泰勒、雷迪亚兹、希恩思、程心、托马斯·维德、云天明等数代人类文明的代表以各种不同的方式试图保存人类在宇宙中的生存权,却最终无法阻止人类的毁灭。然而,《三体》并非通过人类的必然覆亡来体现历史、当下与未来的同质性,导致《三体》时空折叠特性的关键因素是叶文洁按下向外太空智慧发出信息的按钮,而触发这个动作的,则是叶文洁对于人性善的绝望。若非叶文洁在"文革"中看不到人性的曙光,那么她向宇宙发出地球的讯息以及随后的所有情节都不会展开。叶文洁的绝望——"他人即地狱"——作为《三体》的原点,在第二部中变形为"猜疑链",在第三部中被表述为"失去兽性,失去一切"①。至于采用政治斗争、"水滴"还是"二向箔"来消灭他者,则是工具选择层面上的事情,打死叶哲泰的红卫兵和二向箔的操纵者之间原本就没有什么差异。正是在"他者即地狱"的意义上,《三体》的"文革"时期、危机纪元、威慑纪元、广播纪元、银河纪元、黑域纪元和 647 号宇宙时间线纪元,实现了同质性的叠加。

虽然《三体》对"他人即地狱"的理解有些简单,但这部作品中的时空折叠仍然颇有代表性地呈现出当代思潮对科幻小说的影响。贝西埃认为,"当代小说拷问人类的行为本身,人类自身的问题比以往任何时候都严重。问题学已经成为当代性的重要组成部分"。在此意义上,"当代小说也是各种价值观的媒介"②。《三体》很容易令人联想到"新时期"的反思文学,但它包括了对本体论、神学、伦理学的诸多询问。相比之下,同样呈现出明显的时空折叠特征的韩松的《地铁》和《高铁》等作品,更突出地表现"恶托邦"思想的主导性。换句话说,"恶托邦"是折叠韩松科幻作品时空的主要因素。在《地铁》和《高铁》中,空虚、仇视、冷漠、怀疑、怨恨的情绪浸透字里行间,而正是"恶托邦"通过高科技导演了这一切。《高铁》通过乘客舞器之口说:"形成利益共同体后,技术不透明了。为了对圈内每个成员保密,技术信息得不到传播……这些技术都没有问题。问题在于,一旦把它们组合在一起,就会出问

---

① 刘慈欣.三体Ⅲ·死神永生.重庆:重庆出版社,2010:382.
② 史忠义.后现代之后的当代性观念及其对现代性危机因素的消解(译者序)//让·贝西埃.当代小说或世界的问题性.史忠义,译.北京:北京大学出版社,2012:10.

题。这是大家都知道的，却都不说。"① 而在《地铁》中，C公司的"C"意味着控制、包纳、计算、循环，S市的"S"意味着顺从、承受、幸存、屈服，它们的联合"涵盖了天基、地基和海基"②。在技术控制和人性恶的双重作用下，韩松笔下的列车在不停地生长、膨胀的同时，上演着无休止且无节制的欲望、衰老、残杀、变异和灾难，从而形成一个自主的宇宙。就在此刻，"地铁"和"高铁"在象征时间之时，也取消了时间存在的意义：地铁/高铁及其附属系统囊括了人类的初始、当下与未来，它们之间并无分别。韩松曾坦言："交通工具令我心中不禁会涌上对于整个人类生活的幻灭感，以及随之而来的深深忧伤，令我在疑虑中重新思考我们存在的意义和价值。"③ 这种疑虑贯穿了历史与未来，当下即是想象未来的极限。

与刘慈欣和韩松以某种思想来同化其小说的叙事时空不同，钱莉芳的科幻叙事更愿意以未来嵌入远古的方式来表现时空折叠。无论是《天命》还是《天意》，都不难从中概括出"古老即是先进，神秘即是万能"的叙事规律。这两部以西汉初年为背景的小说，将人类历史诠释成外星高等智慧的产物，并由此展开关于"天命"或"天意"的推导。《天意》说："没有人知道九天玄女是何方神圣，或许她和蚩尤都不属于我们的世界，他们不过是过客，借我们这些凡人之手彼此较量，解决他们之间的恩怨。"④《天命》则将自尧而起的中华文化重构为外星"神族"参与和影响的结果，但无论是谁主导或推动历史，"任何对既定规律的改变，都会遭到一种更为强大的力量的报复。那就是真正的'天命'"⑤。"天命"作为宇宙规律并不体现在每一个时空细节之中，但钱莉芳的历史重构体现了未来嵌入远古的某种可能，至少汉初典籍留下了这种时空折叠的空间。长铗的《昆仑》采取与钱莉芳相似的释古模式，创世之初一团混沌的世界，正因外星人乘"星槎"造访而建立起人间的秩序，河图洛书、易卦与幻术在这种诠释之下成为外星文明的证据。

三

时空折叠作为科幻文学结构文本的常用手法之一，同时也在发出这样的警示：作为一种类型文学，科幻小说的叙事模式可能存在着许多固定的套路或设

---

① 韩松.高铁.北京：新星出版社，2012：35.
② 韩松.地铁.上海：上海人民出版社，2011：94，128.
③ 韩松.高铁.北京：新星出版社，2012：374—375.
④ 钱莉芳.天意.长春：时代文艺出版社，2014：253.
⑤ 钱莉芳.天命.长春：时代文艺出版社，2011：246.

置，进而圈限想象的活动空间。许多科幻小说的研究者乐于归纳科幻叙事的主题，阿西莫夫将经常出现的科幻小说主题归纳为时光旅行、永生、机器人等二十八种[①]，而罗伯茨认为科幻小说就是四种形式的总和："空间（到其他世界、行星和星系）的旅行故事、时间（到过去或者未来）的旅行故事和想象性技术（机械、机器人、计算机、赛博格人以及网络文化）的故事。还有第四种形式——乌托邦小说。"[②]这些分类与其说是科幻小说的主题归纳，还不如说这些分类实际上指向科幻小说的叙事定式。阿西莫夫所说的二十八种主题，在表明科幻文学想象的宽度的同时，也可能喻示着科幻文学想象的限度。

阅读20世纪90年代以来的中国当代科幻小说，不时会撞见某些通俗类型文学中常用的叙述方式。以主人公身份出现的男性科学家大多既是腰缠万贯的公司首脑，又拥有影响国家机器运行的能力；科学怪人无论拥有高出普通人多少倍的智力水平，却始终受限于普通人的情感伦理困境；伴于男性主人公身边的女性往往兼具智慧、美貌、纯情和温婉，不管是作为助手、情人或是同行，都承载着欲望倾泻与灵魂救赎的双重功能；无论小说叙事展现的现象如何光怪陆离，总能有一种自圆其说的科技解释；一项科学技术的突破，通常总会导致大规模的生态灾难或伦理尴尬。诸如此类的叙述方式使科幻小说无法逸出类型文学的范畴。探寻科技视角下的伦理限度或宇宙想象，是科幻小说突显其特征和魅力的固有主题，而科幻小说中大规模存在的僵化的叙事套路，才是真正束缚想象腾空的羁绊。罗伯特·斯科尔斯在追溯科幻小说的根源时指出："传奇世界和经验世界之间的严重脱位表现在不同方面，最明显的一种方式，是人们为了增加叙述规则的力量而置自然规律于不顾，这其实是人们以表达愿望和恐惧的形式所体现出的人类心灵的映射。"[③]"增加叙述规则的力量"准确地形容了90年代以来科幻小说的叙事方式，它不仅弃置了自然规律，同样简化了原本繁复多彩的人性世界。

叙事方式的僵化和强势，与近三十年文学所面对的认同困境息息相关。科幻小说想象的模式化表征，总归是受到价值困惑或强或弱的制约。就像如来掌中的孙猴子，想象的筋斗云看似瞬间能纵横十万八千里，但认知困惑的五指山就是他无法逾越的界限。仅是泛而论之，20世纪90年代以来的中国当代科幻小说就至少存在着以下两种突出的认同疑惑。

---

① 阿西莫夫论科幻小说.涂明求,胡俊,姜男,等,译.合肥:安徽文艺出版社,2011:78—85.
② 亚当·罗伯茨.科幻小说史.马小悟,译.北京:北京大学出版社,2010:序言2.
③ 罗伯特·斯科尔斯,弗雷德里克·詹姆逊,阿瑟·B.艾文斯,等.科幻文学的批评与建构.王逢振,苏湛,李广益,等,译.合肥:安徽文艺出版社 2011:23.

第一，技术文明发展中的道德尴尬。在技术进步的大背景下，许多小说都展示了人类生存发展过程中旧道德体系被轻易碾压的场景。《三体》第二部《黑暗森林》中，人类呕心沥血建立起的太空联合舰队被三体文明的"水滴"轻而易举地摧毁，逃亡的五艘星舰承载着人类最后的希望，然而资源的匮乏决定四艘星舰上的人必须舍弃自己的生命，于是在"终极规律"号星舰试图攻击"蓝色空间"号星舰却反被击毁的刹那，即将阵亡的舰员表现出对同袍的理解和对自身命运的接纳。残酷的生存条件不断地改写着道德的标准和范围，刘慈欣在《人和吞食者》中为道德的位置下了断言："在宇宙中，那东西没意义。"① 七月的《擦肩而过》从人性本原的角度附和了道德的虚幻："生物本质都是自私和残忍的。"② 钱莉芳在重释汉代历史的过程中同样感叹："暴行从来是不顾道德、不畏人言的，唯一能让它忌惮收敛的，只有更为强大的力量。"③ 在詹姆逊看来，与其空谈进化途中的道德危机，不如转换一下道德讨论的视角："低等社会的灭绝不再是错误的和不人道的，它显然是一个用于智慧争论的问题。这里所争论的是，究竟在什么程度上高等文化对低等文化的善意的（甚至是好意的）干预的最终结果不会是毁灭性的。"④ 但这些小说同样清晰而强烈地表达了对道德弱化的忧虑。王晋康在《神肉》中让被反讽的南渊教授大放厥词："伦理道德只是适应某种生产力水平的临时性建筑，可以随拆随建。当科学与伦理道德冲突时，科学总是最后的胜利者。"⑤ 而在《七重外壳》中，这位作家直言对科技驱逐道德的忧虑："我最担心的是，这种堕落是否是高科技的必然后果？因为科学无情地粉碎了人类对自然的敬畏，对生命的敬畏。"⑥ 刘慈欣在其塑造的"黑暗森林"体系中，同样为道德的生机留下伏笔。三体文明中的异数1379号监听员向三体元首解释自己背叛三体文明的理由：他拒绝只能为生存而生存的文明。1379号监听员向罗辑表示，希望爱的阳光照进黑暗森林。

第二，人类智慧发展的指向模糊。人类文明的发展是最终走向技术理性的不断推进和全面掌控，还是终将在本质意义上回归传统的人文智慧？宏原子核聚变、概率云、量子幽灵、弦论、量子力学、猜疑链、技术爆炸、电子云、翘

---

① 刘慈欣.人和吞食者//乡村教师——刘慈欣科幻自选集.武汉:长江文艺出版社,2012:164.
② 七月.擦肩而过//七月.背面天堂.太原:希望出版社,2012:116.
③ 钱莉芳.天命.长春:时代文艺出版社,2011:255.
④ 弗里德里克·詹姆逊.未来考古学:乌托邦欲望和其他科幻小说.吴静,译.南京:译林出版社,2014:349.
⑤ 王晋康.神肉//替天行道——王晋康科幻小说精选集2.长春:时代文艺出版社,2011:105.
⑥ 王晋康.七重外壳//养蜂人——王晋康科幻小说精选集1.长春:时代文艺出版社,2011:175.

曲点、曲率驱动、二向箔等等科幻小说中的词汇代表了人类技术理性的高度，而"空""平衡""道"等语汇代表的传统人文智慧同样是这些小说热衷探讨的对象。飞氘在《一览众山小》中将文明的终极秘密展示为一幅阴阳互生的太极图："天，好像一汪清潭，平整如镜，泛着白玉似的微光，映出一个模糊的影子。夫子的心怦怦跳动，踮起脚，探头过去，那影子就清晰起来，却并不是夫子的脸，而是慢慢幻化出一个清亮柔美的圆。仔细看，竟是一黑一白的两条鱼，头尾缠绕，悠悠地转着圈。"① 与飞氘画出的太极图相似的是，王晋康的《生死平衡》和《替天行道》也洋溢着"道法自然"的道家观念。即便在"硬科幻"色彩浓厚的《三体》中，也隐藏着极深的"空"的观念。魏成发现"三体"问题源自于"空"，而小说最后为人类及其所处宇宙安排的结局，也沾染着鲜明的"空"的辩证色彩。尤其是在后现代主义思潮兴起之后，技术理性的主宰地位在其内部就产生巨大的分歧。"无论从时间还是从空间维度来重新描绘现实，后牛顿物理学都展现了'不同的进步观'。进步不再被看作启蒙理性在笔直地向前迈进。事实上，时间和空间都获得了一种循环和轮回的含义，而让人联想到东方的哲学和神话体系。"② 技术理性的不断推进和人文智慧的传统回归之间是否存在嫁接融合的可能？至少 20 世纪 90 年代以来的当代科幻小说并没有正面展现这样的场景。

四

在考察对 20 世纪 90 年代以来当代科幻小说的形式特征和认同疑惑后，一个问题随即诞生：作为科幻小说的核心要素，"科学"是否有沦为叙事装饰的风险？这一时期的当代科幻小说中的"科学"是否在叙事中悄然缺席？从异域的雨果·根斯巴克、艾萨克·阿西莫夫到中国的郑文光、叶永烈，科幻小说林林总总的定义中总是少不了"科学"的要素。然而在 20 世纪 90 年代以来的当代科幻小说中，"科学"既无法展示出技术革新带来的认知变化，也无法为人类未来走向提供某种自信的支撑。就此而言，科学在为文学的幻想叙事架设起支点的同时，也瓦解了这个支点的坚实性。

科幻小说必须借助于科技的支持才能探究或描绘宇宙时空的终极图像，并对一些元问题提出解释性构想。科学的幻想离不开现有知识理论的基座，然而现代自然科学理论的想象与推演无法支撑起科幻叙述的天穹。首先，作为想象

---

① 飞氘.一览众山小.中国科幻大片.北京：清华大学出版社，2013：138.
② 丹尼·卡瓦拉罗.文化理论关键词.张卫东，张生，赵顺宏，译.江苏人民出版社，2006：179.

工具的"科技"并没有营造或转化出相应的文本美学。自然科学理论的想象性推演终究有其尽头,光速旅行、空间跃迁、星体平移、十一维空间的展开、宇宙再造等等对稍有阅读量的科幻小说读者来说都是耳熟能详的词汇。既然是科幻小说而不是宇宙飞行手册或星际旅行指南,那么再深奥的公式和猜想都必须让位于这种理论想象所包含的感悟及其阐释,正是这种知识体系的转换,考验着科幻小说的审美表达和思想探索。作为其叙事特权和特色所在,科幻小说在展示自然科学技术带来的美感体验和人性变化上的成绩,很大程度上决定其文学性的强弱。《黑客帝国》的风靡,公认的原因是技术想象成功地激发了哲学的讨论和美感的更新。但是,当代科幻小说必须处理的"自然—人文"内在知识体系的转换,往往落入特定的叙述窠臼。一堆携带着海量自然科学知识信息、似乎已然筑起深沟高垒的词汇,最后推演或架构成的图景,却不过是些大众耳熟能详的内容。他人即地狱、科技发展激发人性恶、科技发展带来世界毁灭、科技与自然关系的最高境界就是阴阳平衡等等,诸如此类的阅读感受反复叠加,原本为小说叙事最重要的道具的自然科学技术本身,就简化为"多智而近妖"的魔术工具。"否定之否定"的辩证螺旋上升式思维,也不能为这些科幻叙事增添太多的文学新意。更重要的是,自然科学理论的推演愈向未来延伸,就愈加渴望人性的加盟——犹如放飞的风筝一般,自然科学理论想象的风筝无论飞得多远,永远被人性及其社会性的线所掌控。"鉴于形式(指的是它的另类世界、陌生的阅读方式以及它对社会有益的、潜在的、颠覆性的'幻想'),所有的科幻小说本质上都具有社会性。"① 有效地实现科幻的技术性和社会学的美感转换,才能夯实科幻叙述的文学基石。

其次,科幻想象在终极意义上反而在消减科技本身的必要性。人类未来的走向是20世纪90年代以来科幻小说所乐意讨论的主题,但这种科幻性的想象却往往将科技发展的前景描绘为一个意义的黑洞。刘慈欣曾借用一位来自外星的低温艺术家之口,强调艺术对科学的终极覆盖:"当探索进行到一定程度,一切将毫发毕现,你会发现宇宙是那么简单,科学也就没必要了……只剩艺术,艺术是文明存在的唯一理由。"② 《三体》对技术性未来的认知更为悲观:技术的不断进步终将引发宇宙战争,迫使生命不断降维存在,进而导致宇宙的死亡。至于宇宙的重启和再生,已经是与技术本身无关的想象。技术进步被认为是启蒙理性的基石,"启蒙的根本目标就是要使人们摆脱恐惧,树立自

---

① 汤姆·默伊兰."社会的"对决社会政治的//外国科幻论文精选:167.
② 刘慈欣.梦之海//乡村教师——刘慈欣科幻自选集:95.

主……启蒙的纲领是要唤醒世界，祛除神话，并用知识代替幻想……启蒙也一步步深深地卷入神话，启蒙为了粉碎神话，吸取了神话中的一切东西，甚至把自己当作审判者陷入了神话的魔掌……最终，精神概念、真理观念，乃至启蒙概念自身都变成了唯灵论的巫术"[①]。在20世纪90年代以来的科幻小说中，技术进步同样走向自身的反面。王晋康的《一生的故事》就试图打通科学与宗教的区隔："科学已经解答了'世界是什么样子'，但还没有解决'为什么世界是这个样子'……科学在另一种意义上复活了宿命论。"[②] 就上述两个层面的意义而言，90年代以来的科幻小说在建构起自身的科幻世界之时，同样抽空了这种想象本身的科技性。

科学色彩是科幻小说的核心元素，"科幻小说的核心内容是为了表达人类对启蒙价值、现代性和现代化过程所具有的看法……在这些作品中，现代化过程的主要代表科学技术，被作为一种能动的力量单独地展现出来，作家们讴歌科学技术能引导人类走出愚昧，迈向未来，相信科学技术的能动性可以带给整个世界一种建构力量"[③]。然而，这不意味着科幻小说对迷魅叙事的天然免疫。詹姆斯·冈恩在综述世界当代科幻小说的发展时尖锐地指出："当20世纪接近其千年纪念日之际，几乎人人都认识到世界对科学的依赖……但是对科学的无知并倒退到神秘主义的倾向比以往更趋明显。"[④] 当代科幻文学叙事应该重视的是担当起自身的启蒙责任，而不是沉溺于某种自我重复与技术意淫。

大众的视野之中，文学对客观世界的描绘和把握远不如科学技术来得深刻和精准。但是，文学却可能以某种"模糊的精确性"而在更宏观的层次上把握客观世界，大卫·普鲁什即在此意义上强调"文学比科学更科学"："普利高津的《混沌中的秩序》表述了这样一个观点：用于概括或者重新概括宏观世界经验的话语在相当意义上具有认识论潜能，与古典物理性相比，它们能够更好地描述现实。普利高津指出，物理和化学的简单化主要源于人们将注意力放在某些简单化的情形上，人们不关心教堂，而关注一堆堆砖块。相比之下，文学反而拥有了揭示教堂如何真实地建成的工具。在普利高津看来，文学以它高度成熟的话语对宏观世界中受到时间限定并且处于变动的、不稳定状态的有机生命

---

① 霍克海默,阿道尔诺.启蒙辩证法:哲学断片.渠敬东,曹卫东,译.上海:上海人民出版社,2003:1—9.
② 王晋康.一生的故事//终极爆炸——王晋康科幻小说精选集3.北京:中国华侨出版社,2011:32.
③ 吴岩,方晓庆.刘慈欣与新古典主义科幻小说.湖南科技学院学报,2006(2).
④ 詹姆斯·冈恩.英文版前言.郭建中,译//詹姆斯·冈恩,郭建中.灰烬之塔:从现在到永远.北京:北京大学出版社,2008:3.

和人类活动进行概括和描述。"① 如何充分利用"科幻"的特色元素探求"模糊的精确性",显然是今后中国科幻文学叙事应继续深思的。

(原载《文艺研究》2016年)

作者简介

陈舒劼,1980年生,福建长乐人。2008年毕业于南京大学文学院。福建社会科学院研究员,文学研究所副所长,福建省美学学会副会长、福建省文学学会常务理事。著有《意义的旋涡:当代文学认同叙述研究》《认同生产及其矛盾:近二十年来的文学叙事与文化现象》等。

① 大卫·普鲁什.普利高津、混沌,以及当代科幻小说.王丽亚,译//外国科幻论文精选:75—76.

传统的启示
——"福建百折传统折子戏展演"省思

白勇华

新时期以来,戏曲的"精品化"创作更多强调创新精神,这与中国当代文化发展的思路是一致的,而在"遗产化"的框架中,呈现剧种传统的分量才能获得充分体认;在商业文化范畴,戏曲市场化运作机制逼迫其求新求变,传统仅是一种创作资源,而在全球化语境中,能承载民族国家意识功能的又恰恰是古老的传统。于是,"创新""继承""变异""复古"交织扬抑。当下,中国传统文化价值被提升到前所未有的高度,国家建设、国民的精神伦理重建都将走向民族历史文化的更深处寻找思想资源,对戏曲而言,或许也应积极主动地接续地方文化传统与剧种艺术传统。

福建戏曲剧种丰富多样,大多有历史有个性。近日举办的"福建百折传统折子戏展演"是力图追寻各剧种独特的表达语汇与表现方式,引导各剧种剧团尽量接近、理解、接续本剧种剧目、行当表演及声腔的传统样态,以期从中汲取能指引福建戏曲稳健向前的智慧与力量。本次展演汇集梨园戏、莆仙戏、闽剧、高甲戏、歌仔戏、越剧、京剧、潮剧、闽西汉剧、掌中木偶戏、提线木偶戏、打城戏、竹马戏、赣剧、南词戏、大腔戏、四平戏、平讲戏、三角戏、梅林戏、北路戏等二十一个剧种,三十九个表演团体演出一百二十八个传统折子戏,呈现出福建戏曲传统当下遗存的基本状况,也让我们再次领略剧种多样性与剧种个性的价值与魅力。

梨园戏有上路、下南、小梨园三个流派。从《陈三五娘·大闷》《朱弁·裁衣》《高文举·玉真行》《吕蒙正·过桥入窑》等折戏中足见小梨园"一句曲,一步科"的谨严规范、精致典雅与气韵生动,而上路戏《朱买臣》之《逼写》《扫街》《托公》，科诨为重，诙谐天真，展示梨园戏另一番富有地方文化色彩与生活气息的趣味与格调。莆仙戏既质朴古拙又细腻精雅，更有许多天才的想象与创造，如《彦明嫂出路》中，莆仙戏旦角的"蹀步""扫地裙""伡肩"等传统程式丰富细致；《朱朝连》的苦生"三折弯"等传统科介独特、形象；《单刀赴会·过江》中，红面老生关羽做唱舞扇、二花周仓舞刀，一文一武、动静相合，亦雄壮，亦诙谐，尽显传统戏曲行当互补生发的魅力；《吊丧·摆椅》是梁祝题材从故事到表演的另类呈现，一段"摆椅"表演，精巧独特、细腻优美；而《杀狗记·迎春牵狗》则可视为生活动作程式化、虚拟化的典范，夸张传神，横生妙趣、情趣。闽剧《红裙记·认痣》《梅玉配·楼会/搜楼》《窦氏女·寻子》《玉簪记·三盖衣》等折戏，做唱细腻，可望见闽剧传统血脉里的考究与华丽；《王莲莲拜香·盘答》《桐油煮粉干》等折戏演绎市井生活、人间百态，细节生动，人物鲜活，用地道的福州方言唱念，乡土韵味十足。高甲戏《审陈三·探牢》《连升三级·求亲》《骑驴探亲》等折戏中，高甲丑生动活泼、幽默风趣，布袋丑、傀儡丑及女丑骑驴等程式化表演更是个性鲜明、独树一帜，而在《狸猫换太子·诉窑》《三国演义·貂蝉弄吕布》等折戏中，展现出苦旦、武生、大花等民间戏场支柱行当的质朴底色。歌仔戏《千里送京娘·京娘送兄》《面线冤·安安寻母》《李妙惠·哭五更》等折戏中，[哭调]哭腔倾泻而出，悲情婉转，令观者动容；而《谢启·央媒》《讨学钱》等折戏则是以[杂碎调]为主，故事家长里短，唱念清新晓畅，透出闽南民间的朴素与温情。同为提线木偶戏，泉州提线木偶戏《楚汉·哭人彘》《窦滔·行路》，唱做一体，操控技艺精绝万端，细致入微中彰显形态神韵；而闽西连城提线木偶戏《大名府·过关》，造型粗犷，技法朴拙，一段耍蛇，动静姿态逼真生动、活灵活现。同为掌中木偶戏，南派唱南曲，丑角的《公子游》、旦角的《赏花》，均细腻精致，节制而婉约；而北派依京调，《大名府》《卖马闹府》等折戏，迅捷自如，大开大合中"偶趣"充溢。潮剧《珍珠记·扫窗会》《白兔记·井边会》，闽西汉剧《百里奚认妻》《打洞结拜》等折戏体现出剧种在唱腔与表演上的丰厚传统。其他如四平戏《联芳》、大腔戏《白兔记·打猎》、打城戏《目连救母·双挑/斗虎》、平讲戏《马匹卜驳妻》等折戏，则呈现出珍稀剧种的独特个性，别有风味。而闽剧民间职业剧团演出的《王莲莲拜香·悔过》《金龟母说胎》等折戏，则有未经雕琢的"原生态"传统韵味。

什么是传统？如何更传统？是戏曲传承的老问题，也不断产生新的困惑，而如何看待十七年"戏改"中整理改编的传统戏，是"重拾传统"不可回避的问题。十七年"戏改"过程中，现实主义这种来自西方的现代文艺思想强势介入，对传统戏曲自主结构体系的冲击是相当巨大的，但福建在整理改编传统戏时，仍积极倡导地方戏坚持剧种个性与传统风格，如梨园戏以继承剧种传统为主轴受到重视与保护，对闽剧生搬硬套京剧表演程式及"越剧化"偏向，以及莆仙戏盲目借鉴闽剧、京剧等做法曾严厉批评并及时纠偏。如梨园戏《吕蒙正·入窑》在当时虽被认为是"现实主义的艺术""很真实"地描写细节，但以写景身段描摹环境的生动形象与优雅精致很显然得益于传统范式；莆仙戏《瓜老种瓜》源于传统戏《张果老种瓜》，原本是"老夫少妻"的戏，改为"公孙种瓜"且歌且舞的生活小戏后，虽然大异其趣，但却保留了丰富的传统表演程式；闽剧《炼印》结尾处两人欣喜若狂后的一段表演，是在传统彩头戏"跳舞财神"的基础上加上互相掷印、脱纱帽等动作创造而来，生动而写意。如此等等，都在提示我们需谨慎对待这些接续传统又超越时代的"遗存"。

对于戏曲，无论是20世纪50年代积极投身社会主义文化建设，还是80年代努力重回主流文化阵营，改革创新都被坚定地认为是不二选择。然而，历经数十年"新变"，戏曲却越发内忧外患、进退失据。对此困境，知识界立场各异、众说纷纭。挪用新启蒙思潮，更多地把问题归结为戏曲没有受过真正的"现代化"改造；而强调商业文化与消费主义对戏曲传承发展的影响，则认定文化艺术体制的弊端是"戏曲危机"的源头；或认为戏曲传承发展的困境主要由于晚清以来激进思潮对传统一波又一波的冲击与破坏，解决问题主要被理解为传统的复兴。然而，考察福建戏曲的传承发展状况，或许我们必须超越传统与现代的二分思路。什么是"现代"是一个需要去重新定义的问题，多元文化是不是现代？在全球化时代保持传统特色维护文化多样性是不是现代？而从戏曲的市场化可能来说，当前的商业文化不正是在追求剧种特色或地方性？因此，在全球化与消费主义时代，与其简单地思考该如何处理传统与现代的关系，不如认真探索传统戏曲与当代文化、社会和市场的结合点。

我们一贯认为，时代在变，传统戏必将过时。本次展演中的经典传统折子戏却并没有时代的隔阂感，相反，戏文与表演自如自在地相互调剂、故事人物灵动机巧地接合与助力推展、表演说唱时舞台空间自由地流转，以及行当化、程式化表演举重若轻地表达情感、描绘环境，其中的想象力与创造力，却令人深深震惊，并一度让我们望见戏曲当代创作中各种新的模式化手法的无力无趣。长期以来，戏曲似乎在远离类型化的行当表演，极力追求典型化的人物塑造，在表演中过度追求"演员即人物"，之间没有空隙、不许游移。然而，强调体验角色，强调往内心深处寻得与角色的契合与交融并以细微的表情来表现人物，戏曲表演便极易退化至"生活化"的零碎表达，矫揉造作，动声动色，也常因此失去松弛迂回的空间，外露饱满而失之内敛轻巧，求周到全面而顾此失彼。而失却戏曲的游离游戏精神，便难以求得轻描淡写却余韵悠长的情态与意趣。戏该怎么写？怎么演？传统戏中蕴含太多的智慧。如：梨园戏《白兔记·井边会》，两个诙谐爱美的小军和柔弱委婉的李三娘，问答说唱，亦正亦歪，以喜写悲，机智灵动。莆仙戏《隋唐演义·敬德画像》，靓妆（净）与武旦的戏，从形象到表演极为独特。敬德外强中干，装腔作势，每每哼哼哈哈要动气时，外柔内刚的夫人黑洞云一声娇嗔便将之化于无形，两个行当节奏与气息高低起伏，将一个简单的情节演得神采飞扬。而如莆仙戏《江陆云·百花亭》中表现男女互相倾慕相爱的扇舞"花鱼戏水"，显然是文辞难以达到的境界。常言"戏以曲传"大体无差，然而，"戏"显然并不止于"曲"。本次展演中，梨园戏、莆仙戏等古老剧种的传统折子戏在唱段之间的空白处，富于机趣的道白与有形、达意又传神的表演程式层出不穷，不仅出戏、出人物、出彩，也每每于此节奏舒缓处见戏曲精神，颇值玩味。另者，经典传统折子戏大多经各剧种历代艺术家锤炼、凝定，自有其审美格调与风度，并具形式规范的力量，展演中，有些折戏由年轻演员担纲，虽难以完整精细，依然生出韵味和神采。

继承传统之后又该如何？我们常因此无比焦虑。福建在十七年"戏改"期间，收集了大量传统剧目剧本，并对地方戏本剧种的表演、音乐等各门类艺术进行挖掘抢救和保存保护，这些主要以文本形式留存的资料成为福建戏曲承继传统的重要基石。而在1956—1957年与1961—1962年两度开放和发掘传统剧目时，名老艺人整理上演、示范演出了大量传统剧目与传统折戏，各剧种表演艺术传统获得宝贵的恢复元气的机会，新艺人或多或少得剧种传统亲炙——新时期以来，各剧种存续绵延大体仰赖这批承上启下的表演人才。然而，在创造社会主义新戏曲的雄心中，戏曲传统大体也只是"取其精华"的库存与"破旧立新"的标靶；而在过度张扬个人理念，并不十分在意戏曲这个文化整体如何延续的80年代，更加激进地各取所需，以致传统支离破碎。当下，戏曲的境遇与十七年"戏改"时及80年代已截然不同，一方面，戏曲已从文艺前沿退却至"非遗"保护的对象，另一方面，虽然国家话语介入已趋平和，但市场压力却空前强大。重拾传统，戏曲的未来会更好吗？对此，我们当然应该保留审慎的乐观。但是，只要我们擦去只有现代文明才能拯救戏曲于颓然的伪创新主义翳障，就会发现戏曲传统的精妙与智慧仍然具有重要价值，或许可为戏曲的当代传承与发展提供宝贵的修正。以史为鉴，至少在戏曲传统脉息已极其微弱的时刻，我们应该多一些"为体"的守护，少一些"为用"的偏执。换言之，并不必太过急切对戏曲传统进行"现代转换"，毕竟，我们永远可以更"现代"，但永远不可能更"传统"！

（原载《光明日报》2016年）

作者简介

白勇华，1978年生，福建将乐人。2016年毕业于福建师范大学文学院，获文学博士学位。现任福建省艺术研究院副院长、研究员，《福建艺术》主编。中国戏剧家协会会员、中国文艺评论家协会会员、福建省文化产业学会理事。著有《福建"戏改"：国家与民间》《高甲戏》《南派布袋戏》《指掌乾坤》等。

文艺批评空间重塑"四步走"

黄育聪

文艺批评既承担着阐释艺术思想、解读审美内涵的功能，同时也对文艺发展起到引导与正本清源的作用。习近平总书记在中国文联第十次全国代表大会、中国作协第九次全国代表大会开幕式上的重要讲话中强调，要加强和改进文艺理论和评论工作，褒优贬劣，激浊扬清，更加有效地引导创作、推出精品、提高审美、引领风尚。如何落实批评的责任、发扬批评的精神、强化批评的力量，是每个文艺批评者面临的重要问题。

近年来，文艺工作者为重振批评做出了许多努力，其中批评家与出版业者联合推出系列批评专著，围绕文艺热点展开专业批评，在社会上引起集中关注和探讨，是一个开拓批评空间、敞亮批评视野的有益尝试。海峡文艺出版社陆续推出的"闽派文论丛书"，就是试图通过借助活跃于20世纪80年代的"闽派批评"现象，重新激活批评能量的具体实践。2016年，南帆、刘小新主编的"闽派批评新锐丛书"，展示了一批受过严谨学术训练、思想活跃、视野开阔的"闽派"批评新秀们的成果，这对于推动批评空间的形成有着重要的探索意义。

一、重建积极的价值观

重塑健康活跃、开阔敞亮的文艺批评空间，关键在于重建积极的价值观。近年来，文艺批评出现的诸多不良现象从根本上讲就是因为价值观的缺失。没有积极的价值观作为意义规范，文艺作品就容易因为导向错误、道德失范、审美内涵贫乏等一系列问题而沦为市场的奴隶、人情的交易，甚至西方理论的跑马场。"闽派"新锐批评家对于建构正确、科学的文艺批评价值观有着一致的认同。

谢有顺在《文学及其所创造的》一书中就直言要根治当下批评的弊病,必须"郑重地重申批评家对文学价值的信仰,重申用一种有生命力的语言来理解人类的内在的精神生活,并肯定那种以创造力和解释力为主要内容、以思想和哲学为视野的个体真理的建立作为批评之公正和自由的基石,就是要越过那些外在的迷雾,抵达批评精神的内面"。

吴子林指出一个有社会良知和积极批判精神的批评家必须"能顷刻洞悉现实生活中正在发生的深刻变化,揭示文学作品中虚假、陈旧、落后的观念,鼓励、激活、突显其中在真实性上有所突破的隐秘观念,做到既理解文本的深层意义,又理解自我和历史的道路",从而起到"有效推动社会变革和文明的发展"的重要作用。

其他如郑国庆借"现实主义"问题重新思考"人与历史的多重关联",陈舒劼以"价值认同"考察当代知识分子生命选择等实践,都是对自觉提高道德修养、弘扬社会正气的社会主义核心价值观的坚持。这份坚持,让他们得以在阅读当代文学、对话人文思潮、分析文化现象的纷繁芜杂中,坚守艺术理想、道德良知和职业操守,牢记文化担当、社会责任和价值追求,以饱满的热情和昂扬的激情投入文艺批评创作中。

二、运用恰当的批评方法

优秀的文艺批评是对文艺作品和现象再发现、再创造的艺术过程,无论是细读文本还是历史还原,无论是个性精神分析还是文化场域解析,都需要科学合理地运用批评方法。以此观之,批评空间的建立还需要运用恰当的批评方法,使文艺批评具备"剜烂苹果"的能力。

"闽派"新锐大多受过正规学院系统训练,自觉继承传统文论精华,又吸收西方文艺理论优点,形成了风采各异的批评风格。如:王毅霖从传统书法美学入手,考察历代"书法的文化形态发展历程",并"结合日本与中国台湾的书法发展特性",以"探寻传统美学当代新的发展",体现了他对于传统书法的深刻理解与宽广视野。傅修海从收集、研究左翼文学史料出发,注重作家与历史语境的关联与动态发展,认为一些"红色文学史写作"大多抽离了具体当事人的历史体验而将论述普遍化,这一"反现代"的现代文学史叙述模式很容易由洞见变成偏见与盲视。林秀琴、练暑生以"历史"为切入点,重新评价"文学史"写作与文学作品中的历史意识。林秀琴认为:"如何在个人化的历史叙述中建立具有公共性的知识与价值意义的历史叙述,才应是现今文学史叙述的重点。"而滕翠钦则批判性地运用"文化研究"的批评方法介入当代文化现象观察,指出"80后"术语背后的怀旧消费主义及其运行逻辑,较为成功地化用西方理论阐释了当下文化现象。"闽派"新锐批评家以扎实的学术理论功底和良好的学术研究能力,自觉将中西方文艺理论研究方法与历史意识、人民立场、美学鉴赏等相结合,初步实现了将"历史的、人民的、艺术的、美学的"相结合的批评方法。

三、及时介入正在发生的文艺事实

拓展批评空间还意味着文艺批评要对新兴的文艺形式及时介入与引导。习近平总书记鲜明地指出,互联网技术和新媒体改变了文艺形态,催生了一大批新的文艺类型,也带来文艺观念和文艺实践的深刻变化。由于文字数码化、书籍图像化、阅读网络化等发展,文艺乃至社会文化面临着重大变革。要适应形势发展,抓好网络文艺创作生产,加强正面引导力度。如果说积极的核心价值观为文艺批评提供了正确的导向引导,科学合理的批评方法为文艺批评提供了充分的考察依据,那么对当下文艺现象的及时介入,则为良性批评空间的建构提供广度与深度。

谢有顺认为,文学批评的当下价值,就体现在对正在发生的文学事实的介入上。只有对鲜活的文学创作和生动的文学现象进行及时跟踪与判断,文学批评才能对复杂的艺术内涵进行梳理和辨析,才能为艺术的发展指引路径与方向,才能彰显独立而坚实的力量。

纵观"丛书"的十二本专著,都是对当下文学活动、文化思潮和文论新变中的热点现象与重要问题的观察、思考与探索,可谓紧贴现实、与时俱进。如:伍明春在对现代汉诗的考究批评中,给予新兴诗人及时而中肯的评价。黄发有则直面当前兴盛的网络文学,认真考察了互联网时代给文学带来的冲击和变化,通过梳理网络文学的发展脉络与时代特点,较准确地指出支撑网络文学发展的重要力量乃是"寂寞共同体"的青年网民以及他们萎靡的精神,"在网络面具的遮盖下,借助网络文学的阅读和网络游戏的娱乐来宣泄郁闷和寻找快感",并指出文学在网络媒体、商业化市场和"精神寂寞"的合谋下,"已经失去了应有的历史文化内涵与审美内涵"。这种既坚持学术研究的严谨态度和执着艺术审美的批评规范,又保持动态的文化考察眼光和客观的价值判断态度的精神,使"闽派"新锐批评者的艺术批评呈现出理性复归的路向,焕发出正义的文化品格。

四、实现批评声音的有效传播

如何传播批评的声音，增强批评的影响力是文艺批评需要面对的问题。在多媒体时代，在哗众取宠、博人眼球的各种"酷评"铺天盖地的冲击下，严谨而严肃的文艺批评难以引人讨论与关注。面对当前批评困境，海峡文艺出版社编辑同仁与批评家们在如何重塑既严肃又引人注目的批评空间上有了一致的看法。

他们首先选择了20世纪80年代以谢冕、孙绍振、林兴宅等人为代表的批评家，推出"闽派批评"丛书，树立起"高度参与现实，对理论有强烈兴趣"为特点的"闽派批评"，接着又陆续推出"闽派批评新锐丛书"。新锐们虽然兴趣热点不同，但却有着大体一致的批评理想。正如石华鹏所说：要批评质疑不要吹捧，要明白晓畅不要晦涩空洞，要文采飞扬不要寡淡无味，要与作品交朋友不要与作家勾肩搭背，要刺激影响创作不要批评创作"两张皮"。可以说，"闽派批评"的精神内涵得以继承与发扬，因此，也较有可能引起关注与讨论。

再则，新锐批评家们的集体"出场"也有利于改变各自为战、声音分散的局面。"闽派"新锐们跨越籍贯与地域的限制，在诗歌、小说、文学思潮等传统文艺批评和书法、网络艺术等跨界文化批评的多元汇聚中，以思想为先导，以学术为基础，以积极态度介入重大文艺话题，以较为整合而统一的步调，既张扬了各自特点，又实现了批评声音的最大化。此外，这种出版者与批评家联合的出版模式，因为其持续时间较长，其文化影响也将不断得到强化。正如南帆所说，重提"闽派批评"制造乡贤的学术聚会或者地域文化表彰仅是次要目的，重要的是发现新型话语平台，召回曾经活跃的批评精神。"闽派批评"通过历史的追问和现实的关怀，为新媒体时代的文艺批评发展提供了一个可供参考的方向。在新的形势下，文艺批评需要以马克思主义的批判精神、历史意识和美学观念为坐标，回应文学及相关问题，批评家与各方通力配合，营造出一个严肃而有影响力的思想平台，开拓出多元而丰富、精彩而缤纷的文化空间。

（原载《光明日报》2017年）

作者简介

黄育聪，1981年生，福建平和人。2013年毕业于北京大学中文系。福建师范大学文学院副教授、硕士生导师。著有《现代文学视域的多维展开》。

论伊格尔顿的革命批评

王 伟

一

本雅明高度赞扬弥尔顿"不可简约的表意的过剩"的寓言式语言风格（伊格尔顿，《沃尔特·本雅明》5），这与艾略特、利维斯两位批评家对它的竭力贬抑形成了鲜明的对比。前者认为活力四射、放浪不羁的符号在后者眼里显得啰里啰唆、冒冒失失，因为它们严重威胁，甚至破坏了整体的和谐，而后者钟爱的绳趋尺步的措辞对前者来说则意味着沉沉死气。伊格尔顿一针见血地指出，这是两种不同的审美意识形态的对峙，是寓言与象征的抗衡："象征必然要理想化，必然要使物质客体服从于一种从内部启迪和救赎它的精神激流。在那理想化的闪现中，意义和物质性调和为一；在这脆弱、非理性的一瞬间，存在和意味和谐地整合成了一体。"（《沃尔特·本雅明》7）如若象征是有序的、有机的、总体的、浪漫主义的，那么，本雅明极力推崇的巴罗克悲苦剧中的寓言恰恰张扬无序、脱节、碎片与现代主义。耐人寻味的是，虽然艾略特与利维斯都隐约地真切感受到了弥尔顿修辞中潜藏的意识形态危险，但他们都是从形式上讨伐弥尔顿，不愿直面弥尔顿作品之中的神学与政治内容，更不会大大方方地承认这种形式主义背后的经验主义与非理性主义标准实际上是一种意识形态建构。有意思的是，就算面对自己十分喜爱的作品，譬如多恩的《诗歌和十四行诗》等，他们依然有意无意地回避其中的意识形态，从而不免造成褒贬的错位。相反，本雅明对悲苦剧的分析则超越了这一形式主义路径，这充分体现在他对悲苦剧的形式与其时神学大背景下各种思潮的隐秘关联，悲苦剧对君主的影响，悲苦剧中的堕落与救赎、罪孽与惩罚主题等方面的研讨。伊格尔顿赞赏本雅明对形式主义的超克，这自然也为其意识形态批评奠定了坚实基础。正是在这个意义上，很多研究者断言《沃尔特·本雅明》的出版标志着伊格尔顿政治批评、意识形态批评的确立。对伊格尔顿而言，这两种批评虽名异而实同。因为他在那本声名远扬的《20世纪西方文学理论》的"结论：政治批评"部分直言："我用政治的（the political）这个词所指的仅仅是我们把自己的社会生活组织在一起的方式，及其所涉及的种种权力关系。在本书中，我从头至尾都在试图表明的就是，现代文学理论的历史乃是我们时代的政治和意识形态的历史的一部分。"（96）应该说，从批判形式主义的角度来讲，研究者对伊格尔顿的上述断言真实有效。问题在于，政治或意识形态批评还只是革命批评的必备条件，并未真正到达革命批评所要求的境地。关于这一点，可以从本雅明的批评实践、伊格尔顿对布鲁姆的指责，以及对革命文学批评的构想中得到有力的证明。

本雅明宠爱的巴罗克寓言击破了象征主义的逻各斯中心主义，"悲苦剧的形象粗鲁地解构人体，来将他的各个部分寓言化，撕裂它的有机整体（以一种类似弗洛伊德的风格），以便能从它零落的碎片中拯救某些意义。和本雅明本人后期的历史哲学一样，沉溺于现时的稍纵即逝及拯救它以赢得永恒之需要的悲苦剧，炸开了一致性，以挽救处于原始给定性中的它们"（《沃尔特·本雅明》30）。换言之，本雅明的历史哲学把悲苦剧的批评精神理论化、抽象化了，而"在行动的当儿意识到自己是在打破历史的连续统一体是革命阶级的特征"（阿伦特274）。毫无疑问，对这群拥有"破坏型人格"的革命者而言，革命批评绝非仅是遏止枯燥乏味的资产阶级美学、代之以新的审美意识形态那么简单、轻松，它更关联着如何理解历史、如何摧毁那种僵化的历史主义并在此基础上重构历史、现实与未来的重任，而马克思的历史唯物主义在这方面给予本雅明以强大的理论支援。伊格尔顿指出，其《拱廊计划》"这个项目的方法论的目的之一就是展现一种历史唯物主义，它从自身内部取消了关于进步的观念。正是在这点上，历史唯物主义有足够的理由把自己与资产阶级的思维习惯截然划清界限。它的基本概念不是进步，而是现实化"（《沃尔特·本雅明》116）。在伊格尔顿看来，本雅明的这一方法论有着革命性的意义："如果说法西斯主义通过自己的形象重新书写历史而抹杀历史，那么历史唯物主义重书过去，是为了革命合法性而救赎过去。"（66）当然，本雅明的革命救赎是弥赛亚式的，它期望彻底中断历史的连续体，为了被压迫的过去而努力战斗，以伟大的革命开启历史的新篇章。每一时代的男男女女要想有所作为，都必须不断重演这种竭力拯救过去的革命批评行动,因为墨守成规的历史态度总是试图牢牢掌控过往与现时。

　　伊格尔顿认为,布鲁姆的焦虑美学可以充作本雅明这一历史观的生动注释。然而,在本雅明政纲的映照下,布鲁姆的美学存在致命的缺陷。因为他把"先驱的观念中革命的部分倾倒一空,用无力而花哨的文学史取而代之。布鲁姆的历史是孤寂的儿子和父亲之间的一场文学之争;但是,在本雅明看来,每个'后来的'现在都有两大对抗性的前辈,它们是'历史'和'传统'复杂对接的产物。历史是统治阶级的同质的时间;而传统则属于被压迫和被剥削阶级的——这个阶级具备统治阶级所不具备的常识,即紧急状态并非例外,而是普遍规律"(《沃尔特·本雅明》62)。需要特别注意的是,本雅明大刀阔斧地把"历史"与"传统"分别派给了两个相互对抗的阶级。不言而喻,在这个二元结构中,涓涓细流般的革命能量日积月累。到了一定程度,"传统的力量会聚合起来,把现时砸个粉碎,那一震惊的瞬间就是社会主义革命"(105)。而随着革命的或者具有革命潜力的阶级坚持不懈地书写迥异于所谓"历史"的斗争"小说",在表述自我中创造"传统",文化革命便在悄然之中一步步展开。其实,在《马克思主义与文学批评》这本小册子里,伊格尔顿就对本雅明关于文化革命的言辞赞誉有加。他认为本雅明《作为生产者的作家》一文富有创造性,因为它把马克思生产力与生产关系发生矛盾从而引爆革命的观点运用到艺术之上。于是,本雅明就在艺术家与群众之间建立了新的社会关系——为了打破少数人对艺术的垄断、使男男女女也能享用艺术,革命的艺术家不能满足于利用现有的工具传播革命的理念,而必须重塑新的革命化的艺术生产方式。到了《沃尔特·本雅明》一书,伊格尔顿则明确列出了革命文化工作者面临的三大基本任务:"第一,投身到作品和事件的制作中去,这些作品和事件在改造过的'文化'媒介范围内大力虚构'现实',以取得有益于社会主义获胜的种种效果;第二,作为'批评家',要提示那些非社会主义作品用来制造政治上不可取的效果的修辞结构,以作为抗击假意识(这样的称呼现在已不合时宜)的一种手段;第三,尽量'独辟蹊径'地阐述这些作品,以便从中攫取任何对社会主义有价值的东西。"(149)不难看出,这些任务实际上都是为了社会主义文化、为了男男女女文化解放的革命批评,差别在于有的偏于负面揭露而有的偏于正面阐述。另外,革命文学"批评"作为革命批评的重要组成部分,伊格尔顿还明确指出了它在革命文化蓝图中应该扮演的角色:"它将拆解'文学'的统治观念,在文化实践的整个领域中重新插入'文学'文本。它将努力地把这种'文化'实践与其他形式的社会活动联系起来,努力改造文化机器本身。

它将把它的'文化'分析与一贯的政治干涉有机地糅合成一体。它将解构现存的'文学'等级制度,重新估价现有的判断和假定;与文学文本的语言和'无意识'打交道,以揭示文本在主体的意识形态建构中的作用;调动这些文本——如有必要,可采取解释的'暴力'——力争在更广阔的政治环境之中改造这些主体。"(《沃尔特·本雅明》129)显然,文学的革命批评并非在意识形态批评之后就裹足不前,它还须把文学的文化实践与形式多样的社会活动密切结合,履行重塑文化生产机制、打造社会主义新人的历史使命。这也再一次证明革命批评所蕴含的革命性能量不容小觑乃至忽视。

二

面对后结构主义对人文社会科学诸领域的汹涌冲击,伊格尔顿指出:本雅明"在其著作中令人瞩目地预言了后结构主义的许多当代主题。因此,本书除研究本雅明的其他方面外,也旨在介入那些争论"(《沃尔特·本雅明》3)。即是说,在伊格尔顿眼里,本雅明既是后结构主义诸多主题的先行者,又与之保持着清晰的畛域。就两者可以共鸣的地方而论,譬如,本雅明对历史同质性的解构就与福柯的考古学较为神似。在某种意义上甚至可以说,他的这种解构预示了当代解构主义批评实践的大潮。关键在于,两种解构的视野有别、关怀不一,因而有着质的差别。具体说来,本雅明的解构属于革命批评,它在建造新文化、形塑新人的过程中起着破除形形色色障碍的功效。换句话说,本雅明的解构不仅仅是文本的革命,更是文化革命、社会革命的组成部分。相比之下,解构批评不单没有那么大的政治抱负,反而刻意回避意识形态,在政治上显得淡泊无为乃至无能为力。"后结构主义是从兴奋与幻灭、解放与纵情、狂欢与灾难——这就是1968年——的混合中产生出来的。尽管无力打碎国家权力的种种机构,后结构主义发现还是有可能去颠覆语言的种种结构的","学生运动被从街上冲入地下,从而被驱入话语之中"("20世纪"139)。轰轰烈烈的政治运动归于沉寂,之前激情四射的革命主体杳然无踪,而被压抑的革命巨能则以扭曲的形式入驻文本的狭小天地。这种场景着实令人可悲,更可悲的是看似激进的解构主义执迷于自己的解构游戏中难以自拔,甚至时有让人瞠目的观点。伊格尔顿辛辣地嘲讽说,后结构主义把"总体结构"视为死敌,而无论是垄断资本主义还是斯大林主义政治都是特定历史阶段的产物。早在后结构主义诞生之前,一代代社会主义者就一直与之战斗。"但是他们,以及危地马拉的游击队员们,却都忽略了这样一种可能性,即阅读所产生的色情的frissons(身体震颤),甚至那种仅限于那些被称为可悲地神志不清的作品,竟是对此问题的适当解决。"("20世纪"141)解构主义对实际斗争领域的漠然相向由此可见一斑。如果立于这个角度来重审巴特的《S/Z》，那么，无论它如何努力拒绝结构主义封闭的结构，如何自由地拼接种种代码，以显示出文本多么诱人的开放性，它依然处于一个与外界隔断的批评文本之内，而且对此心满意足。这是解构批评与生俱来的缺陷。当我们为伊格尔顿对解构主义到位的批评由衷喝彩时，还需注意他对解构主义的另一些漫画式的描述或简单化的判断。

首先，与革命批评锐不可当的气势相较，后结构主义显然望尘莫及。正因其缺乏前者直接的革命能量，伊格尔顿嘲讽它是不能伤人的"空弹"，没有杀伤力。然而，这绝不意味着解构批评没有间接的革命潜能。一方面，伊格尔顿承认，解构批评抓住了经典结构主义二元对立的典型认知模式这个要害，将其中的压抑机制暴露于世。另一方面，伊格尔顿又认为"解构主义者坚信形而上学封闭圈的不可突破性"（《沃尔特·本雅明》177）。这个有些自相矛盾的断言对解构主义有失公允。众所周知，任何具有优势的概念都以对他者或暗或明的贬低为代价。譬如，男人与女人、西方与东方、中心与边缘、理智与疯狂，如此等等。不言而喻，概念的优劣或者话语权力的有无跟特定的政治利益之间有着千丝万缕的纠葛。虽然后结构主义明确驱逐主体、拒绝社会行动，然而，它仍然与两者有着藕断丝连的曲折关联。因为一旦解构主义把概念构建的历史和盘托出，把其中逻各斯中心主义的把戏公之于众，就会刷新男男女女的世界观、人生观，重塑错综复杂的权力关系，进而或慢或快地重塑他们身临其境的红尘俗世。当今世界，大规模的政治斗争早已成为过眼烟云，但小型的斗争实践仍然不绝如缕。无论是反对男性至上主义、种族主义，还是抵制地区歧视、环境污染等活动，其实都从解构主义思想中汲取了宝贵的理论营养。值得关注的是，在指责后结构主义是"空弹"的同时，伊格尔顿也一转身又肯定了它与女权主义、妇女解放运动之间的关系。总之，解构主义使过去社会性地被排除的他者浮出地表，催生了拉克劳与墨菲式的多元主义与差异政治。可以乐观地预期，解构主义在社会领域与政治领域的后续影响将会连绵不绝。

其次，伊格尔顿眼里的解构近于疯狂，它"不停地击打脚下将要崩塌的悬崖，准备一起坠入无穷无尽的指号过程和精神分裂症的汪洋大海中"（《沃尔特·本雅明》177）。即便解构主义难以解构自身，它的确使能指的嬉戏达到无以复加的地步。问题在于，一路酣畅淋漓的解构之后，还有否整体存在的可能？我们又该如何理解整体与局部？伊格尔顿认为解构主义并不操心这些扰人的问题，而本雅明则给出了有益的启示："正当我们在消解独断专横的联合体的时候，我们该如何完整地理解总体性和具体性，坚决避免一种自我沉溺式的游戏片段呢？至少可以说的是，如果本雅明是一个原解构主义者并致力于对那些摆脱概念束缚的事物进行细枝末节的微处理，那么他并不止于此：因为正是从这些无常、极端和矛盾的元素中，一个积极的构造将应运而生。"(《沃尔特·本雅明》155) 换言之，本雅明在解构形而上学与总体性的同时，又借助以往被忽略或轻视的元素实现了新的整体性建构。因此，伊格尔顿盛赞本雅明"非形而上学的形而上学"是对上述问题的独创性回答。应予指出的是，伊格尔顿薄彼厚此的态度陷入了流行的窠臼之中：只是看到后结构主义、后现代主义——需要补充的是，一般认为后结构主义是后现代主义内部的诸多学派之———的解构与否定向度，而对其丰富性、多样性尤其是建设性向度沉默不语。伊格尔顿的《后现代主义的幻象》一著亦是如此。为了改变这种盛行至今的刻板印象，格里芬在"代序"中尤为强调"建设性后现代主义"。其建设性具体表现在以下几个方面：一是倡导创造性，这一创造既尊重无序也尊重有序；二是鼓励多元思维，推重对话；三是提倡对世界的关心爱护，重建人与自然、人与人之间的关系。(《后现代主义的幻象》3口8) 如此说来，后结构主义就不是一味面色阴郁地解构、否定、怀疑，甚至堕入虚无主义、悲观主义的囚牢，而是有着较为积极向上的建构维度。

第三，由于无视后结构主义的建设性，伊格尔顿才对解构主义场域内意义的稳定性问题疑虑重重："如果说意义，即所指，只是词语或能指的暂时产物，并因而始终变动不居、半现半隐，那又怎么能有任何确定的意义或真理？"另外，"主张有关现实、历史或文学文本的一种解释'好于'另一种又有何意义"？("20世纪"141) 换句话说，解构主义重新召回了可怖的"相对主义"幽灵。于是，意义在解构的链条上无法驻足，而且导致一种此亦一是非、彼亦一是非的尴尬局面。很多学者每每据此义正词严地指斥后结构主义。问题是，让人恐惧与担忧的相对主义不过是"作为一种被想象出来吓唬人而实际上根本就不存在的虚构"(格朗丹222)。试想一下，男男女女无不处于特定的时空之中，无不受到诸多特定历史与现实条件的制约，谁人的话语又能无所依凭地随心所欲呢？而且，只要回到具体语境，"怎么都行"的忧虑便会迎刃而解。按照罗蒂的说法，"除了一个极为庞大的、永远可以扩张的相对于其他客体的关系网络以外，不存在关于它们的任何东西有待于被我们所认识"(罗蒂34)。换言之，解构了本质性的意义并非是说事物就失去了稳定性，因为一切都需也都能在关系网络中进行定位——在与周边多种关系项的相互勾连、相互衡量中，客观性得以暂时锁定。关于意义或真理问题，建设性后现代主义则表示："希望保留对现代性至关重要的人类自我观念、历史意义和一致真理的积极意义"，甚至"愿意从曾被现代性独断地拒斥的各种形式的前现代思想和实践中恢复真理和价值观"（格里芬 237）。既然如此，我们以后就不应再被相对主义这个"稻草人"吓得两股战战。

第四，伊格尔顿讽刺德·曼等人的解构批评尊奉德里达"文本之外无一物"的理念，"将种种饥馑、革命、足球比赛和雪莉甜食（sherry trifle）皆视为不可决定的'文本'"，这不啻是对旧的新批评形式主义的强势复归（"二十世纪"143）。如果说后者还能以间接的方式触及现实，那么，前者则始终未能走出政治失败的阴影。伊格尔顿以为把真实的东西变成游弋的文本实属荒谬，但他的这一政治正确的批评意见未能正视德·曼们究竟要表达何意。必须予以澄清的是，易于诱发误解的"文本之外无一物"并不否认文本之外事物的真实存在，更不是劝导男男女女埋首文本而不顾喧嚷的现实，而是强调任何事物都不能彻底逃离文本性，强调文本或修辞对建构真实世界不可或缺的作用。麦克奎兰敏锐地指出：当伊格尔顿列出那一连串的真实事物时，是要求助于它们的表面意义，但归根结底它们都是修辞性的。"伊格尔顿的文本和其中所代表的传统政治思想模式认为可以走出语言而进入现实（the literal）。然而，伊格尔顿在文本中所能成功展示出来东西是这种政治依赖于比喻（trope）的事实，它成功地抹除了自身的隐喻的状态。因此，伊格尔顿求助于字面的意义，想成功地将语言带走，将它转移到真实的世界中（好像语言并不总是已经存在于世界之中一样）。这种转移自身就是一个隐喻，它是语言的次要的运作——伊格尔顿通过语言而去批判语言。"（麦克奎兰 102）

三

在《沃尔特·本雅明》一书的序言中，伊格尔顿坦陈自己"是为了抢在反对者之前去理解他"，才撰写这部研究本雅明的第一本英语专著（3）。正因如此，他斥责弗兰克·克莫德、乔治·斯坦纳的言论简直是对本雅明的侮辱，严词指责批评界对本雅明的僭用。譬如，把本雅明的马克思主义视为偶然过失，或者尽力调和本雅明启示论与其马克思主义，以为本雅明如果仍然健在就会怀疑任何形式的新左派等等。对伊格尔顿来说，向本雅明表达敬意的方式倒不是绞尽脑汁地从其著作中把唯心主义与唯物主义分开，而首先是怎样理解它们何以竟能奇异地混为一体。有学者认为，"革命批评"是伊格尔顿理想中的批评取向，这同样不免忽视了本雅明"革命批评"的混杂性，忽视了其中存在的唯心主义缺陷问题。实际上，这是西方马克思主义美学的通病。"因为'革命批评'的问题不在于有被纳入资产阶级学院的危险，而在于从一开始就总是部分地已被纳入其中。佩里·安德森注意到了'西方马克思主义'是如何突然退回到哺育它的唯心主义源泉的。这种回退表现最明显的也许莫过于西方马克思主义的主导支脉，即其种种艺术理论。这不仅是西方马克思主义一家的失败。从马克思到马尔库塞，从普列汉诺夫到德拉·沃尔佩，'马克思主义美学'大体上是唯心主义的混合体。这种'不纯性'，尤其在后布尔什维克发展中是有其历史背景的。西方马克思主义具有易受唯心主义歪曲的脆弱性，这种脆弱性首先就在于它相对地脱离了大众的革命实践；大多数'马克思主义美学'的命运就是在一个特定的层次上重构这种状况。"（《沃尔特·本雅明》108—109）换言之，与解构主义在政治上先天的乏力相似，西方马克思主义批评生来就在政治上孱弱，因为大体说来它发轫于阶级斗争日趋衰落、无产阶级被部分收编的时期。由于远离现实的革命实践，因此，很多西方马克思主义美学就十分容易返回其唯心主义的"安乐窝"。接下来，伊格尔顿就特别着眼于这一角度，梳理了马克思主义批评的历史。譬如，普列汉诺夫在无法解释"美"时就不得不求助于康德美学；托洛茨基解释艺术起源与意识形态的内容时采用历史唯物主义，触及形式问题时则无奈地交给美学家去处理；卢卡奇耗费了后半生的光阴，力图使斯大林主义与资产阶级人道主义能够互敬互爱；而布莱希特干脆不愿驱散所谓"虚假意识"的迷雾，不愿在理性与怀疑主义之间一刀两断；如此等等。当然，不应遗忘的是，还有一些马克思主义美学家已在马克思主义与形式主义之间架起了桥梁，不再是僵化的非此即彼，而是亦此亦彼。譬如，巴赫金"被赋形的意识形态"、杰姆逊"社会形式的诗学"、伊格尔顿本人的"形式的意识形态"等等，均是如此。

回到本雅明的唯心主义问题，伊格尔顿认为他是"马克思主义美学"唯物主义与唯心主义奇异杂交的最典型代表。具体而言，它表现在如下几个方面：一是技术主义与文化主义的携手并进，两者分别将历史确定性归结于技术力量与文化力量。"本雅明意图把经济基础客观化，又把上层建筑主观化，并以最小量的协调在'物质力量'和'经验'之间摇摆。有时候，技术力量被唯心化，正如上层建筑的物质性有时有融入'经验'本身的'直接性'之中的危险。"（《沃尔特·本雅明》234）二是本雅明的历史想象带有挥之不去的唯心主义意味。伊格尔顿指出，尽管其《历史哲学论纲》是一份杰出的革命文件，但由于本雅明受困于时代的政治特点，受困于社会民主主义与斯大林主义之间。因此，他在描述阶级斗争时一直使用的都是意识、意象、记忆与经验等词语，所以实际上并未对政治形式问题有所发言。如此一来，催人奋进的革命就不过是纸上谈兵，不过是一场畅快的文字演习。更为严重的问题是，在本雅明的历史哲学中，他"将历史唯物主义与弥赛亚主义这两个水火不容的极端结合在一起讨论历史是很怪异的。因为，弥赛亚的突然降临来自于历史的外部，它不受历史进程本身因果关系的影响而干预历史的进程；而历史唯物主义坚持的阶级斗争则必须借助于历史自身的主体即无产阶级才能实现。但本雅明认为，政治行动本身就意味着弥赛亚的神启"（朱国华 65）。换句话说，腥风血雨的阶级斗争不是不需要，而是说它和所有其他事物到最后都必须通过弥赛亚才能完成救赎，否则，男男女女就无从迎接上帝之国的降临。于是，马克思的革命与弥赛亚主义的救赎亲密无间，就此融为一体。伊格尔顿强调，本雅明这一洋溢着消极神学色彩的历史唯物主义应该归咎于革命政党的缺失。某种程度上，这也充分解释了伊格尔顿何以不因唯心主义问题而责怪本雅明，反而每每由此提醒人们注意其历史唯物主义的一面。譬如，本雅明的历史启示论有唯心主义色彩，但却已经跟历史唯物主义的悲观方面较为接近；他的语言学因带有神秘的原始主义而是唯心主义的，但"对于词语和身体的表达统一性的犹太信仰，由于辩证法的扭曲，却可以轻易地作为对社会实践内部的话语进行唯物主义重新定位的基础而重新出现"（《沃尔特·本雅明》202）；虽然本雅明的弥赛亚信念是其唯心主义的力证，但它也是其革命思想的强大源泉之一；如此等等。

另外，讨论理想的批评模式时，不应忽视伊格尔顿对本雅明"星座化"观念的激赏与心仪："尽管它有许多问题，确凿无言，在今天，星座化观念仍然是最耐用的和富有建设性的。"（《美学意识形态》317—18）在《德意志悲苦剧的起源》一书的序言"认识论批判"中，本雅明详细阐述了何谓星座化。它既是哲学的认识论，也是本雅明分析悲苦剧的方法论与身体力行的批评范式。本雅明开篇即强调，表达问题是哲学文字特有的现象。他认为哲学研究的对象是各种理念，认识是一种占有，真理在被表达的理念的往复交替中自我展示，而概念的区分建立在拯救现象的基础之上，现象唯有以其元素在得到拯救的情况下方能进入理念王国。不难看出，本雅明的上述架构在认识迥异于真理、拯救现象等方面沿袭了柏拉图的理念论。本雅明的新创在于阐释理念的意义方面："理念与物的关系就如同星丛与群星之间的关系。这首先意味着：理念既不是物的概念也不是物的法则。它不是用来认识现象的，这也绝不会成为对理念是否存在的判断标准。毋宁说，现象对于理念的意义仅仅限于作为理念的概念元素。诸现象以其存在、其共同点、其差异来决定那些涵盖诸现象的概念的范围和内容。而对于理念来说，这一关系颠倒过来，是理念作为对诸现象的客观化阐释（更确切地说是对现象元素的阐释）来决定诸现象彼此相连的。理念是永恒的聚阵结构，包含着作为这样一个结构之连接点的现象元素，由此现象既被分解又得到拯救。而那些元素，将其从现象中抽离出来就是概念的任务。"（"德意志"11）。换句话说，理念如同运动不息的恒星，在跟其他恒星的动态关系中组成了和谐的天体。理念无意于占有现象，抓取现象背后的不变本质，而是更注重拯救或解放现象，展示其中的丰富性与复杂性。这显然是对那种体系化、总体化式哲学认识论的直接批判。正因如此，伊格尔顿赞扬星座化击中了传统美学的要害，因为在传统美学那里，原本熙来攘往的细节从来都是温顺地臣服于整体性、统一性，而非不懈抵抗的生力军。把这种星座化的理念运用至悲苦剧的分析中，本雅明打破了艺术哲学领域积习已久的陈规，开辟出一条崭新的道路。他批评美学研究中的归纳与演绎法，如果说前者"放弃了对理念的划分与整理，从而让理念降格为概念"，那么，后者则"通过将理念投射到一种准逻各斯的连续体做了同一件事"（"德意志"23）。无论是归纳还是演绎，实际上都无视理念与概念之间的差别，罔顾对现象的回溯或拯救，丢弃了艺术形式赖以生存的特定历史条件，只是执迷于寻求它们的共同点或统一性。本雅明奚落这种求取普遍艺术规律的做法把艺术形式实体化了，从骨子里透着无效、肤浅与庸俗。与此截然相反，本雅明研究悲苦剧的星座化方法极力反对本质主义思维，主张返回历史的现场，而这也正是本雅明所用"起源"一词的要义："起源尽管完全是历史的范畴，却与形成毫无共同之处。起源所指的不是已生成者的变化，而是在变化和消逝中正待生成者。"（"德意志"26）。我们知道，伊格尔顿《20世纪西方文学理论》一书的"导言"部分坚决否弃了文学的不变本质，而第一章"英国文学的兴起"则讨论了文学如何替代宗教的角色去发挥意识形态的作用，如何从一门最初仅适于社会低贱阶层者的学科，经由漫长的革命才进入牛津和剑桥等高等学府等问题。不妨说，这些即是对本雅明星座化思想的生动演练。

(原载《文艺理论研究》2017年)

作者简介

　　王伟，1977年生，安徽砀山人。2011年毕业于福建师范大学。福建社会科学院文学所副研究员，福建省文学学会、美学学会、文艺评论家协会理事。著有《后形而上学文论》《文化研究与中国问题》《伊格尔顿文艺理论研究》等。

论"诊断审美"
——现代小说的阐释性话语与日常生活审美

余岱宗

一、"沉默的石头"与"诊断审美"

在对19世纪中后期发展至今的现代小说作品的研讨中,一个常识性的问题并未得到明确回答,那就是:为什么诸多现代小说放弃了繁花似锦或大起大落的情节布局,转而对日常性情境的"去传奇性"凡人生活津津乐道?一位乡镇医生太太的爱情生活凡庸不堪,《包法利夫人》凭什么被文学研究者反复探讨?即便以知识者为主人公,从20世纪30年代《没有个性的人》、60年代的《赫索格》到当前引人注目的《斯通纳》,这些长篇小说对知识分子主人公的生存描绘并不鲜亮耀眼,那么,小说叙事导入了何种话语,使得对知识者庸常性、失落感之叙述具备了思考的紧张乃至批判的激烈?特里·伊格尔顿在其文学批评手册中提及:"现代主义和后现代主义作品对解决问题不怎么上心,它的目的主要是彻底暴露问题。"① 传统的现实主义小说以环环相扣的因果链展示了叙事解决问题的高超技巧:从爱情、婚姻、财产到权位,多重故事线索的细密编织,结局水落石出的意外性与必然性天衣无缝的结合,常常让读者对文字叙事解决问题的能力叹为观止。现代小说则以"暴露问题"为出发点,其叙事通常有两个走向,一种走向是从海明威、巴别尔到卡佛的极简主义叙事路线:极简叙事的主题隐蔽晦涩,不主动暴露倾向性,甚至刻意回避表达观念立场,这恰恰造就了此类现代叙事的独特风格。解读极简风格的小说,叙述者、人物

---

① 特里·伊格尔顿.文学阅读指南.范浩,译.郑州:河南大学出版社,2015:120.

的感知或思想波动只能通过高度简约的言行描述做"解难题"式的剖解。与此相反,现代小说的另一种走向是对观念化、阐释化话语的极度活跃的吸纳。此类观念型小说,叙述者或人物的观念阐释主动敞开,各种观念性话语在对话、情节、场景中穿梭、突进,甚至在小说内部构筑明晰的理论脉络,极大地影响叙事演进的路线。

如此,观念型的现代小说中"过于招摇"的思想表达会不会让小说的感性叙事不堪重负呢?在小说中以勘察、诊断乃至论辩的名义"暴露问题",是否可能破坏叙事文体特有的感性美感?再者,现代小说凭借什么样的叙事修辞方式,能够容纳乃至消化具有多种学科背景的各类阐释性话语?现代小说阐释性话语的分析、诊断,就具体的作家作品而言,艺术上具有什么样的差异呢?这些问题的探讨,焦点在于现代小说的审美言说将以什么方式发生变革,从而纵容庞杂的观念话语长驱直入,并为此创造对应的故事、细节、人物与场景。

雅克·朗西埃在《文学的政治》中认为,现代文学表达制度不再是自上而下的训诫式布道,现代文学已经弱化了"动员效应",现代小说叙事的诸多内容作为一种审美化的勘探对象存在:"小说家的语句可以比喻为沉默的石头。"[①] 这便是朗西埃提出的"文学的'石化'"的审美观:"巴尔扎克和福楼拜的语句或许就是一些不说话的石头。然而说出这种评判的那些人明白,在考古学、古生物学和语文学时代,石头也确实会说话。石头没有君王、将领或雄辩家那般的嗓音,然而它们表达得有过之无不及,它们将历史的见证承载在自己身上。而这种见证比任何从人类口中说出的话语都更为可信。它是与喋喋不休和雄辩家谎言完全对立的事物的真理。"[②]

这意味着现代小说不是通过千回百转的浪漫传奇或复杂多变的故事悬念来维持阅读兴趣,细节、对话、场景与内心都成为一种值得勘探、透视、解译、分析的对象。此类小说创作的出发点便是将小说文本作为一种等待读者破译的意义编织物。

现代小说之所以遍布"沉默的石头",就在于其具体叙述不单是成就情节因果的功能性链条。现代小说中的细节、情境、对话、人物、叙事语调、聚焦方式乃至情节本身,如希利斯·米勒所言:"被嵌埋于一个由历史、社会、阶级、性别和物质力量所构成,由多种因素所决定的巨大网络之中。"[③] 现代小说贮备了可被勘察、被诠释的巨大能量,成为一种可供反复提问的"符号阐释型

---

① 雅克·朗西埃.文学的政治.张新木,译.南京:南京大学出版社,2014:16.
② 雅克·朗西埃.文学的政治.张新木,译.南京:南京大学出版社,2014:19.
③ J·希利斯·米勒.解读叙事.申丹,译.北京:北京大学出版社,2002:82.

文本"。现代小说书写转向的特点之一，是从动作型的以故事情节为主的小说，逐步改变为符号探秘型的以符号解译为主导的诊断化审美书写。

这种利用多种学科话语在文本内部对故事不断解译的审美书写，就是一种"诊断审美"。

"诊断审美"，是在叙述故事的同时对故事中的细节、行为、思想、环境乃至为何如此书写本身进行描述、探察、质疑或判断的一种叙事审美书写。它并非如元小说那样以暴露故事成规为能事。对故事成规的裸露化解读仅仅是"诊断审美"有可能涉及的局部内容，而非叙事重心所在。

"诊断审美"的内在动力，在于文学叙事寻求对哲学、社会学、心理学、历史学、经济学乃至自然科学话语开放式的吸收与转化，并为此给予文学叙事的感性分配领域一次次冒险的布局，推动文学感性领域一次次大胆的扩张。

抽象化、概括化、问题化的学科话语，在现代小说的疆域中左冲右突，从人物形象到故事场景，都可能接受多种学科话语的询问和分析。不过，小说的感性表述方式与种种现代学科化观念并非相安无事，相反，现代小说更愿意展示的，恰恰是感性的小说叙事手法在大量问诊式的学科话语到场的情形下，将发生怎样的感性更新以及叙事表述机制的迂回突围。

"诊断审美"难以回避从弗洛伊德到拉康建构起来的精神分析领域发出的重要问询。现代小说从精神分析领域所吸收的最有益的营养，也许是对常态下的疯狂的敏感测定。然而，"诊断审美"所调动的诊断话语又不止于弗洛伊德的童年创伤、原始场面的幻觉、俄狄浦斯情结或歇斯底里，也不仅仅征用拉康的实在界、想象界与象征界之间的转换路径。朝向现代崛起的各种学科话语，接受从哲学到工业科学的一路盘查，其叙事美学的特质在于既与种种学科话语遭遇、碰撞，突显种种学科话语的在场，又通过修辞的巧妙诱导，迫使种种学科话语接受叙事感性的诗学柔化。淡化学科阐释话语的话语特性，现代小说无法寻获可信服的诊断手段；学科阐释话语过于僵硬，又会导致诊断的去文学化。因此，在"诊断审美"的过程中，学科阐释话语与叙事手法在冲突与妥协中共同接受改变，而这种彼此改变的结果造就了现代小说的异质话语杂处兼容的叙事美学的新颖景观。

由此，现代小说创作与阅读的焦点，逐渐从横向的故事情节的奇妙性与复杂性之审美依赖中解脱出来，审美重心逐步放置在纵向的勘察、解读"沉默的石头"的"诊断审美"向度上。现代小说家不再满足于仅仅是有意味的细节采集者或有特点形象的塑造者，而是同时成为细节、情节或形象背后所隐蔽着的价值体系、深层情感或文化成规的即时解译者和辨析者。小说的叙述者或主人公,不再只是作为故事、场景、形象的描述者或参与者,而是成为敏锐的探察者、睿智的沉思者或有趣的分析者。

解读或欣赏现代小说,是发现观念的投影如何在细节描述、情节布局或场景设置中无孔不入地生成的思想景观,或是发现精神探索的脚步如何探入日常生活的门槛,勘探那挣脱思维束缚时刻的想入非非、引经据典乃至据理力争。如此,现代小说中叙述者或主人公的感受分析、观点辨析、观念诊断不但伴随着人物的行动的进展、情感的变幻与情景的迁移,而且可能干脆让"诊断审美"成为主导,推动小说文本艺术结构的根本性变革。

现代小说叙事,是故事形态学与符号阐释学的结合体,人物与故事既是被呈现、被展示的客体,更是被诊断的对象。

"沉默的石头"之"沉默"终究是要被打破的。现代小说事实上创造了更多样的去沉默化的审美言说机制。现代小说家同样擅长讲故事,但又不满足于仅仅成为故事造型师。现代小说诸多情节、细节、人物或场景的创造是为了牵引出观念透视与思想辨析的"诊断审美"。极简风格的现代小说也具备了被勘察、解译的可能性。其人物行为的结构完全可能接受小说文本之外的研究者和批评家的观念透视,但缺乏文本内部的思想辨析。现代极简小说无法提供种种观念碰撞、交锋所掀起的思想风暴。极简小说的特长是通过人物的言语迟钝性与其感知的敏感性之错位关系为小说审美提供另一种别致的解码快感。海明威、巴别尔、卡佛笔下的人物多讷于言而敏于行,极简风格的现代小说将成为阐述身体感知学的绝佳蓝本,却无法作为剖析"诊断审美"的文字凭据。与此不同,阐释话语突显的观念型现代小说,则通过多种阐释话语的交错盘旋,让思想的言说空间在文本内部生成,并由此提交关于阐释话语如何与感性叙事话语相处的叙事难题。这就意味着,观念话语突显的"诊断审美"所点燃的思想火焰,不但不应遏制小说叙事的生动性和多变性,相反,如何让情节、细节、场景、形象随着思想观念的辨析和解读进入更奇异深邃的精神界面,这正是研究"诊断审美"的核心议题。现代小说的"诊断审美",让抽象的观念与文学的细腻猝然遇合。观念阐释如何成为感性叙事的助燃剂,观念的辨析与交锋如何让小说实现智性与感性的双重蜕变,这是探讨"诊断审美"的关键。

传统小说中,日常生活中的静态摆设,被忽略的表情,不易捕捉的小动作,这些平静、琐碎、常态化的现象在英雄主人公主导的作品中通常只有道具或背景的作用,而在现代小说中,则成为一种线索、一种症候、一种值得深度阐释的能指。这便是朗西埃所言的叙事文学的"意指制度":"意指在这里已经不再是一种意志与意志的关系。它是一种符号与符号的关系,一种铭刻在无声事物和语言身体本身上的关系。文学就是这些直接写在事物上的符号的展开与解译。作家就是考古学家或地质学家,他让共同历史的无声证人开口说话。这就是所谓的现实主义小说所使用的原则。文学在其形式中强加新型威力的原则,绝不像人们通常所说的那样是在其现实中重现事实。它是在展开一种新的对应制度,即词语的意指过程和事物可见性之间的对应,它让零散现实天地呈现为一块巨大的符号织物,上面承载着一个书写的时代的历史、一个文明或一个社会的历史。"①

在"意指制度"创造出来的文学叙事的表意体系中,主人公的动作行为不只是为下一个动作行为做铺垫,人物言语也不仅仅是主人公情感的承载体,动作、姿态、表情、声口、服饰、饮食、嗜好、住房、交际等等叙事,都在提示着主人公的阶层特征、经济状况、家庭背景、交际圈子、性格构成、文化趣味的种种特征。

现代小说的叙事表达,告别了模仿现实的单向度性,是在模仿之中去引领读者洞彻"现实"背后的多维价值体系的建构机制。现代小说叙事除了追求叙事的逼真性,更在于透过叙事聚焦的微妙调整或措辞的婉转修辞,开启一个又一个新颖的表意路径,在横组合的故事情节编码中回旋出纵聚合的一系列话语解读系统。这些话语解读系统,可以是含蓄婉转的提示,也可能是滔滔不绝的雄辩。总之,这样的叙事,是在描绘故事之时便随之开启故事解读的通道,在塑造人物之时便伴随分析人物的阐释。

现代小说家在评论家发出声音之前就对笔下的人物进行思想与情感的"审美诊断",这已经成为现代文学叙事的一种审美常态。如此,朗西埃认为作家就是考古学家或地质学家。这并非夸大其词,而是强调现代作家对思想与精神征候探测的敏锐和透彻:敏锐之处在于,对思想或情感变化的瞬间性的巧妙捕捉与多层面定性乃至定量的测绘;透彻之处在于,对情感或思想的盲区或误区的多学科背景的交叉阐释。叙事文本是"沉默的石头",但"沉默"只是审美文本的一种修辞策略。"沉默的石头"之中内蕴着情感与思想的尖叫,"沉默"是一种无声的诱导、一种召唤激情和哲思的邀约。

分析、诠释、诊断,不再是叙事陪衬,而是牵引或引导着叙事;阐释、解读不再作为叙事的注脚或提炼主题的辅助性话语,而是驱动、扭转乃至主导着叙事。"诊断审美"让诊断本身叙事。

事实上,"诊断审美"的兴起,正是从故事变得"沉闷"的福楼拜小说创

---

① 雅克·朗西埃.文学的政治.张新木,译.南京:南京大学出版社,2014:20.

作开始的，到了普鲁斯特小说作品中，多中介、比喻式的诊断叙事则将长篇小说的辨析力与想象力推进到一个极度繁复的阶段——非线性叙事的想象和诊断式的阐释话语引动的艺术变革，不但提供了叙事作品中多重阐释的生动面貌，更提示着文学叙事的审美优势的可能向度。

二、"无意义的精美"与"再诗化"

埃里希·奥尔巴赫《模仿论》论及："巴尔扎克的作品所反映的社会事物发展过程中的邪恶和疯狂在福楼拜的作品中是绝对没有的；生活不再喧嚣，不再令人极度兴奋，它在顽强、缓慢地流逝。在福楼拜看来，日常现实的本质并不是有着强烈动作的行为和激情，并不是狂人和恶势力，而是持续的状态。从表面上看，这种状态的运动只不过是一种机械的空转，表面现象之下还有着另一种运动，它几乎不为人知，却无处不在、无时不在，因而政治、经济和社会基础相对来说还较为稳固，但同时，却又仿佛充满了令人难以忍受的紧张气氛。"① 的确，现代小说艺术，以福楼拜的《包法利夫人》《情感教育》为标志性作品，小说叙事逐步从动态转入静态，情节密度稀释，起伏强度弱化，传奇性被大大削弱，小说转而通过情景落差来完成叙事。

所谓"情景落差"，是主人公虚幻的心灵感受与实际生存状态的落差，是主人公的想象界面与现实生活庸常性情景的错位关系。这类叙事中，主人公多沉浸在浪漫的幻象之中，庸常的现实却无从满足主人公对幻象的渴求。于是，主人公越是真诚，越是分不清楚幻象与虚构的界限，其自欺行为就越显得可笑和可怜。

阿格妮丝·赫勒的《日常生活》分析了不同身份的人的"感觉领域"："实际的感觉领域在形态上因社会阶级或身份团体而异，高级橱窗的陈列，在穷人看来只是昂贵与闪闪发亮；然而，富有的人则研究不同物品之间的区别所在，而且他的感觉辨别甚至可深入到细节。我们所做的工作，我们在社会劳动分工中所占据的位置，我们的特殊需要，我们的特殊兴趣，所有这些在勾画我们的感觉领域和选择它的内涵方面都有指导作用。"② 包法利夫人正是一位"感觉领域"过于"前卫"、过于细腻的小镇医生太太，其内心绚丽的情感图景与庸俗虚伪的外部环境形成了明显的落差。落差的不断扩大，为小说叙事的延展提供了充沛的审美动力：幻想的爬升与跌落，幻想的晕眩性与日常生活的凡庸性之

---

① 埃里希·奥尔巴赫.模仿论.吴麟绶,周新建,高艳婷,译.天津:百花文艺出版社,2002:550.
② 阿格妮丝·赫勒.日常生活.衣俊卿,译.哈尔滨:黑龙江大学出版社,2010:189.

滑稽对照,这样的落差结构,这样的纵向比照,取代了传统小说中以英雄主人公历险考验为主线的横向起伏的小说结构。

从这个意义上说,这类小说已经抛弃了传奇式的叙事审美,进入"诊断审美"阶段——再庸常的日常生活都可能进入小说的审美世界,再琐细的痴迷和痛苦都可能被反复打量并加以诊断。

《模仿论》详细分析了包法利夫妇共进晚餐的场景,并认为这样的场景不太可能出现在之前的小说作品中,至少之前没有获得严肃的对待:"在这个场景中,没有发生什么特别了不起的事情,在此之前也没有出现了不起的情况。这是一个反复出现的丈夫和妻子共同进餐的任意一个生活瞬间。两个人既不吵闹,也看不出他们之间有任何明显的冲突。艾玛极度绝望,但这种绝望不是由某个特定的不幸造成的;这里并没有具体地谈到她失去了什么,她想得到什么。虽然她有很多愿望,但这些愿望也是模糊不清的:时髦、爱情、丰富多彩的生活;这种并不具体的绝望心情大概总归是有的,可是过去并没人会想到要在文学作品中严肃地对待它。"① 这是一种"无事的悲剧",如此乏味的日常生活情境很可能是依赖悬念性和传奇性的传统小说叙事所无暇顾及或不屑于容纳的。

"无事"的凡庸状态,进入现代小说的审美世界,如何才可能让小说审美本身不平庸呢?首先,这是一种卢卡奇所言的庸常生活的"无意义的精美"②。其次,这种"无意义的精美"之所以具有"精美性",在于主人公内心的幻想不断地"诗化"庸常的日常生活,虽然庸常的日常生活对此并未做出积极的回应。主人公的"一厢情愿"与"自作多情",一方面让我们欣赏到主人公内心世界诗意盎然的美感,同时,这种美感又由于其严重的虚幻性质变得毫无依托,于是,诗意幻想的美感与幻想的落空可笑地混杂在一起,造就这种"无意义的精美"。"无意义"之所以能够精美化,在于小说文本让主人公的幻想世界作为一种被放大的展览物,主人公的诗意内心与庸常世界同时放置在情景橱窗中被审视、鉴别、比较、分析。

卢卡奇将福楼拜的《包法利夫人》《情感教育》这一类型的小说命名为"幻灭浪漫主义"。"幻灭感"正是此种浪漫主义的根本特征:"一些小说而非史诗,能够创作出只是感性地把握、寻觅而缺少内在意义的生活总体,这些小说的唯一特性、梦幻之美和优雅魅力在于,其中的一切寻觅,只不过是一种貌似

---

① 埃里希·奥尔巴赫.模仿论.吴麟绶,周新建,高艳婷,译.天津:百花文艺出版社,2002:547.
② 卢卡奇.小说理论.燕宏远,李怀涛,译.北京:商务印书馆,2012:110.

的寻觅，其英雄们的每一误入歧途都由某种不可理解的、超形式的怜悯来引导和保护。在这些小说中，失去其对象现实性的距离变成暗淡美的装饰，而克服这一距离的飞跃则变成为舞蹈姿态。因此，两者都变成了纯粹的点缀。这些小说其实就是一些长篇童话。"① 包法利夫人的每一次精神飞跃都仅仅是虚幻的"舞蹈姿态"，其"梦幻之美"是没有现实对应物的浪漫。梦幻越绮丽，幻灭越绝望。没有任何对手直接导致幻灭，没有人是杀死包法利夫人的真正凶手，是日常的庸俗销蚀了包法利夫人的生命，慢性磨损才是真正的杀手。

因此，对一次极普通的晚餐的诊断式细描，一份巴黎寄来的时尚杂志所引出的心理涟漪，成为"严肃对待"的诊断对象。英雄主人公的史诗传奇，可以通过起伏跌宕的情节积累爆发力进而形成高潮点，悬念型的小说往往将真相延宕至最后一刻才做最后的翻转，从而获得审美的震惊感。浪漫幻灭式诊断叙事既无复杂化的情节，也无高度悬念化的惊奇感，是靠敏感性和反讽性去获得别致的艺术效果：敏感是针对庸常生活无声销蚀力的细察诊断；反讽能起作用，是浪漫落空的难堪、痛苦或绝望与对浪漫的痴迷形成的微妙落差导致的。

浪漫幻灭式叙事，是一种情景展览式的叙事，是一种检测庸常生活腐蚀力的酸碱度的诊断报告，是一种对平凡的生活情景某种不易觉察的"褶皱"、某种被忽略的"缝隙"进行断面剖解的叙事。这种浪漫幻灭式的主人公有一系列名单，他们是韦萝妮克·格拉斯兰、包法利夫人、无名的裴德、布瓦尔和佩库歇：他或她都是浪漫性被阻遏、被窒息的主人公，现代叙事通过揭示激情被日常生活腐蚀所导致的虚无性来获得小说的审美特质，用冷静的诊断式扫描来替换浪漫主义的风起浪涌。

朗西埃在《词语的肉身：书写的政治》中认为，这是一种对庸常世界"再诗化"的创造："史诗是其本身就已经是诗的世界的诗，这个世界不知道各种事为模式之间的分离，而与之相对照，小说负载着这样的责任：它要把一个失去诗性的世界再诗化。"② 是的，既然这些主人公的生活都已经失去诗性，那么，只能用诊断日常生活对诗性的背叛来反思生活，以反思庸常的方式获得"再诗化"的可能——这种"再诗化"的现代叙事揭示了幻灭浪漫主义诊断式小说的一系列悖论：诗性的缺席并不妨碍诗性不断叩问庸常的可能；对最琐细最庸常的日常生活的细腻诊断，却可能让失去诗性的生活"再诗化"；浪漫的痴念接受冷峻的诊断，冷峻的诊断本身便是将"无意义"表现为一种"精美"

---

① 卢卡奇.小说理论.燕宏远,李怀涛,译.商务印书馆,2012:92.
② 雅克·朗西埃.词语的肉身:书写的政治.朱康,朱羽,黄锐杰,译.西安:西北大学出版社,2015:109.

的形式。"如何看"本身便可能改变被洞察事体的性质，对庸常的细究便潜在着召唤浪漫现身的精神向度。

三、批判的"诊断"与"诊断"的批判

通过浪漫幻想与庸常生活之"情景落差"而形成的对日常生活的探察，还只能视为一种间接诊断。现代小说中更有直接定位于日常景象并进行解译诊断的叙事。此方面，穆齐尔的《没有个性的人》堪称代表性作品。

穆齐尔的小说，通过种种隐喻创造"膨胀开来的思想瞬间"，形成"无限交织着的叙事界面"[①]。它将对日常生活的解码过程讨论化、审视化和测度化，让日常生活接受工程师、哲学家、伦理学者、经济学者、政治家、心理学者的多重自觉检视。这样的现代小说，用解码的狂欢替换了传统小说的线性叙事编织。

在小说中，哲学、心理学、生物学、物理学、社会学、经济学、医学等多个学科的理论，同时盘旋于日常生活中某个最不起眼的细节，这直接导致了局部性的纵向的诊断叙事大大超过了横向的情节展开："他站在一扇窗户的后面，透过花园空气的嫩绿滤色镜望着那带褐色的街道，十分钟来一直对着表在数小卧车、汽车、电车和步行人那被这距离冲洗得模糊不清的面孔，它们快速旋转着进入他的视野；他估算着从一旁移动过去的群体的速度、角度、活力，它们像闪电一样快地把视线吸引、抓住、松开，它们在一段没有尺度可以衡量的时间里强迫注意力抵制，扯断，跳向下一个目标并全力以赴追踪它；简短说，他在头脑里盘算了一会儿之后，便笑着把表塞进口袋并断定自己是干了傻事。若是人们可以测量注意力的跳跃，可以测量眼部肌肉的功能、心灵的摇摆和一个人为了在街道的流动中直起身子来而必须付出的种种辛苦，那么也许会出现——他曾这样想过，并像玩耍似地试图计算出这不可能计算出来的东西——一个数值，与这个数值相比，地图册为托起世界所需要的力量是微不足道的，人们就可以估计出，今天一个人什么事也不干就可以做出多么巨大的成绩来。"[②] 随机抽取的街道景象，《没有个性的人》便希图道出其中的"科学奥秘"。不过，如果只是为了解读日常情景所包含着的诸多科学原理，《没有个性的人》便只是一部趣味性颇强的科普著作。它之所以超越科普化的诊断，就在于主人公不是满足于让日常生活显露"原理底色"，而是在科学解读的同时，

[①] Genese Grill. The World as Metaphor in Robert Musil's The Man without Qualities. New York: Camden House, 2012:61.

[②] 罗伯特·穆齐尔.没有个性的人(上).张荣昌，译.上海：上海译文出版社，2015:8.

发现如果人只是处处按照科学规则行事的受动者，那么科学原理便成为某种可笑的强制理论：现代人可能掌握和通晓种种科学原理，但用以诊断生活之时更可能为科学原理所规训。生活如此便仅仅是科学的附庸，更广阔的意义便被窒息。由此，对科学诊断的再诊断，成为小说叙事的重心。

科学原理固然精密，但日常生活拥有转瞬即逝的色彩、气味、声响和氛围，有着规则和制度所难以认定、命名、排序、记录的知觉和感觉的微妙变化，如以赛亚·伯林所言："一份医学图表不能和譬如一位天才小说家或具有足够洞察力（理解力）的人所能做的一幅肖像等量齐观。"① 日常生活的无限可能性如果完全依从"科技指南"，那么人的生活将不是走向开放，而是被高度约束。

研究者指出："穆齐尔被科学的精密性所吸引，并希图通过科学新发现的引导，更新审美观念。同时，穆齐尔又对科学的力量保持着警觉，特别是科学作为知识运用于人文领域之时。"② 科学阐释的权威性日渐成为主宰，但种种科学的探秘却无法让人的内心获得皈依。人在科学阐释中被精确化和理论化，但同时也被概括化、类型化乃至数据化。

事实上，以科学的名义进行诊断叙事并非从穆齐尔开始。左拉在其文学宣言《实验小说论》中，明确表达了对科学诊断的笃信："我们以实验指出，在某种社会环境中，某种激情会以何种方式表现出来，我们一旦能掌握这种激情的机理，我们就能处置它，约束它，或至少使它尽可能地无害。这就是我们自然主义作品的实用意义和高尚道德。我们对人进行实验，我们一块一块地拆卸与装配人的机器，使这架机器在环境的影响下运转。"③ 穆齐尔的诊断叙事，恰恰是对"人是机器"的观念进行反思性的再诊断。单调的日常生活被移入纵横交错的科学原理的话语框架内，科学话语的权威感与万能感为诊断者带来了穿透庸常的快感，也让平凡的日常性情景被赋予科学秩序之美。然而，万能的科学话语如毛细血管般渗透入日常生活的肌理，这种渗透同时也是一种柔性规训。这种柔性规训的负面作用是让人成为科学权威性的注脚，人的精神世界亦服从于科学规律性的训导与安排。穆齐尔以各种学科话语对日常生活进行诊断，但诊断的快感背后亦包含着对这种行为的深度质疑。

左拉在作品中塑造了对科学权威性充满信心、以献身的方式走向科学祭台

---

① 以赛亚·柏林.现实感.潘荣荣,林茂,译.南京:译林出版社,2011:25.
② Mark M.Freed.Robert Musil and the NonModern.New York:The Continuum International Publishing Group,2011:33.
③ 左拉.实验小说论.毕修勺,洪丕柱,译//伍蠡甫,胡经之.西方文艺理论名著选编:中卷.北京:北京大学出版社,1986:241.

的巴斯卡医生,但穆齐尔的主人公则在透视规则之后逃逸规则:他知道科学对于现代社会的重要意义,但同时质疑科学作为"大他者"的规训力。如此,《没有个性的人》的诊断叙事便不再是一种单向的、乐观的科学诊断,而是一种诊断他者之时不断回返诊断者自身的"元诊断",是在诊断现象之时便对诊断者的盲区和误区进行分析、剖解的回溯式诊断。

穆齐尔的科学诊断,从内容上看,是对现代人与科学关系的两难局面的检讨;从叙事艺术方面分析,则不再是通过"情景落差"让庸常情景"再诗化",而是一种"去诗化"的叙事。穆齐尔的诊断叙事,开启了一种对诊断界面的"后台模式"进行批判的诊断,诊断者更有力的质疑在于对主人公的诊断条件与诊断能力的质疑。从这个意义上说,穆齐尔的小说,既是诊断叙事,又是拆解诊断的叙事,叙述者动员了科学诊断的知识探察之后,又对这种诊断进行反思批判。《没有个性的人》多以凝视与沉思的方式对日常的琐屑、平庸、安逸与被动进行静态透视,静态透视中却不乏猜想与反驳的紧张感,多路径的不断追问与多种隐喻的奇思妙想,让沉闷乏味的日常生活不断飞溅出精神探路者的思想光芒。

穆齐尔的《没有个性的人》、托马斯·曼的《魔山》以及赫尔塞·海塞的《荒原狼》,此类小说不会为了照顾情节的流畅生动或情景的含蓄奇妙而抛却观念辨析的沉闷感。相反,凡庸的日常生活成为小说中思想者的跑马场。思想者的诊断,以幽深而富有趣味的阐释对统一单调的日常生活发起精神突围,开辟深邃的阐释路径,寻求更富有想象力的生活方式。这样的小说叙事,种种琐屑、平庸的日常情景和细节,是由于思想诊断的惊世骇俗而获得书写的价值。如此,这样的"诊断审美"不仅仅是一种思想的阐释,更让传统小说过滤掉的常态生活通过诊断者多变而深邃的目光获得了奇异生动的审美性。

现代小说是从"沉默的日常"再出发的文学叙事,是一种不惮于"沉闷"或"抽象"的叙事,更是以思想探险激发存在者的内在激情的文学叙事。

穆齐尔、托马斯·曼的小说作品多取直接解译的"正说"姿态,以冷峻而准确的笔触剖解日常生活的慵懒、沉闷与狭隘,而法国作家普鲁斯特的小说叙事对于常态生活的剖析,却是通过谐趣与想象构造一种"思想享乐"的文学乐园。其叙事亦庄亦谐,整部《追忆似水年华》诙谐而超然,平凡的日常细节透过非凡的比喻、联想获得异彩纷呈的多孔透视与入木三分的辛辣剖解。

四、"无理而妙"与谐谑诊断

普鲁斯特的小说以发现、揭示为乐趣,而不以盘根错节的情节能量的集聚和释放来构筑主题。德勒兹认为普鲁斯特小说叙事"想要的就是：阐释、破解、翻译、发现符号的意义"①。《追忆似水年华》"对符号保持敏感，把世界作为某种有待破解的事物来思索"②。日常生活中诸种细节、表情、姿态、口头禅、眼神、步态、气味、火车时刻表乃至菜谱都可能成为某种等待破解的符号密码。这些符号密码蕴藏着家族遗传、性爱取向、情感隐衷、个性面貌、阶层习见乃至职业特性，瞬间性的细节所包裹着的复杂性与历史性成为作者主要的诊断对象。

穆齐尔科学解译式的诊断叙事往往面目严峻，而普鲁斯特则多以调侃的口吻诊断世相人情。普鲁斯特的"诊断审美"是一种戏谑式的诊断，是通过新奇的比喻修辞乃至挖苦的口吻来敞开某种现象或形象的隐蔽特性。譬如如下这段文字："当即使青春已逝，至少还余留秀色的容貌从女子身上消失后，她们也曾寻求是否能用现剩的面容构成一个新人。她们移动自己脸上即便不是重心、至少也是透视中心的位置，围绕这个中心按另一种特色组成面部轮廓，从五十岁开始她们具有另一种丰韵，好似有人到了晚年还改行更业，或者像一块不能再生产葡萄而种上甜菜的土地，就在这新的容颜上焕发出又一次青春。唯有绝色或奇丑无比的女子不适于这种变化。前者如大理石已最终地雕琢定型，我们没有办法改变大理石，她们会像雕塑一般碎为细片，香消玉殒。后者，脸上有些畸变的女子倒比美女人略胜一筹。首先，只有她们才能一下子就被我们认出来，我们知道全巴黎再也找不到长成这模样的嘴巴了，就在这次我已谁都认不出来的聚会上，那张嘴巴使我认出了她们。其次，她们看上去似乎并不见老。衰老是某种属于人类所有的东西，她们是怪物，仿佛不会比鲸有更大的'变化'。"③ 这段文字是对某种心态的诊断。这种谐谑式诊断的奇异之处，首先在于不以准确性和逻辑性为圭臬。谐谑式的比喻诊断是一种"无理而妙"的诊断：甜菜地、大理石雕像、鲸鱼，这一系列符号本来与女性的容颜风马牛不相及。"无理"导致了滑稽感，形成反讽修辞。然而，反讽不是光靠"无理"就能成就的，从"无理"到"妙"，其"妙"就在于性质迥异的符号其局部具有惊人的相似性。于是，差异性的拉开距离与相似性的拉近距离同时起作用，差异越远，相似越近，谐谑效果越好。"大差异、小相似"的谐谑化效果越被强化，被诊断对象的某种特征越被放大。谐谑的比喻诊断在"大差异"的框架内突出"小相似"，但这种"小相似"又不是性质相同事体的相似，而是性质迥

---

① 吉尔·德勒兹.普鲁斯特与符号.姜宇辉,译.上海：上海译文出版社,2008:18.
② 吉尔·德勒兹.普鲁斯特与符号.姜宇辉,译.上海：上海译文出版社,2008:28.
③ 普鲁斯特.追忆似水年华：第七卷.徐和瑾,周国强,译.南京：译林出版社,2012:243.

异的事体间的相似。如此,"大差异"框架内的"小相似",促使本体的某一特征发生变异——容貌与菜地、鲸鱼的"小相似"之处,让容貌被拖曳到完全陌生的喻体之中,无情地沾染上职业性、土地性或鱼类性。这样,谐谑的比喻诊断不是对容貌生理性变化的科学阐释,也不是对微妙心态的直接剖析,而是让特征变异。变异的结果是让"旧貌换新颜"的隐蔽打算如同农夫的公开作业那样可被直观打量。从密室到菜地,私密的盘算如同农夫对菜地的经营。这样,谐谑式的比喻诊断制造出一种充满调笑感的揭秘:乔装打扮中的刻意性被突出,隐蔽性也被公之于众。谐谑式的比喻诊断,就是创造一种不可能相似的相似性关系,在似与不似之间,在差异性形象的交错、融合、碰撞之间,以异类形象之特征去破译、诠释某种日常现象或形象的隐蔽动机、模糊特性或内在情感。

莫洛亚已经充分注意到普鲁斯特通过形象来阐释形象的艺术技巧:"在普鲁斯特的眼中,一种美的风格的基本成分是形象,在读者面前确定两个物体的关系的唯一方法,是'向一个外来的物体借用真实的一种自然、敏感的形象'的隐喻。隐喻可以帮助作者乃至读者展示一个不熟悉的事物或一种难以描述的感情,方法是揭示它们和熟悉的事物之间的相似性。但是,为了使形象具有充分的展现力,必须使形象本身不成为一种陈词滥调,必须使比喻物比需要展现的物体更为我们所熟悉。因此,这位大作家使用的形象既独特又时兴。他毫不畏惧地从各种学科中借用形象。"[①] 用形象化的隐喻来诠释形象,这种形象的借用不是简单的形象叠加,也不只为了更生动地描述某一种形象。其艺术的创造性,在于异类形象突显对象的某种特点的同时,还不断改变对象的性质。或者说,普鲁斯特的"比喻诊断"不是简单的特性剖解,许多时候是改变特性。通过相似性的嫁接乃至融合,小旧货店的景象会与伦勃朗名画媲美,某位现实中的女子因酷似名画上的女主人公而获得艺术家情人的青睐。普鲁斯特的比喻,除了诊断特性,还能将最平常的景象与人物"加魅化"为某种艺术品,也能将上流社会社交行为中的虚伪与做作"祛魅化"为某种动物行为。

在普鲁斯特的小说中,一种现象或一种形象,往往是在差异性极强的一系列异质形象中不断流转,在差异与酷似之间达成平衡。如此,庸常化的日常生活中种种场景、细节和现象接受想象力的多次冲击,日常生活的微波细澜被多种异质性界面所环绕,小说叙事的重心已不落在周密的情节布局或盘旋环绕的悬念设置,而是欣赏作家对波澜不惊的日常生活中种种符号的多维度的诗意解读。本雅明认为:"马塞尔·普鲁斯特的十三卷《追忆似水年华》来自一种不

---

① 莫洛亚.追寻普鲁斯特.徐和瑾,译.上海:上海译文出版社,2014:175.

可思议的综合。它把神秘主义者的聚精会神、散文大师的技艺、讽刺家的机敏、学者的博闻强记和偏执狂的自我意识在一部自传性作品中熔于一炉。诚如常言所说,一切伟大的文学作品都建立或瓦解了某种文体,也就是说,它们都是特例。但在那些特例中,这一部作品属于最深不可测的一类。它的一切都超越了常规。从结构上看,它既是小说又是自传又是评论。在句法上,它的句子绵延不绝,好似一条语言的尼罗河,它泛滥着,灌溉着真理的国土。"[1] 的确,普鲁斯特的小说是一种特例,其特殊之处就在于普鲁斯特已经放弃了小说叙事的传奇性架构,代之对日常生活种种符号涉笔成趣"点状诊断"的叙事形态。随笔化写作风格对小说传奇性情节的大胆篡位,让"散文大师的技艺"在小说叙事版图中大行其道。《追忆似水年华》以凡庸的日常生活为蓝本,"讽刺家的机敏、学者的博闻强记"为日常生活提供了谐谑式的犀利诊断。分析的奇妙、广博与偏执抵消了分析对象的庸常化,或者说,多学科话语对庸常生活的分析诊断、博物学家的博古通今和讽刺家的想入非非,让常态生活的种种细节摆脱了单调和乏味。

一部《追忆似水年华》,翻空出奇的分析和比喻让常态生活镂金错彩,非线性的多种时空即时碰撞融合的交错穿梭之美与线性叙事的故事传奇或性格奇幻之美相携起舞。日常生活与多层面的异质时空的关系正是在似与不似之间相互渗透、周旋。"似"是一种吸附力,让平凡的日常生活得以吸附绚丽浩瀚的异质时空之种种特性,"不似"在于日常生活不仅消化吸收了异质时空,而且异质时空成为日常生活一面又一面镜子,敞开日常生活可能存在的多种多样的意义与审美维度。

普鲁斯特的审美诊断是以"似"为桥梁,经由"不似"的审美诊断去形成与日常生活融合、对峙、动态穿梭的想象性界面,让日常生活通过种种想象界面的"牵引"脱离庸常状态。普鲁斯特的谐谑式的比喻诊断,为日常生活的审美创造奇异的多重入口。这些入口相互贯通、四通八达,多孔状的立体微观诊断体系共同建构对日常生活的多面向的解读与畅想。《追忆似水年华》作为微观审美诊断的典范文本,为人类叙事书写创造了全新的比喻阐释型的叙事作品,为日常生活的"诊断审美"提供了多姿多彩的小说叙事之可能性。

五、过度诊断与"反讽性差距"

普鲁斯特诗意化的多孔状微观诊断为平凡的日常生活审美赢得想象性的多

---

[1] 汉娜·阿伦特.启迪:本雅明文选.张旭东,王斑,译.北京:生活·读书·新知三联书店,2008:215.

维世界，不过，叙述者的博物学家/审美行家的身份，让其叙述多一种居高临下的审美权威性。而另一类现代小说，对日常生活的滔滔不绝的诊断虽然不乏真知灼见，其诊断者的身份在文本中却一再被他人宣布为边缘人、多余人、疯子或叛逆者。黑塞的《荒原狼》、托马斯·伯恩哈德的《历代大师》、索尔·贝娄的《赫索格》等等小说文本，其偏执、疯狂的呓语式的诊断话语往往一针见血、鞭辟入里，但其拷问的冷峻、思考的深刻与叙述者自身凡庸乃至荒谬的处境形成差异性极大的对照，其幻觉化、偏执化甚至是夸大化、空想化的阐释让叙述者本身同样成为诊断的对象。如此，诊断话语的锐利与深刻，不与诊断者的权威性成正比例关系，相反，诊断越深刻，怀疑越加重。疯狂的阐释，既传达阐释者的超人的智慧和偏执的激情，又显示其愈演愈烈的自恋、忧郁乃至谵妄。清醒与疯狂交织，深刻与荒谬并行。

这样的诊断与阐释，其可信性与可疑性混杂、真理性与荒谬性对峙，诊断呈现为常态下的疯狂。偏执狂般的疯狂阐释虽然驱散了日常生活的庸常，其代价却是叙述者的心智活动可疑化——智者与疯子、预言家与空想者的界限不断被模糊。如此，诊断叙事本身不再带来权威的解读，而是形成智慧与虚妄、启示与迷惑、冷静与愤怒、深刻与天真交织混杂的一种阐释景象。正如研究者指出的那样，"就现代读者而言，叙述者与其说是需要接受戏剧化处理，毋宁说是需要接受相对化处理。一位叙述者，若缺乏某种程度的可疑性，若不能在某种程度上接受反讽性审视，便会与现代气息格格不入。现代读者不会因为叙述者的叙述行为或是他对多重视角的运用而感到心烦意乱。作者置身于反讽性差距之中：这种差距并非存在于作者或叙述者与人物之间，而是存在于真实的有限认知与可疑的绝对真理之间"①。堂吉诃德这一形象便已具备了反讽性差距这一特质，只不过，在现代小说中，叙述者诊断的深邃与叙述者本身的行为乖谬形成更可观的反讽性差距。现代小说中的叙述者对各种存在不断发出反讽性的诊断，但其自身实际上处于一个反讽意味越来越显著的情境中。这非常类似于米克所宣称的"总体反讽"："总体反讽是一种相当特殊的反讽，因为反讽观察者也与人类的其他成员一起，置身于受嘲弄者的行列之中。结果总体反讽既倾向于从受嘲弄者的角度（他不能不觉得宇宙对待人类真不该这样不公平）加以表现，又倾向于从超然的观察者的角度加以表现。"② 具有总体反讽意味的"诊断审美"带来了诊断的难局，这样的现代小说不再有巴尔扎克或左拉小说那种

---

① 罗伯特·斯科尔斯，詹姆斯·费伦，罗伯特·凯洛格.叙事的本质.于雷，译.南京：南京大学出版社，2015年：289.

② D.C·米克.论反讽.周发祥，译.北京：昆仑出版社，1992：102.

神祇般的叙事自信,而是突显诊断的疯狂性、过度性、可疑性以及过度诊断导致的反讽性。福楼拜的《布瓦尔与佩库歇》中两位"科学活宝"洋相百出的诊断生涯,已经让读者窥见过度诊断的疯狂性,不过,他们的诊断术的天真与幼稚不难辨识。索尔·贝娄的《赫索格》《洪堡的礼物》这类小说中的过度诊断则玄奥高深得多,其疯狂阐释带来的可疑性也远比《布瓦尔与佩库歇》那种天真汉式一知半解的诊断术来得复杂多样。在那里,主人公诊断他者的过度性是以渊博、敏感和锐利为前提,并非一知半解的夸夸其谈或以讹传讹。然而,其主人公的诊断话语过于高明、大胆,大大偏离了常态观念,导致阐释的"病态"。

这种"病态诊断",由于其思想舞蹈的悬空化,已经具有了一定的反讽性,再加上诊断者是一位日常生活的低能儿,更使其诊断话语水土不服。再有,诊断者意识到这种思想狂舞会让自身处境不妙,疯狂之后不免寻找妥协之道,又添一层滑稽相。这种疯狂之后的清醒妥协,这种迟到的自我诊断的无法圆场,此种尴尬让反讽意味再进一层。索尔·贝娄小说中的"诊断审美"便是通过诊断者阐释的疯狂性与诊断者日常生活的低能来不断扩大反讽性差距。当这种差距扩大到不可弥合之时,诊断者的思想狂舞与日常生活处于完全分裂状态之刻,反讽情景便强化到最可笑同时又是最绝望的状态。

索尔·贝娄的小说最善于刻绘思想翅膀从高空中跌落的知识者形象,嬉笑怒骂与黯然神伤,华丽阐释与无边孤独,滔滔不绝的诊断与诊断者极脆弱的生存处境,导致具有"诊断审美"能力的主人公放弃作为日常生活的精神导师与权威解读者的身份,让读者观赏到思想狂舞在冲击庸常的同时亦被常态磨损、侵蚀乃至淹没。诊断话语的深邃性与无力感同时成为此类观念主导型小说最具悖论感的艺术特性。

现代小说创造了感受、理解、分析、表达这个世界种种存在的崭新艺术形式,释放出前所未有的审美能量,小说叙事成为故事传奇与观念阐释交相辉映的一种审美言说空间。现代小说家同时兼具"说故事的人"与"阐释故事的人"两种身份,传奇、悬念、形象可以点燃审美的火焰,同样,洞察、诊断、辨析也能在小说文本中生成叙事艺术的风暴。巴赫金阐述了小说负载观念、思想的强大能力:"小说中的说话人,或多或少总是个思想家;他的话语总是思想的载体。一种特别的小说语言,总意味着一种特别的观察世界的视角,希冀获得社会意义的视角。正因为是思想的载体,话语在小说中才能成为描绘的对象;也正是因此,小说毫不担心会沦为空洞无物的文字游戏。不仅如此,由于通过对话化描绘着含有充实思想的话语(大多是现实而有效的话语),小说比任何其他文体都更不利于唯美主义，不利于纯粹形式主义的文字游戏。"① 不可否认，从19世纪中后期始，观念性的诊断话语对于小说审美的全面渗透成为不可遏制的潮流。从人物的身份、际遇与性格中自然生成的观念阐释与思想论辩，无论对于形象的感染力还是主题的深邃性都能形成层层推进的动力。对此，梅列日科夫斯基早有论断："我们一般都认定，思想越是抽象，则越冰冷，没有热情。但是，情况并非如此，或者，至少对于我们来说，已经并非如此。在陀思妥耶夫斯基的人物身上可以看出，抽象的思想可能引发激情，形而上学的前提和结论不仅根植于我们的智慧，还扎根于心灵、感觉、意志。""有些思想是要给激情之火火上加油的，比最无法制止的情欲更强烈地点燃人的肉和血。有激情的逻辑，但是也有逻辑的激情。"② 陀思妥耶夫斯基是如此，普鲁斯特、黑塞、托马斯·曼、索尔·贝娄、托马斯·伯恩哈德亦是如此。19世纪中后期发展起来的现代小说创作美学，已经告别了那种单纯服务于情节叙事的传统路径。小说成为能够容纳、吸收多种学科话语的一种文体，其睿智深刻的阐释性话语与描绘日常琐细的叙事交替跟进，形成心灵、思想与故事水乳交融的叙事审美新天地。

（原载《文艺研究》2017年）

作者简介

余岱宗，1967年生，福建福清人。2002年毕业于福建师范大学文学院。福建师范大学文学院教授、博士生导师、福建省作家协会副主席、福建省文艺评论家协会副主席、福州市作家协会主席。著有《被规训的激情》《小说文本审美差异性研究》《现代小说的文本解读》等。

---

① 巴赫金.长篇小说的话语.//巴赫金.巴赫金全集：第三卷.白春仁，顾亚玲，译.石家庄：河北教育出版社，2009：117.

② 梅列日科夫斯基.托尔斯泰与陀思妥耶夫斯基.杨德友，译.北京：华夏出版社，2009：237.

语言与台湾民众的"国族认同"

朱双一

语言往往涵容、负载着民族的重要文化信息。在台湾近现代以来的历史中，可以发现语言与广大民众的民族、国家、政治认同密切相关。一般而言，大陆同胞较少面临国族认同的纠结，而台湾同胞则有所不同，特别是自甲午战争以来，他们先后经历了异族殖民统治和处于"冷战""内战"交叠构造下而与祖国大陆较长时间的隔绝，因此其民族、国家认同在历史的巨大变动中经受波折和考验，显得格外的复杂。

一、日本殖民统治下汉语的保存与民众的"国族认同"

日本殖民统治台湾后，即在台湾压缩汉语教学空间，推行日语教育，将日本和台湾儿童分别归入"小学校"和"公学校"施行差别教育。梁启超曾以《公学校》一诗记载当时台湾人的教育状况。"公学校"除了日语外，其他自然、社会课程均告阙如，结果往往汉语失教，而日语也仅学皮毛，学生毕业时，实际水平仍相当于文盲。"台湾识字之人本少，更十年后则非惟无识中国字者，亦将并无识日本字者矣。"①

然而中国文化在台湾根深蒂固，被殖民的台湾人仍葆有浓厚的汉民族意识，在长达二十年的武装反抗外，他们也采用文化的手段来抵抗殖民者。传统书塾被禁后，他们寻找其他途径来学习和保存汉语汉字。汉诗社因此如雨后春

---

① 梁启超.游台湾书牍:第四信.吴松,等,点校.饮冰室文集点校:第四集.云南教育出版社,2001:2203.

笋般涌现,20世纪30年代最多时全台达数百个,号称诗人者多如过江之鲫。殖民者强力推行的日文中固然夹杂着不少汉字,但这些汉字却是用日语来发音和阅读的;写作汉诗则不然,汉诗有押韵、音节等方面的格律限制,非得用汉语(包括其方言)来吟诵不可。因此,只要有汉诗存在,就必然有汉语汉字的存在,汉诗创作也就成为维系汉语的重要手段之一。另一方面,写诗免不了要用典,这就要求作者必须熟知中国历史文化的诸多知识,甚至熟读、背诵中国古典诗歌。诗社活动经常采用击钵吟等竞赛方式,这就激励文人们为了争胜,在平时下苦功夫,不废吟咏。进一步而言,由于古典诗文浸渍着儒家伦理观念以及佛、道等多种中国传统文化精神,这必然使台湾文人在此过程中得到熏染。这样,台湾士绅文人通过写汉诗保持和提升了汉语汉字能力,也加强了中国传统文化的修养,并进一步增进了对本民族的认同感。

除了传统诗文活动外,从祖国引入新文化运动所倡导的白话文,也在台湾产生巨大的影响。早期文化启蒙刊物《台湾青年》《台湾》上面,就出现了提倡语言文字改革的文章。留日而在暑假游学北京的黄呈聪,在《论普及白话文的新使命》一文中首先作"白话文之历史的考察",指出当前它在中国通行最广最远,为"中国的国语",而"我们是中国民族的系统",所以并不难学。接着他又论说了"白话文与台湾文化和日常生活的关系",指出"中国就是我们的祖国","若就文化而论,中国是母,我们是子",其风俗人情、社会的制度都一样,言语的发音虽多少有些差异,但语根和语法的排列大都一样,因此"比学日本的话更是容易了"。他认同英国大思想家罗素的预感:中国不上三十年就会成为一个"最强的国",而这都应归于白话文普及之功效①。文章末尾将中国大陆作为台湾的主要文明输入源的情况分析得淋漓尽致:

> 我们的同胞若是晓得白话文,便可以向中国买得现代的新书和报纸杂志来启发我们郁积沉迷的社会,唤醒我们同胞的大梦,这就是改造台湾新的使命了!因为中国的社会和我们的社会是一样,中国要革新的事,我们也是一样,所以中国的新人对中国希望革新的事,无异也是对我们一样的希望了!②

显然,向台湾引入白话文,是建立在对本民族特别是现代中国出现的革新、现代取向深表认同的基础上的。在他们心目中,台湾并不像日本殖民者自我吹嘘的那么"现代",而是一个"郁积沉迷"、急需改造的相对落后社会。和

---

① 黄呈聪.论普及白话文的新使命.台湾,1923年第1号(汉文之部):17—18.
② 黄呈聪.论普及白话文的新使命.台湾,1923年第1号(汉文之部):20.

梁启超相似，黄呈聪指摘当时公学校只教日语而不教科学和一般常识，致使毕业生沦于"无器用"；殖民当局并无心让台湾同胞进入"文明"之境，而是出于同化的目的，这正是台湾社会不发达的原因①。由此可知当时台湾知识者的认知，与当前"台独"派学者鼓吹的日本先进而中国落后、日本殖民统治带给台湾现代化的说法大相径庭，甚至截然相反。

与此同时，同为留日学生且与黄呈聪同往北京的黄朝琴，也撰写了《汉语改革论》来说明白话文的优点及采用它的必要性。他认为：世上所有民族都有其固有的族性。"我们台湾的同胞，亦是汉民族的子孙，我们有我们的民族性，汉文若废，我们的个性、我们的习惯、我们的言语从此消灭了！"这里将汉文的保存与民族性的维系紧紧联系在一起，是很有见地的。他还指出："台湾是台湾人的台湾，万不可以少数的内地（指日本）儿童做标准，来牺牲大多数的台湾儿童。"② 从上下文看，这里所谓"台湾是台湾人的台湾"，其抗辩的对象是"日本"而非"中国"，字里行间表露出强烈的抗日倾向和汉民族意识，而非如今某些人如获至宝地反复用来作为台湾人很早就有针对中国的"主体性"和"独立"追求的证明。

《台湾青年》《台湾》属日文和汉语文言文合刊本，1923年4月创办的《台湾民报》则明确定位为中国白话文的报纸。蔡惠如（铁生）在其创刊号上说："台湾的兄弟不懂汉文，我所以滚下泪珠儿来咧……我们台湾人的人种，岂不是四千年来黄帝的子孙吗？堂堂皇皇的汉民族为什么不懂自家的文字呢？……快快醒来！汉文的种子既然要断绝了，我们数千年来的固有文化，自然亦就无从研究了。连我们自己的民族观念都消灭了，将来世界上的人类若比较起来，我们就可以排在最劣等的里面了。但是劣等的人类，究竟叫做甚么东西？有人说叫做奴隶。"③《台湾民报》创刊词上则写道："为了启发民智，振起民气，普及白话文是必须的"，并倡设"白话文研究会"；同时开始转载来自大陆的新文学作品，七八年内数量高达上百篇。其中包括胡适翻译的法国作家都德的名作《最后一课》——战败的法国不仅赔款割地，被割土地的人民还被迫改学德文，这种情况与台湾民众的经历和处境极为相似，而最后一堂法文课上老师演讲中的"现在我们总算是为人奴隶了，如果不忘祖国的语言文字，必还有翻身之日"④ 一句，必然会让台湾民众感同身受。连雅堂秉持"灭人之国，必先去其

---

① 黄呈聪.论普及白话文的新使命.台湾,1923年第1号(汉文之部):第22页.
② 黄朝琴.续汉文改革论.台湾,第4年第2号.1923年2月1日:26—27.
③ 蔡铁生.祝台湾民报创刊.台湾民报.第1号.1923年4月15日:2.
④ 都德.最后一课.胡适,译.《台湾民报》,第3号,1923年5月15日:11—12.

史"(龚自珍语)① 的认知著写《台湾通史》,又整理台语,编撰《台语考释》,正与"如果不忘祖国的语言文字,必还有翻身之日"的精神相通。

1929年11、12月间,连雅堂在《台湾民报》上为其《台语考释》(后称《台湾语典》)撰写序文《台语整理之责任》。文章写道:"今之学童,七岁受书,天真未漓,咿唔初诵,而乡校已禁其台语矣。今之青年,负笈东土,期求学问,十载勤劳,而归来已忘其台语矣。今之搢绅上士,乃至里胥小吏,遨游官府,附势趋权,趾高气扬,自命时彦,而交际之间,已不屑复语台语矣……余以僇民,躬逢此陋,既见台语之日就消灭,不得不起而整理,一以保存,一谋发达,遂成《台语考释》,亦稍以尽厥职矣。曩者余惧文献之亡,撰述《台湾通史》。今复刻此书,虽不足以资贡献,苟从此而整齐之,演绎之,发扬之,民族精神赖以不坠,则此书也,其犹玉山之一云、甲溪之一水也欤!"② 可以看出,连雅堂整理并提倡使用"台语",完全基于对抗日本殖民统治及其语文教育政策的汉民族立场。

《台语考释》的另一篇序文《台语整理之头绪》稍早也发表在《台湾民报》上。作者因自己"能操台湾之语"却"不能明台语之义"而深感自愧,写道:"夫台湾之语传自漳泉,而漳泉之语传自中国(按:指中原),其源既远,其流又长……余以治事之暇,细为研求,乃知台湾之语,高尚优雅,有非庸俗之所能知,且有出于周秦之际,又非今日儒者之所能明,余深自喜。"接着,作者举出"泔"(饭汤、淅米水)、"尻川"(谷道,俗称屁股、肛门)等为例。如台语所谓"尻川","言之甚鄙,而名甚古,尻字出于楚辞,川字载出于山海经,此又岂俗儒之所能晓乎"?不少词汇,尤多典雅,"其载于六艺九流,征之故书雅记,指不胜屈,然则台语之源流长,宁不足以自夸乎"?当然,整理工作难度颇大,"苟非研求文字学、音韵学、方言学则不得以得其真……非明六书之转注假借,则不能知其义",有的则"非明古韵之转变,则不能读其音","非明方言之传播,则不能指其字"。作者并重申此举与保持民族精神的关系:"余惧夫台湾之语日就消灭,民族精神因之萎靡,则余之责乃娄大矣。"③ 这里连氏一则指出"台语""传自中国"的悠久渊源,一则指出了如果想将"台语"文字化,其实也需以汉字为基础,并考究其源流以及语音、语义之传播演变的过程。所有这一切,都没有离开以下认知:"台语"源于古代中国,所以高尚优

---

① 龚自珍.古史钩沉论二//龚自珍全集.上海:上海人民出版社,1975:22.龚自珍为连雅堂所推崇者。
② 连雅堂.台语整理之责任.台湾民报,第289号,1929年12月1日:8.
③ 连雅堂.台语整理之头绪.台湾民报,第288号,1929年11月24日:8.

雅;"台语"缺乏整理,对其加以整理是吾人的责任;整理和使用"台语"是为了保持和彰扬中国民族精神。

　　连雅堂撰写《台语考释》与郑坤五在《台湾艺苑》刊出辑录、注音、评析的三十二首台湾民间歌谣,乃至 1924 年 10 月 1 日起连温卿在《台湾民报》上连续发表《言语之社会的性质》《将来之台湾话》等文,被称为"台湾话文保存运动"①。紧接着自 1930 年前后起,出现了"乡土文学"的提倡和"台湾话文建设运动"。延绵了数年之久的"台湾话文"论争,实际上乃"中国白话文"派与"台湾话文"派之争。后者提倡:为普及大众文艺起见,要用台湾话做文、作诗、做小说、做歌谣,描写台湾的事物②。郭秋生慨叹台湾人"出外留学没有能力,在地糊涂了六年公学校没有路用",成了"现代的知识的绝缘者",为医治台湾的文盲症,便须使用言文一致的台湾话文③。稍后在《南音》创刊号上他又阐明其台湾话文字化的主张:一方面考据语言,找出适用的文字,一方面采用"形声"原则,利用六书中"象形""指事""会意"等方法来创造新字④,以建设出一种言文一致的台湾话文来。前者却认为:台湾话粗涩而不清雅,而且讹音又多,学习和采用中国白话文比自创特殊的台湾字还来得容易,较为经济方便。"若能够把中国白话文来普及于台湾社会,使大众也能懂得中国话,中国人也能理解台湾文学,岂不是两全其美!"⑤

　　这场论争时长人众,但基本上只是台湾左翼作家内部的论争,其目的都是为了"文艺大众化"和启蒙民众。两派之间的差别,只在一者认为要采用普通话,在当时台湾的环境下是不可能的,而另一派却认为直接使用普通话可行、有益而极力加以提倡。"台湾话文"的提出,缘于台湾新文学作家面临的一种深刻的客观困境以及他们的主观心理倾向。黄石辉一句被广为引用的话或可为其写照:

　　　　台湾是一个别有天地,政治上的关系不能用中国的普通话来支配,在民族上的关系(历史上的经验)不能用日本的普通话(国语)来支配,这

---

　　① 梁明雄.日据时期台湾新文学运动研究.台北:文史哲出版社,1996.
　　② 黄石辉.怎样不提倡乡土文学.伍人报,第 9 号.1930 年 8 月 16 日//中岛利郎.1930 年代台湾乡土文学论战资料汇编.高雄春晖出版社,2003:1-2.
　　③ 郭秋生.建设"台湾话文"一提案.台湾新闻,1931 年 7 月 7 日起连刊 32 回//中岛利郎.1930 年代台湾乡土文学论战资料汇编:42.
　　④ 郭秋生.说几条台湾话文的基础工作给大家做参考.南音,第 1 号.1932 年 1 月 1 日:14.
　　⑤ 克夫."乡土文学"的检讨——读黄石辉君的高论.台湾新民报,第 377 号.1931 年 8 月 15 日:11.

是显然的事实……①

这句话说的正是当时台湾人不能说汉语却又不愿说日语的情形。从政治上讲，他们被迫说日语，被禁止说汉语普通话，客观上也没有学说这种话的条件；但从民族认同上讲，他们仍旧坚持自己是中国人、汉族人，很不情愿说日语。这时他们试图通过说台湾话——汉语的一种方言——来解决或至少是缓解这种困境。可以说，"中国白话文"派固然是指向"中国"的，"台湾话文"派也并未背离"中国"。当今有人将当年的"台湾话文"运动视为80年代后"台语"运动乃至"台独"意识之源头，无疑是对历史的扭曲。

"台湾话文"派将台湾话文字化的努力，后来并没有结果。但他们搜集整理台湾的民间文学（歌谣、故事等）取得了丰硕成果，李献璋所编《台湾民间文学集》即其一。值得注意的语言现象还有小说创作中大量使用了汉语方言语汇。闽南话为当时许多台湾作家之"母语"，他们从咿呀学语时起，就用闽南方言思维，因此自然而然地直接将其付诸笔端——根据其发音，用上自己觉得最合适的汉字。如"扫涂脚"（扫地）、"不晓衰"（不知羞耻）、"刁意故"（故意）等。如果作者不是直接用闽南语思维，是不可能出现此类词汇的。闽南方言的使用，具有保存民族的语言、对抗日本强制台湾人使用日语之同化政策的意义。正如前述连横所表白的，他之所以孜孜考察"台语"的古汉语来源，乃"余惧夫台湾之语日就消灭，民族精神因之萎靡，则余之责乃娄大矣"②。

1937—1945年战争期的台湾，报刊汉文栏被禁，作家多用日文写作，也就没有了使用"台语"的可能性。然而汉语方言仍旧在家庭日常生活中存在着。与此同时，《诗报》《风月报》等极少数汉文刊物仍在夹缝中生存，为汉诗文创作留下了一线空间。至于诗社或个人的汉诗写作，更无法禁绝，不少新文学作家如赖和、陈虚谷、叶荣钟、杨守愚等，这时转而重新写起汉诗。因此到了1945年台湾光复之际，大部分台湾民众的用语现实是既会日语，也会汉语方言（闽南话或客家话），但不会听、说北京话（汉语普通话），而文人、作家仍普遍保留着识读、书写汉字的能力。这就为光复后作家迅速地转向汉语写作打下了基础。像吕赫若、杨逵等，都是在短短的一两年内就用中文发表了新作。日本殖民统治五十年以强力手段在台湾推行日语，却未能将汉语连根拔掉，方言和汉诗的存在，可说功不可没。

---

① 黄石辉.我的几句答辩.昭和新报,第142—144期,1931年8月15、22、29日//中岛利郎.1930年代台湾乡土文学论战资料汇编:70.

② 连横.自序(一)//连横.台湾语典.台湾银行经济研究室,1963:2.

二、光复后台湾的语言转换及其与"国族认同"的关系

当前许多人指责光复后推行的国语运动过于严苛,事实上,当年台湾人充满了学习民族共同语的热情,积极、主动地投入其中。这一方面乃出于民族自豪感,觉得恢复了堂堂的中国国民身份,理应学会本国本民族通用的语言;另一方面,也因现实的需要——不懂国语将在应聘任职、工作学习乃至看书读报等方面失去机会或遇到困难。当时国民党募兵甚至以此为诱饵——有新竹农民就因为当兵后可以接受北京话的培训而报名参军[①]。官方成立了"国语推行委员会",由来自大陆的魏建功、何容先后担任主任委员。两岸文化界人士迸发出极大积极性,各显神通想出各种办法来实现共同目标。如杨逵编印包括鲁迅《阿Q正传》和郁达夫、茅盾等人作品在内的《中国文艺丛书》,采用中日文对照方式,便于台湾同胞借助已有的日语能力来学习中文。台湾省国语推行委员会编写出版了一系列国语教学书籍,如《注音符号十八课》(1946)、《国语说话教材及教法》(1948),并于1948年10月25日创办了逐字注音的《国语日报》。

最具创意的是根据当时台湾人在日常生活中还说着台语(闽南话)的特点,提倡通过方言来学普通话,以达事半功倍之效。人们普遍认识到,汉语和日语是截然不同的两个语言系统,而闽南话(台语)乃汉语的一种方言,语音上有规律性的对应关系,语法也基本相同,特别是文字是完全相同的。通过汉语方言来学习汉语普通话,是一可行的捷径,而从日语直接跳转到汉语普通话,其难度不可同日而语。为此,国语推行委员会特出版了《国台字音对照录》(1946)、《厦语方音符号传习小册》(1948)等,甚至到了1952年,还有《国台通用语汇》《台语方音符号》等书的出版。魏建功、何容等也从一开始就撰文大力提倡。最早的一篇是1946年3月底魏建功发表的《台语音系还魂说》,针对台语与国语的关系被忽略的现状,提倡将台湾语恢复到国语系统中间,这样国语在台湾的推行"就不是'生吞活剥'的单音词组的模仿了"[②]。

紧接着何容于1946年4月7日《台湾新生报》上发表《恢复台湾话应有的方言地位》一文。他首先指出"国语"和"方言"并不矛盾:"推行国语不必,也不能,把方言消灭。"其理由在于国语本身也是一种方言,只不过它符合作全国通用语的条件。有了全国通用的国语,各地方言仍可在本区域内通行,这

---

① 陆传杰.宝山乡的征夫.李文吉,摄影.台北:人间,第38期.1988年12月.
② 魏建功.台语音系还魂说.现代周刊,第12期.1946年3月31日:10.

不但不妨害，甚且有助于国语的推行。因方言和国语是由同一种语言演变而成的不同支派，尽管语音有所差别，但有演变轨迹可寻，并不像两种不同系统语言的读音那么毫无关系。保存方言即可以用比较对照的方法来学习国语，所以有助于国语的推行。何容还进一步阐述为什么不能消灭方言的理由。他以日本殖民统治为例来说明用强力消除某种语言的不可行："日本人在台湾推行日本话，方法那么周密毒狠，经过了五十年的时间，也没有把台湾话消灭啊！"不过台湾话已被日本话搅乱得有些变质了，并且因受日本话强力压迫，已经丧失了它应有的地位。因此何容明确提出：现在本省推行国语固然很重要，同时还应该设法恢复台湾话应有的方言地位。具体措施主要有二：除了"凡是可以用台湾话的时候，都用台湾话，不用日本话"主要是针对同时会讲日语和台湾话的台湾同胞外，第二项却是针对大陆来台人士的："从内地来的不会台湾话的人，应该学习台湾话，要像不会广东话的人到了广东要学广东话一样。因为台湾话同内地各种不同的方言同样有被学习的资格。至少我们在心理上应这样想才对。"①

总之，何容认定：任何情况下都不应该再用日本话，至于推行国语和学习台湾方言，这是可以两条腿走路的；而要恢复台湾话应有的方言地位，首先应该改变我们对台湾的心理态度。这就将一般的语言问题提升至政治的高度。一个普遍的看法是，光复初期之所以出现省籍矛盾现象，乃大陆来台人士不大了解台湾的历史、对台湾同胞持不正确态度所致。而何容却提出了改善大陆人士对台湾的心理态度的问题，可说难能可贵！目前有人试图将当年的"国语运动"加以污名化，借此渲染所谓"中国文化"对"台湾本土文化"的压制和欺凌，但从魏建功、何容等重视"台湾话"的态度，可知这种说法是片面、不符合事实的。此后魏建功继续发表了《何以要提倡从台湾话学习国语》，强调台湾人学习国语，不是单纯的语文训练，而是已牵联到文化、思想、精神的光复问题，"受日本语五十年的浸染，教育文化上如何使得精神复原，这才是今日台湾国语推行的主要问题"。他不赞同"我们只要有标准语，何必再说方言"，以及"主张硬生生教人死板的呆学会话的办法"，因此致力于把大陆各省学习国语的经验介绍过来："我们对台胞贡献的是自家学话的方法，不是教外国人学我们的国语的方法。"② 有一位当时还在北京的台湾人梁永禄，在读了何容《推行国语和恢复方言》一文后，写了一封信给作者，在"不胜共鸣"之余，

---

① 何容.恢复台湾话应有的方言地位.台湾新生报,1946年4月7日.
② 魏建功.何以要提倡从台湾话学习国语.台湾新生报,"国语"副刊,1946年5月28日.

现身说法，讲述学会了本省话后，更容易学习国语的个人实际经验①。

不过这一方法也引起一些争论。何容的文章发表后，4月12日和14日的《台湾新生报》上有李武忠的《关于"恢复台湾话"问题》表示异议，此后陈文彬和李武忠在《人民导报》上就此问题争论了数回合。长期参加祖国抗战、光复后返台的宋斐如，在1946年12月2日的《人民导报》发表《如何恢复台湾话的方言地位》，表示自己并未反对这种说法，而是认为现在"问题的重心，已进到如何恢复的具体办法了"，对此"外省语言专家，还该多与本省懂得国音的人交换意见"，并"提议国语推行委员会应多采用本省人，或闽南人，或熟悉台湾话的国音家"，"先训练一批台胞教员，由一而十，而百，而千，而万，则问题就较易解决，目的也可达到"②。可见他与何容的不同之处在于更强调依靠台胞，发挥台胞的作用。1947年6月1日，何容又在《台湾新生报》发表《方言为国语之本——顺便谈谈我们的任务》，提醒大家注意"多数台湾同胞丢掉了'从方言学国语'这把钥匙"的严重现象，认为有这把钥匙，三五年之后就能收到成效，"不然的话，老是像教外国语那样教本省同胞学国语，要想得到日本人从前在本省推行日语的成绩，至少也要五十年的工夫"③。何容期盼着通过以方言学国语的捷径，很快能完成到台湾来的任务而返回大陆，未料后因时局变化，返乡的心愿终生未能实现。

尽管略有不同意见，但通过方言的捷径以更快地推行国语，成为当时的一项基本共识。在这种思路下，有些作家进行了成功的尝试。如吕诉上组织的"银华新剧团"创作并演出了轻喜剧《现代陈三五娘》，后正式出版。该剧本的最大特点，在于通篇用闽南方言写成，连一些方言特有的语气词，都有代用的汉字，十分传神。这种全方言的使用，笔者觉得比当前诸多"台语文学"作品还要成功许多，堪为典范。作者称"因为内容采取本省，所以俗语多，文字也力求浅白，现本省的国语文初学者，正欠缺浅白初步的娱乐安慰读物"④。可见作者采用方言写作有明确的目的，而非偶然的随兴举动。方言的使用使人物的对白充分口语化，许多俗语增添了剧作的乡土色彩和语言的生动性，如用"脚后蹄筋（脚后跟）又底（在）弹三弦"来形容发抖，"膏膏缠"意为纠缠——用药膏的"黏"来形容纠缠的黏人——等等。其中不少源于古代汉语，显示了闽南方言的"中原古音"渊源。吕诉上是台湾人，这从一个侧面证明了宋斐如所

---

① 梁永禄.从我学国语的经验谈到国语和方言.台湾新生报,"国语"副刊.1946年8月28日.
② 宋斐如.如何恢复台湾话的方言地位.人民导报,1946年12月2日.
③ 何容.方言为国语之本——顺便谈谈我们的任务.台湾新生报,1947年6月1日.
④ 吕诉上.后记//吕诉上:现代陈三五娘.台北:银华出版社,1947.

说调动本省同胞的积极性来推行国语能取得更好的效果。又如，"可能是光复后第一本用铅字印刷的学园刊物"，仅出一期就因1949年四六事件而终止的《龙安文艺》，其成员"几乎全部都是（师范学院）台语戏剧社的社员"，戏剧社长蔡德本自然成了龙安文艺社社长①。刊物的实际编辑者林曙光在编后记中，也说明该刊的出版主要归功于台语戏剧社各社员的努力②。由此可知，光复初期台语戏剧活动具有一定声势，高校中形成了活跃的学生社团。这应该也是通过方言学国语时潮的一个体现。

1949年国民党正式迁台后，继续推行自光复后就在台湾展开的国语运动。20世纪80年代最早到台湾的大陆学者，往往惊叹于台湾乃全中国各方言区中推行国语（汉语普通话）最好的省份。与此同时，方言也并未在台湾消失。台湾广大民众（包括少数民族）一般都既能讲普通话，也能说方言或本民族语言。

三、当前"台语文学"与日据、光复初期语言运动的关联

20世纪80年代以来，"台语""台语文学"运动兴起并成为"台湾民族"论建构的重要一环。它们试图从历史中寻找依据和动力，因此有两个主要动向，一是为"台语"塑造长期受欺压的悲情形象——批评国民党推动"国语运动"乃出于加强统治的政治目的，手段上过于严苛、粗暴，压抑了本土语言；另一动向则是为"台语"运动寻找"前身"，造成台湾的前辈先贤早已如此的印象，同样为自己的存在和发展寻找历史的依据。

对于当年"国语运动"的批评之声中，像许雪姬所说"'二二八事件'之后，国府对台湾的国民统治更为强化，认为'台湾人彻底被日本教育奴化，被日本思想毒化'"，"必须透过'国语'教育完全改造台湾人的国家、民族意识，并全面禁止日语，要求公务人员必须一律使用'国语'"③，可说是最为流行的说法。其实这里所谓"一律使用'国语'"至多仅施行于正式公务场合，在日常生活中"台语"显然仍具有广泛的存在空间，否则就不会有"台语片"风行一时的情况，而1980年后"台语运动"的突然勃兴，也是不可能的。黄英哲曾根据具体资料归纳出在1958年间，国语推行委员会的经常性活动有"标准示范事项""辅导训练事项"等四类，其中"研究实验事项"中包括了"调查研究本省闽南、客家及山地方言"，而"编辑审查事项"中包括编辑"闽

---

① 蔡德本.《龙安文艺》终于找到了.文学台湾,第46期.2003年4月:176.
② 林曙光.编后.龙安文艺,第1期.1949年4月//文学台湾,第46期.2003年4月:251.
③ 许雪姬.台湾光复初期的语言问题——以二二八事件前后为例.史联杂志,第19期.1991年12月.

台音比较用书"①。由此可知,在"国语运动"中,"台语"方言仍占有一席之地,并未被完全取消。

郑良伟是台湾著述颇丰的语言学家,其1979年出版的《台语与国语字音对应规律的研究》一书,立意与光复初期通过方言学国语的提倡仍有相似之处,也是方言并未完全被禁绝的另一证明。他在陈述该研究的理论根据时写道:

> 本书所做的假设是以台语为母语的人,在成年后使用国语时,将不知不觉地在利用他的台语的词汇(包括音与义)。这个假设很容易加以证明,中国人记英语词汇要比法国人费力的多。原因是法语和英语的词汇有很多的同根语……中国人学习日语的时候,可以分成两类:一类是日语固有的词汇,我们记起来很吃力;另外一类是由汉语组成的词汇,无论是词义或是发音,我们学起来就很容易。原因是前者与汉语毫无关系,后者则有同源或译音的关系。又以台语为母语的人,学习国语的发音或用词都要比学习日语的固有词汇容易得多。这些事实告诉我们,原操台语的人,在学习国语的时候,很可能在不知不觉之中,利用着他的台语语汇。②

该书认为由台语的字音推测国语的字音,最有规则的是声调的对应;而声母"百分六七十都可以靠台语的声母来推得到",韵母的对应也同样有迹可循。由此可知,"台语"作为汉语一种方言的地位,是有充分的科学依据的,而通过"台语"来学"国语"的捷径,也始终是有效的③。台湾学者吕正惠针对"台语文学"之风昌炽而撰写的《台湾文学的语言问题》一文,也聚焦于方言和普通话的辩证关系。文章一方面仍从历史入手,追溯中国"书同文"的悠久传统,指出采用普通话"白话文"用于全国人民的相互沟通和书写记录的必要性和必然性,以及近年来台湾议论颇多的所谓方言"文字化"的不妥和不必;另一方面,又指出全中国"言殊方"的实际存在,强调和肯定方言乃"真正最'活'的语言",提倡适当地加入方言以丰富"白话文",并对国民党压制方言的政策提出尖锐批评。为此吕正惠还引用毛泽东关于人民的语言是作家语言的源泉的论断,推崇赵树理的通篇以"口语"腔调写成的现实主义作品,并对大陆作家

---

① 黄英哲.一九五〇年代台湾的"国语"运动(下).文学台湾,第47期.2003年7月:177—178.
② 郑良伟.台语与国语字音对应规律的研究.台北:台湾学生书局,1979:15.
③ 学界有种说法,认为后来主要采用和推行齐铁恨的"国语注音方案",借助方言学国语的途径被废止了。笔者则认为,"从方言学国语"是指学说国语的方法,"国语注音方案"则是小学生学识字的方法,这是不同的两回事。

常将各地方言"腔调"融入普通话,以各具特质的普通话并列组合成五彩缤纷、众声齐鸣的普通话"整体"的情况大加赞赏。① 无疑这才是对待"台语"的正确的态度。

对"国语运动"的批评还主要集中在当年学校教育中限制方言的严苛程度上,即中小学学生如果说"台语",就会遭受挂牌、罚站乃至挨打等处罚。这种说法在文学作品中不乏其例。不过也有人指出,处罚说台语的学生乃日本人遗留下来的习气,并非来自大陆。虽然此说似乎难以找到实证资料,但如果结合日据时代的一些情况来观察,笔者是颇有同感的。50年代台湾的中小学教师主要有两部分,一是从大陆来到台湾的,一是台湾本省籍的,后者占更大比例。其实大陆各地都未曾有过禁止方言的做法,日本殖民统治时期学校里是严格禁止说台语的,违反者必遭惩戒。另外日本教师惩罚学生的手段也十分严苛残暴。台湾学者蔡元隆等就曾指出:日治时期体罚的方式包括打、罚站、跪罚,或是用水泼头。最常见的是"赏耳光",日籍老师以能造成内出血的力量捆学生的脸颊。吴浊流《亚细亚的孤儿》中就提到学生被打耳光而引起中耳炎的事件。此外还有日籍教师拿着武士刀的木剑敲打学生,并对学生说:"上课睡觉就会被我当西瓜劈。"② 惩罚学生的理由就包括讲台湾话,像《台湾民报》上青钊剧本《巾帼英雄》中的台籍女生施蕙兰,就因说了一句台湾话被校长听到了,校长便剥夺了她因成绩第一而本应享有的荣誉和权利③。杨逵《公学校——台湾情景》中提到,有一次同学们用台湾话骂校长时,刚好被校长听到,校长狠狠地甩了这些"台湾囝仔"的耳光④。到了50年代,这批受到日本教育的台湾少年长大成人当了老师,他们将日本老师对待他们的那一套带到现在的学校里,是有可能的。

在为"台语"运动寻找历史依据方面,除了一厢情愿地将30年代的"台湾话文"当作自己的"前身"外,还有宣扬台湾人因接受现代意识而产生"台湾民族主义"并归因于日据时期的日语教育的。1987年3月起,因谢里法发表了《从二二八事件看台湾知识分子的历史盲点》一文,引起台湾统左派人士联

---

① 吕正惠.台湾文学的语言问题——方言和普通话的辩证关系//战后台湾文学经验.台北:新地文学出版社,1995:100—107.
② 蔡元隆,张淑媚,黄雅芳,等.日治时期台湾的初等教育:校园生活、补习文化、体罚、校园欺凌及抗拒殖民形式.台北:五南图书出版公司,2013:86—89.
③ 青钊.巾帼英雄.台湾民报,第211、212号.1928年6月3、10日.
④ 杨逵.公学校——台湾情景//彭小妍.杨逵全集:第14卷.台南:台南文化资产保存研究中心筹备处,1998.

手加以批判①。谢里法认为:"语文是传达思想的工具,但语文能力到了一定程度后,语文背后的文化体系便发挥作用,影响到人的观念和思考方法……本世纪的台湾正好以日本语文而接受近代文化的影响,才从封建社会逐步蜕变为近代社会。"又称:"中国统治台湾刚满一年便废止日文",这使台湾"无异从近代社会又跨回到封建的旧社会去……致使社会进步的步伐停滞了将近二十年";而文学家们为了达成"使台湾文学成为中国文学的一部分"的愿望而放弃日文写作并学习汉文,其结果是造成了"思想贫乏"的通病②。这些说法其实已超出了学术研究的范畴,而具有了鼓吹日本殖民统治带给台湾现代化等论调的政治意涵,当时就引起林书扬等的批驳。林书扬指出:殖民地文化要素(如日本文化要素)即使是"新"的,也不过是模仿性和外附性的东西而已;日本民族也具有许多负面文化,日本的近代文化也有落后消极的负面性,日语日文并不代表近代文化;日据时期台湾知识分子大多只有中小学生的日文水平,远未达到"使日文背后的文化体系""影响到观念和思考方法"的地步。相反,战后一代台湾知识分子无论是通过中文学习所达到的文化高度,或是中文的学习效率,都比日语日文更好一些,谢里法本人就是一个很好的证明③。林书扬进一步写道:"所谓的近代化中,有殖民者的近代化,有殖民地人的'近代化',也有民族主体的近代化。第一种近代化是罪恶的、血腥的。第二种近代化是屈辱的、模仿不全的、虚弱无生机的'拟似近代化'。而唯有第三类民族自主自力的近代化才是合乎进步法则的,具有真正的内在推动力的近代化。"因此,那些在战后放弃日文、回归中文写作的作家,乃是"放弃了屈辱的、模仿不全的近代化虚像,走回民族自尊的、自主近代化的轨道"④。

日本学者藤井省三的《台湾文学这一百年》一书中一条贯穿始终的主线,在于宣扬日据时代殖民当局将"近代国家的国语制度"带入台湾,使得"全岛共通的'国语'(按:指日语)超越了经由各方言、血缘和地缘所组成的各种小型共同意识,而形成台湾等身大的共同体意识,可说是台湾民族主义的萌芽"⑤。在回答"台湾文学是什么"的问题时,藤井认为:"只要该文本是和台

---

① 陈芳明.荒芜与丰饶——写在书前//谢里法.重塑台湾的心灵.台北:自由时代出版社,1988:3.
② 谢里法.从二二八事件看台湾知识分子的历史盲点//谢里法.重塑台湾的心灵.台北:自由时代出版社,1988:90—91.
③ 林书扬.受压制者的伦理倒错——评谢里法氏的"历史盲点"论//林书扬.如何让过去的成为真正的过去(《林书扬文集》二).台北:人间出版社,2010:214—215.
④ 林书扬.受压制者的伦理倒错——评谢里法氏的"历史盲点"论//林书扬.如何让过去的成为真正的过去(《林书扬文集》二).台北:人间出版社,2010:216.
⑤ 藤井省三.台湾文学这一百年.张季琳,译.台北:麦田出版社,2004:21.

湾等身大的共同体意识，或和所谓的台湾民族主义的价值判断有所关联，就可以称为台湾文学。"① 这种说法在吹嘘日本统治带给台湾近代（现代）制度方面，与谢里法颇为相似，但更强调了台湾文学与所谓"台湾民族主义"的关联。笔者以为，台湾确实存在着说闽南语、客家语、南岛语等不同的族群或民族，甚至闽南族群内部历史上还曾发生过漳、泉械斗，但无论闽南语、客家话，都是属于汉语的一种方言，在日据初期的武装反抗以及后来长期的文化抵抗中，并不分你说闽南话，我说客家话，他说南岛语，而是共同地与日本殖民者展开了浴血奋战，可见他们全都统一在汉民族或"中华民族主义"中。因此上述藤井省三所谓由于日语的推行才使得台湾各族群形成了与台湾"等身大"——意谓涵盖全台湾所有族群——的共同体意识，并最终发展为"台湾民族主义"的说法，是完全背离事实的。

  由此可知，在一百多年来动荡变迁的台湾历史中，"语言"问题始终关联着台湾民众的国家、民族认同。特别是台湾的语言状况颇为复杂，日语、汉语普通话和不同的汉语方言乃至多种南岛语系少数民族语言交织在一起。殖民者曾强力推行日语，但直到1945年日本投降时，台湾民间还是通行着闽南语、客家语等汉语方言，中青年一代的台湾人虽然普遍会听说日语，但基本上仅是粗通而已，除了极个别人（如吕赫若）外，即使是吴浊流、龙瑛宗这样一流的台湾作家，其日文水平仍被讥为仅及中学生而已，其他人就更不用说了。台湾光复后，通过包括"从方言学国语"等方式，台湾民众很快地掌握了"国语"（汉语普通话），形成了国语和汉语方言并行的现象。从文学创作上看，50年代就已出现了林海音、钟理和、钟肇政、叶石涛以及《文友通讯》台籍作家群等。60年代中期，主要由台籍作家组成的《台湾文艺》《笠》诗刊等创办。1965年10月，钟肇政主编的《本省籍作家作品选集》和《台湾省青年文学丛书》各十册相继问世，仅前者就收录了168位台湾本省籍作家的创作。到了70年代乡土文学思潮兴起后，本省籍作家已成台湾文坛主力。日据时期的日语日文和光复后的汉语中文的推行、普及速度之所以产生如此巨大的反差，原因就在于日语日文属于异国异民族的语言文字，而汉语普通话和中文汉字属于本国本民族的语言文字，在读音语法、词汇字根等结构上，前者是完全不同的，后者却基本相同或有对应关系，再加上语言背后的整个民族文化体系的异同关系，其学习的难易程度自然会有天壤之别。日本殖民当局五十年无法做到的事，台湾在光复后的短短十几年内就已做到并大大超越。

---

  ① 藤井省三.台湾文学这一百年.张季琳,译.台北:麦田出版社,2004:21—22.

目前一些台湾人士宣称闽南话、客家话等是其"母语"并掀起"母语权运动",致力于闽南话等的文字化,但其内部派系繁多、各种方案无法统一。更主要的是闽南话、客家话,实质上都是汉语的一种方言,所以从小说闽语、客话者,汉语也就是其"母语"。汉语各地方言固然读音上有所差别,但早已有历史悠久的统一而通行的书写文字,要另行"创造"一种文字书写方式,既很困难,也不必要,有些人只是出于某种意识形态目的而进行政治性操弄,并无学理上的依据,其成功的可能性也甚微。

(原载《文学评论》2017年)

作者简介

朱双一,1952年生。1986年毕业于厦门大学中文系。厦门大学台湾研究中心研究员,《台湾研究集刊》副主编,两岸关系和平发展协同创新中心、厦门大学台湾研究院、台湾研究中心教授,"中国世界华文文学学会"副会长,"福建省台港澳暨海外华文文学研究会"副会长,南京大学台港暨海外华文文学研究中心兼职研究员。著有《彼岸的缪斯——台湾诗歌论》(与刘登翰合作)、《近二十年台湾文学流脉》、《闽台文学的文化亲缘》、《台湾文学思潮与渊源》等,参与编撰《台湾文学史》《台湾新文学概观》《台港澳文学教程》《扬子江和阿里山的对话》等。

写在《冰心年谱长编》出版之际

王炳根

2019年10月,上海交通大学出版社出版了我编著的《冰心年谱长编》,之后,福州举行了一次出版座谈会。出席座谈会的专家学者近30人,分别来自北京、上海、重庆、福州、厦门等地。《年谱长编》从开始到出版,前后十余年,字数达二百余万,1822页,从头翻一遍都不易。座谈会的一些观点先后见诸媒体,我在会上也有一个简短的发言,但由于时间原因,意见没有展开。这里,我用书面做些说明。

一、资料来源

编著年谱,史料是第一性的,而新资料(包括未刊者)占有量,直接影响着年谱的价值。冰心资料丰富,自她五四运动登上文坛,到1999年谢世,整整80年,而她(1900生于福州)又与一个多灾多难、充满希望的世纪同行,一生多有作品与纪事,个体丰富的史料编织在世纪的主杆上,有种世纪叙述的意味。我充分使用了那些宝贵的史料,同时又增加了大量的新资料,使得有可能枯燥的年谱既具历史感又有新颖度,成为一部既有史料价值又好读的作品。

由于"年谱"涉事太多,编辑过程便花了6年时间,电子版修订版本有多次,最后还出版了纸质样书,做最后的修订。样书到我手上,恰逢美国哥伦比亚大学东亚系一位讲席教授来访,他在翻阅了全书时,惊讶史料丰富的同时,特别询问资料的来源,我告诉了他,同时在《年谱长编》的前言与后记中也有交代:

1992年冰心研究会筹备成立之时,便是搜集资料的开始。当时福建师大中文系在读研究生李玲和姚向青被派北上,北京、南京、上海,一路扫来,获得第一批宝贵资料。冰心研究会成立后，即着手设计与建造冰心文学馆，这是一个作家博物馆，冰心生平与创作展览，需要大量的文字资料、图片、手迹、始发报刊、实物等，除举办两次大型展览活动而获得之外（一次是"冰心生平与创作展览"，一次是"冰心作品书法与绘画大展"），我自己也多次外出寻访，福州、烟台、重庆、昆明等几处冰心生活过的地方，北京更不用说，循着冰心的足迹，每次都是收获盈箧，使得冰心文学馆甫一开张，便以资料丰富的形象面世。

1997年冰心文学馆开馆之后，我除了管理这个馆之外，便是继续搜集资料，进行研究。我先后4次访问冰心美国留学时的母校——威尔斯利女子学院，以及短期进修的康奈尔大学，吴文藻就读并留下冰心足迹的达特默思学院、哥伦比亚大学，查阅了她的毕业论文、成绩单、手迹、照片及校刊等；多次到日本进行访问，包括她所任教的东京大学、外交官邸以及度假的轻井泽、箱根等地，2005年还到关西大学担任客座研究，与日本学者、包括旅日的中国学者进行广泛的接触，找到了冰心在日本许多鲜为人知的资料，包括她描写宋美龄的多篇文章。我对收集的资料，采取了系统的研究与使用的方式，也就是搜集、整理、研究、著文、展览同时进行，并且提出了文学研究中的一个命题：非文本研究。先后出版了《冰心：非文本研究》和续集，为编著年谱准备了大量第一手资料。

2004年2月，冰心逝世5周年之际，家人决定将冰心生前居住在中央民族大学教授楼34单元的遗物，全部捐给冰心文学馆。我们用了3个10吨的集装箱运回福州。这里有冰心晚年用过的实物，各个时期穿着的服饰，全国书法家和画家赠给冰心的字画，大量的书籍刊物，冰心作品的始发刊、剪报、手稿、书信、贺年卡，尤其有冰心与吴文藻的笔记、日记、长达20余年的家庭账本等。这些都进入年谱之中。我还到中央民族大学、中国作协等单位，查阅了冰心与吴文藻的档案，又收集到大量的第一手资料，有的是之前完全不知晓的内容。

冰心文学馆建成后，成为冰心研究的中心，而我既是会长又是馆长，处在这个中心点上。我主持过4届冰心文学国际学术研讨会，每一次的研讨会都有新发现；阅读了冰心与吴文藻发表的全部作品、论文与学术著作，发掘了沉睡在故纸堆里的佚文，研究过所能找到的手稿与手迹；阅读、整理、主编了自冰心登上文坛以来评论与研究10卷本的论文集《冰心研究丛书》，主编发表最新研究成果的《爱心》杂志。自1991年之后，我与晚年冰心有长达10年的接触与交谈，虽不能时常陪侍一旁，但每年必有二三次的见面，每一回，都曾做详细的现场记录。

于是可以说，年谱资料的搜集，始于由我发起成立的冰心研究会，而主持建立与管理的冰心文学馆，又为我在国内及世界各地搜集资料，提供了方便。同时，冰心研究会与冰心文学馆本身也成了《年谱长编》中的重要事件。整个过程，前后持续二十余年，我以日记的方式，一一记录在案。

二、阅读提示

"毛茸茸的质感"。座谈会上，有学者讲到这部书是"年谱"，但详细到"日谱"的程度，"这样逐日的记载实属罕见"。冰心的儿子吴平则说，"本书资料广泛，涉及面广，笔触精细，对我来说简直不可思议。"一个世纪 36500 天，天天有记载，这是不可能的，但我尽可能做到，尤其是使用了冰心与吴文藻的笔记、日记后。吴先生是社会学家，事无巨细都可能记录在案，冰心晚年日记，也是有事基本不落，尤其有一个来访者的签名本，这些都使得"年谱"细到日的可能性。也就是说，"细"与"全"是这部年谱的最大特点。与我最初"追求一种主杆下毛茸茸的质感"相吻合。

家世。查海军历史资料，冰心的父亲谢葆璋曾于 1927 年 1 月 27 日被北京政府国务院国务总理摄政大总统之职顾维钧授予海军中将；除经常写到的三个弟弟之外，冰心还有两个父异母的弟妹，弟弟名为"谢为喜"。两处属新增。冰心的母亲杨福慈，之前的文字中，知道是"大家闺秀"，较为笼统，年谱将近年考证坐实的详细资料，作为附录收入。

《说部丛书》。根据冰心的回忆，11 岁之前，阅读到的文学作品，数量惊人，中国古典名著不用说，还有较偏的《天雨花》《再生缘》《凤双飞》等。尤其在《我的文学生活》中竟有这样一句话："到了十一岁，我已看完了全部'说部丛书'"。无论是读者还是研究者，都没有深究"全部'说部丛书'"的含量，其实这是一个很惊人的阅读量。《说部丛书》是商务印书馆从 20 世纪初开始陆续出版的一套大型丛书。开始是政治科技，之后是文学作品，从 1903 年开始到 1924 年结束，前后长达 22 年。商务印书馆的《说部丛书》四集本：初集、二集、三集各 100 种，四集 22 种。总计 322 种。我请国家图书馆研究者查找，不全，又到上海图书馆，两家馆都凑不齐一整套。一次在上海开文学博物馆会，我说到这个情况，周立民先生告知，巴金故居有一套完整的，我去找了，三楼上有个专门书架存放这套书，但也不全，重复者多。几处查找信息凑齐，得出结论：初集 100 种完成于光绪末年（1908），以后的三集均为民国时期出版物。那么，可以说，冰心在 11 岁之前"看完了全部"指的就是这个初集的一百种。后来，冰心在她的作品中，多次涉及这套丛书里的书名与内容。

书没有找齐，但这100部的目录找齐了，《年谱长编》作为附录收入。

处女作。冰心的处女作，有两种观点，一个以"女学生谢婉莹投稿"的《二十一日听审的感想》（1919年8月25日北京《晨报》）为记，另一个用稍晚以"冰心"笔名发表的小说《两个家庭》（1919年9月18日至22日北京《晨报》）为是。但实际上，冰心的诗更早，即1914至1918年上中学时的"集龚"，就是在龚自珍的诗中，挑选诗句，重新组合，年少的冰心非常迷恋玩这种"七巧板"，"集龚"成不少诗，自称为"少作"。晚年的冰心还记得年少的集龚诗，抄了八首给严文井。《冰心全集》（海峡文艺出版社1994年版）未收入，《年谱长编》刊出。

《春水》手稿。因为后人整理周作人日记，冰心抄写于1922年11月、现存日本九州大学的《春水》手稿（182首，115页，大小尺寸为17.4×13.0厘米，以毛笔小楷竖行双面书写于无格宣纸，线装成册）浮出水面。这是目前所能看到的最早最完整的冰心手稿。《年谱长编》中梳理了手稿的产生、流出与发现，梳理了冰心与周作人的书信往来等密切联系。

美欧行。1936年8月13日至1937年6月29日，冰心随丈夫、燕京大学社会学教授吴文藻有一年的美欧之行，但冰心留下的文字极少，研究者也只是根据冰心的文字做简单的描述。由于刘涛先生发现了冰心1937年2月14日在巴黎拉丁区中法友谊会的演讲（留学生孙鲁生记录整理成稿：《冰心女士在巴黎演讲——由出国到现在》，5月26—29日连载于《世界日报·妇女界》）。使得这年的行程具体化，内容也增多了，《年谱长编》对此有较为详细的记载。

与国民政府、宋美龄。抗战期间，冰心先在云南，后到重庆，与国民政府尤其是宋美龄有较多联系。多年来出于政治的原因，多有回避与遮蔽。本着对历史的尊重，年谱较详细地记载了冰心与国民政府尤其是宋美龄的联系与交往，包括任职、活动、处理公务等。

"二吴二谢"起义。1946年至1951年，冰心随盟国中华民国政府驻日代表团任职的吴文藻先生旅居日本，期间，中国发生天翻地覆的变化。驻日代表团曾有过未遂的起义。这个起义与吴文藻和冰心密切相关，曾有"二吴二谢"在东京密谋起义之说（另一吴是吴半农、谢为谢南光）。但由于未见当事者的文字及研究者的探讨，只能是一个悬案。后来，我在中央民族大学吴文藻的档案中，找到一件当事者吴半农对吴文藻密谋起义的文字材料《关于吴文藻》（1969年2月14日），并且从曾任代表团团长秘书黄仁宇的回忆录《黄河青山》、《中央日报》记者赵浩生、丁群《名人传记》等文章中得到坐实，《年谱长编》详细记载了这次未遂起义的全过程。

东京大学任教。 旅日期间，冰心曾到东京大学任教，成为"红门"第一位女教授，但具体任教时间、教职、薪金等均不详。我曾专门到东大走访，并委托在东京大学做访问学者的林敏洁进行考查，将这一段任教情况记入《年谱长编》，并有专题报告。冰心离开日本回到北京，以前一般讲受新中国召唤，而实际的情况比较复杂，年谱记载了这种复杂的历史真实。

家庭账本。 冰心在"文革"中，接受批斗、被抄家、关牛棚，下放五七干校劳动改造，《年谱长编》根据日记一一厘清。"文革"中，冰心不可能写作，但实际她的写作却一直没有停止，这个写作就是记载每日的家庭开支，从1968年5月至1983年5月，具体到1分钱都入，这就是几大本的"家庭账本"。家庭账本在《冰心日记》（作家出版社2018年版）中收入了小部分，《年谱长编》全部刊出。家庭账本在很大程度上透出了冰心当年的心境，而琐碎的家庭开支，则反映了那一个历史时期的社会生活与经济状况。年谱为保持其完整性，以附录的方式收入，篇幅达近200页。

接待外宾。 自1972年2月尼克松访华之后，美国及其他国家的学者与友好人士纷纷来访中国。北京、中央民族学院是来访的重点，由于冰心的知名度、吴文藻"解放"较早，两人隔三岔五便被安排会见外宾，成了特殊时期的"中国发言人"，时间长达6年左右。吴文藻日记、笔记中，有详细的记载。有关冰心及两人共同会见的部分均入《年谱长编》。此情况，之前鲜有人提及。

题字与接待。 冰心晚年有大量的题字，《年谱长编》无法全部收入，但大部分都有记载。80岁之后，由于行动不便，不能外出，与友人及社会各界的交往，只能在家与医院中。有意思的是，冰心设有签名本，凡来访者，无论高层领导还是平民百姓，是名人记者还是小朋友，均一一签名，包括通讯地址、电话号码等，来一次签名一次，有的还有留言，十几个笔记本满满当当。这些都被整理，按月份进入年谱，每个月的人名都是洋洋大观。按《年谱长编》的体例，人名要进入索引，据统计，年谱中的人名过万，如果全部进入索引，要大量的篇幅，最后只能择其要者列编索引。

冰心研究会与冰心文学馆。 1992年12月，冰心研究会成立，1997年8月，冰心文学馆建成开馆。作为两件文化事件，由于与冰心的生命同行，故而在《年谱长编》中得到了完整而详尽的记载。

冰心葬礼。 送别冰心被人称为"世纪葬礼"，1999年2月28日逝世，3月19日送别。期间有大量的悼念文字，发表于报刊、互联网，有的存于民间，吊唁、送别花篮、挽联极多，这些都按日载入年谱。

纠错。 年谱编著按年月日顺序进行，发现之前的全集、书信、专著中一些错误，尤其是书信的落款时间、作品的排列序等，《年谱长编》纠正了大约几十处，以免以讹传讹。

三、有待补充与订正

不用说，《年谱长编》存在遗漏、缺失、疏忽等方面的问题，留下遗憾在所难免。以一己之力，面对一个世纪一位名人的一生，实在有力不从心之处。仅是编著者意识到的，便有四大板块：

一是1938年离开燕南园66号，存放的阁楼中的资料。这批资料有十几箱，包括之前的书信（父母的家书、与吴文藻恋爱期间的情书、与作家、编辑与友人的通信，手稿、笔记、教案、鲁迅等赠送的书）。太平洋战争后，日本宪兵队住进66号小楼，存放之物洗劫一空，不知去向。冰心当时已有很高的知名度，焚烧与化浆不太可能，最大的可能是被日本人运往日本。我曾到日本东亚文化中心等处寻访，无果，并且得知，目前日本尚有未开启的从中国运来之物。但也可能有些散失在国内，1984年初，吴文藻曾得到一本1923年赴美留学的日记，并说那时与冰心开始交往。但遗憾的是，这个日记本仅记下这一条信息，再未面世："8月17日由沪乘邮轮赴美留学，船上没有耽几天即结识莹。"（1984年1月12日）二是旅居日本的资料。冰心旅居日本5年，吴文藻作为社会学家，收集了大量的日本战后资料，记录了他们的活动，这一批私人档案，在回到北京之后，上交给了国家安全部门，作为研究战后日本的第一手资料。我曾去有关部门了解过，不知存放何处，就是能找到，恐怕也不能查阅。三是"文革"抄家时的丢失。四是有些资料目前尚不宜公开。

四个板块的资料，有的可能永远消失，有的则可能在日后岁月中，渐渐浮出水面。这就只能寄希望于后人了。

（原载《现代中文学刊》2017年）

作者简介

王炳根，1951年生，江西进贤人。1975年毕业于南京大学中文系。历任福州军区文化部干事、创作员，福建省文联《当代文艺探索》常务副主编，《福建文学》副主编，冰心研究会秘书长，福建省文联文艺理论研究室主任，冰心研究会会长，冰心文学馆馆长，福建省作家协会副主席，中国博物馆学会文学委员会副主任，名人故居委员会副主任等。著有《特性与魅力》《逃离惯性》《永远的爱心·冰心》《冰心与吴文藻》《郭风评传》等。

IP电影:"各态历经"的建构
——第五个反思的样本

颜纯钧

2010年,根据网络小说《杜拉拉升职记》改编的同名电影斩获了1亿的高票房;2011年,又一部改编自网络小说的同名电影《失恋33天》,一个半月里更以3.5亿完美收官。两次改编的成功运作给出了强有力的信号:在媒介融合的今天,艺术的融合也在同步跟进。于是,电影的目光重新聚焦,一个未及开掘的富矿悄然展现在面前。网络改编越发炙手可热,艺术的跨界渐成燎原之势,IP电影也随之成为高频热词。资本蜂拥而至的结果,一方面为电影产业注入了新能量,另一方面投资心态也变得狂躁和非理性,尤其是争夺和囤积IP的怪现状明显扰乱了市场秩序,更令有心人对中国电影的健康发展平添了几分忧思。

一、IP、IP电影和IP文化

IP是英文"Intellectual Property"的缩写,一般译为"知识产权"。如此说来,IP电影是否就成了"知识产权"电影?"知识产权"能否真正概括IP电影的特征、形态和功能?这首先就是一个问题。在语言学上,一个词可以既有它的"词源义",又有它的"通行义",因为认知与交流的过程既会引发联想,也会以讹传讹,继而产生词义的一再演变,这既不是什么秘密,也不是个别现象。比如"薪水"的"词源义"是柴和水(指生活的基本需求),而"通行义"却是工资。IP译为"知识产权",用的正是IP的"词源义",但IP电影里的IP,并不是指这部电影的知识产权本身,而是指那些必须签署产权转让协议才具有改编合法性的电影,这里显示的便是"通行义"。当然,如果IP电影只涉及概念的辨析，那问题就要简单得多。一旦 IP 渐成流行，众口铄金的结果是词义的演变也跟着收不住脚步——如今一个演员、一首歌曲、一个金句也可以被运作为 IP 电影，这即便和其"通行义"相比，也早已是风马牛不相及。政府、商家、媒体和大众所关注的根本不是概念的含义，而是它前所未有的形态特征，以及突显的诸多问题、矛盾和争议。当 IP 的帽子阴差阳错地扣到头上时，概念的"词源义"和"通行义"反过来又遮蔽了它的"庐山真面目"，这才是需要认真对待和深入反思的。

IP 电影不同于一般电影之处，就在于它通常都基于一个原文本，绝大部分还必须完成产权转让的法律程序才具有改编的合法性。这是 IP 电影产生的必要条件，却不是它成为热门话题的真正原因。一个事实颇耐人寻味：几乎所有见诸文字的 IP 谈论，都要从它的"词源义"（即知识产权）和"通行义"（即创作改编）说起，而一旦涉及实际运作，往往又只能顾左右而言他。腾讯副总裁程武就认为："更精确地说，IP 实质就是经过市场验证的用户的情感承载，或者是说在创意产业里面，经过市场验证的用户需求。'用户情感共鸣'是这个概念里的核心元素，它不仅仅是一种符号，而是知识产权和创意产业里面代表的情感。"[①] 这里的市场验证、用户需求、情感共鸣，哪一个是和 IP 电影的"词源义"和"通行义"相关的呢？不借助 IP，程武不知道怎么来谈论这种电影；借助 IP，又只能撇开概念本身，去关注它更切合实际的产业化运作。

在讨论了 IP 电影运作的不同路径之后，程武进一步强调："无论是哪一种路径，用户如何参与进来，IP 培育的成功与否，能否撬动粉丝经济，其实本质上很大程度取决于用户与粉丝的意见能在多大程度上反映到作品创作当中。这是移动互联网时代应该被重视的新的思路，我们把这个叫作'众创'，它是一种基于互联网的互动与反馈机制，让粉丝、用户与作者以不同的方式共同参与创造作品和 IP 的内容缔造模式。"[②] 程武描述的正是当前 IP 电影运作的基本经验。因为绝大部分的 IP 电影都基于一个原文本，这就让用户和粉丝有了提早介入的可能；重视收集用户和粉丝的意见，也成为运作 IP 电影一个标准化的规定动作。更多的 IP 电影开始采用大数据调研，根据指标构建数学模型，预测市场走向。通过这些指标，用户和粉丝在角色设计、演员选择、剧情构思等方面贡献意见、参与谋划，甚至以文本改写、音频混录、视频混剪等方式来表达诉求——这在粉丝文化中统统被称为"同人文本"。程武所谓的"众创"，其

[①②] 程武,李清.IP 热潮的背后与泛娱乐思维下的未来电影.当代电影,2015(9).

实就是吸收了"同人文本"中的高频意见、优质内容和各种奇思妙想,并把它们融入改编的文本中。如果说过去的"观众是上帝"只表明了一种态度的转变,那么"众创"则把它进一步发展成实际的运作步骤。IP电影所借重的用户和粉丝,已经不再是本来意义上的观众,他们组成了一个参与进去的"准创作"群体,成为所谓的"业余文化生产者"。此时,艺术家和观众之间的界线已经模糊,主导的力量甚至悄悄转移到用户和粉丝这一边。这已经不是程武前面所说的"互动与反馈",而是后面所指的"共同参与"。著名的媒介文化学家亨利·詹金斯就认为,"互动是指那些旨在对消费者反馈响应更为积极的新技术","而参与则是由文化和社会规范影响塑造","参与的开放性更强,更少受媒体制作人员的控制,更多地是由媒体消费者自己控制"①。这个前所未有的文化变迁,正在把用户和粉丝变成IP电影的一股决定性力量。他们从一开始就不是以个人的身份,而是借助群体的形式(粉丝圈等),以讨论、共享的名义参与进去。这是一种寻求抱团取暖、制造众声喧哗的策略,以放大音量来宣示自己的存在,借此在身份、观念和生活方式上形成文化的共同体。亨利·詹金斯在另一部著作《文本盗猎者》中指出这种文化里至少有五个不同(但经常相关联)的维度:"它与特定接受形式的关系;它鼓励观众参与社会活动的角色;它作为阐释共同体的功能;它特殊的文化生产传统;它另类社群的身份。"②

从拥有知识产权的原文本,到签署产权转让协议的IP电影;从一种IP改编,到多种形式的IP改编;从用户和粉丝的观后"恶搞"(如《一个馒头引发的血案》),到参与IP改编的"众创";从IP文本,到玩具、服装、角色扮演、旅游景点、主题公园等更多领域的IP大挪移、大流转……这里不仅有媒体的融合、艺术的融合、产业的融合,也有观众的融合(用户和粉丝)、创作的融合(同人文本)……这些融合在不同层次、不同要素、不同阶段之间交互与共振,既制造了热点,又激活了市场,甚至酿成重大的社会媒介事件。IP电影立足于一个更丰富、更复杂、更具交互性的社会网络和文本网络,其内部的振荡和外部的功能放射都不是概念本身可以涵盖和加以解释的。具体而言,IP电影作为电影的新形态,体现出全新的文化生产模式;宏观地看,它又顺应了中国当代的文化大走势,这是由产业政策、市场体制、消费文化、媒体融合、粉丝

---

① 亨利·詹金斯.融合文化:新媒体和旧媒体的冲突地带.杜永明,译.北京:商务印书馆,2015:208—209.

② 亨利·詹金斯.文本盗猎者:电视粉丝与参与式文化.郑熙青,译.北京:北京大学出版社,2016:2.

团体等多方面的因素和条件共同促成的。它们制造了加速的放大效应，排山倒海般地把主流的意识、观念和趣味全都挟裹而去。传统的文学改编电影，无论是内涵、特征还是功能，都难以适应这样的文化局面。当此举步维艰之际，是屈尊纡贵还是华丽转身，是独孤求败还是砥柱中流，将极大地考验艺术家的意志、智慧和职业操守。

二、IP：一个"遍历"的文本

《十万个冷笑话》一开始以漫画的形式在网络上连载，后来又被改编为动画、手游、网络剧，直至拍成大电影。这是典型的IP电影运作模式，也受到"85后""90后"的热烈追捧。天娱传媒首席文化官赵晖说，他们部门里有个小孩甚至扬言："《十万个冷笑话》不给那些没长青春痘的人看，他们认为你连青春痘都没有，看什么《十万个冷笑话》，根本看不懂。"①"长青春痘"被视为一种观赏资格，孩子们以此来标榜自我，享受优越感，旗帜鲜明地与父辈作文化上的区隔。一句充满鄙夷口吻的"根本看不懂"，更是在自诩中透露出拥有一个专属的话语系统。这个话语系统建立在漫画的基础上，依靠粉丝的诠释、争辩和讨论来持续建构。除了人物和故事，还有经典对话、特色场景，以及服饰、道具、配音、金句、笑点等，也都在受关注之列。在电影《十万个冷笑话》中，一个叫张杰的配音员意外引起围观。知乎网上关于张杰的诸多信息，如照片、网址（微博、贴吧、工作室等）、本科专业、从业经历、代表作等，被粉丝们一一发掘出来和添加进去。本来，电影配音属幕后英雄，一般很难成为话题焦点，但在粉丝建构的专属话语系统中，张杰却意外地一再被诠释。活跃的粉丝圈围绕着他，不断发掘和增添信息，热情地参与吐槽和评论，独有的词语和表述在交流中走向流行，各种想象、联想和推测更激起层层波澜……这些对张杰的诠释性讨论全然由用户和粉丝提供，被纳入他们的专属话语系统。虽然颇显杂乱，却自成封闭的体系。对外显示出排他性，对内又着眼于交流与互动。

西方文学理论家斯坦利·费什曾提出一个大胆并极具影响力的观点："文本——即有意义的话语——并不存在于教室或图书馆，或者任何具体地点。文本以一种虚拟形式存在于读者的头脑中，以及读者彼此交往而形成的诠释社群中。不仅如此，文本的意涵与边界——即什么（不）属于给定文本的一部分内

---

① 当我们在谈IP，我们在谈什么.腾讯电影沙龙第五期.2015-02-09.http://news.mydrivers.com/1/385/385081.htm.

容——面向其他读者和诠释社群的诠释敞开。"① 在费什看来，文本的意涵与边界是开放的，它提供了被各种诠释击破和渗入的条件。用户和粉丝对原文本喜欢什么、反感什么、如何言说、有何建议，都以诠释的形式对原文本实施边界跨越、意涵改变。这时候，读者的诠释不再只是诠释，而是融入了原文本，成为它的有机组成部分——费什见解的敏锐和深刻就表现在这里。如果把《十万个冷笑话》的漫画视作原文本，那么由粉丝创建的专属话语系统便构成它的诠释文本。在这里，诠释文本与原文本不只是互文关系，它重塑了原文本，并与之共同去创建一个全新的 IP 文本，这才是 IP 电影最值得关注和深究的地方。丹麦传播学家延森曾批评道："尤为令人吃惊的是，大部分互文性的研究并未对读者或受众给予经验性关注。读者或受众被假定为诠释单位，他们建立起文本网络结点之间的联系。"② 一般而言，互文性描述的是文本之间的关系，这里并没有读者和受众什么事。把读者和受众看作诠释单位，他们就只能站在文本的外面去诠释，在文本的网络结点之间起联系作用。他们的诠释也不可能被看作基于原文本的衍生文本，继而能参与创建新的 IP 文本。诠释单位不同于诠释文本，就在于前者着眼的是诠释者，后者着眼的是诠释结果（即诠释文本）。这个差异的背后，隐藏着看待 IP 文本截然不同的两种观念。对于一再被改编的 IP 文本而言，诠释文本（即受众的"众创"）已被看作其组成部分，并在改编时充分考虑，尽可能地把它结合进去。而那些把 IP 片面理解为知识产权或文本改编的观点，最大的问题就是忽视了诠释文本作为 IP 文本一部分的实质，以及其所占有的地位和发挥的作用。不管是失败的 IP 改编，还是购买和囤积 IP 的行为，都因为观念上的这种偏差而完全打错了算盘。在那里，尽管受众的诠释也受到了重视，但只被看作一种参考意见，还未能进一步以诠释文本的形式，结合到 IP 文本的创建中。比如郭敬明，也曾以为小说《小时代》走红了，拥有大量粉丝了，改编成大电影便能稳操胜券了。他自作主张地在改编中有意安排了很多笑点，却没有人笑，结果以为不是笑点的"腋毛侠"，年轻人却笑疯了③。说到底，郭敬明仍没能进入粉丝的专属话语系统，在他的 IP 改编中，诠释文本的地位和作用还是被低估了。

---

① 克劳斯·布鲁恩·延森.媒介融合：网络传播、大众传播和人际传播的三重维度.刘君，译.上海：复旦大学出版社 2012：93.

② 克劳斯·布鲁恩·延森.媒介融合：网络传播、大众传播和人际传播的三重维度.刘君，译.上海：复旦大学出版社 2012：94.

③ 当我们在谈 IP，我们在谈什么.腾讯电影沙龙第五期.2015-02-09. http://news.mydrivers.com/1/385/385081.htm.

从漫画、动画、手游、网络剧到大电影，《十万个冷笑话》制作 IP 电影是同一个 IP 流转中生成的众多文本之一。这个流转的过程不仅包括一个个改编文本，更包括每个改编文本一再生成的诠释文本。一个 IP 文本是由拥有知识产权的原文本、受众的诠释文本和不同形式的改编文本共同组成的文本系统。有学者主张借助布尔迪厄的理论，用"场域共振"的概念来加以描述①。按照布尔迪厄的看法，"从场的角度思考就是从关系的角度思考"，而"从分析的角度看，一个场也许可以被定义为由不同的位置之间的客观关系构成的一个网络，或一个构造"②。场域的概念涉及位置、关系、网络或构造，它着眼于描述空间的一种状态。然而，IP 文本其实并不表现为一种静态的空间分布，而是从原文本到一个个改编文本的不断流转以及一个个诠释文本的持续参与。在西方，接近于描述这类过程的是自然科学中一个称为"遍历理论"的分支。"'遍历'（ergodic），又译'各态历经'。它源于物理学，由希腊语'工作'（ergos）与'路径'（hodos）这两个词组成，本是一个用于描述非线性动力系统特性的术语。"③"遍历"文本所描述的是文本系统之间"各态历经"的关系状态，它既包含空间性，也体现时间性，以非线性、互文性和潜在可能性为其特征。"我们必须将这一概念理解为一种对象，它可以在不同时间与地点显示自己的不同方面，比较不像一本书，更像一个有许多出入口与迷宫的建筑，有时连内部构造都改变，但却是一种仍被认为在文化历史上占有同样'地点'的东西。"④

以"遍历"的概念来描述 IP 文本（包括 IP 电影）的形态特征，要比场域的概念更为恰当，也更有助于加深对 IP 电影的认识。正是"各态历经"的过程造就了今天用户和粉丝的一种新的文化参与模式与艺术体验模式。围绕着 IP 的原文本，粉丝圈开始形成，讨论社区逐步建立，各种话题在其中不断发酵和堆积。对他们来说，IP 文本的最大诱惑是参与、共享以及在文化上的对外区隔。他们不满足于单一的原文本，渴望参与到诠释文本之中，不断助推新的改编文本，由此激活新的欲望和需求，获得新的体验和快乐。流转后的新文本（包括 IP 电影）在艺术上怎样，其实并没有那么重要，只要里面包含着他们所熟知、感兴趣和富于争议性的话题就足够了。改编的好和坏都有话可说，与原

---

① 向勇,白晓晴.场域共振:网络文学 IP 价值的跨界开发策略.现代传播,2016(8).
② 包亚明.布尔迪厄访谈录:文化资本与社会炼金术.上海:上海人民出版社,1997:141—142.
③ 黄鸣奋.新媒体与西方数码艺术理论.上海:学林出版社,2009:227.
④ 黄鸣奋.新媒体与西方数码艺术理论.上海:学林出版社,2009:229.

文本像或不像都可以讨论。面对新的改编文本，他们再次历经同一个IP的又一种新形态。各种发现、惊喜、争辩、情感共鸣、社群狂欢，甚至同人创作等，所有的一切又都可以重新再来一遍。这种"各态历经"的重复实践，才是IP文本（包括IP电影）的诱惑力之所在，也是"烂片高票房"的原因之所在。一个优质的IP，其实不完全取决于原文本，更取决于如何去激发和推动受众的参与，为他们的"各态历经"提供充分的可能。聪明的投资方和制作者，会有意识地开放原文本的意涵和边界，甚至把其他IP文本或IP要素结合进来，以提供更多的联想、想象、吐槽对象和话题焦点。在《煎饼侠》中，中外和港台的明星像走马灯似地轮番出场，模仿经典影片的相关桥段；在《小时代》中，原小说、作者、演员、音乐等也都各自成了IP，持续地引发关注，衍生话题；在《滚蛋吧，肿瘤君》中，"……熊顿的各色幻想包含了大量时下流行的剧集、桥段，有紧张恐怖的美剧《行尸走肉》，有浪漫缠绵的韩剧《来自星星的你》，有古装剧《甄嬛传》，还有科幻动作片、闯关游戏等，多元素的杂糅，无一选取的不是当下的热门，是都市年轻人都熟知且向往的流行文化"①。用一部IP电影去关联用户和粉丝所熟知的更多IP，以使交互式的体验更加目不暇接，去激活更为丰富的内容记忆和情感记忆，这已经不只是一个IP文本，而是把它纳入更大的IP网络。它的特征仍是"各态历经"，体验的过程也仍是既熟悉又陌生，既新奇又富于参与感。

三、IP文本：网生代的"世界"

尹鸿、王旭东和朱辉龙在讨论IP电影时，提出了"网生代"电影的概念②。以"网生代"来为IP电影重新命名，意在强调IP电影和"网生代"这个群体之间密切的联系。"网生代"不仅推动了IP电影的迅猛发展，也直接决定了IP电影在形态上、美学上和文化上的诸多新特征。

IP电影大热的这几年，恰好是中国类型电影井喷式发展的时期，这一点颇耐人寻味。除了原有的都市爱情片、校园青春片、古装武侠片、警匪片、动作片、喜剧片之外，科幻片、神魔片、穿越片、宫斗片、盗墓片、惊悚片、鬼片等，这些原本没有或少有的类型，也借助IP电影持续大热起来。很明显，新的类型片比原有的类型片更背离写实的路线，也更充分体现了幻觉迷醉的艺术

---

① 柳叶.从《滚蛋吧！肿瘤君》看IP电影元素.电影文学,2016(2).
② 尹鸿,朱辉龙,王旭东."网生代"电影与互联网.当代电影,2014(11).

功能。这个动力既不在政府,也不在投资方,而是"网生代"寻求梦幻满足的强烈欲望触发了 IP 类型片的机关。"网生代"不只是指他们诞生于网络时代,更是指他们生存于网络时代。对他们而言,网络的世界比现实的世界更具吸引力,也更能满足他们热衷于做梦的精神需求。华东师范大学心理学教授陈默曾概括当今孩子的几个特点,其中包括了背负沉重的情感负担、对话语权要求很高、知识面宽广、现实感非常弱、对个性化生活要求非常高等等①。这些特点造成了"网生代"与社会、学校和家庭之间的紧张关系,也累积了他们内心的矛盾、压抑和焦虑。作为弱势的一方,他们需要一个做梦的场所,以此去做消极对抗、积极逃避——对抗的是主流意识,逃避的是现实社会;对抗选择了亚文化身份,逃避朝着幻觉迷醉的路向;对抗造就了偏执的心态,逃避则不断催生新的电影内容……诸如英雄情结、浪漫旅程、身份置换、时空挪移,甚至耍奸使坏、恶搞瞎闹等这些在日常生活中难得一遇的新奇体验,都能在类型片那里得到梦幻般的满足。美梦从来是不怕重复的。作为一种"遍历"的文本,IP 电影以类型片的形态,让"网生代"再一次进入同一个梦境,沉溺于其中而无法自拔。

亨利·詹金斯在讨论《黑客帝国》系列电影时,注意到导演沃卓斯基兄弟是把《黑客帝国》作为一个具有足够一致性的世界来塑造的。系列中的每一部影片都能辨别出是整体的一部分,但又具备相当的灵活性和独立性,以让它在不同风格的艺术形式中表现出来。詹金斯认为:"叙事日益成为一种构筑世界的艺术,艺术家们创造出引人入胜的故事环境,其中包括的内容不可能被彻底发掘出来,或者不可能在一部作品甚至一种单一媒介中被研究殆尽。故事世界比电影所展示的要宏大,甚至比整个特许产品系列都要宏大——因为粉丝们的思索和阐释也会多维度地拓展故事世界。"② 在类似《黑客帝国》这样的系列大片中,故事是一回事,故事构筑的世界是另一回事。一个故事的世界可以容纳多个不同的故事,它提供了故事持续拓展和演变的可能性,也预留了观众感知、把握甚至涉入其中的充足空间。除了接受一个故事,"网生代"观众希望能更进一步密切和故事的联系,爱屋及乌地把兴趣延伸到故事的世界,甚至进一步去追寻和触摸它在现实世界的各种"抓手"——这就是与影片相关的玩具、服装、角色扮演、旅游景点、主题公园等衍生产品不断推出的原因。

---

① 当今孩子活在"第三只笼子里".中国社会学公众号.前程有约(陈默),2017-03-0501;07.
② 亨利·詹金斯.融合文化:新媒体和旧媒体的冲突地带.杜永明,译.北京:商务印书馆,2015:182.

IP文本的"各态历经",类同于詹金斯所说的故事世界。它既具有整体的统一性,又具有呈现的灵活性,甚至粉丝的诠释也会多维度地加以拓展。最典型的就是《西游记》,从小说原文本,到连环画,同名电视连续剧,网络小说《悟空传》,动画片《孙悟空三打白骨精》,电影《大话西游》《西游伏妖篇》《西游记大圣归来》等,这些不同的IP文本拥有同样的一些标志性地点:如来佛的西天、玉皇大帝的天庭、海龙王的龙宫、孙悟空的花果山、猪八戒的高老庄、白骨精的山洞……这些人物和地点共同构筑起《西游记》的故事世界。IP电影尽管不是系列电影,而是同一个原文本流转出来的IP文本,但故事呈现的灵活性和故事世界的统一性同样是其基本特征。对"网生代"来说,哪里可以摆脱社会、学校和家庭的束缚,可以让他们解放自我、放纵自我和建构一个全新的自我呢?过去只有网络,它成为"网生代"线上的虚拟世界;现在又增加了IP电影,它成为"网生代"线下的梦幻世界。一个虚拟世界,一个梦幻世界,共同的特点都是超越现实,都成了"网生代"消极对抗和积极逃避的理想去处。在那里,他们天马行空、无拘无束,可以胡闹、坏笑、自污,又可以励志、浪漫、历险、作英雄状。"网生代"正在通过IP电影显示他们强烈的存在感,这一点已经再明显不过了。在现实生活中,社会、学校和家庭只知道对"网生代"一味地严加管束,而在疏导和引领方面几乎无计可施。不管是消极对抗,还是积极逃避,"网生代"都把IP电影视作心灵的栖身之地。这正应了哈贝马斯所说的一句话:"'别回嘴'迫使公众采取另一种行为方式。"[1]

在专业人士看来,"网生代"不仅指观众的一代,也指导演的一代。制片人王旭东就提到:"我跟肖央、路阳、郭帆、韩寒、陈思诚、邓超、俞白眉等导演聊天,知道他们已经没有文化启蒙的抱负了或者说至少在电影创作上没有这种想法。他们更关心的是'哪些观众是他们的目标',他们对作品将要面对的观众比较清楚,是研发产品的思路,寻找用户的思路。"[2] 这些"网生代"导演基本上属于跨界的一代,来自作家、演员和视频制作者等不同界别和行当。他们大都没有接受过导演专业的学历教育,身上也较少学院派的身份负担,一起步就进入市场,完全以揣摩"网生代"观众的偏好和口味为创作准则——这居然成了他们迈向成功的途径,甚至比自己的艺术家前辈更加显得风光无限。他们急于获得市场的承认,争相以满足和取悦"网生代"观众为能事,甚至谦

---

[1] 哈贝马斯.公共领域的结构转型.曹卫东,等,译.上海:学林出版社,1999:194.
[2] 尹鸿,朱辉龙,王旭东."网生代"电影与互联网.当代电影,2014(11).

卑地让出了他们创作的核心位置。在他们的主导下，IP电影在艺术上全面地脱胎换骨：传统电影的庄重、深沉、圣洁、壮美的审美观念和艺术风格几乎是遍寻不得了；代之以一种尝鲜的、挑剔的、亵玩的和起哄的观赏氛围。以往一再被诟病的粗俗、无聊和怪异的言行举止，那些引发吐槽、制造坏笑的场景，甚至诸多带有邪典元素、显示邪典气质的人物构思和情节设计，都成了吸引力之所在，甚至嗜痂成癖般地去尽情展现。

"网生代"导演拍"网生代"电影给"网生代"观众看，这种过于融洽的关系，是由"网生代"观众的积极参与和"网生代"导演的主动迎合共同促成的。政策的推动、商家的热衷、媒体的鼓噪和市场的好景，建构起IP电影独具的媒介文化生态。"网生代"导演明显更能适应它，市场的成功也更让其忘乎所以。迎合的观念在舆论上被高度肯定，堂而皇之地登上价值制高点，各方面都在乐见其成，运作经验也得到总结和加以推崇。在这种情势下，"网生代"导演越发消弭了文化启蒙的抱负，社会责任感也被弃之如敝屣。观众、票房、市场，甚至包括个人收益，串联起他们思考问题的逻辑，也令他们丧失了基本的反省能力。著名导演安德烈·塔可夫斯基早就一针见血地指出："如果你试图取悦观众，不分青红皂白地一味接受他们的品位，充其量只意味你对他们没有丝毫尊重；你只是想搜刮他们的金钱，而且，你只不过是训练艺术家如何保障他的收入，却吝于提供富启发性的艺术作品来训练观众。至于观众，多半依然洋洋得意、自以为是，其中根基扎实、信念坚定的，则少之又少。我们如果无法提高观众鉴赏的能力，以给我们鞭策批评，那无异于以全然的冷漠来对待他们。"① 表面上看，"网生代"导演极其尊重"网生代"观众，甚至邀请他们参与电影的"众创"；在内心深处，这样做全然是为了骗取信任，以便把手伸进他们的口袋。这哪里还有一点真诚和善意？哪里看得到艺术家应有的职责与操守？在创作与观赏之间，迎合很明显是一种没有张力的关系。迎合的态度表现得过度热情，究其实又是全然冷漠，对他们的人格与精神更没有丝毫尊重。这和那些以赚钱为目的的商家相比，已经没有什么精神境界和文化品位上的高低差别。更可怕的是，"网生代"导演把自己降低到"网生代"观众的水平，结果是观众的水平难以得到提高，也难以给"网生代"导演以鞭策批评，最终导致的是电影也跟着失去了发展的动力。

IP电影为"网生代"建构的梦幻世界，是否可以同时给予他们优质的艺术

---

① 安德烈·塔可夫斯基.雕刻时光.陈丽贵，李泳泉，译.人民文学出版社，2003:194.

营养？在IP电影的一片好景中，盲目的乐观可以休矣，认真反省和积极改进的时刻已经到来。在迎合和引导之间，肯定存在着某种张力，IP电影要去做的，就是找到它，发掘它，重建与观众之间的良性关系，优化电影的媒介文化生态。

（原载《文艺研究》2018年）

作者简介

颜纯钧，1948年生，福建晋江人。1975年毕业于福建师范大学中文系。福建师范大学教授、博士生导师。曾任中国高等院校影视协会理事、中国高等教育学会影视教育专业委员会理事、福建省传播学会常务副会长、福建省美学学会副会长、福建省电影家协会常务理事、福建省电视家协会副主席等。著有《怎样写影视剧本》《电影的读解》《影片分析教程》《记述与呈现——现代传媒写作》《电视编导概论》等。

文学批评中的"历史"概念

南 帆

成熟的文学批评通常包含对作品的阐释和评判。作为阐释和评判赖以展开的理论依据,不同的文学批评学派分别拥有各自独特的轴心概念,例如道德、现实、典型、审美、无意识、形式等。在诸多概念中,"历史"不仅占有重要的一席,并且以之为中心形成阵容庞大的社会历史批评学派。然而,"历史"概念由来已久,由于语境的变化、理解的差异乃至分歧,这一概念逐渐累积了丰富甚至不无矛盾的含义。对于文学批评来说,这些含义不仅隐蔽地支配着批评家的阐释和评判,同时也构成各种重要的文学命题。20世纪被形容为理论的时代,精神分析学、形式主义、结构主义、新历史主义等各种文学批评学派纷至沓来,它们与文学批评中的"历史"概念形成复杂的对话关系,甚至出现激烈争辩。无论是历史对于文学的简单覆盖,还是文学对于历史的简单复制,两种倾向都已遭到普遍质疑。然而,另一种共识正在从各个方向汇聚——无论是以道德、审美还是无意识、形式作为轴心概念,"历史"始终是不可或缺的维度。

一、"历史"概念与文学批评的相互关联

何谓历史?《说文解字》曰:"记事者也。从又持中。中,正也。"[①] 这种表述为我们提供了一个基本认识,即历史是对于过往事实的公正记录。当然,这些记录的意义远非单纯的资料保存。擅长归纳的历史学家试图从古今的众多事

---

① 许慎.说文解字注.段玉裁,注.上海:上海古籍出版社,1981:116.

例中提炼出某种普遍的原则：在他们心目中，历史话语所显现的形而上功能甚至可在某种程度上替代宗教或者哲学；强调"历史"概念内部隐含的历时形态演变，"分久必合，合久必分"则是历史哲学相对深刻的含义。雷蒙·威廉斯在《关键词》中指出，英文中 history 与 story 源于同一词根，前者指对过去一个真实事件的记载，后者表示非正式纪录与想象性事件。在 15 世纪末，history 时常指谓"关于过去的有系统的知识"。除此之外，威廉斯同时还指出了"历史"概念的另一种含义，并且概括描述了这种含义如何逐渐显现：

> 也许把 history 当成"人类自我发展"（human self-development）的解释，就是另一种重要意涵的代表——这种意涵在 18 世纪初期维柯的作品以及新种类的"普遍历史"（universal historise）里是很明显的；其中一个新意涵，就是过去的事件不被视为"特殊的历史"（specific historise），而被视为是持续、相关的过程。这种对持续、相关的过程做各种不同的系统化解释，就成为新的、广义的 history 意涵，最后终于成为 history 的抽象意涵。此外，强调 history 的"人类自我发展"意涵，会使 history 在许多用法里失去了它跟过去的独特关联性，并且使得 history 不只是与现在相关，而且是与未来相关。①

上述含义在很大程度上表明了"历史"概念之所以拥有崇高声望的原因。"历史证明""以史为镜"或者"以历史的名义发言"，这些修辞之所以潜藏了不言而喻的理论威信，正是因为历史的客观、公正以及在此基础上提炼出的种种发展规律令人信服。许多时候，重视乃至崇敬历史的态度被称为"历史主义"。詹姆逊曾做出一个通俗解释："让我们此刻先在经验或常识上把'历史主义'看作我们同过去的关系，它提供了我们理解关于过去的记录、人工品和痕迹的可能性。"②

在现代文化体系内部，文学与历史分疆而治，这种文化地貌的构成隐含了人文知识的复杂博弈。回溯遥远的古代，两者曾经处于混沌不辨的状态，许多神话、史诗既叙述了古老的民族历史，又包含强烈的抒情色彩。文学与历史的分割是一个漫长的文化演变过程，两者之间的相异旨趣很早就有所显现。先秦时期，如果说风、雅、颂、赋、比、兴组成的"诗六义"描述了文学的雏形，那么，孔子著名的"春秋笔法"——"微而显，志而晦，婉而成章，尽而不

---

① 雷蒙·威廉斯.关键词.刘建基,译.北京:三联书店,2005:205.
② 弗雷德里克·詹姆森.马克思主义与历史主义//张京媛.新历史主义与文学批评.北京:北京大学出版社,1993:19.

汗，惩恶而劝善"① ——则显示了历史的不同方位；他的继承者孟子的"《诗》亡然后《春秋》作"② 似乎更关注问题的另一面：两种不同的话语体系如何衔接一脉相承的主题。古希腊亚里士多德的《诗学》认为，诗按照可然律或者必然律描述的事情更具普遍意义，历史相对而言仅仅叙述已发生的个别事情——亚里士多德因此认为，"写诗这种活动比写历史更富于哲学意味"，因为前者具有更为明显的"普遍性"。③ 不论亚里士多德显示了何种褒贬倾向，这种比较首先证明了文学话语与历史话语的同源关系，两者存在各种特殊的呼应：两者可能相互重叠、相互衡量、相互参证、相互解释。这显然是"历史"概念与文学批评相互关联的重要理由。

狭义的文学批评通常考察一部作品或者一个作家的若干作品，广义的文学批评——可以与"文学研究"一词互换——涉及文学话语的所有因素。按照现今的研究范式，这些因素往往划分为三个部类：作家、作品、读者。古往今来，无论是"思无邪"、意境、现实主义、现代主义，还是典型、无意识与恋母情结、符号结构、魔幻、接受美学，批评史上积累的诸多术语构成了多元的理论工具。不同学派的批评家各擅胜场，只有社会历史批评学派真正将"历史"概念作为衡量、分析和评判文学话语的理论前提。顾名思义，社会历史批评学派倾向于将文学问题置于社会历史结构中，解释一个作家的情节构思与阶级出身以及教育程度之间的隐秘呼应，阐述一个时代的经典名单为什么在另一时代遭到质疑，或者，分析一个文化区域的读者与另一文化区域的读者如何完成"视野融合"，印刷文化与出版行业的利润如何建构现代作家身份，作家的经济收入如何投射于文学风格，民族主义维护了民族文化的纯正性质还是限制了文学的想象，电子传媒的崛起是否改变了文学的文化生态，如此等等。总之，社会历史批评学派擅长论证每一种文学现象之所以如此的社会历史原因。

严格地说，社会历史批评学派的"社会"与"历史"并非同义语。相对而言，"社会"更多地指向一个共时态的文化空间，更为重视多种成分构成的社会结构。韦勒克曾经概括了文学社会学的三个领域："作家的社会学，作品本身的社会内容以及文学对社会的影响等。"④ 文学社会学的基本观念是，文学是社会的产物，同时又介入社会文化。一方面，由于复杂的社会结构，作家、作品接收到来自社会各个群体的不同信息，这些信息无不力图塑造符合自身利益

---

① 阮元.十三经注疏.北京：中华书局，1980：1913.
② 朱熹.四书章句集注・孟子集注.北京：中华书局，1983：295.
③ 亚理斯多德.诗学.罗念生，译.北京：人民文学出版社，1962：29.
④ 雷・韦勒克，奥・沃伦.文学理论.刘象愚，等，译.北京：生活・读书・新知三联书店，1984：94.

的文学；另一方面，作家、作品进入社会，按照文学的审美理想潜移默化改造社会。泰纳被视为文学社会学的先驱。他曾经论证文学话语存在三个根源，即种族、环境和时代。"社会"通常关注三者之间的共时互动，然而，种族、环境和时代无不拥有自己的独特传统，拥有独特的发展逻辑——这显然在三者互动之间增添了纵向的坐标。这时，"历史"概念就登场了。

由于"历史"概念引入的纵向坐标，文学批评极大地拓展了视野，从而将文学带入一个更为宽阔的领域。这时的文学不再显现为一部孤立作品，而是获得了历史之维的重新定位。这种定位包含了多种坐标。考察表明，文学批评中"历史"概念的含义可能沿着诸多不同方向展开：可能赞叹文学的再现如何成为历史的写照，如何生动地还原某一个历史事件的现场，甚至如何保存了历史话语遗漏的史料或者风俗民情，例如鸿门宴、赤壁之战；也可能解释一个时代如何造就作家的天才想象，一种文学形式是在何种文化气氛之中酿成，例如"五四"时期的叛逆与激昂如何点燃郭沫若的浪漫主义诗情，或者，瓦舍勾栏的讲史如何酿成章回体长篇小说。对于卢卡奇来说，文学批评所涉及的历史是一个宏大的总体，对于利奥塔这种以后现代主义著称的理论家来说，历史已经成为无法聚合在某个统一原则之下的碎片。文学史无疑是"历史"概念的阐述对象，批评家必须关注文学的各种因素如何在"历史"之中显现一脉相承的运动轨迹。这种运动轨迹并非单向地延伸，而是交织着古今之间复杂的往返对话。无论是唐朝"文起八代之衰"的古文运动，宋朝江西诗派的"夺胎换骨""点铁成金"，还是20世纪艾略特的"传统与个人才能"，或者布鲁姆的"影响的焦虑"，历史既召唤文学承袭传统、延展传统，又激励文学反叛传统、抗争传统。正如马克思在《路易·波拿巴的雾月十八日》之中一段精彩名言所描述的那样，文学同样借助历史开拓未来——借助古老的语言、口号、服装，"演出世界历史的新的一幕"。① 当然，人们没有理由忽略另一些批评家由来已久的疑问：对于文学批评来说，"历史"概念有意义吗？某些理论家公然将"历史"概念视为审美的干扰。这毋宁是另一种"历史"概念的理解。由此可以察觉，文学批评中的"历史"概念隐含了纷杂的理论线索。

二、文学批评中"历史"概念的多重含义

詹姆逊曾在谈论文学阐释时考察了多种历史主义的理论内涵，例如存在历

---

① 马克思,恩格斯.马克思恩格斯文集:第2卷.北京:人民出版社,2009:471.

史主义、"本原"历史主义、尼采式反历史主义等。① 然而，阐述"历史"这个概念如何具体地投入文学批评，笔者更愿意援引本尼特和罗伊尔在《关键词：文学、批评与理论导论》之中的清晰归纳。他们指出在批评家的视域中文学文本与"历史"概念有以下四种关系：

　　1.文学文本不属于具体的时代，它们是普遍的、超越历史的。它们历史上的生产语境和接受语境与独立存在、拥有自身法则和审美自治性的文学作品无关。

　　2.一部文学作品的历史语境——指当时围绕着它的生产语境——对合适地理解作品是不可缺少的。文本是在具体的历史语境中产生的，但是作品的文学性可以与该语境相分离。

　　3.文学作品能够帮助我们理解它们所处的时代。现实主义文本尤其提供了对具体历史时刻、历史事件或历史时期想象性的再现。

　　4.文学文本与其他的话语和修辞结构紧密地联系在一起。它们仍然是上述写作过程历史的一部分。

本尼特和罗伊尔补充说，第一种模式往往指新批评与广义的形式主义家族，第二种模式指文献学、传记式以及文化或者政治背景的批评，第三种模式可以称为"反映的"（Reflective）批评，批评家倾向于将文学视为某一时期历史的镜子，第四种模式是新历史主义，批评家恢复关注遭受新批评或者形式主义摒弃的历史，但是，他们的兴趣隐含了马克思主义与后结构主义的折射。②

当然，没有理由将历史赢得的敬重想象为世界范围的普遍原则。相反，西方的一批思想家就对历史显示出嫌恶态度。尼采就曾经不恭地认为，脱离生活的历史仅仅是一些无法消化的知识，从而将生动的世界变为乏味的"木乃伊"。③ 作为著名的历史学家，海登·怀特在《历史学的重负》一文之中全面回溯了科学家、艺术家以及知识界对于历史学的"敌意"。他们将历史形容为一个"梦魇"，一些令人窒息的无聊知识："现代作家对历史学的敌意最清楚地体现在，他们把历史学家看作小说和戏剧中感受力被抑制的极端例证的代表"。"艺术洞见与历史学识之间是相对立的，它们所分别激起的对生活的反应在性质上是相互排斥的"④。面对现成的事物，为什么拒绝直接审视而求助于腐朽的

---

① 弗雷德里克·詹姆森.马克思主义与历史主义//张京媛.新历史主义与文学批评.
② 安德鲁·本尼特,尼古拉·罗伊尔.关键词：文学、批评与理论导论.汪正龙,等,译.桂林：广西师范大学出版社,2007:109—110.
③ 尼采.历史的用途与滥用.陈涛,等,译.上海：上海人民出版社,2005:23.
④ 彭刚.后现代史学理论读本.北京：北京大学出版社,2016:22、24.

陈年往事？模仿过去才能赋予现在合法性吗？谁说只能从逝去的往昔获取诗意？这些人毋宁觉得，历史是一种华而不实的权威，"这与其说表达了一种对现在的牢固控制感，还不如说表达了一种对未来的无意识恐惧，未来太可怕了，人们不敢去思考"①。但是，海登·怀特并未主张抛弃历史，他认可的是这种观点：历史并非一个凝固的过去，相反，历史主义的精髓恰恰是不懈的内在运动："历史学家的任务并非在于规定一种时时处处都有效的特殊伦理制度，而在于激发人们认识到，他们当下的状况从来都部分地是特定人群选择的结果，因而可以在同一程度上被进一步的人类行为所改变。"② 事实上，海登·怀特对于历史的观念汇入另一个文学批评学派，从而被视为"新历史主义"的组成部分。

如果说，本尼特和罗伊尔以及海登·怀特涉及的是西方批评史，那么，人们同时还可以看到，"历史"概念曾经在中国文学批评史以及现今的批评实践之中衍生出另一些特殊的命题，例如"诗史"或者"正史之余"。

"诗史"是中国古典文学批评家授予杜甫诗作的特殊荣誉："杜逢禄山之难，流离陇蜀，毕陈于诗，推见至隐，殆无遗事，故当时号为'诗史'。"③ 在批评家心中，"诗史"并非仅仅以凝练的诗歌语言记录各种见闻。某些时刻，历史是一个发烫的对象，悲愤的诗人如同真诚的历史学家，直面破碎的山河与人间疾苦，感叹兴亡，仗义执言，无畏地记录统治者试图删除或者掩盖的历史景象。文学史上赢得"诗史"称号的诗人并不多，汪元量、文天祥、黄道周、钱谦益等诗人无不出现于改朝换代之际。结合自己的跌宕生平，黄宗羲再度拓展了"诗史"命题的内涵。他"史亡而后诗作"④的理念以颠倒的方式延续孟子的观点，并且断言"诗之与史，相为表里者也"，⑤ "以诗补史之阙"。⑥ 尽管"诗史"命题阐述的是诗歌的功能，但是，批评家围绕的中心显然是"历史"。当"诗史"被解释为"以诗存史""以诗证史"，或者"以诗注史"的时候，前者仅仅是一种工具或者补充资料，后者才是真正的目的。

相对于"诗史"，另一个异曲同工的命题是"史统散而小说兴"。⑦ "小说

---

① 彭刚.后现代史学理论读本.北京:北京大学出版社,2016:38、26.
② 彭刚.后现代史学理论读本.北京:北京大学出版社,2016:40.
③ 孟棨.本事诗·高逸第三.丁福保,辑.历代诗话续编.北京:中华书局,1983:15.
④ 南雷诗文集上//黄宗羲全集:第19册.杭州:浙江古籍出版社,2012:43.
⑤ 南雷诗文集上//黄宗羲全集:第19册.杭州:浙江古籍出版社,2012:9.
⑥ 南雷诗文集上//黄宗羲全集:第19册.杭州:浙江古籍出版社,2012:42.
⑦ 橘君.冯梦龙诗文.福州:海峡文艺出版社,1985:36.

者,正史之余也。"① 不论是著名的《三国演义》《水浒传》《封神演义》,还是名声稍逊的《说岳全传》《杨家府演义》《说唐演义全传》,这些小说均依附于特定的历史事件,铺张扬厉,加工充实。种种杂史、传说、笔记、传记具有明显的文学话语形式,它们往往被视为正史的外围材料,填充补白或者增添趣味。这种观念甚至一直延续到20世纪,如众多历史小说即是以通俗的形式普及历史知识。吴沃尧表示:"是故吾发大誓愿,将遍撰译历史小说,以为教科之助……旧史之繁重,读之固不易矣;而新辑教科书,又适嫌其略。吾于是欲持此小说,窃分教员一席焉。"他力图"使今日读小说者,明日读正史如见故人;昨日读正史而不得入者,今日读小说而如身亲其境。小说附正史以驰乎?正史藉小说为先导乎"?②

"诗史"或者"正史之余"的命题可以追溯至历史的意识形态功能。中国古代文化体系内部,历史的地位远远超过文学。历史往往负有立规矩、明是非、认定传统、标榜模范、褒贬兴亡、借古喻今的责任,相对而言,文学时常被视为娱乐遣兴的雕虫小技。两者的主从关系甚至决定了两种语言风格的分野。历史推崇质朴无华、秉笔直书,同时,历史学家时常公然对文学的词章之学表示鄙视。曾几何时,《论语》认为"质胜文则野,文胜质则史",当时史官的浮夸之辞曾经引起孔子的不满;然而,在后世的历史学家心目中,华美的言辞仿佛是文学的独特标识。"诗史"或者"正史之余"的命题表明,文学批评乐于接受历史的基本观念,包括语言风格。对于那些秉持"信言不美,美言不信"的批评家来说,"彩丽竞繁"的夸饰几乎无法摆脱巧言令色的嫌疑。

如果说"诗史""正史之余"的命题将"历史"作为一个强大的中心,那么,另一些时候,这个概念恰恰标识了文学话语的内在性质。众所周知,文学的一个重要特征是虚构,然而虚构的界定往往借助历史作为"他者"。没有如实记录,无所谓虚构。历史通常被视为如实记录的标本。无论是以想象、不及物还是施行语言(performative)解释文学的虚构,历史的实录及物和记述始终作为一个甩不下的理论影子活跃在论述的间隙。回到亚里士多德的观点,文学超越历史展现了更具普遍意义的可能,虚构是文学实现这种意图的手段。这时的历史作为"他者"负责显示文学的虚构增添了什么。精神分析学倾向于将文学描述为欲望和无意识制造的"白日梦"——由于坚硬而强大的"现实原则",受挫的欲望不得不返回内心,贮存于无意识,伺机借助文学形式化妆出

---

① 橘君.冯梦龙诗文.福州:海峡文艺出版社,1985:81.
② 陈平原,夏晓虹.20世纪中国小说理论资料:第1卷.北京:北京大学出版社,1997:188、191.

演。作为这种文学观念的一个支点,"现实原则"无疑代表了与"白日梦"相对的"历史"逻辑。

尽管虚构意味着无中生有,但是,文学——尤其是现实主义文学——必须维持一定程度的表象真实。"真实"不仅意味着一种正面的文化价值,同时涉及审美经验的完整召唤。多数读者不会为一个塑料制造的英雄热泪长流,破绽百出的战争场面也无法震撼人心,表象真实的破损可能严重干扰审美的投入程度。从京剧、电影、诗歌到科幻作品或者现代主义小说,不同的文类分别制定自己的真实标准。童话可以描述一辆马车从木匠嘴里吐出来,现实主义小说必须兢兢业业地再现各个工艺环节。文学批评时常启用"历史"概念作为表象真实的担保,"于史有据"的描述可以赢得读者的信赖。通常的观念之中,"真实"是历史记录的附属特征。然而,这时文学批评的"历史"概念仅仅泛指某一个历史时期普遍认可的常识,而不是独特的历史事件。

历史的如实记录依循严格的执行标准。不论是首次历史书写核对记载对象,还是后续历史书写核对前人记载的史料,历史话语通常设立一个清晰的外部验证体系。相对而言,文学话语不存在外部验证体系,文学话语的表象真实来自作品内部——来自情节逻辑的自洽和仿真的细节复制。然而,鉴定"自洽"与"仿真"是否合格的时候,常识形成的历史背景成为不言而喻的准绳。哪一个作家构思唐朝的军队使用坦克作战或者乾隆皇帝通过互联网发号施令,"历史"概念所携带的常识都将给予断然的否决。

对于史传文学——中国文学内部一个极为活跃的部类——来说,"于史有据"的要求极为苛刻。史传文学不仅要保证故事情节与基本史实相符,同时,服饰、礼仪、饮食、官衔、宫廷规矩、各个行政部门职能等诸多细节同样不得有误。这时"历史"概念仿佛仅仅是指定一个单纯的模仿对象。然而,批评家对《三国志》与《三国演义》的异同考察发现,前者更为重视历史演变的天下大势,后者更为关注人物的性情言行。所以,《三国志》有意回避曹操的"不仁"之举,例如恩将仇报诛杀吕伯奢,仿佛这种细节没有资格载入史册;《三国演义》视刘备为正面主角,认为"抛妻弃孥"的情节并非无情无义,而是胸怀天下、无心恋家。① 这种差距表明,文学话语在某种程度上并未完全接受"历史"概念的规训。

无论是将文学视为某一个时期的历史产物,还是强调文学真实地再现了某一个时期的历史,文学批评之中的"历史"概念将文学与社会历史的关系置于

---

① 李庆西.三国如何演义——史家叙事与小说家讲史//中华读书报,2018-9-26(13).

考察的核心。事实上，从政治家、宣传家、教育家到革命的志士仁人或者通常的社会工作者，文学的社会功能是许多人普遍关注的首要问题。围绕"历史"概念，文学批评获得了充分展开这个问题的论述空间。现今，"诗史""正史之余""真实"以及"于史有据"这些"历史"概念派生的命题多半已经纳入现实主义文学范畴。现实主义文学时常被比喻为社会历史的镜子，然而，"历史"概念所包含的宏大内容如何凝聚于文学文本？文学之中的日常现实怎样才能浓缩充分的历史含量？

三、从个性特征、社会关系到历史渊源

1859年5月，恩格斯致斐迪南·拉萨尔的一封信，谈论拉萨尔的剧本《济金根》。恩格斯在信中的最后一段表示："我是从美学观点和史学观点，以非常高的亦即最高的标准来衡量您的作品的。"① 学界通常认为，"美学"与"史学"是马克思主义文学批评的两个重要衡量准则。那么，相对于"美学"，马克思主义文学批评中的"史学"意味着什么？

在马克思和恩格斯的理论体系中，"历史"并非一个抽象的概念。《德意志意识形态》批判了黑格尔的历史哲学与费尔巴哈的观点，阐述了历史唯物主义的主要观点，指出人类物质生产的历史意义，并且在这个基础上揭示出生产力、生产关系、经济基础、上层建筑的相互关系，以及这些因素之间内在矛盾形成的历史发展规律。在1892年为《社会主义从空想到科学的发展》英文版所写的"导言"中，恩格斯对"历史唯物主义"这一观点作了简要说明："这种观点认为，一切重要历史事件的终极原因和伟大动力是社会的经济发展，是生产方式和交换方式的改变，是由此产生的社会之划分为不同的阶级，是这些阶级彼此之间的斗争。"② 显然，马克思和恩格斯所描述的是一个持续发展同时又充满现实气息的"历史"概念。因此，文学批评需要解决的问题是，如何理解和评判一部作品对于这种历史景象的再现。

马克思和恩格斯的历史描述必将发展出一个主题——无产阶级终将通过阶级革命获得真正彻底的解放，这是生产力、生产关系的内在矛盾长期演变造就的必然结果。尽管如此，成熟的文学并非直接论述这些政治观念，相反，恩格斯的主张是，"倾向应当从场面和情节中自然而然地流露出来，而无须特别把

---

① 马克思,恩格斯.马克思恩格斯文集:第10卷.北京:人民出版社,2009:177.
② 马克思,恩格斯.马克思恩格斯文集:第3卷.北京:人民出版社,2009:509.

它指点出来"。① 他甚至觉得"作者的见解越隐蔽,对艺术作品来说就越好"。② 这时,恩格斯强调了"美学"准则的完整性——不能因为历史主题的政治论辩而放弃或者降低"美学"准则的要求,"不应该为了观念的东西而忘掉现实主义的东西"。③

如果说,历史内部生产力与生产关系的内在矛盾及其演变是一幅理论图景,那么,如何把这一幅理论图景展示为人们所熟悉的日常现实?文学批评从现实主义文学之中找到了一个转换的中介:典型人物。恩格斯在另一封致明娜·考茨基的信中说:"每个人都是典型,但同时又是一定的单个人,正如老黑格尔所说的,是一个'这个'。"④ 正如恩格斯在与拉萨尔的通信之中解释的那样:"主要的出场人物是一定的阶级和倾向的代表,因而也是他们时代的一定思想的代表,他们的动机不是来自琐碎的个人欲望,而正是来自他们所处的历史潮流。"⑤ 如果说,通常的人物仅仅是负责完成情节的个别"行动者",那么典型人物的性格则包含了重要的历史内容。马克思对于《济金根》的不满恰恰在于,拉萨尔没有处理好济金根的阶级身份承担的历史角色——作为一个骑士,济金根代表一个垂死阶级,他对于皇权的反抗没有前途。⑥ 恩格斯的批评意见与马克思不谋而合:《济金根》忽略了农民运动的历史意义,以至于济金根无法真正展示这个悲剧的全部内涵。⑦

的确,"典型人物"是马克思主义文学批评之中一个举足轻重的范畴。《恩格斯致玛格丽特·哈克奈斯》的信中认为,"典型人物"是现实主义文学的标志之一:"现实主义的意思是,除细节的真实外,还要真实地再现典型环境中的典型人物。"⑧ 典型人物不仅是典型环境的产物,同时还将深刻地影响典型环境。两者的互动表明,典型人物的性格之中隐藏了历史的密码。马克思主义文学批评如此重视典型人物的一个原因是,他们的性格构成了认识历史的一个视窗。换言之,现实主义作家不仅逼真地再现某一个历史时期的社会表象,更为重要的是,作品将通过人物的言行举止、生活癖好或者社交圈子再现历史的内在肌理——诸如阶级结构、不同阶层的升降沉浮、某个如日中天的群落将不可

---

① 马克思,恩格斯.马克思恩格斯文集:第10卷.北京:人民出版社,2009:545.
② 马克思,恩格斯.马克思恩格斯文集:第10卷.北京:人民出版社,2009:570.
③ 马克思,恩格斯.马克思恩格斯文集:第10卷.北京:人民出版社,2009:176.
④ 马克思,恩格斯.马克思恩格斯文集:第10卷.北京:人民出版社,2009:544.
⑤ 马克思,恩格斯.马克思恩格斯文集:第10卷.北京:人民出版社,2009:174.
⑥ 马克思,恩格斯.马克思恩格斯文集:第10卷.北京:人民出版社,2009:170.
⑦ 马克思,恩格斯.马克思恩格斯文集:第10卷.北京:人民出版社,2009:176.
⑧ 马克思,恩格斯.马克思恩格斯文集:第10卷.北京:人民出版社,2009:570.

避免地衰亡、另一个新兴的群落将拥有真正的未来，如此等等。批评家之所以热衷于典型人物的性格阐述，是因为典型人物很大程度上寄寓了作者对历史的态度。

因此，"典型人物"构成了文学批评的一个阐释范畴——这个范畴成为人物与历史之间的联结。20世纪50年代，许多批评家把典型视为个性与共性的统一。曹操、林冲、贾宝玉或者阿喀琉斯、堂·吉诃德、哈姆雷特这些公认的典型人物无不显现出独一无二的个性，批评家的工作是阐释隐藏于个性背后意味深长的共性，继而借助这些共性展示历史的内在结构。然而，文学批评实践表明，共性的阐释时常陷入困境。首先，典型人物的个性与共性并不对称。《红楼梦》之中的林黛玉相貌俊俏、多愁善感、自尊、才思敏捷、言辞犀利，具有肺病症状；《水浒传》之中的鲁智深是一个酒徒、一个军官、一个力大无穷的拳师、一个不近女色的和尚、一个喜欢打抱不平的莽汉——事实上，这些典型人物身上的每一种个性特征均可提炼出某种共性。这时，批评家不得不返回初衷：哪些共性可以纳入对"历史"的解释之中？

为破解这一难题并透视历史之谜，这一时期的批评家选择"阶级性"作为共性的同义语。换言之，所有的个性特征无不归结为人物的阶级出身。从服饰、社交、娱乐到酒量、语速、步态以及一颦一笑，一个人的阶级地位负责解释一切。作为典型人物，一个贫农、一个士兵或者一个资本家往往成为阶级形象的代表。尽管这种解读吻合历史概念对于阶级谱系的理论核定，然而，某些时候，典型人物的奇特个性可能与既定的阶级含义尴尬"脱钩"。例如，鲁迅笔下的阿Q曾经给批评家制造了许多难堪——一个欺软怕硬、擅长"精神胜利法"的形象如何与贫下中农的阶级性衔接起来？笔者曾经指出，典型人物的个性、共性、阶级性三者的递进结构时常无法完成：

> 一方面，当共性与阶级性相互重叠的时候，一个阶级仅需要一个典型人物，同一阶级的众多人物无助于解释社会历史；另一方面，许多人物的性格特征并非来自他的阶级身份，例如奥赛罗的嫉妒、猪八戒的懒惰，或者阿Q的"精神胜利法"。因此，作品时常剩余众多与共性、阶级性无关的人物、情景与细节，成为主题无法吸收的赘物与噪音。①

因此，笔者倾向于放弃典型人物的抽象"共性"，代之以具体的"社会关系"。对于阶级、性别、种族以及各种物质力量造就的社会历史来说，社会关系构成了内在的肌理。马克思在《关于费尔巴哈的提纲》之中提出一个精辟的

---

① 南帆.讲个故事吧:情节的叙事与解读.东南学术,2018(4).

命题：人是一切社会关系的总和。①《德意志意识形态》中对此的解释为"社会关系的含义在这里是指许多个人的共同活动"。② 各种社会关系不断地塑造一个人的性格，这些塑造有机地组织在众多人物彼此交往形成的情节之中；同时，正如《德意志意识形态》所描述的那样，社会成员的共同活动构成了生产方式，并对历史产生了深刻的影响。换言之，"只有把人的思想归结于社会关系，把社会关系归结于生产关系，把生产关系归结于生产力，自然的历史过程才成为可能，历史才最终成为科学的历史"③。在此意义上，我们认为，文学批评对于典型人物的解读应围绕个性、社会关系、历史之间的联系展开。

文学作品的每一个典型人物都显现了不可复制的个性特征，这些个性特征无不可以追溯到人物曾经拥有的社会关系。胆小怯懦可以追溯到童年时期父母的过度宠爱，大智若愚可以追溯到青年时期闯荡江湖的教训，强烈的数学兴趣可能来自某一个邻居无意之中的启示，斤斤计较的报复心可能与一次隐秘的心理创伤有关……种种社会关系并非抽象观念，而是包含了带有体温的具体情节。由于社会关系的中介，任何一个性格的完成都经历了来自社会历史的多方锤炼。某些历史时期，阶级关系可能晋升为社会关系之中最为强大的关系，对于一个性格的塑造产生决定性的作用，但是，完整的社会关系之网显然包含了比阶级关系远为丰富的内容。事实上，性格之中的社会关系含量远比抽象的"共性"或者狭隘的"阶级性"更为充分地解释典型人物的历史渊源。从个性特征、社会关系到历史渊源的递进分析，文学批评的解读终将抵达"历史"概念所出示的结论。

四、对话：历史、心理、文学形式

20世纪形形色色的文学批评学派分别显现了各自的理论模式，"历史"概念曾经遭受不同程度的轻视、拒绝、曲解乃至挑战，包括围绕于这个概念周边的意识形态、政治、社会现实、生活等。论争不可避免。很大程度上，"历史"概念能否介入文学和审美构成论争的焦点。社会历史批评学派从未放弃"历史"概念具有的阐释意义，并陆续与其他文学批评学派展开深入对话，从而使文学批评对历史的理解出现了某些前所未有的视角。当然，这些著名的文学批评学派多半拥有庞杂的概念体系，学派内部众多成员的理论观点也不尽一致，

---

① 马克思,恩格斯.马克思恩格斯文集:第1卷.北京:人民出版社,2009:501.
② 马克思,恩格斯.马克思恩格斯文集:第1卷.北京:人民出版社,2009:532.
③ 张江.评"人人都是他自己的历史学家"——兼论相对主义的历史阐释.历史研究,2017(1).

因此，所谓对话更多是轴心概念的相互较量。如果说，接受美学的轴心概念"期待视野"已经隐含着历史建构，那么，精神分析学的"无意识"和形式主义家族围绕的"形式"都对"历史"概念摆出了拒绝的姿态。

精神分析学不仅活跃在心理学领域，同时是20世纪声名显赫又极具争议的文学批评学派。无论是考察作家、作品还是读者，精神分析学为文学批评提供了一套独特的概念术语，诸如恋母情结、无意识、压抑、童年创伤、现实原则、快乐原则、阉割焦虑、本我、自我、超我、升华等。根据意识、无意识、象征、力比多这些术语的描述，人类的内心世界层层叠叠、曲径通幽，远非一面公正而客观的"镜子"。某种程度上，汹涌的内心波澜与历史的回旋起伏异曲同工，只不过激烈的冲突与角逐仅仅是躯体内部的精神领域事件。现在，这个问题已经愈来愈尖锐：内心乃至无意识多大程度地存有历史维度的印记？每一个时代具体的历史内容是否可以重写恋母情结和无意识的内涵及其形式？换言之，这是一种生物性的遗传还是特定历史时期家庭构造的副产品？如果每一个时代的恋母情结和无意识仅仅是一种重复，那么，历史概念的这种含义——"人类自我发展"以及前后相随的持续演变——与精神分析学的概念术语如何兼容？

精神分析学的另一个特征是具有强烈的决定论色彩。从恐惧、焦虑、崇拜到梦、口误以及之所以喜爱某种乐曲、服装款式、食品或者发型，所有的个人言行均存在特殊的心理原因，各种蛛丝马迹无一例外都隐蔽地埋藏于深不可测的无意识之中。在马克思主义历史观念之中，生产力、生产方式构成了历史运动的决定因素，然而，精神分析学将关注焦点收缩到主体内部建构的某一个特殊情结——"历史"概念能否涉足这个陌生领域？

"如果说马克思是从与其有关的社会关系、社会阶级和政治形式的角度出发来观察我们的劳动需要的影响，那么弗洛伊德观察的则是它对心理生活的含义。"——作为西方马克思主义批评家，伊格尔顿不仅意识到马克思主义与精神分析学之间的差异，同时，他试图恢复"历史"概念与精神分析学的联系："社会和历史的因素与潜意识有何联系，这是一个问题，但是弗洛伊德著作的目的之一就在于帮助我们从社会和历史的角度去探讨个人的成长。弗洛伊德所创立的确实是一个关于人这个主体如何形成的唯物主义理论。"伊格尔顿对于劳伦斯《儿子与情人》的分析表明，他将"儿子"恋母情结的很大一部分原因归咎于矿工的家庭生活形式。[①] 然而，这种观点遗留的潜在问题是，资产阶级

---

① 特雷·伊格尔顿.20世纪西方文学理论.伍晓明,译.西安:陕西师范大学出版社,1987:167;178—179;191—196.

或者知识分子家庭的子弟是否会出现相同的恋母倾向?

马尔库塞的《爱欲与文明》显然是精神分析学与马克思主义相互融合的另一种积极尝试。如果说精神分析学各种术语的描述对象是"个体",那么,《爱欲与文明》则将其置换为"社会"。在此意义上,精神分析学的"压抑"基本上相当于"社会压迫"。马尔库塞呼吁建立"非压抑性文明",但是,他的解放论述并未依赖阶级政治的一系列术语,而是集中指向精神分析学的"现实原则"。精神分析学认为,"现实原则"制造的压抑是维持文明的必要条件,因此,压抑的痛苦不可祛除。在马尔库塞看来,如同历史的原始开端不存在压抑,历史的最成熟阶段同样不存在压抑。这时,人们不再处于某种压抑体系的监管之下为了财富而劳动,劳动就成为人的全面而自由发展的具体形式;另一方面,弗洛伊德意义上的性欲转化为远为丰富的"爱欲"。在《爱欲与文明》之中,马尔库塞专门论证了"作为感性科学的美学"如何隐含了"快乐与自由、本能与道德的和解",即文学和艺术如何为人类提供了力比多的自由空间。

一旦这些哲学以及美学观念成为精神分析批评学派的强大背景,"历史"的概念将无声地回归。马尔库塞在《爱欲与文明》的"序言"中说:"本书之所以运用心理学范畴,是因为这些范畴已变成政治范畴。人在现时代所处的状况使心理学与社会政治哲学之间的传统分野不再有效,因为原先自主的、独立的精神过程已被个体在国家中的功能即其公共生存同化了。"[①] 心理学范畴与政治范畴的转换包含了深刻的历史判断。所谓的"成熟文明"与"优厚的物质财富和精神财富"并非抽象的观念,而是以具体数据证明某一个历史阶段的表征。精神分析学仅仅将社会关系限制于家庭内部。然而,按照马尔库塞的设想,个体的创伤及其修复必将跨出家庭范畴,这必然是"历史"概念启动的时刻。

相对于精神分析批评学派,形式主义家族的众多成员似乎更为坚决地拒绝了"历史"概念。什克洛夫斯基这一句话几乎众所周知:"艺术从来都是独立于生活之外的,在它的颜色中,从未反映过城堡上空旗帜的色彩。"[②] 俄国形式主义批评学派抛开了"内容"与"形式"的传统划分,扩大了文学形式的外延,并且认为"文学性"——文学之为文学的本性——的主要特征显现于自足的文学形式。"陌生化"关注的是文学形式体系的内部新颖与陈旧的交替。韦勒克的"内部研究"与俄国形式主义遥相呼应,他对于"内容"与"形式"的

---

① 马尔库塞.爱欲与文明.黄勇,等,译.上海:上海译文出版社,1987:12.
② 维·什克洛夫斯基.马步(选译).苏联文学,1989(2).

划分同样表示不满:"显然一件艺术品的美学效果并非存在于它所谓的内容中。"韦勒克的论断是:"无论是一出戏剧、一部小说,或者是一首诗,其决定因素不是别的,而是文学的传统和惯例。"① 许多时候,韦勒克被视为英语世界的"新批评"派成员。"新批评"认为,依赖作家的意图解释文学作品显然是不智之举,而读者的感受同样见仁见智,不足为凭。"新批评"的"意图谬误"与"感受谬误"如同两扇大门将环绕于作家与读者周围的历史关在文学之外。结构主义很大一部分脱胎于语言学,描述一个不受外部世界各种因素影响的语言结构是这个学派的理想。结构主义文学批评接过这个理想之后,批评家心目中的"结构"内部显然没有历史的位置。许多时候,形式主义家族的众多成员分别从不同的角度与一个命题发生联系:审美是无功利的,审美没有理由屈从沉重的、充满了血与火的历史。种种不无相似的论述之中,审美与历史构成了相互抗衡的两个知识谱系。

从后结构主义至"文化研究"的兴起,"形式"独尊的观念遭到了愈来愈多的质疑,尽管文学文本的理论意义并未下降。"新历史主义"之所以引人瞩目,一个重要原因是"历史"概念的重现。作为一个新兴学派,"新历史主义"之称多少有些模糊含混、语焉不详。然而,作为历史主义的定语"新"表明,另一些内涵开始注入"历史"概念。M.H·艾布拉姆斯在为《文学术语词典》撰写"新历史主义"条目时曾经进行了清晰的总结:

> 新历史主义者不再将文本孤立于其历史背景之外进行研究,而是将注意力主要投向文本产生时的历史、文化背景,文本的意义所在,其影响力以及后世批评家对它的理解与评价。这并非是对早期学术成就的简单回归,因为新历史主义者的观点与实践都与从前的学者有着显著的不同:从前的学者或者把社会与知识历史看作"背景",而将文学作品视为是此背景下的独立实体,或者把文学视为某一时期特定世界观的"反映"。与其相反,新历史主义者认为文学文本"处于"构成某一特定时间、地点的整体文化的制度、社会实践和话语之内,而文学文本与文化相互作用,同时扮演了文化活力与文化代码的产物与生产者的角色。②

艾布拉姆斯还引用了一个观点:新历史主义可以描述为"对文本史实性和史实文本性的交互关注":"历史不应被视为一套固定、客观的事实,而是如同

---

① 雷·韦勒克,奥·沃伦.文学理论.刘象愚,等,译.北京:生活·读书·新知三联书店,1984:146、72.
② M.H·艾布拉姆斯.文学术语词典.吴松江,译.北京:北京大学出版社,2009:365—367.

它与之互相影响的文学一样,是本身需要得到解释的文本。"① 因此,进入新历史主义的批评实践,"历史"概念出现了若干异于传统理解的重要特征:"历史"从未脱离文学生产,但是,历史并非简单的文学背景或者文学对象,具有现成的固定性质,客观不变;文学内在地嵌入历史并且试图改造历史——哪怕仅仅在微小的范围形成微弱的改造;同时,文学文本也不存在固定不变的意义,批评家根据不同价值观念形成的多维阐释意味着改造历史的各种冲动。总之,历史不再是一个孤立的庞然大物矗立在远方,单向地对文学施加影响;历史具体地交织于文学生产的每一个环节,甚至与文学混为一体。这个意义上,"历史"概念可以全方位地进入文学批评的文本阐释。作为后结构主义的遗迹,新历史主义将历史叙事的语言效果敞开在理论的聚光灯之下。历史之所以不是一套固定的客观事实,一个重要的原因即是:历史是叙述出来的,不同的叙述主体可能言人人殊。正如詹姆逊所言,历史本身并非文本,但是人们只能了解以文本形式显现的历史——没有人还能返回历史现场。② 历史叙事与实在论之间注定存在各种激烈的争辩,但是,无论如何,形式与文本的意义正式成为"历史"概念的组成部分。

五、文学话语与历史话语

历史叙事与实在论的争辩不仅远未结束,而且,争辩的理论意义正在逐渐展现。这种争辩驱使人们进一步认识"历史"概念内部包含的两种内容:历史实在与历史话语。历史实在通常指过往发生的一切,历史话语通常指历史实在的记载与叙述,例如历史学著作。时至如今,历史话语的记载与叙述逐渐显现出某种稳定的规律乃至构成某种共同遵循的规则。很大程度上,这些规律和规则也是区别历史话语与文学话语的标志。

区分历史实在、历史话语与文学话语有助于阐明一个事实:历史实在是主体意志之外的客观存在,历史话语仅仅是历史实在的一种描述方式——这种状况同时带出了另一个隐蔽的事实:另一些话语类型也可以积极参与历史实在的描述,例如文学话语。文学话语如何叙述"过往发生的一切"? 文学话语与历史话语具有哪些真正的差异,以至于两者不可能合二而一? 这时,文学批评之中的"历史"概念必须负责解释文学话语的独特贡献。当然,这种解释隐含的

---

① M.H·艾布拉姆斯.文学术语词典.吴松江,译.北京:北京大学出版社,2009:367.
② 弗雷德里克·詹姆森.马克思主义与历史主义//张京媛.新历史主义与文学批评.北京:北京大学出版社,1993:19.

前提是，历史话语无法提供这种贡献。

《本馆附印说部缘起》通常被视为中国小说理论的一份重要文献。作者指出了历史话语的种种不足，这些不足恰恰反衬了"稗史小说"的深入人心："夫说部之兴，其入人之深，行世之远，几几出于经史上，而天下之人心风俗，遂不免为说部所持。"按照作者的区分，"有人身所作之史，有人心所构之史"，① 文学话语显然擅长"人心"的历史。海登·怀特认为，历史话语与文学话语具有内在的相似性，前者时常依赖后者的遗产，例如，历史话语对于情节结构的使用。"如何勾勒某一个特定的历史处境，端赖于历史学家的匠心独运，以将某一特定的情节结构与他想要赋予某种特殊意义的历史事件序列相匹配。这本质上是文学性的，也即制造虚构的行为。"在他看来，"以这样的情节结构将事件进行编码，乃是一个文化将个人的和公共的这两种过去赋予意义的一种方式"。②

文化赋予各种生活景象特殊的意义，话语类型决定了编码的基本模式。相对于科学话语、宗教话语、经济话语或者文学话语，一轮明月或者一江春水的意义远为不同。考察历史话语与文学话语的差异，两者之间的一个重要分野是：历史话语的分析单位是整体社会，文学话语的分析单位是具体人生。历史话语的内容往往拥有跨度巨大的时间与空间，并且在大型的因果关系脉络之中描述各种历史事件的来龙去脉。因此，历史话语热衷的题材往往是社会制度、战争、国家权力体系的交替、某些产生重大影响的特殊人物，如此等等，这些现象由于"社会"范畴从而合成一种表示"意义"的独立单位；文学话语热衷的题材往往是个体之间的悲欢离合、恩怨情仇，这些现象由于"人生"范畴而合成另一种表示"意义"的独立单位。"意义"的独立单位同时意味着一种价值评判——某种事物获得了单独显现的资格。如同国家、社会从混沌的"天下"显现，主体与个人的聚焦同样是哲学与社会学的一个重要转折。这时，"人生"成为主体与个人的具体诠释。如果说，文学对于悲欢离合的关注曾经被视为一种狭小的兴趣，那么，"人生"范畴的形成与文学话语的地位晋升均是"现代性"的文化产物。③

显而易见，没有哪一种脱离了"人生"的"社会"，犹如不存在脱离了"社会"的"人生"，但是，历史话语与文学话语的聚焦视域显然不同。肖像、

---

① 陈平原,夏晓虹.20世纪中国小说理论资料:第1卷.北京:北京大学出版社,1997:27.
② 彭刚.后现代史学理论读本.北京:北京大学出版社,2016:47.
③ 此问题的详细辨析,参见重组与聚焦:历史话语与文学话语//南帆.无名的能量(北京:人民文学出版社,2012).

对白、恋爱、邂逅、伤春悲秋的情绪转换、"赢得生前身后名,可怜白发生"的感叹……这些因素无助于历史话语考察一个社会。然而,文学话语提供了组织这些因素的模式,各种人生从宏大的历史图景背后显现。文学话语的视域之中,历史并非某种宗教观念的投射,并非黑格尔式绝对精神的化身,同时,历史也不是若干帝王将相的舞台,历史是无数大众共同创造出来的。大众并非一个抽象的平均数,他们构成了历史的实体;很大程度上,大众现身于历史图景源于现代文化的诉求,文学积极地给予呼应。"五四"新文学运动时期,周作人的《人的文学》以及《平民文学》之所以赢得广泛反响,显然与这种诉求密切相关。现代社会的世俗气氛、日常生活的显现以及神话传奇的后撤、现实主义文学对于小人物的关注无不表明,"人生"范畴正在文学演变之中陆续加重分量——这同时是文学话语摆脱历史话语从而赢得相对独立的过程。

文学话语的相对独立出现了多方面的理论后果。首先,"以诗证史"或者"正史之余"这些命题不得不进一步重新辨析:作为中心词的"历史"指的是历史实在,而不是历史话语。换言之,文学作品并非证明历史著作,而是以另一种方式叙述历史实在。这种叙述意味着不同于历史著作的独特发现——这无疑是文学话语之所以存在的基本理由。其次,历史话语关注的"社会"与文学话语关注的"人生"存在转换与呼应机制。人们可以从历史话语描述的"社会"状况了解那个时代的"人生",也可以根据文学话语描述的"人生"状况证实那个时代的"社会"——"典型人物"的性格解读通常包含了这方面的内容。尽管如此,某些目光犀利的作家可能表现出不同凡响的洞见。这时,文学话语再现的"人生"可能偏离乃至激进地挑战历史话语表述的"社会",两者将在文学批评领域展开激烈角逐。历史话语和文学话语对于历史实在的分别表述遗留下一个重大的理论分歧:两者发生分离的时候,维护某种统一的大写的历史,还是支持多元的小写的历史?最后,如果说,社会历史批评学派与形式主义家族曾经分别守护"历史"与"形式"两个中心词,那么,正如新历史主义所阐述的那样,"历史"与"形式"两个领域正在相互交织。文学文本的叙述并非依据一个超然世外的固定结构,相反,从命名、词汇、修辞、叙事模式到文类等级以及写作制度,文学形式内部充满了各种争夺、对抗和冲突。人们已经察觉,"历史"的波澜将在文学形式领域产生各种回响。

从文学与历史混沌不分、前者依附于后者,到文学话语相对独立、两者相互角逐,文学批评之中"历史"概念的分量愈来愈重。正如中国当代学者所言:"有没有真实的历史?对历史学家而言,是原生态历史和文本历史的区别;对文学批评家而言,有没有原生的历史精神存在,这种历史精神的客观存在要被生产它的民族世代保存并发扬下去；有没有文本所表达的原生历史精神，这个精神应该而且必须为批评家所认定，确当阐释给读者和历史。"① 面对20世纪众多文学批评学派，"历史"概念再度从激烈的理论竞争之中脱颖而出。"历史"概念的多种含义同时表明，文学批评业已进入复杂多变的文化网络，种种对话与论辩可能进一步卷入不同脉络的理论话题。尽管如此，"历史"概念赋予文学批评的基本观念是：文学生产从未摆脱历史的影响，然而，文学始终力图以自己的方式再现历史。

（原载《中国社会科学》2019年）

作者简介

南帆，1957年生，福建福州人，本名张帆。1982年毕业于厦门大学。现任第十三届全国政协常委、全国政协社会和法制委员会副主任，福建社会科学院院长、福建省文联主席，福建师范大学"闽江学者"特聘教授、博士生导师，中国文艺理论学会会长。曾获鲁迅文学奖（两届），第七届吴玉章人文社会科学奖，福建省社会科学优秀成果一等奖、中国文联文艺评论一等奖、福建省优秀作品一等奖等。著有专著数十种。

① 张江. 当代西方阐释：强制与独断. 北京：中国社会科学出版社. 2017：309.

文化研究对中国当代文论话语体系的挑战与重构

颜桂堤

一

文化研究崛起于20世纪50年代中后期,迄今依然是当代学界最有活力的文化思潮之一。对文化研究起源的寻找是"令人着迷的但又是虚幻的",正如霍尔所言:"严肃的、富有批判性的学术工作既没有'绝对的开端',也鲜有完整的连续性。"文化研究"作为一种独特的问题架构",是"有重大意义的断裂":"那些陈旧的思路在这里被打断,那些陈旧的思想格局被替代,围绕一套不同的前提和主题,新旧两方面的各种因素被重新组合起来。"[1] 它的兴起有着多重"血统",其先驱包括英国文化马克思主义、法国结构主义分析学派、德国法兰克福学派以及美国新历史主义文学批评等。文化研究是一种福柯意义上的话语型构,它是由诸多不同的立场和方法建构的,并且在争论过程之中形成了"理论的喧闹"。霍尔曾生动地将文化研究的构型比作一把伞,而诸如种族意识形态批评、后殖民主义批评、流行大众文化批评及女权主义批评等则构成这把伞的骨架。文化研究追求的是对理论的灵活运用,众多理论提供的只是背景、方法与视域。从"文化主义"到"结构主义",从"葛兰西转向"到"后现代转向",文化研究的多次范式转换亦在一定程度上映射了当代社会历史结构内部意味深长的转向。不言而喻,文化研究提供了一种与传统文学研究全然

---

[1] 斯图亚特·霍尔.文化研究:两种范式.孟登迎,译//陶东风,周宪.文化研究·第14辑.北京:社会科学文献出版社,2013:303—304.

不同的学术视野。

首先,文化研究的崛起与欧洲当时的各种社会文化危机有着密切关联。它的崛起深深植根于英国"新左派"政治之中。"新左派"认为二战后资本主义的发展已经产生了结构性的改变,因此必须重新分析新形式的生产组织方式和消费方式、社会阶级以及由此产生新的社会认知。文化研究的崛起可谓当时英国社会客观条件的召唤,是社会的变迁在文化场域中的论述呈现。"'文化'一词发展记录了我们对社会、经济、政治生活领域的这些变革所做出的一系列重要而持续的反应。"在雷蒙·威廉斯看来,"文化"本身就被看作"一幅特殊的地图"①,这有助于对种种历史变革的本质进行探索。显然,在面对社会剧变的浪潮中,"文化研究"成为重新提出新论题及认识新世界的一种新范式。文化研究的兴起还与英国成人教育密切相关,如汤姆·斯蒂尔所言:"从独立的工人教育运动的余烬中出现了文化研究的凤凰。"② 在某种意义上,文化研究是一项为了工人阶级成人的大众教育而进行的事业。

其次,文化研究"取决于自身与其他学科之间的关系","它的崛起是出于对其他学科的不满,针对的不仅是这些学科的内容,也是这些学科的局限性"。正是在这个意义上,詹姆逊将文化研究称之为"后学科"③。霍尔将文化研究的优势归结于其"跨学科研究的焦点",特纳异曲同工地指出文化研究的"动力部分源自于对既有学科的挑战"。文化研究不仅改写了传统学术的"中心/边缘"观念,而且对传统的学科理念和学科建制构成了强烈冲击。文化研究擅长将问题置于多重谱系之间加以考察,试图全面地打开视野,时常游刃有余地穿梭于文学、社会学、政治经济学、符号学或传播学、精神分析学等领域。尽管这种多学科的接合产生了激烈的碰撞与博弈,但是它们的汇合无疑已使文化研究产生了丰富且深刻的成果。

再次,文化研究的崛起与现代社会大量密集的符号生产有密切关系。现代社会已然成了一个符号帝国。我们生活在符号的包围之中,符号就是世界。从结绳记事、竹简帛书到活字印刷术,从纸质媒介到互联网、自媒体,符号的传播体系随着技术革新出现了飞跃性的发展。现今,大数据、云计算、云支付以及智能终端的普及化使得符号更为全面立体地编织我们的生活,成为当代世界

---

① 雷蒙·威廉斯.文化与社会(1780—1950).高晓玲,译.长春:吉林人民出版社,2011.
② 本·卡林顿.解构主义:英国文化研究及其遗产.孟登迎,译//陶东风.文化研究精粹读本.北京:中国人民大学出版社,2010:12.
③ 詹姆逊.詹姆逊文集:第3卷.北京:中国人民大学出版社,2004:1—3.

不可或缺的重要组成部分。随着"互联网+"时代的到来，一系列新型的主题渐次浮现，而传统意义上的"真实""意境""灵韵""典型""形象"等基本概念在互联网的符号空间中遭遇了全面颠覆。文化研究有时甚至将整个世界当作一个符号或一个文本来加以考察。事实上，文化研究擅长的就是遨游于"符号帝国"之中，分析并解码符号背后隐含着的复杂关系。

现今，文化研究已经渗透到学术话语的各个层面，"从人文、艺术学科到社会与自然科学。尽管这一概念仍然存在高度争议，其复杂交织的发展历史却引导着学者和其他评论家通过一个认知、批判和审美诸多可能性并存的矩阵"[1]。从文化研究的理论分析到批判性实践，从文本分析到民族志研究方法，文化研究的"文化"概念确实提供了一种宝贵的理论武库。不管是英国伯明翰学派的文化研究，还是法国罗兰·巴特的流行体系的符号解读，亦或美国的新历史主义批评，都致力于阐明文化应当如何在与经济、政治的关联中得到阐释与说明。经过葛兰西霸权理论、阿尔都塞的意识形态国家机器以及福柯的"知识/权力"等思想的洗礼，文化研究更为自觉地关注文化与权力、意识形态的关系，并将其运用到各个研究领域。

文化研究力图以持续、开放的姿态介入到活生生的现实场域，对特定情境加以回应，不断重新阐发、塑形与接合。"文化研究审视特定实践如何置于，以及它们的生产性如何决定于社会权力结构和日常生活现实体验之间的关系。正是由于这个原因，当前的后现代研究与文化研究发生了交叉；这并不是要把后现代主义当作一种政治和理论主张，而是要注意它对当代文化和历史生活性质的描述。"[2] 这就促使文化研究不仅去关注那些影响特定社会结构的社会、政治、历史与文化等因素，而且也关心具体生活对这些因素的发展所起的作用。文化研究关注的对象除了被奉为经典的精品之作，它还囊括被其他文化定义所排斥的领域，诸如日常生活方式、生产机制、家庭结构、文化机制等。文化研究不仅要对媒体产品进行文本分析，而且应该透视生产这些产品的社会机制，发现文本背后隐藏的运作机制。文化研究不仅以描述、解释当代文化与社会实践为目的，而且也以改变、转化现存权力结构为目的。

---

[1] 杰夫·刘易斯.文化研究基础理论.郭镇之,等,译.北京:清华大学出版社,2013:154.
[2] 劳伦斯·格罗斯伯格.文化研究的流通.马海良,译//罗钢,刘象愚.文化研究读本.北京:中国社会科学出版社,2000:71.

二

萨义德在其享誉盛名的《旅行中的理论》一文中论道，各种观念和理论就如同人之间的交往一样，也在人与人、境域与境域以及时代与时代之间旅行。当某一种理论从一地向另一地运动，从一种文化跨越到另一种文化的过程时，它的阐释力是增强抑或减弱，甚或可能因为场域的变迁产生了新变异，这些情形的探讨本身就是一个令人兴趣盎然的题目。萨义德认为，任何理论或者观念的旅行方式都需要经历四个步骤："第一，需要有一个源点或类似源点的东西，即观念赖以在其中生发并进入话语的一系列发轫的境况。第二，当观念从以前某一点移向它将在其中重新突显的另一时空时，需要有一段横向距离，一条穿过形形色色语境压力的途径。第三，需要具备一系列条件——姑且可以把他们称之为接受条件，或者，作为接受的必然部分，把它们称之为各种抵抗条件——然后，这一系列条件再去面对这种移植过来的理论或观念，使之可能引进或者得到容忍，而无论它看起来可能多么不相容。第四，现在全部（或者部分）得到容纳（或者融合）的观念，就在一个新的时空里由它的新用途、新位置使之发生某种程度的改变了。"① 文化研究的理论旅行必然也逃脱不开这些步骤，面对当前文化研究在中国的华丽转身及其崭新的学术面貌，我们更有必要追问与反思萨义德提出的关于理论旅行的后两个步骤：20世纪90年代的中国具备了哪些文化研究的接受条件？为何文化研究会成为世纪之交中国新的学术景观？在中国这一新时空之中，文化研究在中国的新用途、新位置发生了哪些改变？它是如何创生发展的？文化研究的中国道路带给了我们怎样的思考？

首先，90年代市场经济改革大潮使中国现实发生巨大变化与分化，而人文社会科学界对这一重大历史转型所产生的新变化和新现象在认识上产生了较大的分歧。一部分人乐观地欢呼，中国已经进入了消费社会和大众文化的时代，急需引入文化研究来确认这一新现实；而另一部分人则对当时社会转型所带来的负面现象满怀忧虑，并且批判性地反思"中国正在向何处去""未来的出路在哪里"等问题，他们更倾向于以批判的眼光看待当时的社会现实与文化现象，而且试图通过开展文化研究，获得对社会转型理解与阐释。正是在这样的时代转型浪潮中，文化研究进入了当时中国知识分子的视野，并通过借用"文

---

① 萨义德.世界·文本·批评家.李自修,译.北京:生活·读书·新知三联书店,2009:401.

化研究"之名来为自己的批判性分析命名。

其次，随着中国社会转型与市场经济的崛起，许多长期被压抑的矛盾渐次浮出历史地表。诸如传统与现代、全球化与本土化、学术与日常生活、激进与保守、人文精神与商品化逻辑，等等，构成了当代中国社会错综复杂的面貌以及话语变迁史。"人文精神大讨论""纯文学""现代性问题"等一系列论争，在某种意义上折射出了当时中国社会面临的思想观念上的冲突，而文化研究所具有的批判精神恰恰与当时的时代氛围不谋而合了。

再次，是文化研究契合了90年代中国学术体制运转与研究范式转换的需要。作为一门"显学"，对于90年代的中国而言，文化研究具有巨大吸引力。"无论对于学院知识生产，还是对于谋取话语权的学术政治，它都显得非常重要，成为关注、引进和模仿的对象。"① 同时，崭新的社会生活呼唤新的理论范式来加以有效阐释，因为传统的研究范式已无法全面有效阐释新的现象。许多迹象表明，文化研究在更为广泛的语境中对现代性的思考与行动，有助于拓展文学研究的多元化发展空间。

复次，是中国大众传媒的兴起与飞速发展对于文化研究的引入与接受至关重要。英国文化研究的崛起本身与现代社会大量密集的符号生产关系密切，90年代中国大众传媒的兴起同样为文化研究创造了一个重要的符号阐释领域。大众传媒尤其是互联网信息技术的发展深刻改变了人们的生活。大众传媒不仅仅是一个信息传播平台，更是一个符号与权力角逐的重要场域。中国大众传媒的迅猛发展及广阔空间为文化研究提供了用武之地。

最后，是文化研究在90年代进入中国刚好契合了当时知识分子回应、参与新的社会现实的需求。如戴锦华所述："文化研究的兴起，不仅是对方兴未艾的大众文化、媒介文化与文化工业的回应，而且是对激变中的社会现实的回应与对新的社会实践可能的探寻；不仅意味着一种新的学术时尚的到来，或始自80年代的西方理论思潮的引入及其本土批评实践的又一浪，而且是直面本土的社会现实，寻找并积蓄新的思想资源的又一次尝试和努力。"② 人们迫切想通过文化研究来阐释、剖析中国社会所特有的复杂性与独特经验。可以说，文化研究是中国当代知识分子在面对时代转型所做出的一种学术选择、一种新的

---

① 王晓明.文化研究的三道难题——以上海大学文化研究系为例//上海大学学报(社会科学版).2010(1).
② 戴锦华.文化研究的理论与实践(代前言)//阿兰·斯威伍德.大众文化的神话.冯建三,译.北京:生活·读书·新知三联书店,2003:1.

尝试。

文化研究在西方显现的是西方问题史的结构，当其理论旅行到中国并介入到本土问题之中，便进入了另一个阐释结构——"中国问题"。南帆指出："最近三十年的中国经验似乎不是纵向的线性延长，而是不断地扩张、叠加、膨胀、交织成为一个意象密集、内涵庞杂的空间。"① 在这一独特空间中，文化研究要成功爆发出其阐释力，至关重要的一环是"历史结构的转换"。从某种意义而言，结构的转换意味着理论引渡与本土化接合实践的可能。随着历史结构的转换，文化研究在中国已并非仅是作为西方理论旅行的注脚，而是对中国社会文化和"中国经验"的有效聚焦与表达。

如果说，90年代中国文化研究更多的只是理论译介，极大地丰富了中国文化研究的思想资源与理论资源；那么，新世纪以来，中国文化研究者更强调将文化研究作为理论工具来研究中国问题。从1994年《读书》发表李欧梵的访谈《什么是"文化研究"》《文化研究与地区研究》开始，文化研究在中国逐渐从理论旅行走向了本土化实践，从边缘走向了中心，从游离于学院体制迈向了学科化建制。"文化研究学院化的走向，应该是意味着更为精准地、有批判距离地掌握社会脉动，能够提出更为深刻的分析，才能逐渐累积、建立起批判思维的进步学术传统。"② 文化研究开辟了自己相对稳定的学术阵地，相继创办了《文化研究》《热风学术》两个刊物。经过不懈的理论探索与批判实践，文化研究在中国已经形成影响广泛且深刻的人文思潮，渗透到文学、传播学、社会学、历史学、人类学等领域，呈现出充满思想活力的开放性态势。目前，中国文化研究的创生性发展已经开启了国际交流与对话，西方一大批炙手可热的理论家如詹姆逊、大卫·哈维、格罗斯伯格、齐泽克、托尼·本尼特、莫利等纷纷访华，打开了文化研究交流与对话的新局面。

三

近三十年来，文化研究深刻地卷入中国的社会历史，有效介入了中国本土问题脉络之中。诸多学者的观点、思想与方法汇聚在文化研究这一论述空间中相互对话与质疑，形成了对"中国问题"多角度的阐释。进入文化研究的中国接受现场，直面文化研究诸种差异性接受的立场与观点，既可以深刻体察中国学者在面对文化研究挑战与博弈的诸般反应，同时也反映了当代中国人文思想

---

① 南帆.先锋的多重影像.北京:现代出版社,2017:214.
② 陈光兴.文化研究在台湾.台北:巨流图书公司,2000:19.

的发展状况。通过梳理 90 年代以来中国文学研究领域的学者对于文化研究的立场与观点,我们可以大致图绘出五种代表性观点:

第一种是对西方文化研究的积极译介与肯定性接受。这一观点主要以王逢振、罗钢、刘象愚、黄卓越、汪民安、陆扬、王晓路等人为代表,他们对文化研究进行积极肯定并全力引介,翻译出版了雷蒙·威廉斯、汤普森、萨义德、斯图亚特·霍尔、托尼·本尼特、罗兰·巴特、福柯、德里达、安德森、詹姆逊等思想家的主要论著①。同时,他们通过对西方文化研究的阐释与研究,为中国文化研究的兴起与繁盛发展提供了重要思想资源与理论资源。

第二种代表性观点,是以王晓明、戴锦华、李陀等人为代表的对大众文化的激进批判。在他们看来,90 年代文化研究之所以在中国崛起,是与这一时期中国的社会转型密切相关的。异军突起的大众文化参与了作为社会转型观念基础的"新意识形态"的建构,而这种"新意识形态"无疑遮蔽了现实的复杂性与差异性。由江苏人民出版社出版、李陀主编的"大众文化批评丛书"是文化研究进入中国之后,中国学者进行文化研究本土实践的第一批代表性著作。在《在新的意识形态的笼罩下——90 年代的文化和文学分析》一书之中,王晓明敏锐地将当时诸如"进步""现代化""成功""消费社会"等一系列话语混合而成的"新思想"称之为"新意识形态"②。他认为,文化研究要批判的正是这种"新意识形态",尤其要反省知识界对这种"新意识形态"有意识或无意识的参与和共谋。不过,王晓明对于"新意识形态"的复杂结构与生产机制还有待于更进一步深入揭示的空间。从其后由"新意识形态"批判大步迈向对"新富人""成功人士"形象以及对房地产广告的批判,我们可以发现他更多地以感性批判替代了对中国问题复杂性的理性分析。在这套丛书中,戴锦华与王晓明的批判立场相近,也认为大众文化对现实产生了压抑与遮蔽——"迷人的消费主义风景线,遮蔽了急剧的市场化过程中中国社会所经历的社会再度分化的沉重现实。"③ 她通过借助福柯知识考古学与谱系学的方法,力图在历史维度之中揭示"被遮蔽"的东西。在她看来,90 年代的大众媒介是对重组中的阶级现实的遮蔽。而每一次遮蔽的"合法化"都是由一整套的社会修辞与文化逻辑建

---

① 涉及文化研究的一系列丛书陆续推出,主要有王逢振和美国学者希利斯·米勒共同主编推出的"知识分子图书馆"丛书共 26 种,周宪、许钧主编的"文化与传播译丛",张一兵等主编的"当代学术棱镜译丛",王逢振主编的"先锋译丛"等。
② 王晓明.在新的意识形态的笼罩下——90 年代的文化和文学分析.南京:江苏人民出版社,2000:1.
③ 戴锦华.隐形书写——90 年代中国文化研究.南京:江苏人民出版社,1999:266.

构而成的。因此，文化研究的批判意义在于：一方面要揭示出在社会意识形态话语转换与重构过程中发生的遗忘、压抑与遮蔽，另一方面要揭示出知识分子参与这种话语转换从而获得话语/文化权力的隐蔽机制。诚然，这样的反思是深刻的，但事实上，社会历史的转型远比"遮蔽"复杂得多。我们有必要追问：历史除了遮蔽之外还发生了什么？戴锦华的"反遮蔽"是否可能形成另一种"遮蔽"？戴锦华以"中产阶级"去想象90年代的大众文化，做出的判断在多大程度上是可靠的？在我看来，在文化研究早期本土化实践的第一批代表性著作中，聚集起来的这一批知识分子有着相近的立场与认知。他们高度关注中国社会历史的转型和趋势，具有非常敏锐的现实感和洞察力，力图参与到社会文化中进行发言。因此，大众文化批判成为他们重新介入中国当代社会文化现场的一个重要入口，这是重获阐释与批判现实能力的一种尝试。

　　第三种代表性观点，是以童庆炳、孙绍振、朱立元等人为代表。这一批学者关注的重点并非"文化研究"本身，而是文化研究带给文学的影响。在关于文化研究与文学研究的论争过程之中，一些潜伏已久的观念分歧渐次浮出历史地表：文化研究对文学批评产生了什么影响？怎样理解"文学性"？文化研究是否会造成审美和诗意的再度远离？文化研究及其跨学科思维的蔓延及纵深化不断刷新了文学理论的版图，引发了对文学性、文学经典、文学研究的"文化转向"乃至对文艺学学科的全面反思。以童庆炳、孙绍振等一批坚定的"审美主义"学者为代表，他们坚守着文学经典的审美立场。正如布鲁姆所言："审美批评使我们回到文学想象的自主性上去，回到孤独的心灵中去"，"只有审美的力量才能透入经典"[①]。相对而言，文学研究更加关注文学作品的"内部形式"，关注文学的审美价值、人性书写与情感道德。在他们看来，文化研究与文学研究存在着一种"难以相容的异质性"，文化研究是"反诗意"的，它可能造成了"审美"的再度远离。童庆炳在对现代性带来的种种文化失范以及"反诗意"进行理性批判的基础上，提出了建构一种文学理论的新格局——"文化诗学"[②]。孙绍振认为，文化研究比传统的主流文论更不重视艺术本身的奥秘，从方法论上虽然有进步，但是造成了"审美价值"的撤退[③]。在他们看来，文化研究的出现在某种程度上对文学研究造成难以弥补的伤害，因为文化

---

　　① 哈罗德·布鲁姆.西方正典.江宁康,译.南京:译林出版社,2005:8,20.
　　② 童庆炳.代前言——我的新时期文学理论研究之旅//童庆炳文集·第1卷.北京:北京师范大学出版社,2016:15.
　　③ 孙绍振.文学解读基础——孙绍振课堂讲演录.福州:福建教育出版社,2017:2.

研究转向了审美之外的社会历史、权力运作机制以及符号编码与解码的阐释。这在学界是一种主流性观念，具有强大的影响力。必须承认，文化研究确实大胆地突破了审美的束缚。无论是逾越传统学科边界而进入跨学科领域，还是逾越传统的文学经典而进入通俗文化，文化研究都试图将自身置于其研究对象所栖身的社会文化网络之中。

第四种代表性观点是将文化研究视为一个"能指"或一种策略，主要以蔡翔、汪晖等为代表。蔡翔说："接受或部分地接受所谓的'文化研究'，并不仅仅只有一种知识上的需要，更多的，仍是现实使然，是我在一个批判知识分子的确立过程中，渴望找到的某种理论资源或者写作范式。因此，在另一种意义上，对我，或者对我的朋友来说，'文化研究'更多的可能只是一个能指，我们依据这个'能指'来重新组织我们的叙述，包括对文学的叙述。"对于他而言，文化研究的重要性在于它所带来的学术转型可以更为有效地接通其历史记忆，文化研究只是一种理论或方法论上的"过渡"："如果哪一天，'文化研究'控制或者开始限制我的思考，我想我也会毫不犹豫地离开。"① 显然，蔡翔等人只是将文化研究当作一种功能性的知识范式、一种"策略"。这种"策略"更多的是出于其自身的现实需求而借用，他们对文化研究的认知往往也带有较强的个人倾向性。

第五种代表性观点，以南帆等人为代表，充分关注与挖掘文化研究阐释"中国问题"的复杂性。相较而言，南帆总是力图将问题看得更为复杂一些。从早期的《双重视域：当代电子文化分析》到近期的《文学研究：本质主义，抑或关系主义》《挑战与博弈：文化研究、阐释与审美》等文章，他都强调要回到历史现场，考察诸多因素之间的复杂博弈，挖掘文化研究在面对"中国经验"的复杂性。对于大众文化研究，重要的不是做出非此即彼的肯定或否定判断，而是应该根据语境展开具体的分析，辨别出哪些方面呈现为"解放"或者"压抑"。他始终提醒人们：要关注大众文化研究的双重性。在《挑战与博弈：文化研究、阐释、审美》一文中，他则从关系主义视角考察诸多话语系统之间的"博弈"关系。南帆的理论兴趣大多聚焦于文学与文化研究的关联性问题，从双重视域到关系主义，他以文化研究的视域敞开了文学与社会历史之间的多维关系。

当然，还存在其他关于文化研究的观点与论述，诸如陶东风、金元浦、周

---

① 蔡翔.当代文学与文化批评书系·蔡翔卷.北京:北京师范大学出版社,2010:8.

宪、赵勇、周志强、包亚明、罗岗、胡疆锋、周计武等一大批学者关于文化研究的论述，我们无法一一进行全方位概述。相对而言，以上五个方面较全面地涵盖了当前中国文化研究的代表性立场与观点。当然，每一种观点都在某种程度上是一种理论立场的产物，无论这种立场是否被意识到。我们在接受与运用文化研究的过程中，不能简单化约地加以肯定或否定，而是应该将其放置到历史现场，考察其阐释"中国经验"的有效性与复杂性。因此，回到文化研究接受的历史现场考察诸多学者在接受过程中吸收的理论资源、持有的理论立场以及学术观点就尤为重要。种种观点之间的论辩、交锋与博弈，不仅仅呈现了知识分子参与、介入当下社会的意识与立场，而且有效映射了这个时代的文化征候与思想活力。

四

20世纪以来众多的西方理论竞相登台，在西方文学理论的强势介入下，中国文学理论如何与之展开有效的对话？中国文论如何保持民族本色？西方文论能否有效地阐释中国文学？这一系列问题在中国文学理论界引发了广泛的讨论。现今，西方中心主义受到了理性审视，西方各种理论以及现代性话语也遭受了种种质疑。因此，重新审视西方文论与中国文论之关系，重新思考中国文学理论的未来走向等议题亦再度进入我们的视野。面对当前炙手可热的文化研究，如何看待它与中国当代文学理论之间的关联？不言而喻，文化研究的引入，为重建中国当代文论话语体系开启了一种崭新的挑战，有力推进了中国当代文论话语的对话与重构。

文化研究的引入，对中国文学批评的范式转变产生了重大影响。对于传统的批评家和文学研究者而言，故事是他们叙述的核心内容，而对主题、人物、情节、审美效果等方面的考察则是他们剖析文学的惯常手法。如在对现实主义文学作品的研究中，"典型"就扮演了重要角色。而在相当长的一段历史时间，经过俄国形式主义、结构主义和"新批评"等操练的一大批批评家，他们都围绕着"文本"这一轴心展开字斟句酌的文本分析。从字词的音义到词语的肌理，从语言的质感到叙事张力，从叙事视角到文本的结构，这些都是他们所倾心的研究焦点。如《红楼梦》研究，在引入文化研究之前，研究者们大多聚焦于贾宝玉与林黛玉的爱情悲剧、贾府的兴衰史、人物命运的刻画、曹雪芹的身世、文本的考据等方面。文化研究引入后，对《红楼梦》的文本解读则敞开了阶级、性别、意识形态等向度，这样的解读显然属于"非美学"的"外部研究"。文化研究学者可能从《红楼梦》中条分缕析出大观园内部的阶级斗争、性别政治与权力,也可能从《红楼梦》的诸多版本的传播解读出符号的增殖。再如莫言研究,文化研究导入之前更多的是从审美维度聚焦于莫言的作品的主题、人物形象的塑造、故事情节的生动、叙事技巧以及语言风格、作品意义等方面,而文化研究导入之后,则激发了人们从无意识、阶级、性别、民族国家等方面来切入文本。同时,对叙事背后的意识形态支撑的分析及对其复杂结构的编码与解码亦成为文本解读所热衷的话题。对于中国当代文学批评来说,文化研究的引入无疑进一步敞开了文学批评的阐释空间。

中国当代文论话语体系的建构是为了阐释中国文学与文化现象,外来理论与传统本土理论之间必然会展开碰撞与博弈。如前所论,文化研究的理论与方法深刻影响了当代文学研究的观念、命题以及思维方式。下文将着重讨论文化研究的引入对中国文学理论原有的概念、观念与体系产生了怎样的冲击,同时又拓展了中国当代文论话语体系的哪些维度。

文化研究盛行之后,首先引发了对"什么是文学"以及中国当代文论边界的重新思考。南帆指出,文化研究对于文学的考察,即是"发现文学卷入的种种关系",如文学与阶级、性别、种族、空间、历史、媒介、意识形态等之间的复杂关系。从关系主义的理论视域看,"考察文学隐藏的多种关系也就是考察文学周围的种种坐标。一般地说,文学周围发现愈多的关系,设立愈多的坐标,文学的定位也就愈加精确。从社会、政治、地域文化到语言、作家恋爱史、版税制度,文学处于众多脉络的环绕之中。每一重关系都可能或多或少地改变、修正文学的性质。理论描述的关系网络愈密集,文学呈现的分辨率愈高"①。显然,文化研究观念与问题场域促使传统文学研究的场域发生了新的位移,拓宽了当代文学研究的视域,提供了新的理论资源。中国当代文论话语体系的构建必须要摆脱原本颇为僵化的教条,探讨新的主题,尤其是那些至今尚未触碰到的主题。文化研究时刻回应着不同情境中变化着的"错综复杂的问题域",犹如英国伯明翰当代文化研究中心所开展的文化研究以其丰富的形态有力地回应了快速变化的社会现实。女性主义者、拉康学派、新历史主义者、解构主义者、符号学派,这些被布鲁姆称之为"憎恨学派"的文化研究理论分支,它们所集结的众多理论概念和不同的阐释模式其实为我们提供了多向的解读路线。而且,众多理论家持续不断为文化研究制造理论的升级版,为当代文

---

① 南帆.表述与意义生产.北京:人民出版社,2014:301.

论话语体系注入了前所未有的理论密度。

文化研究的导入，引发了对性别的重新思考。女性主义的横空出世对文学理论具有划时代的意义，它打破了长期以来对文学与性别这两个看似风马牛不相及的"神话"。文学与性别之间的关系浮出历史地表，两者之间的密切互动被揭示出来了。以往不被关注的性别问题，终于进入了我们的视野。根据女性主义学者的研究，大量的文学研究作品潜藏着男性中心主义以及对女性的压迫，而为了维护男性中心主义的统治，意识形态则有意遮蔽了文学与性别的关系。女性主义者们试图竭力突破"男性的凝视"，打破"伟大的男人创造了历史"的"神话"。这样一种努力突破了意识形态的禁锢。毋庸置疑，女性主义对发展文化研究和文学理论的批判潜力是极为重要的，它对文学理论的贡献不言而喻。

而后殖民主义的导入，则引发了对民族认同、自我与他者之间关系的重新阐释，为中国当代文论话语体系建构敞开了另一个重要维度。萨义德的《东方学》犹如一声惊雷，推动了后殖民主义理论的迅猛崛起。在萨义德看来，"东方并非一种自然的存在"，"西方与东方之间存在着一种权力关系、支配关系、霸权关系"①。一系列的理论成果表明，大量的文学作品隐藏着欧洲中心主义以及种族歧视等问题。在后殖民主义理论破土而出之前，种族问题隐而不彰，以各种形式散见于各种作品之中。当文学与民族的关系被纳入考察视域之时，后殖民理论就将这些散落的信息系谱化了，显示出了极强的理论召唤能力。关于文学与民族的关系考察，已经超越了简单的民族不平等论述进而讨论到了文化身份问题、被殖民者话语研究、第三世界文学以及主体性问题，等等。后殖民主义作为一种新的理论视角，它打开了文学与民族长久以来被遮蔽的向度，恢复了文学与民族之间的关系，增扩了文学理论的阐释空间。

大众传媒是文化研究游刃有余的另一个重要场域。某种程度而言，英国文化研究的发展与媒介研究是紧密交织在一起的，但我们不能过于轻巧地将两者画上等号。从威廉斯的"电视与文化形式"到霍尔的"编码/解码"，从麦克卢汉的"媒介即信息"到莫利的"能动的受众"，媒介研究实现了历史性突破。然而，在中国古代文论体系之中，媒介传播并没有得到应有的重视。而文化研究的介入使我们充分意识到了大众媒介及其受众的重要性。"分析媒介"是一个重要的概念，围绕它可展开情势研究，分析媒介生产和媒介有效性的复杂话

---

① 萨义德.东方学.王宇根,译.北京:生活·读书·新知三联书店,2007:6,8.

语，或以媒介符号去阐释情节、事件、类型、位置、形式等，研究空间极大。当前强势兴起的网络文学，更是以"市场""流量""点击率""资本运作"等另一套观念与话语建构起了网络文学与大众文化研究的话语体系。

文化研究出现后，人们不再视文学为一个"纯审美"的殿堂。文化研究的介入，为文学理论、文学史以及文学批评带来了持续的震撼，随着"新的视域"的开启，人们解放乃至制造了种种文学的意义。更重要的是，文化研究悄悄地重新联结了文学与社会各种复杂的关系，促使文学理论话语不断适时而变，进行必要的新的话语体系重构。

五

现在，确实应该认真审视"重建中国当代文论话语体系"了。重建中国当代文论话语体系是一个极其复杂的系统工程。新时期以来，关于当代文论话语体系建设的讨论十分活跃，经历了一个充满生机的发展阶段。诚如童庆炳所言："文学理论作为学科建设，我一直觉得应在中、西、古、今四个主体间进行平等的对话，互通有无，互相补充，互构互动，互相发明，既借鉴西方的有益的观点，又不失中国民族之地位。当文学理论能利用历史留给我们的全部资源的时候，文学理论的学科建设就可以获得成功。"① 在与文化研究进行持续"对话"的过程中，文化研究提供的经验与启示值得我们批判性继承与创造性转化，使之融入我们所重构的当代文论话语体系之中。

首先，文化研究重新激活了重建中国文论的危机意识。无论是将文化研究视为一种学科也好，一种研究方法也罢，"文化研究确实对人文学科和社会学科的正统提出了激进的挑战。它促进跨越学科的界限，也重新建立我们认识方式的框架，让我们确认'文化'这个概念的复杂性和重要性"②。这也正是文化研究的魅力与精髓所在。一方面，文化研究通过具体的问题呈现了现代世界本身的危机状况；另一方面，作为资本主义结构性危机的产物的文化研究，通过强烈的批判精神创造一种"危机意识"并推动人们改造世界的勇气与动力③。事实上，今天中国大陆的文化研究也面临着结构性困境的问题，面临着"双重

---

① 童庆炳.代前言——我的新时期文学理论研究之旅//童庆炳文集·第1卷.北京:北京师范大学出版社,2016:13.
② 特纳.英国文化研究导论.唐维敏,译.台北:亚台图书出版社,1998:298.
③ 周志强.紧迫性幻觉与文化研究的未来——近30年中国大陆之文化研究与文化批评//文艺理论研究,2017(5).

悖论"。要保持文化研究的活力与批判性，必然要不断地召唤与激活其危机意识，这样才能持续地对社会问题的结构进行深入的思考与批判。援引詹姆逊的说法，源于西方的文化研究理论本身为我们提供了探照文化研究的"认知测绘图"。文化研究摆脱了既有的僵硬轴线，不断激活危机意识，唤起我们对未来新的希冀。这是文化研究必须永远坚持的方向。

其次，文化研究提升了文学理论的实践品格，促使了文学理论与社会学的再度结合。

文化研究特别注重实践性，这对中国当代文论话语体系的建设具有重要意义。中国当代文论话语体系的真正活力，在于进入当代社会，介入与回应社会历史的巨变，发现并解决问题。"文化研究事业将文化重新纳入人们日常生活实践当中，重新融入生活方式之中，重新融入社会形态的整体性之中。"① 文化研究有助于文学理论与社会学再度结合，使得中国当代文论话语能够有效地与当前的社会现实紧密互动。在我看来，文化研究的实践性品格和跨学科优势让文学理论研究找到了新的突围方向，而文化研究的开放性旨趣和批判性精神则让文学理论研究增强了面向现实的勇气和力量。

再次，重建中国当代文论话语体系应该直面"中国经验"，有效把握"中国经验"，恰当表达"中国经验"，合理阐释"中国经验"。中国当代文论话语体系的建构有两种典型的路径：一是中国古典文论的现代转化，二是"学步西方"的全盘西化。历史实践已然证明两者都不可靠。那么，中国当代文论话语构建的方向何在？直面"中国经验"无疑是建构中国当代文论话语体系的基点。当然，中国当代文论话语体系的建构是一个漫长而艰辛的过程，其建构也并非只是一堆概念、一批论著的堆积所能完成的，更为关键的是这个话语体系建构之后所具备的阐释效应。一方面，我们应该充分肯定当代西方文论对中国文论话语体系建构的积极影响，同时也有必要对其进行批判性辨析，考察其对于"中国问题"阐释的有效性；另一方面，重构中国当代文论话语体系，需要"中国经验"的有力支撑与话语表述，必须在话语光谱中找到自己的对话对象。

最后，重建中国当代文论话语体系应该坚持"历史化"的思维，做到詹姆逊所宣称的"永远历史化"。重建中国当代文论话语体系，其目的并非是为了重建一套宏大的理论话语或者一座概念的殿堂，而是希冀不仅能够有效地阐释与回应具体文本及文学史，而且力图进入更大的文化场域，在历史与现实的时

---

① 劳伦斯·格罗斯伯格.文化研究的未来.庄鹏涛,等,译.北京:中国人民大学出版社,2017:178.

空中与政治、经济、历史、科学、传播、地理等诸多话语类型展开对话与博弈。一种理论或一套话语体系在新的文化场域中能否获得新的生命力,是否具有阐释能力,是由各种复杂因素的相互角力与博弈所决定的。历史并未预设一个标准的模式,我们必须根据自己所置身的具体历史语境做出自己的判断。当然,我们的观点、概念以及建构的范式都将汇入庞大的历史文化网络之中。正如霍尔所宣称的那样,回到话语聚合的历史情境,才能恢复其历史面貌,才能激活其生命力。中国当代文论话语体系重建工作亦必须在历史的持续变动中进行。置身于全球化与信息技术日新月异的时代,我们没有理由退缩在一个封闭的牢笼,而应该以平等对话的方式把握理论的张力。直面文化研究的挑战,在对话中甄别、吸收与重构,才能使中国当代文论话语体系的未来获取更多的可能性。

(原载《文学评论》2019 年)

作者简介

颜桂堤,1983 年生,福建永春人。2014 年毕业于福建师范大学文学院。福建师范大学文学院副教授、硕士生导师,文艺理论教研室副主任。在《文学评论》等发表学术论文多篇,主持国家社科基金青年项目"文化研究——理论旅行与本土化实践研究"等。

选编后记

福建是当代文学批评的重镇，这种现象应当视为漫长文化积淀的结果。在历史上，朱熹、李贽、严复的思想观念明显影响了他们的文学表达；杨亿、敖陶孙、刘克庄、严羽、魏庆之、高棅相对集中地关注对诗论的经营；在辜鸿铭、林纾、林语堂、郑振铎等近现代闽籍大家的笔墨中，文学批评实践更显得多彩斑斓。这是一份丰厚的精神资产。

改革开放以来，福建涌现出许多在国内文坛产生了积极影响的文学批评名家。坊间"闽人好论"的戏言，折射出当代福建文学批评理论个性鲜明、批评话语雄健的特色。新时期以来中国文学和当代批评的发展，离不开福建老一辈文艺理论家的贡献。出生于六七十年代批评家的开拓，是"闽派批评"得到学界诸多认同的重要原因。在老一辈文学批评家和中坚一代的引领下，年轻一代的文学批评工作者也在努力成长。编选《福建优秀文学70年精选·文学评论卷》，具有独特的纪念意义。

"文学评论卷"遴选中华人民共和国成立70年以来的福建文学评论作品，遵循一般意义上对"文学评论"的理解，收录的文章基本上来自于中国现当代文学和文艺学两个二级学科。这次遴选大致上出于以下标准：第一，每位研究者只入选一篇文章，入选文章尽量兼顾其代表性和影响力；第二，尽量协调各个年代之间的选文比例，力争较为全面地反映70年来福建文学批评不同的时代特征；第三，兼顾各个年龄段的研究者，入选的作者既有全国著名的文学评论家，也有出生于20世纪80年代的新人；第四，为方便对70年来福建文学批评的整体性了解，篇目的编排以文章发表的时间为序。

众所周知，选文终是难免挂一漏万的遗憾，不周之处，恳请海涵。

刘小新　陈舒劼